Len Deighton wurde 1929 geboren. Nach dem Wehrdienst und einem Kunststudium arbeitete er erfolgreich als Illustrator. 1962 gelang ihm mit seinem ersten Roman »Ipcress – Streng geheim« auf Anhieb der literarische Durchbruch. Von Deightons inzwischen über ein Dutzend Büchern wurden mehrere verfilmt. Der Hobbykoch und begeisterte Fotograf ist verheiratet und hat zwei Kinder.

Von Len Deighton sind außerdem erschienen:

Goodbye für einen Helden (Band 1560)
Finale in Berlin (Band 1733)
Ipcress – Streng geheim (Band 1734)

Dieses Buch wurde auf chlor- und säurefreiem Papier gedruckt.

Neuausgabe der vollständigen Taschenbuchausgaben April 1994

Umschlaggestaltung: Agentur ZERO, München
The Image Bank/Melchior Di Giacomo
Druck und Bindung: Elsnerdruck, Berlin
Printed in Germany
ISBN 3-426-67059-3

2 4 5 3 1

Len Deighton

Geködert
Gedrillt
Gelinkt

Drei Romane

Aus dem Englischen
von Peter Hahlbrock

Knaur

Len Deighton

Geködert

Thriller

Aus dem Englischen
von Peter Hahlbrock

Vollständige Taschenbuchausgabe Januar 1992

Titel der Originalausgabe »Spy Hook«

1

Wenn sie mich bitten, Präsident der Vereinigten Staaten zu werden, werde ich sagen: »Aber nicht in Washington, D. C.!« Ich hatte mich ohne elektrisches Licht mit eiskaltem Wasser rasiert und, während ich durch den ungeräumten Schnee stapfte und auf ein Taxi wartete, das nie kam, alle erforderlichen Papiere unterschrieben und mich von dem vorbeirauschenden Verkehr mit dem süßlich riechenden Matsch Washingtons bespritzen lassen.

Jetzt war es Nachmittag. Ich hatte zu Mittag gegessen und war etwas besserer Laune. Aber der Tag war noch lang, und diese Sache hatte ich mir bis zuletzt aufgehoben. Ich sah also dauernd zur Uhr hoch und aus dem Fenster auf den unaufhörlich aus den tief hängenden stahlgrauen Wolken fallenden Schnee und fragte mich, ob ich die Abendmaschine nach London rechtzeitig erreichen und ob die bei diesem Wetter überhaupt starten würde.

»Wenn das die gute Nachricht ist«, sagte Jim Prettyman mit lockerem amerikanischem Grinsen, »was ist dann die schlechte?« Er war dreiunddreißig Jahre alt (meinen amtlichen Informationen zufolge), ein schmächtiger, weißgesichtiger Londoner mit schütterem Haar und randloser Brille, der von der London School of Economics kam, als genialer Mathematiker galt und sich in den Fächern Buchhaltung, Politische Wissenschaften und Betriebswirtschaft qualifiziert hatte. Ich war immer sehr gut mit ihm ausgekommen, man kann sogar sagen, daß wir Freunde waren, aber er hatte nie verheimlicht, wie ehrgeizig – und ungeduldig – er war. Sobald ein schnellerer Bus vorbeikam, sprang Jim auf, so war er einfach. Ich sah ihn mir genau an. Bei ihm konnte ein Lächeln lange dauern.

Er wollte also nächsten Monat nicht nach London kommen und aussagen. Schön, das Department in London hatte nichts anderes erwartet. Jim Prettyman hatte nicht den Ruf, ein Mann zu sein, der einen Umweg machte, nur um der Londoner Zentrale gefällig zu sein – oder sonst irgend jemandem.

Ich sah noch einmal nach der Uhr und sagte nichts. Ich saß in einem großen beigefarbenen Ledersessel. In der Luft lag der wunderbare Geruch von neuem Leder, den sie in billige japanische Autos sprühen.

»Noch Kaffee, Bernie?« Er kratzte sich seitlich an seiner knochigen Nase, als dächte er an was anderes.

»Ja, bitte.« Scheußlicher Kaffee, sogar an meinen bescheidenen Ansprüchen gemessen. Aber ich nehme an, das Angebot sollte mir zeigen, daß er nicht versuchte, mich loszuwerden, und daß ich's annahm, war meine stümperhafte Art, mich von den Männern zu distanzieren, die mich mit der Botschaft, die ich ihm jetzt mitteilen würde, zu ihm geschickt hatten. »London könnte dich offiziell anfordern«, sagte ich. Ich versuchte, das in freundlichem Ton zu sagen, aber es klang wie eine Drohung, und es war ja wohl auch eine.

»Hat London gesagt, du sollst mir das sagen?« Seine Sekretärin schaute durch die halbgeöffnete Tür – offensichtlich hatte er einen versteckten Klingelknopf gedrückt –, und er sagte: »Noch zwei, Milch und Zucker.« Sie nickte und ging. Alles lakonisch und locker und sehr amerikanisch. Tatsächlich war ja auch James Prettyman – oder wie das Namensschild aus Kupfer auf Eiche auf seinem Schreibtisch verkündete: J. Prettyman – durch und durch amerikanisch. Er war so amerikanisch, wie es englische Einwanderer eben zu sein pflegen während der ersten ein, zwei Jahre nach Beantragung der Staatsbürgerschaft.

Ich hatte ihn genau beobachtet, um zu erkennen, was in ihm vorging, aber sein Gesichtsausdruck gab nicht den kleinsten Hinweis auf seine wirklichen Empfindungen. Er war ein zäher Bursche, das wußte ich schließlich schon lange. Meine Frau Fiona sagte, von mir abgesehen sei Prettyman der rücksichtsloseste Mann, den sie je getroffen habe. Das hinderte sie übrigens nicht, ihn gerade wegen dieser Rücksichtslosigkeit – und einer Menge anderer Sachen – zu bewundern. Es gelang ihm sogar, sie für sein zeitraubendes Steckenpferd, das Entziffern mesopotamischer Keilschrifturkunden, zu begeistern. Die meisten von uns hatten lieber gelernt, ihn dieses Thema gar nicht erst zur Sprache bringen zu lassen. Kein Wunder jedenfalls, daß er zuletzt in der Code-Abteilung beschäftigt gewesen war.

»Ja«, antwortete ich, »das soll ich dir sagen.« Ich sah mir das Büro an, dessen Wände mit einem besonderen Kunststoff getäfelt waren, wie es anscheinend hiesige feuerpolizeiliche Vorschriften erforderlich machten. Ich entdeckte den streng dreinblickenden, in Gold gerahmten Präsidenten des Perimeter Security Guarantee Trust und den einem antiken Vorbild prätentiös nachgebauten Schreibtisch, in dessen Innerem ich ein Fach mit Getränken vermutete. Ein doppelter Whisky wäre mir angesichts des Wetters, das mich draußen erwartete, sehr willkommen gewesen.

»Ausgeschlossen! Sieh dir das Zeug da an!« Er wies auf einen Stapel von unbearbeiteten Akten und das Terminal, über das er Zugang zu den hundertfünfzig bedeutendsten Datenbanken hatte. Aus einem massiven Silberrahmen daneben sah uns noch ein weiterer Hinderungsgrund an: seine brandneue amerikanische Frau. Sie sah aus wie achtzehn, hatte aber einen Sohn auf der Harvard-Universität und zwei Exehemänner, nicht zu reden von ihrem Vater, der ein großes Tier im State Department gewesen war. Sie stand mit Jim und einer glänzenden Corvette vor einem großen Haus mit Kirschbäumen im Garten. Er grinste noch einmal. Ich verstand, weshalb man ihn in London nicht mochte. Er hatte keine Augenbrauen, und seine Augen waren so schmal, daß er, wenn er dieses superbreite, freudlose Lächeln aufsetzte, das seine weißen Zähne nur eben entblößte, aussah wie der Kommandant eines japanischen Kriegsgefangenenlagers, der sich beschwert, daß die Gefangenen sich nicht tief genug verbeugen.

»Du könntest das an einem Tag erledigen«, versuchte ich ihn zu überreden.

Er war darauf vorbereitet. »Einen Tag hin. Einen Tag zurück. Ich würde drei Arbeitstage verlieren, und, ehrlich gesagt, Bernie, diese verfluchte Fliegerei macht mich jedesmal völlig groggy.«

»Ich dachte, du würdest bei der Gelegenheit vielleicht gern mal wieder die Familie besuchen«, sagte ich. Dann wartete ich, während die Sekretärin – groß, mit erstaunlich langen und spitzen roten Fingernägeln sowie einer Mähne silbrig blonder Locken – zwei Pappbecher mit Automatenkaffee hereinbrachte und diese behutsam auf dem riesigen Schreibtisch abstellte, dazu zwei leuchtend gelbe Papierservietten, zwei Päckchen Süßstoff, zwei Päckchen Kaffeesahneersatz und zwei Kaffeelöffelchen aus Kunststoff. Sie lächelte erst mich an, dann Jim.

»Danke, Charlene«, sagte er. Und griff sofort nach seinem Kaffee mit einer Miene, als freue er sich darauf. Nachdem er zwei Süßstofftabletten und den Weißmacher zugefügt und energisch umgerührt hatte, nahm er einen Schluck und sagte: »Meine Mutter ist letztes Jahr im August gestorben, und Papa ist nach Genf zu meiner Schwester gezogen.«

Danke schön, liebe Dokumentations- und Informationsabteilung, immer zur Stelle, wenn man dich braucht! Ich nickte. Seine englische Frau, von der er sich ruck, zuck in Mexiko hatte scheiden lassen, die Frau, die sich geweigert hatte, nach Washington zu ziehen, trotz des glänzenden Gehalts und der großen Kirschbäume im Garten, hatte er nicht erwähnt. Es schien mir auch besser, die Sache nicht weiter zu verfolgen. »Das tut mir aber leid, Jim.« Es tat mir wirklich leid. Seine Eltern hatten mich mehr als einmal, wenn ich's bitter nötig hatte, sonntags zum Mittagessen eingeladen und sich um meine beiden Kinder gekümmert, als das griechische Au-pair-Mädchen nach einem Streit mit meiner Frau einfach verschwunden war. Ich trank ein bißchen von dem übel schmeckenden Gebräu und fing noch einmal von vorne an. »Eine Menge Geld – vielleicht eine halbe Million – haben sie noch immer nicht aufspüren können. Irgend jemand muß doch was davon wissen. Eine halbe Million Pfund!«

»Na, ich weiß nichts davon.« Sein Mund wurde schmal.

»Nun komm schon, Jim. Niemand regt sich sonderlich auf deswegen. Das Geld ist irgendwo in der Hauptkasse. Jeder weiß

das, aber sie werden keinen Frieden geben, bis die Buchhalter es aufspüren und die Akten darüber schließen.«
»Warum du?«
Gute Frage. Die wahre Antwort war, daß ich neuerdings immer die Aufträge kriegte, die niemand anders haben wollte. »Ich hatte sowieso hier zu tun.«
»Damit haben sie also den Preis für ein Flugticket eingespart.« Er trank noch etwas Kaffee und wischte sich die Mundwinkel mit der leuchtend gelben Papierserviette ab. »Gott sei Dank, daß ich mit dieser elenden Pfennigfuchserei in London nichts mehr zu tun habe. Wie, zum Teufel, erträgst du das nur?« Er trank den Rest seines Kaffees. Ich nehme an, irgendwie schmeckte ihm das Zeug.
»Bietest du mir einen Job an?« fragte ich, ohne mit der Wimper zu zucken, ganz offen. Er runzelte die Stirn und schien für einen Augenblick verwirrt. Tatsächlich garantierte, seitdem vor ein paar Jahren meine Frau zu den Russen übergelaufen war, allein mein Vertrag mit der Londoner Zentrale meine Bona fides. Wenn sie dort auf meine Dienste verzichteten – ganz gleich, wie elegant sie mich loswurden –, konnte es sehr leicht passieren, daß ich mit meinem »unbefristeten« Visum für »unbeschränkte« Reisen in die USA nicht mehr bis dahin kam, wo mein Gepäck auf mich wartete. Natürlich hätte es sich eine wirklich mächtige, unabhängige Firma leisten können, eine offizielle Mißbilligung zu mißachten, aber mächtige, unabhängige Firmen wie diese freundlichen Leute, für die Jim arbeitete, waren gewöhnlich versessen darauf, die Regierung bei Laune zu halten.
»Wenn dieses Jahr nicht besser wird als das letzte, werden wir Leute entlassen müssen«, sagte er verlegen.
»Wie lange wird es dauern, bis ich hier ein Taxi kriege?«
»Ich meine, ob ich nun da in London antanze oder nicht, kann dir persönlich doch egal sein, oder?«
»Irgend jemand hat mir erzählt, daß manche Taxis bei diesem Wetter überhaupt nicht zum Flughafen hinausfahren.« Kriechen wollte ich jedenfalls nicht vor ihm, ganz gleich, wie dringlich London es machte.
»Wenn es für dich ist, brauchst du's nur zu sagen. Ich weiß, daß

ich dir etwas schuldig bin, Bernie.« Da ich nicht antwortete, erhob er sich. Und wie durch ein Zauberwort gerufen, erschien die Sekretärin an der Tür, und er wies sie an, mir einen Wagen zu besorgen. »Mußt du noch irgendwo was abholen?«

»Direkt zum Flughafen«, sagte ich. Meine Hemden, Unterwäsche und Rasierutensilien steckten in der Ledertasche, zusammen mit den Fernschreiben, die mir die Botschaft mitten in der Nacht herübergeschickt hatte. Die hätte ich Jim zeigen sollen, aber geändert hätte das nichts. Er war entschlossen, der Londoner Zentrale zu beweisen, daß sie und ihre Probleme ihm scheißegal waren. Er wußte, daß er nichts zu befürchten hatte. Als er ihnen seine Absicht, in Washington zu arbeiten, eröffnete, hatten sie sein Leben in alle Einzelteile zerlegt und ihm eine Sicherheitsüberprüfung verpaßt, wie sie nicht einmal bei einer Aufnahme üblich ist. Nur wenn einer ausscheidet. Vor allem aus der Code-Abteilung.

Jim Saubermann Prettyman brauchte sich also keine Sorgen zu machen. Er war immer ein vorbildlicher Angestellter gewesen. Das war sein Modus operandi. Nicht einmal einen Bleistift oder ein Päckchen Büroklammern aus dem Büro hatten sie bei ihm zu Hause gefunden. Es ging das Gerücht, das mit der Untersuchung beauftragte Team von K-7 sei schließlich so frustriert gewesen, daß sie das handgeschriebene Kochbuch seiner Frau mitnahmen und es unter ultraviolettem Licht prüften. Aber Jims Exfrau war nicht der Typ, handschriftliche Kochrezeptsammlungen anzulegen, die Geschichte könnte also sehr wohl nur erfunden sein, um die Leute von K-7 lächerlich zu machen. Niemand mag sie. Und derartige blöde Geschichten wurden damals haufenweise erzählt. Meine Frau war gerade übergelaufen, und jeder war nervös.

»Du arbeitest doch mit Bret Rensselaer. Rede mal mit Bret. Der weiß, wo die Leichen verscharrt sind.«

»Bret ist nicht mehr bei uns«, erinnerte ich ihn. »Er wurde erschossen. In Berlin... schon vor einer Ewigkeit.«

»Richtig, hatte ich vergessen. Armer Bret, natürlich habe ich das damals gehört. Er hat mich zum ersten Mal hierhergeschickt, ich habe ihm eine Menge zu verdanken.«

»Weshalb sollte Bret Bescheid wissen?«
»Über den Schmiergeldfonds, den die Hauptkasse mit den Deutschen eingerichtet hat? Soll das ein Witz sein? Bret hat die ganze Sache doch gedeichselt. Er ernannte die Direktoren der Firma – alles Strohmänner natürlich – und stimmte alles ab mit den Leuten, die die Bank leiteten.«
»Das war Bret?«
»Die Bankdirektoren waren sämtlich seine Leute, und Bret gab ihnen Instruktionen.«
»Das ist mir neu.«
»Aber sicher. Es ist wirklich schade. Eine halbe Million Pfund hätte nicht verschüttgehen können, ohne daß Bret nicht mindestens geahnt hätte, in welcher Richtung danach zu suchen ist.«
Jim Prettyman blickte zur Tür, in der wieder seine Sekretärin stand. Sie hatte anscheinend genickt oder sonst ein Zeichen gegeben, denn Jim sagte: »Der Wagen ist da. Ich meine, es eilt nicht, aber du kannst fahren, sobald du willst.«
»Hast du mit Bret zusammengearbeitet?«
»An dieser deutschen Sache? Ich habe die Bargeldüberweisungen abgezeichnet, wenn sonst niemand da war, der es hätte tun können. Aber alles, was ich tat, war höheren Orts schon abgesegnet. Bei den Sitzungen war ich nie anwesend. Die gingen immer hinter verschlossenen Türen vonstatten. Soll ich dir mal was sagen? Ich glaube, von diesen Sitzungen hat nicht eine bei uns im Gebäude stattgefunden. Alles, was ich gesehen habe, waren Kassenanweisungen mit autorisierten Unterschriften, von denen mir keine einzige bekannt war.« Er lachte. »Jeder Buchprüfer, der nur ein bißchen von seinem Job versteht, würde sofort merken, daß jede dieser verdammten Unterschriften von Bret Rensselaer selbst hätte sein können. Es gibt nicht einen handfesten Beweis dafür, daß dieser Ausschuß überhaupt existiert hat. Die ganze Sache hätte ein von Bret Rensselaer erfundenes Märchen sein können.«
Ich nickte, als ob ich verstanden hätte, aber als ich meine Tasche ergriff und den Mantel anzog, den mir die Sekretärin reichte, muß ich verwirrt ausgesehen haben.
Jim begleitete mich zur Tür und durch das Vorzimmer. Die

Hand auf meine Schulter gelegt, sagte er: »Schon gut, Bernie. Bret hat die Sache nicht fingiert. Ich wollte damit nur sagen, wie geheim sie war. Aber wenn du mit den anderen darüber redest, vergiß nie, daß die alle seine Kumpel waren. Falls einer von denen sich aus der Kasse bedient hat, wird Bret ihn gedeckt haben. Sei vernünftig, Bernie. So was kommt vor. Nicht oft, das gebe ich zu, aber gelegentlich. So ist die Welt nun mal.«
Jim begleitete mich zum Fahrstuhl und drückte die Knöpfe für mich, wie Amerikaner das tun, wenn sie sichergehen wollen, daß man das Haus verläßt. Er sagte, wir müßten uns mal wieder treffen, zusammen essen gehen und von der guten alten Zeit plaudern, die wir miteinander erlebt hätten. Ich sagte, ja, unbedingt und danke und also dann, aber der Aufzug kam noch immer nicht.
Jim drückte noch einmal auf den Knopf und lächelte ein schiefes kleines Lächeln. Er straffte sich. »Bernie«, sagte er plötzlich und sah sich um, den Korridor entlang, ob da auch niemand sei, der ihn hören könnte.
»Ja, Jim?«
Er sah sich noch einmal um. Jim war immer ein sehr vorsichtiger Bursche gewesen. Deshalb war er ja auch so gut vorwärtsgekommen. Deshalb, unter anderem. »Diese Geschichte da in London...«
Wieder hielt er inne. Einen schrecklichen Augenblick lang war ich überzeugt, daß er gleich zugeben würde, das fehlende Geld eingesteckt zu haben, um mich dann anzuflehen, ihn zu decken, um unserer alten Freundschaft willen. Oder irgend etwas in der Art. Das hätte mich in eine verdammt schwierige Lage gebracht, und bei dem Gedanken allein drehte sich mir schon der Magen um. Aber die Sorge hätte ich mir sparen können. Jim war nicht der Typ, der irgend jemanden um Hilfe anflehte.
»Ich komme nicht. Sag ihnen das in London. Sie können machen, was sie wollen, aber ich werde nicht kommen.« Er schien aufgeregt.
»Okay, Jim«, sagte ich. »Ich werde es ihnen sagen.«
»Ich würde London gerne einmal wiedersehen. Manchmal habe ich direkt Heimweh... Wir haben doch schöne Zeiten miteinander gehabt, nicht wahr, Bernie?«

»Allerdings«, sagte ich. Jim war immer ein ziemlich kalter Fisch gewesen. Dieser Gefühlsausbruch überraschte mich.
»Weißt du noch, wie Fiona den Fisch briet, den wir gefangen hatten, und das Öl verschüttete und die Küche in Brand setzte? Da hast du echt die Nerven verloren.«
»Sie hat behauptet, du wärst daran schuld gewesen.«
Er lächelte. Er schien ehrlich erheitert. Das war der Jim, den ich kannte. »Ich habe nie jemanden so schnell reagieren sehen. Fiona wurde wirklich mit allem fertig.« Er zögerte. »Bis sie dir begegnete. Ach ja, schöne Zeiten waren das, Bernie.«
»Allerdings.«
Ich dachte, daß er nun doch noch weich wurde, und er muß es mir angesehen haben, denn er sagte: »Aber in diese lausige Untersuchung lasse ich mich nicht reinziehen. Die suchen doch nur jemanden, dem sie die Schuld geben können, das weißt du doch, nicht wahr?«
Ich schwieg.
Jim fuhr fort: »Warum haben sie ausgerechnet dich mit dieser Frage geschickt...? Weil du selbst in die Mangel genommen wirst, wenn ich nicht komme.«
Ich ging darauf nicht ein. »Wäre es nicht besser, wenn du rüberfliegst und ihnen sagst, was du weißt?« schlug ich vor.
Der Vorschlag beruhigte ihn nicht gerade. »Ich weiß überhaupt nichts«, sagte er mit erhobener Stimme. »Mein Gott, Bernie, wie kannst du nur so blind sein? Das Department will doch mit dir abrechnen.«
»Abrechnen? Wofür?«
»Für das, was deine Frau gemacht hat.«
»Das ist unlogisch.«
»Rache ist nie logisch. Laß dir's gesagt sein. Die werden dich drankriegen. So oder so. Selbst wenn einer seinen Abschied nimmt – wie ich's gemacht habe –, macht sie das wütend. Für sie ist das Verrat. Wer einmal beim Department angefangen hat, bleibt für immer drin, so sehen die das.«
»Wie in der Ehe«, sagte ich.
»Bis daß der Tod euch scheidet«, sagte Jim. »Genau. Und die werden dich kriegen, durch deine Frau. Oder vielleicht durch deinen Vater. Warte nur ab.«

Der Aufzug kam endlich, und ich betrat die Kabine. Ich dachte, er wollte mitfahren. Hätte ich gewußt, daß er das nicht vorhatte, dann hätte ich ihm die Anspielung auf meinen Vater nicht ohne Rückfrage durchgehen lassen. Er setzte einen Fuß in die Kabine und drückte innen den Knopf zum Erdgeschoß. Aber da war es schon zu spät. »Gib dem Fahrer kein Trinkgeld«, sagte Jim noch lächelnd, während sich die Türen schlossen. Das letzte, was ich von ihm sah, war dieses Cheshire-Katzen-Lächeln. Ich sollte es lange nicht vergessen.
Als ich auf die Straße hinaustrat, lag der Schnee noch höher, und die Luft war voller dicker Flocken, die herumtrudelten wie Flugsamen mit Motorschaden.
»Wo ist Ihr Gepäck?« fragte der Fahrer. Er stieg aus dem Wagen und schüttete den Rest seines Kaffees in den Schnee, wo ein brauner Krater mit aufgeworfenem Rand entstand, der wie der Vesuv dampfte. Auf eine Fahrt zum Flughafen an einem Freitag nachmittag war er nicht gerade scharf, und man brauchte kein Psychologe zu sein, um zu entziffern, daß ihm genau das im Gesicht geschrieben stand.
»Das ist alles«, sagte ich.
»Sie reisen mit leichtem Gepäck, Mister.« Er machte mir die Tür auf, und ich stieg ein. Der Wagen war warm, vermutlich kehrte der Fahrer eben von irgendeinem Einsatz zurück und hatte erwartet, nach Hause geschickt zu werden. Jetzt war er schlechter Laune.
Der Verkehr floß zäh, selbst für Washington an einem Freitag nachmittag. Ich dachte an Jim, während wir zum Flughafen hinaus krochen. Ich nehme an, er wollte mich loswerden. Weshalb hätte er sonst diese lächerliche Geschichte über Bret Rensselaer erzählt? Die Idee, daß Bret in irgendeinen Finanzschwindel zu Lasten der Regierung verwickelt gewesen sei, war so hirnverbrannt, daß ich sie überhaupt nicht ernsthaft in Betracht zog. Vielleicht hätte ich es tun sollen.

Das Flugzeug war halb leer. Nach einem Tag wie diesem hatten die meisten Leute die Nase voll, auch ohne die Aussicht auf den liebevoll aufmerksamen Service irgendeiner Luftfahrtgesellschaft und womöglich – oder nein, zu dieser Jahreszeit wahrscheinlich – auf eine Umleitung des Fluges nach Manchester. Aber wenigstens hatte ich in der halbleeren Kabine erster Klasse Platz für meine Beine. Das angebotene Glas Champagner nahm ich so begeistert an, daß die Stewardeß mir schließlich die ganze Flasche überließ.

Ich las die Speisekarte für das Dinner und versuchte, nicht an Jim Prettyman zu denken. Ich hatte ihm nicht hart genug zugesetzt. Der unerwartete Anruf von Morgan, dem persönlichen Assistenten des D. G., hatte mich geärgert. Ich hatte an diesem Nachmittag einen Ladenbummel vor. Weihnachten war vorbei und der Winterschlußverkauf in vollem Gange. In einem Schaufenster hatte ich einen großen Modellhubschrauber entdeckt, über den mein Sohn Billy bestimmt ausgeflippt wäre. London gab mir ständig neue Aufträge, die nichts mit mir oder den Sachen, die ich gerade bearbeitete, zu tun hatten. Ich hatte den Verdacht, daß sie diesmal mich geschickt hatten, nicht weil ich sowieso nach Washington mußte, sondern weil man in London wußte, daß Jim ein alter Freund von mir war und sich eher von mir als von sonst jemandem aus dem Department überreden lassen würde. Am Nachmittag war es mir noch ganz recht gewesen, daß Jim sich weigerte, und ich hatte mich richtig darauf gefreut, dem blöden Morgan das zu bestellen. Jetzt, da es zu spät war, dachte ich anders darüber. Vielleicht hätte ich sein Angebot, die Reise mir zuliebe zu machen, doch annehmen sollen.

Ich dachte an Jims Warnungen. Er war nicht der einzige, der überzeugt war, daß das Department mich dafür verantwortlich machte, daß meine Frau übergelaufen war. Aber die Idee, daß sie deshalb versuchen könnten, mir eine Unterschlagung anzuhängen, war neu. Damit würden sie mich natürlich ein für allemal erledigen. Mit so einem Ausrutscher in meiner Biographie würde mich nie wieder jemand beschäftigen. Ein ekliger Gedanke. Und was sollte diese Bemerkung am Schluß, daß sie mich durch meinen Vater kriegen könnten? Mein Vater arbeitete nicht mehr für das Department. Mein Vater war tot.

Ich trank noch ein Glas Champagner – Schaumwein kann man

wegkippen, wenn man ihn warm werden läßt – und leerte die Flasche, ehe ich die Augen schloß und versuchte, mir in Erinnerung zu rufen, was genau Jim gesagt hatte. Dabei muß ich eingeschlafen sein. Ich war müde. Wirklich müde.
Ich erwachte, als mich jemand rüttelte und schüttelte und fragte: »Möchten Sie Frühstück, Sir?«
»Ich habe kein Dinner gehabt«, sagte ich.
»Wir haben die Anweisung, schlafende Gäste nicht zu wecken, Sir«, sagte die Stewardeß.
»Frühstück?«
»In ungefähr fünfundvierzig Minuten landen wir in Heathrow.«
Es war ein Airline-Frühstück: ausgedörrter, verschrumpelter Bacon, ein Kunststoffei mit einem kleinen, schlappen Brötchen und kalorienarmer Milchersatz zum Kaffee. Selbst wenn ich am Verhungern gewesen wäre, das Angebot war leicht auszuschlagen. Das Dinner, das ich verschlafen hatte, war höchstwahrscheinlich nicht besser gewesen, und wenigstens schien mir die Umleitung in das sonnige Manchester diesmal erspart zu bleiben. Das letzte Mal, daß man uns gegen unseren Willen in Manchester abgesetzt hatte, war mir noch lebhaft in Erinnerung. Die leitenden Angestellten der Luftfahrtgesellschaft hatten sich auf den Toiletten versteckt, bis die wütenden, ungewaschenen, unbewirteten Fluggäste in einen ungeheizten Zug geschleust worden waren.
Diesmal landete ich also planmäßig in London. An der Sperre wartete meine Gloria auf mich. Sie holte mich immer vom Flughafen ab, und es gibt keine größere Liebe als die, welche einen Menschen bewegt, freiwillig nach Heathrow hinaus zu fahren.
Sie sah strahlend aus, stand auf den Zehenspitzen und winkte wie eine Wilde. In der Reihe der müden, wie Betrunkene auf das Absperrgitter der Ankunftshalle Nummer drei gelehnten Freunde und Verwandten anderer Ankömmlinge aus Übersee wirkte sie mit ihrem langen, naturblonden Haar und dem auf Taille geschnittenen braunen Wildledermantel mit dem großen Pelzkragen wie ein Leuchtfeuer. Und wenn sie auch ein bißchen zu auffällig mit ihrer Gucci-Handtasche wedelte und sogar zur

Frühstückszeit im Winter diese auffällige Sonnenbrille tragen mußte – ein paar Zugeständnisse konnte man schon machen. Schließlich war sie nur halb so alt wie ich.
»Der Wagen ist draußen«, flüsterte sie, als sie mich aus der festen Umarmung wieder entließ.
»Längst abgeschleppt inzwischen.«
»Sei nicht so miesepetrig. Er wird dasein.«
Und natürlich war er da. Und der von den Meteorologen angekündigte Schnee war nicht da. Der Süden Englands lag in der goldenen Morgensonne, die fast unverschleiert am blauen Himmel stand. Verdammt kalt war es allerdings. Die Meteorologen behaupteten, es sei der kälteste Januar seit 1940, aber wer glaubt denen schon?
»Du wirst das Haus nicht wiedererkennen«, prahlte sie, während sie den gelben, verbeulten Mini stadteinwärts lenkte und dabei die Geschwindigkeitsbegrenzung mißachtete, wütende Taxifahrer schnitt und schläfrige Busfahrer anhupte.
»Na, viel kannst du in einer Woche ja nicht gemacht haben.«
Gloria lachte. »Warte nur ab.«
»Erzähl's mir lieber gleich«, sagte ich mit schlecht verhohlener Besorgnis. »Du hast doch hoffentlich nicht die Gartenmauer abgerissen? Die Rosenbeete nebenan...«
»Warte nur ab, du wirst es ja sehen.«
Sie nahm die Hand vom Steuer, um mir einen Faustschlag gegen das Bein zu versetzen, so als wollte sie sich davon überzeugen, daß ich wirklich aus Fleisch und Blut war. Ahnte sie überhaupt, daß ich den Auszug aus dem Haus in Marylebone mit ziemlich gemischten Gefühlen betrachtete? Nicht nur, weil es praktisch und zentral gelegen war, sondern auch, weil es das erste Haus war, das ich je gekauft hatte, wenn auch mit Hilfe einer noch immer nicht ganz abgetragenen Hypothek, die die Bank nur gewährt hatte, weil mein begüterter Schwiegervater ein gutes Wort für mich eingelegt hatte. Na ja, auf immer verloren war das Haus in der Duke Street nicht. Ich hatte es an amerikanische Junggesellen vermietet, die in der City arbeiteten. Bankangestellte. Sie bezahlten eine sehr anständige Miete, die nicht nur die Hypothek weiter abtragen half, sondern mir auch gestattete, ein

Haus in einem Vorort zu nehmen, und darüber hinaus einen kleinen Teil der Kosten deckte, die mir meine beiden mutterlosen Kinder verursachten.
Gloria war seit dem Umzug in das neue Haus in ihrem Element. Für sie war das ziemlich schäbige Reihenhaus mit dem abbröckelnden Putz, dem Schrumpfvorgarten und einem Seiteneingang, den man als Stellplatz für einen Wagen betoniert hatte, eine Gelegenheit, mir zu beweisen, wie unentbehrlich sie für mich war. Ein neuer Schauplatz, von dem sie hoffte, den Schatten meiner Frau Fiona fernzuhalten. Balaklava Road Nr. 13 sollte unser heimeliges Nest werden, der Ort, an dem wir von nun an glücklich miteinander leben würden wie die Paare am Ende der Märchen, die sie vor noch gar nicht so langer Zeit gelesen hat.
Verstehen Sie mich nicht falsch. Ich liebte sie. Verzweifelt. Wenn ich unterwegs war, zählte ich die Tage – manchmal die Stunden –, bis wir uns wiedersahen. Aber trotzdem war mir bewußt, daß wir eigentlich nicht zusammenpaßten. Sie war noch ein halbes Kind. Ehe sie mir begegnete, war sie mit Schuljungen ausgegangen, Jungen, die ihr bei den Mathematikaufgaben halfen und sie unregelmäßige Verben abfragten. Irgendwann würde sie plötzlich merken, daß da draußen die große, weite Welt auf sie wartete. Und wenn das passierte, war ich vielleicht inzwischen von ihr abhängig geworden. Aber was sage ich? Ich war jetzt schon abhängig von ihr.
»Ist alles gut gelaufen?«
»Alles in Ordnung«, sagte ich.
»Irgend jemand von der Zentralen Finanzierungsstelle hat dir eine Notiz auf den Schreibtisch gelegt... nicht nur eine, ein halbes Dutzend. Hat alles mit einem gewissen Prettyman zu tun.«
»Sonst irgendwas?«
»Nein. Es war sehr ruhig im Büro. Ungewöhnlich ruhig. Wer ist dieser Prettyman?«
»Ein Freund von mir. Sie wollen, daß er aussagt... Es geht um irgendwelches Geld, das spurlos verschwunden zu sein scheint.«
»Und er hat's geklaut?« Das interessierte sie offensichtlich.

»Jim? Nein. Wenn Jim mal an die Kasse geht, dann nimmt er sich zehn Millionen, wenn nicht mehr.«

»Ich dachte, er wäre dein Freund«, sagte sie vorwurfsvoll.

»War nur 'n Scherz.«

»Also, wer hat das Geld gestohlen?«

»Niemand hat irgendwas gestohlen. Die Buchhaltung hat einfach wieder mal geschlampt.«

»Wirklich?«

»Du weißt doch, wie lange die Zahlstelle schon braucht, um eine Spesenabrechnung zu bearbeiten. Hast du die Anfragen gesehen, die sie zu meiner letzten Monatsabrechnung hatten?«

»Das sind nur deine Spesen, mein Lieber. Manche Leute kriegen sie innerhalb einer Woche abgezeichnet und ausbezahlt.«

Ich lächelte. Ich war froh, das Thema wechseln zu können. Prettymans Warnungen hatten eine dumpfe Angst zurückgelassen. Sie lag mir im Magen wie ein Stein.

In Rekordzeit hatten wir die Balaklava Road erreicht. Die Straße war gesäumt von kleinen viktorianischen Häusern mit großen Erkerfenstern. Hier und da fiel eine Fassade in geschmackvollem Pastellton auf. Es war Sonnabend. Trotz der frühen Stunde sah man schon Hausfrauen unter der Last ihrer Panikkäufe heimwärts wanken und Ehemänner die Familienautos wienern. Alle stellten jenen manischen Eifer und jene verbissene Energie zur Schau, die die Briten nur für ihre Hobbys aufwenden.

Der Nachbar, der die andere Hälfte unseres Zweifamilienhauses bewohnte – ein Versicherungsvertreter und leidenschaftlicher Gärtner –, pflanzte gerade seinen Weihnachtsbaum in den hartgefrorenen Boden seines Vorgartens. Die Mühe hätte er sich sparen können, die wachsen nie an. Er winkte uns mit der Schaufel zu, als wir in die schmale Einfahrt einbogen. Der Stellplatz war so eng, daß man kaum aus dem Wagen kam.

Gloria öffnete die frisch gestrichene Haustür mit stolzem Schwung. Der Flur war frisch tapeziert – große senfgelbe Blumen an kringeligen Stengeln –, und ein neuer Teppich lag auch da. Ich bewunderte alles gebührend. Auf dem Küchentisch stand ein Schlüsselblumenstrauß, gedeckt war er mit unserem besten Porzellan. Kristallgläser standen für den Orangensaft bereit, und

geräucherter Bacon lag neben vier braunen Eiern am Herd parat, auf dem eine neue Teflonpfanne stand.
Ich ging mit ihr durch das ganze Haus und bewunderte alles, wie es meine verdammte Pflicht und Schuldigkeit war. Die neuen Vorhänge waren wunderbar. Und wenn die dreiteilige braune Ledergarnitur ein bißchen niedrig war, so daß man Mühe hatte, sich daraus zu erheben – was machte das schon? Schließlich hatten wir ja eine Fernbedienung für den Fernseher. Doch als wir in die Küche zurückkamen und mir bald der Duft von gutem Kaffee und brutzelndem Speck in die Nase stieg, wußte ich, daß sie mir noch was anderes zu erzählen hatte. Es betraf offensichtlich nicht das Haus. Ich nahm an, daß es nicht sonderlich wichtig war. Aber da irrte ich mich.
»Ich habe gekündigt«, sagte sie, am Herd stehend, über die Schulter. Das Department zu verlassen, damit hatte sie schon unzählige Male gedroht. Bisher hatte sie aber ihren Zorn und ihre Enttäuschung jedesmal nur an mir ausgelassen. »Sie haben mir versprochen, mich nach Cambridge zu schicken. Versprochen haben sie's mir!« Allein der Gedanke daran machte sie wütend. Sie sah von der Bratpfanne hoch und drohte mir mit der Gabel, ehe sie den Speck mit ihr aufspießte.
»Und jetzt wollen sie nicht mehr? Haben sie das gesagt?«
»Ich werde mein Studium selbst finanzieren. Wenn ich sparsam bin, schaffe ich's«, sagte sie. »Im Juni werde ich dreiundzwanzig. Ich werde mir jetzt schon vorkommen wie eine Oma, wenn ich mit diesen achtzehnjährigen Schulkindern im Hörsaal sitze.«
»Was haben sie gesagt?«
»Morgan hat mich in der vergangenen Woche auf dem Gang angesprochen. Fragte mich, wie mir die Arbeit gefällt. Und was ist mit meinem Studienplatz in Cambridge? sagte ich. Er hatte nicht den Mumm, mir's geradeheraus zu sagen. Er sagte, es wäre kein Geld dafür da. Das Aas. Aber dafür, daß Morgan an Konferenzen in Australien teilnimmt und an diesem verdammten Symposium in Toronto, dafür ist natürlich Geld da. Für die Vergnügungsreisen der Herren Chefs immer!«
Ich nickte. Ich selbst würde zwar nicht unbedingt nach Australien oder Toronto zum Vergnügen reisen, aber Morgan hatte vielleicht seine Gründe. »Sag bloß, du hast ihm das gesagt?«

»Und ob. Dem hab' ich's gegeben. Wir standen gerade vor dem Büro des Deputy. Wahrscheinlich hat er jedes Wort gehört. Ich hoffe es.«

»Du hast Haare auf den Zähnen, was?«

Knurrend knallte sie die Teller auf den Tisch, konnte sich dann aber das Lachen doch nicht verkneifen. »Na und wie, von der Seite kennst du mich nur noch nicht.«

»Sag doch nicht so was, Liebling!«

»Du behandelst mich wie ein blödes Kind, Bernard. Ich bin kein Idiot.« Ich sagte nichts. Der Toast flog klappernd aus dem Toaster. Gloria rettete beide Scheiben, ehe sie in den Ausguß hüpften, und legte sie neben die Eier mit Bacon auf meinem Teller. Als ich dann zu essen begann, setzte sie sich mir gegenüber, das Gesicht in die Hände, die Ellbogen auf die Tischplatte gestützt, und betrachtete mich aufmerksam, als wäre ich ein Tier im Zoo. Ich gewöhnte mich jetzt langsam daran, aber nervös machte mich diese Aufmerksamkeit noch immer. Manchmal begegnete ich ihrem neugierigen Blick, wenn ich aus einem Buch aufsah oder den Telefonhörer auflegte.

»Wann, hast du gesagt, kommen die Kinder nach Hause?« fragte ich.

»Du hast doch nichts dagegen, daß sie zu dem Handarbeitsmarkt gegangen sind?«

»Ich weiß nicht, was ein Handarbeitsmarkt ist«, sagte ich, und es stimmte sogar.

»Er ist im Gemeindesaal an der Sebastopol Road. Die Leute backen Kuchen, legen Gurken ein, stricken Teewärmer und stiften Weihnachtsgeschenke, die sie nicht brauchen können. Es ist ein Wohltätigkeitsbasar.«

»Und warum sollten Billy und Sally dahin wollen?«

»Ich wußte, daß du dich ärgerst.«

»Ich ärgere mich nicht, aber weshalb sollte sie so was interessieren?«

»Spielzeug gibt's da auch. Genaugenommen ist es ein Trödelmarkt, aber der Frauenbund nennt die Veranstaltung eben den Neujahrshandarbeitsmarkt. Klingt einfach besser. Ich wußte, daß du keine Geschenke mitbringen würdest.«

»Ich hab's versucht. Ich wollte, wirklich.«
»Ich weiß, Liebster. Die Geschenke waren auch nicht der Grund, weshalb die Kinder hiersein wollten, wenn du kommst. Aber ich habe sie überredet hinzugehen. Es ist gut für sie, mit Kindern zusammenzusein. Ein Schulwechsel in diesem Alter ist nicht leicht. In London hatten sie viele Freunde; jetzt müssen sie sich hier neue suchen. Es ist nicht leicht, Bernie.« Eine beachtliche Rede. Vielleicht hatte sie die vorbereitet.
»Ich weiß.« Ich malte mir immer noch mit Schrecken aus, wie es sein würde, wenn sie ab Oktober – oder wann immer das akademische Jahr an solchen Orten anfing – in Cambridge studierte. Was sollte ich dann in diesem elenden Haus in einer Gegend, wo ich keine Menschenseele kannte? Und was sollte aus den Kindern werden?
Sie hatte offenbar meine Gedanken gelesen. »Ich komme an jedem Wochenende nach Hause«, versprach sie.
»Du weißt, daß das unmöglich ist«, sagte ich. »Du wirst verdammt hart arbeiten müssen. Ich kenn' dich doch. Du wirst alles besser machen wollen, als es jemals von irgend jemand anderem gemacht worden ist.«
»Es wird schon gehen, Liebster«, sagte sie. »Wenn wir es beide wollen, wird alles gutgehen, du wirst schon sehen.«
Muffin, unsere lebenserfahrene Katze, kam und klopfte ans Fenster. Muffin schien das einzige Mitglied der Familie zu sein, dem die Übersiedlung in die Balaklava Road überhaupt keine Schwierigkeiten gemacht hatte. Und sogar Muffin kam in manchen Nächten nicht nach Hause.

2

Noch etwas gab es, das ich an den Vororten nicht mochte: den Weg zur Arbeit. In meinem alternden Volvo nahm ich es mit den allmorgendlichen Staus auf, aber Gloria leistete mir dabei selten Gesellschaft. Sie fuhr lieber mit der Bahn, jedenfalls behauptete sie das, sagte, das gäbe ihr ein bißchen Zeit zum Nachdenken. Aber der Zug um 7.32 Uhr kam immer schon bis auf den letzten Platz besetzt aus den weiter draußen gelegenen Vororten an, und ich hatte keine Lust, jeden Morgen eingekeilt bis Waterloo Station zu stehen. Außerdem hatte ich den mir zustehenden Parkplatz zu verteidigen. Die Hyänen umkreisten ihn schon. Kaum hatte ich meine neue Adresse gemeldet, hatte der alte Mann im Personalbüro mir schon nahegelegt, gegen eine kleine finanzielle Abfindung darauf zu verzichten. »Ich nehme an, Sie werden von jetzt an mit der Bahn kommen?« »Nein«, hatte ich scharf gesagt. »Nein, ich denke nicht daran.« Und von den paar Tagen abgesehen, an denen der Volvo in der Werkstatt war (die Kupplung), war ich tatsächlich nie mit der Bahn gefahren. Ich gab mir höchstens fünf aufeinanderfolgende Tage, an denen ich nicht mit dem Wagen zur Arbeit kam, dann wäre der Parkplatz, den ich mir so sauer verdient hatte, irgend jemand anderem zugeteilt, der ihn dringender brauchen konnte.

Und so nahm ich am Montag den Wagen, während Gloria mit der Bahn fuhr. Sie war natürlich eher im Büro. Von Waterloo Station sind's dorthin nur zwei oder drei Minuten zu Fuß, ich dagegen steckte wie gewöhnlich ab Wimbledon im Stau.

Bei meiner Ankunft im Büro erwarteten mich Kummer und Sorgen auf der Türschwelle. Dicky Cruyer war bereits da, was schon für sich allein bewies, daß irgendeine Krise angesagt war.

Offenbar hatten sie ihn telefonisch von seinem gemütlichen Frühstück weggeholt, das er sich nach dem Joggen über die Hampstead Heath jeden Morgen gönnt. Sogar Percy Babcock, der Deputy D. G., hatte sich aus seiner Anwaltspraxis zu einer Sitzung früh am Morgen ins Büro bemüht.

»Sitzungszimmer Nummer zwei«, sagte das im Gang wartende Mädchen. Sie sagte das in einem verschwörerischen Flüsterton, dem man ihre Aufregung anhörte: Als wenn dies endlich der Tag wäre, auf den sie immer gewartet hatte, seit sie unsere langweiligen Berichte zu tippen begann. Ich nehme an, Dicky hatte sie angewiesen, vor meinem Zimmer auf mich zu warten. »Sir Percy führt den Vorsitz. Gehen Sie bitte gleich hin.«

»Danke, Mabel«, sagte ich und gab ihr meinen Mantel und eine Ledertasche mit höchst unwichtigen und nicht geheimen Akten, die sie von mir aus gern verschusseln hätte können. Sie lächelte pflichtschuldig. Ihr Name war nicht Mabel, aber ich nannte sie alle Mabel, und ich nehme an, mit der Zeit gewöhnten sie sich dran.

Nummer zwei war auf der obersten Etage. Ein schmaler Raum, in dem knapp vierzehn Personen sitzen konnten. Durchs Fenster sah man die häßlichen Hochhäuser der City, die heute den niedrig hängenden, grauen Himmel zu stützen schienen.

»Samson! Gut«, sagte der Deputy D. G., als ich eintrat. Notizblock, ein Bleistift und ein Stuhl erwarteten mich, und ich bemerkte zwei weitere Notizblöcke und Bleistifte, die vielleicht noch zwei andere Mitarbeiter unseres Hauses erwarteten, die heute zu spät zur Arbeit kamen, in der Hoffnung, daß das niemandem auffallen würde. Pech.

»Hast du schon gehört?« fragte Dicky.

Offensichtlich war Dicky der Dumme. Krise in der Deutschland-Abteilung. Kein Routinebericht für den Deputy, keine Konferenz zur Abstimmung der Urlaubspläne für das kommende Jahr und auch keine weiteren Fragen, was wohl die Zentrale Finanzierungsstelle mit den paar hunderttausend Pfund gemacht hat, die Jim Prettyman für Bret Rensselaer anwies und die Bret Rensselaer nie bekam. Dies hier war was Ernstes. »Nein«, sagte ich. »Was ist passiert?«

»Bizet«, sagte Dicky und kaute weiter an einem Fingernagel. Ich kannte die Gruppe. Jedenfalls kannte ich sie so gut, wie ein Schreibtischtäter in London die Leute kennen kann, die die wirklich schmutzige, gefährliche Arbeit machen. Irgendwo in der Nähe von Frankfurt an der Oder, an der polnischen Grenze der DDR. »Polen«, sagte ich. »Oder so hat's jedenfalls angefangen. Polen, die in irgendeiner Schwerindustrie arbeiten.«
»Richtig«, sagte Dicky zurückhaltend. Er hatte eine Akte vor sich und überprüfte darin, wie gut mein Gedächtnis funktionierte.
»Was ist passiert?«
»Sieht übel aus«, sagte Dicky, unschlagbarer Meister in nichtssagenden Antworten auf jede nur erdenkliche Frage, ausgenommen solche nach den gastronomischen Qualitäten teurer Restaurants.
Billingsly, ein kahlköpfiger Jüngling aus dem Datenzentrum, klopfte sich mit der schweren Hornbrille in die Handfläche und sagte: »Es scheint, daß wir mehr als einen von ihnen verloren haben. Das ist immer ein schlechtes Zeichen.«
Diese Erkenntnis war inzwischen also schon bis ins Datenzentrum vorgedrungen. Wenn das kein Fortschritt war. »Ja«, sagte ich, »das ist immer ein schlechtes Zeichen.«
Billingsly sah mich an, als hätte ich ihn geohrfeigt. Sehr viel weniger herzlich entgegnete er: »Wenn Ihnen noch was anderes einfällt, das wir machen könnten...«
»Haben Sie eine Kontaktleine rausgelassen?« fragte ich.
Billingsly schien nicht genau zu wissen, was ich meinte: eine Musterung der Überlebenden. Endlich aber hörte Harry Strang, ein alternder Gorilla von der Operationsabteilung, lange genug auf, sich mit dem Radiergummi seines neuen gelben Bleistifts die Backen zu streicheln, um meine Frage zu beantworten: »Gestern früh.«
»Das war zu früh.«
»Genau das habe ich dem Deputy gesagt«, warf Dicky Cruyer ein und nickte Sir Percy ehrerbietig zu. Dicky sah von Minute zu Minute erschöpfter und kränker aus. In solchen Situationen bekam er für gewöhnlich Krankheiten, die ihn vollkommen

arbeitsunfähig machten. Der Gedanke, eine Entscheidung treffen und dazu stehen zu müssen, war es, was ihn infizierte.
»Messe«, sagte Harry Strang.
»Sie treffen sich bei der Messe am Sonntag morgen«, erklärte Dicky Cruyer.
»Sonst keine Kommunikation?« fragte ich.
»Nein«, sagte Strang, »das ist es ja gerade, was die Sache so schwierig macht.«
»Allerdings«, sagte ich. »Was noch?«
Für einen Augenblick herrschte Schweigen. Mit ein bißchen Verfolgungswahn hätte ich mir ohne weiteres einbilden können, daß sie mir was verheimlichen wollten.
»Schnipsel«, sagte Billingsly.
Strang sagte: »Wir haben was von drinnen. In der Gegend von Frankfurt sind zwei Männer in Untersuchungshaft genommen worden.«
»Berlin.«
»Berlin? Nein, Frankfurt«, sagte Billingsly.
Billingsly ging mir allmählich auf die Nerven. Im Datenzentrum waren sie alle so. Die bildeten sich ein, wir brauchten ein paar Megabytes unsortierter Information, um auf ihr Niveau zu kommen. »Stellen Sie sich doch nicht so dumm an«, sagte ich. Und zu Strang: »Haben Sie die Information aus Berlin oder aus Frankfurt?«
»Berlin«, sagte Strang. »Normannenstraße.« Das war der große, graue Häuserblock in Berlin-Lichtenberg, von dem aus der Stasi – Staatssicherheitsdienst der DDR – seine Welt einschüchterte und sich in unsere einmischte.
»An einem Wochenende«, sagte ich. »Klingt schlecht. Wenn der Stasi in Frankfurt das über Fernschreiber laufen läßt, dann glaubt er, er hat einen guten Fang gemacht.«
»Die Frage, die wir hier diskutieren«, sagte der Deputy mit jener sanften Höflichkeit von Staatsanwälten, wenn sie einen nervösen Angeklagten zu einem unwiderruflichen Schuldgeständnis führen, »ist, ob wir der Sache nachgehen sollen.« Er sah mich an und neigte den Kopf zur Seite, als könne er mich so besser sehen. Ich erwiderte den Blick. Er war ein ulkiger, rundlicher, kleiner

Mann mit glänzendem rosa Gesicht und leuchtenden Augen und flach an den Schädel geklatschtem Haar. Schwarzes Jackett, eine Weste voller alter Füllfederhalter und Bleistifte, Hosen mit Nadelstreifenmuster, Krawatte in den Farben irgendeiner obskuren Publik-School, die Krawattennadel mit Brillantsplittern besetzt. Ein Jurist. Wäre man ihm auf der Straße begegnet, hätte man ihn für einen Winkeladvokaten oder Angestellten der Anwaltskanzlei gehalten. Im wirklichen Leben – das heißt außerhalb dieses Gebäudes – leitete er eine der erfolgreichsten Anwaltskanzleien Londons. Weshalb er an dem undankbaren Geschäft hier festhielt, war mir ein Rätsel. Allerdings konnte er damit rechnen, bald den ganzen Laden zu übernehmen. Daß der D. G. es nicht mehr lange machen würde, war inzwischen allgemein bekannt.

Ich sagte: »Sie meinen, ob Sie jemand hinschicken sollen, der der Sache nachgeht?«

»Eben das«, sagte der Deputy. »Ich glaube, wir würden alle gerne Ihre Meinung dazu hören, Samson.«

Ich versuchte, Zeit zu gewinnen. »Irgend jemand von der Einsatzgruppe Berlin oder von anderswoher?«

»Ich glaube nicht, daß die EB damit befaßt werden sollte«, sagte Strang hastig. Der Standpunkt der Operationsabteilung war jedenfalls klar.

Es war auch der richtige. Es wäre total verrückt gewesen, jemanden aus West-Berlin auf die Sache anzusetzen. In einer Gegend wie dieser wird jeder Fremde sofort von jedem diensthabenden Geheimpolizisten aufs Korn genommen und womöglich von ein paar, die gerade dienstfrei haben, noch dazu. »Sie haben wahrscheinlich recht«, sagte ich, als gäbe ich damit etwas zu.

Strang sagte: »Den hätten sie doch eingebuchtet, ehe die Tinte trocken wäre, mit der er seine Anmeldung im Hotel unterschreibt.«

»Wir haben Leute, die näher dran sind«, sagte der Deputy.

Alle sahen jetzt mich an. Deshalb hatten sie auf mich gewartet. Sie wußten schon, was bei der Diskussion herauskommen sollte, aber sie legten Wert darauf, daß ich, der ehemalige Außendienstmann, es aussprach. Dann konnten sie weiterarbeiten, zum Essen gehen oder eindösen bis zur nächsten Krise.

»Wir können sie nicht einfach ihrem Schicksal überlassen«, sagte ich.
Alle nickten. Wir mußten uns zuerst auf die falsche Antwort einigen, das erforderte die Ethik des Department.
»Sie haben uns gute Sachen geschickt. Nichts Großartiges natürlich, sie waren ja einfache Stahlarbeiter, aber enttäuscht haben sie uns nie«, sagte Dicky.
»Ich würde gern hören, was Samson meint«, sagte der Deputy. Er hatte einen dünnen, goldenen Drehbleistift in der Hand. Er saß in seinen Sessel zurückgelehnt, die Hand bei dem Notizblock auf dem Tisch. Jetzt hob er den Blick von seinen Notizen, sah mich an und lächelte mir aufmunternd zu.
»Wir müssen die Sache sausenlassen«, sagte ich schließlich.
»Reden Sie etwas deutlicher«, sagte der Deputy mit seiner Lehrerstimme.
Ich räusperte mich. »Wir können nichts machen«, sagte ich erheblich lauter. »Wir werden einfach abwarten müssen, was weiter passiert.«
Alle wandten sich dem Deputy zu und beobachteten, wie er reagierte. »Ich glaube, das ist vernünftig«, sagte er schließlich. Dicky lächelte erleichtert, weil jemand anderer eine Entscheidung getroffen hatte. Noch dazu die Entscheidung, nichts zu unternehmen. Er rutschte in seinem Sessel herum, fuhr sich mit der Hand durch das lockige Haar, sah im Zimmer herum und nickte. Dann sah er zu dem Protokollführer hinüber, wie um sich zu vergewissern, daß er auch mitgeschrieben hatte.
Na schön, für den heutigen Tag hatte ich mein Gehalt verdient. Ich hatte ihnen genau das gesagt, was sie alle hören wollten. Nun würde ein oder zwei Tage lang nichts mehr passieren, außer daß ein paar polnischen Arbeitern unter ärztlicher Aufsicht und in Anwesenheit eines Stenographen die Fingernägel ausgerissen wurden.
Es klopfte an der Tür, und ein Tablett mit Tee und Keksen wurde gebracht. Billingsly, vielleicht weil er der Jüngste und am wenigsten Arthritische von uns war, vielleicht auch weil er einen guten Eindruck auf den Deputy machen wollte, verteilte Tassen und Untertassen und reichte die Milch und die Teekanne über die polierte Tischplatte.

»Hafermehlplätzchen mit Schokolade«, sagte Harry Strang. Ich sah zu ihm hinüber, und er zwinkerte mir zu. Harry wußte, was ablief. Harry war lange genug draußen gewesen, um zu wissen, was ich dachte.

Harry goß mir Tee ein. Ich nahm die Tasse und trank einen Schluck. Der Tee brannte mir im Magen wie Säure. Der Deputy beugte sich zu Billingsly und fragte ihn wegen der ungewöhnlich häufigen Ausfälle, die in letzter Zeit bei den Computern im Yellow Submarine auftraten. Billingsly erwiderte, daß man auf solchen Ärger bei einem elektronischen Spielzeug immer gefaßt sein müsse. Der Deputy sagte, nein, nicht wenn man zwei Millionen Pfund dafür bezahlt hat.

»Keks?« fragte Harry Strang.

»Nein, danke.«

»Wenn ich mich recht erinnere, mochten Sie früher diese Hafermehlplätzchen mit Schokolade aber gern«, sagte er spöttisch.

Ich beugte mich vor, um zu sehen, was der Deputy auf seinen Notizblock geschrieben hatte, aber es war nur Gekritzel: an die hundert wellige konzentrische Kreise mit einem dicken Punkt in der Mitte. Kein Ausweg. Keine Lösung. Kein Nichts. Die Antwort auf seine Frage, nehme ich an, und ich hatte ihm diese Antwort gegeben. Zehn Punkte aus zehn, Samson, so kommt man vorwärts in diesem Spiel.

Ehe nicht der Deputy seinen Tee getrunken hatte, konnten selbst die Beschäftigten von uns nicht daran denken, sich aus der Runde zu verabschieden. Der Deputy wollte eben den Raum verlassen, als Morgan – der eifrigste Kriecher vor dem D. G. – mit hochrotem Kopf, noch im Mantel, einen kurzen zusammenschiebbaren Regenschirm wie eine Prozessionskerze in der Hand, zur Tür hereinkam. Er sagte in seinem singenden walisischen Akzent: »Entschuldigen Sie bitte die Verspätung, Sir. Ich hatte ganz schrecklichen und unerwarteten Ärger mit meinem Wagen.« Er biß sich auf die Lippe. Anstrengung und Sorge machten ihn noch blasser als sonst.

Der Deputy war verärgert, ließ sich davon aber nur einen Schimmer anmerken. »Wir sind auch ohne Sie zurechtgekommen, Morgan«, sagte er.

Als der Deputy das Zimmer verließ, warf Morgan mir einen haßerfüllten Blick zu, den zu verbergen er sich nicht im mindesten bemühte. Vielleicht gab er mir die Schuld an seiner Demütigung, vielleicht nahm er mir auch nur übel, daß ich sie mit angesehen hatte. Wenn jedenfalls das Department mal jemanden brauchen sollte, mich zu begraben, auf Morgan konnte es immer rechnen. Möglicherweise war er sogar schon dabei, mir mein Grab zu schaufeln.

Ich ging nach unten, erleichtert, die Sitzung hinter mir zu haben, auch wenn ich danach nur in meinem engen, kleinen Büro landete, wo sich unbearbeitete Akten wartend stapelten. Ich starrte auf den übervollen Tisch neben dem Fenster, vor allem aber auf zwei in wunderschönes Weihnachtspapier gewickelte Schachteln. Auf der einen stand »Billy«, auf der anderen »Sally«. Die Schachteln waren von Harrods geliefert worden mit Karten, auf denen zu lesen war: »Mit viel Liebe von Mama«, allerdings nicht in Fionas Handschrift. Ich hätte die Pakete den Kindern natürlich schon vor Weihnachten geben sollen, statt dessen hatte ich sie aber hier liegen lassen und versuchte, sie nicht anzusehen. Auch in den Vorjahren hatte sie immer Weihnachtsgeschenke geschickt, und ich hatte sie unter den Baum gelegt. Die Kinder hatten die Grußkarten kommentarlos zur Kenntnis genommen. Aber diesmal hatten wir Weihnachten in unserem neuen Haus gefeiert, und irgendwie wollte ich Fiona da raushalten. Durch den Umzug war ich wenigstens Fionas Kleider und ihre persönlichen Sachen losgeworden. Ich wollte einen neuen Anfang machen, aber deswegen wurde die Begegnung mit diesen glänzenden Schachteln, jedesmal, wenn ich ins Büro kam, auch nicht einfacher.

Mein Schreibtisch war ein Chaos. Meine Sekretärin Brenda hatte für zwei Frauen in der Registratur einspringen müssen, die krank oder schwanger oder was weiß ich waren, so versuchte ich nun auf eigene Faust das Durcheinander zu ordnen, das sich in der Woche meiner Abwesenheit auf dem Tisch angehäuft hatte.

Das erste, was mir auffiel, waren die rot als »dringend« bezeichneten Mitteilungen über Prettyman. Du lieber Himmel, am letzten Donnerstag mußten alle halbe Stunde neue Mitteilungen, Anfragen, Aufträge und wohlmeinende Ratschläge auf meinem Schreibtisch gelandet sein. Ein Segen nur, daß Brenda vernünftig genug war, mir nicht dieses ganze Zeug nach Washington nachzuschicken. Jetzt war ich wieder hier, und meinetwegen konnten sie jemand anderen schicken, Jim Prettyman den Arm umzudrehen und diesem Ausschuß trüber Tassen von der Hauptkasse vorzuführen, die verzweifelt Ausschau hielten nach irgendeinem Unglücksraben, dem sie die Schuld an ihrer eigenen Unfähigkeit geben konnten.

Ich war schon dabei, das ganze Zeug in den streng vertraulichen Müll zu werfen, als mir die Unterschrift unter all diesen Botschaften auffiel. Billingsly. Äußerst seltsam, daß Billingsly die Sache heute morgen im Konferenzzimmer Nummer zwei mit keinem Wort erwähnt hatte. Er hatte nicht mal gefragt, was dabei rausgekommen sei. Sein Interesse, um nicht zu sagen seine Obsession, Prettyman nach London zu holen, hatte offenbar ganz plötzlich eine traumatische Wandlung durchgemacht. Aber das war typisch für Leute wie Billingsly – und andere im Department –, die mit beunruhigender Abruptheit zwischen Panik und Gedächtnisschwund schwankten.

Ich warf die Papiere also weg und vergaß das Ganze. Es war sinnlos, Jim Prettyman in Schwierigkeiten zu bringen. Meines Erachtens machte er einen Fehler, sich wegen dieser Kleinigkeit plötzlich aufs hohe Roß zu setzen. Er hätte aussagen können und sich damit lieb Kind gemacht. Er hätte sich auch weigern können, ohne sie vor den Kopf zu stoßen. Aber ich glaube, es machte ihm Spaß, sie zu brüskieren. Ich beschloß, die Wogen zu glätten, soweit das in meiner Macht stand. In meinem Bericht würde ich nicht sagen, daß er's rundheraus abgelehnt hatte zu kommen, sondern daß er sich's noch überlegte. Und bis mein Bericht angefordert würde, wollte ich überhaupt nichts sagen.

Ich sah Gloria erst beim Mittagessen im Restaurant wieder. Kürzlich war sie, weil sie fließend ungarisch sprach, an einen Schreibtisch in der unteren Etage versetzt worden: Beförderung, höheres Gehalt und sehr viel mehr Verantwortung. Ich nehme an, sie hofften, daß Gloria unter diesen Umständen nicht wagen würde, sie an das Versprechen zu erinnern, ihr Studium in Cambridge zu finanzieren. Seitdem sie in der neuen Stellung arbeitete, sah ich sie während der Dienststunden nicht mehr oft, und so wurden nun häusliche Angelegenheiten meist während des Mittagessens besprochen: Würde es aufdringlich wirken, wenn wir die Cruyers zum Essen einladen? Wer hatte den Zettel von der chemischen Reinigung? Warum hatte ich Muffin eine neue Büchse Katzenfutter aufgemacht, obwohl noch eine halbvolle im Eisschrank stand?

Ich fragte sie, ob wegen ihrer Kündigung inzwischen noch irgendwas gesagt worden sei, wobei ich vermutlich insgeheim hoffte, daß sie sich's noch mal anders überlegt hätte. Dem war nicht so. Als ich über einer »Pilz-Quiche mit Wintersalat« die Frage aufs Tapet brachte, erzählte sie mir, daß eine Freundin ihr aus Cambridge geschrieben habe, wahrscheinlich könne sie ihr dort ein hübsches Zimmer besorgen.

»Und was soll ich mit dem Haus machen?«

»Nicht so laut, Liebster«, sagte sie. Wir hielten noch immer an der absurden Fiktion fest, daß unsere Kollegen – diejenigen, die sich dafür interessieren mochten – nicht wüßten, daß wir zusammenlebten. »Ich werde weiter die halbe Miete zahlen. Habe ich dir doch schon gesagt.«

»Mit der Miete hat das nichts zu tun. Es ist nur, daß ich niemals ein Haus am Arsch der Welt gemietet hätte, nur um jeden Abend alleine vor dem Fernseher zu sitzen und schmutzige Wäsche zu sammeln, bis genug da ist, die Waschmaschine vollzuladen.«

Das provozierte ein spöttisches Lächeln. Sie rückte näher zu mir heran und sagte: »Wenn du erst merkst, wieviel schmutzige Wäsche die Kinder jeden Tag haben, wirst du dir keine Sorgen mehr machen, die Waschmaschine voll zu kriegen. Du wirst händeringend einen Laden suchen, wo du Waschpulver im Angebot kriegst.« Sie nippte an ihrem Apfelsaft mit Zusatz von Vitamin C. »Du hast ein Kindermädchen. Die nette Mrs. Palmer kommt jeden Tag zum Putzen. Ich werde jedes Wochenende kommen. Ich weiß also nicht, was du hast.«

»Ich wünschte, du wärst ein bißchen realistischer. Cambridge ist verdammt weit weg von der Balaklava Road. Der Wochenendverkehr auf den Straßen wird grauenhaft sein, die Zugverbindung ist noch schlimmer, und büffeln mußt du außerdem.«
»Ich wünschte, ich könnte dich beruhigen«, sagte sie. »Bist du krank? Irgendwas stimmt nicht mehr mit dir, seitdem du aus Washington zurück bist. Ist irgendwas schiefgegangen?«
»Wenn ich gewußt hätte, was du vorhast, hätte ich was anderes gemacht.«
»Aber ich habe es dir doch gesagt. Und nicht nur einmal.« Sie schlug die Augen nieder und fuhr fort, ihren Wintersalat zu essen, als wäre weiter nichts zu sagen. In gewissem Sinne hatte sie ja recht. Von ihrem Plan, in Cambridge zu studieren, redete sie seit Jahren. Sie hatte mir so oft davon erzählt, daß ich ihn längst nicht mehr ernst nahm. Als sie mir nun sagte, daß sie tatsächlich gekündigt hatte, konnte ich es kaum fassen.
»Ich dachte, das hätte noch Zeit gehabt bis nächstes Jahr«, sagte ich lahm.
»Du hast gedacht, es würde nie dazu kommen«, sagte sie. Dann blickte sie auf und bedachte mich mit einem wunderbaren Lächeln. Das mußte man diesem verdammten Studienprojekt allerdings lassen: Die Aussicht, nach Cambridge zu gehen, versetzte sie in die heiterste Laune. Oder war es nur meine Bestürzung, die sie so amüsierte?

3

Es war der Abend, an dem Gloria immer ihre Eltern besuchte. Dienstags ging sie abends zum Mathematikunterricht, mittwochs war Volkswirtschaft dran, donnerstags die Eltern. Da sie sich ihre Zeit so genau einteilte, fragte ich mich manchmal, ob ich eine ihrer Pflichten oder Teil ihrer Freizeitgestaltung war.
Ich blieb ungefähr eine Stunde länger als gewöhnlich im Büro, bis plötzlich Mr. Gaskell anrief, ein kürzlich pensionierter Artillerie-Feldwebel, der jetzt den Sicherheitsdienst beim Empfang hier versah. »Eine Dame ist hier. Will Sie persönlich sehen, hat Ihren Namen genannt, Mr. Samson.« Er flüsterte so diskret, daß es verschwörerisch wirkte. Ich fragte mich, ob dieser Respekt meinen beruflichen oder meinen gesellschaftlichen Verpflichtungen galt.
»Hat sie einen Namen, Mr. Gaskell?«
»Lucinda Matthews.« Es hörte sich an, als läse er den Namen von dem Anmeldeformular ab, das Besucher bei uns ausfüllen müssen.
Der Name sagte mir gar nichts, aber ich hielt es für das Beste, das nicht zu erwähnen. »Ich komme runter«, sagte ich.
»Das wäre gut«, erwiderte der Sicherheitsbeamte. »Ich kann sie ja nicht alleine ins Haus lassen. Sie verstehen doch, Mr. Samson?«
»Ich verstehe.« Ich sah aus dem Fenster. Die tiefhängende, graue Wolkendecke, die schon den ganzen Tag verdunkelt hatte, schien sich noch weiter gesenkt zu haben, und in der Dämmerung sah ich winzige Lichter wirbeln. Es fing also wirklich an zu schneien, wie im Wetterbericht angekündigt. Ich fröstelte bei dem Gedanken an die Kälte draußen.

Als ich endlich meine Akten weggeschlossen, mich davon überzeugt hatte, daß die Schränke ordnungsgemäß versperrt waren, und zum Pförtner herunterkam, war die mysteriöse Lucinda nicht mehr da.

»Eine nette kleine Person, Sir«, vertraute Gaskell mir an, als ich mich nach ihr erkundigte. Er stand neben dem Empfangspult in seiner dunkelblauen Pförtneruniform und trommelte mit den Fingern nervös auf einen Stapel eselsohriger Zeitschriften, die dort für Besucher, die lange in der zugigen Eingangshalle warten mußten, bereitlagen. »Gut gekleidet, eine Dame, wenn Sie wissen, was ich meine.«

Ich hatte keine Ahnung, was er meinte. Gaskell redete eine Sprache, die gänzlich seine eigene zu sein schien. Besonders rätselhaft waren seine Äußerungen über Kleidung, Rang und Klasse, vielleicht wegen des sozialen Niemandslands, das die höheren Mannschaftsgrade des Militärs bewohnen. Dergleichen elliptische Äußerungen war ich von Gaskell schon gewöhnt über alle möglichen Sachen. Ich wußte nie, wovon er redete.

»Hat sie gesagt, wo sie auf mich warten will?«

»Sie hatte den Wagen vor der Tür geparkt, Sir. Ich habe ihr gesagt, sie solle ihn wegfahren. Sie kennen ja die Bestimmungen.«

»Ja, ich weiß.«

»Autobomben und so weiter.« Ganz gleich, wie weit er vom Thema abschweifte, immer redete er in dem Kommandoton, den er sich als Feldwebel angewöhnt hatte.

»Hat sie gesagt, wo sie auf mich warten will?« wiederholte ich meine Frage. Draußen fiel jetzt der Schnee in dicken Flocken. Der Boden war kalt, der Schnee würde also liegen bleiben. Ein paar Handvoll reichten in dieser Metropole schon, um das gesamte öffentliche Verkehrssystem lahmzulegen. Gloria würde inzwischen bei ihren Eltern sein. Sie war mit der Bahn gefahren. Ich fragte mich, ob sie bei ihren Eltern übernachten würde oder erwartete, daß ich sie mit dem Wagen abholte. Ihre Eltern wohnten in Epsom; für meinen Geschmack unserem neuen Nest in Raynes Park entschieden zu nahe. Gloria sagte immer, ich hätte Angst vor ihrem Vater. Angst hatte ich nicht, nur keine Lust, von einem ungarischen Zahnarzt wegen meines Verhältnisses zu seiner kleinen Tochter verhört zu werden.

Gaskell redete weiter. »Fabelhaftes Fahrzeug. Ein dunkelgrüner Mercedes. Glänzend! Gewachst! Der wird gepflegt, das sieht man sofort. Eine Dame, die einen Wagen poliert, ist mir noch nicht vorgekommen. So was liegt ihnen nicht.«

»Wo ist sie hin, Mr. Gaskell?«

»Ich habe ihr gesagt, der beste Parkplatz hier in der Nähe ist der vom Elephant and Castle.« Er ging zu dem Stadtplan an der Wand und zeigte mir, wo man das Lokal findet. Gaskell war ein stattlicher Mann. Er hatte sich schon mit fünfzig pensionieren lassen. Ich fragte mich, weshalb er kein Wirt geworden war. Hinter der Theke eines Pubs konnte ich ihn mir gut vorstellen. Und als ich mich in der letzten Woche nach dem Fahrplan der Züge zwischen London und Portsmouth bei ihm erkundigt hatte, hatte er mir mit einem Schwall anderer Informationen auch anvertraut, daß er genau das gerne gemacht hätte.

»Vergessen Sie den Parkplatz, Mr. Gaskell. Ich will wissen, wo sie mich erwartet.«

»Sandy's«, sagte er nun. »Sie kennen das Lokal angeblich gut.« Er sah mich prüfend an. Seitdem unsere Büroadresse dank den Bemühungen der um die öffentliche Kontrolle der Geheimdienste so besorgten Presse allgemein bekanntgeworden war, hatte das Personal die strikte Anweisung, Bars, Pubs und Clubs in der näheren Umgebung zu meiden, weil dort mit der ständigen Anwesenheit diverser Lauscher, Amateure, aber auch Profis, zu rechnen war.

»Ich wünschte, Sie würden solche Sachen notieren«, sagte ich. »Ich kenne das überhaupt nicht. Wissen Sie, wo das sein soll? Ist es ein Café oder was?«

»Auf alle Fälle kein Café, das ich kenne«, erwiderte Gaskell. Er runzelte die Stirn und saugte an seinen Zähnen. »Hier in der Nähe kann's nicht sein.« Und dann erhellte eine Erinnerung sein Gesicht. »Big Henry's! Das ist es, was sie gesagt hat. Big Henry's.«

»Big Henty's«, verbesserte ich. »Tower Bridge Road. Ja, das kenne ich.«

Ja, ich kannte es, und ich war nicht scharf darauf, der Dame, die mich dort erwartete, Gesellschaft zu leisten. Ich wußte genau, was für »Informanten« sich bei Big Henty's mit einem treffen wollten. Schwätzer, die hofften, mühelos ein bißchen dazuzuverdienen. Und ich hatte mich darauf gefreut, den Abend allein zu Hause am Kaminfeuer mit den Resten des Entenbratens vom Sonntag, einer Flasche Wein und einem Buch zu verbringen. Ich blickte zur Tür und dann zu Gaskell. Und ich fragte mich, ob es nicht das Vernünftigste wäre, mir Lucinda und die Leute, die sie vielleicht vorgeschickt hatten, aus dem Kopf zu schlagen, geradewegs nach Hause zu fahren und die ganze Sache zu ignorieren. Höchstwahrscheinlich würde ich von der geheimnisvollen Lucinda nie wieder etwas hören. Die Stadt war voll von Leuten, die mich vor Jahren einmal gekannt hatten und sich plötzlich an mich erinnerten, wenn es ihnen einfiel, daß sie ein paar Pfund aus der öffentlichen Hand gut gebrauchen und diese gegen irgendwelche überholten und unzuverlässigen Informationen einhandeln könnten.

»Wenn Sie wollen, daß ich mitkomme, Mr. Samson...« sagte Gaskell auf einmal und hielt inne, damit ich über sein Angebot nachdenken konnte.

Gaskell nahm also an, daß in irgendeiner Form mit Gewalt zu rechnen war. Ein anständiger Kerl, dieser Gaskell. Aber sicherlich war er zu alt für solche Sachen. Ich war es jedenfalls.

»Das ist sehr freundlich von Ihnen, Mr. Gaskell«, entgegnete ich. »Aber ich glaube, die Sache wird eher langweilig als gefährlich.«

»Wie Sie meinen«, sagte Gaskell. Er konnte seine Enttäuschung nicht ganz verbergen.

Es war diese Spur von Ungläubigkeit, die mir das Gefühl gab, ich müsse der Sache nachgehen. Ich wollte nicht den Eindruck erwecken, als sei ich nervös. Verdammt noch mal! Warum hatte ich nicht den Mut, mich nicht darum zu kümmern, was die Gaskells dieser Welt von mir dachten?

Die Tower Bridge Road ist eine Hauptstraße im Süden Londons, die zur Themse führt oder vielmehr zu der seltsamen neugotischen Brücke, die für viele Ausländer das Wahrzeichen

der Hauptstadt ist. Die Gegend heißt Southwark. Von hier aus traten Chaucers Pilger die Wallfahrt nach Canterbury an, und ein paar Jahrhunderte später wurde auf dem sumpfigen Boden Shakespeares Theater The Globe errichtet. Zu Zeiten der Königin Victoria im vergangenen Jahrhundert war diese Geschäftsstraße, in der noch bis spät in die Nacht Markt gehalten wurde, Drehorgeln dudelten und Dutzende von hellerleuchteten Pubs die Trinker einluden, das Zentrum eines der lebendigsten Viertel der Stadt. Da gab es düstere Slums, rauchgeschwärzte Fabriken, geschäftige Werkstätten, aber auch nette, baumbestandene kleine Plätze, wo bierbäuchige Krämer und dürre Federfuchser ihre soziale Überlegenheit behaupteten.
Jetzt ist die Straße dunkel, schmutzig und still. Wohlmeinende Bürokraten schicken das Verkaufspersonal früh nach Hause, die fliegenden Händler sind von der Straße verbannt, fast leere Pubs verkaufen hochbesteuertes, wäßriges Lagerbier, und die Fabriken sind verkommen. Ein Bilderbuchbeispiel der allgegenwärtigen Stadtverödung, abgesehen von den wenigen baumbestandenen Plätzen, die sich die Yuppies für teures Geld unter den Nagel reißen.
In der guten alten Zeit vor Women's Lib, Designer-Jeans und Pfannenpizza war Big Henty's Billardsaal mit seinen zehn großen Tischen, wo den Spielern außer Getränken auch warme Speisen serviert wurden, das Athenaeum von Southwark. Die schmale Eingangstür und die schwach beleuchtete Treppe führten in einen höhlenartigen Raum, der passenderweise gerade über einem Laden lag, wo es besonders gute Aale und Pasteten gab. Inzwischen war dieser Laden leider einem Video-Verleih-Club gewichen, dekoriert mit diesen grellbunten Plakaten, auf denen halbnackte Filmstars mit schweren Maschinengewehren lässig aus der Hüfte feuern. Doch Big Henty's selbst hatte sich im wesentlichen nicht verändert. Die Beleuchtung war noch genauso wie früher, und das ist bei einem Billardsaal das Wichtigste. Es war sehr still, aber an jedem Tisch wurde gespielt. Die grünen Filzflächen schimmerten wie Riesenaquarien, durch die hier und da plötzlich ein leuchtend bunter Fisch schoß, schnappte und verschwand.

Big Henty war natürlich nicht mehr da. Ihn hatte man im Jahre 1905 beerdigt. Der gegenwärtige Wirt war ein dünner, weißgesichtiger Mann von ungefähr vierzig Jahren. Er kümmerte sich um die Bar. Die Auswahl dort war nicht groß. Billardspieler finden keinen Geschmack an den komischen, sprudelnden Mixturen, die die Barkeeper in Cocktailbars auf Trab halten. Bei Big Henty's trank man Whisky oder Wodka, Real Ale oder auch Guinness mit Limo, wenn man die Leber (oder sonst was) schonen wollte. Gegen den Hunger gab es »getoastete« Sandwiches, die warm, weich und in Plastikfolie eingeschweißt aus dem Mikrowellenherd serviert wurden.

»'n Abend, Bernard. Hat angefangen zu schneien, was?« Der Mann hatte ein phänomenales Gedächtnis. Es war Jahre her, daß ich zuletzt hier gewesen war. Er nahm seine brennende Zigarette aus dem Johnny-Walker-Aschenbecher auf der Theke, inhalierte und legte sie an ihren Platz zurück. Mir fiel wieder ein, daß er wie ein Kettenraucher eine Zigarette an der anderen anzündete, aber selten daran zog. Vor Jahren hatte ich einmal Dicky Cruyer hierher mitgenommen zu einem Treffen mit einem großsprecherischen Kerl, der in der ostdeutschen Botschaft arbeitete. Bei dem Treffen war nichts herausgekommen, aber ich erinnere mich, daß Dicky den Barmann als den »Hüter der heiligen Flamme« charakterisiert hatte.

Ich erwiderte: »Ein kleines Guinness... Sidney.« Im letzten Augenblick war mir sein Name doch noch eingefallen. »Ja, der Schnee wird auch liegen bleiben.«

Das Guinness kam natürlich aus der Flasche. Kenner, die Porter oder Stout vom Faß gezapft haben wollten, mußten anderswohin gehen. Aber Sidney hielt das Glas schräg beim Einschenken, und der Daumen saß unter der Stelle, wo das Bier auftraf, damit man merkte, daß er sich mit dem Brauchtum auskannte, und die Schaumkrone auf dem Glas hatte genau die richtige Höhe. »Im Hinterzimmer.« Behutsam schüttelte er die letzten Tropfen aus der Flasche und warf sie in geübtem Schwung hinter sich. »Ihre Freundin. Im Hinterzimmer. Hinter Tisch vier.«

Ich nippte an meinem Glas. Dann drehte ich mich langsam um und musterte den Raum. Big Henty's Hinterzimmer hatte sich im Laufe der Jahre schon für manchen Flüchtling bewährt. Die Behörden hatten das immer geduldet. Die Kriminalbeamten von der Borough-High-Street-Polizeiwache trafen sich dort mit ihren Informanten. Ich durchquerte den Saal. Bis auf die Lichtkegel der mit Quasten und Fransen besetzten Lampen über den Billardtischen war der Raum dunkel. Die Zuschauer – nicht viele heute abend – saßen auf hölzernen Bänken an den Wänden, ihre grauen Gesichter nur als helle Flecken zu erkennen, ihre dunkle Kleidung unsichtbar.

Gemächlich ging ich, mein Bier in der Hand, durch den Saal, blieb dabei einmal stehen, um mir einen verzwickten Stoß anzusehen, und näherte mich dem Tisch Nummer vier. Einer der Spieler in der bevorzugten Billarduniform – dunkle Hose, weißes Hemd mit offenem Kragen und aufgeknöpfte Weste – stellte gerade auf der Anzeigetafel den letzten Stand des Spiels ein und musterte mich mit ausdruckslosem Blick, als ich die Tür mit der Aufschrift »Privat« öffnete.

Drinnen roch es nach Seife und einem Desinfektionsmittel. Es war ein kleiner Lagerraum mit einem Fenster, durch das man den Billardsaal sehen konnte, wenn man den schmutzigen Store beiseite schob. Auf der gegenüberliegenden Seite war ein größeres Fenster zur Tower Bridge Road hinaus. Von der Straße her hörte man das schmatzende Geräusch von Autoreifen im Schneematsch.

»Bernard.« Die Stimme einer Frau. »Ich dachte schon, du kommst nicht mehr.«

Ich setzte mich auf die Bank. Bei dem trüben Licht, das hier herrschte, erkannte ich sie erst jetzt. »Cindy!« sagte ich. »Du lieber Himmel, Cindy!«

»Du hast ganz vergessen, daß es mich gibt.«

»Natürlich nicht.« Ich hatte nur vergessen, daß Cindy Prettymans vollständiger Vorname Lucinda war, und nicht daran gedacht, daß sie nach der Scheidung wieder ihren Mädchennamen angenommen haben könnte. »Kann ich dir was zu trinken holen?«

Sie hob ihr Glas. »Mineralwasser. Ich trinke zur Zeit nicht.«

»Ich habe dich einfach nicht hier erwartet«, sagte ich. Ich warf einen Blick durch den Vorhang auf die Billardspieler.

»Warum nicht?«
»Ja, warum nicht?« Ich lachte kurz auf. »Wenn ich daran denke, wie viele Male Jim mich hat schwören lassen, daß ich das Spiel für immer aufgebe!« Damals, als Jim Prettyman und ich zusammenarbeiteten, hatte er mir das Billardspielen beigebracht. Er selbst war ein Meister, und auch Cindy konnte sich mit ihrem Spiel sehen lassen.
Cindy war ein oder zwei Jahre älter als Jim. Ihr Vater war Stahlarbeiter in Scunthorpe – ein Sozialist der alten Schule. Sie hatte ein Stipendium für die Universität von Reading bekommen. Sie sagte, daß sie sich schon während ihrer Schulzeit die Beamtenlaufbahn als Traumziel vorgestellt habe. Ich weiß nicht, inwieweit das der Wahrheit entsprach, aber das Auswahlgremium hört so was gerne. Sie wollte zum Schatzamt, kriegte aber das Außenministerium und schließlich auch Jim Prettyman, der ebenfalls dorthin geschickt wurde. Anschließend kam Jim zum Department, und ich sah ihn oft. Freitags nach der Arbeit gingen wir meistens hierher, ich, Fiona, Jim und Cindy. Der Verlierer mußte die anderen zum Essen bei Enzo einladen, einem kleinen Italiener an der Old Kent Road, unser Stammlokal damals. Jedesmal traf es mich. Es war schon ein ständiger Witz zwischen uns: Ich hatte meine eigene Art, Jim für die Lehrstunden zu bezahlen. Außerdem war ich der Älteste und verdiente damals am meisten. Dann zogen die Prettymans hinaus nach Edgeware. Jim bekam eine Gehaltserhöhung und kaufte sich einen eigenen großen Billardtisch, und danach gingen wir nicht mehr zu Big Henty's. Und Jim lud uns manchmal sonntags zum Mittagessen und zu einem Spiel ein. Aber das war nicht mehr dasselbe.
»Spielst du noch?« fragte sie.
»Schon seit Jahren nicht mehr. Und du?«
»Nicht, seitdem Jim weg ist.«
»Es tut mir wirklich leid, Cindy.«
»Jim und ich. Ja, darüber wollte ich mit dir reden. Du hast ihn am Freitag gesehen.«
»Ja, woher weißt du das?«
»Charlene. Ich habe mich in letzter Zeit oft mit ihr unterhalten.«

»Charlene?«
»Charlene Birkett. Das große Mädchen, der wir die Wohnung im Obergeschoß vermietet haben... in Edgeware. Sie ist jetzt Jims Sekretärin.«
»Ich habe sie gesehen, aber ich habe sie nicht wiedererkannt. Ich hielt sie für eine Amerikanerin.« Deshalb hatte sie mir also zugelächelt. Und ich dachte, der Grund wäre meine unwiderstehliche Ausstrahlung gewesen.
»Ja«, sagte Cindy. »Sie ging nach New York und fand keine Arbeit, bis Jim ihr diesen Job besorgte. Zwischen den beiden ist nie was gewesen«, fügte sie eilig hinzu. »Charlene ist ein nettes Mädchen. Wie ich höre, hat sie sich ganz schön herausgemacht, seitdem sie in New York ist und Kontaktlinsen trägt.«
»Jetzt erinnere ich mich«, sagte ich. Ich erinnerte mich wirklich. Ein mausgraues Mädchen mit hängenden Schultern, Wuschelhaar und Brille, das in keiner Weise der wohlgeformten Amazone ähnelte, die mir in Jims Büro Kaffee gebracht hatte. »Sie hat sich tatsächlich sehr verändert.«
»Die Leute verändern sich, wenn sie in Amerika leben.«
»Aber du wolltest nicht hin?«
»Amerika? Mein Vater hätte das nicht überlebt.« Man hörte ihr jetzt an, daß sie aus dem Norden kam. »Ich wollte mich nicht verändern.« Dann sagte sie plötzlich: »Klingt das nicht schrecklich? Ganz so habe ich es eigentlich nicht gemeint.«
»Die Leute gehen nach Amerika, und da werden sie reicher«, sagte ich. »Das ist die wahre Veränderung, die da stattfindet.«
»Jim hat sich in Mexiko scheiden lassen«, sagte sie. »Irgend jemand hat mir erzählt, daß diese Scheidungen nicht wirklich gültig sind. Eine Freundin von mir. Sie arbeitet bei der amerikanischen Botschaft. Weder mexikanische Eheschließungen noch mexikanische Scheidungen werden hier anerkannt«, sagte sie. »Stimmt das, Bernard?«
»Ich glaube nicht, daß der mexikanische Botschafter hier in wilder Ehe lebt, wenn es das ist, was du meinst.«
»Aber welchen Stand habe ich jetzt, Bernard? Er hat diese andere Frau geheiratet, aber was ist mit mir?«
»Hast du nicht mit ihm darüber gesprochen?« Inzwischen hatten

meine Augen sich an die Dunkelheit gewöhnt, und ich konnte sie jetzt besser sehen. Sie hatte sich nicht sehr verändert, war immer noch dasselbe nervöse Intelligenz- und Energiebündel. Nicht groß, rundlich, ohne füllig zu sein, das dunkle Haar kurz geschnitten, weil sie keine Zeit darauf verschwenden wollte – auf eine ungekünstelte Art sah sie attraktiv aus. Jetzt freilich war ihre Nase rot, als wäre sie erkältet, und ihre Augen glänzten wäßrig.

»Er hat mich gebeten mitzukommen.« Sie war stolz darauf, und deshalb sagte sie es auch.

»Ich weiß. Er hat überall gesagt, du würdest dir's noch anders überlegen.«

»Nein. Schließlich habe ich meine Arbeit hier!« Sie hatte die Stimme gehoben, als ob sie den alten Streit noch einmal ausfechten wollte.

»Es war jedenfalls eine schwierige Entscheidung«, sagte ich, um sie zu beruhigen. Plötzlich zerriß ein lautes, pochendes Geräusch die Stille. Lucinda erschrak fast zu Tode. Dann erkannte sie, daß nur der Motor des Eisschranks in der Ecke angesprungen war, und lächelte.

»Vielleicht hätte ich's mir anders überlegen sollen. Es wäre wahrscheinlich besser gewesen.«

»Jetzt ist es zu spät«, sagte ich hastig, um ihren Tränen vorzubeugen.

»Ich weiß, ich weiß, ich weiß.« Sie zog ein Taschentuch hervor, knüllte es aber zusammen und hielt es in der geschlossenen Faust, als hätte sie sich entschlossen, nicht zu weinen.

»Vielleicht solltest du mal zu einem Rechtsanwalt gehen«, sagte ich.

»Was wissen die schon?« fragte sie verächtlich. »Ich bin schon bei dreien gewesen. Die schicken einen wie ein Postpaket von einem Kollegen zum anderen, und als ich schließlich alle Honorare bezahlt hatte, wußte ich, daß manche Gesetzbücher dies sagen und andere das.«

»Anwälte können Gesetzestexte rezitieren, bis sie blau im Gesicht werden«, erwiderte ich. »Aber irgendwann müssen sich doch die Betroffenen untereinander einigen. Wer zum Rechtsanwalt geht, schiebt nur für teures Geld etwas auf, was er dann doch selbst erledigen muß.«

»Glaubst du das wirklich, Bernard?«

»Mehr oder weniger«, antwortete ich. »Wenn du ein Haus kaufen, ein Testament machen, dich scheiden lassen willst, brauchst du keinen Anwalt. Vorausgesetzt, du weißt, was du willst.«

»Ja«, sagte sie. »Denn was ist wichtiger als Heiraten? Und dazu braucht man auch keinen Anwalt.«

»In manchen Staaten doch«, sagte ich. »Da heiratet niemand, ohne einen Ehevertrag abzuschließen. Solche Probleme, wie du sie jetzt hast, tauchen da gar nicht erst auf. Das wird alles vorher geregelt.«

»Das hört sich aber ziemlich kaltblütig an.«

»Ist es vielleicht auch. Aber die Ehe kann auch manchmal ein bißchen zu heißblütig sein.«

»War deine so?« Sie öffnete die Faust und breitete das Taschentuch auf ihrem Schoß aus, so daß der farbige Saum und das in eine Ecke gestickte Monogramm L. P. zu sehen waren.

»Meine Ehe?« fragte ich. »Zu heißblütig?«

»Ja.«

»Vielleicht.« Ich nippte an meinem Bier. Dieses starke, bittere Gebräu hatte ich schon lange nicht mehr getrunken. Ich wischte mir den Schaum vom Mund. Es schmeckte mir. »Ich dachte, ich kenne Fiona, aber ich nehme an, ich kannte sie nicht gut genug.«

»Sie war so nett. Sie hat dich geliebt, Bernard.«

»Ich glaube schon.«

»Sie zeigte mir diesen phantastischen Verlobungsring und sagte, Bernie hat seinen Ferrari verkauft, um mir den schenken zu können.«

»Klingt wie aus dem Vorabendprogramm«, sagte ich, »aber der Ferrari war so gut wie schrottreif.«

»Sie hat dich geliebt, Bernard.«

»Die Menschen ändern sich, Cindy. Hast du selbst gesagt.«

»Haben deine Kinder sehr darunter gelitten?«

»Billy schien es gut wegzustecken, aber Sally... Es war alles in Ordnung, bis ich eine Freundin mit nach Hause nahm. Sally hat oft nachts geweint. Aber inzwischen hat sie sich daran gewöhnt.« Das sagte ich eher aus dem Wunsch heraus, daß es wahr wäre, als aus Überzeugung. Ich machte mir Sorgen wegen der Kinder, große Sorgen, aber das ging Cindy nichts an.

»Ist diese Freundin Gloria Kent, die bei euch im Department arbeitet?«

Diese Cindy wußte wirklich alles. Aber das Außenministerium war immer schon die Klatschbörse von Whitehall gewesen. »Du sagst es«, antwortete ich.

»Es ist schwierig für die Kinder«, sagte Cindy. »Wahrscheinlich sollte ich dankbar sein, daß wir keine Kinder haben.«

»Da hast du recht«, erwiderte ich. Ich trank von meinem Guinness und sah verstohlen auf die Uhr.

»Aber andererseits, wenn wir Kinder gehabt hätten, vielleicht wäre Jim nicht so scharf darauf gewesen, hier rauszukommen. Er wollte sich beweisen, verstehst du. Ich habe mich in letzter Zeit manchmal gefragt, ob er nicht sich die Schuld daran gegeben hat, daß wir keine Kinder hatten.«

»Jim hat von dem Abend gesprochen, als das Feuer in der Küche ausbrach«, sagte ich.

»Jim hat das Öl verschüttet. Er war immer schon so ungeschickt.«

»Wieso, ich dachte, Fiona war's?«

»Sie hat nur die Schuld auf sich genommen«, antwortete Cindy seufzend. »Jim konnte nie zugeben, daß er einen Fehler gemacht hat. So war er eben.«

»Richtig, Fiona hat die Schuld auf sich genommen«, sagte ich. »Sie hat mir erzählt, daß es Jim war, aber sie hat die Verantwortung übernommen... die Versicherung... alles.«

»Fiona war eine bemerkenswerte Frau, Bernie, und das weißt du auch. Sie war so selbstbewußt, daß Mißbilligung ihr einfach nichts anhaben konnte. Ich habe sie immer bewundert. Ich hätte fast alles darum gegeben, so zu sein wie Fiona, immer selbstbeherrscht und gefaßt.« Ich antwortete nicht. Cindy nahm einen Schluck Mineralwasser, strich ihr Kleid glatt, räusperte sich und sagte dann: »Was ich eigentlich von dir wissen wollte, Bernard, ist, was das Department tun wird.«

»Was das Department tun wird?« wiederholte ich verwundert.
»Na, wegen Jim«, sagte Cindy. Sie drückte ein paarmal ihr Taschentuch zusammen, als wollte sie ihre Handmuskeln trainieren.
»Wegen Jim.« Ich blies den Staub von meiner Brille und fing an, sie zu putzen. Die Gläser waren jedoch fettig geworden, und durch das Reiben wurden sie nur noch schmieriger. Die einzige Methode, sie richtig sauber zu kriegen, war, sie mit Spülmittel unter warmem Wasser zu waschen. Mein Optiker riet mir zwar von dieser Methode ab, aber ich machte es trotzdem immer so.
»Ich weiß nicht genau, was du meinst, Cindy.«
»Werden sie an mich oder an diese Amerikanerin auszahlen, diese sogenannte neue Gattin?« fragte sie ärgerlich.
»Auszahlen?« Ich setzte meine Brille auf und sah sie an.
»Sei nicht so schwierig, Bernard. Ich muß es wissen. Ich muß einfach. Das mußt du doch einsehen.«
»Aber was denn auszahlen?«
Sie bekam große Augen. »Heilige Mutter Gottes!« rief sie in dem Ton aus, in dem nur praktizierende Katholiken so etwas sagen. »Du weißt es nicht!« Es war eine Klage. »Jim ist tot. Sie haben ihn Freitag abend umgebracht, als er nach deinem Besuch aus dem Büro ging. Sie haben ihn erschossen. Sechs Kugeln.«
»Letzten Freitag.«
»Auf dem Parkplatz. Es war schon dunkel. Er hatte keine Chance. Zwei Mann haben ihm aufgelauert. Hat es dir wirklich niemand erzählt?«
»Nein.«
»Bitte halte mich nicht für gefühllos, aber ich will vor dieser anderen Frau Anspruch auf die Pension erheben. Wie soll ich das anstellen?«
»Aber ist da überhaupt eine Pension zu erwarten, Cindy? Ich dachte, er hätte sich abfinden lassen, als er aus dem Department ausschied.«
»Ausschied? Aber er ist doch nie ausgeschieden.«
»Du bist nicht richtig informiert, Cindy«, sagte ich.
Sie widersprach mir erregt. »Glaubst du vielleicht, ich weiß nicht Bescheid? Mein Gott, ich habe mit eigenen Augen...«

Dann hielt sie plötzlich inne, als könnte sie unmöglich etwas sagen, das ich nicht wissen durfte.

»Ich war in Washington bei ihm und habe ihn gebeten, in London auszusagen. Er wollte nicht kommen«, erklärte ich ruhig.

»Das war doch Tarnung, Bernard«, sagte sie. Sie hatte sich wieder unter Kontrolle, war aber immer noch ärgerlich. »Sie brauchten ihn in London, aber es sollte so aussehen, als käme er gegen seinen Willen.«

»Ich bin darauf reingefallen«, sagte ich.

»Jim hat sich in eine sehr gefährliche Lage gebracht«, sagte sie. »Solltest du mit ihm über das Geld reden?«

Ich nickte.

»Das hat alles Jim arrangiert«, sagte sie traurig. »Millionen von Pfund auf irgendeinem geheimen Konto im Ausland. Eine Menge Leute waren zeichnungsberechtigt. Einer davon war Jim.«

»Du willst doch nicht sagen, daß sie Jim deswegen umgebracht haben, oder, Cindy?«

»Weshalb denn sonst? Um ihm die Brieftasche zu klauen?« fragte Cindy verächtlich.

»Washington ist ein gefährliches Pflaster«, entgegnete ich.

»Zwei Mann, sechs Kugeln?« sagte sie. »Verflucht seltsame Diebe sind das.«

»Jetzt hole ich dir erst mal was Richtiges zu trinken, Cindy. Ich brauche ein bißchen Zeit, um über all das nachzudenken.«

4

Ich saß in Dicky Cruyers sehr behaglichem Büro in einem Eames-Sessel und wartete darauf, daß er von seinem Besuch beim Deputy zurückkäme. Er hatte mir versprochen, in zehn Minuten wieder hierzusein, aber was der Deputy ihm zu sagen hatte, hielt ihn dann doch länger auf.

Als Dicky endlich kam, gab er sich sichtlich Mühe, so jugendlich sorglos aufzutreten wie sonst auch, aber ich konnte mir denken, daß ihm der Deputy wegen der Bizet-Krise eine kräftige Standpauke gehalten hatte. »Alles okay?« fragte ich.

Einen Augenblick lang sah er mich an, als versuchte er sich zu erinnern, wer ich sei und was ich in seinem Büro machte. Er fuhr sich mit den Fingern durch das lockige Haar. Er war schlank, sah auch gut aus, auf eine jungenhafte Art, die er sorgfältig kultivierte.

»Der Deputy muß auf dem laufenden gehalten werden«, sagte Dicky. Es war eine gewisse Herablassung wegen der Unerfahrenheit des Deputy herauszuhören. Solange Sir Henry, der Director-General, regelmäßig gekommen war, hatte sich Sir Percy, sein Stellvertreter, nur selten bei uns gezeigt. Aber seitdem der Alte nur noch gelegentlich auftauchte, hatte der Deputy das Kommando übernommen und benahm sich wie der sprichwörtliche neue Besen. Die erste bedeutendere Maßnahme, die er traf, war, daß er Dicky empfahl, sich seiner verantwortlichen Stellung entsprechend zu kleiden. In letzter Zeit hatte man Dickys abwechslungsreiche Garderobe aus ausgebleichten Designer-Jeans, Turnschuhen und Schottenkarohemden und auch das goldene Medaillon, das er um den Hals trug, nicht mehr gesehen. Wie die übrigen männlichen Angestellten erschien er

jetzt jeden Tag im Anzug. Ich hatte noch immer Schwierigkeiten, mich an diesen neuen nüchternen Dicky zu gewöhnen.
»Du warst gestern abend nicht bei Charles Billingslys Abschiedsparty«, sagte Dicky. »Es gab Champagner... sehr stilvoll.«
»Ich wußte nichts davon«, erwiderte ich. Billingsly, der mehr oder weniger nutzlose Verbindungsmann der Deutschland-Abteilung zum Datenzentrum, war kein besonderer Freund von mir. Wahrscheinlich hatte er auch Angst, ich könnte zu viel von seiner teuren Brause trinken. »Werden wir ihn denn los?«
»Streng geheimer Auftrag in Hongkong. Haben sie ihm nur achtundvierzig Stunden vorher angekündigt. Er hat dir von der Party also nichts gesagt? Na ja, es ging alles sehr schnell.«
»Wozu sie den wohl in Hongkong brauchen?«
»Das weiß niemand, nicht mal Charles selber. Hetzen und abwarten, so läuft das doch bei uns.«
»Vielleicht wollte der Deputy ihn nur hier loswerden«, vermutete ich.
Dickys Augen glitzerten. Nach seiner kleinen Aussprache mit dem Deputy fragte er sich vielleicht, ob nicht er selbst eines Tages in einem schnellen Flugzeug mit fernem Ziel sitzen würde. »Charles loswerden?« fragte er. »Warum?«
»Keine Ahnung«, sagte ich.
»Nein, Charles ist ein guter Kerl.«
Ungerufen trat Dickys Sekretärin ein mit einem großen silbernen Tablett, auf dem sein Spode-Porzellan und eine große Kanne Kaffee standen, Kaffee von frisch gemahlenen Bohnen selbstverständlich, so wie Dicky ihn mochte. Vermutlich hoffte sie, seine Laune damit zu verbessern; manchmal hat eine starke Dosis Coffein ja diese Wirkung. Er beugte sich darüber und murmelte ein leises Lob, ehe er sich eine Tasse eingoß. Dann setzte er sich hinter den großen Rosenholztisch, den er als Schreibtisch benützte, und kostete den Kaffee. »Verdammt gut«, sagte er beifällig und nahm noch einen Schluck. »Nimm dir doch auch einen«, sagte er, als er endlich völlig von der Qualität überzeugt war.
Ich goß mir eine der vorgewärmten Tassen voll und gab etwas

Sahne dazu. Der Kaffee in Dickys Büro wurde immer mit Sahne serviert, obwohl er selbst ihn schwarz trank. Ich hatte mich schon oft darüber gewundert. Eine Zeitlang tranken wir schweigend. Ich hatte das Gefühl, daß Dicky ein paar Minuten brauchte, um sich von der Begegnung mit dem Deputy zu erholen.

»Seit einiger Zeit ist er ein absoluter Despot«, sagte Dicky schließlich. Nachdem er eine große Tasse Kaffee geleert hatte, zog er eine dünne Zigarre aus der Tasche, zündete sie an und blies den Rauch ins Zimmer. »Ich wünschte, ich könnte ihm klarmachen, daß dieser Laden nicht läuft wie seine Anwaltskanzlei. Ich kann kein Buch aus dem Regal ziehen und ihm die Antwort vorlesen.«

»Er wird's schon noch mitkriegen«, sagte ich.

»Natürlich, mit der Zeit«, stimmte mir Dicky zu. »Aber bis dahin bin ich alt und grau.« Da war sicherlich noch lange hin, denn Dicky war jung und gesund und zwei Jahre jünger als ich. Er tippte die Asche von seiner Zigarre in den Kristallaschenbecher auf dem Tisch und betrachtete gedankenverloren den Teppich.

Ich zog die Akte aus dem Pappdeckel und sagte: »Willst du dir das eben mal ansehen?« Ich hielt sie ihm direkt unter die Nase, doch er blieb in die Betrachtung des Teppichs versunken.

»Er spricht von vertikaler Reorganisation.«

»Was ist das?«

Dicky, aussichtsreicher Anwärter auf den Stalin-Preis für Büropolitik, sagte: »Mein Gott, Bernard. Vertikale Planung! Aufteilung der Deutschland-Abteilung nach Gebieten. Er sagte mir, ich sollte Berlin kriegen, als täte er mir damit wunder was für einen Gefallen. Berlin! Andere wären für Bonn, Hamburg und so weiter zuständig. Eine besondere Einheit würde mit den Amerikanern in München zusammenarbeiten. Das darf doch wohl nicht wahr sein!«

»Na, der Gedanke ist ja nicht neu«, erwiderte ich. Ich begann die Arbeit zu sortieren, die ich ihm mitgebracht hatte. Ich wußte, daß es bei seiner gegenwärtigen Aufregung schwer sein würde, ihn dazu zu bringen, sich mit den Sachen zu beschäftigen,

deshalb legte ich die Papiere, die er unterschreiben sollte, obenauf. Es waren fünf im ganzen.
»Ist doch lachhaft«, sagte Dicky so laut, daß seine Sekretärin zur Tür hereinsah, ob auch alles in Ordnung sei. Sie war noch neu hier, sonst hätte sie gewußt, daß man Dickys Launen möglichst aus dem Weg ging.
»Früher oder später wird es sowieso soweit sein, nehme ich an«, sagte ich. Ich nahm meinen Kugelschreiber aus der Tasche, damit Dicky unterschreiben könnte, während er von was anderem redete. Manchmal war es leichter so.
»Du hast schon früher davon gehört?« fragte Dicky ungläubig, als ihm plötzlich bewußt wurde, was ich gesagt hatte.
»O ja, schon vor einem Jahr, wenn's nicht schon länger her ist. Damals hatte die Sache aber noch einen anderen Namen.«
»Heiliger Strohsack, Bernard. Ich wünschte, du hättest mir was davon erzählt.«
Ich legte die Papiere auf den Tisch, gab ihm den Stift und sah zu, wie er seinen Namen schrieb. Natürlich hatte ich von der geplanten vertikalen Reorganisation noch nie was gehört, aber ich nahm an, daß der Deputy einfach etwas erfunden hatte, um Dicky ein bißchen Dampf zu machen, und ich wollte dem alten Knaben keinen Strich durch die Rechnung ziehen. »Und die solltest du dir ansehen«, sagte ich und legte ihm die wichtigsten Vorgänge auf den Tisch.
»Du wirst Frank besuchen müssen«, sagte er, während er das letzte Papier unterzeichnete und flüchtig den Rest durchsah, ob irgendwas davon interessant genug wäre, es durchzulesen.
»Okay«, sagte ich. Er blickte auf. Er hatte erwartet, daß ich mich sträuben würde, aber im Augenblick hatte ich gar nichts dagegen, nach Berlin geschickt zu werden. Ich war schon seit über einem Monat nicht mehr dort gewesen und hatte dienstliche wie auch persönliche Gründe, bald wieder mal hinzufahren. »Und was soll ich Frank sagen?« Ich wollte das klären, denn nach unserem absurden System besaßen Dicky und Frank Harrington – der Berliner Resident und so alt wie Methusalem – gleiche Autorität.
Er riß sich vom Teppichmuster los, das er inzwischen wieder studiert hatte, und sah mich an. »Ich will Frank nicht

verärgern«, sagte er. »Es ist nicht meine Sache, ihm zu sagen, wie er seine Berliner Einsatzgruppe zu leiten hat. Frank weiß schließlich über die Operationsbedingungen in seinem Gebiet mehr als wir alle zusammen.« Das entsprach zwar der Wahrheit, aber nicht Dickys allgemein bekannten Ansichten.

»Ich nehme an, es geht um Bizet, oder?«

»Genau. Vielleicht will Frank jemanden auf die Sache ansetzen. Frankfurt an der Oder ist praktisch vor seiner Haustür.«

»Es ist ja nicht die Entfernung, Dicky, sondern...«

Er hob sofort abwehrend die Hand. »Natürlich. Ich weiß, ich weiß, ich weiß.«

»Hoffst du, daß er schon auf eigene Faust irgendwas unternommen hat?«

»Ich will nur seinen Rat«, sagte Dicky.

»Komm, wir wissen doch beide, was er uns raten wird«, entgegnete ich. »Nichts tun. Warum sollte er diesmal was anderes empfehlen als sonst?«

»Frank ist schon lange da«, sagte Dicky, der schon manche Krise und Umstrukturierung durch Nichtstun überlebt hatte.

Ich vergewisserte mich, daß Dicky überall an der richtigen Stelle unterschrieben hatte. Dann trank ich den Kaffee aus und ließ das Thema Frank auf sich beruhen. Doch die Gelegenheit schien mir günstig, ihn über die Prettyman-Geschichte auszufragen. »Erinnerst du dich an Prettyman?« fragte ich, so beiläufig ich konnte.

»Sollte ich?«

»Jim Prettyman. Er war zuletzt in der Black box. Dann hat er seinen Abschied genommen, ist nach Amerika gegangen.«

»In der Code-Abteilung, eine Treppe tiefer?« In diese Region war Dicky noch nie vorgestoßen.

»Er war mit Bret in dem Ausschuß für besondere Operationen. Er hat dauernd versucht, Ausflüge zu organisieren in Gegenden, wo es angeblich antike Gräber gibt, an die noch kein Tourist seinen Namen geschrieben hat. Ein großartiger Billardspieler. Erinnerst du dich nicht mehr an den Abend im Big Henty's, als er diese sagenhafte Serie hatte?«

»Ich war nie im Leben im Big Henty's.«

»Aber natürlich, Dicky. Und nicht nur einmal. Jim Prettyman.

Ein junger Bursche, der einen tollen Posten in Washington gekriegt hat.«
»Manchmal denke ich, daß du wirklich jede Menschenseele in diesem Gebäude kennst«, sagte Dicky.
»Ich dachte, du kennst ihn«, sagte ich lahm.
»Laß dir mal was gesagt sein, Bernard.« Dicky hob den ausgestreckten Zeigefinger, als wollte er prüfen, woher der Wind wehte. »Wenn ich mit dir über diesen Prettyman reden würde, dann würdest du das Thema wechseln und von der Bizet-Geschichte anfangen. Ich will dir nicht zu nahe treten, alter Knabe, aber das ist wirklich eins von deinen Lastern.«
»Ich nehme an, du hast recht, Dicky.«
»Du mußt versuchen, beim Thema zu bleiben, deine Konzentrationsfähigkeit zu verbessern. Hast du's schon mal mit Yoga versucht?« Er schob die Papiere zur Seite, die zu lesen ich ihn gebeten hatte.
»Nein, Dicky«, gestand ich.
»Ich habe früher mal viel Yoga gemacht.« Er ließ einen Finger über die Papiere gleiten, als läse er ein Inhaltsverzeichnis. »Es schult den Geist und verbessert die Konzentrationsfähigkeit.«
»Ich werd' mir's überlegen«, versprach ich, nahm die unterschriebenen Papiere, die zu lesen Dicky nicht geruht hatte, und steckte sie in den Aktendeckel zurück.
Als ich aufstand, sagte Dicky, wieder in die Betrachtung des Teppichs versunken: »Ein Cousin meiner Mutter ist gestorben und hat mir ein großes Löwenfell vermacht. Ich überlege, ob ich das nicht hier rein legen sollte.«
»Es würde gut reinpassen«, sagte ich und wies dabei auf die antiken Möbel und die gerahmten Fotos an der Wand hinter ihm.
»Ich hatte es zu Hause im Wohnzimmer, aber ein paar von unseren Freunden haben sich ein bißchen aufgeregt, du weißt schon, von Ausrottung bedrohte Tiere und so.«
»Mach dir deshalb keine Sorgen, Dicky. Reiner Neid ist das.«
»Habe ich Daphne auch gesagt«, sagte er. »Schließlich ist das verdammte Ding tot. Ich kann einen Löwen doch schlecht von den Toten auferwecken, oder?«

5

Viele Zivilisten spielen ihr Leben lang mit der Vorstellung, Soldat zu sein. Manchen gefallen die Uniformen, Pferde, Trompeten, Flaggen; andere wollen nur in Seelenruhe leichtverständliche Befehle ausführen und dafür ihre tägliche warme Mahlzeit erhalten. Für manche Männer stellt das Soldatenleben eine Herausforderung dar, der sie sich nie gestellt haben; andere ziehen sich auf der Flucht vor der Realität in dieses geschützte Männlichkeitsreservat zurück.

Aus welchem dieser Gründe sich Frank Harrington für das Soldatenleben interessierte – oder ob es ein ganz anderer war –, habe ich nie erfahren. Aber wenn Frank weder im Büro war noch zu Hause in der prächtigen Grunewald-Villa, die er sich als Leiter des Berliner Büros meinte leisten zu müssen, fand ich ihn mit Sicherheit in irgendeinem feuchten Schützenloch im Manövergelände inmitten von mit Erde beschmierten Infanteristen, denen er glücklich strahlend erzählte, wie man einen Krieg gewinnt.

Diesmal wurde er in geborgten Militärklamotten, schmutzverkrustet an Knien und Ellbogen, von einem großen Befehlswagen in die Grunewald-Villa zurückgebracht.

»Tut mir furchtbar leid, Frank«, sagte ich.

»Ach, ich habe nur ein bißchen Soldat gespielt«, erwiderte er auf seine entwaffnende Art. »Und Dicky sagte ja, die Sache sei dringend.«

Er sah aus, als wollte er mich auf der Stelle in sein Arbeitszimmer führen. »So dringend, daß du dich nicht erst umziehen und 'ne Dusche nehmen kannst, ist es nun auch wieder nicht«, sagte ich. Ich gab ihm den Bericht aus London.

Er nahm ihn und schwenkte ihn vorm Ohr, als erwartete er, das Geschwätz hören zu können. Er grinste. Wir kannten Dicky schließlich. »Geh ins Wohnzimmer, und nimm dir was zu trinken, Bernard«, sagte er. »Ruf Tarrant, wenn du nicht findest, was du willst. Ich hoffe doch, du bleibst zum Essen?«
»Gerne, Frank«, sagte ich.
Nach diesem Tag bei den Soldaten sprudelte er schier über vor Freude. Auf halbem Weg die Treppe hinauf drehte er sich um und rief mir zu: »Willkommen zu Hause, Bernard.« Er wußte, daß diese Begrüßung mich freute. Nirgends fühlte ich mich so zu Hause wie in Berlin. Vor langer Zeit war mein Vater hier Resident gewesen – noch vor der Zeit der Herrschaftshäuser und üppigen Aufwandsentschädigungen –, und Berlin war der Ort meiner glücklichen Kindheitserinnerungen.
Als Frank nach etwas mehr als einer halben Stunde wiederkam, war er für seine Begriffe salopp gekleidet. Er trug ein altes Tweedjackett mit Fischgrätenmuster und eine Flanellhose, dazu aber ein gestärktes Hemd und eine gestreifte Krawatte, mit denen er in jeder Offiziersmesse hätte erscheinen können. Während an mir ganz neue Sachen sofort irgendwie schäbig aussahen, hatte Frank Harrington das Talent, noch in den ältesten Klamotten eine tadellose Erscheinung abzugeben. Die Manschetten ragten genau richtig bemessen aus den Jackettärmeln, ein Kavalierstaschentuch steckte perfekt gefaltet in der Brusttasche, und natürlich waren die handgenähten Oxfords poliert, daß man sich in ihnen spiegeln konnte. Er ging hinüber zu dem Servierwagen, auf dem die Flaschen standen, und machte sich einen großen Plymouth-Gin mit einem Spritzer Bitter. »Was trinkst du?« fragte er.
»Danke, ich habe noch, Frank«, antwortete ich.
»Willst du nicht lieber was Richtiges trinken?«
»Ich versuche, mich bei den harten Sachen ein bißchen zurückzuhalten, Frank«, sagte ich.
»Die Flasche muß schon seit Jahren auf dem Wagen stehen. Ist das Zeug überhaupt noch genießbar?« Er nahm die Flasche, aus der ich mich bedient hatte, studierte interessiert das Etikett und sah mich fragend an. »Wermut? Das paßt gar nicht zu dir, Bernard.«

»Schmeckt mir aber«, sagte ich.
Er setzte sich mir gegenüber. Sein Gesicht hatte die Kriegsbemalung, die man in dieser Jahreszeit bei leidenschaftlichen Skiläufern häufig sieht: die Haut dunkel gebräunt, außer in der unmittelbaren Umgebung der Augen, die die Skibrille bedeckt hatte. Frank verstand es, das Leben zu genießen. Nach seiner Frau fragte ich nicht. Sie hielt sich in letzter Zeit meist in dem Haus auf, das sie in England besaßen. Sie hatte Berlin nie gemocht, und wie man hörte, hatte es Krach zwischen den beiden gegeben, als Frank die Einladung annahm, über sein Pensionsalter hinaus auf dem Posten zu bleiben.
Er habe den Bericht in der Badewanne gelesen, erzählte er mir. Wir wußten, daß der Bericht in London in aller Eile zusammengeflickt worden war, und auch, daß trotz der Länge nichts drinstand. Er blätterte ihn noch einmal schnell durch und sagte dann: »Will Dicky, daß ich jemanden drauf ansetze?«
»Er gibt sich die größte Mühe, es nicht zu sagen«, entgegnete ich.
»Ich bin bereit, alles zu tun für die armen Kerle, die da in der Tinte stecken«, sagte er. »Aber hier sind wir in Berlin. Ich weiß von niemandem hier, der in dieses Scheiß-Frankfurt an der Oder gehen und denen irgendwie helfen könnte.«
»Es ärgert sie, daß sie in London herumsitzen und nichts tun können«, sagte ich.
»Meinen sie denn, daß mir das Spaß macht?« fragte Frank. Einen kurzen Augenblick lang sah und hörte man ihm an, wie anstrengend sein Job war. Ich nehme an, daß ziemlich häufig Agenten unserer Seite hochgingen, aber London war nur dann interessiert und beunruhigt, wenn es im sowjetischen Funkverkehr gemeldet und der auch noch abgehört wurde. »Das Militär hat Wind davon gekriegt«, sagte Frank. »Jetzt brennen sie darauf, selbst ihr Glück zu versuchen.«
Er muß bemerkt haben, daß ich erbleichte und die Zähne zusammenbiß, oder was ich sonst noch mache, wenn ich so erschrecke, daß ich am liebsten laut losschreien würde. »Das Militär?« fragte ich, mich an meinem Glas fest- und meine Stimme unter Kontrolle haltend.

»Der Brigadier erinnerte mich an unsere Militärmission beim russischen Hauptquartier. Die können sich heute ziemlich frei bewegen.«

»Und was hat der Brigadier noch gesagt?«

»Er erwähnte das Benehmen dieser Schweine von der GRU, die unsere Leute in Bunde ertragen müssen. Wenn man die bei den Franzosen in Baden-Baden und bei den Amis mitzählt, sind es rund fünfzig Mann von der sowjetischen Militärmission. Jeder einzelne ein GRU-Agent, viele wissenschaftlich ausgebildet. Sie tragen Lederjacken über ihrer Uniform und schmieren Dreck auf ihre Nummernschilder, damit man sie nicht dabei erkennt, wenn sie überall die Nase reinstecken und alles fotografieren, was sie interessiert.« Er grinste. »Warum sollen wir nicht mal Gleiches mit Gleichem vergelten, sagte der Brigadier.«

»Du hast doch aber deinem alten Kameraden nichts von Bizet erzählt?«

»Ich bin doch nicht senil, Bernard«, erwiderte er.

»Die Vorstellung, wie da ein eifriger junger Subalterner in Frankfurt an der Oder herumschnüffelt, ist der reinste Alptraum«, sagte ich.

»Ich hätte gar nicht davon anfangen sollen.«

»Aber hast du nicht gesagt, daß sie Wind gekriegt haben?« fragte ich.

»Habe ich das? Ich hätte sagen sollen, daß die Militärs wissen, daß wir irgendwelchen Ärger haben.« Er sah mich an und fügte hinzu: »Die hören nämlich auch den Funkverkehr ab.«

»Ja, aber nur den der russischen Armee.«

»An der Grenze schon. Aber hier in Berlin, mitten in der DDR, hören sie sich alles mögliche an. Zum Beispiel den Funkverkehr der GRU und des KGB. Die wissen eben auch gerne, was los ist. Da kann ich schlecht was dagegen haben, Bernard. Auf einem Vorposten wie diesem hier muß das Militär selber die Fühler ausstrecken.«

»Vielleicht nehme ich nun doch was Stärkeres«, sagte ich, aber in diesem Augenblick rief uns Franks deutsches Hausmädchen zum Essen.

Ich versuchte, mir meine Sorgen über die Eröffnungen, die

Frank womöglich seinen Kameraden beim Heer gemacht hatte, aus dem Kopf zu schlagen. Wir saßen in dem großen Speisezimmer der Villa, nur Frank und ich allein am Ende einer langen, polierten Tafel. Irgend jemand hatte eine Flasche wirklich guten Rotweins in eine Karaffe gefüllt, die leere Flasche stand auf der Anrichte. Ich wußte, das war eine Ehre. Frank servierte seine besten Weine nur Leuten, die entweder wichtig genug waren, sie zu verdienen, oder Kenner und sie zu schätzen wußten. Er ließ mich probieren, während die Quiche serviert wurde. Die Portionen waren ziemlich klein. Ich glaube, die Köchin teilte einfach das für Frank vorgesehene Essen zwischen uns auf. Frank schien nichts zu merken. Er wollte den neuesten Londoner Klatsch hören, und ich erzählte ihm, daß der Deputy langsam, aber sicher das ganze Department nach seinen Vorstellungen umkrempelte. Was mich anging, so war mir das ganz recht. Es war höchste Zeit, daß der faulen Bande in London mal jemand auf die Sprünge half. Frank stimmte mir zu, wenn auch ohne sonderliche Begeisterung.
»Ich bin zu alt dafür, Bernard. Ich kann Veränderungen nur um der Veränderung willen nicht gut finden. Ich war zusammen mit deinem Vater beim Department, 1943 war das. In der Grundausbildung war Sir Henry Clevemore dabei – ›Pickel‹ nannten wir den, ein Riese von einem Kerl. Bei einer Angriffsübung fiel er in einen Abwassergraben. Wir mußten ihn zu viert herausziehen.« Er trank einen Schluck Wein und fügte nach einer nachdenklichen Pause hinzu: »Meine Frau sagt, daß ich dem Department mein Leben gegeben habe und einen großen Teil von ihrem Leben dazu.« Die Erklärung kam von Herzen und verriet zugleich Stolz und Bedauern.
Während des ganzen Essens – Cottage pie (ein Auflauf aus Hackfleisch und Kartoffelbrei), Bread and butter pudding (ein einfacher Kuchen) und Cheddar – war von nichts anderem mehr die Rede. Wie lange er hier auch schon lebte und wie gut er sich auch eingelebt haben mochte, seiner Küche merkte man immer noch an, daß Frank einmal auf einer britischen Public School war. Ich hörte ihm aber gerne zu, vor allem wenn es um meinen Vater ging. Er wußte das natürlich, und alle Geschichten,

die er von ihm erzählte, zeigten meinen Vater in so glorreichem Licht, daß er nur mir zuliebe diese Beleuchtung arrangiert haben konnte. »Dein Vater saß tagelang in irgendeiner schmutzigen Wohnung nur mit diesem Deutschen als Gesellschaft; wie dein Vater sagte, stritten sie sich auch noch die meiste Zeit. Sie warteten auf Nachricht über den geplanten Anschlag auf Hitler. Als der Anschlag mißglückt war, kam dann plötzlich dieser Gestapo-Beamte. Dein Vater wollte schon aus dem Fenster springen, aber der Mann war der Bruder von seinem Kumpel... Aber wahrscheinlich erzähle ich das ganz falsch«, sagte Frank mit einem Lächeln. »Und überhaupt war das wahrscheinlich eine von den Räuberpistolen deines Vaters. Aber jedesmal, wenn ihn jemand überreden konnte, diese Geschichte zu erzählen, habe ich, wie übrigens alle, die ihm zuhörten, einfach Tränen lachen müssen.« Frank nahm sich noch Wein und aß ein Stück Käse. »Keiner von uns anderen war natürlich je in Nazi-Deutschland gewesen. Wir hingen an seinen Lippen. Bestimmt hat er uns oft ganz schön auf den Arm genommen.«

»Vor kurzem hat jemand so eine Andeutung gemacht, daß das Department mir irgendwas anhängen könnte wegen meines Vaters«, sagte ich, so beiläufig ich konnte.

»Um dich unter Druck zu setzen?«

»Irgendwas in der Richtung. Kann das sein, Frank? Hat mein Vater irgendwas gemacht...«

»Das ist doch nicht dein Ernst, Bernard?«

»Ich will's wirklich wissen.«

»Dann schlage ich vor, du bittest die Person um Aufklärung, der du diese bizarre Idee verdankst.«

Ich wechselte das Thema. »Und Fiona?« fragte ich wie zufällig. Er sah sofort auf. Ich nehme an, er wußte, wie sehr sie mir noch immer fehlte. »Fiona hält sich bedeckt.«

»Aber sie ist doch noch in Ost-Berlin?«

»Und wie. Blüht und gedeiht, wie ich höre. Warum?«

»Reine Neugier.«

»Vergiß sie, Bernard. Vorbei ist vorbei. Du hast mir sehr leid getan, aber jetzt wird's Zeit, die Vergangenheit zu vergessen.

Erzähl mir von eurem neuen Haus. Freuen sich die Kinder über den Garten?«

Über häuslichen Kleinkram plaudernd, gingen wir ins Wohnzimmer zurück, wohin uns das Mädchen den Kaffee brachte. Ich sagte: »Weißt du noch, wann wir das letzte Mal zusammen in diesem Zimmer waren?«

Er sah mich an, überlegte einen Augenblick und erwiderte dann: »Das war doch an dem Abend, als du mich gebeten hast, Bret Rensselaer aus der Patsche zu helfen. Ist es wirklich schon so lange her? Drei Jahre?«

»Du warst gerade dabei, deine Duke-Ellington-Platten einzupacken. Sie waren überall auf dem Fußboden hier verstreut.«

»Ja, damals dachte ich, ich lasse mich pensionieren und kehre nach England zurück.« Er sah sich um. »Mein ganzes Leben hat sich seitdem verändert. Inzwischen wäre ich längst pensioniert und würde in England Rosen züchten.«

»Und das als Sir Frank Harrington«, sagte ich. »Tut mir wirklich leid, wie die Sache damals ausgegangen ist.« Man war allgemein der Meinung, daß das Debakel, das ich mit meiner Einmischung ausgelöst hatte, den armen Frank den Adelstitel gekostet hatte, der ihm damals schon so gut wie versprochen war. Der Londoner Zentrale war zwar durch meine Warnung und Franks unautorisierte Maßnahme eine schwere Demütigung erspart geblieben, aber verziehen hatten sie das bis auf den heutigen Tag keinem von uns beiden. Wir hatten auf eigene Faust gehandelt und auch noch recht gehabt, und das war in den Augen der Mandarine des Außenministeriums eine unverzeihliche Sünde.

»Es muß schon fast drei Jahre her sein«, sagte er, wobei er seinen Tabaksbeutel öffnete und seine Pfeife mit dem würzigen Sobranie-Tabak stopfte, den er seit jeher bevorzugte. O Gott, er hatte tatsächlich vor, das Ding zu rauchen! »Natürlich war ich damals enttäuscht, aber inzwischen bin ich drüber weg.«

»Bret hat wahrscheinlich das Schlimmste abgekriegt.«

»Wahrscheinlich«, sagte Frank und zündete seine Pfeife an.

»Als ich das letzte Mal was von ihm hörte, mußte sich Tag und Nacht eine Schwester um ihn kümmern, und man gab ihm nicht mehr lange«, sagte ich. »Er lebt nicht mehr, oder?«

Frank nahm sich Zeit, seine Pfeife anzurauchen, ehe er erwiderte: »Bret hat lange ausgehalten, aber schließlich mußte er trotzdem gehen.« Er lächelte auf seine abwesende Art und begann, zufrieden an seiner Pfeife zu ziehen. Ich rückte von ihm ab. An Franks Pfeife habe ich mich nie gewöhnen können. Er sagte: »Das ist streng vertraulich. Vielleicht hätte ich's dir nicht sagen sollen. Ich habe es auch hintenrum erfahren. Das Department hat sich bedeckt gehalten.«

»Armer Bret. An dem Abend, als ich hier aus Berlin abflog, schwor ein ganzes Zimmer voller Weißkittel, daß er das Wochenende nicht überleben wird.«

»Sein Bruder kam mit irgendeinem verdammten amerikanischen General im Schlepptau. Bret wurde in eine Maschine der U.S. Air Force verfrachtet und ausgeflogen. Wie ich hörte, hat man ihn in Washington in das Krankenhaus gelegt, wo amerikanische Präsidenten behandelt werden. Er war dann lange in allen möglichen Krankenhäusern. Du weißt ja, wie die Amerikaner sind. Und dann ging er zur Erholung auf die Virgin Islands in das Haus, das er da hatte. Ich bekam eine Postkarte von ihm: ›Schade, daß Du nicht hier bist.‹ Ein Bild mit Palmen am Strand. Berlin war damals tief verschneit, und meine Zentralheizung streikte. Ich fragte mich, ob er sich wünschte, ich hätte diese Kugel abgekriegt, die ihn aus dem Verkehr zog. Ich weiß nicht. Und nun werde ich's wahrscheinlich nie erfahren.«

Ich sagte nichts.

Frank widmete sich seiner Pfeife. Er hatte ein kleines, stählernes Spezialgerät, mit dem er im Tabak herumstocherte. Wie ein schottischer Schiffsingenieur den Kessel seines alten, heißgeliebten Trampdampfers pflegte er die verdammte Pfeife. Und so ganz nebenbei gewann er auch noch Zeit, sich zu überlegen, was er sagen sollte. »Offiziell bin ich natürlich nie verständigt worden. Ich fand es komisch, wie Bret immer so angestrengt sein Engländertum herauskehrte. Und dann wird er verletzt und kommt nach Amerika.« Wieder eine Pause. »Wie ich schon sagte, offiziell ist Bret nie gestorben. Seine Spuren haben sich einfach verloren.«

»Wie bei den alten Soldaten«, sagte ich.

»Was? Ach so, ja, ich verstehe schon, was du meinst.«

Dann wandte sich die Unterhaltung anderen Themen zu. Ich erkundigte mich nach Franks Sohn, der Pilot war bei den British Airways, bis er vor kurzem zu einer der kleineren inländischen Gesellschaften gegangen war. Er flog nun zwar kleinere Flugzeuge auf kürzeren Strecken, aber dafür war er fast jeden Abend zu Hause bei seiner Frau, und mehr Geld verdiente er auch. Früher war Franks Sohn des öfteren in Berlin vorbeigekommen, dazu hatte er jetzt jedoch keine Gelegenheit mehr, und Frank gab zu, daß er sich manchmal einsam fühlte.
Ich sah mich um. Das Haus wirkte liebevoll gepflegt, aber für einen Mann allein war es einfach zu groß, um wohnlich zu sein. Mir fiel ein, daß Frank mir vor vielen Jahren einmal gesagt hatte, die Ehe sei nichts für »Leute, die in unserer Branche arbeiten – Geheimnisse, in die sie nicht eingeweiht werden, können Frauen nicht vertragen«. Ich hatte seitdem oft Gelegenheit gehabt, darüber nachzudenken.
Frank fragte nach gemeinsamen Freunden in Washington, D. C., und nachdem wir uns über ein paar von ihnen unterhalten hatten, fragte ich: »Erinnerst du dich an Jim Prettyman?«
»Prettyman? Nein«, sagte Frank bestimmt. Dann fragte er, ob zwischen mir und Gloria alles in Ordnung sei. Ich sagte ja, weil meine in letzter Zeit ständig zunehmende Angst, zu abhängig von ihr zu werden, mir selbst so kindisch vorkam, daß ich nicht darüber reden wollte.
»Denkst du nicht daran, noch einmal zu heiraten?« fragte Frank.
»Vor dem Gesetz bin ich ja noch mit Fiona verheiratet.«
»Ach ja, stimmt ja.«
»Ich habe so ein unangenehmes Gefühl, daß sie noch einmal versuchen wird, das Sorgerecht für die Kinder zu kriegen.«
Davon hatte ich eigentlich nichts sagen wollen, aber, verdammt, wes Herz voll ist...
»Das will ich nicht hoffen, Bernard.«
»Ich bekam kürzlich ein förmliches Schreiben von meinem Schwiegervater. Er beansprucht das Recht, die Kinder regelmäßig zu sehen.«
Frank nahm die Pfeife aus dem Mund. »Und du glaubst, daß er mit Fiona in Verbindung steht?«

»Ausschließen kann ich das nicht. Er ist ein falsches Aas.«
»Problemen muß man sich stellen, Bernard. Was meint Gloria denn dazu?«
»Ich habe ihr noch nichts davon gesagt.«
»Du bist ein Esel, Bernard. Du mußt endlich aufhören, sie wie ein Kind zu behandeln. Der weibliche Standpunkt, verstehst du?«
»Du hast recht«, sagte ich.
»Natürlich. Hör auf, vor dich hin zu brüten. Rede mit ihr. Sie muß doch inzwischen die Kinder ganz gut kennen.«
»Ich glaube, ich gehe jetzt besser«, sagte ich. »War schön, Frank. Wie in der guten alten Zeit.«
»Schön, daß du zum Essen geblieben bist. Nur schade, daß ich nicht wußte, daß du kommst, ich hätte dir gern was Anständigeres vorgesetzt.«
»Laß man, es war wie zu Hause«, sagte ich.
»Hast du einen Wagen?« fragte er.
»Ja, danke.«
»Wenn du nur nicht gleich am Flughafen immer einen Mietwagen nehmen würdest. Unter dem Sicherheitsaspekt...«
»Ich nehme an, du hast recht«, gab ich zu.
Seine Pfeife war in vollem Gange, Frank mußte wegen der dichten Rauchwolken die Augen zukneifen. »Wohnst du bei Frau Hennig?« Er nannte sie immer Frau Hennig. Ich glaube, er mochte sie nicht besonders, aber was er für oder wider sie empfand, verbarg er genauso sorgfältig wie fast alle seine Gefühle.
»Ja«, sagte ich. Aus den Augenwinkeln sah ich mit finsterer Miene Tarrant ins Zimmer gleiten. Franks alter Diener trat immer auf wie der Geist von Hamlets Vater. Ich möchte wetten, daß er auch stets an der Tür lauschte. Wie hätte er sonst jeweils genau im richtigen – oder manchmal auch genau im falschen – Moment eintreten können?
Als Frank sich ihm zuwandte, sagte Tarrant: »Colonel Hampshire hat angerufen und läßt sagen, daß das Hauptquartier das Turnier gewonnen hat.«
Ich sah Frank fragend an, der die Pfeife aus dem Mund nahm, mir ein Lächeln schenkte und sagte: »Bridge.«

Ich hatte Frank also von irgendeinem verdammten Endspiel eines Bridgeturniers in der Offiziersmesse ferngehalten. Das Essen, das wir uns geteilt hatten, war demnach vermutlich Tarrants Essen. Aber der Schein konnte auch trügen. Tarrants dicke Augenbrauen waren stets so drohend heruntergezogen, wie bei einem Stier, der zum Angriff überging. Vielleicht war er gar nicht hungrig und futterneidisch, sondern schlichtweg betrunken.

»Danke, Tarrant. Sie können zu Bett gehen. Ich werde Mr. Samson selbst hinausbegleiten.«

»Sehr wohl, Sir.«

»Geh noch nicht«, sagte Frank zu mir. »Laß uns eine Flasche Port aufmachen und den angebrochenen Abend würdig beenden.«

Ich wußte Franks Portwein zu schätzen, aber diesmal schlug ich die Einladung aus. »Ich muß noch bei Lisl reinschauen, ehe sie schlafen geht«, sagte ich mit einem Blick auf die Uhr.

»Und wann ist das?«

»Ziemlich spät«, gab ich zu.

»Hast du gehört, daß sie zumacht?«

»Das Hotel? Nur die nackte Tatsache. Werner hat mir eine seiner kryptischen Nachrichten zukommen lassen, aber nicht mehr als das.«

»Es wird ihr zuviel«, sagte Frank. »Und die verdammten Angestellten kommen nur noch zur Arbeit, wenn sie zufällig gerade mal Lust dazu haben.«

»Du sprichst doch wohl nicht von Klara?« Klara war Lisl Hennigs Haushälterin seit grauer Vorzeit.

»Nein, natürlich nicht Klara. Aber Klara ist inzwischen ja auch schon steinalt. Beide sind sehr alte Damen, die in irgendein anständiges Altersheim gehören und nicht mehr versuchen sollten, sich mit den Problemen eines alten und heruntergekommenen Hotels herumzuschlagen.«

»Was wird Lisl machen?«

»Wenn sie auf das hört, was ihr alle raten, wird sie das Hotel verkaufen.«

»Sie hat eine Hypothek aufgenommen«, sagte ich.

Er stocherte in seiner Pfeife. »So wie ich die Mentalität von

Bankiers kenne, wird ihr die Bank nicht mehr als die Hälfte des Marktwerts gegeben haben.«

»Ich nehme an, du hast recht.«

»Jedenfalls hätte sie genug, um ihre letzten Jahre bequem verbringen zu können«, sagte Frank.

»Ich kann mir einfach nicht vorstellen, daß ich in Berlin ankomme und nicht bei Lisl absteigen kann«, sagte ich in kindischer Selbstsucht. Mein Vater hatte schon in diesem Haus im Quartier gelegen, und später waren meine Mutter und ich auch eingezogen. Ich hatte während meiner ganzen Kindheit und Schulzeit dort gewohnt. Jedes Zimmer, jedes Möbelstück, jedes Stückchen abgetretener Teppich erinnerte mich an jene Jahre. Ich nehme an, aus diesem Grunde war es mir auch ganz recht gewesen, daß bei Lisl nie was renoviert wurde. Das Haus war für mich so etwas wie ein privates Museum meiner Vergangenheit, und die Aussicht, es zu verlieren, erfüllte mich mit Schrecken. Es kam mir so vor, als sollte mir die Erinnerung an meinen Vater entrissen werden.

»Ein Gläschen noch?« fragte Frank. Er legte ehrerbietig seine Pfeife in dem Aschenbecher ab und ging zu dem Getränkeservierwagen. »Ich mache die Flasche sowieso auf.«

»Also gut. Ja, gern«, antwortete ich und setzte mich wieder, während Frank mir ein Glas von dem braunen Wein eingoß. Ich sagte: »Als ich das letzte Mal bei Lisl wohnte, waren nur drei Zimmer belegt.«

»Das ist noch nicht mal das Schlimmste«, sagte Frank. »Der Arzt meint, daß die Anstrengung auf jeden Fall zuviel für sie ist. Zu Werner hat er gesagt, daß sie höchstens noch sechs Monate zu leben hat, wenn sie sich nicht zur Ruhe setzt.«

»Arme Lisl.«

»Ja, arme Lisl«, sagte Frank und reichte mir das bis zum Rand gefüllte Glas. Es klang ein bißchen sarkastisch; für gewöhnlich nannte er sie ja Frau Hennig.

»Ich weiß, du konntest sie nie leiden«, sagte ich.

»Ach komm, Bernard, das ist doch nicht wahr.« Er nahm seine Pfeife wieder zur Hand und setzte sie in Gang.

»Wirklich nicht?«

»Ich habe gesagt, daß sie ein Nazi war«, sagte er in gemessenem Ton und lächelte, als gefiele ihm seine Heuchelei.
»Das ist doch Unsinn.« Lisl war für mich eine zweite Mutter. Selbst wenn Frank mir wie ein zweiter Vater war, gab ihm das kein Recht zu derartigen Verallgemeinerungen über sie.
»Die Hennigs sind während der Nazizeit hochgekommen«, sagte Frank. »Ihr Mann war in der Partei, und eine Menge von den Leuten, mit denen sie verkehrte, hatten Scheiße am Stekken.«
»Zum Beispiel?«
»Sei doch nicht so bockig, Bernard. Lisl und ihre Freunde waren begeisterte Anhänger von Hitler bis zu dem Augenblick, als die Rote Fahne auf dem Brandenburger Tor gehißt wurde.« Er nippte an seinem Glas. »Und danach hat sie nur gelernt, ihre politischen Ansichten für sich zu behalten.«
»Vielleicht«, sagte ich widerstrebend. Es stimmte, Lisl war die erste, wenn es darum ging, dem Sozialismus irgendwelche Fehlschläge nachzuweisen.
»Und dann dieser Lothar Koch... Aber du weißt ja, was ich von dem halte.«
Frank war überzeugt, daß Lothar Koch, ein alter Freund von Lisl, eine dunkle Nazi-Vergangenheit hatte. Einer von Franks deutschen Spezis behauptete, Koch sei bei der Gestapo gewesen, aber es gab viele Leute, über die solche Gerüchte kursierten, und Frank selbst hatte das schon einigen Männern nachgesagt. Manchmal hatte ich das Gefühl, daß sich Frank mehr Gedanken über die Nazis machte als über die Russen. Aber das hatte er mit vielen von denen, die schon lange dabei waren, gemeinsam.
»Lothar Koch war nichts weiter als ein kleiner Angestellter«, sagte ich. Ich trank mein Glas aus und stand auf. »Und du bist nichts weiter als ein unverbesserlicher Romantiker, das ist dein Problem. Du hoffst immer noch, daß eines Tages Martin Bormann dabei überrascht wird, wie er in einer Wellblechhütte im Regenwald zusammen mit Hitler dessen Memoiren aufschreibt.«
Noch immer seine Pfeife paffend, erhob sich Frank und bedachte mich mit jenem Lächeln, das sagte: Na schön, du wirst schon

noch sehen. Als wir an der Tür waren, sagte er: »Ich werde den Erhalt von Dickys Memorandum über Fernschreiber bestätigen, und irgendwann morgen, gegen Abend, können wir uns noch mal treffen, dann sage ich dir die Antwort, die du ihm mündlich geben kannst. Paßt dir das?«
»Sehr gut sogar. Einen Tag zur Stadtbesichtigung kann ich gut gebrauchen.«
Er nickte wissend und nicht sonderlich beifällig. Einige von meinen Berliner Bekannten schätzte Frank überhaupt nicht.
»Habe ich's mir doch gedacht«, sagte er.

Es war ungefähr halb zwei, als ich Lisl Hennigs kleines Hotel erreichte. Wie verabredet hatte Klara mir die Tür aufgelassen. Behutsam stieg ich unter einem Gewölbe voller bröckelnder, vergilbter und von Spinnen eingewebter Putten die breite Treppe ins Hochparterre hinauf. Eine kleine Lampe auf einem Tischchen neben der Bar gab den verschmierten Barockspiegeln an den Wänden im Salon eben genug Licht, die schon zum Frühstück gedeckten Tische verschwommen zu reflektieren.
Die Speisekammer neben der Hintertreppe war als Schlafzimmer für Lisl eingerichtet worden, als wegen ihrer Arthritis der Weg in das Obergeschoß für sie zur Qual wurde. Unter der geschlossenen Tür war ein Lichtstreifen sichtbar, und man hörte ein merkwürdiges, unterbrochen brummendes Geräusch. Ich klopfte leise.
»Komm herein, Bernd«, rief sie. Ihre Stimme klang, entgegen allem, was Frank erzählt hatte, überhaupt nicht schwach. Sie saß im Bett und sah so hellwach aus wie immer, einen Haufen Kissen im Rücken und die rot- und grüngemusterte Bettdecke mit Zeitungen übersät. Zeitungslektüre war Lisls Leidenschaft. Pergamentlampenschirme färbten das Licht golden und verwandelten ihr wirres Haar in einen Heiligenschein. Sie hielt eine kleine Kunststoffschachtel in der Hand und schob und zog daran herum. »Sieh mal, Bernd, sieh dir das bloß mal an!«
Von neuem machte sie sich an der kleinen Schachtel zu schaffen. Hinter mir erklang, von einem metallischen Rasseln gefolgt, ein lautes Brummen. Ich muß erschrocken zusammengefahren sein.

Lisl lachte. »Sieh dir das an, Bernd. Aber paß auf! Ist es nicht wunderbar?« Sie kicherte entzückt.

Ich sprang zur Seite, als ein kleiner olivgrüner Jeep über den Teppich dahergefahren kam, aber er ging in die Kurve und raste geradewegs auf den Kamin zu, bis er gegen dessen Gitter knallte – worauf er kehrtmachte und, mit schwankender Antenne, weiter durchs Zimmer fuhr.

Obwohl sie mit der Fernsteuerung des Spielzeugs noch nicht ganz zurechtkam, strahlte Lisl vor Entzücken. »Hast du schon jemals so was gesehen, Bernd?«

»Nein«, antwortete ich, um sie nicht zu enttäuschen. Man merkte eben doch, daß die alte Dame den Finger nicht mehr wie früher am Puls der Zeit hatte – trotz der Zeitungen.

»Für den Jungen von Klaras Neffen«, sagte sie, ohne zu erklären, weshalb sie während der frühen Morgenstunden damit spielte. Sie legte das Kontrollgerät neben ein Glas Wein, das auf ihrem Nachttisch stand, wo auch ein altes Koffergrammophon und ein Stapel 78er Schellackplatten ihren Platz hatten. »Gib mir einen Kuß, Bernd«, befahl sie.

Ich befreite den kleinen Jeep aus einer Teppichfalte und umarmte und küßte Lisl dann herzlich. Sie roch nach starkem, würzigem Schnupftabak, durchdringend, denn etwas davon hatte sie auch auf ihre Bettjacke verschüttet. Die Vorstellung, diese verrückte Frau zu verlieren, war schrecklich. Sie war mir nicht weniger lieb als meine Mutter.

»Wie bist du denn reingekommen?« fragte sie plötzlich und sah mich streng an. Ich trat einen Schritt zurück und suchte verzweifelt eine passende Antwort. Sie setzte die Brille auf, um mich besser sehen zu können. »Wie bist du reingekommen?«

»Ich ...«

»Hat dieses elende Mädchen wieder die Tür nicht abgeschlossen?« sagte sie zornig. »Wie oft soll ich ihr das denn noch sagen ... Eines Tages werden sie uns alle im Bett ermorden.« Sie schlug klatschend mit gespreizten Fingern auf die über ihre Bettdecke verstreuten Zeitungen. »Liest sie denn keine Zeitungen? Heutzutage wird doch schon für mickrige zehn Mark gemordet ... Die ganze Stadt wimmelt von Verbrechern,

Rauschgifthändlern, Rauschgiftsüchtigen, Perversen... Man sieht diese Leute doch am hellichten Tag auf dem Ku'damm auf und ab stolzieren! Wie kann sie da die Haustür weit offenlassen! Ich hatte ihr befohlen, auf dich zu warten. Dieses dumme Mädchen!«

Das dumme Mädchen war fast genauso alt wie Lisl und mußte morgen früh schon vor Tau und Tag wieder auf den Beinen sein, um das Frühstück anzurichten und zu servieren. Klara hatte ein bißchen Nachtruhe bitter nötig, aber auf eine Diskussion ließ ich mich lieber nicht ein. Es war besser, Lisl nicht durch Widerspruch zu reizen.

»Wo warst du denn?«

»Ich bin zum Essen bei Frank geblieben.«

»Frank Harrington, diese hinterlistige Schlange.«

»Was hat er dir denn getan?«

»Natürlich, als Engländer mußt du ihn ja wohl verteidigen.«

»Ich verteidige ihn ja gar nicht, ich weiß nur nicht, was er dir getan hat.«

»Er ist honigsüß, wenn er was von einem will, aber er denkt nur an sich selbst. Er ist ein Schwein!«

»Was hat Frank denn gemacht?« fragte ich.

»Willst du was zu trinken?«

»Nein danke, Lisl.«

Beruhigt nahm sie einen Schluck von ihrem Sherry, oder was es sonst war, und sagte: »Meine Doppelsuite im ersten Stock habe ich erst vor ein oder zwei Jahren mit einem neuen Badezimmer ausstatten lassen. Wunderbare Räume. Es gibt keine schöneren in Berlin.«

»Aber Frank hat doch diese große Villa, Lisl!«

Sie winkte ab. »Für Sir Clevemore. Er hat vor langer Zeit hier gewohnt, als dein Vater noch da war. Damals war er noch kein ›Sir‹, ich bin überzeugt, er würde gerne wieder herkommen.«

»Sir Henry?«

»Clevemore.«

»Ja, ich weiß.«

»Frank hat ihm eine Suite im Kempinski reserviert. Denk doch nur mal an die Kosten. Bei mir wäre er viel lieber gewesen. Das weiß ich genau.«

»Wann soll denn das gewesen sein?«
»Vor ein, zwei Monaten, länger nicht.«
»Du mußt dich irren. Sir Henry ist seit sechs Monaten krank. Und in Berlin ist er schon seit ungefähr fünf Jahren nicht mehr gewesen.«
»Klara hat ihn im Kempinski gesehen. Sie hat eine Freundin, die da arbeitet.«
»Sie muß sich getäuscht haben. Ich sage dir doch, Sir Henry ist krank.«
»Sei doch nicht so starrköpfig, Bernd. Klara hat mit ihm gesprochen. Er erkannte sie wieder. Ich war so wütend. Ich wollte Frank Harrington deswegen anrufen, aber Klara hat mich schließlich doch davon abgebracht.«
»Klara hat sich geirrt«, erwiderte ich. Ich wollte ihr nichts davon erzählen, daß Klara schon bei früheren Gelegenheiten solche Geschichten erfunden hatte, nur um ihre selbstherrliche Chefin damit zu ärgern.
»Eine wunderschöne Suite«, sagte Lisl. »Und seitdem ich dieses Badezimmer habe einbauen lassen, erst recht: mit thermostatischem Regler für die Wassertemperaturen, Spiegelwänden, Bidet. Da ist alles dran, sage ich dir.«
»Also Sir Henry war es jedenfalls nicht«, sagte ich. »Mach dir deswegen keine Sorgen mehr. Wenn er in Berlin gewesen wäre, wüßte ich's.«
»Warum solltest du so was denn erfahren?« Sie grinste von Ohr zu Ohr, entzückt, mich bei einem Widerspruch ertappt zu haben, denn ihr gegenüber behauptete ich stets, daß ich für einen pharmazeutischen Betrieb arbeitete.
»Na ja, ich hör' so manches«, antwortete ich nicht sehr überzeugend.
»Gute Nacht, Bernd«, sagte sie, noch immer lächelnd. Ich küßte sie noch einmal und machte mich auf den Weg in mein Schlafzimmer. Als ich den Fuß auf die erste Treppenstufe setzte, ertönte hinter mir wie der Schall der Posaune des Jüngsten Gerichts der blecherne Sound einer Dixielandkapelle, die sich an dem Chorus »I'm forever blowing bubbles« versuchte. Kein Wunder, daß Lisls Hotel nicht überbelegt war.

Ich wohnte wieder in der Dachkammer. Schon als Junge hatte ich in dieser engen Mansarde geschlafen, deren Fenster auf den Hinterhof hinausging. Zu dieser Jahreszeit war es eisig da oben. Die Wirkung der Zentralheizung schien seit einigen Jahren mit zunehmender Höhe des Stockwerks nachzulassen, der riesige Heizkörper war kaum lauwarm. Doch die fürsorgliche Klara hatte mir eine Wärmflasche ins Bett gelegt, und so schlüpfte ich zufrieden zwischen die gestärkten Laken.

Vielleicht hätte ich nach dem Abendessen weniger von Franks starkem Kaffee trinken sollen. Jedenfalls konnte ich stundenlang nicht einschlafen. Ich mußte an Fiona denken, die vermutlich nur ein paar Straßen weiter ebenfalls im Bett lag. Ich sah sie ganz deutlich vor mir. War sie allein, oder lag sie mit jemand anderem in dem Bett? Eine Flut von Erinnerungen stürmte auf mich ein. Entschlossen zwang ich mich, an etwas anderes zu denken. Was würde aus Lisl werden und aus ihrem alten Haus, wenn sie es verkaufte? Das Grundstück in dieser Gegend von Charlottenburg, ganz nahe beim Kurfürstendamm, war bestimmt eine Menge Geld wert. Jeder Spekulant würde damit machen, was Spekulanten überall mit solchen Grundstücken machen: den Mietern und den Tante-Emma-Läden und den altmodischen kleinen Restaurants kündigen, alles niederwalzen und häßliche Bürogebäude aus Beton und Glas auf den wertvollen Boden setzen, die dem Eigentümer hohe Mieteinnahmen und dem Staat hohe Steuern versprachen. Eine deprimierende Aussicht. Und ich dachte an Klaras kühne Behauptung, den Director-General im Kempinski gesehen zu haben. Die Geschichte war hochgradig unwahrscheinlich aus einer ganzen Reihe von Gründen. Erstens war der D. G. krank, und das schon seit Monaten. Zweitens haßte er Auslandsreisen. Die einzige offizielle Überseereise, die er je unternommen hatte (abgesehen von einer gelegentlichen Konferenz in Washington, D. C.), ging in den Fernen Osten. Soweit ich mich erinnern konnte, war der D. G. seit mindestens fünf Jahren nicht mehr in Berlin gewesen. Und drittens hätte er in Berlin nicht in einem der großen Hotels gewohnt. Er hätte Franks Gastfreundschaft angenommen – oder, wenn sich's um einen offiziellen Besuch handelte, diejenige des kommandierenden Generals der britischen Streitkräfte, des britischen Stadtkommandanten. Vollkommen unglaubwürdig war aber schließlich Klaras Behauptung, daß der D. G. sie erkannt habe. Der D. G. konnte sich nicht einmal an den Namen seines eigenen Labrador-Hundes erinnern, wenn ihm sein getreuer Adjutant Morgan nicht soufflierte.

Ich versuchte einzuschlafen, aber es ging nicht. Es gab zuviel, das mich wach hielt. Auffällig war zum Beispiel, wie prompt Frank geleugnet hatte, Jim Prettyman zu kennen. Er hatte sich nicht geräuspert, nicht gezögert und auch nicht gefragt, warum ich den Namen erwähnte. Nur ein plattes Nein – und dann Themawechsel. Normalerweise litt Frank nicht an einem derartigen Mangel an Neugier. Eigentlich verhielt sich kein Mensch normalerweise so.

6

»Wenn Willi auf mich gehört hätte, hätte er die verdammte Maschine gar nicht erst hier aufgestellt«, sagte Werner und hob den Blick von seiner riesigen Portion Rindfleisch, um die beiden weißbekittelten Chirurgen zu mustern, die mit Schraubenziehern in den Eingeweiden einer alten, offensichtlich durch einen Tritt zum Schweigen gebrachten Jukebox herumstocherten. Willi Leuschner, der Wirt, beobachtete die Operation mit der gequälten Miene eines mitleidenden Verwandten. Anscheinend hatte irgendein nächtlicher Popmusikliebhaber seinen Wünschen per Fuß Ausdruck verliehen.

Wir saßen in einer der Nischen am Fenster. Als Jungen waren wir überzeugt gewesen, daß den Leuten auf den Fensterplätzen größere Portionen serviert würden, um Passanten hereinzulokken. Ich weiß noch immer nicht, ob das den Tatsachen entspricht oder nicht, aber wir wollten beide auf keinen Fall ein Risiko eingehen.

»Musikkritikern ist nicht zu trauen«, meinte ich. »Das hätte ihm schon Toscanini sagen können.«

»Ich wette, diese Jukebox ist nicht versichert«, sagte Werner. Er war der Typ, der die Zufälle des Lebens zunächst mal in Hinsicht auf Gestehungskosten, Prozente, Verzinsung, Risiko, Versicherung bewertet.

»Sie war billig«, erklärte ich, »und Willi dachte, sie würde mehr Teenager anziehen.«

»An diesen abgebrannten Halbstarken wird er sich sicher dumm und dämlich verdienen!« sagte Werner. Er kam sich sehr ironisch vor. »Er sollte lieber froh sein, wenn sie draußenbleiben, anstatt ihnen auch noch hinterherzulaufen.«

Obwohl wir von Kindesbeinen an Freunde waren, konnte Werner mich noch immer verblüffen. Häufig hatte ich ihn erklären hören, daß Jugendkriminalität nur eine Folge war von zuviel Fernsehen, alleinerziehenden Eltern, Arbeitslosigkeit oder dem übermäßigen Genuß von Süßigkeiten. War Werners neue reaktionäre Einstellung jungen Leuten gegenüber etwa ein Zeichen dafür, daß er langsam alt wurde – so wie ich es schon seit einer Ewigkeit war?

Werner verdiente sein Geld mit Wechselbürgschaften. Das heißt, er finanzierte Exporte aus Osteuropa in den Westen mit harten Währungen, die er borgte, wo er sie kriegen konnte. Er mußte hohe Zinsen zahlen und lebte von kleinen Gewinnspannen. Das Geschäft war hart, aber Werner hatte offensichtlich eine glückliche Hand im Umgang mit den unglücklichen Zufällen und günstigen Gelegenheiten dieses seltsamen Randgebiets der Finanzwelt. Wie viele seiner Konkurrenten hatte er mit dem Bankgeschäft keinerlei Erfahrung, und seine berufliche Vorbildung erschöpfte sich in dem Erwerb der Fähigkeit, mit einem japanischen Taschenrechner umzugehen.

»Ich dachte, du magst junge Leute, Werner«, sagte ich.

Er sah mich mit gerunzelten Brauen an. Sonst beschimpfte er mich immer als intolerant und engstirnig, aber in unserer Stammkneipe waren wir beide lieber unter unsresgleichen, wie die meisten Berliner auch. Man brauchte gar nicht weit die Potsdamer Straße entlangzugehen, bis man zu der Überzeugung kam, daß die Einführung der allgemeinen Wehrpflicht vielleicht doch keine schlechte Idee war.

Heute war Werner irgendwie verändert. Es war nicht der neue Bart – ein schöner Vollbart, mit dem er bald aussehen würde wie ein wohlhabender wilhelminischer Brauereikönig oder wie ein Geschäftsfreund von Sir Basil Zaharoff. Es war auch nicht nur, daß er wieder stark zugenommen hatte; nach jeder seiner Schlankheitskuren nahm er stark zu. Auch daß er so viel zu früh zu unserer Verabredung erschienen war, gab nicht den Ausschlag. Aber er war ungewöhnlich unruhig. Während wir auf das Essen warteten, hatte er dauernd mit dem Pfefferstreuer und dem Salzstreuer gespielt, sich an den Ohrläppchen gezogen und an die Nase gefaßt und aus dem Fenster gesehen, als sei er in Gedanken ganz woanders. Ich fragte mich, ob er schon an seine nächste Verabredung dachte, denn irgendwas anderes schien er noch vorzuhaben – so, wie er da saß, in einem maßgeschneiderten Anzug und seidenen Hemd, war er jedenfalls nicht angezogen für diese Art von Lokal.

Wir saßen bei Leuschner. Dieses Café in der Nähe des Potsdamer Platzes war in seiner Glanzzeit ziemlich bekannt und Treffpunkt berühmter Leute gewesen. Inzwischen lag diese Glanzzeit schon recht lange zurück, das Lokal war schäbig und fast leer. Kein Wunder angesichts der Tatsache, daß der Potsdamer Platz, einst der verkehrsreichste Europas, jetzt, zwischen Mauer und Stacheldrahtverhau, nur noch für die Bewacher der Staatsgrenze der DDR zugänglich war, die ihre scharfen Hunde im märkischen Sand spazierenführten und dabei darauf achteten, daß ihre Mitbürger auf der anderen Seite des Potsdamer Platzes blieben, wo sie hingehörten. Seitdem sich das städtische Leben aus der toten Zone an der politischen Westseite der Sektorengrenze (die dort der geographischen Südseite entsprach) zurückgezogen hatte, war das Café Leuschner zu einem Lokal verkommen, wo man aufpassen mußte, zu wem man was sagte, und wo die Polizei regelmäßige Personenkontrollen durchführte.

Einst standen Luxushotels in dieser Gegend am Anhalter Bahnhof, der in den dreißiger Jahren der größte der Welt war. Damals kamen täglich hundertfünfundvierzig Züge dort an, davon zweiundachtzig Fernzüge der Luxusklasse, mit Bar, Speisewagen und Schlafwagen. Durch einen speziell für diesen Zweck gebauten Tunnel geleiteten mit riesigen Koffern aus Krokodil- und Schweinsleder beladene Gepäckträger und Pagen in Livree die angekommenen Gäste unter der Straße und dem brausenden Verkehr hindurch, direkt in das feudale Hotelfoyer des berühmten Excelsior nebenan. Dort wohnte man in bequemer Nachbarschaft zum Gesandtschaftsviertel am Tiergarten, zu den vornehmen Geschäften an der Leipziger Straße, unweit der Straße Unter den Linden und des Herzens der Hauptstadt. Tagsüber beherrschte hier der Verkehr die Szenerie, und das Nachtleben hörte erst mit dem kostenlosen Frühstück für jeden noch wachen Nachtvogel auf.

Nun war vom Anhalter Bahnhof nur mehr ein Teil der Stirnwand der Schalterhalle erhalten. Im Sommer war das Gelände hinter dieser Wand von dickem Unkraut und Gebüsch überwuchert, und während unserer Schulzeit hatten Werner und ich uns oft dort zwischen den im Dickicht verborgenen Stellwerken, Lokomotivschuppen, ausgeweideten, verrosteten Schlafwagen und anderen Ruinen des Eisenbahnzeitalters herumgetrieben. Seit Kriegsende ist auf den Gleisen der Südbahn hinter dem ehemaligen Bahnhofsgelände ein regelrechter Urwald entstanden.

Was auf der Nordseite des Anhalter Bahnhofs stehen geblieben war, machte nicht mehr viel her. Man hätte die ramponierten Fassaden, die da noch vereinzelt aufragten, für Filmkulissen halten können, wenn sie nicht so authentisch schmutzig gewesen wären. Dort, wo einst das Zentrum Europas war, war jetzt nichts mehr. Wer nun unterwegs in die Kochstraße oder zum Checkpoint Charlie am ehemaligen Anhalter Bahnhof vorbeifuhr, machte, daß er weiterkam.

Dennoch hat erstaunlicherweise das Café Leuschner bis heute dort ausgehalten. Willi Leuschner mochte mit der Aufstellung der Jukebox einen bedauerlichen Fehler gemacht haben, aber er zapfte ein gutes Bier, und seine österreichische Frau servierte noch immer einmal in der Woche den besten Tafelspitz in der Stadt. Und zu dem zartgekochten Rindfleisch gab es bei ihr kleine Kartoffelklöße, der Kohl war in Bratenfett gegart und mit Kümmel gewürzt.

Als Werner sich den letzten Bissen seiner gigantischen Portion Rindfleisch mit viel zuviel geriebenem Meerrettich in den Mund geschoben hatte, fand ich es an der Zeit, das Thema anzuschneiden, das ich mit Werner besprechen wollte. Ich sagte: »Jedenfalls sieht Lisl hervorragend aus.«

»Du hast sie nur für fünf Minuten gesehen«, sagte Werner und wischte mit einem Stück Brot den Rest des Meerrettichs von seinem Teller. Ihm trieb das Zeug nicht wie mir die Tränen in die Augen.

»Sie schlief noch, als ich heute morgen ging, und ich wollte sie nicht stören«, sagte ich. Ich versuchte es noch einmal mit dem

Meerrettich, den liegen zu lassen ich schon beschlossen hatte. Wieder fand ich schon das kleine bißchen, das ich an der Gabel hatte, sehr, sehr scharf.

»Sie ist eine dumme alte Frau«, sagte Werner in einem Ausbruch von ungewohnter Bitterkeit. Daran konnte man erkennen, wie frustriert er war. »Tausendmal hat der Arzt ihr gesagt, daß sie abnehmen und sich schonen soll. Statt dessen trinkt sie, raucht, regt sich auf, streitet herum. Es ist absurd.« Vielleicht war der Ton, in dem er das hervorstieß, nicht so sehr erbittert als traurig.

»Und du sagst, sie hat einen Schlaganfall gehabt?«

»Die Leute im Krankenhaus sagen, daß die Untersuchungsergebnisse nicht ganz eindeutig sind.« Er steckte sich das letzte Stück Brot in den Mund. »Aber wie dem auch sei, jedenfalls muß sie sich unbedingt zur Ruhe setzen.«

»Aber wer wird sich um den Verkauf des Hauses kümmern?« Mir wurde plötzlich klar, wieviel Arbeit das machen würde. Verhandlungen mit Grundstücksmaklern und Banken, mit Rechtsanwälten und Steuerberatern, dazu zig Formulare und der kleinliche bürokratische Papierkrieg – alles, was eine einfache Transaktion zu einem Alptraum macht. »Das Beste wäre, wenn man Lisl überzeugen könnte, wegzufahren, bis alles erledigt ist. Vielleicht können wir ihr ein Quartier in Baden-Baden besorgen. Sie hat immer gesagt, daß sie gerne mal in Baden Urlaub machen würde.«

Er sah mich an und bedachte mich mit einem schiefen, kleinen Lächeln. »Und wer von uns beiden wird Lisl das alles beibringen?« fragte er.

In dem Augenblick kam Willi Leuschner an den Tisch, um abzuräumen. »Was wollt ihr zwei denn als nächstes?« fragte er. »Brotkuchen?« Willi war in meinem Alter, doch sein Kopf war schon kahl, und der große, an den Spitzen gekrümmte Schnurrbart, den er sich zum Ausgleich hatte stehenlassen, war altersgrau und vom Nikotin vergilbt.

Er duzte uns, weil wir drei zusammen zur Schule gegangen waren und einander besser kannten als unsere Frauen. Bei mir war es jedenfalls so. Und Willi wußte, daß Werner und ich uns an dem Brotkuchen nicht satt essen konnten. Frau Leuschner hatte das Rezept aus den Kriegsjahren durch die Hinzufügung von Eiern und Sahne zu einer Schöpfung ihrer besonderen Art von Haute Cuisine veredelt. Willi wartete denn auch gar nicht auf eine Antwort. Er wischte den Tisch ab und ging in die Küche, die Biergläser und Bestecke geschickt auf den Tellern balancierend. Willis Vater hatte noch über einen furchteinflößenden Maître d' und ein Dutzend befrackte Kellner geboten, denen weißjackige Lehrlinge assistierten. Für Willi und seinen Bruder arbeiteten zwei junge Leute aus der Kreuzberger Szene, die morgens meist mit glasigen Augen und zittrigen Händen antanzten.

»Ich weiß, was du denkst, Werner«, sagte ich, als Willi gegangen war.

»Was denke ich denn?« Er sah aus dem Fenster auf die fast leere Straße hinaus. Der gestern gefallene Schnee war geschmolzen, aber seitdem war die Temperatur stark gefallen, und dem niedrigen, grauen Himmel war anzusehen, daß es bald mehr Schnee geben würde.

»Du denkst, daß ich's mir ganz schön leichtmache. Ich komme hier hereingeschneit, sage, was für Lisl zu tun ist, und dann haue ich wieder ab und überlasse dir die Arbeit.«

»Wieso, Bernie?« sagte Werner. »Lisl ist mein Problem, nicht deins.«

»Sie hat nur uns«, sagte ich. »Was zu tun ist, werden wir zusammen machen. Ich werde mir Urlaub nehmen.« Werner nickte trübselig mit dem Kopf, also versuchte ich, energisch zu wirken: »Das Haus zu verkaufen dürfte nicht allzu schwierig sein. Aber wir müssen Lisl irgendwo anders unterbringen. Irgendwo, wo es ihr gefällt.«

»Ich bin Jude«, sagte Werner plötzlich. »Im Krieg geboren. Ich heiße Isaak wie mein Vater, aber dann haben sie mich Werner genannt, weil das arisch klang. Lisl hat meine Eltern versteckt. Sie hat nichts daran verdient, denn meine Eltern hatten kein Geld. Sie hat ihr Leben riskiert. Die Nazis haben Leute mit weniger Grund in die Lager geschickt. Ich weiß nicht, warum Lisl dieses Risiko eingegangen ist. Manchmal frage ich mich, ob ich so wie sie Leuten helfen würde, die mir relativ fremd sind. Ich bin keineswegs sicher, das kann ich dir sagen. Aber Lisl hat sie versteckt, und als ich geboren wurde, hat sie mich auch versteckt. Und als meine Eltern starben, hat sie mich aufgezogen, als wäre ich ihr eigenes Kind. Verstehst du?«

»Wir machen's zusammen«, sagte ich.

»Was?«

»Das Haus verkaufen. Lisl in einem anständigen Altersheim unterbringen. Klara auch.«

»Spinnst du?« sagte Werner. »In tausend Jahren kriegst du sie nicht aus diesem Haus raus.«

Ich sah ihn an. Er hatte die unergründliche Miene aufgesetzt, die er sich schon als Schuljunge angeeignet hatte. »Also, was hast du vor? Sollen sie das Haus um sie herum abreißen?«

»Ich werde die Leitung des Hotels übernehmen«, sagte Werner. Er starrte mich herausfordernd an, als erwarte er heftigen Widerspruch oder aber höhnisches Gelächter.

»Die Leitung des Hotels übernehmen?« fragte ich verblüfft.

»Ich bin schließlich bei ihr aufgewachsen, nicht? Und habe früher sogar ihre Buchführung gemacht. Ich verstehe genug von dem Geschäft.«

»Sie wird dir nicht erlauben, irgendwas zu ändern«, sagte ich warnend.

»Ich werde alles tun, was ich für nötig halte«, entgegnete Werner ruhig. Sein Ton rief mir in Erinnerung, daß unter meinen Berliner Freunden Lisl nicht die einzige Person mit eisernem Willen war.

»Und denkst du, du kannst einen Gewinn erwirtschaften?« fragte ich.

»Es reicht, wenn der Laden sich trägt.«

»Und was ist mit dem Wechselbürgschaftsgeschäft?«

»Ich geb' es auf.«

»Ich glaube, das solltest du dir noch mal überlegen, Werner«, sagte ich beunruhigt. Mir waren gerade die möglichen Konsequenzen eines solchen Schrittes eingefallen.

»Ich habe mich schon entschieden.«

»Wo wirst du wohnen?«

Er lächelte angesichts meiner Bestürzung. Möglicherweise entschädigte ihn das, vielleicht hatte er sich schon darauf gefreut.
»Ich nehme eines von den Zimmern im Obergeschoß, aus meiner Wohnung ziehe ich aus.«
»Und was ist mit Zena?« fragte ich. Ich konnte mir nicht vorstellen, daß Werners junge, eigensinnige und snobistische Frau sich mit einem Zimmer im Obergeschoß von Lisls Hotel abfinden würde, nicht einmal mit der Suite mit dem neuen Badezimmer, auf die Lisl so stolz war.
»Für Zena ist das schwer zu verstehen«, sagte Werner.
»Kann ich mir denken.«
»Zena sagt, daß sie Lisl nichts schuldet, und in gewisser Hinsicht hat sie da natürlich recht«, sagte er traurig.
»›... und verspreche dir die Treue in guten und in bösen Tagen...‹ Oder gilt das nicht mehr seit der Emanzipation?«
»Ich wünschte, du könntest Zena besser kennenlernen. Sie ist nicht egoistisch. Nicht so egoistisch, wie du denkst«, differenzierte er, als ihm klar wurde, was er da behauptete.
»Was wird Zena also machen?«
»Sie wird die Wohnung in Dahlem behalten. Ich meine, aufgeben können wir die ja nicht, selbst wenn wir wollten, wegen der vielen Möbel. Zu Lisl können wir die ja schlecht mitnehmen, oder?«
»Jedenfalls wird sich dein Leben ganz schön verändern, Werner.« Er gab sein Geschäft auf, seine luxuriöse Wohnung und allem Anschein nach auch seine Frau. Sie hatte ihn schon des öfteren verlassen. Zenas Treue war nicht von der Sorte, die Dichter in Sonetten besangen – eher in Limericks. Wahrscheinlich war sie mir deswegen so zuwider.
»Es gibt keine andere Möglichkeit, Bernie. Wenn ich Lisl nicht wenigstens diesen Gefallen täte, würde mir mein Gewissen keine ruhige Minute mehr lassen.«
Ich sah ihn an. Werner war ein guter Mensch. Vielleicht der einzig wirklich gute Mensch, den ich kannte. Was konnte ich also sagen außer: »Du hast recht. Es gibt keine andere Möglichkeit.«
»Vielleicht läuft es ja auch sehr gut.« Werner versuchte verzwei-

felt, das Beste daraus zu machen. »Wenn mehr Touristen kämen, könnte ich den Bankkredit zurückzahlen. Ich werde versuchen, mit ein paar Reisebüros ins Geschäft zu kommen.«

Er schien es ernst zu meinen. Als wüßte er nicht, daß Reiseveranstalter nur billige, trübselige Schuhkartons mit mindestens zweihundert Betten unter der Leitung von sechzehnjährigen Schulaussteigern wollten, die keine bekannte Sprache sprechen! Was soll ein Reisebüro mit einem kleinen, behaglichen, von Menschen geführten Hotel anfangen? »Sehr gute Idee, Werner«, erwiderte ich.

»Natürlich kann ich mein Geschäft nicht von heute auf morgen aufgeben«, sagte er. »Ein paar Sachen sind noch in der Abwicklung.«

»Wie oft fährst du noch rüber?« fragte ich. Werners Geschäfte führten ihn regelmäßig nach Ost-Berlin zu Verhandlungen mit den dortigen Behörden. Ich fragte ihn nicht, ob er noch immer unseren Leuten in Franks Büro Bericht erstattete. Je weniger ich davon wußte, desto besser.

»Nicht mehr so oft. Heute kann man die meisten Vorverhandlungen schon am Telefon erledigen.«

»Wird es also besser?«

»Besser nicht. Anders. Die haben inzwischen gelernt, ihr Image besser zu pflegen und nichts mehr zuzugeben, was die westliche Presse aufregen würde.« Das war ein hartes Urteil, um so mehr, als Werner auch in seinen spontanen Äußerungen über die DDR stets um Objektivität bemüht war.

»Wie geht's der Normannenstraße heute?«

»Blendend«, sagte Werner.

»Inwiefern?«

»Die Ostdeutschen sind heute Nummer eins auf der Moskauer Hitparade. Prag ist nicht mehr die Hochburg der sowjetischen Westspionage, und unsere Freunde in der Normannenstraße lachen sich ins Fäustchen.«

»Beim Stasi soll eine große Umorganisation im Gange sein.«

»Die alten Kämpfer werden einer nach dem anderen aus dem Verkehr gezogen. Auch die Verwaltung wird ausgedünnt. Die Organisation ist heute kleiner und besser.«

»Soso.«
»Natürlich werden alle Operationen vom KGB überwacht. Wenn irgendwas nicht richtig läuft, kriegt die Normannenstraße Moskaus Mißvergnügen zu spüren.«
»Hast du je wieder von diesem Erich Stinnes gehört?«
»Er ist jetzt Verbindungsmann zum KGB. Hat einen sehr einflußreichen Posten gekriegt.«
»Stinnes?«
»Der KGB expandiert. Denen ist der Etat nicht gekürzt worden. Und die Amerikaner operieren immer noch von ihren Botschaften aus, und natürlich stecken alle amerikanischen Botschaften vom Dach bis zum Keller voller Wanzen. Sie werden's nie lernen.«
»Hat meine Frau was zu tun mit dieser Umstrukturierung?« fragte ich.
»Ich dachte, davon reden wir«, sagte Werner. »Sie hat dir doch damals bei diesem ›Strukturbericht‹ geholfen, nicht?«
Ich antwortete nicht. Seit Ewigkeiten waren viele der Meinung, daß unsere Dienste unabhängig von den Botschaften und anderen diplomatischen Behörden organisiert sein sollten. Ich hatte eine Menge Zeit auf einen Bericht darüber verwendet, unter den Dicky Cruyer mit Vergnügen seinen Namen setzte. Viele Leute, darunter auch ich, hatten erwartet, daß Dicky Cruyer damit seine Karriereleiter weiter hinauffallen würde. Der Bericht war die beste derartige Arbeit, die ich je gemacht hatte, und ich war stolz darauf. Manche Leute waren der Meinung, daß nach diesem Bericht eine baldige Umstrukturierung unvermeidlich sei. Aber wir hatten die Rechnung ohne das Außenministerium gemacht. Es war schon schwierig genug, den D. G. dazu zu bringen, den Bericht überhaupt vorzulegen. Als die Mandarine im Außenministerium ihn endlich gelesen hatten, trampelten sie so heftig darauf herum, daß das ganze Gebäude wackelte. Der Secret Intelligence Service sollte ein Teil des Außenministeriums bleiben, und seine Vorschläge wurden nicht ernster genommen als die Beschwerde etwa einer afrikanischen Botschaft mittlerer Größe. Unsere Büros blieben in den Botschaften, und wenn deshalb jeder wußte, wo wir zu finden waren, dann war das eben

Pech! Es war deprimierend, daran zu denken. Und Fiona kannte die ganze Geschichte.
Wir saßen eine Zeitlang stumm da und blickten zum Fenster hinaus, wo der Verkehr vorüberdonnerte und ein paar Leute mit gegen die Kälte hochgezogenen Schultern auf eine Gelegenheit warteten, die Straße zu überqueren. »Da ist natürlich noch die Frage nach dem Testament«, sagte ich endlich. Ich nehme an, wir hatten beide die ganze Zeit an Lisl gedacht.
»Das Hotel?« fragte Werner.
»Wenn du Pech hast, arbeitest du dich zu Tode und mußt dann erleben, daß sie alles dem Hundeasyl vermacht hat.«
»Hundeasyl?« fragte Werner verblüfft. Natürlich war das ein typisch englischer Gedanke. Bei deutschen alten Damen kam es nicht so häufig vor, daß sie ihren gesamten Grundbesitz für das Wohlergehen ausgesetzter Hunde zur Verfügung stellten.
»Irgendeiner wohltätigen Stiftung«, sagte ich.
»Ich mache das doch nicht, weil ich das Haus erben will«, entgegnete Werner.
»Reg dich nicht auf«, sagte ich. »Ich meine nur, du solltest das klären, bevor du was unternimmst.«
»Sei doch nicht blöde, Bernie. Wie kann ich mich mit Lisl hinsetzen und ihr sagen, daß sie ein Testament zu meinen Gunsten machen soll?« Da plötzlich die Jukebox ein heiseres Röhren hören ließ, versuchte ich gar nicht erst zu antworten. Aber nach ein paar Probetakten schaltete der Mechaniker das Gerät aus und begann, die bunte Verkleidung wieder instandzusetzen.
»Sie hat doch keine anderen Verwandten, oder?«
»Es hat schon welche gegeben«, sagte Werner. »Eine ihrer Schwestern ist im Krieg gestorben. Von einer anderen weiß ich nur, daß sie Inge Winter hieß und in Frankreich lebte. Sie war älter als Lisl, hatte keine Kinder und ist inzwischen wahrscheinlich auch tot. Lisl sagt, ich hätte sie bei einem ihrer Besuche in Berlin kennengelernt, aber daran kann ich mich nicht erinnern. Sie hätte jedenfalls einen Anspruch auf das Haus. Lisl hat mir mal erzählt, daß ihr Vater es beiden Töchtern hinterlassen hat, daß aber nur Lisl dort wohnen wollte. Trotzdem gehört es zur

Hälfte dieser Inge Winter. Und abgesehen von der Schwester könnte es natürlich auch noch Verwandte von Lisls verstorbenem Mann Erich geben. Ich muß noch mal mit Lisl reden.«
»Wenn Lisl sagt, daß das Haus zur Hälfte ihrer Schwester gehört, kann es sein, daß auch die Schwester den Antrag auf den Bankkredit unterschreiben mußte.«
»Ich weiß«, sagte Werner und strich sich über den Schnurrbart. »Ich habe mich schon gefragt, ob die Schwester deswegen nach Berlin gekommen ist.«
»Du solltest dich bei der Bank erkundigen«, schlug ich vor.
»Ohne Lisls Einwilligung verrät die Bank mir nichts.« Er strich sich noch einmal über den Schnurrbart. »Er juckt«, erklärte er.
»Die Sache muß jedenfalls geklärt werden«, sagte ich. »Ich werde mit ihr reden.«
»Das wirst du nicht«, entgegnete Werner wie aus der Pistole geschossen. »Das würde alles verderben. Es muß so aussehen, als *wollte* ich ins Hotelfach einsteigen. Sie muß überzeugt sein, daß sie *mir* einen Gefallen tut. Das siehst du doch hoffentlich ein?«
Es dauerte eine ganze Weile, bis ich nickte. Aber Werner hatte recht. Er mußte einige schlaflose Nächte mit der Lösung dieses Problems verbracht haben. »Soll ich versuchen rauszukriegen, ob die Schwester noch lebt?« Ich machte dieses Angebot eher zur Beruhigung meines Gewissens als aus der Überzeugung, es würde irgend etwas dabei herauskommen.
Vielleicht verstand Werner meine Beweggründe. Jedenfalls sagte er: »Das wäre wirklich sinnvoll, Bernie. Wenn du diese Schwester aufspüren könntest, wäre das wichtigste Problem gelöst. Ich habe ihre letzte Adresse in Frankreich. Sie steht in dem grünen Adreßbuch in Lisls Büro. Ob sie da noch wohnt, weiß ich natürlich nicht.« Er sah zur Theke hinüber, wo Willi die verchromte Espressomaschine bedient hatte, und sagte: »Willi bringt den Kuchen.«
»Wird ja wohl auch Zeit.«
»Er wird sich ein bißchen zu uns setzen wollen«, sagte Werner warnend. »Bitte sag einstweilen nichts von dem Hotel. Ich ruf dich an wegen der Adresse der Schwester.«

»Laß dir ein, zwei Tage Zeit zum Überlegen«, schlug ich vor. Willi kam mit dem Nachtisch und dem Kaffee auf uns zu. »Es ist schließlich 'ne schwerwiegende Entscheidung.«
»Ich hab's mir überlegt«, sagte Werner mit fester Stimme, in der nur ganz fern Trauer anklang. »Ich weiß, was ich zu tun habe.«
Frankreich, dachte ich. Warum muß ich solche blöden Versprechungen machen? Woher soll ich die Zeit nehmen, in Frankreich einer alten Frau nachzuspüren, die zweifellos schon lange tot und begraben ist? Als ob mir eine Lisl im Leben noch nicht genug wäre.

7

»Wir hätten einen Mikrowellenherd kaufen können«, sagte Gloria plötzlich und spontan.
»Ist es das, was du willst? Einen Mikrowellenherd?«
»Mit dem Geld, das uns dieser verdammte Flug kostet«, erklärte sie in bitterem Ton.
»Ach so«, sagte ich. »Natürlich.« Sie machte im Kopf eine Liste. Das tat sie gelegentlich. Und je länger die Liste, desto erbitterter wurde ihr Haß auf die Luftfahrtgesellschaft und deren Leitung. Zum Glück der Direktoren der Luftfahrtgesellschaft saß auf dem Flug von London nach Nizza keiner neben ihr. Dort saß ich. »Der reine Betrug«, sagte sie.
»Das weiß doch jeder«, sagte ich. »Trink also den guten, warmen *café*, pack den homogenisierten *fromage* aus, und genieße die *ambiance*.«
Die Plexiglasfenster waren zerkratzt, so daß die dicken, grauen Wolken draußen schraffiert aussahen. Gloria antwortete nicht und aß auch nicht, was auf dem winzigen Kunststofftablett vor ihr aufgebaut war. Sie holte ihren Nagellack aus der großen Handtasche, die sie überall mitschleppte, und begann, sich mit ihren Fingernägeln zu beschäftigen. Das war immer ein schlechtes Zeichen.
Ich nehme an, ich hätte ihr von vornherein sagen sollen, daß wir diese Reise machten, weil ich versprochen hatte, Lisl Hennigs Schwester aufzuspüren. Ich hätte wissen können, daß Gloria wütend sein würde, wenn die Wahrheit ans Licht kam, und daß ich sie ihr eher früher als später sowieso würde sagen müssen. Rückblickend weiß ich nicht, weshalb ich mich entschloß, ausgerechnet in der Abflughalle mit der Wahrheit herauszurük-

ken. Gloria war bitter enttäuscht, als sie erfuhr, daß es sich bei der bevorstehenden Reise nicht – wie ich sie hatte glauben lassen – um ein »heißes Liebeswochenende« handelte. Sie beschimpfte mich, und zwar so laut, daß die Leute, die neben uns saßen, ihre Kinder außer Hörweite brachten.

In solchen Augenblicken versuchte ich stets, das Wesen meines Verhältnisses zu Gloria zu ergründen. Meine Altersgenossen, verheiratete Männer in den Vierzigern, hielten mit ihren Analysen meiner Romanze mit dieser zweiundzwanzigjährigen Schönheit nicht hinter dem Berg. Manchmal in Form von ernsthaften »Gesprächen«, manchmal mit Anekdoten über irgendwelche angeblichen Freunde, manchmal nur mit schmutzigen Witzen. Merkwürdigerweise fand ich die neidvollen Bemerkungen am beleidigendsten. Ich wünschte, die Leute würden versuchen zu verstehen, daß solche Beziehungen komplex sind, und daß meine zu Gloria noch komplexer war als die meisten anderen.

Jetzt im Flugzeug, wo ich nichts zu arbeiten und außer dem *Flight Magazine* nichts zu lesen hatte, dachte ich angestrengt darüber nach. Ich versuchte, diese Beziehung zu Gloria mit der zu vergleichen, die ich mit Fiona hatte, meiner Frau, die bald vierzig werden würde. Sie hatte immer gesagt, daß sie sich vor ihrem vierzigsten Geburtstag fürchtete. Diese »Furcht« war anfangs ein Spaß gewesen, und ich hatte ihr jedesmal versprochen, daß wir diesen Tag in ganz großem Stil feiern würden. Aber jetzt würde sie ihn ohne mich feiern, in Ost-Berlin, mit russischem Sekt und wohl auch Kaviar. Fiona liebte Kaviar.

Wäre ich mit Fiona bis Heathrow gekommen, ohne daß sie gemerkt hätte, daß wir uns nicht auf verrückte, romantische Abwege begaben? Nein. Aber das lag daran, daß man meine Frau Fiona mit romantischen Eskapaden nur in sehr, sehr beschränktem Maße reizen konnte. Moment mal! Stimmte das? Der wahre Grund, weshalb ich Fiona niemals vorgeschwindelt hätte, daß wir beide uns unbedingt mal ein paar schöne Tage im Süden machen müßten, war, daß sie mir nie geglaubt hätte, eine plötzliche Einladung, mit nach Nizza zu fliegen, sei eine romantische Eskapade. Meine Frau Fiona kannte mich zu gut. Das war der Grund.

In Nizza jedoch schien die Sonne, und es bedurfte keiner besonderen Ereignisse, Glorias gewöhnlich gute Laune wiederherzustellen. Was sich abspielte, als ich einen Leihwagen nahm, war völlig ausreichend. Gloria hatte mich im Büro fließend deutsch sprechen und diktieren hören, auch mein mäßiges Russisch war ihr vertraut, und so war sie auf mein stockendes Französisch nicht gefaßt.

Es lief von Anfang an schief. Die wunderschön frisierte junge Französin hinter der Theke der Autoverleihfirma war verständlicherweise etwas irritiert, als ich versuchte, in die private Unterhaltung, die sie mit ihrer Kollegin führte, meine Autowünsche einzuflechten. Sie ließ mich die Irritation spüren. Sie sprach schnell und mit starkem provenzalischem Akzent, so daß ich ihr nicht folgen konnte.

Als ich mich endlich hilfesuchend an Gloria wandte und sie bat, die heruntergeratterten Hinweise, wo wir das Auto finden würden, zu übersetzen, war Gloria außer sich vor Freude. »Nix compri, was?« rief sie lachend und klatschte in die Hände.

Trotz Glorias unkooperativem Verhalten entdeckten wir das Auto schließlich. Es war ein kleiner weißer Renault-Kombiwagen, der schon viele Wintertage auf dem Parkplatz der Autoverleihfirma verbracht haben mußte, denn er sprang nicht leicht an. Aber als wir dann auf der Autobahn nach Westen fuhren, war die Welt wieder in Ordnung. Gloria lachte und überzeugte mich irgendwann davon, daß alles sehr amüsant gewesen sei.

Bis zur Ausfahrt nach Antibes waren wir nur ein paar Minuten unterwegs. Um Glorias Amüsement nicht schon wieder neue Nahrung zu geben, hielt ich für den Kassierer an der Ausfahrt eine Handvoll Wechselgeld bereit. Nun schlängelten wir uns durch das Landstraßengewirr Richtung Grasse, Gloria immer mit der Nase auf der Landkarte.

Wenn man einmal die Autobahn verläßt, entdeckt man ein ganz anderes Frankreich. Hier in dieser hügeligen, abgelegenen Gegend findet man von dem protzigen Reichtum der Côte d'Azur keine Spur. Anstatt der Rolls-Royces, Cadillacs und Ferraris holperten hier buntbemalte Citroën-Lieferwagen und antiquierte Ladas über die ausgefahrenen Straßen, in deren Schlaglöchern vom Winterdauerregen ockerfarbene Pfützen standen. Die ganze Gegend wirkte seltsam unfertig. Halbfertige Neubauten, oft nur das graue Betonskelett mit den Drahtgittern, standen neben halb verfallenen alten Bauernhäusern. Leitern, angeschlagene Bidets und ausrangierte Badewannen begrenzten die Olivenhaine. Sandhaufen, von den Regenstürmen ausgewaschen, lagen neben Ziegeln, verzinkten Blechplatten und halb aufgebauten Gerüsten. Wo der Bauer entdeckt hat, daß nichts lohnender ist als der Anbau von Ferienwohnungen, läßt der Dreck der Großstädte nicht lange auf sich warten.

Doch »Le Mas des Vignes Blanches« war keines dieser Zweithäuser. Es stand auf einem südwärts gelegenen Hügelvorsprung, und einst hatte der glückliche Besitzer von diesem Haus aus sicher den Ausblick auf seine Weinberge genossen. Jetzt waren die Hügel von den Auswüchsen der zunehmenden Besiedlung entstellt, einer Krankheit, die nur noch bösartiger wirkte durch den blaßblauen Meereshorizont über der nächsten Hügelkette.

Eine Buchsbaumhecke umgab das Haus, doch das hölzerne weiße Gartentor war offen, und so fuhr ich in die kiesbestreute Einfahrt. Das Hauptgebäude war sicherlich mindestens hundert Jahre alt. Es war in provenzalischem Stil errichtet, zweigeschossig mit geschlossenen Fensterläden, von Weinreben umsponnen, mit Palmen, deren Wedel im Wind schlugen, neben der Haustür und einem üppig wuchernden Kaktus, der bedrohlich aussah wie eine riesige Meereskrake.

Hinter dem Haus bemerkte ich einen mit Katzenköpfen gepflasterten Hof, der für diese Gegend ungewöhnlich blank geschrubbt war. Aus der Garage ragten die Hecks eines großen Mercedes und eines blaßblauen BMW hervor. Dahinter lag ein großer Garten mit säuberlich beschnittenen und an die Wände spalierten Obstbäumen. Der Rasen fiel mir besonders auf. In dieser Gegend, wo die Sonne unerbittlich vom Himmel sticht, beweist ein gepflegter Rasen die ungewöhnliche gärtnerische Leidenschaft, die fremde Herkunft oder den Reichtum des Besitzers.

Auf der geschützten kleinen Terrasse vor dem Haus standen verschiedene Gartenmöbel: Liegestühle und an einem großen Tisch mit gläserner Platte moderne, verwegen gebogene Metallsessel. Doch obwohl die Sonne schien, war der Tag nicht unbedingt dazu geschaffen, im Freien zu sitzen. Der Wind wehte unablässig, und seine Stöße beugten sogar die Kronen der Pinien an den Hängen ringsum. Gloria schlug den Mantelkragen hoch, während wir vor der Haustür darauf warteten, daß jemand unser Klingeln erhörte.

Die Frau, die uns öffnete, war etwa vierzig Jahre alt. Sie war anziehend auf die einfache und ehrliche Weise, die man als Städter auf dem Lande zu finden hofft, eine kräftige, starkknochige Frau mit lebhaften, intelligenten Augen. Sie hielt es offensichtlich nicht für nötig zu verbergen, daß ihr Haar schon grau wurde. »Frau Winter?« sagte ich.

»Mein Name ist Winter«, sagte sie. »Aber ich bin Ingrid.« Sie bat uns herein und fügte ihrer Erklärung noch hinzu: »Daß mein Vorname mit dem gleichen Buchstaben anfängt wie der meiner Mutter, führt gelegentlich zu Verwechslungen.« Nachdem sie unser billiges Mietauto gemustert hatte, sah sie Gloria neugierig an. Sicherlich versuchte sie die Natur unseres Verhältnisses zu erraten. »Sie wollen meine Mutter sprechen. Sie sind doch Mr. Samson?« Sie sprach ausgezeichnet englisch, und der minimale Akzent klang eher deutsch als französisch. Sie trug ein altmodisch geschnittenes, langes Kleid mit hohem Spitzenkragen und Spitzenmanschetten, grün mit einem Jugendstil-Blumenmuster. Es war nicht leicht zu sagen, ob sie damit hoffnungslos altmodisch oder nach der neuesten Insider-Mode gekleidet war.

»Ganz recht«, sagte ich. Ich hatte geschrieben, ich sei ein alter Freund von Lisl, Schriftsteller, und recherchierte für ein Buch, das von dem Berlin der Vorkriegszeit handeln sollte. Da ich ohnedies gerade in der Gegend sei, hatte ich weiter geschrieben, hoffte ich, einen kurzen Besuch machen zu dürfen, um von jenen Jahren in Berlin mit ihr zu plaudern. Eine Antwort auf meinen Brief hatte ich nicht erhalten. Sie hatten vielleicht gehofft, ich würde nicht kommen.

»Bitte geben Sie mir Ihre Mäntel. Es ist so kalt heute. Normalerweise kann man um diese Jahreszeit schon auf der Terrasse essen«, sagte sie. Ihre Nägel waren kurz geschnitten und gepflegt, aber den geröteten Händen war die Hausarbeit anzusehen. Sie trug eine teuer aussehende Armbanduhr und verschiedene Ringe, aber keinen Ehering.
Ich murmelte ein paar Banalitäten über die ständige Verschlechterung des Klimas, während sie uns genauer ins Visier nahm. Da hatte Lisl also eine Nichte. Sie sah Lisl nicht im geringsten ähnlich, aber ich erinnerte mich an ein Foto von Lisls Mutter in einem Kleid mit Puffärmeln, einen wagenradgroßen Hut auf dem Kopf. Sie war eine ähnlich stark gebaute Frau. »Wie geht es Ihrer Mutter?« fragte ich, während Gloria vor einem Spiegel im Entree ihr Aussehen prüfte und ihr Haar zurechtzupfte.
»Mal so, mal so, Mr. Samson. Heute hat sie einen ihrer besseren Tage. Ich muß Sie aber bitten, nicht lange zu bleiben. Sie ermüdet leicht.«
»Natürlich.«
Wir betraten ein großes Wohnzimmer. Mehrere Heizkörper hielten es warm, trotz der großen Fenster, aus denen man in den Vorgarten hinaussah. Der Fußboden war mit den roten Kacheln gefliest, die man in der Gegend häufig verwendet. Wie zufällig lagen hier und da gemusterte Teppiche. Ein großes Gemälde beherrschte den Raum. Eine Schlacht, wie man sie im achtzehnten Jahrhundert malte: im Vordergrund hoch zu Roß in glänzenden Uniformen säbelschwingende Offiziere, im rauchverschleierten Hintergrund das unkenntliche Fußvolk, das sich gegenseitig niedermetzelte. Unter dem Bild standen zwei weiße Sofas und ein paar dazu passende Sessel. In einem jener häßlichen hohen Stühle, aus denen auch Leute mit steifen Gliedern noch aufstehen können, saß eine alte Frau in einem einfachen schwarzen Kleid.
»Guten Tag, Mr. Samson«, sagte sie auf englisch, nachdem ihre Tochter uns vorgestellt hatte, und sah sich Gloria genau an, ehe sie ihr zunickte. Lisls Schwester hatte auf den ersten Blick nichts mit Lisl gemein. Sie wirkte sehr zart und zerbrechlich, die Haut wie fleckiges vergilbtes Pergament, das dünne weiße Haar so

sorgfältig arrangiert, als sei sie uns zu Ehren noch heute morgen beim Friseur gewesen. Ich betrachtete sie mit Interesse. Sie war sogar noch älter als Lisl, weiß der Himmel, wie alt. Aber diese Frau hatte sich mit dem Alter abgefunden. Sie hatte sich weder die Haare färben lassen noch ihr Gesicht geschminkt oder, wie es Lisl tat, wenn sie Besuch erwartete, falsche Augenwimpern aufgeklebt. Trotz der Unterschiede war jedoch die Familienähnlichkeit unverkennbar. Sie hatte das gleiche eigenwillige Kinn wie ihre Schwester, die gleichen großen Augen und den gleichen Mund, der einen so gewinnend anlächeln wie vernichtend anfauchen konnte.

»Sie sind also ein Freund meiner Schwester?« Die Wörter waren englisch, die Aussprache amerikanisch, aber der Konstruktion der Sätze war anzuhören, daß sie in deutscher Sprache dachte. Ich rückte ein wenig näher, um sie nicht bitten zu müssen, lauter zu sprechen.

»Ich kenne sie schon seit langem«, sagte ich. »Noch vor ein paar Wochen bin ich bei ihr gewesen.«

»Geht es ihr gut?« Sie blickte zu ihrer Tochter und sagte: »Bringst du den Tee?« Die jüngere Frau lächelte gehorsam und verließ das Zimmer.

Ich überlegte kurz, wie ich ihr am besten Lisls Gesundheitszustand beschreiben sollte. Ich wollte sie nicht ängstigen. »Sie könnte einen sehr leichten Schlaganfall gehabt haben«, sagte ich vorsichtig. »Sehr leicht. Die Ärzte im Krankenhaus sind sich nicht einmal sicher, ob es überhaupt einer war.«

»Und deshalb sind Sie hier?« Jetzt fielen mir ihre Augen auf. Katzenaugen. Grün und tief und leuchtend. Ich konnte mich nicht erinnern, jemals einem Menschen mit solchen Augen begegnet zu sein.

Diese alte Frau war jedenfalls jemand, der nicht lange um den heißen Brei herumredete. »Nein«, sagte ich. »Aber sie wird das Hotel aufgeben müssen. Der Arzt sagt, sie muß sich schonen.«

»Natürlich. Jeder sagt ihr das früher oder später. Sie hat sich schon immer zuviel zugemutet.«

»Das Haus gehörte Ihrem Vater, nicht wahr?« sagte ich.

»Ja. Ich verbinde viele wunderschöne Erinnerungen damit.«

»Es ist ein herrlicher alter Bau«, sagte ich. »Ich wünschte, ich hätte es zur Zeit Ihres Vaters gekannt. Aber die steile Treppe ins Hochparterre ist jetzt für Lisl zu beschwerlich. Sie muß irgendwo hinziehen, wo alle Räume im Erdgeschoß liegen.«

»So. Und wer kümmert sich um sie?«

»Haben Sie je von Werner Volkmann gehört?«

»Dem Juden?«

»Dem Jungen, den Lisl aufgezogen hat.«

»Diese jüdische Familie, die sie im Obergeschoß versteckt hatte. Ja, meine Schwester war vollkommen verrückt. Ich habe bis 1945 in Berlin gelebt. Selbst mich hat sie nicht ins Vertrauen gezogen. Können Sie sich vorstellen, daß sie so etwas sogar vor ihrer eigenen Schwester geheimgehalten hat? Ich habe sie während der Zeit oft besucht, das Haus gehörte ja zum Teil mir.«

»Wirklich erstaunlich«, bestätigte ich pflichtschuldig.

»Dieser Judenjunge, den sie großgezogen hat, kümmert sich also um sie.« Sie nickte.

»Inzwischen ist er kein Junge mehr«, sagte ich.

»Vermutlich nicht. Also, was hat er davon?«

»Nichts«, sagte ich. »Er hat das Gefühl, daß er's Lisl schuldig ist.«

»Er rechnet damit, das Haus zu erben, ist es das?« Mit einem bösartigen kleinen Kichern sah sie Gloria an. Gloria saß in einem geschnitzten hölzernen Stuhl. Unter dem Blick der Alten rutschte sie unbehaglich auf die andere Seite.

»Davon ist mir nichts bekannt«, sagte ich abwehrend. Ich hätte mir die Reise hierher also sparen können. Hat die bösartige Alte mich in voller Absicht in die Enge und zu dieser Antwort getrieben? fragte ich mich. Ich dachte noch darüber nach, als die Tochter wieder ins Zimmer kam mit Tee und einer *tarte aux pommes*.

»Den hat Ingrid gebacken«, sagte die alte Frau, als sie bemerkte, wie ich den flachen Kuchen ansah, auf dem dünne, appetitlich gebräunte Apfelschnitzel fächerartig ausgelegt waren.

»Sieht wunderbar aus«, sagte ich, ohne hinzuzufügen, daß nach dem »leichten Imbiß« während des Fluges fast alles Eßbare wunderbar ausgesehen hätte. Auch Gloria äußerte murmelnd Bewunderung, und die Tochter schnitt uns große Stücke ab.

Während wir Kuchen und Tee genossen, fragte ich die alte Frau nach dem Leben in Berlin vor dem Krieg. Sie hatte ein ausgezeichnetes Gedächtnis und antwortete ausführlich auf alle meine Fragen, aber sie sagte nur, was Deutsche, die das Dritte Reich in Deutschland erlebt haben, neugierigen Fremden, zumal Ausländern, auf derartige Fragen gewöhnlich antworten.
Nach einer dreiviertel Stunde merkte ich, daß sie müde wurde. Ich machte Anstalten, mich zu verabschieden. Die alte Frau wollte uns nicht gehen lassen, aber die Tochter stimmte mir mit einer kaum merklichen Kopfbewegung zu und sagte: »Sie müssen aber fort, Mama, sie haben noch verschiedenes zu erledigen.« Auch die Tochter, schien es, wußte ihren Willen durchzusetzen.
»Sind Sie hier auf der Durchreise?« fragte Ingrid höflich, während sie uns unsere Mäntel reichte.
»Wir haben ein Zimmer in dem großen Hotel an der Straße gerade vor Valbonne«, antwortete ich.
»Das soll ein sehr gutes Hotel sein«, meinte sie.
»Ich werde heute abend aufschreiben, was ich von Ihrer Mutter erfahren habe«, sagte ich. »Wenn mir dabei noch zusätzliche Fragen einfallen, darf ich Sie anrufen?«
»Mutter hat wenig Besuch«, sagte sie. Einladend klang das nicht gerade.

Das Hotel war nicht das Flitterwochennest, das ich Gloria beschrieben hatte. Es stand am Ende einer von Schlaglöchern übersäten, gewundenen Straße, und hinter dem Haus lag ein verlassener Steinbruch. Die Karrenräder, die dekorativ die Einfahrt zum Parkplatz flankierten, waren nicht, wie man auf den ersten Blick vermutete, Überbleibsel der ländlichen Vergangenheit, sondern aus Kunststoff gegossen. Auf dem Hof vor dem Hotel standen einige echte alte Weinfässer, und in diesen führten ein paar Rhododendren und Kamelien tapfer den Kampf ums Dasein. Das Hotel war rosa verputzt und mit glänzenden Kunststoffschindeln gedeckt.
Am Ende des Parkplatzes stand ein Schuppen, in dem ein paar hinfällige Kraftfahrzeuge nicht mehr näher bestimmbarer Ge-

stalt und Fabrikation ungestört vor sich hin rosteten. Wir parkten neben einem neuen Peugeot-Kombiwagen und einem Lieferwagen, der mit Reklamesprüchen für einen Metzgerladen in Valbonne beschriftet war. Ein großes Schild machte darauf aufmerksam, daß man hier auf eigene Gefahr parkte, und ein anderes wies den Weg zu einem leeren Swimmingpool, den man in einem schreienden Himmelblau zu streichen angefangen hatte.

Drinnen jedoch sah es besser aus: der Speisesaal sauber und ziemlich vornehm, die Tische mit gestärktem Leinen gedeckt, Gläser und Bestecke poliert. Und in der Bar gab es einen Kamin, in dem dicke Holzkloben brannten.

Gloria ging gleich nach oben, um zu baden und sich umzuziehen, ich aber ging in die Bar, wärmte mir die Hände an dem Feuer und versuchte den Armagnac, den der Mann hinter der Bar als besonders gut anpries. Gloria hatte für Alkohol nichts übrig. Ihr war Orangensaft lieber oder Joghurt, sogar Seven-up. Auch da machte sich der Altersunterschied zwischen uns bemerkbar, nehme ich an. Da ich mit dem Urteil des Barkeepers übereinstimmte, nahm ich einen zweiten Armagnac mit auf unser Zimmer, wo Gloria eben aus der Badewanne stieg. »Das Wasser ist heiß«, rief sie fröhlich. Splitternackt durchquerte sie das Zimmer und sagte: »Nimm eine Dusche, Liebling. Du wirst sehen, wie das deine Lebensgeister weckt.«

»Meine Lebensgeister sind schon geweckt«, sagte ich und folgte ihr mit den Blicken.

Während der Fahrt von Le Mas des Vignes Blanches zum Hotel hatte sie kein Wort gesagt und mich meinen Gedanken überlassen. Als ich nun aber fragte: »Also, was hältst du von ihr?«, sagte Gloria wie aus der Pistole geschossen: »Das alte Aas.«

»Wenn man schon in der ersten Runde k. o. geschlagen werden muß, ist es wenigstens tröstlich zu wissen, daß ein Weltmeister einen aufs Kreuz gelegt hat«, sagte ich.

»Sie hat dich in die Falle gelockt.«

»Und mit bewundernswerter Geschicklichkeit«, sagte ich. »Sie ahnte schon, weshalb wir da waren, ehe ich noch den Mund aufmachte. Schnell und gewieft. Das mußt du zugeben.«

»Ein schlaues altes Aas«, sagte Gloria.
»Willst du dir nicht was anziehen?«
»Wieso?«
»Du lenkst mich ab.«
Sie küßte mich. »Du riechst nach Alkohol«, sagte sie. Ich nahm sie in die Arme. »Es tut gut, das zu hören, Liebling. Ich dachte schon, ich beherrsche die Kunst der Ablenkung nicht mehr.« Ich streichelte sie. »Nein, nicht doch. Es gibt doch gleich Essen. Laß das, die Zeit reicht nicht, wir müssen gleich runter zum Essen.«
»Jetzt ist es schon zu spät«, sagte ich. Und so war es auch.
Nachher, als wir still nebeneinander saßen, sagte sie: »Was bist du, Bernard?«
»Wie meinst du das?«
»Bist du Engländer oder Deutscher oder gar nichts? Ich bin gar nichts. Ich dachte früher immer, ich wäre Engländerin, aber das war ein Irrtum.«
»Ich dachte immer, daß ich Deutscher wäre«, sagte ich. »Wenigstens dachte ich immer, daß mich meine deutschen Freunde für einen Berliner hielten, was sogar noch besser war. Und dann eines Abends spielte ich Karten mit Lisl und einem alten Mann namens Koch, und da kam heraus, daß sie mich für einen Engländer hielten und nie für was anderes gehalten hatten. Ich war ganz schön verletzt.«
»Aber du wolltest beides haben, Liebling. Bei deinen englischen Freunden wolltest du Engländer sein, und deine deutschen Freunde sollten dich auch für einen von ihnen halten.«
»Wahrscheinlich.«
»Meine Eltern sind Ungarn, aber ich bin nie in Ungarn gewesen. Ich bin in England aufgewachsen und habe mich immer für hundertprozentig englisch gehalten. Ich war ein Superpatriot. Ich lernte all diese herrlichen Shakespeare-Reden über England auswendig und duldete kein schlechtes Wort gegen die Königin, und Leute, die bei der Nationalhymne nicht aufstanden, sah ich schief an. Und dann sagte mir eines Tages ein Mädchen in der Schule die Wahrheit über mich selbst.«
»Welche Wahrheit?«

»Ihr Ungarn, sagte sie. Die anderen Mädchen hörten sie, ich wußte, daß ich das nicht auf mir sitzen lassen konnte. Ich sagte: Ich bin in England geboren. Na und? sagte sie. Und wenn du in einer Apfelsinenkiste geboren worden wärst, wärst du dann eine Apfelsine? Die anderen Mädchen lachten. Ich habe die ganze Nacht geheult.«

»Arme Kleine.«

»Ich bin nichts. Aber das macht nichts. Inzwischen habe ich mich daran gewöhnt.«

»Auf uns Nichtse also«, sagte ich, das Glas mit dem letzten Rest des Armagnacs erhebend, ehe ich es leerte.

»Wir werden nichts mehr zu essen kriegen, wenn du dich nicht beeilst«, sagte sie. »Geh unter die Dusche.«

8

Es gab natürlich kein Frühstückszimmer. Diese Sorte französischer Hotels haben nie eins. Und im Gegensatz zu Gloria esse ich nicht gern im Bett. So saß sie im Bett, ein Tablett auf den Knien, und ich, auf einem Stuhl daneben, trank eben meine zweite Tasse Kaffee, als das Telefon klingelte.
Ich wußte, daß es die Damen Winter waren. Niemand anders wußte, wo ich zu erreichen war. In Mißachtung der Bestimmungen hatte ich nicht mal bei meiner Dienststelle eine Kontaktnummer hinterlassen. Wenn man ausländische Kontaktnummern hinterließ, konnte es einem passieren, daß man gefragt wurde, wo man gewesen sei und warum.
»Hier spricht Ingrid Winter. Meine Mutter fühlt sich heute viel kräftiger und läßt fragen, ob Sie nicht Lust hätten, zum Mittagessen zu kommen?«
»Danke. Ich habe Lust«, sagte ich. Gloria, die mitgehört hatte, wedelte heftig mit dem Zeigefinger für den Fall, daß mir das Kopfschütteln nicht aufgefallen war. »Aber Miss Kent hat eine Verabredung in Cannes. Sie könnte mich vorbeibringen und später abholen, wenn Sie mir sagen wollen, wann es Ihnen paßt?«
»Zwischen elf und drei«, sagte die jüngere Frau Winter, ohne zu zögern. Die Familie Winter schien auf alles eine Antwort parat zu haben.

Gloria setzte mich fünf Minuten vor der Zeit am Gartentor ab. Das war nie schlecht, wenn man zu Deutschen ging. »Pünktlich auf die Minute«, sagte Ingrid Winter beifällig, als sie mir die Tür öffnete. Wir wechselten die gleichen Höflichkeitsfloskeln wie am Tage zuvor, während sie meinen Mantel nahm, aber heute schien sie umgänglicher. »Lassen Sie mich schnell die Tür zumachen. Dieser gelbe Staub dringt überall ein, wenn der Wind vom Süden kommt. Der Scirocco. Kaum zu glauben, daß der Sand von der Sahara bis hierher kommt, nicht?«

»Kaum zu glauben«, bestätigte ich.

Sie schloß meinen Regenmantel in einen Schrank, auf den große orange Blüten gemalt waren. »Meine Mutter ist eine sehr alte Dame, Mr. Samson.«

Ich sagte, ja natürlich sei sie das, und Ingrid Winter sah mich an, als wollte sie mir damit etwas Besonderes sagen. Sie wirkte fast besorgt. Dann wiederholte sie: »Eine sehr alte Dame.« Nach einer kleinen Pause setzte sie hinzu: »Kommen Sie!«

Damit machte sie kehrt und ging voran, nicht in das Wohnzimmer, sondern einen gefliesten Korridor entlang, in dem Kupferstiche alter deutscher Städte hingen, zu einem Raum an der Rückseite des Hauses. Natürlich war hier nicht immer ihr Schlafzimmer gewesen. Wie Lisl hatte sie ein Zimmer im Parterre für sich herrichten lassen. Wenige Menschen in Inge Winters Alter wollten Treppen steigen, bevor sie ins Bett gingen.

Sie lag nicht im Bett. Sie trug eine Art graues Wollkleid, das den Kitteln ähnlich sah, in die arme Patienten staatlicher Krankenhäuser gekleidet werden, und saß, einen schweren Kaschmirschal um die Schultern gelegt, in einem großen eckigen Sessel »Nehmen Sie Platz«, sagte sie. »Möchten Sie irgend etwas trinken?«

»Nein, danke«, sagte ich. Jetzt verstand ich Ingrids Ängste. Das hier war kein Schlafzimmer, es war ein Reliquienschrein. Das Verblüffende waren jedoch nicht so sehr die vielen Andenken und Erinnerungsbilder, mit denen sich Inge Winter umgeben hatte – das findet man bei vielen alten Leuten –, sondern die Auswahl. Ein großer Tisch an der Wand war vollgestellt mit gerahmten Fotos, wie bei alternden Schauspielern, die sich auf diese Weise der immerwährenden Zuneigung ihrer Kollegen versichern wollen. Nur waren das hier keine Filmstars.

Eine beherrschende Stellung nahm in seinem silbernen Rahmen ein großes Porträt Adolf Hitlers ein. Ich hatte solche Fotos schon anderswo gesehen. Es war eins der von Hoffmann aufgenommenen offiziellen Führerbilder, mit denen Hitler alte Kämpfer und neue Freunde bedachte. Dieses Exemplar war aber nicht nur wie andere dieser Art mit dem hastig abgekürzten Namenszug autorisiert. Es war ausdrücklich und eigenhändig Herrn und Frau Winter gewidmet. Übrigens war es nicht das einzige Bild Hitlers in der Versammlung. Ein glänzendes Pressefoto zeigte ein gutaussehendes Paar in mittleren Jahren mit Hitler und einem großen Hund auf einer Terrasse, schneebedeckte Berggipfel im Hintergrund. Wahrscheinlich Berchtesgaden, der Berghof. Vorkriegszeit, Hitler war noch in Zivil. Er trug einen hellen Anzug und machte, mit ausgestreckter Hand, Miene, den Hund zu streicheln. In der Frau, die wirklich eine Schönheit war, mit langem, glänzendem Haar und in einem damals topmodischen Kleid, erkannte ich jetzt Inge Winter. Der Mann – vermutlich Herr Winter –, dem der dunkle Nadelstreifenanzug etwas zu eng war, war mit halb geöffnetem Mund erwischt worden und sah dementsprechend verdutzt und leicht lächerlich aus. Aber das war vielleicht kein zu hoher Preis für die Ehre, in vertrautem Gespräch mit dem Führer verewigt zu werden. Ich konnte mich nicht losreißen von diesen Erinnerungsfotos. Da waren gewidmete Bilder, die Joseph Goebbels mit Frau und allen ihren Kindern zeigten. In schwarzer Uniform und mit ausdruckslosem Gesicht grüßte Heinrich Himmler. Sorgfältig retuschiert lächelte Hermann Göring. Fritz Esser – der später mit Göring in Nürnberg vor Gericht stehen sollte – empfahl sich mit zackigem Namenszug. Die Winters hatten also mit den Spitzen der nationalsozialistischen Bewegung verkehrt. Und Lisl, Frau Winters Schwester?

»Die meisten Leute heutzutage trinken«, sagte die alte Frau. »Es nimmt viel zu sehr überhand.« Ohne meine Antwort abzuwarten, nahm sie eins der Bilder vom Tisch und wandte sich, das Foto in der Hand, an ihre Tochter und sagte: »Laß uns allein, Ingrid. Ruf uns, wenn das Essen fertig ist.«

»Ja, Mama.«

Da Frau Winter ihrer Tochter diese Anweisung in deutscher Sprache gegeben hatte, fuhr ich automatisch in der gleichen Sprache fort, als ich nun sagte, wie sehr ich es zu schätzen wüßte, daß sie mich noch einmal habe empfangen wollen.

Das Gesicht der alten Frau hellte sich auf in einer Weise, die ich nicht für möglich gehalten hätte. »Aber Sie sprechen ja perfekt deutsch... sind Sie etwa Deutscher?«
»Ich halte mich schon dafür. Aber meine deutschen Freunde scheinen ihre Zweifel zu haben.«
»Sie müssen Berliner sein.« Sie hielt noch immer das Foto in der Hand, schien es aber vergessen zu haben.
»Ich bin in Berlin aufgewachsen.«
»Wenn ich Sie reden höre, ist es, als würde ich Champagner trinken. Wenn sich meine Tochter nur nicht diesen schrecklichen bayerischen Dialekt angewöhnt hätte! Warum haben Sie gestern nicht deutsch geredet? Jedenfalls freue ich mich, daß meine Tochter mich gedrängt hat, Sie noch mal einzuladen.«
»Ihre Tochter hat Sie gedrängt?«
»Sie findet, ich hätte in der Sache mit dem Haus entgegenkommender sein sollen, nicht so preußisch«, sagte sie grinsend. »Sie findet, ich sollte Lisl erlauben, es diesem Juden zu vermachen, wenn es das ist, was sie will. Die arme Lisl war immer der Einfaltspinsel in der Familie. Deshalb hat sie ja auch diesen Klavierspieler geheiratet.« Es war eine Erleichterung, sie deutsch sprechen zu hören, denn Frau Winters Englisch war nicht viel besser als mein Französisch.
Sie sah mich an. Offenbar erwartete sie eine Antwort auf das Angebot ihrer Tochter. »Das ist aber sehr großzügig«, sagte ich.
»Mir kann es egal sein. Wenn ich sterbe, gehört sowieso alles Ingrid. Sie kann ebensogut jetzt schon entscheiden.«
»Lisl hat Geld auf das Haus aufgenommen, glaube ich.«
Sie ging darauf nicht ein. »Ingrid sagt, die Erbschaft würde mehr Ärger machen, als sie wert ist. Vielleicht hat sie recht. Sie kennt sich in diesen Sachen besser aus als ich...«
»Es werden natürlich Steuern zu bezahlen sein...«
»Und Ingrid sagt, wir fahren besser, wenn wir uns die Mühe mit den Formularen und Steuererklärungen sparen. Wo soll ich auch hier jemanden auftreiben, der sich mit der deutschen Steuer auskennt?«
Ich antwortete nicht. Wenn man in Betracht zog, wie viele reiche Deutsche eine Villa an der Côte d'Azur hatten, dazu die Flotten

deutscher Yachten, die in den französischen Häfen lagen, dann war das meines Erachtens kein unüberwindliches Problem.
»Aber ich habe noch Sachen in dem Haus«, sagte sie, »persönliches Eigentum.«
»Ich kann mir nicht vorstellen, daß es deswegen irgendwelche Schwierigkeiten geben sollte«, sagte ich.
»Die Ormoulu-Uhr. Meine Mutter wollte unbedingt, daß ich die kriege. Erinnern Sie sich, die noch gesehen zu haben?«
»Ja«, sagte ich. Das Ding war unvergeßlich: absolut scheußlich und über und über besetzt mit Engeln, Drachen, Pferden und weiß der Himmel was noch allem. Und selbst wenn man sie wirklich übersehen sollte, ihre hallenden Schläge konnten einen die ganze Nacht wach halten. Aber trotzdem sah ich da eine Schwierigkeit: Lisl hatte oft und oft beteuert, wie sehr sie an diesem scheußlichen Gegenstand hing.
»Außerdem noch ein paar Kleinigkeiten. Fotos meiner Eltern, ein kleines Kissen, das ich bestickt habe, als ich noch klein war, und ein paar Andenken, Briefe und andere Papiere, die meinem verstorbenen Mann gehörten. Ich werde Ingrid nach Berlin schicken, sie soll diese Sachen holen. Es wäre tragisch, wenn sie weggeworfen würden.«
»Es wird ja nichts über den Zaun gebrochen«, sagte ich. Ich hatte Angst, sie könnte Lisl anrufen, ehe Werner mit ihr geredet hatte. In dem Fall war mit einem furchtbaren Krach zu rechnen.
»Es handelt sich um persönliche Papiere«, sagte sie. »Sachen, die für niemanden außer mir von Interesse sind.« Sie nickte. »Ingrid wird sie mir holen. Dann kann Lisl das Haus haben.« Sie blickte auf ihre Hände hinab und merkte, daß sie das Foto in der Hand hielt. Sie reichte es mir. »Meine Hochzeit«, verkündete sie.
Ich betrachtete das Bild. Die Winters hatten in großem Stil geheiratet. Sie stand auf den Stufen eines imposanten Gebäudes in einem prächtigen Brautkleid mit langer Schleppe, die von Knaben in weißen Anzügen gehalten wurde. Der Bräutigam an ihrer Seite trug die Ausgehuniform irgendeines deutschen Regiments, Kameraden rechts und links kreuzten die Klingen über dem Brautpaar. Weiter außen, die Stufen hinan, waren die Gäste aufgebaut: ein gutaussehender Marineoffizier, diverse hoch-

rangige Braunhemden und SS-Offiziere, reich dekorierte Parteifunktionäre und andere Uniformträger obskurer Nazi-Organisationen.

»Sehen Sie Lisl dort?« fragte sie mit schelmischem Lächeln.

»Nein.«

»Sie steht bei dem Zivilisten.« Jetzt sah ich die beiden ohne Mühe. Wirklich war Lisls Begleiter der einzige Mann, der keine Uniform trug. »Armer Erich«, sagte sie und lachte spöttisch. Dieser seltsame Scherz über Lisls klavierspielenden Ehemann mochte damals durchaus seine Wirkung getan haben. Aber der alten Frau schien nicht bewußt zu sein, daß die Geschichte Erich Hennig recht gegeben hatte. Ich schob das Foto zurück in die enge Lücke, die ihm zustand.

»Nur private Papiere«, wiederholte sie. »Sachen, die für niemanden außer mir von Interesse sind.«

Pünktlich um ein Uhr rief uns die Tochter zum Essen, das in einem kleinen Eßzimmer mit Blick auf den Hof serviert wurde. Die alte Frau ging zu Fuß, ohne Hilfe, und redete während der Mahlzeit weiter angeregt über Berlin.

»Ich kenne Berlin überhaupt nicht«, sagte Ingrid, »aber für meine Mutter ist es die Stadt schlechthin.«

Das genügte schon, um die nächste Geschichte über die glücklichen Vorkriegsjahre in der Hauptstadt auszulösen. Die alte Frau erzählte mit solcher Begeisterung, daß sie gar nicht zu merken schien, daß ihre Zuhörer die Leute, von denen sie redete, nicht kannten. Sie spickte die Anekdoten mit Bemerkungen wie »Ihr wißt doch noch, dieses Zeug, das Fritz immer trank«, oder »Der Tisch, an dem Pauli und ich immer saßen in der Königin am Ku'damm«. Einmal unterbrach sie ihren Bericht über einen rauschenden Ball im Jahre 1938 und fragte Ingrid: »Wie hieß doch noch das Haus, wo dieser Göring diesen wundervollen Ball gab?«

»Haus der Flieger«, antwortete Ingrid. Ich muß sehr verblüfft ausgesehen haben, denn sie fügte hinzu: »Inzwischen kenne ich Mamas Geschichten sehr gut, Herr Samson.«

Nach dem Essen versiegte der Redefluß der alten Dame. Ingrid sagte: »Meine Mutter wird müde sein. Ich glaube, sie sollte jetzt ein wenig schlafen.«

»Natürlich. Kann ich irgendwie helfen?«
»Sie läßt sich nicht gerne helfen. Ich glaube, sie schafft es auch so.« Ich blieb also sitzen, während Ingrid die Mutter ins Schlafzimmer begleitete. Es war noch ungefähr eine Viertelstunde vor der mit Gloria verabredeten Zeit, und so lud Ingrid mich ein, sie in die Küche zu begleiten und dort noch eine Tasse Kaffee mit ihr zu trinken.
Ingrid Winter wurde mir immer sympathischer. Meine Bemerkung, daß ich es großzügig von ihr fände, auf ihren Anteil am Haus zu verzichten, wehrte sie mit einer Handbewegung ab.
»Wenn Mama stirbt, und wenn Tante Lisl stirbt«, sagte sie – und mir fiel auf, daß sie den Tod nicht mit einem der gebräuchlichen Euphemismen umschrieb –, »was soll ich dann mit einem Haus in Berlin?«
»Sie leben lieber in Frankreich?« fragte ich.
Sie sah mich einen Augenblick an, ehe sie antwortete: »Mama liebt das Klima.« Was ihr persönlich gefiel oder nicht gefiel, kam nicht zur Sprache.
»Wie die meisten Leute«, sagte ich.
Sie antwortete nicht. Sie schenkte mir Kaffee nach und sagte: »Sie dürfen nicht ernst nehmen, was Mama redet.«
»Sie ist doch eine fabelhafte Frau für ihr Alter.«
»Das mag schon sein, aber sie ist bösartig. Alte Leute machen gerne Unfug. In dieser Hinsicht sind sie wie Kinder.«
»Ich verstehe«, sagte ich und hoffte, daß sie das näher erklären würde.
»Sie lügt.« Da diese Eröffnung mich nicht zu beeindrucken schien, wurde sie deutlicher. »Sie tut so, als glaubte sie, was man ihr erzählt, aber sie hat einen glasklaren Verstand. Sie weiß ganz genau, daß Sie kein Schriftsteller sind.« Sie wartete.
»Ach, wirklich?« sagte ich in gelangweiltem Ton und nippte an meinem Kaffee.
»Sie wußte schon, ehe Sie hier ankamen, wer Sie wirklich sind. Sie hat vor langer Zeit Ihren Vater gekannt. Vor dem Krieg, sagt sie. Sie hat mir erzählt, daß Ihr Vater ein englischer Spion war. Sie sagt, daß Sie wahrscheinlich auch einer sind.«
»Sie ist eine sehr alte Frau.«

»Mama sagt, daß Ihr Vater ihren Mann umgebracht hat.«
»Das hat sie gesagt?«
»Genau mit diesen Worten. ›Der Vater dieses Mannes hat meinen lieben Mann umgebracht‹, hat sie gesagt, und daß ich mich vor Ihnen in acht nehmen soll.«
»Ich weiß Ihre Offenheit zu schätzen, Frau Winter, aber ich habe wirklich keine Ahnung, wovon Ihre Frau Mutter da redet. Mein Vater war Offizier der britischen Armee, aber nicht bei einer kämpfenden Einheit. Nach dem Krieg war er in Berlin stationiert, und in der Zeit könnte sie dort seine Bekanntschaft gemacht haben. Vor dem Krieg war er Handlungsreisender. Ich halte es für sehr unwahrscheinlich, daß sie ihn schon vor dem Krieg gekannt hat.«
Ingrid Winter zuckte mit den Achseln. Sie würde sich niemals für die Zuverlässigkeit der Behauptungen ihrer Mutter verbürgen.
Eine Hupe ertönte, und ich stand auf. Als Ingrid Winter mir meinen Mantel reichte, sprachen wir wieder über das launische Wetter. Beim Abschied fragte ich mich, warum wohl ihre Mutter gesagt hatte, mein Vater habe ihren »lieben Mann« getötet, anstatt: »Der Vater dieses Mannes hat deinen Vater getötet«. Ich wußte nicht viel von Inge Winters Mann außer dem wenigen, das ich von Lisl gehört hatte: daß Paul Winter Beamter an einem Berliner Ministerium gewesen und kurz nach dem Krieg irgendwo in Süddeutschland gestorben war. Nun, nachdem ich Ingrid kennengelernt hatte, von deren Existenz Lisl keine Ahnung zu haben schien, konnte ich nur sagen, daß mir noch sehr viel an der Familie Winter rätselhaft war, nicht zuletzt die Frage, was mein Vater mit ihr zu tun gehabt haben mochte.

9

Den letzten Abend unseres hektischen provenzalischen Wochenendes verbrachten wir bei einem »Onkel« von Gloria, der in der Gegend wohnte. Tatsächlich war der Mann kein Blutsverwandter, aber er war ein alter Freund ihrer ungarischen Eltern, und Ungarn im Exil sind eine große Familie aus lauter verrückten, kongenialen und anstrengenden Persönlichkeiten, die, egal, wie zurückgezogen sie leben, immer erstaunlich gut über die Aktivitäten ihrer »Verwandten« informiert sind.

Er nannte sie Zu. So wurde sie von allen ihren ungarischen Freunden genannt. Zu war die Kurzform von Zsuzsa, ihrem Taufnamen. Glorias ungarischer Onkel lebte in einer halbverfallenen Hütte, die einsam an einem Hang stand, zwischen Weinreben und einer verlassenen Ölmühle. Neben der Hütte lag ein kleiner Küchengarten, wo jetzt Nacktschnecken die letzten Blätter des Wintergemüses vom vergangenen Jahr abfraßen, und vor der Tür, am Rande eines Abwassergrabens, stand ein zerbeulter 2 CV, von dessen Scheinwerfern einer fehlte.

Vorgestellt wurde mir Glorias Onkel als »Dodo«, und nach dem kräftigen Händedruck zu urteilen, mit dem er mich willkommen hieß, war ihm der Spitzname nur recht. Auf den ersten Blick schien dieser Mann um die sechzig zu sein, ein kleiner, dicker und temperamentvoller Typ, den jeder Regisseur sofort für die Rolle des liebenswerten ungarischen Exilanten engagieren würde. Er hatte volles, schneeweißes Haar, das er glatt zurückgebürstet trug, und einen großen struppigen Schnurrbart von eher grauer Farbe. Sein Gesicht war rot, vielleicht weil er offensichtlich gern trank, denn die ganze Behausung war voller leerer und voller Flaschen, und er schien schon recht angeheitert, als wir kamen. In welchem Maße der genossene Alkohol seine sprachlichen Fähigkeiten steigerte, weiß ich nicht, jedenfalls war sein Englisch ausgezeichnet und außer der ohne Ansehen der Person gebrauchten Anrede »Darling« auch nicht von irgendwelchen exotischen Eigentümlichkeiten geprägt.

Er trug eine alte, braune Cordhose, die hier und da schon bis auf das Futter abgeschabt war, und einen zottigen roten Rollkragenpullover, der ihm fast bis auf die Knie reichte. Seine Stiefel hatten Reißverschlüsse an den Innenseiten der Schäfte und zehn Zentimeter hohe Absätze. Er reichte uns gefüllte Weingläser und führte uns zu einem langen, durchgesessenen Sofa vor dem flackernden Kaminfeuer und redete ohne Atempause.

Sein Haus stand ungefähr dreißig Kilometer weit entfernt von Le Mas des Vignes Blanches, wo die Winters wohnten, aber Dodo schien über sie gut Bescheid zu wissen. Inge Winter war bei den Einheimischen als die »Hitler-Frau« bekannt, da ein geschwätziger Klempner dort einmal ein Rohr repariert und anschließend der ganzen Nachbarschaft von dem Hitler-Foto der alten Frau erzählt hatte.

Als Dodo hörte, daß wir seine geheimnisvollen Nachbarn besucht hatten, gab er sogleich ein paar witzige Anekdoten über Inges Schwiegervater zum besten, die er in seiner Wiener Zeit aufgeschnappt hatte. Der alte Harald Winter war ein reicher Geschäftsmann gewesen, der viel von sich reden zu machen wußte: mit seinem Rennwagen, seinem Jähzorn, seiner unversöhnlichen Rachsucht, den Damen der besten Gesellschaft, die ihm in seiner Loge in der Oper Gesellschaft leisteten, den Unsummen, die er für den Schmuck ausgab, mit dem er die Damen seiner Wahl schmückte, dem lächerlichen Duell, zu dem er den alten Professor Schneider forderte, den Gynäkologen, der seine Frau von ihrem zweiten Sohn entbunden hatte.

»In meines Vaters Zeit war Harry Winter das Stadtgespräch in Wien. Und noch heute erzählen die älteren Leute Geschichten von ihm. Das meiste ist wahrscheinlich mehr oder weniger erfunden. Aber er hatte eine sehr schöne Geliebte. Das kann ich bezeugen, denn die habe ich selbst oft gesehen. 1942 studierte ich Chemie in Wien, und meine Tante, bei der ich wohnte, schneiderte für sie. Die Zeiten waren nicht die besten für Harrys Geliebte. Es war ja schon Krieg, die Nazis herrschten in Österreich, und sie war Jüdin. Sie war Ungarin und plauderte gern mit meiner Tante in ihrer Muttersprache. Eines Tages kam sie nicht zur Anprobe. Später hörten wir, daß sie in ein Lager abtransportiert worden war. Bei der Gestapo war nicht einmal mit Geld was zu machen.« Nach dieser Feststellung schnaufte er und ging in die Küche, um irgend etwas umzurühren. Als er zurückkam, warf er ein großes Holzscheit auf das Feuer im Kamin. Das Holz war feucht und zischte in der Glut.

Dodos Hütte war in keinster Weise mit dem geschmackvoll ordentlichen Winterschen Haus zu vergleichen. Bei den Winters herrschte ein spartanischer Luxus, Dodos Rumpelkammer befand sich in einem Zustand pittoresker Verwahrlosung. Die Südwand bestand zur Hälfte aus gläsernen Schiebetüren, durch die man auf eine jetzt im Dämmerlicht liegende Terrasse hinausblickte, wo die gleiche Unordnung herrschte wie im Wohnzimmer. Dodo hatte auf seine alten Tage zu malen angefangen. Der einzige andere größere Raum des Hauses lag nach Norden, und den benützte Dodo als Atelier. Er zeigte es uns. Verschiedene unfertige Bilder lehnten an den Wänden. Landschaften in der Manier des späten van Gogh, gar nicht übel. Die meisten zeigten Ansichten des gleichen Motivs, das Tal vor seiner Haustür zu verschiedenen Tageszeiten zwischen Morgengrauen und Abenddämmerung. Angeblich hatte er eine Galerie in Cannes, die seine Bilder verkaufte. Es war vermutlich nicht allzu schwer, diese farbenprächtigen Pasticcios an Touristen, die an der Côte d'Azur Urlaub machten, zu verkaufen.

Als wir von unserem Besichtigungsrundgang an den Kamin zurückkehrten, qualmte dort das feuchte Holz, das Dodo aufs Feuer geworfen hatte, und die Rauchschwaden schwärzten die Wände noch ein wenig mehr und trieben uns Tränen in die Augen. Gloria deckte den Tisch, der sich praktischerweise gleich neben der Küchentür befand. Hinter dem Tisch an der Wand stand ein hoher, alter, geschnitzter Kleiderschrank. Dodo hatte die Türen herausgenommen, rohe Regalbretter eingezogen und seine Bibliothek hineingestellt: Philosophie, Geschich-

te, Chemie, Kunst, Lexika, Kriminalromane, Biographien – alles ohne erkennbare Ordnung nebeneinandergepfercht, jedes Buch abgegriffen, fleckig, verbogen oder ausgefranst. Als wir uns zu Tisch setzten, zog er für mich einen Ohrensessel heran und hielt plötzlich die Armlehne in der Hand. Unter schallendem Gelächter steckte er sie wieder an ihren Platz, mit einer Geschicklichkeit, die offenbar in langer Übung erworben war. Er lachte häufig und ließ dabei goldene Backenzähne sehen, die nur wenig gelber waren als sein übriges Gebiß.
Ich wußte natürlich, daß wir hier waren, weil Gloria mich Onkel Dodo vorführen wollte, und wieviel Wert sie darauf legte, daß ich einen guten Eindruck machte. Und so wollte auch ich einen guten Eindruck machen. In loco parentis beäugte er mich prüfend und stellte mir jene beiläufigen Fragen, wie sie Eltern den Freiern ihrer geliebten Tochter vorlegen. Aber bald wurde ihm die Rolle lästig, und er unterwies uns in den Regeln der Kunst: »Tizian liebte Rot und Blau. Seht euch irgendeins von seinen Gemälden an, und ihr werdet sehen, daß ich recht habe. Deshalb hat er immer rothaarige Frauen gemalt. Phantastische Frauen. Der Alte verstand was von Frauen, was?« Er lachte herzhaft und nahm einen schnellen Schluck aus seinem Glas. »Und seht euch seine späten Bilder an... mal abgesehen von der *Assunta* und diesem Zeug... Seht euch die wahren Tizians an: Die sind mit den Fingern gemalt. Er war der erste Impressionist, anders kann man das nicht sagen. Ich sag' dir, Darling, Tizian war ein Gigant.«
Zu Glorias Interesse an einer britischen akademischen Bildung bemerkte er: »In Oxford oder Cambridge kannst du nichts Wissenswertes lernen. Aber ich bin froh, daß du wenigstens nicht Romanistik studieren willst. Letztes Jahr hatte ich einen jungen Mann hier, der in Romanistik promoviert hatte, ich glaube in Oxford... oder war es Cambridge? Jedenfalls konnte der arme Kerl keine Speisekarte lesen, Darling! Was sind *quenelles?* fragte er mich. Bodenlos unwissend. Und dann dieser Akzent! Die einzigen Menschen, die einen Engländer, der französisch spricht, verstehen, sind Leute, die in England Französisch gelernt haben.«

Über das Glücksspiel: »Wenn man mit zwei Würfeln spielt, ändern sich natürlich die Chancen. Und da gibt es Leute, die auf die Zwei genauso setzen wie auf die Sechs.«
»Und warum sollten sie nicht?« fragte Gloria.
Er drehte sich zum Feuer und versetzte, mit den Händen auf die Lehnen seines Stuhles gestützt, dem frischen Holzscheit einen Fußtritt, daß die Funken stoben.
»Nie! Mit zwei Würfeln! Denk nur mal dran, auf wie viele verschiedene Weisen du mit zwei Würfeln sechs werfen kannst: zwei Dreien, eine Vier und eine Zwei, eine Zwei und eine Vier, fünf und eins – oder umgekehrt, eins und fünf. Das sind fünf verschiedene Möglichkeiten. Aber es gibt nur eine Chance, eine Zwei zu werfen: Beide Würfel müssen genau richtig fallen. Das gleiche mit einer Zwölf.«
Während er Gloria das erklärte, sah er mich plötzlich an, als sei ihm gerade wieder eingefallen, daß er ja die Ernsthaftigkeit meiner Absichten zu prüfen hatte. Falls er zu einem Ergebnis kam, ließ er sich jedoch nichts anmerken. Er konnte seine Gefühle erstaunlich gut verbergen, wenn er wollte.
Und so ging es den ganzen Abend lang weiter. Mit donnerndem Motor raste er durch Kunst und Wissenschaft, Gastronomie und Astronomie, antike griechische Architektur und moderne Politik, um dann und wann eine Vollbremsung zu machen und mich mit diesem durchbohrenden Blick zu bedenken, wenn ihm wieder einfiel, daß ich der Mann war, der allnächtlich mit dem Töchterchen seines alten Freundes ins Bett ging.
Während einer dieser abrupten Pausen in der Unterhaltung hielt er mir plötzlich die Faust unter die Nase. Ich starrte ihn an und rührte mich nicht. Klick! Er hatte ein Springmesser in der Hand, und als nun die verborgene Klinge aus dem Griff sprang, stach mir die Spitze fast ins Auge.
»Dodo!« schrie Gloria entsetzt.
Langsam zog er das Messer zurück und ließ die Klinge wieder einschnappen. »Haha. Ich wollte nur mal sehen, wie gut seine Nerven sind«, sagte er und schien enttäuscht, daß ich mir meinen Schreck nicht hatte anmerken lassen.
»Ich finde das nicht witzig«, sagte Gloria.

Gloria hatte zwei Flaschen Cognac aus dem Duty-Free-Shop am Flughafen mitgebracht, und Dodo hatte die erste schon geöffnet, ehe wir ganz bei der Tür herein waren. Ich hielt mich an den lokalen Rosé, der leicht und erfrischend war, aber Dodo sprach auch während des Essens – schwarze Oliven, Hühnerfrikassee mit Gemüse, Ziegenkäse, Äpfel und Apfelsinen – dem Cognac so eifrig zu, daß er, als wir fertig waren, bereits die zweite Flasche entkorkte. Als wir auf den Patio vor seiner Hütte hinaustraten, um die Aussicht zu genießen, redete er so laut, daß man ihn bis Nizza hören konnte. Der Himmel war klar, und alle Sterne des Universums schienen über seinem Haus versammelt, aber es war verdammt kalt. Onkel Dodos Überschwenglichkeit tat das keinen Abbruch.
»Es ist kalt«, sagte ich. »Verdammt kalt.«
»Hundertfünfzig Jahre alt«, antwortete er und wischte sich Cognac vom Kinn. »Und die Wände sind einen Meter dick, Darling.«
Gloria lachte. »Sollten wir vielleicht reingehen?« fragte sie. Ich nehme an, sie war an ihn gewöhnt.
Er hantelte sich an der Brüstung entlang, als er ins Zimmer zurückging. Trotzdem rannte er gegen das Fliegengitter und stieß sich den Kopf an der Kante der geöffneten Schiebetür.
Gloria ließ sich von seinen lautstarken Versicherungen, daß das keineswegs notwendig sei, nicht davon abhalten, in die Küche zu gehen und abzuwaschen. In dem Bemühen zu beweisen, was für ein gutherziger und harmloser Knabe ich sei, versuchte ich, ihr zu folgen, doch er hielt mich am Ärmel zurück.
»Laß sie nur machen, Darling«, sagte er unwirsch. »Zu macht immer, was sie will. Ich kenne sie schließlich schon lange.« Er goß mir Wein und sich selbst Cognac nach. »Wunderbares Mädchen.«
»Ja, das ist sie«, sagte ich.
»Du hast Glück. Weißt du das?« Seine Stimme war weich, doch seine Augen waren hart. Ich war jeden Augenblick auf einen Angriff gefaßt, und er wußte das, es schien ihn auch nicht wenig zu amüsieren.
»Doch, das weiß ich.«

Er wurde plötzlich still. Er starrte durch die Glastüren auf die Lichter in den Hügeln. Orange Lichter, blaue Lichter und hier und da Autoscheinwerfer, die plötzlich aufleuchteten und ebenso plötzlich wieder verschwanden, wie Glühwürmchen in einer Sommernacht. Die schöne Aussicht schien unversehens einen tiefen Wandel seiner Stimmung zu bewirken. Vielleicht ist das so bei Leuten, die den größten Teil ihrer Zeit damit verbringen, ein und dieselbe Landschaft zu studieren, ihre Farben, Strukturen, Veränderungen. Jedenfalls war seine Stimme nüchtern, als er sagte: »Genieße jede Minute. Denn du wirst sie verlieren.«
»So?« Ich schaffte es, meine Stimme nicht überschnappen zu lassen.
Er nippte an seinem Cognac und lächelte traurig. »Natürlich betet sie dich an. Das sieht ein Blinder mit dem Krückstock. Ich habe es gesehen in dem Augenblick, als ihr hier hereinkamt. Sie hat nur Augen für dich. Aber sie ist noch ein Kind. Ich meine, sie hat ihr ganzes Leben noch vor sich. Und wie alt bist du? Über vierzig, nicht?«
»Ja«, sagte ich.
»Sie will unbedingt studieren. Und davon wirst auch du sie nicht abbringen. Sie wird also auf die Universität gehen. Und da wird sie geistreiche und hochbegabte Leute in ihrem Alter kennenlernen, und weil sie alle miteinander an der Universität studieren, werden sie schließlich alle miteinander den gleichen schauerlichen Geschmack und die gleichen noch nicht durchgebackenen Meinungen haben. Wir sind doch Fossilien, Relikte einer versunkenen Welt, der Welt der Dinosaurier.« Er leerte sein Glas und goß sich neu ein.
Er konnte ganz schön gehässig sein. Ich merkte, daß er mich verletzen wollte. Und da er so freundlich tat dabei, war es auch nicht leicht, ihm Kontra zu geben.
Ich sagte: »Ja, schönen Dank, Dodo. Aber so, wie ich es sehe, bist du zwar unbestreitbar ein alter Tyrannosaurus, ich dagegen bin eine junge, dynamische, geistreiche und hochbegabte Persönlichkeit im besten Mannesalter und Gloria ein unreifer Teenager.«
Er lachte laut genug, mir das Trommelfell platzen zu lassen, und

hielt sich an meiner Schulter fest, um nicht vor Lachen vom Stuhl zu fallen.
»Zu, Darling!« schrie er. »Wo hast du nur diesen Verrückten her?«
Sie kam aus der Küche, sich die Hände an einem Geschirrtuch trocknend, auf dem man die Mona Lisa eine dicke Zigarre rauchen sah. »Machst du irgendeine Diät, Dodo?« fragte sie. »Wie kannst du bloß drei Dutzend Eier essen?«
Für einen Augenblick schien er sprachlos, aber dann sagte er stammelnd, die Eier seien hervorragend, er kriege sie von einem Bauern in der Nähe, der sie aber nur in größeren Mengen abgebe. »Nimm dir ein paar mit«, sagte er.
»Ich mach' mir nicht soviel aus Eiern«, sagte Gloria. »Sie sind auch für dich nicht gut.«
»Unsinn, Darling, vollkommener Unsinn. Ein frischgelegtes, weichgekochtes Ei ist so ziemlich das leichtest verdauliche Protein, das es gibt. Ich liebe Eier, und man kann sie auf so viele köstliche Arten zubereiten.«
»Na, so frisch gelegt werden aber die letzten von den drei Dutzend nicht mehr sein«, sagte Gloria mit entwaffnender weiblicher Logik. Sie lächelte. »Ich glaube, wir müssen jetzt gehen, Dodo.«
»Bleibt doch noch einen Augenblick, Darling«, bat er. »Ich habe in letzter Zeit so selten Besuch, und du hast mir überhaupt noch nichts von deinen Eltern erzählt und den anderen Londoner Freunden.«
Also blieben wir noch ein bißchen, und Gloria erzählte von der zahnärztlichen Praxis ihres Vaters und dem Engagement ihrer Mutter bei allerlei wohltätigen Stiftungen. Dodo hörte höflich zu mit zunehmend gläsernem Blick.
Pünktlich um 10.25 Uhr – ich sah auf die Uhr – rappelte sich Dodo zu seiner vollen Höhe auf, trank auf die Gesundheit von »Zu und ihrem Verrückten«, wankte und stürzte krachend der Länge nach zu Boden. Das Glas zerbrach, und da ein Rest Cognac in den Kamin spritzte, loderte für einen Augenblick dort eine blaue Flamme aus der Asche.
Gloria sah mich an, als erwarte sie von mir, daß ich ihn wieder-

belebe, aber ich zuckte nur mit den Achseln. Er stöhnte und bewegte sich hinreichend, um sie zu überzeugen, daß er noch lebte. Schließlich fing er volltönend an zu schnarchen. Glorias Versuche, ihn zu wecken, blieben ohne Erfolg.

»Ich hätte ihm diesen Cognac nicht mitbringen sollen«, sagte Gloria. »Er hat's mit der Leber.«

»Das überrascht mich nicht«, sagte ich.

»Wir müssen versuchen, ihn ins Bett zu bringen«, sagte sie. »Beide zusammen könnten wir es schon schaffen.«

»Ich finde, er liegt da vor dem Kamin ganz bequem«, sagte ich.

»Du herzloses Schwein«, sagte Gloria. Also zog ich ihm die Stiefel aus, trug ihn in seine Schlafkammer und warf ihn aufs Bett. In seiner Schlafkammer wartete noch eine Überraschung. Er hatte außer dem Bett noch einen Tisch hier stehen. Dieser Tisch war vollgepackt mit Farbpigmentdosen, einem Meßlöffel, einer Flasche Essig, einer Flasche Leinöl. Dann waren da noch ein Krug mit einem Musselinsieb und unter dem Tisch die Schalen von etwa einem Dutzend Eiern. An der Wand lehnte eine Holztafel mit noch frischem Kreidegipsgrund; eine andere war gegen den Tisch gelehnt und zeigte ein halbfertiges Gemälde.

»Was zum Teufel ist das?« fragte ich, das angefangene Bild betrachtend. Es war ganz anders als alles, was wir im Atelier gesehen hatten: eine Prozession von Männern und Frauen, die nicht nur kostümiert waren wie Florentiner des 15. Jahrhunderts, sondern auch im Stil der alten Renaissance-Meister gemalt. Die Zeichnung war übrigens präzise ausgeführt, befremdend waren nur die Farben. »Komische Farben«, sagte ich.

»Aber das ist doch nur die Untermalung«, sagte Gloria. »Wenn die nachher durch die Lasuren scheint, gibt sie den Farben den tiefen satten Ton.«

»Du scheinst ja genau Bescheid zu wissen.«

»Ich habe Onkel Dodo schließlich oft genug besucht, als ich Au-pair-Mädchen in Nizza war. Manchmal habe ich auch geholfen. Er ist ein liebenswerter Mensch. Weißt du überhaupt, was das hier ist?«

»Ich nehme an, Eitempera. Aber warum diese komischen Formate?« Beide Tafeln waren sehr niedrige, breite Querformate.

»Renaissance-Hochzeitstruhen.«
»Was?« fragte ich.
»Er malt Fälschungen. Ein Händler in München setzt sie ab.«
»Und fallen die Käufer auf die Fälschungen herein?«
»Sie werden mit Expertisen von international anerkannten Autoritäten ausgestattet. Eine ganze Menge von Onkel Dodos Fälschungen sind inzwischen in berühmten Museen.«
»Und man ist ihm noch nie draufgekommen?«
»Jetzt ist es ja noch nicht fertig. Es wird erst noch auf alt getrimmt.«
»Aber Museen?« Ich konnte es nicht glauben.
»Auch Museumsdirektoren sind keine Heiligen, Bernard.«
»Wieder eine Illusion weniger«, sagte ich. »Dodo ist also reich?«
»Nein, diese Dinger machen eine Menge Arbeit, und die Händler bezahlen nicht allzu gut. Die Konkurrenz auf diesem Markt ist groß.«
»Also warum...?«
»Macht er es?« vollendete sie meine Frage. »Die Täuschung, der Betrug macht ihm Spaß. Er kann ganz schön grausam sein. Wenn du ihn länger kennst, wirst du verstehen, was ich meine.«
Der alte Mann auf dem Bett stöhnte und schien aufzuwachen, drehte sich dann aber auf die Seite und schlief schwer atmend weiter. Gloria beugte sich über ihn und streichelte ihm zärtlich den Kopf. »Das große Geschäft machen die Händler. Armer Dodo.«
»Du wußtest also von Anfang an Bescheid? Das mit den vielen Eiern in der Küche, das war nur, um ihn aufzuziehen?«
Sie nickte. »Dodo ist bekannt wie ein bunter Hund. Er behauptet, die wunderbare Hochzeitstruhentafel gemalt zu haben, die der ›Schule Ucellos‹ zugeschrieben wird und inzwischen im Louvre hängt. Letztes Jahr zu Weihnachten hat er Farbpostkarten mit Abbildungen dieses Werkes an alle seine Freunde verschickt. Ich hatte schon Angst, er bringt sich noch ins Gefängnis damit, aber vielleicht würde ihm sogar das noch wie ein guter Witz vorkommen. Die Ungarn haben alle einen komischen Sinn für Humor.«
»Das habe ich mir auch schon gedacht«, sagte ich.

»Er versteht was von Chemie. Und es macht ihm Spaß, die Pigmente nach alten Rezepten herzustellen, das Holz und die anderen Materialien auf alt zu trimmen. Er ist wirklich ein Fuchs.«
Wieder bewegte sich der alte Mann und faßte sich an den Kopf, an die Stelle, wo er beim Sturz aufgeschlagen war. »O Gott«, murmelte er.
»Es ist alles in Ordnung«, sagte ich beruhigend.
»Er kann dich nicht hören. Er spricht im Schlaf«, sagte Gloria. »Machst du übrigens auch manchmal.«
»Natürlich«, erwiderte ich spöttisch.
»Letzte Woche hast du mich damit geweckt. Verrückte Sachen hast du gerufen.« Sie legte mütterlich den Arm um meine Schultern.
»Was für Sachen?«
»Sie bringen ihn um. Sie bringen ihn um.«
»Ich rede nie im Schlaf«, sagte ich.
»Wie du meinst«, entgegnete Gloria. Aber sie hatte recht. Drei Nächte hintereinander war ich aus einem Alptraum über Jim Prettyman erwacht. »Sie bringen Jim um!« Das hatte ich gerufen. Ich erinnerte mich nur zu gut. Ich schrie mir die Seele aus dem Leib in jenem Traum, aber von den Vorübergehenden nahm niemand die geringste Notiz von mir.
»Sieh dir die Fotos an«, sagte Gloria und strich ein paar alte Abzüge glatt, die zusammengerollt unter allem möglichen anderen Zeug auf einem Abstelltisch lagen. »War er nicht ein gutaussehender Mann in seiner Jugend, ein richtiger Schwerenöter?«
Dodo posierte mit einem halben Dutzend anderer schlanker, athletischer Jünglinge mit einem älteren Mann, dessen Gesicht mir wohlbekannt war. Drei von ihnen saßen in Korbsesseln vor einem Gartenhäuschen. Und einer in der ersten Reihe hatte den Fuß auf ein Brett gesetzt, auf dem »Die Preußen« stand.
»Wahrscheinlich ein Tennisturnier«, erklärte Gloria. »Er war ein hervorragender Tennisspieler.«
»Irgend so was, ja«, sagte ich, obwohl ich genau wußte, daß es nichts Derartiges war. Der ältere Mann war ein seit Ewigkeiten

von Berlin aus operierender Agent namens John Koby, genannt »der Lange« – ein Zeitgenosse meines Vaters –, und seine »Preußen« waren Agenten, die in der SBZ Nachrichten für ihn sammelten. Dodo war also einmal Geheimagent gewesen.

»Hat Dodo irgendwann mal für deinen Vater gearbeitet?« fragte ich sie.

»In Ungarn?« Ich nickte. »Nachrichtendienstlich?« Daß sie um den heißen Brei herumredete, konnte man ihr wirklich nicht nachsagen. »Nicht, daß ich wüßte.« Sie nahm mir das Foto aus der Hand. »Ist das ein Team?«

»Das ist der Amerikaner, der lange Koby«, sagte ich.

Sie betrachtete das Foto jetzt mit neuem Interesse. »Er ist viel älter als die anderen. Er lebt noch, nicht wahr?«

»Er wohnt in Berlin. Ich treffe ihn dort manchmal. Mein Vater verabscheute den Langen. Aber der Lange war in Ordnung.«

»Wieso?«

»Er verabscheute all diese Amerikaner, die für den Langen arbeiteten. Er sagte immer: ›Deutschamerikaner sind amerikanische Deutsche.‹ Er hatte schwere Vorurteile gegen sie.«

»Ich habe dich noch nie deinen Vater kritisieren hören«, bemerkte Gloria.

»Vielleicht hatte er seine Gründe«, sagte ich abwehrend. »Gehen wir.«

»Bist du sicher, daß mit Dodo alles in Ordnung ist?«

»Dodo fehlt nichts«, sagte ich.

»Du magst ihn doch, nicht?«

»Ja«, sagte ich.

Bei dieser ersten Begegnung mochte ich ihn wirklich. Ich muß verrückt gewesen sein.

10

»Ich finde, es ist alles sehr gut gelaufen«, sagte Dicky Cruyer mit einem Anflug von bescheidenem Stolz. Er trug Erläuterungstafeln, die er jetzt zu Boden setzte und gegen ein Bein seines schönen Rosenholztisches lehnte.

Ich war auf dem Weg in sein Zimmer noch damit beschäftigt, die Notizen zu entziffern, die ich mir während der üblichen Dienstagvormittagszankerei, mit gegenseitigen Kundgebungen der Entrüstung und Empörung, gemacht hatte. Dicky hatte also nicht meine ungeteilte Aufmerksamkeit, und so etwas entging ihm nie. Ich blickte auf und brummte etwas.

»Ich habe gesagt«, wiederholte Dicky langsam, nachdem er mich mit einem gutmütigen Lächeln bedacht hatte, »daß meines Erachtens alles sehr gut gelaufen ist.« Ich muß verblüfft ausgesehen haben. »Ich meine, die Abteilungsbesprechung.« Er klopfte an das Messingbarometer, das seit einiger Zeit das Zubehör seines Arbeitsplatzes vervollständigte. Oder vielleicht klopfte er auch nach der Temperatur oder der Tageszeit in New York City, was weiß ich.

»O ja«, sagte ich, »wirklich sehr gut.«

Aber warum hätte diese Besprechung auch nicht zu seiner Zufriedenheit verlaufen sollen? Was Dicky Cruyer, mein unmittelbarer Vorgesetzter, eine »Abteilungsbesprechung« nannte, fand jeden Dienstagvormittag in einem der Konferenzräume statt. Einst hielten wir diese Besprechungen in Dickys Büro ab, aber seitdem war das Reich des Leiters der Deutschland-Abteilung erheblich gewachsen. Wir brauchten jetzt einen größeren Raum, da Dicky inzwischen an den Dienstagvormittagen die Vorträge probte, die er den hohen Tieren im Außenministerium zu halten gedachte. Normalerweise war das ein Wirrwarr von in letzter Minute zusammengestückelten Schreibtischinventionen, aber heute hatte Dicky Satellitenfotos dazugenommen und hübsche, bunte graphische Darstellungen, die er in unserer neuen »Kunstabteilung« hatte anfertigen lassen. Ein »Vorführer« bediente den Lichtbildprojektor, Dicky deutete mit einem ausziehbaren Zeigestock auf der Leinwand herum und hielt dabei im verdunkelten Zimmer Ausschau, ob sich auch niemand eine Zigarette angesteckt hatte.

Die dienstäglichen Besprechungen gaben Dicky auch die Gelegenheit, seinen Untergebenen Arbeiten zuzuteilen, Streitigkeiten zwischen ihnen zu schlichten und langsam an den Monatsbericht zu denken – der nächste mußte Freitag früh auf dem Tisch des Director-General sein. Das heißt, Dicky brachte mich dazu, langsam daran zu denken, weil ich ihn jedesmal schreiben mußte.

»Es geht einfach darum, sie zu motivieren«, sagte Dicky, an seinem Rosenholztisch sitzend und eine Papierklammer geradebiegend. »Ich möchte, daß alle das Gefühl haben...«

»Zu einem Team zu gehören«, ergänzte ich.

»Ganz recht«, sagte er. Als ihm dann im nachhinein auffiel, daß mein Ton möglicherweise sarkastisch gewesen sein könnte, runzelte er die Stirn. »Was den Teamgeist angeht, hast du noch eine Menge zu lernen, Bernard«, sagte er.

»Ich weiß«, erwiderte ich. »Ich glaube, in der Schule, die ich besucht habe, hat man auf Teamwork nicht genug Wert gelegt.«

»Diese lausige Schule in Berlin«, sagte er. »Ich habe nie verstanden, warum dein Vater dich auf eine deutsche Schule geschickt hat. Es muß doch eine Schule für die Söhne britischer Offiziere gegeben haben, oder nicht?«

»Er war der Meinung, da würde ich jedenfalls ein anständiges Deutsch lernen.«

»Na, das hast du ja auch«, gab Dicky zu. »Aber du mußt der einzige Engländer an dieser Schule gewesen sein. Und damit bist du ein Einzelgänger geworden, Bernard.«

»Kann schon sein.«

»Und darauf bist du auch noch stolz, wie ich sehr wohl weiß.

Aber ein Einzelgänger ist immer ein Außenseiter, Bernard. Ich wünschte, ich könnte dir das begreiflich machen.«
»Ich brauche deine Notizen.«
»Welche Notizen?«
»Für den Bericht an den D. G.«
»Diesmal habe ich so gut wie keine Notizen gemacht, Bernard«, sagte er stolz. »Ich kriege allmählich Übung in diesen Dienstagvormittagsansprachen. Ich improvisiere das meiste.«
Himmel hilf! dachte ich. Ich hätte doch lieber zuhören sollen.
»Ein paar Stichworte wären schon etwas«, sagte ich.
»Schreib einfach, was ich gesagt habe.«
»Aber es ist eine Frage der Gewichtung, Dicky.«
Er warf die wieder zurechtgebogene Büroklammer in seinen großen Kristallaschenbecher und sah mich scharf an. »Eine Frage der Gewichtung« war Dickys Umschreibung, jedesmal wenn er nicht zugeben wollte, daß er absolut nichts verstanden hatte.
Eilig fügte ich hinzu: »Die Sache ist so technisch.«
Das besänftigte Dicky ein wenig. Er war gerne »technisch«. Bis vor kurzem waren Dickys Vorträge weiter nichts als eine einfache Nacherzählung der alltäglichen Arbeit des Büros gewesen. Dann hatte er aber beschlossen, daß die Zukunft der fortgeschrittenen Technik gehörte, und seitdem hatte er sich zu einem kleinen Experten – und riesigen Langweiler – entwickelt, der sich in Themen wie »Fotointerpretation von Nachrichten aus unbemannten Raumfahrzeugen« erging und »Radarsensoren, die monochrome, farbige, verfärbte und infrarote Bilder liefern«.
»Ich dachte, ich hätte alles sehr sorgfältig erklärt«, sagte Dicky.
»Hast du allerdings«, erwiderte ich und beugte mich weit genug vor, um durch die auf Pappe gezogenen Abbildungen zu blättern, die er hergezeigt hatte, in der Hoffnung, sie in irgendeiner Weise erhellend beschriftet zu finden. Beschriftet waren sie, wenn auch nicht durchweg erhellend: »SLRR seitlich gerichteter Aufklärungsradar«, hieß es unter dem ersten Bild, und ein sauber gezeichneter roter Pfeil zeigte an, wo oben war. Unter dem nächsten Bild las ich: »IRLS infrarotes Zeilenabtastfoto mit

verschiedenen radiometrischen Temperaturangaben für das Zielgebiet zur Mittagszeit. Beachte die vom Personal bewohnten Gebäude und Transportfahrzeuge in der unteren rechten Ecke des Lichtbildes. Vergleiche mit der Aufnahme desselben Zielgebiets um Mitternacht.«

»Nimm das Material nicht mit«, ermahnte mich Dicky. »Ich brauche diese Bilder morgen, und ich habe den Leuten von der Gemeinsamen Luftaufklärung versprochen, daß sie sie ohne Fingerabdrücke und Eselsohren zurückkriegen.«

»Nein, ich werde sie nicht mitnehmen«, versprach ich und stellte die Bildtafeln wieder gegen das Bein von Dickys schönem Tisch. Dieses Zeug ging einfach über meinen Horizont. Ich fragte mich, wer wohl von Dickys Angestellten, die heute morgen dabeigewesen waren, gut genug zugehört hatte, um mir eine verständliche Zusammenfassung des Vortrags geben zu können. Aber mir fiel niemand ein, der Dicky während der Dienstagsbesprechungen seine ungeteilte Aufmerksamkeit schenkte. Unser eifrigster Streber, Charlie Billingsly, war inzwischen in Hongkong, und Harry Strang mit seinem fabelhaften Gedächtnis hatte es heute so einzurichten gewußt, daß er schon fünf Minuten nach Beginn von Dickys Vortrag durch einen wichtigen Anruf aus der Abteilungsbesprechung herausgerufen wurde. Ich sagte: »Aber früher warst du doch so entschieden gegen all dieses Zeug von der GLA und das Satellitenmaterial.«

»Wir müssen mit der Zeit gehen, Bernard.« Dicky blickte auf den Terminkalender, den ihm seine Sekretärin aufgeschlagen hatte. »Ach übrigens«, sagte er beiläufig. Zu beiläufig. »Du redest doch immer von diesem Prettyman...«

»Ich rede nicht immer von ihm«, sagte ich. »Ein einziges Mal habe ich ihn erwähnt. Du hast gesagt, du kannst dich nicht an ihn erinnern.«

»Also meinetwegen«, sagte Dicky. »Jedenfalls fällt uns seit kurzem seine Frau auf die Nerven. Als Morgan neulich im Außenministerium war, hat sie ihn in die Enge getrieben. Quatscht von einer Pension und lauter solchem Zeug.«

»Seine Witwe«, sagte ich.

»In der Tat! Witwe. Hab' ich doch gesagt.«
»Du hast Frau gesagt!«
»Frau. Witwe. Ist doch scheißegal.«
»Jim Prettyman ist das nicht egal«, sagte ich. »Für ihn ist das 'ne Frage von Leben und Tod.«
»Ich will jedenfalls nicht, daß jemand sie ermutigt.«
»Ermutigt, was zu tun?«
»Ich wünschte, du wärst nicht so begriffsstutzig«, sagte Dicky. »Sie soll unsere leitenden Beamten nicht belästigen. Geschähe ihr recht, wenn Morgan eine offizielle Beschwerde gegen sie einreichte.«
»Die hat eine ganze Menge Einfluß da drüben. Ich würde Morgan raten, es sich nicht mit ihr zu verderben. Er könnte dabei selber auf den Arsch fallen.«
Dicky befeuchtete seine dünnen Lippen und nickte. »Ja. Allerdings. Du hast recht. Morgan weiß das. Das Beste wird sein, wir machen die Schotten dicht und ignorieren sie einfach.«
»Jim Prettyman war einer von uns«, sagte ich. »Er hat eine Etage tiefer gearbeitet.«
»Das ist schon lange her. Und niemand hat ihm gesagt, daß er nach Washington, D. C., gehen und sich ausgerechnet da niederlassen soll. Was für ein Loch! Wußtest du, daß diese Stadt so ziemlich die schlimmste Verbrecherstatistik von ganz Nordamerika hat?«
Dicky hatte offensichtlich seine Schularbeiten gemacht.
Ich sagte: »Das ist also nicht offiziell... diese Anweisung, Prettymans Witwe nicht zu ermutigen?«
Er sah mich an und dann aus dem Fenster. »Nicht offiziell«, sagte er dann betont vorsichtig. »Nur ein guter Rat, dessen Befolgung jemanden vor einer Menge Ärger und Kummer bewahren könnte.«
»Das ist alles, was ich wissen wollte«, sagte ich. »Sollen wir uns jetzt den Titel für den Bericht an den D. G. überlegen?«
»In Ordnung«, sagte Dicky. Er sah mich an und nickte noch einmal. Ich fragte mich, ob er wußte, daß Cindy Matthews – die ehemalige Mrs. Prettyman – mich heute abend zum Essen eingeladen hatte.

»Und übrigens, Dicky«, sagte ich. »Dieser Löwe macht sich wirklich prima auf dem Boden hier.«

Mrs. Cindy Matthews, wie sie sich jetzt nannte, leistete sich einigen Komfort. Sie hatte neue italienische Möbel, alten französischen Wein, eine Schweizer Geschirrspülmaschine und eine von diesen japanischen HiFi-Anlagen, mit denen als Bedienungsanleitung ein dickes Lehrbuch geliefert wird. Natürlich hatten die Prettymans keine Kinder finanzieren müssen, und ich nehme an, daß sie wegen des rapiden Anstiegs der Londoner Immobilienpreise mit dem Haus, das sie in Edgeware hatten, einen schönen Profit machten. Jetzt wohnte Cindy in einem winzigen Haus in einer Seitenstraße der King's Road, die für ihre Punks, Pubs und exotischen Boutiquen bekannt ist. Das ganze Haus bestand aus vier kleinen Räumen übereinander, deren unterster – Küche und Eßzimmer – im Souterrain lag. Aber es war die Sorte Haus, das von Immobilienmaklern als »Schmuckstück« bezeichnet wird und um das sich frisch geschiedene Werbefachleute reißen.

Auf dem Eßtisch standen Kerzen und rosa Rosen und mehr Weingläser, als ich zählen konnte, und das Besteck war aus massivem Silber. Durch das Fenster zur Straße sahen wir die Waden der Leute, die am Haus vorbeigingen und ihrerseits sehen konnten, was wir aßen. Und vielleicht war dies der Grund, weshalb uns eine Mahlzeit von der Sorte serviert wurde, die man in den Seiten der Frauenzeitschriften gewöhnlich von oben fotografiert sieht. Drei papierdünne Scheibchen Avocado am Ufer einer winzigen Pfütze von Tomatensoße im dynamischen Kontrast zu einem Scheibchen Kiwi. Das war die Vorspeise. Als Hauptgericht folgten drei dünne Scheibchen Entenbrust, garniert mit einem Schnitzel Mango und einem Salatblatt. Eine dünne Scheibe von Cindys köstlicher, selbstgemachter Schokoladenroulade schloß die Mahlzeit ab. Ich aß eine Menge Brot und Käse.

Cindy war eine kleine, blasse junge Frau mit spitzer Nase und wie ein Amorbogen gezeichnetem Mund. Sie kleidete sich streng, was sowohl zu ihrem kurzen Haarschnitt wie auch zu ihrer Position als leitende Angestellte paßte: einfache braune Wolle, einfach geschnitten. Sie war immer eine energische Frau gewesen, und die Vorbereitungen zu dieser Abendgesellschaft in ihrem Haus hatten ihre rastlose Unruhe offensichtlich nicht befriedigt. Jetzt war sie dauernd um den Tisch unterwegs, fragte jeden, ob er noch Champagner, Chablis oder Perrier wollte, Vollkornbrot oder weiße Brötchen, sah nach, daß auch ja jeder eine Serviette hatte. Als sie sich endlich setzte, meinte ich, einen allgemeinen Seufzer der Erleichterung zu hören.

Der Abend war sorgfältig geplant. Cindy überließ nie etwas dem Zufall. Die Portionen waren genau kalkuliert, die Kochzeiten synchronisiert, der Weißwein war gekühlt, der Rotwein eben richtig temperiert. Die Brötchen waren warm, die Butter war weich, die Gäste wurden jeweils zum passenden Zeitpunkt animiert, sich an einer Unterhaltung zu beteiligen, deren Inhalt jeder im voraus kannte. Es war nicht eins von den Abendessen, an denen man keinen Satz zu Ende reden kann, weil einem jeder ins Wort fallen will, an denen die Gäste zu lange bleiben, zu viel trinken, und, wenn sie sich endlich vor der Haustür voneinander verabschieden, ihre Adressen austauschen. Es war langweilig.

Möglicherweise hatte Cindy bei ihrer Planung sogar berücksichtigt, daß an diesem Abend Gloria zum Mathematikunterricht ging (den sie nahm, um sich auf die Universität vorzubereiten), jedenfalls hatte sie mich auf diese Weise allein.

Der Ton der Unterhaltung war von Anfang an sehr gesetzt, wie meistens, wenn Sir Giles Streeply-Cox als Ehrengast dabeisaß. Sir Giles war ein muskulöser alter Herr mit buschigen weißen Koteletten, wie sie die Physiognomien der Dickensschen Helden schmückten, und der dazu passenden blühenden Gesichtsfarbe. »Creepy Pox« (wie man ihn hinter seinem Rücken nannte, schleichende Pest) war zu seiner Zeit eine Geißel des Außenministeriums gewesen. Minister und Gesandte hatten vor ihm gebebt. Seit seiner Pensionierung lebte er in Suffolk und züchtete Rosen, während seine Frau Bilderrahmen für die Aquarellmaler der Gegend machte. Doch der Alte saß noch immer in genügend Ausschüssen, um sein Fahrgeld und die Spesen ersetzt zu kriegen, wenn er mal nach London kam.

Es war das erste Mal, daß ich dem gefürchteten Creepy Pox persönlich begegnete, aber an diesem Abend war er die Liebenswürdigkeit selbst. Cindy wußte genau, wie er zu nehmen war. Sie ließ ihn die Rolle des bezaubernden großen alten Mannes von Whitehall spielen. Er spielte sie mit Bravour, aber das Ungeheuer, das hinter dem Lächeln und den selbstkritischen Nebenbemerkungen lauerte, war nicht zu verkennen. Lady Streeply-Cox sagte wenig. Sie gehörte einer Generation an, die man noch gelehrt hatte, in der Unterhaltung weder das Essen noch die Tischordnung zu erwähnen, und war offensichtlich der Meinung, vom Beruf ihres Mannes zu reden sei genauso schlimm, wie das Fernsehprogramm zu diskutieren. Also saß sie da und lächelte über die Witze ihres Mannes, hatte mithin nicht viel zu tun.

Zwei Leute vom diplomatischen Corps waren anwesend. Harry Baxter, ein Mann in mittleren Jahren, zweiter Sekretär unserer Botschaft in Bern, mit seiner Frau Pat. Pat trug eine schwere goldene Halskette, hatte sich das Haar rosa getönt und erzählte alte Witze – die Pointen in Schwyzerdütsch – über Bankiers mit unaussprechbaren Namen.

Als Cindy Baxter fragte, was es letztens Aufregendes in Bern gegeben hätte, antwortete der alte Streeply-Cox für ihn: Die einzige aufregende Sache, die Diplomaten in Bern passiert, sei, sagte er, das Käsefondue-Essen, und zwar, wenn sie ihre Brotrinden dabei verlieren. Worüber dann das Ehepaar Streeply-Cox schallend lachte.

Ein junges Paar war auch da. Simon, ein schüchterner Junge Anfang Zwanzig, hatte an einer Privatschule in Bayern Englisch unterrichtet. Es war keine angenehme Erfahrung für ihn gewesen. »Man braucht diese gemeinen kleinen deutschen Bengels nur zu sehen, um zu begreifen, warum die Deutschen schon so viele Kriege angefangen haben. Und wenn man die Lehrer sieht, versteht man auch, weshalb sie diese Kriege immer verlieren.« Nun schrieb Simon Theaterkritiken für eine Zeitschrift, die gratis verteilt wurde, und hatte sich einen Namen als Kenner und Perfektionist gemacht, indem er alles, worüber er schrieb, verriß. Seine Begleiterin war ein stilles Mädchen mit verschmiertem Lippenstift. Sie trug ein Herrenjackett aus Tweed, das ihr einige Nummern zu groß war. Während des Essens lächelten die beiden sich unentwegt an, und kurz nach dem Essen gingen sie.

Wir anderen gingen nach oben und tranken Kaffee – oder was sonst gewünscht wurde – in einem Zimmer, wo eine kunstvolle, mit Gas betriebene Kaminfeuerattrappe laut zischte. Creepy hatte eine halbe Tasse koffeinfreien Kaffee und ein Schokominzplätzchen, seine Gemahlin kippte zwei große Cognacs, und dann fuhr sie ihn nach Hause.

Das Paar aus Bern blieb noch etwa eine halbe Stunde länger. Da Cindy mir angedeutet hatte, daß sie gerne noch ein paar Worte mit mir geredet hätte, blieb ich. »Was hältst du von ihm?« fragte sie, als alle anderen weg waren.

»Der alte Creepy? Ein richtiger Witzbold«, sagte ich.

»Unterschätze ihn nicht«, sagte sie. »Er weiß noch immer, wo es langgeht.«

Ich hatte das Gefühl, sie hatte Creepy eingeladen, um mir vorzuführen, welche Verbindungen sie hatte, welcher Art der Einfluß war, den sie im Außenministerium geltend machen konnte, wenn es darauf ankam. »Du wolltest mit mir reden?«

»Ja, Bernard.«

»Gib mir noch was zu trinken«, sagte ich.

Sie holte die Flasche Scotch vom Abstelltisch und stellte sie vor mich hin auf ein Exemplar der Zeitschrift *Nouvelle Cuisine*. Auf dem Umschlag sah ich angekündigt: »Eine gelungene Schokoladenroulade in zehn leichten Schritten«. Sie goß mir keinen Whisky ein, sondern ging zum Kamin und fing an, irgend etwas, das auf dem Sims stand, hin und her zu rücken. »Seitdem der arme Jim ermordet worden ist...«, begann sie, ohne sich umzudrehen.

Ich nehme an, ich erriet, was sie sagen wollte – um die Wahrheit zu sagen, ich fürchtete mich davor –, denn ich versuchte sofort abzulenken. »Ist ermordet das richtige Wort?« fragte ich.

Sie drehte sich zornig zu mir um. »Zwei Mann lauern ihm auf und schießen ihn tot. Sechs Kugeln. Wie nennst denn du das? Ist das nicht eine verdammt bizarre Art, Selbstmord zu begehen?«

»Doch. Rede weiter.« Ich warf etwas Eis in mein Glas und goß reichlich Whisky dazu.

»Ich habe wegen der Beerdigung gefragt. Ich habe gesagt, ich wollte daran teilnehmen und habe das Fahrgeld dafür verlangt.«

»Und?«

»Alles längst gelaufen. Verbrannt!« Sie stieß dieses Wort mit einem Abscheu hervor, als bezeichne es etwas Obszönes – was sie vermutlich auch dachte. »Verbrannt«, wiederholte sie. »Und mich als seine Frau haben sie nicht mal gefragt!« Sie klang verbittert. Da sie katholisch war, fühlte sie sich doppelt beleidigt.

»Ach, übrigens hat er dir was hinterlassen.«

Sie gab mir einen Pappkarton. Ich öffnete ihn und fand darin einen kleinen Stapel Papiere über mesopotamische Grabinschriften, darunter auch welche, an denen Fiona gearbeitet hatte. Ich erkannte ihre Handschrift. »Für mich?« fragte ich. »In Jims Testament?«

»Es gibt kein Testament; nur einen Brief, den er bei seinem Anwalt hinterlegt hat. Was nach seinem Tod erledigt werden muß. Ist von einem Zeugen unterschrieben. Gilt als testamentarische Verfügung, habe ich mir sagen lassen.«

»Und du bist ganz sicher, daß ich diese Papiere haben sollte? Daran war ich doch nie interessiert.«

»Vielleicht solltest du sie Fiona schicken«, antwortete sie. »Ich will sie jedenfalls nicht haben. Ich habe auch ohne diese Rätsel der Vorzeit genug, worüber ich mir den Kopf zerbrechen muß.«

Ich nickte. Sie hatte Jims Hobby schon immer mit sarkastischen Bemerkungen bedacht. Ich vermutlich auch.

»Ich habe versucht, etwas mehr zu erfahren über die Sachen, mit denen Jim kurz vor seinem Tod beschäftigt war.« Sie ließ eine bedeutungsschwere Pause folgen.

»Erzähl's mir«, sagte ich nach einer Weile. Ich wußte, daß sie es mir auch unaufgefordert erzählt hätte.

»Ich fing bei dem Geld an«, sagte sie. Das Außenministerium verwaltet unseren Etat. Das war durchaus ein Aspekt unserer Arbeit, in den sie sich Einblick verschafft haben konnte.

»Geld?« fragte ich.

»Das Geld, das angeblich verschwunden ist. Das Geld, wegen dem sie dich nach Washington geschickt haben.«

»Nur damit sich keine Mißverständnisse einschleichen, Cindy: Ich bin nicht nach Washington geschickt worden, um Jim irgend etwas zu fragen. Diesen kleinen Nebenjob hat man mir erst aufgehalst, als ich schon dort war.«

Sie schien nicht überzeugt. »Vielleicht. Vielleicht auch nicht«, sagte sie. »Wenn wir der ganzen Sache auf den Grund gegangen sind, wirst du womöglich entdecken, daß alles von langer Hand arrangiert war.«

»Daß was von langer Hand arrangiert war?«

»Daß du zur rechten Zeit in Washington bist, um diesen ›kleinen Nebenjob‹ zu übernehmen.«

»Nein. Cindy...«

»Heilige Muttergottes! Wirst du endlich zuhören, Bernard, und mich nicht dauernd unterbrechen? Dieser Fonds, den Jim angelegt hatte. Da ist eine Menge Geld von ein paar Banken in Gibraltar und Österreich gewaschen worden. Es wurde mehrmals hin und her überwiesen, so daß die Spuren verdammt schwer zu verfolgen sind. Zuletzt scheint es aber auf einem Konto in Deutschland gelandet zu sein. All diese Kontobewegungen und Investitionen fanden ein halbes Jahr, bevor deine Frau überlief, statt.«

»Na und?«

»Bevor!«

»Ich habe dich gehört.«

»Verstehst du denn nicht?«

»Was?«

»Angenommen, ich sage dir, daß deine Frau Fiona diesen Fonds angelegt hat? Angenommen, ich sage, es handelt sich dabei um einen KGB-Schmiergelder-Fonds?«

»Einen KGB-was?« sagte ich, lauter als ich wollte. »Und Jim war zeichnungsberechtigt? Du hast mir erzählt, daß Jim zeichnungsberechtigt war.«

Sie lächelte wissend. »Genau. Das war doch der Witz. Nimm mal an, daß Fiona die Finanzierung eines KGB-Agentennetzes einrichtete – und dazu Geld und Leute vom SIS verwendete... das wäre doch eine elegante Lösung, findest du nicht?«

»Ehrlich gesagt, nein«, erwiderte ich. So leicht würde ich es ihr nicht machen. Wenn sie mir unbedingt diese verrückte Hypothese aufschwatzen wollte, sollte sie sich schon ein bißchen mehr anstrengen, sie zu untermauern.
»Die Finanzierung eines Agentennetzes ist die schwierigste und gefährlichste Aufgabe bei jeder geheimdienstlichen Operation, das brauche ich dir doch wohl nicht zu erklären, Bernard.«
»Ja, ich erinnere mich, das schon mal irgendwo gelesen zu haben«, sagte ich. Aber mit Sarkasmus war sie nicht zum Schweigen zu bringen.
»Sei nicht blöd, Bernard. Ich weiß doch, wie das alles läuft.«
Ich trank meinen Whisky und hielt den Mund.
»Ich muß eine Zigarette haben«, sagte sie. »Ich versuche, mir das Rauchen abzugewöhnen, aber jetzt brauche ich eine.«
Sie nahm ein unangebrochenes Päckchen Zigaretten aus einer Messingschale auf dem Bücherregal und ließ sich Zeit mit dem Anzünden. Ihre Hände zitterten, was das aufflammende Streichholz noch betonte, aber daran konnte auch die Gier nach der Zigarette schuld sein. Ich beobachtete sie interessiert. Die Leute im Außenministerium wußten Sachen, die wir erst erfuhren, wenn es schon zu spät war. Sie sagte: »Wenn Fiona ein geheimes Konto einrichtete und unter strengster Geheimhaltung von unseren Leuten verwalten ließ, wäre das doch die beste und geheimste Weise, feindliche Agenten mit dem nötigen Geld zu versorgen, nicht wahr?« Die Zigarette schien sie tatsächlich zu beruhigen.
»Aber wenn du dahintergekommen bist, was ist dann mit der Geheimhaltung?«
Sie hatte auch darauf eine Antwort. »Das war mir nur möglich, weil Fiona übergelaufen ist. Dadurch ist alles in Unordnung geraten.«
»Und du behauptest, daß Jim nach Washington gegangen ist, weil Fiona übergelaufen ist? Daß Jim ein KGB-Agent war?«
»Vielleicht.« Das war der unsicherste Punkt ihrer Theorie. Ich sah das an ihrem Gesicht. »Ich denke dauernd darüber nach. Ich weiß es einfach nicht.«
»Nicht Jim. Gerade Jim nicht. Und selbst wenn du recht hättest, warum sollte er sich nachher ausgerechnet nach Amerika absetzen, in die Hochburg des Kapitalismus?«

»Ich sagte ja, vielleicht. Wahrscheinlicher ist, daß Fiona jedem weisgemacht hat, mit dem Fonds sei alles in Ordnung. Wie hätten sie auch ahnen sollen, daß das Geld für den KGB war?«

»Aber das Geld ist verschwunden«, entgegnete ich.

»Sie können das Konto nicht finden«, sagte sie. »Das ganze verdammte Konto ist verschwunden. Und niemand scheint zu wissen, wieviel genau auf diesem Konto liegen soll. In einer von den Schätzungen ist von vier Millionen Pfund die Rede. Niemand im Außenministerium oder im Department wird zugeben, irgendwas davon zu wissen. Der Kassierer weiß, daß das Geld fehlt, aber das ist auch schon alles.«

»Das heißt nur, daß er nicht das richtige Stück Papier mit der richtigen Unterschrift vorliegen hat. Denn das ist, was ein Kassierer meint, wenn er sagt, daß ihm Geld fehlt.«

»Es geht aber um wirkliches Geld, Bernard, und irgend jemand hat sich's unter den Nagel gerissen.«

Ich schüttelte den Kopf. Das war alles zu hoch für mich. »Hast du deine Informationen von ›unserem Mann in Bern‹?« fragte ich, als mir jetzt die Baxters einfielen.

»Die beiden sind alte Freunde von mir. Er ist zwar gut unterrichtet, aber das hier ist eine Nummer zu groß für ihn.«

»Aber in den Akten des Department muß doch irgend jemand als Inhaber dieses Kontos genannt sein.«

»Ja, Jim.«

»Und wer noch?«

Sie zuckte mit den Achseln. »Wir wissen nicht mal, wo das Konto ist«, sagte sie und blies Rauch durch die gespitzten Lippen. »Ich werde nicht nachgeben, bis ich dahintergekommen bin, Bernard.«

»Was wirst du machen?«

»Was würdest du denn vorschlagen?«

»Der Deputy ist neuerdings sehr unternehmungslustig«, regte ich an. »Vielleicht findest du mal eine Gelegenheit, dich mit ihm zu unterhalten.«

»Wie können wir sicher sein, daß es nicht so weit raufgeht?«

Einen Augenblick lang konnte ich ihr nicht folgen. Doch dann fiel der Groschen. »Du meinst, er arbeitet für den KGB? Der Deputy? Sir Percy Babcock?«

»Du brauchst nicht so zu schreien, Bernard. Ja, der Deputy. Du liest doch Zeitung. Du weißt doch, was läuft.«
»Wenn ich weiß, was läuft, dann jedenfalls nicht, weil ich Zeitung lese«, sagte ich.
»Heutzutage ist niemand über den Verdacht erhaben.«
»Willst du deswegen mit Fünf reden?« Ich überlegte mir schon, ob es besser wäre, sich aus dem Fenster zu stürzen oder einen Krankenwagen zu rufen.
Sie war entsetzt über diese Unterstellung. »MI5? Das Außenministerium? Aber nein, niemals, unter keinen Umständen. Die hätten doch von unserer Hauptkasse keine Ahnung. Und ich arbeite für das Außenministerium. Wenn ich mit der Geschichte zum MI5 ginge, könnte ich gleich fristlos kündigen, Bernard.«
»Also was kannst du sonst tun? Du denkst doch hoffentlich nicht daran, im Kabinett vorzusprechen?«
»Willst du damit sagen, daß du mir nicht helfen wirst?«
Das war es also. Ich trank ein bißchen von meinem Whisky, holte tief Luft und sagte: »Was soll ich denn tun, Cindy?«
»Wir müssen die Akten durchgehen, bis wir die Anweisungen finden, die zur Einrichtung dieses Kontos führten.«
»Aber hast du das denn nicht schon versucht?« fragte ich.
»Noch nicht im Datenzentrum«, sagte sie.
»Im Yellow Submarine! Um Himmels willen, Cindy, das kann doch nicht dein Ernst sein! Außerdem kommst du da gar nicht rein.« Ich hätte mir die Zunge abbeißen können.
»Ich nicht«, sagte sie. »Aber du, Bernard. Du gehst doch da ein und aus.«
Ich war ihr blindlings in die Falle gegangen. Ich nahm schnell einen großen Schluck Whisky und sagte: »Cindy...«
Aber Cindy ließ sich nicht unterbrechen. »In den Computer braucht man doch nur ein Stichwort eingeben. So funktionieren die Dinger doch, oder? Bevor ich also Hunderte von Akten durchwühle, füttern wir den Computer einfach mit einer nackten Tatsache, und schon haben wir alles, was wir wissen wollen.«
»Und welche nackte Tatsache wäre das?«
»Jim. Jim war ein Treuhänder oder Zeichnungsbevollmächtig-

ter oder so was. Steck ihn in den Computer, und der wird ausspucken, was wir brauchen.«

Wenigstens wußte ich nun, weshalb ich eingeladen war. Und Creepy war da, um mir zu demonstrieren, daß Cindy ganz oben auch ihre Freunde hatte, für alle Fälle. »Aber warte mal, Cindy«, sagte ich, als mir schrecklich klar wurde, worauf ich mich da einließ.

Sie redete weiter: »Wir müssen herauskriegen, wer noch Zugang zu dem Konto hatte, ehe sie den auch umlegen.«

Mir kam der Gedanke, daß Jims Tod sie vielleicht um einen Teil ihres Verstandes gebracht haben könnte. »Du glaubst also, Jim ist erschossen worden, weil er für dieses Konto zeichnungsberechtigt war?«

»Ja. Das ist genau das, was ich glaube, Bernard«, sagte sie.

Ich sah ihr zu, wie sie sich eine Zigarette anzündete. »Ich will sehen, was ich herauskriegen kann«, versprach ich. »Vielleicht gibt es ja auch noch einen anderen Weg.«

»Das Datenzentrum ist unsere einzige Chance«, entgegnete Cindy.

»Wir riskieren beide, gefeuert zu werden, Cindy. Meinst du, daß die Sache das wert ist?« fragte ich. Nach Dickys Warnung wollte ich hören, was sie davon hielt.

Aber sie war wie besessen. »Irgendwas an der Sache ist faul, oberfaul«, sagte sie. »Alles, was mit diesem verdammten Konto zu tun hat, ist so vollkommen aus den Akten gelöscht. Ich habe schon eine Menge sehr empfindliches Material in der Hand gehabt, Bernard, aber von einer derartig tief vergrabenen Kiste habe ich noch nie gehört. Es gibt einfach keinerlei Belege. Und niemand weiß irgendwas davon.«

»Weiß nichts oder will nichts sagen? Vielleicht haben einfach nur sehr wenig Leute den Zugang dazu.«

»Irgend jemand hat verdammt viel Angst. Irgend jemand im Department meine ich. Irgend jemand hat so verdammt viel Angst, daß sie Jim umgebracht haben.«

»Das wissen wir so genau nicht.«

»Ich schon«, sagte sie. »Und mir wird niemand den Mund stopfen.«

»Cindy«, sagte ich und zögerte, mit der Sprache herauszurükken. »Nimm's mir nicht übel. Aber ich muß dich etwas fragen. Und ich brauche eine ehrliche Antwort.«

»Schieß los, Bernard.«

»Du machst das doch nicht alles, um an Jims Pension heranzukommen, oder?«

Sie lächelte eins ihrer schönsten Mona-Lisa-Lächeln. »Die haben sie mir schon bewilligt«, sagte sie.

»Wirklich?«

»Sie zahlen mir die volle Pension, und dieser Amerikanerin, die sagt, daß Jim sie in Mexiko geheiratet hat, zahlen sie genauso viel.«

»Sie geben also zu, daß Jim noch für das Department gearbeitet hat?« fragte ich verblüfft.

»Nichts geben sie zu. Ich sollte nur unterschreiben, daß ich endgültig und vollkommen abgefunden worden bin, und zukünftig die Schnauze halten.«

»Das ist ungewöhnlich«, räumte ich ein.

»Ungewöhnlich?« Sie lachte. »Verrückt ist das! So was hat es noch nie gegeben. Sie haben nicht gezögert, niemanden bestätigen lassen, nicht überprüft, was ich behauptete. Okay! haben sie gesagt. Einfach so.«

»Wer hat die Genehmigung gegeben?«

Ein verächtliches kleines Lachen. »Das weiß niemand. Sie haben gesagt, es stehe so in der Personalakte.«

»Wie kann das in der Personalakte stehen?« fragte ich. Zwei Pensionen an zwei Witwen zu zahlen, die mit einem Mann verheiratet waren, der schon seit zwei Jahren nicht mehr beim Department angestellt war – so etwas stand in keiner Personalakte.

»Gute Frage«, sagte sie. »Irgend jemand hat verdammt viel Angst.«

»Ja«, sagte ich. Sie hatte recht. Der Jemand war ich.

11

Donnerstag war kein guter Tag. Ich mußte ins »Yellow Submarine« hinunter, ins U-Boot. Das Datenzentrum war so ziemlich der einzige Bereich des Außenministeriums, wo Cindy Matthews nicht mit der beiläufigen Erklärung, daß sie nur die Keksdose für den Nachmittagstee des Ministers holen wolle, an den Sicherheitsbeamten vorbeischlendern konnte. Hier waren die Leute pingelig: uniformierte Wächter mit aufgesetzter Mütze, Gesichtskontrolle am Eingang im Erdgeschoß, weitere Kontrollen auf der Etage der Software-Bibliothek und Video auf der dritten und untersten Etage, wo die Geheimnisse wirklich hinter Schloß und Riegel gehalten wurden.

Nach dem Überlaufen meiner Frau dauerte es mehrere Wochen, genaugenommen fast drei Monate, ehe man mich wieder ins U-Boot hinunterschickte. Ich glaubte schon, daß ich zum Sicherheitsrisiko geworden war und den Laden nie wieder von innen sehen sollte, aber dann blieb Dicky eines Tages mit einer Kopfgrippe zu Hause, und irgendwas wurde dringend gebraucht von da unten, und da ich im Büro der einzige war, der mit den Geräten umgehen konnte, wurde ich hinuntergeschickt. Von dem Tag an war alles wieder normal, soweit ich das beurteilen konnte. Natürlich, mit Sicherheit weiß man im Department nie etwas. Es gibt da keinen Michelin-Führer, der in jedem Frühjahr neu erscheint, so daß man nachlesen kann, was die Inspektoren von einem halten.

So konnte ich also von Glück sagen, daß ich da vor der Tastatur saß, der Maschine meinen Namen, Rang und Arbeitsplatz nannte und darauf wartete, daß sie mich nach meiner geheimen Schlüsselnummer fragte. Denn das hieß, daß ich noch zu denen gehörte, die das Vertrauen der Nation genossen. Nachdem dann die Maschine meine Nummer bestätigt hatte, saß ich ein paar Stunden auf einem von diesen unbequemen kleinen Bürostühlen vor dem Bildschirm herum und ließ meterweise blaßgrünen, streng geheimen Papierkram für Dicky ausdrucken. Als ich endlich alles hatte, was er wollte, blieb ich einen Augenblick lang unentschlossen vor dem Bildschirm sitzen. Ich wußte, daß ich aufstehen und schnurstracks ins Büro zurückgehen sollte. Aber ich konnte der Versuchung, die Maschinerie wenigstens einmal zu testen, schließlich doch nicht widerstehen. Nur, damit ich Cindy sagen könnte, ich hätte wenigstens versucht, ihr zu helfen. Und um meine eigene Neugier zu befriedigen.

Ich tippte also ein: PRETTYMAN, JAMES.

Die Maschine gurgelte, ehe sie mir ein »Menu« vorlegte, aus dem ich BIOG wählte. Nach weiterem sanftem Geklapper im Innern des Apparats erschien der Anfang der zwanzig Seiten langen dienstlichen Biographie Jim Prettymans auf dem Bildschirm. Ich ließ sie schnell durchlaufen und sah, daß sie mit einer Zusammenfassung von Prettymans letztem Bericht endete. Das hier war die Standardpersonalakte von Beamten, in der der unmittelbare Vorgesetzte »Urteilskraft, politischen Verstand, analytische Fähigkeit und Umsicht« des Angestellten würdigt. Ob Prettyman aber aus dem Department ausgeschieden oder noch dafür tätig war, fand ich nicht erwähnt. Als ich zusätzliche Informationen von der Maschine verlangte, gab sie mir das Wort: REVISE.

Also versuchte ich's mit PRETTYMAN J BIOG REVISE und bekam als Antwort REFER FILE FO FX MI 123/456, ein Dateiname, den ich ziemlich ungewöhnlich fand. Als ich die Datei aufrufen wollte, hieß es nur: ACCESS DENIED ENTER ARCTIC NUMBER.

Na schön. Aber wie sollte ich der Maschine die arktische Nummer geben, wenn ich keine Ahnung hatte, was eine arktische Nummer sein sollte? Ich sah auf die Uhr. Bis zu meiner Verabredung mit Dicky hatte ich noch eine Menge Zeit. Dicky war in den letzten Tagen sehr guter Laune gewesen. Die Bizet-Krise schien vorüber. Tatsachen waren zwar noch nicht bekannt, aber Dicky hatte erklärt, daß der Stasi unsere Leute wegen mangelnder Beweise demnächst entlassen würde, und er hatte dem Department gegenüber natürlich auch durchblicken lassen, daß das alles ihm zu verdanken sei. Das war zwar das reinste Märchen, aber wenn Dicky gute Neuigkeiten brauchte, zögerte er nie, sie zu erfinden. Als ich ihn einmal deswegen zur Rede stellte, sagte er, das sei die einzige Methode, sich den Alten vom Leibe zu halten.

Heute mittag aß Dicky mit seinem alten Freund und ehemaligen Kollegen Henry Tiptree, der einen bequemen Schreibtischposten im Außenministerium gegen eine Anstellung bei einer kleinen Handelsbank in der City eingetauscht hatte. An dem Essen nahm auch Morgan teil. Morgan war zwar des D. G.s Ausputzer und Mädchen für alles, aber seitdem der D. G. sich nur noch selten sehen ließ, hatte Morgan nichts mehr zu tun, außer Anfragen an das Büro des Deputy zu leiten und Rauch an die Decken der besseren Restaurants in der City zu blasen. Ich vermutete, daß Morgan und Dicky sich in aller Vorsicht nach ihren Chancen erkundigten, eins von den sechsstelligen Gehältern zu beziehen, die, wie ich dauernd in *The Economist* las, in der City gezahlt wurden. Auf jeden Fall war nicht zu erwarten, daß Tiptree, Morgan und Dicky die Würdigung ihrer Havannas und des alten Portweins vor frühestens drei Uhr beenden würden, weshalb ich mir denn auch ein Stullenpaket mit ins U-Boot genommen hatte.

Ich versuchte es also weiter. Ich tippte die Firma ein, für die Prettyman in Washington gearbeitet hatte: TRANSFER LOAD, dann PERIMETER SECURITY GUARANTEE TRUST.

Die Maschine schnurrte zufrieden, und dann füllte sich der Bildschirm. Alles war da: Die Adresse des Stammhauses, Gesellschaftsvermögen, Aktienpreise und die Namen des Präsidenten sowie des Vizepräsidenten der PSGT. Das war nicht, was ich wollte, also fragte ich weiter nach PRETTYMAN bei PSGT. Rülpsen. Dann der Hinweis REFER FILE FO FX MI 123/456.

Ich begab mich also zurück zu REGISTRY ONE und gab diesen Dateinamen ein. Auf dem Bildschirm erschien die gleiche Botschaft, die meine erste Anfrage abgewiesen hatte: ACCESS DENIED ENTER ARCTIC NUMBER. Kein Zugang ohne arktische

Nummer. Das reinste Karussell war das. Wäre ich nicht auf der Suche nach einer bestimmten Information gewesen, hätte ich die hartnäckige Weigerung nicht unbedingt verdächtig gefunden. Aber die doppelte Ablehnung wäre gar nicht gekommen, wenn ich nicht ausgerechnet Fragen nach Jim Prettyman gestellt hätte. Ich versuchte es nun von einer anderen Seite. Die Datenbank speicherte die Akten aller gegenwärtigen und ehemaligen Mitarbeiter des Department. Ich fragte also nach SAMSON, FIONA, meiner Frau, und drückte die UPDATE-Taste, die mir den neuesten Stand hätte geben sollen.

Diesmal war es keine Überraschung mehr, als wieder dieser verdammte falsche Name auftauchte, der keiner bei uns üblichen Dateibezeichnung glich: REFER FILE FO FX MI 123/456. Und natürlich wurde meine Anforderung dieser Datei auch diesmal mit der Gegenfrage nach der ARCTIC NUMBER erwidert. Was immer also diese arktische Nummer war, sie war jedenfalls der Schlüssel zu Auskünften über Jim Prettyman, seine amerikanischen Arbeitgeber – die sehr wahrscheinlich nur die Fassade für irgendeine illegale Sache lieferten – und über die Tätigkeit meiner Frau während der letzten Wochen, ehe sie sich zur anderen Seite absetzte.

Ich erhob mich und machte einen kurzen Rundgang durch die Räume. Die dritte Etage war besonders deprimierend. An der einen Längswand des schlauchartigen Raumes lagen in dunklen Metallregalen Spulen und große Diskettenpackungen und überhaupt Computersoftware in jeder bis dato entwickelten Gestalt. An der gegenüberliegenden Längswand waren die Arbeitsplätze mit ihren Terminals aufgereiht, ein paar Schreibtische und weiche Sessel für die höheren Angestellten standen an einer Schmalseite des Raums, und hinter der vierten, einer Glaswand, sah man auf Karren die Papierstapel anfahren, die die Maschinen mit schreckenerregender Gier verschlangen.

Ich vertrat mir die Füße und zerbrach mir den Kopf. Ich trank sogar etwas von dem Gebräu, das laut der Beschriftung auf dem Getränkeautomat Kaffee sein sollte. Ich suchte die Toilette auf. Seit vielen Monaten war dort an der Wand in einer sauberen Handschrift die Frage zu lesen: »Gibt es intelligentes Leben im

Datenzentrum?« Jetzt sah ich, daß jemand darunter gekritzelt hatte: »Ja, aber ich bin nur zu Besuch hier.« Das Geschreibsel war jedenfalls die einzige Spur echten menschlichen Lebens hier unten, denn die in der Datenbank fest angestellten Kollegen wurden binnen kurzem genauso roboterhaft wie die Maschinen, die sie pflegten und bedienten. Ich ging zurück an meinen Terminal.

Ich setzte meine Forschungen dort noch ungefähr eine Stunde lang fort, aber vergeblich. Die verdammte Maschine schlug mich jedesmal. Früher lag alles in der Registratur, und wenn auch die Akten staubig waren und man seine eigene Seife und sein eigenes Handtuch mitbringen mußte, wenigstens gab es da immer jemanden, der einem, wenn man nicht finden konnte, was man suchte, das unterste Regal zeigte, in das man die fehlende Akte gestellt hatte, weil sie zu schwer war, oder das oberste Regal, in das man sie gestellt hatte, weil ohnedies nie jemand nach ihr fragte, oder die Tür, unter die sie vorübergehend geklemmt worden war, weil jemand den Keil gestohlen hatte, der normalerweise verhinderte, daß sie zufiel. Mir war die Registratur lieber als das Datenzentrum.

»Wo hast du heute mittag gegessen?« fragte Gloria in dem heiteren, beiläufigen Ton, auf den sie verfällt, wenn Mißtrauen sich breitmacht in ihrer Seele. An diesem Abend fuhr sie nicht wie jeden Donnerstag zu ihren Eltern, da diese zu einem Zahnärztekongreß nach Madrid verreist waren.

»Im Yellow Submarine«, sagte ich. Wir waren zu Hause und wollten gerade essen. Ich sah mir noch eben die Sieben-Uhr-Nachrichten im Channel Four an. Heftige Stürme »verheerten die Küste« und verursachten das »Chaos«, das freundlicherweise das Wetter immer anrichtet, wenn die Kamerateams keine echten Nachrichten im Kasten haben. Wie um mir zu zeigen, daß die Meldung stimmte, klapperten die Fensterscheiben, und der Wind pfiff laut durch die kleinen Bäume unseres winzigen Gartens.

Auf dem Weg ins Eßzimmer stellte Gloria zwei Gläser gekühlten Weißweins auf den Anrichtetisch. Sie bemühte sich, mir den

Schnaps abzugewöhnen. »Ach, im U-Boot?« sagte sie mit einem leichten Lächeln und einem Ton, aus dem unmißverständlich dieses boshafte, einseitige Vergnügen sprach, für das die Deutschen das Wort Schadenfreude haben. »Wie entsetzlich!« Sie lachte.

»Gummi-Sandwiches aus dem Dinky Deli«, fügte ich hinzu, um ihr Vergnügen zu vervollkommnen.

»Aber du warst erst kurz vor vier zurück«, rief sie. Ich konnte sehen, wie sie im Eßzimmer den Tisch deckte. Sie tat es mit der gleichen Sorgfalt, die sie auf alles andere auch verwendete. Messer, Gabeln, Löffel wurden an den Platzdeckchen ausgerichtet. Servierlöffel bewachten Salz, Pfeffer und Senf. Die Servietten wurden gefaltet und mit mathematischer Akkuratesse in Position gebracht. Zufrieden mit dem Tisch kam sie dann zurück zu mir, setzte sich auf eine Armlehne des Sofas und nahm einen kleinen Schluck aus ihrem Weinglas.

»Ich hatte eine Verabredung um vier... mit Dicky.« Ich schaltete das Fernsehgerät ab. In diesen Abendsendungen wurden sowieso nur altbekannte Ereignisse wiedergekäut. Vermutlich müssen die Nachrichten gestreckt werden, damit die vorgesehene Zeitspanne ausgefüllt ist.

»Den ganzen Nachmittag warst du unten? Was hast du denn da bloß getrieben?«

»Ich habe ein bißchen in den Akten gekramt. So was mache ich gelegentlich.«

»Jim Prettyman?«

Sie kannte mich zu gut. »In der Richtung«, gab ich zu.

»Hast du was gefunden?«

»Immer wieder dasselbe. Hast du jemals von einem arktischen Code gehört?«

»Das nicht, aber im vergangenen Jahr sind ein Dutzend neue Codestufen eingeführt worden. Und ein paar neue Datenbanknamen der höchsten Stufe kommen neuerdings jeden Monat dazu.«

»Bei mir hieß es immer: Zugang verweigert, ganz gleich, wie ich es probierte.«

»Du meinst, du hast versucht, auf verschiedenen Wegen an ein und dieselben Daten ranzukommen?«

»Eine gute Stunde habe ich damit vertan.«
»Ich wünschte, du hättest mir was davon gesagt, Liebster«, sagte sie mitleidig.
»Wieso?«
»Ich kenne mich doch mit diesen Maschinen aus. Ich habe einen ganzen Monat da unten zugebracht, bis du mich erlöst hast, das weißt du doch.«
»Ich habe mit diesen Maschinen gearbeitet, schon...« Fast hätte ich gesagt, ehe sie geboren wurde, aber den Altersunterschied zwischen uns wollte ich nicht unbedingt noch betonen, und so beendete ich den Satz ziemlich lahm: »... vor Jahren.«
»Dann solltest du Bescheid wissen über den Schnüffelschutz«, sagte sie.
»Was zum Teufel ist denn das nun wieder?«
»Wenn du eine richtige Ausbildung gemacht hättest, anstatt einfach aufs Geratewohl loszutippen, würdest du nicht solchen Blödsinn machen.«
»Wovon redest du?« sagte ich.
»Jedesmal, wenn du den Zugang verweigert kriegst, speichert die Maschine das ebenso wie deine Nummer und deinen Namen.«
»Wirklich?« fragte ich, während sie auf den Flur hinausging und nach oben rief, wo Billy und Sally unter Doris' Aufsicht mit ihren Schularbeiten hätten beschäftigt sein sollen.
»Essen, Kinder! Bist du soweit, Doris?«
Dann kam sie ins Zimmer zurück. »Und das ist noch nicht alles. Jede Datei, zu der dir der Zugang verweigert wird, wird ebenfalls gespeichert. Wenn die Datensicherheitsbeauftragten demnächst ihr Analyseprogramm durchlaufen lassen, können sie genau sehen, wo du unbefugt rein wolltest.«
»Davon hatte ich keine Ahnung.«
»Offensichtlich nicht, Liebster.« Ein Küchenwecker klingelte, und mit einem ungarischen Fluch, den ich jetzt schon wiedererkannte, wenn ich ihn hörte, ging sie in die Küche, das Essen zu holen.
Ich folgte ihr, und während sie die leuchtend bunt emaillierten Töpfe vom Herd auf den Servierwagen setzte, fragte ich: »Du

weißt nicht zufällig, wie häufig sie diese Sicherheitsprüfung machen, was?«

»Mach dich nützlich«, sagte sie und überließ mir den Servierwagen. Ich schob den Wagen in das Eßzimmer. »Löschen kannst du es nicht. Falls du das gehofft haben solltest, muß ich dich leider enttäuschen.«

Sally und Billy kamen herunter, ihre Schulbücher unter dem Arm. Billy war vierzehn und in letzter Zeit sehr gewachsen. Er trug eine Drahtspange auf den Zähnen. Die Spange muß lästig gewesen sein, aber er beklagte sich nie darüber. Er war ein Stoiker. Sally, ein paar Jahre jünger, war noch sehr kindlich und litt sehr unter dem Verlust der Mutter. Das heißt, beiden Kindern fehlte natürlich die Mutter. Sie sprachen aber nie davon und verbargen ihre Trauer sogar vor mir, so daß ich nicht einmal versuchen konnte, sie zu trösten.

Gloria hatte es sich zur Gewohnheit gemacht, sich allabendlich nach dem Essen die Hausaufgaben der Kinder anzusehen. Sie konnte fabelhaft mit ihnen umgehen. Manchmal schien es mir, daß die Kinder in dieser fröhlichen halben Stunde mehr von ihr lernten als während des ganzen Tages in der Schule. Und mit diesen Lektionen hatte Gloria außerdem das Vertrauen der Kinder gewonnen, was ebenso wichtig war. Dennoch fragte ich mich manchmal, ob mir die Kinder das Glück, das ich bei Gloria gefunden hatte, nicht übelnahmen. Ich hatte den Verdacht, sie wollten, daß ich meinen pflichtgemäßen Anteil an ihrem Kummer tragen sollte.

»Sind die Hände gewaschen?«

»Ja, Tante Gloria«, riefen beide einstimmig und wiesen die gewaschenen Hände vor. Auch Doris hob die Hände und lächelte schüchtern. Das stille, inzwischen schlanke Mädchen – früher war sie sehr pummelig – aus einem kleinen Dorf in Devon war schon lange bei den Kindern. Sie brachte beide zur Schule, machte das Mittagessen für Sally (Billy hatte länger Unterricht und aß in der Schule), ging einkaufen und versengte beim Bügeln meine Hemden. Sie war ungefähr in Glorias Alter, und ich fragte mich manchmal, was sie wirklich von der Lebensgemeinschaft hielt, die wir beide gegründet hatten. Aber es bestan-

den kaum Chancen, daß sie mir ihre Gedanken je anvertrauen würde. In meiner Gegenwart war Doris ein stilles Wasser, während ich sie mit den Kindern oft fröhlich lärmend schreien und herumtollen hörte.
»Billy kann den Servierwagen« (gemeint war die eingebaute Warmhalteplatte) »einstecken«, sagte Gloria. Ich setzte mich. Doris fummelte an ihrem Besteck herum. Seit sie auf Schokolade verzichtete, schien sie ständig an Entzugserscheinungen zu leiden.
Der Servierwagen mit dem eingebauten Speisenwärmer – wie die bunt emaillierten Kasserollen und gestreiften Topflappen – war Glorias Idee. Sie versprach sich eine revolutionäre Verbesserung unserer Lebensqualität davon, erst recht, wenn wir einmal größere Partys geben würden.
»Chipolata-Würstchen!« sagte ich. »Und Onkel-Ben-Reis! Mein Leibgericht!«
Gloria sagte nichts. Das war jetzt schon das dritte Mal binnen einer Woche, daß diese verdammten Schweinswürstchen auf den Tisch kamen. Wenn ich was Anständiges zum Mittagessen gehabt hätte, dann hätte ich die sarkastische Bemerkung vielleicht für mich behalten.
Gloria sah mich nicht an, sie teilte das Essen aus. »Der Reis ist ein bißchen angebrannt«, sagte sie zu den Kindern. »Aber wenn ihr euch von oben nehmt, geht es schon.«
Sie gab jedem von uns ein Paar Würstchen. Die Flamme war zu hoch gewesen, und so waren die Würstchen schwarz und verschrumpelt. Der Spinat, den es dazu gab, war wässerig.
Nachdem sie serviert hatte, setzte sie sich und nahm einen ungewöhnlich großen Schluck aus ihrem Glas, ehe sie zu essen begann.
»Entschuldige bitte«, sagte ich in der Hoffnung, ihr verletztes Schweigen zu brechen.
In einer unnatürlich hohen Stimmlage sagte sie: »Ich kann nicht besonders gut kochen, Bernard. Das hast du vorher gewußt. Ich habe dir nie was vorgemacht.« Die Kinder sahen zu Doris, und Doris sah auf ihren Teller.
»Aber es ist doch lecker«, erwiderte ich.

»Sei nicht so verdammt herablassend!« sagte sie laut und zornig. »Es ist einfach scheußlich. Glaubst du, ich weiß nicht, daß es vollkommen ungenießbar ist?«
Die Kinder betrachteten sie mit dem leidenschaftslosen Interesse, das Kinder Ereignissen zuwenden, die sie noch nicht einordnen können. »Nicht weinen, Tante Gloria«, sagte Sally. »Du kannst mein Würstchen haben, es ist fast überhaupt nicht verbrannt.«
Gloria sprang auf und stürmte aus dem Zimmer. Die Kinder sahen mich fragend an.
»Eßt weiter, Kinder«, sagte ich. »Ich muß nach Tante Gloria sehen.«
»Gib ihr einen dicken Kuß, Papa«, riet Sally. »Das wird sie bestimmt beruhigen.«
Doris nahm Billy den Senf weg und sagte: »Senf ist nichts für Kinder.«
Manche Tage mit Gloria waren idyllisch. Und nicht nur die Tage. Wochenlang lebten wir in solcher Harmonie und Seligkeit, daß ich mein Glück kaum fassen konnte. Aber dann gab es Krach. Und wenn irgendwas den Frieden einmal gestört hatte, folgte ein Streit dem anderen wie Hammerschläge. In letzter Zeit war das immer häufiger vorgekommen, und ich wußte, daß die Schuld an diesen Streitigkeiten gewöhnlich ich trug.
»Mach das Licht nicht an«, sagte sie leise. Als ich ins Schlafzimmer kam, war ich auf eine flammende Anklagerede gefaßt. Statt dessen fand ich Gloria ganz unpassend schuldbewußt vor. Das einzige Licht kam von den Ziffern der Radiouhr auf dem Nachttisch, aber es reichte aus, mir zu zeigen, daß sie weinte. »Es geht einfach nicht, Bernard«, sagte sie. Sie lag quer über das Bett ausgestreckt, die Ecke eines gestickten Taschentuchs zwischen den Zähnen, als versuchte sie, ihren ganzen Mut zusammenzunehmen, um es zu essen. »Ich kann mich anstrengen, wie ich will, ich schaffe es einfach nicht.«
»Es ist meine Schuld«, entgegnete ich und beugte mich über sie und küßte sie.
Sie wandte mir das Gesicht zu, aber ihr Ausdruck blieb unverändert traurig. »Niemand ist schuld«, erwiderte sie. »Du gibst dir auch Mühe. Ich weiß es.«

Ich setzte mich auf die Bettkante und berührte ihren nackten Arm. »Zusammenleben ist nicht einfach«, sagte ich. »Man braucht Zeit, sich aneinander zu gewöhnen.«
Eine kleine Weile schwiegen wir gemeinsam. Ich war versucht, ihr vorzuschlagen, Doris an einem Kochlehrgang teilnehmen zu lassen. Aber ein Mann, der mit zwei Frauen unter einem Dach lebt, sollte sich hüten, auch nur ein Stäubchen aufzuwirbeln, das womöglich das delikate Gleichgewicht der Kräfte stören könnte.
»Es ist wegen deiner Frau«, sagte Gloria plötzlich.
»Fiona? Was willst du damit sagen?«
»Sie war die Richtige für dich.«
»Rede doch keinen Unsinn.«
»Sie war schön und klug.« Gloria putzte sich die Nase. »Als du mit Fiona zusammen warst, war immer alles perfekt. Ich weiß es.«
Einen Augenblick lang sagte ich nichts. Diese Bewunderung für Fiona konnte ich von jedem ertragen, außer von Gloria. Ich wollte von Gloria nicht hören, daß ich mit Fiona einen guten Griff getan hatte. Gloria sollte sagen, daß Fiona Glück hatte, mich zu kriegen. »Wir hatten mehr Angestellte«, sagte ich.
»Sie war ja auch reich«, entgegnete Gloria, und von neuem stiegen ihr die Tränen in die Augen.
»So, wie wir leben, sind wir trotzdem besser dran.«
Sie schien mich nicht zu hören. Als sie dann sprach, schien ihre Stimme aus großer Ferne zu kommen. »Als ich dich zum erstenmal sah, wollte ich dich unbedingt haben, Bernard.« Sie schniefte. »Ich dachte, ich würde dich so glücklich machen können. Wie ich deine Frau beneidet habe!«
»Ich wußte gar nicht, daß du meiner Frau jemals begegnet bist.«
»Natürlich habe ich sie im Haus gesehen. Jeder bewunderte sie. Man sagte, sie sei eine der klügsten Frauen, die je für das Department gearbeitet haben. Manche waren überzeugt, daß sie der erste weibliche D. G. werden würde.«
»Die Leute haben sich eben geirrt.«
»Ja, und ich habe mich auch geirrt«, sagte Gloria. »Und das in jeder Hinsicht. Du wirst niemals glücklich mit mir werden, Bernard. Du bist einfach zu anspruchsvoll.«

»Anspruchsvoll? Was willst du denn damit sagen?« Zu spät bemerkte ich, daß das das Stichwort war, auf das ich hätte erklären sollen, wie glücklich ich mit ihr war.
»Ganz recht. Werde nur ärgerlich.«
»Ich werde gar nicht ärgerlich«, sagte ich sehr ruhig.
»Nur gut, daß ich nach Cambridge gehe.«
Sie war entschlossen, sich ihr Selbstmitleid nicht nehmen zu lassen. Es gab nichts mehr zu sagen für mich. Ich küßte sie, aber sie erwiderte den Kuß nicht. Sie wollte nicht getröstet werden.
»Vielleicht könnte Doris ein bißchen mehr helfen«, sagte ich sehr vorsichtig.
Gloria sah mich mit einem bitteren Lächeln an. »Doris hat gekündigt«, sagte sie.
»Doris? Das kann doch nicht wahr sein!«
»Sie sagt, es ist ihr zu langweilig hier draußen.«
»O Gott!« sagte ich. »Natürlich ist es das. Weiß sie denn nicht, daß wir deshalb rausgezogen sind?«
»Sie hatte in der Innenstadt ihre Freunde, ging in die Disco.«
»Doris hatte Freunde?«
»Sei kein Aas.«
»Sie kann doch mit der Bahn in die Stadt fahren.«
»Einmal in der Woche. Sie hat nicht viel Abwechslung. Sie ist noch jung.«
»Wir sind alle noch jung«, sagte ich. »Glaubst du, ich würde nicht auch gerne mit Doris' Freunden durch die Discos ziehen?«
»Mit deinen blöden Witzen richtest du gar nichts aus«, sagte Gloria hartnäckig. »Für uns wird es das reinste Chaos, wenn sie geht. Es wird nicht leicht sein, jemanden zu finden, der so gut mit den Kindern zurechtkommt wie sie.« Draußen rauschte der Regen in den Apfelbaum und prasselte gegen die Scheiben, und der Wind fegte um den Schornstein und pfiff durch die Fernsehantenne. »Ich werde sehen, was die Stellenvermittlung zu bieten hat, aber in dieser Gegend werden wir vermutlich mehr zahlen müssen. Die Frau in der Vermittlung hat gesagt, daß die Löhne hier durchweg höher liegen als in der Stadt.«
»Natürlich hat sie das gesagt«, sagte ich.
Dann klingelte das Telefon auf meinem Nachttisch. Ich ging um

das Bett herum und nahm den Hörer ab. Es war Werner. »Ich muß dich sehen«, sagte er. Er klang erregt, jedenfalls so erregt, wie der phlegmatische Werner zu klingen imstande war.
»Wo bist du denn?« fragte ich.
»Ich bin in London. In einem kleinen Apartment an der Ebury Street, in der Nähe der Victoria Station.«
»Verstehe ich nicht.«
»Ich bin nach Gatwick geflogen.«
»Was ist denn passiert?«
»Wir müssen uns sprechen.«
»Wir haben ein Gästezimmer. Hast du einen Wagen?«
»Komm lieber her, Bernard.«
»Zur Victoria Station? Da bin ich mindestens eine halbe Stunde unterwegs. Wahrscheinlich länger.« Die Vorstellung, noch mal nach London hineinfahren zu müssen, fand ich entsetzlich.
»Es ist ernst«, sagte Werner.
Ich legte die Hand über die Sprechmuschel. »Es ist Werner«, erklärte ich. »Er sagt, er muß mich sehen. Er würde das nicht sagen, wenn es nicht wirklich dringend wäre.«
Gloria zuckte nur mit den Achseln und schloß die Augen.

12

Der Wandel, den manche von den kleinen Hotels in der Ebury Street durchgemacht hatten, seitdem ich zuletzt in der Gegend war, überraschte mich. Die Gegend war früher eine Art Niemandsland, wo die mit Rucksäcken beladenen Horden vom Busbahnhof den feinen Leuten von Belgravia begegneten. In einem merkwürdigen und typisch englischen Nebeneinander bot die Ebury Street teure kleine Boutiquen und schicke Restaurants, gleichzeitig billige Schlafgelegenheiten für den preisbewußten Reisenden. Aber der Fortschritt ist unaufhaltsam, und so hatte Werner dort eine kleine, aber luxuriös eingerichtete Suite gefunden (»all major credit cards accepted«) mit Zimmerservice rund um die Uhr und garantierter Sicherheit, Gummibäumen in der Eingangshalle und Dom Pérignon im Kühlschrank.

»Hast du schon gegessen?« fragte Werner, als er mir die Tür öffnete.

»Nicht direkt.«

»Gut. Ich habe uns einen Tisch bestellt. Es ist gleich hier um die Ecke. In dem Magazin, das sie im Flugzeug verteilen, war eine begeisterte Kritik darüber.«

»Toll«, sagte ich.

»Nein, wirklich«, sagte Werner, »ich glaube, es könnte gut sein.« Er sah auf seine Uhr. Er *war* aufgeregt, ich kannte die Anzeichen. »In dem Magazin stand, daß die frische Lachs-Mousse dort sehr gut ist«, sagte er, als sei er davon nicht ganz überzeugt.

»Wie hast du dieses Hotel gefunden, Werner?« Er war mein bester Freund, aber ich habe Werner nie so verstanden, wie ich

Leute verstehe, die ich lange kenne. Er war nicht nur verschlossen. Er verbarg seine wahren Gefühle, indem er andere vortäuschte. Wenn er glücklich war, sah er traurig aus. Wenn er einen Witz erzählte, schaute er dabei finster, als sei ihm das Lachen verhaßt. Siegte er, sah er aus wie ein Verlierer. War das ein jüdischer Charakterzug? Meinte er, er müsse seine wahren Gefühle vor einer feindlichen Welt verbergen?
»Das hier ist ein Apartment, ein Apartment mit Service, kein Hotel«, berichtigte er mich. Natürlich haben die Reichen mehr Wörter als unsereins, denn ihnen stehen mehr Güter und Dienstleistungen zur Verfügung. »Ein Mann, mit dem ich bei Kleinwort Benson geschäftlich zu tun habe, hat mir angeboten, es zu benützen. Er braucht es selbst nur, wenn er gerade in London ist, und im Augenblick ist er nicht hier. Champagner? Whisky oder sonst etwas?«
»Ein Glas Wein«, sagte ich.
Werner betrat die winzige Küche, eine von Neonröhren beleuchtete fensterlose Nische, deren Einrichtung eher dazu animierte, den »Service« in Anspruch zu nehmen, als selbst zu kochen. Werner nahm eine Flasche Wein aus dem Kühlschrank, einen Meursault. Die Flasche war voll, aber bereits entkorkt, so als hätte Werner geahnt, was ich trinken wollte, und seine Vorbereitungen getroffen. Er goß mir ein Waterford-Glas reichlich voll und stellte die Flasche wieder zurück. Der Kühlmotor begann zu schnurren, und die im Innern vibrierenden Flaschen klirrten diskret.
»Auf die Zukunft, Werner«, sagte ich, ehe ich trank.
Er lächelte nüchtern und nahm seine Brieftasche von einem Abstelltisch. Ehe er sie in die Tasche steckte, sah er nach, ob seine Kreditkarten noch alle da waren. Ein Meursault: Das war ein Luxus, den ich in ganz besonderem Maße genoß. Werner hätte ihn den ganzen Tag lang saufen können, wenn er gewollt hätte.
Die meisten Leute sausen auf einer Art finanzieller Berg-und-Tal-Bahn durchs Leben, die für sie entscheidet, ob sie sparen müssen oder prassen können. Werner nicht. Er hatte immer genug. Er entschied, was er wollte – ob's nun ein kleines Lokal

um die Ecke war, wo es eine ausgezeichnete Lachs-Mousse gab, oder ein prächtiges neues Auto –, steckte die Hand in die Tasche und kaufte es. Werners Bedürfnisse waren allerdings bescheiden. Er sehnte sich nicht nach einer Yacht oder einem Privatflugzeug, er hielt sich keine Geliebten, spielte nicht und schmiß auch kaum extravagante Partys. Werner hatte einfach mehr Geld, als er brauchte. Ich beneidete ihn um seine lässige, großzügige Lebensart. Wenn ich mit ihm zusammen war, kam ich mir immer vor wie ein pfennigfuchsender Lohnsklave; vermutlich weil ich genau das bin.
Ich nahm meinen Wein und setzte mich in einen der weichen Ledersessel, um mir anzuhören, was so Schreckliches passiert war, daß er hatte nach London fliegen und meine Feierabendruhe stören müssen. Ich sah mich um. Das war also ein Apartment. Ja, jetzt bemerkte ich den Unterschied zu einem gewöhnlichen Hotelzimmer: Es sah bewohnt aus. Vom CD-Player spielte Glenn Gould mit ungewöhnlich sanftem Anschlag Bach, und an den Wänden hingen zwei scheußliche moderne Gemälde anstatt der geschmackvollen Lithographien, mit denen Innenarchitekten Hotelzimmer dekorieren.
Es war ein Absteigequartier fern der Heimat. Das sah man schon an den Büchern. Lange überholte Restaurantführer, Straßenkarten, Museumskataloge standen neben jenen Büchern, die zum Zeitvertreib gelesen werden, wenn des Tages Arbeit getan ist: eselsohrige Kriminalromane von der Sorte, die man wieder und wieder lesen kann, ohne je zu merken, daß man sie schon kennt, sehr dünne Romane von dünnen Damen, die Literaturpreise gewinnen, sehr dicke von dicken Damen, deren Namen in keinem Feuilleton genannt werden. Und ein ganzes Regal voll Biographien von Mutter Teresa über Barbra Streisand bis Sir Olivier. Ein langer, langer Weg nach Hause.
Werner hatte mir mit Mineralwasser zugeprostet. Er trank es aus einem geschliffenen Kristallglas mit Eis und einer Zitronenscheibe, als wollte er es für was Stärkeres ausgeben. Seufzend ließ auch er sich in einem der Sessel nieder. Der jetzt sorgfältig gestutzte schwarze Bart stand ihm gut. Er sah nicht im mindesten wie ein Hippie oder Kunsterzieher damit aus, eher nach

etwas Seriöserem – aber nur bis zum Hals. Gekleidet war er lässig, ein schwarzer, langärmeliger Wollpullover, eine dazu passende Hose, ein offenes, in Regenbogenfarben gestreiftes Seidenhemd. Er saß entspannt da. Nur sein Blick war besorgt.
»Es ist wegen Zena.« Er beugte sich vor, um einen Untersetzer aus dem Regal zu nehmen, auf den er dann mein Glas stellte. Zenas Mann hatte gelernt, die Möbelpolitur zu schonen, er konnte als stubenreines Exemplar seiner Gattung gelten.
O nein, dachte ich. Nicht schon wieder einen Abend lang über diese Frau reden! Nicht mal seinem besten Freund durfte Werner das zumuten! »Was ist denn mit Zena?« fragte ich, wobei ich versuchte, einen warmen, mitfühlenden Ton in meine Stimme zu legen.
»Genaugenommen wegen dieses verdammten Frank Harrington«, sagte Werner erbittert. »Ich weiß, daß du irgendwie an Frank hängst, Bernie, aber laß dir gesagt sein, er ist ein Schwein, wirklich.« Er beobachtete mich, um festzustellen, ob ich stellvertretend für Frank beleidigt war, und kniff sich die Nase, was er oft tat, wenn er Kummer hatte.
»Frank?« Frank Harrington war ein außerordentlich erfolgreicher Schürzenjäger. Und als Werner nun beider Namen zusammen nannte, fiel mir natürlich sofort ein, daß Frank und Zena vor einigen Jahren eine stürmische Affäre hatten. Wie ein gutbürgerlicher Wüstling des vergangenen Jahrhunderts hatte Frank seiner Geliebten sogar eine Wohnung eingerichtet, um sie dort ungestört besuchen zu können. Nach einer Weile – zumindest hat man es mir so erzählt – war es Zena zu langweilig geworden, da herumzusitzen und auf Frank zu warten. Zena war überhaupt nicht der Typ der unterwürfigen Geliebten des vergangenen Jahrhunderts. Seitdem hatte Zena sich höchstwahrscheinlich noch mit ein paar anderen Männern abgegeben, aber jedesmal kehrte sie zu dem armen alten Werner zurück. Er war der einzige, der es auf die Dauer mit ihr aushielt. »Frank und Zena?«
»Nicht so«, erwiderte Werner hastig. »Er läßt sie für das Department arbeiten. Und das ist gefährlich, Bernie. Verdammt gefährlich. Sie hat so was doch noch nie gemacht.«

»Erzähl mir die Geschichte lieber von Anfang an«, sagte ich.
»Zena hat Verwandte im Osten, die sie gelegentlich besucht. Du weißt...«
»Ja, hast du mir erzählt.« Ich griff nach dem Schälchen gerösteter Salzmandeln, fand aber unter Salz und leeren Häutchen nur noch ein paar zerbrochene Stücke. Vermutlich hatte Werner die Schale geleert, während er hier auf mich wartete und sich Sorgen machte.
»Sie ist letzte Woche nach drüben gefahren.« Womit Werner natürlich die andere Seite der Mauer meinte. »Und jetzt erfahre ich, daß dieser verdammte Frank sie gebeten hat, dort jemand für ihn zu besuchen.«
»Einen von unseren Leuten?« fragte ich vorsichtig.
»Natürlich. Wen sonst kennt denn Frank da?«
»Du hast vermutlich recht«, sagte ich zurückhaltend.
»Frankfurt an der Oder«, sagte Werner. »Du weißt ja wohl, worum sich's da handelt, oder?« Obwohl er die Stimme nicht hob, ließ er keinen Zweifel an seinem Zorn. Er war verdammt zornig, und irgendwie schien er mich für mitverantwortlich zu halten an einer Entwicklung, von der ich nichts wußte und auch weiterhin lieber nichts gewußt hätte.
»Das ist doch Spekulation«, sagte ich und war gespannt, ob er nein sagen würde.
»Warum mußte er Zena fragen?« Sein Gesicht verzerrte sich, als er sich wütend und sorgenvoll jetzt in die Unterlippe biß. »Er hat für solche Aufgaben doch seine eigenen Leute.«
»Ja«, gab ich zu.
»Es ist Bizet. Er versucht, wieder eine Kontaktkette aufzubauen.«
»Ihr wird schon nichts passieren, Werner«, sagte ich. Ich hatte Verständnis für Werners Zorn, aber ich hatte praktische Erfahrung mit diesen Operationen. Aus der Sicht des Agenten schien es manchmal sehr vernünftig, harmlose Reisende wie Zena in diese heikle Lage zu bringen. Man sagt ihnen nichts, also wissen sie auch nichts. Meistens kommen sie ungeschoren davon. Meine anscheinende Gleichgültigkeit gegenüber den Schwierigkeiten, in denen Zena steckte, machte ihn noch zorniger, aber wie

gewöhnlich lächelte er. Er lehnte sich in das Sofa zurück und streichelte das Telefon wie eine Schoßkatze. Von unten drang das Dröhnen der Motoren der Überlandbusse ins Zimmer, die dort in die enge Seitenstraße einbiegen mußten, die zum Busbahnhof führte. »Du mußt was für mich tun«, sagte er.

»Und was soll ich tun?«

»Hol sie da raus«, sagte er. Seine Finger trommelten auf das Telefon. Dann nahm er plötzlich den Hörer ab und bestellte, ohne zu fragen, was ich essen wollte, eine Mahlzeit aus dem Restaurant um die Ecke auf sein Zimmer: zwei Portionen der gepriesenen Lachs-Mousse und zwei Filetsteaks – eins davon gut durchgebraten –, und was immer es an Beilagen dazu gäbe. Dann legte er auf und sah mich an. »Es wird spät«, erklärte er, »wahrscheinlich schließt die Küche bald.«

Ich sagte: »Du willst sie doch nicht wirklich durch das Department rausholen lassen, oder? Nach dem, was du mir erzählt hast, weist doch nichts darauf hin, daß ihr unmittelbar Gefahr droht. Ich nehme an, Frank wird sie gebeten haben, ein paar Anrufe zu machen oder an eine Tür zu klopfen. Wenn ich jetzt ins Büro stürme und eine großangelegte Rettungsoperation fordere, werden die denken, ich spinne. Und wirklich, Werner, wir könnten sie damit in viel ernstere Schwierigkeiten bringen, als sie jetzt hat.« Ich ersparte mir einen Hinweis darauf, daß weder Dicky noch sonst jemand, der im Büro was zu sagen hatte, auch nur erwägen würde, eine von Frank angezettelte Operation zu beenden, nur weil ich das verlangte. Allem Anschein nach durfte Frank in eigener Verantwortung handeln, und das bedeutete, sein Wort war allen Befehl.

»Wie kann er wagen, Zena zu bitten, ihm zu helfen?« War das der wahre Brennpunkt von Werners Zorn: Frank Harrington? Die beiden hatten einander noch nie über den Weg getraut. Schon bevor er Werner die Frau ausspannte, hatte Frank dafür gesorgt, daß Werner von der Berliner Einsatzgruppe nicht mehr beschäftigt wurde. Und so konnte man jetzt Werner nicht mehr davon überzeugen, daß Frank war, was er war: ein sehr fähiger und erfahrener Dienststellenleiter und der Archetyp eines englischen Gentleman, der nicht nur das Interesse abenteuerlustiger junger

Frauen zu wecken wußte, sondern ihnen auch oft selbst in die Falle ging.
Und ich konnte Werner auch schlecht erklären, daß seine Frau inzwischen gelernt haben sollte, Frank aus dem Weg zu gehen. Also sagte ich nur: »Wann erwartest du sie zurück?«
»Montag.« Er strich sich den Bart. Glenn Gould nahm die Finger von den Tasten, aber nach ein paar klickenden Geräuschen aus der Apparatur begann Art Tatum zu spielen. Werner liebte das Klavier. Früher spielte er selbst auf so ziemlich jeder wilden Party in Berlin. Wenn ich ihn jetzt ansah, fiel's mir schwer zu glauben, daß wir die Sachen, an die ich mich erinnerte, wirklich alle gemacht hatten.
»Es wird ihr schon nichts passieren«, sagte ich.
Sichtlich nicht überzeugt nickte er, ohne zu antworten, und betrachtete sein Glas Mineralwasser eine Zeitlang mißtrauisch, ehe er einen Schluck daraus trank. Dann sah er mich an, zuckte leicht mit den Achseln, lächelte und erhob sich, um die Weinflasche aus dem Kühlschrank zu holen und mein leeres Glas nachzufüllen.
Ich beobachtete ihn aufmerksam. Da war noch etwas, irgendein anderer Aspekt an dieser Geschichte, aber ich fragte nicht danach. Sein Zorn hatte den Höchststand erreicht. Es war besser, wenn er sich erst einmal abreagierte.
Es klopfte an der Tür, ein uniformierter Angestellter des Apartmenthauses und ein Restaurantkellner traten auf wie zwei erfahrene Varietékünstler und stellten im Handumdrehen zwei Klappstühle und einen Klapptisch samt zugehörigem Geschirr auf. Zu den Steaks gab es Spinat. Die beiden Portionen Lachs-Mousse, die der Kellner uns unbedingt zeigen wollte, lagen unter den schweren Silberglocken, die man immer dann braucht, wenn man verhindern will, daß mikroskopisch kleine Mengen an Nahrung sich verflüchtigen.
Erst als die beiden gegangen waren und wir an dem Tisch Platz genommen hatten, um die Mousse zu essen, kam Werner wieder auf Zena zu sprechen. »Ich liebe sie, Bernie. Ich kann nicht anders.«
»Ich weiß, Werner.« Die Lachs-Mousse versank in einer Pfütze

hellgrüner Sauce; eine rosa, leicht abgeschrägte Scheibe, auf der Gemüsestückchen versammelt waren wie Schiffbrüchige in Erwartung des Rettungsbootes. Ich aß es schnell auf.
»Und so mache ich mir eben Sorgen«, sagte Werner und zuckte resignierend mit den Achseln. Er tat mir leid. Ich konnte mir nur schwer vorstellen, in Zena verliebt zu sein. Den Wunsch, ihr den Hals umzudrehen oder zur Fremdenlegion zu gehen, um ihr zu entrinnen, hätte ich dagegen leicht nachempfinden können. »Sie ist die einzige Frau für mich«, sagte Werner, als bäte er um Nachsicht.
Ich denke manchmal, daß er sie liebte, weil sie unfähig war, irgend jemanden zu lieben. Ein Freund erklärte mir einmal, daß er sich das Studium der Reptilien zur Lebensaufgabe gemacht habe, weil ihn deren vollkommene Unfähigkeit, Zuneigung zu erwidern, fasziniere. Ich glaube, Werners Beziehung zu Zena war genauso. Zena schien weder für Lebende noch für Tote auch nur das Geringste zu empfinden. Für sie waren alle Leute gleich, und sie verfuhr mit ihnen auf eine Weise, die sie selbst »nur gerecht« nannte, die manche ihrer Kritiker dagegen als »faschistisch« bezeichneten.
Aber es hatte keinen Zweck, mit Werner über Zena zu reden. Werner fand keinen Fehler an ihr. Ich weiß noch, wie Werner Mädchen aus unserer Klasse anschwärmte. Seine Liebe kannte keine Grenzen, er verehrte sie. Gewöhnlich fanden die Mädchen das lächerlich, und meist erlosch dann nach einer Weile Werners Flamme. Ich hatte erwartet, daß es mit Zena ähnlich ablaufen würde. Aber Zena wußte Werners Liebe zu schätzen und es so einzurichten, daß sie bald mit ihm machen konnte, was sie wollte.
Werner pickte an der Fisch-Mousse herum. Das Zeug war trocken und vollkommen fade, nur die Sahnekressesauce schmeckte nach etwas. Sie war versalzen. »Eingefroren und im Mikrowellenherd aufgewärmt«, sagte der kenntnisreiche Werner. Er stieß den Teller mit der hochgepriesenen Lachs-Mousse beiseite und wandte sich dem Steak zu. »Dir scheint die Mousse ja geschmeckt zu haben«, sagte er in anklagendem Ton.
»Ich fand sie köstlich«, sagte ich. »Aber ich habe das Gefühl, daß

das, was ich hier esse, das gut durchgebratene Steak ist, das du bestellt hast.« Schweigend reichte er mir den Teller mit dem noch unberührten blutigen Steak und nahm in Empfang, was von dem gut durchgebratenen noch übrig war. »Entschuldige bitte, Werner.«
»Du ißt eben alles«, sagte er. »So warst du schon auf der Schule.«
»Dir wird das blutige wahrscheinlich nicht schmecken«, sagte ich und hielt ihm den Teller wieder hin.
Er nahm es nicht an. »Du hast recht«, sagte er.
Um das Thema zu wechseln, fragte ich: »Wie läuft das Hotel?«
»Ganz gut«, sagte er scharf. Dann setzte er hinzu: »Habe ich dir schon erzählt, daß diese verdammt Ingrid Winter unbedingt nach Berlin kommen will?«
»Sie wollte ein paar Sachen abholen«, sagte ich so unbestimmt wie möglich.
»Sie will helfen«, sagte Werner, als sei das die schlimmste denkbare Drohung.
»Sag ihr einfach, daß du keine Hilfe brauchst.« Das schien doch nicht problematisch zu sein.
»Ich kann sie nicht davon abhalten zu kommen. Sie ist Lisls Nichte...«
»... und sie hat Ansprüche auf das Haus. Ja, sei lieber nett zu ihr, sonst macht sie dir am Ende noch einen Strich durch die Rechnung.«
»Meinetwegen soll sie kommen, solange sie nicht stört«, sagte er drohend. Werner war entschieden schlechter Laune.
Ich beschloß, es zu riskieren. Er würde sich heute wohl nicht mehr abreagieren. »Willst du mir nicht erzählen, weshalb du dir wirklich Sorgen machst um Zena?« fragte ich also so beiläufig wie möglich.
»Was willst du damit sagen?«
»Du machst dir nicht darüber Sorgen, was ihr passieren könnte, wenn sie in Frankfurt an der Oder an der falschen Tür klopft, Werner. Nicht Zena! Die redet sich aus noch viel brenzligeren Situationen heraus.«
Er sah mich an mit dieser ausdruckslosen Miene, die ich nur zu gut kannte, und kaute noch ein Stück Fleisch, ehe er etwas sagte.

»Ich hätte dir zum Fleisch Rotwein geben sollen«, sagte er. »Ich habe welchen besorgt für dich.«
»Vergiß den Wein. Um was geht's wirklich?«
Er tupfte sich die Lippen mit der Serviette ab und sagte: »Zenas Onkel hat eine wunderbare Sammlung sehr alter Bücher, Kruzifixe, Ikonen und dergleichen ...« Er sah mich an. Ich erwiderte seinen Blick und sagte nichts. Werner fuhr fort: »Vielleicht kauft er die Sachen... ich weiß es nicht genau.«
»Und vielleicht ist er nicht ihr Onkel«, vermutete ich.
»Doch, ich glaube, er ist... Na ja, vielleicht ist er auch nur ein sehr guter alter Freund. Ja, also manchmal kauft er solche Sachen von Polen, die auf Arbeitssuche in die DDR kommen. Viele Bibeln aus dem siebzehnten Jahrhundert. Er ist eine Art Spezialist für frühchristliche Kunst.«
»Und Zena schmuggelt seine Sachen in den Westen, wo dann diese eleganten Läden in München sie weiterveräußern an Zahnmediziner, die ihre Schlösser damit möblieren.«
Werner hörte nicht zu. »Zena versteht nicht, wie sie arbeiten«, sagte er düster.
»Wie wer arbeitet?«
»Der Stasi. Wenn sie die Leute besucht, wie es ihr Frank aufgetragen hat, werden sie ihr einfach von einer Adresse zur anderen folgen. Zena wird es nicht merken. Und dann werden sie die ganze Gesellschaft verhaften und sie anklagen, Kunstschätze des Staates ins Ausland zu verschieben.«
»Kunstschätze des Volkes«, verbesserte ich. »Ja, die ungenehmigte Ausfuhr von Antiquitäten wird nicht gern gesehen in der DDR.« Ich tat so, als ginge es schlimmstenfalls um einen geringfügigen Verstoß gegen Ausfuhrbestimmungen. »Aber davon wird Frank vermutlich keine Ahnung gehabt haben.«
Ohne zu antworten, erhob sich Werner und ging in die winzige Kochnische. Mit der bereits halb geleerten Flasche Meursault und einem Glas für sich selbst kehrte er zurück. Er goß mir ein, dann sich selbst und stellte endlich die Flasche auf einen in der Mitte des Tisches bereitgelegten Untersatz. Als er den ersten Schluck nahm, zog er ein Gesicht wie ein Kind, dem man eine bittere Medizin gegeben hat. Werner verstand eine Menge von

Wein, doch wenn er welchen trank, tat er so, als schmecke er nur den Saft saurer Trauben. »Angenommen, Frank wußte alles über Zenas Interesse an alten Büchern«, sagte er langsam und bedächtig. »Frank ist doch schließlich der Leiter eines geheimen Nachrichtendienstes, habe ich recht?«

»Ja«, sagte ich, den Sarkasmus ignorierend.

»Und nun nimm mal an, Frank hat einen Grund zu glauben, daß der Stasi seine Bizet-Leute in Ruhe läßt, wenn er ihm die arme Zena ausliefert. Vielleicht lassen sie die Gefangenen sogar raus?«

Ich sagte nichts. Ich nippte an meinem Glas und versuchte, meine Gedanken zu verbergen. Dann ist das verdammt gut für Frank, dachte ich. Aber es klang alles höchst unwahrscheinlich. Ich hatte den Verdacht, daß Frank Zena noch zu gern hatte, als daß er sie so kaltblütig hätte in die Pfanne hauen können. Aber falls er wirklich irgendeinen bizarren Handel angebahnt hatte, bei dem zwei oder drei von unseren Leuten freikamen, wenn wir einen Ring billiger Gauner auffliegen ließen, die Antiquitäten, Bücher und was weiß ich noch alles, Sachen, die vielleicht sogar irgendwo geklaut waren, in den Westen verschoben, dann war das sehr gut für Frank. Nach einem solchen Handel würde ich mir alle Finger abschlecken. Deshalb sagte ich nichts.

»Vergiß nicht, daß es um Zena geht«, sagte Werner.

Nein, das vergesse ich nicht. Das macht einen Tauschhandel wie diesen noch zu einer Wohltat für die Allgemeinheit. »Nein«, sagte ich, »gerade daran denke ich.«

»Ein verfluchter Judas ist er«, sagte Werner. Er trank noch einen Schluck Wein, der ihm aber auch nicht besser zu schmecken schien als der erste.

»Hast du irgendeinen Grund, das zu glauben?« fragte ich.

»Ich hab's im Urin«, sagte Werner mit einer Stimme, die ich nicht wiedererkannte.

»Frank würde so etwas nicht tun«, sagte ich, mehr, um Werner zu beruhigen, als weil ich selbst ganz davon überzeugt gewesen wäre. Frank mochte Zena, aber Frank konnte auch skrupellos sein. Ich wußte das, und Werner wußte es auch. Und wenn sie nur einen Funken Verstand hatte, dann wußte das auch die unselige Zena.

»Doch, würde er«, sagte Werner scharf. »Das ist genau eine von den Sachen, die er jederzeit machen würde, eine von den Sachen, für die die Engländer berüchtigt sind. Das weißt du.«
»Das perfide Albion, was?«
Er schien die Bemerkung nicht komisch zu finden. Er antwortete nicht, würdigte mich nicht mal eines Blickes. Er saß einfach da, das Gesicht starr, die Augen feucht und die großen Hände so fest ineinander verkrampft, daß das Blut aus den Knöcheln wich.
Ich hatte ihn noch nie in einem solchen Zustand gesehen. Ob es nun die Sorge um Zena oder der glühende Haß auf Frank war, es machte ihn fertig. Ich beobachtete, wie er sich zornig die Lippen zerbiß, und bekam Angst um ihn. Ich hatte schon einige Menschen gesehen, die so unter Druck standen; und ich hatte erlebt, wie plötzlich etwas in ihnen zerbrach. »Ich werde sehen, was sich machen läßt«, sagte ich, aber es war zu spät für solche Angebote.
Durch zusammengebissene Zähne sagte Werner: »Gleich morgen früh gehe ich ins Büro. Ich werde den D. G. finden und ihn zwingen, irgend etwas zu tun. Zwingen werde ich ihn!«
»Das würde ich dir nicht raten, Werner«, sagte ich besorgt. »Nein, Werner, wirklich nicht.« Die Vorstellung, wie der schwarzbärtige Werner am Eingang der Londoner Zentrale Spektakel machen und der gestrenge Feldwebel Gaskell sich bemühen würde, ihn zur Räson zu bringen, und die Fragen, die ich daraufhin unweigerlich zu beantworten hätte – das wollte ich mir gar nicht weiter ausmalen. Ich goß den Rest des Meursault in mein Glas. Der Wein war warm. Werner hatte vergessen, die Flasche wieder in den Kühlschrank zu stellen. Alles in allem, Donnerstag war kein guter Tag.

13

Ich habe einen leichten Schlaf. Den braucht man in meiner Branche. Aber nicht das tiefe Dröhnen des Motorrads weckte mich – die ganze Nacht rattern welche am Haus vorbei –, sondern das plötzliche Verstummen des Motors. Als das Gartentor ins Schloß fiel, war ich hellwach. Ich hörte Schritte – Stiefel mit hohen Absätzen auf dem gepflasterten Weg zur Haustür – und war schon aus dem Bett, als die Klingel Gloria weckte.

»Halb vier!« hörte ich Gloria schläfrig sagen, als ich das Schlafzimmer verließ. Sie schien überrascht. Sie hatte noch viel zu lernen hinsichtlich der Anforderungen, die das Department an seine Mitarbeiter auf dem mittleren Niveau stellte. Ich lief, zwei Stufen auf einmal nehmend, die Treppe hinab, um dem Besucher zu öffnen, ehe er mit seinem Klingeln Doris und die Kinder weckte. Doch ich war noch nicht unten, als dessen Geduld schon erschöpft war, diesmal klingelte er nachdrücklicher und darauf gleich noch mal.

»Okay, okay, okay!« sagte ich ärgerlich.

»'tschuldigung, Chef, ich dachte, Sie hätten's nich' gehört!«

Der Besucher war ein dünner junger Mann, der von oben bis unten in glänzendes schwarzes Leder gekleidet war wie eine Erscheinung aus einem bösen Traum.

»Mr. Samson?« Er hielt einen glänzenden schwarzen Helm im Arm und trug eine abgewetzte Ledertasche um den Hals.

»Ja?«

»Können Sie sich irgendwie identifizieren, Sir?« fragte er, ohne zu sagen, wie ich mich ausweisen sollte. Das war zwar vorschriftsmäßig, aber die Boten, die ich gewohnt war, drückten sich meist etwas ungezwungener aus.

Der Mann war offenbar neu. »Reicht das?« fragte ich und brachte hinter der halbgeöffneten Tür die Neun-Millimeter-Mauser zum Vorschein.
Er grinste. »Ja, das reicht.« Er öffnete die Tasche und entnahm ihr einen der großen braunen Umschläge, deren sich das Department zum Versand schlechter Nachrichten bedient.
»Samson, B.«, sagte ich zu seiner Beruhigung. »Irgendwas Mündliches?«
»Sie sollen den Brief sofort öffnen. Das ist alles.«
»Warum nicht?« sagte ich. »Ich werde jetzt sowieso irgend'ne Einschlaflektüre brauchen.«
»Gute Nacht, Chef, entschuldigen Sie die Störung.«
»Das nächste Mal klingeln Sie nicht«, sagte ich. »Atmen Sie nur schwer durch den Briefschlitz.«
»Was war das, Liebster?« fragte Gloria, langsam die Treppe herabschreitend, als träte sie in einem Busby-Berkeley-Musical auf. Sie war nicht völlig wach. Mit dem zerzausten Blondhaar und in dem weiten, wuscheligen weißen Bademantel von Descamps, den ich ihr zu Weihnachten geschenkt hatte, sah sie wunderbar aus.
»Ein Bote.« Ich riß den großen braunen Umschlag auf. Er enthielt ein Ticket für einen Flug nach Los Angeles International ab London Heathrow um neun Uhr früh, in weniger als sechs Stunden – sowie ein Briefchen, auf amtliches Papier getippt und mit den üblichen Gummistempeln beglaubigt:

> Lieber Bernard,
> Du wirst bei Ankunft abgeholt. Entschuldige die Hetze, aber das Büro in Washington arbeitet fünf Stunden länger als das hiesige, und irgendjemand dort hat mit dem Deputy ausgemacht, daß diesen Auftrag Du und kein anderer kriegen sollst – mit Bedauern also,
> Dein Harry (N. D. O. A.)

Ich erkannte die krakelige Handschrift. Der arme alte Harry Strang mußte also immer noch Nachtdienst in der Operationsabteilung machen. Ich nehme an, daß er auch sich selbst bedauerte, denn er hatte ein Postskriptum unter die Maschinenschrift gekritzelt: »Den Seinen gibt's der Herr im Schlaf.« Ich nehme an, daß für jemanden, der die ganze Nacht im Büro Wache schieben und sich den Regen draußen anhören mußte, die Vorstellung einer plötzlichen Abkommandierung ins sonnige Kalifornien ihre Reize hatte.

Nicht für mich. Jedenfalls nicht, bis mir Werners Drohung wieder einfiel, heute früh im Büro zu erscheinen und dem D. G. auf den Leib zu rücken.

»Sie können dich nicht zwingen«, sagte Gloria, die die Nachricht über meine Schulter mitgelesen hatte.

»Natürlich nicht«, erwiderte ich, »ich kann jederzeit stempeln gehen.«

»Da steht nicht mal, wie lange du weg sein wirst«, sagte sie in einem Ton, bei dem man sich fragte, wie wohl sie auf einen derart unmißverständlichen Befehl reagiert hätte.

»Es tut mir leid«, sagte ich.

»Du hast versprochen, dich um die Garagentür zu kümmern.«

»Die braucht nur ein neues Scharnier«, sagte ich. »Ich kenne einen Laden in der Nähe der Waterloo Station. Nächste Woche gehe ich da mal vorbei.«

»Ich packe dir deinen Koffer.« Sie warf einen Blick auf die Uhr, die auf dem Kaminsims stand. »Es lohnt sich ja nicht, noch mal ins Bett zu gehen.«

»Ich habe gesagt, daß es mir leid tut«, erinnerte ich sie.

»Dabei haben wir nur an den Wochenenden mal ein bißchen Zeit füreinander«, sagte sie. »Warum konnte diese Reise nicht bis Montag warten?«

»Ich werde versuchen, Billy irgendwas Aufregendes zum Geburtstag mitzubringen.«

»Bring dich selbst wieder mit«, sagte Gloria und küßte mich zärtlich. »Ich mach' mir Sorgen... wenn sie dich so plötzlich irgendwohin schicken mit diesem verdammten ›Instruktionen bei Ankunft‹-Stempel, mache ich mir Sorgen um dich.«

»Es wird nichts Gefährliches sein«, entgegnete ich. »Ich werde bestimmt das ganze Wochenende über an irgendeinem Swimmingpool herumsitzen.«

»Sie haben ausdrücklich dich verlangt, Bernard«, sagte sie.

Ich nickte. Die Tatsache hatte nichts Schmeichelhaftes, aber sie war nicht zu leugnen. Nicht wegen meiner gesellschaftlichen Kontakte oder wegen meiner Gelehrsamkeit hatten sie ausdrücklich mich angefordert. »Ich werde mir Schwimmflügel umbinden und im Nichtschwimmerbereich bleiben«, versprach ich.

»Was wirst du tun, wenn du ankommst?«

»Es hieß ›Instruktionen bei Ankunft‹, Liebes, das heißt, sie wissen es selber noch nicht.«

»Aber wie wirst du sie überhaupt erkennen?«

»So läuft das nicht, Liebling. Sie werden ein Foto von mir haben. Ich werde sie erst erkennen, wenn sie sich vorstellen.«

»Und wie wirst du wissen, daß du's mit den richtigen Leuten zu tun hast?«

»Er wird mir mein Foto zeigen.«

»Das ist ja alles sehr sorgfältig geplant«, sagte sie in beifälligem Ton. Es gefiel ihr, wenn alles sorgfältig geplant war.

»Steht alles im Kleingedruckten.«

»Aber immer dieselbe Fluglinie, Bernard? Aus Sicherheitsgründen sollten sie doch ab und zu wechseln, oder?«

»Sie werden schon ihre Gründe haben«, sagte ich. »Wie wär's, wenn du mir eine Tasse Kaffee machst, während ich packe?«

»Es ist alles gewaschen. Deine Hemden hängen auf Bügeln im Kleiderschrank, fang also nicht an herumzuschreien, wenn du die Kommode leer findest.«

»Wegen der Hemden werde ich nicht herumschreien«, versprach ich und gab ihr einen Kuß. »Und wenn ich's tue, reiß einfach noch mehr Knöpfe ab.«

»Ich liebe dich, Bernard.« Sie legte die Arme um mich und drückte sich an mich. »Ich will dich für immer und ewig.«

»Dann soll es auch so sein«, sagte ich mit der gedankenlosen Tollkühnheit, die mich immer dann überfällt, wenn man mich so früh morgens aus dem Schlaf reißt.

Einen Augenblick lang drückte sie mich, daß mir fast der Atem wegblieb, dann flüsterte sie mir ins Ohr: »Und ich liebe die Kinder, Bernard. Mach dir ihretwegen keine Sorgen.«

Den Kindern fehlte natürlich die eigene Mutter, und ich wußte, wie sehr sich Gloria bemühte, sie ihnen zu ersetzen. Es war nicht leicht für sie. Die Aussicht auf Cambridge, wo nichts als harte Arbeit von ihr gefordert wurde, muß mitunter verlockend gewesen sein.

In der ersten Klasse war fast jeder Platz besetzt. Hellwache junge Männer mit gutgeschnittenen Anzügen und großen goldenen Armbanduhren blätterten in Papieren, die aus schweinsledernen Aktentaschen kamen, oder tippten auf winzige Taschencomputer mit ausklappbaren Bildschirmen. Viele von ihnen lehnten den angebotenen Champagner ab und ließen nicht einmal, während das Essen serviert wurde, von der Arbeit: lasen Berichte, hakten Listen ab und markierten, was ihnen wichtig vorkam, mit verschiedenfarbigen Leuchtstiften.

Mein Nachbar war von der gleichen Art, aber erheblich weniger hingebungsvoll. Er hieß Edwin Woosnam – »ein walisischer Name, obwohl ich nie im Leben in Wales gewesen bin, ob Sie's glauben oder nicht« –, war übergewichtig, hatte dicke Augenbrauen, dünne Lippen und eine Nase, wie sie für Laienaufführungen von »Julius Caesar« dem Hauptdarsteller angeklebt wird. Mein Plan, ein wenig von dem verlorenen Schlaf nachzuholen, scheiterte an der Freundlichkeit dieses Nachbarn.

Er war, erzählte er mir, der Seniorpartner einer »Entwicklungsgesellschaft« in Glasgow. Seine Firma baute acht Hotels zu je sechshundert Zimmern in verschiedenen Städten rund um die Welt, und er erzählte mir alles darüber. »Ein Swimmingpool im Freien, das ist wichtig. Die Hotelbesitzer brauchen in der Reklamebroschüre ein Bild, das so aussieht, als sei das Wetter das ganze Jahr über warm genug zum Baden im Freien.« Mit einem amüsierten kleinen Lachen nahm er einen Schluck Champagner. »Oben drauf muß ein Penthouse, unten drunter ein Freizeit-Center, und natürlich jedes Zimmer mit eigenem Bad. Wichtig ist nur, daß das Grundstück billig ist – und groß, wirklich groß –, sobald dann das Hotel gebaut ist, kann man damit rechnen, daß Läden und Wohnanlagen folgen. Und dann steigt automatisch der Wert der ganzen Gegend. Mit einer solchen Investition kann kaum was schiefgehen. Das ist wie Geld auf der Bank. Solange nur die einheimischen Arbeitskräfte billig sind, spielt's eigentlich keine Rolle, wo Sie Ihr Hotel hinstellen, die Hälfte dieser blöden Touristen weiß doch sowieso nie, in welchem Land sie eigentlich sind.«

Aber im übrigen war Mr. Woosnam ein angenehmer Reisegefährte mit einem unerschöpflichen Vorrat an Geschichten. »...Die Griechen lassen sich nichts sagen. Ich zeigte diesem Polier – Popopopulis oder so, Sie wissen ja, wie diese Namen sind –, ich zeigte ihm also den Terminplan und sagte, daß demnach der achte Stock längst fertig sein sollte. Und was macht der Mann? Wird wütend. Aber wie! Und so droht er mit den Fäusten, schreit, rennt aus der Tür und fällt acht Stockwerke bis in den Keller. Tot, natürlich. Wir hatten furchtbare Mühe, zu dieser Jahreszeit einen neuen Polier zu kriegen. Einen Monat später wäre alles halb so schlimm gewesen.« Er nahm einen Schluck aus seinem Glas und lachte. »Manche Leute können einfach nicht hören. Sie werden vermutlich auch in Ihrem Geschäft die Erfahrung schon gemacht haben«, sagte Woosnam und fuhr fort, ohne meine Zustimmung abzuwarten. »Lacht doch einer von unseren Architekten auf der Baustelle in Bombay über die aus Bambusrohren zusammengebundenen Baugerüste der Inder! Ich hab' ihm schon erzählt, wie dumm er aus der Wäsche schauen würde, wenn er ein Stahlgerüst aufbaut und es sich in der Hitze in Null Komma nichts verdreht, wie ein Korkenzieher, und sein schönes Projekt gestorben ist. Diese Knaben kommen direkt von der Hochschule und glauben, sie wissen schon alles. Das ist das Problem heutzutage. Da fällt mir noch eine Geschichte ein...«

Und so ging es weiter. Er war zwar sehr unterhaltsam, aber bei seiner Leutseligkeit war an Schlaf nicht zu denken.

»Sind Sie viel unterwegs?« fragte er, als ich eben etwas eingenickt war.

»Nein«, sagte ich.

»Ich fliege dauernd in der Weltgeschichte herum. Über den Atlantik zu fliegen ist für Sie natürlich aufregend. Mich langweilt es nur noch.« Er beobachtete, wie ich reagierte.

»Ja.« Ich versuchte, aufgeregt auszusehen.

»Und in welcher Branche sind Sie? Nein, sagen Sie's nicht. Ich

habe einen guten Blick für so was, Beruferaten ist meine Stärke. Versicherung?«
»Chemikalien.« Ich sage das meistens; es ist vage und außerdem habe ich mir über die pharmazeutische Industrie irgendwann mal das eine und andere angelesen für den Fall, daß jemand wirklich näher auf meinen Bluff eingeht.
»Na schön«, sagte er. Einen Irrtum gab er nicht gern zu. »Aber kein Vertreter. Für die Verkaufsbranche sind Sie nicht aufdringlich genug.«
»Nein, nicht im Verkauf«, räumte ich ein.
»Würden Sie bitte auf meine Aktentasche aufpassen, während ich eben mal zur Toilette gehe? Wenn sie erst das Essen bringen, springt plötzlich jeder auf und muß mal. Das ist immer so.«
Die Spielzeugmahlzeit kam und ging. Die sorgfältig modulierte Stimme unseres Kapitäns deklamierte die Namen von fern unter den Wolken verborgen liegenden Orten. Die große Aluminiumröhre dröhnte weiter mit ihrer Last ungewaschener, rotäugiger Reisender, inzwischen vom Alkohol betäubt und von Verdauungsstörungen gequält. Unaufhörlich rasten Stewardessen mit zollfreien Kinkerlitzchen durch, wobei sie jedesmal den Blick abwandten, wenn sie an plärrenden Säuglingen und genervten Müttern vorbeikamen. Über den Lautsprecher kamen weitere Namen immer noch unsichtbarer Städte. Die Kabine wurde verdunkelt. Auf blassen Bildschirmen posierten die verschwommenen Geister winziger, unkenntlicher Schauspieler, deren schrille Stimmen einem aus Kunststoffröhren ins innere Ohr drangen. Wir verfolgten im Wettlauf mit der Sonne einen niemals endenden Tag. Vom rotglühenden Brandeisen der Sonne gemartert, geblendet von den weißen Wolken, ließen nun auch die standhaftesten Reisenden den Kopf hängen und suchten in unruhigem Schlummer ihr Elend zu vergessen.
»Hier spricht der Kapitän...«
Wir landeten in Los Angeles. Jetzt kam noch das Schlimmste, die Zoll- und Paßkontrolle durch die Einwanderungsbehörden der Vereinigten Staaten von Amerika. Über eine Stunde lang stand ich in der Schlange und stieß mein Gepäck mit dem Fuß zentimeterweise vorwärts. Aber endlich ließ man mich widerwillig einreisen in die USA.

»Hallo! Mr. Samson? Hatten Sie einen angenehmen Flug?« Einen Kaugummi im Mund, sonnengebräunt, dreißig Jahre alt schätzungsweise, geduldige Augen, Latexhosen, einen halbaufgegessenen Hamburger und eine halbgelesene Taschenbuchausgabe von »Krieg und Frieden«: alles, was man braucht, wenn man jemanden von LAX abholen will. Wir gingen durch das Gedränge vor dem Ankunftsgebäude und in das Gewühl von Privatwagen, Taxis und Autobussen, auf die man in dieser weitläufigen Stadt ohne Stadtbahn angewiesen ist.
»Buddy Breukink«, stellte der Mann sich vor. Er schnippte einen Finger in Richtung des verbeulten Metallkoffers, den ich mir vom Gepäckkarussell an Land gezogen hatte. »Haben Sie weiter kein Gepäck?« Wenn ich das noch oft hören muß, dachte ich, fange ich noch an, mich unterprivilegiert zu fühlen.
»Allerdings«, sagte ich. Er nahm meine Reisetasche und den Blechkoffer. Ich wußte nicht, ob ich ihm die Sachen nicht höflich wieder aus der Hand reißen sollte. Es war unmöglich, zu entscheiden, ob er einfach ein Fahrer war, den man geschickt hatte, mich abzuholen, oder eine Führungskraft, die meine Rechnungen bezahlen und mir Befehle geben würde. Die US von A sind so. Er marschierte los, und ich folgte ihm. Er hatte sich nicht den vorgeschriebenen Formalitäten unterzogen, aber ich bestand auch nicht darauf. Er sah nicht aus wie der Typ, der regelmäßig die Vorschriften studiert.
»Hungrig? Wir müssen ungefähr eine Stunde weit fahren.« Er hatte ein verschmitztes Lächeln, mit dem er aussah, als wisse er etwas, das die übrige Welt nicht wußte. Es war bestimmt nicht persönlich gemeint.
»Ich werde es überleben«, versprach ich. Mein Blutzucker war noch nicht so niedrig, daß ich einen Flughafen-Hamburger gewollt hätte.
»Der Buggy ist auf der anderen Straßenseite.«
Er war ein Cafeteria-Cowboy: ein hochgewachsener schlanker Typ mit einer Unmenge guter großer Zähne, engsitzenden braunen Hosen und kurzärmeligem weißem Hemd sowie einem großen braunen Stetson mit einem Hutband aus bunten Federn. Passend zu diesem Kostüm war der Wagen, in den Buddy

Breukink kletterte, ein Jeep, ein fabrikneuer Wrangler mit Stoffdach, ausgerüstet mit Telefon, einem Kennzeichen mit seinen Initialen – BB GUN – und Überrollbügel.
Er warf mein Gepäck und Tolstoi auf den Rücksitz, ehe er sehr sorgfältig den Stetson in einer Hutschachtel dort verstaute. Dann stieg er ein und drückte eine Menge Knöpfe, ein codiertes Signal, mit dem er sein Autotelefon wieder benutzbar machte. »Man muß aufpassen, daß von diesen Parkwächtern keiner stundenlange Ferngespräche mit seinen Leuten in Bogotá führt«, sagte er in einem Ton, als fände er es in Ordnung, wenn einer auf seine Kosten mal kurz in Mexico City anrief. Er lächelte vor sich hin und fegte ein halbes Dutzend Tonbandkassetten vom Beifahrersitz in eine Schachtel. Als er den Zündschlüssel drehte, begann der Rekorder »Pavarotti's Greatest Hits« zu spielen, oder genauer gesagt »Funiculi, Funicula«, aber fortissimo, so daß man um seine Trommelfelle fürchten mußte. »Das ist irgendwie klassisch«, erklärte Buddy fast entschuldigend.
Ungeduldig ließ er den Motor aufheulen. »Also los!« schrie er noch lauter als Pavarotti; und ehe ich noch meinen Gurt angelegt hatte, qualmten die Reifen versengt, und wir waren aus dem Parkplatz draußen und auf dem Highway.

Ich war in der Neuen Welt angelangt und fand sie ebenso verwirrend wie einst Kolumbus. In dieser Gegend hier war schon Frühling, die Luft war warm, und der Himmel hatte jenes helle Blau, das ein heftiges Ansteigen der Temperatur verheißt. Die lärmenden Straßen des Zentrums waren voller schwarzer, röhrender Porsches und weißer Rolls-Royce-Kabrioletts, dazwischen flitzten Jungen auf Rollschuhen hin und her, und die hübschen Mädchen stellten sich in Shorts und knappen Blusen zur Schau.
Die Rampe hinauf. Auf der Schnellstraße, die die ganze Stadt überbrückt, war von der Anarchie der Straßen unten nichts mehr zu bemerken. Von ein paar Jungen abgesehen, die in einem verbeulten Pick-up vorüberrasten, hielten sich die Leute diszipliniert an die gewählte Spur und fuhren mit mäßiger Ge-

schwindigkeit. Der Fahrtwind heulte durch die offenen Seiten des Jeeps und drohte, mich aus meinem Sitz zu blasen. Ich duckte mich tiefer hinter die Windschutzscheibe. Buddy drehte die Musik lauter, sah mich an und grinste.

»Funiculi«, sang Buddy unter ständigem Kauen, »Funicula.«

Ist man einmal von dem »International Airport«, seinem auf *mañana* eingestellten Personal und den störrischen Beamten weg, dann empfängt einen das südliche Kalifornien. Die warme Sonne, die San-Gabriel-Berge in der Ferne, der trockene Wind aus der Wüste, der bittere Duft des blühenden Gestrüpps, die grellroten Mohnblumen auf den saftig grünen Feldern, die noch nicht von der grausamen Hitze des Sommers verbrannt sind: All das ermuntert mich zu dieser Jahreszeit, für immer hier zu bleiben.

Von der Schnellstraße aus, die auf Stelzen über die Dächer hinläuft, überblickt man ganz Los Angeles vom Meer bis zum Gebirge. Ansammlungen von Hochhäusern in Century City und entlang des Broadway ragen aus einer Herde bescheidener kleiner Vororthäuser empor, die sich zwischen Swimmingpools und Palmen quetschen. Buddy blieb jedoch nicht lange auf der Stadtautobahn, wir fuhren wieder in die Stadt hinunter, durchquerten sie, um an der Küste auf dem Pacific Coast Highway nach Norden zu fahren, den Schildern folgend, die den Weg nach Santa Barbara und San Francisco weisen. Bei Malibu wurde der Verkehr spärlicher, und wir passierten eine schier endlose Kulisse von Strandhäusern in allen erdenklichen Formen und Farben. Bis wir auch an dem letzten Fischrestaurant vorbei waren und die Straße dem äußersten Rand des Kontinents folgte. Gegen die Felsen zu unserer Linken donnerten unablässig riesige grüne Brecher, die sich in weißen Schaum und einen Sprühnebel aus winzigen Wassertropfen verwandelten und dabei einen solchen Lärm machten, daß sie den Motor des Jeeps übertönten, und sogar die Musik.

Buddy nahm den Kaugummi aus dem Mund und schnippte ihn auf die Straße. »Man hat mir gesagt, daß Sie Fragen stellen würden«, vertraute er mir an.

»Nein«, sagte ich.

»Und man hat mir gesagt, ich sollte Ihnen nichts sagen.«
»Na, dann läuft doch alles wie geschmiert«, sagte ich.
Er nickte und wich einem riesigen Sattelschlepper aus, dessen Ladekasten für Budweiser Reklame machte, ehe er das Gaspedal bis zum Boden durchtrat und mir zeigte, was aus dem Jeep herauszuholen war.
Wir kamen an einer Stelle vorbei, wo sich sportliche Gestalten, an Hängegleitern baumelnd, von den hohen Klippen stürzten und über dem Highway und dem Stillen Ozean Achter flogen, ehe sie auf dem schmalen Strand landeten, der ihre einzige Überlebenschance war. Wir kamen an Ölbohrtürmen vorbei, deren Plattformen wie ankernde Flugzeugträger aus dem Dunst der Brandung ragten. Als wir endlich von der Küstenstraße herunter in einen engen »Sieben-Meilen-Cañon« hineinfuhren, waren wir bereits jenseits der Grenzen des Stadtkreises von Los Angeles in Ventura County. Ich wurde langsam hungrig.
Wir fuhren auf eine schmale Privatstraße voller Schlaglöcher. An der Ecke stand ein Pfahl, an den ein halbes Dutzend unterschiedlich verwitterter Schilder genagelt war. »Schuster Ranch«, »Greentops Pferdezucht – Besuch unerwünscht«, »Orgakov«, »D und M Bishop«, »Rattlesnake Computerlabor« und »Highacres«. Während der Jeep die staubige Straße in den Cañon hinaufkletterte, fragte ich mich, unter welcher dieser Adressen man wohl meinen Besuch erwartete. Aber nachdem wir an allen Briefkästen am Straßenrand vorbeigefahren waren, wurde klar, daß wir zu irgendeinem nicht ausgeschilderten Anwesen in Gipfelnähe unterwegs waren.
Wir waren etwa drei Meilen den Cañon hinaufgefahren und schon hoch genug, hin und wieder das Meer in der Tiefe liegen zu sehen, als wir ein Tor in einem hohen Maschendrahtzaun erreichten, der ein großes Gebiet einzufrieden schien, jedenfalls war nach beiden Seiten kein Ende davon abzusehen. Neben dem Tor hing ein Schild mit der Aufschrift: »La Buona Nuova. Privatbesitz. Warnung vor den Hunden.« Buddy hielt neben einem kleinen Kasten auf einem Metallrohr. Er drückte auf einen roten Knopf und sprach in den Kasten: »Hallo, hallo! Buddy hier, mit dem Besucher. Macht mal jemand auf?«

Zögernd, ruckartig und unter dem lauten Kreischen eines verborgenen Mechanismus öffneten sich langsam die Flügel des Tors. Eine blecherne Stimme aus dem Kasten sagte: »Wart noch, bis das Tor wieder einrastet, Buddy. Der Regen letzte Woche ist ihm anscheinend nicht gut bekommen.«
Wir fuhren also hinein, und Buddy wartete, bis das Tor wieder richtig zu war. Ich konnte nirgends ein Gebäude sehen, aber ich hatte das Gefühl, daß uns der Urheber dieser blechernen Stimme genau im Auge behielt. »Strecken Sie die Hände nicht aus dem Wagen«, riet Buddy. »In diesem äußeren Bezirk lassen sie die verdammten Hunde frei herumlaufen.«
Wir folgten weiter der unbefestigten Straße, immer bergan, eine Staubwolke hinter uns aufwirbelnd. Dann kam plötzlich hinter einem Felsvorsprung noch ein Maschendrahtzaun in Sicht. Die Straße führte zu einem Tor mit einer Art Schilderhaus. Hinter dem Tor standen drei Personen. Auf den ersten Blick sahen sie aus wie ein Mann mit zwei Kindern, aber beim Näherkommen erkannte ich einen riesigen Weißen mit zwei Mexikanern. Es waren Wachen. Über dem Gürtel des weißen Mannes wölbte sich ein dicker Bauch. Er trug einen breitkrempigen Stetson-Hut, gestärktes Khaki, langschäftige Stiefel und am Hemd ein goldenes Emblem in der Form eines Wappenschildes. In einer Hand hielt er ein kleines Sprechfunkgerät. Die Mexikaner trugen dunkelbraune Hemden, und einer von ihnen hatte eine Schrotflinte. Wie der Maschendrahtzaun sahen diese Leute frisch und gut gepflegt aus. Einer der Mexikaner öffnete das Tor, und der große Mann winkte uns durch.
Es war dann noch mindestens eine Meile zu fahren, bis wir eine Gruppe von niedrigen, rosa verputzten und mit roten Schindeln gedeckten Gebäuden kurz unterhalb des Berggipfels erreichten. Das Alter dieser Bauten war schwer zu bestimmen, aber sie waren in jenem Stil erbaut, den die Kalifornier als »spanisch« bezeichnen. Buddy fuhr an ein paar schlammbespritzten japanischen Pick-ups vorbei und parkte in einem kühlen, scheunenartigen Gebäude, wo schon ein Cadillac Seville und ein Lamborghini standen. Er setzte seinen Stetson auf, prüfte dessen Sitz im Rückspiegel und nahm dann mein Gepäck vom Rücksitz. Mein

Jackett über dem Arm – es war heiß hier oben, und ich schwitzte –, folgte ich ihm. Die Hauptgebäude waren zweistöckig und dem Meer zugewandt. An der Rückseite, nach Osten hin, lag ein großer, mit gemusterten Kacheln gepflasterter Hof und ein an die fünfundzwanzig Meter langer Swimmingpool. Das Wasser darin war blau und klar, nur hier und da kräuselte der Wind vom Meer die Oberfläche. Weit und breit war kein Mensch zu sehen, außer in diesem Swimmingpool, wo eine schlanke Frau mittleren Alters sich mit dem vorsichtigen Hundepaddeln über Wasser hielt, bei dem man nicht Gefahr läuft, sein Augen-Make-up zu verschmieren. Am Rande des Beckens, wo sie gesessen hatte, lagen ein großes rosa Badetuch, Flaschen mit Sonnenöl und anderen Kosmetika, eine Bürste, ein Kamm und ein Handspiegel herum. An dem Stuhl lehnte ein halbfertiges Aquarell, das blühende Bougainvillea zeigte. Ein großer Malkasten und ein Krug voller Pinsel standen daneben.
»Hallo, Buddy«, rief die Dame aus dem Wasser, ohne ihr Paddeln zu unterbrechen. »Wie ist der Verkehr? Hallo, Mr. Samson. Willkommen in La Buona Nuova.«
Ohne seinen Schritt zu verlangsamen, rief Buddy: »Wir sind auf dem Pacific Highway hergefahren, Mrs. O'Raffety, aber wenn Sie in die Stadt fahren, nehmen Sie besser den Weg durch den Cañon.« Er drehte den Kopf lange genug in ihre Richtung, um sie mit seinem verschmitzten Lächeln zu bedenken. Ich winkte ihr zu und sagte danke, mußte mich aber beeilen, um mit Buddy Schritt zu halten.
Er betrat über zwei Stufen einen schattigen Bogengang, in dem Stühle und Tische standen. Von einem der Tische war das Frühstücksgeschirr noch nicht abgeräumt: eine Thermoskaffeekanne, Fruchtsaft in einem Glaskrug und Geschirr, dem man seinen Preis ansah. Gloria hätten die Sachen gefallen. Buddy öffnete eine der drei Türen, die vom Haus auf den Bogengang hinausgingen, und führte mich in ein großes Gästezimmer. Es war eine Variation in Rosa und Weiß. Drei gerahmte Landschaftsbilder hingen an den Wänden, dilettantische Aquarelle, die mir sehr nach echten O'Raffetys aussahen.
»Mrs. O'Raffety ist meine Schwiegermutter«, erklärte Buddy

ungefragt. »Sie ist sechzig. Ihr gehört das alles hier.« Er stellte mein Gepäck ab, öffnete die Tür eines großen, grün und weiß gekachelten Badezimmers und sagte: »Hier wohnen Sie. Stellen Sie sich die Klimaanlage so ein, wie Sie's haben wollen.« Er wies auf die Schalttafel an der Wand. »Sie können vor dem Mittagessen noch eine Runde schwimmen. Badehosen sind im Schrank, und nebenan liegen haufenweise Badetücher.«

»Mittagessen? Ist's dafür nicht schon ein bißchen spät?« Der Nachmittag war schon fast vorbei.

»Wahrscheinlich, aber Mrs. O'Raffety ißt, wann's ihr paßt. Sie hat gesagt, sie würde heute mit dem Lunch auf Sie warten.«

»Das ist aber sehr liebenswürdig von ihr«, sagte ich.

Die großen, braungetönten Fenster gingen auf den Hof hinaus. Mrs. O'Raffety zog noch immer langsam ihre Längsbahnen im Swimmingpool. Als sie das Ende erreichte, wendete sie majestätisch wie die »Queen Elizabeth« bei der Einfahrt nach Southampton. Jetzt schwamm sie in meine Richtung, und ich konnte ihr Gesicht betrachten. Sie schwamm so angestrengt und konzentriert, daß man ihr, trotz der schlanken Figur und den Beverly-Hills-Schönheitskuren, jedes einzelne ihrer sechzig Jahre ansah.

»Ganz nett hier«, sagte ich, als mir einfiel, daß eine Bemerkung in der Art von mir erwartet wurde.

»Drei Millionen Dollar würde sie kriegen – vielleicht mehr –, wenn sie verkaufen wollte. Das Grundstück ist riesig.«

»Und wird sie verkaufen?« fragte ich, in der Hoffnung, mehr über meine geheimnisvolle Gastgeberin und den Grund, warum ich hier war, herauszufinden.

»Mrs. O'Raffety? Sie wird nie verkaufen. Sie hat genug Geld.«

»Wohnen Sie auch hier?« fragte ich, denn ich hätte gern gewußt, welche Rolle er in Mrs. O'Raffetys Haushalt spielte.

»Ich habe selbst ein schönes Haus: drei Schlafzimmer, Swimmingpool, Jacuzzi, alles. Wir sind auf dem Weg hier herauf vorbeigefahren. Wo die hohen Palmen standen.«

»Ach ja«, sagte ich, obwohl mir ein Haus unter hohen Palmen nicht aufgefallen war.

»Meine Ehe ist gescheitert«, sagte er. »Charly – das ist

Mrs. O'Raffetys Tochter – hat mich verlassen. Sie hat einen Filmschauspieler geheiratet, den wir bei einem Wohltätigkeitsbankett trafen. Er schien hier nie die richtigen Rollen zu kriegen, und so sind sie schließlich nach Florida gezogen. Sie haben ein wunderschönes Haus außerhalb von Palm Beach.« Das sagte er ohne Bitterkeit – überhaupt ohne emotionale Anteilnahme –, als spräche er von Leuten, die er nur aus den Klatschspalten der Boulevardzeitungen kannte.

»Aber Sie sind bei Mrs. O'Raffety geblieben?«

»Na, ich mußte ja wohl«, sagte Buddy. »Ich bin Mrs. O'Raffetys Anwalt. Ich kümmere mich um ihre Geschäfte.«

»Ach so, natürlich.«

»Also, gehen Sie schwimmen, Mr. Samson. Das Wasser ist ziemlich warm. Mrs. O'Raffety muß wegen ihrer Bandscheiben viel schwimmen, aber kaltes Wasser kann sie nicht ausstehen.« Er schaute aus dem Fenster und beobachtete sie. Sein starrer Gesichtsausdruck hätte bedeuten können, daß er sich Sorgen um sie machte.

»Und wer ist Mr. O'Raffety?« fragte ich.

»Wer ist Mr. O'Raffety?« Meine Frage verblüffte Buddy anscheinend.

»Ja. Wer ist Mr. O'Raffety? Wovon lebt er?«

Buddys Gesicht entspannte sich. »Ach, jetzt verstehe ich«, sagte er. »Wovon er lebt. Also, Shaun O'Raffety war Mrs. O'Raffetys Friseur. In L. A. ... tolles Geschäft am Rodeo Drive.« Buddy kratzte sich am Kinn. »Das war natürlich alles lange vor meiner Zeit. Hat auch nicht lange gehalten. Sie hat ihm Geld gegeben für eine Bar in Boston. Sie hat ihn schon seit zehn Jahren nicht mehr gesehen, aber ich muß ab und zu hinfahren und ihm aus der Patsche helfen.«

»Wieso?«

»Ach, Geldschwierigkeiten, Schwierigkeiten mit Frauen, mit der Steuer, mit Buchhaltern, manchmal mit den Bullen wegen irgendwelcher Schlägereien in seiner Bar. Der alte Shaun ist Ire. Eine ehrliche Haut im Grunde. Er läßt sich nur zu leicht mit den falschen Kunden, Freunden und Frauen ein.«

»Von Mrs. O'Raffety mal abgesehen«, sagte ich.

Für einen Augenblick glaubte ich, Buddy beleidigt zu haben, doch er faßte sich schnell wieder und sagte: »Ja, von Mrs. O'Raffety abgesehen.« Es fiel richtig auf, daß er dabei nicht lächelte.
»Da Sie Mrs. O'Raffetys Anwalt sind, Buddy, könnten Sie mir vielleicht erklären, weshalb ich hierher gebracht worden bin.«
Er sah mich an, als wollte er mir helfen, als wollte er darauf wirklich eine Antwort finden. »Gesellschaftliche Ereignisse sind nicht grade mein Fall«, sagte Buddy. Er schwieg eine Weile, als bedauerte er, mir sein Verhältnis zu Mrs. O'Raffety erklärt zu haben. Endlich sagte er: »Mrs. O'Raffety hat eine Privatsekretärin, die die Einladungen für sie erledigt: Wochenendgäste, Cocktails, Dinnerpartys und dergleichen.«
»Aber, ganz unter uns, Buddy, ich kenne Mrs. O'Raffety überhaupt nicht.«
»Dann sind Sie vielleicht hier, um einen von Mrs. O'Raffetys Dauergästen zu besuchen. Kennen Sie zum Beispiel Mr. Rensselaer? Der wohnt in dem Haus mit der großen Bougainvillea.«
»Bret Rensselaer?«
»Genau.«
»Er ist tot.«
»Bestimmt nicht.«
Jeder wußte, daß Bret tot war. Wenn Frank Harrington sagte, daß er tot sei, dann war er tot. Frank hatte in solchen Dingen immer die zuverlässigsten Informationen. Bret starb an den Schußverletzungen, die er bei einem nun schon drei Jahre zurückliegenden Feuergefecht in Berlin erlitten hatte. Ich stand nur ein paar Meter weiter weg. Ich sah ihn fallen, hörte ihn schreien.
»Bret Rensselaer«, sagte ich langsam. »Ungefähr sechzig. Blondes Haar. Groß. Dünn.«
»Das ist er. Das Haar ist jetzt weiß, aber sonst stimmt alles. Er war lange krank. Sehr schwer. Verletzungen bei einem Autounfall irgendwo in Europa. Mrs. O'Raffety hat ihn hierher geholt. Sie hat dieses Gästehaus umbauen und einen schönen Raum mit all den Geräten einrichten lassen, die er für seine Heilgymnastik und so Sachen braucht. Er konnte ja kaum gehen, als er hier ankam. Die eine oder andere von seinen Therapeutinnen kommt jeden Tag, sogar sonntags.« Er bemerkte meinen Gesichtsaus-

druck und fragte: »Kennen Sie ihn vielleicht von Europa her?«
»Ich kannte ihn sehr gut«, sagte ich.
»Sieh mal einer an.« Buddy Breukink nickte. »Ja, er ist irgendwie entfernt verwandt mit Mrs. O'Raffety. Der alte Cy Rensselaer – der berühmte, nach dem das Auto benannt ist – war Mrs. O'Raffetys Großvater.«
»Ich verstehe.« Bret Rensselaer war also wirklich noch am Leben, und mich hatten sie diesen ganzen Weg hierher machen lassen, damit ich ihn sah. Warum?

14

Es war schon sehr spät, als wir zu Mittag aßen. Mrs. Helena O'Raffety aß nicht viel. Vielleicht hatte sie schon einige Mittagessen hinter sich. Mit der Gabel schubste sie ihre Salatblätter auf dem großen rosa Teller hin und her, wie Polizisten Betrunkene von den Parkbänken aufscheuchen.

»Ich bin eigentlich Europäerin«, sagte sie. Ich wußte schon, daß sie eigentlich und innerlich ganz anders war als ihre kalifornischen Freunde und Bekannten. »Als ich noch sehr jung war, habe ich immer gesagt, eines Tages würde ich mir eine kleine Wohnung in Berlin kaufen, aber als ich dann endlich mal hinkam, fand ich die Stadt furchtbar traurig. Und so schmutzig. Dieser Ruß in der Luft. Nach zehn Minuten auf der Straße sah ich aus wie ein Schornsteinfeger. Ich habe mir meinen Jugendtraum nie erfüllt.« Sie seufzte und entschloß sich, eine Scheibe geschälter Tomate aufzuspießen und auch zu essen.

»In Berlin kann es sehr kalt werden«, sagte ich. Auf dem blauen Spiegel des Schwimmbeckens neben uns sah ich die Sonne glitzern, in der salzigen Seebrise roch ich den Duft wilden Salbeis, und hoch am Himmel über uns kreisten Falken. Berlin war weit weg.

»Ach, wirklich?« fragte sie. Sehr lebhaft war ihr Interesse nicht. »Ich bin nur zweimal dort gewesen. Beide Male im Herbst. Ich mache immer im Herbst Urlaub. Da ist es noch warm, und die Hotels sind nicht mehr so voll.« Als wollte sie die Schlichtheit ihres blauen Baumwollkleids hervorheben, war sie mit Schmuck beladen: eine goldene Halskette, ein halbes Dutzend Ringe an den Fingern, eine goldene Armbanduhr, deren Zifferblatt mit Diamanten besetzt war. Jetzt machte sie sich an ihren Ringen zu schaffen, drehte einen nach dem andern, als seien sie ihr lästig, oder vielleicht wollte sie sich nur überzeugen, daß sie noch alle da waren.

In der Garage hinter dem Haus wurde plötzlich der Wrangler-Jeep gestartet. Nach der gemeinsamen Fahrt mit Buddy Breukink erkannte ich seinen Stil sofort. Einmal, zweimal, dreimal ließ er den Motor aufheulen. Mrs. O'Raffety sah mit gequälter Miene zum Himmel auf. Man brauchte nicht allzuviel Phantasie, um in so ziemlich allem, was Buddy tat, unterdrückte Wut zu erkennen.

»Sie haben sich über die Erziehung meines kleinen Enkels Peter gestritten.« Sie brauchte mir nicht zu sagen, von wem die Rede war. »Buddy hat da seine eigenen Vorstellungen, aber meine Tochter will, daß er im jüdischen Glauben erzogen wird.« Sie trank einen Schluck Eistee.

Ich war vollauf beschäftigt mit dem kunstvoll arrangierten Hummersalat, den man mir hingestellt hatte. Alle Gemüsesorten, die sich als Salat servieren lassen – vom Shiitakipilz bis zur Lotoswurzel –, waren zu einer dekorativen *jardinière* rings um ein halbes Dutzend junger Hummerschwänzchen in einer üppigen Mayonnaise drapiert. Auf einem rosa Extrateller lag eine heiße gebackene Kartoffel, mit saurer Sahne begossen und kleinen Stückchen knusprigem Bacon garniert. Die Salate in Kalifornien sind nicht für die schlanke Linie kreiert. Mrs. O'Raffety sah mich prüfend an. Sie wartete, bis ich nickte.

»Es geht hier nur um die weibliche Linie«, erklärte sie und versuchte ein Radieschen aufzuspießen, das aber davonrollte und entkam. »Meine Mutter war Jüdin, also bin ich Jüdin. Deshalb ist meine Tochter Jüdin und ihr Sohn auch. Buddy scheint das einfach nicht zu begreifen.«

»Vielleicht«, erlaubte ich mir zu vermuten, »war er nicht darauf gefaßt, daß eine Schwiegermutter mit irischem Familiennamen so viel jüdischen Familiensinn vererbt hat.«

Sie musterte mich mit dem strengen Gesichtsausdruck, der mir beim Schwimmen schon an ihr aufgefallen war. Ihre Augen waren von eisigem Blau. »Das kann schon sein«, sagte sie. »Verstehen Sie mich recht, ich sehe das nicht so eng. Wir essen zum Beispiel nicht koscher. Mit mexikanischen Küchenangestellten geht das gar nicht.«

»Und wo ist Ihr kleiner Enkel jetzt?«

»In Florida. Vorige Woche hat sich Buddy zum Lunch mit einem Privatdetektiv getroffen. Ich habe Angst, daß er einen Plan ausheckt, um das Kind wegzuholen.«

»Eine Entführung?«

»Buddy wird leicht emotional.«

»Aber er ist doch Rechtsanwalt.«

»Selbst Rechtsanwälte werden manchmal emotional«, sagte sie. Damit war das Thema für sie beendet, aber ich hatte nicht den Eindruck, daß sie Buddys Gefühle völlig verdammte. Als das Geräusch des sich entfernenden Motors verklang, kehrte sie zur Erörterung ihrer europäischen Wurzeln zurück. »Ich bin in Berlin geboren«, sagte sie. »Und ich habe noch heute Verwandte da. Vielleicht werde ich die eines Tages mal ausfindig machen. Allerdings sage ich mir auch: Wer braucht noch mehr Verwandte?« Sie spielte mit einem Päckchen Marlboro und einem goldenen Feuerzeug, als kämpfte sie gegen die Versuchung.

»Sie kamen als Kind hierher?«

Sie nickte. »Von der Sprache ist nichts hängengeblieben. Vor ein paar Jahren habe ich angefangen, Deutschunterricht zu nehmen, aber es war hoffnungslos. Allein diese unregelmäßigen Verben... Grauenhaft.« Sie lachte. »Noch Wein?«

»Danke.«

Sie nahm die Flasche aus dem Eiskübel. »Der ist vom Gut eines Freundes, ganz hier in der Nähe. Sein Chablis ist ausgezeichnet, der Rosé ist gut – wunderbare Farbe –, nur der Rote ist irgendwie enttäuschend. Da halte ich mich lieber an die französischen.« Sie goß den Rest aus der Flasche in mein Glas. Jeder Weißwein war für sie ein Chablis; in Kalifornien ist das anscheinend üblich.

»Und Sie, Mrs. O'Raffety?« fragte ich. Sie hatte mir nicht angeboten, sie mit dem Vornamen anzureden, und da sogar ihr Schwiegersohn sie Mrs. O'Raffety nannte, mußte es ihr gefallen. Vermutlich hatte sie das Recht, diesen Namen zu tragen, teuer genug bezahlt.

»Ich nehme immer nur ein halbes Glas. Chablis ist nicht gut für die Gelenke, wissen Sie, der Säuregehalt...«

»Das wußte ich nicht.«
Sie hatte sich an der Weinflasche aus dem Eiskübel die Finger naß gemacht. Sorgfältig trocknete sie diese jetzt an einem rosa Handtuch, ehe sie von neuem mit der Zigarettenschachtel zu spielen begann. »Mit Ihnen kann man gut reden«, sagte sie und betrachtete mich mit halb zugekniffenen Augen, als könnte sie in meiner Erscheinung eine Erklärung dafür finden. »Hat Ihnen das schon mal jemand gesagt? Gute Zuhörer sind gar nicht so häufig. Sie hören zu, zeigen aber keine Neugier. Ich nehme an, das ist das Geheimnis.«
»Vielleicht«, sagte ich.
»Sie können sich nicht vorstellen, wie aufgeregt Bret war, als er hörte, daß Sie kommen.«
»Ich freue mich darauf, ihn wiederzusehen.«
»Seine Heilgymnastin ist jetzt bei ihm. Er darf keine Sitzung verpassen. Fällt eine aus, wirft ihn das eine ganze Woche zurück. Der Arzt sagt das, und er hat recht. Ich weiß es. Mein ganzes Leben lang habe ich unter diesen verdammten Bandscheiben gelitten.« Sie berührte flüchtig ihren Rücken, als fiele ihr eben erst ein, daß sie Schmerzen hatte.
Als ich meinen Hummersalat aufgegessen hatte, erschien ungerufen ein Diener und räumte die Teller auf einen Abstelltisch, Mrs. O'Raffetys noch vollbeladenen ebenso wie meinen blitzblanken.
»Haben Sie etwas dagegen, wenn ich rauche, Mr. Samson?«
Der mexikanische Diener – ein muskulöser Mann mittleren Alters mit der straffen Haut und der undurchdringlichen Miene der Indianer – wartete auf ihre Befehle. Er strahlte nicht nur eine gewisse Würde aus, man spürte auch, daß er beträchtliche Kräfte zügelte – wie ein scharfer Hund, der auf den Befehl zum Angriff wartet.
Ich hätte Mrs. O'Raffety gerne gebeten, mich Bernard zu nennen, aber sie war eine Frau, die ein solches Angebot womöglich ablehnte.
»Sie sind in Ihrem eigenen Haus«, sagte ich.
»Und die Lungen sind auch meine. Ja, das sagt Buddy immer.« Mit einem kehligen kleinen Lachen zog sie eine Zigarette aus der

Packung auf dem Tisch. Der Diener beugte sich vor und zündete sie ihr an. »Und jetzt, Mr. Samson: Frische Erdbeeren? Frische Himbeeren? Hausgemachten Blaubeerkuchen? Was gibt es noch, Luis?« Ich fand es immer schon etwas verwirrend, daß man in Kalifornien an der Speisenfolge nicht erkennen kann, welche Jahreszeit gerade ist. »Der Kuchen ist köstlich«, setzte sie hinzu, verlangte aber selbst keinen. Nachdem ich mich zu Blaubeerkuchen und Eis entschlossen und der schweigsame Luis sich auf den Weg gemacht hatte, mir das Gewünschte zu bringen, sagte Mrs. O'Raffety: »Sie werden ihn ziemlich verändert finden. Bret, meine ich, er ist nicht mehr der Mann, der er war.« Sie betrachtete die brennende Spitze ihrer Zigarette. »Natürlich wird er Ihnen erzählen wollen, wie zäh er ist. Männer sind so, das weiß ich. Aber ermutigen Sie ihn nicht zu irgendwelchen Dummheiten, kann ich mich darauf verlassen?«

»Zu was für Dummheiten könnte er denn aufgelegt sein?«

»Der Arzt füllt ihn mit Drogen ab bis hier.« Sie legte sich die flache Hand auf den Scheitel. »Und nachmittags muß er ruhen. Er ist noch keineswegs gesund.«

»Die Ärzte in Berlin haben nicht geglaubt, daß er mit dem Leben davonkommt«, sagte ich. »Er kann von Glück reden, daß Sie sich um ihn kümmern, Mrs. O'Raffety.«

»Was hätte ich denn sonst tun sollen? Die Krankenhausrechnungen wuchsen ins Unermeßliche, und Bret hatte irgendeine lausige britische Krankenkasse, die nicht einmal die Kosten für das Zimmer im Krankenhaus abdeckte.« Sie zog an der Zigarette. »Ich habe Buddy gesagt, er soll mehr Geld aus dieser Krankenkasse herausholen, aber Sie wissen ja, wie Versicherungen sind.«

»Sie waren also die gute Samariterin«, sagte ich.

»Er hatte doch sonst niemanden, der ihn aufgenommen hätte. Und ich bin verwandt mit ihm, wenn auch nur über mehrere Ecken. Wir sind nicht blutsverwandt. Mein Großvater heiratete Brets verwitwete Mutter. Sie hat dann auch die Namen ihrer Kinder in Rensselaer ändern lassen. Brets wirklicher Name ist Turner.«

»Er war verheiratet«, sagte ich.

»Kennen Sie seine Frau?« Sie streifte die Asche im Aschenbecher ab.
»Nein.«
»Ich habe mich mit ihr in Verbindung gesetzt. Ich schrieb ihr, daß Bret dem Tode nahe sei. Keine Antwort. Nicht mal vorgedruckte Genesungswünsche.« Mrs. O'Raffety inhalierte tief und blies dann den Rauch aus auf eine Weise, die ihre Verachtung demonstrierte. Für einen Augenblick erinnerte sie mich an Cindy Matthews. Beide waren Frauen, die wußten, was sie wollten.
»Vielleicht war sie umgezogen«, vermutete ich.
»Buddy hat jemanden darauf angesetzt. Ihren Unterhaltsscheck löst sie regelmäßig jeden Monat ein. Sie hat meinen Brief sehr wohl erhalten. Nimmt sein ganzes Geld und schert sich einen Dreck um ihn. Wie kann sich eine Frau nur so verhalten?« Sie trank von ihrem gekühlten Tee und wartete, während mir eine riesige Portion Blaubeerkuchen mit Eis und Schlagsahne hingestellt wurde. Dann sagte sie: »Bret und ich sind zusammen aufgewachsen. Ich war irrsinnig verliebt in ihn. Ich nehme an, ich habe immer damit gerechnet, daß wir heiraten würden. Dann zog er eines Tages in die Stadt, und ich hörte, daß er zur Marine gegangen war. Ich wartete auf ihn. Ich wartete und wartete. Doch als der Krieg zu Ende war, kam er nicht zurück.«
»Kam nicht zurück?«
»Nicht hierher. London, Berlin. Ich bekam Briefe und Postkarten von ihm. Manchmal sogar lange Briefe, aber nie stand das eine drin, was ich lesen wollte.«
Ich begann, meinen Kuchen zu essen.
»Sie haben sicherlich nicht damit gerechnet, daß Sie sich hier die Geständnisse einer alten Dame anhören müssen. Ich weiß auch gar nicht, warum ich überhaupt damit angefangen habe. Wahrscheinlich, weil Sie Bret von früher kennen. Die einzige andere gemeinsame Bekanntschaft von Bret und mir ist diese Schlampe, seine Frau.«
»Sie kennen sie also?« Vorher hatte sie so abstrakt von ihr gesprochen, als existiere sie nur als Verschwenderin von Brets Geld.

»Nikki? Natürlich kenne ich sie. Wie diese Ehe ausgehen würde, habe ich von Anfang an gewußt. Von dem Augenblick an, in dem sie mir erzählte, daß sie ihn heiraten würde. Manchmal denke ich, sie hat ihn sich nur geangelt, weil sie wußte, wie sehr sie mich damit treffen würde.«

»Ist sie aus der Gegend hier?«

»Nikki Foster? Ihre Leute hatten ein Schuhgeschäft in Santa Barbara. Wir sind zusammen zur Schule gegangen. Sie ist schon immer eine kleine Schlampe gewesen.«

»Wie lange hat die Ehe gedauert?«

»Acht elende lange Jahre haben sie zusammengelebt, denke ich. Mit Bret habe ich nie davon gesprochen, und er erwähnt nie auch nur ihren Namen.«

»Er hatte doch auch einen Bruder.«

»Sheldon.« Sie ließ ein rätselhaftes kleines Lachen hören. »Sind Sie ihm je begegnet?«

»Nein«, sagte ich.

»Großer Mann in Washington, D. C. Ein ganz großer Mann. Auf seine Art ganz nett, aber ständig unterwegs zu noch höheren Zielen. Wissen Sie, was ich meine?«

»Ich weiß, was Sie meinen.«

Sie senkte die Stimme. »Und keiner von ihnen scheint Geld zu haben. Was haben die bloß mit dem ganzen Rensselaer-Vermögen gemacht? Das wüßte ich gerne. Der alte Cy Rensselaer muß ein riesiges Vermögen hinterlassen haben. Soviel kann Bret doch diesem gräßlichen Weib gar nicht in den Rachen geschmissen haben. Aber wenn nicht, wo ist es dann?«

Ich weiß nicht, was ich erwartete, aber als ich Bret Rensselaer endlich zu Gesicht bekam, fand ich, daß er ziemlich mitgenommen aussah. Er war ungefähr sechzig Jahre alt, groß und schlank, trug eine weiße Baumwollhose, ein weißes T-Shirt und weiße Turnschuhe. Das Kostüm mochte in Kalifornien vielleicht die neueste Mode sein, aber er wirkte darin nur noch mehr wie ein Patient. Er lächelte. Dieses Lächeln bei fest geschlossenem Mund hatte er sich bewahrt, sein Haar auch.

Aber er war viel älter, als ich ihn in Erinnerung hatte. Die

Wangen waren eingefallen, das Gesicht runzlig. Für einen Teil der verlorenen Jugendlichkeit entschädigte ihn allerdings nun ein distinguiertes Aussehen, ähnlich dem, das einen alternden Filmstar zum Präsidenten der USA qualifizieren mag. Er war eben mit einigen leichten Übungen zur Kräftigung der Armmuskeln beschäftigt, als ich ins Zimmer trat. »Bernard«, rief er freundlich. Seine Übungen hatten ihn ein wenig außer Atem kommen lassen. »Tut mir leid, daß ich dich hab' warten lassen, aber die bestehen darauf, daß ich mein Programm durchziehe.« Er betonte meinen Namen immer auf der letzten Silbe, und als ich es jetzt wieder hörte, mußte ich an früher denken. Ich sah mich in seiner privaten Turnhalle um. Irgendjemand hatte in die Einrichtung eine Menge Geld investiert. Das Obergeschoß war herausgerissen worden, um den Raum höher zu machen. Eine Wand war von oben bis unten verglast, an der gegenüberliegenden waren polierte Holzstangen angebracht, die von einer Querwand zur anderen reichten. Der Boden war Parkett, und an Geräten gab es ein Übungsfahrrad, eine Rudermaschine und einen großen Stahlrahmen mit einem Sitz drin sowie Gewichten und Flaschenzügen – das Ganze sah wie ein Folterinstrument aus. Bret saß auf dem Sitz und drückte Hebel. »Zeit, daß ich Schluß mache«, sagte er.

Es war jener Augenblick am späten Nachmittag, in dem die Natur plötzlich innezuhalten scheint. Selbst hier oben am Berg war nicht der leiseste Windhauch, kein Blatt regte sich, kein Vogel flog. Die schon tief über dem Meer draußen stehende Sonne vergoldete alles, und die Luft war schwer und erstickend. In diesem Augenblick vergoldete die durch das große Fenster flach einfallende Spätnachmittagssonne auch Bret – und die Maschine, in der er gefangen saß –, so daß er aussah wie die Statue eines vergessenen heidnischen Gottes.

»Wie ich höre, trainieren sie dich für den Zehnkampf bei der nächsten Olympiade.«

Bret schien das alberne Kompliment zu gefallen. Er lächelte das scheue, flüchtige Lächeln, das er immer bei den hübschesten Mädchen an den Schreibmaschinen des Department eingesetzt hatte, und rieb sich das Gesicht. »Drei Stunden täglich, aber es lohnt sich. Während der letzten beiden Monate habe ich endlich große Fortschritte gemacht«, sagte er. Er kletterte aus der Maschine und wischte sich mit einem Handtuch den Schweiß von der Stirn.

»Klingt hart.«

»Und wenn ein ehemaliger Stabsarzt der Marineinfanterie das Programm überwacht, ist es auch hart«, sagte Bret mit jenem masochistischen Stolz, dem alle Männer gelegentlich verfallen. »Ich bin sogar schon Ski gelaufen.«

»Nicht übel.«

»In Sun Valley. Nur ein Wochenende. Leichte Hänge. Keine Kunststücke.« Er schüttelte mir die Hand und hielt sie fest. Einen Augenblick standen wir nur da und sahen uns an. Allen Verstimmungen, die es zwischen uns gegeben hatte, zum Trotz hatte ich ihn gern, und ich nehme an, er wußte das. Als er vor drei Jahren in wirklich ernsten Schwierigkeiten gesteckt hatte, war er zu mir gekommen, und aus irgendeinem blöden Grund, den ich nicht herausfinden konnte, war ich darauf stolz. Aber Bret hatte einen großen Teil seines Lebens in der Gesellschaft der Reichen und Mächtigen zugebracht und sich den Panzer zugelegt, hinter den solche Leute ihre Gefühle in Sicherheit bringen. Er lächelte, meine Hand loslassend, und gab mir einen sanften Klaps auf den Arm. »Mein Gott! Ich freue mich wirklich, dich wiederzusehen, Bernard. Und wie gehen die Geschäfte?«

»Wir kommen zurecht, aber nur gerade eben.«

»Dicky hat nicht Europa gekriegt?«

»Nein.«

»Das ist sicherlich so auch das Beste. Er ist noch nicht reif für die Verantwortung. Wie geht es mit dem Deputy? Wie ich höre, tritt er jeden in den Hintern.« Er lud mich mit einer Handbewegung zum Sitzen ein, und ich folgte der Einladung.

»Wir sehen ihn in letzter Zeit viel häufiger«, gab ich zu.

»Das ist gut. Ein bereits geadelter Stellvertreter hat nicht mehr soviel Grund, sich anzustrengen«, sagte Bret. »Ich nehme an, er will zeigen, daß er pflichtbewußt ist.«

»Er hat die Erhebung in den Adelsstand nicht für seine Verdienste um das Department gekriegt«, bemerkte ich.

»Höre ich da den Schrei des wunden Herzens?« fragte Bret und lachte ein nüchternes, kleines Lachen, das seine Muskeln nicht anstrengte.
Ich hatte die Unerfahrenheit des Deputy gar nicht tadeln wollen, aber wenn man sich mit Bret unterhielt, sagte man immer mehr, als man wollte. Und sobald es um Adelstitel und ähnliche Ehrungen ging, bekam Bret einen gierigen Gesichtsausdruck. Ich staunte immer wieder darüber, daß gebildete und weltläufige Leute wie Bret, Dicky und Frank so scharf waren auf diese unpassenden und unpraktischen Auszeichnungen. Aber darauf beruht das ganze System; und zumindest kostet es den Steuerzahler nichts. »Der Deputy wird sich schon noch machen«, sagte ich. »Aber eine Menge Leute mögen keine neuen Ideen, egal, wer sie ihnen verkauft.«
»Frank Harrington zum Beispiel«, sagte Bret.
Natürlich hatte er den Nagel auf den Kopf getroffen. So kurz vor seiner Pensionierung würde Frank sich gegen jegliche Veränderung sperren.
»Ich höre so dies und das, Bernard. Sogar hier drüben erfahre ich, was ihr so anstellt. Der D. G. hält mich auf dem laufenden.«
»Der D. G.?«
»Nicht persönlich«, sagte Bret.
»Wir kriegen ihn in letzter Zeit kaum noch zu sehen«, sagte ich. »Es heißt allgemein, er sei krank und wolle sich vorzeitig pensionieren lassen.«
»Und räumt dem Deputy das Feld... Ja, diese Sachen habe ich hier auch gehört, aber ich würde den D. G. noch nicht abschreiben. Der alte Teufel hat viel zuviel Vergnügen daran, die Fäden in der Hand zu halten.«
»Ich sollte öfter hierherkommen und mich mit dir unterhalten, Bret«, sagte ich bewundernd.
»Vielleicht solltest du das, Bernard«, sagte er. »Manchmal sieht ein Zuschauer das Spiel klarer als die Spieler.«
»Aber welcher Spieler nimmt einen Rat von den Tribünen an?«
»Das ist der alte Bernard, den ich gekannt habe«, sagte er in einem Ton, der vielleicht sarkastisch war, vielleicht aber auch nicht. »Und die reizende Gloria? Läuft das noch?«

»Sie ist ein gutes Mädchen«, sagte ich so vage, daß er meine Unlust, darüber zu reden, bemerken hätte können.
»Wie ich höre, seid ihr zusammengezogen.«
Verdammter Schnüffler, dachte ich, ließ mir aber nichts anmerken. »Ich habe das Haus in der Stadt vermietet und eine Hypothek auf ein Häuschen in einem Vorort aufgenommen.«
»Mit Investitionen in Grundbesitz kann nichts schiefgehen«, sagte er.
»Wenn mein Schwiegervater zu spinnen anfängt, schon«, sagte ich. »Er hat die Bürgschaft für die alte Hypothek übernommen. Selbst die Bank weiß nicht, daß ich das Haus schon vermiete.«
»Mach dir deswegen keine Sorgen, Bernard. Vielleicht werden sie höhere Raten fordern, aber ich glaube nicht, daß sie dich in wirkliche Schwierigkeiten bringen werden.«
»Das Haus gehört zur Hälfte Fiona. Wenn ihr Vater für sie Anspruch auf diese Hälfte erhebt, kann ich mich auf einen verdammt unangenehmen Rechtsstreit gefaßt machen.«
»Warst du schon bei einem Anwalt?« fragte er.
»Nein, ich versuche, nicht an die Sache zu denken.«
Bret verzog mißbilligend das Gesicht. Leute wie Bret gingen schon zum Anwalt, bevor sie sich eine zweite Portion kohlehydratreicher Beilagen auf den Teller luden. »Das Department würde dir helfen«, sagte er in jenem autoritären Ton, in dem er seine Überlegungen vorzubringen pflegte.
»Es wird schon irgendwie gehen«, sagte ich. Tatsächlich fühlte ich mich etwas gestärkt durch seine Ermutigung, obwohl ich sehr gut wußte, was ich von dieser scheinbaren Autorität zu halten hatte.
»Meinst du nicht, daß Fiona vielleicht zurückkommt?« fragte er. Er zog einen Pullover über. Die Sonne war untergegangen, und es wurde kühl.
»Zurückkommen!« sagte ich. »Wie denn? Sie würde doch sofort vor Gericht gestellt.«
»Es sind schon seltsamere Geschichten passiert«, entgegnete Bret. »Wie lange ist sie jetzt weg?«
»Schon lange.«
»Warte trotzdem ab«, sagte Bret. »Du denkst doch nicht daran, dich wieder zu verheiraten?«

»Vorläufig nicht«, antwortete ich.
Er nickte. »Komm zu mir«, sagte er. »Wenn du irgendwelche Sorgen wegen deines Hauses hast, Ärger mit dem Schwiegervater oder sonstwas in der Art, wende dich vertrauensvoll an mich. Ruf hier an. Gib eine Nummer an, wo ich dich erreichen kann. Verstehst du?«
»Warum du, Bret? Ich meine, herzlichen Dank. Aber warum du?«
»Hast du je von unserem Unterstützungsfonds gehört?« fragte Bret, und ohne meine Verneinung abzuwarten, fuhr er fort. »Ich bin kürzlich zum Präsidenten dieses Fonds gemacht worden. Genaugenommen ist das nur ein Ehrentitel, aber ich habe doch die Chance, mit dem Geschäft in Berührung zu bleiben. Und der Fonds ist genau für solche Probleme wie deines da.«
»Unterstützungsfonds?«
»Für deine Probleme kannst du nichts, Bernard. Deine Frau ist zwar zum Feind übergelaufen, aber daran kann doch niemand dir die Schuld geben. Es ist ein Problem des Department, und das Department wird sich auch darum kümmern.« Er hob gerade lang genug den Blick von seinen Fingernägeln, um mir ernsthaft und aufrichtig in die Augen zu sehen.
Ich sagte: »Ich beneide dich um deinen Glauben an das Verständnis und die Fürsorglichkeit des Department, Bret. Vielleicht ist es dieser Glaube, der dich am Leben erhält.«
»Der Glaube versteht sich von selbst für uns Anglophile, Bernard.« Bret steckte beide Hände in die Hosentaschen und grinste. »Aber, um auf die Ursache deiner Schwierigkeiten zurückzukommen, was hörst du denn von Fiona?«
»Sie arbeitet für die andere Seite«, sagte ich stur. Er wußte, daß ich über all das nicht reden wollte, aber das schreckte ihn nicht ab. Ich hatte gehofft, von ihm zu erfahren, warum er sich so lange totgestellt hatte, aber er wollte sich mir offenbar nicht anvertrauen.
»Keine Mitteilungen? Nichts? Die Kinder müssen ihr doch fehlen.«
Ich sagte: »Sie wäre doch verrückt, wenn sie die Kinder zu sich holen würde. Es wäre schlecht für die Kinder, und außerdem

könnten ihre neuen Chefs die Kinder als Druckmittel benutzen, wenn sie mal aus der Reihe tanzt.«

»Wahrscheinlich vertraut man ihr, Bernard. Sie hat schließlich eine Menge aufgegeben: Kinder, Ehemann, Familie, Heim und Karriere. Sie hat alles aufgegeben. Ich nehme stark an, daß man ihr da drüben traut.« Er machte sich am Armaturenbrett des Übungsfahrrades zu schaffen. Das war typisch für Bret. Ständig mußte er an irgend etwas herumfummeln. Sich in alles einmischen, sagten seine Kritiker. Jetzt trat er das Pedal durch, und der Mechanismus krachte. »Aber viele Leute halten es nicht auf Dauer da drüben aus. Gib die Hoffnung noch nicht auf.«

»Meinetwegen. Aber ich nehme doch nicht an, daß du mich um die halbe Welt hierher bestellt hast, um über Fiona zu reden«, sagte ich.

Er blickte scharf auf. Vor Jahren hatte ich ihn verdächtigt, ein Verhältnis mit Fiona zu haben. Einer schien des anderen Gesellschaft auf eine Weise zu genießen, die mich neidisch machte. Inzwischen war ich nicht mehr eifersüchtig. Wir hatten sie beide verloren – aber mein Verdacht und Brets Wissen darum standen noch immer zwischen uns. »Na ja, doch, in gewisser Weise schon.« Großes Lächeln. »Ich hatte ein paar Papiere für London. Irgend jemand mußte sie abholen, und man hat dich geschickt, worüber ich mich sehr freue.«

»Spar dir diesen Quatsch«, sagte ich. »Ich bin inzwischen erwachsen. Wenn irgendwas zu sagen ist, dann sag's.«

»Was meinst du damit?«

»Was ich damit meine? Das kann ich dir schon sagen. Erstens: Harry Strang, dem man anscheinend die Spielregeln nicht erklärt hat, was immer hier gespielt wird, hat mir gesagt, daß ich auf ausdrücklichen Wunsch der Einsatzgruppe Washington angefordert wurde. Zweitens: Kaum bin ich hier und mache meinen Koffer auf, sehe ich, daß der sorgfältig durchsucht worden ist. Nicht hastig durchwühlt und ausgeleert, wie ein Dieb es getan hätte, oder systematisch und ordentlich, wie es Zollbeamte machen. Aber schön durchsucht.«

»Eine Sicherheitskontrolle am Flughafen«, sagte Bret scharf. »Du leidest unter Verfolgungswahn, Bernard.«

»Ich habe erwartet, daß du das sagen würdest, Bret. Aber was ist mit meinem Handgepäck? Was ist mit dem gesprächigen Mr. Woosnam oder wie immer er richtig heißt, der rein zufällig den Platz neben meinem hatte und so ungestört meine Tasche durchsuchen konnte, während ich auf die Toilette ging?«

»Das kannst du doch gar nicht wissen, Bernard.«

»Nicht wissen, daß es passiert ist, oder nicht wissen, daß das Department dahintersteckt?«

Bret lächelte. »Bernard, Bernard, Bernard«, sagte er, ungläubig den Kopf schüttelnd. Ich litt also an Verfolgungswahn. Die Sache mit dem Handgepäck war nur ein weiteres Beispiel für meine Dummheit. Es hatte keinen Zweck, das Thema weiter zu verfolgen. »Also, setz dich mal ganz ruhig hin und hör zu.«

Ich lehnte mich zurück.

»Vor Jahren – ehe Fiona uns sitzenließ – hat man mir einen Auftrag gegeben. Operation Köder nannte man das Unternehmen. Zweck der Übung war, gewisse Geldsummen um die Erde herum zu bewegen. Damals hat man mit solchen Finanzoperationen immer mich betraut. Denn es gab sonst in der Chefetage niemanden, der die erforderlichen Kenntnisse dafür gehabt hätte.«

»Zusammen mit Prettyman?«

»Richtig. Prettyman wurde mir überstellt zur Beaufsichtigung des Ablaufs im einzelnen.«

»Prettyman saß mit dir in dem Ausschuß für besondere Operationen.«

»Darauf würde ich nicht zuviel geben«, sagte Bret. »Das hat sich zwar in seiner Personalakte gut gemacht, aber aus der Sicht dieses Ausschusses war Prettyman nur ein aufgeputzter Buchhalter.«

»Er hat aber an die Hauptkasse berichtet«, sagte ich. »Er hat direkt an die Leute von der Zentralen Finanzierungsstelle berichtet, denn er war ihr Mann in diesem Ausschuß.«

»Ich sehe, daß du deine Schularbeiten gemacht hast, Bernard«, sagte Bret. Es verdroß ihn offensichtlich, daß ich so gut informiert war. »Ja, Prettyman berichtete direkt an die Hauptkasse, weil ich dieses Verfahren selbst vorgeschlagen hatte. Das erspar-

te mir die Mühe, alles gegenzuzeichnen und Routineanfragen zu beantworten zu einer Zeit, in der ich oft nicht in London war.«
»Operation Köder? Warum haben ich davon nie etwas gehört?«
»Warum auch? Fast niemand wußte etwas davon. Es waren nur ein paar Leute eingeweiht – der D. G., ich ... Selbst Prettyman kannte nicht alle Details.«
Ich betrachtete seine großen Gebärden. »Prettyman unterschrieb die Schecks«, sagte ich.
»Ich weiß nicht, wer dir das erzählt hat. Es ist wahr, daß er die Schecks gegenzeichnete. Aber das war nur eine zusätzliche Sicherheitsvorkehrung des D. G. zur Überwachung der Ausgaben. Die Schecks zeigten nur den Betrag und das Datum, so daß Prettyman den Kassenstand im Auge behalten konnte, aber in alles übrige war er nicht eingeweiht, die Zahlungsempfänger und so weiter.«
»Und plötzlich wird Prettyman in die Codeabteilung versetzt. Fiona läuft über. Prettyman geht nach Washington. Hängt das alles zusammen auf eine Weise, die ich noch nicht begreife? Wozu war das alles?«
»Es ist immer noch am Laufen«, sagte Bret. »Es ist immer noch verdammt heiß.«
»Was ist am Laufen?«
Er zögerte und befeuchtete seine Lippen. »Es ist immer noch eine sehr heikle Geschichte, Bernard.«
»Okay.«
Weiteres Zögern, währenddessen Bret weiter an seinen Lippen nagte. »Botschaftsinfiltrierung.«
»Ich dachte, Ravenscroft hätte all dieses Botschaftszeugs mit über den Fluß genommen. Er hat doch ein Dutzend Leute da drüben. Was machen die denn den ganzen Tag lang?«
»Köder ist was ganz anderes. Ravenscroft weiß nichts davon.«
»Heißt das, daß Ravenscroft und seine Leute versetzt wurden, weil sie kompromittiert waren?«
Er zuckte mit den Achseln. »Kann ich nicht sagen. Botschaftsinfiltrierung ist ein Geschäft, bei dem man sich leicht kompromittieren kann. Das weißt du doch selbst. Ein Überlaufer geht, und die Sicherheitsvorkehrungen werden verschärft, und für einige

Zeit wird Ravenscroft das Leben ein bißchen schwerer gemacht.« Er sah mich an. »Aber Köder ist über Ravenscrofts Niveau. Da geht es um wirklich große Summen. Köder ist für die ganz großen Fische.«

»Von dir erfahre ich in fünf Minuten mehr, als ich im Büro herauskriege, wenn ich ein Jahr lang Fragen stelle.«

»Weil ich will, daß du aufhörst, Fragen zu stellen«, sagte Bret. Seine Stimme war jetzt fester und nicht mehr so freundlich. »Du stocherst da in Sachen herum, die dich nichts angehen, Bernard. Und du drohst die ganze Operation zu ruinieren.« Er war zornig, und seine zornigen Worte endeten mit einem Husten, so daß er sich auf die Brust klopfen und warten mußte, bis er wieder zu Atem kam.

»Ist das der Grund, weshalb ich hierher geschickt worden bin?«

»In gewissem Sinn«, sagte Bret. Er räusperte sich.

»Sag mir nur, ob ich die Sache soweit richtig verstehe«, sagte ich. »Ihr habt eine Menge Firmen und Bankkonten gegründet und angelegt für diese Köder-Geschichte, damit ihr Bargeld herumschicken könnt, ohne daß es bei der Hauptkasse irgendwo auftaucht, nicht?«

»Botschaften«, sagte Bret. »Osteuropäische Botschaften. Nicht viele Leute. Nicht einmal ich weiß alle Einzelheiten. So läuft das. Und so ist es auch sinnvoll. Denn wenn jemand in der Hauptkasse die Akten hätte, würde das alle unsere Quellen in Gefahr bringen.« Ich sah ihn an. »Große Fische, Bernard...«

»Und Prettyman wußte das alles?«

»Prettyman wußte nur, was er wissen mußte und natürlich was er erraten konnte.«

»Und wieviel war das?«

»Darauf kann nur Prettyman selbst dir die Antwort geben.«

»Und Prettyman ist tot.«

»Das stimmt«, sagte Bret. »Er ist tot.«

»Und du willst, daß ich mir die ganze Sache aus dem Kopf schlage?«

»Irgendein idiotischer Buchhalter hat seine Zahlen durcheinandergebracht. Panik. Und plötzlich meinte man, wenn Prettyman nach London zurückkäme, könnte er das Durcheinander vielleicht aufklären.«

»Und nun ist es auch ohne seine Hilfe aufgeklärt?«
»Ein Fehler in der Buchhaltung. So was kommt gelegentlich vor.«
»Okay, Bret. Kann ich jetzt gehen?«
»Trotz ist hier nicht am Platz«, warnte mich Bret. »Diese Geschichte geht dich einfach nichts an. Ich will nicht, daß du darin herumschnüffelst. Ich bitte dich, die Finger davon zu lassen, weil da Menschenleben auf dem Spiel stehen. Wenn du zu blöde bist, das einzusehen...«
»Was dann?«
»Das hier ist offiziell«, erwiderte er. »Es ist nicht nur meine persönliche Bitte an dich, sondern eine dienstliche Anordnung.«
»Also, so weit war ich auch schon«, sagte ich. »Mein Gepäck wurde nicht durchsucht, weil man hoffte, irgendwas zu finden. Dafür bin ich zu lange im Geschäft. Der aufgegebene Koffer wurde durchsucht, um mir klarzumachen, daß die himmlischen Heerscharen auf deiner Seite sind, stimmt's? War das deine Idee, Bret? Hast du die Londoner Zentrale gebeten, mich zu filzen? War es Harry Strang? Harry ist doch geeignet für so was. Zäh, tüchtig und erfahren genug, um eine solche Kleinigkeit zu arrangieren. Und außerdem kurz vor der Pensionierung, so daß er kaum in die Versuchung kommen kann, mir einen Tip zu geben. Stimmt's?«
»Du bist dir selbst dein schlimmster Feind, Bernard.«
»Nicht, solange du in der Nähe bist, Bret.«
»Überleg's dir gut. Überschlafe es. Aber vergiß dabei nicht, was auf dem Spiel steht.« Er wandte die Augen von mir ab und begann abermals, an seinem Übungsfahrrad herumzuspielen.
»Unschuldige Menschenleben, meinst du?« fragte ich sarkastisch. »Oder meine Stellung?«
»Beides, Bernard.« Jetzt war er stur. Die Maske des wohlmeinenden Ehrenpräsidenten des Unterstützungsfonds war gefallen. Der wahre Bret kam zum Vorschein und fixierte mich mit stählernem, verächtlichem Blick.
»Hast du Jim Prettyman auch so ein Ultimatum gestellt?« fragte ich. »War er auch selbst sein schlimmster Feind, bis du auftauchtest? Hat er deine ›dienstliche Anordnung‹ ignoriert, so daß du

ein paar Jungs von außerhalb kommen lassen mußtest, die ihn dann auf diesem Parkplatz umgepustet haben?«

Fast unmerklich schüttelte er den Kopf. Brets Gesichtsausdruck war jetzt verschlossen. Das Gold der Sonne war verblichen. Jetzt sah er nur noch alt, müde und runzlig aus. Er würde nie ins Department zurückkehren, da war ich mir sicher. Brets Zeit war vorüber. Seine Stimme war nur wenig lauter als ein Flüstern, als er nun sagte: »Ich glaube, du hast genug gesagt, Bernard. Mehr als genug sogar. Wir unterhalten uns morgen früh noch mal. Für morgen ist ein Flug nach London für dich reserviert.«

Ich antwortete nicht. Irgendwie tat er mir leid mit seinen täglichen Leibesübungen und seinem Bemühen, Kontakt zum Department zu halten, ja sogar noch mitzumischen. Mit dieser Illusion, daß irgendwann alles wieder so sein würde wie vorher, und der Hoffnung, daß die Chance auf einen Adelstitel auch für ihn noch nicht endgültig verloren sei.

Ich stand auf. Jetzt kannte ich Zuckerbrot und Peitsche. Mache ich, was Bret von mir verlangt, wird er mir sogar mit dieser Hypothek helfen. Stecke ich aber weiter meine Nase in Sachen, die mich nichts angehen, werde ich meinen Job los, vielleicht auf die Weise, auf die Jim Prettyman seinen losgeworden ist. Mit den Füßen zuerst.

Oder hatte ich Bret mißverstanden?

15

Da ich seit meiner Ankunft noch keine Zeit gehabt hatte, meine innere Uhr mit der Sonne zu synchronisieren, und mir außerdem tausend Gedanken durch den Kopf gingen, schlief ich in dieser Nacht miserabel. Das verdammte Haus war nie still, nicht einmal in den frühen Morgenstunden. Nicht nur brummten und jaulten dauernd irgendwelche Maschinen, ich hörte auch Leute an meinem offenen Fenster vorbeigehen und sich leise auf spanisch unterhalten, und obwohl ich nichts verstand, störte es mich doch. Ich schloß das Fenster. Aber jetzt hörte ich hinter dem Haus die Wachhunde durch das Unterholz streifen und gegen den hohen Maschendrahtzaun springen, der sie aus dem Inneren des Grundstücks ausschloß. Vielleicht spürten die Tiere das sich zusammenbrauende Gewitter, denn wenig später kam der erste Donnerschlag, der Wind stürmte, und gegen das Fenster und auf die Metallmöbel im Hof trommelte der Regen.

Das Gewitter zog schnell ab, wie die meisten Gewitter, die vom Stillen Ozean kommen, und um vier Uhr früh begann eine Anzahl bisher schlafender Maschinen laut zu brummen und zu dröhnen. An Schlaf war nicht zu denken. Ich stand auf und machte mich auf die Suche nach der Lärmquelle. In einem der eleganten Frotteebademäntel, die die aufmerksame Mrs. O'Raffety ihren Gästen zur Verfügung stellte, erforschte ich den geweißten Korridor hinter meinem Zimmer. Hier waren Türen zur Anrichte, zu Speisekammer, zur Küche und zu verschiedenen Abstellräumen. Die Lampen funktionierten nicht – vielleicht hatte das Gewitter eine Störung verursacht –, doch eine trübe Nachtbeleuchtung brannte, so daß ich mich zurechtfinden konnte.

Ich ging vorbei an dem Kesselraum, an den Sicherungskästen und den gestapelten Kartons, die in Flaschen das Mineralwasser enthielten, von dessen anregender Wirkung auf die Verdauung Mrs. O'Raffety so überzeugt war. Das Maschinengeräusch führte mich zu einer niedrigen hölzernen Tür neben der Küche. Inzwischen war ich auf meiner Runde durchs Haus wahrscheinlich hinter den Gästezimmern angelangt.
Der Schlüssel steckte. Ich öffnete die Tür und trat vorsichtig ein. Das Brummen war jetzt lauter. Auf wenigen ausgetretenen Stufen ging ich in einen niedrigen Keller hinab. An einer Wand befanden sich vier Schalttafeln, deren erleuchtete Zifferblätter sich in Pfützen auf dem Fußboden spiegelten. Ich befand mich in der Waschküche des Hauses, mit einer ganzen Batterie von Waschmaschinen und Wäschetrocknern. Auf einem der Trockner stand eine Bierdose, auf deren Deckel jemand eine Zigarette ausgedrückt hatte. Die Maschinen standen alle an der Wand, hinter der meiner Schätzung nach mein Zimmer lag. Ganz in der Nähe hörte ich jemanden husten und dann verärgert etwas rufen. Es war einer der Mexikaner. Am Ende der Maschinenbatterie entdeckte ich eine angelehnte Tür. Helles Licht fiel durch den Spalt. Ich stieß die Tür auf. Vier Männer saßen um einen Tisch und spielten Karten: drei Mexikaner und Buddy. Buddy trug seinen Stetson. Er hatte ihn tief in die Stirn gezogen. Auf dem Tisch lag Geld zwischen ein paar Bierdosen und einer Flasche Whisky. Eine Schrotflinte lehnte an der Wand. Das Maschinengeräusch war ohrenbetäubend hier drin, schien die Männer aber nicht zu stören.
»Hallo, hallo, Bernard, wußte ich doch, daß Sie es sind«, murmelte Buddy, ohne von seinen Karten aufzusehen. Die drei Mexikaner hatten die Köpfe gewendet und betrachteten mich nicht gerade feindselig, aber unverkennbar auch nicht als willkommenen Gast. Alle drei mochten Mitte Dreißig sein. Zähe Burschen mit kurzgeschorenem Haar und wettergegerbtem Gesicht. »Wollen Sie mitspielen?«
»Nein«, sagte ich. »Ich konnte nur nicht schlafen.«
»Ich würde hier zu dieser Zeit aber nicht in der Gegend herumgeistern«, sagte Buddy, während er die Karten in seiner Hand

umsteckte. »Die Leute von der Nachtschicht sind ganz wild darauf, irgendwas vor die Flinte zu kriegen.«

»Tatsächlich?« sagte ich.

Jetzt blickte er zum ersten Mal auf und betrachtete mich mit dem gleichen mißbilligenden Gesichtsausdruck, zu dem der Anblick seiner Karten ihn veranlaßt hatte. »Ja, Bernard, tatsächlich.« Er befeuchtete seine Lippen. »Im vorigen Monat hatten wir hier einen Einbruch. Irgendein junger Gauner hat es tatsächlich geschafft, an unseren kleinen Soldaten vorbei über den äußeren Zaun, an den Hunden vorbei, mit einem Rohrschneider durch den inneren Zaun bis in Mr. Rensselaers Büro zu kommen, wo er dann versucht hat, den Schreibtisch aufzustemmen. Na, was sagen Sie dazu? Mrs. O'Raffety hat die ganze Mannschaft gefeuert. Sie sagte, die hätten in der Nacht alle geschlafen, gesoffen oder gekifft oder sonstwas. Das stimmte zwar nicht, aber neue Besen kehren gut. Diese neuen Rekruten brennen darauf zu zeigen, wie gut sie aufpassen, verstehen Sie?«

»Ich wußte nicht, daß Mr. Rensselaer ein Büro hat«, sagte ich.

»Eine Art Wohnzimmer«, verbesserte sich Buddy und zuckte mit den Achseln. »Wollen Sie meine Karten sehen...«

»Nein«, sagte ich. »Lieber nicht.«

»Diese Brüder werden mich ausziehen bis aufs Hemd«, klagte Buddy gutgelaunt. Er goß sich einen Whisky ein und leerte das Glas mit einem Schluck.

»Was ist aus dem kleinen Gauner geworden?«

»Dem kleinen Gauner? Ach, dem, der reinkam. Genau weiß ich's nicht, aber mit Rohrschneidern wird der in nächster Zukunft nicht hantieren. Ein aufgeregter *soldado* mit einer Schrotflinte war ein bißchen zu nahe dran. Er hatte 'ne Menge Blut verloren, als wir endlich im Krankenhaus ankamen. Und dann gab's noch ein ewiges Hin und Her, ob der Kerl überhaupt versichert wäre und bei welcher Versicherung, ehe irgend jemand bereit war, sich ihn auch nur anzusehen.«

»Das dürfte eine schwierige Entscheidung für Sie gewesen sein«, sagte ich.

»Kein bißchen«, sagte Buddy. »Ich werd' auch in Zukunft dafür sorgen, daß Mrs. O'Raffety nicht plötzlich für jeden Versager, der hier raufkommt, um sie zu beklauen, die Krankenhausrechnung bezahlt. Wir hatten schon Ärger genug damit, das Blut aufzuwischen und alles zu reparieren, was der Kerl kaputtgemacht hatte. Also habe ich der Aufnahmeschwester erzählt, daß ich ihn blutend auf der Straße gefunden hätte, und ich hatte diese Jungs dabei, die das bestätigten.« Er nickte in Richtung der drei Mexikaner.

»Sie denken an alles, Buddy.«

Er sah auf und lächelte. »Wissen Sie was, Bernard? Dieser Spaßvogel war nicht bewaffnet, und das ist in dieser Gegend hier verdammt ungewöhnlich. Statt 'ner Kanone hatte er eine Kamera in der Tasche. Olympus, eine verdammt gute Kamera, ich muß sie noch irgendwo haben. Makrolinse und mit Schwarzweißfilm für lange Belichtungszeit geladen. Genau was einer braucht, der Dokumente fotografieren will. Das habe ich Mr. Rensselaer damals auch gesagt, aber der hat nur gelächelt und gesagt ›vielleicht‹.«

»Ich werde noch mal den Versuch machen einzuschlafen«, sagte ich.

»Wir wär's mit einem kleinen Scotch?«

»Nein, danke«, sagte ich. »Ich versuche, es mir abzugewöhnen.«

Ich ging also wieder ins Bett und legte mir ein Kissen aufs Ohr, um das Geräusch der Maschinen in der Waschküche zu dämpfen. Es wurde schon hell. Irgendwann muß ich dann aber doch eingeschlafen sein, denn schließlich weckte mich summend mein kleiner Reisewecker.

Das Wetter war während meines kurzen Schlafs überraschend winterlich geworden. Jedenfalls fand ich den Morgen so kalt, daß ich froh war, einen dicken Pullover eingepackt zu haben. Der Stille Ozean war graugrün geworden, dunkle Wolken streiften die Gipfel der Berge hinter dem Haus, und selbst das Wasser im Swimmingpool hatte Klarheit und Farbe verloren.

Die Zeit schlich dahin. Die Maschine nach London sollte erst am Abend starten. Es war zu kalt, im Freien zu sitzen, und spazierengehen konnte man nirgends, da jenseits der inneren Einzäunung die scharfen Hunde frei herumliefen. Ich nahm ein Bad in dem geheizten Schwimmbecken, das in der kalten Luft dampfte wie Suppe. Um zehn fing es wieder an zu regnen. Ich trank literweise Kaffee und las alte Nummern des *National Geographic Magazine*. Das Wohnzimmer war groß, schwarze Eichenbalken unterteilten die Decke, und ein in Modigliani-Manier verfertigtes Gemälde zeigte Mrs. O'Raffety in Lebensgröße in einem rosa Rüschenkleid. Mrs. O'Raffety in Person – in roter Hose und einem rosa Häkelpullover – war auch anwesend, ebenso Buddy und Bret. Geredet wurde kaum. Auf dem Schirm eines überdimensionalen Fernsehgeräts, das auf Rädern vor uns in Stellung gebracht worden war, lief ein Football-Spiel. Niemand sah zu, aber wir hatten eine gute Entschuldigung, nicht zu reden.

Wir saßen auf langen, mit Chintz bezogenen Sofas um einen niedrigen Eichentisch. Auf dem Tisch stand ein gigantisches Blumenarrangement in einer Schale, die mit dem goldenen Etikett eines Blumengeschäfts in Los Angeles geschmückt war. In dem geräumigen Kamin brannten ein paar starke Holzscheite in hellen Flammen, die der durch den Schornstein heulende Wind anfachte.

Mrs. O'Raffety und Bret verzichteten auf das Mittagessen. Buddy und ich aßen Hamburger und Caesar-Salat von Tabletts, die wir auf den Knien balancierten. Die Burger waren so gut wie immer, und in jedem steckte mindestens ein halbes Pfund Fleisch. Buddy allerdings schien heute keinen rechten Appetit darauf zu haben. Ihm sei nicht ganz wohl, er habe schlecht geschlafen, sagte er, aber von den Pommes frites ließ er nichts übrig.

Das Wetter wurde im Verlauf des Tages immer schlechter, schon mittags hingen hier oben die Wolken so niedrig, daß man draußen kaum noch etwas sah, und Mrs. O'Raffety ließ Buddy beim Flughafen anrufen, um sicherzugehen, daß die Flugzeuge auch starteten.

Während des restlichen Nachmittags unterhielt sich Mrs. O'Raffety mit ihrem Schwiegersohn über dies und das, höflich bemüht, mich an der Unterhaltung zu beteiligen, wann immer sich eine Gelegenheit dazu ergab. Bret wandte den Kopf hierhin

und dorthin, höfliches Interesse bekundend, ohne jedoch viel zur Unterhaltung beizutragen. Er sah an diesem Nachmittag älter und gebrechlicher aus als am Abend zuvor. Buddy hatte mir anvertraut, daß er schlechte Tage hatte, und dieser war offensichtlich ein solcher. Sein Gesicht war faltig und sorgenvoll. Auch das dunkelblaue Hemd mit offenem Kragen, die dunkle Hose und die blankgeputzten Lederschuhe, die er heute, des kälteren Wetters wegen, trug, betonten sein Alter.
Mrs. O'Raffety sagte: »Sind Sie sicher, daß Sie nicht noch ein paar Tage bleiben können, Mr. Samson? Es ist doch ein Jammer, daß Sie, wenn Sie schon einmal in Südkalifornien sind, gleich am Tag nach Ihrer Ankunft wieder abreisen müssen.«
»Vielleicht hat Mr. Samson Familie«, sagte Buddy.
»Ja«, erwiderte ich. »Zwei Kinder, einen Jungen und ein Mädchen.«
»Können sie schwimmen?« fragte Mrs. O'Raffety.
»Mehr oder weniger«, antwortete ich.
»Sie hätten sie mitbringen sollen«, sagte sie mit der gutmütigen Blindheit reicher Leute für finanzielle Hindernisse. »Sie hätten soviel Spaß haben können in unserem Swimmingpool.«
»Sie haben es wirklich sehr schön hier«, sagte ich.
Sie lächelte und schob die Ärmel ihres gehäkelten Pullovers zurück, als gelte es, irgendwas anzupacken. Sie machte das häufig, anscheinend ohne sich der Bewegung, der nie irgendwelche Taten folgten, bewußt zu sein. »Bret nannte das Anwesen hier oben immer ein ›Paradies ohne Gräten‹«, sagte sie traurig. Die Anspielung auf die Gegenwart, in der Bret so etwas nicht mehr sagte, war nicht zu überhören.
Bret gab sich wirklich Mühe zu lächeln, kam aber damit nicht weit.
»Wieso ohne Gräten?« fragte ich.
»Wie Fisch in einem Restaurant«, erklärte sie. »Noch die kleinste Kleinigkeit wird einem abgenommen. Einfach nur genießen.«
Bret sah mich an. Ich lächelte. Bret verzog das Gesicht. Bret sagte: »Um Himmels willen, Bernard, so nimm doch Vernunft an.« Seine Stimme war ruhig, doch der bittere Ton so deutlich, daß Mrs. O'Raffety ihn überrascht anstarrte.

»Wovon redest du eigentlich, Bret?« fragte sie.
Aber er schien sie gar nicht zu hören. Er starrte mich an und sah zorniger aus, als ich ihn je erlebt hatte. Und dann fauchte er mich an: »Du hirnrissiger Trottel! Denk doch mal nach! Denk doch mal nach!« Er erhob sich von seinem niedrigen Sitz und ging aus dem Zimmer.
Niemand sagte etwas. Brets Ausbruch hatte Mrs. O'Raffety in Verlegenheit gebracht, und Buddy hütete sich, Meinungen zu äußern, ehe er ihre kannte. So saßen sie beide da und betrachteten das Blumenarrangement auf dem Tisch, als hätten sie weder Brets letzte Worte gehört noch wahrgenommen, daß er danach das Zimmer verlassen hatte.
Mrs. O'Raffety schwieg lange. Endlich sagte sie: »Bret ist durch seine Gebrechlichkeit verbittert. Ich weiß noch, wie er auf der Schule war. Ein Löwe. Und zeitlebens ein so aktiver Mann... Es ist sehr schwer für ihn, sich mit seiner Krankheit abzufinden.«
»Wird er oft so zornig?« fragte ich.
»Nein«, sagte Buddy. »Ihr Besuch scheint ihn durcheinandergebracht zu haben.«
»Aber natürlich nicht«, sagte Mrs. O'Raffety, die wußte, was eine vollkommene Gastgeberin ihren Gästen schuldig ist. »Es ist nur, daß die Begegnung mit Mr. Samson Bret wahrscheinlich ein bißchen zu lebhaft an die Zeit erinnert hat, als er noch gesund und kräftig war.«
»An manchen Tagen geht's ihm richtig gut«, sagte Buddy. Er griff nach der Kaffeekanne, die auf einem Servierwagen heißgehalten wurde. »Noch eine Tasse?«
»Danke«, sagte ich.
»Wirklich«, sagte Buddy. »Und dann gibt es Tage, da sehe ich ihn am Swimmingpool stehen mit einem Gesichtsausdruck, als spielte er mit dem Gedanken, sich ins Wasser zu stürzen und nicht wieder an die Oberfläche zu kommen.«
»Buddy! Wie kannst du so etwas sagen!«
»Tut mir leid, Mrs. O'Raffety, aber es ist wahr.«
»Er muß sich selbst wieder finden«, sagte Mrs. O'Raffety.
»Genau«, sagte Buddy, hastig bemüht, die Besorgnis seiner

Brotgeberin zu beschwichtigen. »Er muß sich selbst wieder finden. Genau das meine ich.«

Wir fuhren auf der Küstenstraße zurück. Buddy war etwas unwohl, und so fuhr einer der Diener Buddys Jeep – Joey, einer von den Mexikanern, die in der vergangenen Nacht mit ihm Karten gespielt hatten. Joey starrte sorgenvoll in den dicken Nebel vor der Windschutzscheibe und murmelte, daß es viel vernünftiger gewesen wäre, durch den Cañon und landeinwärts auf der Schnellstraße zu fahren.

»Buddy sollte das selber machen«, klagte er wohl schon zum hundertsten Mal. »Ich mag dieses Wetter nicht.« Der Nebel rollte vom Meer über die Straße, die nur ab und zu zwischendurch zu erkennen war.

»Buddy fühlte sich nicht wohl«, sagte ich. Autoscheinwerfer huschten vorbei. Ein Dutzend Motorradfahrer in schwarzem Leder donnerten mit selbstmörderischer Sorglosigkeit in die weiße Nebelwand, die augenblicklich selbst das Geräusch ihrer Motoren verschluckte.

»Krank«, sagte Joey. »Sie meinen besoffen.«

Es regnete plötzlich heftiger. Die grauen Massen riesiger Lastwagen brachen aus dem Nebel, bekränzt mit kleinen orangefarbenen Lichtern, wie für eine nächtliche Regatta geschmückte Schiffe.

Da ich nichts sagte, fuhr Joey fort: »Mrs. O'Raffety weiß es noch nicht, aber sie wird's bald merken.«

»Was merken?«

»Daß er säuft. Der Kerl kippt eine Flasche Bourbon, als wäre nur Coca-Cola drin, ehrlich. Und das macht er, seitdem ihm seine Frau abgehauen ist.«

»Armer Buddy«, sagte ich.

»Der Hundesohn hat es nicht besser verdient.«

»Wirklich?« fragte ich.

Als Antwort auf meine ungestellte Frage sah Joey mich an und grinste. »Ich gehe nächste Woche weg. Mein Schwager in San Diego hat 'ne Arbeit für mich. Buddy kann sich seinen Job in den Arsch stecken.«

Ein paar Meilen vor Malibu brannte eine Reihe von roten Warnlichtern quer über die Straße. Ein halbes Dutzend schwere Lastwagen standen am Straßenrand. Ein Mann in braunem Hemd tauchte aus dem Nebel auf. Das Abzeichen auf seinem Ärmel identifizierte ihn: Los Angeles County Sheriff. Er hatte zwei Verkehrspolizisten in gelbem Regenzeug dabei; ein großer Mann und ein Mädchen. »Fahren Sie rüber«, sagte der Mann im braunen Hemd zu Joey und wies auf den Straßenrand.
»Was ist denn passiert?« Das Klatschen und Schlappen der Scheibenwischer schien plötzlich unnatürlich laut. »Ein Erdrutsch?«
»Hinter den weißen Cadillac.« Der Mann aus dem Büro des Sheriffs wies auf ein Stück offenes Gelände neben der Straße, wo schon mehrere Wagen standen und geduldig darauf warteten, daß die Straße wieder freigegeben würde. Vom Schirm seiner Mütze tropfte ihm der Regen ins Gesicht, das braune Hemd klebte ihm am Leibe. Zu langen Diskussionen war er offensichtlich nicht aufgelegt.
»Wir müssen einen Flug erreichen«, sagte Joey. »Ins Ausland.« Der Polizist sah ihn ausdruckslos an. »Lassen Sie erst mal den Krankenwagen vorbei.« Er wischte sich mit der Handkante das Wasser aus dem Gesicht.
»Was ist denn passiert?«
Der Krankenwagen rollte langsam vorbei. Der Polizist sprach wie ein Schwimmer in kurzen, abgerissenen Sätzen. »Ein großer Lastwagen – Sattelschlepper – quergestellt. Unmöglich vorbeizukommen.«
»Irgendein anderer Weg, den wir nehmen können?«
»Klar, aber das wird eine Stunde länger dauern.« Der Polizist blinzelte in den Regen. »LAX, sagen Sie? Dahinten stehen ein paar Typen mit einem großen alten Lincoln. Sie haben gesagt, daß sie umdrehen und in die Stadt zurückfahren wollen. Vielleicht nehmen die Ihren Fahrgast mit.«
»Wo sind sie?«
»Na, auf der anderen Seite des Wracks. Vielleicht sind sie ja schon weg, aber ich könnt's versuchen.« Er schaltete sein Sprechfunkgerät ein. Durch das Prasseln und Piepen atmosphä-

rischer Störungen sagte der Polizist: »Ist der große dunkelblaue Lincoln noch da, Pete?«
Aus dem Apparat ertönte eine kaum verständliche Bestätigung. Der Polizist sagte: »Frag sie, ob sie jemanden mitnehmen können, der es eilig hat, nach LAX zu kommen.«

Meine Reisetasche in der Hand, suchte ich mir einen Weg an der Kolonne haltender Wagen entlang und an dem quer über die Straße verkanteten riesigen Lastwagen vorbei, der den Verkehr in beide Richtungen blockierte. Als ich den wartenden dunkelblauen Lincoln erreichte, war auch ich – trotz meines Regenmantels aus Kunststoff – pitschnaß.
Der Mann neben dem Fahrer stieg aus in den strömenden Regen und öffnete die hintere Tür für mich, und das macht einer nur, wenn er einen Job hat, den er unbedingt behalten will. Jetzt konnte ich den Mann auf dem Rücksitz sehen, einen untersetzten, breitschultrigen Mann mit Bauch. Er trug einen teuren dunkelblauen Anzug mit Weste – ein guter Hintergrund für die goldene Uhrkette – und ein Hemd mit goldener Kragenspange unterhalb des festgebundenen Knotens einer sehr konservativ gestreiften Krawatte. Der Stil paßte besser in die Wall Street als auf den Pacific Coast Highway. In Kalifornien waren Herrenanzüge um die gleiche Zeit wie Fischbeinkorsetts und Zylinderhüte aus der Mode gekommen.
»Bernie, steig ein«, sagte der gutgekleidete Herr auf dem Rücksitz. Seine Stimme war leise, sanft und anziehend, wie sein Auto. Ich zögerte nur für einen Augenblick. Unter den Umständen, naß und aufgeschmissen, konnte ich mir kaum leisten, das Angebot auszuschlagen. Der Feine Harry wußte das. Er begrüßte mich mit einem Lächeln, in dem eine gewisse Selbstzufriedenheit lag und das außerdem eine Menge teuer restaurierter Zähne entblößte. Ich stieg also ein und setzte mich neben ihn, nicht gerade in Tuchfühlung, denn dazu bestand auf diesen weichen Lederpolstern, wo mindestens vier Personen bequem nebeneinander hätten sitzen können, Gott sei Dank kein Anlaß.
»Was soll das alles?« fragte ich. Ich war wütend über den einfachen Trick.

»Nimm Mr. Samsons Tasche«, sagte der Feine Harry zu dem Mann auf dem Vordersitz.
»Sie ist wertvoll«, protestierte ich.
»Wertvoll«, sagte Harry wegwerfend. »Was glaubst du denn, was mit ihr passiert? Meinst du, ich hätte irgendeinen Zwerg im Kofferraum versteckt, der sie auf der Fahrt zum Flughafen durchsucht?«
»Vielleicht«, sagte ich.
»Vielleicht!« Er lachte. »Habt ihr das gehört?« fragte er die Männer auf dem Vordersitz. »Dieser Kerl ist ein echter Profi. Von dem könntet ihr noch die eine oder andere Kleinigkeit lernen.« Und dann lachte er noch einmal, um sie daran zu erinnern, daß er nur Witze machte. »Also behalte in Gottes Namen deine Tasche auf dem Schoß, Bernie. Fahren wir los«, sagte er zu dem Fahrer, »der Mann soll doch sein Flugzeug nicht verpassen.«
»Du hast doch das alles nicht für mich getan?« fragte ich vorsichtig. Aber wie hätten sie mich sonst so mühelos schnappen können, wenn sie nicht auch den Unfall inszeniert hatten?
»Nicht mein Stil, Baby«, sagte der Feine Harry. Und, nach einer kleinen Pause: »Aber meine Chefin, die hat genau diesen Stil.« Einer der beiden Männer auf dem Vordersitz lachte, leise genug, um nicht zu stören, aber laut genug, daß man ihn hörte.
»Chefin?« sagte ich.
»Ja, wir haben eine Chefin. Sag bloß, davon hast du noch nichts gewußt.« Er lachte.
»Eine Frau!«
Die manikürte Hand des Feinen Harry winkte ungeduldig ab. »Ihr in London wißt doch Bescheid. Es hat in unserem Monatsbericht für September letzten Jahres gestanden.«
»In London hat man Wetten darauf abgeschlossen, wer von euren Leuten in L. A. auf die Idee gekommen ist, sich Brigette zu nennen«, sagte ich.
»Du Schwein«, sagte Harry. Er kicherte.
Der Fahrer sagte: »Recht hat er! Die Hälfte dieser jungen Burschen im Büro tragen Ohrringe und Dauerwellen. Alle schwul!«

»Es war Brigettes Idee.« Harry war hartnäckig. »Ich habe ihr gesagt, daß ich dich kenne. Ich wollte einfach Bret anrufen und die Sache in aller Ruhe erledigen, aber sie hatte sich schon alles genau zurechtgelegt. Für den Lastwagen hätten wir sowieso Leihgebühr bezahlen müssen, da er schon bestellt war. Der Krankenwagen war übrigens auch ihre Idee – ganz nett, was? Es war alles schon in die Wege geleitet, also hat sie gesagt, machen wir's einfach so, wie sie's geplant hat. Da sieht man, wie die Zeiten sich geändert haben, was, Bernie?«

»Heißt sie wirklich so: Brigette?«

»Eine tüchtige kleine Dame«, sagte Harry respektvoll. »Wie sie das Büro leitet... ich meine, die Jungs spuren. Ehrlich, Bernie, das ist nicht mehr wie früher.«

»Und was ist denn nun der Zweck dieser Übung?« fragte ich, nachdem der obligatorische Meinungsaustausch über den ersten weiblichen Chef endlich abgeschlossen war.

»Es ist wegen Bret«, sagte der Feine Harry, »wegen Bret Rensselaer.« Zärtlich kratzte er seine Wange mit dem Nagel des kleinen Fingers, so daß ich seine gestärkten Leinenmanschetten und goldenen Manschettenknöpfe bewundern konnte. Sein Gesicht war so gelb, daß man japanisches Blut in seinen Adern hätte vermuten können, aber die sorgfältig manikürten Hände waren blaß. Harry sah immer aus wie aus dem Ei gepellt. Ein perfekter Haarschnitt, das Kinn glattrasiert und gepudert, ein dezentes After-shave – noch nie habe ich ihn anders erlebt. Vielleicht verrät es aber auch mehr über mich selbst – oder über die amerikanischen Gangsterfilme, die ich als Junge sah – als über ihn, wenn ich sage, daß mir seine makellose Erscheinung immer schon ein bißchen unheimlich war.

»Ach ja?« sagte ich.

»Es heißt, daß zwischen dir und Bret irgendeine private Vendetta ansteht.« Er war jetzt ganz ernst. Die Hände lose auf dem Bauch gefaltet, saß er da wie ein Buddha an seinem freien Tag.

»Und?«

»Private Streitigkeiten sind schlecht fürs Geschäft. Schlecht für Bret. Schlecht für dich. Schlecht für London. Schlecht für uns.«

»Wer seid ihr?«

»Stell dich nicht dumm, Baby. Du weißt genau, daß ich die Firma meine.«

»Und was zum Teufel hat meine Meinungsverschiedenheit mit Bret mit euch zu tun?«
Harry hob beschwörend die Hand. »Habe ich vielleicht die ganze Sache falsch angefaßt? Sollten wir nicht vielleicht lieber noch mal von vorn anfangen?«
»Ich werde kaum aussteigen und zu Fuß weitergehen.«
»Nein, natürlich nicht.« Er lehnte sich zurück und beobachtete mich bei halbgeschlossenen Augenlidern, während er sich die Geschichte neu zurechtlegte, um mir einen Anfang präsentieren zu können, der mich nicht gleich verärgern würde. Der Feine Harry hatte ein ausgesprochenes Talent für die Lösung derartiger Aufgaben. Jahrelang hatte er auf eigene Rechnung zwischen den Parteien gearbeitet, immer genötigt, beide Seiten zufriedenzustellen, ehe er seinen Lohn kassieren konnte.
Eine Zeitlang fuhren wir schweigend dahin. Ich stellte die Tasche auf den Boden zwischen meine Füße und sah aus dem Fenster in den Regen, der auf die an der Küste aneinandergereihten Millionärsvillen herunterprasselte. Zwischendurch erblickte man hier und da Wellenreiter in glänzenden schwarzen Gummianzügen auf ihren Brettern. Wer verrückt genug ist, die hohen Brandungswellen des Stillen Ozeans reiten zu wollen, läßt sich von schlechtem Wetter nicht abschrecken.
Dann lehnte auch ich mich zurück und sah von der Seite verstohlen den Feinen Harry an. Ich hatte gehört, daß er neuerdings bei der CIA fest angestellt sei. Manche behaupteten sogar, er sei nie was anderes gewesen als ein bezahltes Sprachrohr dieser Firma, aber ich bezweifelte das. Ich kannte ihn schon lange. Er verdiente sich sein Brot in jener Schattenwelt, wo mit geheimen Informationen gehandelt wird wie anderswo mit Speckseiten oder jungen Säuen. Er war mir immer etwas rätselhaft geblieben, denn er war Hawaiianer und hatte sich in Europa eingelebt, wie das wenigen Fremden gelingt. Seine Beherrschung der deutschen Sprache zum Beispiel strafte den Anschein der unangestrengten Lässigkeit, den er sich gerne gab, Lügen. Ein erwachsener Ausländer, der die Zeit und Energie investiert, die erforderlich sind, so gut Deutsch zu lernen wie Harry, muß schon mit ziemlicher Hingabe bei der Sache, verrückt oder irgendwie teutonisch versippt sein.

»Aber weshalb machst du dir Sorgen wegen unserer Meinungsverschiedenheit?« fragte ich. »Was interessiert dich Bret?«
»Sie mögen ihn«, sagte Harry.
»Brigette meinst du?«
»Ich meine Washington«, sagte er.
»Ist Bret den Jungens in Langley wirklich so wichtig?« fragte ich sehr beiläufig.
Wie eine verbrühte Katze sprang Harry vor meiner Unterstellung davon. »Versteh mich nicht falsch«, sagte er. »Bret ist kein Angestellter der CIA und ist das auch nie gewesen.« Er gab diese Erklärung mit altmodischer Förmlichkeit ab.
»Ja, ich weiß, das sagen alle«, sagte ich. Tatsächlich meinte ich mit »alle« den Feinen Harry. Wir hatten das alles vor Jahren schon mal durchgekaut.
Mit zur Schau getragener Geduld versicherte er mir: »Das sagen dir alle, weil es wahr ist.«
»Washington?«
»Also willst du bitte zuhören, Bernard? Bret ist nicht – ich wiederhole: nicht – Angestellter der Agency. Wir haben keine Ahnung von dem, was Bret für euch macht. Zum Teufel, ich wünschte, wir wüßten mehr.«
»Habt ihr letzten Monat jemand dort über den Zaun geschickt, Harry? War das einer von euren Leuten, der sich ein bißchen über Bret informieren sollte?«
Harry sah mich einen Augenblick lang an und sagte: »Irgend jemand hat sich da 'ne Schrotladung aufbrennen lassen, irgendein Einbrecher ist schwer verletzt worden, ja, davon habe ich auch gehört.«
Ein freundlicher Schnüffler von der Agency, der nur mal auf einen netten Plausch hatte vorbeischauen wollen? »Ganz unter uns«, sagte ich, »war das einer von euch?«
Aber Harry ließ sich nicht dazu überreden, so etwas einzugestehen. »Ich rede jetzt nicht von der Agency, ich rede vom Kapitol. Bret hat dort ein paar gute Freunde. Seine Familie hat noch immer großen Einfluß in der Hauptstadt. Und sie werden nicht tatenlos zusehen, wie man versucht, Brets Ehre in den Dreck zu ziehen.«

»Wer versucht, Brets Ehre in den Dreck zu ziehen? Harry, ich wünschte, ich wüßte, wovon du redest«, sagte ich. »Ich wußte nicht mal, daß er überhaupt noch lebt, ehe ich gestern hier ankam.«

»Ach, mach mir nichts vor, Bernie. Ob du ihn für tot oder lebendig gehalten hast, jedenfalls redest du schon seit einer ganzen Weile schlecht von Bret Rensselaer. Das kannst du nicht abstreiten.«

Plötzlich hatte ich Angst. Sie waren zu dritt. Hier an der Küste gab es ziemlich öde Gegenden, und die Wüste war auch ganz in der Nähe. Frecher, als mir zumute war, sagte ich also: »Komm, steck den Schlagring weg, Harry, das ist nicht deine Art.« Aber ich kannte Gerüchte aus alten Zeiten, die sagten, daß gerade das genau Harrys Art sei.

Er lächelte. »Ich habe schon gehört, daß du zunehmend an Verfolgungswahn leidest.«

»Kein Wunder, wenn einen drei Kerle auf offener Straße shanghaien und einen mit Mist vollquatschen.«

Er ignorierte die Bemerkung und sagte: »Dieser Woosnam zum Beispiel. Der alte Knabe ist ein vollkommen koscherer Geschäftsmann.«

»Was?«

»Bret hat gestern abend im Büro angerufen und uns gebeten, einen Mann zu überprüfen, der im Flugzeug neben dir saß. Der Mann ist vollkommen harmlos, Bernard. Ein kleiner Bauunternehmer, der mit Grundstücksspekulationen Glück gehabt hat. Das ist es, was ich mit deinem Verfolgungswahn meine.«

»Bret hat bei euch angefragt? Wegen Woosnam?« fragte ich.

»Ja doch. Er hat angerufen. Soweit ich gehört habe, war er fuchsteufelswild. Er wollte wissen, ob wir im Flugzeug jemand auf dich angesetzt haben, aber ich wußte, daß das nicht der Fall war. Wir wußten nicht mal, daß du kommst, ehe du gestern hier gelandet bist. Bret jedenfalls hat irgend jemand davon überzeugt, daß die Sache Dringlichkeitsstufe eins habe. Überprüft diesen Woosnam, und zwar schnell. Also haben sie einen Haufen Leute aus dem Bett geholt, und die durften sich dann die Nacht um die Ohren schlagen. Die waren ganz schön sauer, kann ich dir sagen. Noch dazu am Wochenende.«

»Und Woosnam war nicht von der Londoner Zentrale?«
»Jesus Christus. Selbst jetzt glaubst du mir noch nicht. Ich sehe es dir am Gesicht an.«
»Na und. Wen kümmert das schon«, sagte ich.
»Mich kümmert es. Bret kümmert es. Jeden, der dich mag. Wir machen uns Sorgen um deinen Zustand, Bernard Baby.«
Ich gab Harry mit einer Gebärde zu verstehen, daß das leidige Thema Woosnam für mich erledigt sei. Der Feine Harry nickte verständig und lehnte sich nach vorn, um auf einen Knopf zu drücken, der zwischen den Vordersitzen des Wagens und dem Fond eine Trennscheibe in Stellung brachte. Jetzt konnten uns Harrys Untergebene nicht mehr hören. Aber da wir in einer CIA-Limousine saßen, war anzunehmen, daß irgendwo in der Polsterung ein verstecktes Tonband lief, so daß auch Brigette und Gott weiß wer noch alles erfahren würden, was ich sagte. Oder litt ich schon wieder an Verfolgungswahn?
»Also, reden wir Tacheles, Bernie. Lassen wir jetzt den Quatsch, ja?«
»Welchen Quatsch soll ich lassen, Harry?«
Er ignorierte meine Frage. Er schaute aus dem Fenster, vermutlich um zu sehen, wie weit es noch bis zum Flughafen war, und kam endlich zur Sache. »Hör mal«, sagte er. »Große Herren in Washington hören, daß du versuchst, Bret irgendeinen Scheiß anzuhängen, den irgend jemand vor Jahren bei euch in London gebaut hat... Also gut, die fraglichen Herren reagieren gereizt. Sie reden mit deinen Leuten in der Londoner Zentrale. Sie sagen: Scheißt endlich oder geht vom Topf runter. Welche Anschuldigungen? fragen sie. Wo sind die Beweise? Sie wollen wissen, woran sie sind, Bernard. Denn es paßt ihnen nicht, daß der arme Bret sich deine verdammten Verdächtigungen gefallen lassen muß, ohne eine Chance zu kriegen, sich dagegen zu verteidigen.« Für einen Augenblick meinte ich, den wahren Charakter gesehen zu haben, den der Feine Harry hinter seiner lächelnden Charlie-Chan-Maske verbarg, einen Typ, dem man lieber nicht im Dunkeln begegnen würde.
»Wenn Bret das wirklich glaubt...«, begann ich.
»Halt die Luft an, Bernie.« Das liebenswürdige Lächeln war

wieder an seinem Platz. »Ich sage, daß man in Washington die Sache so aufgefaßt hat. Das kann natürlich ein bedauerliches Mißverständnis sein, aber so sah die Sache für die Herren in Washington aus, als sie deswegen bei der Londoner Zentrale anfragten.«

»Und was hat London gesagt?« fragte ich ehrlich interessiert.

»London hat genau gesagt, was man in Washington zu hören erwartete. Sie haben gesagt, das sei eine vollkommen private Veranstaltung von Bernie Samson, ohne irgendeine offizielle Ermächtigung. London sagte, man würde noch mal mit Bernard Samson reden und ihn ein bißchen beruhigen.«

»Und wie hat Washington das aufgenommen?«

»Washington war einverstanden. Die Herren haben weiter gesagt, falls ein bißchen Hilfe nötig wäre, diesen Briten auf Alleingang zu bändigen, wäre es ihnen ein Vergnügen, dafür zu sorgen, daß jemand ihm den Arm bricht, vielleicht an mehreren Stellen, nur um ihm klarzumachen, daß seine überschüssige Energie bei Wein, Weib und Gesang besser angebracht wäre.«

»Sozusagen«, sagte ich.

»Natürlich, sozusagen, Bernie.« Kein Lächeln jetzt, nur eine ausdruckslose Miene und ein kalter Blick, bis Harry sich abwandte, um die Neonreklamen der Fischrestaurants zu betrachten und die Parkplätze, auf denen sich die Wagen jener Leute drängten, die ihr Mittagessen gern bis zum Sonnenuntergang ausdehnen. Er berührte die beschlagene Scheibe und schien überrascht, als dort Wasser an ihr herabzutröpfeln begann. »Denn die großen Herren in Washington glauben nicht, was deine Leute ihnen erzählen«, sagte Harry zum Fenster hinaus. »Sie halten es nicht für wahrscheinlich, daß die in London wirklich so einen Spinner unter ihren Angestellten haben, der freiwillig nach Feierabend seine Nase in den Dreck steckt.«

»Nein?«

»Nein. Washington glaubt, daß der Mann auf Anweisung handelt. Sie fragen sich, ob vielleicht diese Arschgeigen in der Londoner Zentrale endlich doch damit anfangen wollen, ihre gezinkten Karten neu zu mischen, was ja schließlich schon lange fällig war.«

»Erzähl mir mehr davon«, sagte ich. »Darüber wüßte ich gern Bescheid.«
Er drehte den Kopf und zeigte mir breit lächelnd die Zähne. »Sie glauben bei uns, daß eure Spitzenleute sehr schlau sind, wenn's darum geht, die Leichen im Garten des Nachbarn zu vergraben.«
Jetzt fing ich an zu begreifen. »Die Londoner Zentrale will versuchen, Bret für ein paar von ihren Schlappen verantwortlich zu machen?«
»Jedenfalls wäre das 'ne denkbare Lösung.«
»Ist doch aber ein bißchen weit hergeholt, oder?«
Harry lächelte schmallippig und hielt den Mund. Wir wußten beide, daß das keineswegs weit hergeholt war. Wir wußten, daß das genau die Art und Weise war, in der unsere Meister mit ihren Schwierigkeiten umgingen. Im übrigen hatte ich auch keine Lust, mich abzustrampeln, um ihn davon zu überzeugen, daß die Londoner Zentrale so was nie tun würde. Die andere Lösung würde ja nur um so geradliniger den Zorn von Brets Verehrern in Washington auf mich lenken. Und ich bin von jeher gegen Gewalt gewesen, selbst wenn sie auf Worte beschränkt blieb.

16

Sonntag mittag. London-Heathrow. Gloria war nicht zu meinem Empfang erschienen. Das war keine herzerwärmende Heimkehr. Ein übermüdeter Zöllner wollte die Schachtel mit offiziellen Papieren, die Bret mir aufgeladen hatte, inspizieren. Ich war geneigt, ihn gewähren zu lassen, aber ich wartete trotzdem, bis der diensthabende Beamte vom Special Branch sein spätes Frühstück beendet hatte – Würstchen mit Rührei anscheinend, jedenfalls bemerkte ich Rührei auf seiner Krawatte – und sich meiner annehmen konnte mit der Erklärung, daß ich in das Vereinigte Königreich einreisen durfte, auch ohne die Schachtel von der Zollbehörde Ihrer Majestät untersuchen zu lassen.

Die unnötige Verzögerung war um so ärgerlicher, als ich davon überzeugt war, daß die Papiere in der Schachtel weder besonders wichtig noch geheim waren. Dieser Botengang war nur ein Vorwand gewesen, damit der liebenswerte Bret Rensselaer die Gelegenheit bekam, mich in die Mangel zu nehmen und zu besänftigen. Ob meine Begegnung mit dem Feinen Harry auch von unserem Department geplant war, wußte ich noch nicht. Einstweilen bezweifelte ich es aber. Es konnte kaum im Sinne meiner Chefs sein, daß ich glaubte, was mir Harry stecken wollte.

Als ich das Haus Nr. 13 in der Balaklava Road betrat, fand ich es dunkel und leer. Gloria hatte mir einen Zettel an das Backrohr geklebt, auf dem stand, daß ihre Mutter krank sei, weshalb sie habe hinfahren müssen. Das »müssen« war dreifach unterstrichen. Die Kinder, las ich weiter, seien im Zoo mit ein paar »sehr netten« Schulkameraden.

Es war nicht leicht für Gloria. Sie wußte, daß ich genau beobachtete, wie sie im Verhältnis mit meinen Kindern ihre Prioritäten setzte. Ihre Eltern waren von der Form unseres Zusammenlebens nicht eben begeistert. Und mir war sehr empfindlich bewußt, daß ihre Mutter nur drei Jahre älter war als ich. Was natürlich auch ihren Eltern bewußt war.

Das sonntägliche Mittagessen ist für einen Engländer meiner Generation noch eine Art heiliges Ritual. Man ißt zu Hause. Mit ein bißchen Glück regnet es, so daß man nicht im Garten arbeiten kann. Also überwacht man aufmerksam das offene Kaminfeuer, während man einen Aperitif seiner Wahl genießt. Sollte einen plötzlich ein geistiger Hunger überfallen, kann man die Sonntagszeitungen durchblättern, im voraus getröstet durch die Gewißheit, daß nichts Neues darin stehen wird. Zur vorgesehenen Zeit schneidet man dann im Kreise seiner gefällig zuschauenden Familie dünne Scheiben von einem großen Stück gebratenen Fleisches und verteilt nach Möglichkeit auch Kohl, gebackene Kartoffeln und Yorkshire-Pudding. Die Größe der Portionen hängt von Lust und Laune ab. Dasselbe macht man zuletzt auch mit dem Nachtisch, einem süßen, schwerverdaulichen Kuchen, zu dem es sowohl Eierschaum wie auch Sahne gibt. Dann döst man.

Egal, wie deutsch ich auf manche Leute wirkte, egal, wie sehr ich ausländisches Essen mochte, ausländische Heizungssysteme, ausländische Autos und andere ausländische Fahrgestelle, was den sonntäglichen Lunch anging, war ich entschieden englisch.

Aus diesem Grunde war ich gar nicht erfreut von der Aussicht, den kalten Schinken und Salat, die Gloria mir in den Eisschrank gestellt hatte, essen zu müssen. Ich nahm also den Wagen und fuhr nach Wimbledon, um bei Alfonso zu essen. Die Kinder nannten, seitdem wir gemeinsam eine Aufführung von Mozarts *Cosi fan tutte* besucht hatten, den Wirt dieses kleinen italienischen Restaurants Don Alfonso. Tatsächlich war Alfonso Spanier, und obwohl er sich nicht scheute, in Wimbledon angeblich italienisches Essen aufzutischen, war er doch nicht so dumm, sich an der britischen Küche zu versuchen. Erst recht nicht an einem sonntäglichen Lunch.

An diesem Sonntag war Alfonsos Restaurant voller lärmender Leute, die nicht wußten, daß das häusliche Mittagessen eine heilige englische Tradition ist. Es waren eine Menge Kinder da, und zwei mit Nachspeisen beladene Servierwagen harrten der großen Schlacht. Aus dem Lautsprecher schallte eine von vielen Nadeln zerkratzte Aufnahme einer Falsettstimme, die, heftig von Gitarren begleitet, *Volare* sang. Dies ungefähr alle halbe Stunde von neuem.
»Nehmen Sie die *aragosta fra Diavolo*«, riet Alfonso, nachdem er mir ein Glas Weißwein eingeschenkt und, die Flasche drehend, mir ein beeindruckendes Soave-Etikett offenbart hatte. »Trinken Sie! Trinken Sie! Auf Rechnung des Hauses, Mr. Samson.«
Man mußte schon sehr unaufmerksam sein, um Alfonso für einen Italiener zu halten, obwohl er sich während eines achtjährigen Aufenthalts in Rom allerlei römische Eigenarten – namentlich das muntere und skrupellose Geschäftsgebaren römischer Gastwirte – angeeignet hatte. Denn bei aller Munterkeit war er seine iberische Melancholie nie losgeworden. Ich kostete den Wein und studierte die Speisekarte. »Hummer, in Wein gedünstet mit Tomaten. Wirklich köstlich«, sagte Alfonso zur Begründung seiner Empfehlung.
»Hummer aus der Tiefkühltruhe?« fragte ich. Er beobachtete einen seiner jüngsten Kellner, der versuchte, gebackene Lasagne aus der Metallschüssel zu kratzen, in der sie aus dem Ofen kamen. Sie fiel ihm fast aus der Hand dabei. Es kostete Alfonso sichtlich große Überwindung, nicht quer durch das Lokal zu rennen, um sich der Sache selbst anzunehmen.
Der Ärger über die Ungeschicklichkeit des Kellners floß in die Antwort ein, die er mir gab: »Sie glauben doch nicht, daß ich die Viecher frisch aus dem Dorfteich von Wimbledon fische, oder? Natürlich sind sie aus der Tiefkühltruhe.«
»Ich mag gefrorenen Hummer nicht«, sagte ich. »Und ich mag nichts, was mir als *Diavolo* serviert wird.«
Alfonso schluckte. »Was ist Ihnen denn heute früh passiert? Mit dem linken Fuß zuerst aus dem Bett gestiegen?«
»Ich bin überhaupt nicht aus dem Bett gestiegen. Habe die ganze Nacht in einem verfluchten Flugzeug verbracht«, sagte ich. Wir

sahen jetzt beide zu, wie der ungeschickte Kellner einen mit Pasta und Tomatensauce gefüllten Schöpflöffel quer über den ganzen Tisch auf den Teller eines der Gäste hinschweben ließ. Wie durch ein Wunder erreichte er sein Ziel, und niemand wurde bekleckert.

Alfonso atmete aus und sagte: »Okay, okay, okay, entschuldigen Sie die Frage. Trinken Sie noch einen Schluck Soave. Soll ich dem Koch sagen, daß Sie gerne einen köstlichen halben Hummer ohne Chili hätten, nur mit wenig zerlassener Butter?«

»Aber wonach schmeckt Hummer aus der Tiefkühltruhe ohne Chili?« fragte ich.

»O weh, o weh! Die entzückende Dame fehlt, das wird's sein. Sind Sie immer so, wenn Sie allein sind?«

»Ich bin ja gar nicht allein. Sie sind doch da und wollen mir was zu essen verkaufen.«

»Etwas sehr Leichtes«, sagte er. Er sagte das immer, selbst wenn er Schweinebraten und Klöße empfahl. Ich weiß das, denn er empfahl oft Schweinebraten und Klöße, und ich habe das schon oft gegessen. »Fisch«, sagte er jetzt. »Eine wunderschöne, nicht tiefgefrorene Seebarbe, mit Oliven gebacken. Grüner Salat. Und zuvor eine halbe Portion Risotto.«

»Okay.«

»Und eine Karaffe von diesem Soave?«

»Spinnen Sie, Al? Jeder weiß doch, daß die italienischen Gastwirte ihren Alkohol im Geräteschuppen hinter dem Haus selbst fabrizieren. Also bringen Sie mir meinetwegen Soave, aber bitte in einer noch zugekorkten Flasche.«

»Sie sind ein Zyniker, Mr. Samson«, sagte er.

»Und Verfolgungswahn habe ich obendrein«, sagte ich. »Das sagt jeder.«

Einsam verzehrte ich mein Mahl und beobachtete, wie meine Tischgenossen betrunken und immer lauter wurden. Der verbeulte gelbe Mini kam, als ich beim Kaffee war. Sie fand einen Parkplatz direkt vor dem Lokal. Sie parkte elegant und zügig, wenn auch eins der Räder dabei auf den Bürgersteig geriet.

Gloria betrat das Restaurant mit jenem fröhlichen Schwung, der die Auftritte von Profis des Showbiz auszeichnet. Ohne große

Gesten oder quer durch den Raum schreien zu müssen, schaffte sie es, daß jeder sich nach ihr umsah. Selbst betrunken hätte ich das nie geschafft. Vermutlich war das auch einer der Gründe, warum sie mir so gefiel. Sie war alles, was ich nicht sein konnte. Ein dicker Kuß und eine Umarmung. »Ich bin halb tot vor Hunger, Liebling«, sagte sie. »Wie war es in Kalifornien?« Noch ein Kuß. »Warst du schwimmen?« Alfonso nahm ihren Mantel und zog einen Stuhl für sie heran. Sie sagte: »Bin ich schon zu spät zum Essen, lieber Alfonso?«
»Wie könnte ich Sie denn hungrig fortschicken, schöne Dame?« Alfonso gab ihren Mantel einem Kellner und legte mit überraschender Geschwindigkeit ein Gedeck vom Nachbartisch für sie auf.
Kaum hatte sie einen Blick auf die Speisekarte geworfen, sagte Gloria: »Könnte ich dieses leckere Kalbslebergericht haben, das Sie mit Zwiebeln und Salbei machen? Und als Vorspeise marinierte Pilze?« So war sie. Kurzentschlossen in fast allen Angelegenheiten. Ich frage mich oft, ob sie sich ihre Antworten vielleicht vorher zurechtlegte. Oder waren ihr einfach nur die Konsequenzen dieser Entschlüsse egal, die sie so schnell traf?
»Perfekt!« sagte Al, als wenn nie zuvor jemand auf die glorreiche Idee gekommen wäre, gerade diese Bestellung aufzugeben. Und dann, als er noch einmal darüber nachdachte: »Absolut perfekt!« Er goß ihr Wein ein und hielt die Flasche ans Licht, als machte er sich Sorgen, daß nicht mehr genug drin sein könnte für uns.
»Wie geht's deiner Mutter?« fragte ich in dem Bemühen, die Temperatur ein bißchen zu senken.
»Sie wird's überleben.«
»Was war denn?« fragte ich.
»Die arme Mami zieht ihre theatralische ungarische Schau ab, weil sie meint, daß Papa ihrer müde wird.«
»Und stimmt das?«
»Ich nehme an. Lieber Gott. Ich weiß nicht. Die beiden sind schließlich seit fünfundzwanzig Jahren verheiratet. Es würde mich nicht wundern, wenn er sich langsam ein bißchen eingesperrt vorkäme. Ich habe hinreißende Patientinnen in seiner Praxis gesehen. Und alle schwärmen sie für ihn.«

»Dein Vater empfindet die Ehe als Gefängnis?«
»Das kann schon passieren. Die beiden haben nicht viele Gemeinsamkeiten.«
Ich war überrascht, daß sie so gleichgültig blieb. »Sie sind doch beide ungarische Flüchtlinge. Sie sind gemeinsam hierhergekommen, um ein neues Leben anzufangen.«
»Inzwischen sprechen sie beide ausgezeichnet Englisch, meine Schwestern sind im Internat, und ich bin ausgezogen. Es gibt nicht mehr viel, was sie zusammenhält.«
»Und da bezeichnen die Leute ausgerechnet mich als Zyniker.«
»Ich bin nicht zynisch. Ich stelle nur die Tatsachen fest.«
»Hast du deiner Mutter das so gesagt?«
»Na ja, ich hab's ein bißchen verpackt.«
»Ich will hoffen, daß du das sehr dick verpackt hast. Deine Mutter muß sterbensunglücklich sein. Und vielleicht läuft dein Vater in Wirklichkeit gar nicht anderen Frauen nach. Vielleicht fühlt er sich nicht mal gefangen.«
Sie nahm einen Schluck Wein, sah mir in die Augen und fing langsam an zu lächeln. »Du bist wirklich ein Romantiker, Bernard. Ein altmodischer Romantiker. Vielleicht habe ich mich deshalb so in dich verknallt.«
Sie lächelte noch immer. Sie hatte sich während meiner Abwesenheit eine neue Frisur zugelegt. Jetzt trug sie einen Pony, der ihr bis auf die Augenbrauen in die Stirn fiel. Sie war hinreißend schön. »Hübsch, deine neue Frisur«, sagte ich.
Sie berührte ihr Haar. »Gefällt sie dir wirklich?«
»Ja.« Ich konnte die Vorstellung, von ihr getrennt zu sein, und sei's auch nur für ein, zwei Tage, plötzlich nicht ertragen. Und sie wollte nach Cambridge ziehen, an die Universität, verdammt. Sie schickte mir einen Kuß über den Tisch.
»Ich liebe dich, Gloria«, sagte ich zu meiner eigenen Überraschung.
Sie lächelte und spielte verlegen mit ihrem Besteck. Sie schien etwas erregt, und ich fragte mich, ob sie sich nicht vielleicht wegen ihrer Mutter doch mehr Sorgen machte, als sie zugab.
»Ich habe Bret Rensselaer getroffen«, sagte ich. »Jeder hielt ihn für tot, aber er ist auf dem Wege der Besserung.«

»Du hast Bret Rensselaer getroffen?« Daß Bret noch lebte, überraschte sie nicht so sehr, wie es mich überrascht hatte, aber schließlich war es ja schon Jahre her, daß wir Bret abgeschrieben hatten.
»Er war nicht besonders guter Laune. Aber ein chronisches Leiden kann einem die Laune schon verderben.«
»Aber jetzt ist er auf dem Wege der Besserung?«
»Eine reiche alte Dame hat ihn bei sich aufgenommen. Sie sagt, er sei ihre alte Jugendliebe.«
»Wie süß«, sagte Gloria.
»Sie hat ein sehr nettes kleines Anwesen in Ventura County. Ich weiß nicht, wozu er überhaupt gesund werden will.«
»Das ist gemein, Liebster«, sagte sie. »Das verdirbt alles. Das ist nun wirklich kein bißchen romantisch.« Ihre marinierten Pilze wurden gebracht, und während sie zu essen begann, sagte sie: »Du hast wieder mal genau im richtigen Augenblick 'ne Fliege gemacht.«
»Ach ja?«
»Freitag morgen. Erst kommt dein alter Freund Werner Volkmann, mit verkniffenem Gesicht und zornfunkelndem Blick. Soviel ich verstanden habe, beschuldigt er Frank Harrington, seine Frau auf ein Himmelfahrtskommando nach Frankfurt an der Oder geschickt zu haben. Ich sage dir, der Mann war außer sich! Ich bin ihm aus dem Weg gegangen.«
»Und was ist passiert?«
Sie aß weiter und sagte: »Nach vielem Hin und Her, wobei Dicky über Kopfschmerzen klagte und sagte, er werde deswegen wohl zum Arzt gehen müssen, wurde entschieden, daß der Deputy mit Werner reden sollte.«
»Der Deputy?«
»Na, Werner wollte es niemand anderem als dem verdammten D. G. persönlich sagen. Dicky erzählte ihm, der D. G. sei wegen Krankheit beurlaubt, aber das kaufte ihm natürlich Mr. Volkmann nicht ab. Es lag auf der Hand, daß ein Gespräch mit Dicky den Mann nur noch wütender machen würde, und so bot schließlich der Deputy an, sich um die Sache zu kümmern.«
»Anständig von ihm«, sagte ich.

»Sir Percy ist schon in Ordnung. Er hat Mum, und er traut sich, auch mal 'ne Entscheidung zu fällen.«

»Und es gibt in der Londoner Zentrale nicht viele Leute, von denen man das sagen kann.«

»Das Gespräch mit dem Deputy hat Werner dann auch beruhigt. Richtig wütend war er nur, solange er dachte, daß sie ihn abwimmeln wollten.«

»Wenn Werner richtig wütend wird, ist er mit Vorsicht zu genießen.«

»Ich war ganz erschrocken. Dicky auch. Ich glaube, es ist dieser verdammte Bart. Jedenfalls ging Dicky ganz schön die Muffe. Er flüchtete in Morgans Büro und machte die Tür hinter sich zu, ohne zu merken, daß ich gerade auch drin war. Er sagte zu Morgan, all diese Außendienstagenten seien Trottel. Als er merkte, daß ich das mit angehört hatte, lächelte er, als sollte es ein Witz sein.«

»Was hat der Deputy zu Werner gesagt?«

»Das weiß niemand. Die beiden waren allein. Fast eine Stunde lang. Ich weiß nicht, ob das bedeutet, daß sie sich auf Anhieb prächtig verstanden haben oder daß sie sich gegenseitig an die Gurgel gesprungen sind, jedenfalls kam Volkmann mit einem seligen Lächeln wieder raus, also kann man wohl annehmen, daß der Deputy seine Sache gut gemacht hat.«

»Ich bin verdammt froh, daß ich nicht da war«, sagte ich.

»Wußtest du denn, daß er Krach schlagen wollte?«

»Kann sein, daß er so was angedeutet hat.«

»Du Aas.«

»Was habe ich denn nun schon wieder gemacht?«

»Du hättest ihn schon am Abend vorher beruhigen können. Aber nein, du läßt ihn ins Büro kommen und Krach schlagen. Ich nehme an, das hat dich amüsiert, was?« Sie sagte das ohne Bitterkeit. Ich hatte den Verdacht, daß es ihr Spaß machte, mich in der Rolle des ewigen Störenfrieds zu sehen.

»Vielleicht hätte ich ihn beruhigen können. Vielleicht nicht. Die Sache ist nicht so einfach, wie sie aussieht. Werner steht schon lange auf dem Kriegsfuß mit Frank Harrington. Er haßt ihn wie die Pest, und wenn die beiden sich wegen irgendeiner Sache in die Haare kriegen, werde ich mich nicht dazwischenwerfen. Dabei würde ich womöglich gleich zwei gute Freunde verlieren, und ich habe nicht genug Freunde, um riskieren zu können, zwei der besten zu verlieren, nur um für Dicky, Morgan und die übrigen Bürohänger irgendwas glattzubügeln.«

»Du hast es ja auch glücklich geschafft, dich rauszuhalten. Ja, und gestern hat uns dann noch deine Freundin Lucinda besucht.«

»Cindy Prettyman?«

»Lucinda Matthews will sie neuerdings genannt werden. Darauf legt sie anscheinend großen Wert.«

»Kam sie ins Büro?«

»Nein, gestern war doch Samstag, sie kam in die Balaklava Road. Ich war gerade mit dem Wagen zurückgekommen und hatte wegen des kaputten Scharniers die Garagentür offengelassen. So ist sie einfach reingekommen, ohne zu klingeln. Ich war ganz schön sauer. Ich wollte so schnell wie möglich mit der Wäsche der Kinder fertig werden, damit mir Mrs. Palmer beim Bügeln helfen könnte.«

»Was wollte sie denn?«

»Das Übliche. Die angebliche Ermordung ihres Mannes, der KGB-Schmiergeldfonds und die Verschwörung dahinter. Du weißt schon.«

»Hat sie dir das alles erzählt?«

»Ich dachte, sie würde überhaupt nicht mehr aufhören. Endlich sagte ich, du würdest dich irgendwann in der nächsten Woche mit ihr treffen. Nicht im Büro, sagte sie, denn sie will nicht, daß man euch zusammen sieht. Wenn du mich fragst, Liebling, die Frau ist nicht mehr ganz dicht.«

»Ist irgendwas Neues passiert?«

»Sie sagte, daß ich dir sagen soll, daß sie seine neue Idee hat über das Geld. Und sie will die Schachtel mit Papieren wiederhaben, die sie dir gegeben hat. Sie glaubt, daß darin ein Hinweis versteckt sein könnte.«

»Viel Freude wird sie an dem Zeug nicht haben«, sagte ich. »Es sei denn, sie begeistert sich plötzlich für Archäologie.« Unwillkürlich seufzte ich tief. Ich fühlte mich einer neuerlichen Begegnung mit Cindy nicht gewachsen.

»Sie sagte, das würde dich interessieren. Sie hat erfahren, daß irgendwelche Summen transferiert werden. Sie haben Angst, sagt sie. Sie müssen gemerkt haben, daß jemand hinter ihnen her ist. Lauter solche Sachen. Total durchgedreht.«

»Cindy hat hart gearbeitet.«

Gloria war nicht gerade scharf darauf, sich dem Lob für Cindy anzuschließen. »Sie weiß nicht, wovon sie redet«, sagte sie. »Im Augenblick wird eine Menge heißes Geld von deutschen Banken und Firmenkonten abgezogen. Das ist wegen der neuen Gesetze, die demnächst in der Bundesrepublik in Kraft treten. Die EG hat verlangt, daß in Zukunft auch in Deutschland Banken und Gesellschaften ihre Gewinne offenlegen müssen. Vom nächsten Jahr an wird es deshalb auch in Deutschland nicht mehr so leicht sein, unbemerkt irgendwelche Gelder in Banken oder Gesellschaften zu begraben. Die Hauptkasse wird sich eben auf diese Veränderungen vorbereiten.«

»Ich dachte, deutsche Banken wären verpflichtet, den deutschen Finanzbehörden gegenüber alles offenzulegen. Ich wußte nicht, daß es in Deutschland auch heißes Geld gibt.«

Gloria schüttelte den Kopf. »Auskunftspflichtig sind sie den Behörden nur über das Geld ihrer Kunden. Ihr eigenes Geld und die dicken Gewinne, die sie damit machen, halten sie geheim. Du weißt doch, wie all diese verdammten Banken an der High Street sind. Und die deutschen Banken sind zehnmal schlimmer.«

»Woher weißt du denn das alles?«

»Mein Volkswirtschaftsunterricht. Die westdeutschen Geldmärkte sind mein Spezialthema.«

»Hast du Cindy das gesagt?«

»Die hält mich doch für dein blondes Dummchen. Die wollte doch mit mir gar nicht reden.« Glorias Kalbsleber wurde gebracht. Wirklich gut sah sie aus. Ich stibitzte ihr eine geröstete Kartoffel und ließ sie den Rest in Frieden essen.

»Wahrscheinlich muß ich irgendwann mit Cindy sprechen. Das schulde ich Jim«, sagte ich.

»Du sollst sie zu Hause anrufen und ein Treffen fürs Wochenende verabreden.« Gloria vergaß plötzlich ihre Leber und legte

Messer und Gabel weg. Sie sprach jetzt in verändertem Ton, ernst und besorgt. »Ich glaube wirklich, daß sie ein bißchen gestört ist, Bernard. Sie hatte ihren Wagen meilenweit vom Haus entfernt vor den Inkerman Villas geparkt. Ich sagte ihr, das Parken dort sei reserviert und ihr Wagen könnte womöglich abgeschleppt werden, aber sie hörte überhaupt nicht zu. Dauernd sah sie aus dem Fenster, als erwartete sie, da einen Verfolger zu sehen. Als sich sie fragte, was denn sei, sagte sie, sie bewundere nur die Aussicht. Sie hat einen richtig irren Blick, sage ich dir. Mir war ganz unheimlich in ihrer Gesellschaft.«

»Ich werde sie anrufen müssen«, sagte ich, während ich nach einer Entschuldigung suchte, es nicht zu tun. »Aber ich wünschte, sie würde mich in diese Geschichte nicht noch weiter reinziehen. Ich habe schon Bret verärgert, und ich frage mich, wozu eigentlich? Ich habe genug Arbeit und genug Feinde, auch ohne daß Cindy mir noch mehr von beidem verschafft.«

»Du hast gesagt, du wolltest der Sache auf den Grund gehen«, sagte Gloria.

»Aber ich habe einfach nicht die Zeit dazu. Die ganze Sache ist nur eins von den vielen kleinen Geheimnissen des Department, und wenn sie unbedingt wollen, daß sie geheim bleibt, dann soll sie eben geheim bleiben. Ich stolpere schließlich alle Nase lang über irgendwelche Rätsel. Ich brauche nicht noch mehr davon.«

»Bin ich dir auch ein Rätsel, mein armer Liebling?« Dabei langte sie über den Tisch und streichelte meine Hand.

»Du ganz besonders«, sagte ich.

»Glaubst du, daß mir Alfonso eine Tüte gibt, so daß ich den Rest der Leber mitnehmen kann für Muffin?« sagte sie und fuhr fort, ohne eine Antwort auf ihre Frage abzuwarten. »Deine Freundin Cindy wird so leicht nicht aufgeben.«

»Sie hat mehr freie Zeit als ich, und sie liebt das Engagement für eine gute Sache. Cindy hat sich schon immer gern für irgendwas engagiert: Tierschutz, weibliche Priester, Dieselabgase verursachen das Waldsterben. Cindy braucht das.«

»Ich finde sie nicht ganz normal«, sagte Gloria in jenem flachen, wie beiläufigen Tonfall, der andeutete, daß es ihr vollkommen egal war. Sie hatte abgeschaltet. Gloria konnte das. Ich hätte viel dafür gegeben, diesen Trick zu beherrschen. Plötzlich hob sie den Arm und rief: »Kann ich bitte Kaffee haben, Alfonso?«

»Zweimal, bitte«, rief ich hinterher, aber er ließ sich nicht anmerken, daß er mich gehört hatte.

»Entschuldigung«, sagte sie. »Ich hatte vergessen, daß du's nicht gerne hast, wenn ich in deiner Gesellschaft selbst bestelle.«

»Willst du wirklich diese Leber in dein Taschentuch wickeln?«

»Muffin liebt Leber.« Sie verstaute das Päckchen gerade in ihrer Handtasche, als der Kaffee gebracht wurde.

»Ich sollte keinen Kaffee trinken«, sagte ich. »Ich muß unbedingt bald ins Bett.«

»Die Kinder kommen erst zum Abendbrot nach Hause. Vielleicht lege ich mich auch ein bißchen hin«, sagte sie arglos.

»Also, was hält uns dann noch hier?«

17

Im Büro erwartete mich viel Arbeit. Ganz oben auf dem Stapel lag eine dringliche Anfrage des Verteidigungsministeriums, in der Informationen über Semtex erbeten wurden, einen in der Tschechoslowakei hergestellten Sprengstoff, der über die DDR exportiert und neuerdings mit schönem Erfolg von Bombenbastlern in Nordirland verwendet wurde. Weiter unten vertrauliche Anfragen über die Leipziger Messe und – mit höchster Dringlichkeitsstufe – einige zusätzliche Fragen des Ministers, die rechtzeitig zur nächsten Fragestunde des Parlaments zu beantworten waren.

Es war eines der Naturgesetze, unter denen das Leben im Department seinen Lauf nahm, daß die Akten, die Dicky unbearbeitet auf seinem Schreibtisch liegen ließ, während er sich Sorgen um seine Karriere machte und sich so lange wie möglich um erforderliche Entscheidungen herumdrückte, stets irgendwann von der langen Bank mit Schwung mir zugeschoben wurden. Die Aufgabe, alles Liegengebliebene umgehend zu erledigen, wurde mir nicht gerade erleichtert durch die kryptischen Bemerkungen und Anweisungen für mich, die Dicky den Akten mit auf den Weg gab.

»Warmhalten, bis wir wissen, wer in den Ausschuß kommt«, riet Dicky da etwa. Oder: »Sag dem alten Ekel, er soll sich sauerkochen lassen, aber halte ihn bei Laune.« Oder: »So könnte das gehen, wenn sie die richtigen Leute einsetzen, aber paß auf, daß der Schuß nicht nach hinten losgeht.« Oder sein Standardsatz: »Versuche rauszukriegen, was sie wirklich wollen, vielleicht können wir ihnen auf halbem Wege entgegenkommen.«

Solchen geheimnisvollen Anweisungen also suchte ich zu folgen an jenem Dienstag, während Dicky sich irgendwohin verzogen hatte, was er immer tat, wenn Arbeit drohte. Und Dicky wollte wie gewöhnlich alles im Laufe eines Tages erledigt wissen.
Ich begegnete deshalb Frank Harringtons munterer Einladung zu einem schnellen Lunch mit stierem Blick. »Du machst dich nur kaputt, wenn du versuchst, diesen Haufen noch bis Dienstschluß durchzuackern«, sagte Frank und strich mit der Spitze des Zeigefingers über den Deckel einer dicken Akte, in der man die verschiedenen Typen osteuropäischer Einzelhandelsgeschäfte, die Zahlungen nur in westlichen Währungen annehmen, umfassend und erschöpfend dargestellt und analysiert fand. Die arme Seele, der diese Aufgabe zugefallen war, hatte Tabellen, Bilanzen, Prognosen et cetera von Rewex in Polen, Tuwex in der ČSSR, Korekom in Bulgarien auf das sorgfältigste Punkt für Punkt mit den entsprechenden Daten für die Intershops in der DDR verglichen.
Ohne die Akte vom Tisch zu nehmen, schlug Frank sie mit spitzen Fingern auf, bemüht, sich nicht schmutzig zu machen. »Würdest du mir glauben, wenn ich dir sage, daß ich diese Akte auf dem Schreibtisch des Alten sah an dem Tag, als ich die Stelle in Berlin bekam?«
»Aber natürlich«, sagte ich.
»Sie ist natürlich im Laufe der Jahre dicker geworden«, sagte Frank, der wahrscheinlich sein phänomenales Gedächtnis gelobt hören wollte. Er hängte den festgerollten Regenschirm bei der Krücke an der Schreibtischkante auf und konsultierte seine goldene Taschenuhr, wie um sich zu vergewissern, daß es schon Zeit zum Mittagessen sei. »Schieb den Kram mal beiseite, Bernard. Ich spendiere dir ein Guinness und 'ne Fleischpastete.«
Die Vorstellung, daß Engländer sich kein besseres Mittagessen vorstellen können, als es in den Pubs zu haben ist, wird von den im Ausland lebenden Engländern gehegt und gepflegt, und so lächelte ich. Frank sah sehr geschniegelt aus. Er hatte eine Unterredung mit dem Deputy hinter sich, und daß er aus höheren Sphären in mein bescheidenes Büro trat, wurde noch betont durch seinen dreiteiligen grauen Kammgarnanzug, die

goldene Uhrkette, das breitgestreifte Hemd aus der Jermyn Street und die Eton-Krawatte; an Krawatten in den Farben seiner Schule schien er einen unerschöpflichen Vorrat zu besitzen. Meine Krawatte war einfarbig und aus Polyester, meine Uhr japanisch und aus Plastik. Ich war erschöpft, und Dickys Stimme dröhnte mir noch im Ohr. Ich hatte gerade dem Diktiergerät gelauscht und versucht, ein paar Notizen aus dem weitschweifigen Geschwafel herauszufiltern, das mir Dicky hinterlassen hatte mit der Bitte, »noch ein bißchen dran zu feilen«. Das konnte lange dauern. Dicky hatte kein Talent, seine Argumente in einen überzeugenden Zusammenhang zu bringen, und wo seine Darstellung ausnahmsweise mal logisch aufgebaut war, stimmten gewöhnlich die Fakten nicht. Ich schob also die Arbeit beiseite und sagte: »Wie wär's mit nächster Woche, Frank? Am Mittwoch bin ich in Berlin.«
Aber Frank ließ sich nicht abwimmeln. »Nur ein ganz schneller Lunch, Bernard.«
Ich blickte auf und sah ihn wartend in der Tür stehen, mit einem sehr gezwungenen Lächeln im Gesicht. Erst in diesem Augenblick begriff ich, wieviel solche Kleinigkeiten ihm bedeuteten. Ich wußte natürlich, daß Frank in mir immer den Sohnersatz gesehen hatte. Das hatten mir auch schon andere zu verstehen gegeben, gewöhnlich zu Zeiten, da ich Frank das Leben schwer machte. Frank selbst hatte sogar verschiedene Anspielungen auf eine nicht näher bestimmte Verantwortung gemacht, die er meinem Vater schuldig sei. Aber Frank nahm das zu ernst. Mehr als einmal hatte er, nur um mir aus der Patsche zu helfen, seine Karriere riskiert, und so fühlte ich mich ihm auf eine – um die Wahrheit zu sagen – ziemlich ungemütliche Weise verpflichtet. Die Beziehungen zwischen Vätern und Söhnen sind ja selten frei von Spannungen, und meiner Rolle entsprechend hatte ich wesentlich mehr von ihm genommen als ihm gegeben, und ich gebe zu, ich haßte es, irgend jemandem verpflichtet zu sein, selbst wenn es Frank war.
»Du hast recht, Frank. Zum Teufel damit!« Ich zog die Kassette aus dem Gerät und verschloß sie in meiner Schreibtischschublade. Vielleicht hätte ich sie lieber an den KGB schicken sollen, um

die Desorientierung des Gegners voranzutreiben. Frank half mir in den Mantel.

Während seiner Besuche in London hatte Frank immer einen Wagen mit Chauffeur. Dies war eines der kleinen Privilegien, die die Stelle in Berlin mit sich brachte. Wir suchten ein »kleines Weinlokal in der City« auf; da der Vorschlag von Frank Harrington kam, lag es natürlich nicht in der City, sondern südlich der Themse in jenem *borough* (oder »Bezirk«) von London, der rätselhafterweise nur einfach The Borough genannt wird. In einer Nebenstraße der Old Kent Road zwischen heruntergekommenen viktorianischen Häusern fanden wir das Lokal durch eine jener kleinen polierten Messingtafeln ausgeschildert, mit denen Rechtsanwälte und Zahnärzte auf ihre Geschäftsräume hinweisen. Ein langer, unterirdischer Korridor führte in einen düsteren Keller, der sich niedrig über dicken Pfeilern wölbte. Das Mauerwerk war flaschengrün gestrichen. Auf kleinen Schiefertafeln waren mit Kreide Namen und Jahrgänge der vornehmen Tropfen angeschrieben, die offen ausgeschenkt wurden. Eine lange Theke stand an der einen Wand des größten der »Räume« des Lokals, ringsum beleuchteten Punktstrahler kleine Tische, an denen schrille Geschäftsleute ihren kostbaren alten Rotwein oder Portwein tranken, teure Kleinigkeiten aus der kalten Küche knabberten und versuchten, auszusehen wie Tycoons, die sich gerade vor aufdringlichen Fernsehreportern in Sicherheit gebracht haben, um in aller Ruhe ein paar Multimillionen-Dollar-Abschlüsse zu tätigen.

»Gefällt's dir?« fragte Frank stolz.

»Fabelhaft, Frank.«

»Hübsches kleines Lokal, nicht? Und man riskiert hier nicht, unseren Leuten zu begegnen, das vor allem gefällt mir daran.« Mit »unseren Leuten« meinte er die wichtigen Leute in Whitehall. Er hatte recht.

Ein alter Herr, der, wie sich's für einen Weinkeller gehört, ein weißes Hemd mit Fliege und eine lange Schürze trug, führte uns zu zwei schon gedeckten Plätzen an der Theke. Frank war hier augenscheinlich ein geschätzter Gast, und als ich sah, was er für eine Flasche Château Palmer 1966 berappte, verstand ich auch,

warum. Aber Franks ausgedehntes Studium der Weinkarte und das außergewöhnliche Resultat gehörte zu der väterlichen Rolle, die er vorführen mußte.
Mit dem vorschriftsmäßigen Zeremoniell wurde die Flasche entkorkt, der Korken berochen, der Wein ins Glas gegossen, das Glas gedreht, der Wein gekostet. Frank stülpte die Lippen auf, bleckte die Zähne und fällte nach einigem Sinnen sein Urteil: »Trinkbar.« Wir lachten.
Da ich Frank seit Jahren kannte, überraschte mich nicht, daß er zu diesem edlen Tropfen klaglos einen schon gelblichen Stilton, ein ausgetrocknetes Stück Fleischpastete und labbriges Weißbrot aß.
Ich ahnte, daß er mir etwas zu sagen hatte, aber ich leistete meinen Beitrag zum neuesten Büroklatsch und ließ ihm Zeit. Als er seine Fleischpastete verzehrt hatte – jeden Bissen dick mit scharfem englischem Senf bestrichen –, füllte er zum zweiten Mal unsere Gläser und sagte: »Diese verdammte Zena.« Er sagte das ganz ruhig, aber er meinte es ernst. »Ich könnte sie umbringen.«
Ich betrachtete ihn neugierig. In der Vergangenheit war er Zena gegenüber immer nachsichtig gewesen. Vernarrt in sie, so mußte man sagen. »Wie geht's ihr überhaupt?« fragte ich beiläufig zwischen zwei Bissen Fleischpastete. »Als ich zuletzt von ihr hörte, war sie gerade nach Frankfurt an der Oder gefahren. Werner machte sich Sorgen deshalb.«
Er sah mich an, als versuchte er zu ergründen, wieviel ich wußte, und sagte dann: »Sie fuhr auf dem Berlin-Warschau-Expreß hin und her.«
»Auf dem Paradies-Zug? Wozu?« fragte ich, obwohl ich mir die Antwort denken konnte.
»Schwarzmarktgeschäfte. Du bist doch selbst schon mit diesem Zug gefahren. Du weißt doch Bescheid.«
Ja, ich war selbst schon mit diesem Zug gefahren, und ich wußte Bescheid. Nach der Überquerung der polnischen Grenze verwandelte sich dieser Zug in einen orientalischen Basar. Schwarzhändler – und, gemäß den feinen Abstufungen innerhalb des sozialen Lebens im Ostblock, auch Händler des braunen

und grauen Marktes – wanderten von Abteil zu Abteil und kauften und verkauften einfach alles, von schottischem Whisky bis zu Black & Decker-Bohrmaschinen. Überall laute polnische Stimmen, Hände, die mit Bündeln von Dollarnoten wedelten, geöffnete Koffer, die von Popmusik-Schallplatten und Marlboro-Stangen überquollen. Im »Paradies-Zug« gab es tausend Gelegenheiten, Geschäfte mit Kunstwerken und alten Handschriften zu machen. »Was hat Zena in dem Zug getrieben?« fragte ich.

»Sie wurde verhaftet, als sie zurückkam... auf dem Bahnhof Friedrichstraße. Es hat ganz den Anschein, als sei sie verpfiffen worden.«

»Wo ist sie jetzt?«

»Man hat sie entlassen.«

»Was hatte sie denn dabei?«

»Alte Stiche. Und eine Ikone und eine alte Bibel. Sie haben alles beschlagnahmt und sie laufenlassen.«

»Da hat sie aber Schwein gehabt«, sagte ich.

»Sie hat ihnen gesagt, sie würde sich gerne mit einer Quittung für nur einen der beschlagnahmten Gegenstände begnügen, und den Rest könnten sie sich teilen.«

»Dann hat sie erst recht Schwein gehabt. Wenn sie dieses Angebot dem falschen Mann macht, kriegt sie wegen versuchter Bestechung noch zehn Jahre Knast zusätzlich.«

Frank sah mich an und sagte: »Zenas Menschenkenntnis ist ausgezeichnet.«

Was sollte ich darauf erwidern? Ich trank einen Schluck von dem wunderbaren Château Palmer und nickte. Der Wein war jetzt zu vollem Leben erwacht, eine zauberhafte Mischung fast vergessener Düfte.

Franks Zorn, der ihn bei der Erinnerung an Zena gepackt hatte, legte sich langsam. »Blödes kleines Biest«, sagte er schon wieder mit einem zärtlichen Unterton. Er lächelte. »Wie wär's mit einem Nachtisch, Bernard? Ich glaube, der Apfelstreuselkuchen ist hier sehr gut.«

»Nein, danke, Frank. Einen Kaffee hätte ich gern.«

»Werner war in London. Am Freitag ist er im Büro aufgetaucht und ist allen mächtig auf die Nerven gegangen«, sagte Frank. »Ich war natürlich in Berlin. Als der Deputy mich endlich erreicht hat, wußte ich schon, daß Zena längst wieder sicher zu Hause war, und konnte ihn beruhigen. Damit stand ich natürlich gut da.«

»Ich war am Freitag nicht in London«, sagte ich. »Ich war in Kalifornien.«

»Also, ich nehme noch was Pikantes: *Angels on Horseback*. Die sind hier wirklich gut. Willst du nicht doch auch eine Nachspeise?« Da ich den Kopf schüttelte, rief er den Kellner und bestellte sich seine »Engel zu Pferde«. »Ich muß sagen, daß Sir Percy seine Sache verdammt gut macht«, sagte Frank.

Aber ich dachte nicht daran, mich von Frank ablenken zu lassen, auch wenn er sich über die Fähigkeiten und Unfähigkeiten des Deputy unterhalten wollte. »Wußtest du, daß Bret noch lebt? Ich bin in Kalifornien bei ihm gewesen.«

»Bret?« Er sah mir voll in die Augen. »Ja, der Alte hat es mir gesagt... vor ein paar Tagen.«

»Warst du überrascht?«

»Ich war stinksauer«, sagte Frank. »Der Alte hat mich mehr als einmal ausdrücklich behaupten hören, daß Bret tot sei, ohne mir je zu widersprechen oder mir die Wahrheit anzuvertrauen.«

»Warum?«

»Weiß der Himmel. Der Alte ist mitunter ziemlich kindisch. Er lachte einfach und sagte, Bret hätte schließlich etwas Ruhe verdient. Dabei hatte er selbst mir erzählt, daß Bret gestorben sei. Bei einem kleinen Abendessen im Kempinski. Wir waren bei der Gelegenheit nicht allein, es waren Leute mit am Tisch, die die Sache nichts anging. Ich konnte also nicht weiter nach Einzelheiten fragen. Wahrscheinlich hätte ich darauf zurückkommen sollen.«

»Aber weshalb hat er ihn für tot erklärt? Welchen Zweck haben sie damit verfolgt?«

»Du hast doch mit ihm gesprochen, nicht ich. Was sagt denn Bret selbst dazu?«

»Ich habe ihn nicht gefragt, weshalb er nicht tot ist«, sagte ich scharf.

Frank sah das Ganze als harmlose Finte. »Bret war ja wirklich kurz davor. Was macht das für einen Unterschied? Und vielleicht haben sie dann aus Sicherheitsgründen nicht verbreitet, daß er dem Tod noch mal von der Schippe gesprungen ist.«
»Aber irgendeinen besonderen Grund dafür kennst du nicht?«
»Nein, wirklich nicht, Bernard.« Er trank einen Schluck und konzentrierte seine Aufmerksamkeit auf die Farbe und sonstige Beschaffenheit des Weins.
Ich sagte: »Der Feine Harry hat mich rangenommen da drüben.« Frank zog eine Augenbraue hoch. »Er hat mir zu verstehen gegeben, daß, was Bret auch macht, alles von Washington gebilligt wird.«
»Na, der Feine Harry wird's schon wissen. Der hat jetzt einen ruhigen Job«, sagte Frank. »Die benutzen ihn zwar als Botenjungen, aber mit seinem Anfangsgehalt kannst du ein Dutzend Geiseln freikaufen.«
»Klingt genau wie mein Job«, sagte ich, »bis auf das Gehalt.«
»Weshalb hat der Feine Harry dich rangenommen?«
»Er sagt, ich stelle zu viele Fragen.«
»Das muß eine Verwechslung sein. Das klingt überhaupt nicht nach dir.« Franks Humor war immer schon bemüht. »Fragen über Bret?«
»Fiona ist in die Sache verwickelt. Irgendeine undurchsichtige Finanzaktion. Ein Haufen Geld ist dabei verschwunden. Prettyman war zeichnungsberechtigt... wahrscheinlich als Mittelsmann für die Hauptkasse.«
»Du erzählst doch hoffentlich nicht noch immer herum, daß Prettyman wegen dieser Sache umgelegt worden ist? Ich habe mir die Statistik der Tötungsdelikte für Washington angesehen – absolut haarsträubend, sage ich dir. Und ich weiß, daß der Deputy das FBI gebeten hat, Prettymans Fall besonders sorgfältig zu untersuchen. Es gibt nichts, was vermuten läßt, daß es sich dabei um was anderes handelt als um einen von diesen zufälligen Morden, die bei Überfällen da drüben an der Tagesordnung sind. Eine elende Geschichte, aber nichts, was eine weitere Untersuchung rechtfertigen würde.«
»Ich dachte, ich finde dabei etwas mehr über Fiona heraus.«

»Über Fiona wissen wir doch längst Bescheid.«
»Ihre Motive, ihre Komplizen und so weiter.«
»Ich kann mir vorstellen, daß das Department jeder Spur nachgegangen ist. Die haben doch noch monatelang jedem nachgeschnüffelt, der auch nur mal von ihr gehört hatte.«
»Dir auch?«
»Bei solchen Untersuchungen ist niemand über einen Verdacht erhaben, Bernard. Ich hätte gedacht, daß du das am besten weißt. Monatelang hat der Minister dem D. G. deswegen im Nacken gesessen. Ich glaube, das hat dem Alten auch endgültig den Rest gegeben.«
»Ist der Alte wirklich krank?« fragte ich. »Oder ist das bloß ein Dreh, damit er früher in Pension gehen oder sonstwas machen kann?« Frank und der Alte waren während des Krieges bei derselben Einheit gewesen, sie waren eng befreundet.
»Sir Henry läßt sich nur noch selten sehen, was? Wahrscheinlich soll er im Amt bleiben, damit sie ihm die Bezüge nicht kürzen müssen. Aber daß er die Zügel noch mal in die Hand nimmt, glaube ich nicht.«
»Wird Sir Percy an seine Stelle treten?«
»Vorläufig weiß das niemand. Angeblich will die Premierministerin unbedingt jemand von außen auf den Posten setzen... Wenn sie einen von den jüngeren Richtern des Oberhauses in den Sattel hebt, kann sie womöglich hoffen, daß der Druck nachläßt, mit dem jetzt verlangt wird, daß ein Parlamentsausschuß alles beaufsichtigt, was wir treiben.«
Nun wurden Franks *Angels on Horseback* serviert: ein Paar gekochte Austern, die, in gebratenen Schinkenspeck gewickelt, auf einem Dreieck warmen Toasts lagen. Frank liebte pikante Nachspeisen. Auf seinen Dinnerpartys hielt er eisern an dieser viktorianischen Tradition fest, nach dem Dessert noch ein paar salzige, scharfe Leckerbissen zu servieren. »Das macht den Gaumen sauber für den Port«, pflegte er zu sagen. Jetzt aß er seine Angels mit einem Appetit, wie er ihn bisher nur beim Wein gezeigt hatte, und sagte nichts mehr, bis der Kellner den leeren Teller abgeräumt hatte.
Dann wischte er sich die Lippen mit einer großen Stoffserviette ab und sagte:

»Du bist sauer, Bernard, oder?«
»Sauer?«
Frank grinste. »Du bist verärgert. Gib's ruhig zu.«
»Warum denn?«
»Halte mich nicht für blöder, als ich bin«, sagte Frank. »Du erinnerst dich, daß ich kürzlich versichert habe, Sir Henry sei schon seit vielen, vielen Jahren nicht mehr in Berlin gewesen. Jetzt habe ich dir erzählt, daß er ein Abendessen im Kempinski gegeben hat, und du spitzt die Ohren. Hab' ich recht, Bernard?«
»Das ist unwichtig«, sagte ich.
»Genau. Das Prinzip des Wissen-Müssens. Geheimnisse werden nur den Leuten anvertraut, die sie wissen müssen. Nicht denen, die nur gerne Bescheid wissen wollen.« Er hob die Weinflasche, um den Rest auf unsere Gläser zu verteilen, doch das hatte der Kellner bereits getan. Die Flasche war leer. »Ein toter Soldat«, sagte Frank und hielt die leere Flasche in die Höhe. (Die englische Umgangssprache hat ihre eigene Poesie.) »Und Tote erzählen keine Geschichten, was? Also, wie wär's mit einem Glas Madeira?«
»Für mich nicht mehr, Frank, sonst schlafe ich noch am Schreibtisch ein.«
»Recht so. Was sagte ich eben? Ach ja, das Prinzip des Wissen-Müssens.«
»Du hast mir gesagt, ich soll meine Nase nicht in Angelegenheiten stecken, die mich nichts angehen.«
»Überhaupt nicht. Ich habe dir einfach die Politik des Department erklärt. Es heißt, daß du wieder auf einem deiner privaten Kreuzzüge bist. Ich will dich nur davon überzeugen, daß das Ganze nicht persönlich gemeint ist. Solche Extratouren beunruhigen die Innere Sicherheit immer, egal, um welchen Angestellten es dabei geht.«
»Danke schön.«
»Du glaubst wohl immer noch, du findest einen Maulwurf?« Er lächelte wieder. Frank hatte festes Vertrauen zu seinen Vorgesetzten, vorausgesetzt, sie hatten die richtigen Schulen besucht oder sich beim Militär ausgezeichnet. Die Verdächtigung solcher Leute fand er nur komisch.

»Nein, Frank, nein, wirklich nicht.«
»Ich bin auf deiner Seite, Bernard.«
»Ich weiß, Frank.«
»Aber du hast Feinde – oder vielleicht sollte ich besser Rivalen sagen –, und ich will nicht, daß sie einen Vorwand geliefert kriegen, dich fertigzumachen.«
»Ja.«
»Du bist wie...?« Er zögerte nur einen Augenblick. »Ja, an deinem letzten Geburtstag bist du vierundvierzig geworden.«
Frank hatte also sogar mein Geburtsdatum gespeichert.
Ich gab brummend meine Zustimmung.
»Mit zwei so entzückenden Kindern, wie du sie hast, solltest du mehr an deine Karriere denken, anstatt dir dauernd neue Methoden auszudenken, wie du es dir mit den Kerlen in der oberen Etage verderben könntest.« Er machte eine Pause, um das Gesagte wirken zu lassen. »Die Stimme der Erfahrung, Bernard.« Er ließ seine Serviette auf den Tisch fallen und erhob sich, um mir zu zeigen, daß seine kleine Lektion beendet war.
»Okay, Frank«, sagte ich. »Ganz streng nach dem Prinzip des Wissen-Müssens, von jetzt an und in Ewigkeit.«
»Du bist ein vernünftiger Bursche«, sagte Frank. »Denk an die Kinder, Bernard. Jetzt, wo Fiona weg ist, sind sie doch ganz auf dich angewiesen.«
»Ich weiß, Frank.«

Ich hatte Frank Harrington nichts versprochen, was ich nicht schon vorher mir selbst versprochen hatte. Anscheinend war ja die gesamte westliche Welt bemüht, mir zu versichern, daß Bret Rensselaer ein sauberer, aufrechter und wahrhaftiger Mensch war. Bei so vielen Bestätigungen wäre es zu dumm von mir gewesen, weiter herumzustochern und herausfinden zu wollen, womit er sich beschäftigt hatte, ehe meine Frau Fiona zum Gegner überlief.
An diesem Nachmittag kehrte ich also mit erneuter Energie an meinen Schreibtisch zurück. Am Donnerstag hatte ich ihn – trotz einer zweiten Ladung aus Dickys Postausgangskorb – im wesentlichen leergeschaufelt. Zur Feier der Befreiung von mei-

nen außerberuflichen detektivischen Pflichten leistete ich mir ein Wochenende auf dem Lande mit Gloria und den Kindern. An diesem Wochenende hatte das neue Mädchen, das nun schon seit nicht weniger als sechs Tagen für uns arbeitete, zum ersten Mal frei. Am Samstag morgen machten wir uns auf den Weg. Auf einem Feld bei Bath besuchten wir eine »Dampfmaschinen-Rallye«, eine bunte Sammlung alter dampfbetriebener Geräte, Mähdrescher, Karussells, Traktoren und Dampfwalzen. Und alle liefen. Die Kinder waren entzückt. Gloria schien noch jünger und schöner als sonst. Obwohl die Kinder ständig um uns herumschwirrten, beteuerte sie ein übers andere Mal, wie herrlich es doch sei, mich einmal ganz für sich zu haben. Ich glaube, zum ersten Mal hatten wir hier alle vier das Gefühl, eine Familie zu sein, eine glückliche Familie. Selbst die zwölfjährige Sally, die bisher Gloria gegenüber etwas reserviert gewesen war, umarmte sie nun; eine Geste, auf die ich die Hoffnung schon fast aufgegeben hatte. Billy, der gewöhnlich so prosaisch und zurückhaltend war, entführte Gloria zu einem Spaziergang zu zweit, bei dem er ihr die Geschichte seines Lebens erzählte und ihr gute Ratschläge für die richtige Behandlung des neuen Mädchens gab, dessen miese Launen schon wiederholt Anlaß zu Besorgnis gegeben hatten. Ich war nicht optimistisch, was das Mädchen anbetraf. Im Rückblick fand ich nun, daß Doris eigentlich nicht so übel gewesen war.

Am Samstag abend entdeckten wir Everton, ein hübsches kleines Dorf. Wir aßen zu Abend im dortigen Hotel. Und da wir die lange Rückfahrt nach London scheuten, blieben wir kurzentschlossen auch über Nacht. Gloria hatte in weiblicher Voraussicht ein paar Sachen, einschließlich der Schlafanzüge und Zahnbürsten der Kinder – ja selbst die Zahngummis, die Billy für seine bebänderten Zähne brauchte – in eine Tasche gepackt und hinten im Wagen verstaut. Ich habe mich an dieses Wochenende später oft erinnert. Von Glorias zukünftiger Weiterbildung war nicht die Rede. Am Sonntag morgen machten wir einen Spaziergang über die Felder, bei dem uns keine Menschenseele begegnete. Dem Ufer eines Baches folgend, in dem es von Fischen nur so wimmelte, erreichten wir ein winziges Wirtshaus, dessen

Gaststube mit Fotos, Konzertprogrammen, Plakaten und anderen Erinnerungsstücken an Maria Callas dekoriert war. Wir tranken eine Flasche Pol Roger. Billy wälzte sich im Schlamm, und Sally pflückte Blumen. Gloria sagte, daß es so nun immer und ewig weitergehen könnte, und ich leistete mir den Luxus, ihr das zu glauben.

Die Kinder wuchsen so schnell, daß ich in dem großen Bengel, der da an meiner Seite ging, das Kind kaum wiedererkannte, das Billy noch vor wenigen Monaten gewesen war. »Mädchen haben keine Ahnung vom Umziehen«, sagte er, als ob wir uns schon länger über dieses Thema unterhalten hätten, dabei waren wir voll und ganz damit beschäftigt, nach einer Möglichkeit zu suchen, wie wir einigermaßen trockenen Fußes den Bach überqueren konnten.

»Sprichst du von Sally?«

»Ja, die hatte doch diese Busenfreundinnen an ihrer Schule in Marylebone.«

»An denen hing sie mehr als du an deinen Freunden?«

»Ach, jetzt geht's schon. Es gefällt ihr auf der neuen Schule. Mädchen reden sowieso nur von Kleidern«, sagte Billy. »Es ist also fast egal, wo sie ist.«

»Und wie ist es für dich?«

»Ich werde in den Oldtimer-Club eintreten.«

Ich verbarg meine Überraschung. »Bist du dafür denn schon alt genug? Brauchst du dazu nicht ein eigenes Auto?«

»Wahrscheinlich darf ich helfen... Motoren reparieren, Reifen aufpumpen und so.« Er sah mich an. »Mir gefällt unser neues Haus, Papa. Sally gefällt es auch. Mach dir also wegen uns keine Sorgen.«

»Ich gehe zuerst«, sagte ich. Dann zog ich ihn mit Schwung zu mir herüber. Er war schwer, verdammt schwer. Die Zeiten, da er noch auf meinen Schultern reiten konnte, waren unwiderruflich vorbei.

Nun reichte er mir die Hand, denn das steile, glitschige Ufer hatte er vor mir erklettert. »Neulich habe ich Großvater gesehen«, sagte er.

»Großvater?«

»Er hat ein neues Auto, einen Bentley Turbo, dunkelblau. Er kam zur Schule.«
»Hast du mit ihm gesprochen?«
»Er hat uns nach Hause gefahren.«
»Ich dachte, das Mädchen sollte euch abholen.«
»Die war auch da.«
»Wir hätten ihn schon längst mal besuchen sollen.«
»Er sagte, wir könnten mit ihm in die Ferien fahren. Er fährt in die Türkei. Vielleicht mit dem Auto, die ganze Strecke.«
»Großvater? Du bindest mir keinen Bären auf, Billy?«
»Dürfen wir mitfahren, Papa? Vielleicht nimmt er den Bentley?«
»Hast du das Tante Gloria schon erzählt?«
Billy sah schuldbewußt drein. Er senkte den Blick auf die schmutzigen Stiefel und sagte leise: »Sie hat gesagt, ich soll dir nichts davon sagen. Sie sagte, du würdest dir Sorgen machen.«
»Nein, nein, das ist schon in Ordnung. Ich muß mir das noch ein wenig überlegen. Vielleicht werde ich die Sache noch mal mit Großvater besprechen.«
»Danke, Papa. Danke, danke!« Billy umarmte mich und fuhr fort: »Glaubst du, daß ich vorne neben Großvater sitzen darf?«
»Der Weg in die Türkei ist weit«, sagte ich.
»Da ist Sally mit Tante Gloria«, rief er. »Die beiden haben es auch über den Bach geschafft.«
Es ging also wieder los. Wenn er die Kinder nur auf eine Ferienreise mitnehmen wollte, warum hatte Fionas Vater den Vorschlag nicht erst mal mir gemacht? Und in die Türkei. Nur einen Katzensprung von der Sowjetunion entfernt. Die Vorstellung, daß meine Kinder mit meinem Schwiegervater, der sich in alles einmischen mußte, dort Ferien machten, erfüllte mich mit Schrecken.
Billys Erzählung warf zwar einen Schatten auf unser Idyll, aber Schuld daran, daß der Ärger für mich richtig wieder anfing, hatte schließlich Dodo, der verdammte alte Narr. Als ich ihm in Frankreich zuerst begegnet war, hatte er mir den Eindruck eines liebenswürdigen Sonderlings gemacht, eines sehr gebildeten alten Herrn, der gelegentlich zuviel trank. Jetzt sollte ich den

boshaften, selbstherrlichen, streitsüchtigen alten Säufer kennenlernen, der er wirklich war.
Obwohl ich das nicht beweisen könnte, bin ich doch überzeugt, daß Glorias Mutter ihn in Frankreich angerufen, ihm ihr Herz ausgeschüttet und ihm wegen der Vernachlässigung seitens ihres Mannes ihr Leid geklagt hatte. Gloria sagte, daß in irgendeiner nicht näher definierten Vergangenheit der alte Mann ihre Mutter sehr gern gehabt habe. In London versicherte dann aber Dodo jedem, den er traf, er sei »in Geschäften« dort. Was auch der Grund war, jedenfalls erschien Dodo plötzlich in London, herausgeputzt, in einem alten, aber wunderbar geschnittenen Glen-Urquhart-Anzug, und während der ersten Woche seines Besuches bewohnte er im Ritz ein Zimmer mit Aussicht über den Park.
Natürlich hatte er Beziehungen in London. Nicht nur zu ungarischen Emigranten und alten Bekannten aus seiner Wiener Zeit, sondern auch zu Leuten im Department. Dodo war schließlich einer von den »Preußen« des Langen gewesen, und für manche Leute war das eine unvergleichliche Empfehlung. Er hatte überdies eine nicht näher bekannte Rolle in dem Budapester Agentennetz gespielt, dem auch Glorias Vater angehört hatte, ehe er sich in den Westen absetzte. Und natürlich war Dodo ein Mann, der seine Beziehungen pflegte, und so führten ihn denn wiederholt »alte Kameraden« aus dem Schatzamt und dem Außenministerium zum Lunch in den Reform Club oder zu den Travellers.
Er ging gern auf Partys. Er ging auf Botschaftspartys, auf Partys des Showbiz, der sogenannten feinen Gesellschaft und auf Literatenpartys. Wieviel Zeit er bei Glorias Eltern zubrachte und ob, wenn er bei ihnen war, von mir gesprochen wurde und von meiner mutmaßlichen beruflichen Tätigkeit, weiß ich bis auf den heutigen Tag nicht. Doch als ich ihm wieder begegnete, war er beunruhigend gut informiert über mich.
Dodos Einladung auf ein Glas »mit Freunden – am Donnerstag zwischen sechs und acht Uhr abends oder solange es eben dauert« in ein Haus mit sehr vornehmer Adresse, und zwar in der Chapel Street in der Nähe des Eaton Square, war auf einen

Briefbogen des Ritz gekritzelt und kam am Mittwoch morgen mit der Post. Wir waren nicht im entferntesten vorbereitet auf das, was uns dort erwartete. Vor dem für London SW I typischen kleinen Stadthaus parkten, als wir eintrafen, schon mehrere Luxuslimousinen, und ein Butler im Frack öffnete uns die Tür. Viele der männlichen Gäste waren im Smoking erschienen, die Damen in langen Kleidern. Von irgendwoher hörte man Live-Musik und lautes Gelächter. Gloria fluchte halblaut, denn sie trug das Tweedkostüm, in dem sie morgens ins Büro gegangen war, und hatte nicht einmal Zeit gehabt, sich zu frisieren.

Das ganze Haus stand der Gesellschaft offen, und es waren Gäste in jedem Zimmer. In dem ersten, das wir betraten, fanden wir einen jungen Mann im Smoking und zwei Mädchen im Abendkleid, anscheinend in die gemeinsame Betrachtung eines großen Bildbands vertieft. Wir überließen sie ihrer Betrachtung und gingen in das nächste Zimmer, wo an einem langen Zeichentisch zwei Männer Getränke ausschenkten. »Ungarische Weine«, sagte der eine, als ich fragte, was es gebe, »nur ungarische Weine.« Ich ließ uns zwei der größten Gläser einschenken, und dann gingen wir auf die Suche nach der Zigeunerkapelle ins Obergeschoß. »Das ist ein Zimbalon«, erklärte mir Gloria, als sie das Saiteninstrument erkannte. »Wo mag Dodo nur jemand aufgetrieben haben, der Zimbalon spielt, hier in London?«

»Du kannst ihn gleich selber fragen«, sagte ich.

Dodo kam eben die Treppe herunter, ein Glas in der Hand und ein glückliches Lächeln im Gesicht. Sein Haar war sauber geschnitten, aber sein Abendanzug hatte schon bessere Zeiten gesehen, und er trug dazu blaue Wildlederschuhe mit ungleichen Schnürsenkeln und rote Socken. Als er uns erblickte, wurde sein Lächeln noch strahlender. Er war nicht der Mann, sich abgetragener Kleider zu schämen. Im Gegenteil schien er alte Gewänder zu lieben, wie er alte Bücher und alte Weine liebte, und Glorias Kummer, so unpassend angezogen zu sein, ließ ihn kalt.

Er hatte schon einige Gläser geleert, als wir ihm begegneten, und hielt sich nicht lange mit der Begrüßung auf, ließ sich dafür um so ausführlicher über den einen oder anderen der illustren Gäste aus. »Der Bursche, den ihr da mit mir auf der Treppe gesehen habt, ist die Macht hinter den Kulissen bei der Lufthansa. Er hatte das Zimmer gegenüber meinem, als ich noch in dieser elenden Bude am Kohlmarkt wohnte. Inzwischen ist die Gegend natürlich eine der elegantesten von Wien geworden.« Dodo führte uns in den Raum, wo die Zigeunerkapelle spielte. Es war dunkel dort bis auf das Kerzenlicht, das über die Gesichter der Musikanten flackerte und hin und wieder auf einen der verzückt im Schatten lauschenden Zuhörer fiel.

»Haben sie schon den Csárdás gespielt?« fragte Gloria mit einem Eifer, der mir eine neue Seite ihres Wesens enthüllte.

»Natürlich, liebste Zu«, sagte Onkel Dodo.

»Du denkst wirklich an alles«, sagte sie und schien ihre Sorgen wegen der Kleidung und Frisur vollkommen vergessen zu haben. Sie küßte ihn schnell und sagte etwas auf ungarisch. Er lachte. Ich fühlte mich ausgeschlossen.

»Bist du aus Budapest?« fragte ich ihn, eher um Konversation zu machen als aus echtem Interesse.

»Alle Ungarn sind aus Budapest«, sagte er.

Gloria sagte: »Ja, wir alle lieben Budapest.« Dann sah sie Dodo an und sagte in nachdenklichem Ton: »Du hast recht. Alle Ungarn fühlen sich daheim in Budapest.«

»Sogar ihr Zigeunerinnen«, sagte Dodo, als die langsame Zigeunermusik von neuem begann und Gloria anfing, sich in ihrem Rhythmus zu wiegen.

»Hat Zu dir jemals die Zukunft vorausgesagt?«

»Nein«, sagte ich.

»Mit den Tarotkarten.«

»Nein, Dodo«, sagte Gloria. »Manchmal ist es besser, nicht zu wissen, was die Karten sagen.« Das Thema war beendet.

»Habt ihr schon gegessen?« fragte er.

Als wir verneinten, führte er uns in die Küche hinunter, wo zwei Köche wie die Irren schufteten, um eine Unmenge exotischer Gerichte zu fabrizieren. Gloria und Dodo wetteiferten darin, mir die verschiedenen Gerichte zu erklären, und stritten sich über die jeweiligen authentischen Rezepte. Ich probierte alles durch. Kalbfleischstreifen in saurer Sahne, geschmorte Rindfleisch-

würfel mit Knoblauch und Paprika, panierte Hühnerstückchen, gekochtes Schweinefleisch mit Meerrettich, Süßwasserfisch, mit Knoblauch und Ingwer gewürzt.
Nichts davon war mir bei meinen Reisen in das moderne Ungarn je untergekommen. Was sich da Gulasch nannte, schmeckte nach nichts und wurde einem so lieblos, wie es gekocht war, mit auf ein Maß von hundert Gramm geeichten Suppenkellen zugeteilt.
»Dir schmeckt die ungarische Küche, was?« sagte Dodo. Die einzige gute Mahlzeit, die ich in Ungarn bekommen hatte, war mir in einem großen Landhaus in der Nähe des Plattensees serviert worden. Das Essen war von Käfer in München, über die Grenze geschmuggelt. Mein Gastgeber war ein Schwarzhändler und der Ehrengast an seinem Tisch ein Oberst der Sicherheitsorgane. Als aber Dodo sagte – wie das übrigens heutzutage schon geradezu Pflicht ist bei uns –, daß die Ungarn wieder verdammt gut essen neuerdings und daß Budapest bald wieder das Ziel pilgernder Gourmets sein wird, nickte ich und lächelte und schlang mein Essen hinunter und sagte, ja, so sei es wohl.
Nach dem Essen machten wir uns auf die Suche nach einem Ort, wo wir uns bequem hinsetzen könnten. Die Zimmer im Erdgeschoß hatten sich geleert, denn die Zigeunermusik hatte viele Gäste nach oben gelockt. In einer Ecke in einem dieser Zimmer stand ein großer Tisch, auf dem Plakate und Faltblätter auslagen, die für ein neu erschienenes Buch mit dem Titel »Die wunderbare Welt der ungarischen Küche« warben. Und nun ging mir ein Licht auf: Der unsägliche Dodo hatte uns zu einer Buchpräsentation eingeladen, mit der er selbst gar nichts zu tun hatte. Er sah, wie ich das Werbematerial betrachtete, und lächelte nur, ließ sich zu einer Erklärung aber nicht herab. So war er eben.
Ein Kellner in eleganter weißer Jacke mit goldenen Schulterstücken bot uns Kaffee und Pfannkuchen an. Dodo lehnte ab, um die Erzählung über seine Jugendjahre in Wien fortsetzen zu können. »Die Wirtin – so knausrig und geldgierig, wie nur Wirtinnen in Wien sind – hatte einen Schiele in der Küche hängen. Eine Kohlezeichnung, ein Portrait. In der Küche! Sie hatte es dem armen Teufel für irgendeine geringfügige Schuld

abgenommen. Dabei hatte sie keine Ahnung, was sie da in ihrer Küche hängen hatte, die blöde Kuh. Ein buntes Bild wäre ihr lieber gewesen, sagte sie immer. Tatsächlich sind ja die farbigen Zeichnungen, die es von Schiele gibt, alle nachträglich koloriert, wirklich ursprünglich kann man also nur die Kohlezeichnung nennen. Dieses entzückende Portrait stellte übrigens eine junge Frau dar, ich weiß nicht genau, ob es seine Edith war, sie hätte es aber gewesen sein können, das hätte den Wert der Zeichnung natürlich noch erhöht.« Ich versuchte wegzuhören. Ein anderer Kellner erschien in der Tür. Dodo leerte sein Whiskyglas und winkte damit dem Kellner, ohne sich zu vergewissern, ob dieser ihn überhaupt bemerkt hatte. »Das waren noch Zeiten«, sagte Dodo und lehnte sich, rot im Gesicht und schwer atmend, zurück. Es war nicht ganz klar, ob er von Schieles Zeiten oder seinen eigenen sprach. Ich fragte nicht nach. Dodos erbarmungsloses Geschwätz ließ einem nicht viele Erholungspausen, und ich bekam langsam Kopfschmerzen.

Die Chancen, daß er länger als ein, zwei Augenblicke lang den Mund hielt, standen jedoch schlecht. In kürzester Zeit hatte Dodo ein neu gefülltes Glas in der Hand und fing eine neue Geschichte an.

Er war in voller Fahrt, als der Kellner zum zweiten Mal Kaffee anbot, und der sarkastische Unterton seiner spaßigen Geschichten schien mir seit einiger Zeit schon eine gewisse Feindseligkeit auch gegen mich zu verraten. Er legte mir schwer die Hand auf die Schulter. »Wir, die wir die Ehre hatten, in Stellungen des Vertrauens und der Gefahr für die Regierung Ihrer Majestät zu arbeiten, wir wissen, daß das Glück den Mutigen begünstigt, ist's nicht so, Bernard?«

Bemerkungen in diesem Sinn hatte er im Laufe des Abends schon mehrere gemacht, und diesmal stellte ich ihn zur Rede. »Ich weiß nicht genau, wie du das meinst.« Gloria, der mein gereizter Ton nicht entgangen war, sah uns nacheinander vorwurfsvoll an.

»Ein Agent im Außendienst läßt sich doch mit einem kleinen Orden und dem Dank des Vaterlandes nicht abspeisen, wenn er sein Geschäft versteht. Er weiß, daß er einen Sack voll Goldstük-

ke kriegen kann und daß, wo er die herkriegt, noch mehr zu holen ist. Verstehst du mich jetzt?«
»Nein«, sagte ich.
Wieder schlug er mir auf die Schulter, was er vermutlich für kameradschaftlich hielt. »Und ich finde das vollkommen in Ordnung. Ich bin nicht im mindesten dagegen. Sollen doch die Leute, die die Dreckarbeit machen, auch ein bißchen davon haben, sage ich. Das ist schließlich nicht unrecht.«
»Meinst du Papa?« fragte Gloria. Der warnende Ton war unüberhörbar, nur war Dodo nicht mehr nüchtern genug, darauf zu achten.
Er pfiff durch die Zähne und sagte: »Darling, was deinem lieben Vater bezahlt wurde – und was ich verdient habe –, war doch Hühnerfutter im Vergleich mit dem, was Leute, die wirklich Bescheid wissen, beiseite bringen. Wenn dir das bisher entgangen sein sollte, kann Bernard dich bestimmt genauer informieren.«
»Mir ist bisher noch kein reicher Agent über den Weg gelaufen«, sagte ich.
»Wirklich nicht, Darling?« Ein listiges Lächeln verbreitete sich langsam über sein Gesicht.
»Worauf willst du eigentlich hinaus?« fragte ich.
»Also wenn du mir weismachen willst, daß du nicht weißt, wovon ich rede, meinetwegen.« Er trank einen Schluck Whisky, wobei ein Teil auf sein Kinn tropfte, und wandte den Kopf ab.
»Sag es mir lieber«, sagte ich.
»Der Teufel soll euch holen!« Breites Lächeln. »Dich und deine feine Frau.«
»Was ist denn mit mir und meiner Frau?«
»Komm schon, Darling, stell dich doch nicht dumm.« Ein wissendes Grinsen. »Deine Frau war im Operationsbereich tätig, stimmt's? Sie war Treuhänderin für irgendeinen obskuren Tilgungsfonds. Dann ist sie verschwunden und mit ihr das ganze Geld. Erzähl mir bloß nicht, daß du nicht ein paar Pfund für dich abgezweigt oder im Namen deiner Kinder irgendwo auf die hohe Kante gelegt hast.«

»Onkel Dodo, das reicht«, sagte Gloria scharf.
»Laß ihn weiterreden«, sagte ich. »Ich finde das sehr interessant.«
Wie ein schlaues kleines Wiesel ließ er die Augen von mir zu ihr wandern. Dann sagte er bedeutungsvoll: »Berlin, Kurfürstendamm.«
»Was ist damit?«
»Schneider, von Schild und Weber.«
»Klingt wie eine Privatbank«, sagte ich.
»Es ist eine Bank«, sagte Dodo triumphierend, als sei damit bewiesen, daß er recht hatte. »Es ist eine Bank.«
»Na und?«
»Soll ich weiterreden, Darling?«
»Ich bitte darum.«
»Weber – der Enkel eines der Firmengründer – besorgt gewisse finanzielle Transaktionen für die britische Regierung. Da hast du dein Geld her.« Er betonte jede Silbe, als hätte ich versucht, ihn zum Narren zu halten.
»Geld? Welches Geld? Und wie bin ich da rangekommen?« fragte ich, inzwischen überzeugt, daß er nicht nur sternhagelvoll, sondern verrückt war.
»Du bist zeichnungsberechtigt für das Konto.«
»Quatsch.«
»Eine Tatsache, die man leicht beweisen oder widerlegen kann.«
Der Kellner stellte einen kleinen Teller mit Schokoladenminzplätzchen auf den Tisch. Dodo reichte den Teller nicht herum, er wickelte eines der Plätzchen aus und schob sich's in den Mund.
»Wer hat dir das alles erzählt?« fragte ich.
Kauend sagte Dodo: »Ich kenne den jungen Weber seit vielen Jahren. Als ich vom Department in den Ruhestand versetzt wurde, hat Webers Vater alles für mich geregelt.«
Ich versuchte, seine Gedanken zu lesen. Er kaute sein Schokoladenminzplätzchen und starrte mich blicklos an.
»Du kommst doch oft genug nach Berlin, Darling. Geh einfach mal bei Weber vorbei, und unterhalte dich mit ihm.«
»Vielleicht mache ich das wirklich.«

»Das Geld ist sicherlich in kurzfristig kündbaren Obligationen angelegt. So wird das gewöhnlich gemacht. Ein Dutzend Zeichnungsberechtigte ungefähr – mindestens. Aber zwei davon müssen jeweils unterschreiben. Also etwa du und deine Frau.«

»Ein Dutzend Zeichnungsberechtigte?«

»Stell dich doch nicht schon wieder dumm, Darling. Das ist doch gang und gäbe.« Die Bosheit hatte jetzt die Oberhand.

»Falsche Namen?« fragte Gloria.

»Das ist gar nicht nötig. Echte Namen sind viel besser. So verbirgt man den wahren Zweck des Kontos, und außerdem steht man gut da, falls doch jemand herumschnüffeln sollte. Immer vorausgesetzt, daß die Zeichnungsberechtigten nichts davon erfahren.«

»So könnte Bernards Name in die Sache reingezogen worden sein«, sagte Gloria leise. Ganz offensichtlich glaubte sie ihrem Onkel Dodo die tolle Geschichte.

Dodos Knopfaugen waren fast hypnotisierend. Der Kerl hatte etwas Beängstigendes an sich: die Ausstrahlung des Bösen.

»Wenn du wirklich von der Kohle keine Ahnung gehabt hast, dann hast du dich aber ganz schön übers Ohr hauen lassen, Darling.« Er lachte leise, damit ich merkte, daß er diese Möglichkeit nicht ernsthaft in Erwägung zog. Dann sah er Gloria auffordernd an, weil er den Spaß mit ihr teilen wollte. Als sie wegschaute, nahm er einen großen Schluck aus seinem Glas.

»Muß jetzt gehen«, sagte er. »Muß gehen.«

Ich stand nicht auf. Der alte Narr kam aber doch aus eigener Kraft auf die Füße und torkelte durch die Tür. Gloria und ich saßen einige Minuten schweigend da. Schließlich startete sie einen Versuch, mich über die Unverschämtheiten Dodos hinwegzutrösten, und sagte: »Er war in einer komischen Stimmung heute abend.«

»Lange nicht mehr so gelacht«, sagte ich.

18

Einen Tag vor meinem nächsten turnusmäßigen Besuch in Berlin rief Werner an und fragte mich, ob ich nur mit Handgepäck kommen würde. Ich sagte ja. Bei diesen Stippvisiten brauchte man nur einen Aktenkoffer, der groß genug war für Schlafanzug und Rasierzeug.

»Könntest du ein Päckchen für mich mitbringen? Ich würde dich nicht darum bitten, wenn Ingrid es nicht dringend brauchen würde.«

»Ingrid?« fragte ich. »Wer ist Ingrid?«

»Ingrid Winter. Lisls Nichte. Sie hilft mir im Hotel.«

»Ach, wirklich?«

»Es wird ziemlich schwer sein«, sagte Werner entschuldigend, »es handelt sich um Vorhangstoff von Peter Jones, dem Kaufhaus am Sloane Square. Ingrid sagt, das Muster ist in Berlin nirgends zu kriegen.«

»Schon gut, Werner. Kein Problem.«

»Warte, bis du das Hotel siehst. Fast alles ist anders geworden. Du wirst es kaum wiedererkennen.«

Du meine Güte! dachte ich und fragte: »Und was sagt Lisl zu all diesen Veränderungen?«

»Lisl?« sagte Werner, als könne er sich kaum daran erinnern, wer Lisl war. »Lisl ist sehr zufrieden mit den Veränderungen. Sie sagt, sie findet alles wunderbar.«

»Wirklich?«

»Wir würden doch nichts machen, was Lisl nicht gefällt, Bernie. Das weißt du doch. Für sie machen wir das ja schließlich alles.«

»Und Lisl gefällt es?«

»Aber ja doch. Habe ich dir doch schon gesagt.«
»Na, dann bis morgen, Werner.«
»Es ist auch ziemlich unhandlich.«
»Reg dich ab, Werner. Ich habe dir versprochen, daß ich es mitbringe.«
»Wenn der Zoll dafür kassieren will, dann zahle. Ingrid kann es nicht erwarten, die neuen Vorhänge vor den Fenstern zu sehen.«
»Okay.«
»Bleibst du über Nacht? Ich meine, bei uns? Wir haben Platz für dich.«
»Danke, Werner. Ja, gerne.«
»Ingrid macht Hoppel-Poppel einfach klasse.«
»Es ist mindestens zwanzig Jahre her, daß ich zum letzten Mal Hoppel-Poppel gekriegt habe«, sagte ich. »Einen echten jedenfalls.«
»Mit frischen Kräutern«, sagte Werner, »das ist das Geheimnis. Frische Eier und frische Kräuter.«
»Hört sich an, als ob Ingrid gar nicht besonders stören würde«, sagte ich.
»Überhaupt nicht«, sagte Werner. »Sie stört überhaupt nicht.«

Ich verfluchte Werner, Ingrid und die Rolle Vorhangstoff schon, bevor ich in Tegel ankam. Der Zollbeamte sah mich mit der Rolle ringen und grinste nur. In Berlin sind sogar die Zollbeamten Menschen.
Dann kämpfte Werner weiter und versuchte, das Ding auf dem Rücksitz seines fabrikneuen silbernen BMW der 7er Serie zu verstauen, was nur möglich war, wenn man ein Stück davon aus dem offenen Fenster ragen ließ. »Das paßt doch nicht zu dir, Werner«, sagte ich, als er mit einer dreisten Geschicklichkeit, die ich ihm gar nicht zugetraut hätte, in den Verkehr stürzte. »So ein protziger, potenter Wagen. Das paßt nicht zu dir.«
»Ich habe mich geändert, Bernie«, sagte er.
»Weil du jetzt ein Hotel führst?«
»Genau. Weil ich jetzt ein Hotel führe«, erwiderte er und lächelte geheimnisvoll, während er seinen neuen Wagen weiter durch den dichten morgendlichen West-Berliner Berufsverkehr steu-

erte. Die Heizung war angeschaltet, eben begann es, aus tiefhängenden, grauen Wolken zu regnen. Die Berliner waren alle noch winterlich eingemummt. Auf dem Weg nach Berlin läßt der Frühling sich Zeit.

Werner setzte mich vor Frank Harringtons Büro ab. Nirgends mußte ich mir mein Geld so sauer verdienen wie dort. Ich ackerte mit Frank und ein paar von seinen leitenden Angestellten die neuesten Londoner Direktiven durch. Alle paar Minuten fluchte jemand oder atmete heftig ein, wenn ich wieder einmal eine besonders unbrauchbare oder schlecht durchdachte Idee der Londoner Zentrale vorstellte. Im Prinzip war ich nur dazu da, damit die Leute vom Außendienst jemanden hatten, bei dem sie ihre Einwände anbringen konnten, und das wußte auch jeder der Anwesenden. Und so lächelte ich und zuckte mit den Achseln und wand mich und machte Ausflüchte, während sie mir ihre wohlbegründeten Einwände um die Ohren schlugen. Wenn das Spiel dann aus war und jeder seine Rolle ablegte, durfte ich wieder den etwas bequemeren Charakter Bernard Samsons annehmen, ehemals Agent der Einsatzgruppe Berlin.

Es war halb sieben, als es endlich soweit war. Der Regen hatte nachgelassen, aber noch immer nieselte es. Die Büros und Geschäfte hatten sich geleert, und auf den Straßen herrschte Hochbetrieb. Wie flüssiges Feuer flackerten die Spiegelbilder der bunten Lichtreklamen im regennassen Asphalt. Der Wagen brachte mich zu Lisl Hennigs Hotel. Ich blieb einen Augenblick im Regen davor stehen und musterte mißtrauisch die Fassade. Aber was immer Werner an Veränderungen vorgenommen hatte, war von außen nicht sichtbar. Das alte Haus sah noch genauso aus, wie ich es seit jeher kannte. Sie sahen fast alle so aus, diese Häuser in dem Viertel zwischen Ku'damm und Tiergarten. Alle waren sie um die Jahrhundertwende erbaut, von Spekulanten für neureiche Geschäftsleute, und wer sein Haus besonders individuell gestalten wollte, konnte sich vorgefertigte Verzierungen wie bärtige Faune und vollbusige Nymphen für die Fassade liefern lassen. Manche waren grotesk überladen.

Seither hatten die angloamerikanischen Bombergeschwader und die sowjetische Artillerie den Berliner Bauten ein noch charakteristischeres Aussehen verliehen. Auch die Fassade von Lisls Haus wies Spuren von Bombensplittern und Kugeln auf. Kurz nach dem Krieg war zwar das Dach erneuert worden, und die Fensterumrahmungen aus Stuck hatte man flüchtig wieder zusammengeflickt. Aber eine gründliche Renovierung war seit vierzig Jahren überfällig.

Ich drückte die schwere Tür auf und stieg die pompöse Treppe ins Hochparterre hinauf. Ein neuer rubinroter Läufer war verlegt, das Messinggeländer so poliert, daß es glänzte wie Gold, und von der Decke hing ein neuer Kronleuchter. Außerdem spielte jemand Klavier. »Embrace me, my sweet embraceable you...« Und dann eine Kaskade improvisierter Harmonien. Das konnte nur Werner sein, der seidenweiche und überschwengliche Stil war nicht zu verkennen. Wenn Werner sich ans Klavier setzte, ging eine fast überirdische Verwandlung mit ihm vor.

»... my irreplaceable you.« Jemand hatte den Konzertflügel in die Mitte des Salons gerückt. Und entweder hatte man ihn weiß lackiert, oder es war ein neuer. Es standen jetzt auch bequeme braune Ledersessel hier. In den Barockspiegeln an den Wänden konnte man sich wieder klar sehen, und sogar Lisls Erinnerungsfotos waren alle gesäubert und hingen jetzt dicht an dicht an einer Wand. Die unterschiedlichsten Berühmtheiten aus einem längst vergangenen Berlin waren hier vertreten, Einstein, Furtwängler, Strauss, Goebbels, Dietrich, Piscator, Brecht, Weill und alle Fotos hatten eine persönliche Widmung für Lisl oder ihre Mutter, Frau Wisliceny, bei der einst ganz Berlin ein und aus ging.

Hotelgäste waren nicht viele zu sehen, vier Dänen nur, die sich angeregt unterhielten, ohne Werners Klavierspiel zu beachten, und ein ausgetrocknetes altes Paar, das an der Bar vor bunten Cocktails saß und ab und zu feindselige Blicke wechselte. Ingrid Winter kam die Treppe aus dem Obergeschoß herunter, ein Tablett in den Händen. In dem knöchellangen Kleid mit einem kleinen, spitzenbesetzten Ausschnitt sah sie genauso herausgeputzt aus wie in Südfrankreich: wie eine Bäuerin beim sonntäglichen Kirchgang. Sie lächelte mir zu.

Werner blickte von den Tasten auf. Er sah mich und hörte auf zu spielen. »Bernie! Du solltest doch anrufen. Ich hätte dich abgeholt. Es regnet in Strömen...«
Er musterte meinen nassen Mantel.
»Frank hat mir einen Wagen besorgt.«
Von ihrem Sessel in der Ecke aus rief Lisl gebieterisch: »Was machst du denn, Bernd? Komm und gib deiner Lisl einen Kuß!« Sie war gut bei Stimme, was ihr auch sonst fehlen mochte. Sie trug einen langen, wallenden roten Hausmantel. Ihr Gesicht war sorgfältig geschminkt, und sie hatte ihre falschen Wimpern angelegt, mit denen sie klapperte wie ein Schulmädchen. Als ich mich über sie beugte, versank ich in der Duftwolke ihres Parfüms. »Dein Mantel ist naß, Bernd«, sagte sie. »Zieh ihn aus. Klara soll ihn in der Küche trocknen.«
»Ist schon in Ordnung, Lisl«, sagte ich.
»Tu, was ich dir sage, Bernd. Sei nicht dickköpfig.« Ich zog den Mantel aus und gab ihn der alten Klara, die irgendwoher aufgetaucht war. »Und dann geh in den Heizungskeller und sieh dir mal die Pumpe an. Sie macht wieder Ärger, und ich hab' ihnen gesagt, daß du sie bisher jedesmal repariert hast.«
»Ich werd's versuchen«, versprach ich ohne große Hoffnung. Lisl war überzeugt, daß ich in meiner Kindheit in den antiquierten Stromleitungen und Heizungen ständig technische Wunder vollbracht hätte. Das stimmte natürlich nicht. Die Vorstellung, daß Bernd es schon richten würde, war nur Tante Lisl Ausrede gewesen, die unumgängliche Erneuerung der altersschwachen und hinfälligen Installationen so lange wie möglich hinauszuzögern.
»Das Hotel sieht wunderbar aus, Lisl.«
Sie brummte, als hätte sie mich nicht richtig verstanden, aber das schiefe kleine Lächeln, mit dem sie mich ansah, gab mir deutlich zu verstehen, daß ihr Werners Renovierungsmaßnahmen Freude machten.
Keiner konnte im Ernst von mir erwarten, daß ich fähig war, die chronischen Rhythmusstörungen der Heizungspumpe zu kurieren; dazu waren sie zu weit fortgeschritten. Aber ich ging, von Werner begleitet, in den Keller und sah mir den lang geplagten,

halb verrotteten und überall die Isolierung verlierenden Kessel an. Um Lisls Vertrauen in mich zu rechtfertigen, klopfte ich wenigstens an die Druckmesser und an das Pumpengehäuse und befühlte die lauwarmen Rohre, die sengend heiß hätten sein sollen. »Es ist ja nicht nur der Kessel«, sagte Werner. »Das ganze System wird erneuert werden müssen. Ich hoffe nur, daß es irgendwie noch bis zum nächsten Jahr durchhält.«

»Ja«, sagte ich. Wir sahen die hinfällige Maschinerie eine Zeitlang an, als könnten wir sie mit unseren Blicken zum Leben erwecken. Dann gesellte sich Ingrid Winter zu uns. Sie sagte nichts. Sie stand einfach neben uns und starrte auf den Heizungskessel. Ich warf ihr einen Seitenblick zu. Sie war eine hübsche Frau mit schöner Haut und klaren Augen, die leuchteten, wenn sie einen ansah. Von ihrer Erscheinung ging diese stille Gewißheit unbeirrbarer Kompetenz aus, die man bei Krankenschwestern zu finden hofft.

»Es ist nicht nur das Geld«, erklärte Werner ungefragt. »Es wird furchtbar viel Dreck machen, wenn alle Rohre und Heizkörper ausgewechselt werden. Und wenn wir die Heizung im Winter erneuern lassen, wird das Hotel in der Zeit geschlossen werden müssen.«

»Könntest du nicht erst mal den Kessel erneuern?« schlug ich vor. »Und dann nach und nach die Leitungsrohre und die Heizkörper?«

»Der Klempner sagt, daß man das nicht machen kann«, sagte Werner. Er wußte, daß die Materie mir zutiefst fremd war, und sein Blick gab mir deutlich zu verstehen, daß er es wußte. »Die Sorte Kessel, die wir für all die neuen Badezimmer brauchen, kann an diese brüchigen alten Leitungen nicht angeschlossen werden, das gäbe eine Katastrophe.«

Ingrid Winter sagte: »Vielleicht sollten wir noch mit einem anderen Heizungsingenieur reden, Werner.«

Sie hatte einen unverkennbar bayerischen Tonfall, ohne allerdings Dialekt zu sprechen. Aber ich bemerkte eine winzige Veränderung in ihrer Stimme, eine neue Tonlage oder Melodie, und unwillkürlich sah ich Werner an. Werner erwiderte meinen Blick mit jenem traurigen Lächeln, das ich aus unserer gemein-

samen Schulzeit kannte. Werner hatte mir einmal anvertraut, dies sei seine »unergründliche« Miene, aber ich glaube, »schuldbewußt« würde hier besser passen.
Werner sagte: »Der alte Heinmüller kennt das System durch und durch, Ingrid. Er und sein Vater haben es schließlich nach dem Krieg wieder in Gang gesetzt.«
»Irgendwas werden wir jedenfalls machen müssen, lieber Werner«, sagte sie, und diesmal war die Vertraulichkeit in ihrem Ton unüberhörbar. Zwischen den beiden bestand jenes unausgesprochene Einverständnis, zu dem unglücklicherweise viele Ehepaare niemals finden.
»Da wir hier unten allein sind, erzähl Bernie doch gleich von diesem Ungarn.« Werner berührte ihren Arm. »Erzähl ihm, was du mir erzählt hast, Ingrid.«
Sie zögerte und sagte dann: »Vielleicht hätte ich überhaupt nichts davon sagen sollen... Aber neulich abend habe ich Werner von meiner Mutter und diesem schrecklichen Ungarn erzählt, der bei uns in der Nähe wohnt.«
»Dodo?« fragte ich.
»Ja, so nennt er sich.«
»Was ist mit ihm?«
»Er ist ein jämmerlicher kleiner Wicht«, sagte Ingrid. »Ich habe ihn nie leiden können. Ich wünschte, Mutter würde ihn nicht ins Haus einladen. Er glotzt mich immer so lüstern an.« Sie schwieg und musterte aufmerksam die Verkleidung der Kesselrohre. »Jedenfalls müßte hier mal saubergemacht werden«, sagte sie. »Ekelhaft, dieser Dreck.«
»Wann ist die Anlage zum letzten Mal gereinigt worden?« fragte ich. Sie schien verlegen. Ich wollte ihr ein wenig Zeit geben, sich zu überlegen, wie sie fortfahren sollte. »Ich erinnere mich, daß einmal jemand kam und einen Stutzen auswechselte oder so was, und danach funktionierte alles wieder ganz prima.«
»Wir haben es mit neuen Stutzen schon probiert«, sagte Werner ungeduldig. Dann zu Ingrid: »Erzähl Bernie, was sie über seinen Vater gesagt haben. Und über deinen Vater. Es ist besser, er erfährt's.«
Ingrid sah mich an, und es war offensichtlich, daß sie mir viel lieber überhaupt nichts erzählt hätte.

»Ich würde es gerne wissen«, sagte ich, um's ihr leichter zu machen.
»Wissen Sie noch, was ich Ihnen erzählte, als Sie meine Mutter besuchten?«
»Ja«, sagte ich.
»Ich habe Sie verletzt. Ich weiß es. Es tut mir leid.«
»Kein Problem.«
»Das meiste von dem, was ich weiß, habe ich von Dodo. Und der ist keine sehr zuverlässige Quelle.«
»Erzählen Sie mir's trotzdem.«
»Offiziell hat man uns nur davon benachrichtigt, daß Paul Winter einige Zeit nach Kriegsende erschossen wurde, angeblich unbeabsichtigt.«
»Von Amerikanern«, sagte Werner.
»Laß mich erzählen, Werner.«
»Entschuldige, Ingrid.«
»Angeblich war er auf der Flucht«, sagte sie. »Aber das sagen sie in solchen Fällen ja wohl immer.«
»Ja«, sagte ich. »Das sagen sie immer.«
»Dodo hat die ganze Sache wieder aufgerollt und meiner Mutter damit in den Ohren gelegen. Sie werden wahrscheinlich wissen, wie der Mann redet und redet und redet... Sie hört ihm zu. Er war ja auch Nazi.«
»Nazi?« frage ich.
Werner sagte: »Er hat für Gehlen gearbeitet. Die Abwehr hat ihn an der Wiener Universität angeworben. Als nach Ende des Krieges Gehlen für die Amerikaner zu arbeiten anfing, arbeitete Dodo für den Langen.«
Ich sah Werner fragend an und überlegte, wo in dieser Geschichte nun mein Vater vorkommen sollte. Werner lächelte nervös und bereute vielleicht schon, die Rede auf meinen Vater gebracht zu haben. Ingrid sagte: »Dodo ist ein Intrigant. Manche Leute sind nur glücklich, wenn sie andere unglücklich machen können.«
Da sie mich bei dieser Feststellung ansah, nickte ich zustimmend.
Sie sagte: »Der Mann ist krank und gefährlich. Er trinkt zuviel,

und jedesmal versinkt er dann in Selbstmitleid. Die Ungarn haben die höchste Selbstmordquote auf der Welt, wußten Sie das, Bernard? Viermal so hoch wie in den USA, und die Tendenz ist steigend.« Ingrid verstummte, wahrscheinlich war ihr eingefallen, daß auch Gloria Ungarin war. Feuerrot vor Verlegenheit wandte sie sich dem Heizkessel zu und sagte: »Wir könnten die Anlage reinigen und überholen lassen und einfach schauen, was passiert. Inzwischen wird das Wasser ja nicht mehr richtig heiß, selbst wenn die Pumpe arbeitet.«

»Lisl hätte eine größere einbauen lassen sollen, als die Anlage nach dem Krieg überholt wurde«, sagte ich. Mit beiden Händen versetzte ich dem Kessel zwei aufmunternde Klapse, etwa in der Art, in der ein neapolitanischer Feldwebel einem Mann auf die Schulter klopft, den er auf ein Himmelfahrtskommando schickt. Es änderte nichts.

Einen Augenblick lang dachte ich, sie wollte nichts weiter sagen, dann fuhr sie aber fort: »Dodo hat meine Mutter gedrängt, die U.S. Army zu verklagen.«

»Das sieht Dodo ähnlich«, sagte ich.

»Auf Entschädigung für den Tod von Paul Winter. Wegen fahrlässiger Tötung.«

»Ist es dafür nicht schon etwas spät? Und ich dachte, Sie hätten gesagt, er sei auf der Flucht erschossen worden«, sagte ich.

»Ingrid hat gesagt, daß die Amerikaner das zu ihrer Rechtfertigung behauptet haben.«

»Dodo meint, die Amerikaner würden einiges zahlen. Er sagt, sie wären bestimmt nicht daran interessiert, daß die Sache noch mal aufgewühlt wird.«

Ich brummte, um zum Ausdruck zu bringen, daß ich Dodos Theorie nicht sehr überzeugend fand.

»Mein Onkel Peter war Colonel bei der amerikanischen Armee. Er ist bei der gleichen Gelegenheit erschossen worden. Dodo sagt, die beiden waren in geheimer Mission unterwegs.«

Ich sagte: »Und was hatte mein Vater mit alldem zu schaffen?«

»Er war dabei«, sagte Ingrid.

»Wo?« fragte ich.

»In Berchtesgaden«, sagte Ingrid. »Bei der Untersuchung wurde festgestellt, daß er der Mann war, der Paul Winter erschoß.«

»Ich glaube, da muß irgendwo ein Irrtum vorgekommen sein«, sagte ich. »Werner kannte meinen Vater. Er kann Ihnen erzählen ... jeder kann Ihnen erzählen ...« Ich zuckte mit den Achseln. »Mein Vater war nicht bei den Kampftruppen. Er arbeitete für den Nachrichtendienst.«

»Er hat Paul Winter erschossen«, sagte Ingrid kühl und ruhig. »Paul Winter war ein Kriegsverbrecher, jedenfalls wurde das behauptet. Ihr Vater war Offizier bei der Armee, die uns besiegt hatte. Wahrscheinlich ist irgendwas vertuscht worden. Solche Sachen kommen schließlich im Krieg immer wieder vor.«

Ich sagte nichts, weil nichts zu sagen war. Sie glaubte offenbar, was sie erzählte, aber sie war nicht zornig. Sie war eher verlegen. Ich nehme an, sie erinnerte sich nicht an ihren Vater. Er war wohl nur ein Name für sie, und genauso redete sie auch von ihm.

Als es schien, daß Ingrid weiter nichts erzählen wollte, sagte Werner: »Dodo hat sich auf das amerikanische Gesetz berufen, das freien Zugang zu den staatlichen Archiven gestattet, den Freedom of Information Act, und jemanden beauftragt, die entsprechende Akte zu suchen. Viel kam nicht dabei heraus. Ein amerikanischer Colonel und ein deutscher Zivilist – beide mit Namen Winter – starben an Schußverletzungen. Die Schüsse wurden bei Nacht und Schneetreiben abgegeben. Die Untersuchungskommission bezeichnete das Ereignis als Unfall. Niemand wurde dafür zur Rechenschaft gezogen.«

»Aber wissen Sie mit Sicherheit, daß mein Vater dort war? Berchtesgaden lag in der amerikanischen Zone. Was hätte mein Vater bei den Amerikanern gemacht?«

»Captain Brian Samson«, sagte Ingrid. »Er hat bei der Untersuchung ausgesagt. Ein Protokoll dieser beschworenen Aussage – und eine Menge andere Dokumente – liegen bei der Akte, aber Abschriften davon hat sich Dodo nicht verschaffen können.«

Werner sagte. »Dieser verfluchte Dodo ist ein gefährliches kleines Schwein. Wenn der mal beschließt, Unruhe zu stiften ...«

Er sprach nicht zu Ende. Das war auch nicht nötig. Werner kannte mich gut genug, um zu wissen, wie sehr jeder Fehler, den man meinem Vater nachweisen konnte, mich verletzen würde.

»Ich habe keinen Streit mit Dodo«, sagte ich.

»Er mag Sie nicht«, sagte Ingrid. »Nach Ihrem Besuch bei ihm hat er Mama besucht. Dodo haßt Sie richtig, Bernard.«
»Warum sollte er mich hassen?«
»Sie ist doch Ungarin, oder nicht?«
»Ja, sie ist Ungarin«, sagte ich.
»Und Dodo ist ein enger Freund ihrer Familie«, sagte Ingrid mit der keinen Widerspruch duldenden Endgültigkeit, mit der Frauen ihre Urteile über solche Beziehungen fällen. »In seinen Augen sind Sie ein aufdringlicher Ausländer...« Sie sprach nicht zu Ende. Das war auch nicht nötig. Ich nickte. Den Rest konnte ich mir denken. Ich konnte mir gut vorstellen, wie ich wirkte: wie ein alternder Wüstling, der ein unschuldiges junges Mädchen verführt hat. Mehr brauchte ein labiler Charakter wie Dodo nicht, um bis aufs Blut gereizt zu sein. Im umgekehrten Fall, das heißt, wenn der unsägliche Dodo mit der Tochter eines meiner alten Freunde zusammenleben würde, hätte ich mich auch aufgeregt. Sogar über alle Maßen.
»Ja«, sagte ich.
»Man kann's immer noch mit Strom versuchen«, sagte Ingrid.
»Kann man?« fragte ich.
»Elektrische Boiler in den Badezimmern installieren«, sagte Ingrid. »Dann würde der Kessel hier unten heißes Wasser nur für die Küche liefern müssen.«
Die Ungerechtigkeit machte mich wütend. Ich sah den Kessel scharf an und stieß mit dem Fuß gegen die Stelle, wo das Wasser in die Pumpe lief. Nichts passierte, also trat ich noch mal zu, heftiger. Ein Surren ertönte. Ingrid und Werner sahen mich bewundernd an. Ein paar Augenblicke lang warteten wir ab, ob das Geräusch anhalten würde, und Werner faßte das Rohr an, um sich zu vergewissern, daß es wieder heiß wurde. Es wurde wieder heiß. »Wie wär's mit einem Glas?« fragte Werner.
»Ich dachte schon, du würdest mich überhaupt nicht mehr fragen«, sagte ich.
»Und dann macht Ingrid uns Hoppel-Poppel. Mit Gänseschmalz.«
»Wenn Sie sich waschen wollen, Ihr Badezimmer im Obergeschoß sollte reichlich heißes Wasser haben. Das läuft da oben direkt aus dem Tank.«

»Danke, Ingrid.«
»Ihr Zimmer haben wir gelassen, wie es war. Werner wollte es neu tapezieren und einrichten lassen als Überraschung für Sie, aber ich habe gesagt, wir sollten Sie lieber vorher fragen. Ich dachte, Ihnen gefällt es vielleicht besser, wenn alles so bleibt wie früher.« Dabei sah sie mich an, und in ihrem Gesicht las ich, daß es ihr leid tat, einem Freund von Werner unangenehme Nachrichten überbracht zu haben.
»Mir gefällt es so, wie es ist«, bestätigte ich.
»Es war nett von Ihnen, mir den Vorhangstoff mitzubringen. Werner sagte, Sie würden es gerne tun.«
»In Gänseschmalz, was?« sagte ich. »Ingrid, Sie sind eine tolle Frau.«
Werner lächelte. Er lächelte viel neuerdings.

19

Die bösartigen Verleumdungen des alkoholisierten Dodo klangen mir noch in den Ohren, als ich nach London zurückkehrte. Ich hinterließ eine Botschaft für Cindy Prettyman oder vielmehr Matthews, wie sie trotz der ihr bewilligten Pension Prettymans genannt zu werden wünschte. Sie rief sofort zurück. Ich hatte Vorwürfe erwartet, weil ich mich nicht eher gemeldet hatte, aber sie schien nicht im mindesten verärgert. Im Gegenteil, sie freute sich, von mir zu hören. Freitag abend sei ihr recht. In einem Hotel in Bayswater? Wie du willst, Cindy. Mir war aufgefallen, daß sie aus einer öffentlichen Telefonzelle anrief. Warum hatte sie ihr Büro verlassen, um mich anzurufen? Und sich in einem Hotel in Bayswater mit mir verabredet? Na ja, Cindy war schon immer ein bißchen komisch gewesen.

Ich mußte mit ihr reden. Dodos verschiedene Enthüllungen, ob sie nun die Wahrheit oder nur Unsinn enthielten, machten das nur um so dringender. Und so heikle kleine Aufgaben wie das Ausschnüffeln der achtbaren kleinen Firma Schneider, von Schild und Weber wurden besser mit Hilfe der ausgedehnten und anonymen Einrichtungen des Außenministeriums ausgeführt als mit den beschränkten Mitteln des Department, noch dazu, da sich kaum verbergen lassen würde, daß ich es war, der Nachforschungen anstellte. Falls sich herausstellte, daß an Dodos wilden Behauptungen auch nur ein wahres Wort war, hätte ich eine Menge zu erklären.

»Mir ist gar nicht wohl bei dem Gedanken, daß du dich dieser Frau anvertraust«, sagte Gloria an diesem Abend, als ich nach Hause kam. »Sie ist so...« Gloria zögerte, bis ihr das richtige Wort einfiel, ». . . so kaltblütig«.

»Wirklich?«
»Wann triffst du dich mit ihr?«
»Freitag abend nach dem Büro.«
»Kann ich mitkommen?« fragte Gloria.
»Natürlich.«
»Ich würde nur stören.«
»Nein, komm ruhig mit. Sie erwartet nicht, zum Abendessen eingeladen zu werden. Auf ein Glas, hat sie gesagt.« Ich beobachtete Gloria eingehend. Während all der Jahre unseres Zusammenlebens hatte meine Frau – Fiona – sich nie auch nur das geringste Mißtrauen, die kleinste Regung von Eifersucht anmerken lassen, aber Gloria hatte jede einzelne meiner Bekannten als Nebenbuhlerin in Verdacht. Insbesondere mißtraute sie natürlich den Motiven alleinstehender Frauen und solcher, die ich schon länger kannte als sie. Cindy mußte ihr also hochgradig verdächtig sein.
»Wenn du wirklich meinst«, sagte Gloria.
»Du müßtest dir vielleicht zwischendurch mal die Ohren zuhalten«, warnte ich sie. Ich meinte natürlich, daß Sachen zur Sprache kommen könnten, die ich vielleicht später offiziell leugnen würde, die Cindy leugnen würde, und die Gloria, falls sie dabeisein sollte, möglicherweise ebenfalls würde leugnen müssen. Unter Eid.
Ich glaube, Gloria verstand. »Ich werde die Toilette aufsuchen, dann hat sie Gelegenheit, unter vier Augen mit dir zu sprechen.« Schließlich verzichtete dann Gloria doch darauf, mich zu begleiten. Ich nehme an, sie wollte nur wissen, ob ich mich weigern würde, sie mitzunehmen, und mit welcher Begründung. Ich wußte, daß alle diese kleinen »Prüfungen«, denen sie mich unterzog, auf ihre Unsicherheit zurückzuführen waren. Manchmal fragte ich mich, ob nicht auch ihr Plan, an der Universität zu studieren, eine Prüfung war und mich herausfordern sollte, ihr einen Heiratsantrag zu machen.
An diesem Freitag abend ging ich also zu dem Rendezvous mit Cindy allein. Glücklicherweise, denn Cindy war nicht bei bester Laune. Sie war ziemlich zerstreut, und es hätte ihre Stimmung bestimmt nicht gehoben, wenn Gloria als Anhängsel mit dabei-

gewesen wäre. In Cindys Augen war Gloria nur eine sehr subalterne Bedienstete des Department, die eigentlich kein Recht hatte, sich in unsere alte Freundschaft einzumischen. »Dein blondes Zwischenspiel«, nannte sie Gloria. Die Bezeichnung verriet, was sie von unserem Verhältnis hielt.

Ich ging nicht darauf ein. Sie lächelte auf eine Weise, die zugleich ihrem Urteil Nachdruck verlieh und Befriedigung ausdrückte darüber, daß ich es widerspruchslos gelten ließ. Cindy war eine anziehende Frau, sexy auf die Art, wie Gesundheit und Energie gemeinsam oft wirken. Aber ich hatte Jim nie beneidet. Cindy war mir zu schlau und intrigant, und ich konnte nicht gut mit ihr umgehen.

Ich fand sie in einem Zimmer im zweiten Stock des Hotels. Sie saß rauchend auf dem Bett. Neben ihr stand ein Tablett mit einer Teekanne, Milch und einer Tasse – nur einer – und ein großer Martini-Aschenbecher voller Zigarettenstummel, deren Mundstücke mit Lippenstift beschmiert waren. Cindys Anstrengungen, sich das Rauchen abzugewöhnen, waren offenbar vergeblich gewesen. Sie fragte, was ich trinken wollte. Ich hätte ablehnen sollen, bat aber um einen Scotch und gab ihr die Schachtel mit den Grabinschriften und den Ansätzen zu deren Entzifferung oder vielmehr, ich versuchte, sie ihr zu geben. Sie wies sie mit einer müden Handbewegung zurück. »Ich will das Zeug nicht.«

»Gloria hat mir gesagt...«

»Ich habe es mir anders überlegt. Du kannst es behalten.«

»In dieser Schachtel ist nichts, was über Jim oder seine Arbeit irgendwas aussagt«, meinte ich, »darauf wette ich meinen Kopf.«

Sie zuckte mit den Achseln und strich sich übers Haar.

Wir verschwendeten viel Zeit auf die Überredung des Hotelpersonals, uns die Getränke zu bringen, und während wir warteten, unterhielten wir uns über nichts Besonderes. Einen angenehmen Abend stellte ich mir anders vor. Den Ort hatte Cindy bestimmt: das Grand & International, ein heruntergekommenes, altes Hotel am Nordrand der Kensington Gardens, hinter den chinesischen Restaurants von Queensway versteckt.

Sie hatte das Zimmer im voraus bezahlt mit der Erklärung, daß sie ohne Gepäck einzuziehen beabsichtige, da sie dort nur etwa eine Stunde lang mit einem Herrn zu reden haben würde. Ich betrachtete sie in ihrem schicken Kostüm aus schwarz-grünem Schottenkaro. Ein dicker Mantel aus synthetischem Pelz war über das Bett geworfen. Sie war nicht groß und anmutig wie Gloria, aber ihre Figur konnte sich sehen lassen, und wie sie da auf dem Bett lagerte, ließ sie ihre Figur sehen. Ich fragte mich, was die Leute am Empfang unten von ihr hielten. Oder sparte sich das Hotelpersonal in dieser Gegend Vermutungen über die Gäste?
Das Zimmer war sicherlich eines der besten des Hotels, aber trotzdem ein schmutziges Loch. Über einem von mehreren Sprüngen durchzogenen Waschbecken aus blauem Porzellan hing ein Spiegel voller Fliegendreck. Das Bett war groß, mit gepolstertem Kopfbrett und grauen Laken. Cindy sagte, es sei hier angenehm anonym, aber ich glaube, sie verwechselte Anonymität mit Unbequemlichkeit wie viele Leute. Falls die Lage des Grand & International – der Doppelname des Hotels erinnerte an einen Anspruch, den dessen Gründer vor annähernd einem Jahrhundert vielleicht allen Ernstes erhoben hatten – für Cindy eine Garantie darstellte, keine Bekannten zu treffen, von mir konnte ich das nicht behaupten.
Ich war schon oft hier gewesen. 1974 hatte ich eine wunderschöne alte Sauer-Automatik in die Bar mitgebracht. Ich hatte sie einem Mann namens Max verkauft, der mir dann während meines letzten illegalen Grenzübertritts das Leben rettete und seins verlor. Die Pistole war ein Schatz, ein bißchen verkratzt, aber nicht oft gebraucht. Die Doppelmechanik dieses Modells war damals die beste, die zu haben war. Ich nehme aber an, daß Max eine Sauer haben wollte, weil im letzten Krieg die höheren deutschen Offiziere diese Waffe bevorzugten. Max war zwar nicht für die Nazis gewesen, im Gegenteil, aber daß sie was von Waffen verstanden hatten, bezweifelte er nie.
Es verging kaum ein Tag, an dem ich nicht an Max dachte. Wie Dodo war er einer von »Kobys Preußen« gewesen, ein Preuße amerikanischer Abstammung freilich. Max war einer jener seltsamen Männer, die sich von Ort zu Ort, von Job zu Job treiben

lassen und, wo immer sie landen, in schwierige Situationen kommen und Jobs annehmen, die meist nicht nur gefährlich, sondern auch mehr oder weniger illegal sind. Aber Max, ein ehemaliger New Yorker Kriminalbeamter, war anders als die andern: stets kameradschaftlich besorgt um jeden, mit dem er zusammenarbeitete, und besonders um mich, den Jüngsten seiner Mannschaft in Berlin.

Max hatte ein ganz erstaunliches Gedächtnis für Verse, und er zitierte alles mögliche von Goethe bis zu den Liedertexten von Gilbert & Sullivan. Als Amerikaner wußte er nicht immer, wovon Gilbert & Sullivan redeten, und da ich der einzige Brite in seinem näheren Bekanntenkreis war, erwartete er von mir Aufklärung über manche dunklen und typisch britischen Stellen, wie zum Beispiel: »Ein junger Mann von Sewell & Cross, ein junger Mann von Howell & James.« Armer Max, ich habe es ihm nie erklären können.

Aber Max selbst war im Grunde noch unerklärlicher. Er war sich selbst der schlimmste Feind, falls man meinem Vater glauben konnte, aber mein Vater konnte Max nicht ausstehen. In Wirklichkeit verabscheute er den langen Koby und mit ihm alle die »amerikanischen Freibeuter«, wie er sie nannte, in Berlin.

»Hörst du überhaupt zu?« hörte ich Cindy fragen.

»Aber ja doch, natürlich.« Ich nehme an, ich hatte, während ich meinen Erinnerungen nachhing, zu ihrem belanglosen Geplauder nicht häufig genug genickt und gelächelt.

»Ich fahre nach Straßburg«, sagte sie plötzlich, und nun war ich ganz Ohr. Die Hand mit der Zigarette fuhr hoch, so daß eine dünne Rauchfahne in der Luft hing. Dann berührte Cindy ihr Haar. Es war lockig und glänzte, als käme sie eben vom Friseur. Aber ihr Haar sah immer so aus.

»Willst du Urlaub machen?«

»Um Himmels willen! Sei doch nicht so blöde, Bernard. Würdest du denn in Straßburg Urlaub machen?« Wieder gestikulierte sie mit ihrer Zigarette, und ein langes Stück Asche fiel dabei aufs Bett.

»Ein Auftrag?«

»Bist du wirklich so schwer von Begriff, Bernie? Das Europäische Parlament ist dort, verdammt noch mal!« Als sei sie wütend wegen der verstreuten Asche, drückte sie strafend die erst halb gerauchte Zigarette heftig im Aschenbecher aus.

»Und da willst du nun arbeiten?« Ich fragte mich, warum zum Teufel sie das nicht eher erzählt hatte, als wir über das Wetter sprachen und darüber, wie schwierig es ist, Karten für das Royal Opera House zu kriegen, wenn man nicht irgendwelche Beziehungen hat. Doch dann begriff ich, daß sie mit der Eröffnung hatte warten wollen, bis ich etwas getrunken hatte.

»Das Gehalt ist nicht großartig, und ich muß mein Haus in London verkaufen. Am Sonntag wird die Anzeige in den Zeitungen erscheinen. Der Immobilienmakler, den ich beauftragt habe, sagt, wenn ich nur noch eine Kleinigkeit in Küche und Bad investiere, könnte er den Preis leicht um fünfzehntausend erhöhen, aber ich habe dazu einfach keine Zeit mehr.«

»Aha.«

»Du selbst bist nicht interessiert, nehme ich an?«

»Interessiert woran?«

»Was ist los mit dir heute abend, Bernie? Wärst du an dem Haus interessiert? Ich würde es natürlich lieber einem Freund verkaufen.«

»Ich bin gerade umgezogen«, sagte ich. »Noch mal packen und auspacken, das steh' ich nicht durch.«

»Stimmt. Hab' ich ganz vergessen. Du bist ja jetzt in der hintersten Provinz. Ich würde es in diesen Vororten nicht mehr aushalten. Das ist doch der schleichende Tod.«

»Ja, nun, ich hab' keine Eile damit«, sagte ich. Mir war zumute, als hätte sie mir ganz beiläufig in den Bauch getreten. Ich war in dem Glauben hierhergekommen, daß Cindy noch entschlossener als ich dem Geheimnis auf den Grund gehen wollte, und jetzt mußte ich feststellen, daß sie nur darauf aus war, ihr Scheiß-Haus zu verscheuern. Versuchsweise und ohne Dodo ins Spiel zu bringen, sagte ich: »Ich glaube, in der Sache mit dem deutschen Bankkonto ist mir ein Durchbruch gelungen.«

Sie hatte angefangen, in der teuren Krokodillederhandtasche zu kramen, von der sie sich niemals trennte. »Gut«, sagte sie, musterte den Inhalt ihrer Tasche und zeigte wenig bis gar kein Interesse an meinen Entdeckungen.

Ich fuhr beharrlich fort: »Wie ich höre, ist es bei einer Bank namens Schneider, von Schild und Weber. Ich habe die Adresse im Berliner Telefonbuch gefunden. Wir werden noch ein paar Einzelheiten brauchen.«

»Von Ende der nächsten Woche an werde ich in Straßburg sein.« Sie entnahm ihrer Handtasche ein Päckchen Zigaretten und ein goldenes Feuerzeug.

»Das ist aber verdammt plötzlich.«

Langsam zündete sie sich eine Zigarette an, blies eine Rauchwolke zur Decke und sagte: »Sir Giles hat mich dafür vorgeschlagen.«

»Creepy-Pox hat also wieder einmal zugeschlagen.«

Sie musterte mich mit einem starren Lächeln, das mir zu verstehen gab, daß die Bemerkung sie zwar nicht amüsierte, sie aber deswegen keinen Streit mit mir anfangen wollte.

»Der Job ist gut. Und er ist aus heiterem Himmel frei geworden. Nur deshalb habe ich ihn überhaupt gekriegt. Der Mann, der ihn bisher hatte, ist an AIDS erkrankt. Die beiden anderen Anwärter auf den Posten sind Männer mit Familien und Kindern in schulpflichtigem Alter. Keiner von denen ist imstande, sofort in Straßburg anzufangen. Deshalb muß ich nächste Woche dort sein.«

Ich schluckte die zornigen Worte, die mir als erstes einfielen, herunter und sagte: »Aber als wir zuletzt miteinander redeten, hast du gesagt, daß niemand dir den Mund stopfen würde. Du hast gesagt, du würdest keine Ruhe geben.«

»Ich muß an meine Zukunft denken, Bernard.«

»Und ich soll also alles vergessen?«

»Schrei doch nicht so, Bernie. Ich dachte, du würdest dich freuen und mir alles Gute wünschen. Ich werde dir nicht sagen, was du zu tun hast. Wenn du weitermachen und die Räuber überführen willst, dann werde ich dich nicht aufhalten.«

Geduldig und ruhig sagte ich: »Cindy, es geht nicht darum, irgendwelche Räuber zu überführen. Wenn es so ist, wie ich glaube – wie wir beide glauben –, dann handelt es sich hier um den größten Einbruch des KGB in unser Department, der den Russen bisher gelungen ist.«

»Wirklich?« Es scherte sie einen Dreck. Es war, als spräche ich mit einer Fremden. Dies war nicht mehr die Frau, die sich geschworen hatte, die Wahrheit über die Mörder ihres Exmannes aufzudecken.
»Selbst wenn ich mich irre«, sagte ich. »Um eine Unterschlagung allergrößten Stils handelt es sich auf jeden Fall. Ein Millionending!«
»Das habe ich zuerst auch gedacht«, sagte sie sehr ruhig und sehr herablassend. »Aber wenn man die Sache ein bißchen gründlicher durchdenkt, fällt es schwer, darauf zu beharren, daß da ein gigantischer Schwindel stattgefunden hat und daß der D. G. darin verwickelt sein soll.« Sie lächelte süß wie Saccharin, um die Absurdität der Vorstellung noch zu unterstreichen.
»Der D. G. ist praktisch von der Bildfläche verschwunden.« Ich übertrieb nur wenig. Er kam wirklich nur noch höchst selten ins Büro.
»Gehört auch das Verschwinden des D. G. zu der Verschwörung?« fragte sie mit dem gleichen blöden Lächeln.
»Ich mache keine dummen Witze, Cindy«, sagte ich. Nur mit großer Mühe brachte ich die Selbstbeherrschung auf, dem blöden Weib nicht unter die Nase zu reiben, daß sie schließlich mit der ganzen Sache angefangen hatte. Und daß sie dieses geheime Treffen verabredet hatte, und zwar aus einer Telefonzelle.
»Auch ich mache keine dummen Witze, Bernie. Bitte antworte mir auf die Frage: Willst du wirklich behaupten, daß es da eine Verschwörung gibt, an der Bret Rensselaer, Frank Harrington, der Deputy und vielleicht auch Dicky Cruyer beteiligt sind?« Das war eine so absurde Verdrehung all meiner Vermutungen, daß ich nicht wußte, wie ich anfangen sollte, sie zu dementieren. Ich sagte: »Laß uns mal annehmen, daß nur ein wirklich über jeden Verdacht erhabenes Individuum...«
»Der D. G.«, sagte sie wie eine besonders hochnäsige Dame im Publikum, die sich dazu herabläßt, einem Amateurzauberer eine Karte zu nennen.
»Meinetwegen. Laß uns also mal annehmen, der D. G. sei in irgendeinen großen Schwindel verwickelt. Du wirst doch sicherlich einsehen, daß so, wie das Department strukturiert ist,

niemand glauben würde, was geschieht. Frank, Dicky, Bret und alle anderen würden ungerührt versichern, daß alles in bester Ordnung ist.«

»Und du bist der kleine Junge, der dem Kaiser sagt, daß er nichts anhat?«

»Nur weil alle sagen, daß alles in Ordnung ist, sollten wir nicht darauf verzichten, uns selbst zu überzeugen. Es passieren seltsame Dinge dort, wo ich arbeite. Ich rede nicht vom Erziehungsministerium, auch nicht vom Gesundheitsamt oder Sozialamt, Cindy. Ich rede von der Stelle, wo die gröberen Sachen laufen.«

»Wenn du meinen Rat willst...« Sie glitt vom Bett und stand auf. Da sie halb aus den Schuhen geschlüpft war, trat sie erst mit dem einen, dann mit dem anderen Fuß voll auf, um sich wieder hineinzuquetschen. »Du solltest aufhören, mit dem Kopf gegen die Wand zu rennen.«

»Wenn man dich reden hört, glaubt man, es macht mir Spaß, mit dem Kopf gegen die Wand zu rennen.«

Sie strich die Aufschläge ihrer Jacke glatt und langte nach ihrem Mantel. »Ich glaube, du willst dich selbst zugrunde richten. Das muß irgendwas damit zu tun haben, daß Fiona dich verlassen hat. Vielleicht fühlst du dich irgendwie schuldig. Aber all diese Theorien, die du ausbrütest... Ich meine, sie führen doch zu nichts, oder? Siehst du denn nicht, daß irgendwo in dir ein Wurm drin ist, der dich auffrißt? Ich nehme an, du willst dir unbedingt weismachen, daß die ganze Welt unrecht hat und nur Bernard Samson im Recht ist.« Das Schloß ihrer Handtasche schnappte zu. »Vergiß diesen ganzen Scheiß, Bernard. Das Leben ist zu kurz, alle krummen Sachen in der Welt gradezubiegen. Ich habe lange gebraucht, das zu lernen, aber von jetzt an werde ich mein eigenes Leben führen und nicht mehr daran denken, die Welt zu ändern.«

»Eine Kleinigkeit könntest du immerhin noch für mich tun, ehe du nach Straßburg gehst.«

»Nicht ehe ich nach Straßburg gehe, und nachher auch nicht. Ich will überhaupt nichts davon wissen, verstehst du, Bernard?«

Ich sah sie an, und sie starrte zurück. Sie war nicht feindselig, nicht einmal trotzig. Sie war einfach eine Frau, die sich entschie-

den hatte. Und ihre Entscheidung war unabänderlich. »Also gut, Cindy. Amüsier dich schön in Straßburg.«
Sie lächelte, durch den freundlichen Ton sichtlich erleichtert. »Mit Gottes Hilfe finde ich vielleicht einen appetitlichen jungen Franzosen, den ich heiraten kann.« Sie zog den Vorhang beiseite, um zu sehen, ob es draußen regnete. Es regnete. Sie knöpfte ihren Mantel zu. »Möchtest du vielleicht den Mercedes kaufen, Bernard? Dunkelgrün, 380 SE. Nur zwei Jahre alt. Macht fünfundzwanzig Meilen pro Gallone.«
»Kann ich mir nicht leisten, Cindy.«
»Fünfundzwanzig auf der Autobahn. Im Stadtverkehr nur ungefähr zwanzig.« An der Tür blieb sie stehen. Ich dachte einen Augenblick lang, sie wollte mir ihre Hilfe doch noch anbieten, aber sie sagte nur: »Das Steuer ist auf der falschen Seite für den Rechtsverkehr, ich kann mir dort steuerfrei einen neuen Wagen anschaffen und muß deshalb den Mercedes verkaufen.«
Schweigend gingen wir die Treppe hinab. Als wir das hell erleuchtete Foyer erreichten, blieb sie stehen und wühlte in ihrer Handtasche nach einer Regenhaube aus weißem Kunststoff, die sie aufsetzte. Wir waren allein, der Empfang war nicht besetzt. Cindy ging zu dem Spiegel an der Wand und prüfte den Sitz ihrer Regenhaube.
»Alles andere nehme ich mit«, sagte sie, während sie sich im Spiegel betrachtete, »Möbel, Fernseher und Video, Hi-Fi und so fort. Diese Sachen sind sehr teuer in Frankreich.«
»Dein Fernseher wird dir in Frankreich nichts nützen«, sagte ich. »Sie haben dort ein anderes System.«
Sie sah mich nicht an. Sie drehte sich um, stieß die Tür auf und ging in die Nacht hinaus, ohne auf Wiedersehen zu sagen. Die schwere Tür klappte hinter ihr zu. Sie dachte wohl, ich versuchte sie zu ärgern.
Zu meinem Wagen hatte ich es ziemlich weit. Die Straße war laut und voll von verschiedensten Fahrzeugen und Leuten. Junge Paare, Skinheads, Punks, Freaks, Prostituierte aller Geschlechter, Polizisten und Diebe. Das Neonlicht bleichte selbst grell bemalte Gesichter. Mein Wagen stand noch unzerlegt an der Stelle, wo ich ihn abgestellt hatte. Kaum war ich aus der Lücke gefahren, war schon ein anderer Wagen drin.

Der Regen wurde heftiger. Mein alter Volvo stotterte und verschluckte sich. Vielleicht gab's in Schweden keinen Regen. Während der Heimfahrt dachte ich nur an Cindys Mercedes. Britisches Rennstreckengrün. Gewachst und poliert, so daß sogar Mr. Gaskell begeistert war. Dazu ein V-8-Motor. Ich fragte mich, was sie wohl dafür wollte.

Als ich in der Balaklava Road ankam, war im Untergeschoß alles dunkel. Die Kinder lagen schon in ihren Betten, und das Mädchen saß in ihrem Zimmer vor einem Fernsehquiz. Gloria war nicht da. Ich hatte vergessen, daß sie kürzlich den wöchentlichen Besuch bei ihren Eltern auf den Freitag verlegt hatte. Wahrscheinlich hatte sie nie auch nur entfernt daran gedacht, Cindy und mir bei unserem kleinen Treffen in der Stadt Gesellschaft zu leisten. Gloria wußte, daß sie sich auf mich verlassen konnte. Ich vergaß immer, an welchen Abenden sie nicht zu Hause war.

Ich öffnete eine Büchse Sardinen und entkorkte eine Flasche weißen Burgunder. Dann schob ich *Citizen Kane* in das Video und setzte mich vor den Bildschirm, das Tablett mit meinem Abendbrot auf den Knien. Aber die ganze Zeit dachte ich nur an Bret Rensselaers Zorn, Jim Prettymans Ermordung, Dodos Hetzereien und Cindy Matthews plötzlichen Sinneswandel.

Als Gloria nach Hause kam, lag ich schon im Bett. Daß sie spät kam, wunderte mich nicht. Ich nahm an, es habe irgendwas mit der »Krise« zu tun, die nach Meinung ihrer Mutter die Ehe ihrer Eltern gefährdete.

Aber wie sich nun diese Krise neuerdings auch entwickelt haben mochte, Gloria kam jedenfalls bester Laune, ja aufgekratzt nach Hause. Ich merkte das schon, ehe sie ins Haus trat. Ihr alter gelber Mini paßte gerade in die Lücke zwischen der Küche und dem Gartenzaun, an dem sich die gehätschelte Glyzinie unseres Nachbarn hochrankte. Der Platz war so eng, daß der Fahrer sich aus der Tür auf der Beifahrerseite ins Freie winden mußte. Dieses riskante Parkmanöver traute sich Gloria nicht jedesmal zu, aber in dieser Nacht hörte ich sie über den Bordstein rumpeln und mit unverminderter Geschwindigkeit auf den Gartenweg fahren, dann mit quietschenden Bremsen halten.

Ehe sie den Zündschlüssel abzog, gab sie im Leerlauf dem Gaspedal noch einen zufriedenen kleinen Tritt. Ich konnte mir ihr triumphierendes Lächeln richtig vorstellen.

»Hallo, Liebster«, sagte sie, auf Zehenspitzen ins Schlafzimmer kommend, eine Plastiktüte in der Hand, die, wie ich wußte, von ihrer Mutter gebackenen ungarischen Walnußkuchen, eine Schüssel hausgemachten Liptoi-Käse, saure Gurken und anderen Proviant enthielt, mit dem sie, seitdem sie von zu Hause ausgezogen war, nach Meinung ihrer Familie regelmäßig versorgt werden mußte.

»Wie war Mrs. Prettyman?«

»Plötzlich sehr wortkarg.«

Gloria sah mich an und versuchte, meinen Gesichtsausdruck zu lesen. »Hat jemand ihr die Pistole auf die Brust gesetzt?«

Ich lachte. »Ja, eine vergoldete. Man hat ihr aus heiterem Himmel einen ruhigen Job bei den Straßburger Bürokraten angeboten, einen Haufen Geld, wenig oder keine Steuern, Gott weiß was sonst noch.«

»Du glaubst doch nicht...«

»Ich weiß nicht.«

»Ich möchte sie nicht bestechen«, sagte Gloria.

»Weil sie mehr verlangen würde, als du zu bieten hast?«

»Nein, das meine ich nicht. Ich halte es für riskant. Sie wäre imstande, alles aufzuschreiben und in die Zeitung zu bringen.«

»Es ist doch nur ein angenehmer Job in Straßburg«, sagte ich. »Nicht einmal die Reporter der Boulevardzeitungen könnten daraus einen Bestechungsversuch machen, es sei denn, Cindy erklärt sich selbst als völlig inkompetent, so daß das Angebot unglaubwürdig wirkt.«

»Vermutlich.« Sie legte die Tüte mit den ungarischen Spezialitäten auf die Frisierkommode und fing an, sich auszuziehen.

»Was ist?« fragte ich, denn ich erkannte ihr selbstzufriedenes Grinsen. So pflegte sie zu grinsen, wenn ich irgendeinen geistesabwesenden Fehltritt begangen hatte, wie zum Beispiel die Katze in die Besenkammer einzusperren oder das für den Milchmann an der Haustür bereitgelegte Geld in die Tasche zu stecken.

»Nichts«, sagte sie, doch der Eifer, mit dem sie sich auszog und ihre Sachen im Zimmer verstreute, verriet mir, daß sie darauf brannte, mir was Lustiges zu erzählen. Ich dachte, es ginge vielleicht um ihre Eltern oder den unsäglichen Dodo, dem man für die Zeit seines Aufenthalts in England jetzt ein bequemes kleines Haus bei Kensington on Thames, für das er keine Miete zu bezahlen brauchte, überlassen hatte.

»Diese Bank«, sagte sie, als sie unter die Decke kroch und sich an mich schmiegte. »Rate mal, wem diese Bank gehört?«

»Bank? Meinst du Schneider, von Schild...«

»Und Weber«, ergänzte sie, noch immer grinsend bei dem Gedanken an den bevorstehenden Spaß. »Genau diese, Liebling. Rate mal, wem sie gehört?«

»Nicht den Herren Schneider, von Schild und Weber?«

»Deinem geliebten Bret Rensselaer gehört sie.«

»Was?«

»Ich wußte, das würde dich aufwecken.«

»Ich war schon wach.«

»Zumindest gehört die Bank der Familie Rensselaer.«

»Wie hast du das rausgekriegt?«

»Ins Yellow Submarine mußte ich dazu nicht einbrechen, Liebster. Die Information ist öffentlich zugänglich. Selbst deutsche Banken müssen ihre Eigentümer offenbaren. Mein Volkswirtschaftslehrer hat die Information bei einer Datenbank für mich abgerufen. Eine halbe Stunde später wußte er auch, wie die Rensselaers an die Bank gekommen sind.«

»Daran hätte ich selbst denken sollen.«

»Hast du aber nicht.« Sie kicherte wie eine Dreijährige.

»Du bist schon ein schlaues Mädchen«, sagte ich.

»Hast du's also endlich gemerkt?«

»Daß du ein Mädchen bist? Doch, habe ich gemerkt.«

»Laß das... jedenfalls vorläufig.«

»Die Familie Rensselaer?«

»Bist du bereit, die Einzelheiten zu hören? Halt dich fest, es geht los: Ein Mann namens Cyrus Rensselaer kaufte einst, vor langer Zeit, 1925 nämlich, Anteile an einem Bankkonsortium in Kalifornien. Bret und seine Brüder arbeiteten für dieses Konsortium, ich nehme an als Direktoren oder so was. Ich kann mich noch genauer erkundigen... Dann, irgendwann während des Zweiten Weltkriegs, starb der Alte. Seine Anteile an der Bank hatte er einer Stiftung vermacht, deren Nutznießer Brets Mutter war. Durch eine komplizierte Fusionsoperation wurde 1953 das kalifornische Bankenkonsortium Teil von Calibank (International) Serco, einer Gesellschaft, die eine große Anzahl anderer Banken, auch im Ausland, aufkaufte. Unter anderem erwarb sie die Anteilsmehrheit bei Schneider, von Schild und Weber.«

»Sonst noch was?«

»Sonst noch was, sagt er! Liebling, du bist unersättlich. Hat dir das schon mal jemand gesagt?«

»Ich mache von meinem verfassungsmäßigen Recht Gebrauch, die Aussage zu verweigern«, sagte ich.

20

Nur Verzweiflung kann mich getrieben haben, mich an diesem Sonnabend auf den Weg zu Silas Gaunt zu machen. Er hatte zwar schon vor Jahren seinen Abschied vom Department genommen, war aber ein höchst einflußreicher Angehöriger in der von Dicky Cruyer behutsam so genannten »Nachrichtendienst-Gemeinschaft« geblieben. Onkel Silas wußte alles und kannte jeden. Er war viele Jahre lang ein vertrauter Kollege meines Vaters gewesen. Überdies war er entfernt mit meiner Schwiegermutter verwandt und Billys Patenonkel.

Vielleicht hätte ich ihn öfter besuchen sollen, aber er verehrte meine Frau Fiona, und ihr Weggang hatte mir Silas entfremdet. Man konnte von ihm nicht erwarten, daß er's gerne sah, wenn ich mit Gloria am Arm bei ihm aufkreuzte – aber konnte er von mir erwarten, daß ich die lange Reise zu seiner Haustür nur deswegen alleine machte? Jetzt machte ich sie allein, und als ich so durch das flache und noch in den Fesseln des Winters liegende Land fuhr, überlegte ich mir, was ich ihm sagen würde. Wo sollte ich anfangen? Jim Prettyman war plötzlich tot und Bret Rensselaer plötzlich wieder lebendig, aber beide Verwandlungen nützten mir nichts. Dodo erzählte jedem, der es hören wollte, daß ich mich mit Fiona verschworen hatte, das Department zu betrügen, und meine wichtigste Verbündete Cindy Prettyman litt plötzlich an der selektiven Amnesie, die eine ersehnte Beförderung manchmal mit sich bringt.

»Onkel« Silas wohnte auf Whitelands, einem Landgut mittlerer Größe in den Cotswolds. Es war ein malerisches Haus, aus braunem Stein erbaut, aber die Türen schlossen schlecht, die

Dielen ächzten, und die niedrigen Deckenbalken spalteten jedem, der groß und unvorsichtig war, den Schädel. Silas muß außerordentlich vorsichtig gewesen sein, denn er war von riesenhaftem Wuchs und dabei so dick, daß er sich nur mit Mühe durch einige der schmaleren Türen quetschen konnte. Irgendein Industriebaron des vorigen Jahrhunderts hatte das Innere des Hauses nach seinem Geschmack renovieren lassen, und so waren Mahagoni und bemalte Kacheln im Überfluß vorhanden, dafür kaum WCs. Aber Silas gefiel es, und inzwischen konnte man ihn sich in einer anderen Umgebung kaum noch vorstellen.
Untertags war er viel beschäftigt. Da gab es Diskussionen mit seinem Gutsverwalter und mit seiner Haushälterin, Mrs. Porter, und mit der Dame aus dem Dorf, die seine Post erledigen sollte, jedoch außerstande war, einen Anrufer abzufertigen, ohne herunterzukommen und Silas persönlich treppauf an den einzigen im Hause vorhandenen Telefonapparat zu schleppen.
Ich blieb unten sitzen und wartete auf seine Rückkehr vom Telefon. Die schmalen, steingefaßten Fenster ließen nur dünne Streifen grauen Nachmittagslichts herein. Die in dem großen steinernen Kamin brennenden Holzkloben erfüllten die Luft mit rauchigem Duft und erhellten flackernd das Wohnzimmer mit dem ramponierten alten Sofa und den bequemen Sesseln, deren Umrisse unter den sackartigen Chintzbezügen nur ungefähr zu erkennen waren. Vor dem Kamin stand ein Tablett mit den Resten unseres Nachmittagstees: eine silberne Teekanne, das letzte Paar von Mrs. Porters frischgebackenen kleinen Teekuchen und ein Topf Konfitüre mit dem handgeschriebenen Etikett »Whitelands-Erdbeeren«. Die Szene hätte hundert Jahre her gewesen sein können, hätten in den fernen Ecken des Zimmers nicht die Lautsprecher der Hi-Fi-Anlage gestanden. Dort verbrachte Silas seine Abende damit, sich seine Opernplatten anzuhören und sich durch seinen bemerkenswerten Weinkeller zu trinken.
»Entschuldige die Unterbrechung«, sagte er, während er sich abmühte, die Tür hinter sich ins Schloß zu ziehen. Er klatschte in die Hände und wärmte sie dann am Fenster. »Frischen Tee?«
»Danke, ich habe genug Tee getrunken«, sagte ich.
»Und für was Stärkeres ist's noch zu früh«, sagte Silas.

Ich antwortete nicht.
»Du erzählst mir einen Haufen Sachen«, sagte er, wobei er den letzten lauwarmen Rest Tee in seine Tasse goß. »Und ich soll sie dir dann schön passend zusammenfügen, wie ein Puzzle.« Er nahm einen Schluck aus der Tasse, verzog aber das Gesicht und stellte sie ab. »Leider sehe ich aber keine logische Verbindung.« Er schniefte. »Entweder ist's heute viel kälter geworden, oder ich kriege eine Erkältung oder... vielleicht beides. Dieser Buchhalter, Prettyman, ist also in Washington von irgendeinem Gangster umgelegt worden, und jetzt hat man seine Frau auf einen feinen Posten nach Straßburg versetzt, ja? Schön für sie, kann ich da nur sagen. Warum soll die arme Frau nicht befördert werden? Ich war immer der Meinung, wir sollten, so gut wir können, für unsere Leute sorgen.«
Ein langes Schweigen folgte dieser Erklärung, bis ich ihn an den Rest meiner Geschichte erinnerte. »Da war auch noch Bret Rensselaer«, sagte ich.
»Ja, der arme Bret. Verdammt anständiger Bursche, dieser Bret. In Erfüllung seiner Pflicht schwer verwundet. Ein Vorfall in der allerbesten Tradition des Dienstes, wenn ich mal so sagen darf. Und doch scheinst du dich darüber zu ärgern, daß er mit dem Leben davongekommen ist.«
»Ich war nur überrascht, als er von den Toten wieder auferstand.«
»Ich weiß nicht, worauf du hinauswillst«, sagte Onkel Silas. »War dir das vielleicht nicht recht?« Er kratzte sich ungeniert zwischen den Beinen. Er war ein seltsamer alter Teufel. Fett und schlampig, mit einem groben Humor und beißenden Witz, deren Opfer nichts zu lachen hatten.
»Da sind einfach zu viele Sachen passiert... komische Sachen.«
»Ich kann dir wirklich nicht folgen, Bernard.« Er schüttelte den Kopf. »Wirklich nicht.« Onkel Silas hatte das Talent, Tatsachen so lange zu verdrehen, bis sie sich seiner Hypothese fügten. »Es bringt uns nicht weiter, wenn du dasitzt und mich feindselig anstarrst, mein lieber Junge.« Er hielt inne, um sich mit einem großen roten Tuch, das er aus der Tasche gezogen hatte, die Nase zu schneuzen. »Ich versuche nur zu verhindern, daß du noch mehr Dummheiten machst.«

»Welche zum Beispiel?«

»Na, zum Beispiel wäre es ein Jammer, wenn du den armen alten Dodo überfallen würdest, um ihn einem hochnotpeinlichen Verhör zu unterziehen.« Der alte Silas war vielleicht der letzte unter den Lebenden, der noch von »hochnotpeinlichen Verhören« redete.

»Hast du ihn gut gekannt?«

»Ja, ich erinnere mich sehr gut an ihn«, sagte Silas. Er lehnte sich in seinen Sessel zurück und starrte ins Feuer. »Sein wirklicher Name war Theodor, Theodor Kiss, er ließ sich deshalb lieber Dodo nennen. Ein eifriger Arbeiter und ein helles Köpfchen. Gutes Examen an der Wiener Universität und administratives Talent. Eine Menge Sprachen und sogar Dialekte. Dodo konnte sich ohne Schwierigkeiten als Deutscher ausgeben. Oder als Österreicher. Ohne Schwierigkeiten.«

»Erstaunlich«, sagte ich.

»Ach, ich weiß, du kannst das auch, Bernard. Aber trotzdem ist es ein ziemlich ungewöhnliches Talent. Nicht viele Deutsche wären dazu imstande, wie ich zu meinem Bedauern habe lernen müssen. Dodo war ein bemerkenswerter Sprachkünstler.«

»Er hat für Gehlen gearbeitet«, sagte ich, um Silas in Erinnerung zu rufen, daß der tüchtige Mann eine Nazi-Vergangenheit hatte.

»Viele der besten Leute waren bei Gehlen. Nach dem Krieg waren sie die einzigen Leute mit Erfahrung, die uns zur Verfügung standen. Ich persönlich habe sie allerdings nie beschäftigt«, sagte Silas, vielleicht um meine Wut zu dämpfen. »Nicht unmittelbar jedenfalls. Ich habe immer einen gewissen Abstand zu den ehemaligen Abwehrleuten gehalten. Der Lange hat ihn genommen... wie nannte er doch diesen Haufen, den er führte?«

»Die Preußen«, sagte ich.

»Richtig. Kobys Preußen. Wie konnte ich das nur vergessen. Schlimm, daß sogar das Langzeitgedächtnis schon anfängt, mich im Stich zu lassen.«

Ich sagte nichts.

»Dein Vater auch. Der wollte nichts mit ihnen zu tun haben. Es war ihm gar nicht recht, als du anfingst, für Koby zu arbeiten.«

»Ich habe mich mit Max zusammengetan«, sagte ich. »Und Max gehörte eben zu Kobys Haufen.«

Silas schniefte. »Du hättest bei deinem Vater bleiben sollen, Bernard.«

»Ich weiß«, sagte ich. Er hatte einen Nerv berührt.

Einige Minuten lang saßen wir schweigend da. »Dein Dodo ist ganz in Ordnung«, sagte Silas endlich, als hätte er gründlich darüber nachgedacht. »Vielleicht ein bißchen zu scharf darauf, seinen Mut zu beweisen, aber das waren alle, die die Seiten gewechselt hatten. Dennoch war Dodo, als er sich erst eingewöhnt hatte, ein loyaler und vernünftiger Agent. Der Typ, von dem ich erwartet hätte, daß er dir sympathisch wäre. Einem Mann wie ihm muß man die eine oder andere Indiskretion schon nachsehen. Was?« Wieder zog er das Taschentuch heraus, um sich zu schneuzen.

»Indiskretion?«

»Ich würde das gleiche über dich sagen, Bernard«, fügte er hinzu, ehe meine Wut überkochte. »Habe es sogar schon gesagt«, beharrte er, um mich nicht im Zweifel darüber zu lassen, daß ich in seiner Schuld stand.

Er hielt inne, vielleicht in Erwartung einer Geste der Zustimmung oder Bestätigung. Ich nickte ohne besonderen Nachdruck. Seitdem ich in seinem Zimmer saß, überlegte ich, wie ich Dodos verrückte Behauptungen über meinen Vater zur Sprache bringen sollte. Silas hatte meinen Vater so gut gekannt wie kaum sonst jemand unter den noch Lebenden. Die beiden hatten in Berlin zusammen gedient, später auch in London. Silas Gaunt konnte sicherlich so ziemlich jedes Rätsel lösen, das mit der Arbeit meines Vaters zusammenhing, wenn er wollte. Wenn er nur wollte. Und das war der Haken. Silas Gaunt verriet Geheimnisse nicht gern, selbst denen nicht, die ein Recht darauf hatten, eingeweiht zu werden. Und ich hatte einen schlechten Zeitpunkt gewählt. Das sah ich ihm an der Nase an. Mein Besuch machte ihm keine Freude, obwohl er lächelte und nickte und freundlich war. Vielleicht machte er sich nur Sorgen um mich. Oder um Fiona und die Kinder. Oder um Dodo. »Ich weiß das«, sagte ich. »Ich weiß es auch zu schätzen.«

»Ich will, daß du mir versprichst, nicht da aufzutauchen und dich wie ein Rasender aufzuführen«, sagte Silas, »sondern hinzugehen und in aller Ruhe ganz versöhnlich mit ihm zu sprechen, so daß er deinen Standpunkt sieht.«

»Ich will's versuchen«, versprach ich.

»Wir alle haben eine Menge alter Kameraden gemeinsam: die Gebhard-Zwillinge, den sogenannten Baron Busch, der dich nach Leipzig mitgenommen hat, Oscar Rhine, der behauptete, über die Lübecker Bucht schwimmen zu können, das aber nicht konnte...« Silas hatte diese Liste verblichener Kollegen in munterem Ton herunterbeten wollen, aber er hielt es nicht durch. Er wischte sich die Nase und versuchte es noch einmal. »Wir alle trauern um dieselben alten Freunde, Bernard. Du, ich, Dodo... es wäre doch sinnlos, wenn wir uns jetzt gegenseitig bekriegen.«

»Ja«, sagte ich.

»Er ist noch länger in diesem Geschäft als du«, sagte Silas. »Komm ihm also nicht herablassend.« Da zeigte sich Silas von seiner schlechtesten onkelhaften Seite. Manchmal fragte ich mich, ob Silas nicht sogar mit dem D. G. in diesem Ton redete, denn ich wußte, daß Silas uns alle als Kinder betrachtete, die mehr oder weniger ungeschickt versuchten, das Handwerk zu erlernen, in dem er Meister gewesen war.

»Nein, Silas«, sagte ich. Eine gewisse Skepsis muß meinem Ton anzumerken gewesen sein, denn ich bemerkte jenes Zucken in seinem Gesicht, das bei ihm immer einen nahenden Zornesausbruch ankündigte.

Aber der Zorn kam nicht zum Ausbruch, zumindest merkte man nichts davon. »Erzähl mir noch einmal von Bret Rensselaer. Will er den Dienst wieder antreten?«

»Er könnte es gar nicht«, sagte ich. »Er ist zu alt und zu krank.«

»Es heißt, er hat Berlin verlangt«, sagte Silas.

»Ja«, sagte ich. »Damals hieß es, daß Frank seinen Adelstitel kriegen und in Ruhestand gehen würde, und Bret sollte dann Berlin kriegen.«

»Und dann würde Bret seinen Adelstitel kriegen und selbst in den Ruhestand gehen«, ergänzte Silas. Niemand hatte gezweifelt, daß es so laufen würde, bis dann plötzlich alles schiefging und Bret niedergeschossen wurde. »Was aber war auf lange Sicht für Berlin geplant?«

Ich sah ihn an und fragte mich, was sich irgendwann wohl jeder im Department mal gefragt haben wird: Weshalb war Silas Gaunt nicht in den Ritterstand erhoben worden, da das doch bei Beamten seines Ranges fast automatisch mit der Pensionierung verbunden war? »Ach komm, Silas«, sagte ich. »Du weißt mehr über die geheimen Gedanken der Herren im Obergeschoß, als ich je rauskriegen werde. Erzähl du es mir.«

»Nein, im Ernst, Bernard. Was, meinst du, war damals geplant? Wenn man Frank zum Zivilisten gemacht und durch Bret ersetzt hätte, dann hätte Bret die Stelle doch auch nur bis zum Pensionsalter behalten können. Sie hätten für Bret kaum eine Sonderregelung beantragen können.«

»Ich nehme an, du hast recht«, sagte ich. »Über solche langfristigen Sachen zerbreche ich mir selten den Kopf.«

»Schade«, sagte Silas, »das ist wirklich bedauerlich.« Er senkte die Stimme, als wolle er mir etwas Geheimes und Wichtiges anvertrauen, ein Trick, den er sich bei seinen Einsatzbesprechungen angewöhnt hatte. »Wenn du ab und zu solche Sachen in Betracht ziehen würdest, dann stünde dir jetzt vielleicht das Wasser nicht bis zum Hals.«

»Ach, wirklich?«

»Ist Dicky Cruyer der richtige Mann für den Posten in Berlin?« Seine Stimme war noch immer leise.

»Er will ihn jedenfalls haben.«

»Dicky hat keine deutschen Beziehungen, stimmt's? Jedenfalls keine, die auch nur einen Pfifferling wert sind. Auf den Posten in Berlin gehört jemand, der eine Nase für die Atmosphäre dort hat, jemand, der ein Gefühl für die Straße hat, jemand, der riechen kann, was los ist, und zwar ohne daß es ihm das Department steckt.«

»Jemand wie Frank?«

»Frank, wie dein Vater, war einer von meinen Schützlingen. Ja, Frank hat seine Sache in Berlin gut gemacht. Aber im Alter wird jeder Mann langsamer. Auf den Posten in Berlin gehört ein beweglicher, jüngerer Mann, der herumkommt. Frank sitzt viel zuviel zu Hause vor seinem verdammten Grammophon.«

»Ja«, sagte ich und nickte ernst. Grammophon? Silas wußte über

Franks außereheliche Liebesaffären genauso gut Bescheid wie ich, aber er erzählte die Geschichte anscheinend lieber auf seine Art. So war er immer schon. »Ich glaube, ich weiß, worauf du hinauswillst, Silas«, sagte ich. Wenn ich ein braver Junge wäre und mit meinen außerdienstplanmäßigen Fragen nicht ständig Schrecken und Verzweiflung verbreiten würde, könnte ich den Job in Berlin bekommen. Darauf wollte er hinaus. Ich glaubte nicht daran.

»Wirklich? Das freut mich aber«, sagte Silas. Ich erhob mich von meinem Sitz. »Würdest du mir dann den Gefallen tun, diesen Dodo ein, zwei Tage lang noch in Ruhe zu lassen...?«

»Eigentlich wollte ich heute abend zu ihm gehen«, entgegnete ich. »Samstag abends ist er immer zu Hause, weil's da irgendwas im Fernsehen gibt, das er unbedingt sehen muß.«

»Nur bis nächste Woche. Zeit zum Abkühlen, ja? Das ist für alle Beteiligten das Beste, mein lieber Junge.«

Ich sah Silas an. Sein Rat war zweifellos gut, aber ich kochte und konnte es nicht erwarten, dem verleumderischen Schwein gegenüberzustehen. Silas starrte zurück, ohne nachzugeben. »Wenn es unbedingt sein muß«, sagte ich schließlich.

»Du wirst deine Entscheidung nicht bedauern«, sagte Silas. »Ich werde mit dem Alten darüber reden. Und über dich.«

»Es war nett von dir, daß du dir Zeit für mich genommen hast, Silas.«

»Warum bleibst du nicht zum Abendessen? Wir könnten eine Partie Billard spielen.« Das Taschentuch in der Hand, hielt er inne wie vom Schlag getroffen, und für einen schrecklichen Augenblick glaubte ich, daß ihm irgend so was tatsächlich passiert wäre, doch dann nieste er.

»Du gehörst ins Bett, Silas«, sagte ich, »du bist schwer erkältet.« Silas bestand nicht auf seiner Einladung. Er war schließlich ein alter Herr mit festen Gewohnheiten. Unangekündigter Besuch war nicht nach seinem Geschmack, und unvorhergesehene Gäste zum Abendessen schon gar nicht. Er wischte sich die Nase und fragte: »Irgendwelche Neuigkeiten von deiner Frau?«

»Nichts.«

»Es muß schwierig sein für dich, aber gib nicht auf«, sagte Silas. »Wann besuchst du mich mal mit den Kindern?«

Ich sah verblüfft auf. Daß eine derartige Invasion seiner wohlgeordneten kleinen Welt ihm willkommen sein könnte, hätte ich nie für möglich gehalten. »Jederzeit«, erwiderte ich verlegen. »Heute in einer Woche? Zum Mittagessen?«

»Großartig!« Er sah aus dem Fenster und sagte: »Ich werde Mrs. Porter einschärfen, das Lendenstück nicht zu sehr durchzubraten. Und danach vielleicht eine Charlotte Russe? Das ist doch was für Billy, nicht?«

Sein Auge für solche Kleinigkeiten überraschte mich immer wieder von neuem; es war ihm also nicht entgangen, wie gierig Billy bei unserem letzten Besuch hier Mrs. Porters Roastbeef und Charlotte Russe vertilgt hatte. »Ja«, sagte ich, »für uns alle übrigens.«

»Dich brauchen wir nicht in Versuchung zu führen, du magst doch alles«, sagte Silas wegwerfend. »Manchmal wünschte ich, du wärst ein bißchen wählerischer.«

Ich verstand, daß dieses Urteil nicht nur meinen Geschmack im engeren Sinne treffen sollte, ließ mich auf eine Diskussion aber nicht ein.

Als ich mich verpflichtet hatte, Dodo nicht sofort zu besuchen, war es mir ernst damit gewesen. Aber je länger ich mir die Sache auf der Rückfahrt nach London überlegte, desto schwerer fiel es mir, bei diesem Vorsatz zu bleiben. Während ich durch die ersten Vororte fuhr, war es dann soweit: Ich beschloß, Silas' Bitte zu ignorieren. Sämtliche Instinkte rieten mir, daß ich ihn mir schnappen mußte, und zwar jetzt.

Dodo war mir inzwischen als hochtalentierter Nassauer schon bekannt, es wunderte mich also nicht, daß er jetzt ein ganzes Haus mietfrei bewohnte. Das Haus gehörte einem ungarischen Ehepaar, dessen Bekanntschaft er bei Glorias Eltern gemacht hatte. Die Besitzer verbrachten ihren Winterurlaub auf Madeira. Es war ein elegantes, altes Haus in Hampton Wick. Ich fand es in einer ruhigen Seitenstraße neben anderen frühviktorianischen Bauten, zwischen dem Fluß und dem Park des Hampton Court Palace.

Es wurde schon dunkel, als ich dort ankam, der Himmel war

violett, und der Mond hatte einen Hof, was angeblich Regen ankündigt. Das Haus Nr. 18 stand einzeln und ein Stück von der Straße zurückgesetzt. Über die Gartenmauer hinweg sah man eine kunstvolle schmiedeeiserne Balkonbrüstung und das wie bei einer Pagode geschwungene Dach des Balkons. Bei dieser bewußt und mit soviel Dekor inszenierten Abgeschiedenheit dachte man sofort an eine dieser Villen, in denen einst vielleicht eine verführerische Konkubine ihre langen und einsamen Tage verbracht hatte.

Ein schmiedeeisernes Tor in der Gartenmauer führte in einen kleinen Vorgarten. Dort blieb ich stehen und sah das Haus näher an. Die Vorhänge waren nachlässig zugezogen, so daß sich an fast allen Fenstern Lichtspalten zeigten. Der Abend war bitterkalt, und außer dem Verkehr auf der Hauptstraße nach Kingston Bridge war kein Geräusch zu hören.

Ich ging die Stufen zur grünen Haustür hinauf. Einen Klingelknopf fand ich nicht, aber einen Messingtürklopfer in der Form eines Löwenkopfs, mit dem ich laut hallend anklopfte. Es dauerte eine ganze Weile, ehe ich drinnen Bewegung wahrnahm. Ich hatte das Gefühl, daß irgend jemand erst einmal aus dem Fenster des Obergeschosses nachgesehen hatte, wer da klopfte. Endlich öffnete mir aber Dodo höchstpersönlich die Tür. Er trug einen weißen Rollkragenpullover, graues Baumwolljackett, graue Cordhosen und Mokassins mit Lederbommeln. »Ahhh! Guten Abend!« sagte er. »Du hast mich also aufgespürt.«

»Kann ich reinkommen?«

Er antwortete nicht gleich. Er hielt sich vielmehr an der Türkante fest und musterte mich von oben bis unten. »Meinetwegen«, sagte er ohne Begeisterung. »Komm rein und trink ein Glas.«

Er führte mich durch ein Entree mit Garderobe und großem Spiegel, ohne mich einzuladen, meinen Mantel abzulegen. Wir betraten einen Raum an der Rückseite des Hauses, fast einen Saal, in dem ein Konzertflügel, ein paar Sessel und verschiedene antike Tischchen standen, auf denen verschiedene Schnupftabakdosen und allerhand Nippes ausgelegt waren. Die viktorianische Tapete faßte das alles in einen Dschungel gedruckter

Vegetation, und das einzige Licht im Raum fiel aus einer Messinglampe geradewegs auf die Noten, die auf dem Flügel aufgeschlagen bereitstanden.
Das Zimmer roch muffig und unbewohnt, die Fensterläden waren geschlossen, und auf dem schwarzen Lack des Flügels lag eine graue Staubschicht. Dodo wandte sich um und sah mir ins Gesicht. »Also, was gibt's?« fragte er. Seine Stimme war hart und streitlustig, und seine Augen blitzten. Ich schrieb das alles dem Alkohol zu, aber sicher konnte man bei Dodo nie sein.
»Also hör mal, Dodo«, sagte ich, »eins sollten wir wohl besser klarstellen ...«
Er hatte sich bewegt, als wollte er an mir vorbeigreifen, richtete sich dann aber plötzlich und ohne jede Warnung gerade auf, um mir einen Fauststoß in den Magen zu versetzen, so wuchtig, daß mir der Atem wegblieb. Als ich mich nach Luft schnappend vornüber beugte, schlug er mir mit der Handkante auf den Hals. Es war ein sehr gut plazierter Karateschlag, und augenblicklich stand jeder Nerv meines Körpers in Flammen. Ich krümmte mich und hustete mein Mittagessen aus. So sah ich zu meinem Glück seinen Fuß kommen und konnte dem gemeinen Tritt ausweichen, so daß die Schuhspitze nur meinen Arm streifte.
Mein Mantel hatte mich vor der vollen Wucht seiner Schläge geschützt. Hätte Dodo mir den Mantel im Entree abgenommen, läge ich jetzt schon flach. Noch ein Tritt, aber weit daneben diesmal. Ich versuchte, den Fuß zu packen, aber Dodo war zu schnell für mich. Zu schnell und zu erfahren. Ich hatte Dodo von Anfang an unterschätzt, in jeder Hinsicht: seinen Verstand, seinen Einfluß, seine Bösartigkeit und seine Körperkraft.
Als ich mich aufrichtete, tat mir jeder Knochen im Leibe weh. Ich wich vor Dodo zurück und spürte hinter mir den Flügel. Die Stütze konnte ich gut brauchen, und ich lehnte mich einen Augenblick lang dagegen und wartete auf Dodos nächste Bewegung. Das Licht, das die Noten auf dem Klavier beleuchtete, blendete Dodo. Seine Schläge und Tritte hatten auch ihn ein wenig außer Atem gebracht, aber er wollte mir keine Gelegenheit geben, mich zu erholen. Er ging also wieder auf mich los, langsamer diesmal, breitbeinig, die Hände erhoben. Ich holte

tief Luft. Wenn er richtig traf, konnte er mich mit ein paar von diesen Karateschlägen aus dem Verkehr ziehen, soviel war klar. »Gaaah!« schrie er plötzlich und sprang mich an. Oder war das nur eine Finte, um zu entdecken, wie ich reagierte? Ich ging ein bißchen in die Knie und trat nach seinem Bauch, traf aber ins Leere. Immerhin ließ die Drohung ihn zögern. Dann senkte er den Kopf, und sein nächster Schlag traf meinen Arm, so daß der Schmerz mir für einen Augenblick die Hand lähmte. Aber dann griff ich an. Ein Nierenhaken entriß ihm ein zorniges Grunzen, ich hatte ihm weh getan. Einen Augenblick standen wir im Clinch wie Partner auf dem Tanzboden, dann stieß er sich von mir ab und hämmerte mir dabei auf die Brust.

Er wich so weit zurück, daß er in den Schatten des spärlich beleuchteten Raums fast verschwand. Schwer atmend belauerten wir einander nun aus der Ferne. Mit dem Überraschungselement konnte er nicht mehr rechnen, und außerdem durchschaute ich ihn langsam. Dodo war kein Boxer. Wenn ich ihn in die Finger kriegte, konnte ich ihn bewußtlos schlagen. Aber das war ein großes Wenn. Von der Straße war jetzt das Geräusch eines langsam fahrenden Wagens zu hören. Dodo neigte lauschend den Kopf, aber ein oder zwei Augenblicke später gab der Fahrer Gas, und das Geräusch des Wagens verlor sich in der Ferne.

Klick! Plötzlich hatte er sein Klappmesser in der Hand, und als er langsam näher kam, blitzte die Klinge im Licht auf. Er hielt es niedrig mit aufwärts weisender Spitze, wie ein Mann ein Messer hält, wenn er es ernst meint. »Ich werd's dir zeigen, Samson«, versprach er mit jenem leisen Knurren in der Stimme, das seine besonders bösartigen Äußerungen jedesmal begleitete. »Ich werde dich aufschlitzen!« Sein Gesicht war gerötet, und Speichel triefte aus seinem Mund.

Ich schob mich seitwärts. Die Rückendeckung, die der Flügel mir gewährt hatte, wurde jetzt zur Falle. Ich hatte nicht die geringste Lust, mich aufspießen zu lassen. Ich zog mir den Schal vom Hals und wickelte ihn mir um die Hand. Dabei schob ich mich weiter seitwärts. Aus den Augenwinkeln fixierte ich das größte Stück Nippes in meiner Reichweite, eine große Kristallananas mit silbernen Blättern. Die packte ich und schmiß sie ihm mit aller Kraft vor die Brust. Er grunzte und taumelte zurück, wobei er ein Tischchen umstieß und etwa ein Dutzend Porzellanfiguren zu Boden fielen. Aber ich bekam nicht die Chance, auf die ich gehofft hatte. Dodo fluchte leise auf ungarisch und fand sein Gleichgewicht wieder, ohne sich umzudrehen und nachzusehen, was er angerichtet hatte.

Als er wieder auf mich losging, versuchte ich gerade, die altmodischen Jalousien vor den Fenstertüren aufzukriegen, durch die man in den Garten gelangt wäre. Ich drehte mich nach ihm um und trat hoch genug, um die Hand mit dem Messer zu treffen, aber er war auf den Tritt gefaßt und wich ihm aus, zufrieden lächelnd.

Wieder rückte er mir auf den Leib. Mein Rücken krachte gegen die Jalousie, und dahinter zersprang eine Glasscheibe mit dem Krach eines Pistolenschusses. Dodos Messer zerschlitzte mir den Mantel. Ich griff nach seinem Handgelenk und kriegte es einen Augenblick lang auch zu fassen. Wir standen auf Tuchfühlung. Er stank nach Whisky. Er wand sich mit aller Macht, um freizukommen, und verzweifelt stieß ich mit dem Kopf zu, ihm mitten ins Gesicht. »Bastard!« rief er, riß sich los und wich zurück. Ein kleiner roter Wurm kroch ihm aus der Nase über Mund und Kinn. »Bastard!« wiederholte er. Er nahm das Schnappmesser in die Linke und griff unter sein Jackett. Nun hatte er einen Revolver in der Rechten, ein albernes, kleines Spielzeug, wie es Damen in der Handtasche haben, das aber unter diesen Umständen völlig ausreichte.

Und in dem Augenblick wurde mir auch klar, daß ich ihn nicht schlagen konnte. Dodo hatte jene Ausdauer, Zuversicht und rücksichtslose Entschlossenheit, um jeden Preis zu gewinnen, die einen Olympiasieger auszeichnen.

Und in dem Augenblick hatte ich das Gefühl, daß Dodo mich erwartet hatte. Er war auf mich gefaßt gewesen. Er hatte nicht mit mir reden wollen, nicht einmal gefragt, was ich von ihm wollte. Er hatte sich Revolver und Messer in den Gürtel gesteckt und gewartet, bis ich aufkreuzte. Woher hatte er wissen können, daß ich zu ihm unterwegs war?

»Du kannst schon mal deinen Frieden mit dem lieben Gott

machen, Samson.« Mit demonstrativer Schadenfreude nahm er den Revolver in die linke Hand. Er wollte mir zu verstehen geben, daß er den Revolver nur für alle Fälle hatte. Dodo wollte mich mit dem Messer fertigmachen. Er kam wieder näher, aber vorsichtiger jetzt. Diesmal würde er sich nicht durch meine Tritte, Kopfstöße oder Haken überraschen lassen. Ich versuchte zu erraten, was er mit mir vorhatte. Schon um sicherzugehen, daß ich ihm den Revolver nicht abnahm, mußte er mich mit dem Messer wenigstens verstümmeln. »Bete«, flüsterte er.
Ich hatte Angst, und das sah er mir an. Ich hatte nicht die Absicht, ihn anzugreifen. Sein Standpunkt war gut gewählt. Es gab in der Nähe nichts, das ich hätte nach ihm werfen können, da war kein Teppich, den ich ihm hätte unter den Füßen wegziehen können, es gab keine Türen oder Fenster, durch die ich hätte abhauen können. Außerdem blendete das einzige Licht im Raum jetzt nicht mehr ihn, sondern mich. Deshalb sah ich auch nur schemenhaft, was als nächstes passierte.
Über Dodos Schulter hinweg sah ich eine Gestalt durch die Tür hinter ihm den Raum betreten. Dieser Eindringling bewegte sich geräuschlos und mit der Anmut eines Tänzers. Es war ein schlanker Mann, der einen kurzen, schwarzen Mantel und eine enge Kappe trug. In einer tänzerischen Bewegung erhob er die Hand so hoch, als versuche er, die Decke zu berühren. Dann fuhr diese Hand vertikal auf Dodos Schädel hinab, und man hörte den dumpfen Aufprall von etwas Hartem.
Dodo ächzte wie ein Ballon, aus dem die Luft entweicht, und brach bewußtlos auf dem Boden zusammen. Und dann schien plötzlich das dunkle Zimmer voller Leute zu sein. Irgend jemand stieß mich gegen die Wand und tastete mich ab, während andere den niedergestreckten Dodo und, wie es schien, das ganze Haus durchsuchten.
»Setz dich, Bernie. Setz dich und komm erst mal wieder zu Atem.« Irgend jemand reichte mir ein Glas Whisky, das ich dankbar trank.
»Das ist gerade noch mal gutgegangen, was?«
Ich kannte die Stimme. Prettyman. »Jim!« sagte ich. »Jesus! Bist du das wirklich, Jim? Aber... Warum?«

Ich sah ihn an, aber er wirkte überhaupt nicht freundlich. »Äußerste Geheimhaltung, Bernie.«

»Cindy denkt, daß du tot bist. Was soll denn das alles?« Draußen auf dem Korridor hörte ich das Quäken und Zischen einer Gegensprechanlage. Schubladen wurden aufgezogen, Türen zugeschlagen. »Was zum Teufel soll das alles?«

»Du müßtest wissen, daß du dir die Fragen sparen kannst, Bernie.«

»Für das Department?« Er antwortete nicht.

Er starrte mich an. Seine Haut war weiß, sein Gesicht hart wie das einer Wachsfigur. Er sagte: »Du mußt hier weg. Glaubst du, daß du selbst nach Hause fahren kannst?«

Ich konnte der Versuchung nicht widerstehen, mich vorzubeugen und ihm die Hand auf den Arm zu legen. »Hast du mir deshalb diese Schachtel mit den alten Keilschriften und den Aufzeichnungen vermacht? Sollte ich dir die Sachen aufbewahren? Sollte ich merken, daß du nicht wirklich tot warst?«

Er schüttelte meine Hand ab, stand auf und sah sich in dem düsteren Zimmer um. »Vielleicht«, sagte er. Er stand in der Nähe des Flügels. Nachdenklich berührte er die Tasten und schlug ein paar tiefe Töne an. Das Zimmer war so dunkel, daß die Klavierlampe ein Schlaglicht auf die Tastatur warf und auf seine scheinbar vom Körper abgetrennten Finger.

»Jim«, sagte ich. »Wer hat dir befohlen zu verschwinden? Hat das irgendwas mit Fiona zu tun?«

Gemächlich schlug er ein paar weitere Töne an, die eine traurige kleine Melodie vervollständigten. Dann blickte er auf und sagte: »Bernie, es wird höchste Zeit, daß du lernst, daß das Department nicht für dein Wohlergehen da ist. Es steht nirgends, daß alle Einzelheiten einer Operation vorher mit Bernard Samson abgeklärt werden müssen.«

»Ich rede von meiner Frau, Jim«, sagte ich zornig.

»Na schön, ich rede nicht von ihr, weder mit dir noch mit sonst jemand. Und nun halt den Schnabel, und verdufte von hier. Geh nach Hause, vergiß alles, und überlaß es mir, die Scheiße zu beseitigen, die du gebaut hast.«

»Sonst?«

Es gab eine kleine Pause, in der sich unsere Blicke trafen. »Sonst muß ich dich in meinem Bericht erwähnen. Man hat dir gesagt, daß du Dodo in Ruhe lassen sollst, aber du kannst ja nichts und niemanden in Ruhe lassen, nicht wahr, Bernard? Du mußt einfach in alles und jedes deine verdammte Nase stecken.«
»Silas Gaunt hat dich also hergeschickt?«
Er schlug einen Mollakkord an und ließ ihn ausklingen. »Ich habe dir gesagt, du sollst abhauen, also hau endlich ab.« Er klappte den Deckel über die Tasten. »Meinst du, daß du selber fahren kannst?«
Ich kippte den Rest meines Whiskys hinunter und stand auf. Ich war immer noch wacklig auf den Beinen. »Klar, Jim«, sagte ich.
»Um unserer alten Freundschaft willen werde ich dich aus der Sache raushalten. Hör also gut zu: Wenn dich irgend jemand danach fragt – ich meine wirklich jeden –, du bist geradewegs nach Hause gefahren.« Dabei sah er mir in die Augen, und nun lächelte er zum ersten Mal ein wenig, wenn auch ohne großen Nachdruck. »Kein Wort über mich.« Ich dachte, er würde mir die Hand geben, doch er wandte sich ab und stieß Dodos reglosen Körper mit der Schuhspitze an. »Na komm, Dodo«, sagte er, »der Kampf ist vorbei.«

21

»Gehen Sie ins Gefängnis!« Es war nicht unerwartet. Bei jedem Glücksspiel gibt es gewisse Zwänge.

Ich frage mich manchmal, ob das Mißtrauen meiner Generation gegen den Kapitalismus nicht an jenen Sonntagnachmittagen geweckt wurde, an denen unsere Eltern uns am Monopoly-Brett bankrott machten und demütigten. Billy und Sally werden solche Traumata erspart bleiben. Wenn wir mal Monopoly spielen, sind dabei die Hauptsache die Geschichten und die Witze, die wir einander erzählen, und das flüchtige Würfeln zwischendurch nur eine kurze Unterbrechung unserer Unterhaltung.

»Gehen Sie ins Gefängnis. Begeben Sie sich direkt dorthin. Gehen Sie nicht über Los.« Na schön.

Das war jetzt meine Familie. Drei Kinder im Prinzip, denn wenn ich Gloria in Gesellschaft meiner Kinder sah, schien sie mir oft wie ein großes Kind. Wie die beiden war sie jenem plötzlichen Stimmungswandel unterworfen, den Kinder für selbstverständlich halten. Ich sah sie prüfend an an jenem Sonntagnachmittag. Der Tag kündigte schon vielversprechend den Frühling an, die Sonne schien von einem blauen Himmel herunter, und wir saßen in der baufälligen Glasveranda, die vor allem schuld daran war, daß Gloria sich für dieses Haus in der Balaklava Road entschieden hatte. Die Topfpflanzen und Blumen, die hier die Regale füllten, waren zwar nicht selbstgezogen, sondern in der Gärtnerei gekauft, aber mit ihnen wirkte die Veranda wie ein üppiges Paradies, und auf Wirkung kam es Gloria am meisten an.

Die Sonne ließ Gloria noch frischer aussehen – nicht allen, aber vielen Frauen tut sie den Gefallen –, und ich hatte meine junge

Freundin nie schöner gesehen als an jenem Tag. Das Sonnenlicht gab ihrem blonden Haar die Farbe blasser Butter und brachte, wenn sie wie jetzt so ansteckend lächelte, die hohen Backenknochen und wunderbaren Zähne aufs schönste zur Geltung. Und trotz meines gegenwärtigen Elends – oder vielleicht deswegen – verliebte ich mich von neuem heftig in sie.

Nicht nur einmal, sondern oft habe ich mich gefragt, wie ich ohne Gloria die furchtbare Zeit nach Fionas Verrat überstanden hätte. Neben ihrer täglichen Arbeit, ihren Studien zur Vorbereitung auf die Universität und ihren Bemühungen, mir den Haushalt zu führen, kümmerte sie sich um meine Kinder und machte sich Sorgen um mich. Vor allem ist es ihr gelungen, mir meine Selbstachtung wiederzugeben, und das zu einem Zeitpunkt, da durch den Weggang Fionas meine männliche Eitelkeit stark angeschlagen war.

Ich nehme an, ich hätte ihr das alles sagen sollen, aber ich habe es nie getan. In schlechten Zeiten, wenn ich Gloria am dringendsten brauchte, hatte ich zu solchen Geständnissen nicht den Nerv, und wenn zwischen uns alles gut lief, dann schienen sie überflüssig zu sein.

»Du kannst jetzt nicht weiter, du sitzt im Gefängnis«, sagte Sally. »Da kommst du erst raus, wenn du zwei Sechser wirfst.«

»Ach richtig, ich bin im Gefängnis«, sagte ich. »Hatte ich ganz vergessen.«

Sally lachte.

Ich fragte mich, ob die Kinder eine Ahnung von den Schwierigkeiten hatten, die mir ihre Mutter hinterließ, als sie überlief. Sie waren immer höflich zu Gloria, manchmal sogar liebevoll, aber die Mutter konnte sie ihnen natürlich nicht ersetzen. Bestenfalls ließen sie Gloria als eine Art ältere Schwester gelten, und auf diesem Zugeständnis beruhte auch Glorias Autorität. Ich machte mir Sorgen um die drei, und in der Arbeit lief es nicht gut. Dicky Cruyer beklagte sich, daß ich nicht hart genug arbeitete und meinen Schreibtisch nicht leerschaufelte. Ich wandte ein, daß ich nicht an meinem Schreibtisch arbeiten könnte, wenn man mich dauernd als Botenjungen nach Berlin schickte, aber

Dicky lachte nur und sagte, die Spritztouren nach Berlin seien doch die besten Erholungspausen vom alltäglichen Trott. Und Dicky hatte recht. Diese Ausflüge nach Berlin waren mir wichtig. Ich wäre untröstlich gewesen, wenn man mich um diese Gelegenheit gebracht hätte, hin und wieder meine Berliner Freunde zu besuchen.
Aber hatten sich neuerdings alle Leute, denen ich immer vertraut und auf die ich mich verlassen hatte, gegen mich verschworen? Vielleicht wurde ich langsam verrückt; oder war ich's schon? Nachts lag ich wach und versuchte herauszufinden, was da vor sich ging. Die Schlaftabletten, die ich mir aus der Apotheke holte, hatten nicht die gewünschte Wirkung. Stärkere hätte ich mir von einem Arzt verschreiben lassen müssen, und gemäß den Richtlinien für höhere Angestellte muß jeder Arztbesuch gemeldet werden. Schlaflosigkeit schien mir das geringere Übel. So wurde ich von Tag zu Tag schwächer. Am Mittwoch war ich zu der Überzeugung gelangt, daß ich aus dieser scheußlichen Lage nur herauskommen konnte, wenn ich mit jemandem ganz oben sprach. Da der Deputy noch ein grüner Junge und außerdem so etwas wie eine unbekannte Größe war, blieb nur der Director-General, Sir Henry Clevemore. Zu diesem Zweck mußte ich den D. G. natürlich erst einmal auftreiben. Ich nahm mir vor, das vor meinem nächsten Ausflug nach Berlin zu erledigen.
Von seinen Krankenhausaufenthalten abgesehen, lebte Sir Henry in einem protzigen, im Tudorstil erbauten Herrenhaus in der Nähe von Cambridge. In ferner Vergangenheit hatte ich mal ab und zu wichtige Papiere dort hinbringen müssen. Einmal war ich bei dem Alten sogar zum Mittagessen eingeladen. Außer seinen engsten Vertrauten kam so selten jemand zu dieser Ehre, daß Dicky mich anschließend geradezu inquisitorisch ausfragte und sich jedes Wort der Unterhaltung wiederholen ließ.
Wie oft Sir Henry dieser Tage nach London kam, schien auf meiner Etage niemand zu wissen. Allenfalls erinnerte sich dieser oder jener, ihn vor einiger Zeit, gebeugt und mit düsterem Gesicht, den Expreßaufzug betreten gesehen zu haben, der den Alten ohne Zwischenhalt in die oberste Etage beförderte.
Sir Henrys Büro war immer noch dort oben, und man hatte

nichts darin verändert; ein heilloses Durcheinander von alten Büchern, Akten, Nippesfiguren und Souvenirs, die zu häßlich und zu billig waren, als daß er sie in seinem Haus in Cambridge aufbewahren hätte können, andererseits seinem Herzen zu teuer, um sie wegzuschmeißen.

Die unbezwingbare und stets bezaubernde Gloria löste mein Problem, als sie eines Mittags in der Kantine eine Freundin an unseren Tisch rief. Peggy Collier, eine vorzeitig ergraute Dame, die mit Gloria gleich vom ersten Tag an, da sie ihren Dienst bei uns antrat, Freundschaft geschlossen hatte, deutete an, daß Sir Henry jeden Freitag in seinem Büro sei. Sie sagte, jeden Freitagmittag müsse sie eine Kassette mit »dringenden und aktuellen Vorgängen« für den D. G. bereithalten. Die Papiere würden dann durch Kurier zum Cavalry Club in Piccadilly gebracht. Als ich das hörte, fiel mir auch wieder ein, daß im Operationslogbuch an jedem Freitag der Cavalry Club als Kontaktnummer des D. G. angegeben war.

Peggy sagte, die Dokumentenkassette würde stets zwischen fünf und sieben Uhr abends durch Kurier ins Büro zurückgebracht. Die arme alte Peggy nämlich mußte deren Rückkehr abwarten und die vom D. G. durchgesehenen Akten wieder am richtigen Platz einordnen. Manchmal – viel öfter, als ihr lieb war – kam Peggy deshalb nicht rechtzeitig nach Hause, um ein anständiges Essen zu kochen für ihren Mann Jerry – mit J geschrieben, da der abgekürzte Name nicht Gerald, sondern Jerome war –, der als staatlich geprüfter Buchhalter bei der örtlichen Zweigstelle des Finanzamtes arbeitete und deshalb immer früh zu Hause war, auch weil er nicht diese lange Zugfahrt hatte, die Peggy täglich zweimal erdulden mußte wegen der unverschämten Mieten, die überall in der Nähe des Zentrums verlangt wurden, als wenn die Miete, die sie da draußen zahlten, wo sie neben Jerrys Mutter wohnten, nicht schon happig genug wäre. Und wer will schon nach einem harten, langen Arbeitstag mit kalter Küche abgespeist werden? Obwohl ja die Zubereitung eines kalten Abendbrots auch nicht viel schneller geht als die eines anständigen warmen Essens. Und wer kann es sich schon leisten, die Preise zu zahlen, die sie in dem kleinen Laden gerade neben der Bushaltestelle verlangen, der immer bis Mitternacht auf hat – Ausländer führen den, aber man kann gegen diese Leute sagen, was man will, die scheuen jedenfalls harte Arbeit nicht, was man leider von manchen in Pegs Bekanntenkreis nicht sagen kann –, aber wer kann sich die warmen Mahlzeiten zum Mitnehmen, die's da gibt, schon leisten, bei den Preisen, die sie verlangen? Sie haben dort Schweinefleischpasteten, gekochtes Huhn und diese ausländischen Würstchen, die ganz aus Fleisch gemacht sind und die Jerry so gerne ißt, aber Peggy findet, daß sie komisch schmecken wegen der vielen Chemikalien, die da drin sind, jedenfalls schreiben das die Zeitungen, aber kann man wirklich alles glauben, was man in der Zeitung liest?

»Wer macht den Kurier?« fragte ich.

»Jeder, der autorisiert ist, streng geheimes Material zu transportieren.«

»Aha«, sagte ich.

»Und seinen Hund«, sagte sie. »Der Fahrer nimmt die Kassette und den Hund mit. Der Hund geht dann im Green Park spazieren.«

Der Cavalry Club ist nicht einer von diesen »Gentleman's Clubs«, in denen sich heute Schauspieler und Werbefachleute breitmachen. Die einzigen Nichtkavalleristen, denen sich diese heiligen Hallen jemals geöffnet hatten, waren die (nachdem ihr ähnlich exklusiver Club im Januar 1976 hatte geschlossen werden müssen) verwaisten ehemaligen Mitglieder des Guard's Club. Die stille Würde des alten Hauses an dem zur Hyde Park Corner hin gelegenen Ende von Piccadilly macht den elitären und stammesbewußten Mitgliedern alle Ehre. Wenn man erwähnt, daß ihr Club in dem Ruf steht, mehr französischen Champagner zu verbrauchen als irgendein vergleichbares Etablissement, wird man von den geselligen Kavalleristen daran erinnert, daß ihr Haus sich besonderer Beliebtheit als Schauplatz von Regimentsfeiern und privaten Cocktailpartys erfreut, deren fröhlicher Lärm oft bis in den abgeschiedenen, stillen Bezirk der Bibliothek des Clubs dringt.

Sir Henry Clevemore war allein im Schreibzimmer, als ich ihm die Kassette überbrachte. Er hielt sich immer in diesem Raum auf, der im Erdgeschoß lag. Als einziger Raum des Clubhauses ist er direkt von der Straße zugänglich, man kann ihn also betreten, ohne den Haupteingang zu benützen oder Fragen des Pförtners zu beantworten. Hier wurden die Stühle für die Cocktailpartys aufbewahrt sowie ein Billardtisch, den der zuständige Ausschuß nicht dem Sperrmüll übergeben wollte. Der Raum roch nach altem Leder und Politur. Man hörte nichts von einer Cocktailparty, nur die Motoren der Autobusse, die auf der regengepeitschten Straße draußen vorüberkrochen. Sir Henry saß vor einem Schreibpult am Fenster, über ihm an der Wand donnerte mit geblähten Nüstern ein durchgehendes Pferd der Leichten Brigade durch dick aufgetragene Ölfarbe. Unter dem Gemälde, das die Erinnerung jener katastrophalen Kavallerieattacke, bei der die ganze Leichte Brigade draufging, wachhielt, erblickte man hinter Glas und Rahmen getrocknete Blumen aus dem »Tal des Todes« (in das die Leichte Brigade hinabstürmte, damals auf der Krim) und eine Locke aus der Mähne von Wellingtons Lieblingspferd.

»Ach, Sie sind es«, sagte Sir Henry geistesabwesend, als er die Hände nach der Dokumentenkassette ausstreckte.

»Ja, Sir Henry«, sagte ich und gab ihm die Kassette. »Ich hoffe, Sie haben ein paar Minuten Zeit für mich.«

Er runzelte die Stirn, die Kassette vor sich auf dem Pult. So was machte man natürlich nicht. Anständige Leute schlichen sich nicht in jemandes Club ein, um ihm derart die Pistole auf die Brust zu setzen. Immerhin rang er sich ein kurzes Lächeln ab, ehe er in die Tasche griff und einen Schlüssel an einer langen, silbernen Kette zum Vorschein brachte.

»Natürlich, natürlich, großartig, das Vergnügen ist ganz meinerseits.« Er hoffte immer noch, er hätte sich verhört und ich würde mich verabschieden und ihn seinen Akten überlassen.

»Samson, Sir. Aus der Deutschland-Abteilung.«

Er blickte zu mir hoch und rieb sich das Gesicht wie ein Mann, der aus tiefem Schlaf erwacht. Endlich sagte er: »Hmm. Brian Samson. Natürlich.« Er war ein seltsamer alter Knabe, ein schlaksiger, unbeholfener, ausgemergelter Teddybär, dessen

Bärenhaftigkeit durch das rötliche grobe Tweedjackett, das er trug, und sein langes Haar noch betont wurde. Sein Gesicht war faltiger, als ich es in Erinnerung hatte, und seine Gesichtsfarbe war in jenem violetten Ton nachgedunkelt, den manche Krankheiten mit sich bringen.

»Brian Samson war mein Vater, Sir. Ich heiße Bernard Samson.« Der D. G. setzte seine Brille auf und musterte mich fragend. Die Brille hatte seine Frisur in Unordnung gebracht, so daß jetzt über beiden Ohren Haarbüschel wie teuflische Hörner in die Höhe ragten. Die Brillengläser blitzten. Das Gestell war für sein langes, schlaffes Gesicht zu klein und saß nicht richtig auf der Nase.

»Bernard Samson. Ja, ja. Aber natürlich.« Er schloß die Kassette auf, um einen Blick auf die Papiere zu werfen. Er schien sich darauf zu freuen wie ein Kind auf ein neues Spielzeug. Ohne aufzublicken und ohne sonderlichen Eifer sagte er: »Wenn wir diesen Kellner zu fassen kriegen, werden wir Ihnen eine Tasse Kaffee bringen lassen... oder was anderes zum Trinken.«

»Danke, ich möchte nichts, Sir Henry. Ich muß gleich zurück ins Büro, ich fliege heute nachmittag noch nach Berlin.« Ich griff nach dem Deckel der Kassette und drückte sie sachte, aber bestimmt zu.

Staunend sah er auf zu mir. Eine derartige Insubordination kam einem tätlichen Angriff schon sehr nahe, aber ich war geschützt von der glänzenden Ritterrüstung der Selbstgerechten und Unschuldigen. Er ließ sich seinen Ärger nicht anmerken. Er war ein vollendetes Produkt jener britischen Eliteerziehung, deren Ziel die Ausbildung umgänglicher und höflicher Philister zu sein scheint. So bat er mich also, Platz zu nehmen und ihm zu sagen, was ich ihm zu sagen hätte, und mir soviel Zeit zu nehmen, wie ich brauchte.

Im Büro hieß es oft, der Alte sei unzurechnungsfähig, aber meine Vorbehalte, einem verrückten Chef meine Ängste darzulegen, waren bald verschwunden. Ich beschloß, meinen Besuch bei Dodo in Hampton Wick und meine seltsame Begegnung mit Jim Prettyman unter den Tisch fallen zu lassen. Wenn das Department sagte, Jim sei tot, sollte er meinetwegen ruhig tot bleiben. Von Anfang an hörte mir Sir Henry aufmerksam und interessiert zu. Als ich ihm erzählte, was ich über die Gelder in Erfahrung gebracht hatte, die an Bret Rensselaers Firma überwiesen wurden, und erklärte, auf welchen Umwegen sie meines Erachtens nach Berlin gelangt waren, unterbrach er mich wiederholt mit sachlichen Zwischenfragen. Manchmal war er mir weit voraus, und mehr als einmal verstand ich nicht gleich, worauf er mit seinen Fragen hinauswollte. Aber er war ein alter Praktiker und viel zu erfahren, als daß er mir das Ausmaß seiner Kenntnisse oder Ängste offenbart hätte. Das überraschte mich nicht. Ich erwartete vielmehr voll und ganz, daß jeder Director-General jeden Verdacht, seine Angestellten seien Verräter oder hätten sich falsch verhalten, entschieden zurückweisen würde, und ginge es nur darum, daß irgendjemand zu seinem Nachmittagstee regelmäßig einen zweiten Keks bekäme.

»Gärtnern Sie?« fragte er, plötzlich das Thema wechselnd.

»Gärtnern, Sir?«

»Na ja, Gärtnern, Mann, verdammt noch mal.« Er lächelte mir leutselig zu. »Umgraben, Blumen züchten, Büsche, Gemüse, Obst und so.«

Sir Henrys zwanzig Morgen großer Garten fiel mir ein und die Männer, die ich dort bei der Arbeit gesehen hatte. Am Revers trug er eine kleine weiße Rose, ein Hinweis auf seine Herkunft aus dem ländlichen Yorkshire, auf die er so stolz war. »Nein, Sir. Ich gärtnere nicht. Nicht richtig.«

»Ein Mann braucht einen Garten, sage ich immer.« Er sah mich über seine Brillengläser hinweg an. »Haben Sie denn nicht mal ein kleines Stückchen?«

»Doch, ein kleines Stückchen Garten habe ich«, räumte ich ein, da mir jetzt die Wildnis von Unkraut und Brennesseln hinter unserem Häuschen in der Balaklava Road einfiel.

»Juli ist für mich der schönste Monat im Garten, Simpson. Haben Sie eine Ahnung, warum?« Er hob einen Finger.

»Ich fürchte nein, Sir.«

»Im Juli ist alles da, was überhaupt kommen kann. Viele schöne Sachen kann man schon ernten: Himbeeren, rote Johannisbeeren und Kirschen, dazu Bohnen und Frühkartoffeln...« Er hielt inne und sah mich durchdringend an. »Aber wenn irgendwas nicht gekommen ist, nicht aufgegangen ist, vom Regen weggewaschen, beim letzten Nachtfrost erfroren...« Der Finger zeigte nun auf mich. »Es ist noch Zeit, etwas Neues anzupflanzen. Stimmt's? Juli. 's gibt nichts, was man nicht im Juli pflanzen kann, Simpson. Es ist nicht zu spät, noch einmal anzufangen. Können Sie mir jetzt folgen?«

»Ich glaube, ich weiß, was Sie meinen, Sir«, sagte ich.

»Ich liebe meinen Gemüsegarten, Simpson. Es gibt nichts Schöneres, als das zu essen, was man selbst gezogen hat. Sicherlich wissen Sie das.«

»O ja, Sir.«

»Unsere Welt ist wie eine Zwiebel, Simpson«, sagte er vielsagend und bedeutungsschwer, wobei seine Stimme rauh wurde. »Ich meine natürlich das Department. Das habe ich auch schon der Premierministerin erklärt, als sie sich über unsere unorthodoxen Methoden bei mir beschwerte. Jede Zwiebelschale paßt genau auf die nächste, aber jede Schale ist von der nächsten getrennt und unabhängig: eine *terra incognita*. Folgen Sie mir, Simpson?«

»Ja, Sir Henry.«

Derart bestätigt, fuhr er fort: »*Omne ignotum pro magnifico*. Ist Ihnen diese glänzende Einsicht bekannt, Simpson?« Verlassen wollte er sich aber darauf nicht, weshalb er sie mir in einem kurzen Exkurs erläuterte. »Alles Unbekannte wird für wunderbar gehalten. Das ist die Losung des Department, Simpson... Wenigstens die Losung der Burschen von der Bewilligungsstelle.« Er lachte.

»Ja, Sir«, sagte ich. »Tacitus, nicht?«

Die Augen hinter den Brillengläsern schienen plötzlich zu erwachen. Der alte Teddybär räusperte sich. »Arrr. Ja. Tacitus gelesen, was? Wissen Sie noch mehr daraus, Simpson?«

»*Omnium consensu capax imperii nisi imperasset*«, zitierte ich, und nachdem ich ihm einen Augenblick lang Gelegenheit gegeben hatte, das zu verdauen, erklärte ich ihm, seinem Beispiel folgend, was es hieß: »Jedermann hielt ihn für fähig zu herrschen, bis er's versuchte.«

Die wäßrigen Augen sahen mich unverwandt an. »Ha! Ein Volltreffer! Ich verstehe, was Sie meinen, junger Mann. Sie fragen sich, ob ich fähig bin, meine Autorität geltend zu machen. Ist es das?«

»Nein, natürlich nicht, Sir Henry.«

Er kratzte sich an der Nase. »Ob ich sie genügend geltend machen kann, um den Grund für Ihre Sorgen und Ängste aufzuklären.« Er wandte den Kopf ab und hüstelte wohlerzogen.

»Nein, Sir.« Ich erhob mich, um mich von ihm zu verabschieden.

Er blickte zu mir auf. »Keine Angst, mein Junge. Ich werde der Sache nachgehen. Ich werde jeden Aspekt dieser Geschichte unter die Lupe nehmen, bis auch der letzte Schatten jedes Zweifels aufgeklärt ist.«

»Danke, Sir.« Er erhob sich schwerfällig, um mir zum Abschied die Hand zu geben, wobei ihm die Brille von der Nase fiel. Ich fing sie noch rechtzeitig auf. Vermutlich passierte ihm das häufig.

Draußen sah ich auf die Uhr. Es war noch reichlich Zeit, meinen Koffer aus dem Büro abzuholen und in die Ebury Street zu fahren, um Werner abzuholen, denn Werner hatte wieder einmal Einkäufe in London gemacht und den Rückflug nach Tegel in der gleichen Maschine gebucht, die ich nehmen mußte. Ich machte mich also auf den Weg zu Fortnum, um vorher noch eine Tasse Kaffee zu trinken. Ich wollte für einen Augenblick allein sein. Ich brauchte Zeit zum Nachdenken.

Dunkle Wolken jagten über die Kronen der Bäume im Green Park, und der Nieselregen war in windgepeitschte, heftige Schauer übergegangen. Touristen stapften grimmig entschlossen durch den Platzregen. Maler, die auf dem Bürgersteig neben dem Park ihre Werke ausstellten, hatten diese mit Plastikbahnen abgedeckt und hinter der Kolonnade des Ritz Zuflucht gesucht. Als ich am Eingang der U-Bahn-Station Green Park vorüber kam, stülpte der Wind einer eben die Treppe heraufkommenden Frau den Regenschirm um, und einem Mann flog der breitkrem-

pige Filzhut davon, mitten auf die Straße. Der Hut hüpfte wieder hoch, ein Wagen wich ihm aus, doch gleich darauf überrollte ihn ein Bus, und ein Zeitungsverkäufer lachte höhnisch dazu. Ein Donnergrollen ertönte. Es war kalt und naß. Ein durch und durch elender Tag. London im Winter.
Manchen Leuten verschafft es eine perverse Befriedigung, im Regen spazierenzugehen. Man hat dabei eine Privatsphäre, die bei schönem Wetter nicht möglich ist. Die Passanten senken den Kopf und stürzen sich, ohne an irgend etwas anderes als ihr eigenes Elend zu denken, in den Regenguß. Ich ging in Gedanken meine Unterhaltung mit dem Director-General durch und fragte mich, ob ich mich richtig verhalten hatte. Irgendwas an den Reaktionen des alten Mannes war mir seltsam vorgekommen. Nicht, daß er kein Interesse gezeigt hätte. Jedes meiner Worte hatte er auf die Goldwaage gelegt. Aber irgend etwas...
Ich betrat Fortnum durch den Haupteingang, durchquerte die Feinkostabteilung und suchte die Teestube auf. Sie war voller Damen mit blauem Haar und Krokodillederhandtaschen, die alle so aussahen, als würden sie daheim sehnsüchtig von ihren kleinen weißen Hunden erwartet. Vielleicht hatte ich mir auch die falsche Zeit ausgesucht. Ich setzte mich an den Tresen und bestellte eine Tasse Kaffee und ein Stück Blätterteig. Es war köstlich. Ich saß einige Zeit in Gedanken versunken da. Nachdem ich die erste Tasse Kaffee geleert hatte, bestellte ich eine zweite. Und dann endlich fiel mir ein, was mir bei meiner Unterhaltung mit dem Director-General merkwürdig vorgekommen war. Er hatte sich meine unerhörten Spekulationen angehört, ohne Entrüstung oder Zorn zu zeigen; nicht einmal überrascht war er.
Ich mußte jegliches Zeitgefühl verloren haben, denn als ich das nächste Mal auf die Uhr sah, hatte ich kaum mehr Zeit bis zu meiner Verabredung. Aber ich beeilte mich, und als ich in der Ebury Street anlangte, war ich nur ein paar Minuten zu spät. Werner – auf dessen deutsche Pünktlichkeit Verlaß war – erwartete mich vor dem Hotel, die Koffer gepackt, die Rechnung bezahlt, den schwarzen Burberry-Regenmantel zugeknöpft und den Regenschirm aufgespannt. Neben ihm stand ein großer

Pappkarton mit der Aufschrift: »Porzellan. Fragile. Nicht werfen.«

»Entschuldige, Werner«, sagte ich. »Es hat alles ein bißchen länger gedauert, als ich dachte.«

»Die Zeit reicht ja noch dicke«, sagte Werner. Der Fahrer öffnete ihm die Tür und verstaute die Porzellankiste im Kofferraum. Sie schien verdammt schwer zu sein. Werner äußerte sich zu diesem großen und lästigen Gepäckstück nicht. Er legte seinen Regenschirm am Vordersitz neben dem Fahrer ab und nahm dann seinen weichen Filzhut ab, um nachzusehen, ob sein Ticket auch noch da war. Tickets und solche Sachen steckte Werner immer unter das Schweißband in seinem Hut. Er war der einzige Mensch in meiner Bekanntschaft, der das tat.

Der Wagen setzte uns bei der Victoria Station ab, wo die direkten Züge zum Flughafen Gatwick abfuhren. Ein Gepäckträger lud Werners Porzellankiste auf einen Karren, wobei Werner um ihn herumwuselte und aufpaßte, daß der Kiste auch nichts passierte. Der Zug war fast leer. Wir fanden mühelos einen Sitzplatz. Werner trug einen neuen leichten grauen Mohairanzug, in dem er wesentlich verwegener aussah als in seiner bisherigen soliden Aufmachung. Aber er hängte seinen Regenschirm so ans Gepäcknetz, daß er auf den Boden abtropfen konnte, legte Hut und Aktentasche behutsam nebeneinander und faltete seinen Regenmantel sorgfältig zusammen. Egal, wie verwegen er auch aussah, die jahrelange Dressur durch die unbeugsame Zena konnte Werner nicht verleugnen. »Teller, Tassen und so weiter«, sagte Werner und berührte den Karton behutsam mit der Spitze seines blankgeputzten Schuhs.

»Ja«, sagte ich. Mir fiel nichts weiter dazu ein.

Als der Zug abgefahren war, sagte er: »Du wirst in Berlin diesmal wahrscheinlich auch Koby besuchen?«

»Den Langen? Vielleicht.« Koby wohnte in einer heruntergekommenen Wohnung in der Nähe des Potsdamer Platzes und ließ sich von ausländischen Journalisten und Schriftstellern hofieren, die über das »echte Berlin« schrieben. Ich ging nicht öfter hin als unbedingt nötig.

»Wenn dieser Dodo für ihn gearbeitet hat, kann dir Koby doch einiges erzählen.«

Ich hatte Werner nichts davon gesagt, daß ich Prettyman getroffen oder mich mit Dodo herumgeprügelt hatte. Niemandem hatte ich das erzählt. »Vielleicht«, wiederholte ich. »Aber das war doch schon vor langer, langer Zeit, Werner. Dodo war damals nichts weiter als ein bösartiger kleiner Speerträger. Ich kann mir nicht vorstellen, daß Koby irgendwas von Bret und dem Geld und all den Sachen weiß, auf die es wirklich ankommt.«

»Über krumme Sachen weiß Koby immer sehr gut Bescheid«, sagte Werner ohne Bewunderung.

Ich beugte mich zu ihm vor und sagte: »Ich habe dem Alten alles erzählt, was ich weiß... fast alles jedenfalls. Von jetzt an ist die Sache das Problem des D. G., Werner. Sein Problem, nicht meines.«

Werner sah mich an und nickte, als dächte er darüber nach. »Soll das heißen, daß du dich um diese ganze Bret-Affäre überhaupt nicht mehr kümmern willst?«

»Kann schon sein«, gab ich zu.

»Laß die Finger davon, Bernard. Der Fall frißt dich noch auf.«

»Wenn ich nur wüßte, welche Rolle Fiona bei diesem Schwindel gespielt hat.«

»Fiona?«

»Sie hatte Zugang zu dem Geld, Werner. Ich erinnere mich, daß ich die Kontoauszüge in der Schublade gesehen habe, in der sie das Haushaltsbuch und das Geld für Mrs. Dias, unsere Putzfrau, aufbewahrte.«

»Bevor Fiona übergelaufen ist, meinst du?«

»Ja, vor Jahren. Ich suchte die Autoschlüssel... Schneider, von Schild und Weber... Ich wußte, daß mir der verdammte Name schon mal irgendwo begegnet war, und letzte Nacht ist mir eingefallen, wo.«

»Aber weshalb hätte Fiona die Kontoauszüge einer Berliner Bank haben sollen?«

»Damals dachte ich, es wären irgendwelche Unterlagen aus dem Büro... vielleicht sogar Fälschungen. Es waren eine Menge Nullen auf diesen Blättern, Werner. Millionen und Abermillionen Deutsche Mark. Jetzt weiß ich, daß die Dinger echt waren, und daß das Geld ihres war. Oder zumindest hat sie's verwaltet.«

»Fionas Geld? Ein geheimes Konto?«
»Kontoauszüge werden den Kontoinhabern zugeschickt, Werner. Das steht nun mal fest.«
»Jetzt ist es zu spät«, sagte Werner. »Sie ist weg.«
»Ich habe dem Alten alles erzählt, was ich weiß«, wiederholte ich, wie um mich selbst daran zu erinnern. »Von jetzt an ist es sein Problem, Werner. Seins, nicht meins.«
»Das hast du schon mal gesagt«, entgegnete Werner.
»Ich habe Ingrid nicht erwähnt. Es gab keinen Grund, ihm diesen ganzen Zirkus mit ihrer Mutter und Dodo zu erklären.«
»Und diese Geschichte mit deinem Vater auch nicht«, sagte Werner.
»Richtig«, erwiderte ich. »Meinst du, ich hätte ihm das erzählen sollen?«
»Entweder hat das Department autorisiert, was Bret mit dem Geld gemacht hat, oder Bret und Fiona haben es geklaut«, sagte Werner mit der für ihn charakteristischen umwerfenden Direktheit. »Hattest du das Gefühl, daß der Alte in die Sache irgendwie eingeweiht war?«
»Vielleicht ist er der begabteste Schauspieler der Welt, aber er machte den Eindruck, als hörte er die Geschichte zum ersten Mal.«
»Es wird ja behauptet, daß er meschugge ist.«
»Davon habe ich nichts bemerkt.«
»Du hast das Richtige getan, Bernie. Ganz bestimmt. Schlag dir die Geschichte jetzt aus dem Kopf, und hör auf, darüber zu brüten.«
Ich sah zu dem großen Karton hinüber. »Was hast du denn da in London gekauft, für das ich nicht würdig genug bin?«
Er lächelte. »Wir hatten das Gefühl, daß wir dich nicht dauernd für Botendienste einspannen können.«
»So wie es gegenwärtig läuft, komme ich jede Woche einmal nach Berlin. Ich kann dir alles mitbringen, was du brauchst.«
»Ingrid will das Hotel anders einrichten, es soll intimer werden. Sie liebt englische Stoffe, englisches Porzellan, die kleinen Blümchenmuster, weißt du. Sie findet, das Hotel sieht zu ungastlich aus, zu klinisch.«

»Es ist ein Berliner Hotel. Es sieht deutsch aus.«
»Die Zeiten ändern sich, Bernie.«
»Ich dachte, Lisl hätte dir gesagt, ihre Schwester hätte keine Kinder«, sagte ich. »Was hat sie gesagt, als Ingrid auftauchte?«
Er nickte, und dann sagte er: »Lisl wußte von Ingrid, aber Ingrid ist illegitim. Sie hat keinerlei Erbanspruch auf das Hotel.«
»Bist du in Ingrid verliebt?«
»Ich? Verliebt in Ingrid?«
»Keine Ausreden, Werner. Dafür kennen wir einander zu gut.«
»Ja, ich liebe Ingrid.« Werner klang beinahe ängstlich, als er das sagte.
»Weiß Zena davon?« fragte ich.
»Zena wird keinen Ärger machen«, antwortete Werner bestimmt. »Ich gebe ihr einfach eine Menge Geld, dann ist sie schon zufrieden.«
Ich sagte nichts. Er hatte natürlich recht. Dem vernichtenden Nachruf auf seine Ehe mit Zena konnte man nicht widersprechen.
»Zena ist in München. Ich hoffe, daß ihr da jemand über den Weg läuft...« Werner sah mich an und lächelte. »Ja, Ingrid und ich... Wir sind glücklich zusammen. Natürlich braucht alles seine Zeit...«
»Ich finde das wunderbar.«
»Du hast Zena nie gemocht, ich weiß.«
»Ingrid ist eine anziehende Frau, Werner.«
»Magst du sie?«
»Ja, ich mag sie.«
»Sie war nie verheiratet. Vielleicht wird's ihr schwerfallen, sich in ihrem Alter noch an die Ehe zu gewöhnen.«
»Ihr seid doch beide noch jung, Werner, was zum Teufel...«
»Das sagt Ingrid auch«, warf Werner ein.
»Gatwick Airport«, sagte die Stimme des Zugführers über die Lautsprecher. Der Zug verlangsamte die Fahrt.
»Danke, Bernie«, sagte Werner. »Du hast mir geholfen.«
»War mir ein Vergnügen, Werner.«
Das Flugzeug startete planmäßig. Wir flogen mit einer kleinen Gesellschaft, Dan-Air, die Stewardessen lächelten, und es wurde

echter Kaffee serviert. Über der Wolkendecke leuchtete die Sonne. Obwohl der Zug fast leer gewesen war, war das Flugzeug bis auf den letzten Platz besetzt. Ich fragte Werner nach den Fortschritten in Lisls Hotel und bekam einen langen, enthusiastischen Bericht über seine Pläne und die harte Arbeit zu hören. Werner war nicht so eitel, Ingrids Beitrag zu verschweigen. Im Gegenteil, er lobte sie über den grünen Klee. Manchmal schien er mir dabei ein bißchen zu übertreiben, aber ich hörte geduldig zu und gab an den passenden Stellen die richtigen Geräusche von mir. Werner war verliebt, und Verliebte fallen nur denen, die in sie verliebt sind, nicht auf die Nerven.

Ich warf einen Blick aus dem Fenster auf die jetzt sichtbare Landschaft unter uns. Deutschland. Das war unverkennbar. Es mag sein, daß die Europäer sich immer ähnlicher werden in der Wahl ihrer Autos, ihrer Kleider, ihrer Fernsehprogramme und ihrer Fertigmahlzeiten, aber unsere Landschaften verraten, wie wir wirklich sind. Die Bundesrepublik Deutschland ist nirgends mehr ländlich. Die deutsche Landschaft ist überall aufgeräumt, rechtwinklig eingeteilt und bebaut, so daß die Kühe ihren Lebensraum mit Mietshäusern teilen und die Bäume des deutschen Waldes überall den Vergleich mit Fabrikschornsteinen aushalten müssen. Den Städten wird ein gewisses Maß an Begrünung zugeteilt, damit die häßlichen Einkaufszentren nicht so auffallen, aber der Jäger muß sein Wild zwischen den Parkplätzen und Swimmingpools endlos sich erstreckender Vorstädte anpirschen.

Hat man jedoch einmal die Grenze nach Osten passiert, wird die Landschaft einsam und friedlich. In der Deutschen Demokratischen Republik ist das Land noch ländlich, man sieht nicht so viele Autos und Neubauten. Hier sind die Bauernhäuser alt und malerisch, und auf den Äckern werden statt Traktoren oft noch Pferde eingesetzt.

Es war ein wunderschöner Abend, an dem wir da in Berlin (West) landeten, auf dieser glitzernden kleinen kapitalistischen Insel inmitten der grünen See kommunistischer Wiesen. Die rote Sonne stand schon tief. Am östlichen Himmel türmten sich hohe Kumuluswolken, während im Westen graue Gewitterwol-

ken über den Horizont verschmiert waren, als habe ein zorniger Gott versucht, sie auszuradieren.
Als wir die Treppe zum Rollfeld hinabstiegen, trug ich Werners Aktentasche, während er unter der Last seiner Porzellankiste schwitzte. Die übrigen Passagiere waren schon unterwegs zur Paß- und Zollkontrolle.
Berlin-Tegel liegt im französischen Sektor von Berlin. So war die Anwesenheit von vier britischen Militärpolizisten am Rande des Rollfelds auffällig, um nicht zu sagen beunruhigend. Sie waren alle vier auf die unnatürlich tadellose Weise angezogen, die man nur bei der Militärpolizei findet. Ihre Schuhe blitzten, ihre Messingknöpfe funkelten, und ihre Uniformen hatten messerscharfe Bügelfalten an allen Stellen, wo Bügelfalten hingehörten.
Als wäre diese ungewöhnliche Präsenz vier britischer »Redcaps« noch nicht genug, bemerkte ich nun auch noch, daß einer von ihnen ein Captain war. Solche Leute stehen selten in der Öffentlichkeit herum, denn ein Captain der Militärpolizei braucht keinen Streifendienst auf Flughäfen, um aufzupassen, daß seine Rekruten nicht schlampig herumlaufen. Auf dem Vorfeld entdeckte ich zwei britische Armeefahrzeuge, einen khakifarbenen Pkw und einen kleinen Lastwagen. Dahinter stand ein blauer Mannschaftswagen mit dem Wappen der Armée de l'Air. Ein paar Meter weiter war auch noch ein Auto der Berliner Polizei. Die Männer, die wartend darin saßen, trugen Sommeruniformen. Ein ganz nettes Polizeiaufgebot für einen praktisch leeren Flughafen.
Als wir das Vorfeld überquerten, nahmen die vier britischen Militärpolizisten Haltung an und starrten zu uns herüber. Der Captain setzte sich in Marsch und schnitt uns den Weg ab.
»Entschuldigen Sie, Gentlemen«, sagte er. Der britische Captain war ein schüchterner junger Mann, dessen breiter Schnurrbart noch sehr pubertär dünn wirkte. »Wer von Ihnen ist Mr. Samson?«
Ich habe mich später oft gefragt, weshalb Werner, ohne einen Augenblick zu zögern, antwortete: »Ich bin Bernard Samson. Was gibt es, Captain?«

Werner hatte ein Nase dafür, wenn irgendwas nicht stimmte, deshalb sagte er das. Noch bevor mir etwas Ungewöhnliches auffiel, ahnte er schon, daß etwas faul war, und das war wirklich schnell.

»Ich muß Sie bitten, mich zu begleiten«, sagte der Captain. Er warf dem Sergeant einen Blick zu – der war ein untersetzter, kräftiger Mann von ungefähr vierzig Jahren und trug eine schwere Pistole am Koppel –, und der Blickwechsel der beiden verriet mir alles, was ich wissen mußte.

»Sie begleiten?« fragte Werner. »Aber warum?«

»Das sollten wir vielleicht besser im Büro besprechen«, erwiderte der Captain. Er wirkte leicht nervös.

»Ich geh' wohl besser mit, Werner«, sagte Werner, seine Rolle weiterspielend.

Ich nickte. Wieso machte Werners deutscher Akzent die Leute nicht mißtrauisch? Vielleicht war ihnen nicht gesagt worden, daß Bernard Samson Engländer war.

Wie um mir etwas zu beweisen, wandte sich Werner an den Captain und fragte: »Bin ich verhaftet?«

»Also...« sagte der Captain. Offensichtlich hatte man ihm mal erzählt, daß eine Verhaftung in der Öffentlichkeit so etwas wie die letzte Zuflucht sei, etwas, das man nur dann macht, wenn nette Worte nicht mehr weiterhelfen. »Nicht direkt. Ich meine... nur wenn Sie nicht freiwillig mitgehen.«

»Also, wir werden das gleich in Ihrem Büro aufklären. Da muß irgendeine dumme Verwechslung vorliegen«, sagte Werner.

»Zweifellos«, sagte der Captain erleichtert. »Vielleicht kann Ihr Freund Ihnen solange das Paket abnehmen?«

»Ich nehme es«, sagte ich.

Der Captain wandte sich an einen seiner Begleiter und sagte: »Helfen Sie dem Herrn, Corporal. Nehmen Sie ihm das Paket ab.«

Ich hatte Werners Aktentasche unter dem Arm. Sie enthielt seinen Paß und alle möglichen anderen persönlichen Papiere. Wenn sie Werner mit auf die Wache nahmen, konnte es ein, zwei Stunden dauern, bis sie dahinterkamen, daß sie den falschen Mann verhaftet hatten. Ich folgte also dem Corporal und Werners Porzellankiste und überließ Werner seinem Schicksal.

Von einem Militärpolizisten begleitet, passierte ich Zoll und Paßkontrolle, ohne kontrolliert zu werden. Vor der Ankunftshalle standen Taxis. Mein Fahrer war ein unrasierter Jüngling in einem schmutzigen roten T-Shirt, auf dem das Wappen der Harvard University fehl am Platz wirkte. »Ich will zu einer Adresse in der Oranienburger Straße. Ich kenne das Haus vom Sehen, weiß aber die Nummer nicht. Fahren Sie erst mal zum S-Bahnhof Wittenau«, sagte ich langsam und deutlich, in Hörweite meines polizeilichen Begleiters. Daran würden sie erst mal zu beißen haben, denn die Oranienburger Straße ist endlos, geht vom Flughafen bis nach Hermsdorf. Keine Straße, in der man sich unbedingt von Tür zu Tür durchfragen will.
Sobald der Flughafen außer Sicht war, erklärte ich dem Fahrer, daß ich's mir anders überlegt hätte und nun zum Bahnhof Zoo wolle. »Also zum Zoo«, wiederholte der Fahrer. Dabei grinste er mich im Rückspiegel an. Die Umgebung des Bahnhofs Zoo hat den Charakter des Times Square in New York: zentral gelegen, aber bevorzugter Aufenthalt von Randexistenzen. Wenn jemand untertauchen wollte, konnte er dort immer jemanden finden, der ihm dabei half. »Alles klar«, sagte der Fahrer. Er dachte sich wahrscheinlich, daß ich die Militärpolizei abhängen wollte, und das fand er gut.
Ja, dachte ich, alles ist klar. Kaum hatte ich ihm mein Herz ausgeschüttet, hatte der verdammte D. G. angeordnet, mich in Berlin zu verhaften. Schlau von ihm, das in Berlin machen zu lassen. Hier war das Militär König. Hier gab es keine bürgerliche Freiheit, die nicht durch Verordnungen, die noch aus der Kriegszeit datierten, außer Kraft gesetzt werden konnte. Hier konnte man mich einfach einsperren und schmoren lassen. Ja, alles klar, Sir Henry. Ich hänge an der Angel.

22

Ich habe keine Ahnung, was ich eigentlich erreichen wollte, außer genug Zeit zu gewinnen, meine Gedanken zu sammeln und auf irgendeinen rettenden Einfall zu warten.

Den Gedanken, mir die stumpfnasige 38er Smith & Wesson und die fünfhundert Pfund in verschiedenen Währungen und kleinen Scheinen, die ich immer in Lisls Hotelsafe aufbewahrt hatte, aus dem Schließfach zu holen, in das ich sie kürzlich transferiert hatte, verwarf ich. Weder bares Geld noch Pulver und Blei würden mir was nützen, wenn das Department hinter mir her war. Ich ließ auch den österreichischen Paß im Futter des Koffers in dem möblierten Zimmer in Marienfelde. Zwar konnte ich mich in einen Österreicher verwandeln, wenn ich meine Stimme eine Oktave anhob und mir beim Sprechen die Nase zuhielt. Aber wozu. Spätestens am Montag würden allen Polizeistellen gute Fotos von mir vorliegen, und dann war es egal, ob ich Österreicher war oder nicht.

Ein Taxi lieferte Werners Porzellankiste im Hotel ab mit einer Nachricht für Ingrid Winter, daß Werner und ich noch zusammen ins Kino gegangen seien.

Jeder, der uns kannte, würde allein eine solche Vorstellung für absurd halten. Aber Ingrid kannte uns noch nicht so gut, und mir fiel kein besserer Vorwand ein, der sie wenigstens zwei, drei Stunden davon abhalten könnte, Nachforschungen anzustellen.

Nicht alles, was ich tat, war so wohlüberlegt. Wie von einem Dämon aus meiner wildbewegten Vergangenheit gehetzt, nahm ich ein zweites Taxi und ließ mich zum Checkpoint Charlie fahren. Es war schon fast Nacht, aber meine Welt neigte sich zur

Sonne und war nicht dunkel. Mein Taxi kroch in der Budapester Straße durch die Horden von müden Touristen, die, Popcorn und Curry-Wurst mampfend, um das längst nicht mehr sensationelle Neon- und Betonwunder des Europa Center herumschlenderten.

»Checkpoint Charlie?« fragte der Fahrer sicherheitshalber noch einmal nach.

»Ja«, sagte ich.

Wir fuhren am Landwehrkanal entlang nach Osten. Das Ufer war menschenleer, obwohl hier mehr geschichtsträchtige Bauten standen als am Kurfürstendamm. Hinter jener dunklen Fassade saß vor noch nicht allzu vielen Jahren der Chef der deutschen Spionageabwehr, Admiral Canaris, und sann darauf, seinen Herrn und Meister zu stürzen. In einem der größtenteils noch zu wilhelminischen Zeiten errichteten neobarocken Paläste, die hier den Zweiten Weltkrieg überstanden hatten, befand sich das Oberkommando des Heeres, und auf einem der Höfe darin wurde Stauffenberg nach dem gescheiterten Putsch erschossen.

Bald hatten wir das dunkle Kanalufer hinter uns gelassen und waren in Kreuzberg. Beim Anhalter Bahnhof fuhr das Taxi am Café Leuschner vorbei, ein Stück die Kochstraße entlang – Berlins Fleet Street – und bog schließlich in die Friedrichstraße ein, von der man geradeaus ins Herz von Ost-Berlin sehen kann. Ich bezahlte das Taxi und erkundigte mich umständlich bei dem amerikanischen Soldaten in der nun schon seit vierzig Jahren behelfsmäßig aufgestellten Wachbaracke, zu welcher Zeit der Grenzübergang geschlossen würde. Durchgehend geöffnet sei der Checkpoint Charlie, bekam ich zur Antwort, Tag und Nacht! Er würde sich später bestimmt an mich erinnern. Wenn ich für die britische Militärpolizei eine Spur hinterlassen wollte, mußte ich dafür sorgen, daß sie deutlich war. Das Department würde zwar auf meine Finten nicht hereinfallen, aber ehe die sich der Sache annahmen, konnte noch einige Zeit vergehen. Es war Freitag abend. Und so mußte Dicky Cruyer irgendwo aufgetrieben werden, wo Jagd und Fischfang ausgezeichnet, die Telefonverbindungen aber miserabel waren.

Auf der Westseite lungerten am Checkpoint Charlie nur ein paar westalliierte Soldaten herum, aber jenseits der Mauer wimmelte es von Bewaffneten, deren Uniformen an diejenigen der einstigen Deutschen Wehrmacht erinnerten. Ich gab meinen Paß einem mürrischen Grenzposten, der ihn einem Vorgesetzten reichte, welcher ihn durch einen Spalt in eine den Blicken der Reisenden verborgene Kammer schob. Dort wurde das Dokument mit Sicherheit fotografiert und auf etwaige geheime Markierungen untersucht. Diese besitzergreifende Haltung gegenüber Ausweispapieren ist typisch für Bürokraten. Ich glaube, Grenzkontrollbeamte betrachten Pässe und Dokumente als Botschaften von anderen Bürokraten in anderen Ländern. Die Inhaber dieser Papiere sind nur die unwürdigen Überbringer.
Ich tauschte den vorgeschriebenen Betrag Westgeld zum amtlichen Wechselkurs in Ostgeld um, was jedesmal ein schlechtes Geschäft war. Wachhabende gingen auf und ab. Touristen standen Schlange. Spiegel auf Rädern wurden unter die Autobusse und Privatwagen gerollt, die den Schlagbaum passierten. Ein neuer glänzender schwarzer Mercedes mit dem Stander einer entlegenen und verarmten afrikanischen Nation stand an einer Schranke hinter einem Jeep der U.S. Army, der das Recht der Siegermächte, in beiden Teilen der Stadt zu patrouillieren, demonstrierte. Die DDR-Wachen waren immer langsam. Alles brauchte seine Zeit. Insbesondere hier. Es sollte mich nicht wundern, wenn Ostberlin noch orthodoxen Marxismus-Leninismus praktizieren würde, lange nachdem überall sonst die Illusionen dieser Ideologie schon auf dem von Marxisten so gern beschworenen Abfallhaufen der Geschichte zur letzten Ruhe gebettet sind. Die Deutschen sind ja auch ihrem Kaiser und dann ihrem Führer länger treu gewesen, als es gut für sie war.
Vom Checkpoint Charlie ist es, auf der Friedrichstraße nach Norden, nicht weit zum Bahnhof Friedrichstraße. Dort verkehren nebeneinander die Fernzüge zwischen Paris und Warschau und die S-Bahn-Züge zwischen West-Berlin und Ost-Berlin. Während ich die Friedrichstraße entlangging – vorbei an den geschwärzten, seit dem Krieg noch nicht restaurierten und angeblich im Besitz irgendwelcher mysteriöser Schweizer

Firmen stehenden Häusern, Firmen, mit denen es sich nicht einmal die DDR verderben wollte –, fiel mir dummerweise zu spät ein, daß man selbst für diese Strecke ein Taxi nehmen sollte, wenn man es eilig hat.

An der S-Bahn-Station Friedrichstraße erwartete mich eine weitere Demonstration der weder Mühe noch Kosten scheuenden Sorgfalt, mit der der erste Arbeiter-und-Bauern-Staat auf deutschem Boden über seine Grenzen wachte. Bei der Ausreise wurde natürlich noch sorgfältiger kontrolliert als bei der Einreise, und es dauerte eine kleine Ewigkeit, bis man mich passieren ließ.

Endlich stand ich oben auf dem windigen Bahnsteig und stieg in den klapprigen, funzelig beleuchteten Zug – vielleicht derselbe Zug, der auf dieser Strecke schon zur Olympiade des Jahres 1936 gefahren war. Ich saß allein im Abteil. Innerhalb weniger Minuten rollte der Zug über die Staatsgrenze der DDR wieder nach West-Berlin zurück. Am Alexanderufer hatte man eine eindrucksvolle Aussicht auf den »antifaschistischen Schutzwall«, hier mit spanischen Reitern und anderen Schikanen besonders eindrucksvoll ausgestattet, vielleicht zur Abschreckung.

Am Bahnhof Zoo stieg ich aus und wartete auf den Zug nach Wannsee, der am Bahnhof Grunewald hält. Mit der Bahn war ich schneller als mit dem Taxi, das um diese Zeit im dichten Verkehr auf dem Ku'damm steckenbleiben würde. Zu Franks Haus ging ich zu Fuß. Ich näherte mich dem Haus vorsichtig, wenn es auch nicht sehr wahrscheinlich war, daß man mir dort auflauerte. Normalerweise wurden zunächst die Grenzübergänge und der Flughafen besetzt. Das an einem Freitagabend und kurzfristig zu organisieren würde die Herrschaften fürs erste vollauf beschäftigen. Frank als der Chef der Berliner Außenstelle stand bereits unter dem besonderen Schutz der Berliner Polizei. Ich nahm an, daß die Verantwortlichen es nicht für nötig halten würden, zusätzlich einen Patrouillenwagen mit dreifacher Besetzung rund um die Uhr vor seine Haustür zu stellen. Ich galt wahrscheinlich als Flüchtling der Sonderkategorie drei: »möglicherweise bewaffnet, aber nicht gefährlich«.

Axel Mauser, einer meiner Berliner Schulkameraden, hat mir als erster gezeigt, wie man an Regenrinnen hochklettert. Bis ich bei ihm in die Lehre ging, hatte ich mich immer mit den Händen hochgezogen, und dementsprechend grauenhaft sahen meine Kleider anschließend aus. Axel aber sagte: »An Tauen klettert man mit den Händen hoch, an einer Regenrinne mit den Füßen.« Und er zeigte mir, wie's die Einbrecher machen, damit die Hände sauber bleiben. Ich weiß nicht, wer ihn das gelehrt hatte, vermutlich sein Vater. Rolf Mauser arbeitete in Lisls Hotel. Er war ein skrupelloser alter Halunke. Rolf würde ich fast alles zutrauen.
Daran dachte ich, als ich zum Fenster von Franks Badezimmer neben dem Schlafzimmer an der Rückseite seines großen Hauses in Grunewald hinaufkletterte. An der Rückseite des Hauses gab es keine Alarmanlagen. Ich wußte das, weil ich bei der Installation der Alarmanlagen in Franks Haus selbst mitgeholfen hatte. Ich wußte auch, daß ich das Badezimmerfenster nur angelehnt, nicht verriegelt finden würde. Frank war ein Frischluftfanatiker. Er hatte mir oft genug gepredigt, wie ungesund es sei, die Schlafzimmerfenster zu schließen, selbst bei kaltem Wetter. Manchmal glaube ich, daß das einer der Gründe ist, weshalb seine Frau nicht mehr mit ihm zusammenlebt. Sie hatte einfach die Nase voll von der eisigen Frischluft im Schlafzimmer. Als ich das einmal Fiona gegenüber vermutet hatte, sagte die zwar, das sei doch lächerlich, aber ich fand es überhaupt nicht lächerlich. Ich kann kalte Schlafzimmer nicht ausstehen. Ungesunde Wärme ist mir lieber.
Frank war natürlich nicht im Bett. Ich hatte das auch nicht erwartet. Deshalb stieg ich ja durchs Fenster ein. Zuerst einmal mußte ich jedoch tausendundeine Flaschen, Tuben und Dosen mit Badeöl, Rasierseife, Shampoo, Zahncreme und weiß der Teufel was noch allem auf dem Fensterbrett vorsichtig zur Seite schieben. Wozu brauchte Frank bloß dieses ganze Zeug? Oder waren das die Hinterlassenschaften seiner Freundinnen?
Endlich konnte ich vom Rahmen aufs Fensterbrett steigen und von dort aus in die Badewanne... Du meine Güte, es war Wasser in der Badewanne. Eine ganze Menge! Konnte dieser verdamm-

te Tarrant nicht mal dafür sorgen, daß der Abfluß im Bad anständig funktionierte? Ich hatte den Schuh voll Seifenwasser. Ekelhaft! Ich mochte Franks Diener nicht, und das Gefühl wurde erwidert. Wenn ich genauer darüber nachdachte, dann war der Hauptbeweggrund, warum ich nicht einfach an die Haustür klopfte, mein Mißtrauen gegen diesen Tarrant. Wenn er mich gesehen hätte, in der Klemme, in der ich jetzt steckte, würde es drei Minuten dauern, und er hätte sich an die Strippe gehängt und mich verpfiffen. Weniger als drei Minuten. Dreißig Sekunden.

Frank war unten. Ich wußte, wo er war. Ich wußte das schon, als ich auf dem Rasen hinter dem Haus an der Regenrinne hochsah. Er saß im Wohnzimmer und hörte seine Duke-Ellington-Platten. Das machte Frank fast immer, wenn er allein zu Hause war. Volle Lautstärke, so daß man Schlagzeug und Blechbläser noch an der nächsten Straßenecke hörte. Frank sagte, daß man diese alten Platten nur dann richtig genießen könne, wenn man sie so laut spielte, wie die Kapellen bei der Aufnahme gespielt hatten, aber ich glaube, Frank wurde allmählich taub.

Es war die Besetzung von 1940 – meiner Meinung nach die beste, die Ellington jemals hatte, Frank war anderer Meinung –, und sie spielte »Cotton Tail«. Kein Wunder, daß Frank nicht hörte, wie ich ins Zimmer kam. Ich hätte einen Mähdrescher über die Schwelle fahren können, und auch das hätte Frank beim Genuß dieses dröhnenden Swing nicht gestört.

Frank saß auf einem Stuhl genau zwischen zwei turmhohen Lautsprechern. Er trug einen gelben Pullover und einen Seidenschal mit Paisley-Muster um den Hals, dessen Enden in den offenen Hemdkragen gesteckt waren. Er hätte eine Rolle in einer von Noël Cowards Gesellschaftskomödien spielen können, nur die große gebogene Tabakpfeife in seiner Faust und die stinkenden Rauchwolken, die mich zum Husten reizten, paßten nicht dazu. Er saß über eine Schallplatte gebeugt und entzifferte die kleine Schrift auf dem Label. Ich wartete, bis er aufblickte.

»Hallo, Frank«, sagte ich so beiläufig, wie ich konnte.

»Hallo, Bernard«, sagte Frank und hob warnend die Pfeife. »Hör dir Ben Webster an.«

Anhören. Was hätte ich sonst tun sollen? Das Tenorsaxophonsolo ging mir durch den Schädel wie ein Elektrobohrer. Doch als endlich der unsterbliche Webster fertig war, drehte Frank den Ton leiser, bis er nur noch laut war.
»Whisky, Bernard?« fragte er. Er goß mir bereits einen ein.
»Danke«, sagte ich dankbar.
»Du bist mir immer willkommen, Bernard. Aber ich wünschte, du würdest einfach an die Haustür klopfen wie andere Besucher auch.«
Wenn Frank wußte, daß es einen Haftbefehl gegen mich gab, dann war er jedenfalls ganz schön gelassen. »Warum?« fragte ich und trank einen Schluck Whisky. Laphroaig. Frank wußte, daß ich den besonders gern trank.
»Damit du mir den Teppich nicht so versaust«, sagte Frank mit einem flüchtigen Lächeln, das seinen Vorwurf wieder zurücknehmen sollte.
Ich sah mir den Teppich an. Mein nasser Schuh hatte Spuren hinterlassen. Man konnte ihnen bis zur Tür folgen, und höchstwahrscheinlich durchs ganze Haus. »Tut mir leid, Frank.«
»Warum mußt du eigentlich jeden Gaul vom Schwanz her aufzäumen, Bernard? Damit machst du deinen Freunden das Leben verdammt schwer.« Frank hatte seine Vaterrolle immer ernst genommen, und er bewies das, indem er immer zur Stelle war, wenn ich ihn brauchte. Manchmal fragte ich mich, was für ein Mann mein Vater gewesen sein mochte, eine so tiefe und treue Freundschaft zu verdienen, von deren Kapital ich jetzt noch zehrte. »Du bist inzwischen zu alt dafür, durch das verdammte Badezimmer einzusteigen. Du hast das als kleiner Junge immer gemacht. Weißt du noch?«
»So?«
»Ich habe extra das Licht angelassen, damit du nicht noch vom Fensterbrett fällst und dir den Hals brichst.«
»Hast du gehört, was passiert ist?« fragte ich. Franks ausweichendes Gerede konnte ich keinen Augenblick länger ertragen.
»Ich wußte, daß du zu mir kommen würdest«, sagte Frank und kam, die Whiskyflasche in der Hand, auf mich zu. Er konnte sich's nicht verkneifen. Es war die Sorte selbstzufriedener Be-

hauptungen, die ich oft genug von meiner Mutter gehört hatte. Warum mußte er so ein altes Weib sein? Sah er nicht, daß er damit alles verdarb? Ich ließ mir noch einen Whisky einschenken. Es war ein Wunder, daß er mir noch nicht gesagt hatte, ich würde zu viel trinken, aber früher oder später würde er auch das in die Unterhaltung einzuflechten wissen.

»Wann hast du es gehört?« fragte ich.

»Daß der Alte angeordnet hat, dich zu schnappen? Ich habe ein ›vertrauliches‹ Fernschreiben deswegen gekriegt, so gegen vier. Aber etwas später wurde die Anordnung widerrufen.« Er lächelte. »Man merkte an der Formulierung, daß irgendjemand in London meinte, der Alte sei jetzt völlig durchgedreht. Dann, ungefähr eine Stunde später, wurde die Anordnung wiederholt. Diesmal mit der Unterschrift nicht nur des D. G., sondern auch des Deputy.« Er blickte auf den Teppich. »Das ist doch hoffentlich kein Fett?«

»Es ist Wasser«, sagte ich.

»Wenn es Fett oder Öl ist, sag's lieber gleich, damit ich Tarrant einen Zettel hinlegen kann, daß er sich schleunigst darum kümmern muß, ehe sich das Zeugs im Gewebe festsetzt.«

»Ich habe dir doch gesagt, daß es Wasser ist, Frank.«

»Nun reg dich doch nicht gleich auf, Bernard.«

»Der Haftbefehl gegen mich ist also nicht aufgehoben?«

»Leider nein. Deine List mit deinem Freund Werner Volkmann hat die Militärs nicht lange zum Narren gehalten.«

»Lange genug.«

»Damit du abhauen konntest, ja. Aber Captain Berry hat einen Mordsanpfiff kassiert.«

»Captain Berry?«

»Na, der junge Captain der Militärpolizei. Wie ich höre, will der kommandierende General ihn deswegen vors Kriegsgericht bringen. Armes Schwein.«

»Captain Berry soll sich zum Teufel scheren«, sagte ich. »Für Militärpolizisten, die mich in den Bau bringen wollen, vergieß' ich wirklich keine Tränen.« Ich sah auf die Uhr, die auf dem Kaminsims stand. Frank, der meinem Blick gefolgt war, sagte: »Hier werden sie dich nicht suchen.«

»Was soll das Ganze eigentlich, Frank?«
»Ich hoffte, das könntest du mir erklären, Bernard.«
»Ich war beim Alten und hab' ihm die Geschichte von Bret Rensselaer und den Bankkonten erzählt.«
»Ich dachte, du hättest endlich aufgehört mit diesem Quatsch«, sagte Frank müde.
»Haben sie dir gesagt, was sie mir vorwerfen?«
»Nein.«
»Wollten sie mich hier einbuchten oder in die Heimat zurückverfrachten?«
»Keine Ahnung, Bernard. Ich weiß es wirklich nicht.«
»Du bist der Leiter der Berliner Außenstelle des Department.«
»Ich sage dir die Wahrheit, Bernard. Verdammt noch mal, ich habe nicht den leisesten Schimmer.«
»Es geht um Fiona, stimmt's?«
»Fiona?« fragte Frank. Er schien ehrlich verdutzt.
»Arbeitet Fiona noch für das Department?«
Das nahm ihm den Wind aus den Segeln. Er nahm einen Schluck aus seinem Glas und sah mich lange an. Jedenfalls kam's mir lange vor. Endlich sagte er: »Ich wünschte, ich könnte ja sagen, Bernard. Wirklich.«
»Das ist nämlich die einzige Lösung, die einen Sinn ergibt.«
»Wie das?«
»Was soll Bret Rensselaer mit zig Millionen Dollar anfangen?«
»Ach, da fällt mir alles mögliche ein«, sagte Frank. Er hatte Bret Rensselaer nie besonders gemocht.
»Geld. Du weißt doch, wie ängstlich das Department seine Ausgaben überwacht. Kannst du wirklich glauben, daß bei der Hauptkasse Millionen so einfach verschüttgehen können, ohne daß sich irgend jemand erinnert, wo sie hingekommen sind?«
»Hmm.« Er zog an seiner Pfeife und dachte darüber nach.
Ich sagte: »Dieses Geld liegt auf geheimen Konten für Zahlungen bereit. Für Zahlungen, Frank.«
»In Kalifornien.«
»Nein. Nicht in Kalifornien. Als ich mich mit Bret in Kalifornien unterhielt, hat das niemanden aufgeregt, außer die Amerikaner. Die allgemeine Aufregung fing erst an, als ich das Geld hierher nach Berlin verfolgt hatte.«

»Berlin?«
»Das haben sie dir also nicht erzählt? Schneider, von Schild und Weber, am Kurfürstendamm.«
Er berührte seinen Schnurrbart mit dem Mundstück seiner Pfeife. »Trotzdem, ich weiß noch immer nicht...«
»Nimm doch mal an, Fionas Überlaufen sei nur der Schlußpunkt eines langfristigen Plans. Nimm an, daß sie da drüben in Ost-Berlin ihre eigene Sache aufzieht. Sie würde eine Menge Geld brauchen, und zwar genau hier, in Berlin, wo leicht ranzukommen ist.«
»Um ihre eigenen Agenten zu bezahlen?«
»Mann, Frank, ich muß dir doch nicht erst erzählen, wozu sie das Geld brauchen würde. Na klar. Für alles mögliche: Agenten, Bestechungen, Spesen. Du weißt, was da zusammenkommt.«
Frank legte mir die Hand auf die Schulter. »Ich wünschte, ich könnte das glauben. Aber ich bin der Leiter der Dienststelle hier, wie du vorhin gesagt hast. Niemand könnte ohne meine Einwilligung dorthin versetzt werden. Das weißt du, Bernard. Hör auf, dir etwas vorzumachen, das paßt nicht zu dir.«
»Nimm doch mal an, die Sache wäre sehr geheim. Bret Rensselaer als ihr Führungsoffizier...«
»Und der D. G. ließe die Operation direkt vom Kabinett autorisieren? Die Erklärung ist genial, aber ich fürchte, die Wahrheit ist einfacher und weniger angenehm.« Er blies eine Qualmwolke aus. »Der Leiter der Berliner Außenstelle wird immer informiert. Über diese Verfahrensregel würde sich nicht mal der D. G. hinwegsetzen. Das war schon immer so, schon als dein Vater noch dabei war. Das wäre das erste Mal.«
»Genauso, wie man zum ersten Mal einen hochrangigen Mitarbeiter des Department am Flughafen verhaften läßt«, sagte ich.
»Der D. G. ist kein Hasardeur. Ich kenne ihn, Bernard. Wir sind im Krieg zusammen in der Ausbildung gewesen. Er ist übertrieben vorsichtig. Auf einen derart abenteuerlichen Plan würde der sich nie und nimmer einlassen.«
»Einen Agenten ganz oben beim Stasi einzuschleusen? Einen Agenten, dem man traut, auf der höchsten Ebene? Denn da ist Fiona doch gelandet, du selbst hast mir das gesagt.«

»Beruhige dich, Bernard. Ich kann verstehen, warum dir die Vorstellung gefällt. Fiona wäre rehabilitiert, und du hättest ganz auf eigene Faust das bestgehütete Geheimnis des Department gelüftet.«

Und außerdem, hätte er hinzufügen können, wäre aus Fionas Liebhaber Bret so ihr Kollege geworden. »Und was ist deine Erklärung?« fragte ich.

»Eine trostlos langweilige, fürchte ich. Aber nach einem bei diesem Geschäft verbrachten Leben findet man rückblickend, daß man immer wieder bizarren Erklärungen nachgelaufen ist, während die Wahrheit banal und offensichtlich war und man die ganze Zeit mit der Nase hätte draufstoßen können.«

»Daß Fiona Haus und Kinder verläßt und beim Stasi in den Dienst geht? Daß Bret das Department um Millionenbeträge betrügt, während er in Kalifornien sitzt und den armen Mann spielt? Daß Prettyman aus Washington zurückbeordert und seiner Frau erzählt wird, er sei umgelegt worden? Daß Onkel Silas mir erzählt, was für ein toller Mann Dodo ist, um gleich darauf zu veranlassen, daß er fertiggemacht und zum Schweigen gebracht wird? Nur war ich zuerst da. Daß ein Haftbefehl gegen mich rausgeht, weil ich dem D. G. darüber berichtet habe? Sind das die trostlos langweiligen Erklärungen, die der Wahrheit entsprechen?«

Frank sah mich an. Silas Gaunts Doppelspiel hatte ich jetzt zum ersten Mal erwähnt – nicht einmal Werner wußte davon –, und ich beobachtete Frank genau. Er nickte, als ginge er in Gedanken noch mal alles durch, was ich gesagt hatte, schien aber nicht überrascht. »Der Haftbefehl ist jedenfalls rausgegangen, ich selbst habe ihn aus dem Fernschreiber gezogen. Willst du ihn sehen?«

»Der Alte will mich verhaften lassen, weil er Angst hat, daß durch meine Fragerei Fionas Tarnung auffliegt. Sie haben mich nach Kalifornien geschickt, nur damit Bret mich überreden könnte, die ganze Sache fallenzulassen. Charles Billingsly wurde nach Hongkong geschickt, weil er vielleicht im Computer auf Brets Scheinfirma gestoßen war. Cindy Prettyman haben sie den Mund gestopft mit einem schönen Job in Straßburg. Weil

Dodo drohte, ihre Geheimnisse auszuplaudern, wurde Prettyman beauftragt, ihm Verschwiegenheit beizubringen.«
»Das sind doch alles nur Zufälle«, sagte Frank. Aber er hörte mir jetzt aufmerksam zu.
»Ich nehme an, sie sind verzweifelt, aber wie verzweifelt sie sind, habe ich erst gemerkt, seitdem ich hier gelandet bin. Als ich mit meinen Fragen zum D. G. ging, ist ihnen erst mal nichts Besseres eingefallen, als mich einzusperren, in der Hoffnung, daß ihnen später eine Idee kommen würde, wie sie mich definitiv zum Schweigen bringen könnten.«
Frank sah mich mitleidig an und sagte: »Setz dich, Bernard, es gibt da noch etwas, das du wissen solltest.«
Ich setzte mich. »Was?« sagte ich.
»Es ist anders, als du denkst. Nach dem zweiten Fernschreiben rief ich in London an und bat um Erläuterung. Ich dachte... unter den Umständen...«
»Du hast mit dem D. G. gesprochen? Heute nachmittag?«
»Das nicht, aber mit dem Deputy.«
»Und?«
»Sir Percy hat es mir im Vertrauen erzählt.«
»Was hat er dir erzählt?«
»Sie haben eine Orange Akte über dich angelegt, Bernard.«
»Über mich?«
Jetzt hätte er noch nein sagen können, aber er tat es nicht. Er sagte: »Ladbrook kommt mit der Maschine morgen früh.«
»Du lieber Himmel!« sagte ich. Eine Orange Akte wird angelegt, wenn jemand vom Department des Verrats beschuldigt wird und glaubhaftes Belastungsmaterial gegen ihn bereits vorliegt. Ladbrook ist der leitende Ermittlungsbeamte. Ladbrook bereitet die Anklage vor.
»Verstehst du jetzt?«
»Du glaubst mir noch immer nicht, was, Frank?«
»Ich wage nicht, dir zu glauben«, sagte er.
»Was?«
»Ich würde lieber glauben, daß der Verdacht gegen dich begründet ist, als daß Fiona da drüben ein doppeltes Spiel spielt. Besonders jetzt, nachdem du dieses Gerede in Gang gesetzt hast.

Hast du darüber nachgedacht, was du da sagst? Hast du dir mal überlegt, was es für Fiona bedeutet, wenn die drüben was spitzkriegen? Dich würden sie hier ins Gefängnis stecken – aber wenn da drüben rauskäme, daß sie, in ihrer Stellung dort...« Er schwieg. Wir dachten beide an Melnikow, der mit einem von Silas' Agentennetzen in Verbindung gestanden hatte. Mehr als ein Dutzend Augenzeugen konnten berichten, wie Melnikow lebendigen Leibes in einen Hochofen gesteckt worden war. Der KGB hatte Wert darauf gelegt, daß die Geschichte sich herumsprach. »Paß ja auf, daß du mit deiner Verteidigung nicht deiner Frau das Todesurteil sprichst«, sagte Frank. »Ob, was du sagst, nun der Wahrheit entspricht oder nicht.«

Ich setzte mich wieder. Es ging mir alles zu schnell. Mir war speiübel, aber es gelang mir, den Brechreiz zu unterdrücken, und ich sah auf die Uhr. »Zeit, daß ich verdufte.« Ich haßte dieses Zimmer. Hier schienen mir immer die schlimmsten Sachen zu passieren. Aber schließlich rannte ich auch jedesmal, wenn mir was Schlimmes passierte, zu Frank. Ich sagte: »Meinst du nicht, daß Tarrant...«

»Ich habe Tarrant für den Abend freigegeben. Kann ich noch irgendwas...«

»Du hast schon getan, was du konntest, Frank.«

»Es tut mir leid, Bernard.«

»Was haben die bloß, Frank? Warum können sie die Jagd nicht einfach abblasen?«

»Was die Wahrheit auch sein mag, eine völlig saubere Unbedenklichkeitsbescheinigung wirst du nie wieder kriegen. Nicht, nachdem deine Frau übergelaufen ist. Das mußt du doch einsehen.«

»Das sehe ich aber nicht ein.«

»Ob deine beunruhigende Theorie nun richtig oder falsch ist, das Department kann einfach das Risiko nicht eingehen, Bernard. Es gab Stimmen genug, die deine Entlassung forderten, kaum daß ihr Weggang bekannt wurde. Und jedesmal, wenn du anfängst, auf eigene Faust herumzuschnüffeln, kriegen sie es mit der Angst zu tun. Du mußt verstehen, Bernard, daß du's ihnen nicht leichtmachst.«

Ich stand auf. »Hast du ein bißchen Geld für mich, Frank?«
»Tausend Pfund, reicht das?«
»Ich hatte nicht damit gerechnet, daß ich schon eine Orange Akte bin. Ich hielt die ganze Sache für eine Art Mißverständnis. Irgendeine übereifrige Interpretation eines Vorschlags des Alten...«
»Es ist hier im Schreibtisch.« Er hatte das Geld so schnell zur Hand wie vorher das Glas und den Laphroaig und das Eis. Er hatte wahrscheinlich alles vorbereitet. Er begleitete mich zur Haustür und sah auf die dunkle Straße hinaus. Vielleicht wollte er sich vergewissern, daß mir niemand auflauerte. »Nimm diesen Schal, Bernard. Verdammt kalt heute abend.« Als ich ihm die Hand schüttelte, sagte er: »Viel Glück, Bernard« und ließ nur zögernd meine Hand los. »Was hast du jetzt vor?« fragte er.
Ich sah über die Häuser und Gärten, sogar von hier aus war der Widerschein der Flutlichtscheinwerfer zu sehen, mit denen die DDR ihre Mauer beleuchtete. Ich zuckte mit den Achseln. Ich wußte es nicht. »Es... es tut mir leid... wegen der Flecken auf dem Teppich.« Dabei nickte ich dankend mit dem Kopf und wandte mich ab.
»Das macht nichts«, sagte Frank. »Solang es kein Fett ist.«

Len Deighton

Gedrillt

Roman

Aus dem Englischen
von Peter Hahlbrock

Vollständige Taschenbuchausgabe Dezember 1992
Droemersche Verlagsanstalt Th. Knaur Nachf., München

Titel der Originalausgabe »Spy Line«

1

»Glasnost versucht, über die Mauer zu flüchten, und wird von einem Maschinengewehr mit Schalldämpfer erwischt«, sagte Kleindorf.
»Das ist der neueste Witz von drüben.« Er sprach eben laut genug, sich gegen den schrillen Klang des Klaviers Gehör zu verschaffen. Er sprach englisch mit amerikanischem Akzent, den er manchmal noch überspitzte.
Ich lachte, so gut ich konnte, nun, da er mir gesagt hatte, daß es ein Witz war. Ich hatte diesen schon früher gehört, nur, Kleindorf konnte einfach keine Witze erzählen, nicht mal, wenn sie gut waren.
Kleindorf nahm die Zigarre aus dem Mund, blies den Rauch zur Decke und streifte die Asche am Aschenbecher ab. Weshalb er so pingelig war, weiß ich nicht; der ganze verdammte Raum war wie ein voller Aschenbecher. Beschwörend stieg der Rauch über seinen Kopf, wand und ringelte sich wie aufgebrachte graue Schlangen, die im Lichtkegel des Scheinwerfers gefangen waren.
Ich lachte zuviel, das ermutigte ihn, es noch mal zu versuchen.
»Hübsche Gesichter sehen alle gleich aus, aber ein häßliches Gesicht ist auf seine eigene Art häßlich.«
»Das hat Tolstoi nie gesagt«, erwiderte ich ihm. Ich war gern bereit, für jeden Clown den Stichwortgeber zu spielen, der mir irgendwas erzählen konnte, was ich wissen wollte.
»Hat er wohl. Als er's gesagt hat, saß er da drüben an der Theke.«
Abgesehen von den Blicken, mit denen er prüfte, wie ich seine Witze aufnahm, ließ er seine Tänzerinnen nicht aus den Augen.

Auf der engen, kleinen Bühne war gerade genug Platz für die fünf großen, appetitlichen Mädchen, doch die am Ende der Reihe mußte schon aufpassen, wohin sie die Beine warf. Rudolf Kleindorf – ›der große Kleine‹, als der er besser bekannt war – bewies die Wahrheit seines kleinen Scherzes. Die Tänzerinnen – mit starrem Lächeln und leerem Blick – unterschieden sich nur durch die Stadien ihrer Cellulitis und die abweichende Wahl der Haarfarbe, über Rudolfs großer, schiefer Nase aber standen erstaunlich wilde und buschige Augenbrauen. Der ständig finstere Ausdruck und die stets in dunklen Ringen liegenden Augen gaben dem Gesicht, dem man ansah, daß er schon viele Körper verbraucht hatte, nicht zuletzt seinen eigenen, etwas Einzigartiges.

Ich sah auf meine Uhr. Es war fast vier Uhr früh. Ich war schmutzig, unrasiert und roch schlecht. Ich brauchte ein heißes Bad und frische Wäsche. »Ich bin müde«, sagte ich. »Ich brauch' ein wenig Schlaf.«

Kleindorf nahm die lange Zigarre aus dem Mund, blies Rauch aus und schrie: »Gleich weiter zu ›Singing in the rain‹, holt die Regenschirme!« Das Klavier verstummte plötzlich, und die Tänzerinnen sanken mit lautem Stöhnen in sich zusammen, beugten, streckten und lehnten sich an die Dekoration wie aus einer Spielzeugkiste gekippte Stoffpuppen. Ihre Körper glänzten vor Schweiß. »Was ist das bloß für ein Geschäft, wo ich um drei Uhr morgens arbeiten muß«, klagte er und ließ unter der gestärkten Leinenmanschette eine goldene Rolex vorblitzen. Er war ein Stimmungen unterworfener, geheimnisvoller Mann, und man erzählte alle möglichen Geschichten von seinen Launen und seiner Neigung zu Wutausbrüchen.

Ich sah mich im ›Babylon‹ um. Es war düster. Die Ventilatoren waren abgeschaltet, und wie überall in solchen Lokalen noch lange, nachdem die Gäste gegangen sind, roch es nach Schweiß, billigen Kosmetika, kaltem Rauch und verschütteten Alkoholika. Die lange verchromte und verspiegelte Bar, wo jeder erdenkliche Schnaps glitzerte, war vergittert und abgeschlossen. Ihre Gäste waren weitergezogen in andere Lokale, denn in Berlin gibt es viele, wo der Betrieb erst um drei Uhr früh richtig losgeht. Jetzt wurde es kalt im ›Babylon‹. Während des Krieges hatte man diesen Keller mit Stahlträgern verstärkt und ihn als Luftschutzkeller benutzt, und dieser Kriegsbeton schien eisige Feuchtigkeit abzusondern. Zwei Straßen weiter an der Potsdamer hatte ein solcher Keller Berlin jahrelang mit Zuchtchampignons versorgt, bis es die Gesundheitsbehörde verbot.

Das ›Karneval-Finale‹ hatte alles durcheinandergebracht. Luftschlangen überzogen Tische mit einem Wirrwarr aus Weinflaschen und Gläsern. Überall waren Luftballons – von denen manche schon schrumpften und runzlig wurden –, Bieruntersätze aus Pappe, zerrissene Rechnungen, Getränkekarten und Abfälle aller Art. Niemand schien ans Aufräumen zu denken. Dafür würde später am Morgen noch genügend Zeit sein. Das ›Babylon‹ öffnete seine Türen erst, wenn es dunkel war.

»Warum probst du diese neue Show nicht tagsüber, Rudi?« fragte ich. Niemand redete den großen Kleinen mit seinem Spitznamen an, nicht einmal ich, obwohl ich ihn schon ewig kannte.

Seine große Nase zuckte. »Diese Puppen arbeiten tagsüber. Deshalb proben wir die Nummern so lange nach meiner Schlafenszeit.« Es war eine strenge deutsche Stimme, darüber täuschte auch das umgangssprachliche Englisch nicht hinweg. Er sprach leise und heiser, wozu zweifellos seine Leidenschaft für Havannas beitrug, die erst mindestens sechs Jahre reifen mußten, ehe er sie zwischen die Lippen nahm.

»Was arbeiten sie denn?« Er erledigte die Frage mit einem Wedeln der Zigarre. »Für mich arbeiten sie jedenfalls schwarz. Warum würden sie sich sonst bar auszahlen lassen?«

»Sie werden morgen müde sein.«

»Sicher. Wenn du ’nen Eisschrank kaufst und die Tür herausfällt, brauchst du dich nicht zu wundern. Eine von diesen Puppen ist am Fließband eingeschlafen, stimmt’s?«

»Stimmt.« Ich betrachtete die Frauen mit neuem Interesse. Sie waren hübsch, aber keine von ihnen war noch wirklich jung. Wie konnten sie den ganzen Tag über arbeiten und die halbe Nacht dazu?

Der Pianist wühlte schnell seine Noten durch und fand die

gesuchten Blätter. Seine Finger fanden die Melodie. Die Tänzerinnen setzten ihr Lächeln auf und zogen ihre Nummer ab. Kleindorf paffte. Niemand wußte, wie alt er war. Er mußte jedenfalls schon auf der schlechten Seite der Sechzig sein, aber das war auch alles, was schlecht für ihn war, denn er hatte immer ein dickes Bündel großer Scheine in der Tasche und eine schöne Frau, die er nach seiner Pfeife tanzen lassen konnte. Anzüge, Hemden und Schuhe waren vom Feinsten, das ihm die Berliner Herrenausstatter beschaffen konnten, und draußen am Bordstein parkte ein prächtiger alter Maserati Ghibli, bestückt mit einem 4,9-Liter-Motor. Der Wagen war ein Museumsstück, das Rudi vollkommen hatte herrichten und einstellen lassen, so daß er auf der Autobahn über 200 Stundenkilometer mit ihm fahren konnte. Schon seit Jahren machte ich Andeutungen, daß ich mich über eine Gelegenheit, ihn zu fahren, freuen würde, aber der verschlagene alte Teufel tat immer so, als verstünde er mich nicht.

Ein Gerücht wollte wissen, daß die Kleindorfs preußischer Adel waren, daß Rudis Großvater, General Freiherr Rudolf von Kleindorf, bei der letzten Offensive 1918 eine der besten Divisionen des Kaisers befehligt habe, aber von Rudi selbst habe ich solche Behauptungen nie gehört. ›Der Große‹ gab vor, sein Geld mit Autowaschanlagen in Encino, Kalifornien, zu verdienen. Jedenfalls konnte dieses schäbige Berliner Nachtlokal nicht viel dazu beigetragen haben. Nur die verwegensten Touristen trauten sich überhaupt in ein solches Loch, und wenn sie das Geld nicht auf den Kopf hauten, ließ man sie bald merken, daß sie unerwünscht waren. Manche Leute sagten, Rudi betreibe den Club zu seinem eigenen Vergnügen, aber andere vermuteten, daß er das Lokal brauchte, nicht nur um dort mit seinen Kumpels zu quasseln, sondern weil das Hinterzimmer von Rudis Bar einer der besten Horchposten in der heißen Berliner Gerüchteküche war. Letztere zog Rudi an, und er bestätigte sie gerne in ihrem Glauben, denn der Ruf eines Mannes, der immer wußte, was so lief, gab ihm ein Ansehen, das er zu brauchen schien. Rudis Barmann wußte, daß gewisse Männer und Frauen ein Anrecht auf Gratisdrinks hatten: Hotelportiers, Privatsekretärinnen, Leute, die in Telefonvermittlungen saßen, Detektive, Beamte der Militärregierung und Kellner mit scharfen Ohren, die in den Privathäusern der Stadt servierten. Selbst Beamte der Berliner Polizei – die sich selten bezahlter Spitzel bedienen soll – kamen in Rudis Bar, wenn andere Quellen versagten.

Wie das ›Babylon‹ über die Runden kam, war eins der vielen ungelösten Rätsel Berlins. Selbst an Gala-Abenden deckte der Getränkeverkauf nicht mal die Miete. Die Leute, die im vorderen Raum saßen und sich die Show ansahen, gaben nicht viel aus, schon weil ihre Leber nicht mitmachte. Sie waren die Senioren der Berliner Unterwelt: arthritische Einbrecher im Ruhestand, verwirrte Betrüger und gelähmte Fälscher, Leute, deren Zeit längst vorbei war. Sie kamen zu früh, nippten an ihren Drinks, schielten nach den Mädchen, nahmen ihre Pillen mit einem Glas Wasser und erzählten von der guten alten Zeit. Natürlich gab es auch andere Gäste: Manchmal kamen einige aus der Schickeria – die Berliner Hautevolee in Pelzmänteln und Abendkleidung – hier vorbei, um sich mal anzusehen, wie es in der Unterwelt zuging. Aber diese Leute waren immer anderswohin unterwegs. Und für die Jugend war das ›Babylon‹ keine Adresse. Hier kriegte man weder Smack, Crack noch Angeldust oder irgendein anderes dieser pulverisierten Genußmittel, die draußen auf der Straße zwischen Typen mit Irokesenhaarschnitt ausgetauscht wurden. Rudi war da hart.

»Hör um Himmels willen auf, mit dem Eis zu klappern. Wenn du noch was trinken willst, sag's doch.«

»Nein, danke, Rudi. Ich bin todmüde, ich muß ein bißchen schlafen.«

»Kannst du nicht still sitzen? Was ist denn los mit dir?«

»Ich war ein hyperaktives Kind.«

»Vielleicht hat dich dieser neue Virus erwischt. Ekelhaft. Mein Manager liegt schon seit vierzehn Tagen im Krankenhaus. Deshalb bin ich ja hier.«

»Ja, das sagtest du schon.«

»Du bist so blaß. Ißt du auch richtig?«

»Du hörst dich an wie meine Mutter«, sagte ich.

»Und schläfst du gut, Bernd? Ich glaube, du solltest mal zum

Arzt gehen. Meiner in Wannsee hat Wunder an mir vollbracht. Er gab mir ein paar Spritzen – irgendein neues Hormonpräparat aus der Schweiz – und hat mich auf strenge Diät gesetzt.« Er berührte die in dem Glas Wasser vor ihm schwimmende Zitronenscheibe. »Und ich fühle mich fabelhaft.«

Ich trank meinen Scotch aus, aber es waren nur noch ein paar Tropfen im Glas. »Ich hab' keine Ärzte nötig, mir geht's gut.«

»Du siehst aber nicht gut aus. Krank siehst du aus, richtig krank. Ich habe dich noch nie so blaß und müde gesehen.«

»Es ist spät.«

»Ich bin doppelt so alt wie du, Bernd«, sagte er in einem Ton, in dem sich Selbstzufriedenheit und Tadel mischten. Das stimmte nicht: Er konnte höchstens fünfzehn Jahre älter sein als ich, aber ich merkte, daß er in reizbarer Stimmung war, und widersprach ihm deshalb nicht. Manchmal tat er mir leid. Vor Jahren hatte er seinen einzigen Sohn genötigt, sich bei der Bundeswehr zu verpflichten. Der Junge hatte dem Vater den Willen getan, aber er war zu weich gewesen, sogar für die moderne Armee. Hatte eine Überdosis genommen und war in Hamburg, in einer Kaserne, tot aufgefunden worden. Offiziell war's ein Unfall gewesen. Rudi sprach nie davon, aber jeder wußte, daß er sich selbst die Schuld gab. Seine Frau verließ ihn, und er war ein anderer nach dem Verlust des Jungen: Seine Augen hatten den Glanz verloren, waren hart und funkelnd geworden.

»Und ich dachte, du hättest mit dem Rauchen aufgehört.«

»Ich mache das dauernd.«

»Zigarren sind nicht so gefährlich«, sagte er und paffte zufrieden.

»Sonst ist nichts?« bohrte ich. »Keine Neuigkeiten?«

»Der Stellvertreter des Führers, Heß, ist gestorben...«, sagte er sarkastisch. »Er wohnte in der Wilhelmstraße, Nummer sechsundvierzig. Seit seinem Umzug nach Spandau lebte er ziemlich zurückgezogen.«

»Ich meine es ernst«, beharrte ich.

»Dann muß ich dir wohl die wirklich heiße Nachricht erzählen, Bernd: Das bist du! Es heißt, daß irgendein Verrückter versucht hat, dich mit einem Lastwagen zu überfahren, als du gerade die

Waltersdorfer Chaussee überquertest. Bei hoher Geschwindigkeit! Man sagt, er hätte dich fast erwischt.«

Ich starrte ihn an. Ich sagte nichts.

Er schniefte und sagte: »Man hat sich gefragt, was denn ein netter Junge wie Bernd Samson da am Ende der Welt überhaupt zu suchen hatte. Da gibt's doch nur diesen alten Grenzübergang. Nirgends kommt man von da aus hin, nicht mal nach Waltersdorf, da steht eine Mauer im Weg, weißt du.«

»Was hast du gesagt?« fragte ich.

»Ich werde dir sagen, was es da zu suchen gibt, ich hab's denen auch gesagt: Erinnerungen.« Er rauchte seine Zigarre und betrachtete prüfend ihr glimmendes Ende, wie ein Philatelist eine seltene Marke betrachten mag. »Erinnerungen«, wiederholte er. »Hatte ich recht. Bernd?«

»Wo ist diese Waltersdorfer Chaussee? Ist das eine von diesen vornehmen Straßen in Nikolassee?«

»In Rudow. Wenn ich mich recht erinnere, haben sie Max Busby auf dem Friedhof dort begraben. Erst nach langem Geschacher haben sie die Leiche freigegeben. Wenn sie jemanden auf ihrer Seite der Mauer umlegen, sind sie gewöhnlich auch mit den sterblichen Überresten nicht gerade freigebig.«

»Ist das so?« sagte ich. Ich hoffte, er würde mir noch einmal seinen Whisky anbieten, aber vergebens.

»Hast du's jemals mit der Angst zu tun gekriegt, Bernd? So, daß du nachts aufwachst und dir einbildest, Schritte im Korridor zu hören?«

»Angst wovor?«

»Wie ich höre, sind deine eigenen Leute mit Haftbefehl hinter dir her.«

»Sag bloß.«

»In Berlin unterzutauchen ist nicht leicht«, sagte er nachdenklich, fast als wäre ich nicht anwesend. »Deine Leute und die Amerikaner haben hier noch immer die Vollmachten einer Militärregierung. Sie können nach Belieben Post öffnen, Telefone abhören und jeden einbuchten, der ihnen im Wege ist. Sogar die Todesstrafe können sie noch verhängen, wenn sie wollen.« Er sah mich an, als sei ihm gerade etwas eingefallen. »Hast du diese Meldung in der Zeitung gelesen über die Bürger von Gatow, die sich beim High Court in London über das britische Militär beschwert haben? Anscheinend hat der britische Stadtkommandant von Berlin dem Gericht zu verstehen gegeben, daß er in Berlin als Rechtsnachfolger Hitlers absolut machen könne, was er wolle.« Ein winziges Lächeln, als ob es ihm Schmerz bereitete. »Berlin ist kein guter Platz für einen Flüchtenden, Bernd.«

»Wer sagt denn, daß ich flüchten will?«

»Du bist der einzige Mann, den ich kenne, den beide Seiten liebend gerne los wären«, sagte Rudi. Vielleicht hatte er einen besonders schlechten Tag gehabt. Er hatte eine Neigung zur Grausamkeit, die jederzeit zum Vorschein kommen konnte. »Wenn heute nacht irgendwo deine Leiche gefunden würde, gäbe es zehntausend Verdächtige: KGB, CIA, sogar deine eigenen Leute.« Ein Kichern. »Warum machst du dir bloß so viele Feinde, Bernd?«

»Ich habe keine Feinde, Rudi«, sagte ich. »Nicht solche jedenfalls.«

»Warum kreuzt du dann aber hier auf in diesen alten Klamotten und mit 'ner Knarre in der Tasche?« Ich sagte nichts, bewegte mich nicht einmal. Er hatte also die Pistole bemerkt, das war verdammt leichtsinnig von mir. Ich war offenbar nicht mehr ganz auf der Höhe. »Hast du Angst vor Räubern, Bernd? Könnte ich ja verstehen, so wohlhabend wie du neuerdings aussiehst.«

»Spaß beiseite, Rudi«, sagte ich. »Erzähle mir endlich, was ich wissen will, damit ich nach Hause gehen und ein bißchen schlafen kann.«

»Und was willst du wissen?«

»Wo zum Teufel ist der lange Koby hin?«

»Habe ich dir doch schon gesagt, daß ich das nicht weiß. Warum sollte ich von diesem Schmock überhaupt was wissen?«

Er schien ziemlich wütend zu sein auf den Langen. Ich vermutete, daß die beiden sich ernsthaft verkracht hatten.

»Weil der Lange immer hier war und jetzt weg ist. Keiner geht ans Telefon, und an die Tür kommt auch keiner.«

»Aber warum sollte ich irgendwas über den Langen wissen?«
»Weil du ein sehr enger Kumpel von ihm warst.«
»Von dem Langen?« Sein saures, schmales Grinsen machte mich wütend.
»Ja, von dem Langen, du Bastard. Ihr beide habt doch immer zusammengehalten wie...«
»Zusammengehalten wie Diebe? War es das, was du sagen wolltest, Bernd?« Trotz der Dunkelheit, des lauten Klavierspiels und obwohl wir beide unsere Stimmen dämpften, schienen die Tänzerinnen zu ahnen, daß wir uns stritten. Auf irgendeine seltsame Weise hatte die Beunruhigung sich auf sie übertragen. Das Lächeln glitt ihnen vom Gesicht, und ihre Stimmen wurden schriller.
»Ganz recht, das wollte ich sagen.«
»Klopf lauter«, sagte Rudi wegwerfend. »Vielleicht ist seine Klingel kaputt.«
Oben hörte ich knallend die Tür zuschlagen. Werner Volkmann kam die wunderschöne verchromte Wendeltreppe herab und näherte sich uns auf seine demonstrativ Entschuldigung heischende Art, die er stets zur Schau trug, wenn ich ihn um seinen Schlaf brachte. »Alles in Butter?« fragte ich. Werner nickte. Kleindorf sah sich nach ihm um und schaute dann wieder den müden Tänzerinnen zu, wie sie mit ihren sich verheddernden Regenschirmen in die nicht existierenden Kulissen tanzten und dabei gegen die Wand knallten.
Werner setzte sich nicht. Er packte mit beiden Händen die Stuhllehne und stand da in Erwartung, daß ich aufstehen und gehen würde. Ich war nicht weit von diesem Keller mit Werner Jacob Volkmann zur Schule gegangen. Er war noch immer mein bester Freund. Er war ein großer Mann, und der lange Mantel mit dem großen gelockten Astrachan-Kragen ließ ihn noch größer erscheinen. Der wilde Bart war verschwunden – auf eine beiläufige Bemerkung von Ingrid, der Frau seines Lebens, hin – und ich vermutete, daß der Schnurrbart bald folgen würde.
»Was zu trinken, Werner?« fragte Rudi.
»Nein, danke.« Obwohl in Werners Ton keine Ungeduld mitschwang, fühlte ich mich zum Gehen verpflichtet.

Auch Werner gehörte zu denen, die glauben wollten, daß ich in Gefahr war. Schon seit Wochen bestand er darauf, erst mal die Straße zu kontrollieren, ehe er mich die Hauseingänge verlassen ließ. Das war zwar eine übertriebene Vorsichtsmaßnahme, aber Werner war ein umsichtiger Mann und machte sich meinetwegen Sorgen. »Na denn, gute Nacht, Rudi«, sagte ich.

»Gute Nacht, Bernd«, sagte er, den Blick noch immer auf die Bühne gerichtet. »Wenn der Lange mir 'ne Ansichtskarte schreibt, darfst du die Briefmarke unter dein Mikroskop legen.«

»Danke für den Drink, Rudi.«

»Komm wieder mal vorbei, Bernd.« Er gestikulierte mit seiner Zigarre. »Klopf lauter. Vielleicht wird der Lange schon ein bißchen taub.«

Draußen, auf der mit Unrat bedeckten Potsdamer Straße, war es kalt, und es schneite. Dieser ehemals schöne Boulevard endete jetzt an der Mauer und war zum Brennpunkt eines schmutzigen Viertels geworden, wo Sex, Souvenirs, Junk-Food und Jeans zu kaufen waren. Neben dem unauffälligen Eingang des ›Babylon‹ zeigte grelles Neonlicht das mit Vorhängen drapierte Schaufenster und die Gäste eines libanesischen Cafés. Männer mit gestrickten Mützen und gekräuselten Schnurrbärten saßen tief über ihre Teller gebeugt und aßen geröstete Sojabohnenraspel, die man ihnen von dem Ersatz-Schwawarma gesäbelt hatte, das sich an einem Spieß im Schaufenster drehte. Auf der gegenüberliegenden Straßenseite kauerte schwankend ein Betrunkener an der Tür eines Massagesalons, die er mit den Fäusten bearbeitete, während er gleichzeitig wütend durch den Briefschlitz schrie.

Werners Hinken war bei kaltem Wetter immer besonders schlimm. Sein Bein hatte drei Brüche erlitten, als er eines Nachts drei DDR-Agenten überraschte, die gerade seine Wohnung durchsuchten. Sie warfen ihn aus dem Fenster. Das war lange her, aber Werner hinkte immer noch.

Wir gingen vorsichtig auf dem vereisten Pflaster, als plötzlich drei junge Männer aus einem Laden stürzten. Türken: dünne, drahtige Jungen in Jeans und T-Shirts, anscheinend unempfindlich für bittere Kälte. Sie rannten mit stampfenden Füßen und Gesichtern, die zu jenem häßlichen Ausdruck verzerrt waren, den

solche Anstrengungen mit sich bringen, geradewegs auf uns zu. Alle schwangen Stöcke. Atemlos schrie ihr Anführer etwas auf türkisch, das ich nicht verstand, und die beiden anderen wichen auf die Fahrbahn aus, als wollten sie uns in den Rücken fallen. Meine Pistole war in meiner Hand, ohne daß ich bewußt entschieden hätte, sie zu brauchen. Ich streckte die Hand aus und stützte mich gegen die kalte Steinwand, während ich zielte.
»Bernie! Bernie! Bernie!« hörte ich Werner in einem Ton des Entsetzens rufen, der so fremd war, daß ich erstarrte.
Und im gleichen Augenblick spürte ich den scharfen Schlag, mit dem Werners Arm meine Pistole in die Höhe schlug.
»Das sind bloß Kinder, Bernie. Kinder!«
Die Jungen rannten an uns vorbei, schreiend, schubsend und rempelnd, ein Ritual spielend, an dem wir nicht teilhatten. Ich steckte meine Waffe weg und sagte: »Ich werde nervös.«
»Du hast überreagiert«, sagte Werner. »Ich mache das andauernd.« Aber er sah mich auf eine Weise an, die seine Worte Lügen strafte. Der Wagen stand am Bordstein. Ich stieg neben ihm ein. Werner sagte: »Warum legst du die Pistole nicht ins Handschuhfach?«
»Weil ich vielleicht Lust kriegen könnte, jemanden umzulegen«, sagte ich, gereizt darüber, wie ein Kind behandelt zu werden, obwohl ich mich inzwischen eigentlich an Werners Bemutterung gewöhnt haben sollte. Er zuckte die Achseln und schaltete die Heizung an, so daß mich plötzlich heiße Luft anblies. Einen Augenblick saßen wir ganz still da. Ich zitterte, die Wärme tat mir gut. Große Silbermünzen klatschten gegen die Windschutzscheibe, verwandelten sich zu eisigem Matsch und tröpfelten dann weg. Es war ein roter VW Golf, den der Händler ihm geliehen hatte, solange sein neuer BMW in der Reparatur war. Noch immer fuhr er nicht los: Wir saßen da bei laufendem Motor. Werner sah in den Rückspiegel und wartete, bis die Straße frei war. Dann legte er den Gang ein, wendete mit einem Kreischen geschundenen Gummis und fetzte los, fuhr Abkürzungen durch Seitenstraßen, vorbei an verwildertem Eisenbahngelände, die Yorckstraße entlang und dann zu meinem Schlupfwinkel nach Kreuzberg.

Jenseits der Schneewolken spähte das erste Tageslicht durch das enge Gitter des Morgens. Für Rosa oder Rot war kein Platz am Himmel. Berlins Morgendämmerung kann trübe und farblos sein wie die graue steinerne Stadt, die ihr Licht reflektiert.

Meine Wohnung lag nicht in dem Teil von Kreuzberg, der langsam, aber sicher von den Yuppies erobert wird, mit schikken kleinen Restaurants und Apartmenthäusern, deren frischgestrichene Eingangstüren dich fragen, wer du bist, wenn du den Klingelknopf drückst. Kreuzberg SO 36 lag hart an der Mauer: eine Gegend, wo die Bullen nur paarweise auf Streife gingen und man aufpassen mußte, nicht auf Betrunkene oder in Scheiße zu treten.

Wir gingen an einem baufälligen Mietshaus vorbei, das »instandbesetzt« war und eine Reihe alternativer Unternehmen beherbergte: Läden, wo Bohnenkeime und kaputte Fahrräder zu haben waren, einen Kinderladen, eine feministische Kunstgalerie und eine kleine Druckerei, die marxistische Broschüren und Flugblätter druckte – hauptsächlich Flugblätter. Auf der Straße vor dem Gebäude in traditioneller türkischer Tracht, das Gesicht von einem Kopftuch verdunkelt, stand eine junge Frau, die fleißig eine Parole an die Wand sprühte.

Das Haus, in dem ich wohnte, hatte zwei enorme Maschinengewehre schwingende Engel an der Fassade, umringt von Männern mit Zylindern, die unter riesigen, unregelmäßigen Farbflecken standen, der Wolkengrundierung. Aus dem Ganzen hätte ein gigantisches politisches Wandgemälde werden sollen mit dem Titel »Der Kindermord von Bethlehem«, aber der Künstler starb an einer Überdosis, kurz nachdem er das Geld für die Farben gekriegt hatte.

Werner bestand darauf, mich hinein zu begleiten. Er wollte sichergehen, daß kein unfreundlicher Besuch darauf wartete, mich in meiner kleinen Hinterhofwohnung zu überraschen.

»Deswegen brauchst du dir keine Sorgen zu machen, Werner«, sagte ich. »Ich glaube nicht, daß das Department mich hier aufspürt, und selbst wenn, glaubst du, daß Frank jemanden fände, der beherzt genug wäre, sich in diesen Teil der Stadt zu wagen?«

»Vorsicht ist besser als Nachsicht«, sagte Werner. Vom anderen Ende des Korridors war indische Musik zu hören. Werner öffnete vorsichtig die Tür und knipste das Licht an. Eine nackte Glühbirne mit wenig Watt hing an einer Schnur von der Decke. Er sah sich in dem dreckigen Raum um. Die Tapete hing vom feuchten Putz der Wände, und mein Bett bestand aus einer schmutzigen Matratze und ein paar Decken. An der Wand hing ein halbzerrissenes Plakat: ein Schwein in Polizeiuniform. Ich hatte seit meinem Einzug hier wenig verändert. Ich wollte keine Aufmerksamkeit erregen. Und so ertrug ich das Leben in dieser dunklen Bruchbude, teilte – mit allen Hinterhofbewohnern – das eine Badezimmer und die beiden Außentoiletten, deren beißender Geruch alles durchdrang. »Wir müssen irgendwas Besseres für dich finden, Bernie.« Die indische Musik hörte auf. »Irgendwo, wo das Department nicht an dich rankommt.«

»Ich glaube, die sind gar nicht mehr interessiert, Werner.« Ich sah mich im Zimmer um und versuchte, es mit seinen Augen zu sehen, aber ich hatte mich an den Schmutz gewöhnt.

»Das Department? Weshalb wollten sie dich dann verhaften lassen?« Er sah mich an. Ich versuchte zu erraten, was er dachte, aber bei Werner konnte ich mir nie sicher sein.

»Das ist doch Wochen her. Kann sein, daß ich ihnen in die Hände gespielt habe, schließlich habe ich mich ja selbst ins Gefängnis gesetzt. Und sie haben nicht mal Scherereien oder Kosten. Also ignorieren sie mich, wie Eltern einem Kind, das nicht gehorchen will, absichtlich keine Beachtung schenken. Habe ich dir erzählt, daß sie weiterhin mein Gehalt auf mein Konto einzahlen?«

»Ja, hast du mir gesagt.« Werner klang enttäuscht. Vielleicht genoß er das Abenteuer meiner Flucht und wollte es nicht so sang- und klanglos ausgehen sehen. »Die wollen sich natürlich alle Wege offenhalten.«

»Sie wollten mich mundtot und weg von der Bildfläche haben. Und das bin ich.«

»Verlaß dich auf nichts, Bernie. Sie könnten auch nur darauf warten, daß du dich rührst. Du hast selbst gesagt, daß sie rachsüchtig sind.«

»Vielleicht habe ich, aber jetzt bin ich müde, Werner. Ich muß ein bißchen schlafen.« Ehe ich noch meinen Mantel ausziehen konnte, kam ein sehr schlanker junger Mann ins Zimmer. Er war dunkelhäutig, mit großen braunen Augen, pockennarbigem Gesicht und kurzgeschorenem Haar, ein Tamile. Berlins neuester Einwandererstrom kam aus Sri Lanka. Der Tamile verschlief die Tage und spielte die ganze Nacht Ragas auf seinem Kassettenrecorder. »Hallo, Johnny«, sagte Werner eisig. Die beiden waren einander schon auf den ersten Blick unsympathisch gewesen. Werner mißbilligte Johnnys Trägheit. Johnny mißbilligte Werners Überfluß.

»Alles okay?« fragte Johnny. Er hatte sich selbst zu meinem Leibwächter ernannt, als Gegenleistung für den Deutschunterricht, den ich ihm gab. Ich weiß nicht, wer von uns am meisten von diesem Arrangement profitierte. Ich vermute aber, daß keiner von uns viel davon hatte. Er war als fanatischer Marxist in Ostberlin angekommen, doch sein Glaube hatte den Prüfungen des Lebens in der Deutschen Demokratischen Republik nicht lange standgehalten. Jetzt war er, wie so viele seinesgleichen, in den Westen abgewandert und damit beschäftigt, sich aus Ökologie, Popmusik, Mystizismus, Antiamerikanismus und Hasch eine neue Philosophie zurechtzuzimmern.

»Ja, danke, Johnny«, sagte ich. »Ich gehe gerade schlafen.«

»Du hast Besuch«, sagte Johnny.

»Um vier Uhr früh?« sagte Werner und warf mir einen Blick zu.

»Name?« fragte ich.

Plötzlich tönte ein Schrei über den Hof. Eine Tür knallte auf, und ein Mann stolperte rückwärts heraus und fiel dann, begleitet vom Übelkeit erregenden dumpfen Laut eines Kopfes, der aufs Pflaster schlägt, hin. Durch das schmutzige Fenster konnte ich es im gelben Licht einer offenen Tür sehen. Eine Frau in mittleren Jahren – in kurzem Rock und Büstenhalter – und ein langhaariger junger Mann, der eine Flasche trug, kamen heraus und betrachteten die reglose Gestalt am Boden. Die barfüßige Frau versetzte dem liegenden Mann ohne allzu großen Krafteinsatz einen Fußtritt. Dann ging sie wieder hinein und kehrte mit einem Hut, einem Mantel und einer Reisetasche zurück, die sie neben den Bewußtlosen hinwarf. Der junge Mann kam mit

einer Kanne Wasser heraus und goß sie über ihn aus. Als beide nach innen verschwanden, knallte laut die Tür.
»Er wird erfrieren«, meinte der immer besorgte Werner. Aber noch während er das sagte, bewegte sich die Gestalt und schleppte sich davon.
»Er hat sich als Geschäftsfreund ausgegeben«, fuhr Johnny fort, den die Streitigkeiten der schlesischen Familie auf der anderen Seite des Hinterhofs nicht die Bohne interessierten. Ich nickte und überlegte. Leute, die sich als Geschäftsfreunde einführten, erinnerten mich an billige braune Briefumschläge mit der Aufschrift ›Vertraulich‹ und waren mir ungefähr ebenso willkommen. »Ich habe ihm gesagt, er soll oben bei Spengler warten.«
»Ich sollte ihn mir mal ansehen«, sagte ich.
Ich stapfte treppauf. Das Schloß an der Tür, hinter der Spengler ein kleines, muffiges Zimmer bewohnte, war seit langem kaputt. Ich trat ein. Spengler – ein junger Alkoholiker, der Schach spielte und Johnny kennengelernt hatte, nachdem er bei einer politischen Demonstration verhaftet worden war – saß auf dem Boden und trank Apfelschnaps aus der Flasche. Es roch bei ihm merklich widerlicher als anderswo im Gebäude. Auf dem einzigen Stuhl im Zimmer saß ein Mann, der versuchte, nicht einzuatmen. Er trug einen Melton-Mantel und neue Autofahrerhandschuhe. Auf dem Kopf hatte er einen braunen Filzhut.
»Hallo, Bernd«, sagte Spengler. Er trug einen Ohrring und eine stahlumrandete Brille. Sein Haar war lang und sehr schmutzig. Er hieß nicht wirklich Spengler. Niemand kannte seinen wahren Namen. Angeblich war er Schwede, der mit einem Mann namens Spengler die Papiere getauscht hatte, so daß er für diesen Sozialhilfe kassieren konnte, während der echte Spengler mit seinem schwedischen Paß nach den USA auswanderte. Er ließ sich einen struppigen Bart wachsen, um den Betrug zu unterstützen.
»Sie wollen mich sprechen?« fragte ich den Mann mit dem Hut.
»Samson?« Er stand auf und musterte mich von oben nach unten. Er blieb formell: »How do you do? Mein Name ist Teacher. Ich habe eine Nachricht für Sie.« Sein knapper englischer Public-School-Akzent, die geschürzten Lippen und hoch-

gezogenen Schultern unterstrichen seinen Ekel vor dieser verkommenen Behausung und vielleicht auch vor mir. Weiß Gott, wie lange er hier schon auf mich wartete. Volle Punktzahl für Zuverlässigkeit.

»Was ist?«

»Ich...«

»Keine Sorge«, sagte ich. »Spenglers Hirn ist schon vor Jahren in Alkohol aufgeweicht.« Ein verwirrtes Lächeln huschte über Spenglers weißes Gesicht, als er meine Worte hörte und verstand.

Der Besucher, noch immer zweifelnd, sah sich noch einmal um, ehe er bedächtig seine Worte wählte. »Morgen früh kommt jemand rüber. Frank Harrington lädt Sie ein, dabeizusein. Er garantiert Ihnen Ihre persönliche Freiheit.«

»Morgen ist Sonntag«, erinnerte ich ihn.

»Ganz recht, Sonntag.«

»Besten Dank«, sagte ich. »Wo?«

»Ich hole Sie ab«, sagte der Mann. »Um neun?«

»Schön«, sagte ich.

Ohne zu lächeln, nickte er mir zum Abschied zu und machte sich an mir vorbei langsam auf den Weg, wobei er die Schöße seines Mantels zusammenraffte, um nicht irgend etwas Ansteckendes damit zu berühren. Es war nicht leicht. Ich nehme an, er hatte erwartet, daß ich ein Freudengeheul anstimmen würde. Jeder von der Operations-Einheit – sogar ein Bote – mußte inzwischen Wind von meinen gegenwärtigen Sorgen haben: in Ungnade gefallener ehemaliger Agent, der mit Haftbefehl gesucht wird. Zur offiziellen Vernehmung eines neu aus dem Osten angekommenen Überläufers eingeladen zu sein, änderte diesen Status entschieden.

»Gehst du hin?« fragte Werner, als die Haustür zugefallen war. Er spähte über die Balkonbrüstung, um sich zu überzeugen, daß der Besucher wirklich wegging.

»Ja, ich gehe.«

»Das könnte eine Falle sein«, warnte er mich.

»Sie wissen, wo ich zu finden bin, Werner«, sagte ich, wobei ich meinen Ärger an ihm ausließ. Ich wußte, daß Frank mir seinen

Handlanger geschickt hatte, um mir vorzuführen, wie leicht es war, mich zu finden, wenn ihm danach war.

»Trink was«, sagte Spengler, der sich noch immer am Fußboden rekelte. Er schob die verbogene Brille an der Nase hoch und drückte Knöpfe an dem Gerät, das er in der Hand hielt, so daß kleine Lämpchen aufleuchteten. Er hatte also endlich neue Batterien für seinen Schachcomputer aufgetrieben und nahm trotz seiner alkoholischen Umnebelung den Kampf mit dem Ding auf. Manchmal fragte ich mich, was für ein Genie er sein mochte, wenn er jemals nüchtern würde.

»Nein, danke«, sagte ich. »Ich muß ein bißchen schlafen.«

2

Mich kann man mit verbundenen Augen in ein abhörsicheres Gebäude führen, und ich werde wissen, wo ich bin. Werner sagte einmal, sie röchen nach Elektrizität, er dachte dabei an den Geruch des Staubs, den die statische Elektrizität in den Fensterläden, Vorhängen und Teppichen solcher trostlosen unbewohnten Räume festhält. Mein Vater sagte, kennzeichnend für sie sei nicht irgendein Geruch, sondern die Abwesenheit von Gerüchen. Sie riechen nicht nach Essen oder nach Kindern, nach frischen Blumen oder nach Liebe. Sichere Häuser, sagte mein Vater, röchen nach nichts. Aber Reflexe, die auf solche Umweltreize eingespielt sind, verraten einem in dieser Atmosphäre das diskrete Parfüm der Angst, einen Duft, den alle, die für diesen auf die Eingeweide wirkenden Schrecken empfänglich sind, sofort erkennen. Irgendwo hinter dem schwachen und schwebenden, aus abgestandenem Urin, Erbrochenem und Kot gemischten Bouquet ist da eine beißende und täuschend moschusartige Süße. Ich roch die Angst jetzt in diesem schönen alten Haus in Charlottenburg.

Vielleicht roch auch dieser junge Bursche Teacher irgendwas davon, denn sein Geplauder blieb stecken, als wir das elegant verspiegelte Treppenhaus betraten und an dem stummen Pförtner vorübergingen, der aus dem hölzernen Verschlag getreten war, von dem aus jeder Besucher inspiziert wurde. Der Pförtner war ein rundlicher älterer Mann mit grauen Haaren, einem großen Schnurrbart und schwerfälligen Zügen. Er trug einen schwarzen Sonntagsanzug mit Weste aus schwerer Serge, die an den Ärmeln schon ziemlich fadenscheinig war. Irgendwie wirkte seine Erscheinung anachronistisch. Er gehörte zu jener Sorte bessergestellter Berliner, die man auf verblaßten sepiafarbenen Fotos dem Kaiser zujubeln sieht. Jetzt folgte ihm ein ausgewachsener deutscher Schäferhund aus der Loge. Er knurrte uns an. Teacher ignorierte Hund und Herrn und stieg die mit einem Läufer belegten Stufen hinauf. Seine Schritte machten kein Geräusch. Er redete über die Schulter. »Sind Sie verheiratet?« fragte er, als ginge ihm die Frage schon seit einer ganzen Weile durch den Kopf.

»Getrennt«, sagte ich.

»Ich bin verheiratet«, sagte er auf jene endgültige Weise, die Fatalismus ahnen läßt. Er hielt die Schlüssel so fest umklammert, daß seine Knöchel weiß wurden.

Das schmiedeeiserne Treppengeländer, ein zartes Gewebe aus Blättern und Blüten, wand sich hinauf bis zu einem großen Oberlichtfenster im Dach des Gebäudes. Durch sein Glas fiel das farblose, blendende Licht des schneebeladenen Himmels und füllte das oval geschwungene Treppenhaus bis hinab zu den Mustern des marmornen Fußbodens im Entree, ließ aber den Treppenlauf selbst im Schatten.

Ich war nie zuvor hier gewesen, hatte nicht einmal von der Existenz des Hauses gewußt. Als ich Teacher in eine Wohnung auf der zweiten Etage folgte, hörte ich das gleichmäßige Klappern einer mechanischen Schreibmaschine. Nicht den schweren Anschlag einer großen Büromaschine, sondern das leichte Geklapper einer kleinen Reiseschreibmaschine, wie Vernehmungsbeamte sie im Gepäck haben.

Zuerst dachte ich, die Vernehmung – oder das Debriefing, wie es taktvoll hieß – sei schon zu Ende und unser Besucher warte nur noch darauf, seine Aussage zu unterzeichnen. Aber da irrte ich mich. Teacher führte mich den Korridor entlang in ein Wohnzimmer mit hohen Fenstern, von denen sich eins auf einen kleinen Balkon mit schmiedeeisernem Gitter öffnete. Man hatte hier eine Aussicht auf die kahlen Bäume des Parks und erblickte über den Dächern die goldene Fortuna, die auf der Kuppel des Schlosses aus dem 18. Jahrhundert steht, von dem dieser Stadtteil seinen Namen hat.

Die meisten sicheren Häuser sind schäbig, ordentlich, aber

vernachlässigt und schmucklos, dieses Vorzimmer jedoch war in tadellosem Zustand, Tapeten, Teppiche und Holzwerk offensichtlich mit dem Stolz und der Andacht gepflegt, die nur Deutsche ihren Wohnungen zuwenden.

Eine schlanke, robuste Frau von ungefähr fünfunddreißig Jahren betrat das Zimmer durch eine andere Tür. Sie begrüßte Teacher lässig und betrachtete dann erhobenen Hauptes und kurzsichtig mich, wobei sie laut schniefte. »Hallo, Pinky«, sagte ich. Sie hieß Penelope, war aber immer nur Pinky genannt worden. Einst in London war sie Assistentin meiner Frau gewesen, aber meine Frau hatte sie gefeuert. Fiona sagte, Pinky habe Mühe mit der Rechtschreibung.

Ein Lächeln des Wiedererkennens erhellte Pinkys Gesicht, und sie sagte: »Hallo, Bernard. Lange nicht gesehen.« Sie trug ein Cocktailkleid und Perlen. Man hätte sie leicht für eine der deutschen Angestellten halten können, die immer angezogen waren, als seien sie zu einer schicken Party unterwegs. Zu dieser Jahreszeit trugen britische weibliche Angestellte meist abgewetzte Cardigans und unförmige Tweedjacken. Vielleicht hatte sie sich in Schale geworfen, weil Sonntag war. Pinky schwenkte ihr Scheinwerferlächeln, bis es sich auf Teacher richtete, und sagte in ihrer schneidigen Sprechweise: »Na schön, Jungs, muß jetzt weiter, muß jetzt weiter.« Als sie zu der anderen Tür hinaus auf den Korridor ging, rieb sie sich die Hände, um die Durchblutung anzuregen. Das war auch charakteristisch für sichere Häuser: Es war immer eisig kalt dort.

»Er ist da drin«, sagte Teacher und nickte in Richtung des Raums, aus dem Pinky gekommen war. »Die Stenographin ist noch drin. Sie sagen uns Bescheid, wenn's soweit ist.« Bisher hatte er mir nichts anvertraut, außer, daß ein Mann namens Valeri vernommen werden sollte – offensichtlich ein Deckname – und daß ich während der Vernehmung den Mund zu halten hätte, weder mit Valeri direkt sprechen noch mich an einer allgemeinen Diskussion beteiligen durfte.

Ich ließ mich auf die Couch sinken und schloß für einen Moment die Augen. Das konnte noch lange dauern. Teacher schien die schlaflose Nacht unbeschädigt überstanden zu haben, aber ich war müde. Ich gab es nicht gerne zu, aber ich war zu alt, das Leben in einem Slum zu genießen. Ich brauchte regelmäßige heiße Bäder mit teurer Seife und dicken Handtüchern und ein Bett mit sauberem Laken und ein Zimmer mit einem Schloß an der Tür. Bis zu einem gewissen Grade identifizierte ich mich vielleicht mit dem Überläufer nebenan, der zweifellos all diese Annehmlichkeiten ebenfalls begehrte.

Ich saß dort fast eine halbe Stunde lang und nickte ein- oder zweimal ein. Vom Lärm eines Streits wachte ich auf. Er kam nicht aus dem Zimmer, in dem die Vernehmung stattfand, sondern aus dem Raum mit der Schreibmaschine. Das Klappern hatte aufgehört. Es waren Frauenstimmen, die stritten, ruhig und beherrscht auf die Weise, in der die Engländer ihrer tiefsten Verbitterung Luft machen. Ich konnte nicht verstehen, was gesagte wurde, aber der Wortwechsel hatte den resignierten Ton, der auf vertraute Gewohnheit schließen ließ. Als die Tür sich erneut öffnete, kam eine ältliche Sekretärin, die man die Duchess nannte, ins Zimmer. Sie erblickte mich und lächelte, dann stellte sie zwei Teller, Besteck und eine braune Papiertüte, in der man Brötchen ausmachen konnte, auf einen kleinen Tisch.

Die Herzogin war eine dünne, zerbrechlich anmutende Waliserin, aber die Erscheinung täuschte, denn sie hatte Mut, Ausdauer und Zähigkeit eines Preisboxers. Weiß Gott, wie alt sie war: Schon seit unzähligen Jahren arbeitete sie im Berliner Büro. Ihr Gedächtnis war fabelhaft, und sie behauptete, auch die Zukunft vorhersagen zu können durch Handlesen, Horoskope und so weiter. Sie war unverheiratet und wohnte in Dahlem mit hundert Katzen, Mondtabellen und Büchern über das Okkulte. Jedenfalls erzählte man das. Manche Leute hatten Angst vor ihr. Frank Harrington machte Witze über ihr hexenhaftes Wesen, aber ich merkte, daß sogar Frank sich eine Auseinandersetzung mit ihr gut überlegen würde.

Die Teller waren ein schlechtes Zeichen. Irgend jemand schien die Vernehmung bis zum Abend dauern lassen zu wollen. »Sie sehen gut aus, Mr. Samson«, sagte sie. »Sehr fit.« Sie betrachtete meine verbeulte Lederjacke und die zerknitterte Hose und schien zu dem Schluß zu gelangen, daß meine amtlichen Pflichten dafür verantwortlich seien.

»Danke«, sagte ich. Ich nehme an, sie redete von meinem ausgehungerten Körper, müden Gesicht und den Sorgen, die ich mir machte und zweifellos auch zeigte. Gewöhnlich war ich füllig, nicht fit und glücklich. Eine zornige Katze kam ins Zimmer, das Fell gesträubt, die Augen geweitet und völlig aufgeregt. Sie funkelte das Zimmer an, als sei sie ein plötzlich in diese kätzische Gestalt verzauberter Besucher.

Aber ich erkannte Jackdaw in der ältlichen Kreatur. Die Duchess nahm die Katze überall mit hin, sie schlief in ihrem Schoß, während die Duchess am Schreibtisch arbeitete. Jetzt, auf den Fußboden gesetzt, war sie entrüstet. Sie ging und schlug die Krallen ins Sofa. »Jackdaw! Hör auf!« sagte die Duchess, und die Katze hörte auf.

»Möchten Sie eine Tasse Tee?« fragte sie mit unverändert hartem walisischen Akzent.

»Ja, danke«, sagte ich, dankbar, daß sie mich nach so langer Abwesenheit wiedererkannt hatte.

»Zucker? Milch?«

»Beides bitte.«

»Und Sie, Mr. Teacher?« fragte sie meinen Gefährten. Ihn fragte sie nicht, wie er seinen Tee wollte. Vermutlich wußte sie das schon.

Da wir nun mit der Duchess Tee tranken, hatte ich Gelegenheit, mir diesen Teacher etwas genauer anzusehen, als mir das am Abend zuvor möglich gewesen war. Er war ungefähr dreißig Jahre alt, ein schmächtiger, nicht zum Lächeln geneigter Mann mit dunklem Haar, das kurz geschnitten und sorgfältig gescheitelt war. Die Weste seines dunkelblauen Anzugs war auffällig geschnitten, zweireihig geknöpft, mit Elfenbeinknöpfen und breitem Revers. War das ein Relikt vergangener Junggesellenherrlichkeit oder der *cri de cœur* eines Mannes, der einer Laufbahn unendlicher Anonymität bestimmt ist? Sein Gesicht zeichneten tiefe Furchen, dünne Lippen und Augen, die starr blickten, ohne irgendwelche Gefühle zu verraten, außer vielleicht untröstliche Traurigkeit.

Während wir unseren Tee tranken, sprach die Duchess von den alten Zeiten im Berliner Büro und erwähnte dabei, auf welche

Weise Werner Volkmann ein Hotel Nähe Kurfürstendamm zu einem »gemütlichen Unterschlupf für ein paar alte Kameraden« hergerichtet habe. Sie wußte, daß ich eng mit Werner befreundet war, und deswegen erwähnte sie's vermutlich. Obwohl sie Werners Unternehmen zweifellos hatte rühmen wollen, bezweifelte ich, daß ihre Beschreibung dem wirtschaftlichen Gedeihen viel Gutes verhieß, denn die »alten Kameraden« waren laut und anspruchsvoll. Nicht die Sorte Kunden, aus denen man Gewinn ohne Verluste ziehen konnte. Wir plauderten, bis die Duchess eine jener wohlbedachten Mutmaßungen äußerte, denen sie den Ruf einer Hexe verdankte. Sie sagte, man würde mich in zehn Minuten hineinbitten. Das stimmte dann ziemlich auf die Minute.

Ich ging leise hinein. Zwei Männer saßen einander an einem prächtigen Mahagonitisch gegenüber. Seine Oberfläche wurde durch eine Glasscheibe geschützt. Um ihn herum standen acht imitierte Hepplewhite-Stühle, sechs davon leer, bis auf den einen, über den ein formloses blaues Jackett gehängt war. Ein billiger Kristallkronleuchter hing über einem Ende des Tisches, woran sich zeigte, daß der Tisch vom Fenster abgerückt worden war, da auch hier in Charlottenburg Fenster gefährlich sein konnten. Einer der Männer rauchte. Er war hemdsärmelig und hatte die Krawatte gelockert. Das Fenster war einen Spaltbreit geöffnet, so daß der Zug sanft den Vorhang bewegte, ohne den blauen Dunst des Zigarettenrauchs zu vertreiben. Der unverkennbare beißende Gestank des ordinären ostdeutschen Tabaks kratzte mich im Hals. Das Rauchen war einer der wenigen Genüsse, die im Osten noch zu haben waren, und stieß da drüben weder auf offizielle Mißbilligung noch gesellschaftliche Ächtung.

Der Mann namens Valeri war ziemlich alt für einen Agenten im aktiven Dienst. Die hohen Backenknochen und schmalen Augen gaben ihm ein fast asiatisches Aussehen, das in Osteuropa nicht selten ist. Seine Gesichtsfarbe glich der von poliertem rotem Jaspis – mit dunkleren Flecken und glänzend wie ein am Strand gefundener nasser Kiesel. Sein dichtes braunes Haar – dunkler und glänzender gemacht durch eine Pomade – war lang.

Er hatte es nach hinten gekämmt, so daß es wie ein glänzender Helm die oberen Ränder seiner Ohren verdeckte. Seine Augen flackerten in meine Richtung, als ich ins Zimmer kam, aber sein Kopf bewegte sich nicht, und die hohe Stimme fuhr ohne Stocken fort.

Ihm gegenüber saß, die Beine schlaff übereinandergeschlagen, ein junger Mann mit frischem Gesicht. Er hieß Larry Bower und hatte in Cambridge studiert. Sein Haar war blond und wellig; er trug es lang in einem Stil, den ich »byronesk« habe nennen hören, obwohl das einzige Bild des Dichters, das mir erinnerlich ist, diesen mit hinten und an den Seiten kurzgeschnittenem Haar zeigt. Im Kontrast zu Valeris groben, schlechtsitzenden Kleidern trug Bower einen gutgeschnittenen Anzug aus rehbraunem Karostoff, ein weiches gelbes Baumwollhemd, eine Wykehamist-Krawatte und einen gelben Pullover. Sie sprachen Deutsch, das Larry fließend sprach, wie man das erwarten durfte von einem Mann mit deutscher Ehefrau und einem rheinischen Brauerei-Baron namens Bauer als Großvater. In einem Sessel in der Ecke beugte sich eine grauhaarige Angestellte über ihren Notizblock.

Bower hob die Augen zu mir, als ich hereinkam. Sein Gesicht veränderte sich kaum, aber ich kannte ihn gut genug, um an einem flüchtigen Blick zu erkennen, daß er seine Müdigkeit und Gereiztheit ausdrückte. Ich setzte mich in einen Polstersessel, von dem aus ich beide Männer sehen konnte. »Also noch einmal«, sagte Bower, »dieser neue Moskauer Verbindungsmann.« Als dächte er über ihre Unterhaltung nach, drehte er sich auf seinem Stuhl, um aus dem Fenster zu schauen.

»Nicht neu«, sagte Valeri. »Er ist schon seit Jahren da.«

»Ach, wie viele Jahre?« sagte Bower mit gelangweilter Stimme, noch immer aus dem Fenster sehend.

»Sagte ich Ihnen doch schon«, sagte Valeri. »Vier Jahre.«

Bower beugte sich vor und berührte den Heizkörper, als wollte er prüfen, ob er warm sei. »Vier Jahre.«

»*Ungefähr* vier Jahre«, erwiderte Valeri mit Nachdruck.

All das gehörte zu dem Spiel: Bowers einstudierte Apathie und seine Unfähigkeit, sich die Tatsachen zu merken, sollten den

Vernommenen womöglich provozieren, sich in Widersprüche zu verwickeln. Valeri wußte das, und das Mißtrauen, das diese Methoden mit sich brachten, war ihm nicht gerade angenehm. Uns auch nicht. »Würden Sie's mir noch mal zeigen?« fragte Bower und schob eine zerbeulte Pappschachtel über den Tisch. Valeri öffnete die Schachtel und blätterte einen Packen eselsohriger Fotos in Postkartenformat durch. Er ließ sich Zeit dabei, und ich wußte, daß er sich für einen Augenblick entspannte. Selbst bei so einem Mann – einem von unseren eigenen Leuten, soweit wir wußten – konnte die andauernde Belastung eines Verhörs die Saiten des Geistes bis zum Zerreißen anspannen.

Er war mit dem ersten Packen Fotos durch und begann mit dem zweiten. »Lassen Sie sich ruhig Zeit«, sagte Bower, als wüßte er nicht, wie willkommen dem anderen die Atempause war.

Bis vor vier Jahren hatte man solche Identifikationsfotos in große ledergebundene Alben geklebt. Dann aber hatte der KGB Besorgnis und Verwirrung in unseren Reihen ausgelöst, indem er drei seiner Doppelagenten instruierte, auf das gleiche Bild an der gleichen Stelle auf der gleichen Seite zu weisen und einen Mann namens Peter Underlet als Spion zu identifizieren, einen Oberst beim KGB. Tatsächlich gehörte Underlets Foto zu denen, die man nur zu Kontrollzwecken in die Sammlung aufgenommen hatte. Der arme Underlet. Sein Bild hätte zu einem derartigen Zweck nie benützt werden sollen. Er war Führungsoffizier bei der CIA, und da Führungsoffiziere von jeher für beide Seiten die begehrtesten Ziele waren, wurde Underlet in die Mangel genommen. Selbst nachdem sie das Manöver des KGB durchschaut hatten, bekam Underlet seine leitende Stellung nicht zurück. Er wurde auf einen lausigen Posten nach Djakarta abgeschoben. Das alles war zu der Zeit passiert, als meine Frau Fiona zur anderen Seite überlief. Wenn das Manöver dazu dienen sollte, Wut und Verachtung der CIA auf ein anderes Ziel zu lenken, war es erfolgreich. Ich vermute, dieses Täuschungsmanöver war uns genauso nützlich wie dem KGB. Ich hatte mich damals gefragt, ob es nicht Fionas Idee war. Wir beide kannten Peter Underlet und seine Frau. Fiona schien sie zu mögen.

»Dies hier«, sagte Valeri und wählte ein Foto, das er sorgfältig etwas entfernt von den anderen auf den Tisch legte. Ich stand auf, um es besser sehen zu können.
»Das ist er also«, sagte Bower, Interesse heuchelnd, als hätten sie das Ganze nicht schon mal durchgezogen. Er nahm das Foto und betrachtete es. Dann reichte er es mir. »Ein gutaussehendes Scheusal, was? Kennen Sie ihn zufällig?«
Ich sah es mir an. Ich kannte den Mann gut. Er nannte sich Erich Stinnes. Er war ein leitender KGB-Mann in Ostberlin. Es hieß, er sei der Verbindungsmann zwischen dem Moskauer und dem ostdeutschen Sicherheitsdienst. Das Foto mußte neueren Datums sein, denn er war feister geworden, seit ich ihn zuletzt gesehen hatte. Aber noch hatte er den Rest seines spärlichen Haares nicht verloren, und die harten Augen hinter den kleinen Gläsern seiner Brille waren so wild wie eh und je. »Den Mann habe ich nie gesehen«, sagte ich und reichte Bower das Bild zurück. »Ist es jemand, mit dem wir schon mal Kontakt gehabt haben?«
»Meines Wissens nicht«, sagte Bower. Zu Valeri sagte er: »Beschreiben Sie die Lieferungen noch mal.«
»Am zweiten Donnerstag jeden Monats . . . Der KGB-Kurier.«
»Und Sie haben gesehen, wie er's öffnete?«
»Nur das eine Mal, aber jeder weiß . . .«
»Jeder?«
»In seinem Büro. Ich meine, ganz Karlshorst redet davon.«
Bower lächelte spöttisch. »Daß sich der KGB-Verbindungsmann am zweiten Donnerstag jeden Monats ins Reich der Träume schnüffelte? Und Moskau schaut zu?«
»Die Zeiten haben sich geändert«, sagte Valeri hartnäckig, mit unbewegtem Gesicht.
»Hört sich ganz so an«, sagte Bower, ohne seinen Unglauben zu verbergen.
»Glauben Sie's oder nicht«, sagte Valeri. »Aber ich habe gesehen, wie er sich das weiße Pulver in die Hand schüttete.«
»Und daß er's schnüffelte?«
»Ich ging aus dem Raum. Sagte ich Ihnen doch. Ich habe schnell die Tür hinter mir zugemacht. Ich wollte keinen Ärger kriegen.«

»Und doch konnten Sie sehen, daß es ein weißes Pulver war?«
»Ich wünschte, ich hätte das verdammte Zeug nie erwähnt.«
Ich wußte jetzt, wo ich den Mann einzuordnen hatte. Er war ein typischer Kommunist alter Schule, einer von denen, die den Krieg als Emigranten in Moskau verbracht hatten. Viele von ihnen waren für wichtige Stellungen in dem von Stalin eroberten Deutschland ausgebildet worden. Welche Geschichte steckte hinter diesem hier? Weshalb hatte er sich entschlossen, für uns zu arbeiten? Erpressung? Hatte er ein – politisches oder gewöhnliches – Verbrechen begangen? Oder war er nicht aus dem Holz geschnitzt, aus dem man Führer macht? Oder war er einfach eins von diesen unbequemen Individuen, die nicht für sich denken lassen?
»Kein Kommentar«, sagte Bower mit müder Stimme und sah auf seine Uhr.
Valeri sagte: »Nächste Woche werde ich genauer hinsehen.«
Ich merkte, wie Bower erstarrte. Für einen aktiven Agenten war die Bemerkung verdammt unvorsichtig. Ich hatte nicht mitkriegen sollen, daß dieser Valeri ein Doppelagent war, der regelmäßig hin und her wechselte. Es war die Sorte Versprecher, die Leuten den Kopf kosten kann. Valeri war müde. Ich tat, als hätte ich die Entgleisung nicht bemerkt.
Bower machte es genauso. Er hätte es festhalten und den Mann verwarnen sollen, aber er wandte sich mit einem fast unmerklichen Kopfschütteln an die Stenografin, ehe er mich ansah. In ruhigem Ton fragte er: »Bringt das was?« Das war das Stichwort für mich, aus dem Zimmer zu gehen.
»Nicht, soweit ich es beurteilen kann.«
»Frank wollte, daß Sie Bescheid wissen«, setzte er hinzu für den Fall, daß ich das Signal verpaßt hätte, abzuhauen und ihn seine schwierige Arbeit weitermachen zu lassen.
»Wo ist er?«
»Er mußte weg.« Bower nahm den Telefonhörer ab und sagte, in dreißig Minuten sei Mittagspause. Ich fragte mich, ob auch das ein Trick war. Vernehmungsbeamte machten so etwas manchmal, um die Zeit lang werden zu lassen und so die Spannung zu erhöhen.

Ich sprang auf. »Sagen Sie ihm Dank«, sagte ich. Er nickte.
Ich ging in das Vorzimmer, wo Teacher auf mich wartete. Er sagte nicht »Na denn« und stellte auch keine der üblichen höflichen Fragen. Vernehmungen sind von einer Art Beichtgeheimnis umgeben. Sie finden statt, und man sieht, daß sie stattfinden, spricht aber nie von ihnen. »Bringen Sie mich nach Kreuzberg zurück?« fragte ich ihn.
»Wenn Sie da hinwollen«, sagte Teacher.
Wir verabschiedeten uns von der Duchess und gingen nach unten, wo uns der Wächter die doppelt verschlossene Tür öffnete.
Die Straßen waren leer. Das deutsche Ladenschlußgesetz – das, weil die Gewerkschaften es so wollen, alle Läden die meiste Zeit geschlossen hält – kann einen gemütskrank machen, und landauf, landab sind Wochenenden in Deutschland eine den Geist lähmende Erfahrung. Touristen streunen ziellos. Einwohner, denen Speis und Trank ausgegangen sind, suchen die Straßen ab in der Hoffnung, einen Tante-Emma-Laden zu entdecken, wo ein Ladeninhaber gewillt ist, gegen das Gesetz zu verstoßen und ein Brot, eine Tafel Schokolade oder einen Liter Milch an der Hintertür zu verkaufen.
Während wir durch die verödeten Straßen fuhren, sagte ich zu Teacher: »Sind Sie mein Aufpasser?«
Teacher sah mich ausdruckslos an.
Ich fragte ihn noch mal: »Sind Sie als mein Wärter eingeteilt?«
»Ich weiß nicht, was ein Wärter ist.«
»Es gibt welche im Zoo. Die kümmern sich da um die Tiere.«
»Brauchen Sie das denn, einen Wärter?«
»War das Franks Idee?«
»Frank?«
»Verarschen Sie mich nicht, Teacher. Ich habe diese Stadt schon auf den Kopf gestellt, als Sie noch kurze Hosen trugen.«
»Frank weiß nichts davon, daß Sie hergekommen sind«, sagte er mechanisch. Das widersprach allem, was er mir vorher gesagt hatte, aber er wollte die Unterhaltung beenden, indem er mir zu verstehen gab, daß er nur seinen Anweisungen folgte: Franks Anweisungen.

»Und Frank hält sich zurück, damit er wahrheitsgetreu nach London berichten kann, er hätte mich nicht gesehen.«

Teacher schaute angestrengt umher und schien nicht genau zu wissen, wie er zu fahren hatte. Er fuhr langsamer, um die Hinweisschilder zu lesen. Ich ließ ihn machen. Schließlich sagte er: »Und das ärgert Sie?«

»Und warum sollte es nicht?«

»Weil, wenn Frank vernünftig wäre, er Sie in ein Flugzeug nach London setzen und es Ihnen und London überlassen würde, alles ins reine zu bringen«, sagte Teacher.

»Ist es das, was Sie machen würden?«

»Verdammt noch mal, genau das«, sagte Teacher.

Wir fuhren auf der Heerstraße, wo an einem Wochentag dichter Verkehr wäre. Immer mal wieder hatte grauer Glanz die Luft gefüllt, wenn ein Schauer eine Probe versprochenen Schnees lieferte. Jetzt fing es ernsthaft an. Große, spitzige Flocken wirbelten herab. Wieder und wieder war der letzte Schnee gekommen, und noch immer hielt die Kälte an und erinnerte Gäste aus anderen Klimazonen, daß Berlin am Rande von Asien lag.

Entweder aus Versehen oder in einem Versuch, mich mit seiner Kenntnis der Stadt zu beeindrucken, bog Teacher ab und suchte eine Abkürzung um das Messegelände herum. Zweimal geriet er dabei in Sackgassen. Schließlich erbarmte ich mich seiner und lotste ihn nach Halensee. Dann, als wir auf den Kurfürstendamm kamen, lehnte er sich in seinen Sitz zurück, seufzte und sagte: »Ich nehme an, ich bin Ihr Wärter.«

»Und?«

»Frank würde vielleicht gerne Ihre Meinung hören.«

»Berlin ist die Heroin-Hauptstadt der Welt«, sagte ich.

»Ja, das habe ich in der *Welt* gelesen«, sagte Teacher.

Ich ignorierte den Sarkasmus. »Das Zeug kommt über den Flughafen Schönefeld herein. Diese Bastarde vergewissern sich, daß es auch auf dieser Seite der Mauer ankommt.«

»Wenn *alles* hierher kommt, könnte es schließlich doch sein, daß jemand versuchte, ein bißchen davon zurückzuschicken«, sagte Teacher.

»Stinnes ist inzwischen ein ganz großes Tier. Er hätte eine

Menge zu verlieren. Es will mir einfach nicht in den Kopf, daß er sich Heroin – oder was auch immer – durch einen Armee-Kurier aus dem Westen mitbringen läßt.«

»Aber?«

»Ja, aber. Stinnes weiß, wie der Laden läuft. Er ist lange im Westen gewesen. Er ist ein großer Frauenheld, und gewisse harte Drogen werden in Verbindung mit Sex gebraucht.«

»In Verbindung mit Sex? Wie denn?«

»Eine Menge Leute nehmen Drogen nur, wenn sie Gesellschaft im Bett haben. Und daß Stinnes in diese Kategorie fällt, halte ich für möglich.«

»So erzähle ich Frank also, daß Sie's für möglich halten?«

»Nur für möglich, nicht für wahrscheinlich.«

»Ein feiner Unterschied«, sagte Teacher.

»Einst vor langer Zeit hat dieser Stinnes sich auf meine Kosten vergnügt... Er erzählte mir, er wolle zu uns rüberkommen.«

»KGB? Rekrutiert?«

»Das war's, was er sagte.«

»Und Sie haben's geschluckt?«

»Ich riet zur Vorsicht.«

»Das ist immer das Beste: alle Ausgänge überwachen«, sagte Teacher. Er war nicht einer meiner glühendsten Bewunderer. Ich vermutete, Frank hatte mich zu golden gemalt.

»Jedenfalls: Gebranntes Kind scheut das Feuer.«

»Ich werde Frank genau mitteilen, was Sie gesagt haben«, versprach er.

»Hier geht's aber nicht nach Kreuzberg.«

»Keine Angst. Ich dachte, ich könnte Sie noch zum Mittagessen mitnehmen, ehe ich Sie in Ihren Slum zurückbringe.« Vielleicht war auch das Franks Idee, überlegte ich. Mr. Teacher schien mir kein Mann spontaner Gesten zu sein.

»Danke.«

»Ich wohne in Wilmersdorf. Meine Frau hat immer zuviel Essen im Haus. Paßt Ihnen das?«

»Ja, danke«, sagte ich.

»Ich habe diesen Monat über meine Verhältnisse gelebt. Wir hatten Hochzeitstag.«

Als wir in Wilmersdorf ankamen, lagen die Straßen in ein zartes Gewebe von Schnee gehüllt. Teacher wohnte in einem eleganten neuen Apartmenthaus. Er parkte den Wagen in der Tiefgarage, die zum Haus gehörte. Diese war gut beleuchtet und geheizt: Luxus, verglichen mit Kreuzberg. Wir nahmen den Aufzug zu seiner Wohnung in der vierten Etage.
Er klingelte, während er die Wohnungstür aufschloß. Drinnen rief er seine Frau: »Clemmie? Clem, bist du da?«
Ihre Stimme antwortete aus einem höhergelegenen Raum. »Wo zum Teufel bist du gewesen? Weißt du, wie spät es ist?«
»Clemmie.«
Noch immer kam sie nicht. »Ich habe schon Mittag gegessen. Du wirst dich mit einem Ei oder dergleichen begnügen müssen.«
Unbeholfen im Korridor stehend, blickte er auf den leeren Treppenabsatz, dann auf mich und lächelte bekümmert. »Dann Eier? Clemmie wird uns Omeletts machen.«
»Na prima.«
»Ich habe einen Kollegen mitgebracht«, rief er laut.
Nun kam seine Frau die Treppe herunter, nervös und lächelnd. Sie lohnte das Warten: jung, langbeinig und wohlgeformt. Sie berührte ihr sorgfältig frisiertes Haar und strahlte mich an. Sie sah aus, als hätte sie sich eben frisch geschminkt. Ihr Lächeln erfror, als sie ein paar Schneeflocken auf seinem Mantel bemerkte. »Mein Gott, wann wird es denn endlich Sommer in dieser verdammten Stadt?« sagte sie, als wäre er dafür verantwortlich.
»Clemmie«, sagte Teacher, nachdem er ihre zu diesem Zweck dargebotene Wange geküßt hatte, »das ist Bernard Samson, aus dem Büro.«
»Der berühmte Bernard Samson?« fragte sie mit einem kehligen kleinen Lachen. Ihre Stimme war jetzt leiser und ihr freundlicher Spott nicht unattraktiv.
»Ich nehme an«, sagte ich. Die unschuldige Frage, ob ich verheiratet sei, hätte sich der gute Mr. Teacher sparen können. Selbst seine Frau wußte alles über mich.
»Ziehen Sie den Mantel aus, Bernard«, sagte sie in dem spaßend flirtenden Ton, der ihr natürlich zu sein schien. Vielleicht fühlte

sich der biedere Teacher aus diesem Grund zu ihr hingezogen. Sie nahm meinen alten Mantel, hängte diesen auf einen hölzernen Kleiderbügel mit der Aufschrift »Disneyland Hotel Anaheim, California« und sodann in einen antiken Walnußschrank. Sie war stark parfümiert und trug ein durchgeknöpftes Kleid von hellgrüner Wolle, große Ohrringe und eine goldene Halskette. Nichts, was man zum Kirchgang anziehen würde. Sie mochte sechs oder acht Jahre jünger sein als ihr Mann, und ich fragte mich, ob sie versuchte, sich diese anmaßende Bestimmtheit anzutrainieren, die junge Gattinnen brauchten, um den gesellschaftlichen Anforderungen des Berliner Milieus gewachsen zu sein.

»Bernard Samson: Geheimagent! Ich habe noch nie einen richtigen Geheimagenten gesehen.«

»Das ist schon lange her«, sagte Teacher warnend.

»So lange kann das noch gar nicht her sein«, sagte sie schelmisch. »Er ist doch noch so jung. Also, wie ist das, wenn man Geheimagent ist, Bernard? Sie haben doch nichts dagegen, daß ich Sie Bernard nenne, nicht wahr?«

»Natürlich nicht«, sagte ich verlegen.

»Und Sie sagen Clemmie zu mir.« Sie griff mit theatralisch verschwörerischer Gebärde nach meinem Arm. »Erzählen Sie mir, wie es ist. Bitte.«

»Es ist ungefähr so, als wäre man ein heruntergekommener Privatdetektiv«, sagte ich. »In einem Land, wo es einem dreißig Jahre Knast einbringt, Privatdetektiv zu sein. Oder Schlimmeres.«

»Mach uns was zu essen, Clemmie«, sagte Teacher in einem Ton, dem anzuhören war, daß seine momentane Verlegenheit langsam in Wut umschlug. »Wir sind halb verhungert.«

»Darling, es ist Sonntag. Laß uns feiern. Machen wir diese wunderbare Büchse Sewruga auf, die dir jemand geschenkt hat, nach dem ich dich nicht befragen darf«, sagte sie.

»Fabelhafte Idee«, sagte Teacher und schien erleichtert. Nicht daß er direkt glücklich ausgesehen hätte. Aber das tat er wohl nie.

Clemmie ging in die Küche, den Kaviar zu holen, während

Teacher mich ins Wohnzimmer führte und fragte, was ich trinken wolle.
»Haben Sie Wodka?« fragte ich.
»Stolitzschnaja oder Zubrowka oder eine deutsche Marke?«
»Zubrowka.«
»Ich hole ihn aus dem Eisschrank. Machen Sie sich's bequem.«
Kaum war er aus dem Zimmer, sah ich mich um. Ich weiß, daß sich das für einen Gast eigentlich nicht schickt, aber ich kann der Neugier nie widerstehen. Es war ein kleines, aber bequemes Apartment mit einem riesigen Sofa, einer großen Hi-Fi-Anlage und einem langen Regal voller CDs, größtenteils Popgruppen von gestern, die, vermutete ich, wohl Clemmie gehörten. Auf dem Beistelltisch lag ein Fotoalbum, in Leder gebunden und mit Troddeln dran, die Sorte Album, in der die Leute prächtige Hochzeiten dokumentieren. Es war mit zusätzlichen Bildern und Programmen vollgestopft, daß es die Seiten spreizte. Ich schlug es auf. Auf jeder Seite Bilder von Clemmie: Clemmie auf dem Sportfeld, beim 1000-Meter-Lauf, Hürdenlauf, Clemmie mit Medaillen ausgezeichnet, silberne Pokale schwenkend. Alle Bilder waren liebevoll mit gestochen geschriebenen Titeln versehen. Hinten eingelegt waren schon vergilbende Sportseiten aus Lokalzeitungen, die große Anzeigen für Schönheitssalons und Seniorenheime brachten, auf denen sie gleichfalls abgebildet war. Auf all diesen Bildern sah sie so jung aus: sehr, sehr jung. Sie hatte sich diese Bilder wohl gerade angesehen, als sie die Tür hörte und nach oben lief, ihr Make-up aufzufrischen. Arme Clemmie.
Das Apartmenthaus war neu und hatte dünne Wände. Als Teacher in die Küche kam, hörte ich seine Frau mit lauter Stimme sagen: »Jesus Christus, Jeremy! Warum hast du ihn bloß mitgebracht?«
»Ich hatte das Geld nicht, sonst hätten wir alle in einem Restaurant essen können.«
»Restaurant? Wenn das im Büro bekannt wird, kriegst du bestimmt Ärger.«
»Frank hat gesagt, ich soll ihn zum Essen einladen. Frank mag ihn.«

»Frank mag jeden, bis es kracht.«
»Ich bin für ihn zuständig.«
»Darauf hättest du dich niemals einlassen dürfen.«
»Es gab keinen anderen.«
»Du hast mir gesagt, daß er ein Ausgestoßener ist, und so wirst du auch enden, wenn du dir das Schwein nicht vom Leibe hältst.«
»Bitte, laß mich tun, was ich für richtig halte.«
»Weil ich dich das habe machen lassen, sitzen wir jetzt in dieser beschissenen Stadt.«
»In sechs Monaten haben wir einen schönen, langen Urlaub.«
»Noch sechs Monate hier mit diesen Scheiß-Krauts, und ich bin reif für die Klapsmühle«, sagte sie.
Ich hörte die Tür des Eisschranks zuschlagen und das Geräusch von Eiswürfeln, die in einen Krug geschüttet wurden.
»Du mußt schließlich nicht mit ihnen klarkommen«, sagte sie. Ihre Stimme war jetzt schrill. »Wie sie sich zum Beispiel an der Kasse immer vordrängeln. Ich hasse diese Deutschen. Und dieses ekelhafte Winterwetter, das nie aufhört! Ich halte es einfach nicht mehr aus!«
»Ich weiß, Liebling.« Seine Stimme blieb leise und zärtlich. »Aber bitte, versuche es trotzdem.«
Als er zurückkehrte, goß er uns beiden reichlich Wodka ein, den wir schweigend tranken. Ich nehme an, er wußte, wie dünn die Wände waren.
Es war eine mühsame Mahlzeit. Wir verzehrten 250 Gramm russischen Kaviar in fast vollkommenem Schweigen. Es gab Roggenbrot und Wodka dazu. »Aus dem Frühjahrsfang«, sagte Teacher, den Kaviar kostend, kennerisch. »Der ist immer der beste.«
Da ich nicht genau wußte, wie eine derartige Bemerkung zu quittieren war, sagte ich nur, er sei köstlich.
Clemmies Mascara war verschmiert. Sie trug kaum zum Small talk ihres Mannes bei. Sie wollte auch keinen Wodka, sie trank Wasser. Beide taten sie mir leid. Ich wollte ihnen sagen, sie sollten das alles nicht so tragisch nehmen. Ich wollte ihr sagen, das sei nur der Berliner Blues, die Klaustrophobie, an der alle

Frauen, die ihren dorthin versetzten Männern auf »die Insel« folgten, erst mal litten.
Aber ich war zu feige. Ich beteiligte mich also nur an Mr. Teachers zähem Geplauder und tat so, als merkte ich nicht, daß die beiden unterdessen in aller Stille ihren ganz persönlichen und privaten Krach miteinander hatten.

3

»Fahren Sie weiter«, sagte ich zu Teacher, als er die Fahrt verlangsamte, um mich aussteigen zu lassen.
»Was?«
»Fahren Sie weiter, fahren Sie weiter, fahren Sie weiter!«
»Was ist denn mit Ihnen?« sagte er, fuhr aber weiter und an dem Wagen vorbei, der mir aufgefallen war. Dieser parkte genau vor meiner Haustür.
»Biegen Sie rechts ab, und fahren Sie einmal ums Karree.«
»Was haben Sie gesehen? Einen Wagen, den Sie kennen?«
Ich machte ein ausweichendes Geräusch.
»Was denn?« beharrte er.
»Einen Wagen, den ich nicht kannte.«
»Welcher?«
»Der schwarze Audi... zu schick für diese Straße.«
»Sie werden nervös, Samson. Ich möchte wetten, daß der Wagen vollkommen harmlos ist...«
Noch während er das sagte, fuhr ein Polizeiwagen langsam an uns vorbei, aber Teacher ließ sich nicht anmerken, daß er ihn bemerkte. Vermutlich hatte er andere Sorgen. »Vielleicht haben Sie recht«, sagte ich. »Ich bin wohl ein bißchen nervös. Mir fällt jetzt ein, daß der Wagen dem Bruder meiner Wirtin gehört.«
»Na bitte«, sagte Teacher. »Habe ich doch gesagt, daß er ganz harmlos ist.«
»Ich muß mich endlich mal richtig ausschlafen. Lassen Sie mich an der Ecke raus. Ich brauche Zigaretten.«
Er hielt vor dem Laden. »Geschlossen«, sagte er.
»Sie haben einen Automaten am Eingang.«
»Na gut, denn.«

Ich öffnete die Wagentür. »Danke für die Einladung zum Kaviar. Bestellen Sie auch Clemmie meinen Dank. Und entschuldigen Sie meine Aufdringlichkeit.« Er hatte mich eine heiße Dusche nehmen lassen. Ich fühlte mich besser danach, fragte mich aber, ob der abgespülte Dreck nicht den Abfluß verstopft hatte. Ich war dankbar. »Und schöne Grüße an Frank«, trug ich ihm zuletzt noch auf.

Er nickte. »Ich habe mit ihm telefoniert. Frank sagt, Sie sollten Rudi Kleindorf lieber aus dem Weg gehen.«

»Also keine schönen Grüße.«

Er gestattete sich ein düsteres, kleines Lächeln, gab Gas und fuhr ab, kaum daß ich die Tür zugeschlagen hatte. Er machte sich Sorgen wegen seiner Frau. Ich atmete tief durch. Die Luft war dick vom Gestank aus den Braunkohlekraftwerken, die rings um die Stadt in der DDR stehen. Sie erstickte die Bäume, verbrannte einem den Rachen und füllte einem die Nase mit Ruß. Es war die Berliner Luft.

Ich wartete, bis Teachers Wagen um die Ecke war, ehe ich vorsichtig die Straße ein Stück zurückging und ans Fenster des roten VW Golf klopfte. Werner griff herüber und öffnete die Tür. Ich setzte mich auf den Rücksitz.

»Gott sei Dank. Alles in Ordnung, Bernie?«

»Warum denn nicht?«

»Wo bist du gewesen?« Werner konnte seine Gefühle gut verbergen, aber jetzt war er unverkennbar erregt.

»Ist das wichtig?« sagte ich. »Was ist denn los?«

»Spengler ist tot. Irgend jemand hat ihn ermordet.«

Mir kam die Galle hoch. Ich war zu alt für so was, zu alt, zu teilnehmend, zu verheiratet, zu weich. »Ermordet? Wann?«

»Das wollte ich dich fragen«, sagte Werner.

»Was soll das heißen, Werner? Glaubst du etwa, ich würde dieses Häufchen Elend umbringen?« Werners Ton ärgerte mich. Ich hatte Spengler gern gehabt.

»Ich habe Johnny gesehen. Er hielt Ausschau nach dir, um dich zu warnen, daß die Bullen hier sind.«

»Und was ist mit Johnny?«

»Johnny ist auf dem Polizeipräsidium und wird vernommen.«

»Er hat keine Papiere«, sagte ich.
»Eben. Also werden sie ihn in die Mangel nehmen.«
»Mach dir keine Sorgen. Johnny ist ein guter Junge«, sagte ich.
»Wenn er zwischen der Ausweisung nach Sri Lanka und einem umfassenden Geständnis zu wählen hat, wird er ihnen erzählen, was er weiß«, sagte Werner mit störrischer Logik.
»Er weiß nichts«, sagte ich.
»Er könnte einige schädliche Mutmaßungen anstellen, Bernie.«
»Scheiße!« Ich rieb mir das Gesicht und versuchte, mich zu erinnern, was Johnny etwa Kompromittierendes gesehen oder mit angehört haben könnte.
»Duck dich, die Bullen kommen raus«, sagte Werner. Ich ging auf dem Boden in Deckung. Da unten roch es stark nach dem Gummi der Fußmatten. Werner hatte die Vordersitze vorgerückt, um mir hinten genug Platz zu schaffen. Werner dachte an alles. Unter seinen ruhigen, logischen und konventionellen Äußerungen verbarg sich eine verzehrende Leidenschaft – um nicht zu sagen Besessenheit – für Spionage. Werner folgte den veröffentlichten und unveröffentlichten Sagas des kalten Krieges mit der Hingabe, die andere Männer an die schwankenden Geschicke von Fußballmannschaften wandten. Werner wäre der perfekte Spion gewesen. Nur daß perfekte Spione wie perfekte Ehemänner zu berechenbar sind, in einer Welt zu überleben, in der das Glück den Impulsiven begünstigt.
Zwei uniformierte Polizisten gingen vorbei zu ihrem Wagen. Einer von ihnen sagte: »Mit der Dummheit kämpfen Götter selbst vergebens.«
»Schiller«, sagte Werner in einem Ton, in dem sich Stolz und Bewunderung mischten.
»Vielleicht studiert er für den Aufstieg in den gehobenen Dienst«, sagte ich.
»Irgend jemand hat Spengler eine Plastiktüte über den Kopf gezogen und ihn erstickt«, sagte Werner, nachdem die Polizisten in ihren Wagen gestiegen und abgefahren waren. »Ich nehme an, er war betrunken und hat sich nicht sehr gewehrt.«
»Die Polizei wird sich seinetwegen keine grauen Haare wachsen lassen«, sagte ich. Ein toter Junkie in dieser Gegend von Kreuz-

berg war nicht die Sensation, zu der sich Pressefotografen drängten. Spengler kriegte bestenfalls ein paar Zeilen im Lokalteil.

»Spengler schlief in deinem Bett«, sagte Werner. »Irgend jemand hat *dich* umzubringen versucht.«

»Wer will mich umbringen?« sagte ich.

Werner schneuzte sich sehr sorgfältig mit einem großen weißen Taschentuch. »Du hast in letzter Zeit unter erheblicher Anspannung gestanden, Bernie. Ich weiß nicht, ob ich damit fertig geworden wäre. Du brauchst dringend ein bißchen Erholung.«

»Versuch nicht, mich zu schonen«, sagte ich. »Was willst du mir sagen?«

Er runzelte die Stirn in dem Bemühen, die richtige Formulierung dessen, was er mir sagen wollte, zu treffen. »Du machst eine komische Zeit durch. Du denkst nicht mehr gerade.«

»Erzähl mir nur, wer mich umbringen will.«

»Ich wußte, daß ich dich beunruhigen würde.«

»Du beunruhigst mich nicht, aber sag es mir.«

Werner zuckte die Achseln.

»So ist es«, sagte ich. »Jeder erzählt mir, daß ich in Lebensgefahr bin, aber niemand weiß, durch wen.«

»Du hast ein Hornissennest aufgescheucht, Bernie. Deine eigenen Leute wollen dich verhaften, die Amerikaner dachten, du wolltest ihnen Ärger machen, und Gott weiß, was Moskau sich zusammenreimt.«

Jetzt fing er an zu reden wie Rudi Kleindorf, genaugenommen wie eine Menge Leute, die der Versuchung, mir gute Ratschläge zu geben, nicht widerstehen konnten. Ich sagte: »Würdest du mich zur Wohnungstür des Langen fahren?«

Für einen Augenblick überlegte er. »Da ist niemand zu Hause.«

»Woher weißt du das?« fragte ich.

»Ich habe jeden Tag angerufen, genau wie du's mir gesagt hast. Außerdem Briefe geschrieben.«

»Ich werde an die Tür hämmern. Vielleicht hatte ja der Große recht. Vielleicht stellt der Lange sich taub. Vielleicht ist er die ganze Zeit zu Hause.«

»Und geht nicht ans Telefon und liest nicht seine Post? Das würde dem Langen aber gar nicht ähnlich sehen.«

Der Lange war ein Amerikaner, der in Berlin lebte, seit es Berlin gab. Werner konnte ihn nicht leiden. Allerdings gab es kaum jemanden, der den Langen mochte, außer vielleicht seiner geduldigen Frau, und die besuchte mehrmals im Jahr Verwandte.

»Vielleicht macht auch er gerade eine komische Zeit durch«, sagte ich.

»Ich komme mit.«

»Setz mich einfach vor der Haustür ab.«

»Und wie willst du wieder nach Hause kommen?« fragte Werner in dem klagenden, gequälten Ton, den er immer anschlug, wenn er mich bei einer katastrophalen Dummheit gewähren lassen mußte.

Als wir in die Straße kamen, wo der »Lange« John Koby wohnte, dachte ich, Werner würde wegfahren und mich mir selbst überlassen, aber sein Zögern war nur vorübergehend, und er wollte schließlich nichts davon wissen, daß ich alleine hinaufging.

Es war eines der für Berlin typischen Mietshäuser der Gründerzeit. Seit meinem letzten Besuch hier waren die Haustür und die Eingangshalle frisch gestrichen worden, auch hatte man dort eine Reihe von Hausbriefkästen angebracht, die jeder mit dem Namen eines Mieters gekennzeichnet waren. Doch bis zur ersten Etage hinauf war die Renovierung nicht gekommen. Auf jeder Etage mußte die Treppenbeleuchtung neu angeknipst werden, deren trübes Licht dann kurzfristig den Anblick der an die Wände gesprühten Graffiti gewährte, die Fußballmannschaften oder Popgruppen rühmten oder sich in den gegenstandslosen Kringeln und Zickzackmustern ergingen, die proklamieren, daß Graffiti kein Monopol der Schriftkundigen zu sein brauchen.

Der Lange wohnte im obersten Stock. Die Tür war alt und abgestoßen, das Namensschild über der Klingel war abgerissen worden, vielleicht weil der Name da nicht mehr stehen sollte. Mehrmals drückte ich ausdauernd auf den Klingelknopf, hörte es drinnen aber nicht läuten. Dann klopfte ich, erst mit den Knöcheln, dann mit einer Münze, die ich in meiner Tasche gefunden hatte.

Die Münze brachte mich auf eine Idee. »Gib mir ein bißchen Geld«, sagte ich zu Werner.
Gefällig wie immer öffnete Werner seine Brieftasche und reichte sie mir. Ich nahm einen Hundertmarkschein, riß ihn vorsichtig entzwei. Mit Werners dünnem silbernen Drehbleistift schrieb ich auf eine der Hälften: *Langer – mach endlich auf, du Bastard* und schob sie dann unter der Tür durch.
»Er ist nicht da«, sagte Werner, verständlicherweise befremdet von meiner launenhaften Verfügung über sein Geld. »Es ist kein Licht an.«
Werner meinte, daß keins durch die Türspalten zu sehen war. Ich wies ihn nicht darauf hin, daß der lange John Koby schon seit einer kleinen Ewigkeit im Spionagegeschäft war. Wie immer man ihn auch einschätzte – und meine eigenen Gefühle waren gemischt –, ein bißchen verstand er vom Geschäft. Er war nicht der Typ, der so tun würde, als sei er weggefahren, und gleichzeitig Licht aus den Ritzen seiner Wohnungstür dringen ließ.
Ich legte einen Finger auf meine Lippen, und kaum hatte ich das getan, klickte die Zeitschaltung, und wir standen wieder mal im Dunkeln. Stundenlang, jedenfalls kam's mir so vor, obwohl es tatsächlich wohl kaum mehr als drei Minuten waren.
Plötzlich wurde die Türverriegelung zurückgeschlagen, knallend wie Schüsse. Werner schnappte nach Luft: Er war erschrokken, ich auch. Der Lange bemerkte das und lachte. »Kommt rein, Leute«, sagte er. Er streckte die Hand aus, und ich gab ihr den Klaps, den der Lange als Begrüßung erwartete. Nur ein schwacher Lichtschimmer fiel aus der Tür. »Bernard! Du vieräugiger Hundesohn!« Über meine Schulter sehend, sagte er: »Und wer ist dieser gutgekleidete Herr mit falschem Schnurrbart und großer roter Pappnase? Kann das Werner Volkmann sein?« Ich merkte, wie Werner vor Ärger erstarrte. Der Lange fuhr fort, ohne eine Antwort abzuwarten: »Ich dachte, ihr Brüder wärt von den Zeugen Jehovas. Diese Halleluja-Fritzen waren diese Woche so ziemlich jeden Abend hier. Dann habe ich gedacht, ›heute ist doch Sonntag, da haben sie sicher frei‹.« Er lachte.
Er las meine Botschaft noch einmal und steckte die halbe

Banknote in die Tasche seines Hemdes, während wir in die Wohnung gingen. Im Entree war eine walnußfurnierte Flurgarderobe mit Spiegel, Kleiderhaken, Hutbrett und einem Ständer für Regenschirme und Spazierstöcke. Er nahm Werners Hut und Mantel und zeigte uns, wie man das Möbel benutzte. Es nahm fast die ganze Breite des Korridors ein, und wir mußten uns daran vorbeidrücken. Mir fiel auf, daß der Lange das Licht erst anknipste, nachdem er die Wohnungstür geschlossen hatte. Er wollte keinen Schatten auf die Treppe werfen. Hatte er vor irgend jemandem oder irgend etwas Angst? Nein, nicht der Lange: Dieser streitlustige alte Bastard war furchtlos. Er schlug einen schweren Vorhang zurück, der mit dicken Ringen an einer Stange befestigt war. Tatsächlich war es eine alte graue Wehrmachtsdecke, komplett mit Streifen, der einem sagte, welches Ende man über die Füße zu legen hatte. Jetzt hielt sie hier den Zug ab und verhinderte auch, daß Licht aus dem Wohnzimmer in den Korridor fiel.

Sie hatten nur ein großes, bequemes Zimmer, in dem sie sitzen und fernsehen konnten, deshalb benutzte der Lange es auch als Arbeitszimmer. Vom Boden bis zur Decke reichende Bücherregale füllten eine der Wände, darin standen die Bücher in Doppelreihen und ließen, über den Reihen quergelegt, keine Lücke. Auf einem alten Schulpult am Fenster stapelten sich weitere Bücher und stand eine große altmodische Büroschreibmaschine, auf der deutsche Zeitungen und eine Tasse mit Untertasse schwankend das Gleichgewicht hielten.

»Sieh mal, wer endlich doch entdeckt hat, wo wir wohnen«, sagte der Lange in jenem kehligen Bogart-Ton, der zu seinem amerikanischen Englisch paßte. Er war ein hagerer Typ, hatte Kugelschreiber und Bleistifte in der Tasche seines verblichenen Plaid-Hemdes und ausgebeulte Flanellhosen an, die von einem alten US-Army-Leinengürtel gehalten wurden.

Seine Frau erschien zu unserer Begrüßung. Das Gesicht sorgfältig geschminkt, das Haar kurz und ordentlich gekämmt, war Gerda noch immer hübsch auf eine strenge, altjüngferliche Art. »Bernard, Lieber! Und Werner auch! Wie schön, euch zu sehen.« Sie war winzig, insbesondere neben ihrem hochgewachsenen

Mann. Gerda war Deutsche, durch und durch. Die beiden hatten sich hier 1945 in den Ruinen kennengelernt. Damals war sie Opernsängerin, und ich erinnere mich, daß noch Jahre später Leute sie auf der Straße ansprachen, die sich ihrer erinnerten und um ein Autogramm baten. Das war lange her, und inzwischen war ihre Karriere Sache der Geschichtsbücher. Doch selbst in diesem billigen schwarzen Kleid strahlte sie einen undefinierbaren Zauber aus, und manchmal konnte ich mir vorstellen, wie sie die Sophie im »Rosenkavalier« sang an jenem Abend im Jahre 1943, als ihr das Publikum der Staatsoper zu Füßen lag und sie über Nacht berühmt wurde.

»Wir haben versucht anzurufen«, erklärte Werner entschuldigend.

»Du siehst gut aus«, sagte Gerda, Werner mit großem Interesse betrachtend. »Du siehst richtig vornehm aus.« Sie sah mich an. »Du auch, Bernard«, fuhr sie höflich fort, obwohl ich den Eindruck hatte, daß mein langes Haar und verwahrloster Aufzug sie beunruhigten.

»Hättet ihr lieber Tee oder Kaffee?« fragte sie.

»Oder Wein?« sagte der Lange.

»Tee oder Kaffee«, sagte ich eilig. Jeden Herbst machte Gerda Pflaumenwein, genug für das ganze Jahr, und ich schauderte bei dem Gedanken an die Menge, denn der Lange trank das Zeug literweise. Es schmeckte wie Abbeizer.

»Pflaumenwein«, sagte der Lange. »Gerda macht ihn selber.«

»Wirklich, Gerda?« fragte ich. »Wie schade. Aber ich kriege von Pflaumenwein immer Ausschlag.«

Der Lange verzog das Gesicht. Gerda sagte: »Der Lange trinkt zuviel davon. Das ist nicht gut für ihn.«

»Er sieht dabei aber sehr fit aus«, gab ich zu bedenken, und wenn ich in Betracht zog, daß dieser riesige, aggressive Bursche schon mindestens Mitte Siebzig, wenn nicht drüber war, reichte das fast, mich zu Gerdas Dschungelsaft zu bekehren.

Wir nahmen auf dem durchgesessenen Sofa Platz, während Mrs. Koby in die Küche ging, um Tee zu kochen. Der Lange überragte uns. Er hatte sich kaum verändert, seit ich ihn zuletzt gesehen hatte. Genaugenommen war er sogar noch immer ziemlich genau der fürchterliche Tyrann, für den ich vor langer Zeit mal gearbeitet hatte. Er war ein Mann wie ein Fels. Ich erinnere mich, wie einmal jemand im Büro sagte, er würde es lieber mit der Eiger-Nordwand aufnehmen als mit dem Langen, wenn er schlechter Laune ist, und daß Frank Harrington erwiderte, da sei nicht viel drin. Seit dem Tag hatte ich mir den Langen immer als ein gefährliches Stück Granit vorgestellt: scharf und unnachgiebig und längst von keiner Humusschicht mehr bedeckt, so daß die kantige Erscheinung nackt und mitleidlos war.

»Und was kann ich für euch tun, Jungs?« sagte er mit der eiligen Höflichkeit, mit der ein Kaufmann einen Kunden begrüßen mag, der kurz vor Ladenschluß sein Geschäft betritt.

»Ich brauche Rat, Langer«

»Ach, Rat. Jeder braucht ihn. Niemand nimmt ihn an. Was darf ich dir erzählen?«

»Erzähl mir was über die Mauer.«

»Was willst du wissen?«

»Wie man rüberkommt, von drüben. Ich bin nicht mehr auf dem neuesten Stand.«

Er starrte mich einen Augenblick an, als überlegte er sich meine Anfrage. »Glasnost kannst du vergessen«, sagte der Lange. »Für den Fall, daß du danach fragen wolltest. Den Grenzposten hat von Glasnost noch keiner was gesagt. Da wird noch immer Geld ausgegeben für die Verbesserung der Minenfelder und Stacheldrahtzäune. Da drüben hat sich nichts geändert. Noch immer wird auf jeden armen Teufel geschossen, der so aussieht, als wollte er aus ihrem Teil der Stadt abhauen.«

»Das habe ich schon gehört«, sagte ich.

»Wo soll ich also anfangen?«

»Am Anfang.«

»Berliner Mauer. Etwa 70 Kilometer davon umschließen Westberlin. Erbaut Sonntagmorgen, 13. August 1961 ... Aber was soll das, Bernard, du warst schließlich dabei!«

»Macht nichts! Erzähl's mir einfach so, wie du's den ausländischen Journalisten erzählst. Ich muß die ganze Geschichte noch mal durchgehen.«

Der Anflug eines Lächelns gab mir zu verstehen, daß der Spott angekommen war. »Also dann: Zuerst war die in aller Eile hochgezogene Mauer noch nicht vollkommen dicht, so daß es für jemanden, der jung, fit und entschlossen genug war, nicht allzu schwierig war, durchzukommen.«

»Wie?«

»Unter anderem durch die Kanalisation. Die Abwasserkanäle konnten nicht ohne aufwendigste Bauarbeiten zugemauert werden. Einer von meinen Jungs kam durch die Kanalisation aus Klein-Machnow herüber, eine Woche nach dem Mauerbau. Die im Osten hatten Drahtgitter benutzt, die den Durchfluß nicht beeinträchtigten. Meine Leute von dieser Seite gingen mit Drahtscheren rein, schnitten ein Loch in das Gitter, und so kam er raus. Später wurde es allmählich schwieriger. Sie wurden heimtückisch: Statt der Drahtgitter installierten sie Stahlstangengitter, dazu Alarmanlagen und Tretminen – die auf dem Boden der Abflüsse lagen, so daß man sie nicht sah. Die einzigen, von denen ich gehört habe, daß ihnen während der letzten Jahre die Flucht durch die Abwasserkanäle gelungen ist, waren beide ostdeutsche Kanalarbeiter, die so Gelegenheit hatten, die Gitter im voraus zu lockern.«

»Dann kamen also die Tunnels«, sagte ich.

»Nein, zuerst wurde mal geklettert auf Teufel komm raus. Mit Leitern und Matratzen über die Stacheldrahthindernisse. Und dann gab's die Leute, die aus den Fenstern der Häuser gerade an der Grenze sprangen – in die hilfreich ausgebreiteten Sprungtücher der Westberliner Feuerwehr. Das gab phantastische Fotos und trieb die Auflagen in die Höhe, hat aber nicht lange gedauert.«

»Und Autos«, sagte Werner.

»Na klar, Autos: jede Menge Autos. Erinnert ihr euch an den Kabinenroller... an den armen Kerl, der in den Raum für den Tank gequetscht war? Aber sie kamen den Erfindern schnell auf die Schliche. Und dann wurden alle Berliner, die bei den Grenztruppen dienten, durch sture Jungens aus den Provinzen ersetzt, schießfreudige Landburschen, die die Berliner sowieso nicht leiden konnten. Die machten solche Tricks bald unmöglich.«

»Falsche Papiere?«

»Darüber solltest du eigentlich mehr wissen als ich«, sagte der Lange. »Aber ich erinnere mich, daß die Leute sich ein paar sehr komische Tricks ausdachten. Ihr Briten habt ja Pässe für Ehepaare, und das hat ein paar Amateuren erlaubt, die eine und andere Person rauszuschleusen, bis die Vopo darauf kam, ›Reist allein‹ in diese Pässe zu stempeln und die Leute bei der Einreise zu fotografieren, um zu verhindern, daß jemand anders ausreiste.«

»Dann sind die Leute in Segelflugzeugen, Flugdrachen, sogar mit Heißluftballons abgehauen«, sagte Werner hilfreich. Er sah mich neugierig an und versuchte offenbar herauszukriegen, weshalb ich wohl den Langen auf eines seiner Lieblingsthemen gebracht hatte.

»Allerdings«, sagte der Lange. »Immer wieder diese verrückten komischen Apparate – und einige funktionierten sogar. Aber nur die wirklich billigen Ideen waren sicher und zuverlässig.«

»Billig?« sagte ich. Diese Theorie war mir neu.

»Je mehr Geld in eine Flucht investiert wurde, desto mehr Leute wurden in das Unternehmen verwickelt, und desto größer wurde auch das Risiko. Eine Methode, die Kosten zu decken, bestand darin, die Geschichte an Zeitungen, Zeitschriften oder Fernsehsender zu verkaufen. Manchmal kam das Geld auf diese Weise rein, aber dann lungerten immer Kameraleute an den Straßenecken herum oder lehnten irgendwo aus dem Fenster. Und manche von diesen jungen Reportern konnten ihren Hintern nicht von ihrem Ellbogen unterscheiden. Profis würden nie bei einer Flucht mitarbeiten, an der Medien beteiligt sind.«

»Am besten waren die Tunnels«, erklärte Werner, der sich wider Willen für den Vortrag des Langen zu interessieren anfing.

»Bis die DDR einen Streifen von hundert Metern innerhalb der Mauer zur verbotenen Zone erklärte, waren Tunnels okay. Aber danach wurde der Weg lang, und man brauchte Ventilation und Tiefbauingenieure, die wußten, was sie taten. Und sie mußten eine Menge Erde bewegen. Es durfte nicht zu lange dauern, oder sie flogen auf. Also brauchte man pro Tunnel zwei, manchmal drei Dutzend Schaufel- und Transportarbeiter. Viele Tüten zu füllen: eine Menge Handlanger. Also mußten entschieden zu viele Leute dichthalten. Und je mehr Leute etwas wissen, wächst nach dem Schneeballprinzip die Gefahr, daß einer quatscht. Und Berliner klatschen gerne.«

Ich sagte nichts. Mrs. Koby brachte den Tee. Auf dem Tablett standen eine silberne Teekanne und vier blaue Tassen und Untertassen mit Goldrand. Das Geschirr hätte ebensogut ein Erbstück sein können wie eine Neuerwerbung vom Flohmarkt auf dem ehemaligen Hochbahnhof Nollendorfplatz. Gerda goß den Tee ein und reichte den Zucker herum sowie den kleinen blauen Teller, auf dem vier Schlotfeger lagen. Der Lange ließ sich Pflaumenwein nachschenken. Den bevorzugte er. Er nahm einen Schluck davon und wischte sich den Mund mit einem großen weinbefleckten Taschentuch.

Er war mit seinem Bericht noch lange nicht fertig. »Da drüben ist jetzt die Mauer ein großes Geschäft. Ein Amt voller hochbezahlter Bürokraten hat nichts weiter zu tun, als sie zu verwalten. Ihr wißt ja, wie das läuft. Gib einem Bürokraten den Auftrag, sich um eine Hundehütte zu kümmern, und binnen kurzem hast du einen aufwendigen kompletten Zoo mit Verwaltungsgebäude. So wurde die Mauer dauernd größer und besser, und mehr und mehr Leute wurden dafür abgestellt. Männer, die sie bewachen, Männer, die sie kontrollieren und reparieren, Männer, die Berichte über sie schreiben, Berichte mit Kostenvoranschlägen, Fotos, Plänen und Zeichnungen. Und nicht nur Grenzer, sondern überdies Architekten, Zeichner, Gutachter und jede Menge Büropersonal, das Pensionsanspruch hat und so weiter.«

»Man versteht, was du sagen willst, Langer«, sagte ich.

Er gab nicht zu erkennen, ob er mich gehört hatte. Er goß sich Wein ein und trank. Der Wein roch wie ein ausgefallener Hustensirup. Ich war froh, dagegen allergisch zu sein. Er sagte: »Eine Riesenverschwendung, ja, aber die Mauer wurde von Woche zu Woche unbezwinglicher.«

»Noch Tee, Bernard«, sagte Gerda Koby. »Es ist so lange her, daß du zum letztenmal hier warst.«

Wenn Gerda meinte, das sei genug, um das Thema zu wechseln, hatte sie sich schwer geirrt. Der Lange sagte: »Frank Harrington hat Agenten durch die U-Bahn-Tunnel reingeschickt und rausgeholt. Wie er das gemacht hat, weiß ich nicht genau. Angeblich hat er einen kleinen Verbindungstunnel von einer Strecke zur anderen graben lassen, der in Stadtmitte herauskam, wo die Westzüge unter dem Ostsektor durchfahren. Das war schlau von Frank«, sagte der Lange, der selten etwas billigte, was das Department tat.

»Ja, Frank ist schlau«, sagte ich. Er sah mich an und nickte. Er schien zu wissen, daß Frank mich durch gerade diesen Tunnel in den Osten rübergeschickt hatte.

»Ärger gab es, als die andere Seite Wind davon kriegte. Sie überwachten die Stelle und schmissen eine Eierhandgranate in den Gully, als zwei von Franks Leuten gerade aussteigen wollten. Den Stationsvorsteher hat der Luftdruck umgehauen... obwohl er hundert Meter tief im Tunnel war! Frank war nicht da: Der ist damals in London herumscharwenzelt und hat mit seiner baldigen Erhebung in den Ritterstand angegeben, die dann nie stattfand.«

Ich hatte keine Lust, Frank Harrington zu diskutieren. Nicht mit dem Langen. »Diplomatenwagen sind also die einzige Möglichkeit«, sagte ich.

»Das waren sie eine Zeitlang«, sagte der Lange mit frostigem Lächeln. »Ich könnte dir von afrikanischen Diplomaten erzählen, die eine Menge Geld verdient haben bei einem Tarif von zehntausend Dollar für eine Fahrt mit einem Flüchtling im Kofferraum. Aber vor ein paar Jahren haben sie einen großen schwarzen Mercedes mit CD-Nummer am Checkpoint Charlie angehalten und ausgeräuchert, angeblich wegen eines ›Ausbruchs von Viehseuche‹. Was immer sie zu diesem Zweck benutzten, es hat jedenfalls dem zweiunddreißigjährigen Kranführer aus Rostock, der im Kofferraum eingeschlossen war, den Atem verschlagen, für immer. Es heißt, daß Verwandte von ihm in Toronto, Kanada, für seine Flucht bezahlt hatten.«

»Wie, sie haben den Kofferraum eines Diplomatenwagens geöffnet?«

»Nein, brauchten sie doch gar nicht«, sagte der Lange finster. »Vielleicht sollte das Giftgas dem mutmaßlichen blinden Passagier nur Kopfschmerzen machen. Aber als der Kofferraum hier

aufgemacht wurde, war der Mann darin tot. Hast du das damals gehört, Bernd?«
»Nicht so, wie du es erzählst«, räumte ich ein.
»Genauso war es aber. Ich habe den Wagen gesehen. In den Kofferraum waren von unten Luftlöcher gebohrt, damit der Flüchtling nicht erstickte. Die Grenzposten müssen das gewußt haben und auch, wo sie waren.«
»Und wie ging die Geschichte weiter?«
»Der gewitzte afrikanische Diplomat machte kehrt und nahm die Leiche wieder mit nach Ostberlin in seine Botschaft. Da wurde mittels vordatierter Papiere der Tote zum afrikanischen Staatsbürger. Verstorben in der Botschaft: Totenschein von einem afrikanischen Arzt ausgestellt, deshalb keine Ermittlungen der Volkspolizei. Stille Beerdigung auf dem Friedhof in Marzahn. Aber jetzt kommt der Witz. Irgendein Idiot im Ausschuß für Auswärtiges der Volkskammer meint, eine Geste des Beileids sei angebracht. Und so schicken sie – im Namen der Regierung und des Volkes der DDR – einen riesigen Kranz, auf dem, aus winzigen Röschen gebildet, die Worte ›Frieden, Vertrauen und Freundschaft‹ zu lesen waren. Der Kranz lag da ein oder zwei Tage auf dem Grab, bis irgend jemand vom Stasi ihn diskret entfernte.« Der Lange lachte laut. »Sei nicht so griesgrämig, Bernie«, sagte er und lachte noch mehr.
»Ich dachte, du hättest bessere Neuigkeiten für mich, Langer. Ich dachte, die Verhältnisse hätten sich ein bißchen entspannt.«
»Ich glaube ja nicht, daß es auf dem Weg über Ungarn oder die Tschechoslowakei leichter geht. Der Zaun ist überall dicht. Und wenn du liest, wie viele Leute bei dem Versuch, über die Mauer zu kommen, getötet worden sind, mußt du die Hunderte noch dazuzählen, die irgendwo außer Sicht auf der anderen Seite in aller Stille verblutet sind.«
»Das ist guter Tee, Gerda«, sagte ich. Ich war noch immer ein bißchen verlegen, wenn ich sie beim Vornamen nannte.
Sie war eine von diesen altmodischen Deutschen, denen Höflichkeitsformen noch wichtig sind. Andererseits war sie mit dem Langen verheiratet.
»Willst du jemanden rüberbringen, Bernie?« fragte der Lange. »Hoffentlich ist er reich und kann ordentlich was zahlen.«

»Werners Schwager aus Cottbus«, sagte ich. »Kein Geld, kein gar nichts.«
Werner, der von einem Schwager in Cottbus nichts wußte, sah verdutzt aus, erholte sich aber sofort und stand mir bei. »Ich hab's versprochen«, sagte Werner und lehnte sich zurück und lächelte wenig überzeugend.
Der Lange sah uns einen nach dem anderen an. »Kann er nach Ostberlin kommen?«
»Er wird in diesem Sommer dort sein«, improvisierte Werner. »Mit seinem Sohn, zum Fest der Freien Deutschen Jugend.«
Der Lange nickte. Werner war ein weitaus besserer Lügner, als ich gedacht hatte. Ich fragte mich, ob er sich diese Kunst während seiner Ehe mit der zänkischen Zena angeeignet hatte.
»Dann hast du ja nicht mehr viel Zeit«, sagte der Lange.
»Es muß einen Weg geben«, sagte Werner. Er sah auf seine Uhr und stand auf. Er wollte gehen, ehe ich ihn noch tiefer in dieses Märchen verwickelte.
»Ich werde es mir mal überlegen«, sagte der Lange, als er Werners Mantel und Hut holte. »Hattest du keinen Mantel, Bernie?«
»Nein«, sagte ich.
»Ist dir nicht kalt, Bernard?« sagte Gerda.
»Nein, niemals«, sagte ich.
»Laß ihn«, sagte der Lange. Er öffnete die Tür, aber ehe sie weit genug offen war, daß wir hindurchgehen konnten, sagte er: »Wo ist die andere Hälfte dieses Geldscheines, Bernard?«
Ich reichte sie ihm.
Der Lange steckte sie in die Tasche und sagte: »Ein halber Geldschein nützt niemandem was. Stimmt's, Bernie?«
»Das stimmt, Langer«, sagte ich. »Ich wußte, daß du schnell darauf kommen würdest.«
»Ich komme schnell auf eine Menge Sachen«, sagte er bedeutungsvoll.
»Ach, was denn noch?« fragte ich im Hinausgehen.
»Na etwa, daß in diesem Sommer kein Fest der Freien Deutschen Jugend in Berlin stattfindet.«
»Vielleicht hat Werner irgendwas falsch verstanden«, sagte ich.

»Vielleicht war's ja die Gesellschaft für Sport und Technik, die diesen Sommer in Ostberlin ihr Fest feiert.«

»Ja«, rief uns der Lange in seiner rauhen Stimme nach. »Und vielleicht hat ja auch der CIA ein Schnüffler-Festival in Westberlin diesen Sommer.«

»Berlin ist herrlich im Sommer«, sagte ich. »Da trifft sich hier fast alles.«

Ich hörte den Langen knallend die Tür schließen und die Riegel vorlegen mit jenem zusätzlichen Energieaufwand, der oft ein Zeichen schlechter Laune ist.

Als wir die Treppe hinuntergingen, sagte Werner: »Ist es deine Frau Fiona? Versuchst du, sie herauszuholen?«

Ich antwortete nicht. Die Treppenbeleuchtung erlosch, und wir setzten den Weg treppab im Dunkeln fort.

Gereizt, weil ich seine Frage nicht beantwortet hatte, sagte Werner etwas verdrießlich: »Das war mein Hundertmarkschein, den du dem Langen gegeben hast.«

»Na und«, sagte ich, »es geht doch schließlich um deinen Schwager, oder?«

4

Manche Leute sind geborene Hoteliers, andere bemühen sich, Hotels zu erwerben, aber Werner Volkmann war einer von den seltenen Vögeln, denen ein Hotel aufgezwungen wird. Man könnte sich nicht leicht einen Mann vorstellen, der zur Leitung eines Hotels weniger berufen gewesen wäre als mein guter Freund Werner Volkmann. Seine Fürsorglichkeit für Tante Lisl, die alte Frau, die ihn, den Waisen, großgezogen hatte, zwang ihn, die Leitung ihres Hotels zu übernehmen, als sie zu alt und krank wurde, ihr despotisches Regiment fortzusetzen.

Es war kein luxuriöses Etablissement, konnte aber kaum zentraler gelegen sein. Vor dem Krieg war es das Wohnhaus von Lisls Familie im vornehmen Neuen Westen gewesen. Die Teilung Berlins zwischen den Russen und den West-Alliierten 1945 machte aus dieser Gegend das Zentrum des »kapitalistischen Berlin«.

Werner veränderte einiges, nahm aber dabei auf Lisls Gefühle Rücksicht, denn sie wohnte noch im Haus und überwachte jeden neuen Vorhang, jeden Farbtropfen, so daß die Veränderungen den Charakter dieses angenehmen alten Hauses, dessen Inneres zum großen Teil noch so war, wie es vor fünfzig Jahren gewesen, kaum berührten.

Nachdem wir an jenem Abend bei Koby gewesen waren, ließ ich mich von Werner überreden, in sein Hotel zu ziehen. Es hatte ja auch wenig Sinn, den Schmutz und die Unbequemlichkeit meines Kreuzberger Schlupfwinkels wieder aufzusuchen, nachdem Frank Harrington mir nun bewiesen hatte, daß er wußte, wo er mich jederzeit packen konnte, wenn er wollte.

Ehe wir zu Bett gingen, lud Werner mich auf ein Glas ein. Wir gingen durch die aufpolierte Bar – es war außer uns niemand dort – in das kleine Büro dahinter. Er schenkte mir ein gutes Glas schottischen Whisky ein, ohne viel Wasser. Werner trank Sodawasser mit nur einem Spritzer Underberg. Ich sah mich um. Eine erstaunliche Verwandlung hatte stattgefunden, erfreulich besonders für jemanden, der Werner von früher kannte. Der Raum hatte den Charakter einer Studentenbude angenommen, und da waren viele von Werners lang verschollenen Schätzen wunderbar wieder aufgetaucht. Ein Löwenkopf war da, ein von Motten zerfressener alter Bursche, auf dessen hölzernen Untersatz irgendein betrunkener Angeber säuberlich geschrieben hatte: *felix leo venerabilis*. Daneben an der Wand hing eine alte Uhr. Auf die Vorderseite ihres hölzernen geschnitzten Gehäuses war eine bukolische Szene nicht sehr überzeugend gemalt. Sie tickte laut und ging acht Minuten nach, war aber praktisch Werners einziges Erbstück von seinen Eltern. Von der Decke hing das Modell eines Dornier-Flugboots, das Werner in langer Arbeit selbst gebaut hatte: zwölf Motoren, und wenn man die Verkleidung eines dieser Motoren zurückschlug, sah man drinnen deren Bau in allen Einzelheiten. Ich weiß noch, wie Werner an diesen winzigen Motoren arbeitete, über eine Woche lang war er schlechter Laune gewesen.

Wir hatten noch kaum mehr gesagt, als daß der Lange sich gut gehalten habe, und was für ein wilder alter Teufel er doch sei, als Ingrid Winter hereinkam.

»Bernie bleibt hier bei uns«, sagte Werner weniger begeistert, als mir lieb gewesen wäre; aber so war Werner eben.

Ingrid war hereingekommen, ohne mich zu bemerken.

»Ach, das ist schön«, sagte Ingrid. Man konnte Ingrid leicht für eine schüchterne alte Jungfer halten, denn sie gab sich gerne so. Ihr ergrauendes Haar, das sie nicht tönte, ihre ruhige Stimme und der Stil ihrer wollenen Kleider mit Blumenmustern trugen zu diesem Bild bei. Aber obwohl ich sie noch nicht lange kannte, hatte ich doch Ingrid schon als eine tapfere, starke Frau kennengelernt. Werner hatte die gleiche Entdeckung gemacht, aber nicht nur die, denn die Beziehung zwischen ihnen war eng.

»Diese Frau war wieder hier«, sagte sie in mißbilligendem Ton zu Werner.

»Die Duchess?«
»Die Engländerin. Die Frau, von der du gesagt hast, daß sie gern ihre Nase in Sachen steckt, die sie nichts angehen.«
Werner blickte mich an und grinste selbstbewußt.
»Was wollte sie?«
»Der Duchess gefällt es hier«, bemerkte ich. »Sie hofft, daß bei euch so was wie ein Club für ihre Bekannten entsteht.«
Werners Gesicht spannte sich. Ingrid sah ihn an, während ich sprach, aber ihr Gesicht verriet keine Gemütsbewegung, spiegelte nicht mal diejenige meines Freundes. Werner sah mich an und sagte: »Ingrid glaubt, da steckt mehr dahinter.«
»Was denn?«
»Ich habe ihr von Frank erzählt«, sagte Werner, als erklärte das alles. Als ich darauf nicht reagierte, setzte er hinzu: »Frank will das Lokal benützen. Das ist offensichtlich.«
»Für mich nicht, Werner«, sagte ich. »Wie denn benützen?«
Werner goß sich noch etwas Sodawasser ein, dem er nicht mehr als einen Tropfen Underberg zusetzte, der den Inhalt des Glases nur eben färbte. Er nippte daran und sagte: »Ich glaube, Frank hat seinen Leuten befohlen, hierher zu kommen. Dann gehen sie zu ihm ins Büro und berichten jedes Wort, das sie hier gehört, und alles, was sie hier gesehen haben. Und das kommt alles zu den Akten.« Diese leichte Paranoia – und die rührende Überschätzung von Franks Strenge und Tüchtigkeit bei der Führung seiner Geschäfte – bewies einmal mehr die tiefsitzende deutsche Denkweise meines Freundes. Tatsächlich war Frank typisch englisch; faul und gefällig, war Frank ein leichtlebiger Opportunist, dem weder die Energie noch die Neigung zuzutrauen war, eine derartige Operation zu organisieren.
Werner andererseits war provinziell und engstirnig, wozu die Deutschen neigen. Diese unterschiedlichen Lebenshaltungen waren die Ursache ihrer gegenseitigen Feindschaft, aber das konnte ich keinem von beiden erklären. Werner wäre entsetzt gewesen. Er hielt sich nämlich für einen kosmopolitischen Liberalen. Aber dafür halten sich ja alle reichen und weitgereisten Fanatiker.
»Solange sie ihre Drinks bar bezahlen...«, sagte ich.

Dieser lockere Ton paßte Werner nicht. »Ich habe nichts dagegen, daß Franks Leute herkommen, aber ich will nicht, daß sie das Lokal in die Hand nehmen und versuchen, irgendeinen scheußlichen englischen Pub daraus zu machen. Und überhaupt, Bernie«, sagte er mit sehr ruhiger, gemessener Stimme, als spräche er mit einem kleinen Kind, »wenn du hier bist, werden sie dir nachschnüffeln.«

Die Schwierigkeiten, die ich vielleicht gehabt hätte, Werner etwas auf diese Erklärung zu erwidern, räumte Ingrid aus der Welt. Es kam mir so vor, als hörte sie uns nicht sehr genau zu. Vielleicht war ihr Werners Verdacht, daß das Department vorhabe, sich in seiner Bar zu installieren, ja schon sattsam vertraut. Während einer Pause in der Unterhaltung sagte sie: »Und noch etwas. Ich habe sie von Bernard reden hören. Und über seine Frau.«

Meine Frau! Meine Frau! Jetzt hatte sie meine ganze Aufmerksamkeit, und ich wollte alles haarklein erzählt haben. Sie sagte, die Duchess sei am frühen Abend in die Bar gekommen. Sie hatte Gin und Tonic bestellt und einen *Daily Express* gelesen. Werner sorgte seit kurzem dafür, daß in den hölzernen Zeitungshaltern des Hotels außer den deutschen auch französische und englische Tageszeitungen hingen. Wenig später seien zwei weitere Angehörige des Departments gekommen – ein Mann und eine Frau – und hätten die Duchess eingeladen, sich zu ihnen zu setzen.

Nach Ingrids Beschreibungen erkannte ich die zweite Frau dieses Trios. Die Stimme, der Burberry-Schal, die Diamantbrosche in Hufeisenform – das war Pinky. Und es gab, Gott sei Dank, nur eine Pinky. Ihr Papa hatte Rennpferde, Mutti ritt auf die Fuchsjagd, und die nächtlichen Abenteuer ihres Bruders wurden regelmäßig in den Klatschspalten berichtet. Ich weiß noch, wie sie beim Department anfing. Damals hatte sie sich gerade von »Bum-Bum«-Canon scheiden lassen, einem Hauptmann der Horse Guards, der ins Versicherungsgeschäft gewechselt hatte. Sie sagte, sie könnte ihn in Zivil einfach nicht sehen, aber da sprach vielleicht nur ihr Sinn für Humor. Pinky nahm ihren Mädchennamen wieder an, als Bum-Bum wegen Betrugs im Knast landete.

Quer durch die Bar hatte Ingrid gehört, wie Pinky in ihrem schrillen Dialekt sagte: »Wenn ein Mann seine Frau verliert, sieht das ganz nach Unachtsamkeit aus, Liebling.« Und dann lachte sie laut und bestellte noch was zu trinken.
»Aber was ist mit dem Telefon?« hatte der Mann gefragt. Langes, blondes, welliges Haar, hoch, fast in der Mitte gescheitelt. Anzug mit Karomuster und senffarbenes Hemd. Larry Bower, der nach einem anstrengenden Arbeitstag im sicheren Haus in Charlottenburg Pinky auf ein Glas eingeladen hatte.
Pinky sagte: »Seine Telefone wurden sofort abgehört, als sie abgehauen war. Das ist so üblich. Die Protokolle gehen an Frank.«
»Schließlich werden sie ihn feuern«, sagte Bower.
Pinky sagte: »Du weißt doch, wie das im Department läuft, Liebling. Sie müssen sich erst Gewißheit verschaffen. Das wird eine Weile dauern. Wenn sie ihn am Haken haben, beginnt der Drill. Man läßt den Fisch sich müde toben. Sie werden ihn feuern, wenn es ihnen paßt.«
»Ich bin ihr nie begegnet«, sagte Bower. »Wie war sie eigentlich?«
Die Duchess beantwortete diese Frage: »Sehr schön. Aber ich habe nie verstanden, weshalb sie ihn geheiratet hat. Jeder Mann, der sie zu Gesicht kriegte, wollte sie haben, sie hat eine magische Ausstrahlung, nehme ich an. Manche Frauen haben da einfach Glück.«
»Ich habe sie nie richtig kennengelernt«, sagte Pinky. »Das ist keiner gelungen. Sie war keine Frau für Frauen, wenn ihr versteht, was ich meine.«
»Ich glaube, daß sie viel Geld für ihre Kleider ausgegeben hat«, sagte die Duchess. »Aber gerechterweise muß ich sagen, daß sie einen alten Pullover und Jeans anziehen konnte und darin aussehen konnte wie...«
»Ein Filmstar?« vermutete Bower.
»Nein«, sagte Pinky. »Niemals wie ein Filmstar. Sie war nicht hirnlos, Liebling! Männer ertragen die Vorstellung nicht, daß schöne Frauen intelligent sein können. Sie können aber.«
»Ja, aber was für eine Frau war sie wirklich?« fragte Bower.

»Jeder redet von ihr, aber niemand scheint sie wirklich zu kennen.«

»Eine absolute Kuh!« antwortete Pinky.

»Manchmal kann eine absolute Kuh eine gute Ehefrau sein«, sagte die Duchess.

»O nein!« sagte Pinky. »Sie hat ihm das Leben zur Qual gemacht. Jeder wußte das.«

»Er scheint ganz gut ohne sie auszukommen«, sagte Bower.

»Er ist ein ziemlicher Schauspieler«, sagte die Duchess traurig. »War er schon immer.«

»Er kann eine ganze Menge vertragen«, sagte Bower.

»Ich habe ihn noch nie betrunken gesehen«, sagte die Duchess.

»Wirklich nicht, Liebling? Wo denkst du hin? Natürlich. Aber er zeigt es nicht. Irgendwie hat er nie richtig zu uns gehört, stimmt's?« sagte Pinky.

»Er ist völlig abgebrannt«, sagte die Duchess.

»Sind denn keine Papiere verschwunden?« fragte Bower.

Pinky sagte: »Nicht, soweit bekannt ist... aber wer weiß, was er kopiert hat?«

»Und du sagst, sie hat Frank angerufen?« fragte die Duchess.

»Heute morgen in seiner Wohnung«, sagte Pinky, die über alles Bescheid zu wissen schien. »Ich weiß nicht, woher sie die Nummer hatte. Sie wird doch immer wieder verändert.«

»Du meinst nicht, daß sie... und Frank...«, sagte Bower.

»Was miteinander haben, meinst du?« Pinkys Lachen endete in einem Kichern. »Guter alter Frank! Nicht mein Typ, Liebling, aber es ist erstaunlich, wie die Damen auf diesen armen alten Kerl anspringen.«

Dann in ernsterem Ton: »Nein, ich glaube nicht, daß sich's um so was handeln könnte.«

»Nicht mal in irgendeiner grauen Vorzeit?« sagte Bower.

»Nein, nicht einmal in grauer Vorzeit.« Diesmal antwortete die Duchess in einem Ton abschließender Gewißheit.

»Hat Frank es ihm also erzählt?« sagte Bower.

»Ihrem Gatten?« sagte Pinky. »Über den Anruf... Nein. Und niemand weiß, was sie gesagt hat. Alles, was wir wissen, ist, daß Frank all seine Termine absagte und sich seinen Wagen bringen

ließ... den er dann selbst fuhr. Niemand weiß, wohin. Möglicherweise hat Franks plötzlicher Aufbruch gar nichts damit zu tun. Ihr wißt ja, wie Frank ist. Vielleicht ist ihm einfach eingefallen, daß er den Tag mit seinen Kumpels vom Militär verbringen oder Golf spielen oder sonstwas wollte.«
»Ich hoffe nur«, sagte die Duchess, »daß nicht alles wieder von vorne anfängt.«
»Drinky für Pinky, Darling«, sagte Pinky zu Bower.
Bower sagte: »Was soll alles wieder anfangen?«
»Du wirst es bald merken«, sagte die Duchess. »Das Leben wird einem zur Hölle gemacht, wenn erst diese Sicherheitsüberprüfungen anfangen. Die Innere Sicherheit tritt in Aktion und fragt einem Löcher in den Kopf.«
»Drinky für Pinky, Darling. Drinky für Pinky.«
»Noch dreimal das gleiche«, rief Bower Ingrid zu. Dann betraten fünf muntere Australier die Bar. Sie waren auf irgendeiner von der Regierung finanzierten Spritztour, zum Ankauf von zehntausend Krankenhausbetten oder irgendwas in dem Genre. Den ganzen Tag hatten sie in einem riesigen Neubauviertel verbracht, wo international namhafte Architekten miteinander gewetteifert hatten, die häßlichsten Wohnanlagen der Welt aus dem Boden zu stampfen. Die Australier brauchten was zum Trinken, und entzückt, nach dem langen Tag Englisch sprechen zu hören, gesellten sie sich zu der Duchess und ihren Freunden für einen feuchtfröhlichen Abend. Die Unterhaltung wandte sich weniger gewichtigen Themen zu, wie etwa der Frage, warum die Deutschen Polen überfallen hatten.
Ich dankte Ingrid für ihren Bericht über die Unterhaltung, die sie mit angehört hatte. Dann kippte ich einen weiteren großen Whisky und ging zu Bett.
Ich hatte mein übliches Zimmer. Eine winzige Dachkammer von der Art, die Puccini zur Orchestration von Mimis Hinscheiden inspiriert hat. Zum Badezimmer hatte man da einen weiten Weg. Die großen Blumen und sich windenden Akanthusblätter der Tapete waren mit dem Alter dunkelbraun geworden, so daß das Muster kaum noch zu sehen war, und da in der Ecke war die kleine Kommode, die einst meine Briefmarkensammlung ent-

halten hatte, meine selbstgemachten Dietriche und den geheimen Schatz von Nazi-Insignien, die zu sammeln mir mein Vater streng verboten hatte.
Das Bett war frisch bezogen, und um die Wärmflasche fand ich einen Schlafanzug gewickelt. Es war ganz so, als hätte Werner gewußt, daß es nicht mehr lange dauern konnte, bis ich zur Vernunft käme.
Ich zog mich aus und legte mich ins Bett, meine Pistole steckte ich in einen Schuh, wo ich sie leicht erreichen konnte, dann schlief ich ein. Ich muß sehr müde gewesen sein, denn ich hatte allen Grund, wach zu bleiben und zu grübeln.

5

In Lisls Hotel – aber vielleicht sollte ich mich jetzt daran gewöhnen, von Werner und Ingrids Hotel zu sprechen – gab es noch kein Telefon auf jedem Zimmer. Am nächsten Morgen um acht wurde an die Tür geklopft. Es war Richard, einer von Lisls Angestellten, den Werner übernommen hatte. »Herr Bernd«, sagte er. »A gentleman phoned, Herr Bernd. Herr Teacher. He comes here. Twelve hours sharply.« Richard war ein nervöser junger Mann, der, wie viele junge Deutsche, aus dem Bundesgebiet nach Berlin gekommen war, um der Wehrpflicht zu entgehen. Bei Lisl bekam er einen Job, lernte hier ein Mädchen kennen und hatte nun nicht vor, zu seinen Eltern nach Bremen zurückzukehren. Ab und zu rief sein Vater an und erkundigte sich, ob der Sohn auch nichts anstelle. Diese Anrufe kamen meist zu später Stunde, und gewöhnlich hörte sich der Vater betrunken an.

Manchmal wünschte ich, daß Richard endlich aufhörte, sein Englisch an mir auszuprobieren, aber er wollte unbedingt seine Sprachkenntnisse verbessern. Er hatte den Ehrgeiz, an der Rezeption eines großen Luxushotels zu arbeiten, was ich Lisl aber nicht verraten sollte. Ich wahrte also sein Geheimnis und antwortete ihm auf englisch und sagte, ich würde unten zu Mittag essen, und wenn mein Besucher, Mr. Teacher, vorher käme, solle er ihn in die Bar führen und ihn einladen, mit mir zu essen. Richard sagte: »It is exactly as you say, Herr Bernd.« Er blinzelte nervös. Er hatte einen umfassenden Vorrat an Sätzen, die er in ganz passablem Englisch vorbringen konnte. Seine Schwierigkeit bestand darin, diese Bruchstücke so zusammenzusetzen, daß die Fugen nicht auffielen.

»Thank you, Richard.«
»You are hotly welcome, Herr Bernd. Have a nice day.«
»You too, Richard«, sagte ich.
Da ich nun wach war, verspürte ich ein überwältigendes Bedürfnis nach einer Tasse heißem, starkem Kaffee. So saß ich schon Viertel nach neun im Speisesaal – das Frühstückszimmer wurde gerade renoviert – mit Lisl, die Klara winkte, uns Kaffee zu bringen. Die treue Klara trug eine altmodische, gestärkte weiße Schürze mit Spitzenborten am Brustlatz. Lisl bezeichnete sie stets als »das Dienstmädchen«, aber Klara war schon ein sehr altes Mädchen. Sie war dünn und drahtig, ein vogelartiges Geschöpf mit hellen, kleinen Augen, das graue Haar trug sie zu einem festen Knoten geschlungen im Nacken, wie das in ihrer Jugend Mode gewesen war. Man sah ihr an, daß sie ihr Leben lang schwer gearbeitet hatte, geschuftet für Lisl, schon lange bevor das Haus in ein Hotel verwandelt wurde.
»Und diesmal«, wies Lisl Klara nachdrücklich an, »tun Sie weniger Kaffee in die Kanne.«
»Manche Leute mögen starken Kaffee«, sagte ich, aber Lisl winkte Klara zu, nicht auf mich zu hören.
Als Klara außer Hörweite war, erklärte Lisl mir mit lauter, ernster Stimme: »Sie verschwendet Kaffee. Dabei ist der so teuer. Weißt du, was ich für diesen Kaffee bezahle?«
Aus dem Augenwinkel sah ich, wie Klara den Kopf wandte, um besser zu hören, was Lisl sagte. Ich wollte gerade erwidern, es sei doch allmählich Zeit, daß Lisl aufhörte, sich über solche Sachen den Kopf zu zerbrechen, und die Buchhaltung Werner und Ingrid zu überlassen. Aber das letzte Mal, als ich so etwas gesagt hatte, hatte ich damit eine entrüstete Tirade entfesselt, in der mir mit Nachdruck versichert wurde, daß sie noch nicht zu alt sei zu wissen, wie das Hotel geführt werden müsse. Ich nehme an, Werner und Ingrid hatten irgendeinen Weg entdeckt, mit Lisl umzugehen, denn ich hatte nicht den Eindruck, daß sie ihnen die Veränderungen, die sie vorgenommen hatten, übelnahm.
Dieser Speisesaal zum Beispiel war vollkommen neu eingerichtet. Man hatte die hölzerne Täfelung abgebeizt und die banalen Drucke durch Aquarelle eines zeitgenössischen Künstlers er-

setzt. Sie zeigten Berliner Straßenszenen und vertrugen sich gut mit einer grausamen Zeichnung von George Grosz, die als einziges Stück des früheren Wandschmucks übernommen worden war. Diese Zeichnung hatte immer neben diesem Tisch gehangen, der an dem Fenster zum Hof stand, und an diesem Tisch saß Lisl zum Mittagessen am liebsten. Einer von Lisls gehässigeren Kritikern sagte einmal, sie sei wie eine Zeichnung von George Grosz: schwarz-weiß, ein Mensch der Extreme, eine ausgezackte Karikatur der dreißiger Jahre. Und heute sah die korpulente Frau im langärmeligen schwarzen Kleid mit ihren schwarz von Mascara umrandeten, durchbohrenden Augen tatsächlich so aus.

Der Kaffee kam, und Klara goß mir welchen in die Tasse. Es war ein dünnes Gebräu, ohne Aroma oder Farbe. Ich sagte nichts dazu, und Lisl tat so, als habe sie nicht mal gemerkt, daß er gebracht worden war. Lisl trank ein wenig Milch. Sie mochte dieser Tage keinen Kaffee. Langsam arbeitete sie sich durch einen roten Apfel, ein Stück Emmentaler und eine Scheibe Schwarzbrot. Ihre arthritische alte Hand – blaß und fleckig, mit Diamantringen bestückt – hielt ein scharfes Küchenmesser und schnitt von dem Apfel ein sehr kleines Stück. Sie nahm es zwischen Finger und Daumen und aß vorsichtig, so daß sie ihren leuchtendroten Lippenstift nicht verschmierte.

»Werner hat seine eigenen Ideen«, sagte Lisl plötzlich. Sie sagte das, als redeten wir schon von ihm und als antwortete sie auf eine Frage. »Werner hat seine eigenen Ideen, und er ist fest entschlossen.«

»Was für Ideen?«

»Er hat die Bücher durchgesehen und schreibt mit diesem Textcomputer Briefe an alle Leute, die während der letzten fünf Jahre oder mehr hier gewohnt haben. Er führt auch Buch über die Gäste, ihre Namen, die Namen ihrer Frauen und was sie gerne aßen und welche Schwierigkeiten wir mit ihnen hatten.«

»Ausgezeichnet«, sagte ich. Sie verzog das Gesicht, und so sagte ich: »Du glaubst, das ist nicht die richtige Methode?«

»Jahrelang habe ich das Hotel geführt ohne diese Sachen«, sagte Lisl. Sie sagte nicht, daß Werner es nicht richtig machte. Lisl

würde abwarten, bis Werner seine neuen Ideen ausprobiert hatte. So machte Lisl das immer. Sie riskierte nicht gerne, ins Unrecht gesetzt zu werden.
»Werner versteht was von Geschäften«, sagte ich.
»Und die Bridge-Abende«, sagte Lisl. »Frank Harringtons Leute kommen zu diesen Bridge-Abenden. Die Engländer lieben Bridge, nicht?«
»Manche«, sagte ich.
Lisl lachte grausam. Gewöhnlich konnte sie mich beim Bridge schlagen. Wenn sie lachte, wabbelte ihr massiger Leib und wellte ihr glänzendes Satinkleid. Sie erhob die Hand und berührte den Augenwinkel mit dem kleinen Finger. Es war eine anmutige Gebärde, mit der sie den Sitz ihrer großen falschen Wimpern prüfte. »Werner ist wie ein Sohn für mich.«
»Er hat dich sehr gerne, Lisl«, sagte ich. Ich nehme an, ich hätte sagen sollen, daß Werner sie liebte, denn die Opfer, die er brachte, indem er sich des Hotels annahm, ließen daran keinen Zweifel.
»Und er liebt das Haus«, sagte Lisl. Sie nahm ein weiteres kleines Stück von dem Apfel und zermalmte es geräuschvoll, wobei sie wieder auf ihren Teller sah, als interessierte meine Reaktion sie nicht.
»Ja«, sagte ich. Daran hatte ich bisher nie gedacht, aber Werner war während des Krieges hier geboren worden. Er war in diesem Haus aufgewachsen. Seine gefühlsmäßige Bindung an diese Räume mußte also noch stärker sein als meine, und doch hatte er von solchen Gefühlen mir nie ein Sterbenswort gesagt. Aber wie egoistisch von mir, daß ich nie gesehen hatte, was nun so offensichtlich war. »Und deine Nichte hast du auch hier«, sagte ich.
»Ingrid.« Lisl räusperte sich und nickte. »Sie ist meine Nichte.«
»Ja«, sagte ich. Da Lisl wiederholt jedem, der es hören wollte, erzählt hatte, daß Ingrid die illegitime Tochter ihrer Schwester und also nicht ihre Nichte war, bedeutete dieses Zugeständnis eine Menge.
»Mußt du irgendwohin?« fragte sie gereizt. »Du siehst dauernd nach der Uhr.«

»Ich muß auf die Bank. Ich erwarte eine Überweisung, und ich schulde Frank Geld.«
»Frank hat haufenweise Geld«, sagte Lisl. Sie rückte auf ihrem Stuhl herum. Auf diese Weise drückte sie die Geringschätzigkeit aus, mit der sie sowohl die Hilfsbereitschaft des Gläubigers als auch meine Ehrlichkeit als Schuldner bewertete. Als ich aufstand, sagte sie: »Und irgendwann muß ich dich bitten, dir dieses Zeug von deinem Vater mal anzusehen.«
»Was für Zeug?«
»Da ist eine Pistole und eine mottenzerfressene Uniform – er trug sie nur, wenn es ausdrücklich von ihm verlangt wurde – und das Kinderbettchen, das deine Mutter der Frau Grieben von gegenüber geliehen hatte, und englische Bücher – Dickens, glaube ich –, die Fußbank und eine Matratze. Außerdem ein dickes Bündel Papiere, Rechnungen und solches Zeug. Ich hätte das alles längst weggeschmissen, aber ich dachte, du würdest es dir lieber vorher noch mal durchsehen.«
»Was für Papiere?«
»Sie waren in diesem alten Schreibtisch, den dein Vater benützte. Er hat vergessen, ihn auszuräumen. Er mußte ja so schnell weg. Er sagte, er würde sie später abholen, und dann hat er's vergessen. Du weißt ja, wie geistesabwesend er sein konnte. Dann habe ich das Zimmer als Abstellraum benützt und die Sachen selbst vergessen.«
»Wo ist denn das jetzt alles?«
»Und Rechnungsbücher und Bündel von Briefen. Nichts Wichtiges, sonst hätte er mir ja geschrieben und mich darum gebeten. Wenn du das Zeug nicht haben willst, werfe ich's weg, denn Werner will aus diesem Abstellraum ein Badezimmer machen.«
»Ich würde es mir gern erst mal ansehen.«
»Das ist alles, woran er denken kann. Badezimmer. Ein Badezimmer kann man nicht vermieten.«
»Ja. Ich würde es mir gerne mal ansehen, Lisl.«
»Am Ende wird er weniger Schlafzimmer haben als vorher. Wie aber soll da mehr Geld reinkommen?«
»Wann kann ich mir die Sachen ansehen?«
»Komm, sei nicht lästig, Bernd. Es ist alles weggeschlossen und

vollkommen in Sicherheit. Dieser Raum ist voller Gerümpel, und ich wüßte jetzt nicht, wohin damit. Nächste Woche... oder übernächste. Ich weiß nicht. Ich wollte nur wissen, ob du überhaupt daran interessiert bist.«

»Doch, Lisl«, sagte ich. »Danke.«

»Und kaufe mir den neuen Guide Michelin für Frankreich. Den neuen. Er ist eben erschienen. Merk dir, daß ich nicht den alten will.«

»Den Michelin-Hotel-Führer für Frankreich.« Schon seit Jahren war Lisl kaum noch aus dem Hause gekommen, außer wenn sie zu ihrer Bank ging. Seit ihrem Schlaganfall ging sie überhaupt nirgends mehr hin. »Fährst du nach Frankreich?« fragte ich. Ich dachte, daß sie vielleicht den verrückten Plan gefaßt hatte, ihre Schwester Inge zu besuchen, die dort lebte.

»Warum sollte ich wohl nicht nach Frankreich fahren? Werner schmeißt doch den Laden hier, oder nicht? Schließlich sagen sie mir doch dauernd, daß ich mir irgendwo ein bißchen Ruhe gönnen sollte.«

Werner wollte Lisl in einem Altersheim unterbringen, aber ich wußte nicht, wie ich ihr das hätte erklären können. »Der neue Frankreich-Michelin«, sagte ich. »Wird besorgt.«

»Ich will sehen, welche Restaurants die besten sind«, sagte Lisl unschuldig. Ich fragte mich, ob sie scherzte, aber sicher sein konnte man bei ihr nie.

Den Rest des Vormittags bummelte ich über den Ku'damm. Der Schnee war weg, und die Sonne schien diamantenhart. In Fetzen gerissene Wolken entblößten zackige Stücke Blau, aber unter solchen Himmeln bleibt die Temperatur immer bitterkalt. Sowjetische Abfangjäger durchbrachen mit ohrenzerreißendem Knall die Schallmauer, Teil einer systematischen Schikane, der dieser östlichste Vorposten des Kapitalismus ausgesetzt war. Nachdem ich auf der Bank gewesen war, stöberte ich in ein paar Buchhandlungen herum und landete schließlich bei Wertheim. An den Lebensmitteltheken im Keller gab es alle möglichen leckeren Kleinigkeiten. Ich trank ein Glas Bier und aß ein paar Bismarckheringe. Für eine Stunde vergaß ich die Aussicht auf die Verabredung zu einem Mittagessen, das ziemlich ungemütlich zu werden drohte. Meine Probleme verflüchtigten sich. Ringsum waren die immer fröhlichen Stimmen der Berliner. Für meine Ohren waren ihre schlechten Witze und Schimpfwörter Musik, denn in Berlin fühlte ich mich zu Hause. Ich war wieder ein Kind; wenn ich den Ku'damm entlang zurückrannte, würden meine Mutter am Herd und mein Vater am Mittagstisch auf mich da oben in dem komischen alten Haus warten, wo wir zu Hause waren.

Die Zeit vergeht schnell, wenn man in so zufriedener Stimmung ist. Ich mußte mich schließlich beeilen, um rechtzeitig wieder bei Lisl zu sein. Als ich die Bar betrat, war da von Teacher keine Spur. Ich setzte mich und las die Zeitung. Um halb eins kam ein Mann herein und sah sich nach mir um, aber es war nicht Teacher. Es war der Berliner Resident, Frank Harrington. Er nahm den Hut ab. »Bernard! Wie schön, dich zu sehen.« Seine Art und die herzliche Begrüßung verrieten nichts von dem Grund für diese Änderung des Plans, und ich war sofort überzeugt, daß seine Anwesenheit irgendwas mit der rätselhaften Unterhaltung zu tun hatte, die Ingrid mit angehört hatte.
Vielleicht war es Franks väterliche Einstellung zu mir, die sein Benehmen so unveränderlich machte. Ich glaube, wenn ich Frank jemals damit überraschte, unerwartet auf seiner Seite des Mondes zu landen, würde das ihn nicht aus der Ruhe bringen. Lässig würde er sagen: »Bernard! Wie schön, dich zu sehen«, und mir was zu trinken anbieten oder mir sagen, daß ich mir nicht genug Bewegung verschaffte.
»Ich habe gehört, du seist verreist, Frank.«
»Nur über Nacht nach London. Ein Stück dienstlicher Trott.«
»Natürlich.« Ich versuchte, in seinem Gesicht zu lesen, was ich zu erwarten hatte, aber Franks runzliges Gesicht war so freundlich wie immer. »Ich bin heute morgen auf der Bank gewesen«, sagte ich. »Ich habe hier einen Scheck über die tausend Pfund, die du mir geliehen hast.« Ich gab ihm den Scheck. Er faltete ihn und steckte ihn in die Tasche, ohne ihn zu lesen.
Er befeuchtete seine Lippen und sagte: »Glaubst du, dein Freund Werner könnte uns was zu trinken herbeizaubern?« Seine Stim-

me verriet das Gefühl, daß dies Werners Fähigkeiten übersteigen könnte oder daß Werner geneigt sein möchte, ihn daran zu hindern, was zu trinken.

Noch im Mantel, den Hut in der Hand, sah er sich auf eine Weise im Lokal um, die fast verstohlen wirkte. Frank hatte nie viel übrig gehabt für Lisl, Werner oder das Hotel. Sein Unbehagen, hier zu sein, schien sich noch verstärkt zu haben, seitdem Werner das Hotel führte.

»Klara«, sagte ich. Ich brauchte nicht laut zu rufen, denn die alte Frau stand schon bereit, Frank Mantel und Hut abzunehmen. »Einen doppelten Gin Tonic für meinen Gast.«

»Plymonth Gin mit Schweppes?« sagte Klara, die offensichtlich besser als ich wußte, was Frank trank. Sie nahm Franks Trenchcoat, Filzhut und gerollten Regenschirm.

»Ja, Plymonth mit Tonic«, sagte Frank. »Kein Eis.« Er setzte sich nicht gleich auf den Stuhl, den ich ihm herangezogen hatte, sondern blieb gedankenverloren stehen, als könnte er sich nicht erinnern, weswegen er eigentlich mit mir sprechen wollte. Er seufzte, ehe er sich auf die mit neuem Chintz bezogene Sitzbank sinken ließ. »Ja, nur ein Stück dienstlicher Trott«, sagte er. »Und von der Sorte, auf die ich gegenwärtig von Herzen gerne verzichten würde.« Er sah müde aus. Frank war Mitte Sechzig. Das war vielleicht noch nicht so alt, aber sie hatten ihn zu bleiben gebeten, als er selbst sich schon vorgenommen hatte, in Pension zu gehen. Seitdem hatte sein Eifer etwas nachgelassen.

Aber vielleicht bildete ich mir das auch nur ein, denn heute war Franks Erscheinung fast geeignet, meinen Glauben an das britische Public-School-System wiederherzustellen. Er strahlte Treue, Zuverlässigkeit und gute Erziehung aus. Sein Haar war wellig und wurde grau, aber nicht so wellig, daß er wie ein Herzensbrecher ausgesehen hätte, und nicht so grau, als könnte er keiner mehr sein. Sogar die Runzeln seines Gesichts trugen dazu bei, ihm das Aussehen eines kernigen Naturburschen zu verleihen. Und natürlich hatte Frank einen Diener, der ihm seine an der Savile Row geschneiderten Anzüge bügelte, ihm seine handgenähten Schuhe wienerte und dafür sorgte, daß die Krägen seiner Hemden aus der Jermyn Street genau richtig gestärkt waren.

»Hast du gehört, was meinem Sohn passiert ist?« Er kramte in seinen Taschen. Die Frage war in jenem beiläufigen Ton gestellt, der bei einem gewissen Typ von Engländern verrät, daß es sich um eine Sache von schwerwiegender Bedeutung handelt.
»Nein«, sagte ich. »Was denn?« Frank hatte nie ein Geheimnis aus seiner Hoffnung gemacht, daß sein Sohn eine Stellung im diplomatischen Dienst finden würde. Er hatte schon im voraus alle Weichen dafür gestellt. Als der Junge dann nach Abschluß seiner Studien in Cambridge erklärte, er wolle Verkehrspilot werden, hatte Frank das nicht sonderlich ernstgenommen. Sein Sohn flog schon seit Jahren auf internationalen Strecken, als sich Frank endlich mit der Tatsache abfand, daß er offenbar seinen eigenen Weg gehen wollte.
»Er ist bei der ärztlichen Untersuchung nicht durchgekommen.«
»Frank, das tut mir aber leid.«
»Ja, für einen Verkehrspiloten ist das ein Todesurteil. Das hat er auch am Telefon zu mir gesagt: ›Das ist ein Todesurteil, Papa.‹ Ich glaube, ich habe erst in diesem Augenblick begriffen, was ihm diese verdammte Fliegerei bedeutete.« Frank befeuchtete sich nervös die Lippen; ich wußte, daß ich der erste war, dem er sich anvertraute. »Fliegen. Das muß doch langweilig sein. Immer wieder das gleiche.« Das natürlich war genau die überhebliche Einstellung, die ihm sein Sohn so übelgenommen hatte und die eine unbezwingbare Wand zwischen ihnen geschaffen hatte.
»Keine großartige Karriere für einen Jungen mit einem guten Universitätsabschluß, würde ich sagen.« Er sah mich fragend an, und dann fiel ihm ein, daß ich keinerlei Universitätsabschluß hatte.
»Was wird er nun machen?« fragte ich schnell, um ihm aus seiner Verlegenheit zu helfen.
»Er ist vollkommen fassungslos«, sagte Frank mit einem kleinen Lachen, das die Traurigkeit verbergen sollte, die er angesichts des plötzlichen Endes der beruflichen Laufbahn seines Sohnes empfand.
»Es wird schon alles wieder werden«, sagte ich aufs Geratewohl. »Sie werden einen Job am Boden für ihn finden. Und am

Ende sitzt er dann im Verwaltungsrat.« Ich wußte, daß ein solcher öder Verwaltungsposten genau das war, was Frank sich für seinen Sohn wünschte.
»Es gibt zu viele«, sagte Frank. »Zu viele stellungslose Piloten, die nichts können als einen Airbus fahren. Hinter einem Schreibtisch würde er zu nichts taugen, Bernard, das weißt du doch selbst.« Frank hatte weiter zerstreut in seinen Taschen gekramt; endlich brachte er einen Tabaksbeutel aus gelbem Öltuch zum Vorschein. Aus der Brusttasche zog er seine Kirschholzpfeife und blies prüfend hinein, ehe er den Tabaksbeutel öffnete.
»Ich weiß nicht, ob das Rauchen hier noch gestattet ist, Frank«, sagte ich.
»Unsinn«, sagte Frank. Er setzte sich und begann, Tabak in den Kopf seiner Pfeife zu stopfen und mit dem Daumen fest anzudrücken.
Klara brachte Franks Gin Tonic. Als sie das Glas auf den Tisch vor ihn stellte, sah sie die Pfeife und sagte: »Hier darf nicht geraucht werden, Herr Harrington.«
»Ach Unsinn!« sagte Frank.
Trotz Franks betörendem Lächeln drohte Klara mit dem Finger und sagte: »Die Pfeife. Die Pfeife ist streng verboten.«
Frank lächelte weiter und sagte nichts. Klara sah mich an und zog ein Gesicht, das mich zornig fragte, was wohl Lisl in so einer Klemme tun würde. Dann zuckte sie die Achseln und ging weg. Ich glaube nicht, daß Klara persönlich was dagegen hatte, daß Gäste im Speisesaal rauchten. Sie hatte ihre Pflicht getan, wie Lisl diese bestimmte. Das reichte.
Vielleicht wirkte Klaras Warnung, denn Frank spielte weiter mit seinen Rauchutensilien, zündete sich die Pfeife aber nicht an. Zuerst dachte ich, daß er in Gedanken noch ganz mit dem Mißgeschick seines Sohnes beschäftigt sei, aber es gab da noch was anderes. »Aber ich habe eine gute Nachricht für dich, Bernard«, sagte er.
»Was für eine, Frank?« sagte ich.
»Du bist frei.« Vielleicht zeigte mein Gesicht nicht die Freude, die er erwartet hatte, denn er fügte hinzu: »Frei, nach England zurückzukehren. Man hat alle Anklagepunkte gegen dich fallen-

gelassen. Es wird kein Verfahren gegen dich geben, nicht mal ein Verhör.«

»Ich verstehe«, sagte ich.

»Ich glaube nicht, daß du verstehst, was ich dir sagen will. Man wird alle Anklagepunkte gegen dich fallenlassen.«

»Ich dachte, du sagtest, man habe sie schon fallenlassen.«

»Du bist aber ganz spitzfindig heute.«

»Vielleicht. Aber wie ist es nun?«

Er hustete. War das ein Zeichen von Nervosität, wie die Vernehmungsexperten es deuten würden, oder kam das von dem verdammten Pfeifentabak? »Es sind nur noch ein paar Formalitäten zu erledigen. Weiter nichts, das kann ich dir versichern.«

»Entweder oder«, sagte ich. »Hat London dich geschickt, mir die Pistole auf die Brust zu setzen?« Ich schaute aus dem Fenster. Der blaue Himmel war nur ein kurzes Zwischenspiel, eine Täuschung gewesen. Es hatte sich wieder bezogen und sah nach noch mehr Schnee aus oder, wenn das Thermometer stieg, Regen.

»Ach komm, Bernard. Nichts dergleichen.«

»Was für Formalitäten?«

Er klopfte mit der Pfeife auf den Tisch. »Na ja, wir möchten nicht, daß du deine Memoiren an eins von den Sonntagsblättern verkaufst.« Er lächelte, als beträfe diese Einschränkung etwas vollkommen Unerhörtes, wie mit einem Regenschirm in der Hand von der höchsten Spitze des Big Ben zu springen. »Wir wollen nicht, daß du Klage beim High Court erhebst.« Wieder ein breites Lächeln.

»Augenblick mal, Frank. Klage beim High Court? Ich könnte doch gar nicht klagen, solange ich beim Department angestellt bin.« Ich sah ihn an; er verzog keine Miene. Ich sagte: »War dieser Haftbefehl eine bizarre Methode, mich loszuwerden? Wollten sie, daß ich flüchte? Hat irgend jemand insgeheim gehofft, ich würde mich nach Osten absetzen?«

»Bei Gott, nein!« Ein Windstoß rüttelte an den Fenstern wie ein Dämon, der einzubrechen versuchte. Trotz der Doppelfenster setzte sich das Geräusch des Windes fort, leise und wogend summte er ein Klagelied.

»Aus der Sicht des Departments würde das meinen Fall stark vereinfachen, nicht? Wenn ich in den Osten ginge, könnte ich als Überläufer bezeichnet werden... Für ihren Ruf wäre das doch eine Kleinigkeit besser, als mich vor ein englisches Gericht oder sogar vor ein Militärgericht in Berlin stellen zu müssen.«

»Bitte, Bernard. Alles, was sie verlangen, ist deine Unterschrift unter einer zusätzlichen Vereinbarung in betreff solcher Dinge wie Vertraulichkeit, Vertragstreue, Amtsgeheimnis und so fort. Formalitäten, genau wie ich gesagt habe.«

»Heißt das, daß sie mich gefeuert haben? Ist das die ›Endlösung‹ des Samson-Problems? Soll ich mundtot gemacht werden und dann mein Gnadenbrot kriegen?«

»Halt deine Pferde an, Bernard.«

»Dann sag du mir's, Frank. Aber genau, wie es ist.«

»Sie wollen, daß du kündigst... Sie denken dabei an eine Kündigungsfrist von einem Jahr. Dieses Jahr wirst du normal weiterarbeiten.«

»Abfindung? Pensionsanspruch?«

»Soll gewährt werden.«

»Ach, da erkenne ich Morgans Methoden. Ich soll also ein Jahr lang auf einen entlegenen Posten abgeschoben werden, wo nie eine Geheimsache über meinen Schreibtisch geht. Wenn ich mich benehme und den Mund halte und hundert Formulare unterschreibe, die sicherstellen, daß ich kein Wort zu irgend jemandem sagen kann ohne schlimme Folgen für mich, dann kann ich mich in die Kulissen schleichen und eine Pension kassieren. Wenn ich aber irgendwann während dieser zwölf Monate irgendwelchen Krach schlage, wird man mich ohne den sprichwörtlichen Pfennig fortjagen.«

»Diese Sachen haben immer zwei Seiten, Bernard.«

»Aber habe ich nicht recht?«

»So kann man das natürlich sehen. Ich hoffe aber, daß du einsiehst, daß es auch für dich das Beste ist. Man gibt dir die Möglichkeit, aus einer unmöglichen Situation herauszukommen.«

»Die Antwort ist nein«, sagte ich.

»Augenblick, Bernard.«

»Ich habe nichts Unehrenhaftes getan. Das wissen sie. Jesus! Als Fiona abgehauen ist, haben das Verteidigungsministerium und das Cabinet Office mich auf Herz und Nieren geprüft. Ohne Befund. Und daran hat sich seitdem nichts geändert. Ich bin sauber. Deshalb haben sie den idiotischen Plan, mich zu verhaften, fallengelassen. Die Anwälte haben ihnen klargemacht, daß gegen mich nicht mal Anklage erhoben werden kann. Nicht mal hier im besetzten Berlin, wo sie sich die Gesetze praktisch selber machen können. Wenn sie mich in England verhaftet hätten, wäre das sofort in die Schlagzeilen gekommen, und inzwischen würde das Department ganz schön dumm dastehen.«

»Na ja«, sagte Frank mit so etwas wie einem Seufzer. »Ich habe tatsächlich gehört, daß der Deputy über dich und den Haftbefehl gegen dich mit jemandem von der Generalstaatsanwaltschaft gesprochen hat.«

»Und danach ging ihm der Arsch auf Grundeis, stimmt's?«

»Ich weiß nicht, was gesagt wurde.« Er senkte den Blick und schien seine Aufmerksamkeit ganz auf seinen Tabaksbeutel zu konzentrieren. Franks Stellung als Berliner Resident hatte ihm schon viele Kontroversen mit der Londoner Zentrale eingebracht. Und so konnte er nicht ganz das Vergnügen verbergen, das er angesichts des Durcheinanders empfand, das London aus der ganzen Geschichte gemacht hatte. Daß man ausgerechnet ihn gebeten hatte, die Kohlen aus dem Feuer zu holen, gab sicherlich dem Vergnügen noch einen zusätzlichen Reiz.

»Ich kündige nicht«, sagte ich. »Ich werde während des kommenden Jahres weiterarbeiten, wie sie mir vorschlagen, aber nur, wenn sie mir den Job lassen, den ich jetzt habe. Und wenn das Department nach zwölf Monaten noch immer hinter meinem Skalp her ist, können wir uns über eine angemessene Entschädigung immer noch unterhalten.«

»Ich sehe da keinen Unterschied, Bernard.«

»Wirklich nicht, Frank? Der Unterschied ist der: Wenn ich jetzt kündige, kommt das dem Eingeständnis irgendeiner Schuld gleich, gebe ich praktisch zu, daß ich an eine fremde Macht Staatsgeheimnisse verscherbelt oder Bürobleistifte mit nach Hause genommen habe. Wenn sie mich ein weiteres Jahr lang

normal beschäftigen, kommt das dem Eingeständnis gleich, daß ich zu Unrecht beschuldigt worden bin.«
»Die Antwort wird ihnen nicht gefallen«, sagte Frank. »Sie wollen die Sache so schnell wie möglich vom Tisch haben.«
Wieder stieß der Wind zu, diesmal heftiger. Wenn er nachließ, würde es anfangen zu regnen.
»Darauf wette ich. Also schön, wenn's denn unbedingt sein muß, können wir die Sache im Handumdrehen bereinigen. Ich faxe einfach meine Story an die *New York Times.*«
Franks Reaktion ließ einen Augenblick auf sich warten. Dann rieb er sich das Gesicht und sagte: »Mach nicht solche Witze, Bernard. Mich schaudert bei dem Gedanken an den Schaden, den du uns allen zufügst, wenn du so was Dummes machst.«
»Meinetwegen, Frank. Ich höre auf, solche Witze zu machen, und du bestellst in London, daß der Handel zu meinen Bedingungen geht oder gar nicht.«
Seine Stimme blieb leise und gemessen. »Ich kenne niemanden mit deiner Kenntnis der hiesigen Verhältnisse und deinem Gespür für das, was hier läuft. Deine Erfahrung als Agent im Außendienst im Verein mit der beim Deutschland-Referat in London macht dich zu einer Schlüsselfigur und auch zu einer erstklassigen Zielscheibe. Du hast die Arbeit des Departments schließlich schon kennengelernt, als du noch auf den Knien deines Vaters geritten bist. Du wirst also doch wohl verstehen können, weshalb sie sich solche Sorgen machen.«
»Ja, Frank. Also sag in London Bescheid, daß es so läuft, wie ich sage, oder gar nicht.«
»Die lassen sich nicht drohen, Bernard.«
»Das klingt ganz schön drohend, Frank.«
»Wirklich? Dann tut es mir leid, nichts lag mir ferner, als dir das zu vermitteln. Ich wollte dir nur zu verstehen geben, daß ich dein Vorgehen für unklug halte. Das Angebot, das sie dir machen, ist ehrlich gemeint. Meinst du wirklich, daß du es ihnen vor die Füße werfen solltest?«
»Ich kündige nicht.«
»Geh nach London zurück. Ich werde alles arrangieren. Geh ins Büro und mach deine Arbeit wie gewöhnlich. Lassen wir die

Frage der Kündigung auf sich beruhen, bis ich mit dem Alten gesprochen habe.«

»Da bleibt noch die Frage nach Fiona«, sagte ich.

Frank zuckte zurück, als hätte ich ihn geschlagen. »Wir können nicht über deine Frau diskutieren.«

»Ich muß einfach wissen, ob Fiona übergelaufen ist oder ob sie da drüben noch immer für das Department arbeitet.«

Frank starrte mich an. Sein Gesicht war wie Stein, verriet mit keinem Schimmer Empfindung.

Ich sagte: »Na gut, amtlich kannst du's mir nicht geben, und das verstehe ich, Frank. Aber sie ist meine Frau. Ich muß Bescheid wissen.«

Ich ließ ihm Zeit, eine Antwort zu formulieren, die seinem Gefühl für das Schickliche und Mögliche entspräche, wartete aber vergebens.

»Fiona ist rübergeschickt worden, stimmt's? Sie arbeitet noch immer für uns?« Franks Gesicht war das desselben Frank, den ich seit meiner Kindheit kannte, aber diese mitleidlosen Augen offenbarten einen Frank, dessen Existenz ich immer bestritten hatte. Dieser zähe, unnachgiebige Widerstand gegen mein Fragen machte ihn mir nicht verhaßt. Ganz im Gegenteil wünschte ich mir deswegen seine Hilfe und Unterstützung nur um so mehr. Das war natürlich das Geheimnis von Franks Erfolg über so viele Jahre hinweg; es hatte nur lange gedauert, bis ich dahinterkam. »Stimmt's?« Ich glaubte, Zustimmung in seinen Augen zu lesen. Ich war überzeugt, daß Frank mir nicht gestatten würde, den gefährlichen Glauben an Fionas Unschuld weiter zu kultivieren, wenn sie wirklich unsere entschiedene Gegnerin wäre.

Nach einer Weile, die mir wie eine Ewigkeit vorkam, sagte Frank: »Ich verbiete dir, dich mit mir oder sonst jemandem über Fiona zu unterhalten. Ich habe dir schon versprochen, mein Bestes zu tun, um aufzuklären, was du wissen willst. Inzwischen mußt du striktes Stillschweigen bewahren. Schlage sie dir aus dem Kopf.«

»Okay.«

»Es ist mir ernst.«

»Ich sagte, okay.«
Frank entspannte sich ein wenig. Er sagte: »Ich nehme an, du willst so schnell wie möglich nach London, nicht?« Ich nickte. »Du wirst dort eine Menge zu erledigen haben.«
Er sah mich einen Augenblick an, ehe er die Hand in die Tasche steckte und einen großen weißen Umschlag vor mich auf den Tisch legte.
Ich sah ihn an und lächelte. Er hatte mich geschlagen und war seines Erfolges so sicher gewesen, daß er mir das Flugticket gleich mitgebracht hatte. »Schach matt in drei Zügen, was, Frank?« Ich lächelte und bemühte mich, meine Erbitterung zu verbergen.
»Ich dachte, du würdest Gloria und die Kinder so schnell wie möglich wiedersehen wollen.« Er berührte das Ticket und schob es ein kleines Stückchen näher an mich heran. »Du wirst schon heute abend bei ihnen sein. Geh morgen ins Büro und arbeite wie gewöhnlich. Ich rufe dich zu Hause an und erzähle dir, wie es weitergeht.« Sorgfältig vermied er jeden Ausdruck von Selbstzufriedenheit. Wer ihn sah und reden hörte, mußte uns für Leidensgefährten halten, die das gleiche Mißgeschick ertrugen.
»Danke, Frank«, sagte ich und nahm das Ticket. »Was ist unserem Kollegen Teacher heute dazwischengekommen?«
»Du wirst es nicht bereuen, Bernard. Ich gebe dir gute Ratschläge, die dein Vater dir hätte geben können.« Eine Pause, in der er tief Luft holte und sich zweifellos zu der Gelegenheit gratulierte, endlich das Thema zu wechseln.
»Teacher. Ja. Dumme Sache«, sagte Frank, nahm seine Pfeife und führte sie an die Lippen. »Seine Frau ist abgehauen. Furchtbar nettes Mädchen. Außerordentlich intelligent. Clementine, ein hinreißend aussehendes Geschöpf. Wunderbare Figur. Kennst du sie?«
Ich nickte. Frank hatte ein scharfes Auge für begehrenswerte junge Weiblichkeit mit wunderbarer Figur. Seine Augen schweiften in die Ferne, während er sich ihrer erinnerte.
»Sie ist mit einem großspurigen Yankee-Filmproduzenten weg. Hatte ihn erst vor zehn Tagen kennengelernt. Frauen sind so

impulsiv, findest du nicht? Wie kommt eine jungverheiratete Frau zu einer solchen Tollheit?« Der Wind hatte sich gelegt, der Himmel war dunkler geworden. Jeden Augenblick konnte es anfangen zu regnen.

»Der arme alte Teacher«, sagte ich. »Er schien sie sehr gern zu haben.« Jetzt verstand ich, weshalb die schöne Clemmie sich so aufgeregt hatte, als mich am Sonntag ihr Mann zum Essen mitbrachte. Ein Ausgestoßener sei ich, hatte sie geschrien, schön und gut, aber jetzt vermute ich, daß sie dachte, das Department hätte Wind von ihren Plänen gekriegt und mich geschickt, ihr nachzuspionieren.

»Dieser elende Amerikaner hat sie zu einem Filmfestival nach Warschau mitgenommen. Warschau! Hat das einen Alarm ausgelöst! Ich kann dir sagen. London hat überreagiert. Der Telex lief heiß. ›Tu dies; laß das; Kommando zurück; melde gegenwärtigen Aufenthalt.‹ So in der Art. Glücklicherweise scheint es Mrs. Teacher bewußt gewesen zu sein, daß sie uns einigen Ärger machte. Sie rief mich aus ihrem Hotel in Warschau an und erklärte mir in vorsichtigen Wendungen, daß sich's nur um ein Ehedrama handle. Sie habe sich, sagte sie, zum erstenmal in ihrem Leben wirklich verliebt. Tiefe Seufzer und alles. Sagt, sie wird nie zu ihrem Mann zurückkehren. Sie planen, zu irgendwelchen Filmfestspielen in Japan weiterzufliegen und dann nach Amerika. Sie möchte in Beverly Hills wohnen. Sie sagte, ich solle mir keine Sorgen machen.« Frank blies seine Pfeife durch und lächelte mich besorgt an. »Also mache ich mir keine Sorgen.«

Das war's also, was die Duchess und ihre Freunde so aufgeregt hatte. Sie hatten von den Teachers geredet, nicht von mir und Fiona. »Und London?«

»Die Londoner Zentrale hat Leute, die sich von Amts wegen über alles Sorgen machen. Aber wir können schließlich doch von unseren Leuten nicht verlangen, daß sie ihre Frauen in die Besenkammer einsperren, während sie ihrer Arbeit nachgehen, oder?« Er begann, seine Pfeife zu stopfen. »In gewisser Hinsicht ist's ja ein Jammer, daß wir's nicht können.«

Sanft begann jetzt der Regen ans Fenster zu klopfen. Anfänglich waren es nur große Tropfen, die in gemessenen Abständen kamen, aber bald tröpfelten sie heftiger, vermischten sich, bildeten Bäche und verbogen die Bäume und verzerrten die Welt draußen zur Unkenntlichkeit.

6

Ich leide nicht an Verfolgungswahn. Das heißt, nicht in dem Grade, jedem Menschen in meiner Umgebung zu mißtrauen. Nur einigen. Als ich am nächsten Morgen ins Büro ging, schien da alles normal zu sein: zu normal. Als ich mir angesehen hatte, was auf meinem Schreibtisch lag, wurde ich nach oben zitiert. Dicky Cruyer, der Chef des Deutschland-Referats und mein unmittelbarer Vorgesetzter, war in einer seltsamen Stimmung, die ich fast als leutselig charakterisieren könnte.

»Guten Morgen, Bernard!« sagte er und lächelte. Er war ein schlanker, knochiger Mann mit blasser Haut und wild gelocktem Haar, das er sich, wie ich vermutete, regelmäßig in Dauerwellen legen ließ.

Während der paar Wochen rauhen Lebens in Berlin hatte ich mich mit der Vorstellung abgefunden, daß ich dieses Büro nie wiedersehen würde. Daß ich England nie wiedersehen würde. Also sah ich mich jetzt in Dickys Büro um und staunte es an, als sähe ich's zum erstenmal. Von neuem betrachtete ich den prachtvollen Tisch aus Rosenholz, den Dicky anstatt eines Schreibtischs benützte, und die Fotos an der Wand dahinter, die größtenteils Dicky zeigten. Ich musterte den mit weichem schwarzem Leder bezogenen Eames-Stuhl, die dazu passende Fußbank und das leicht räudige Löwenfell am Boden, das er, wie ich bemerkte, an eine weniger auffällige Stelle verschoben hatte. All das sah ich mir mit Staunen an.

»Ich hoffe, du bist aufgelegt zu harter Arbeit«, sagte Dicky. »Jetzt, wo dein Urlaub vorbei ist, gibt es eine Menge zu tun.« Er lehnte sich vor, die Ellbogen auf dem Tisch mit sich berührenden Fingerspitzen. Er war in Hemdsärmeln mit leuchtendroten

Hosenträgern und trug eine geblümte Fliege. Der Deputy hatte an Dickys Jeans und Lederklamotten Anstoß genommen, und jetzt trug Dicky im Dienst Anzüge. Doch die schreienden Farben der neuerworbenen Krawatten und die leuchtenden Hosenträger waren eine subtile Unterwanderung dieser amtlichen Beschränkung.

Ich sah ihn an. »Ja, durchaus.« Er lächelte. Glaubte er wirklich, ich hätte Urlaub gemacht? Von seinem warmen, entspannten, freundlichen Lächeln konnte ich nichts ablesen. Doch verrieten die rasch aufeinanderfolgenden Stakkatoschläge, mit denen er seine Fingerspitzen aneinanderstieß, mir durchaus seine unterdrückte Nervosität.

»Der Deputy Controller Europe hat für zehn Uhr dreißig ein Palaver angesetzt. Du solltest vielleicht auch dabeisein. Mach dir Notizen.«

»Worüber?« Der Deputy Controller Europe war ein Australier namens Augustus Stowe. Dicky wußte seinen Neid auf Stowe nur unvollkommen zu verbergen und nannte ihn gewöhnlich bei seinem vollen Titel in einem sarkastischen Ton, der zu verstehen gab, daß natürlich die Fähigkeiten des Mannes der Stellung, die er innehatte, gänzlich unangemessen waren. Diese Einstellung zu Stowe, die sich auch in geflüsterten Zweifeln an dessen Eignung äußerte, teilten einige von Dickys näheren Vertrauten. Stowe war ein Wunderkind gewesen und hatte dann an der Universität von Perth Logik gelehrt, weshalb er jetzt von manchen auch stets »Doktor« Stowe genannt wurde, so als sei ein Mann mit einem akademischen Grad selbstverständlich zu weltfremd für das Department.

»Es liegen eine Reihe von Sachen an«, sagte Dicky unbestimmt. Auf diese Weise pflegte er einzuräumen, daß er von der fraglichen Sache keine Ahnung hatte. Ich vermutete, daß Dicky Angst vor Stowe hatte, der sehr ungemütlich werden konnte, wenn irgendwelche Schlampereien ans Licht kamen, weshalb Dickys Treffen mit ihm nicht immer sehr behaglich für ihn waren. »Kaffee?« – »Ja, bitte.« Woran immer es Dicky fehlen mochte, ein Überlebenskünstler war er jedenfalls, und an gutem Kaffee fehlte es ihm nie. Chagga aus dem neuen Laden von Mr.

Higgins in der Duke Street. Dicky ließ ihn sich dort von Motorradkurieren holen. Eines Tages würde jemand wissen wollen, welche dringenden geheimen Meldungen in aromatisch duftenden braunen Päckchen zwei- bis dreimal wöchentlich von Mr. Higgins kamen.

»Fabelhaft!« sagte Dicky, als seine Sekretärin auf einem polierten hölzernen Tablett die dampfende Glaskanne, das Spode-Porzellan und das Sahnekännchen brachte. Die Tassen enthielten heißes Wasser. Dicky sagte, vorgewärmte Tassen seien für die völlige Entfaltung des Aromas unerläßlich. Er schüttete das heiße Wasser in eine Schale und goß sich selbst zuerst Kaffee ein. Beim Schmecken runzelte er mit halbgeschlossenen Augen die Brauen und hielt die Kanne in der Schwebe. »Sogar noch besser als die letzte Lieferung«, urteilte er.

»Will Stowe mich abschießen?«

»Irgend jemand will er abschießen«, sagte Dicky.

Dicky sah aus dem Fenster, während er trank. Der Tiefdruckausläufer, der Berlin noch mit winterlichen Temperaturen zusetzte, war von England ostwärts gewandert. Hier hatte eine Reihe von Hochdruckgebieten für genügend Wärme gesorgt, die Knospen aus den Bäumen zu locken und die Straßen in trügerisch goldene Morgensonne zu tauchen. Es war ein falscher Sommer, einer von jenen Tagen, an denen man ohne Mantel aus dem Hause geht und mit einer Lungenentzündung zurückkommt.

Um zehn Uhr dreißig begab ich mich in den Raum des Deputy Europe. Ich erinnerte mich dieses Raums, als er nach Bret Rensselaers kostspieligem und etwas avantgardistischem Geschmack eingerichtet gewesen war – Chrom, Glas, schwarzes Leder und schwerer Teppich –, aber damit war es jetzt vorbei. Kahl war gar keine Bezeichnung für diesen Raum in seinem jetzigen Zustand. Es gab nicht mal Auslegware. Die Wände waren noch immer so grau-grün vorgestrichen wie gleich nach Brets Weggang. Wo einst ein erlesener Dürer gehangen hatte, sah man jetzt das Standardporträt der Königin. Stowes Schreibtisch war aus Metall, einer von denen, die unseren Schreibkräften zur Verfügung standen, und sein Stuhl war ein Exemplar des rückgratbrechenden Modells, das vom Ministerium für öffentliche Arbeiten eingesetzt wird, um Besucher davon abzuhalten, allzu lange im Empfangsraum unten herumzusitzen.

Dicky Cruyer war schon da. Er hatte sein Jackett über die leuchtendroten Hosenträger gezogen, was ich als eine Gebärde der Unterwerfung deutete. Vielleicht hatte ihr Treffen schon früher angefangen. Dicky organisierte sich gern Gelegenheit zu einem vertraulichen Gespräch, ehe man zur Tagesordnung kam. Er hockte auf einem Metallstuhl mit ungleichen Beinen, der jedesmal wackelte, wenn Dicky sein Gewicht verschob. Alle drei Besucherstühle in diesem Raum hatten den gleichen Defekt. Irgend jemanden habe ich sagen hören, daß der Deputy Controller die Stühle eigens so habe herrichten lassen, aber ich hielt es für unwahrscheinlich, daß Stowe auf so billige psychologische Tricks angewiesen war, es seinen Besuchern unbehaglich zu machen.

Augustus Stowe hatte glänzend schwarzes Haar. Wie es ihn mit einem üppigen Schnurrbart ausstattete, wuchs ihm dieses schwarze Haar auch aus den Ohren und Nasenlöchern. Es erschien in Büscheln auf seinen Wangen, und große Dickichte davon bedeckten die Rücken seiner Hände. Seltsam also, daß er so kahl war. Das sorgfältig gekämmte Haar und die langen Koteletten betonten nur die glänzende rosa Kuppel seines Kopfes.

»Sie brauchen gar nicht da rumzusitzen und sich den Arsch zu kratzen, Dicky. Irgendein Scheißkerl wird hinmüssen«, sagte Stowe mit der antipodischen Direktheit, mit der er sich im Department nicht viele Freunde gemacht hatte. »Sie können selbst gehen«, schlug er in einem Ton vor, der andeutete, daß das nur als letzte und verzweifelte Ausflucht in Frage kam.

»Überlassen Sie es nur mir, Gus«, sagte Dicky.

Obwohl es nicht seinem Stil entsprach, so etwas zur Sprache zu bringen, hatte ich das Gefühl, daß es Stowe nicht gefiel, »Gus« genannt zu werden. Ich fragte mich, ob Dicky das nicht merkte oder ob es eine absichtliche Provokation war. »Nein, Dicky«, sagte Stowe. »Wenn ich eine Sache Ihnen überlasse, habe ich sie sechs Wochen später wieder auf meinem Schreibtisch mit dem Vermerk *Eilt sehr.*«

Dicky preßte die Finger an seine dünnen, blutleeren Lippen, als unterdrückte er die Versuchung, einen so guten Scherz zu belächeln. »Bernard könnte fahren«, bot Dicky an. »Er könnte es deichseln.«

»Deichseln!« schimpfte Stowe in seinem klanglosen australischen Knurren. »Natürlich. Genau, was ich sage. Jeder Vollidiot könnte es deichseln.«

»Bernard kennt Wien«, sagte Dicky.

Das war keineswegs die Wahrheit, aber ich widersprach Dicky nicht, und er wußte, daß ich es nicht tun würde. Es gehörte sich einfach nicht, seinem Chef in Anwesenheit eines Vorgesetzten zu widersprechen. »Wirklich, Bernard?« fragte Stowe. Eine fette, alte Fliege brummte um seinen Kopf. Er verjagte sie mit einer ziemlich königlichen Gebärde.

»Ich war da mit Harry Lime«, sagte ich.

Stowe bedachte mich mit einem kurzen geringschätzigen Lächeln. »Wien ist nur ein Teil der Sache.« Er war nicht leicht hinters Licht zu führen, obwohl jemand, der ihm zum erstenmal begegnete, das wohl nicht gleich gemerkt hätte. Stowe trug einen dreiteiligen grauen Anzug aus einem seltsam gewebten Stoff, eine formlos gestrickte Krawatte und hohe Stiefel mit Reißverschlüssen an den Schäften. Alle seine Kleider sahen aus, als kämen sie aus dem Fundus eines schon vor langer Zeit bankrott gegangenen Provinztheaters. Sogar seine Armbanduhr war von ungewöhnlicher trapezoider Form, das Glas so braun verfärbt, daß er sich das Handgelenk bis dicht vor die Augen führen mußte, um nach der Zeit zu sehen.

Um auf seine Uhr zu sehen, hatte er die schwere Schildpattbrille abgenommen. Die modische Brille paßte eigentlich nicht zu Stowe. Eigentlich hätte er kleine, goldgeränderte Augengläser tragen sollen, mit verbogenem Gestell, das vielleicht mit einem Stück fleischfarbenem Heftpflaster geflickt war. Diese Brille war teuer und modern, und nachdem er auf die Uhr gesehen hatte, schwang er sie, als wollte er darauf hinweisen.

»Bernard kann auch gut Russisch«, sagte Dicky.

»Die werden alle Englisch sprechen«, sagte Stowe und sah noch einmal auf seine Uhr.

»Nicht untereinander«, sagte Dicky. »Bernard wird verstehen, was sie miteinander reden.«
»Hmm«, sagte Stowe. »Wie spät ist es?« Er drehte am Schräubchen, um die Zeiger zu verstellen.
»Zehn Uhr zweiundfünfzig«, sagte Dicky.
»Sie sind nicht bevollmächtigt, irgendwelche Zugeständnisse zu machen«, belehrte mich Stowe feierlich. »Hören Sie sich an, was diese Ganoven zu sagen haben. Wenn Sie meinen, daß es alles Quatsch ist, kommen Sie zurück und sagen es uns. Aber lassen Sie sich auf nichts ein. Und kommen Sie sofort zurück. Keine Dampferfahrten auf der blauen Donau und kein Heuriger in Grinzing, verstanden?«
Selbst Stowe konnte der Versuchung nicht widerstehen, uns wissen zu lassen, daß er Wien kannte.
»Natürlich«, sagte Dicky. Die Fliege brummte jetzt um Dicky herum. Dicky ließ sich nicht anmerken, daß er sie bemerkte, und sie flog weg.
»Und schließlich will ich nicht, daß irgendwelche von Ihren verdammten Yankee-Freunden in die Sache verwickelt werden«, sagte Stowe, öffnete einen Aktendeckel und blätterte die Seiten um. Dicky sah mich an und lächelte flüchtig. Ich merkte nun, daß Dicky sich von Stowe weniger eingeschüchtert als vielmehr aus der Fassung gebracht fühlte. Er wußte nicht, ob er ihm im gleichen vulgären Ton antworten oder ihn mit Höflichkeit und guten Manieren auf Distanz halten sollte.
»Wie sollten sie darin verwickelt werden?« fragte Dicky.
Stowe blickte in seine Notizen. Die Fliege landete auf einer Seite und spazierte frech quer über den Titel. »Sie werden sich an jeden von unseren Leuten hängen, der in Wien auftaucht. Und zwar sofort.« Mit überraschender Geschwindigkeit schoß seine Hand vor. Seine Finger krümmten und schlossen sich fest um die Fliege, doch als er sie wieder öffnete, war da keine Fliege.
»Meinen Sie, Gus?« fragte Dicky.
Er lächelte listig. »Da bin ich verdammt sicher. Ich habe mit den Yanks in Korea zusammengearbeitet. Im Corps-Hauptquartier. Ich weiß, wie die sind.« Er wischte sich die Hand am Hosenbein ab, als ob die Reste der Fliege daran geklebt hätten. Vielleicht juckte sie.

»Wie sind sie denn?« fragte Dicky, pflichtschuldig das Stichwort liefernd, auf das Stowe wartete.
Stowe sah Dicky an und schniefte in der verächtlichen Art des geübten Vortragsredners. »Es gehört zu den Eigenarten des durchschnittlichen Amerikaners, als Aspekt seiner Geschichte, daß er von Natur aus neugierig ist, aufgrund seiner Erziehung sich zu helfen weiß und seine Erfahrungen anwenden kann«, sagte Stowe. »Mit anderen Worten: Yanks sind Leute, die dauernd die Nase in anderer Leute Angelegenheiten stecken, verdammt störende Bastarde, die man sich vom Leibe halten muß.« Er griff vergeblich nach der Fliege und winkte ihr zornig nach, als sie wegflog. »Und ich will nicht, daß einer von euch großen Verschwendern mit dunkler Brille im Wiener Hilton aufkreuzt und den Mann an der Rezeption fragt, ob sie da einen Nachtsafe und Telexanschluß haben. Kapiert?«
Dicky, der Luxus auf Spesen ohnedies mehr im Imperial zu suchen geneigt war, nickte beifällig.
Stowe muß mir am Gesicht angesehen haben, daß Dicky mir über das, was zur Debatte stand, nicht viel gesagt hatte. Tatsächlich hatte er mir nichts gesagt. Stowe sagte: »Sie fahren zu einem Geheimtreffen mit Leuten von der anderen Seite.« Angesichts meines verständnislosen Blicks fügte er hinzu: »Ich meine Russkis. Fragen Sie nicht, wen oder wie oder wo, denn das darf ich Ihnen nicht verraten.«
»Jawohl, Sir«, sagte ich.
»Äußerst dringend, wir dürfen also annehmen, daß sie irgendeine Scheißbeschwerde vorzubringen haben. Drohungen wird es auch geben, falls ich irgendwas davon verstehe, wie diese Bastarde vorgehen. Bleiben Sie eisern, und lassen Sie sich nicht aus der Fassung bringen.«
»Ist das etwas, das die Wiener Einsatzgruppe machen könnte?« fragte ich so schüchtern, wie ich konnte. »Ich habe nie erlebt, daß einer von denen auch nur im geringsten aus der Fassung gebracht worden wäre.«
Stowe berührte seinen kahlen Kopf sehr zart, fast so, als glätte er sich das Haar. Er muß gedacht haben, daß die Fliege sich auf seinem Kopf niedergelassen hätte, tatsächlich aber marschierte

sie über seinen Tisch. Für einen Augenblick schien er die Unterhaltung zu vergessen, die wir führten, dann sah er mich an. »Ich sagte es schon: Wir müssen den Yanks aus dem Weg gehen.« Seine Augen fixierten mich, und dann setzte er hinzu: »Wien ist voller Yanks... ich meine, CIA.«
Nicht Touristen oder Lexikonverkäufer machten ihm also Sorgen. »Weshalb sollte die CIA interessiert sein?« fragte ich. »Oder meinen Sie, daß wir von jetzt an zu jedem Geheimkontakt eigens jemanden nach Wien schicken?«
Langsam kam ein Lächeln in Stowes Gesicht. Kein besonders gelungenes, aber was es an Fröhlichkeit vermissen ließ, machte es mit List wett. »Sehr gut, Bernard!« sagte er, und seine Stimme hatte einen beifälligen Ton, den ich bei ihm noch nicht gehört hatte. »Sehr gut.« Er wandte den Kopf, um den Spaß mit Dicky zu teilen. Dicky raffte sich zu einem pflichtgemäßen Grinsen auf, das verriet, daß er keine Ahnung hatte, was zum Teufel da gespielt wurde. Ich erkannte das sofort: Es war eine von Dickys Standardmienen.
Aber bald sah ich, daß Stowes Vergnügen vorgetäuscht war; seine Art, darauf zu reagieren, was er für impertinente Fragen eines Untergebenen hielt. Langsam sagte Stowe: »Ich weiß, daß die CIA interessiert ist, weil ein kleines Vögelchen es mir gesagt hat. Und wenn mir befohlen wird, dafür zu sorgen, daß solche Ereignisse zukünftig immer glatt über die Bühne gehen, *werde* ich vielleicht jedesmal jemanden nach Wien schicken. Und das könnten verdammt wohl jedesmal Sie sein. Wäre Ihnen das lieb, Bernard?«
Ich antwortete nicht. Dicky lächelte, um zu zeigen, daß er nun wußte, wovon Stowe redete. Hilfsbereit sagte er: »Sie glauben also, daß die Wiener CIA versuchen wird, sich einzumischen, Gus?«
»Ich *weiß* verdammt genau, daß sie genau das machen werden«, sagte er. »Brody, der Wiener Resident, ist ein alter Sparringpartner von mir. Er wird uns diesmal die Tour vermasseln, wenn er auch nur die kleinste Chance dazu kriegt.«
»Und er weiß, daß was läuft?« fragte ich.
»Joe Brody ist ein abgebrühter alter Hund«, sagte Stowe. »Und hat eine prima Nase.«

Stowe starrte mich an und nickte mit dem Kopf. Ich fragte mich, ob das eine besondere Warnung für mich sein sollte.

»Wie spät haben Sie's jetzt?« fragte Stowe und klopfte auf seine Uhr. Dicky sagte es ihm nach einem Blick auf seine aufwendige Armbanduhr, die einen Tachometer hatte, einen ewigen Kalender, der bis ins Jahr 2100 auch für die Schaltjahre programmiert war, sowie einen kleinen Mond, der ab- und zunahm. Stowe knurrte und schlug mit der flachen Hand auf sein altes Chronometer, als wollte er es für sein Versagen bestrafen.

Dicky erhob sich. »Okay, Gus. Ich komme morgen mit ein paar Ideen wieder zu Ihnen.« Als Stowe den Mund öffnete, um zu widersprechen, sagte Dicky: »Oder vielleicht heute nachmittag.«

»Jesus Christus«, sagte Stowe. »Ich weiß, wie eifersüchtig Sie Ihr kleines Reich hüten, und kenne die überentwickelte Eigenliebe, die jeden, der es mit der Deutschland-Abteilung zu tun hat, erwischt. Aber wenn Sie denken, ich wüßte nicht, daß Sie letzte Woche beim Deputy D–G waren und Bernards Rückkehr verlangt haben, weil er der einzige Mann für diesen Auftrag sei, dann denken Sie noch mal darüber nach.«

Dicky wurde feuerrot vor Ärger oder vor Verlegenheit oder einer Kraftmischung dieser Emotionen, die der englische Gentleman stets unter Kontrolle haben sollte. Zweifellos trug meine Anwesenheit zu seinem Unbehagen bei. »Hat Sir Percy Ihnen das erzählt?« stammelte Dicky.

»Das hat mir ein kleiner Spion erzählt«, sagte Stowe beißend. Dann: »Ja, was meinen Sie denn, was Sir Percy und ich bei unseren Besprechungen besprechen außer dem, was all ihr Scheißabteilungsleiter ihm vorzujammern habt?«

Dicky stand nun und hielt sich an der Lehne des Stuhls fest, auf dem er gesessen hatte wie ein Angeklagter vor Gericht. Verwirrt sagte er: »Ich habe bloß gesagt, das heißt bestätigt... Ich habe Sir Percy nicht mehr gesagt als Ihnen... daß...«

»Daß Bernard es deichseln könnte? Ja, stimmt. Aber warum kommen Sie dann hier rein und tun so, als wären Sie nicht schon über meinen Kopf gegangen?« Die Fliege erschien, flog eine Runde und ging dann in Warteposition über Stowes Schädel.

»Ich versichere Ihnen, die Idee, Bernard zu schicken, kam nicht von mir«, sagte Dicky empört. Stowe lächelte grimmig.
Das war es also. Dieses Treffen war also eigens zu dem Zweck anberaumt worden, einen Streit im Department auszutragen, und es war jetzt klar, daß es bei dem Krach nicht wirklich um die Frage ging, wer zu einem Geheimtreffen mit einer KGB-Delegation geschickt werden sollte. Dieser mit nackten Fäusten ausgetragene Kampf sollte Dickys tollkühnen Vorstoß auf Stowes Territorium zurückschlagen. Mein Pech, daß ich der stumpfe Gegenstand sein sollte, den sich Stowe ausgesucht hatte, um damit Dicky über den Schädel zu hauen.
Auf englische Art war Dickys Stimme, als er wütend wurde, leiser geworden. Jetzt begann er eine komplizierte Erklärung, bei der er jedes Wort sorgfältig wog. Dicky war so beleidigt, daß ich mich fragte, ob er nicht vielleicht die Wahrheit sagte. Das würde dann heißen, daß der Deputy meine Rückberufung arrangiert hatte und, um die Tatsache vor Stowe zu verbergen, behauptete, das sei auf Dickys Wunsch geschehen.
Ich war entschlossen, mich aus diesem Streit herauszuhalten. »Kann ich in mein Büro zurückkehren?« fragte ich. »Ich erwarte einen wichtigen Anruf.« Stowe gab mit der Hand ein Zeichen, das meiner Absicht, das Zimmer zu verlassen, Zustimmung signalisieren, doch auch etwas, das Dicky sagte, zurückweisen mochte. Vielleicht war auch die Fliege damit gemeint.
Als ich das Zimmer verließ, überlagerten Stowes Worte Dickys, und Dicky sagte: »Also sehen Sie mal, Gus, ich gebe Ihnen feierlich mein Wort, daß von Bernard nicht die Rede war...«, und dann setzte er sich wieder, als bliebe er noch lange dort.
Mit einem Seufzer der Erleichterung trat ich in den Korridor hinaus. Die Fliege kam mit.

An diesem Abend war ich sehr froh, in mein kleines Haus in der Balaklava Road zurückzukehren. Bislang hatte ich für dieses enge und unbequeme Vororthaus nicht viel Zuneigung empfunden, aber nach meinem kalten und einsamen Bett in Berlin erschien es mir als Paradies. Meine unerwartete Ankunft am Abend zuvor zählte nicht. Heute sollte ich gebührend daheim willkommen geheißen werden.

Die Kinder hatten ein buntes Transparent gemalt: »Willkommen daheim, Papa«, und es hing jetzt über dem Kamin, in dem ein echtes Feuer flackerte. Obwohl ich zur Hälfte Berliner war, wußte ich angesichts eines Kohlefeuers doch die vielen kleinen Freuden der Heimkehr zu schätzen. Meine wunderbare Gloria hatte ein wirklich zauberhaftes Essen zubereitet, so gut, wie es das Restaurant um die Ecke nicht hätte besser machen können. Sie hatte eine Flasche Bollinger gekühlt, und ich saß in unserem ordentlichen kleinen Vorderzimmer, die Kinder hockten auf dem Teppich und verlangten, von meinen Abenteuern in Berlin zu hören. Gloria hatte ihnen nur gesagt, daß ich dienstlich unterwegs sei. Nach ein paar auf leeren Magen genossenen Gläsern Champagner erfand ich eine verwickelte Geschichte über das Aufspüren einer Diebesbande und machte die Geschichte unwahrscheinlich genug, mein Publikum zum Lachen zu bringen.

Die Art und Weise, in der die Kinder heranreiften, überraschte mich von Mal zu Mal mehr. Bei ihren Ideen und Späßen – zum größten Teil verhältnismäßig erwachsen und weltklug – brach kindliches Vergnügen durch. Da wurde plötzlich ein albernes Spiel, eine Schatzsuche oder ein Kinderlied verlangt. Ich hatte Glück, bei ihnen zu sein und zu sehen, wie sie heranwuchsen. Welches mißverstandene patriotische Pflichtgefühl hatte bloß Fiona bewegt, anderswo zu sein? Waren etwa die Prioritäten, die sie setzte, verbindlich nur für das Bürgertum? Ich war unter Jungens aufgewachsen, die alle der Arbeiterklasse angehörten und aus Gemeinschaften kamen, in der keine Loyalität wichtiger war als die zur Familie. Fiona hatte mich und die Kinder in ihre moralischen Verpflichtungen eingespannt. Sie hatte uns gezwungen, zu ihrem Opfer beizutragen. Weshalb sollte ich da nicht empfinden, daß mir schweres Unrecht angetan worden war?

Ein Wecker klingelte. Ohne Aufhebens führte uns Gloria ins Eßzimmer, wo der Tisch mit unserem besten Porzellan und Glas gedeckt war. Als das Essen serviert wurde, war es köstlich. »Kann man nicht zu allen Gängen Champagner trinken?« »Kann ein Fisch schwimmen?« Noch eine Flasche Bollinger und ein Risotto mit Steinpilzen. Danach gab es gebackenen Hummer. Dann einen weichen Brie mit französischem Baguette. Und zum Nachtisch riesige Bratäpfel mit Honig und Rosinen. Dazu gab es einen großen Krug leckerer Eiercreme. Das war ein krönender Abschluß für ein wunderbares Mahl. Sally suchte jede Rosine einzeln heraus und legte sie um den Rand ihres Tellers, aber das tat Sally immer. Billy zählte die Rosinen ab: »Bauer, Bürger, Edelmann...« und ermittelte, daß Sally einen Bettelmann heiraten würde. Sally meinte, dieser Abzählvers sei ihr von jeher verhaßt gewesen, und Gloria – die Optimistin, Feministin und Mathematikerin – lehnte ihn grundsätzlich ab, weil er den Mädchen eine zu geringe Auswahl an Partnern präsentierte.

Die Kinder lebten beide in dem Niemandsland zwischen Kindheit und Erwachsensein. Billy widmete sich Autos und einer schönen Handschrift. Sally war für die Rolle der Portia in *Julius Caesar* ausgewählt worden und trug uns ihre Lieblingsszene vor. Ihr Teddybär spielte Brutus.

»Ist's im Vertrag der Ehe, sag mir, Brutus,
Bedungen, kein Geheimnis sollt ich wissen,
Das Euch gehört?«

Die eheliche Prophezeiung verwerfend, erklärten wir den Abend übereinstimmend zu einem denkwürdigen Familienereignis.

»Die Kinder sind jetzt alt genug, Freude an gemeinsamen Familienfeiern zu haben«, sagte Gloria, nachdem sie zu Bett gebracht worden waren. Sie stand vor dem Kamin und blickte in die Glut des heruntergebrannten Feuers.

»Ich werde diesen Abend nie vergessen«, sagte ich. »Niemals.« Sie wandte sich um. »Ich liebe dich, Bernard«, sagte Gloria, als hätte sie es noch nie zuvor gesagt. »Nun, ehe ich mich hinsetze, willst du noch was zu trinken oder sonstwas?«

»Und ich liebe dich, Gloria«, erwiderte ich. Allzulange hatte ich mich gesträubt, meine Gefühle auszusprechen, weil ich noch immer so etwas wie Schuld empfand wegen des Altersunterschieds zwischen uns, aber meine Zeit fern von ihr hatte da

etwas verändert. Jetzt war ich glücklich, ihr zu sagen, was ich fühlte. »Du bist wunderbar«, sagte ich, nahm ihre Hand und zog sie neben mich auf das Sofa. »Du tust Wunder für uns alle. Ich sollte dich fragen, was ich für dich tun kann.«
Ihr Gesicht war sehr nahe. Sie sah traurig aus, als sie nun eine Hand auf meine Wange legte, als berührte sie eine Statue, eine kostbare Statue, aber trotzdem eine Statue. Sie schaute mir in die Augen, als sähe sie mich zum erstenmal, und sagte: »Manchmal, Bernard, wünschte ich, du sagtest mir, daß du mich liebst, ohne daß ich es zuerst zu dir sage.«
»Es tut mir leid, Liebling. Haben die Kinder dir für das wunderbare Essen gedankt?«
»Ja, die Kinder sind sehr lieb, Bernard.«
»Du bist zu uns allen gut«, sagte ich.
»Das Essen habe ich von Alonso kommen lassen«, gestand sie mit der Kleinmädchenstimme, die sie manchmal annahm. »Außer den Bratäpfeln. Die Äpfel habe ich selbst gemacht. Und die Eiercreme.«
»Die Bratäpfel waren das Beste an dem ganzen Willkommensmahl.«
»Ich hoffe, das Beste vom ganzen Willkommensmahl kommt noch«, sagte sie schelmisch.
»Na, mal sehen«, sagte ich. Sie knipste das Licht aus. Es war Vollmond, und der ganze hintere Garten war in das scheußliche Blau getaucht, das ihn aussehen ließ wie ein Bild im Fernsehen. Ich hasse Mondschein.
»Was ist?«
»Es ist schön, daheim zu sein«, antwortete ich und starrte in den häßlichen kleinen Garten. Sie kam von hinten und legte den Arm um mich.
»Geh nicht wieder weg«, bat sie. »Nie wieder. Versprichst du's?«
»Ich verspreche es.« Dies war nicht der Augenblick, von der kleinen Spritztour nach Wien zu sprechen, die Dicky und Stowe für mich organisiert hatten. Sie hätte vielleicht gedacht, daß ich mich darauf freute, während ich tatsächlich eine begründete Angst davor hatte. Wien war keine große Stadt, war es nie

gewesen. Eine kleine Provinzstadt, wo engstirnige Bauern anstatt auf den Schweinemarkt in die Oper gehen, um böswilligen Klatsch auszutauschen. Jedenfalls war das mein Eindruck. In der Vergangenheit hatte ich in Wien immer Pech gehabt.

7

Ich erinnere mich, mal einem jungen Anfänger namens McKenzie erzählt zu haben, daß, je beiläufiger man instruiert wird, desto gefährlicher die Operation zu werden verspricht, auf die man zusteuert. Das war die Sorte oberflächliche Lebensweisheit, mit der man jungen Leuten wie diesem McKenzie, die einem an den Lippen hingen und alles genauso machen wollten, wie sie's in der Schule gelernt hatten, auf billige Weise imponierte. Ich sollte aber noch viel Zeit haben, die tiefe Wahrheit dieser Erklärung zu bedenken. Als ich mir später überlegte, wie ich in die Wiener Operation verwickelt worden war, neigte ich zu der Ansicht, daß Stowe keine Alternative gehabt hatte. Daß man ihn angewiesen hatte, mich zu schicken.

Diese Operation hieß »Fledermaus«, nicht »Operation Fledermaus«, weil man entschieden hatte, daß die Häufigkeit des Wortes »Operation« und die Weise, wie ihm stets ein Codename folgte, den mit Computern arbeitenden Codeknackern der Gegenseite zu gute Chancen gab.

Im Department wurde jedenfalls »Fledermaus« streng geheimgehalten. Diese IBA(Instruktionen bei Ankunft)-Jobs machten mich immer ein bißchen nervös, weil ich mich dabei auf die von mir erwartete Arbeit nicht vorbereiten konnte. Anscheinend hatte die Absicht, diese Aufgabe vor den Amerikanern geheimzuhalten, zu einer Informationsbeschränkung, Funkdisziplin und Behutsamkeit des Vorgehens geführt, die, wenn kein größeres Ziel angestrebt wurde, als die Sache vor dem KGB geheimzuhalten, nur selten gelangen.

Ich flog nach Salzburg. Das ist eine glitzernde Spielzeugstadt, überragt von einer Festung aus dem elften Jahrhundert, für

deren Folterkammer viel Reklame gemacht wird. Die engen Straßen der Stadt sind zwölf Monate im Jahr mit Rucksacktouristen vollgestopft, und Postkarten, Speiseeis und Andenken sind überall erhältlich. Mein Hotel – wie beinahe überall anderswo in Österreich auch – lag nicht weit von einem Haus, in dem der anscheinend rastlose Wolfgang Amadeus Mozart einst wohnte.
Meine Ankunft war auf das Datum einer wichtigen philatelistischen Auktion gelegt worden, und gemeinsam mit einem Dutzend oder noch mehr Briefmarkenhändlern, die mit der gleichen Maschine gekommen waren, gelangte ich im Hotel an. Ihre Eintragungen im Hotelregister zeigten, daß sie an den verschiedensten Orten zu Hause waren, unter anderem in Chicago, Hamburg und Zürich. Auf dem Empfangspult stand eine Pappfigur der jugendlichen Julie Andrews mit ausgestreckten Armen, die singend für »Meine Lieder, meine Träume« Reklame machte: »Visit the places where the film was shot.«
Hinter dem Empfangspult saß ein zerbrechlich aussehender alter Mann in schwarzem Anzug mit steifem Kragen. Er benutzte eine Feder, die in ein Tintenfaß getaucht werden mußte, und wiegte einen altmodischen Löscher nach jedem Eintrag.
Das Hotel war düster, geräumig und bequem. Es war eines jener altmodischen Grandhotels, die in Österreich noch an vielen Orten zu finden sind, und der süße synthetische Geruch von Möbelpolitur hing in der Luft: ein Hinweis auf Handarbeit. Ein altertümlicher Aufzug, aus Messing und Mahagoni gearbeitet, rutschte mit einem keuchenden Geräusch und plötzlichem Klappern in einem Käfig aufwärts, was mich ermahnte, während meines Aufenthalts besser die Treppe zu benützen. Es gab sogar einen Mann in schwarzer Weste und grüner Schürze, der mir den Koffer trug.
Ein Österreicher namens Otto Hoffmann hatte mich vom Flughafen abgeholt und dafür gesorgt, daß ich ein gutes Zimmer bekam. »Nach hinten mit Blick auf den Fluß«, pries er es mit hartem österreichischem Akzent, und ein kalter Luftzug fuhr mich an, als er das Fenster öffnete und hinaussah, um sich zu vergewissern, daß das Wasser noch da war. »Kein Verkehrslärm, keine Küchendüfte, kein Lärm aus dem Terrassencafé.

Geben Sie dem Dienstmann zehn Schilling Trinkgeld.« Ich gehorchte.
Hoffmann war ungefähr vierzig Jahre alt, ein kleiner hyperaktiver Mann mit fröhlichen kleinen Augen, Stupsnase und lächelndem Mund. Sein Benehmen und sein Aussehen – die hohe Stirn, die blasse, glatte Haut, die Art, wie seine Gesichtszüge in den kugelrunden Kopf eingepaßt waren, dazu das spärliche Haar – ließen ihn irgendwie den Eindruck eines betrunkenen Babys machen. Ich weiß nicht, wieviel man Hoffmann von »Fledermaus« erzählt hatte, aber er nannte diesen Namen nie. Er wußte, daß ich mich als Briefmarkenhändler ausgeben mußte, ohne von dem Geschäft die blasseste Ahnung zu haben, und war offensichtlich wegen seiner einschlägigen Kenntnisse ausgewählt worden.
»Und jetzt werde ich Ihnen was zu trinken bestellen«, sagte er, schloß das innere Fenster und prüfte mit der Hand die Temperatur des Heizkörpers. Er meinte eine Tasse schwachen Tee. Weil er sein Geld in der Gesäßtasche aufbewahrte, ein dickes Bündel Scheine, das von einem Gummiband zusammengehalten wurde, hatte er die verwirrende Angewohnheit, sich auf den Hintern zu klopfen, um zu prüfen, ob sein Geld noch da war. Er tat dies jetzt.
Während wir in der Halle des Hotels saßen, instruierte er mich. Es war ein höhlenartiger Raum mit einer Himmelskuppel, in der Engel umhertollten und ein imponierender Kristallkronleuchter hing. Entlang der Wände standen Topfpflanzen zwischen kleinen Tischen und weichen Sesseln, wo andere Gäste des Hauses, nicht gewillt oder nicht imstande, sich dem Gedränge auf den Straßen auszusetzen, saßen und aus hohen Gläsern Tee mit Zitrone tranken und dazu die üppigen Torten oder die gargantuesken Erfindungen aus Sahneeis und Früchten verzehrten, die den langen österreichischen Tag gliedern.
Er bestellte zwei Tee und eine Rumkugel. Sie seien hier ganz köstlich, erzählte er mir, aber ich bemühte mich, Rumkugeln seinzulassen.
»Bei der Auktion werden fast ausschließlich österreichische und deutsche Werte versteigert«, erklärte er mir. »Der größte Markt

dafür ist natürlich in Österreich und Deutschland, aber es werden auch amerikanische Händler dasein und so hoch bieten, wie es ihnen der gegenwärtige Kurs des Dollars gestattet. Auch Landsleute von Ihnen aus London werden dasein. London ist ein bedeutender Umschlagplatz für philatelistisches Material, und es gibt noch immer viele bedeutende deutsche und österreichische Sammler dort. Die meisten sind Emigranten, die vor den Nazis flüchten mußten und später in England geblieben sind.«
Die Kellnerin brachte uns umgehend das Bestellte. Der Tee wurde in einem Glas serviert, von dessen kunstvoll gestaltetem versilberten Halter an einer Klammer ein Löffel hing. Sie stellte zwei große Zitronenstücke auf den Tisch und goß großzügig eine alkoholische Flüssigkeit über den glänzenden Biskuitkuchen mit Sahnehaube. »Wollen Sie nicht vielleicht doch...?« erkundigte Hoffmann sich noch einmal. Ich schüttelte den Kopf. Die Kellnerin schrieb eine Rechnung, legte diese auf den Tisch und eilte davon.
»Und was mache ich hier?« fragte ich, ohne die Stimme zu erheben.
Er runzelte die Brauen. Dann, als er verstand, zuckte er mit der Nase. Auf dem Tisch vor ihm lagen zwei schöne Kataloge. Einen davon reichte er mir. Er war einen Zoll dick und sah mit seinem farbigen Umschlag, dem ausgezeichneten Kunstdruckpapier und den vorzüglich gedruckten Illustrationen eher wie ein teures Kunstbuch aus als ein Verkaufskatalog. Seine Herstellung mußte ein Vermögen gekostet haben. Er schlug das Buch auf und zeigte mir Abbildungen von Briefmarken und alten Briefumschlägen. Wenn irgend etwas seine Aufmerksamkeit erregte, klopfte er auf die Seiten. »Die meisten wirklich guten Sachen sind aus den alten deutschen Staaten. Württemberg, Braunschweig, dazu ein paar Raritäten aus Oldenburg, Hannover und so weiter. Hier sind auch ein paar ausgesuchte Dinge aus ehemaligen deutschen Kolonien: Post aus China, Marokko, Neuguinea, Togo, Samoa.«
Beim Durchblättern des Katalogs verlor Herr Hoffmann den Faden der Unterhaltung. Seine Augen hefteten sich auf eine Seite. »Einige dieser Togo-Umschläge scheinen wirklich wun-

derbar zu sein«, sagte er ehrfurchtsvoll und las die Beschreibungen mit so großer Konzentration, daß seine Lippen dabei bebten. Doch riß er sich schließlich von den wunderbaren Angeboten los und zeigte mir das auf die Innenseite des Katalogdeckels gedruckte Programm der Auktion. Darauf waren die Zeiten angegeben – acht Uhr früh bis gegen drei Uhr nachmittags, eine Stunde Mittagspause –, zu denen die verschiedenen numerierten Angebote aufgerufen werden würden. Mehrere tausend Objekte wurden angeboten, die Auktion sollte insgesamt fünf Tage dauern. »Manche reiche Sammler schicken Agenten auf die Auktionen, die den Auftrag haben, bestimmte Sachen für sie zu erwerben. Die Agenten erhalten eine anständige Provision. Sie werden ein solcher Agent sein.«
»Weshalb bieten sie nicht per Post?«
Er grinste flüchtig. »Manche Sammler mißtrauen diesen Auktionen. Wenn man per Post bietet, wird die Summe, die auszugeben man den Auktionator ermächtigt, als das höchste Angebot betrachtet, bis zu dem man mitzubieten willens ist. Das Auktionshaus verpflichtet sich, einem nicht mehr zu berechnen als eine Stufe über das nächsthöchste Gebot hinaus.« Er quetschte Zitrone in seinen Tee und jagte mit dem Löffel nach einem Kern, fand aber, nachdem er das Glas mit den Fingerspitzen geprüft hatte, den Tee noch zu heiß zum Trinken.
»Und?«
Das listige Grinsen kehrte wieder. Sein Gesicht nahm diesen Ausdruck so mühelos an, daß nicht leicht zu sagen war, ob er wirklich belustigt war oder nicht. »Jedesmal, wenn ich per Post geboten habe, hat scheinbar auf geheimnisvolle Weise jemand bis auf eine Stufe unter meinem Höchstgebot mitgeboten. Ich stellte fest, daß ich immer mein Höchstgebot bezahlen mußte.« Er nahm seine Gabel und betrachtete seinen Kuchen mit der Konzentration eines Sprengmeisters, der überlegt, wo am besten die Dynamitladungen anzubringen seien.
»So haben die Sammler Agenten, die überwachen, daß Bieter und Angebote nicht nur vorgetäuscht sind?« sagte ich.
»Genau. Aber selbst auf die Weise ist es nicht leicht, jedem Schwindel auf die Spur zu kommen. Manchmal nimmt ein

Bevollmächtigter des Auktionators Kaufgebote am Telefon entgegen, und dem Auktionator liegen die postalischen Gebote vor. Es ist nicht leicht festzustellen, was eigentlich vor sich geht.« Die bisherige Unterhaltung hatte immer wieder streckenweise sein kleines Lächeln begleitet, jetzt aber, als er seine Gabel ergriff und ein Stück seiner Rumkugel aß, wurde er ernst. »Der Chef der Konditorei ist Wiener«, vertraute er mir an, während er es genoß.

»Und was hat der Agent sonst noch zu tun?«

»Er sollte sich natürlich die Partien, für die er bieten wird, genau angesehen und sich vergewissert haben, daß sie nicht beschädigt, repariert oder gefälscht sind.«

»Gibt es denn viele Fälschungen?«

»Es gibt einige Stücke auf dieser Auktion, deren Schätzpreis um die hunderttausend US-Dollar liegt. Das ist jedenfalls eine ganze Menge Geld. Viele Leute bezahlen weniger Pacht für das Haus, in dem sie wohnen.«

»Ich sehe, was Sie meinen, Herr Hoffmann«, sagte ich. »Aber haben diese Auktionshäuser nicht Experten? Wissen sie denn nicht genug über Briefmarken, um eine Fälschung zu erkennen?«

»Natürlich schon. Aber Auktionshäuser kriegen ihre Prozente vom Verkaufspreis. Welche Veranlassung haben sie also, Fälschungen zu entdecken? Und was sollen sie in dem Fall tun? Ihre Kunden der Unredlichkeit bezichtigen? Wenn eine Fälschung verkauft wird, kriegen sie einen schönen Batzen Geld. Weisen sie dieselbe aber zurück, verlieren sie einen Kunden und machen sich einen Feind, und ihre Prozente verlieren sie auch.« Er verstummte plötzlich und aß ein Stück Kuchen. Zwei Männer, die an einem Tisch in der Nähe gesessen hatten, standen auf und gingen hinaus. Sie waren Amerikaner, nach ihren Kleidern und Stimmen zu urteilen, sauber gekleidet, mit frischen Gesichtern und blankgeputzten Schuhen.

»Sie lassen sie alle als einen Haufen Gauner erscheinen«, sagte ich.

»Das wollte ich nicht. Ich kenne Händler, denen ich mein Leben anvertrauen würde. Aber es ist ein risikoreiches Geschäft«, sagte

Hoffmann und lächelte, als sei es ihm gerade deshalb lieb. Ich hatte das Gefühl, daß die Vorstellung, Fälschungen zu verkaufen, ihn nicht so abstieß, wie es eigentlich hätte der Fall sein sollen. Ich fragte mich, ob er irgendwas mit den Fälschungen zu tun hatte, die das Department von Zeit zu Zeit in Auftrag gab. Er bedachte mich mit einem weiteren listigen Lächeln, als läse er meine Gedanken.

»Sind die Leute hier alle von der Branche?«

Er sah sich in der grabesfeierlichen Halle um. Kellnerinnen in strengen, schwarzen Kleidern und weißen, gestärkten Schürzen gingen mit Tabletts voller Teegläser und Kuchenteller auf dem weißen Marmorboden schweigend hin und her. Die Männer, eine gemischte Sammlung, größtenteils jedoch in mittleren Jahren, wenn nicht schon älter, saßen gebeugt, kritzelten Anmerkungen in ihre Kataloge und flüsterten verschwörerisch miteinander, genau wie wir es taten. »Ich kenne die meisten von ihnen«, sagte er.

»Und alles Männer?«

»Ja. Ich kenne keine einzige bedeutende Briefmarkenhändlerin. Es gibt praktisch auch keine weiblichen Sammler. Erbt eine Frau einmal eine Sammlung, verkauft sie die meist sofort. Davon kann man ausgehen.« Er entschied, daß sein Tee inzwischen hinreichend abgekühlt sein müsse, und versuchte ihn.

Ich blätterte in dem Katalog. »Wie kommen sie zu den Schätzpreisen?« fragte ich.

»Auf die kann man nicht viel geben«, sagte er. »Die sollen einem nur Appetit machen. Sie liegen immer weit unter dem Preis, den der Auktionator zu erzielen hofft.«

»Wie weit?«

»Auf die Frage gibt es keine einfache Antwort. Die Auktionshäuser verfahren da unterschiedlich. Es passieren auch verrückte Sachen. Manchmal kommen zu einer Auktion zwei Agenten mit Kauforder für die gleiche Partie.«

»Was bedeutet Kauforder?«

»Die Anweisung, zu jedem Preis zu kaufen.«

»Zu jedem Preis?«

»Die Begierde, die tollkühne Lust, mit der manche Sammler

irgendeinem bestimmten Objekt nachjagen, ist schwer zu beschreiben. Manche Sammler verlieren dabei den Verstand, man kann es nicht anders sagen.« Er wischte sich sorgfältig die Finger an der Serviette ab und entnahm seiner Tasche eine kleine Mappe aus zähem, durchsichtigem Plastik. Darin befand sich ein Briefumschlag mit Marke. »Sehen Sie sich das an.«
Er reichte mir einen weißen Briefumschlag, den eine ganze Menge Briefmarken und Poststempel schmückten. Zweimal war der verschmierte und verfärbte Umschlag umadressiert worden und so unansehnlich, daß ich ihn ohne zu zögern in den Papierkorb geworfen hätte, wäre er auf meinem Schreibtisch gelegen. Er sagte mir gar nichts, aber ich betrachtete ihn jetzt mit dem ehrfürchtigen Staunen, das er offenbar von mir erwartete.
»Sehr hübsch«, bestätigte ich.
»Ein Mann ist dafür ins Gefängnis gegangen«, sagte Hoffmann. »Ein geachteter Mann, leitender Angestellter bei einer Versicherung. Er war mein Kunde. Fast fünfzig Jahre alt, drei Kinder, Pensionsberechtigung. Er hatte eine sehr nette kleine Sammlung. Viele von den Stücken hatte ich ihm besorgt. Auf seinem Spezialgebiet kannte er sich sehr gut aus. Er hielt regelmäßig Vorträge und verlieh seine Marken für Ausstellungen bei philatelistischen Gesellschaften. Dann hörte er, daß ein bekannter Sammler gestorben war, und er wußte, daß sich in dessen Sammlung dieser Umschlag befand. Das Juwel, das seine Sammlung vervollständigt hätte. Er bat mich zu ermitteln, wann er auf dem Markt sein würde. Er war entschlossen. Durch einen glücklichen Zufall wußte ich Bescheid. Ich vermutete, daß die Witwe alles zu Geld machen würde. Das tun sie schließlich immer. Man hütet sich natürlich, zu früh herumzuschnüffeln. Das ist der Familie lästig. Wenn man andererseits zu lange wartet, riskiert man, daß einem ein anderer Händler die ganze Sammlung vor der Nase wegschnappt... für einen Pappenstiel manchmal, wenn die Hinterbliebenen nicht wissen, was sie geerbt haben. Es gibt eine ganze Menge skrupelloser Burschen in dieser Branche, sage ich Ihnen.«
»Ich fange an, es zu glauben«, sagte ich.
»Irgendwas nicht in Ordnung mit Ihrem Tee?«

»Nein, er ist lecker.«
»Sie trinken ihn nicht.«
»Dazu komme ich schon noch.«
»Die Witwe war eine reiche Frau. Die Sammlung war ihr unwichtig. Als ich hinging und danach fragte, beschloß sie, mich zum Agenten zu nehmen, um die Sachen zu schätzen und alles zu verkaufen. Das brachte mich hinsichtlich des anderen Sammlers in eine schwierige Lage, aber ich konnte mir auch nicht vorstellen, daß er als Käufer dafür wirklich in Frage käme. Umschläge dieser Art sind sehr selten, man kennt nur vier oder fünf. Beim letzten Mal, als einer davon zur Auktion gekommen war, erzielte er fünfzigtausend Dollar, und das war vor fast zehn Jahren. Selbst wenn dieser nicht mehr brachte als jener, hätte ihn sich mein Freund, der Versicherungsangestellte, nicht leisten können.«
Ich sah mir den Umschlag an. »Fünfzigtausend Dollar?« Konnte das wahr sein?
Hoffmann nickte, diesmal ohne zu lächeln. Diese Philatelisten waren ernsthafte Leute. »Im diesjährigen Katalog werden die Marken allein schon fast auf diesen Wert geschätzt; aber natürlich sind, wie gesagt, die Katalogpreise immer zu niedrig angesetzt. Aber ich habe einen Interessenten in München... Er hat deswegen schon dreimal angerufen. Der Gedanke, das Ding zu besitzen, macht ihn rasend, und er will es unbedingt sehen... Ich wüßte gerne, was er dafür ausgeben will. Er läßt sich seine Sammlung eine Menge kosten.«
»Und Ihr Freund, der Versicherungsangestellte?«
»Der Idiot! Der beklaute seine Firma. Machte eine untergeschobene Forderung geltend, fälschte einen Scheck, zahlbar an sich selbst. Können Sie das glauben? Er wurde sofort geschnappt. Bekannte sich schuldig. Seine Firma sagte, sie müsse Anzeige erstatten, schon um die übrigen Angestellten von solchen Machenschaften abzuschrecken. Sie haben natürlich recht, und er weiß das. Ich habe ihn gestern besucht.«
»Im Gefängnis?« Ich reichte Hoffmann den Umschlag zurück.
»Ja, in Graz. Ich sagte für ihn vor Gericht aus. Ich bezeugte, er sei ehrlich und anständig, aber der Beweislage nach war er ein Dieb.«

»Er muß sich gefreut haben, Sie zu sehen«, sagte ich.
»Ich verkaufe jetzt auch seine Sammlung. Er ist völlig pleite. Die Rechtsanwälte haben ihm den letzten Pfennig genommen. Er verkauft alles.« Hoffmann steckte den Umschlag wieder in die Tasche.
»Macht Sie das nicht nervös, eine solche Wertsache so mit sich herumzuschleppen?«
»Nervös? Nein.«
»Wie lautete das Urteil?«
»Mein Kunde?« Er sprach durch den Mund voll Rumbiskuit.
»Der Versicherungsmann.«
Er nahm sich die Zeit, seinen Kuchen hinunterzuschlucken, und trank dann etwas Tee. »Fünf Jahre. Ich habe ihm ein Farbfoto dieses Umschlags gebracht.« Er klopfte auf seine Tasche. »Und der Gefängnisdirektor hat ihm eine Sondererlaubnis gegeben, das Bild in seiner Zelle zu haben.« Hoffmann nippte an seinem Glas. »Der Witz ist, daß ich inzwischen geneigt bin, das Ding für eine Fälschung zu halten. In welchem Fall es wertlos wäre.« Er lachte auf seinen Teller hinab, als versuche er zu widerstehen, aß aber schließlich den Rest des Kuchens.
»Wußten Sie das von Anfang an?«
»Nicht mit Sicherheit.« Er wischte sich die Lippen ab.
»Sie hatten aber den Verdacht?«
»Ich habe den Umschlag unter ultraviolettes Licht gelegt. Man kann nicht vorsichtig genug sein. Dann habe ich ihn einem gezeigt, der Bescheid weiß. Ich bin noch immer nicht sicher, was ich davon halten soll.« Er trank noch etwas Tee. »Sind Sie sicher, daß Sie nicht ein Sahnetörtchen wollen? Sie sind köstlich hier, federleicht.«
»Nein, danke.«
»Das ist eine Schwäche von mir«, gestand er. Er hatte die Kugel verzehrt, aber einen großen Klacks Schlagsahne am Tellerrand liegen lassen. »Nicht mal einen Apfelstrudel?«
»Nein.«
»Sie gehen also auf die Auktion und bieten für die Partie Nr. 584. Die sollte ungefähr um zehn Uhr vormittags dran sein, aber gehen Sie sicherheitshalber ein bißchen früher hin.« Ich sah ihn

an. Das waren also meine Instruktionen: Die Londoner Zentrale hatte mich zum Kaufen hierher geschickt. »Bezahlen Sie bar. Der Artikel wird auf 1000 Schilling geschätzt. Ich werde Ihnen dreitausend Schilling geben, das sollte reichen. Fahren Sie dann damit nach Wien, und melden Sie sich bei von Staiger. Von dem Baron haben Sie doch schon gehört?«

»Nein«, sagte ich.

Er sah überrascht aus. »Sie werden ihm nicht persönlich begegnen, aber dort liegen Instruktionen für Sie.« Er gab mir eine Visitenkarte. Der Aufdruck nannte nur Staigers Namen und Titel und die Berufsbezeichnung »Anlageberater«. In winziger Handschrift war mit Bleistift eine Wiener Adresse dazugesetzt. Das Führen von Adelstiteln war in Österreich verboten, aber wie viele andere schien auch Staiger das Verbot nicht ernstzunehmen.

Aus der Gesäßtasche zog Hoffmann sein Geldbündel und zählte mir die österreichischen Banknoten hin. Dazu legte er einen kleinen Quittungsvordruck, wie man sie in Schreibwarengeschäften kaufen kann.

»Unterschreiben Sie bitte hier«, sagte er.

Ich quittierte den Empfang des Geldes. »Sie werden also morgen nicht bei der Versteigerung sein?«

»Leider nicht. Ich fahre heute abend noch nach München.« Er lächelte, als er sich von der Lesbarkeit meiner Unterschrift überzeugte und die Quittung in seine Brieftasche steckte. »Wenn Sie bieten, zeigen Sie eine von den numerierten Karten. Setzen Sie sich möglichst in die erste Reihe, wo der Auktionator Sie sehen kann, und dann wird niemand anders im Saal wissen, daß Sie bieten. Ihren Artikel können Sie etwa fünf Minuten, nachdem Sie ihn gekauft haben, abholen. Wenn Sie bar bezahlen, brauchen Sie keine Referenzen zu geben oder sich auszuweisen.«

»Werde ich Sie wiedertreffen?«

»Ich glaube nicht«, sagte er. Er winkte mit dem Löffel.

»Haben Sie mir sonst noch etwas mitzuteilen?«

»Nein«, sagte er. »Von jetzt an leitet Baron Staiger die Operation.« Er schaufelte den großen Klacks Schlagsahne auf seine Kuchengabel und schob ihn sich in den Mund. Ein Ausdruck reiner Seligkeit lag auf seinem Gesicht, während er sich die Schlagsahne auf der Zunge zergehen ließ und endlich schluckte.

»Sie haben Ihren Tee nicht getrunken«, sagte er.

»Nein.«

Er stand auf und schlug die Hacken zusammen, als er sich verabschiedete. Ich blieb noch ein paar Minuten länger sitzen, nippte an meinem Teeglas und blickte mich im Raum um. Ich bemerkte, daß er mir die Rechnung hinterlassen hatte.

Mit dem Katalog, den Hoffmann mir gegeben hatte, trat ich hinaus auf die Terrasse, von der aus man die Salzach überschauen konnte. Es war zu kühl, als daß sich jemand dort hinaus hätte setzen wollen, aber ich genoß die Vorstellung, alleine zu sein.

Ich schlug die Nummer 584 nach. Sie gehörte zu der Abteilung des Katalogs mit der Bezeichnung »Deutsche Reichsflugpost – Zeppelinbelege« und war in jenem hemmungslosen Prosastil beschrieben, dessen sich auch die Männer bedienen, die Ferienwohnungen an der Costa Brava verkaufen.

> »584. Sieger Katalog 62 B. Brief. Bunttafel IV. öS 1000,– 1930, Südamerikafahrt, Paraguaypost. Schmuckbrief mit Flugpostmarken, entwertet mit violettem Paraguay-Zeppelin-Sonderstempel ›Por Zeppelin‹, dazu violetter Paraguay-Flugpoststempel 16.5. Brief nach Deutschland, in dieser Erh. ungewöhnl. schöner und *extrem seltener Beleg, Spitzenbeleg für den großen Sammler.*«

Ich entnahm dem allem, daß 1930 der auf der Farbtafel Nr. 4 abgebildete Umschlag auf eintausend Schilling geschätzt worden war. Er war, versehen mit allen postalischen Formalien, auf dem Luftschiff Graf Zeppelin von Paraguay nach Deutschland expediert worden und inzwischen eine große philatelistische Rarität. Die Farbabbildung zeigte einen guterhaltenen hellblauen Umschlag mit verschiedenen Marken und Gummistempelungen, adressiert an einen Herrn Davis in Bremen. Er sah nicht aus, als wäre er auch nur annähernd tausend Schilling wert.

Während ich da so über dem Fluß saß und zur Festung Hohensalzburg hochschaute, die den halben Horizont verdeckte, öffnete sich die Glastür, und ein Mann gesellte sich zu mir auf die

Terrasse. Zunächst schien er mich nicht zu bemerken. Er ging bis an die schmiedeeiserne Brüstung und sah nach, wie tief man da hinunterfallen konnte, so, wie das die meisten Leute machen. Als der Mann sich umwandte, um einen besseren Blick auf die Festung jenseits des Flusses zu bekommen, konnte ich ihn eingehender betrachten. Er war einer der Amerikaner, die ich vorhin drinnen bemerkt hatte. Er trug einen kurzen, tannengrünen Lodenmantel, modisch mit großen Taschen, Gurten und Schlaufen ausgestattet. Sein Haar war graumeliert und ordentlich geschnitten, und auf dem Kopf trug er eine schicke Lodenmütze. Er redete ohne Einleitung. »Als ich gestern Mozarts Geburtshaus besuchte, war das eins der größten Erlebnisse meines Lebens.« Er hatte eine kräftige Cowboystimme, die die erklärte Gemütsbewegung Lügen strafte. »Getreidegasse 9. Sind Sie schon mal dagewesen?«

»Einmal... vor langer Zeit«, sagte ich.

»Man muß früh hingehen«, fuhr er fort, »es füllt sich schnell mit diesen pickelgesichtigen Rucksacktouristen, die Coke aus der Dose trinken.«

»Ich werde es mir merken«, sagte ich und öffnete meinen Katalog in der Hoffnung, er würde weggehen.

»Mozart läßt sich im dritten Stock zur Welt bringen, und das ist unpraktisch, also darf man sich nur das Museum im Erdgeschoß ansehen. Irgendwie ist das ja ziemlich blöd, finden Sie nicht?«

»Mag sein.«

»Auf Mozart fahr' ich wirklich ab«, sagte er. »*Cosi fan tutte* muß das absolut größte Musikerlebnis sein. Na schön, die Kritiker stehen auf *Don Giovanni*, und Mozarts Frau Constanze erklärte, der Maestro habe *Idomeneo* für die Nummer eins gehalten, aber *Idomeneo* war schließlich sein erster durchschlagender Erfolg. Die Kasseneinnahmen, die *Idomeneo* in München einspielte, machten den jungen Wolfgang über Nacht zum Star. Aber *Cosi* ist wirklich Spitzenklasse. Nehmen Sie nur die psychologische Einsicht, die dramatische Integrität und die musikalische Eleganz. Yes, Sir, es ist Zucker, Zucker durch und durch. Ich spiele *Cosi* im Auto; ich kenne jede Note, jedes Wort. Meine Theorie ist, daß die beiden Mädels sich von den Verkleidungen nicht täuschen lassen. Sie wollen sich bei dem Partnertausch amüsieren. Darum geht es nämlich im Grunde: Partnertausch. Mozart konnte das natürlich so direkt nicht sagen, weil das zu anstößig gewesen wäre. Aber überlegen Sie sich's mal.«

»Mache ich«, versprach ich.

»Und soll ich Ihnen mal was erzählen über diesen großartigen kleinen Kerl? Er konnte im Kopf komponieren: Musik, seitenweise. Und dann setzte er sich hin und schrieb sie hintereinander weg auf. Und, wissen Sie, dabei ließ er seine Frau über ihre Teegesellschaften schwatzen und hakte immer wieder nach: ›Und was hast du darauf geantwortet?‹ und ›Was hat sie da zu dir gesagt?‹ Und die ganze Zeit schrieb er an der Partitur eines Requiems oder einer Oper oder eines Streichquartetts und beteiligte sich gleichzeitig an der Unterhaltung. Wie finden Sie das?«

»Kann nicht einfach gewesen sein«, sagte ich nachfühlend.

»Ich sehe, daß Sie sich wieder in Ihren Katalog vertiefen wollen. Ich weiß, daß da irgend so eine große Briefmarkensammlerbörse hier im Hotel läuft. Aber ich habe Sie eigentlich nie für einen Briefmarkensammler gehalten, Bernie.«

Ich versuchte, nicht gleich zu reagieren. Langsam hob ich meine Augen zu seinen und sagte: »Ich sammle Luftpostumschläge.«

Er lächelte. »Sie erkennen mich nicht wieder, stimmt's, Bernie?«

Ich versuchte, sein Gesicht in irgendeinen Zusammenhang zu bringen, erkannte ihn aber trotzdem nicht. »Nein«, sagte ich.

»Na ja, warum sollten Sie auch. Aber ich erinnere mich, Sie gesehen zu haben, als ich noch mit Peter Underlet im gleichen Büro saß, und dann ist Underlet nach Djakarta, und ich bin nach Bonn, wo ich dann für Joe Brody gearbeitet habe. Mein Gott, Bernie. Haben Sie das vergessen?«

»Nein«, log ich, obwohl ich's vergessen hatte. Dieser Mann war ein Fremder für mich.

»Auf Urlaub, was?«

»Ich hatte noch ein paar freie Tage.«

»Und da sind Sie nach Salzburg. Na klar, scheiß auf die Sonne. Hier sollte man hinfahren, wenn man dem ganzen Laden wirklich mal den Rücken kehren will. Sind Sie...«, er hielt inne und

fügte dann diskret hinzu, »... mit irgend jemand zusammen?«
»Mutterseelenallein«, sagte ich.
»Ich wünschte, wir könnten zusammen essen«, sagte der Mann bedauernd. »Aber ich muß heute abend in Wien zurück sein. Und morgen fliege ich nach Washington, D.C.«
»Schade«, sagte ich.
»Ich mußte aber einfach diese Wallfahrt machen«, sagte er. »Es gibt Sachen, die man einfach machen muß. Wissen Sie, was ich meine?«
»Ja«, sagte ich.
»Und viel Glück beim Briefmarkensammeln. Was sagten Sie noch, sei Ihr Spezialgebiet... Zeppelinpost?«
»Ja«, antwortete ich, aber natürlich hatte ich ihm das nicht erzählt. Ich hatte nur von Luftpost gesprochen.
Er winkte und ging durch die Türen zurück in die Halle. Wenn Joe Brody ihn mit dem Auftrag geschickt hatte, mich in Unruhe zu versetzen, hatte er den ziemlich hervorragend ausgeführt. Ich schloß den Katalog und setzte meine Betrachtung der Festung Hohensalzburg am jenseitigen Ufer des Flusses fort. Was ich brauchte, war, mal richtig von Herzen lachen zu können. Vielleicht sollte ich nach einem steifen Drink zur anderen Seite rüberspazieren, die Drahtseilbahn zur Festung hinauf nehmen und mich ein bißchen in der Folterkammer umsehen.

8

Ich aß nicht im Hotel zu Abend. In der Nähe des Mozartdenkmals fand ich ein entzückendes kleines Lokal, vielleicht war es auch in der Nähe des Papageno-Brunnens oder des Mozart-Fußsteigs. Ich hörte ein Akkordeon eine muntere Fassung des ›Einsamen Geißhirten‹ spielen und ging rein. Das Gastzimmer war dunkel getäfelt, rotweißkarierte Tischtücher lagen auf den Tischen. Es war fast leer. An den Wänden hingen polierte Kupferkannen sowie die Marionetten, mit denen man Mozarts Opern in dem weltberühmten Marionettentheater aufgeführt hatte. Vielleicht waren es auch nur Nachahmungen aus Plastik. Der Kellner empfahl mir eindringlich das panierte Schweineschnitzel, aber, wie mich schon meine Mutter lehrte, man soll nie einem Mann in Lederhosen trauen. Ich brauchte mehrere Gläser des salzburgischen Weizenbiers, um mich von dem Schnitzel zu erholen. Die Akkordeonmusik kam vom Band.

Ich kam spät ins Hotel zurück. Überall waren Männer: Sie standen im Foyer herum, andere tranken feierlich in der Hotelbar, und alle musterten einander mißtrauisch. Ich wußte, daß sie Briefmarkenhändler waren, denn ich bemerkte wohl die schwerfällige Ernsthaftigkeit, die so oft, wenn Männer sich um ihrer Geschäfte willen versammeln, den ersten Abend bestimmt.

Selbst die harten Trinker waren still. Eine Gruppe in der Nähe der Bar sprach das etwas gestelzte Deutsch, das sich Emigranten fern der Heimat angewöhnen. Einer sagte: »Ich weiß nicht, warum die Leute behaupten, die Österreicher seien geschäftstüchtig. Sie haben schließlich über ein Jahrhundert gebraucht, bis sie entdeckten, wieviel Geld sich aus Mozart herausschlagen läßt.«

Sein Gefährte beschwichtigte ihn. Zu Recht, denn selbst seine ruhige Stimme war bis ans andere Ende des Hotels hörbar. Dann hörte man plötzlich ein lautes schiebendes und quietschendes Geräusch von der Drehtür, und zwei junge Paare betraten das Foyer des Hotels. Sie hatten leuchtenden Teint und schönes welliges Haar. Ihre Kleider waren schick und teuer, und die Frauen trugen glitzernden Schmuck, und sie alle hatten dieses aufdringliche Selbstbewußtsein, das den Reichen so oft eigen ist. Sie waren keine Briefmarkenhändler. Jeder drehte sich nach ihnen um, denn ihr plötzliches Eindringen in das düstere Hotelfoyer war so unwillkommen wie laute bunte Reklame, die im Fernsehen die sanfte Nostalgie eines alten Schwarzweiß-Films unterbricht.

Sie mußten bemerkt haben, welche Gefühle ihr unerwartetes Erscheinen erregte, denn als sie über den Marmorboden des Foyers gingen, waren sie schon stiller und ihre Bewegungen gemessener. Der Aufzug funktionierte nicht, und so gingen sie die große Freitreppe hinauf zu ihren Zimmern. Die Augen aller Männer folgten den romantischen Erscheinungen treppauf, wo die jungen Frauen züchtig ihre langen Kleider rafften, die jungen Männer untereinander flüsterten.

Ich sah mich nach dem geheimnisvollen Amerikaner um, konnte ihn aber nirgends entdecken. Für einen Tag hatte ich genug getan. Ich ging zu Bett. Als ich den Kopf aufs Kopfkissen legte, begann eine Uhr zu schlagen, und bald stimmte eine andere ein.

Die Auktion begann auf die Minute pünktlich wie fast alles in jenem Teil der Welt. Heute stand ausschließlich Zeppelin-Post auf dem Programm, angefangen mit Exemplaren der ältesten Post aus den Pionier-Luftschiffen *Viktoria Luise* und *Schwaben*. Dann kam eine Postkarte aus dem Luftschiff *Deutschland* mit dem roten Stempel der Luftschiffahrtsgesellschaft, und die Gebote stiegen und stiegen in den Himmel. Drei Männer waren auf die Karte erpicht, und es wurde still im Saal, während der Auktionator in seiner Zahlenlitanei fortfuhr, und seine Blicke von einer Seite zur anderen schweifen ließ. Die Gebote hörten plötzlich auf, als zwei Männer anscheinend gleichzeitig entdeckten, daß zu einem höheren Preis der Kauf sich für sie nicht mehr

lohnte. Peng! schlug der Hammer, und die Reaktion war ein plötzliches Lockern gespannter Muskeln und Ausatmen angehaltener Luft. Alle schrieben den Preis in ihre Kataloge. Vergleichbare Angebote waren damit erheblich im Wert gestiegen, und das Inventar der Sammler mußte neu eingeschätzt werden.
Der Raum war nicht überfüllt, aber es war ein ständiger Menschenfluß, denn dauernd kamen Spezialisten herein, die sich für ganz bestimmte Artikel interessierten, bei deren Versteigerung sie eifrig mitboten, um dann zum Kaffeetrinken in das verglaste Straßencafé zu gehen oder hinaus auf die verglaste Terrasse, um dort zu rauchen und mit den Kollegen zu schwatzen.
Sie müssen an jenem Vormittag ein bißchen Verspätung aufzuholen gehabt haben, denn der Auktionator sah häufig auf seine Uhr, und überhaupt schien man alles rasch abzuwickeln.
Als die Auktion im Jahr 1914 und bei den Zeppelinen der Kriegszeit anlangte, gab es eine Art Exodus, nach dem nur ein paar Dutzend Spezialisten im Saal zurückblieben. Ob dies darauf zurückzuführen war, daß die Zeugnisse des Postverkehrs während des Ersten Weltkriegs von Briefmarkensammlern vernachlässigt wurden, oder darauf, daß auf der laufenden Auktion nichts Interessantes angeboten wurde, konnte ich natürlich nicht wissen. Aber als der Auktionator die Versteigerung einer ungarischen Sammlung *Graf Zeppelin*-Post ankündigte, die auf Weisung des Testamentsvollstreckers des verstorbenen Sammlers angeboten wurde, war wieder fast jeder Stuhl besetzt, und manche folgten der Versteigerung hinter den Sitzreihen im Stehen.
Ich war bereit, lange bevor der Posten 584 angeboten wurde. Vor mir auf dem Tisch lag eine große weiße Karte, auf deren nach unten gekehrter Seite eine große schwarze Nummer 12 gedruckt war. Das war meine Nummer, und als man auf Objekt 584 zu bieten begann, klappte ich die Karte auf, so daß der Auktionator sie sehen konnte. Für den Bruchteil einer Sekunde traf mich sein Blick, um meine Beteiligung an der Auktion zu bestätigen, und er erhöhte das Gebot entsprechend. Hinter mir müssen ein Dutzend oder mehr Gebote ziemlich mechanisch abgegeben worden sein. Der Preis stieg und stieg,

und es war schwer auszumachen, inwieweit meine Karte dazu beitrug. Der Auktionator sah in die Ferne und ließ sich absichtlich nicht anmerken, aus welcher Richtung die Gebote kamen. Die Folge verlangsamte sich nun. Die erste Aufregung beim Bieten hatte sich gelegt, jetzt blieben noch die ernsthaften Interessenten. »Eintausendneunhundert!« rief der Auktionator, und je mehr die Gesamtsumme sich erhöhte, desto größer wurden die Sprünge. Plötzlich waren wir bei den höheren Geboten. Ich klappte die Karte hoch, um dabeizubleiben, aber irgend jemand hinter mir war ebenfalls interessiert. Wir standen jetzt bei dem doppelten Schätzpreis, und die Gebote kamen noch immer.

Der Auktionator sah nicht überrascht aus. An diesem Morgen waren Sachen passiert, die er eher erstaunlich finden mochte: Artikel hatten gar nicht interessiert, andere das Drei- oder Vierfache des Schätzpreises gebracht. Ich versuchte mich zu erinnern, wieviel Geld ich in der Brieftasche hatte außer der mir von Hoffmann übergebenen Summe. »Zweitausendfünfhundert!« Die Summe wurde jetzt jedesmal um hundert Schilling erhöht.

»Zweitausendsechshundert!« Hinter mir boten zwei andere für den verdammten Umschlag. Ich wandte mich um, sah aber keinen meiner beiden Rivalen.

»Zweitausendneunhundert!« Der Auktionator sah mich an, eine Augenbraue hochgezogen. Ich zeigte wieder meine Karte, und er hob die Augen zu jemandem im hinteren Teil des Raums.

»Dreitausend...« Und noch ehe er es sagte, blickte er über meinen Kopf und fuhr gleich fort: »Drei eins..., drei zwei...« Seine Augen kehrten zu mir zurück. Ich hielt die Karte entschlossen aufrecht, und seine Augen glitten diskret über mich hinweg in den Saal. »Drei drei..., drei vier..., drei fünf...« Er war inzwischen nicht einmal mit den Augen zu mir zurückgekehrt. Anscheinend kämpften es zwei untereinander aus. Keiner von beiden schien nachzugeben. Ich drehte mich um. Ein Angestellter des Auktionshauses stand in einer Ecke des Saals am Telefon. Er hob die Hand. Es bot also ein Telefonkunde gegen mich und außerdem jemand hinten im Saal.

»Dreitausendsiebenhundert Schilling.«
Eine Art Pause erlaubte den Augen des Auktionators, zu mir zurückzukehren. »Dreitausendsiebenhundert Schilling da hinten im Saal«, sagte er.
Ich nickte. »Drei acht, hier vorn.«
Irgendwo hinter mir hörte ich eine deutsche Stimme sagen: »Drei neun.« Und dann sagte eine andere deutsche Stimme: »Viertausend am Telefon.«
»Viertausendeinhundert da hinten im Saal«, sagte der Auktionator. Und sofort danach: »Vier zwei..., drei..., fünf.« Selbst der Auktionator war überrascht. »Viertausendsechshundert da hinten im Saal.«
Er sah mich an. Ich nickte. Er blickte auf und sagte: »Vier...« und dann: »Fünftausendeinhundert Schilling da hinten.«
Ich drehte mich um, in der Hoffnung, den Mann zu entdecken, der da gegen mich bot, gerade rechtzeitig, um zu sehen, wie der Mann am Telefon abwinkte. Der Bieter am Telefon stieg also aus.
»Zum zweitenmal: fünftausendeinhundert Schilling«, sagte der Auktionator und sah mich forschend an.
Ich hob die numerierte Karte. »Fünf zwei da vorne.«
Für einen Augenblick glaubte ich, daß mehr nicht geboten würde. Ich war erleichtert. Wenn ich alle meine Taschen auskehrte und das Hotel zur Annahme eines englischen Schecks überredete, konnte ich diese Summe gerade noch in bar zusammenkratzen. Dann sagte der Auktionator: »Fünf drei...« und dann, ohne in meine Richtung zu schauen: »Fünf vier..., fünf fünf...«
Irgendjemand anders hatte angefangen mitzubieten, und ehe ich Atem holen konnte, war der Preis bei sechstausend österreichischen Schillingen.
Der Auktionator pochte wieder mit dem Hammer: »Zum dritten...« Ich schüttelte den Kopf. »Verkauft.«
Wieder einmal hatte das Department seine Anordnungen gegeben und es dann so eingerichtet, daß der Mann im Einsatz diese nicht durchführen konnte. Ich steckte die Karte mit der Nummer als Souvenir in die Tasche und erhob mich. Ich wollte den

Mann sehen, der nun besaß, was zu kaufen man mich hergeschickt hatte.

Er versuchte nicht, sich zu verbergen. Er mochte um die sechzig sein, welliges Haar, ein bißchen Übergewicht, aber sonst körperlich gut in Form. Er trug ein Jackett mit Schottenkaro, dunkle Hosen und eine gepunktete Fliege. Der sauber gestutzte graue Bart und die eingeschliffene Brille mit Goldrand paßten zu der Erscheinung eines amerikanischen College-Professors während eines Studienurlaubs. Er stand an eine Tischkante gelehnt, und als er mich sah, lächelte er und bahnte sich seinen Weg an den anderen vorbei zu mir. Ich erwartete ihn.,

»Mannomann! Ich habe mich gefragt, wo das noch hinführen würde«, sagte er in englisch mit weichem amerikanischem Akzent. »Ich dachte, Sie hätten vielleicht auch Kauforder.«

»Nein«, sagte ich. »Ich hatte ein Limit.«

»Und ich bin froh darum. Wir hätten durch die Decke gehen können. Kann ich Ihnen einen ausgeben?«

»Danke«, sagte ich.

»Ich glaube nicht, daß wir uns schon mal begegnet sind.«

»Ich arbeite in London«, sagte ich.

An der Tür fragte er einen Angestellten des Auktionshauses, wo er sich seinen Kauf abholen könne, und hörte, daß er sich ins Büro des Kassierers begeben möchte, das im Erdgeschoß an der Rückseite des Hotels gelegen sei. Alles war sichtlich vorzüglich organisiert, und zweifellos hielt die Firma hier häufig Auktionen ab.

»Jesus, sehen Sie sich den Regen an, und gleich wird es hageln«, sagte er, als wir an dem Bücherstand vorbei den Korridor entlanggingen.

Vor dem Büro des Kassierers wartete eine Schlange. Wir stellten uns dazu. »Es war ein schönes Stück, aber ich habe schon bessere gesehen«, setzte der Mann unsere Unterhaltung fort. »Mein Name ist Johnson, Bart Johnson. Ich arbeite in Frankfurt, aber ich komme aus Chicago. Sind Sie Zeppelin-Post-Experte?«

»Nein«, sagte ich.

Er sah mich an und nickte. »Na ja, für mich ist Graf Zeppelin eine Art Held. Meine verrückte Begeisterung für Luftschiffe war schon immer vorhanden. Das fing an, als ich noch ein kleiner Junge war und jemand mir ein Stück von der Stoffhülle des *Shenandoah* schenkte, das 1925 in Ohio abstürzte. Ich habe es noch immer, gerahmt an der Wand. Ja, zu Hause in meinem Büro habe ich eine Akte über alles, was damit zusammenhängt. Und ich habe in Berezowskis *Handbuch der Luftpostkunde* nachgeschlagen... Natürlich kennen Sie es.«

»Ich bin mir nicht sicher.«

»Jesus, auf Berezowski verlasse ich mich noch mehr als auf den *Sieger-Katalog.*« Er hielt einen Katalog und eine blaue Mappe mit Zeitungsausschnitten und handschriftlichen Notizen. Er schlug diese auf und suchte etwas darin.

Ich spürte, daß irgendeine Reaktion erforderlich sei, und so sagte ich:

»Wirklich?«

»Berezowskis Buch ist 1930 erschienen und das klassische Nachschlagewerk für dieses Gebiet. Es ist neu aufgelegt worden und noch lieferbar. Ich gebe Ihnen eine Adresse, und Sie können sich eines schicken lassen. Aber ich habe hier irgendwo einen Artikel, den Dr. Max Kronstein im Januar 1970 im *Airpost Journal* veröffentlichte. Da sagt er, daß die paraguayische Post sich weigerte, die Internationalen Antwortcoupons anzuerkennen. Deshalb ist Paraguay-Post so selten. Die einzige Post mit Paraguay-Postwertzeichen kam von im Lande lebenden Ausländern.«

»Das ist hochinteressant«, sagte ich.

»Ja, nicht wahr?« Er schlug die Mappe zu und steckte einen goldenen Drehbleistift in die Tasche. »Und seitdem Sieger die Post nach Europa zehn Prozent höher ansetzt als die Post in die USA, bevorzugen unsere Kunden sie. Ich habe bei Kummer nachgesehen. Er sagt, daß nur sechzig Stücke in die USA gingen und ungefähr 180 nach Europa, obwohl ich sagen würde, daß es gerade umgekehrt ist. Natürlich kann man nie sicher sein, denn die nach Europa geschickte Post kann sehr wohl im Krieg zerstört worden sein, während Stücke in amerikanischen Sammlungen sicher waren.« Er behielt einen Finger in der blauen Mappe, als rechne er mit der Notwendigkeit, mir diese Behauptung dokumentarisch untermauern zu müssen.

»Ja«, sagte ich.

»Sicher. Ich weiß. Ich darf nicht soviel darauf herumreiten. Sie scheinen irgendwie enttäuscht zu sein. War es für Ihre Sammlung?«

»Nein, nur ein Auftrag.«

»Also nehmen Sie sich's nicht zu Herzen, alter Junge. Da draußen ist noch ein ganzer Haufen anderer Zeppelin-Post zu haben. Stimmt's?« Ich nickte. Er strich sich den Bart und lächelte. Die Schlange rückte vorwärts, als einige Händler mit den ersteigerten Objekten das Büro verließen.

»Sagen Sie, wer war eigentlich der Typ, mit dem Sie gestern draußen auf der Terrasse waren?«

»Ein flüchtiger Bekannter«, sagte ich.

»Wie heißt er?«

»Ich habe schon versucht, mich daran zu erinnern«, sagte ich. »Ich dachte, er gehörte zu Ihnen.«

»Thurkettle«, half er nach. »Er sagte, sein Name sei Ronnie Thurkettle. Er ist also kein Kumpel von Ihnen?«

»Ich kenne ihn kaum.« Des Namens erinnerte ich mich nun wieder, aber das Gesicht war mir noch immer völlig fremd.

»Sagen Sie, in welcher Branche ist wohl dieser Typ? Jedenfalls nicht im Briefmarkengeschäft. In Frankfurt ist er mir schon häufig über den Weg gelaufen, anderswo auch, aber ich habe nie rausgekriegt, was der eigentlich arbeitet.«

»Er arbeitet für das State Department«, sagte ich. »Das ist aber auch schon alles, was ich über ihn weiß.«

»Gestern hat er sich mich vorgeknöpft. Richtig zutraulich und freundlich, aber er wollte mich nur aushorchen über Zeppelin-Post. Dabei hat er keinen blassen Schimmer von Luftpost. Er erwartete, daß ich ihm den Katalog erklärte. Ich habe ihm geraten, sich ein gutes Buch über das Thema zu besorgen. Ich habe keine Lust, Leute wie ihn zu unterrichten. Er ist nicht mein Fall. Sie wissen, was ich meine?«

»Wie hat er's denn aufgenommen?«

»Aufgenommen? Er hat die Sache fallenlassen und das Thema

gewechselt. Er ist kein Freund von mir. Auf keine Weise. Ich bin ihm nur ab und zu begegnet, als ich noch Public Relations gemacht habe. Frankfurt. Da traf ich ihn bei diesen kleinen Partys, die die Unternehmer für gewisse Besucher geben, niedliche Häppchen am Stiel und wäßrige Martinis. Sie kennen das. Ich dachte mir schon, daß er beim Staat ist. Washington steht ihm doch regelrecht ins Gesicht geschrieben – stimmt's? Aber ich dachte, er wäre vielleicht irgendein Zivilist aus der Militärverwaltung.«

»Nein«, sagte ich, »State Department.«

»Ich gehe diesen Typen aus dem Weg. Mit denen kriegt man immer Ärger, und wer braucht den?« Die Schlange bewegte sich, bis wir an der Spitze standen. Ein leises Summen ertönte, und der Sicherheitsmann winkte uns, einzutreten. Im Büro des Kassierers war nicht viel Platz. Ein trübseliger Angestellter schaute durch ein kleines Metallgitter. Ein Mädchen stand hinter ihm mit einem Tisch, auf dem sich philatelistische Umschläge und Karten in Plastikhüllen stapelten, und einer Kassentruhe voller Schecks und Geldscheine aller Währungen. »Johnson ist der Name. Johnson, Bartholomew H.«, sagte mein Gefährte. »Nummer 584. Sechstausend Schilling. Ich habe ein Konto bei Ihnen.« Der Raum hatte einen unvertrauten Geruch, irgendwie nach Weihrauch. Vielleicht war es das Rasierwasser des Angestellten. Oder das Geld.

Der Mann hinter dem Gitter blätterte in seinem Buch. »Welche Nummer?« fragte er.

»Nummer 584.« Johnson hatte jetzt ein dickes Bündel österreichischer Banknoten in der Hand. Er ließ die gestapelten Scheine durch die Finger laufen. Es schien, als liebten alle diese Briefmarkenhändler Bargeld.

»Da muß ein Irrtum sein«, sagte der Mann hinter dem Gitter.

»Johnson, Bartholomew H. Ich habe ein Konto. Sechstausend Schilling. Wenn Sie Bargeld wollen, habe ich's hier.« Er wedelte mit dem Bündel Scheine und sagte: »Zehntausend Schilling werde ich nicht mehr ausgeben, ehe ich heute nachmittag fliege.«

Der Angestellte sagte: »Der Artikel Nummer 584 ist für sechstausendzweihundert Schilling verkauft worden. Telefonisches Gebot.«

»No, Sir!« sagte Johnson. »Den Zuschlag habe ich gekriegt.«

»Sie müssen sich geirrt haben«, sagte der Mann hinter dem Gitter.

»Sie haben sich geirrt, Kumpel. Geben Sie mir jetzt endlich den Umschlag.«

»Tut mir leid.«

»Ich bestehe darauf. Er gehört mir! Geben Sie ihn sofort her!« Er war wütend.

»Ich bedaure, aber er ist gar nicht mehr hier. Wurde mit einer Menge anderer Sachen weggeschickt. An einen sehr bekannten Kunden.«

»Und was bin ich?« sagte Johnson zornig.

»Es tut mir leid, Sie enttäuschen zu müssen«, sagte er. »Aber leider kann ich Ihnen nicht helfen, und es warten noch viele andere Kunden draußen.«

»Was sagen Sie dazu?« Er schrie so laut, daß der Sicherheitsmann hereinsah, aber schon ließ die Kraft seiner Empörung nach.

»Machen wir, daß wir hier wegkommen«, sagte ich. Eine Grundregel der Leute, für die ich tätig bin, ist es, niemals mit dem Gesetz in Berührung zu kommen.

»Sie werden noch von mir hören!« sagte Johnson zu dem Mann hinter dem Gitter.

»Es tut mir aufrichtig leid, mein Herr.«

Als wir wieder auf den Korridor hinauskamen, starrten uns die Leute, die Johnson schreien gehört hatten, neugierig an. Er strich sich befangen über die Vorderseite seines Anzugs und sagte: »Kommen Sie, darauf trinken wir einen.«

»Gute Idee.«

Er brauchte mehrere Minuten, seine Fassung wiederzugewinnen. Er schien wirklich ganz durcheinander zu sein. Wenn das gespielt war, hatte er einen Oscar dafür verdient. Als wir endlich an der Bar saßen, sagte er: »Was zum Teufel ist da los gewesen? Sie waren doch auch da. Sie haben gesehen, wie ich den verdammten Umschlag ersteigert habe. Oder fange ich an zu spinnen?«

»Sie fangen nicht an zu spinnen«, sagte ich.

»Haben Sie mir gesagt, wie Sie heißen?«
»Nein, habe ich nicht.«
»Ich fange nicht an zu spinnen«, sagte Johnson. »Diese Österreicher spinnen. Geben Sie mir einen doppelten Scotch«, rief er dem Barmann zu. Er hob die Augen, und ich nickte. »Zwei doppelte Scotch.«
»Lassen Sie mich zahlen«, sagte ich. »Ich scheine plötzlich eine Menge Bargeld zu haben.«
»Ich auch«, sagte er und lachte. »Ich muß hier raus, diese Leute machen mich verrückt. Soll ich Sie zum Flugplatz mitnehmen? Oder haben Sie einen Wagen?«
»Wann?«
»Ich nehme die Sieben-Uhr-Maschine nach Wien«, sagte er, und ich teilte ihm mit, daß mir das sehr gut passen würde. Der Whisky beruhigte ihn. Ich ließ ihn über seine Briefmarken reden, machte dazu passende Zwischenbemerkungen und dachte an andere Dinge.
Später begleitete ich ihn nach oben. Sein Zimmer lag in der Nähe der Treppe, meins weiter denselben Korridor entlang. Beim Eintreten sagte er: »Ich werde ein Bad nehmen und vielleicht einen Happen essen. Treffen wir uns in der Lobby so gegen halb sechs?«
»In Ordnung«, sagte ich.
Dann, als er die Zimmertür hinter sich schloß, hörte ich ihn sagen: »Sieh mal einer an!«, und ich fragte mich, worauf er anspielte. Aber inzwischen hatte ich mich schon an sein aufbrausendes Temperament gewöhnt und nahm an, daß er mit sich selbst redete.
Ich hatte noch viel Zeit. Ich fragte mich, ob ich London anrufen und ihnen sagen sollte, daß jemand anders den Umschlag gekauft hatte, beschloß aber, das noch für ein, zwei Stunden aufzuschieben. Dann würde ich schon mit einem Beamten vom Spätdienst sprechen anstatt mit Dicky oder Stowe.
Ich ging ans Fenster und starrte in die regengepeitschte Straße hinab. Die Touristen waren nicht unterzukriegen. Fest eingeknöpft in ihre langen Regenmäntel aus buntgefärbtem Plastik, die Füße in transparenten Überschuhen, die Kapuzen fest um

ihre grimmigen, roten Gesichter zugeschnürt, stapften sie vorbei wie kampfgehärtete Veteranen auf dem Weg zur Front. Ich holte ein Glas aus dem Badezimmer und goß mir einen zollfreien Scotch ein. Ich hatte Gloria versprochen, diesmal während meiner Abwesenheit keine harten Sachen anzurühren, aber da hatte ich noch nicht mit dem Fiasko bei der Auktion und der Notwendigkeit, mein Versagen erklären zu müssen, gerechnet.

Ich streifte die Schuhe ab, streckte mich auf dem Bett aus und döste. Schon seit dem Morgen wollte – wie ein an der Leine zerrender Pudel – mein Geist irgendeine andere Zeit, irgendeinen anderen Ort erforschen. Doch die flüchtigen Erinnerungen, die er verfolgte, blieben verschwommen, grau und unscharf. Jetzt, als ich die Augen schloß und mich entspannte, kam mir, was mich schon den ganzen Tag über beunruhigte.

»Deuce« Thurkettle! Jesus Christus, wie hatte ich je Deuce Thurkettle vergessen können, selbst wenn er es jetzt vorzog, sich Ronnie zu nennen? Persönlich war er mir nie begegnet, aber seine Akte war unvergeßlich.

»Deuce« nannte man ihn nicht, weil er immer der zweite, der Verlierer war oder Glück beim Pokern hatte, sondern wegen des barbarischen Doppelmords, der ihn ins Gefängnis gebracht hatte. Deuce Thurkettle kam nach Berlin nach seiner Entlassung aus dem Hochsicherheitstrakt eines Gefängnisses in Arizona, wo er nach seiner Verurteilung zu lebenslänglicher Haft einsaß. Vielleicht war es ein langer, langweiliger Nachmittag nach zu reichlichem Genuß von Hühnchen nach Südstaatenart, als ein aufgeweckter junger Bursche hinter einem Schreibtisch in Langley, Virginia, die glänzende Idee hatte, einen verurteilten Mörder mit einem Touristenvisum nach Berlin zu schicken, um einen störenden KGB-Agenten zu beseitigen, der bisher nicht zu fassen gewesen war.

Ich erinnerte mich der Akte Deuce Thurkettles und wie ich sie in einem Zug durchlas. Ich nehme an, ich las sie zum Teil deshalb, weil ich sie eigentlich gar nicht zu sehen kriegen sollte. Es war ein CIA-Dokument, das ganz unten an dem feuchten, dunklen Ort begraben lag, wo die CIA ihre Geheimnisse vergräbt. Und da hätte es auch bleiben sollen. Aber der arme alte Peter Underlet hatte es mit nach Hause genommen. Er hatte es mir eines Abends gezeigt, nachdem wir in seiner Wohnung zu Abend gegessen – und zwei Flaschen wunderbaren Château Beychevelle geleert hatten. Ich erinnerte mich jetzt aller Einzelheiten jener bizarren Einsicht in die beschränkte Denkungsart des Verwaltungsmannes: »... und Thurkettles Kenntnis elektronischer Zeitbestimmungsapparaturen, komplizierter Schlösser, moderner Handfeuerwaffen und Sprengstoffe sowie seine erprobte körperliche Tüchtigkeit qualifizieren ihn als ausgezeichneten Geheimagenten für den praktischen Einsatz.«

Underlet hatte die Akte an dieser Stelle eines langen Berichts aus Langley geöffnet, ehe er mir das ganze Ding auf die Knie knallte. »Sehen Sie sich das an«, sagte Underlet bitter. »Da erfährt man, was diese Scheißköpfe in Washington von Geheimagenten für den praktischen Einsatz halten. Ohne irgendeine Ausbildung oder Erfahrung wird dieser mordende Bastard über Nacht zum Agenten, zum ausgezeichneten sogar, wie es da heißt.«

Ich weiß noch, wie Underlet sich in seinen Sessel zurücklehnte und seinen Wein trank und schwieg, während ich die Akte durchlas. »Deuce« Thurkettle. Wie hatte ich ihn vergessen können, den ersten eines Trios von Killern, die unerbeten und unwillkommen die Niederlassungen der CIA in Europa heimsuchten zu jener unseligen Zeit?

Später, Wochen später kamen wir noch mal darauf zu sprechen. Zu der Zeit war ich schon entrüsteter über die Moral von Washington, D.C., als über die Vorstellung eines Bürohengsts von den Qualifikationen eines Agenten, die bei dieser Gelegenheit ans Licht kam.

Ich lag nicht mehr, ich saß im Bett und war mir voll des rasenden Pulsschlags und der Anspannung bewußt, die immer ankündigen, daß man an die Schwelle eines wichtigen Erinnerns kommt. Was war schließlich aus den drei Galgenvögeln geworden? Alle drei erhielten die komplett ausgestatteten neuen Identitäten, mit denen man später Mafiosi belohnte, die Kronzeugen geworden waren. Thurkettle: Thurkettle. Es gab Vermutungen, daß er den Chef einer Supermarktkette in Köln umgebracht habe. Den Mann, mit dessen Frau Thurkettle eine Liebesaffäre hatte. Ich war nicht sicher, daß das Thurkettle war. Hatte Thurkettles Name auf einer dieser »Dringend gesucht – Vertraulich«-Listen gestanden? Meine Erinnerung griff jedesmal zu kurz.

Inzwischen war ich auf den Füßen. Ich ging im Zimmer auf und ab in der Gewißheit, daß all das nur einen Schluß zuließ, der offensichtlich werden würde, wenn erst mal Fragen gestellt wurden. Das heißt, offensichtlich für den, der die Fragen stellte. Ich beschloß, Johnson noch ein wenig auszufragen über Thurkettle und was sonst noch herauskommen würde. Ich zog die Schuhe an und ging den Korridor entlang, um an der Tür von Johnsons Zimmer zu klopfen. Keine Antwort. Ich drehte am Türknopf und fand das Zimmer unverschlossen.

Das Schlafzimmer drinnen war leer. Ein sauberes Hemd, Unterwäsche, Socken waren auf dem Bett ausgebreitet, wie ein gewissenhafter Kammerdiener die Kleider eines ordnungsliebenden Herrn zurechtlegen mag. Aus dem Badezimmer kam das Geräusch einlaufenden Wassers. Die Tür war geschlossen. Johnson rief: »Stellen Sie's auf den Tisch. Da liegt Trinkgeld für Sie.«

»Es ist nicht der Zimmerservice, sondern ich«, rief ich.

»Aber ein bißchen früh noch, nicht?« Seine Stimme war verzerrt wie die eines Mannes, der sich die Zähne putzt.

»Dieser Typ Thurkettle. Mir ist was über ihn eingefallen.«

»Geben Sie mir fünfzehn Minuten.« Es pladderte, als ginge das Zähneputzen weiter energisch vonstatten.

Okay, dachte ich. Alles ist normal. Ich ging in mein Zimmer zurück. Ich weiß nicht, wie lange ich da saß, ehe das Geräusch einer Explosion mich vom Stuhl aufspringen und zur Tür rennen ließ. Später las man in der Zeitung, daß die Experten die Menge des Sprengstoffs auf 300 Gramm schätzten, aber diese Menge hätte die Badezimmertür herausgerissen und vielleicht die Wand und mich dazu.

Aber ein lauter Knall war es auf alle Fälle, und der unverkennbare Gestank von Sprengstoff bewegte sich den Korridor entlang auf mich zu. Mein Kopf schien plötzlich leer. Die Erfahrung riet mir, mich unter dem Bett zu verstecken. Die Neugier reizte mich zu erkunden, was passiert war.

Wohl oder übel rannte ich den Korridor entlang in Johnsons Zimmer. Ich ging zur Badezimmertür, und als ich deren Klinke packte, fiel die Tür aus den Angeln. Ich weiß nicht, welchen Sprengstoff sie benutzt hatten, aber das Innere des Badezimmers war schwarz von Ruß und Dreck. Vielleicht kam der auch von irgendwas anderem. Das Waschbecken war das Zentrum der Zerstörungen. Der Spiegel war verschwunden, bis auf ein paar Splitter, die noch von den Halteschrauben hingen. Darunter, einer modernen Skulptur gleich, stand noch der blaue Porzellansockel und trug ein elegantes Scheibchen Becken.
Was von Johnson übrig war, lag am Boden, mit dem Gesicht nach oben, zwischen der Klosettschüssel und dem Bidet. Am Oberkörper waren schreckliche Brandwunden, und seine Kleider waren versengt. Es war sehr wenig Blut zu sehen. Die Hitze der Explosion hatte die Blutgefäße kauterisiert. Ringsherum lagen Hunderte von Porzellansplittern. Ich sah auf den ersten Blick, was passiert war. Seine Hand war nur ein Stummel, und was oberhalb des Halses von ihm übrig war, naß und glänzend und über den ganzen Marmorfußboden verspritzt.
Es war die Elektrorasiererbombe, ein alter Trick, aber was für Resultate sie lieferte, sah ich hier zum erstenmal. Ermittle, welches Modell dein Opfer benützt, fülle es mit irgendeinem anständigen Plastiksprengstoff – der auf direkten Kontakt ausgerichtet ist – und versieh das Ganze mit einem properen kleinen Zünder (made in Taiwan, bitte bei Bestellung angeben, ob für 110 Volt oder für 220 Volt), und das Opfer wird die Freundlichkeit haben, sich das Präparat an die Backe zu halten und den Strom einzuschalten!
Armer Johnson. Aufgeregte Stimmen im Hintergrund verrieten, daß nun Leute ins Schlafzimmer drängten, und so schlüpfte ich zurück in diese Menge und fragte lautstark, was denn hier bloß passiert sei. Johnson. Hatte ihn irgend jemand in seinem Zimmer erwartet? War die Bemerkung, die ich gehört hatte, rhetorisch, oder galt das »Sieh mal einer an!« einem Besucher, irgend jemandem wie Deuce Thurkettle, dessen Kenntnis elektronischer Zeitbestimmungsapparaturen, komplizierter Schlösser, moderner Handfeuerwaffen und Sprengstoffe sowie seine

erprobte körperliche Tüchtigkeit ihn als ausgezeichneten Geheimagenten für den praktischen Einsatz qualifizierten?
Wenn aber Thurkettle der Killer war, warum? Oder, um die ganze Geschichte auf den Kopf zu stellen, war Thurkettle ein besonders sorgfältig getarnter Agent, für den man die bizarre Hintergrundstory mit der Verurteilung wegen Doppelmords als Tarnung fabriziert hatte? Und wenn das der Fall war, wer hatte Johnson getötet, angenommen, er hieß Johnson? Und unterdessen sagte mir ein anderer Teil meines Gehirns, daß die Londoner Zentrale jetzt keine Meldung von mir erwarten würde. Nicht einmal Stowe würde erwarten, daß ich jetzt Kontakt aufnähme, nicht angesichts des Schlamassels, aus dem ich hier erst mal herauskommen mußte, und bei der Wahrscheinlichkeit, daß die österreichische Polizei das Gespräch abhörte. Trotz allem erleichterte mich dieser Aufschub irgendwie.

9

Mein Flugzeug startete in Salzburg in ein wagnerianisches Gewitter, das die Alpen mit blauen Blitzen erhellte und donnernd die Welt erschütterte. Der gegen die metallische Haut der Maschine prasselnde Regen übertönte die Stimmungsmusik aus den Lautsprechern, und das Flugzeug schlingerte und stampfte, als es gegen die heftigen Windböen ankämpfte und auf der engen Bahn zwischen den Berggipfeln in die Höhe stieg.

Ich mußte noch den entsetzlichen Anblick jenes zerfetzten Körpers loswerden. Da es außer dem Flugmagazin nichts zu lesen gab, nahm ich den Briefmarkenkatalog aus meiner Reisetasche und betrachtete noch einmal die Abbildung des Umschlags, den ich nicht bekommen hatte. Ich studierte sie sehr eingehend und versuchte zu verstehen, welcher Dämon Männer dazu treibt, kostspielige Sammlungen dieser hübschen kleinen Bildchen zusammenzukaufen. Das Farbfoto war so realistisch, daß es fast schien, als könnte man den Umschlag von der Druckseite nehmen. Mit der Schere meines Schweizer Armeemessers schnitt ich die Abbildung aus und steckte sie in meine Brieftasche.

Es war spät, als wir zur Landung in Wien ansetzten. Das Gewitter lag hinter uns, und vom mondlosen Himmel leuchteten die Sterne. Die Adresse, die Hoffmann mir gegeben hatte, lag in der Innenstadt. Ich betrachtete noch einmal den bunten Stadtplan, den ich am Abfertigungsschalter eingesteckt hatte. Da war die Stadt sehr hübsch und farbenfreudig dargestellt – mit perspektivischen Zeichnungen der Hauptsehenswürdigkeiten wie der Hofburg – und umrankt von Anzeigen für Zerstreuungen wie die »Revue Bar«, die »Kontakt-Club-Sauna« und den

»Privaten Begleiterinnen-Service« mit Erläuterungen in Deutsch, Arabisch und Japanisch. Sorgfältiges Studium des Plans entdeckte mir, daß mein Ziel eine Nebenstraße der Kärtnerstraße war, einer wichtigen Durchgangsstraße, die vom Opernring, der die Innenstadt einschließt, zum Stephansdom führt.
Es war dunkel, als ich neben dem kolossalen Bau der Staatsoper aus dem Taxi stieg. Drinnen war eben der Vorhang über dem letzten Akt des *Barbier von Sevilla* gefallen. Viele Türen öffneten sich gleichzeitig, so daß gelbe Lichtrechtecke auf das Pflaster hinausfielen. Dann drängten Leute nach draußen, einzelne zunächst, etwa ein Dutzend, die schweigend die regenglänzenden Straßen musterten mit einer Miene verwirrter Vorsicht, so, wie intergalaktische Reisende aus einem riesigen, steinernen Raumschiff aussteigen mögen. Von drinnen hörte man gedämpft Applaus aufbrausen. Augenblicke später entließ das sich zum letzten Mal verbeugende Ensemble eine Flut von Menschen, und diese kam lärmend und hochgestimmt. Eine wirbelnde Masse ergoß sich über den Vorhof auf die Fahrbahn, ohne Rücksicht auf den Verkehr, und die Leute lachten und riefen einander zu, wie Schwerverbrecher der Oberschicht, die unerwartet aus dem Gefängnis entlassen worden waren.
»Fußgängerzone«, erklärte der Taxichauffeur, indem er eine illegale Kehrtwendung machte und seinen Wagen für die Menge der Heimkehrenden in Stellung brachte, von denen ihm schon viele winkten. »Von hier aus müssen Sie zu Fuß weiter.« Inzwischen war die Straße voller Leute, bekleidet mit erstaunlichen Pelzmänteln, Abendanzügen und Abendkleidern, die anzulegen Deutsche und Österreicher für erforderlich halten, wenn sie einer kulturellen Veranstaltung beiwohnen. Eine Gruppe derart aufgeputzter Opernbesucher belagerte das Taxi, sobald es anhielt, und fing an, es mit lauten Stimmen zu umringen, woraus schnell ein Streit konkurrierender Gruppen wurde.
Ich bezahlte den Fahrer und bahnte mir einen Weg durch die Scharen, die noch immer aus den Türen des Opernhauses quollen. Doch dann ließ das Gedränge nach, denn wenige Leute wandten sich in Richtung der engen Straßen der Innenstadt. Bald war ich allein, und das Echo meiner Schritte begleitete

mich an dunklen Läden und geschlossenen Cafés vorbei. Die Wiener Innenstadt geht früh schlafen.

Die Adresse, die ich suchte, war in einer engen, schlecht beleuchteten Gasse, in der sich hauptsächlich Antiquitätengeschäfte befanden, hinter Fassaden, die so verwahrlost waren, wie es sich nur die exklusivsten Antiquitätengeschäfte leisten. Durch die düsteren Schaufenster schimmerten prächtige Orientteppiche, polierte Möbel und altes Glas. An der Tür eines Ladens befand sich ein Messingschild mit der diskreten Inschrift »Karl Staiger«. Ich drückte den Klingelknopf, Es dauerte lange, ehe irgend jemand reagierte. Auch dann öffnete sich nur in einer oberen Etage ein Fenster, das sich kurz darauf wieder schloß. Durch das Schaufenster konnte ich sehen, wie schließlich hinten im Laden ein trübes Licht anging, das die Möbel und die Gestalt eines kurzen, rundlichen Mannes umriß, der sich durch die ausgestellten Objekte einen Weg zur Tür suchte. Er öffnete die Tür nur so weit, wie es die Sicherheitskette zuließ. Durch den Spalt rief er: »Ja, was ist?«

»Ich suche den Herrn Baron Staiger«, sagte ich. »Ich komme aus Salzburg.« Ich vernahm einen Seufzer. Die Tür wurde geschlossen und die Sicherheitskette ausgehakt.

Als er die Tür öffnete, um mich in Augenschein zu nehmen, sah ich, daß er kein anderer als Otto Hoffmann war. Daß ich ihn nicht gleich erkannt hatte, war entschuldbar, denn dieser hier war ein viel nüchternerer Typ als der vergnügte kleine Mann, der mir in Salzburg dreitausend Schilling gegeben und einen Vortrag über Philatelie gehalten hatte. Jetzt war er in Gesellschaftskleidung, trug ein gestärktes Hemd mit Frackschleife und eine farbenprächtig bestickte Smokingjacke. Er starrte mich einen Augenblick lang an, ohne zu antworten. Es war fast, als versuche er einen Vorwand zu finden, mich wegzuschicken. Widerstrebend sagte er aber dann: »Hallo, Samson.« Keine warmherzige Begrüßung. »Sie sollten doch anrufen.«

»Ich konnte nicht.«

»Warum nicht?«

»Kein Kleingeld«, sagte ich scherzend.

»Also kommen Sie rein. Hier in Wien bin ich von Staiger.«

Wie Hoffmann sprach von Staiger reines Wienerisch. Er ließ mich eintreten, und ich wartete, während er umständlich die Ladentür wieder verschloß, verriegelte und zukettete. Er schaltete im Laden das Licht aus und führte mich nach hinten und eine enge Holztreppe hinauf. Aus dem Keller kamen die Gerüche von Bindemitteln, frischen Hobelspänen und Politur, die gemeinsam die Tischlerwerkstatt verraten. In den oberen drei Etagen lagen Wohnräume, im Treppenhaus hingen Stiche und Stickereien in alten Rahmen, und auf dem Treppenabsatz stand eine schöne, fabelhaft erhaltene Eichenkommode. Die Wohnräume dienten wohl zum Teil auch als Schauräume. Als wir uns der obersten Etage näherten, hörte ich von dort Musik, und Küchendüfte oder jedenfalls die Dünste früherer Speisezubereitung ersetzten die Chemiegerüche des Kellers. »Ich habe Gesellschaft«, erklärte Staiger. »Hängen Sie Ihren Mantel dort auf, und lassen Sie Ihre Tasche da. Wir unterhalten uns später.«
»Okay.«
In der obersten Etage des Hauses hatte man aus zwei kleinen Zimmern eines gemacht, worin sich jetzt etwa ein Dutzend Leute befanden. Alle waren auf die extravagante Weise kostümiert, die ich in London als Karnevalsmaskerade zu deuten versucht gewesen wäre. Die Frauen trugen haufenweise Schmuck und tief dekolletierte Kleider, eines davon aus rauchfarbener Seide mit Volants und ein anderes spektakuläres Modell mit altem Spitzenbesatz. Die Männer trugen Abendanzüge mit Kummerbunden in prächtigen Farben oder Schärpen, und einige der älteren Herren hatten ihre Orden angelegt.
Dieser Baron von Staiger hatte nichts von der Vergnügtheit, die ich in Salzburg an Hoffmann bemerkt hatte. Er machte keinen Versuch, mich seinen Gästen vorzustellen, sagte zu denen, die uns bei unserem Eintreten fragend ansahen, unwillig: »Das ist Samson, ein Freund aus Salzburg.« Ich war feucht. Der schwere Regen war durch meinen Trenchcoat gedrungen, und mein zerbeulter alter Anzug hatte überall Falten, wo keine hingehörten. Sie betrachteten mich ohne Begeisterung.
In der Ecke rang ein Pianist mit George Gershwin, wobei beide auf der Strecke blieben. Nach meinem Eintreten hatte er zer-

streut ein paar Walzertakte gespielt und mir zugelächelt, als kenne er mich. Bald danach hörte das Klavierspiel auf. Ich hatte das Gefühl, daß ich die Gemütlichkeit entschieden gestört hatte. Der Kellner stürzte sich auf mich. Gefragt, was ich trinken wollte, und unterrichtet, daß es keine harten Sachen gab, nahm ich einen Gespritzten und stand dann herum und wartete darauf, daß die anderen nach Hause gingen. Ich konnte mich des Eindrucks nicht erwehren, daß Staiger großen Wert darauf legte, sich mich vom Leib zu halten, denn nachdem er sich davon überzeugt hatte, daß man mir was zu trinken gebracht hatte, wandte er sich einer Gruppe am anderen Ende des Raumes zu.
»Sie wohnen also jetzt in Salzburg?« fragte eine Stimme hinter mir. Ich drehte mich um und stellte fest, daß es der Klavierspieler war, den ich in der besseren Beleuchtung wie ich mit Schrecken wahrnahm, allerdings erkannte.
Heiliger Himmel! Ein bösartiges Reptil namens Theodor Kiss, das sich Dodo nannte.
Bei unserer letzten Begegnung hatte er versucht, mich in Stücke zu reißen, und war auch zu diesem Zweck ausgerüstet gewesen. Jetzt aber lächelte er liebenswürdig, und das lange weiße Haar verlieh ihm eine trotz seines ungebügelten Abendanzugs majestätische Erscheinung. Er war ein bösartiger alter Mann, ein Ungar, der, als Deutschland den Krieg verlor, die Seiten gewechselt und bei den Siegern Karriere gemacht hatte. »Nein. Sie vielleicht?« fragte ich.
»Ich wohne jetzt in Wien. Ich habe hier eine wunderhübsche neue Wohnung. Ich fand, es war Zeit zu einem Umzug... Südfrankreich ist so... vulgär geworden.«
»Tatsächlich?« Ich konnte die neue, rote Narbe quer über Dodos Schädel erkennen. Die Wunde hatte ihm Jim Prettyman beigebracht, als er ihn niederschlug und damit mir wahrscheinlich das Leben rettete.
»Und wie geht's meinem Darling Zu?« Er war mit Glorias Familie befreundet.
Ich brummte irgendwas davon, daß es ihr gutginge.
Er wußte, daß ich nicht mit ihm sprechen wollte, aber ihm machte es Spaß, sich mir aufzudrängen. »Ich habe schließlich in

Wien studiert. Die Stadt ist für mich eine Art Heimat. So viele alte Freunde und Kollegen.«
Ich nickte. Ja, allerdings. Eine Menge alte Kollegen gab es hier für einen einstigen Nazi wie Dodo. Der Kellner offerierte uns ein Tablett mit Liptauer Käse auf kleinen Toastscheiben. Ich schob mir ein paar davon in den Mund. Im Flugzeug hatte es nichts zu essen gegeben.
»Wien ist die schönste Stadt der Welt«, sagte Dodo. »Und so gemütlich! Mögen Sie die Oper?«
Endlich errettete mich aus dieser Unterhaltung ein Mann, der mich fragte, ob ich Reporter einer Zeitung sei. Dodo machte sich davon. Der Neuankömmling war untersetzt und trug einen kleinen Bart, den man einen van Dyke nennt, obgleich er an ihm eher mephistophelisch aussah. Ich antwortete ihm, das sei ich nicht, und er schien zufrieden zu sein. Er hob den Arm und zeigte auf ein großes Gemälde; ein groteskes Arrangement von abstrakten Formen in den Primärfarben.
»Gefällt Ihnen das?«
»Was ist es?« sagte ich.
»Es ist moderne Kunst«, sagte er in herablassend belehrendem Ton. »Wissen Sie, was das ist?«
»Ja. Moderne Kunst ist, was passiert ist, als die Maler aufhörten, den Mädchen nachzusehen.«
»Ach wirklich?« sagte er kalt. »Ist das nicht Kulturbolschewismus?« Das war ein Tiefschlag. Als Kulturbolschewismus verurteilten die Nazis alle Kunst außer der vom Staat gebilligten, die natürlich nicht abstrakt war.
»Es fängt an, mir zu gefallen«, sagte ich feige. »Sind Sie Maler?«
»Andras Scolik!« Er schlug die Hacken zusammen und verbeugte sich knapp. »Ich schreibe Musik«, sagte er. »Wienerische Musik.«
»Walzer?«
»Walzer!« sagte er verächtlich. »Natürlich nicht. Wahre Musik!«
»Ach so«, sagte ich. Ich erregte die Aufmerksamkeit eines vorübergehenden Kellners, und diesmal erhaschte ich ein Glas einheimischen Champagners. Er schmeckte genau wie der Gespritzte.

»Nein«, sagte er. »Ich habe weder den berühmten Jodler geschrieben noch ›Im Salzkammergut kann man gut lustig sein‹. Ich hoffe, das enttäuscht Sie nicht zu sehr.«
»Nein.«
»Es ist eine Schlacht gegen die Geschichte«, meinte er. »Wir Österreicher übertreiben alles, nicht wahr?«
»Nein«, sagte ich.
»Doch, doch. Ausländer lachen uns aus. Unsere Nationaltracht ist komisch, unser Deutsch unverständlich, unsere Küche unverdaulich, unsere Bürokratie unüberwindlich. Selbst unsere Landschaft und unser Klima sind absurd und übertrieben. Berge und Schnee. Wie ich das alles hasse. Fragen Sie einen Ausländer nach einem berühmten Österreicher, und er wird Ihnen Julie Andrews nennen.«
Ich war auf diesen leidenschaftlichen Ausbruch nicht gefaßt. Ich versuchte, ihn zu beruhigen. »Ich dachte an Mozart«, beschwichtigte ich schnell.
Das schien ihn nur noch wütender zu machen. »Reden Sie mir nicht von Mozart. Dieses verfluchte Land ist seinem Andenken versklavt. Wir Musiker sind Gefangene Mozarts und seiner elenden Rokoko-Musik. Tam-titti-tam-titti-tam-tam-tam. Ich verachte Mozart.«
»Ich dachte, jeder hätte Mozart gern«, sagte ich.
»Die Engländer mögen ihn. Diese anämische Musik des 18. Jahrhunderts entspricht irgendwie dem blutleeren englischen Temperament.«
»Vielleicht ist es das«, sagte ich. Die Hoffnung, ihn beruhigen zu können, hatte ich aufgegeben.
»Tote Komponisten! Sie mögen nur tote Komponisten. Als Mozart noch lebte, mußte er bei den Dienstboten sitzen. Eine Stufe über dem Küchenpersonal, aber viele Stufen unter den Kammerdienern. So gehen sie mit Musikern um, solange die noch am Leben sind.«
»Sie verachten Mozart doch nicht wirklich, oder?« fragte ich.
»Tam-titti-tam-titti-tam-tam-tam.«
»Bedenken Sie«, sagte ich mit einiger Autorität, »die psychologische Einsicht, die dramatische Integrität und die musikalische Eleganz.«

»Quatsch! Warum hat der dumme Junge so viel Zeit auf deutsche Opern verschwendet? Spielzeugmusik! Konnte er nicht sehen, daß die Zukunft der Oper im sublimen Genius der Italiener wurzelt? Hören Sie nur *La Traviata*! Da werden Sie Leidenschaft hören... tiefes, menschliches Gefühl, ausgedrückt durch den üppigen Klang eines großen Orchesters und orchestriert von einem wahrhaft genialen Komponisten, der die Kunst des Gesangs auf eine Weise verstand, von der der kleine Mozart keine Ahnung hatte.«

»Andras!« rief jemand vom anderen Ende des Zimmers. »Kannst du hier mal einen Streit schlichten?«

Der zornige Musiker verbeugte sich knapp und wandte sich in aller Förmlichkeit von mir ab, wobei er ein paar Tropfen seines Weins verschüttete. Ich nippte an meinem Glas und sah mich um. Die Atmosphäre im Raum hatte sich spürbar aufgelockert. Anstatt der übersättigten Müdigkeit, die so oft die Trauergäste einer sterbenden Party umgibt, war da ein Gefühl der Erwartung, aber ich hatte keine Ahnung, was erwartet wurde.

Ich musterte den Raum. Er schien für diesen Gesellschaftsempfang teilweise ausgeräumt worden zu sein. Die Rechtecke heller getönter Tapete an der Wand verrieten, daß man einige großformatige Bilder durch kleinere ersetzt hatte. Die wenigen Möbelstücke, die jetzt hier noch standen, waren kostbare Antiquitäten, Beistelltische mit Einlegearbeiten und ein Buffet im Hepplewhite-Stil. Aber meine Aufmerksamkeit richtete sich auf ein Arrangement in einer Ecke des Raumes. Es war offensichtlich aufgestellt worden, irgendeinen reichen Kunden zu bezaubern. Drei wunderschöne Stühle in dem strengen geometrischen Stil der Wiener Sezession und dahinter zwei vorzügliche Plakate von Schiele. Mein widerwilliger Gastgeber muß gesehen haben, wie ich seine Waren bewunderte, denn als er nun, eine Champagnerflasche in der Hand, auf mich zukam, lächelte er.

»Ich hoffe, Andras war nicht allzu unfreundlich«, sagte Staiger. Er füllte mein Glas. Er schien sich damit abgefunden zu haben, daß ich mich zu seiner Party eingeladen hatte.

»Er war sehr informativ.«

»Sind Sie vom Diplomatischen Corps?« Diesmal kam ein Lä-

cheln, und die Nase zuckte. »Oder schickt uns die Londoner Zentrale neuerdings feiner gebildete Leute?« Staiger war etwa zehn Jahre jünger als ich, und trotzdem konnte er sich eine derartige Bemerkung erlauben, ohne damit Zorn zu provozieren oder zu kränken. Baron Staiger aus Wien und Herr Hoffmann aus Salzburg und Gott weiß was an den anderen Orten, die er besuchte, besaß ein gerüttelt Maß von jenem Wiener »Zauber«, den die übrige Welt »Schmalz« nennt.
Er sagte: »Andras hat heute abend eine schwere Enttäuschung erlebt, fürchte ich. Zehn Jahre lang hat er sich um eine Aufführung seines Streichquartetts bemüht. Heute abend ist es aufgeführt worden. Seine treuen Freunde waren da, aber wir waren nicht genug, den Konzertsaal zu füllen.« Er nippte an seinem Glas. »Schlimmer noch, ich glaube, Andras hat selbst gemerkt, daß seine Komposition nicht sehr gut ist.«
»Armer Andras«, sagte ich.
»Seine Eltern sind die Eigentümer der Konditorei Scolik«, sagte Staiger ironisch. »Kennen Sie die? Jeden Nachmittag stehen da die alten Damen Schlange nach diesem vorzüglichen Mohnstrudel, den sie mit riesigen Portionen Schlagobers verschlingen. Die Konditorei ist die reinste Goldgrube. Der Strudel wird ihm helfen, die Krise seines Selbstvertrauens zu überleben.«
»Ist es das, was er gerade hat?«
»Strudel?« fragte er spöttisch. »Nein, Sie meinen eine Krise seines Selbstvertrauens. Morgen muß er sich den Musikkritikern stellen«, sagte Staiger. »Und Wien brütet eine blutdürstige Rasse von Kritikern aus.«
»Karl!« sagte eine kleine Frau mit scharfen Zügen, die sich durch ihr Benehmen bald unmißverständlich als Staigers Gattin zu erkennen gab. Ohne mich zu beachten, sagte sie: »Anna-Klara ist gekommen, Karl.« Sie berührte seinen Arm. Ich fragte mich, ob sie von den anderen Leben ihres Mannes wußte. Vielleicht dachte sie, ich sei ein Teil von diesen.
Staiger lächelte befriedigt. »Wirklich? Kolossal!« Ich sollte später entdecken, daß er den Besuch dieser Dame als einen gesellschaftlichen Triumph von erheblichem Gewicht einschätzte. Er blickte umher, wie um sich zu überzeugen, daß kein störender

Anblick im Raum ihn in den Augen dieser illustren Besucherin abwerten würde – und fand nur mich. Für einen Augenblick glaubte ich, er würde mich in einem Schrank verstecken, aber er schluckte, blickte verständnisheischend seine Frau an und sagte, wie um seine schwierige Lage zu erklären: »Wenn die Gäste gegangen sind, habe ich mit Herrn Dr. Samson noch etwas Geschäftliches zu besprechen.« Er glättete sein spärliches Haar, wie um zu prüfen, ob es noch da sei.

Seine Frau sah mich an und nickte freudlos. Sie wußte, ich war nicht wirklich ein Doktor, ein wirklicher Doktor wäre »Baron« genannt worden und ein wirklicher Baron »Fürst«. So läuft das in Österreich. Ich lächelte, doch sie erwiderte mein Lächeln nicht. Sie war eine pflichtbewußte österreichische Hausfrau, die alles Geschäftliche ihrem Mann überließ, sich aber nicht verpflichtet fühlte, seine abgerissenen Arbeitskollegen zu mögen. »Da kommt Anna-Klara«, sagte sie.

Es war die Ankunft dieses Ehrengastes, die alle gespannt erwartet hatten. Diese Sopranistin war an diesem Abend in der Oper aufgetreten, und als sie den Raum betrat, entsprach ihr Auftritt der Verehrung, die ihr vom hier versammelten Publikum entgegengebracht wurde. Schwungvoll schwebte sie in ihrem langen, fließenden Gewand herein. Das hoch auf dem Kopf getürmte blonde Haar glitzerte von Juwelen. Das Make-up war vielleicht ein bißchen zu dick aufgetragen, aber das gehörte sich wohl so für jemanden, der gerade von der Opernbühne kam.

Die Gäste begrüßten sie mit einem feierlichen Gemurmel der Scheu und Andacht. Von den Staigers begleitet, ging die gnädige Frau von einem zu anderen wie ein General, der eine Ehrenwache abschreitet. Hier war mit tiefer Verbeugung ein »Herr Doktor...« und die »Frau Doktor...« seine Frau. Die Gattin des Bürokraten, »Frau Kommerzialrat«, machte eine Art Hofknicks. Der »Hofrat« – Rat am Hofe einer schon vor seiner Geburt abgeschafften Monarchie – küßte ihr die Hand. Anna-Klara hatte für jeden ein liebenswürdiges Wort und besondere Komplimente für Andras Scolik und sein Streichquartett, zu dessen Aufführung sie nicht hatte kommen können. Scolik strahlte. Anna-Klara hatte ihn gelobt. Und wenn alle Stricke rissen, gab es immer noch den Strudel.

Es war ein bravouröser Auftritt, und mit sicherem Instinkt blieb Anna-Klara auch nur auf ein Glas Champagner. Nachdem sie gegangen war, löste sich die Party schnell auf.
Es war Mitternacht, als ich mich mit Karl Staiger in dessen Büro hinter dem Laden begab. Alle Kirchenglocken Wiens schlugen die Geisterstunde. Der Raum roch nach Firnis, und Staiger öffnete das Fenster einen Spaltbreit trotz der bitteren Kälte draußen. Dann nahm er einen Stoß ungeöffneter Briefe, die am Zifferblatt einer alten Kutscheruhr lehnten, und verglich deren Zeit mit seiner Taschenuhr. Die alte Kutscheruhr war ein schönes Stück, auf das Zifferblatt waren tanzende Damen gemalt. Die Unruhe tickte glücklich in dem verglasten Gehäuse. Er nickte mir stolz zu, wie ein Vater lächeln mag, wenn ein Kind den Gästen etwas auf dem Klavier vorspielt. Befriedigt verschob er weitere Bücher und Papiere, um Platz auf der Schreibtischplatte frei zu machen, wo eine Lampe mit grünem Schirm einen vollkommen runden Schein auf eine rosa Schreibunterlage warf.
»Was ist passiert?« sagte Staiger.
»Ich habe ihn nicht gekriegt«, sagte ich. Ich hatte nicht die Absicht, mit ihm über Johnsons Tod zu reden oder Thurkettle und dessen mögliche Rolle bei diesem Mord zu erwähnen.
»Wen oder was haben Sie nicht gekriegt?« Er hatte die Arme voller Bücher.
Aus meiner Brusttasche zog ich die Farbfotografie des Umschlags und legte sie genau in die Mitte des Lichtkreises. »Das«, sagte ich und strich das Bild glatt, »das habe ich nicht gekriegt.«
Er legte die Bücher auf eine Anrichte und sah auf das Bild hinab. Dann, ohne ein Wort, nahm er das an der Uhr lehnende Bündel Post, blätterte es durch und entnahm ihm ein Päckchen, das mit den großen und eindrucksvoll gestalteten Etiketten eines Kurierdienstes beklebt war. Es war eine kleine gepolsterte Versandtüte, mit Metallklammern verschlossen. Mit einer mühelosen Handbewegung riß er den Umschlag auf und schüttelte den Inhalt heraus.
Auf den Tisch glitt ein blauer Umschlag mit Paraguay-Briefmarken und Zeppelinstempeln: derselbe Umschlag, der auf der Farbreproduktion abgebildet war, auf die er fiel.

»Aber ich habe es«, sagte Staiger mit zufriedenem Lächeln.
»Erzählen Sie?« Ich nahm den Umschlag in die Hand, der so viel Ärger bereitet und vermutlich den Tod des liebenswürdigen Johnson verursacht hatte. Ich drehte ihn in meinen Händen. Es schien ein so nutzloses Stück Papier zu sein – für diesen hohen Preis.
»Ich weiß nur, was man zwischen den Zeilen lesen kann«, sagte er. »Aber ich glaube, die Amerikaner haben jemanden geschickt, der Ihnen den Umschlag wegschnappen sollte. Ich mußte mich mit einem der größten Händler in Wien in Verbindung setzen – einem alten Freund – und ihn bitten, ihn mir um jeden Preis zu besorgen.«
»Er muß telefonisch mitgeboten haben.«
»Es war keine Zeit mehr, noch jemanden nach Salzburg zu schicken.«
»Der Bieter im Saal war bestochen und die Auktion manipuliert. Dieses Gebot jedenfalls.«
»So was kommt vor«, sagte Staiger. »Ich hatte keine Ahnung, daß die Amerikaner versuchen würden, sich da einzumischen, sonst hätte ich Ihnen mehr Geld gegeben. Aber es hat schließlich doch noch geklappt. Ich sollte den Umschlag besorgen. Und ich habe ihn gekriegt.« Er hob ihn vom Tisch auf und hielt ihn gegen das Licht.
»Ist da irgendwas drin?«
»Gewöhnlich etwas zur Verstärkung des Umschlags, eine Karte, manchmal die Geschäftskarte eines längst vergessenen Briefmarkenhändlers.« Doch während er das sagte, nahm er aus der Schreibtischschublade einen schönen Brieföffner aus Elfenbein und tippte ihn gegen seine Hand. »Sie wissen, daß die besten Stücke dieser Auktion aus der in den dreißiger Jahren zusammengetragenen Privatsammlung eines berühmten ungarischen Luftpost-Spezialisten namens Zoltan Szarek kamen. Szarek veröffentlichte 1935 ein Luftpost-Handbuch, das seit langem vergriffen und heute sehr gesucht ist. Diese Auktion, bei der seine Briefmarken unter den Hammer kamen, zerstörte eine der größten Sammlungen der Welt.« Er drehte den Brieföffner herum. Eine Seite barg eine kleine Federmesserklinge. Er klapp-

te die Klinge heraus, und zu meiner Überraschung schnitt er den kostbaren Paraguay-Umschlag auf.
Da ich nun gesehen hatte, welche Leidenschaften diese Gegenstände der Philatelie in Männern wie Staiger erregten, verblüffte mich dieser Vandalismus. Aber eine weitere Überraschung stand mir bevor, denn in dem blauen Umschlag befanden sich zwei Fotos in der Größe von Paßbildern. Die Fotos waren offensichtlich neueren Datums. Die Leute waren gealtert, seit ich sie zuletzt gesehen hatte, und die Fotos waren stumpf und ohne echte Schwarztöne, denn sie waren auf die Sorte grautoniges Fotopapier abgezogen, das man in Ländern verwendet, die sich nicht viel Silber leisten können. Er legte sie auf die Schreibtischunterlage vor mir. »Kennen Sie diese Leute?«
Zwei Personen starrten mich an: ein Mann und eine Frau. Die eine war ein KGB-Agent, der sich Erich Stinnes nannte. Der Mann, dessen Bild Bower mir in Berlin gezeigt hatte. Hier posierte er steif. Die andere Person war meine Frau.
Das war nicht alles. Die »Verstärkung« des Umschlags bildeten zwei Ausweiskarten. Sie waren rosa. Beide waren auf den groben Karton gedruckt, auf dem der endlose osteuropäische amtliche Papierkrieg hauptsächlich stattfindet. Jede der beiden Karten war ein Visum für eine bestimmte Reise. Eine Person, eine Reise, eine Einreise in die sozialistische Volksrepublik, eine Ausreise. Der Gummistempel war derjenige der *Statni Tajna Bezpecnost*« des Tschechoslowakischen Geheimen Sicherheitsdienstes. Eine der Karten zeigte das Foto Staigers, die andere meins.

10

Die Gegend der Tschechoslowakei, an die Österreich im Norden grenzt, ist Mähren. Überraschenderweise ist das nur eine kurze Autotour von der Wiener Innenstadt. Oder wäre es gewesen, wenn wir nicht in das Haydn-Festival hineingeraten wären. Endlich an der Grenze, winkte Staiger den österreichischen Beamten nur mit seinen Papieren, und schon ließen sie uns passieren. Am Kontrollpunkt auf der Seite der ČSSR freilich ging es anders zu.

Es ist dort viel los, denn der Grenzübergang liegt an der direkten Route von Wien nach Prag und weiter nach Berlin. Hier, durch die Lücke zwischen Alpen und Karpaten, bringt der Wind von der russischen Steppe plötzliche Temperaturstürze und beißt einen selbst durch die wärmste Kleidung bis ins Mark. Außer den Autos standen hier heute an die zwanzig schwere Sattelschlepper aus allen Ecken Europas Schlange. In ihren Kabinen hinter festgeschlossenen Fenstern dösten, schwatzten oder lasen die Fahrer und warteten geduldig darauf, daß sie an die Reihe kämen in der großen graugestrichenen Baracke, wo die Frachtbriefe und Kraftfahrzeugpapiere langsam gelesen, unaufhörlich angezweifelt und schließlich widerwillig abgestempelt wurden von uniformierten Bürokraten, Männern mit Knopfaugen, Tintenfingern und gutgeölten Pistolen.

Baron Staiger alias Otto Hoffmann, der an diesem Morgen ein Toupet trug, das ihm welliges, dunkles Haar gab, hatte mich aus dem Hotel abgeholt, wo ich nach meinem Besuch bei ihm den Rest der Nacht verbracht hatte. Wir saßen in einem weißen Subaru, der wie ein Jeep und unter den hier versammelten Ostblockfahrzeugen ziemlich exotisch aussah. Da waren schlammbespritzte Ladas, Wartburgs mit stinkenden Zweitaktmotoren, ein frischgespritztes rosa Skoda-Kabriolett sowie ein wunderbarer alter Tatraplan mit der langen Flosse, die die Luftkanäle zur Kühlung des Heckmotors markiert. Mit gebieterischer Rücksichtslosigkeit gegen die anderen Fahrer fuhr Staiger zur Spitze der Schlange und parkte sorglos neben der verglasten Schachtel, aus welcher ein halbes Dutzend tschechische Beamte die Landschaft mit unbeeindruckbarer Verachtung musterte.

Staiger sagte: »Warten Sie im Wagen« und ging zu dem Posten, mit dem er gleich eine lebhafte Unterhaltung begann, wobei er auf die rosa Ausweiskarten klopfte. Was immer nun das Idiom des Postens war, Staiger schien es auch zu sprechen, denn die Antwort kam warm und umgehend. Der Posten nickte Staiger zu, sah auf und winkte in Richtung eines großen grünen Wagens auf der tschechischen Seite der Grenze. Zwei Männer in Zivil liefen zu Staiger hinüber. Sie waren große, breitschultrige Männer in Trenchcoats, die Sorte Männer, die wollen, daß man ihnen ansieht, daß sie für die »Erste Abteilung« der STB arbeiten, für die effizienteste osteuropäische Geheimpolizei, deren Hauptquartier – vielleicht bezeichnenderweise – sich in einem alten Prager Kloster befindet. Der Schlagbaum wurde unverzüglich geöffnet.

»Alles okay«, sagte Staiger, als er wieder neben mir auf dem Fahrersitz Platz nahm, einen Hauch kalter Winterluft mitbringend.

»Alles okay?« gab ich zurück. »Na, das ist eine nette Abwechslung.«

»Was?«

»Dieses ganze Affentheater mit der Briefmarkenauktion ... und dann ging's am Ende auch noch schief.«

»Das ist eine der üblichen Routen für unsere Dokumente«, sagte er selbstzufrieden. »Das Prager Büro hat sie arrangiert. Gewöhnlich läuft das wie ein Uhrwerk.«

»Vielleicht sollte sie mal jemand darauf aufmerksam machen, daß wir schon in der Epoche der Quarzkristalle leben«, sagte ich. »Die Amerikaner haben gegen uns geboten. Sie haben Wind gekriegt von dem, was anstand. Die Wiener CIA hat einen Mann mit einer Tasche voll Geld geschickt.«

»Und wir gehen da anders vor«, sagte ich bitter in Erinnerung der mir so unzureichend zugeteilten Schillinge.

»Niemand kann die Amerikaner überbieten«, sagte er. »Ein Glück, daß ich die Sache so deichseln konnte.«

Der grüne Wagen fuhr uns voraus, als wir den Kontrollpunkt passierten und den Grenzstreifen, wo man Bäume und Sträucher gerodet und Minen gelegt hatte.

»Die werden bei uns bleiben.«

»Wirklich?« sagte ich, als ob mich das freute.

Wir folgten ihnen in die mährische Landschaft. Irgendwann bog der grüne Wagen von der nach Prag führenden Hauptstraße ab. Der Zustand der Nebenstraße war miserabel, und Staiger mußte den Vierradantrieb einsetzen, um folgen zu können.

Dies ist eine seltsame und unheilvolle Gegend. Eine dunkle Hinterlassenschaft der Geschichte. Noch vor einer Generation waren einige dieser Grenzgebiete so wohlhabend wie das Landesinnere gewesen. Seit der Zeit des Heiligen Römischen Reiches lebte eine deutschsprechende Bevölkerung in diesen hübschen kleinen Städten mit von Bäumen gesäumten Straßen und barocken Häusern an großartigen Plätzen.

Aber Adolf Hitler benützte diese »Volksdeutschen« als Vorwand, ihr Grenzgebiet seinem Dritten Reich einzuverleiben. Dies war das »ferne Land«, um dessentwillen der britische Premierminister – nachdem er das erste Gipfeltreffen der modernen Welt zustande gebracht hatte – nicht in den Krieg ziehen wollte. Hier erhielt das Wort »Protektorat« seine neue abwertende Bedeutung und wurde »München« ein Synonym für »bedingungslose Kapitulation«. Hier lebten die Bürger der tschechoslowakischen Republik, die Hakenkreuzfahnen schwenkten und die deutschen Invasoren in deren eigener Sprache willkommen hießen.

Aber nach der Niederlage Hitlers vertrieb die stalinistische Regierung in Prag rücksichtslos die dreieinhalb Millionen deutschsprechender Staatsbürger aus ihrer Heimat. Innerhalb weniger Stunden mußten sie von Haus und Hof und durften nur

mitnehmen, was sie tragen konnten. Sie wanderten über die Grenze, um sich eine neue Heimat zu suchen. Die verlassenen Häuser wurden von autorisierten Beamten durchwühlt und auch von Plünderern. Es war mehr eine politische Geste als eine praktische Maßnahme, als schließlich Landstreicher und Zigeuner in diese Häuser einquartiert wurden. Jetzt sind selbst von diesen Bewohnern nur noch wenige da.
Wir fuhren durch Dörfer, denen das ambivalente Verfahren der Behörden mit dieser alten »deutschen Gegend« anzusehen war. Ein Schritt vor, zwei zurück, stoßen und ziehen. Hier sah man das Hin und Her einer von ihrer eigenen historischen Perspektive belasteten schwerfälligen sozialistischen Bürokratie. Alte Gebäude waren halb abgerissen und neue halb gebaut. Schutthaufen lagen bis auf die Fahrbahn, und verlassene Rohbauten aus Hohlblockziegeln warteten auf Dächer und Fenster, die nie kommen würden.
Wir holperten durch eine kleine Geisterstadt und störten ein schlummerndes Pack magerer Hunde, die sich wegschlichen, ohne auch nur zu bellen. Menschen waren nirgends zu sehen. Die Häuser am Hauptplatz – die königlichen »Maria-Theresia-gelben« Stuckfassaden zu einem Ausschlag kreidiger Narben verfallen – waren mit Brettern vernagelt. Die Läden desgleichen.
Ich drückte noch einmal den Heizungsknopf. »Zum letztenmal, Staiger. Wann haben Sie vor, mir zu erklären, was das alles soll?« In London hatte man mir gesagt, ich sollte tun, was immer er mir sagte. Ich tat dies, aber es machte mir keinen Spaß, im dunkeln gelassen zu werden.
Er rutschte auf seinem Sitz, als würde ihm der Rücken steif. »Das kann ich nicht«, sagte er umgänglich, wie er es schon so viele Male gesagt hatte auf dieser endlosen und unbequemen Reise. »Meine Anweisung ist, Sie an den Ort zu bringen, den wir besuchen müssen. Weiter nichts.«
»Und wieder zurück?«
Er lächelte. »Ja. Auch, Sie zurückzubringen. Um vier. Das ist alles, was ich weiß.«
Bisher hatten sich die spärlichen Brocken Unterhaltung, die wir

austauschten, auf Wiener Klatsch beschränkt, bei dem es meistens um Leute ging, die ich nur flüchtig oder gar nicht kannte. Schlimmer noch, ich hatte mir Staigers Beobachtungen über Wiener Konditoreiwaren, insbesondere Torten, anhören müssen. Er hatte mir eingehend erläutert, weshalb er die einschichtige Einfachheit der Linzer Torte jedem anderen Erzeugnis von Sacher vorzog. Er hatte mir des weiteren die verborgensten Geheimnisse von Demels delikater Haselnußtorte offenbart und mir erklärt, welche unter der reichen Auswahl von Torten gewannen, wenn man sie mit Schlagsahne genoß, und welchen diese Dekoration im Gegenteil schadete. Er gab mir sogar die Adresse eines kleinen Cafés, dessen Sachertorte wegen der außerordentlichen Qualität der Aprikosenfüllung derjenigen vorzuziehen war, die einem bei Sacher selbst serviert wurde.
»Was soll ich bei diesem Treffen machen? Haben sie Ihnen das nicht wenigstens gesagt?«
Er riß sich unwillig von seinen Torten los. »Sie haben gesagt, das würden Sie schon wissen.«
»Ist es ein Russe?«
»Ich sagte es doch, ich weiß es nicht. Das ist die Wahrheit. Ich weiß es nicht. Bald werden wir dort sein.« Er war enttäuscht, daß seine Thesen über Zuckerbäckerei so kühl aufgenommen worden waren. Zu irgendeiner anderen Zeit hätte mir seine Dissertation vielleicht Spaß gemacht, hätte ich ihn vielleicht sogar gern auf eine Kaffeklatschtour durch die Stadt begleitet. Aber nicht heute.
Die Wolken waren dunkel, und in dem trüben Licht sahen die fernen Berge unnatürlich groß aus. Alles war grau; der Himmel war grau, die Berge waren grau, die Gebäude der Bauernhöfe waren grau, sogar der Schnee war grau. Wie ein schlechter Abzug von einem Schnappschuß: nirgends weder schwarz noch weiß. So wie jetzt das Leben in Osteuropa. Keine Ideale mehr. Der Kommunismus war verblaßt, aber Kapitalismus nicht zum Vorschein gekommen. Jeder wurstelte sich durch, duldete, aber glaubte nicht.
Wir fuhren weiter und weiter, langsamer jetzt, da die Straße so schlecht war. Wir kamen zu einer Straßengabelung, wo zwei

khakifarbene Lastwagen am Straßenrand standen. Drei Mann in Tarnjacken und mit Tarnnetzen bezogenen Stahlhelmen standen an der Ladeklappe des hinteren der beiden Fahrzeuge. Als wir näher kamen, konnte ich sehen, daß einer von ihnen ein Offizier war, die anderen beiden waren Unteroffiziere und trugen automatische Gewehre am Riemen über der Schulter. Sie drehten sich nach uns um, als wir vorbeifuhren.

An dieser Gabelung bogen wir auf eine noch schlechtere Straße ab. Bald hielt der grüne Wagen an und ließ uns vorbeifahren. Als wir ihn überholten, starrten uns die Männer darin mit einer Neugier an, die solche Leute selten zeigen. Staiger schien das nicht zu ängstigen. Die Straße stieg, und wir rumpelten und ratterten über einen Pfad voller Schlaglöcher, wo Eiskristalle schlammige Pfützen überzogen. Auf den Feldern waren Inseln alten Schnees geschrumpft und entblößten den harten Boden. Am Himmel kreisten Vögel, die schon beschlossen, wo sie die Nacht verbringen würden. Überall lag noch Schnee. Am Rande dieses entlegenen und engen Fahrwegs gab es hohe Schneewehen, auf deren Oberfläche winzige Eisdiamanten funkelten, ohne die übliche Kohlenstaubschicht, die der Durchgangsverkehr zurückläßt.

»Sie sind da«, sagte Staiger. »Sehen Sie die Reifenspuren?«

»Ja«, sagte ich.

»Oder vielleicht war es auch die Entwanzungsmannschaft.«

»Haben Sie was zu essen mit?« fragte ich.

»Ich dachte, wir würden Zeit haben, auf der österreichischen Seite zu halten. Ich hatte nicht erwartet, daß es so spät werden würde«, sagte er mit feierlichem Bedauern. Er nahm die Hand vom Steuer, um auf ein Gehöft zu zeigen, das vor uns lag.

Erbaut in einer alten Zeit, als der Bauer mitunter die Rolle des Kriegers spielen mußte, stand dieses Gehöft in einer strategischen Position, von der aus man das ganze breite Tal hinter uns unter Feuer nehmen konnte. Aus der Gruppe von Gebäuden ragten zwei riesige Scheunen mit schneebedeckten Dächern hervor. Über einem Hoftor von eindrucksvoller Größe war das eingemeißelte Wappen absichtlich abgeschlagen worden, jedoch nicht restlos, so daß ein enthaupteter Löwe sich noch unsicher an

einem halben Wappenschild festhielt. Im Windschatten des verfallenen Pförtnerhauses saßen zwei tschechoslowakische Verkehrspolizisten breitbeinig in den Sätteln ihrer Motorräder. Sie beobachteten uns, als wir vorbeifuhren.
Jenseits des Tors führte eine lange Auffahrt an leicht dampfenden hölzernen Trögen und Schweineställen aus Wellblech vorüber zu einem Gebäude, das einst das Haupthaus des befestigten Guts gewesen sein mußte.
Der Wagen schaffte es gerade durch das enge, niedrige Gewölbe, holperte über die mit Kopfsteinen gepflasterte Einfahrt zum geschlossenen Innenhof und hielt dort an der Hintertür eines Hauses, auf dessen Wänden die Blumenmuster einer volkstümlichen Dekoration noch schwach zu erkennen waren. Der Hof war groß, eine große landwirtschaftliche Maschine rostete in einem Winkel still vor sich hin, und ein paar Hühner, die die Ankunft unseres Wagens für einen Augenblick aufgescheucht hatte, nahmen ihre Nahrungssuche zwischen den Steinen wieder auf. Es roch nach brennendem Unrat, vielleicht mußte auch nur der Ofen gereinigt werden.
Auf dem Dach kletterten zwei Männer herum, die beide mit starken Feldstechern ausgerüstet waren. Zwei weitere Männer in kurzen Ledermänteln und hohen Stiefeln saßen auf einer Bank im Hof. Die Hüte ins Gesicht gezogen, saßen sie so lässig da wie betrunkene Sonnenanbeter, aber ich erkannte die entspannte Haltung von Männern, die sich lange ruhig verhalten konnten. Und ich bemerkte die geöffneten obersten Knöpfe, die es ihnen leichtmachen würden, etwas schnell aus einem Schulterhalfter zu ziehen.
Ohne sich zu rühren, beobachteten sie uns unter halbgeschlossenen Augenlidern. Ich stieg aus und wartete auf Staiger, der den Wagen sorgfältig abschloß.
Plötzlich stürzte bellend und knurrend ein großer schwarzer Köter aus einer Tür. Mit tollkühnem Tempo und selbstmörderischer Nichtbeachtung seiner Kette sprang er in Richtung meiner Kehle. Als jedoch die lange Kette zu ihrer vollen Länge gespannt war, würgte der Hund und strauchelte stumm zu Boden. Dann riß er wütend an der Kette und vollführte, geduckt

und mit gebleckten Zähnen knurrend, ein übertriebenes Spektakel der Angriffslust, wie es viele Wesen tun, wenn ihr Zorn kein Ventil findet.
Die Männer auf der Bank hatten sich während dieses Schauspiels hündischer Wut kaum gerührt. Jetzt lachte Staiger nervös und vergewisserte sich, daß sein Hut richtig auf seinem Toupet saß.
»Gehen Sie rein«, sagte Staiger. »Ich warte hier auf Sie.«
Inzwischen hatte ich schon eine Ahnung von dem, was mich erwartete. Das Innere des Hauses war dunkel, die winzigen Fenster saßen niedrig in dicken Wänden. Der Boden war mit groben, abgetretenen Fliesen belegt, und es gab keine Möbel außer einem langen Eßtisch, der wegen seiner Größe gegen die Wand geschoben worden war, und ein paar alten Stühlen mit Sitzen aus geflochtenem Schilf.
Sie stand im Dämmerlicht. Sie sprach flüsternd. »Bernard!«
Mein erster Eindruck war, daß Fiona kleiner und dünner war, als ich sie in Erinnerung hatte. Dann, mit einem Anflug von schlechtem Gewissen, kam mir die Einsicht, daß mein langes Zusammensein mit Gloria der Grund dafür war.
»Was für ein verdammtes, verrücktes Spiel hast du denn nun wieder vor?« sagte ich. Die Worte kamen als Gemurmel heraus und verrieten, nehme ich an, meine Verwirrung. Ich liebte sie noch immer, war aber mißtrauisch, konnte mir nicht klar darüber werden, was sie eigentlich von mir wollte, und war auf keinen Fall willens, ihr noch mal eine Chance zu geben, mich hereinzulegen.
»Sei nicht böse.«
»Sei nicht böse«, wiederholte ich müde. Ihre berechnende Passivität heizte meinen Zorn an, und plötzlich schrie ich: »Du blödes, hinterlistiges Aas. Was hast du nun wieder vor? Bist du vollkommen wahnsinnig geworden?«
Sie musterte mich von oben bis unten und lächelte. Wer weiß, welche Feindseligkeit sie gegen mich hegte? Sollte sie ihrerseits genauso böse auf mich sein, ließ sie sich's jedenfalls nicht anmerken. Sie wartete darauf, daß mein Zorn verpuffte, womit sie rechnen konnte, und lächelte wieder. Noch immer hatte sie dieses wunderbare Lächeln, das mich gleich bei unserer ersten

Begegnung überwältigt hatte. Es war ein humorvolles Lächeln, ein wenig spöttisch, aber mit der Einladung, ihre Sicht der Welt um uns herum mit ihr zu teilen, eine Einladung, der ich nie hatte widerstehen können.

»Es gibt nichts zu essen hier. Nichts. Ich wußte, daß du hungrig sein würdest.«

Ihre Stimme war ausdruckslos, vielleicht absichtlich, und obwohl sie meine Frau war, hätte ich nicht sagen können, welche Gefühle sie hatte. So war das immer gewesen. Manchmal fragte ich mich, ob es diese Rätselhaftigkeit war, die sie so anziehend für mich machte, und ich überlegte, in welchem Maße sie ihrerseits mich nicht verstand. Nicht in irgendeinem besonderen Maße, glaube ich.

»Bernard, Liebling.« Sie versuchte, die Arme um mich zu legen, aber ich wich ihr aus.

Sie sagte: »Wie geht es den Kindern?« Und die Wärme ihres Körpers verbrannte mich, und ich wurde überwältigt von einem Duft, den ich fast vergessen hatte.

»Prima. Du fehlst ihnen.« Ich setzte hinzu: »Du fehlst uns allen.« Ihre Augen lachten mich aus. »Billy ist so groß. So groß wie du vielleicht. Er ist ganz verrückt nach Autos, hat Poster, Modelle und sogar einen großen Motor aus Kunststoff, den er dauernd auseinandernimmt und zusammensetzt.«

»War das dein Weihnachtsgeschenk?« fragte sie und bewies damit ihre bemerkenswerte Intuition. Es war Wahnsinn zu versuchen, ihr was zu verheimlichen, und trotzdem versuchte ich's noch immer.

»Ja. Es wurde als ›pädagogisches Spielzeug‹ bezeichnet«, sagte ich. Sie lachte. Wir wußten beide, welchen Spaß wir damit hatten, daß ich den so angepriesenen Sachen nie widerstehen konnte. »Sally ist ausgewählt worden, bei einer Schüleraufführung die Portia zu spielen. Ich glaube, Billy ist ein bißchen eifersüchtig.«

Sie lächelte. »Ja, das kann ich mir denken. Billy ist der Schauspieler. Aber welche Portia? Im *Kaufmann von Venedig*?«

»*Julius Cäsar*.«

»Natürlich:

›Und bin ich Euer Selbst
Nur gleichsam, mit gewissen Einschränkungen?
Beim Mahl um Euch zu sein, Eu'r Bett zu teilen
Auch wohl mit Euch zu sprechen? Wohn ich denn
Nur in der Vorstadt Eurer Zuneigung?
Ist es nur das, so ist ja Portia
Des Brutus Buhle nur und nicht sein Weib.‹«

»Was für ein Gedächtnis du hast!«
Fiona sagte: »Du mußt antworten:

›Ihr seid mein echtes, ehrenhaftes Weib,
So teuer mir als Purpurtropfen
Die um mein trauernd Herz sich drängen!‹

Hast du denn Shakespeare nicht in der Schule gelernt?«
»Ich habe ihn auf deutsch gelernt«, sagte ich.
Das amüsierte sie. »Ich lese eine Menge dieser Tage: Dickens, Jane Austen, Trollope, Thackeray, Shakespeare.«
Irgendwo tief in meinem Inneren beunruhigte mich das. Ausschließlich englische Autoren. Der verräterische Unterton von Heimweh hätte wohl die meisten Sicherheitsleute beunruhigt. Aber das sagte ich nicht. Ich fuhr fort: »Portia wird ein entzückendes Kostüm tragen. Blau mit goldener Borte.«
Sie streckte ihre Hand nach mir aus. Ich nahm sie. Ich empfand eine erstaunliche Intimität bei dieser formellen Gebärde. Ihre Hand war klein und warm, sie hatte immer warme Hände gehabt. Sie sagte: »Wie absurd, daß es so kommen mußte« und dann, eilig, wie um einem anderen Gang der Unterhaltung, den sie vermeiden wollte, zuvorzukommen, setzte sie hinzu: »Es war so schwierig für mich, Berlin zu verlassen, und dann mußte ich plötzlich an dieser Konferenz in Prag teilnehmen, und es war leicht.« Eine nicht ganz überzeugende Fröhlichkeit lag in ihrer Stimme, ein Ton, den gehört zu haben ich mich erinnerte, wenn sie versuchte, darüber zu spaßen, daß Billy die Grippe kriegte und sich seinen Geburtstag damit verdarb, oder wenn sie zornig die Autotür aufriß und den Lack zerkratzte. »Wieviel haben sie dir erzählt?«

Ich trat zurück, um sie anzusehen. Sie war so wunderschön wie immer. Ihr Haar war glatt zurückgekämmt in dem strengen Stil, den sie sich zugelegt hatte, seitdem sie im Osten war. Sie trug ein einfaches dunkelgrünes Kostüm, das von Chanel hätte sein können, ich vermutete aber, daß eine wunderbare kleine Frau, die sie an der nächsten Ecke aufgetrieben hatte, es für sie gemacht hatte. Fiona fand immer eine »Perle«, die dann für sie machte, was sie haben wollte. Sie trug unseren Ehering am Finger. Sie sah auf unsere ineinandergelegten Hände hinab, als dächte sie daran, ihr Ehegelübde zu wiederholen. Dies war das hinreißende Mädchen, das ich so stolz geheiratet hatte. Aber das war hundert Jahre her, und die Wandlungen, die die vergangenen anstrengenden Jahre mit sich gebracht hatten, waren ebenfalls offenkundig. Ich konnte etwas in ihr sehen, das ich nie zuvor wahrgenommen hatte: eine Müdigkeit, oder war es Angst? Vielleicht war es das, was sie mir anfänglich hatte klein erscheinen lassen.

Sie drehte ihre Hand in meiner. Ich sagte: »Du hast deinen Verlobungsring verloren.«

»Wir werden einen neuen kaufen.«

Ich sagte nichts.

»Ich arbeitete in Dresden. Ein Mann wurde getötet. Es war eine schreckliche Nacht. Ich wusch mir die Hände im Krankenrevier. Das war unachtsam von mir. Ich wendete den Wagen und fuhr zurück, aber er war nicht mehr da, und niemand hatte ihn gesehen.«

Sie verkrampfte die Hände, als wäre es eine schreckliche Folter, mir von dem verlorenen Ring zu erzählen. Aber ich konnte auch sehen, daß Fiona noch immer so unverzagt war wie eh und je. Ich wußte, daß sie ihre Furcht mit dem Willen in Schach hielt, wie eine glänzende Schauspielerin eine Rolle spielen und einen unüberzeugenden Charakter zum Leben erwecken kann. Ohne mir Zeit zum Antworten zu geben, fügte sie hinzu: »Diese Hosen gehören nicht zu diesem Anzug. Die neue Dame in deinem Leben kümmert sich nicht genug um dich, Liebster.« Sie war jetzt kühl und entspannt, die grauenhaften Erinnerungen wieder hinter Schloß und Riegel.

»Danke, mir fehlt nichts.«
»Bügelt sie dir die Hemden? Du warst immer so penibel mit deinen Hemden. Manchmal, seitdem ich weg bin, habe ich mich dabei erwischt, mir Sorgen über deine Wäsche zu machen. Ist das nicht idiotisch?« Da war Bitterkeit. Ein bißchen von der wahren Fiona kam zum Vorschein. Alles Spaß natürlich, die Wäsche und diese versteckten Fragen nach anderen Frauen. Alles war Spaß, bis Fiona zur Abfahrt pfiff und der Spaß aufhörte.
»Sie ist anständig, sie ist loyal, und sie liebt mich«, stieß ich, von Fionas Sarkasmus gereizt, hervor. Kaum hatte ich es gesagt, bedauerte ich es, aber es war, was sie wollte. Sobald ich meine Gefühle offenbart hatte, war Fiona bereit weiterzumachen.
»Wieviel haben sie dir gesagt?« fragte sie noch einmal.
»Nichts«, sagte ich. »Sie haben mir gar nichts gesagt.« Ich dachte zurück an Stowes gerunzelte Stirn und seine zurückhaltenden Antworten. Offensichtlich hatte man auch Stowe nichts gesagt. Ich fragte mich, wer zum Teufel überhaupt genau wußte, was hier lief.
»Armer Liebling, aber vielleicht war es doch am besten so.«
»Du kommst raus jetzt«, sagte ich, mit meinen Worten bestätigend, was meinen Augen schwerfiel zu glauben. »Ich hatte recht, nicht wahr?« Selbst jetzt war ich noch nicht fraglos sicher, daß sie die ganze Zeit über für London gearbeitet hatte.
»Bald jedenfalls«, sagte sie.
»Du gehst doch nicht nach Berlin zurück?«
»Nur für ein Weilchen.«
»Warum?«
»Du weißt doch, wie es ist... Es gibt da andere Leute, die in Gefahr wären. Ich muß noch verschiedene Sachen in Ordnung bringen. Ein paar Wochen, mehr nicht. Vielleicht nur Tage.«
Ich antwortete nicht. Der Hund auf dem Hof bellte, als käme ein Fremder. Fiona sah auf ihre Uhr. Ich erinnerte mich plötzlich, wie sehr ich mich immer darüber geärgert hatte, daß Fionas Hingabe an das Department für sie vor allem anderen rangierte. Mit ihrer Karriere zu konkurrieren war schlimmer, als es mit einem unwiderstehlichen Liebhaber aufnehmen zu müssen. Sie muß mir diese Gefühle angesehen haben, denn sie sagte: »Keine Vorwürfe, Bernard. Nicht jetzt jedenfalls.«

Da wußte ich, daß ich die ganze Sache falsch angefaßt hatte. In grotesker Fehleinschätzung hatte ich sie so genommen, wie sie sich gab. Alle Frauen hassen das. Ein anderer Mann hätte sie überrumpelt, hier und jetzt mit ihr geschlafen und auf die Konsequenzen gepfiffen. Eine andere Frau hätte mir vielleicht dazu Gelegenheit gegeben. Aber wir waren wir: zwei Profis, die sich wie von Mann zu Mann über technische Probleme unterhielten.

Sie trat einen Schritt zurück und sagte, indem sie prüfend ihren Ehering betrachtete: »Nur ich allein kann eine derartige Entscheidung treffen, und ich sage, ich muß zurück.«

»Aber warum bist du dann hergekommen? Warum dieses Risiko eingegangen?« fragte ich. Ich bin sicher, daß sie einen überzeugenden Vorwand für dieses Treffen mit dem Gegner gefunden hatte, aber es war der reine Wahnsinn, daß sie sich mit mir traf und ihr Leben aufs Spiel setzte. Ich erinnerte mich so vieler guter Männer, die wegen solcher Dummheiten draufgegangen sind. Männer, die unbedingt eine Freundin noch mal sehen mußten. Männer, die der Versuchung nicht widerstehen konnten, zum Essen in ihre Stammkneipe zu gehen. Oder Männer wie der alte Karl Busch, der mich drei furchtbare Tage lang in Weimar versteckte und dann, nachdem wir davongekommen waren, nach Hause zurückkehrte, um seine Briefmarkensammlung zu holen. Da warteten sie schon auf ihn. Karl Busch wurde nach Leipzig in die Kaserne gebracht, und man hat nie wieder was von ihm gehört.

»Oh, Bernard!« Ein Seufzer.

»Warum?«

»Wegen dir. Sei doch nicht so schwer von Begriff.«

»Wegen mir?«

»Du hast doch alles durchstöbert... über mich...« Sie machte eine Geste der Verzweiflung mit der offenen Hand.

»Willst du mir erzählen, daß du diesen tollkühnen Ausflug nur gemacht hast, um mir zu sagen, daß ich aufhören soll, nach Tatsachen zu buddeln?«

»Die Londoner Zentrale hat alles versucht, dich zu beruhigen, und du hast trotzdem weitergemacht.«

»Sie haben alles versucht, außer mir einfach die Wahrheit zu sagen«, sagte ich mit Nachdruck.

»Sie haben Andeutungen gemacht und Empfehlungen gegeben. Schließlich ist ihnen nichts eingefallen, das dich überzeugt hätte. Ich wußte nicht, wie weit sie gehen würden... Da habe ich gesagt, daß du's von mir selbst hören mußt. Wir haben also dieses offizielle – aber außerordentliche – Treffen organisiert. London hat bereits Zugeständnisse gemacht. Ich kehre als geschickte Verhandlungsführerin zurück. Es wird alles gutgehen.«

»Diese Vollidioten! Hast du ihnen nicht gesagt, wie gefährlich es ist, wenn du hier draußen mit mir herumsitzt und mit mir redest?«

»Sie wissen, es ist gefährlich, aber du hast überall rumgeschnüffelt, hast ein Bild der ganzen Operation zusammengestückelt. Und dabei eine Spur hinterlassen. Das war sogar noch gefährlicher.«

»Natürlich habe ich rumgeschnüffelt. Was hast du denn anderes erwartet? Du bist meine Frau.« Ich hielt inne. Ich war verbittert. Obwohl sich meine Theorie als richtig erwiesen hatte, konnte ich doch die Ungeheuerlichkeit der Tatsachen nicht akzeptieren. Die Londoner Zentrale hatte Fiona als Agentin in den Osten geschickt und beschlossen, mich nicht in dieses Geheimnis einzuweihen. »Mein Gott...«

»Es schien damals das Beste so...« sagte Fiona ruhig. Trotz dieser Worte war ihrer Stimme nicht anzuhören, daß sie's nicht auch heute noch für das Beste hielt.

»Wer hielt es für das Beste...?«

»Deine Überraschung, oder sagen wir besser deine Verblüffung, dein Zorn, deine Entrüstung und offensichtliche Verwirrung schützten mich, Bernard.«

»Ich habe dich aber gefragt, wer das für das Beste hielt?«

»Ich wollte dir alles sagen, Liebling. Zuerst habe ich das zur Bedingung gemacht. Ich wollte, daß du bei allen Einsatzbesprechungen und Vorbereitungen dabei wärst. Die ursprüngliche Idee war, daß du mein Führungsoffizier werden solltest, aber dann wurde klar, daß hier ein Führungsoffizier im eigentlichen Sinn des Begriffs nicht in Frage kam. Die Möglichkeit eines häufigen und regelmäßigen Kontakts war ausgeschlossen.«

»Wer hat also anders entschieden?«
»Anfänglich war der D-G gegen den ganzen Plan. Er gab dem Unternehmen nur eine Erfolgschance von fünfundzwanzig Prozent.«
»Ich hätte noch weniger gegeben.«
»Der D-G stellte die Bedingung, daß du nicht eingeweiht würdest.«
»Der Direktor ... Sir Henry?«
»Er hat seine guten wie auch seine schlechten Tage.«
»Je mehr Krach ich schlug, desto besser also?«
»Anfänglich ja. Und die Wirkung war auch ausgezeichnet«, sagte Fiona. »Während der ersten Wochen wurdest du rund um die Uhr von Moskau observiert, mit größtem Interesse. Sie haben sogar einen ihrer Experten für Verhaltenspsychologie einen Bericht über dich anfertigen lassen. Erich Stinnes hat sich ein Exemplar dieses Berichts verschafft, und ich habe ihn gelesen. Da stand, daß kein Schauspieler imstande gewesen wäre, dein Verhalten zu spielen. Und sie hatten natürlich recht. Es war dein Verhalten, das sie schließlich überzeugte, mich wirklich für ihre Seite gewonnen zu haben.«
»Aber haben sie die Wahrheit nicht geahnt? Daß du gehandelt hast, ohne mir was davon zu sagen?«
»Die Sowjetunion mag Abfangjägerpilotinnen und Kranführerinnen haben, aber die Ehe ist eine heilige Institution hier. Dank der Millionen Kriegstoten sind Marxens Ansichten über die Ehe – wie auch die über alles mögliche andere – auf unbestimmte Zeit vertagt worden. Ehefrauen in der UdSSR machen, was ihre Männer ihnen sagen.«
Ich sah sie an, ohne etwas zu sagen. Sie lächelte. Ich fragte mich, warum mich eigentlich die ganze Sache überrascht hatte. Fiona: kultivierte und privilegierte Tochter eines bornierten, neureichen Vaters, hervorragende Oxford-Absolventin, die Russisch an der Sorbonne studiert hatte. Sie tritt in den Dienst des Departments und heiratet einen Mann, der nicht mal ein College besucht hat und dem nur sein Ruf als Agent einigen Anspruch auf Respekt verschafft. Warum sollte eine solche Person nicht berufen sein, die Frauenemanzipation zur äußersten Konse-

quenz zu treiben? Warum sollte eine solche Frau nicht eine noch bessere Agentin werden wollen, zu welchem Preis für mich, die Kinder und jeden in ihrer Umgebung auch immer?

»Wann hat all das angefangen?« fragte ich.

»Das ist lange her«, erwiderte sie obenhin.

»September 1978?« In dieser Nacht hatte es wieder eine Bombendrohung der Baader-Meinhof-Leute gegeben. Der Inhalt eines abgefangenen Funkspruchs der russischen Armee war so schnell nach Karlshorst zurückgemeldet worden, daß alle glaubten, wir hätten irgendeinen Superspion in der Operationsabteilung sitzen. Sie nickte. »Also hast du damals diesen abgefangenen Funkspruch an sie zurückgespielt? Du hast also schon damals für beide Seiten gearbeitet?« Ich brauchte ein oder zwei Augenblicke, mich zu erinnern, was damals passiert war. »Joe Brody wurde gerufen, die Untersuchung des Zwischenfalls zu leiten, denn man wollte vor allem die Amerikaner beruhigen. Irgendwie bist du ihm entschlüpft. Aber nachdem du dich reingewaschen hattest, stand Werner Volkmann schlecht da, und ihm hat man nicht mal eine Chance gegeben, sich zu verteidigen. Frank hat ihn seitdem nicht mehr beschäftigt, und Werner hat das übelgenommen.«

»Das stimmt«, sagte sie und biß sich auf die Lippe. Sie hatte Werner nie gemocht, ihn jedenfalls immer ziemlich geringschätzig als Einfaltspinsel angesehen. War diese Abneigung in irgendwelchen Schuldgefühlen verwurzelt, weil sie damals mitgespielt hatte, ihn in die Pfanne zu hauen? Sie sagte: »Und dann, als über Trent eine orange Akte angelegt wurde, hat man ihm die Schuld gegeben.«

»Trent wurde getötet«, sagte ich.

Darauf hatte sie eine Antwort parat. Ihre Stimme war ruhig und versöhnlich. »Ja, getötet von deinem Freund Rolf Mauser. Mit einer von dir geborgten Pistole. Dem Department kannst du Trents Tod in keiner Weise anlasten.«

»Aber wie gelegen kam er doch. Trent nahm sein Geheimnis mit ins Grab, und das Geheimnis war, daß nicht er den Russen den abgefangenen Funkspruch übermittelt hatte.«

Sie sagte nichts.

Ich sagte: »Haben sie sich in Oxford an dich herangemacht? Schon vor langer Zeit?«
»Das Department? Ja.«
Das war es also. Diese Geschichten, daß sie während ihrer Studienzeit irgendwelchen marxistischen Gruppen angehört hatte, entsprachen also der Wahrheit, aber das war schon der Anfang ihrer Ausbildung gewesen. Mich persönlich betraf mehr, wie sie sich durch mich hatte an das Department empfehlen lassen. Das war nichts als ein Täuschungsmanöver, das ihre frühere Tätigkeit für das Department verschleiern sollte. Sie muß schon damals in ständigem Kontakt mit dem KGB gestanden haben. Ihr Führungsoffizier muß außer sich vor Freude gewesen sein, als sie den Job beim britischen Geheimdienst bekam. Ich sah jetzt den von langer Hand vorbereiteten Plan, der sie als sowjetische Agentin so überzeugend machte. Ich fühlte mich ganz schön für dumm verkauft, aber ich unterdrückte meine Wut. »Wer wußte noch davon?« fragte ich.
»Das kann ich dir nicht sagen, Liebling.«
»Wer noch?«
»Niemand sonst. Weder die Koordinationsabteilung noch die Hauptkasse, noch die innere Sicherheit, nicht mal der Deputy.«
»Der Direktor wußte Bescheid«, beharrte ich.
»Keiner, der jetzt da arbeitet«, sagte sie pedantisch. »Das war die Bedingung des D-G. Niemand.«
»Du hast mir das Leben zur Hölle gemacht«, sagte ich sanft.
»Ich dachte, du würdest stolz auf mich sein.«
»Bin ich auch«, sagte ich und versuchte, in meine Worte Gefühl zu legen. »Bin ich wirklich. Aber jetzt ist's höchste Zeit auszusteigen. Komm mit nach Wien zurück. Dein KGB-Ausweis und meine Spezial-Identitätskarte würden uns durch die Kontrollen bringen. Wir könnten die Abendmaschine nach London nehmen.«
»Ich bin nicht sicher, daß das ginge. Die Grenzübergänge sind heute alle an den Computer angeschlossen, Bernard. Glaube mir, daß ich da Bescheid weiß.« Ich kannte diesen Ton. Widerspruch war da zwecklos.
Sie hatte mich millionenmal sagen hören, daß in solchen

Situationen die Entscheidung bei den Agenten im Einsatz liegen sollte. Ich hatte mich für die letzte Entscheidung immer auf meine praktische Operationserfahrung verlassen. Jetzt hatte meine Frau sich im Einsatz als die erfolgreichste Agentin überhaupt bewiesen. Sie war bis in die Führungsspitze des Spionagenetzes des Ostblocks aufgestiegen und hatte alle getäuscht. Ich hatte nicht das Recht, ihr zu widersprechen.
Leichthin, als wollte sie die Unterhaltung auf weniger wichtige Angelegenheit lenken, sagte sie: »Ich muß sicherstellen, daß der Computer mir grünes Licht gibt, wenn ich komme. London hat mir, was die Papiere angeht, was ganz Besonderes versprochen.«
»Sie haben gute Leute hier«, sagte ich, ohne das wirklich zu glauben. Ich fragte mich, ob ihr die gefälschten Papiere von Staiger besorgt wurden; hergestellt von denselben Gaunern, die ihm seine Briefmarken und Umschläge fälschten.
»Ich weiß.«
»Und Erich Stinnes auch?« Wenn dereinst die Geschichte des Departments geschrieben werden wird, wird kein Fiasko der jüngeren Vergangenheit das Maß an Unschlüssigkeit und Konfusion, deren die Institution fähig ist, besser demonstrieren als ihr Verfahren mit Stinnes. Stinnes war ein unsicherer Kunde, ein echter KGB-Offizier der alten Schule. Er hatte gesagt, daß er zu uns überlaufen wollte, dann erhoben sich auf beiden Seiten Zweifel, bis Stinnes als feindlicher Agent eingestuft und in Haft genommen wurde. Bei einem Austausch kam er schließlich in den Osten zurück.
»Stinnes wird vollkommen separat gehalten. So war das von Anfang an geplant.« Sie machte eine Pause und wechselte geringfügig das Thema. »Als du mir dieses Ekel Moskwin vom Halse geschafft hast, war ich verdammt erleichtert. Er ahnte die Wahrheit.«
»Er hat auch eine russische Kugel abgekriegt. Einer von deinen Leuten hat auf ihn geschossen. Wußtest du das?«
Sie zeigte ein frostiges Lächeln.
Ich wollte es dabei nicht bewenden lassen. »Ich wünschte...«
Sie erhob eine Hand, um irgendwelche Beschuldigungen mei-

nerseits zu unterbinden, und sagte: »Wir haben nur noch ein paar Minuten. Ich muß zurück nach Prag. Da findet morgen diese verdammte Sicherheitskonferenz statt, und ich muß mich darauf vorbereiten.« Der Hund bellte wieder, wilder diesmal, und das Gebell endete in einem schrillen Jaulen, als hätte man ihm einen Schlag versetzt.

»Ja, vier Uhr. Ich verstehe.«

»Etwas hat man dir also gesagt.«

Es war ein schwacher Witz, aber ich lächelte und sagte entschuldigend: »Wir sind früh aus Wien weggefahren, aber da war dieses Haydn-Festival und die Straßen...«

»Ich weiß«, sagte sie. »So ist das immer, wenn es wirklich wichtig ist. So sagtest du immer.«

»Wenn ich zu spät kam?«

»Nein, das meinte ich nicht, Bernard.« Sie blickte rasch auf ihre Uhr. »Da ist noch was...« sagte sie. »Mein Pelzmantel. Ich habe ihn bei meiner Schwester Tessa gelassen. Ich habe Angst, daß sie ihn vielleicht verkauft oder verschenkt oder sonstwie...«

Ich erinnerte mich des Mantels. Er war ein atemberaubendes Geburtstagsgeschenk ihres Vaters, der ihr zu jener Zeit unbedingt beweisen wollte, wie sehr er sie liebte und wie reich und erfolgreich er war. Der gewaltige, seidige Zobelpelz muß Tausende gekostet haben. Fiona war immer lautstark gegen Kleidung aus Tierfellen gewesen, aber nachdem sie den Mantel einmal anprobiert hatte, schienen ihre moralischen Vorbehalte gegen den Pelzhandel sich zu verflüchtigen. »Und was soll ich tun?«

»Du mußt ihn von ihr zurückbekommen.«

»Na ja«, sagte ich zögernd, »ich kann aber doch nicht sagen, daß ich mit dir gesprochen habe.«

»Du wirst dir schon was einfallen lassen«, meinte sie. Und damit war die Sache mein Problem. Fiona wußte, daß ein guter Manager delegiert.

Es herrschte das verlegene Schweigen, das nur ein englisches Ehepaar sich zuzumuten den Nerv hat. »Und sonst ist alles in Ordnung? Den Kindern geht es gut?« fragte sie noch einmal.

»Wunderbar«, erwiderte ich. Sie wußte das natürlich. Daß sie

regelmäßig Nachricht über ihre Kinder – und über mich – erhielt, war zweifellos Teil ihrer Abmachungen. Ich fragte mich, ob in diesen Berichten auch von Gloria die Rede war. Für einen schrecklichen Augenblick ging mir der Gedanke durch den Kopf, daß man Gloria auf mich angesetzt hatte, um alles, was ich tat, sagte und dachte, zu überwachen. Aber ich verwarf den Gedanken. Gloria war zu unkonventionell, um Spitzel zu sein.
»Natürlich fehlst du den Kindern«, fügte ich hinzu.
»Aber sie hassen mich deswegen doch nicht, Bernard, oder?«
»Nein, natürlich nicht, Liebling.«
Ich sagte das so glatt und schnell, daß sie meinen Vorbehalt herausgehört haben mußte. Es würde ihr nicht leicht werden, das Vertrauen der Kinder wiederzugewinnen.
Sie nickte. »Und du?«
Ich wußte nicht, ob sie fragte, ob's auch mir gutginge oder ob ich sie inzwischen haßte. »Mir geht's gut«, sagte ich.
»Du hast abgenommen, Bernard. Geht es dir auch wirklich gut?«
»Ich habe ein bißchen gefastet, damit ich wieder in meine alten Anzüge passe.«
»Ich bin froh, daß du dich nicht verändert hast«, sagte sie etwas zweideutig, und in der banalen Aussage lag mehr echte Zuneigung als in allem, was sie bisher gesagt hatte.
Ich nehme an, ich hätte alles sagen sollen, was ich in mir verschlossen hielt. Ich hätte ihr sagen sollen, daß sie so schön war wie immer. Daß sie so tapfer wie nur irgend jemand war. Daß ich stolz auf sie war. Doch ich sagte: »Paß auf dich auf. Jetzt, wo alles bald vorbei ist.«
»Mir wird schon nichts passieren. Mach dir keine Sorgen, Liebling.« Ich hörte ihrer Stimme an, daß sie in Gedanken schon nicht mehr bei mir oder bei den Kindern war. Sie dachte schon an die nächste Stufe. So machten es Professionelle. Die einzige Chance, zu überleben.
Das Geräusch eines großen V-8-Motors wurde hörbar. Durch das Fenster sah ich ihren Wagen aus der Scheune fahren, in der man ihn abgestellt hatte. Einen schwarzen Dienstwagen. Ein derartig großes, glänzendes Fahrzeug mit amtlichen Kennzei-

chen und Motorrad-Eskorte mußte Aufmerksamkeit erregen. Und sicherlich war es unmöglich, das Ding durch die enge Hofeinfahrt zu bugsieren und über diesen Karrenweg voller Schlaglöcher zu fahren.

Aber Fiona hatte ein Talent dafür, das Unmögliche zu vollbringen. Das hatte sie nun schon mehr als einmal bewiesen.

11

Kaum war ich wieder in London, kam es mir vor, als hätte ich meinen Ausflug nach Mitteleuropa nur geträumt. Tatsächlich verdrängte ich jeden Gedanken an meine Begegnung mit Fiona. Jedenfalls versuchte ich das nach Kräften. Als Gloria mich am Flughafen wiedersah, stieß sie einen Freudenschrei aus, der über das ganze Rollfeld zu hören war. Sie packte mich und küßte mich und hielt mich fest in den Armen. Erst in diesem Augenblick wurde mir das ganze Ausmaß des schrecklichen emotionalen Dilemmas bewußt, das ich geschaffen hatte. Oder sollte ich sagen des Dilemmas, das Fiona für mich geschaffen hatte?

Gloria hatte ihren neuen Wagen – einen orangefarbenen Metro – vor dem Terminal Nummer 2 in der zweiten Spur geparkt, an einer Stelle, wo die auszubildenden Politessen ihre Abschlußprüfungen in Menschenfeindlichkeit abzulegen pflegten. Aber Gloria kam ungeschoren davon. Ich nehme an, weil gerade Teezeit war.

Der Wagen war fabrikneu, und sie war darauf erpicht, mir seine wunderbaren Eigenschaften vorzuführen. Ich lehnte mich zurück und beobachtete sie mit Vergnügen. Die schreckliche Wahrheit war, daß ich mich entspannt und wirklich daheim hier in London fühlte, mit Gloria in meinen Armen. Sie war jung und lebensvoll, und sie erregte mich. Meine Gefühle für Fiona waren andere – und vielschichtiger. Sie war nicht nur meine Frau, meine Kollegin und Rivalin, sie war auch die Mutter meiner Kinder.

Werner Volkmanns scharfzüngige Frau Zena hat einmal zu mir gesagt, daß ich Fiona geheiratet hätte, weil sie alles war, was ich nicht war. Damit meinte sie vermutlich gebildet, weltläufig, mit

Verbindungen zu den richtigen Kreisen. Ich sah das anders. Meine Bildung, Weltläufigkeit und die Kreise, in denen ich mich bewegte, waren zwar vollkommen verschieden von all dem, was Fiona kannte, aber nicht von geringerem Wert. Ich hatte sie geheiratet, weil ich sie ernsthaft liebte, aber vielleicht war das eine allzusehr von Hochachtung gefärbte Liebe. Vielleicht hatten wir beide in dem Glauben geheiratet, daß es die Kombination unserer Talente und Erfahrungen war, worauf es ankam. Daß wir ein unschlagbares Team sein würden und unsere Kinder in jeder Hinsicht hervorragend. Aber solche Überlegungen führen in die Irre. Ehen lassen sich nicht durch gegenseitige Hochachtung zusammenhalten. Insbesondere wenn diese Hochachtung auf Unerfahrenheit beruht, wie das so oft der Fall ist. Jetzt kannten wir einander besser, und ich hatte entdeckt, daß Fionas Liebe zu mir nüchtern und intellektuell war, wie ihre Liebe zur Wissenschaft und ihre Liebe zu ihrem Land. Gloria war nur wenig mehr als halb so alt wie Fiona. Mein Himmel, was für ein deprimierender Gedanke! Aber Gloria hatte unbändige Energie und Lebenslust und Neugier und Widerspenstigkeit. Ich liebte Gloria, wie ich die Heiterkeit liebte, die sie in mein Leben gebracht hatte, und die grenzenlose Liebe, die sie mir und meinen Kindern gab. Aber auch Fiona liebte ich.

»Gute Reise gehabt?« Sie versuchte, das Radio mit Sendersuche und den automatisch zurückspulenden Kassettenrecorder vorzuführen, während sie einen Bus auf der falschen Seite überholte. Sie war eine hemmungslose Autofahrerin, wie sie eine hemmungslose Geliebte war und hemmungslos in allem übrigen.

»Der übliche Trott. Salzburg und Wien. Du weißt schon.« Ohne den Anflug eines schlechten Gewissens sprach ich da vom üblichen Trott. Dies war nicht der richtige Moment, mich mit Gloria hinzusetzen und mir anzuhören, was sie von Fiona hielt.

»Gar nichts weiß ich. Woher denn? Erzähl mir alles ganz genau.«

»Salzburg: Karajan unterbrach die Orchesterprobe, während wir uns eine Tasse von dem scheußlichen Kaffee genehmigten, den er unter dem Podium braut. Dann weiter nach Wien: Sonderführung zu den Brueghels und ein langweiliger kleiner Cocktail-Empfang für mich. Dann ein privates Diner mit dem

Botschafter und die ungemütliche Loge, die die Botschaft in der Oper hat. Das übliche.« Sie zeigte mir die Zähne. »Ach ja, und ein wütender Hund hat mich auch angefallen.«
»Wir sind bei den Cruyers eingeladen«, sagte Gloria, als sie sich der Verkehrsampel bei Hogarths Haus näherte. »Daphne hat mich zu Hause angerufen. Sie war furchtbar freundlich. Ich war überrascht. Sie war mir gegenüber doch immer so zurückhaltend. Lange Kleider, stell dir vor! Und Smoking.«
»Das kann doch nicht dein Ernst sein?«
»Doch.«
»Smoking? Lange Kleider? Bei den Cruyers?«
»Am Samstag abend. Deine Schwägerin Tessa und ihr Mann kommen auch. Ich weiß nicht, wer sonst noch.«
»Und du hast zugesagt?«
»Dicky wußte, daß man dich heute zurückerwartete.«
»Gütiger Himmel!«
»Ich habe deinen Abendanzug in die Reinigung gegeben. Samstag früh soll er fertig sein.«
»Weißt du, daß diese Hosen nicht zu diesem Jackett passen?« fragte ich.
»Natürlich. Habe ich dir doch schon tausendmal gesagt. Ich dachte, du machst das, um Dicky zu ärgern.«
»Warum würde es Dicky ärgern, wenn ich Sachen trage, die nicht zueinander passen?«
»Jetzt versuch bloß nicht, mir die Schuld zu geben. Du solltest deine Anzüge immer ordentlich auf den Bügel hängen, anstatt alles herumliegen zu lassen. Kein Wunder, daß dabei deine Hosen verwechselt werden. Hat irgend jemand was darüber gesagt?«
»Es ist mir bloß aufgefallen.«
»Ich möchte wetten, jemand hat eine Bemerkung darüber gemacht, und du hast dumm dagestanden.« Sie lachte. »Was haben sie gesagt? ›Haben Sie vielleicht noch so einen Anzug zu Hause?‹ War es das?« Sie kicherte noch einmal. Gloria liebte ihre eigenen Witze. Es waren die einzigen, deren Pointen sie verstand. Aber ihr Lachen war ansteckend, und wider Willen lachte ich auch.
»Nein, es ist niemandem aufgefallen, außer mir selbst«, beharrte ich.

»Höchste Zeit, daß du dir mal einen neuen Anzug kaufst. Oder was hältst du von grauen Flanellhosen und dunkelblauem Blazer? Das könntest du gut im Büro tragen.«

»Ich will keinen neuen Anzug, einen Blazer und Flanellhosen auch nicht, und wenn ich mir neue Sachen kaufte, dann jedenfalls nicht fürs Büro.«

»Ein Blazer würde dir aber gut stehen.«

Ich wußte nie, wann es ihr ernst war, und wann sie mich aufzog.

»Würde ich nicht ein Wappen auf der Brusttasche brauchen?«

»Anonyme Alkoholiker?« fragte sie.

»Sehr komisch.«

»Ich habe mir ein wunderschönes Kleid gekauft«, gestand sie. »Fliederfarben mit großen Puffärmeln.« Das war es also. Die kleine Vorrede über einen neuen Anzug für mich war nur zur Beschwichtigung ihres schlechten Gewissens, Geld für ihr Kleid ausgegeben zu haben.

»Gut«, sagte ich.

Das reichte nicht, sie zu beruhigen. »Ich hatte kein langes Kleid, und ich wollte keins leihen.«

»Gut. Gut. Ich habe gut gesagt.«

»Du bist ein Schwein, Liebling.«

Ich küßte ihr Ohr und grunzte.

»Laß das, wenn ich fahre.«

Das Abendessen bei den Cruyers muß wochenlang vorbereitet worden sein. Bei früheren Gastmählern dort hatte man Dickys Frau Daphne – eine nicht gerade begeisterte Köchin – in der Küche auftauchen und verschwinden sehen, während sie Champagner schlürfend in Kochtöpfen rührte, in Kochbüchern nachschlug und ihrem Mann Instruktionen zuzischte. Aber diesmal hatten sie einen alten Burschen mit rauher Stimme, der die Tür aufmachte und allen eintreffenden Gästen seine Alkoholfahne ins Gesicht blies; und eine ältere Dame im Kostüm eines Küchenchefs einschließlich der hohen Mütze kümmerte sich um alles, was in der Küche zu tun war. Es roch nach gekochtem Fisch, als sie aus der Küche zu uns in den Flur hinausspähte. Ob sie die Gäste zählte oder die Nüchternheit des alten Mannes überwachte, war noch ungeklärt, als die Türklingel hinter uns ertönte.

Leise Gitarrenmusik tröpfelte aus der Hi-Fi-Anlage. »Wir haben versucht, Paul Bocuse zu bekommen«, sagte Dicky, als wir in das überfüllte Wohnzimmer kamen, »aber er hat uns statt dessen seinen Sous-Chef geschickt.« Dicky drehte sich um, uns zu begrüßen, und sagte: »Gloria, Chérie! Wie toll du aussiehst«, in dem schlüpfrigen Ton, in dem er Witze erzählte. Er gab ihr höflich angedeutete Küsse auf beide Wangen, um ihr das Make-up nicht zu verderben.

»Und Bernard, alter Kumpel!« sagte er in einem Ton, der zu verstehen gab, welch ein interessanter Zufall es doch sei, daß Gloria und ich zusammen gekommen waren. »Ich brauche euch ja hier niemanden vorstellen... Seht euch nur selber um. Heute abend sind wir unter uns.«

Die meisten hatten sicherlich schon ein oder zwei Glas Wein getrunken, denn da war diese schrille Erregung, die davon kommt, daß man auf leeren Magen trinkt. Daphne Cruyer kam herüber, uns zu begrüßen. Ich hatte Daphne immer gemocht. In gewisser Weise teilte ich mit ihr das Problem, es tagein, tagaus mit Dicky auszuhalten. Sie sagte das natürlich nie direkt, aber ich glaubte, manchmal das gleiche Mitgefühl für mich bei ihr zu entdecken.

Daphne hatte Kunst studiert, als sie Dickys Bekanntschaft machte. Von beiden Erlebnissen hatte sie sich nie ganz erholt. Heute abend war das Wohnzimmer aufwendig mit japanischen Lampen und Papierfischen dekoriert. Ich vermutete, daß Daphnes Erwerb ihres ausgefallenen seidenen Kimonos mit Regenbogenmuster die Anregung zu dieser Abendgesellschaft gegeben hatte. Ich konnte mir jedenfalls kaum vorstellen, daß Dickys neue weiße Smokingjacke aus grobgesponnener Seide uns die Einladung verschafft hatte. Aber man konnte nie wissen.

Daphne fragte, wie es mir gehe, in der ungewöhnlichen Tonlage, die andeutete, daß sie es wirklich wissen wollte. In dem Bemühen, ihre Freundlichkeit zu erwidern, sagte ich's ihr nicht. Statt dessen bewunderte ich ihren Kimono und ihre Madame-Butterfly-Frisur. Sie hatte den Kimono während des Urlaubs in

Tokio gekauft. Sie hatten eine zehntägige Japanreise gemeinsam mit ihren reiseerfahrenen Nachbarn gemacht. Ich wäre nie imstande gewesen zu erraten, was man auf der Ginza für eine Tasse Kaffee zahlen muß, aber Daphne hatte jeden Augenblick genossen, sogar den rohen Fisch. Sie sagte, Gloria sehe gut aus. Ich pflichtete ihr bei und bedachte den Umstand, daß die Cruyers drei Jahre gebraucht hatten, bis sie beschlossen, Gloria und mich als Paar gesellschaftlich akzeptabel zu finden, und diese gewichtige Entscheidung just in dem Augenblick gefallen war, da ich erfuhr, daß meine Frau beabsichtigte zurückzukehren.

»Dicky sagte, das alles im Büro hoffnungslos durcheinander geriet, als du weggingst«, sagte Daphne.

»Das glaube ich«, sagte ich zustimmend.

»Dicky wurde schrecklich launisch. Schrecklich verschlossen. Er tat mir leid.«

»Ich bin ja wieder da«, sagte ich.

»Und das freut mich«, sagte Daphne. Sie lächelte. Ich fragte mich, wieviel Dicky ihr über meine Zeit auf der Flucht in Berlin erzählt hatte. Hoffentlich nichts. Aber es wäre nicht das erste Mal, daß Daphne ihm Informationen entlockt hätte. Sie wußte, wie man Dicky zu nehmen hatte. Ich sollte mir mal ein paar Stunden von ihr geben lassen.

»Wir haben das Dach ausgebaut«, sagte Daphne. »Ich habe jetzt oben ein kleines Atelier. Mußt du dir mal ansehen, wenn du das nächste Mal hier bist.«

»Zum Malen?«

»Stilleben. Früchte und Blumen und so weiter. Dicky will, daß ich wieder abstrakt male. Aber da hat er immer Farbkleckse dazugemalt. Ich bin so böse auf ihn geworden, daß ich mich schließlich auf Früchte und Blumen zurückbesonnen habe. Dikky muß sich in alles einmischen. Ich nehme an, du weißt das.«

»Allerdings.«

Als Daphne weitergegangen war, begrüßte ich die Anwesenden, unter ihnen Sir Giles Streeply-Cox, einen pensionierten Beamten des Foreign Office, und seine Frau. »Creepy Pox« (»schleichende Pest«, wie er hinter seinem Rücken genannt wurde) hätte mit seiner sanguinischen Gesichtsfarbe und den buschigen weißen Koteletten überall als wohlhabender Landwirt durchgehen können, bis man diesen barocken Whitehall-Akzent hörte. Jetzt züchtete er Rosen zwischen seinen Besuchen in London, wo er einer Beamtenprüfungskommission vorsaß, um die eher dem Müßiggang frönenden Zonen von Whitehall strich und Furcht und Verzweiflung verbreitete. Wie alle altgedienten Beamten und Politiker hatte er ein fabelhaftes Gedächtnis. An mich erinnerte er sich von einer noch nicht lange zurückliegenden anderen Abendgesellschaft. »Sie sind der junge Samson, nicht wahr? Wir haben uns beim Essen in der Wohnung der kleinen Matthews getroffen. Nouvelle cuisine, nicht? Hmm, dachte ich's doch. Da gibt's nie genug zu essen, stimmt's?« Die Streeply-Coxes kannten sich aus in der Welt.

Er lehnte sich zu mir herüber und sagte: »Sagen Sie mal, Samson, wissen Sie, wie dieses verdammte Stück heißt?«

»Es heißt *Cordoba*«, sagte ich. »Albeniz; gespielt von Julian Bream.« Ich antwortete als Autorität, denn nachdem Dicky seine Hi-Fi-Anlage gekauft hatte, hatte er das Stück wieder und wieder gespielt, um die automatische Stückauswahl vorzuführen.

»Richtiger kleiner Ohrwurm«, sagte Streeply-Cox. Er sah seine Frau an und nickte, ehe er hinzusetzte: »Meine Frau sagt, daß Sie über alles Bescheid wissen.«

»Ich versuche es, Sir Giles«, sagte ich und ging weiter mit der gemurmelten Erklärung, mir noch ein Glas Wein holen zu wollen.

Sobald ich dem angsteinflößenden Streeply-Cox entronnen war, fand ich den Gedanken, mir noch ein Glas Champagner zu beschaffen, gar nicht schlecht. Ich lauerte also dem alten Mann mit den Getränken auf und nahm mir dann ein paar Augenblicke Zeit, mich umzusehen. Über dem Kamin hing immer noch dasselbe ziemlich mitgenommene Gemälde von Adam und Eva. Dicky bezeichnete es immer als *naiv* in dem Bemühen, es irgendwie auszuzeichnen, aber in meinen Augen war es einfach nur schlecht gezeichnet. Das gerahmte Farbfoto von Dickys Segelboot war verschwunden. Das bestätigte die Gerüchte, daß er es verkaufen wollte. Daphne war nie glücklich gewesen über dieses Boot. Sie wurde leicht seekrank. Wenn sie aber Dicky bei seinen nautischen Wochenenden nicht Gesellschaft leistete, wußte sie um die Gefahr, daß irgendein anderes weibliches Wesen die Kabine des Kapitäns teilen würde.

In dem antiken Schränkchen, das einst eine Sammlung von Streichholzschachteln enthalten hatte, lagen jetzt ein japanischer Dolch, ein paar Netsukes und ein paar andere kleinere fernöstliche Kunstgegenstände. An der Wand dahinter hingen sechs gerahmte Holzschnitte, unter ihnen die unvermeidliche »Brechende Woge«. Ein feines Drahtnetz war über das künstliche Kohlenfeuer im Kamin gespannt. Ich nehme an, weil zu viele Leute Abfälle hineinwarfen. Dicky war dauernd auf den Knien und kratzte Zigarettenstummel und zusammengeknüllte Papiere von den Kunststoffkohlen.

Sämtliche Schmuckgegenstände des Zimmers waren vollkommen neu, von Adam und Eva abgesehen, die Daphne auf einem Flohmarkt in Amsterdam entdeckt hatte. Das war ein Zeichen für Cruyers erweiterten Horizont und prallere Taschen. Ich fragte mich, wie lange Adam und Eva wohl noch gelitten waren und was sie ersetzen würde. Adam sah schon ein bißchen besorgt drein.

Als ich mir gerade über Evas Gesichtsausdruck klarzuwerden versuchte, erblickte ich meine abenteuerlustige Schwägerin Tessa und ihren Mann George Kosinski. Sie waren beide todschick angezogen, aber selbst Tessa in ihrem Pariser Modellkleid überglänzte die hinreißende Gloria nicht, die bezaubernder denn je aussah.

Tessa kam herüber. Sie mußte schon an die Vierzig sein, aber sie war noch immer höchst attraktiv mit ihrem langen blonden Haar und den leuchtendblauen Augen, und noch immer hatte sie diese atemlose Art zu sprechen, die einen glauben machte, daß sie's nicht hatte erwarten können, einen wiederzusehen. »Ich dachte schon, sie hätten dich vielleicht auf den verdammten Mond geschickt, Schätzchen«, sagte sie und gab mir einen uncharakteristisch scheuen Kuß. »Du hast mir gefehlt, Liebling.«

Ich muß zugeben, daß ich erschauerte, als sie mich küßte. Es war mir bisher nie aufgefallen, wie ähnlich sie Fiona sehen konnte. Heute abend besonders. Vielleicht war das nur ein Zufall ihrer Kleidung oder ihres Make-up. Vielleicht hatte es was damit zu tun, daß sie älter geworden war oder daß Fiona älter geworden war oder ich. Was immer es war, ich starrte sie deswegen einen Augenblick lang sprachlos an, bis sie sagte: »Scheiße! Ist mein Lippenstift verschmiert oder was?«

»Nein, Tessa. Du siehst schöner aus denn je, einfach umwerfend.«

»Na, wenn du das sagst, kann ich mir ja was darauf einbilden, Bernard. Wir Mädchen wissen doch alle, daß von Bernard Samson bemerkt zu werden die höchste Auszeichnung ist, die es gibt.«

Der alte Bursche – »Jenkins« hörte ich Daphne ihn rufen – kam mit einem silbernen Tablett voller Champagner vorbei. Gemächlich wählte Tessa sich ein Glas und hielt es ans Licht, als wollte sie einen stillen Trinkspruch andeuten, aber ich wußte, daß sie durch die Farbe und die Perlen den Champagner zu klassifizieren versuchte. Das war eins ihrer Partykunststücke. Ihre Meisterschaft darin muß George ein Vermögen gekostet haben.

Nachdem sie gebilligt hatte, was sie sah, doch ohne es zu benennen, trank sie etwas davon. »Hast du je einen so lieben Butler gesehen?« fragte Tessa, als Jenkins weiterging. »Wie nett von Daphne, so einen armen alten Rentner ein bißchen dazuverdienen zu lassen.«

Ich überlegte, wie ich Tessa dazu überreden sollte, Fionas Pelzmantel zurückzugeben. Was für einen Vorwand sollte ich benutzen? Und wo sollte ich das verdammte Ding hinpacken, ohne mich auf eine lange Diskussion mit Gloria einlassen zu müssen?

»Ich dachte gerade an Fionas Pelzmantel«, fing ich an.

»Ach ja, Liebling. Schieß los.«

»Ich dachte, vielleicht sollte ich ihn zu ihren anderen Sachen packen.«

»Was für andere Sachen?« Sie warf das Haar aus dem Gesicht.

»Ein paar Kleinigkeiten, an denen Fiona besonders hing.«

»Es ist ein sehr schönes Stück Pelz. Papa hat eine Unsumme dafür bezahlt.«

»Ja, es muß eine ziemliche Verantwortung für dich sein.«

»Ich trage das Ding aber nicht, Schätzchen, wenn du dir deswegen Sorgen machst.«

»Nein, gewiß nicht, Tessa, und es ist sehr nett von dir, daß du das verdammte Ding die ganze Zeit gehütet hast. Ich dachte nur...«

»Mir macht das gar nichts, Liebling. Er hängt bei meinen eigenen Pelzen, und wenn der Sommer kommt, wenn er jemals kommt, werden sie alle miteinander zur Kaltlagerung beim Kürschner geschickt, wie sich das gehört.«

»Na ja, sieh mal, Tessa...«, begann ich. Sie neigte den Kopf, als erwarte sie gespannt, was ich zu sagen hätte, ließ dabei aber ihr Haar nach vorn fallen, so daß sie sich dahinter verstecken konnte. In diesem Augenblick unterbrach uns ein alter Bekannter von mir. Der Feine Harry, ein CIA-Friedensstifter aus Washington. Ein kleiner, untersetzter Mann von unbestimmt orientalischer Erscheinung, war er von jener hawaiisch-kaukasisch gemischten Abstammung, die man da, wo er herkam, »hapa haoli« nennt. Er war Mitte Dreißig, stets sorgfältig gekleidet und von gefälliger Erscheinung. Man hätte sich ihn, entsprechend kostümiert, leicht als Bariton in *Madame Butterfly* oder, vielleicht noch überzeugender, in *South Pacific* vorstellen können.

»Und wer ist die prachtvolle Dame, mit der du dich unterhältst?« sagte Harry.

Tessa schob einen Arm unter seinen und sagte: »Hast du mich schon vergessen, Harry? Ich bin tödlich beleidigt.« Der Feine Harry lächelte, und ehe er noch mit einer Erklärung anfangen konnte, verkündete die tönende Stimme des alten Jenkins: »Ladies und Gentlemen. Es wird zu Tisch gebeten.« Ich begegnete Tessas Blick, und sie lächelte hämisch.

Tessas Mann unterhielt sich mit Gloria. Er war um die Vierzig. Als Sohn armer polnischer Einwanderer im Londoner East End geboren, war er im Autohandel und, später, als Immobilienmakler reich geworden. Ich hatte den Eindruck, daß George sich immer den teuersten Schneidern, Hemdenmachern, Herrenausstattern und Friseuren, die er auftreiben konnte, anvertraute. So sah man ihn in immer neuen, nach der jeweils neuesten Mode geschnittenen Smokings.

An diesem Abend schien George Gloria zum erstenmal zu bemerken, denn gleich nach unserer Ankunft zog er sie in ein langes Gespräch. Dies überraschte mich etwas, denn George schien sich in Gesellschaft von Frauen nie sonderlich wohl zu fühlen, es sei denn, er kannte sie gut. Manchmal fragte ich mich, wie er jemals dazu gekommen war, Tessa zu heiraten, und weshalb. Fiona pflegte zu sagen, daß es Tessas unentwegte Seitensprünge waren, die George dazu trieben, so viel Geld zu verdienen, aber George war schon, lange bevor Tessa ihn heiratete, auf dem Weg, ein schwerreicher Mann zu werden.

George war ein Mann von über jeden Zweifel erhabener Integrität, was ich nicht gerade von besonderem Vorteil für das Gebrauchtwagengeschäft hielt. Einmal hatte ich ihm das gesagt. Bezeichnenderweise hatte George mir gleich einen kleinen Vortrag über Ehrlichkeit und Vertrauenswürdigkeit in seinem Beruf gehalten.

George und Gloria plauderten miteinander, als zu Tisch gebeten wurde. Da George sehr klein war, kauerte sie auf der Lehne eines Sofas, so daß er nicht zu ihr aufblicken mußte. George mochte sie, das sah ich ihm am Gesicht an, und als andere kamen und sich ihrer Unterhaltung anschlossen, sorgte er dafür, ihre Aufmerksamkeit zu behalten. Jenkins wiederholte seine Ankündigung nun lauter. Alle sahen auf.

Nach ein paar gescheiterten Versuchen gelang es Jenkins, die Schiebetüren des dunklen, von Kerzen erleuchteten Eßzimmers zu öffnen, wo eine lange polierte und mit Blumen und glänzendem Geschirr gedeckte Tafel stand. Die Gesellschaft hielt einen Augenblick inne, um dieses Schauspiel zu betrachten. Dies, spürte ich, war der Anfang eines neuen Zeitalters des Cruyertums, hier wurde Anspruch erhoben auf ein besseres Leben, auf einen häuslichen Rahmen für einen Mann, der berufen war, im Kreise der Mächtigen zu sitzen, die geheime Dimension der Politik glänzend zu verwalten und sich endlich mit dem heißbe-

gehrten Adelstitel zur Ruhe zu setzen. Blieb nur die Frage, warum er mich eingeladen hatte.
»Daphne! Wie malerisch!« rief Tessa, während wir hineingingen. »*Un véritable coup de théâtre*, Schätzchen!«
»Psst!« hörte ich George zu ihr sagen, während wir auf der Suche nach unseren Tischkarten die Tafel umrundeten. Er sagte das in ruhigem, unpersönlichem Ton, wie ein Theaterbesucher auf einen zu spät kommenden Besucher reagieren mochte, ohne die anderen zu stören. Als wir uns setzten, erinnerte sich George mit seinem beneidenswerten Gedächtnis einer Begegnung mit dem Feinen Harry vor einigen Jahren, als Harry Georges Gebrauchtwagenimperium in einer der weniger gesunden Gegenden von Southwark im Süden Londons besucht hatte.
Der Feine Harry lächelte, ohne die Erinnerung zu bestätigen oder zu bestreiten. So war er immer. Er konnte unergründlich sein. Er trug einen bemerkenswerten glänzenden schwarzen Smoking mit einem spitzenbesetzten Hemd, das Beau Brummel getragen haben könnte, außer daß es eine Spur zu auffällig war. Harry liebte es, sich fein anzuziehen, und man mußte zugeben, daß er es verstand.
Seine Begleiterin, im trägerlosen, sehr tief geschnittenen Abendkleid, war dieselbe Amerikanerin, mit der ich ihn in Southwark gesehen hatte. Sie war Mitte Dreißig und wäre hübsch gewesen, hätten nicht die ziemlich plumpen Züge ihrem Gesicht einen Ausdruck ständiger Verdrießlichkeit gegeben. Diesen Eindruck verstärkte noch der von ihr bevorzugte schrille Südstaatenakzent. Beim Dinner saß sie neben mir. Wie ich hörte, hieß sie Jo-Jo.
Mich interessierte es, das Wechselspiel zwischen dem Feinen Harry und unserem Gastgeber zu beobachten. Ich fragte mich, wo sie einander zuerst begegnet sein mochten, und ob Harrys Anwesenheit in London eine Entwicklung bei der CIA signalisierte, über die ich mich vielleicht kundig machen sollte. Ich wußte, daß sie einen neuen Residenten nach London geschickt hatten. Vielleicht war Harry dessen Spürhund.
»Wie ist denn dein neuer Chef?« fragte Dicky den Feinen Harry beiläufig, als wir alle saßen und Wein ausgeschenkt wurde.

Harry, der mir gegenüber am Tisch saß, erwiderte: »Sag mal, Dicky, was genau heißt eigentlich *Neue Sachlichkeit*?«
Dicky sagte: »Soviel wie neuer Realismus. In der Malerei, stimmt's, Bernard?«
Von Natur aus unfähig, solche Fragen anders als umfassend zu beantworten, dozierte ich: »Und in der Dichtung. Eine Parole der zwanziger Jahre... eine Reaktion gegen den Impressionismus. Auch gegen Schönheit zugunsten des Funktionalismus.«
Dicky sagte: »Siehst du, Bernard ist nicht nur ein hübsches Gesicht.« Er lachte, und Jo-Jo tat das ebenfalls. Ich hätte am liebsten ihre Köpfe aneinander gehauen.
Der Feine Harry lächelte und sagte: »Mein neuer Chef redet dauernd von der *Neuen Sachlichkeit*, so als wolle er ein neuer Besen sein und allen die Hölle heiß machen.«
Dicky lächelte. Ich nehme an, das war Harrys vorbereitete Antwort auf eine erwartete Frage. Ich war überzeugt, daß er sehr gut wußte, was die »Neue Sachlichkeit« war.
Der Feine Harry fügte hinzu: »Lassen wir Bernards hübsches Gesicht mal ruhig beiseite. Was ich wissen möchte, ist, wo er dieses entzückende kleine Mädchen die ganze Zeit versteckt gehalten hat?« Er saß neben Gloria, die an ihrem Weinglas nippte, um ihr selbstzufriedenes Lächeln zu verbergen.
Der erste Gang war Krabbensuppe mit Knoblauchbrot. Während Jenkins sie mit bemühter Sorgfalt austeilte, gab es die übliche seicht plätschernde Unterhaltung. Daphne Cruyer, ihrer Küchenpflichten ledig und der Sorge, das Essen zu servieren, durch Jenkins enthoben, war zum erstenmal Gast bei einer ihrer eigenen Dinner-Partys. Sie schien das zu genießen. Auch Dicky schien die Gelegenheit, den Gastgeber zu spielen, zu genießen. Er strahlte während des ganzen Abends, außer als Jenkins ihm aus einer schweren japanischen Schüssel Krabbensuppe nachschöpfen wollte und dabei etwas davon über ihn vergoß. Selbst da sagte Dicky nur: »Mann, Jenkins, passen Sie doch auf!«, wenn auch ziemlich laut.
Kurz nach diesem Zwischenfall hörte ich Daphne den offenbar seiner Bewegungen nicht mehr ganz mächtigen Jenkins laut flüsternd instruieren, nicht zu versuchen, den Lachs rings um die

Tafel zu servieren. Er solle vielmehr den ganzen Fisch vor Dicky hinstellen. Es muß gesagt werden, daß Jenkins das nicht gutwillig tat. Er knallte die Platte so heftig auf den Tisch, daß die Bestecke klapperten.

»Ich bin hinsichtlich des zehnten Zusatzes zur Verfassung vollkommen der Meinung Jeffersons«, sagte Dicky eben, als der Fisch so dramatisch vor ihm ankam. Er hatte sein Ende der Tafel – das heißt mich und Harry, denn die Damen an seinen beiden Seiten bemühten sich unterdessen zu hören, was am anderen Ende des Tisches Daphne sagte – mit seinen Anschauungen über den Föderalismus erquickt.

Dicky starrte den neu eingetroffenen Lachs beinahe bestürzt an. Teilweise mögen diese Verwirrung die riesigen blaßgrünen Schuppen ausgelöst haben, die der Fisch trug, obwohl sie sich bei näherem Hinsehen als waffeldünne Gurkenscheiben entpuppten, die mühsam in überlappenden Reihen angebracht worden waren. Dicky blickte auf und sah Daphne, die ihn vom anderen Ende der Tafel her mahnend anstarrte und energische sägende Handbewegungen machte. Er blickte zum Feinen Harry, der mit einem unergründlichen Lächeln etwas murmelte, dem zu entnehmen war, daß er als Regierungsangestellter sich nicht berechtigt fühlte, eine Meinung zu den Rechten der Einzelstaaten zu äußern.

Dicky mußte sich damit zufriedengeben, denn inzwischen fesselte die Aufgabe, den pochierten Lachs zu zerlegen, seine ganze Aufmerksamkeit. Ich weiß nicht, was Dicky zu dem Versuch bestimmte, den Fisch durchzuschneiden, anstatt dessen Fleisch von den Gräten zu nehmen; vielleicht hatte er Daphnes mimische Anweisung zu buchstäblich genommen. Aber er entdeckte bald, daß das Rückgrat selbst eines zu lange gekochten Lachses nicht leicht mit einem silbernen Servierlöffel zu durchtrennen ist. Beträchtlicher Kraft weichend – denn stark war Dicky –, schien der Kopf von der Servierplatte zu gleiten, sich unter den Blumen zu verstecken und Dicky vorwurfsvoll anzusehen.

Daphne zog, Dicky beobachtend, die Aufmerksamkeit der Tafelrunde an sich, indem sie plötzlich einen Ort im Norden von

London zu beschreiben begann, wo sie auf künstlichem Schnee Skilaufen lernte. Alle Gesichter wandten sich ihr zu. Ihre Stimme hatte einen gewissen schrillen Ton, vielleicht weil die Skisaison vorbei war. Als fiele ihr das plötzlich ein, sagte sie, sie nähme sommers wie winters da Unterricht, damit sie im nächsten Jahr wirklich in Form wäre. Nur Tessa, die zu meiner Rechten saß, sah hin, als der Kopf abging. Sie sagte: »Was für ein prächtiger Fisch. Hast du den selbst gefangen, Dicky?«

Dicky lächelte grimmig, und der unbeugsame Jenkins tat desgleichen, wie ich bemerkte, als ich ihn nun am Büffet lümmeln und von dort aus Dickys Bemühungen begutachten sah.

»Das ist kein Zuchtlachs«, sagte Daphne. »Der ist wild.«

»Wäre ich auch, Liebste«, sagte Tessa, sich ihr wieder zuwendend.

Daphne zeigte ihr ein frostiges Lächeln. Tessa war angeblich vor ein paar Jahren in eine heiße Affäre mit Dicky verwickelt gewesen, und Daphne hatte dies nicht vergessen.

»Jenkins«, flötete Daphne in Kindergärtnerinnenstimme, »würden Sie bitte den Wein einschenken!« Und weil Daphne so viele Jahre damit zugebracht hatte, Dicky zu überwachen, konnte sie eben noch rechtzeitig hinzufügen: »Nicht den Chambertin, Jenkins, den weißen Hermitage.« Und dabei geriet ihre Stimme schon ein wenig außer Kontrolle.

Wie Dicky später sagte, verbarg die wunderbare *Beurre-blanc*-Soße die kaputten Fischstücke vollkommen. Aber nach Tessas erklärter Meinung war es, als äße man in Watte gewickelte Stopfnadeln. Tessa war eine von den Damen, die nicht gerne Gräten in ihrem Fisch finden. Und doch ließen sich viele eine zweite Portion reichen.

Überdies folgte als nächster Gang in Rotwein geschmorter Hase. Dieser wurde portioniert auf den Tellern serviert. Die kleine alte Dame in der Küche tat Wunder. Dann gab's noch Rhabarberkuchen und danach einen riesigen Stilton-Käse mit altem Portwein.

Vollkommen erholt von seinem Kampf mit dem Lachs, war Dicky auf der Höhe seiner Leistungsfähigkeit, das heißt aufmerksam und charmant. Dickys Erfolg bei allen seinen Unter-

nehmungen leuchtete mir nie besser ein als an diesem Abend. Er erzählte Witze – gute Witze – und lachte über die Geschichten seiner Gäste. Er sorgte dafür, daß jeder und jede erhielt, was sie wünschten, von den Aperitifs zu den Zigarren, und war herzlich sogar zu Daphne.
George und Sir Giles saßen Daphne zu Seiten, mir fiel aber auf, daß Tessa weit von Dicky plaziert worden war. Vermutlich hatte Daphne die Tischordnung gemacht. Die Tischkarten waren in ihrer Handschrift. Und als Daphne sich erhob und die Damen bat, sich mit ihr zurückzuziehen, sah sie dabei Tessa an. Ich dachte, Tessa würde Ärger machen und sich weigern – was ich schon erlebt hatte in ihrer antiautoritären Phase –, sie stand aber gehorsam auf und verließ mit den übrigen das Eßzimmer. Wie auf ein Stichwort erzählte nun Giles drei weitschweifige Anekdoten über seine Zeit in Whitehall. Dabei kam er der Indiskretion nahe genug, unser Interesse festzuhalten, hütete sich aber, die Katze aus dem Sack zu lassen.
Gegen Ende dieser Herrensitzung bei Portwein und Zigarren verwickelte Dicky Sir Giles und George in eine Diskussion über Zinssätze – da keine fashionable Londoner Dinner-Party vollkommen ist, ehe eine Erörterung der Steuerpolitik des Finanzministeriums stattgefunden hat –, und aus dieser wandte sich der Feine Harry mir zu und sagte: »Hast du gehört, was deinem alten Kumpel Kleindorf passiert ist?«
»Nein, was?«
»Tot!« Er hielt inne. Er muß gesehen haben, wie mich diese Nachricht traf.
»Aber wie denn?«
»Eine Überdosis. Du hast ihn ja kürzlich noch gesehen, wie ich hörte.«
»Versehentlich?«
»Versehentlich? Wenn er danach noch eine ganze Flasche Cognac getrunken hat, um ganz sicherzugehen!«
»Cognac?«
»Alten Cognac, den besten aus seinem Keller. Ich nehme an, er wird sich gesagt haben, daß er ihn sowieso nicht mitnehmen kann.«

»Der arme alte Rudi.«
»Er war alt genug, treue Freunde auf beiden Seiten der Mauer zu haben. Solche Leute gibt es nicht mehr viele. Der große Kleine war der letzte von der Berliner alten Garde«, sagte der Feine Harry.
»Fast der letzte«, sagte ich.
»Wer ist denn sonst noch da? Meinst du den Langen? Der ist doch Amerikaner. Dieses alte Schwein Rudi Kleindorf wußte, wo die Leichen vergraben sind. Und nun hat er seine Geheimnisse mit ins Grab genommen, Bernard.« Er kaute ein Stück Salzgebäck; Harry machte sich nicht viel aus Käse. »Er ist über den Tod seines Sohnes nie weggekommen. Und nun ist er auf die gleiche Weise gestorben. Überdosis. Mannomann! Wo werden all die kaputten Typen hingehen, jetzt, wo es das Babylon nicht mehr gibt?«
»Armer Rudi«, sagte ich wieder. »Aber warum hat er das nur getan?«
»Anscheinend hatte er Ärger mit den Behörden.«
»Er hatte immer Ärger mit den Behörden«, sagte ich.
»Sein Vater war eine Art Kriegsheld. Rudolf Freiherr von Kleindorf. Berufsoffizier. Zeichnete sich während der Winterkämpfe an der Ostfront aus. Beim Ausbruch der ersten Panzerarmee aus Tarnopol. Einen nach dem anderen, schleppte er drei von seinen Verwundeten in Sicherheit. Dauernd unter Feuer. Die Russkis hätten ihn erwischt, wenn nicht der Schneesturm die Sicht behindert hätte. Für das Ritterkreuz mit Brillanten oder irgend so ein blödes Kinkerlitzchen vorgeschlagen, hat's aber nicht gekriegt. Vielleicht hat sich die Geschichte deshalb verbreitet und ihn bei den Soldaten zur Legende gemacht. Ein adeliger preußischer Offizier, der sein Leben wagt, um einfache Soldaten zu retten, hat alles für sich.« Er grinste. »Und hast du einmal so einen Ruf, mußt du dich verdammt anstrengen, ihn zu behalten, stimmt's? Ich nehme an, er war einer von diesen eisernen Typen, die glauben, daß nichts sie umbringen kann. Wir haben ja selber ein paar von denen gekannt, nicht, Bernard?«
»Und?«
»Er behielt recht. So ist das ja oft bei diesen Typen, stimmt's?

Kleindorf senior überlebte den Krieg und unternahm es, seinen Kommandeur herauszuhauen, der wegen Kriegsverbrechen angeklagt war. Und, verdammt, da fiel ihm auf, daß irgendein Schreibtisch-Zombie der War Crimes Commission »Australian Division« in die Anklageschrift gesetzt hatte, anstatt »Airborne Division«. Und Kleindorf senior erreichte, daß wegen dieses Fehlers das Verfahren eingestellt wurde. Ein schlauer Bursche! Es heißt, daß, wenn er sich nach dem Krieg bei den Treffen seiner alten Kameraden zeigte, die Leute ihm jedesmal gut fünfzehn Minuten zujubelten. Rudi ist im Schatten dieses Vaters aufgewachsen. Ich kann mir denken, daß das Vorbild verdammt einschüchternd gewesen sein muß. Deshalb hat er vermutlich nie von seinem Alten gesprochen.«

»Du weißt aber teuflisch viel über die Kleindorfs«, sagte ich.

»Ich mußte ihn vor ein paar Jahren mal überprüfen. Dabei habe ich die ganzen Akten gelesen, auch die von seinem Vater. Es war irgendwie faszinierend.«

»Ich verstehe jetzt, weshalb Rudi wollte, daß sein Sohn zur Armee ging.«

»Du meinst, um die Familientradition fortzusetzen? Ja, wir sind wohl alle ein bißchen geneigt, andere Leute für das einzuspannen, was wir nicht für unsere alten Herrschaften getan haben, habe ich recht?«

»Ich weiß nicht«, sagte ich.

Er bedrängte mich nicht, aber als er wieder sprach, beugte er sich leicht vor, um die Wichtigkeit dessen, was er sagte, zu betonen. »Diese Krauts halten zusammen, Bernard. Man kann keine zehn Minuten in Europa sein, ohne das zu merken. Wir könnten was von denen lernen. Stimmt's?«

Ich hatte keine Ahnung, worauf zum Teufel er hinauswollte, aber ich sagte: »Recht hast du, Harry.« Mein Schwager George beobachtete Harry mit großem Interesse. George war hier der einzige vollkommene Außenseiter, aber er wußte, daß Harry irgendwelche Beziehungen zur CIA hatte. Harry hatte ihm das schon bei ihrer ersten Begegnung geradeheraus gesagt. Damals war Harry sehr eifrig, seitdem war er viel ruhiger geworden.

In diesem Augenblick nahm Dicky seine Zigarre aus dem

Mund, blies etwas Rauch aus, sah mich an und sagte: »Harry möchte, daß du nächste Woche mal mit seinen Leuten zum Lunch gehst, Bernard.«
»Wirklich?« sagte ich und wunderte mich, weshalb mir Harry dieses kulinarische Rendezvous nicht selber angetragen hatte. Ich sah Harry an. Er sah Dicky an.
Dicky sagte: »Ich habe gesagt, okay.«
»Heißt das, daß du zu dem Lunch gehst?«
Dicky lächelte. »Nein, Bernard. Die wollen keinen Bürohengst wie mich. Sie wollen einen ehemaligen Mann der Praxis, der ihnen praktischen Rat geben kann.« Er zog eine Fingerspitze über die Lippen, wobei er vielleicht erwartete, daß ich die Gebärde erwiderte.
Vielleicht hätte ich das auch gemacht, aber nun sagte der Feine Harry hastig: »Wir wären wirklich dankbar, Bernie, wirklich.«
Streeply-Cox blickte mich an und dröhnte salbungsvoll: »Wir müssen zusammenarbeiten, wo immer wir können. Das ist das einzig Vernünftige, das einzig Vernünftige.« Er strich Krümel von seinen wallenden weißen Koteletten.
»Sie haben mir das Wort aus dem Mund genommen, Sir Giles«, sagte ich.
»Ausgezeichnet, ausgezeichnet«, erwiderte er.
Dicky sprang auf die Füße und sagte: »Schätze, es ist Zeit, daß wir uns zu den Damen begeben.«

Als ich das Wohnzimmer betrat, schien Daphne gerade einen Tanzschritt vorzuführen, aber sie hielt verlegen inne, als Dicky die Männer hineinließ. Gloria saß neben Tessa und sah auf und zwinkerte mir zu, als sie meinem Blick begegnete. Ich ging zu ihr hinüber, weil ich wußte, daß sie's von mir erwartete. »Oh, Bernard«, flüsterte Gloria. »Tessa will, daß wir nachher noch mitkommen zu einer großartigen Party. Können wir? Ach bitte, sag ja!«
»Wann?«
»Jetzt. Nachher.«
Ich sah auf die Uhr. »Wir werden sehr spät nach Hause kommen.«

»Aber wir haben uns doch schließlich schon mal in Schale geworfen. Sei kein Frosch.«

»Also, wenn du unbedingt willst«, sagte ich.

»Sie sind wunderbar«, sagte Gloria. »Ich liebe George, und Tessa ist so ulkig.«

»Das kommt ganz darauf an, wo man sitzt«, sagte ich. »Weißt du, wo diese Party ist?«

»George sagt, wir sollten in seinem Rolls mitfahren. Da ist genügend Platz.«

»Und den Wagen hierlassen?«

»Ich werde ihn später hier abholen.«

»Und wie soll ich nach Hause kommen? Zu Fuß?«

»Sei nicht so gemein, Bernard. Wir können beide zurückkommen und den Wagen holen. Oder wir können eine Taxe nehmen und den Wagen hier morgen abholen.«

»Die Parkuhren laufen ab halb neun.«

»Können wir mitgehen, Bernard, oder nicht?«

Ich sah ihr ins Gesicht. »Ich würde lieber jetzt gleich direkt nach Hause gehen mit der schönsten Frau im Zimmer.«

»Ach komm, laß uns doch mitgehen«, sagte Gloria, die offenbar nicht in Laune war, sich durch Schmeichelei überreden zu lassen, mir einen Gefallen zu tun.

»Es klingt verheißungsvoll.«

»Ich liebe dich wirklich ganz furchtbar, Bernard.«

»Du bist ein scheußliches, bettelndes Frauenzimmer«, sagte ich.

»Ein bayerischer Fürst und eine Fürstin!«

Du lieber Gott, dachte ich, worauf hast du dich da wieder eingelassen? Andererseits würde ich da vielleicht noch eine Chance kriegen, mit Tessa über diesen verdammten Pelzmantel zu reden.

12

Der Fürst und die Fürstin hatten ihr Haus in Pimlico, einer Ecke der Londoner Innenstadt, um welche die Themse biegt, ehe sie nach Westminster kommt. Als, lang ist's her, Thomas Cubitt damit fertig war, den Reichen von Belgravia große Häuser mit Stuckfassaden zu verkaufen, baute er nach den gleichen Plänen auf dem billigeren Boden des benachbarten Pimlico. Pimlico, hieß es, sei im Kommen: und so noch immer. Denn trotz der Ähnlichkeit seiner Gärten, Plätze und stattlichen Häuser ist Pimlico niemals zu einem neuen Belgravia geworden. Es war und ist bis auf den heutigen Tag ein Stadtviertel geblieben, wo alle möglichen Leute wohnen; diesen Mißstand zu beheben, hat sich die Bezirksverwaltung nicht gerade angestrengt: Eine anscheinend willkürliche Anordnung von Einbahnstraßen und Hindernissen macht die Gegend zu einem berüchtigten Labyrinth für Autofahrer.

Cubitts große Häuser sind jetzt in kleine Wohnungen unterteilt, die in den Annoncen als »Studio-Apartments« und »Dachterrassen« angepriesen werden. Schäbige Hotels und Pensionen bieten auf kunstlos gemalten Firmenschildern Unterkunft nahe Londons einziger Endstation für Überlandautobusse und dem geschäftigen Victoria-Bahnhof.

In einer der stilleren Straßen dieser Gegend hatte unser Gastgeber ein großes Haus erworben und mit erheblichen Kosten renoviert. Das war, wie mir George auf der Fahrt dorthin erklärte, eine kluge Kapitalanlage. Eine Kapitalanlage, für die er die deutschen Geschäftsleute bewunderte, wenn sie bei dem hohen Kurs der D-Mark solche Gelegenheiten wahrnahmen. Der Fürst benützte das Haus während seiner Besuche in London, bewirtete seine Geschäftsfreunde dort und sparte auf diese Weise eine Menge von dem Geld, das er sonst in Hotels und Restaurants ausgegeben hätte. Die Grundstückspreise in diesem Stadtteil stiegen zweifellos weiter, und alles sprach dafür, daß seine Kapitalanlage in zwanzig Jahren einen schönen Gewinn abwerfen würde. Das veranlaßte mich, George zu fragen, weshalb er selbst sich eine Eigentumswohnung in Mayfair – der teuersten Wohngegend Londons – gekauft habe, anstatt das gleiche zu tun.

»Ach«, erwiderte George, »weil ich der Sohn armer Eltern bin. Ich will die Freuden genießen, die man für Geld kaufen kann. Ich will jeden Abend nach Hause gehen und unter den reichsten Männern Englands schlafen. Ich brauche diese Bestätigung.« Er lachte.

»Das stimmt ja gar nicht«, sagte Tessa. »Es ist meine Schuld. Wir wohnen in Mayfair, weil ich nicht nach Pimlico ziehen wollte.« Nun lachten wir alle. Offensichtlich enthielten beide Erklärungen etwas Richtiges. Aber die Wahrheit hinter den vorgeschobenen Gründen war, daß das kinderlose Paar niemanden hatte, für den sich's lohnte, Kapital anzulegen. Während des Schweigens, das folgte, wünschte ich, ich hätte nicht nach Immobilien gefragt.

In der Nähe unseres Ziels fanden wir keine Parklücke, wir blieben aber bei George, bis dieser ein oder zwei Ecken weiter den Rolls parken konnte. Es war eine kalte Nacht, und die Straßenlaternen tauchten die leeren Straßen in ein grimmiges Blau, das sie noch kälter erscheinen ließ. Das wechselte abrupt, als wir das Haus betraten. Die erhitzten Anstrengungen der Gäste, die hellen Lichter, die überfüllten Räume, die Wärme der Körper und der Lärm und die Aufregung waren elektrisierend. Die Vorstellung eines Drinks auch.

Es war eine große Party. Wohl an die hundert Leute ließen sich durch das Haus treiben, mit lauten, selbstbewußten Stimmen, lachend und schwatzend, zwischendurch auch ihre Drinks kippend. In dem größten Raum tanzten ungefähr ein Dutzend Leute zur Musik einer kleinen Band, und dort stand auch ein Büffet mit Schalentieren, geräuchertem Lachs und tranchiertem

Rindfleisch, das von Kellnern in weißen Jacken ständig neu aufgefüllt wurde. »So also lebt die andere Hälfte«, sagte Gloria, während wir unterwegs waren, der jungen und zauberhaften Gastgeberin unsere Aufwartung zu machen, die wir vor dem Kamin stehen sahen, im Gespräch mit einem gutgekleideten bärtigen Mann, der, wie sich herausstellte, der Büffetlieferant war.

Gloria hatte recht. Fürst Joppis Welt war ganz verschieden von unserer verschwiegenen Welt, wo aus unterschiedlichen Gründen mit wachsamer Vorsicht getrunken und geplaudert wurde. Auch war dies nicht die gewöhnliche Welt von Angebot und Nachfrage. Es war eine Welt des Überflusses. Hier war man umgeben von Übermenschen: über-ängstlich, über-gewichtig, über-heblich, über-gebildet, über-bewertet, über-ziehend und über-produzierend. Sie aßen und tranken und feierten lärmend das Glück, das sie hatten. Kein Gedanke an morgen. Es würde immer Leute geben wie mich und Fiona und Bartholomew H. Johnson, die sich darum kümmerten.

Die Fürstin hieß, als sie George und Tessa erblickte, die beiden mit einem Lächeln willkommen. Sie war klein und zierlich, mit dunklem Haar in jenem Zustand rattenschwänziger Wuscheligkeit, dessen Herstellung die teuersten Friseure stundenlang beschäftigt. Ihr Make-up, insbesondere die grünen, blauen und schwarzen Augenschatten, war theatralisch. Am auffälligsten war jedoch ihre tiefe Sonnenbräunung. Deutschland ist ein berüchtigt sonnenloses Land, und es gibt einen Typus des Deutschen, für den dunkle, sonnengebräunte Haut ein unverzichtbares Statussymbol ist, egal, was die Gesundheitsbehörden warnend dagegen verlauten lassen.

Die Musik hörte auf. Die Tänzer warteten auf den nächsten Einsatz, aber die Musiker legten ihre Instrumente hin und begaben sich zum Büffet. »Tessa, Darling«, sagte die Fürstin, als wir zu ihr vorgedrungen waren. Sie umarmten einander in der flüchtigen Weise, die sich Frauen empfiehlt, wenn sie Make-up und Schmuck tragen und an ihre Frisuren denken müssen. »Versprich mir, daß du George nie wieder erlauben wirst, mir meinen Mann wegzunehmen.«

»Was haben sie denn bloß miteinander getrieben?« sagte Tessa, ein Lachen in der Stimme, als erwartete sie eine zugleich schokkierende und unterhaltende Antwort.
»Diese ekelhafte Tauchschule. Joppi kann von nichts anderem mehr reden, seitdem sie da waren.«
»Aber das ist doch schon eine Ewigkeit her«, sagte Tessa. »Das war in Cannes.«
»Ich weiß. Ich dachte, es würde damit gehen wie mit der Ölmalerei und den Computern: ein oder zwei Wochen später vergessen, aber Joppi ist noch immer vollkommen verrückt aufs Tauchen... Er hat die komplette Ausrüstung dafür gekauft, Sauerstoffflaschen und... was weiß ich... sogar Bücher darüber. Er will, daß ich auch mitmache, aber ich kann nicht schwimmen.«
»Ach Ita, du Ärmste«, sagte Tessa, ohne eine Spur von wahrem Gefühl.
Zur Unterstreichung ihrer bedauernswerten Lage fächelte sich nun die Fürstin Luft zu, so manieriert, wie es Schulmädchen tun. »George«, sagte sie. »Mach was, damit Joppi aus dem Billardzimmer herauskommt.« Zu Tessa gewandt fuhr sie in gereiztem Ton fort: »Das ist bei allen Partys dasselbe. Joppi versteckt sich da und überläßt mir die ganze Arbeit.«
Tessa sagte: »Du weißt nicht, was du für Glück hast, Ita. George hilft mir, und das ist viel, viel schlimmer.« George lächelte und sagte dann: »Ich möchte dir Gloria und Bernard, meinen Schwager, vorstellen.«
»Sind Sie wirklich Tessas Bruder?«
»Nein, ich bin mit ihrer Schwester verheiratet.«
»Und Sie sind Gloria«, sagte die Fürstin eine Spur herablassend und lächelte, um die Befriedigung zu zeigen, mit der Frauen entdecken, was illegitime Verhältnisse sein könnten.
Nach ein paar weiteren Scherzen nahm Tessa Gloria unter ihre Fittiche, und die beiden verschwanden nach oben, während George mich mit ins Billardzimmer nahm, um mich unserem Gastgeber vorzustellen. Nach Georges Schilderung hatte ich einen fetten, alten Mann erwartet, einen von jenen bierbäuchigen Wurstschlingern, die man zur Melodie von »In München

steht ein Hofbräuhaus – oans, zwoa, gsuffa« schunkeln sieht. Aber der Fürst erwies sich als hochgewachsener, dünner, gewandter Mann von ungefähr fünfunddreißig Jahren. Ein kosmopolitischer »tough guy«, ein hartgesottener Bursche, der Englisch ohne Spur eines deutschen Akzents sprach. Sonnengebräunt wie seine Frau, hatte er unnatürlich schwarzes Haar, das glänzend und glatt über den Schädel gekämmt war. Sein Smoking war konservativ geschnitten von einem augenscheinlich teuren Schneider. Wie George und viele der anderen Gäste trug er ihn mit größter Selbstverständlichkeit, die bewies, daß er sich in dieser Kostümierung nicht nur ausnahmsweise zeigte.

Er stand beim Markör und studierte die Lage der Stoßkugel, ein Glas Wein in der Hand. Er blickte auf, als wir hereinkamen.

»George!« sagte er mit anscheinend wahrer Freude.

»Ganz allein?« fragte George. »Würdest du vielleicht lieber...«

»Nein, George. Ich habe auf dein Kommen gehofft.« Er klemmte mit mehr als dem nötigen Nachdruck sein Queue in den Ständer. Wie ein gutausgebildeter Soldat sein Gewehr irgendwo in Reichweite abstellen mag.

George sagte: »Dies ist Bernard, ein sehr guter Freund, obwohl er mein Schwager ist.«

»Schwager und Freund zugleich!« sagte er, komisches Erstaunen heuchelnd. »Wenn das nicht von euer beider Anstand und Großmut zeugt!«

Während der Begrüßung verdichtete sich bei mir das unbestimmte Gefühl, daß ich unseren Gastgeber schon irgendwo gesehen hatte. Tatsächlich berichtete über die Aktivitäten dieses »Playboy-Fürsten« die deutsche Regenbogenpresse, wie mir dann plötzlich einfiel.

George sagte: »Piekfeine Leute hier heute abend, Joppi.«

»Nicht viele wahre Freunde. Die meisten sind Leute, denen wir nach Meinung meiner Frau irgendwelche Gefälligkeiten oder Gastfreundschaft schuldig sind«, sagte Joppi, als litte seine Frau an einem seltsamen und beunruhigenden Wahn; einem Leiden, von dem er sie erlöst zu sehen hoffte.

»Ita erzählte mir, daß du inzwischen ein perfekter Taucher geworden bist, Joppi«, sagte George.

»Ja, das nächste Mal wirst du merken, daß ich sogar noch besser bin als du«, sagte Joppi. »Auf Fitneß kommt es dabei an, George. Und Training.« Solche sauer verdienten Errungenschaften herunterzuspielen, kann man von einem Deutschen nicht gut verlangen. »Wir waren über Weihnachten im Strandhaus meines Bruders bei Rio, und das Wasser war einfach fabelhaft. Und jetzt bin ich gut, verdammt gut.«

»Du Glückspilz«, sagte George.

»Ihr seid Gäste und habt nichts zu trinken«, sagte der Fürst. »Da müssen wir sofort Abhilfe schaffen.« Er strich sein vollkommen glattes Jackett glatt und ging auf die Tür zu, als ahnte er, daß seine Frau George gebeten hatte, ihn aus dem Billardzimmer herauszuholen.

Er schnippte nach deutscher Art mit den Fingern nach dem nächststehenden Kellner und zauberte Getränke für uns herbei. Ehe ich aber eins in die Hand bekam, hatte schon Tessa – mit strahlenden Augen lächelnd – meinen Arm ergriffen. »Erst mußt du tanzen, Bernard, ich bestehe darauf.«

Ich hatte schon seit so langer Zeit nicht mehr getanzt, daß ich mich anfänglich ganz darauf konzentrieren mußte, ihr nicht auf die Füße zu treten. Aber bald kam ich gut genug zurecht, auch ein bißchen Unterhaltung zu versuchen. »Wann kann ich vorbeikommen und den Pelzmantel abholen?«

»Joppi ist ein prima Tänzer, findest du nicht?« sagte Tessa, als hätte sie mich nicht verstanden.

Ich drehte den Kopf und sah unseren Gastgeber, der Gloria fest umarmt hielt. »Ja«, bestätigte ich.

»Ich wußte, daß er sich für Gloria interessieren würde. Sie ist genau sein Typ.«

»Aber wird Gloria ihn interessant finden?« fragte ich.

»Darauf kommt's doch nicht sonderlich an«, sagte Tessa. »Er wird *sie* interessant finden, und das findet jede Frau anziehend.«

Ich widersprach nicht. Vermutlich hatte sie recht. Ich hatte Frauen nie verstanden und die Hoffnung aufgegeben, es jemals zu können. Und überhaupt war es sinnlos, sich mit Tessa zu streiten. Sie führte ihr Leben, wie es ihr gefiel, und machte niemandem Zugeständnisse, nicht einmal ihrem Mann.

»Er ist so«, sagte Tessa. Ihr Ton war ein wenig spaßend. Sie wollte provozieren und machte kein Geheimnis daraus. »Er hat einen ziemlichen Ruf bei den Damen. Er wird versuchen, sie zu verführen, du wirst schon sehen.«
»Woher weißt du das?«
»Du Dummkopf.«
Ich schwenkte sie scharf herum, um dem Zusammenstoß mit einem anderen Paar auszuweichen, und sagte: »Wann war das?«
»Ich und Joppi? Er wollte, daß ich George verlasse, aber das war nur sein Machismo. Ein paar Monate später hätte er mich hängenlassen. Ich wußte das.«
»Weiß George davon?«
»Es gibt nichts zu wissen, Schatz.« Wir tanzten eine Weile, ohne zu reden, und dann sagte Tessa: »Gloria macht sich schreckliche Sorgen um dich.«
»Gloria macht sich Sorgen?«
»Du siehst nicht besonders gut aus in letzter Zeit, Bernard. Das haben dir doch bestimmt schon andere gesagt.«
»Haben sie nicht.«
»Spiel dich nicht auf. Du siehst sogar verdammt elend aus, wenn du die Wahrheit wissen willst. Gloria findet, du solltest mal zum Arzt gehen, und ich bin ihrer Meinung.«
»Zum Arzt gehen? Und woran soll ich leiden?«
»Überanstrengung hat manchmal komische Folgen, Bernard. Wahrscheinlich bist du überarbeitet... Ich weiß nicht. Aber du bist in letzter Zeit dauernd so reizbar und mißtrauisch. Und abgesehen davon sieht man dir an, daß du nicht ganz auf der Höhe bist.«
»Bin ich aber hundertprozentig«, sagte ich.
»Mein Arzt in der Harley Street ist wirklich fabelhaft. Geh doch mal hin und laß dich durchchecken. Tu's einfach mir zu Gefallen.«
»Ich glaube beinahe, du meinst das ernst.«
»Aber natürlich. Und ich habe Gloria versprochen, mit dir zu reden.«
»Ich werde es mir mal überlegen.«
»Nein. Sag, daß du hingehen wirst. Ich besorge dir einen Termin.«

»Ich habe gesagt, ich werde es mir überlegen.«
»Ich rufe dich nächste Woche an. Ich werde dir keine Ruhe lassen, bis du gehst.«
»Um Himmels willen, Tessa.« Dann fiel mir ein, daß ich unangebracht grob zu ihr war, und küßte sie auf die Wange. Ich sagte ihr nicht, daß selbst eine Routineuntersuchung dem Department gemeldet werden mußte. Ich wollte da aber keine Fragen nach meiner Gesundheit hören. Daraus konnten sich alle möglichen Komplikationen ergeben. Sie suchten doch nur nach einem Vorwand, mich aufs Abstellgleis zu schieben.
Ich sah Joppi wieder. Er war ein geschickter Tänzer, und Gloria genoß sichtlich jeden Augenblick. Nichts schien ihr ferner zu liegen als der Gedanke, daß der Fürst gut täte, einen Arzt aufzusuchen. Wie ich die beiden da miteinander über das Parkett gleiten sah, bereute ich, mich nicht mehr angestrengt zu haben bei Frau Brand in der Tanzschule an der Uhlandstraße, als ich zwölf Jahre alt war. »Und er ist ein Freund von George?« sagte ich.
»Freund? George kann ihn nicht ausstehen. George verabscheut Deutsche. Das weißt du doch, Bernard. Er hat die ihm angebotene Mercedesvertretung abgelehnt. Er verkauft nicht mal deutsche Gebrauchtwagen.«
»Warum kommt ihr also her?«
»Ita ist eine meiner besten Freundinnen. So ein süßes Mädchen. Wir gehen zusammen einkaufen. Und wenn ich eins von diesen Wohltätigkeitsdinners veranstalten muß, was meinst du wohl, wie viele von den Damen darauf brennen, eine echte Fürstin kennenzulernen?«
»Ich wüßte gern, wann ich diesen Pelzmantel abholen kann«, sagte ich, denn die Hoffnung, das Thema irgendwie hintenherum aufs Tapet bringen zu können, hatte ich inzwischen aufgegeben.
»George hat sie zuerst kennengelernt«, sagte Tessa. »Er hat Joppi bei der Messe getroffen. George geht immer zur Messe, weißt du. Hättest du aber nicht gedacht, daß sie sich da getroffen haben, oder?«
»Nein, das hätte ich nie geraten.« Ich sah Joppi mit Gloria lachen

und sie während des Tanzens an sich drücken und sagte: »Vielleicht habt ihr Lust, uns mal da draußen im Grünen zu besuchen, zum Abendessen vielleicht...?«
»Aber durchaus, mein süßer Bernard, wir kommen gerne. Aber bitte sag nicht, ich soll diesen Scheißmantel mitbringen, denn die Antwort ist nein.«
»Es ist nur, weil...«
»Deine Gloria ist ein nettes Mädchen. Ich kenne sie nicht sehr gut, aber soweit ich sie kenne, gefällt sie mir. Und ich mag, wie sie sich Sorgen macht um dich: Du bist ein Glückspilz. Aber ich denke nicht daran, dir Fionas Pelzmantel auszuhändigen, damit du ihn an sie verschenken kannst. Das kommt überhaupt nicht in Frage, Bernard. Es ist nicht richtig, und ich bin erstaunt, daß du das nicht siehst.«
»Kommt trotzdem zum Essen«, sagte ich.
»Es ist fast Sommer«, sagte Tessa.
»Ja«, sagte ich, als die Musik aufhörte.
»Sieh dir das an«, sagte Tessa, und ihr amüsierter Ton verhehlte nicht das boshafte Vergnügen, das ihr die Betrachtung der Welt bereitete. »Er macht ihr vermutlich schon in diesem Augenblick Anträge. Er wird sie zum Wochenende nach Rom einladen oder in das Penthouse, das sie in New York haben. Es muß sehr verführerisch sein.«
Es hatte keinen Zweck, sich darüber zu ärgern. Keiner war vor Tessas Schadenfreude gefeit. »Es wird allmählich spät«, sagte ich. »Morgen muß ich früh raus.«
Großzügig bestand George darauf, ihn auf einen Schlaftrunk in seine Wohnung nach Mayfair zu begleiten. Und dann ließen wir die Damen miteinander plaudern, und er fuhr mich zurück, um unseren Wagen bei Dickys Haus abzuholen. »Das Haus von diesem Joppi«, sagte George plötzlich, »durch und durch faul!«
»Wirklich?« sagte ich.
»Ich bin nach oben ins Badezimmer gegangen. Mein Gott! Die Holzverkleidung solltest du sehen. Und die Fäule steckt schon in den Wänden... und im Putz. Ist dir das nicht aufgefallen?«
»Nein«, sagte ich.
»Das wird er nur los, wenn er alles rausreißt, nur die nackten Mauern stehen läßt.«

»Hast du ihm das gesagt?«
»Und warum sollte ich als Überbringer dieser Unglücksbotschaft auftreten? Nein. Der arme Kerl. Ich hab's nicht über mich gebracht, ihm den Abend zu verderben.«
»Aber hat er den Zustand des Baus nicht prüfen lassen?«
»Der hat sich blindlings auf diesen geschniegelten Architekten verlassen – alles Chromstahl und Zimmerpflanzen –, ich kann diese Brüder nicht ausstehen.«
»Und keine Aussicht auf Entschädigung?«
»Klage gegen die Baufirma, meinst du? Keine Chance. Das sind gerissene Halunken. Die gründen für jeden Job eine neue Gesellschaft, und die lassen sie platzen, sobald sie ihr Geld haben. So arbeiten diese Leute.«
»Armer Fürst Joppi«, sagte ich.
»Ja, armer Teufel«, sagte George. Hätte mir Tessa nicht Georges wahre Gefühle verraten, hätte ich ihm sein Mitleid vielleicht geglaubt. Er war ein aufmerksamer und rücksichtsvoller Fahrer. Als ihn ein junger Bursche in einem zerbeulten Ford mit heulendem Motor auf der falschen Seite überholte und, weil er ihm zu sehr auf Sicherheit bedacht fuhr, tadelnd anhupte, lenkte George nur zur Seite und machte ihm Platz.
»Blöder Hund«, sagte ich zornig.
»Vielleicht hat er einen schlechten Tag gehabt«, sagte George milde. Manchmal fragte ich mich, ob seine bemerkenswerte Toleranz auf seiner Frömmigkeit gründete. Wenn ja, war sie ein überzeugendes Argument für den römischen Katholizismus.
»Du bist doch ein Mann von Welt«, sagte George unvermittelt. Ich wollte gerade eine frivole Antwort geben, als mir klar wurde, daß George irgendwas auf dem Herzen hatte. Also grunzte ich nur und sagte, daß ich das gerne glauben wolle.
»Irgendwelche Erfahrungen mit Rauschgiftsucht? Kokain, Heroin, solchem Zeug?«
»Ich bin kein Experte.«
»Es gibt da einen Typ, der sich viel bei Tessa rumtreibt... Neulich abends hat sie von Drogen geredet und gesagt, es würde eine Menge Unsinn darüber geredet, und zweifellos stimmt das ja.«
George verstummte. Ich sagte: »Bitte, George, sag mir, ob ich

dich richtig verstehe. Glaubst du, daß dieser Typ ihr Drogen verkauft?«

»Ja, Bernard. Jedenfalls kommt's mir so vor«, sagte er vorsichtig.

»Gib mir Namen und Adresse.«

»Ich will nicht überreagieren«, sagte George. »Damit könnte genau das bewirkt werden, was ich unbedingt vermeiden will.«

»Eine Überprüfung kann nicht schaden«, sagte ich. »Ich kenne gute Leute, die dir innerhalb von ein paar Tagen gewisse Fragen beantworten können.«

»Er nennt sich Bill Turton, aber darauf würde ich nicht allzuviel geben. Er ist ein wohlhabend aussehender Amerikaner. Nicht jung.« Nachdem er so begonnen hatte, mir sein Herz auszuschütten, hielt er inne und dachte einen Augenblick nach. »Es würde nicht leicht sein, Bernard. Er ist einer von diesen Leuten ohne feste Adresse: Hotels, Clubs, Mietwohnungen, von einem Land zum anderen. Hält sich nirgends lange auf.«

»Ist es das, was Tessa dir erzählt?«

»Sie hat ihn vor kurzem auf einen Drink in die Wohnung eingeladen. Er hat mir überhaupt nicht gefallen. Ich fand ihn zwar auch charmant und freundlich und all das, aber ich hatte einen instinktiven Widerwillen gegen ihn.«

»Vielleicht machst du dir unnötig Sorgen.«

»Er war bei den Joppis heute abend.«

»Was?« Das überraschte mich, und ich wünschte, George hätte mir von ihm erzählt, als noch Gelegenheit für mich bestand, mir den Typ mal anzusehen.

»Bei den Joppis ist immer haufenweise von dem Dreck zu haben. Warst du oben?«

»Oben? Nein.«

»In einem der Zimmer da... So was gilt als todschick und *sophisticated*, weißt du.«

»Mir ist aufgefallen, daß da eine Stimmung... eine Art Hysterie zu spüren war.«

»Hysterie. Genau. Ich kann einfach nicht verstehen, wie Leute sich freiwillig das Blut mit Chemikalien vergiften. Weißt du, daß Tessa keine konservierten Nahrungsmittel ißt wegen der chemischen Zusätze? Und doch...«

»Das tut mir leid, George.«
»Deshalb wollte sie unbedingt dahin. Hast du nicht gemerkt, wie animiert sie plötzlich war?«
»Eigentlich nicht mehr als gewöhnlich. Sie ist doch immer ziemlich aufgekratzt, das weißt du doch, George.«
»Ein großer Bursche, graues welliges Haar und Brille.«
»Da haben einige so ausgesehen«, sagte ich.
»Dieser Bursche hat einen kleinen Kinnbart und keinen Schnurrbart. Merkwürdig aussehender Kunde.«
»Ich habe ihn nicht gesehen«, sagte ich wahrheitsgetreu. Die Beschreibung traf auf Mr. Bart Johnson zu, aber Bart Johnson war tot.

13

Als ich am Morgen nach der Party beim Fürsten Joppi die South Audley Street entlangging, begegnete mir Rolf Mauser. Rolf mochte ungefähr siebzig sein. Während des Krieges war er Hauptmann bei der Artillerie gewesen, und er brachte einem gern in Erinnerung, daß er damals mit dem Ritterkreuz ausgezeichnet worden war. Er war ein skrupelloser alter Gauner, aber sehr angenehm im Umgang, und als er noch für meinen Vater arbeitete und – später – als Barkeeper in Lisls Hotel, steckte ich oft mit ihm zusammen. Rolf Mauser war es, der mir beibrachte, Schlösser mit dem Dietrich zu öffnen, und mir zeigte, wie man eine Karte versteckt, während man das Spiel mischt. Als Kind hatte ich ihn geradezu verehrt, und, obwohl ich längst gelernt hatte, ihn zu sehen, wie er war, habe ich doch einen Rest dieser kindlichen Ehrfurcht nie ganz abschütteln können. Obgleich ich nun Rolf als einen etwas angegrauten Spaßvogel zu schätzen wußte, blieb da immer noch etwas Grausames und Furchteinflößendes.

Ich staunte nicht schlecht, ihn hier in London zu treffen, denn ich hatte gehört, daß er sich in Ostberlin zur Ruhe gesetzt habe.

»Du siehst gut aus, Rolf. Was machst du denn in London?« Er war ein großer Kerl und trug einen dieser schweren braunen Ledermäntel mit vielen Riemen und Knöpfen. In diesen war er so hineingepreßt, daß man fürchtete, er würde ihn jeden Moment sprengen. Gestützt wurde dieser Eindruck einer bevorstehenden Detonation noch von Rolfs geröteten Wangen und Nase.

»Bernd! Hallo! Na so was! Ich besuche hier Verwandte. Ein Cousin von mir wohnt in Luton.«

»Wo lebst du eigentlich jetzt?« fragte ich.
Er neigte den Kopf und berührte seinen grünen Lodenhut, als wolle er dessen zu engen Sitz lockern, doch konnte man die Gebärde auch als Bitte um Nachsicht verstehen. »Ich bin immer noch im Osten. In meinem Alter, Bernd, sucht man Ruhe und Frieden. Und außerdem ist es da billig.«
»Immer noch in derselben Wohnung?« Er hatte mich einmal dort beherbergt. Seine Wohnung war groß und behaglich, aber etwas verwahrlost, Rolf selbst ziemlich ähnlich.
»Prenzlauer Berg, ja. Fünfundfünfzig Mark im Monat! Ich zahle heute da noch die gleiche Miete wie vor fünfundzwanzig Jahren. Wo gibt es das im Westen?«
»Nirgends.«
Er senkte seine buschigen Augenbrauen und setzte rechtfertigend hinzu: »Natürlich gibt es manchmal Engpässe. Aber die Grundnahrungsmittel – Brot, Milch, Fleisch und Eier – sind billig. Ebenso die Restaurants, öffentlichen Verkehrsmittel, Theater und Konzerte. Ich habe es sehr gut im Osten, Bernd. Mir fehlt nichts.« Es hörte sich an, als hätte er die kleine Rede auswendig gelernt.
»Und ein bißchen Geld reicht lange da drüben«, sagte ich.
Sein Gesicht erstarrte. Mauser hatte für das Department gearbeitet und erhielt wahrscheinlich eine kleine Pension über Schneider, von Schild und Weber, der Westberliner Bank, die solche delikaten Transaktionen für das Department abzuwickeln pflegte. Altersrenten sind im Gegensatz zu den meisten anderen Sozialleistungen in der DDR nicht gerade üppig. Nur ein überzeugter Zyniker wie Rolf konnte, selbst mir gegenüber, so rühmend von den Errungenschaften des Regimes sprechen, dessen Herrschaftsgebiet er zu seinem Ruhesitz gewählt hatte – mit den Einkünften aus einer Pension, die er damit verdient hatte, dasselbe stürzen zu wollen. »Eben, das habe ich doch gerade gesagt, nicht?«
»Jedenfalls ist's schön, dich mal wiederzusehen, Rolf.«
»Na schön, manchmal muß ich nach Gemüse und Fleisch anstehen. Mir macht das nichts aus. Zeit habe ich genug. Und wenn ich vom Einkaufen nach Hause gehe, brauche ich keine Angst zu haben, überfallen oder ausgeraubt zu werden.«

»Du hast es gut. Wohin wolltest du?«
»Ja, ich habe es gut«, bestätigte er, als traute er der Aufrichtigkeit meiner Erklärung nicht ganz. »Mit den jungen Leuten springen sie ja ganz schön um, aber alte Burschen wie ich können kommen und gehen, wie sie wollen. Ich brauche nicht über die Mauer zu klettern, Bernd.« Er grinste.
Wenn ich auch nur die geringste Ahnung von Rolf Mauser hatte – und ich glaubte, ihn ganz gut zu kennen –, war er nicht der Mann, sich jemals zu den Überzeugungen eines sozialistischen Regimes zu bekehren. Er war ein rebellischer Einzelgänger. Die Kommunisten haben wie die Nazis – und natürlich die Kirchen – Konvertiten zu ihrer Sache immer willkommen geheißen. Aber es fiel schwer, sich vorzustellen, daß Mauser sich »sozialistisches Staatsbewußtsein« aneignete, jene blinde Begeisterung für das Regime, die die DDR von ihren Bürgern erwartete. Mauser war Pragmatiker und ein egozentrischer obendrein. Vor langer Zeit hatte ich einmal meinen Vater sagen hören, Rolf Mauser sei genau der Typ des arroganten, streitsüchtigen Deutschen, der das Volk bei der ganzen zivilisierten Menschheit in Verruf gebracht hat. Ruhig hatte meine Mutter ihn gefragt, weshalb er diesen Mann dann noch weiter beschäftigte? Weil er Sachen zustande bringt, die andere nicht mal zu unternehmen wagen, erwiderte mein Vater.
»Wollen wir irgendwo eine Tasse Kaffee zusammen trinken?« schlug ich vor.
Ich vermutete, daß er knapp bei Kasse war – jedenfalls in harter Währung –, da gehören dann die gelegentlichen Tassen Kaffee zum ersten, worauf die Armen verzichten.
»Gern, Bernd. Das ist das einzige, was ich nicht zu einem vernünftigen Preis kriege. Glücklicherweise schickt mir mein Sohn jeden Monat ein Paket. Ohne eine anständige Tasse Kaffee morgens kann ich nicht leben.«
In der Nähe gab es ein elegantes, kleines Kaffeehaus, und dorthin gingen wir eilenden Schritts. Unterwegs klagte Rolf ausführlich über das Wetter. »Es geht mir richtig in die Knochen«, sagte er, als wir uns setzten. Es war natürlich die Feuchtigkeit. Rolf meinte wie die meisten Berliner, daß das geringfügig wärmere

englische Klima ihn nicht entschädige für den durchdringenden kalten Dunst, den die meisten Einheimischen nicht einmal bemerken.
Das Kaffeehaus war ein altmodisches Lokal, das ich gut kannte. Hierher ging ich mit Fiona Kaffee trinken, als wir noch in einem Büro in der Nähe arbeiteten. Das war vor unserer Hochzeit. Noch bevor wir einen Tisch gefunden hatten, bestellte ich eine große Kanne Kaffee. Das war die beste Methode, den Leuten hier Dampf zu machen.
»Wie geht es Axel? Ich hab' ihn schon lange nicht mehr gesehen.« Mausers Sohn und ich waren Schulkameraden. Eine Zeitlang waren wir sogar eng befreundet gewesen.
»Sie wohnen in einem hübschen Haus in Hermsdorf, aber die Ehe geht nicht allzu gut. Seit dem Tag, an dem sie diesen wunderbaren Job gekriegt hat und anfing, eine Menge Geld zu verdienen, hat seine Frau sich zu einem richtigen Ekel entwikkelt.« Er zuckte die Achseln und streckte die Hand nach einer Apfeltasche aus.
»Das tut mir aber leid.«
»Arbeit, Arbeit, Arbeit. An nichts anderes kann sie mehr denken. Eine richtige Karriere-Frau«, sagte er verächtlich. »Aber Axel läßt nichts auf sie kommen. Ich kann nicht verstehen, was er an ihr findet. Er braucht eine richtige Frau.« Rolfs Klagen über seine Schwiegertochter waren mir seit Jahren vertraut. Wenn man ihn reden hörte, würde man nicht annehmen, daß diese Ehe nun schon seit ein paar Dekaden hielt und daß die beiden einen heranwachsenden Sohn hatten.
»Axel war einer von den intelligentesten bei uns in der Schule«, sagte ich. Rolf hatte sich immer was darauf eingebildet, daß sein Sohn unentwegt als Klassenerster glänzte. Insbesondere genoß er es, meinem Vater zu erzählen, daß Axel wieder mal bessere Noten gekriegt hatte als ich.
Er riß die Verpackung von einem Zuckerwürfel. Alles, was er tat, tat er mit einer gewissen Wildheit, um nicht zu sagen Bösartigkeit. Begrüßungen, Verabschiedungen, selbst Danksagungen zeugten bei ihm von dieser ständigen Kampfbereitschaft. Ich fragte mich, ob er sich die Pose während des Krieges

als junger Offizier angewöhnt hatte, um seine Autorität zu behaupten. Mit der Zeit mochte die Pose seine wahre Natur erstickt haben.

»Und jetzt arbeitet er als Angestellter im Polizeipräsidium. Ich weiß, da verschwendet er seine Begabung, aber auf mich hört er ja nicht.« Er warf den Zucker in seinen Kaffee.

»Vermutlich macht er sich Sorgen um seinen Sohn.«

»Seinen Sohn? Was für Sorgen soll er sich um den denn machen?«

»So habe ich das nicht gemeint«, sagte ich. »Ich wollte sagen, daß Axel sich vermutlich große Mühe gibt, die Ehe zu erhalten, damit sein Sohn Mutter und Vater und ein geordnetes Familienleben hat.«

»Unsinn!« sagte Rolf Mauser. Er kaute sein Gebäck, wobei sich sein Mund wie im Zorn bewegte.

»Axel liebt den Jungen«, sagte ich. »Ich weiß noch, wie er ihm dieses Rennrad zusammengebaut hat.«

»Ich weiß, ich weiß. Der Junge hat einen Unfall gehabt. Irgendein Idiot in einem Porsche. Der Junge hat sich ein Bein gebrochen. Der Fahrer ist einfach weitergefahren. Wahrscheinlich hatte er ein paar Gläser zuviel getrunken. Axel hat sich selbst die Schuld gegeben. Ist das nicht blöd?«

»Ich weiß nicht«, sagte ich. Tatsächlich hätten sich natürlich die meisten Väter gleichermaßen schuldig gefühlt. Nur Dickhäuter wie der alte Rolf sahen dazu keinen Anlaß. Ich vermute, es war der Krieg. Ich erinnere mich gewisser Geschichten, die Rolf von den letzten Tagen des Kampfes um Berlin erzählte. Hauptmann Mauser war mit einem fliegenden Standgericht losgeschickt worden. Jeder, der sich nicht zufriedenstellend ausweisen konnte, wurde auf der Stelle standrechtlich erschossen. Die Leichen wurden dann aufgehängt mit Schildern, auf denen stand: »Ich bin von meinem Posten desertiert.« Axel hatte gesagt, er könne sich nicht vorstellen, daß sein Vater zu so etwas fähig gewesen wäre, aber ich sah Rolf in anderem Licht. Ich wußte, daß Rolf ein kaltblütiger Killer sein konnte, wenn er es für nötig hielt. Vielleicht fand zwischen uns eine Gedankenübertragung statt, wenn ja, erreichten ihn meine verzerrt, denn er sagte: »Wenn

Axel beim Militär gedient hätte, hätte er wahrscheinlich einen besseren Sinn für Proportionen entwickelt.«
»Ist es das, was du beim Militär gelernt hast, Rolf?«
Er runzelte die Stirn, und seine Augenbrauen sträubten sich, so daß er grimmig dreinsah. Ich erinnerte mich, als Kind vor solchen Grimassen Angst gehabt zu haben. »Träumst du manchmal, Bernd?«
»Reich zu sein oder ein Filmstar?« Ich wußte natürlich, was er meinte, aber ich konnte der Versuchung nicht widerstehen, mich über ihn lustig zu machen. Die Wahrheit zu sagen, ich wollte seine Träume nicht hören; ich wollte niemandes Träume hören. Ich hatte an meinen genug.
»Ich schlafe nicht gut in letzter Zeit. Ich bin zum Arzt gegangen. Der sagte, das sei altersbedingt. Blöder kleiner Trottel.« Er beugte sich vor. »Ich träume immer über meine Zeit beim Militär, Bernd. Ich erinnere mich an Sachen, an die ich seit Jahren nicht gedacht habe. Und in allen Einzelheiten. Ich erhielt das Kommando über eine Artilleriebatterie mit Eigenantrieb, als das Bataillon hinter der Front lag. Mein Batteriekommandeur erkrankte an irgendeinem Fieber, ich wußte nicht, daß man Fieber kriegen konnte mitten in einem russischen Winter, aber in Rußland habe ich eine Menge dazugelernt. Es war Weihnachten, und wir regenerierten uns in Krasnograd. Hast du je von Krasnograd gehört?«
»Kann mich nicht erinnern«, sagte ich.
»Ein gottverlassenes Nest am Arsch der Welt. Aber Bäume gab es da, eine Menge Bäume, wenn man bedachte, daß die Gegend schon seit einer Weile umkämpft war. Die Leute mochten die Bäume, erinnerten sie an die Heimat. Dicker Schnee und Wald: Mit ein wenig Vorstellungskraft sah es wirklich so aus wie daheim. Die Bauern waren natürlich dageblieben, sie blieben immer da. Russische Bauern würden lieber sterben als ihr Dorf verlassen, so waren sie alle. Ich konnte das nicht verstehen. Dann, als ich gerade bei meiner täglichen Erbsensuppe saß – dieser pulvrigen Pampe, aber der Koch hatte irgendwo ein paar steinalte Kartoffeln dazu aufgetrieben –, kommt der Fernmeldeleutnant aus dem Hauptquartier und sagt mir, daß ich die

Batterie übernehmen solle. Mann! Hat mir da plötzlich diese Suppe geschmeckt!«

Er lehnte sich zurück mit einem halben Lächeln, das aber nicht mir galt. Er sah mich in diesem Augenblick nicht einmal an. Rolf Mauser war an einem fernen Ort, in einer fernen Zeit, in Rußland, in seinem Krieg. Er rieb sich das Gesicht. »Das Kommando für sechs schwere 15-cm-Haubitzen auf Panzer-Fahrgestellen zu übernehmen war schon ein Einschnitt im Leben eines jungen Mannes. Ich habe es sehr ernst genommen. Ich sprach mit jedem Offizier, jedem Mann unter meinem Kommando: zwei Offiziere, neunundzwanzig Unteroffiziere, zweiundneunzig Schützen. Die meisten waren grüne Jungens von der Schulbank, vor kurzem angekommener Nachschub. In meinem Traum neulich war mir jeder Name, jedes Gesicht wieder gegenwärtig. Ich wußte sogar wieder genau, für welche Geräte und Ausrüstungsgegenstände ich da plötzlich die Verantwortung übernehmen mußte.« Er sah mich an und wollte, daß ich sähe, wie wichtig ihm das alles war. »Selbst der Geschmack dieser verdammten Erbsensuppe war wieder im Mund.«

»Und als du aufgewacht bist?«

»Hatte ich noch immer alles parat. Achtundzwanzig LKWs, zwei Motorräder, sechzehn leichte Maschinengewehre, zwanzig Maschinenpistolen, achtundvierzig Handfeuerwaffen und achtundsiebzig Karabiner Selbst die Namen und Dienstgrade. Jedes einzelne ihrer blöden Gesichter.«

Für einen Augenblick dachte ich, nun würde er mir ihre Namen und Feldpostnummern herbeten und mir Einzelheiten über den Zustand der verschiedenen Waffen und Ausrüstungsgegenstände anvertrauen. Vielleicht war mir die Bestürzung am Gesicht anzusehen, denn er sagte: »Glaube mir. Ich sehe diese Männer jetzt noch vor mir. Jedes Gesicht, jedes Wort, das sie gesagt haben. Die meisten haben wir tief unter Eis und Schnee zurückgelassen. Im Sommer hatte ich nur noch ein halbes Dutzend von diesen Leuten.«

Zum allerersten Mal wurde mir bewußt, daß Rolf Mauser sein Leben lang Träumen von militärischem Ruhm nachgehangen hatte. Ein absurder Ehrgeiz vielleicht, aber nicht absurder als die

Träume der meisten Männer. Und wenn man der Statistik glauben darf, enden sie nicht weniger als andere in einer glücklichen Ehe und einer liebenden Familie. »General Rolf Mauser«, das klang zwar irgendwie unwahrscheinlich, aber als sie ihm das »Lametta« verliehen haben, hat das seine Hoffnung auf Beförderung sicherlich bestärkt, wozu er jedenfalls die erforderliche Rücksichtslosigkeit hatte.

»Jeder träumt, Rolf«, sagte ich. »Mit dem Alter hat das nichts zu tun.«

»Was soll ich also machen?«

»Geh zu einem anderen Arzt.«

Er setzte ein humorloses Lächeln auf, ehe er wieder seine ganze Aufmerksamkeit dem Kaffee und dem Rest seines Gebäcks zuwandte.

Für kurze Zeit schwiegen wir beide. Dann sagte Mauser: »Der große Kleine ist tot«, während er den letzten Bissen seiner Apfeltasche hinunterschluckte.

»Habe ich schon gehört. Was hältst du davon?«

»Erzähl mir nicht, daß es Selbstmord war.«

»Ich weiß nichts darüber«, protestierte ich.

»Kleindorf war nicht der Typ.« Mit der Zungenspitze entfernte er einen Krümel von einem Zahn.

»Was war es also?«

»Er war Rauschgifthändler. Er hatte seine Finger in dem Aufbereitungsgeschäft, und er war der Kontakt zwischen Ost und West.«

»Wer sagt das?«

»Regelmäßige Lieferungen kommen über Schönefeld herein, werden im Westen aufbereitet, neu verpackt und nach Osten zurückexpediert. Beamte der DDR machen dabei ihren Schnitt. Das wird alles unter den Teppich gekehrt. Selbst die Westberliner Behörden lassen nichts davon verlauten.«

»Warum?«

»Nach offiziellen Angaben, weil die Beziehungen zwischen den beiden deutschen Staaten durch solche Skandale nicht belastet werden sollen.«

»Und was verlautet inoffiziell?«

Rolf ließ ein langsames Lächeln sich über sein großes, rundes Gesicht ausbreiten. »Daß Beamte auf beiden Seiten in die Sache verwickelt sind. Hohe Tiere.«
»Das klingt ein bißchen weit hergeholt«, sagte ich zweifelnd.
»Wirklich, Bernard! Wir kennen einander nun schon eine ganze Weile, stimmt's? Willst du wirklich allen Ernstes behaupten, daß du derartige Gerüchte oder Geschichten nie gehört hast?«
»Gerüchte schon.« Ich fragte mich, ob er Geschichten von der Sorte gehört hatte, die der Doppelagent Valeri bei Larry Bower anbrachte. »Nichtsdestoweniger...«
»Kleindorf hatte eine Überdosis Heroin, daran ist er gestorben. Wußtest du das?«
»Ich dachte, es waren Schlaftabletten.«
»Ja, das wird erzählt.« Er nickte. »Hast du zufällig eine Zigarette, Bernd?«
Nachdem ich schon vor einer ganzen Weile mit dem Rauchen aufgehört hatte, nahm ich in letzter Zeit angebotene Zigaretten an. An diesem Vormittag war mein Widerstand vollkommen zusammengebrochen, und ich hatte mir ein Päckchen Zigarillos gekauft. Aber plötzlich beschloß ich, mich noch nicht geschlagen zu geben. Ich reichte ihm das noch ungeöffnete Päckchen und sagte: »Ist das nicht mehr nach deinem Geschmack?«
»Sehr freundlich, Bernd. Bist du sicher...?«
»Ich habe das Rauchen aufgegeben.«
Er zündete sich sofort eine an und fuhr fort: »Aber die wahre Geschichte ist, daß Kleindorf starb, als er mit einem seiner jungen Tanzmädchen im Bett war, einer Frau mit starkem schlesischem Dialekt, die von der Szene verschwand, lange bevor die Polizei eintraf, und die man auch nirgends hat aufspüren können.«
»Was willst du damit andeuten?«
»Sie hat nur wenige Tage für ihn gearbeitet. Der Name und die Adresse, die sie seiner Sekretärin im Babylon nannte, waren falsch.« Er blies Rauch aus.
»Glaubst du, daß die Frau ihn ermordet hat?«
»Sie ist mit einem Amerikaner zusammen in Berlin angekommen. Die beiden sind auch zusammen abgeflogen: zwei Erste-

Klasse-Tickets nach Rom. Man hat an Kleindorf keine Einstiche gefunden. Außer von der Nadel, die ihn getötet hat.« Er wartete, bis ich die Nachricht aufgenommen hatte, und fuhr dann fort: »Er hat niemals harte Drogen genommen. Er war ein Gesundheitsfanatiker. Joggte jeden Morgen, Tag für Tag.«
»Und der Autopsiebefund?«
»Keine Autopsie. Die Sterbeurkunde sagt, eine Überdosis von Schlaftabletten habe den Tod verursacht. Ein Unfall. Sofortige Beerdigung; ein Antrag auf nähere Untersuchung der Todesursache wurde ohne Begründung abgelehnt.«
»Angeblich soll er auch eine ganze Flasche alten Cognac geleert haben.«
»Es war eine leere Flasche im Schlafzimmer. Wer kann sagen, wieviel er davon getrunken hatte, ohne seinen Magen zu öffnen? Wahrscheinlich hatte er ein Glas mit dem Mädchen getrunken. Hast du Kleindorf je besoffen gesehen?«
»Nein«, sagte ich.
»Genau. Das Ganze soll nur die Tatsachen verschleiern. Es hört sich vollkommen plausibel an für jeden, der nicht weiß, wie Kleindorf wirklich war.«
»Na schön«, sagte ich. »Das Zeug kommt aus Asien. Sie bringen es nach Ostberlin. In Schönefeld lassen sie's durch den Zoll, denn es gehört zur offiziellen Politik, den weiteren Niedergang des dekadenten Westens zu beschleunigen. Gut. Was ich aber nicht verstehe, ist, warum das Zeug dann wieder die Runde zurück in den Osten macht.«
»Was da geliefert wird, ist braunes, unraffiniertes Rohmaterial. Man muß schon ganz schön lebensmüde sein, um sich solchen Shit in die Blutbahn zu schießen. Keiner von den Leuten auf der anderen Seite dieses Handels hat die erforderlichen Kenntnisse, Kapitalien und Geräte, es zu raffinieren, oder den Nerv, es zu riskieren.«
»Nimm noch eine Tasse Kaffee, Rolf.« Ich machte der Kellnerin ein Zeichen.
»Guten Kaffee haben sie hier«, sagte Mauser anerkennend. »Ich bin froh, dich getroffen zu haben, Bernd.«
»Was gibt es aber für Kundschaft im Osten?« fragte ich. »Und woher kam das Geld?«

Rolf Mauser merkte, daß er in die Zange genommen wurde, aber das war ihm lieber, als zuzugeben, er wisse die Antwort nicht. »Du weißt doch, wie diese Sachen laufen, Bernd. Bei dem Geschäft wurden Drogen gegen Papierkram getauscht.«
Er hielt inne, als hätte er etwas keiner weiteren Erklärung Bedürfendes offenbart. Das hatte er vielleicht, aber ich wollte jetzt nicht lockerlassen. »Würdest du das bitte im einzelnen ausführen?«
»Genehmigungen. Importe. Aufträge. Eine Unterschrift und ein Gummistempel auf einem Schreibtisch da drüben kann hier eine Menge Geld bedeuten. Du weißt das, Bernd. Dein Freund Werner Volkmann weiß das auch.« Er blies Rauch aus. Es war eine verhaltene Geste von Feindseligkeit. Er sah mich an und wartete auf meine Antwort.
»Du willst doch nicht sagen, daß Werner drin verwickelt war?«
Ehe er die Leitung von Lisls Hotel übernommen hatte, hat Werner eine Menge Geld mit Wechselbürgschaften verdient: nämlich Einfuhr- und Ausfuhrgeschäfte so organisiert, daß die DDR nicht genötigt war, in harter Währung zu bezahlen. In dieser Hinsicht war Werner allerdings für seinen Lebensunterhalt auf Ostberliner Unterschriften und Gummistempel angewiesen gewesen.
»Ich weiß nicht.« Er winkte ab. »Wenn er's war, hat er sich jedenfalls gerade rechtzeitig daraus zurückgezogen. Er geht jetzt nicht mehr rüber.«
»Er hat in Lisls Hotel zu tun«, sagte ich. Ich sah Rolf die Asche von seinem Zigarillo abstreifen. Meine Lust zu rauchen war mir vergangen. Der Rauch, der Geruch, die Asche, schon die Vorstellung ekelten mich an.
»Natürlich«, sagte Mauser. »Und wenn ich du wäre, Bernd, würde ich mir auch irgendeine Beschäftigung suchen.« Ein vielsagender Blick. »Denn es gibt auf beiden Seiten der Mauer jetzt eine Menge Leute, die jemanden suchen, dem sie die Schuld in die Schuhe schieben können. Du würdest dich fabelhaft dazu eignen.«
»Als Drogen-Kurier?«
»Wenn beide Seiten Beweise dafür beibringen? Die wären doch

wohl überwältigend. Wer würde jemandem seine Unschuldsbeteuerungen glauben, wenn Ost und West eine anderslautende Geschichte miteinander verabredet hätten?«

»Woher weißt du das alles, Rolf?«

»Ich kenne eine Menge Leute, und ich spitze die Ohren.«

Ich plauderte noch fast eine weitere halbe Stunde lang mit ihm, aber Rolf hatte beschlossen, nichts mehr zu sagen, vielleicht wußte er auch weiter nichts mehr, und so wechselten wir zum Klatsch über seine Familie und andere gemeinsame Bekannte. Der vorerwähnte Verwandte in Luton aber kam nicht wieder zur Sprache. Ich fragte mich, ob dieser Cousin nicht nur ein Vorwand war, den wahren Zweck seines Besuchs zu verbergen. Nicht allzu weit von hier saßen verschiedene Beamte des Departments, die nie aus ihren Bürosesseln herauskamen und froh wären, jemanden wie Rolf Mauser für Ergänzungen ihrer langen, langweiligen und tendenziösen Berichte über die DDR, Literatur, die wenig Ähnlichkeit mit der Wirklichkeit hatte, zur Verfügung zu haben. Es wäre zwar sehr leichtsinnig von ihm, wenn er noch immer für uns arbeitete, aber in Anbetracht der Tatsachen, einerseits, daß das Department stets bereit war, auf jeden, der ihm nützlich sein konnte, wenn nötig Druck auszuüben, und Rolf Mausers Lust auf Abenteuer und Nebenverdienste andererseits vermutete ich, daß er genau das tat. Die Möglichkeit, daß er ein doppeltes Spiel spielte und alles, was hier vorging, der anderen Seite meldete, gab der Sache noch eine weitere Dimension. Ich hoffte, daß wer immer sein Ansprechpartner im Department sein mochte, das wohl bedacht hatte und nie außer acht ließ.

Als ich Mauser verließ, fühlte ich mich von unserer Unterhaltung beunruhigt. Irgend etwas an seinen Worten hatte mich unsicher gemacht. Ich kannte dieses Gefühl seit meiner Kindheit. Mauser genoß es, Leute zu ängstigen.

14

Ich schlug mir Rolf Mauser aus dem Kopf, während ich die Oxford Street hinaufging und bei Selfridges die Eisenwarenabteilung aufsuchte, um ein neues Scharnier für die Garagentür zu besorgen. Ich brauchte ein großes, denn das Holz der Tür war nicht mehr in bester Verfassung. Über kurz oder lang würde ich Metalltüren einsetzen lassen müssen, aber unter den gegenwärtigen Umständen scheute ich die Ausgabe. Und wenn Gloria nach Cambridge auf die Universität ging, verkaufte ich das Haus vielleicht sowieso wieder. Einer der Angestellten fand im Lager ein langes Scharnier, wie ich es brauchte. Ich hatte es bei mir – in braunes Papier gewickelt –, als ich zu der Adresse in der Upper Brook Street ging, hinter der amerikanischen Botschaft, wo mich der Feine Harry zum versprochenen Lunch erwartete.

»Deine Kalaschnikow hättest du aber nicht mitzubringen brauchen, Bernard«, sagte Harry, als er das Paket sah. »Es wird alles vollkommen friedlich verlaufen, ich habe Dicky mein Wort darauf gegeben.« Er lachte dieses wohlerzogene Böse-Buben-Lachen, das manche Orientalen kultivieren. »Komm und trink was«, sagte er und führte mich in einen Raum in der ersten Etage. Wie immer war Harrys makellose Kleidung irgendwie englischer Stil: graue Flanellhosen und ein dunkler Blazer mit ziselierten Metallknöpfen und auf der Brusttasche das in Golddraht gestickte Wappen eines Golf-Clubs in Los Angeles.

Mayfair ist eine exklusive Wohngegend, von deren vornehmen Wohnungen nicht wenige verkappte Geschäftslokale sind. Eine Gegend hoher Mieten und kurzbefristeter Mietverträge, wo Privatbanken, Kunsthändler und Anlageberater sich diskret hinter einfachen Messingschildern verbergen. Die Häuser dort sind

klein, und der beengte, übermöblierte Raum, in den der Feine Harry mich führte, sollte offensichtlich die Bedürfnisse reicher Durchreisender befriedigen. Das Haus hatte die Art von Renovierung erhalten, die mein Schwager als »Behandlung mit goldenen Wasserhähnen« bezeichnete. Es gab eine Menge Tischlampen aus großen, robusten Krügen mit widerstandsfähigen Schirmen, Sofas mit losen Überzügen aus lackiertem Chintz und die Sorte Teppich, auf der Wein keine Flecken macht.
Jegliche Wirkung behaglicher Wohnkultur des 18. Jahrhunderts wurde jedoch durch das in einer Ecke des Raums eingerichtete »Erfrischungsbüffet« zunichte gemacht: Auf einer Kunststofftischplatte stand dort ein Speisewärmer mit zwei gefüllten großen Kaffeekannen, Bechern, Pappbechern und Keksen sowie einer handschriftlichen Ermahnung, zehn Pence in die Kasse zu legen und mit Namen bezeichnete Becher nicht zu benutzen.
»Mach's dir bequem«, sagte Harry, während er den Erdglobus aufschloß, dessen nördliche Hemisphäre an einem am Äquator befestigten Scharnier heruntergekippt werden konnte und dann einen trinkbaren Kern offenbarte. »Einen Martini? Oder ein anderes Gift?«
»Martini ist mir ganz recht.« Ich sah ihm bei der Auswahl der Flaschen zu: Beefeater und Noilly Prat.
»Ich will dir mal was sagen«, sagte er, während er durch den Raum ging und an einem Bücherregal zog. »Kalifornien kann mir gestohlen bleiben.« Seine Bemühungen zeitigten Erfolg, als nun ein Stück gesammelter Werke in antikem Ledereinband und Regal gleichzeitig seinem Druck wich und den kleinen Kühlschrank freigab, den die literarische Fassade kaschierte. »Yes, Sir.« Mit souveräner Fertigkeit warf er die Eiswürfel in einen Krug und hielt zwei gekühlte Gläser in der Hand, die Ginflasche unter den Arm geklemmt.
Er zog den Stöpsel aus der Ginflasche und mixte die Cocktails mit selbstverständlicher Geschicklichkeit. »Nicht soviel Gin, bitte«, sagte ich.
»Ich habe dich nie für einen Wermutbruder gehalten«, sagte der Feine Harry, ohne meine Bitte zu berücksichtigen. Er hielt die Gläser in die Höhe, wie um die Farbe der Mixtur zu prüfen, und

reichte mir dann eins. »Ich kann nur eines nicht ertragen ... den Wermutsüchtigen. Spül das mal über deine Mandeln – der vollkommene Martini.«
»Ich mag Kalifornien«, sagte ich.
»Wenn du für meine Firma arbeiten würdest, würdest du's nicht mögen«, sagte er. Er ging zum Fenster und sah hinab auf den Verkehr. Dieser hier kam vom Hydepark durch eine Einbahnstraße, wie gedrängte Herden glänzender Wandertiere stampfte er unaufhörlich vorbei. »Sie haben mich entlassen. Kannst du dir das vorstellen?«
Ich lächelte und probierte meinen Drink. Worin auch immer der Feine Harry in Kalifornien enttäuscht haben mochte, in der Kunst, Martinis zu mixen, zweifellos nicht.
Harry sagte: »Es gibt da ein paar Akten, derentwegen ich dich vor dem Lunch noch um Rat bitten möchte.« Er sah auf seine Uhr. »Unser Tisch ist für ein Uhr bestellt. Ist dir das recht?«
»Klar.«
»Ich bin froh, daß wir uns heute treffen konnten, Bernard. Du weißt nicht, was für einen Gefallen du mir tust.«
»Ach ja?«
»Du bietest mir einen Vorwand, dem Büro fernzubleiben. Joe Brody ist im Lande und verteilt Arschtritte, als ginge morgen die Welt unter.«
»Joe Brody?«
Ich nehme an, er sah meine Antennen ausfahren. Er sagte: »Ja, Joe Brody! Joe Brody ist aus Wien eingeflogen und luncht heute mit dem Botschafter, das hat ihn aber nicht davon abgehalten, ins Büro zu kommen und so ziemlich jedem, der da arbeitet, Zunder zu geben.«
»Ist denn Brody so ein rüder Bursche?«
»Das kann er sein, wenn man ihn nicht zu nehmen weiß.« Er lächelte hinterlistig. »Der will mit Samthandschuhen angefaßt sein, wenn ich mal so sagen darf. Du mußt ihn doch kennen, nicht?«
»Wir sind uns in Berlin begegnet.«
»Brody ist scharf auf eine große Beförderung. Ich habe was davon läuten hören, daß er eine leitende Stellung in der Operationsabteilung kriegen soll.«

»Brody ist zu alt.«
»In der CIA, alter Kumpel, ist niemand je zu alt. Deshalb sind wir ja alle so aufgeweckt und pflichteifrig und sitzen unseren Chefs im Nacken.«
»Brody?«
»Und er sorgt dafür, daß man in Washington weiß, daß er noch lebendig und rüstig ist. Verstehst du?«
»Ich dachte, Brody säße in Wien.«
»Vergiß Brody. Mit Brody werde ich schon fertig. Laß mich dir diese Akten zeigen. Du hakst ein paar Sachen ab und sagst mir, wo wir schiefliegen, und dann gehen wir und verjubeln den Rest des Spesenetats für diesen Monat im Connaught. Was hältst du davon?«
»Das ist ein Angebot«, sagte ich.
»Sieh dir schon mal das hier an, während ich das übrige Zeug aus dem Safe oben hole.« Er reichte mir einen farbigen Aktendeckel und einen Filzstift.
Ich ging den Vorgang durch. Hinten war wie üblich ein rosa Blatt für Zusätze eingeheftet, ein von der CIA entworfener Fragebogen nach dem jeweils neuesten Stand dringlicher Angelegenheiten. Ich fand die gestellten Fragen nicht sonderlich schwierig, obwohl ich mich bei der Beantwortung ganz auf mein Gedächtnis verlassen mußte. Es waren aber eine Menge Fragen.
Harry kam mit zwei weiteren Akten zurück, die er mir auf den Schoß knallte. Dann bemerkte er, daß mein Glas leer war, ging und mixte uns zwei weitere vollkommene Martinis.
»Es gibt da noch eine Akte, die ich aber nicht finden kann. Einer der Angestellten sagt, daß sie zum Grosvenor Square geschickt worden ist. Möglicherweise wollte Brody sie haben. Gegen Mittag wird sie vielleicht vom Boten zurückgebracht. Mach jedenfalls schon mal, was du schaffst, und dann gehen wir essen. Laß dein Paket hier. Wir kommen nach dem Lunch hierher zurück, und wenn die verdammte Akte inzwischen gebracht worden ist, kannst du ja vielleicht auch noch einen Blick drauf werfen.«
»Okay.«

Sobald meine Arbeit getan war, gingen wir zu Fuß zum Connaught-Hotel am Carlos Place, die kühle Luft milderte die Wirkung von Harrys Martini nur teilweise.

Er hatte einen Tisch am Fenster bestellt und hielt sich in jeder Hinsicht an sein Versprechen. Wir bestellen à la carte, und die Weine, die er dazu passend aussuchte, waren hervorragend. Es war das erste Mal, daß ich in so freundschaftlicher Weise mit Harry plauderte. Ich kannte ihn schon seit vielen Jahren, doch hatten wir bisher immer nur geschäftlich miteinander zu tun gehabt.

Wenn die persönliche Tarnung ein Maßstab der Tüchtigkeit eines Agenten war, war Harry einer der tüchtigsten Agenten, die ich je gekannt habe. Jahrelang schien niemand mit Sicherheit zu wissen, ob er nun für die CIA arbeitete oder nicht. Selbst jetzt hätte ich nicht mit Sicherheit sagen können, ob er für sie in fester Anstellung tätig war. Harrys Bruder, viel älter als er selbst, war bei der Ausführung eines CIA-Auftrages in Vietnam elend umgekommen, und ich hatte sagen hören, daß Harry dem Geheimdienst die Schuld an seinem Tod gab. Doch hatte ich das ihm gegenüber nie erwähnt, und wenn diese vergangene Episode irgendwelche Spuren von Verbitterung bei ihm hinterlassen hatte, konnte man von ihm kaum erwarten, seine Gefühle zu zeigen.

Harry, nicht weniger zielbewußt und verschlagen als Rolf Mauser, hatte eine Vorgehensweise, die der des alten Mannes völlig entgegengesetzt war. Mauser liebte es, den Gegner mit Gewalt zum Nachgeben zu nötigen. Für Harry kam es nur auf das Ergebnis an. Da zeigte sich, schien mir, der grundlegende Unterschied zwischen Europa und dem Orient, zwischen dem Sichtbaren und dem Verborgenen, zwischen Kraft und List, Boxen und Judo.

Es wäre weiser gewesen, wenn ich solchen Überlegungen vor unserem Lunch mehr Gewicht gegeben hätte, denn als ich in das Haus an der Brook Street zurückkehrte, war ich nicht gefaßt auf den wütenden Empfang, der uns da zuteil wurde.

»Wissen Sie, wie spät es ist?« schrie Brody, dessen Lunch mit dem Botschafter offensichtlich eine kürzere und kargere Erfrischung als unsere gewesen war.

»Tut mir leid, Joe«, erwiderte Harry, auf halber Höhe der Treppe innehaltend, während ihn der rotgesichtige Joe Brody von der ersten Etage herunter anschrie. Ich betrachtete Brody mit Interesse. Bisher hatte ich ihn nie anders als in entspannter und sanfter Stimmung gesehen. Brody trug einen dreiteiligen blauen Nadelstreifenanzug, der einem Mittagessen mit dem Botschafter angemessen war. Er war alt, ein kahlköpfiger Mann, dessen goldgeränderte runde Brillengläser seinem Gesicht so fest eingepaßt waren wie in den Stamm eines knorrigen alten Baums eingewachsene Münzen. Bei anderen Gelegenheiten hatte ich ihn, ein Glas in der Hand, den Umstehenden nachsichtig Gehör schenken und weise lächeln sehen. Aber hier war jetzt ein rasender Kerl, der sogar durch die ruhigen Züge des Feinen Harry Furchen pflügen konnte.
»Leid tut's Ihnen. Verdammt, das sollte es auch. Wer ist das? Ach, Sie sind's, Samson, ich hatte fast vergessen, daß Sie vorbeikommen wollten. Sind Sie fertig?«
Inzwischen waren wir auf dem oberen Treppenabsatz angelangt. Joe Brody winkte uns beide in den Raum, in dem wir uns vor dem Essen aufgehalten hatten. Er schritt durch das Zimmer, zog sein Jackett aus und warf es auf einen Stuhl. Langsam, wie ein aufgestörtes Reptil, entrollte sich das Jackett und glitt zu Boden. Brody schien es nicht zu bemerken.
Ich antwortete nicht. Brody sah mich an und dann Harry. Ich empfand die Verlegenheit, in die man gerät, wenn man zufällig Zeuge wird, wie sich ein glücklich verheiratetes Paar plötzlich durch einen wilden Ehekrach verwandelt. In der Stille wurde einem das Geräusch des Verkehrs bewußt, das ein endloses Tosen war, wie ferner Donner.
Als Harry merkte, daß ich nicht vorhatte, Brody zu sagen, ob wir fertig seien, sagte er: »Noch nicht ganz, Joe.«
»Jesus Christus!« Und dann, noch wütender: »Jesus Christus!«
»Nur noch eine Akte«, sagte Harry reumütig.
»Haben Sie ihn wegen Salzburg gefragt?« sagte Brody und sprach von mir, als sei ich nicht anwesend.
»Ich wußte nicht genau, ob es Ihnen recht ist, daß ich davon anfange«, sagte Harry.

»Setzen Sie sich, Bernard«, sagte Brody. Er brachte ein nervöses, flüchtiges Lächeln zustande, als wolle er mir zu verstehen geben, daß er mich in seinen Streit mit Harry nicht einbezog, aber etwas von seinem Zorn schwappte über.
»Wollen Sie was zu trinken, Joe?« sagte Harry, noch immer bemüht, Brodys Zorn zu besänftigen.
»Nein, ich will keinen gottverdammten Drink, was ich will, ist, daß hier endlich mal ein bißchen gearbeitet wird.« Brody griff sich an die Nase, als sei er im Begriff, eine Dosis ekliger Medizin zu schlucken. Harry murmelte etwas von einem Glas Club-Soda, das er jetzt brauche, ging und goß sich eins ein. Ich hatte den Feinen Harry niemals auch nur im geringsten erregt gesehen, aber jetzt zitterten seine Hände.
Brody sank in den Sessel mir gegenüber und seufzte. Plötzlich sah er erschöpft aus. Sein Krawattenknoten hatte sich gelöst, seine Weste war zum Teil aufgeknöpft, und ein großer Teil seines Hemds lag jetzt als zerknautschter Rettungsring um seine Mitte. Seine schlechte Laune hatte sein Äußeres und seine körperliche Spannkraft in Mitleidenschaft gezogen. Aber meine Erwartungen, er würde seine Stimmung mäßigen, wurden durch den rauhen Ton enttäuscht, in dem er fortfuhr: »Einer von unseren Leuten ist in die Luft gesprengt worden in Salzburg. Haben Sie davon gehört?«
»Ich war da«, sagte ich.
»Natürlich waren Sie da. Was genau ist passiert, Bernard?«
»Es war also einer von Ihren Leuten?«
»Ich habe Sie gefragt, was genau passiert ist.«
»Ich weiß nicht, was genau passiert ist«, sagte ich.
»Also, stellen Sie sich jetzt bitte nicht dumm, Bernard. Ich habe nicht ewig Zeit und bin auch nicht in der Laune.«
»Ich kann Ihnen nichts erzählen, was die polizeiliche Untersuchung nicht schon ergeben hat.«
»Haben Sie den Polizeibericht gesehen?«
»Nein«, gab ich zu.
»Wie zum Teufel wollen Sie es also wissen?« Er faßte sich wieder an die Nase und beendete die Gebärde dann, indem er sich heftig mit der flachen Hand den Mund rieb. Allem Anschein nach

zügelte sich mit dieser Gebärde ein Mann, der in Gefahr war, sich zu einem echten Wutausbruch hinreißen zu lassen.

»Immer langsam, Mr. Brody«, sagte ich. »Es handelte sich um eine durch Leitungselektrizität gezündete Sprengladung. Ihr Mann Johnson starb. Das ist ungefähr alles, was ich Ihnen erzählen kann.«

»Würden Sie Johnson bitte beschreiben?«

»Nett und umgänglich. Ziemlich groß, in guter körperlicher Verfassung, aber etwas übergewichtig. Braunes, welliges Haar, Kinnbart, kein Schnurrbart. Bifokale Brille mit Goldrand.«

»Das reicht. Wer hat das Ding gelegt?«

»Keine Ahnung.«

»Ich glaube doch«, sagte Brody und ließ seine Stimme etwas bedrohlicher werden.

»Dann geben Sie mir einen Tip«, sagte ich.

»Ich stelle hier die Fragen«, sagte Brody. »Denken Sie noch mal scharf nach.«

»Ich habe Ihnen schon gesagt, was ich weiß, Mr. Brody.«

Er saß da und funkelte mich an.

»Ich werde Sie noch einmal fragen, Bernard. Ich will diese Sache in aller Form durchgehen.«

»Sie können sie in jeder Form haben, in der Sie sie wünschen«, sagte ich. »Ich hab's Ihnen einmal gesagt und sag's Ihnen gern noch mal. Ich weiß nichts.«

»Unser Junge«, sagte er und hielt inne. Ich hatte vergessen, daß leitende Angestellte der CIA immer von »unseren Jungens« sprechen. Als er fortfuhr, sprach er in der abgerissenen Weise, die immer verrät, daß der Sprecher erregt ist. »Unser Junge hieß Bart Johnson. Er war ein guter Mann... Er war in Frankfurt stationiert. Ich habe Bart zwanzig Jahre lang gekannt. Wir waren zusammen in Moskau. Vor langer Zeit haben wir ein paar schlimme Sachen gemeinsam durchgestanden. Heute habe ich mit dem Botschafter zu Mittag gegessen. Ich wollte ihn davon unterrichten, daß Washington mich autorisiert hat, dieser Sache so tatkräftig nachzugehen, wie es meine Mittel gestatten.«

»Das freut mich zu hören, Mr. Brody, denn wenn ich in die Luft gesprengt werden sollte wie Ihr Freund Johnson, würde ich da oben gerne die Gewißheit haben, daß meinem Verschwinden von irgend jemandem nachgegangen wird, so tatkräftig es seine Mittel erlauben.«

»Okay, Bernard, wir wissen, daß Sie mit Bart Johnson Kontakt hatten. Niemand sagt, daß Sie bei seiner Ermordung die Hand im Spiel hatten, aber ich will genau wissen, was in dem verdammten Hotel gelaufen ist, ehe es zu dieser Explosion kam.«

»Das einzige, was da meines Wissens gelaufen ist, ehe es zu der Explosion kam, war eine Briefmarkenauktion.« Ich versuchte, in ruhigem und höflichem Ton zu sprechen, was mir jedoch nicht vollkommen gelang.

»Versuchen Sie's mit mehr Anstrengung.«

»Versuchen Sie's mit einfacheren Fragen.«

»Okay. Hier ist eine einfachere Frage: Warum sind Sie so ein Arschloch?«

Ich erhob mich und ging durch den Raum. Unauffällig in die Eichentäfelung eingelassen und flankiert von zwei Kupferstichen, die Rennpferde zeigten, war dort eine Tür. Vor der Tür stand ein Tischchen mit einer als Schachbrett eingelegten Platte, auf der Schachfiguren standen, wie der Innenarchitekt sie aufgestellt hatte. Ich drehte mich um. Brody stand gerade auf. Ich stieß den Tisch mitsamt den Figuren zur Seite und versuchte, die Tür zu öffnen. Sie war verschlossen. »Wollen Sie mir bitte diese Tür öffnen, Mr. Brody? Oder soll ich es tun?«

Vielleicht hätte ich ohne die Flasche Château Talbot und ohne den doppelten Malzwhisky, mit dem ich mein Mahl beschlossen hatte, weder die Verwegenheit noch die Kraft aufgebracht zu tun, was ich dann tat. Ich hob den Stiefel und trat die Tür fast aus den Angeln. Sie schwang mit dem Krach eines Donnerschlags in den nächsten Raum hinein.

Für einen Augenblick fürchtete ich, mich schrecklich verrechnet zu haben, dem war aber nicht so. Da standen in das plötzliche Licht blinzelnd zwei hemdsärmelige Männer mit Kopfhörern auf den Ohren. Ihre Gesichter waren in einem Ausdruck des Schreckens erstarrt. Hinter ihnen leuchteten TV-Monitor-Bildschirme aus dem Dämmerlicht. Die Techniker waren aufgesprungen. Einer von ihnen schnellte zurück, so daß die Strippe seiner Kopfhörer ein Teil des Zubehörs vom Tisch riß. Es stürzte krachend zu Boden. Dann lockerte sich die schwere Tür mit einem langgezogenen quiekenden Geräusch aus dem Halt des einzelnen Scharniers und sank langsam zu Boden, wo sie endlich mit widerhallendem Knall aufschlug. Keiner der beiden Techniker sagte ein Wort. Vielleicht passierte ihnen das häufig. Sie hatten natürlich Videoaufnahmen von mir gemacht. Es wäre vermutlich dumm von ihnen gewesen, sich anzuhören, was ich wußte, ohne meine Aussage irgendwie zu dokumentieren, aber deshalb brauchte ich mich ja noch lange nicht hinzusetzen und leichten Herzens alles zuzugeben, was mir später als Beihilfe zu einem Mord ausgelegt werden konnte.

»Okay, Schlauberger, Sie haben's uns gezeigt«, sagte Brody ruhig. Er sprach jetzt in einem anderen Ton. Ich wußte noch immer nicht, wieviel seiner vorherigen schlechten Laune nur vorgetäuscht war. Und in welchem Maße sie, wenn sie vorgetäuscht war, den Zweck verfolgte, mich oder den Feinen Harry einzuschüchtern. »Kommen Sie, setzen Sie sich wieder. Wir werden ohne Aufzeichnung miteinander reden, wenn es das ist, was Sie wollen.« Zu den beiden Kameramännern sagte er: »Haut ab, Jungens. Wir schneiden die Massenszene raus«, und dabei lächelte er über seinen Witz.

Der Feine Harry hatte sich nicht gerührt. Er stand noch immer am Kühlschrank und nippte an seinem Soda-Wasser.

»Könnten wir nicht nach unten gehen und uns in einem anderen Raum unterhalten?« fragte ich. »In der Küche zum Beispiel.«

»Bei laufendem Wasserhahn und angeschaltetem Neonlicht?« schlug Brody sarkastisch vor. Er ging und nahm sein Jackett vom Boden auf, wobei er es durchsuchte, um sicherzugehen, daß seine Brieftasche noch da war, wo sie hingehörte. »Na klar, was immer Ihnen guttut, Bernard.« Seine Art war jetzt wärmer, als sei's ihm lieber, den Tod seines Freundes Johnson mit jemandem zu besprechen, der Türen eintreten konnte.

Wir gingen in den Keller hinunter zu der winzigen Küche. Sie wirkte genauso wohlgepflegt wie alle anderen Räume des Hauses. Es war eine Küche, in der niemals Essen gekocht wurde. Nasse Tassen und Untertassen standen im Spülbecken und ein paar Gläser auf dem Abtropfbrett. Auf dem Regal darüber standen Packungen gemahlenen Kaffees und eine riesige Schachtel mit Teebeuteln sowie ein großer transparenter Kunststoffbehälter, der einer Aufschrift zufolge Zucker enthielt. Eine graugestrichene Jalousie verdeckte das Fenster.

Joe Brody öffnete den Kühlschrank, der mit Getränkedosen angefüllt war. Er nahm sich eine Pepsi, knipste den Verschluß auf und trank aus der Dose. Keinem bot er etwas an. Er schien in Gedanken versunken.

Ich saß mit Harry an dem runden Küchentisch. Brody ergriff einen freien Stuhl, stützte den Fuß auf eine Strebe desselben und fragte: »Waren da zwei Amerikaner oder nur dieser eine?«

»Zwei«, sagte ich und beschrieb Thurkettle, und wie er auf die Terrasse herausgekommen war und davon gesprochen hatte, daß er einst mit Peter Underlet im gleichen Büro gesessen habe, und auch, wie sich nach der Auktion Johnson an mich herangemacht hatte. Ich erwähne nicht, daß ich bei der Auktion mitgeboten hatte, und ließ keine Andeutung fallen, daß ich an dem Umschlag interessiert gewesen war. Brody setzte sich und sagte: »Wir wissen von dieser Auktion.«

»Warum sagen Sie mir nicht, was Sie wissen, Mr. Brody? Ich werde versuchen, die Lücken zu füllen.«

»Meinen Sie Thurkettle?«

»Genau das meine ich«, sagte ich.

»Na, nun sehen Sie, weshalb ich ein paar von den Einzelheiten lieber ausgelassen hätte«, sagte Brody. »Wir versuchen herauszufinden, ob zur Zeit der Explosion beide Männer dort waren.«

»Ich hörte Johnson mit Thurkettle sprechen, als er in sein Zimmer kam. Damals glaubte ich, er spräche mit sich selbst. Danach... also, ich weiß nicht.«

»Wann war das?« sagte Brody. Er drehte die Öffnung seiner Pepsidose nach unten und schlürfte mit offenbarem Genuß die letzten Tropfen. Wahrscheinlich brauchte er den Zucker.

»Vielleicht eine halbe Stunde vor der Explosion«, erwiderte ich.

»Was hat er gesagt?« Achtlos warf Brody die leere Dose durch den Raum. Sie landete klappernd im Mülleimer.

Als Brodys Augen zu mir zurückkehrten, sagte ich: »Ich glaube, er sagte: ›Na, sieh mal einer an!‹ Jedenfalls war es so eine Bemerkung, wie man sie gut zu sich selbst machen kann. Die aber andererseits auch eine Begrüßung hätte sein können.«

»An jemand, der sich schon im Zimmer befand?«

»Er wußte schon seit dem Tag davor, daß Thurkettle da war.«

»Woher wissen Sie das?«

»Er sprach davon. Fragte mich, ob ich wüßte, wer er sei.«

»Das hat er Sie gefragt?«

»Er sagte, er sei Thurkettle schon früher begegnet, wüßte aber nicht, wo er angestellt sei und was er arbeite.«

»Wissen Sie, wer Thurkettle ist? Ich meine, wirklich?«

»Jetzt weiß ich's«, sagte ich.

»Lassen Sie mich Ihnen eine spekulative Frage stellen«, sagte Brody. »Weshalb sollte Thurkettle ins Hotel zurück und in dieses Zimmer gehen? Die Bombe befand sich bereits in dem Rasierapparat. Warum hat er nicht einfach Leine gezogen?«

»Keine Ahnung«, sagte ich. »Aber als ich zurückging, um ihn vor Thurkettle zu warnen...«

»Stop. Hören Sie«, sagte Brody. »Soll ich Ihnen vielleicht glauben, daß Sie vorhatten, Johnson einen Tip zu geben wegen Thurkettle? Sie? Der Typ, der dasitzt und mauert, wenn nach den Umständen seines Todes gefragt wird? No, Sir, das kaufe ich Ihnen nicht ab.«

»Also ich weiß nicht mehr genau, was ich vorhatte. Ich ging jedenfalls wieder in sein Zimmer, um rauszukriegen, was zum Teufel da eigentlich gespielt wurde.«

»Okay, reden Sie weiter.«

Der Feine Harry stand auf und ging zum Kühlschrank und, nachdem er das Angebot gemustert und seine Wahl getroffen hatte, nahm er sich ein Glas aus dem Wandschrank und goß sich Soda ein. Harry mußte verrückt auf Soda sein. Oder vielleicht versuchte er, damit nüchtern zu werden. Brody funkelte ihn an, um ihm zu bedeuten, daß das Hin und Her seine Konzentration störte. Harry trank sein Soda und ignorierte Brody.

Ich sagte: »Ich ging in sein Zimmer und sprach mit ihm ganz kurz vor der Explosion. Er sagte, ich solle in einer Viertelstunde wiederkommen. Unmittelbar danach ist das verdammte Ding explodiert.«

»Lassen Sie mich festhalten: Sie haben also ein paar Minuten vor seinem Tod mit Johnson in seinem Zimmer gesprochen?«

»Er rief aus dem Badezimmer.«

Brody sagte: »Die Badezimmertür war zu? Sie haben ihn nicht gesehen?« Er zog sich an der Nase, als wäre er tief in Gedanken.

»Genauso war es.« Ich fing an zu verstehen, was Brody beschäftigte. Er wartete eine ganze Weile. Dabei überlegte er sich wohl, wieviel er mir erzählen sollte.

Schließlich sagte Brody: »Als diese Stimme Ihnen sagte, Sie sollten in einer Viertelstunde wiederkommen, waren zwei Männer im Badezimmer. Wahrscheinlich sollte Johnson gerade in diesem Augenblick ermordet werden.«

»Ich verstehe«, sagte ich.

»Ich glaube nicht, daß Sie was verstehen«, sagte Brody.

»Für wen arbeitete Thurkettle denn?«

»Er ist ein Renegat. Seit zwei Jahren schon killt er für den KGB. Wir haben schon mindestens vier Leute durch ihn verloren. Aber so nahe auf den Leib gerückt wie diesmal ist er uns noch nie. Johnson und Thurkettle kannten einander gut. Sie haben früher zusammengearbeitet.«

»Das ist bitter«, sagte ich.

Brody konnte nicht stillhalten. Er stand plötzlich auf und stopfte sich das Hemd in die Hose. »Das können Sie noch mal sagen. Ich werde es diesem Schwein besorgen, und wenn's das letzte ist, was ich tue.«

»Er ist also nicht durch die Explosion getötet worden?«

»Aha, das haben Sie also schon herausgefunden, was?« sagte Brody sarkastisch. Er ging hinüber zum Spülbecken und wendete sich mir, gegen das Abtropfbrett gelehnt, von dort zu. »Thurkettle ermordete Johnson und sprengte ihm danach den Kopf ab. Warum? Um Spuren zu verwischen? Oder war Johnson zu schlau, auf eine Trockenrasiererbombe reinzufallen? Wurde Thurkettle überrascht, als er die Rasierapparate austauschte? Tötete er Johnson und zündete die Bombe dann mit einer Zeituhr?« Brody, der mich noch immer anstarrte, lächelte schwach und geringschätzig. »Auf die Weise riskierte er nicht, mit Hirn und Blut bespritzt zu werden.«

Der Feine Harry hatte inzwischen seine gewöhnliche Fassung wiedergefunden. Das Glas sprudelnden Wassers noch immer in der Hand, ging er zu dem an der Küchenzeile lehnenden Brody hinüber und sagte: »Sie sollten ihm wirklich reinen Wein einschenken, Joe.«
Brody sah mich an, sagte aber nichts.
Harry sagte: »Wenn Sie wollen, daß die Briten uns helfen, müssen sie doch wenigstens wissen, was wirklich passiert ist.«
Brody sagte sehr langsam und nachdrücklich: »Wir glauben, Thurkettle tötete Johnson und sprengte dann dessen Kopf ab, um Spuren zu zerstören. Aber der Kerl, der Ihnen erzählte, er sei Johnson, war in Wirklichkeit Thurkettle.«
»Das darf doch nicht wahr sein!« sagte ich leise, als mir klar wurde, was das bedeutete.
Brody, dem meine Bestürzung sichtlich Spaß machte, fügte hinzu: »Die Leiche, die Sie im Badezimmer sahen, war die des Mannes, der auf der Terrasse mit Ihnen sprach.«
»Verstehe.«
»Viel verstehen Sie nicht, Samson, alter Kumpel«, sagte Brody. Ich hatte den Vorwurf verdient. Ich hätte mir die Leiche auf dem Boden genauer ansehen sollen.
Der Feine Harry sagte: »Thurkettle hat schon bei einer früheren Gelegenheit die Identität seines Opfers angenommen. Das hat uns endloses Kopfzerbrechen gemacht.«
»Was werden Sie nun also für Konsequenzen ziehen, Bernard?« sagte Brody.
»Ich werde mich weiter mit Wasser und Seife rasieren«, sagte ich. Brody sah sauer drein. Ich stand auf, um zu zeigen, daß ich gehen wollte. Er wandte sich ab und beugte sich über das Spülbecken, um durch die auseinandergezogenen Lamellen der Jalousie aus dem Fenster zu sehen. Da war ein winziger Hof und eine geweißte Wand und große Blumenkübel, in denen ein paar blattlose Triebe ums Dasein kämpften. Von der Vorderseite des Hauses hörte man durch die Doppelverglasung den Verkehrslärm, der jetzt, da das Ende des Arbeitstags bevorstand, noch schlimmer geworden war.
»Vergiß die Kalaschnikow nicht«, sagte der Feine Harry.

Joe Brody sah noch immer auf den Hof hinaus. Er schien nichts gehört zu haben.
Ich ging nach oben, um mein Paket zu holen. Harry begleitete mich und ergänzte mein Bild von Thurkettle mit einigen Einzelheiten. Andere US-Regierungsbehörden, die von Anfang an mißbilligt hatten, wie die CIA Thurkettle aus dem Gefängnis holte und mit einer falschen neuen Identität versorgte, erwiesen sich jetzt, da Thurkettle, wie Harry es ausdrückte, »Amok lief«, anscheinend äußerst unkooperativ. Die CIA hatte bei einem Bundesgeschworenengericht im District of Columbia eine geheime Anklageerhebung gegen Thurkettle angestrengt, doch war das Gesuch wegen fehlender Identitätsnachweise abgelehnt worden. Ein Antrag beim Justizministerium war ebenso erfolglos geblieben, ein Antrag auf Aberkennung der Staatsbürgerschaft Thurkettles desgleichen. Harry erklärte, daß es aus diesen Gründen unbedingt nötig sei, Thurkettle das Verbrechen nachzuweisen. Jeder – womit Harry vermutlich Brody meinte – hatte gehofft, daß meine Aussage den erforderlichen Beweis liefern würde. Denn ehe man diesen Beweis nicht hatte, machte Thurkettle ihnen eine lange Nase und lief frei herum.
»Ich verstehe das noch immer nicht«, sagte ich. »Wenn ihr herauskriegt, warum Thurkettle Johnson in die Luft gesprengt hat, könnte alles schon ein bißchen klarer werden.«
»Wir wissen, warum«, sagte der Feine Harry glatt. »Johnson hatte ihn in der Hand.«
»Wen? Thurkettle?«
»Das war Johnsons Auftrag. Die beiden waren alte Kumpels. Joe Brody hat Johnson beauftragt, sich an Thurkettle heranzumachen und die alte Freundschaft zu erneuern. Letzte Woche hat Johnson Brody angerufen und bestätigt, daß Thurkettle im Rauschgiftgeschäft ist. Er konnte am Telefon nicht viel sagen, meinte aber, er hätte genug Beweise, Thurkettle vor ein Schwurgericht zu bringen.«
»Aber Thurkettle war euch allen immer einen Sprung voraus.«
»Joe Brody gibt sich selbst die Schuld daran.«
»Rauschgift?«
»Die am Grosvenor Square vorherrschende Theorie«, sagte

Harry, »ist, daß Thurkettle auch dem armen alten Kleindorf das Lebenslicht ausgeblasen hat.«

»Weshalb hätte er das tun sollen?«

»Ich hatte gehofft, du würdest das mir erzählen. Wir meinen, daß Thurkettle irgendwie mit der Londoner Zentrale im Geschäft ist.« Er lachte auf eine Weise, die andeutete, das könnte auch ein Witz sein. Ich beschloß, nicht wütend zu werden. Ich war zu alt, zweimal am selben Tag wütend zu werden.

Ich nickte und dankte ihm für das Mittagessen und war zufrieden, Tessas neuen Freund mit Kinnbart und ohne Schnurrbart nicht zur Sprache gebracht zu haben. Denn dann hätten sie bestimmt George und Tessa das Haus eingerannt. Und den Bart mochte er ja inzwischen auch längst abrasiert haben.

Wir plauderten noch ein paar Minuten länger, und dann verabschiedete ich mich von dem Feinen Harry und ging nach Hause. An jenem Tag hatte ich den Wagen zu Hause gelassen und war mit der Bahn in die Stadt gefahren. Während ich die ganze Fahrt über stand, hatte ich Gelegenheit, mir zu überlegen, was passiert war. Hatte man mich hintergangen, fragte ich mich. Brodys Wut war zu überzeugend gewesen, und die Reaktion des Feinen Harry konnte auch nicht nur Theater gewesen sein. Aber hatten die bärenstarken Martinis und das üppige Mittagessen, bei dem es so reichlich zu trinken gab, nicht dem Zweck dienen sollen, mich weichzumachen, damit Brody mich erfolgreich in die Mangel nehmen konnte? Und inwieweit hatte Dicky vermutet, was mir bevorstand?

15

»Onkel« Silas kenne ich, solange ich denken kann. Er war meines Vaters Chef, schon bevor ich geboren wurde. Ich erinnere mich an ihn in Berlin, als ich noch ein Kind war. Er war der Patenonkel des kleinen Billy und ein entfernter Verwandter meiner Schwiegermutter.

Er hatte sich schon vor langer Zeit aus dem Department zurückgezogen und lebte jetzt auf seinem kleinen Gut in den Cotswold Hills. Er war alt und wurde von Besuch zu Besuch unleidlicher, aber ich wußte, daß es Zeiten gegeben hatte, in denen er mich lästiger fand, als er mir je war. Wenn ich der Wahrheit ins Gesicht sah, hatte ich vermutlich meinen Job noch immer deshalb, weil mein Vater sich gute Freunde gemacht hatte; und Onkel Silas war einer von ihnen.

Als mich deshalb Mrs. Porter, seine Haushälterin, anrief und mir aufgeregt erzählte, daß es ihm leider gar nicht gutgehe und er mich sehen wolle, machte ich mich sofort zu ihm auf den Weg. Ich bat nicht um Erlaubnis oder sagte Dicky, daß ich einen Tag Urlaub brauchte, ja, ich ließ nicht mal im Büro Bescheid sagen. Ich fuhr zu ihm.

Der Tag begann mit nicht nachlassendem schweren Regen, und die nassen Straßen nötigten mich, vorsichtig zu fahren. Es war eine lange Fahrt, und ich hatte deshalb unterwegs reichlich Zeit, mir meinen überstürzten Entschluß zu überlegen. Als ich die Cotswold Hills erreichte, verloren sich die Hügel in seidigen Strängen grauen Nebels, der auch die Bäume des Guts umhüllte. »Whitelands« bestand aus etwa zweihundertfünfzig Hektar gutem Ackerboden und einem zusammengewürfelten Ensemble kleiner Gebäude. Dazu gehörten eine prächtige Zehntenscheuer, groß genug, die Abgaben für einen Pfarrer zu speichern, und Ställe für sechs Pferde. Das aus braunem Stein gebaute Gutshaus hatte während der vergangenen Jahrhunderte von geschmacklosen Besitzern allerlei hinnehmen müssen, so einen neugotischen Turm und einen unpassenden Seitenflügel, in dem sich die großen Billardzimmer befanden.

Ich war es gewöhnt, bei meiner Ankunft hier ein Dutzend Wagen in der Auffahrt und, wenn die Sonne schien, im Schatten der drei hohen Ulmen, die die Grenzen des Rasens markierten, abgestellt zu finden. An solchen Tagen hallte das Haus wider von den Stimmen dankbarer Gäste. Heute nicht. Die Auffahrt war leer, abgesehen von einem schlammbespritzten Landrover, aus dem drei junge Männer in verblichenen Jeans Gerät ausluden, darunter, wie ich bemerkte, drei grellrote Schutzhelme und drei Paar Ohrenschützer. Der Regen hatte aufgehört, aber es tropfte noch aus den pitschnassen Bäumen, und der Rasen quatschte, wo man hintrat.

Vor der Haustür klapperte der Metallrost, als ich darauf trat, und erinnerte mich so daran, mir den Schmutz von den Schuhen zu kratzen. Ich stieß die Tür auf und betrat den Flur. Das Haus war still und, wie diese Gutshäuser alle, dunkel. Durch die winzigen Fenster in den dicken Steinmauern fielen nur kleine Rechtecke von Licht, die farbige Brücken aus dem Orientteppich schnitten. Plötzlich hörte man durch mehrere geschlossene Türen aus dem Wohnzimmer Lohengrin singen: »In fernem Land«.

Mrs. Porter, seine stets fröhliche und zuverlässige Köchin, Haushälterin und Faktotum in jeder Hinsicht, kam aus der Küche, hieß mich willkommen und nahm mir meinen Mantel ab. Sie hielt ihn noch im Arm, als sie an mir vorbeiging, um einen Blick aus der Haustür zu werfen. Genüßlich schnupperte sie die Luft, wie ein U-Boot-Kommandant die Nacht schmekken mag, nachdem er lange unter Wasser gewesen ist. Über ihre Schulter sah ich, daß einer der Forstarbeiter einen roten Helm und Ohrenschützer aufgesetzt hatte und nun einen der Bäume hinaufkletterte. Er wurde sehr naß.

Sie kam zu mir zurück. »Ja, ich dachte doch, ich hätte Ihren Wagen gehört«, sagte sie. »Ich freue mich so, daß Sie gekommen

sind, Mr. Samson. Ich habe mir Sorgen gemacht... mache mir noch immer Sorgen. Er wird so apathisch, wenn er krank ist.«
»Wirklich?« sagte ich. Es fiel mir nicht leicht, mir einen teilnahmslosen Onkel Silas vorzustellen.
»Er ist aufgestanden und hat sich angekleidet, als er hörte, daß Sie kommen. Ich habe den Arzt deswegen angerufen, aber er sagte, das sei in Ordnung, solange er nicht ins Freie ginge, sich nicht überanstrengte und sich warm hielte.«
»Typisch Arzt«, sagte ich.
Sie lächelte unsicher. Frauen wie Mrs. Porter ängstigen sich, wenn ihr Glaube an die Medizin angegriffen wird. »Der Arzt hat gesagt, daß Mr. Gaunt jeden Augenblick von uns genommen werden könnte«, sagte sie in einem Ton, der mir wohl in Erinnerung rufen sollte, daß zu dem Drama, in welchem Silas' Arzt eine so führende Rolle spielte, ich nicht mehr als ein Statist war. Ich machte ein passend beschämtes Gesicht, und sie sagte: »Er schreibt seine Memoiren. Arme Seele! Er scheint zu wissen, daß seine Zeit gekommen ist.«
Seine Memoiren! Politische Karrieren würden am Ende sein, mancher gute Ruf ruiniert. Es war undenkbar, daß Silas jemals die Erlaubnis erhielt, ein solches Buch zu schreiben, aber ich widersprach ihr nicht.
»Er versteckt es, wenn ich ins Zimmer komme. Ich soll nichts davon wissen, aber ich habe Verdacht geschöpft, als er die kleine Schreibmaschine nach unten schmuggelte. Vor dem letzten Anfall habe ich ihn dann jeden Tag tippen hören. Im Musikzimmer. Da ist er übrigens jetzt. Gehen Sie hinein, ich werde Ihnen Tee bringen.«
Das »Musikzimmer« war das Wohnzimmer, in dem Silas seine Hi-Fi-Anlage und seine Schallplattensammlung untergebracht hatte. Dort pflegte er jeden Abend zu sitzen und Musik zu hören. Für das Fernsehen hatte er nicht viel übrig. Ich zögerte, ihn bei seiner Oper zu stören, aber Mrs. Porter kam mit zur Tür und sagte: »Gehen Sie ruhig rein.« Dann setzte sie in fast tonlosem Flüstern, das zu verstehen mir ihre übertriebenen Lippenbewegungen halfen, hinzu: »Wahrscheinlich schläft er, das sind diese Pillen.«

Ich platzte also ins Zimmer. Ich sah ihn nicht gleich, denn er saß mit dem Rücken zu mir mit Blick auf das Kaminfeuer. Er trug ein dunkles Hemd und ein Smokingjackett aus pflaumenfarbenem Samt, nicht einmal das seidene Kavalierstaschentuch in der Brusttasche fehlte. So kostümiert wäre zu König Eduards Zeiten ein Schauspieler ins Café Royal gegangen. Eine Schottendecke lag neben ihm auf dem Boden. Sie war ihm von den Knien gefallen, vielleicht hatte er sie auch weggestoßen, als er mich kommen hörte. Seine Füße – in leuchtendroten Hausschuhen – ruhten zwischen den Schürhaken am Kamin. Die Musik war laut, und es roch nach Holzrauch. Wie von der Zugluft der geöffneten Tür angefacht, begann das Feuer hell zu brennen und ließ gelbe Gebilde über die niedrige Decke flackern. »Wer ist da?« brummte er. Er schlief nicht.

Leute, die Silas Gaunt gut kannten, und zu diesen war mein Vater zweifellos zu rechnen, pflegten seine vollendete Höflichkeit, seine ritterlichen Manieren und seinen bezwingenden Charme zu rühmen. Meine Mutter hatte ihn einmal einen Flaneur genannt. Ich hatte das Wort bei dieser Gelegenheit zum erstenmal gehört. Nach ihren Schilderungen wäre man geneigt gewesen, sich Gaunt als englischen Exzentriker nach dem Muster von Henry Fieldings Squire Allworthy vorzustellen. Doch der Silas Gaunt, der mir aus eigener Erfahrung bekannt war, war ein verschlagener alter Teufel, der, je nachdem, wie es in seine langfristigen Pläne paßte, die dicke Haut eines Nashorns oder die Empfindsamkeit eines Schmetterlings zeigte.

»Ich hoffe, ich störe nicht«, sagte ich sehr ruhig.

»Ich höre *Lohengrin*, verdammt noch mal!« sagte er. Ich war etwas erleichtert, wie immer nun sein körperlicher Zustand sein mochte, wenigstens seinen Kampfgeist lebendig und ungebrochen vorzufinden. Als er dann den Kopf nach mir umdrehte und das Feuer heller aufloderte, sagte er: »Ach, du bist's, Bernard. Ich dachte, es wäre wieder Mrs. Porter, sie ist dauernd hinter mir her.«

Während meiner Kindheit hatte Silas immer Zuneigung zu mir bekundet, aber jetzt war er alt und hatte sich auf seine eigenen Anliegen – Alter, Krankheit, Tod – zurückgezogen. Seine Anteilnahme hatte nachgelassen. »Sie macht sich Sorgen um dich, Silas«, sagte ich.

»Sie hat sich mit diesem verdammten Kurpfuscher verbündet«, sagte er. Er schaltete den Plattenspieler ab, indem er den Tonabnehmer aus der Rille hob. Unter der transparenten Haube drehte die Platte sich weiter.

Ich suchte mir einen Sitzplatz. Er hatte sehr abgenommen. Die Kleider waren ihm zu weit, so daß sein faltiger Hals jetzt dünn aus einem überbreiten Hemdkragen ragte. Im halbdunklen Raum waren Nippes, Pretiosen und Andenken an ferne Orte verteilt: Skarabäen, eine afrikanische Schnitzerei, eine zerbeulte Spielzeuglokomotive, eine Banderilla, ein Bergstock, in den die Namen bedeutender Gipfel eingeschnitten waren, ein winziger Buddha aus Elfenbein, ein zerbrochenes Kruzifix. Onkel Silas hatte mir einmal erzählt, daß er keine Erdbestattung wünschte. Er wollte nicht in geweihter Erde und auch in keiner Grabkammer liegen. Vielmehr wollte er, wie jetzt viele ägyptische Könige, im Kreise seiner Besitztümer im Museum ausgestellt werden.

»Wir machen uns alle Sorgen um dich, Silas«, sagte ich. Das war eine etwas schwache Erwiderung, und er beschränkte sich darauf, mich böse anzustarren.

»Der verfluchte Arzt will meine Großvateruhr«, sagte Silas.

»Wirklich?«

»Nur deshalb kommt er. Er hat Augen für nichts anderes, wenn er hier ist. Neulich habe ich ihm gesagt, er möge doch mit seinem verdammten Stethoskop ihren Schlag prüfen, da er doch unbedingt wissen wolle, wie genau sie gehe.«

»Vielleicht wollte er nur höfliche Konversation machen.«

»Was ihn reizt, ist die Einlegearbeit, aber er hat Zentralheizung. Bei ihm würde die binnen sechs Monaten austrocknen und in die Brüche gehen.«

»Wirklich eine sehr hübsche Uhr, Silas.«

»Achtzehntes Jahrhundert. Ich habe sie von meinem Vater. Die Tafel an der Vorderseite hat sich ein bißchen verzogen. Einige Intarsien stehen eine Kleinigkeit vor. Die Uhr muß sehr sorgfältig poliert werden von jemandem, der sich darauf versteht. Mrs. Porter läßt keinen anderen dran. Sie zieht sie auch auf.«

»Du kannst dich glücklich schätzen, daß sie sich um dich kümmert, Silas.«
»Dieser verdammte Quacksalber will die Uhr, bevor ich sterbe. Ich weiß, worauf es ihm ankommt. Eine schriftliche Erklärung über den gegenwärtigen Zustand und die Geschichte der Uhr. Solche Urkunden steigern den Auktionspreis. Hat er mir selber erzählt.«
»Ich freue mich, daß du so gut aussiehst«, sagte ich.
»Er hat das ganze Haus voller Uhren. Skelett-Uhren, Kutscher-Uhren, Ballon-Uhren, Uhren auf Elefantenrücken, Uhren in den Bäuchen von Adlern. Ich will nicht, daß meine schöne Uhr in eine derartige Sammlung hineingerät. Das wäre, als schicke man ein Kind ins Waisenhaus oder Mrs. Porter ins Armenhaus. Es ist ein Uhrenfetischist. Er sollte einen Psychiater konsultieren; mit einem Mann, der in einem Haus voller Uhren leben will, stimmt irgendwas nicht. Ich könnte ja mein eigenes Wort nicht verstehen bei all dem Bimbam und Ticktack.«
Es wurde leicht an die Tür geklopft. Silas sagte: »Herein«, in dem jovialen dröhnenden Ton, den er Mrs. Porter gegenüber anschlug. Es war aber einer der jungen Männer. »Alles startbereit, Mr. Gaunt«, sagte er, und es war ihm anzuhören, daß er aus der Gegend hier kam.
»Sehr gut«, sagte Silas, ohne sich nach ihm umzusehen. Der Mann blickte ihn an, als erwarte er eine ernsthaftere Antwort. »Wir machen uns also ans Werk.«
»Ja doch«, sagte Silas gereizt.
Der Mann betrachtete den Hinterkopf des Sprechers, schaute dann mich an, rollte die Augen und ging. Ich erwartete, daß Silas diese Störung irgendwie erläutern würde, er sagte aber nur: »Auf meine alten Tage habe ich Wagner wiederentdeckt.«
»Das ist erfreulich.«
Nach einer langen Pause bemerkte er: »Ich verliere die Ulmen. Sie haben diese verdammte Krankheit.«
»Alle?«
»Nur die an der Vorderfront.« Er biß sich auf die Lippe. »Sie haben immer da gestanden. Mein Vater liebte sie. Vielleicht sollte ich mich wegen dieser verdammten Bäume nicht so aufregen, aber...«

»Du kannst andere pflanzen«, sagte ich.
»Ja, ich werde sechs Eichen pflanzen.« Er lächelte. Es war verständlich, daß er sich irgendwie mit den Bäumen identifizierte, die von jeher das Haus an der Auffahrt eingerahmt hatten. Es würde andere Bäume geben, auch andere Leute, aber Silas Gaunt würde längst gefällt, verheizt und vergessen sein, wenn sie herangereift waren. Er zog ein leuchtendrotes Baumwolltaschentuch, tupfte sich die Augen ab und schneuzte sich. »Ist es dir zu rauchig hier? Wenn ja, mach das Fenster auf.«
»Ich fühle mich wohl.«
»Ist Fledermaus gut gelaufen? Hast du Fiona gesehen?« Von draußen kam das Geräusch einer angeschalteten Kettensäge. Sein Gesicht verkrampfte sich, aber er tat so, als höre er es nicht.
»Ich habe sie gesehen«, antwortete ich.
»Ist dir nun alles klar?«
Es war noch lange nicht klar, aber das zu äußern würde wenig bis gar nichts bringen. »Wir holen sie also raus?« wollte ich von ihm bestätigt wissen.
»Wenn's Zeit ist.«
»Ein Wunder, daß sie's so lange ausgehalten hat.«
»Sie ist ein verdammt tüchtiges Mädchen«, bemerkte Silas. »Eine wundervolle Frau.«
»Und Erich Stinnes kommt auch?«
Silas sah mich abwesend an. Der Lärm der Kettensäge mußte ihn momentan irritiert haben. Ihr Kreischen ertönte in immer längeren Schüben, so, wie sie immer längere und stärkere Äste abschnitt, ehe sie den Baum fällte. Ein Baum ist natürlich wie ein Agentennetz, und so haben die alten Handbücher aus der Kriegszeit es auch immer abgebildet. Und wie einen Baum zerstört man ein Agentennetz, indem man bei einem seiner Zweige anfängt und dann einen Ast nach dem anderen kappt, bis der Stamm gestürzt und die Wurzeln ausgerodet sind. »Stinnes...«, sagte Silas. »Ja, nehme ich an. Ist Stinnes wichtig?«
»Wichtig?« sagte ich. Ich war so durcheinander, wie er zu sein schien.
»Stinnes anzuwerben... ihn dazu zu bringen, daß er zurückging und auf der anderen Seite für uns arbeitete, das war brillant. Eine

Meisterleistung«, sagte Silas. Seine Augen waren hell und wach jetzt. »Wenn Stinnes schließlich unversehrt zurückkommt, wird das Department sich über alle Vorschriften hinwegsetzen, um für Bret Rensselaer einen Adelstitel zu erwirken.«
Ich sah ihn aufmerksam an. Stinnes arbeitete also für uns. Aber tatsächlich meinte er zweifellos, falls *Fiona* unversehrt zurückkäme, aber so offen wollte er denn doch nicht mit mir reden. »Hat Bret das organisiert?«
»Nein. Aber Stinnes zurückzuschicken war ursprünglich Brets Idee. Bret hat deswegen alle Hebel in Bewegung gesetzt.«
»Es war Wahnsinn«, sagte ich. »Vielleicht ist Stinnes damit durchgekommen, vielleicht spielen sie mit ihm. Wer kann das genau wissen? So oder so war es unverantwortlich, ihn zurückzuschicken. Es hat Fiona in Gefahr gebracht.«
»Siehst du's denn immer noch nicht?« sagte Silas. Er schüttelte den Kopf über meine Begriffsstutzigkeit. »Erich Stinnes war und ist uns noch immer vollkommen schnuppe. Stinnes wurde aus einem einzigen Grund dorthin zurückgeschickt, nämlich dem: Fiona als echte Überläuferin glaubhaft zu machen.«
»Nicht, um mit Fiona zusammenzuarbeiten?«
»Nein, nein, nein. Das war ja das Schöne daran. Niemand hat Stinnes verraten, daß Fiona für uns die Seiten gewechselt hat. Es weiß das ja auch fast niemand. Unsere Leute glauben durch die Bank, daß Fionas Verrat der schlimmste Schlag war, der das Department je getroffen hat, und was immer er vielleicht vermutet haben mag, glaubte auch Stinnes das, als er zurückging.«
Ich sagte: »Willst du sagen, daß Stinnes den Auftrag kriegte, zu berichten und zu entschärfen, was Fiona angeblich gegen uns ausheckte?« Es war schön. Es hatte die Symmetrie, die Kunst von Natur unterscheidet.
Silas lächelte zufrieden, als er mich das bedenken sah. »Ja, ›Schadensbegrenzung‹, das war es, was Bret diesem Stinnes als seinen Auftrag hinstellte. Stinnes war nur ein Mittel zum Zweck.«
»Und ich auch«, sagte ich erbittert. »Von Anfang an bin ich zum Narren gehalten worden.« Die Offenbarung, daß meine Frau

eine Heldin war statt eine Verräterin, hätte mich mit Freude erfüllen sollen. Das tat sie in gewisser Hinsicht auch, aber persönlich war ich darüber erbittert, wie man mich benutzt hatte. Mein Zorn galt jedem, der von Fionas langfristig vorbereitetem Einsatz gewußt hatte, ohne mich einzuweihen. Nicht zuletzt Fiona. Von draußen hörte man jetzt pausenlos die Kettensäge. Wahrscheinlich fraß sie sich gerade durch den Stamm.

»So darfst du das nicht sehen«, erwiderte Silas. Er seufzte. Es war keiner jener theatralischen Seufzer, die er früher gerne von sich gegeben hatte. Es war der Seufzer eines kranken alten Mannes, der sich den Anstrengungen des Lebens nicht mehr gewachsen fühlt. »Du hast bei der ganzen Sache eine sehr wichtige Rolle gespielt. Was hätte es genützt, wenn du dir bei der Durchführung der Operation hättest Sorgen machen müssen?«

»Das hat Fiona auch gesagt. Wolltest du mich deshalb sprechen?« fragte ich.

»Dieser verdammte Quacksalber sagt, daß ich jeden Augenblick abkratzen könnte.«

Ich nickte. Er sah krank aus. Mrs. Porter machte sich keine unnötigen Sorgen.

»Ich nehme an, daß es dir Mrs. Porter schon gesagt hat. Sie erzählt es jedem. Ich sehe das den Leuten am Gesicht an, wenn sie hier hereinkommen.«

»Sie ist sehr diskret«, sagte ich, um seinen Zorn zu besänftigen.

»Was wird bloß passieren, wenn ich weg bin, habe ich mich gefragt. Bret ist krank, und überhaupt kennt auch Bret nicht die ganze Geschichte. Der Direktor kennt sie, aber niemand wird auf ihn hören, denn ihn hält man für nicht mehr ganz dicht; wie denkst du übrigens über ihn?«

Dies waren gefährliche Untiefen, und ich suchte sie zu umschiffen. »Ich habe ihn schon seit langer Zeit nicht mehr gesehen«, sagte ich.

»Dem Gerücht zufolge leidet er an der Alzheimerschen Krankheit, aber mein Quacksalber sagt, die einzig zuverlässige Diagnose für diese Krankheit kann erst nach dem Ableben des Patienten durch eine Obduktion gestellt werden.« Es folgten eine plötzliche Stille und dann ein weicher Aufschlag und Stimmengewirr. Der gefällte Baum war auf den nassen Rasen gefallen. Der Laut seines Todes machte mich traurig. Silas ließ sich nicht anmerken, daß er ihn gehört hatte, ich wußte aber, daß das der Fall war. »Weißt du, was ich glaube?« Er bewegte sich rastlos. Ein großer und kräftiger Mann wie Silas konnte nicht wie andere Leute die eigene Hinfälligkeit einfach annehmen. Er beäugte mich, um sich zu versichern, daß ich ihm meine ganze Aufmerksamkeit schenkte. Dann sagte er: »Der Alte ist taub.«

»Ja«, sagte ich. »Das ist allgemein bekannt.«

»Er ist tauber, als er zugibt«, sagte Silas. »Sie glauben alle, daß er verblödet ist, weil er verdammt noch mal zu eitel ist, sich ein modernes Hörgerät anzuschaffen. Ich glaube, daß der Direktor so gut bei Verstand ist wie du und ich.«

»Es sollte mich freuen, wenn du recht hast«, sagte ich und versuchte dann aufs Thema zurückzukommen. »Demnach wissen also nur Bret, der Direktor und du, daß Fiona für uns arbeitet?«

»Genauso ist es. Sogar die Wiener Mannschaft, die letzte Woche deine Begegnung mit ihr arrangiert hat, war der Meinung, daß sie dabei Moskau vertrat.«

»Es erleichtert mich, das zu hören.«

»Wenn wir alle drei, ich, Bret und der Direktor, auf einmal das Zeitliche segnen – und das ist nicht vollkommen undenkbar –, werdet ihr, du und Fiona, die einzigen sein, die die wahre Geschichte kennen. Selbst der Führungsoffizier, der ihre Berichte bearbeitet, ist nicht wirklich ein Führungsoffizier. Er weiß nicht, von wem die Berichte kommen.«

»Ich hätte also keine Aussicht, irgend jemanden davon zu überzeugen, daß Fiona für uns arbeitet?«

»Und Fiona ihrerseits würde es nicht wagen, auch nur den Versuch zu machen.« Er räusperte sich. »Ja, so ist die Lage, Bernard. Deshalb habe ich dich kommen lassen.«

»Was sollte ich deines Erachtens tun?« sagte ich.

»Warten.« Ich sah ihn an. Sein Gesicht war weiß und aufgedunsen, aber krank oder nicht, zeigte es noch immer die keinen Widerspruch duldende Entschlossenheit, die ihn von jeher auszeichnete. »Wir können Fiona da erst rausholen, wenn die Zeit dafür reif ist.«

»Wartet nicht zu lange, Silas«, sagte ich. »Agenten werden unvorsichtig, das wissen wir doch beide. Ihr müßt sie zurückbeordern. Ich hätte es am liebsten gehabt, wenn sie schon neulich mit mir in den Westen zurückgekehrt wäre.«

»Und alles kaputtgemacht hätte, wofür sie gearbeitet hat? Bernard, deine Frau ist Perfektionistin. Das muß dir doch irgendwann während eurer Ehe klargeworden sein.«

»Nein«, sagte ich. Was mir während meiner Ehe mit Fiona klargeworden war, war letztlich nur, daß, obwohl ich so gut wie jede Idee, jeden Gedanken, jedes Gefühl mit ihr teilte, sie sich ihre eigenen Geheimnisse bewahrt hatte, und zwar mit einer Disziplin, die nicht anders als fanatisch zu nennen war. Ich kam mir betrogen vor. Nicht bemogelt, angeschmiert und ausgenommen, weil ich mich habe überrumpeln lassen, sondern jahrelang systematisch getäuscht von der Person, die gelobt hatte, mich zu lieben und zu pflegen. Fiona Kimber-Hutchinson, nimmst du diesen Mann? Ja, hochgenommen hatte sie mich.

»Sie will ihren eigenen Tod inszenieren, damit sie nicht merken, was sie bei ihnen getrieben hat. Ihren Tod inszenieren und dann für ungefähr sechs Monate irgendwo abtauchen. Wir könnten Fionas Material noch ewig weiterverwerten, wenn sie nicht draufkommen, was Fiona bei ihnen gemacht hat.«

Dem Gedankengang konnte ich folgen, bedachte ich aber, was er beinhaltete, war ich wie vor den Kopf geschlagen. Wenn Fiona irgendwo versteckt werden sollte, würde ich ihr dort Gesellschaft leisten? Und mit welcher Begründung konnte man Gloria mein plötzliches Verschwinden erklären? Ihr die ganze Wahrheit zu sagen kam natürlich nicht in Frage. Und was sollte aus den Kindern werden?

Silas fügte hinzu: »Sie hat uns alle möglichen tollen Sachen gesteckt, die wir nicht verwendet haben, um sie nicht in Gefahr zu bringen. Aber wenn sie erst in Sicherheit ist, können wir loslegen.«

Er hätte vielleicht noch mehr gesagt, aber Mrs. Porter kam und servierte uns Tee. Heute hatte sie sich selbst übertroffen. Es gab hausgemachte Würstchen in Blätterteig und einen Gugelhupf, dessen Rezept sie sich beschafft hatte, als sie entdeckte, daß sich für Silas damit glückliche Erinnerungen an eine gute alte Zeit verbanden.

»Wer soll denn das alles essen, Frau...?« sagte Silas grimmig.

»Regen Sie sich doch nicht auf! Mr. Samson wird es essen. Die Fahrt ist lang. Er wird hungrig sein.«

Silas griff in seine Tasche nach den Schlüsseln, die an einem Ring am Ende einer goldenen Kette hingen. Einen von diesen hielt er in die Höhe. »Sehen Sie diesen Burschen, Mrs. Porter? Wenn mir irgendwas zustößt, nehmen Sie dieses kleine Dingsda und geben es Mr. Samson. Sie rufen ihn an und bitten ihn, hier herauszukommen, und sie geben es ihm und keinem anderen. Verstehen Sie das, Mrs. Porter?« Mit einer unbekümmerten Gebärde, die wohl eines Flaneurs würdig war, wirbelte er die Schlüssel an der Kette herum, ehe er sie wieder in die Tasche steckte. Draußen begann das Geräusch der Kettensäge von neuem.

»Ich kann Gedanken an dergleichen nicht ertragen, Mr. Gaunt.«

»Sie werden tun, was ich Ihnen sage. Darauf kann ich mich doch verlassen, oder?«

»Sie wissen, daß Sie's können, Sir.«

»Das ist gut. Aber nun trollen Sie sich. Ich habe keine Lust, mir von Ihnen was vorheulen zu lassen.«

Mrs. Porter stellte die Tassen hin und hob den Deckel der Thermoskanne, um mir zu zeigen, daß sie mit heißem Wasser gefüllt war. Silas grunzte, um seine Ungeduld auszudrücken. Sie lächelte mir tapfer zu, schniefte und verschwand.

»Ich habe diesen Dodo in Wien getroffen«, sagte ich beiläufig, während ich aus der wunderbaren silbernen Teekanne Tee eingoß. Ein Datum war eingraviert. Sie war Silas bei seinem Abschied aus Berlin von seinen dortigen Mitarbeitern überreicht worden.

»Ach ja, wir mußten uns irgendwas einfallen lassen«, sagte Silas unbestimmt.

»Na, und was habt ihr euch einfallen lassen?«

»Sie haben ihm ein MBE oder so was verliehen und seine Pension aufgestockt.«

»Was haben sie?«
»Reg dich nicht auf, Bernard. Auf die Weise brauchen wir uns seinetwegen wahrscheinlich keine Sorgen mehr zu machen. Denn er wurde ziemlich ungemütlich in letzter Zeit, und er weiß einfach zuviel, als daß wir uns leisten könnten, daß er jedem sein Herz ausschüttet. Die Mohrrübe ist bei manchen Eseln nützlicher als der Stock.«
»Der Kerl ist ein Säufer.«
»Er ist jetzt ein gesetzter Mann, Bernard. Hat eingesehen, was gut für ihn ist.«
»Ihr habt also das MBE als Mohrrübe benützt?« Selbst ein Zyniker wie ich war entsetzt.
»Na ja, keine ehrenvolle Erwähnung im Tagesbefehl, nichts dergleichen. Für den Nachrichtendienst geleistete Dienste. Alles sehr unbestimmt. Aber ein MBE wird seine Enthüllungen disqualifizieren. Diese Auszeichnung wird Moskau weismachen, daß wir mit dem Mann zufrieden sind, daß er auf unsere Anordnung handelt.« Seine zusammengepreßten Lippen bewegten sich und deuteten vielleicht ein flüchtiges Lächeln zu Ehren des gelungenen listigen Manövers an. »Es kostet uns nichts, Bernard, und wir müssen an Fionas Sicherheit denken.«
»Ja. Wie höchst englisch! Wenn die Leibeigenen anfangen, Ärger zu machen, schmeißt ihnen einen Titel hin!«
»Reich mir diesen großen braunen Umschlag.« Ich nahm ihn vom Tisch und reichte ihn ihm. Er entnahm ihm eine Rechtsurkunde. Eins dieser Papiere mit Ornamentschmuck, der für englische Rechtsanwälte ebenso unverzichtbarer Bestandteil der Rechtspflege ist wie Perücken, Roben und die autokratischste Standesvertretung der Welt. Das Dokument bestand aus etwa vierzig maschinengeschriebenen Blättern, die mit grünem Band durch die in jedes Blatt gestanzten runden Löcher miteinander verbunden waren. »Hier ist eine vollkommene Beschreibung von allem, was Fionas Auftrag betrifft. Namen, Daten und so fort. Steht alles drin.«
Im Glauben, er wolle mir das Dokument aushändigen, streckte ich die Hand danach aus. Er beachtete sie jedoch nicht. »Hast du einen Füllfederhalter, der schreibt?« Er schlug die letzte Seite auf

und sagte: »Ich möchte, daß du meine Unterschrift bezeugst. Der Fritze vom Notariat kommt morgen vorbei, um seinerseits meine Unterschrift und eidesstattliche Erklärung zu bezeugen. Ich will aber auch dich als Zeugen. Ich hoffe, du hast nichts dagegen.«

»Nein«, sagte ich. »Natürlich nicht.«

Er schrieb seinen Namen und zeigte mir dann, wo ich meinen hinsetzen sollte, bestand pedantisch auch darauf, daß ich meine Adresse in der vorschriftsmäßigen Blockschrift an die vorgeschriebene Stelle schrieb. »Ich möchte ganz sichergehen, daß es den formalen Erfordernissen genügt«, sagte er. Wo ich nach dem Beruf gefragt wurde, schrieb ich Beamter. Er inspizierte meine Arbeit, blies auf die Tinte, um sie schneller zu trocknen, und erklärte sich befriedigt.

»Kann ich es jetzt lesen?« fragte ich.

»Nicht nötig, daß du's liest, Bernard. Das ist nur für alle Fälle. Ich habe jeden Grund zu hoffen, noch lebendig und munter zu sein, wenn Fiona zurückkommt.«

»Natürlich.«

Er erhob sich mühevoll aus seinem Sessel und ging zu einer alten Militärtruhe. In dieser schloß er das Dokument mit einem der Schlüssel an seinem Ring ein. Er zeigte mir den Schlüssel, ehe er ihn wieder in die Tasche steckte. »Verstehst du, Bernard?«

Ich nickte. »Ihr habt sie schon in Oxford angeworben, was?« fragte ich.

»Sagen wir mal, daß sie schon dort unsere Aufmerksamkeit erregt hat. Einer meiner Cousins, Professor der Geschichte, hat sie für uns rekrutiert. Niemals zuvor hatte er eine Studentin vorgeschlagen. Fiona sollte an einer Diskussion teilnehmen, und er schlug mir vor, hinzugehen und uns das mal gemeinsam anzuhören. Ich werde diesen Abend niemals vergessen. Sie vertrat die Meinung, daß es sich bei Einsteins Relativitätstheorie um einen Schwindel handle. Ich wünschte, du hättest sie gehört. Es war eine eindrucksvolle Darbietung, Bernard.«

»Aber Fiona hat doch keine Ahnung von Mathematik«, sagte ich.

»Das stimmt. Aber der größte Teil ihres Publikums hatte auch keine. Sie war schlau genug, das auszunützen. Die anderen Redner langweilten mit vernünftigen Argumenten. Als die Reihe an Fiona kam, war sie attraktiv und amüsant. Sie machte ihre Gegner lächerlich und plädierte für ihre Meinung mit Argumenten, denen eine gewisse Plausibilität nicht abzusprechen war. Natürlich konnte sie die Debatte nicht gewinnen, das wußte jeder, aber sie bewies, daß sie geistig überaus rege war. Sie stellte ein paar gut recherchierte Tatsachen, ein paar Halbwahrheiten und einen Haufen totalen Quatsch zu einem auf den ersten Blick verdammt überzeugenden Bild zusammen.«

»Ich dachte, das macht jeder an der Universität.«

»Da hast du nicht ganz unrecht, Bernard. Aber in Fiona lernte ich eine Frau kennen, die stets imstande war, ihren eigenen Geist aus dem Material, das sie manipulierte, herauszuhalten, kristallklar, verstehst du. Das ist aber die Essenz unserer Arbeit. Versagen ist bei jedem Nachrichtendienst das Los derer, die nicht unterscheiden können zwischen dem, was sie als Tatsachen kennen, und dem, was sie gerne für wahr halten würden.«

»Oder nicht unterscheiden wollen«, sagte ich mitfühlend.

»Genau. Und deine Frau ist Realistin, Bernard. Die leistet sich keine ausschweifenden Phantasien, keine Romantik, kein Wunschdenken.«

»Nein«, bestätigte ich. »Nicht die Bohne.«

»Sie wurde nie angeworben. Ich behielt sie für mich. So hat man das damals gemacht. Wir hatten alle unsere eigenen Agenten: Dein Papa, ich, der Lange, jeder hatte seine eigenen Leute, die aus unregistrierten Überweisungen der Zentralen Finanzierungsstelle besoldet wurden. Die Sorte Finanzgebaren, wegen der du noch kürzlich dem armen Bret Rensselaer die Hölle heiß gemacht hast. Erinnerst du dich?«

»Ja«, sagte ich.

»Als Sir Henry Generaldirektor wurde, ließ ich ihn wissen, daß Fiona bestens getarnt sei. Und als sie darauf drängte, diese große Chance zu kriegen, habe ich auch Bret informiert. Wir beschlossen, es dabei zu belassen. Ihr Name ist nirgends schriftlich fixiert.«

Er fiel wieder in Schweigen. Ich schenkte mir Tee ein, er hatte seinen nicht berührt. Er starrte ins Feuer und schien in Gedanken versunken, die er für sich zu behalten gedachte. »Dein Vater fehlt mir«, sagte er schließlich. »Dein Vater wußte auf alles, was so passierte, immer eine Antwort. Dem hatten sie nicht an der Universität das Hirn mit langweiligen Vorlesungen versalzen. Ich glaube nicht, daß er in seinem ganzen Leben ein einziges Examen abgelegt hat.« Silas sah mich an. Ich erwiderte nichts. »Leute, die sich wie dein Vater selbst erzogen haben – Autodidakten höre ich sie heutzutage nennen–, lesen nicht, um zur Übereinstimmung mit den vorab festgesetzten Antworten irgendeiner mehr oder weniger schwachsinnigen Prüfungskommission zu gelangen, sie finden einen individuellen Standpunkt.« Er lehnte sich in seinem Stuhl zurück. »Mein Wort, Bernard, es war lustig, wie dein Vater ein paar von diesen eingebildeten jungen Eseln bloßgestellt hat, die man uns schickte. Er konnte aus so verschiedenen Quellen zitieren, daß denen die Spucke wegblieb. Jung, Nietzsche, Sueton, Apostel Paulus, Hitler, George Washington, Statistiken aus Speers geheimen Aufzeichnungen, Schiller und Einstein. Deinem Vater stand das alles zur Verfügung. Ich erinnere mich, wie er einmal einem gelehrten alten SS-General erklärte, daß sein großer Held Arminius – der tapfer die Römer schlug, was den Briten, Kelten und allen anderen nicht gelang – die Wohltaten der Zivilisation von Germanien fernhielt, Deutschland in einem barbarischen Chaos festhielt, so daß man dort noch Jahrhunderte später nicht einmal soweit war, steinerne Gebäude zu errichten. ›Ihr Deutschen müßt ein paar Jahrhunderte Zivilisation nachholen‹, sagte dein Vater geduldig. Es war nicht leicht festzustellen, inwieweit er dabei ernstgenommen werden wollte.« Silas kicherte. »Wir haben schöne Zeiten zusammen gehabt, dein Vater und ich.« Für ein paar Augenblicke war Silas wieder ganz der alte, doch dann – da ihm vermutlich der Tod meines Vaters von neuem bewußt wurde – versank er wieder in feierliches Schweigen.

»Was ist in Berchtesgaden passiert, Silas? Was ist da geschehen, das irgendwie die Karriere meines Vaters ruiniert zu haben scheint?«

»Und einen gewissen Schatten auch auf meine geworfen hat«,

ergänzte Silas. »Hast du dich nicht manchmal gefragt, warum sie mich nicht in den Ritterstand erhoben haben?«

»Nein«, sagte ich, obwohl ich tatsächlich die Frage schon häufig erörtert gehört hatte.

»Wieviel weißt du?«

»Ein Deutscher, ein Mann namens Winter, wurde erschossen. Papa wurde beschuldigt. Das ist alles.«

»Zwei Deutsche: ein Häftling, für den dein Vater direkt verantwortlich war, und dessen Bruder, der, jedenfalls formal, Offizier der U.S. Army war. Es war in der amerikanischen Zone. Der Krieg war vorbei. Alle Beteiligten warteten auf ihre Entlassung in die Heimat. Sie waren keine Frontsoldaten. Männer mittleren Alters, Angestellte der Militärverwaltung, alle nur beschränkt tauglich und ohne große Erfahrung im Umgang mit Waffen. Nervös, betrunken, schießwütig... Wer weiß, wie es tatsächlich passiert ist. Dein Vater war der einzige Engländer dort und war schon vielen Leuten auf die Hühneraugen getreten. Die Amis haben einfach ihm die ganze Schuld gegeben. Max hat das hinterher leid getan. Hat er mir mehr als einmal gesagt.«

»Max?«

»Max Busby. Der beim Langen war.« Angesichts meines verständnislosen Blicks fügte er hinzu: »Der, den sie umgelegt haben, als ihr beide über die Mauer seid. Er war Hauptmann in der amerikanischen Armee gewesen. Er leitete das Suchkommando in der Nacht, in der diese Deutschen erschossen wurden. Wußtest du das denn nicht? Hat Max es dir nie erzählt?«

Ich brauchte ein Weilchen, um mich von meiner Verblüffung zu erholen. »Nein, das hat Max mir nie erzählt. Er war ein verdammt guter Freund.« Das war eine ausweichende Bezeichnung für einen Mann, der sich hatte totschießen lassen, um mir eine Chance zu geben, mit heiler Haut nach Hause zurückzukehren. Aber ich brauchte nicht mehr zu sagen, Silas kannte die Geschichte.

»Für dich war er das wirklich immer. Max hatte dich gern, Bernard, wirklich gern. Aber ich habe mich oft gefragt, inwieweit er damit das Unrecht wiedergutmachen wollte, das man mit seiner Hilfe deinem Vater angetan hatte. Denn es war Max'

Aussage, die den Untersuchungsausschuß überzeugte, daß dein Vater tatsächlich die tödlichen Schüsse abgefeuert hat. Diese Geschichte kam ihnen gerade recht. Die Soldaten konnten ohne längeren Aufschub ins Privatleben zurückkehren, und die amerikanischen Zeitungen wurden um die Schlagzeilen gebracht, auf die sie schon scharf waren. Aber der Ruf deines Vaters war seit dieser Sache lädiert. Eigentlich wollten sie ihn auf irgendeinen elenden Verbindungsjob abschieben, aber ich habe darauf bestanden, daß er bei mir blieb.«

»Deshalb haßte also Papa Max«, sagte ich.

»Max, ja. Und den Langen auch. Überhaupt war er nach dieser Geschichte sauer auf die Amis. Eine kindische Reaktion, aber er war sehr erbittert und enttäuscht.«

»Hat er nicht die Wiederaufnahme der Untersuchung beantragt?«

»Natürlich. An der Aufhebung dieses Urteils war deinem Vater mehr gelegen als an irgendwas sonst. Aber das Department konnte sich das öffentliche Interesse, das damit erweckt worden wäre, nicht leisten. Und die offizielle Linie, sowohl unserer als auch der amerikanischen Politik, tendierte dahin, alles zu vermeiden, was zur Verstimmung zwischen den Alliierten hätte beitragen können.« Er lehnte sich zurück. Für einen Augenblick hatten ihn die Erinnerungen neu gekräftigt, aber jetzt waren ihre Gespenster scharenweise ins Zimmer gedrungen, und er schien nicht mehr zu wissen, daß ich noch da war. Ich trank ein bißchen von meinem lauwarmen Tee.

Als Silas wieder zu sprechen begann, war seine Stimme angespannt. Er sagte: »Ich glaube, ich sollte was von dieser verdammten Medizin nehmen. Mrs. Porter weiß, wieviel sie mir davon geben muß.«

»Ich werde jetzt gehen, Silas«, sagte ich schließlich. »Du mußt dich ein bißchen ausruhen.«

»Bleib doch zum Lunch, Bernard.«

»Ich muß in die Stadt zurück«, sagte ich.

Er versuchte nicht, mich zu überreden. Nun, da er seine Pflicht getan hatte, verließen ihn die Kräfte, wollte er allein gelassen werden.

»Das mit den Ulmen tut mir leid, Silas.«
»Die Eichen werden sich auch sehr gut machen«, sagte er.
Ich lehnte Mrs. Porters Einladung, vor meiner Abfahrt noch einen Happen zu essen, dankend ab. Ich hatte das Gefühl, daß es Silas lieber wäre, wenn ich sein Haus umgehend verließ und wegfuhr, ohne mir vorher in der Küche was vorsetzen zu lassen. Oder bildete ich mir das nur ein? Wie dem auch sei, ich selbst hatte es eilig, wegzukommen und über alles nachzudenken. Vor der stillen, kleinen Kirche, die an der schmalen Straße von Whitelands zum Dorf steht, parkten eine Reihe Wagen. Es fand dort gerade eine Beerdigung statt. Ungefähr zwei Dutzend Leute in dunkler Kleidung standen um ein offenes Grab unter ihre Regenschirme geduckt, während der Priester mit im Wind flatterndem Ornat und vom Regen glänzendem Gesicht den Elementen trotzte.
Ich mußte hinter einem Traktor herkriechen und hatte so Gelegenheit, die feierliche kleine Zeremonie unauffällig zu betrachten. Der Gedanke, daß bald, sehr bald, Silas und Whitelands und alles, was sie bedeuteten, aus meinem Leben verschwinden würden, machte mich noch trübseliger. Meine Mutter war alt und krank. Bald würde auch Lisl weg sein und das Hotel zur Unkenntlichkeit verändert. War dies geschehen, würde ich zu der Zeit, die mir so viel bedeutete, keinerlei Verbindungen mehr haben.
Vielleicht hatte Silas recht: Auf einem Regal in einem Museum, umgeben von all dem Gerümpel unseres Lebens, wären wir wahrscheinlich alle am besten aufgehoben.
In dieser etwas irrationalen, melancholischen Stimmung hielt ich in der nächsten Stadt an, um was zu trinken. Kein Pub hatte geöffnet, und das einzige Restaurant war voll lärmender Hausfrauen, die Salat aßen. Ich ging also in ein Lebensmittelgeschäft und kaufte eine halbe Flasche Johnnie Walker und ein Päckchen Pappbecher.
Dann fuhr ich weiter, bis ich die Hauptstraße erreichte und einen Parkstreifen fand, wo ich den Wagen parkte. Es regnete immer noch. Tag, Ort und Zeit waren ideal für einen Selbstmord.
Kaum hatte ich die Scheibenwischer abgeschaltet, verschwamm

das Glas unter den platzenden Regentropfen, die man auch aufs Dach pladdern hörte. Ich griff nach der Flasche, aber ehe ich daraus trank, lehnte ich mich entspannt gegen die Nackenstütze und muß sofort eingeschlafen sein. Solchen Kurzschlaf kannte ich auch von früher, aber bisher hatte er immer gefährliche Situationen oder große Anspannung begleitet.

Ich weiß nicht, wie lange ich schlief. Ich erwachte, als ein Wagen neben meinem anhielt. Ich hörte das Zischen und Klappern eines Scheibenwischers und das tönende Plappern eines Funkgeräts. Ich öffnete die Augen. Es war ein Polizeiwagen. Der uniformierte Polizist drehte sein Fenster herunter, und ich tat das gleiche.

»Fehlt Ihnen irgend etwas, Sir?« Der mißtrauische Blick seines wettergegerbten Gesichts strafte die höfliche Anrede Lügen. Ich stieß die Whiskyflasche zwischen die Sitze, konnte sie aber nicht ganz verbergen.

»Nein danke, gar nichts.«

»Ich meine, haben Sie eine Panne? Soll ich den Pannendienst rufen?« Es regnete noch immer, und der Polizist stieg nicht aus dem Wagen.

»Ich wollte nur mal einen Blick auf die Karte werfen.«

»Na, sehr wohl, Sir, wenn Ihnen nichts fehlt und Sie fahrtüchtig sind.« Sie fuhren weg.

Als der Polizeiwagen außer Sicht war, stieg ich aus und stellte mich in den Regen. Das erfrischte mich. Bald fühlte ich mich besser. Ich stieg wieder ein und schaltete Heizung und Radio an. Das Radio war auf das dritte Programm eingestellt. Brendel spielte Schubert. Ich hörte zu. Nach ein paar Minuten warf ich den ungeöffneten Whisky in den Straßengraben.

Ich fragte mich, ob man die Polizisten angewiesen hatte, ein Auge auf mich zu haben, hielt das aber doch für unwahrscheinlich. Daß ich überhaupt auf die Idee kam, war natürlich schon ein Indiz meiner elenden Verfassung. Dergleichen wäre mir früher nicht im Traum eingefallen. Vielleicht stimmte mit mir ja wirklich was nicht. Möglicherweise hatten alle diese Leute, die mir sagten, daß ich krank aussähe, vollkommen recht.

Ich dachte über alles nach, was Silas mir erzählt hatte. Besonders beunruhigend fand ich den Plan, daß Fiona untertauchen sollte, damit der KGB nie darauf käme, daß sie die ganze Zeit für uns gearbeitet hatte. Eine solche Täuschung würde nicht leicht zu bewerkstelligen sein.

Für das Department bot sich eine andere Methode an, die zum gleichen Ergebnis führte: Fiona zu töten, während sie noch für den KGB arbeitete. So etwas wäre verhältnismäßig einfach zu organisieren, Thurkettles gab es wie Sand am Meer, und außerdem wirksam und endgültig. Selbst wenn der KGB die Verantwortlichkeit des Departments für den Mord entdeckte, würde dies nur zusätzlich beweisen, daß Fiona wirklich und allen Ernstes die Seiten gewechselt hatte. Zweckdienliches Ableben. Solch eine brutale Lösung war freilich undenkbar und beispiellos. Aber ebenso undenkbar und beispiellos war Fionas einzigartige Stellung.

16

An dem Tag ging ich nicht mehr ins Büro. Auf der Rückfahrt von Silas Gaunts Landgut wurde das Wetter immer schlechter, bis ich kurz vor London durch ein außerordentliches Gewitter fuhr, das den Himmel mit blauen Blitzen erleuchtete, im Autoradio atmosphärische Störgeräusche verursachte und langanhaltendes Donnergrollen folgen ließ. Ich fuhr direkt nach Hause. Es war früher Abend. Das Haus war kalt und leer, ein warnender Hinweis darauf, wie es sein würde, allein zu leben. Die Kinder waren zum Essen bei Freunden. Ich zündete das Gasfeuer an, setzte mich in einen Sessel davor und beobachtete, wie die Flamme die Farbe wechselte, bis der ganze Rost rot war. Ich döste ein.

Glorias Ankunft weckte mich. Sie knipste das Licht an, und obwohl sie den Wagen draußen gesehen haben mußte, hob sie eine Hand und machte eine kleine überraschte Bewegung, als sie mich da sitzen sah. Eine sehr weibliche Reaktion, gespielt vielleicht, aber kraft irgendeiner Magie überzeugte bei ihr solche kindliche Schauspielerei. Sie war sehr naß. Wahrscheinlich hätte ich sie vom Bahnhof abholen sollen, aber sie beklagte sich nicht.

»Es gibt nur gefrorenes *Székelygulyás*«, sagte sie, während sie ihren tropfnassen Regenmantel auszog und ein Handtuch holte, um ihr Haar abzutrocknen.

»Nur gefrorenes *Székelygulyás*«, sagte ich nachdenklich. »Was für ein gutes Leben wir doch führen.«

»Ich hatte keine Gelegenheit zum Einkaufen«, sagte Gloria. Ich hörte einen warnenden Ton in ihrer Stimme.

»Wir können zu Alonso gehen oder in das kleine chinesische Lokal«, schlug ich vor.

»Was macht dich so brummig heute abend, Teddybär?«
»Ich bin nicht brummig«, sagte ich und brachte ein überzeugendes Lächeln zum Beweis dieser Behauptung zustande.
»Mir reicht ein weichgekochtes Ei«, sagte sie.
»Mir auch», willigte ich ein.
Sie stand vor dem Spiegel und kämmte ihr nasses Haar. Sie blickte mich an und sagte: »Das sagst du, Bernard, aber wenn ich dir nur ein Ei gebe, fängst du vor dem Schlafengehen immer an, in der Speisekammer herumzustöbern und Büchsen aufzumachen oder Weizenkleie zu futtern.«
»Essen wir doch das gefrorene *Székelygulyás*«, sagte ich, denn mir war plötzlich eingefallen, daß sich's dabei nicht um irgendein neues Fertiggericht aus dem Supermarkt handelte, sondern um ein Gericht aus der Küche ihrer Mutter. Kritik an einer solchen Mahlzeit konnte zu Verwicklungen in der Psyche führen, die nur ein freudianischer Feinschmecker hoffen konnte zu entwirren. »Das ist mein Leibgericht! Ist das nicht Huhn in saurer Sahne?«
»Es ist Schweinefleisch mit Sauerkraut«, sagte sie zornig, aber als ich das Gesicht verzog, grinste sie. »Du bist ein Aas! Wirklich!«
»Ich wußte, daß es Schweinefleisch mit Sauerkraut ist«, sagte ich.
»Es gibt da auch noch den neuen Fisch-und-Chips-Imbiß, den wir noch nicht ausprobiert haben.«
»Was für Wein paßt zu *Székelygulyás*?«
»Du magst kein ungarisches Essen.«
»Doch, sehr gern.«
»Du hast gesagt, daß dir immer der Kümmel zwischen den Zähnen steckenbleibt.«
»Das war, als ich noch die anderen Zähne hatte.«
Sie kniete neben meinem Stuhl nieder und legte die Arme um mich. »Bitte versuche es, Bernard. Bitte versuche, mich wirklich zu lieben. Ich kann dich glücklich machen, das weiß ich, aber du mußt dir auch ein bißchen Mühe geben.«
»Ich liebe dich wirklich, Gloria«, sagte ich.
»Ist Silas sehr krank?«

»Ich bin mir nicht sicher«, sagte ich. »Mal scheint er kurz vor dem Zusammenbruch zu stehen, und im nächsten Augenblick schreit er rum und duldet keinen Widerspruch.«

»Ich weiß, daß er dir sehr viel bedeutet.«

»Er ist alt«, sagte ich. »Früher oder später müssen wir alle gehen. Er war gut am Ball.«

»Ist es also irgendwas, das ich getan habe?«

»Nein, Liebes. Du bist vollkommen. Darauf gebe ich dir mein Wort.« Ich meinte, was ich sagte.

»Es ist dieses Haus, nicht? Du haßt dieses Haus, seitdem wir hier wohnen. Ist es die lange Fahrt? Dein anderes Haus war so zentral gelegen.«

Sie küßte mein Ohr. Ich hielt sie fest. »Das Haus ist in Ordnung. Ich versuche nur gerade, ein paar Probleme zu lösen, die in Zusammenhang mit meiner Arbeit stehen. Du wirst mir mein Brummigsein nachsehen müssen.«

»Meinst du Dicky Cruyer?«

»Nein. Dicky ist meine geringste Sorge. Ohne mich, der ihm neunzig Prozent seiner Arbeit abnimmt, würden sie ihn wahrscheinlich irgendwohin versetzen, wo er weniger Schaden anrichten könnte.«

»Aber?«

»Eine Menge Leute würden es liebend gern sehen, wenn man Dicky die Deutschland-Abteilung wegnähme. Der Deputy Europa zum Beispiel. Er verabscheut Dicky. Wenn er zugleich mit mir Dicky loswerden könnte, täte Gus Stowe das sofort und würde eine Party geben, es zu feiern.«

Gloria lachte. Eine zur Feier von was auch immer von Gus Stowe gegebene Party war nicht leicht vorstellbar. »Laß mich das Essen in den Mikrowellenherd stellen«, sagte sie. Daß sie mich bat, das zuzulassen, anstatt ihre Absicht in bestimmterer Syntax kundzutun, charakterisierte das Wesen unserer Beziehung. Wenn auch andere das vermuten mochten, war doch meine Liebe zu ihr nicht im mindesten väterlich. Aber von welcher Art war ihre Liebe zu mir? »Und ich werde dir ein Glas Wein bringen.«

»Ich hol's mir. Du bleib ruhig da sitzen und mach's dir gemütlich.«

»Wenn das Essen fertig ist, erzähle ich dir das Neueste von Dicky. Da wirst du Augen machen.«
»Über Dicky wundere ich mich schon lange nicht mehr«, sagte ich.
Sie brachte mir ein Glas gekühlten Wein. Scotch war nicht im Haus. Kein Gin, Wodka oder dergleichen. Alles war ausgegangen, und sie hatte nichts nachgekauft. Sie wollte mir die harten Sachen abgewöhnen. Ich lehnte mich zurück, trank den Wein und lauschte dem Quieken des elektronischen Zeitgebers am Mikrowellenherd. Dieser Ofen war Glorias neuestes Spielzeug. Ich hatte sie mit der Raumpflegerin davon reden hören. Mit der leckeren gedünsteten Leber, die sie darin zubereitet habe, hat sie sich gebrüstet, tatsächlich aber war die Leber explodiert und hatte das Innere des Herds mit einem Knoblauchfilm aus pulverisiertem Schleim bedeckt. Gloria war in Tränen ausgebrochen.
Aber jetzt hörte ich sie leise vor sich hin singen und wußte, daß es richtig gewesen war, mich für die ungarische Küche ihrer Mutter, zubereitet von Gloria in ihrer neuen Maschine, zu entscheiden. Das gab ihr eine Gelegenheit, die Hausfrau zu spielen. Das besondere Vergnügen, das sie daran hatte, war auch dem Aufwand anzumerken, mit dem sie für dieses Mahl zu zweit den Tisch deckte. Es gab Kerzen und sogar eine langstielige Rose, wenn diese auch künstlich war.
»Wie wunderbar du bist«, sagte ich, als ich zum Essen in die Küche kommen durfte.
»Ich habe die Pfeffermühle vergessen«, sagte sie und griff eilig danach. Es war Nervosität in ihrer Stimme, Besorgnis, so daß ihr eifriges Bemühen, es mir recht zu machen, mir manchmal unbehaglich war, weil ich mir dann wie ein Tyrann vorkam.
»Erzähle mir deine Neuigkeiten von Dicky.«
»Ich weiß nicht, wie Daphne es mit ihm aushält«, sagte Gloria. Sie fing gerne mit einer einstimmenden Vorrede an. »Daphne ist eine so patente Frau. Weißt du, daß sie Lederjacken bemalt?«
»Lederjacken bemalt, Daphne?«
»Sie ist Malerin, Bernard.«
»Ich weiß, daß sie die Kunstschule besucht hat.«

»Na bitte.«
»Auf Lederjacken?«
»Drachen und psychedelische Akte. Hast du noch keine gesehen? Ich weiß, du würdest auch gerne eine haben, Liebling.«
»Ein psychedelischer Akt, und sei's auch nur auf einer Lederjakke, würde mir, fürchte ich, dieser Tage etwas zuviel abverlangen.«
»Man braucht Stunden dafür.«
»Kann ich mir vorstellen.«
»Hör auf!«
»Was?«
»Das ist nicht komisch. Daphne arbeitet sehr hart, und Dicky versteht sie nicht.«
»Hat er dir das gesagt?«
»Natürlich nicht. Ich wünschte, du würdest zuhören, anstatt zu versuchen, so schlau zu sein.«
»Mir schmeckt dieses Schweinefleisch mit Kohl. Ein bißchen sehr salzig, aber sonst hervorragend.«
»Letztesmal war es dir zu fad. Ich habe es extra ein bißchen mehr gesalzen.«
»Es ist köstlich. Was ist also mit Dicky?«
»Er fliegt Freitag nach Berlin. Er hat eine Suite im Kempinski reserviert; er nimmt ein Mädchen mit. Arme Daphne. Wenn sie das je erfährt...«
»Was für ein Mädchen? Jemand aus dem Büro?«
»Weiß ich nicht«, sagte sie.
»Wo hast du dieses Gerücht aufgeschnappt?«
»Das ist nicht nur ein Gerücht. Die Suite ist wirklich reserviert.«
»Hat Dickys Sekretärin dir das erzählt?«
Gloria machte eine Pause, um ihren Kohl zu schlucken, und trank dann auch noch einen Schluck Wein. Das gab ihr Zeit, sich ihre Antwort zu überlegen. »Nein, natürlich nicht.«
»Sie hat kein Recht, solche Sachen herumzuerzählen.«
»Wirst du's Dicky sagen?«
»Nein«, sagte ich, »natürlich nicht. Aber es ist dumm von ihr, so herumzutratschen.«
»Sei nicht so spießig, Teddybär«, sagte sie und goß Wein nach.

»Nimm mal an, da wäre gar keine Frau«, sagte ich. »Nimm mal an, Dicky wartete auf einen Agenten von drüben. Nimm an, die Sicherheit dieses Agenten hinge davon ab, daß jeder den Schnabel hält.«
»Ja.« Sie überlegte und sagte: »Nimm mal an, es *wäre* eine Frau. Nimm an, es wäre deine Frau.«
»Unmöglich.«
»Warum unmöglich?«
»Weil Fiona eine von den Leuten drüben ist. Verdammt, ich wünschte, diese einfache Tatsache würde endlich mal in deinen dicken, blonden, ungarischen Schädel gehen!« Ich sah die plötzliche Angst in ihrem Gesicht, und erst dann wurde mir bewußt, daß ich schrie und mit der Faust auf den Tisch schlug.
Sie sagte nichts. Ich hätte mir, kaum daß die Worte raus waren, die Zunge abbeißen mögen. Aber einmal gemacht, war die dumme, unnötige Beleidigung nicht zurückzunehmen.
»Es tut mir leid, Gloria. Bitte verzeih mir. Ich habe es nicht so gemeint.«
Sie weinte jetzt. Die Tränen strömten ihre geröteten Wangen hinab, als wollten sie niemals aufhören. Doch gelang ihr die Andeutung eines Lächelns, und sie sagte: »Du hast es gemeint, Bernard. Und ich schaffe es einfach nicht, dich dazu zu bringen, mich anders zu sehen.«
»Setzen wir uns doch rüber ins andere Zimmer«, sagte ich. Ich schenkte den Rest des Weins ein.
»Nein. Es ist schon fast Zeit für mich, die Kinder abzuholen, und ehe ich gehe, muß ich noch Wäsche in den Trockner packen.«
»Laß mich die Kinder abholen«, sagte ich.
»Du weißt nicht, wo es ist, Bernard. Alles schlecht beleuchtete Einbahnstraßen. Du würdest dich verfahren.«
Sie hatte recht. Wie gewöhnlich.

17

Es war leicht zu merken, wenn Dicky eine neue Liebesaffäre hatte. Vermutlich ist es von außen immer leicht zu merken, wenn ein verheirateter Mann eine neue Liebesaffäre hat. Dieser Tigerblick in seinen Augen, diese gespannten Sehnen und das aufgepeitschte Blut, die Shakespeare mehr mit Mars als mit Venus in Verbindung brachte. Seine sehr ins einzelne gehende Bewertung teurer Restaurants war noch strenger geworden. Die *plats du jour* einiger der bevorzugten wurden ihm allmorgendlich über Telefax gemeldet. Und er machte Scherze.

»Oh, ihr Götter, Bernard! Was aber die ethnische Küche angeht – je weniger authentisch, desto besser!« Er blickte auf den Fingernagel, an dem er geknabbert hatte, und biß noch einmal kurz zu.

Er war im Zimmer auf und ab gegangen, manchmal innehaltend, um aus dem Fenster zu blicken. Das Jackett hatte er abgelegt und die Weste aufgeknöpft; zum dunkelblauen Hemd trug er eine weiße Fliege. Seine Schuhe waren aus schwarzem Lackleder, dessen Musterung Krokodilleder vortäuschte.

Dicky hatte den geplanten Wochenendausflug nach Berlin schon wiederholt erwähnt. Er sagte, er plane dabei »Geschäfte mit Vergnügen zu verbinden«, wechselte aber gleich darauf das Thema, indem er mich fragte, ob es wohl eine gute Idee wäre, Pinky nach London zu holen. Ich fand die Idee schrecklich, aber das sagte ich nicht. Antworten auf derartige Fragen waren in der Londoner Zentrale immer gefährlich. Fast jeder hier war mit jemandem im Hause irgendwie verwandt oder wenigstens zur Schule gegangen. Es konnte sich leicht herausstellen, daß Pinky eine entfernte Cousine von Dicky war oder das gleiche Kinder-

mädchen gehabt hatte wie der Schwiegersohn des Direktors oder sonstwas in der Art. »Fiona sagte immer, daß es bei ihr mit der Orthographie hapere«, sagte ich.
»Orthographie!« sagte Dicky mit einem seiner kleinen Lachanfälle, die mir zu verstehen gaben, wie einfältig ich war. »Ich weiß selber nie, wie was geschrieben wird«, sagte er, als sei die Frage damit ein für allemal erledigt.
Mir war danach, ihm zu sagen, daß er herzlich wenig richtig wisse oder könne, ich lächelte aber nur und fragte, ob Pinky um die Versetzung gebeten habe.
»Nicht offiziell, aber sie ist mit deiner Schwägerin zur Schule gegangen.« Ein Schmunzeln. »Tessa war es, die davon gesprochen hat, wenn du's genau wissen willst.« Als von mir keine Reaktion kam, fügte Dicky hinzu: »Auf unserer Dinnerparty.«
»Die Welt ist ein Dorf«, sagte ich.
»Allerdings«, sagte Dicky. In seiner Stimme war ein Seufzer der Erleichterung vernehmlich, so, als bemühe er sich schon den ganzen Morgen, mich zum Eingeständnis dieser Tatsache zu bewegen. »Und ganz unter uns, Tessa kommt am nächsten Wochenende mit nach Berlin.«
»Ach wirklich?«
»Ja.« Er umrundete seinen Mund mit einer Fingerspitze, als wollte er mir zeigen, wo derselbe sei. »Und, die Wahrheit zu sagen, wird sie...« Er blickte auf seine Uhr. »Sag mal, hast du nicht vielleicht Zeit für eine Tasse Kaffee?«
»Ja, danke.« Ich hatte schon viele Tassen Kaffee mit Dicky in seinem Büro genossen, aber das hieß nicht, daß der Kaffeeklatsch Teil seiner alltäglichen Routine war. Dicky zog sich vielmehr von der Geschäftigkeit zurück, um seinen Kaffee zu trinken. Dabei rang er dann, sagte er, mit seinen Gedanken, kämpfte er mit schwierigen Ideen, fand Gelegenheit zur Begegnung mit dem ureigenen Selbst. Einladungen, ihm bei seinem geistigen Handgemenge Gesellschaft zu leisten, wurden nicht leichthin und nie ohne Hintergedanken an eine Gegenleistung ausgesprochen. Ich kann wahrheitsgetreu versichern, daß die meisten der schlimmsten Erfahrungen meines Lebens irgendeiner Vorstellung, Anordnung, Vergünstigung oder Planung er-

wuchsen, deren erste Bekanntschaft ich bei einer Tasse von Dickys wunderbarem Kaffee machte.
Zum Kaffee rauchte Dicky einen Stumpen. Eine schlechte Angewohnheit, das Rauchen, ein wahres Gift, er versuchte sich deshalb auf drei Stück täglich zu beschränken. Vermutlich war das der Grund, weshalb er mir keine anbot.
»Die Tatsache ist«, begann Dicky, sich in seinen Sessel zurücklehnend, den Kaffee in der einen, die Zigarre in der anderen Hand, »...das heißt eine wichtige Einzelheit dieser Tour nächste Woche ist, daß ich dabei deine Hilfe und Unterstützung brauchen werde.«
»O ja«, sagte ich. Dies war ein völlig neuer Ton bei Dicky, der bisher immer geleugnet hatte, auf irgend jemandes Hilfe oder Unterstützung angewiesen zu sein.
»Du weißt, wie sehr ich mich auf dich verlasse, Bernard.« Er drehte sich einen Zollbreit hin und her, aber verschüttete dabei keinen Tropfen seines Kaffees. »Konnte ich immer. Kann ich immer.«
Ich hielt Ausschau nach einer Feuerleiter. »Nein«, sagte ich, »das habe ich nie gemerkt.«
Behutsam legte Dicky seine Zigarre in den Kristallaschenbecher und zog mit der freigewordenen Hand an seiner Fliege, so daß ihr Knoten sich löste. An der Wand hinter ihm hing ein gerahmtes Farbfoto, das Dicky und den Direktor in Kalkutta zeigte. Sie standen vor einem Verkaufsstand, wo eine große Auswahl greller Porträtposter feilgeboten wurde. Lithographien von Berühmtheiten wie dem Ayatollah, den diversen Marxköpfen bis zu Jesus Christus sowie Laurel und Hardy umgaben Dicky und seinen Chef. Alle schauten geradeaus, außer Dicky. Er sah den Direktor an.
»Ich will Daphne nicht verletzen«, sagte Dicky, als habe er sich plötzlich zu einer neuen Annäherung entschlossen. »Du verstehst...«
Damit ließ er's bewenden und blickte mich an. Inzwischen ahnte ich, wie es weitergehen sollte, aber ich war nicht gesonnen, es ihm auch noch leichtzumachen. Und ich brauchte Zeit zum Nachdenken. »Was ist es, Dicky?« sagte ich, nippte an meiner Kaffeetasse und tat so, als wäre ich nicht ganz bei der Sache.

»Von Mann zu Mann, Bernard, alter Kumpel. Du verstehst doch, was ich meine?«
»Du willst, daß ich statt deiner fahre?«
»Um Himmels willen, Bernard. Manchmal bist du aber verdammt schwer von Begriff.«
Er paffte seine Zigarre. »Nein, ich nehme Tessa mit.« Eine Pause. »Ich hab's versprochen und kann nicht mehr anders.« Er machte diesen Zusatz in klagendem Ton, so als füge er sich einer seinen persönlichen Wünschen ganz entgegengesetzten Pflicht. Aber dann sah er mir direkt in die Augen und sagte – mit einem schnellen Seitenblick zur Tür, um sich zu vergewissern, daß da niemand lauschte: »Für das Wochenende!« Er sagte das trotzig, fast durch zusammengebissene Zähne, als würde mein Unvermögen, ihn zu verstehen, ihn gleich zwingen, Amok zu laufen.
»Fahren wir alle? Gloria auch?«
Er sprang auf die Füße als hätte er sich verbrüht, und kam zu mir herüber. »Nein, Bernard, nein, Bernard, nein, Bernard. Nein!«
»Was denn?«
»Du kommst mit. Du wohnst bei Tante Lisl, aber praktisch wirst du in der Hotelsuite mit Tessa zusammensein.«
»*Praktisch?* Wenn ich dich recht verstehe, willst *praktisch* doch wohl gerade du mit Tessa zusammensein, stimmt's?«
»Ich bin nicht in der Stimmung, mich von dir veräppeln zu lassen«, bellte er. Doch dann fiel ihm ein, daß ich in seiner merkwürdigen Inszenierung ja eine wichtige Rolle spielen sollte, und er wurde wieder ruhig und freundlich. »Du beziehst also offiziell das Hotelzimmer. Okay?« Er stand neben dem am Boden ausgestreckten Löwenfell und gab nun dem Kopf einen freundschaftlichen kleinen Tritt mit der Spitze seines Lackschuhs. Er war schon immer tierlieb gewesen.
Ich sagte: »Wenn du nur den Schein wahren willst, warum steigst du nicht unter einem angenommenen Namen im Kempinski ab?«
Er reagierte beleidigt. »Weil ich das nicht will«, sagte er.
»Oder läßt dir von Werner ein Zimmer bei Lisl geben?«
Ich betrachtete sein Gesicht mit Interesse. Nicht einmal Lisl selbst würde ihr Hotel als besonders geeignet für Schäferstündchen einstufen.

»Jesus Christus! Bist du wahnsinnig?« Ich bemerkte nun, daß er nervös war. Er hatte Angst, vom Empfangschef eines großen Hotels irgendwie so bloßgestellt zu werden, daß er nicht nur als Ehebrecher, sondern als stümperhafter Ehebrecher dastand. Wenn ihm das passierte, würde Tessa ihm seine Lage sicherlich nicht leichter machen. Vielmehr würde sie seine Verlegenheit in vollen Zügen auskosten. »Lisl«, sagte er. »Wie du darauf kommst!«

Er kaute an einem Nagel. Ich nehme an, dieser Zug hätte mich bei Dicky nicht überraschen sollen. Mir war schon längst aufgefallen, daß Frauenhelden wie er oft ungeschickt und verlegen sind, wenn es darum geht, die praktischen Details ihrer Eskapaden zu organisieren: Hotel-Reservierungen, Flugtickets, Leihwagen. Der Mann, der sich in seinem Club coram publico seiner Taten rühmt, macht oft die absurdesten Anstrengungen, um die Pförtner, die Kellner, das Zimmermädchen zu täuschen. Vielleicht machen sie's gerade deshalb.

»Na schön«, sagte ich. »Das willst du also auch nicht.«

Er schnitt mir das Wort ab. Er war nicht gewillt, mir eine negative Antwort zuzugestehen. Dicky war ein Großmeister in der Kunst, den Leuten Zugeständnisse abzupressen. Jetzt würde er mich weichmachen: mit einem Dauerregen unbestreitbarer Platitüden. »Deine Schwägerin ist eine der bemerkenswertesten Frauen, die ich je getroffen habe. Glorreich, Bernard.«

»Ja«, sagte ich.

Er schenkte mir Kaffee nach, ohne zu fragen, ob ich noch welchen wollte. Sahne desgleichen. »Und natürlich deine Frau«, fügte er hinzu. »Zwei wahrhaft außerordentliche Frauen: intelligent, schön und von bezwingendem Zauber.«

»Ja«, sagte ich.

»Selbstverständlich hat Fiona den falschen Weg eingeschlagen. Aber das kann jedem passieren.« Für Dickys sonstige Einstellung war das eine erstaunlich verständnisvolle Haltung gegenüber menschlichen Schwächen. Vielleicht las er diesen Gedanken in meinem Gesicht, denn er fügte gleich hinzu: »Oder fast jedem.«

»Ja, fast jedem.«

»Daphne ist auch erstaunlich«, sagte Dicky, doch machte er diese fernere anerkennende Erwähnung mit spürbar geringerem Nachdruck. »Kreativ, künstlerisch.«
»Und fleißig«, sagte ich.
Dessen war er sich nicht so sicher. »Na ja, vermutlich arbeitet sie wirklich viel.«
»Daphne war gut in Form neulich am Abend«, sagte ich. »Habe ich euch eigentlich für die Einladung schon gedankt?«
»Gloria hat geschrieben.«
»Ach, gut.«
»Ich wünschte mir, ich könnte Daphne die Unterstützung und Ermutigung zukommen lassen, die sie braucht«, sagte Dicky. »Aber sie lebt in den Wolken.« Er sah mich an. Ich nickte. Er sagte: »Die Künstler sind alle so. Kreativ. Im Einklang mit der Natur. Aber die Leute um sie herum haben's nicht leicht mit ihnen.«
»Ach, wirklich? Auf welche Weise? Ich meine, in Daphnes Fall.«
»Wirklich glücklich ist sie nur, wenn sie malt. Das hat sie mir selbst gesagt. Sie braucht Zeit für sich. Sie verbringt Stunden um Stunden in ihrem Atelier. Ich ermutige sie natürlich dazu. Das ist ja das wenigste, was ich für sie tun kann.«
»Daß Tessa Zeit für sich braucht, wird dir nicht passieren«, sagte ich.
Er lächelte nervös. »Nein. Tessa ist wie ich: ein durch und durch geselliges Tier.«
»Darf ich fragen, warum du nach Berlin fliegst?«
»Warum *wir* fliegen«, verbesserte mich Dicky. »Du mußt einfach mitkommen, Bernard. Ganz gleich, was für Vorbehalte du gegen meine Seitensprünge haben magst... nein, nein.« Er hob die Hand, wie um meine Einwürfe abzuwehren, obwohl ich mich tatsächlich nicht geregt hatte. »Nein, ich verstehe deine Einwände. Es liegt mir fern, irgend jemand dazu überreden zu wollen, etwas gegen sein Gewissen zu tun. Du kennst doch meine diesbezüglichen Anschauungen.«
»Ich habe nicht gesagt, daß es gegen mein Gewissen ist.«
»Aha!«
»Es ist nicht gegen mein Gewissen, aber es verstößt gegen das

deutsche Recht. Das alte deutsche Gesetz, nach dem Inzest strafrechtlich verfolgt wird, findet noch immer Anwendung, wenn ein Mann Ehebruch mit der eigenen Schwägerin begeht.«

»Das ist mir ganz neu«, sagte Dicky, der, zu Recht, argwöhnte, daß ich die historische Klausel in diesem Augenblick erst frei erfunden hätte. »Bist du da sicher?«

Ich drehte mich leicht zu dem Telefon auf seinem Tisch und sagte: »Ich kann jemand aus der Rechtsabteilung bitten, dir den Text herauszusuchen.«

»Nein«, sagte Dicky. »Laß das einstweilen. Ich gehe vielleicht nachher selber mal runter und sehe deswegen nach.«

Ich sagte: »Du hast mir noch nicht erklärt, weshalb ich mitkommen muß.«

»Nach Berlin? Es wurde angeordnet, daß du, ich und Frank Harrington ein Palaver in Groß B veranstalten, um irgendwelches Zeug durchzugehen, das die Amerikaner wollen.«

»Hat das nicht Zeit?«

»Eine schriftliche Anordnung des Direktors höchstpersönlich liegt vor. Und die duldet keinen Aufschub, Gunga Din.«

»Und du nimmst Tessa mit?«

»Ja, sie hat diese Prämientickets, die die Fluggesellschaften Erster-Klasse-Passagieren geben, die viel fliegen. Wenn sie jetzt keinen Gebrauch davon macht, verfallen sie.«

»Du brauchst also für ihren Flug nicht zu zahlen?«

»Die Gelegenheit war einfach zu günstig.«

»Du hast vermutlich recht.«

»Ich hätte jemanden wie Tessa heiraten sollen, nehme ich an«, sagte Dicky.

Es war auffallend, daß er also nicht auf Tessas einmalige Reize scharf war, sondern auf jemanden in ihrer Kategorie. Ob Daphne dieser nicht angehörte, weil es ihr an Intelligenz oder an Reichtum oder Schönheit oder Schick oder Charme oder aber an sexueller Leistungsfähigkeit mangelte, blieb undifferenziert.

»Tessa ist schon verheiratet«, sagte ich.

»Sei nicht so spießig, Bernard. Tessa ist eine erwachsene Frau. Sie hat Verstand genug, solche Entscheidungen für sich selbst zu treffen.«

»Wann soll denn das Palaver stattfinden?«
»Mit dem genauen Termin tut Frank sich schwer. Er muß ihn ja irgendwo zwischen seinem Golfspiel und seinen Bridge-Sitzungen und seinen Ausflügen mit den Kumpels von der Armee einschieben.«
»Du hast die Zimmer also schon reserviert?«
»Die Hotels sind zu dieser Jahreszeit immer so voll«, sagte Dicky.
Ich hörte den rechtfertigenden Ton dieser Feststellung und fragte weiter: »Hast du die Zimmer vielleicht in meinem Namen reserviert?«
»Ja...« Für einen Augenblick wand er sich in Verlegenheit, erholte sich aber schnell. »Ich habe gesagt, wir wüßten noch nicht genau, wer die Suite schließlich benützen würde. Im Grunde war klar, daß ich im Namen einer Firma reserviert habe.«
Ich war verdammt zornig, aber Dicky hatte seine Karten so geschickt ausgespielt wie gewöhnlich. Ich konnte mir nichts vorstellen, worüber ich mich hätte beschweren können, das Dicky nicht wegzudiskutieren imstande gewesen wäre. »Wann fliegen wir?«
»Freitag. Tessa will unbedingt eine blöde Oper hören, die nur an diesem Abend aufgeführt wird. Pinky besorgt die Karten. Ich hoffe, daß wir uns schon am Freitag nachmittag zu einem vorbereitenden Gespräch mit Frank und seinen Leuten treffen können. Montag abend sollten wir mit allem fertig sein. Spätestens am Dienstag abend.«
Wieder ein Wochenende ohne Gloria und die Kinder. Dicky sah mein Gesicht und sagte: »Für das verlorene Wochenende kannst du nachher ein paar Tage Urlaub machen.«
»Ja, natürlich«, sagte ich, obwohl es kein großes Vergnügen sein würde, das Unkraut im Garten zu überwachen und mir selbst das Mittagessen zu kochen, während die Kinder in der Schule waren und Gloria im Büro schuftete.
»Du bist neuerdings immer ziemlich schlechter Laune«, sagte Dicky, während er sich den Rest des Kaffees eingoß. »Laß sie nicht mit dir durchgehen. Ich sage das zu deinem eigenen Besten.«

»Du bist sehr rücksichtsvoll, Dicky.«
»Ich kann dich nicht verstehen«, beharrte Dicky. »Da hast du dieses entzückende Geschöpf, das dich anbetet, und trotzdem läufst du mit langem Gesicht herum. Was fehlt dir? Sag mir, Bernard, was ist eigentlich los?« Obwohl die Wörter wie Fragen angeordnet waren, ließ doch Dickys Ton keinen Zweifel daran, daß er keine Antwort wünschte.
Ich nickte. Das war bei Dicky das Beste. Wie die Japaner formulierte er seine Fragen in Erwartung bejahender Antworten.
»All dein Grübeln kann Fiona nicht zurückholen. Du mußt dich zusammenreißen, Bernard.« Er lächelte mir zu, als wolle er sagen: »Kopf hoch!«
Ich hatte nicht übel Lust, Dicky genau zu erzählen, was ich von ihm hielt und von seinem Plan, mich dabei mitwirken zu lassen, daß er George Hörner aufsetzte, aber er hätte die Gründe meines Zorns gar nicht verstanden. Ich nickte und ging.

Nach dem Dienst fuhr ich mit Gloria heimwärts, aber nicht auf geradem Weg in die Balaklava Road. Sie sagte, sie wolle sich noch ein paar Kleider aus dem Hause ihrer Eltern holen. Der wahre Grund unseres Abstechers war aber, daß sie den Eltern versprochen hatte, gelegentlich nach dem Haus zu sehen, während sie Urlaub machten. Glorias Eltern wohnten in einem eleganten, von Einbrechern oft heimgesuchten Vorort in der Nähe von Epsom, ein paar Stationen weiter als wir an der Southern-Railway-Pendlerstrecke.
Die Kents – Glorias Eltern hatten nach der Flucht aus Ungarn ihren Familiennamen anglisiert – bewohnten eine im Neo-Tudor-Stil erbaute Villa mit Doppelfenstern und vier Schlafzimmern sowie einer kiesbestreuten Ein- und Ausfahrt, wo, selbst wenn ihre beiden Wagen dort geparkt waren, noch Platz war für den Tankwagen, der das Heizöl lieferte.
An diesem Abend war die Zufahrt leer, die Wagen standen in der Garage. Glorias Eltern verbrachten zehn Tage in ihrem Ferienhaus in Spanien. Sie absolvierte das komplizierte Programm des Aufschließens der Türen und Abschaltens der Alarmanlage

innerhalb der dafür vorgesehenen sechzig Sekunden. Dann gingen wir hinein.
Das Haus roch nach einem sirupartigen Parfüm, das an Veilchenduft erinnerte. Gloria sagte, die Zugehfrau der Eltern käme jeden Morgen und schamponiere systematisch die Teppiche.
»Ich mache dir eine Tasse Kaffee«, schlug sie vor. Ich sagte ja. Es war interessant, sie in ihrem Elternhaus zu beobachten. Sie wurde dort eine andere Person: nicht schüchterner oder kindlicher, vielmehr war ihr anzumerken, daß sie sich als Stellvertreterin der Hauseigentümer fühlte, als wäre sie die Angestellte eines Immobilienmaklers, die das Haus einem potentiellen Käufer zu zeigen hätte.
Wir saßen in der Küche. Sie war das Werk eines Innenarchitekten: Marie-Antoinette in ihrer rustikalsten Laune. Wir saßen auf unbequemen Hockern an einer Louis-Seize-Theke aus Kunststoff und sahen zu, wie der Kaffee aus der Maschine tropfte. Die Deckenbeleuchtung – fahl und blau – wurde von zwei summenden Neonröhren besorgt.
Ich hatte Gelegenheit, sie zu beobachten. Den ganzen Tag über war sie warm und gutmütig gewesen wie immer. Es war fast, als hätte sie unseren gestrigen Zusammenstoß vergessen. Hatte sie aber nicht. Sie vergaß nie etwas. Wie schön sie war, mit all dieser Energie und Ausstrahlung, die ein Privileg der Jugend ist. Kein Wunder, daß mich Leute wie Dicky beneideten. Hätten sie gewußt, daß Fiona bald zurückkehren würde, hätten sie mich vielleicht noch mehr beneidet. Aber für mich war das ein elendes Dilemma. Ich konnte Gloria nicht ansehen, ohne mich zu fragen, ob ich fähig sein würde, die persönliche Krise zu bewältigen, die Fionas Rückkehr mit sich bringen würde. Der Plan, Fiona sechs Monate nach ihrer Rückkehr versteckt zu halten, machte das Problem noch unlösbarer. Und was sollte aus den Kindern werden?
»Ich glaube, du hast mir überhaupt nicht zugehört«, hörte ich plötzlich Gloria sagen.
»Aber natürlich habe ich«, und mit einem begeisterten Ablenkungsmanöver setzte ich hinzu: »Habe ich dir schon erzählt, mit wem Dicky nach Berlin fliegt?«

»Nein.« Ihre Augen waren weit offen. Sie schwang ihr blondes Haar zurück und hielt es fest, während sie sich so nahe zu mir herüberlehnte, daß ich die Wärme ihres Körpers spürte. Sie trug ein karmesinrotes Hemdkleid. An den meisten Frauen hätte das schrecklich ausgesehen, aber sie gab solchen bunten, billigen Sachen einen Schwung wie oft auch kleine Kinder.

»Tessa«, sagte ich.

»Deine Tessa?«

»Meine Schwägerin. Ja.«

»Tessa treibt also ihr altes Spiel weiter. Ich dachte, dieses Techtelmechtel mit Dicky wäre längst vorbei.«

»Ja, mich hat das auch gewundert.«

»Na ja, zu wundern braucht dich das nicht, Liebling. Leute wie Dicky und Tessa sind launisch und unbeständig.«

»Aber das letzte Mal ist es ihm untersagt worden.«

»Von Daphne etwa?«

»Nein. Dem Department hat die Affäre nicht gepaßt. Geheime Treffen mit der Schwester einer Überläuferin schienen denen ein potentielles Sicherheitsrisiko zu sein.«

»Es überrascht mich, daß Dicky sich davon beeindrucken ließ.«

»Das sollte dich nicht überraschen. Dicky mag ulkige Fliegen tragen und den studentischen Bohemien spielen, er weiß trotzdem genau, wie weit er gehen kann. Wenn die Trompete schmettert und die Orden verteilt werden, steht Dicky in Reih und Glied und salutiert.«

»Außer wenn es Tessa betrifft, meinst du. Vielleicht ist es Liebe.«

»Nicht Dicky.«

»Vielleicht hat er inzwischen eine offizielle Genehmigung gekriegt, mit Tessa ins Bett zu gehen«, scherzte sie.

»Das muß es sein«, stimmte ich ihr zu, und nicht viel später sollte ich an ihren Scherz zurückdenken. »Vielleicht konnte Dicky nicht widerstehen, weil er ihr das Ticket nicht zu bezahlen brauchte.«

»Was für ein Schwein er ist. Die arme Daphne.« Sie goß den Kaffee ein und entdeckte in einer verbeulten Dose einen geheimen Vorrat an Schokoladenplätzchen.

»Und die Hotelzimmer hat er in meinem Namen reserviert. Wie findest du das?«

Sie nahm es sehr gelassen. »Warum?«

»Vermutlich wird er Daphne irgendeine Geschichte erzählen, in der ich mit Tessa losfliege.«

»Aber du fliegst nicht?«

»Leider ja.«

»Am Wochenende?« Ich nickte. Sie sagte: »Ich habe für Sonnabend die Pomeroys zum Essen eingeladen.«

»Wer zum Teufel sind die Pomeroys?«

»Die Eltern von Billys Freunden. Die Kinder waren gestern abend zum Essen bei ihnen. Sie sind furchtbar nett.«

»Du mußt sie vertrösten«, sagte ich.

»Ich habe die Einladung schon zweimal verschoben, weil du plötzlich weg mußtest.«

»Es ist eine Anordnung des Direktors. Du weißt, was das bedeutet. Ich kann da nicht raus.«

»Am Wochenende?«

»Ich fliege Freitag früh. Montag oder Dienstag bin ich zurück. Dickys Sekretärin wird auf dem laufenden gehalten.«

»Und am Sonntag ist das Treffen von Billys Auto-Club. Ich habe ihm versprochen, daß du mit ihm hingehst.«

»Schau an! Davon wußte ich ja gar nichts, Liebling.«

Lange trank sie an ihrem Kaffee, ohne zu sprechen. Dann sagte sie: »Ich weiß«, als beantwortete sie eine andere Frage, von der nur sie allein wußte.

»Aber du hast gesagt, daß in Werners Hotel eine Party sein wird. Ich weiß, daß du gerne hingegangen wärst.«

»Die Party soll nur Reklame für das Hotel machen. Wir werden eben zu einer anderen hinfliegen. Sie veranstalten dauernd Partys, und ohne dich würde es keinen Spaß machen.«

Nach dem Kaffee ging ich mit ihr in das Zimmer, das sie bewohnt hatte, als sie noch bei ihren Eltern lebte. Sie hielten es für sie bereit, als erwarteten sie jeden Abend ihre Rückkehr. Spielzeug, Teddybären, Puppen, Bilderbücher, Schulbücher, ein Beatles-Poster an der Wand. Das Bett war mit frischgewaschenem Leinen bezogen. Weggenommen hatte Gloria ihren

Eltern kein anderer als ich, und manchmal hatte ich ein schlechtes Gewissen deswegen. Und ich hatte sie nicht einmal geheiratet. Wie wäre mir zumute, wenn eines Tages meine Tochter Sally mit irgendeinem verheirateten Mann mittleren Alters verschwände? Manchmal fragte ich mich, wie ich mit der unvermeidlichen Trennung von den Kindern fertig werden würde. Würde ich ihre Schlafzimmer zu Altären machen, an denen ich die Wiederkehr ihrer mit mir verlebten Kindertage erflehen könnte?

Aus dem Schlafzimmerfenster erblickte ich das flache Dach eines großen eingeschossigen Gebäudes, das man an das Haus angebaut hatte. Gloria, die meinem Blick gefolgt war, sagte: »Ich habe geweint, als sie mir den Blick auf den Garten kaputtgemacht haben. Früher gab es da eine wunderschöne Kastanie und einen Rhododendron.«

»Wozu brauchtet ihr zusätzliche Räume?«

»Da drin sind Praxisräume und eine Werkstatt für Papa.«

»Ich dachte, er hätte seine Praxis in der Stadt.«

»Diese hier ist für besondere Arbeiten. Wußtest du das nicht?«

»Woher sollte ich das wissen?«

»Willst du's sehen? Da unten arbeitet er für das Department.«

»Was denn?«

»Komm und sieh's dir an.«

Sie nahm den dicken Schlüsselbund, den ihr Vater ihr dagelassen hatte, und wir gingen hinab in die ordentliche kleine Zahnarztpraxis. Sie öffnete die Tür, und solange sie nach dem Lichtschalter suchte, wurde der Raum nur aus einem Glaskasten in der Ecke beleuchtet, in dem tropische Blumen bei ultraviolettem Licht wuchsen. Als sie dann das Licht anschaltete, sah der Raum, wenn auch ungewöhnlich viele Apparaturen darin herumzustehen schienen, im wesentlichen aus wie irgendein beliebiger Behandlungsraum von Zahnärzten. Ein moderner, vollkommen verstellbarer Patientenstuhl und eine komplizierte Bohrmaschine standen vor einem großen Fenster. Es gab einen großen Spucknapf aus Keramik, eine verstellbare Kaltlichtlampe und viele Vitrinen, in denen lange Reihen von seltsam geformten Bohrern, Zangen, Zahnsteinschabern und anderen stachligen Werkzeugen lagen.

Gloria ging durch den Raum, benannte die Werkzeuge und erklärte ihren Verwendungszweck. Sie schien eine Menge von Zahnheilkunde zu verstehen, obwohl sie sich dem Wunsch ihres Vaters widersetzt hatte. Dieser Raum, sagte sie, sei ihres Vaters geheimes Allerheiligstes.

»Wer wird denn hier behandelt?« fragte ich.

»In letzter Zeit kommen nicht mehr so viele Patienten, aber ich erinnere mich an Tage, an denen Papa länger hier arbeitete als in seiner öffentlichen Praxis. Ein armer polnischer Junge hat mindestens sechs Stunden in diesem Stuhl gesessen. Er war schließlich so erschöpft, daß Papa ihn zur Erholung auf ein Weilchen zu Mama und mir ins Wohnzimmer schickte.«

»Agenten?«

»Ja, natürlich. An der Universität hat Papa eine Dissertation über die Geschichte der europäischen Zahnheilkunde geschrieben. Danach fing er an, alte zahnärztliche Instrumente zu sammeln. Jetzt kann er irgend jemandem in den Mund sehen und genau sagen, wo der Betreffende beim Zahnarzt gewesen ist und wann. Sieh dir das an.« Sie hielt ein besonders barbarisch anmutendes Instrument in die Höhe. »Das hier ist sehr alt... aus Rußland.«

»Ich habe Schwein gehabt«, sagte ich. »Ich habe meine Zähne immer in Berlin behandeln lassen, und meine Tarnungsgeschichte war immer deutsch. Ich habe mir also nie das Gebiß verändern lassen müssen.«

»Ich weiß, daß mein Vater vielen Agenten alle Spuren früherer zahnärztlicher Behandlung entfernen und ihnen ein total neues Gebiß machen mußte, mal ein russisches, mal ein polnisches, mal ein griechisches... Einmal machte er altmodisch spanische Dentalarbeit für einen Mann, der die Identität eines Bürgerkriegsveteranen annehmen sollte. Komm und sieh dir die Werkstatt an.«

Sie schloß die Tür des anschließenden Raumes auf, und wir gingen hinein. Dieser Raum war noch vollgestopfter als der andere, mit Aktenschränken und Regalen voller Werkzeuge und Gerät. Da gab es eine winzige Drehbank, eine Bohrmaschine und sogar einen kleinen elektrischen Brennofen. Auf einem

großen Tisch am Fenster lag ein Werkstück, das offenbar noch in Arbeit war. Eine Tischlampe beleuchtete den unter einem Tuch verborgenen Gegenstand. Gloria nahm das Baumwolltuch weg und stieß einen kleinen Schrei aus, als sich ein menschlicher Schädel zeigte. »Ach, armer Yorick! Wir dürfen ihn nicht berühren. Er dient wahrscheinlich zu Demonstrationszwecken, vielleicht soll er für ein Lehrbuch fotografiert werden. Er macht Reproduktionen alter zahnärztlicher Kunst als Vergleichsmaterial für Polizeipathologen und Leichenschauhäuser überall in der Welt. Mit dieser Arbeit muß es eine besondere Bewandtnis haben, so sorgfältig zugedeckt, wie sie da liegt.«
Ich ging näher und sah mir den Schädel an. Er glänzte wie Kunststoff, und das Gebiß war mit Goldplomben und Porzellankronen repariert. »Hast du niemals Zahnärztin werden wollen?«
»Niemals. Und Papa war immer so rücksichtsvoll, daß er mich auch nie deswegen unter Druck gesetzt hat. Erst vor kurzem ist mir klargeworden, wie sehr er immer gehofft hat, mich für seine Praxis und für seine Sammlung zu interessieren. Manchmal arbeiteten Studenten in seiner Praxis mit. Einmal brachte er einen erst kürzlich promovierten Zahnarzt zum Essen mit. Ich habe mich oft gefragt, ob er nicht gehofft hat, daß es zwischen uns zu einer Romanze käme.«
»Schließen wir hier ab und gehen nach Hause«, sagte ich.
»Sollen wir gebratenen Fisch und Pommes für die ganze Familie mitnehmen?«
»Au ja. – Es tut mir leid, daß ich in letzter Zeit manchmal so schlecht gelaunt gewesen bin, Liebling.«
»Ich habe gar nicht gemerkt, daß du anders warst als gewöhnlich«, sagte sie.

18

Als ich später daran zurückdachte, war ganz offenbar dieses Wochenende in Berlin der Anfang vom Ende, aber im nachhinein war man vermutlich immer klüger. Damals kam es mir allein wegen der Hektik, mit der ein Treffen nach dem anderen anberaumt wurde, ungewöhnlich vor, und der Aufregung, die Frank Harrington, – der immer etwas von einer Glucke gehabt hat – verbreitete, der mich mitten in der Nacht rief, um mir dann gestehen zu müssen, daß er vergessen hatte, was er eigentlich von mir gewollt habe.

Nicht, daß bei irgendeinem dieser Treffen groß was herausgekommen wäre. Es handelte sich dabei vielmehr um die üblichen zwanglosen Besprechungen der Berliner Einsatzgruppe, bei denen Frank in seiner unnachahmlich onkelhaften Manier als Vorsitzender fungierte, unaufhörlich seinen stinkenden Knaster rauchte und sich in langen Ausschweifungen über mich oder meinen Vater oder die alten Zeiten oder über all das zusammen erging.

Erst am Sonntagmorgen gab mir Frank einen Wink auf das, was passierte. Dicky war nicht da. Er hatte eine Nachricht hinterlassen, der wir entnahmen, daß er Tessa die Stadt zu zeigen im Begriff war, von der er ungefähr so viel wußte, wie man auf einen Stecknadelkopf schreiben kann, wobei daneben noch reichlich Platz für das Vaterunser bleibt.

So saßen Frank und ich allein in seinem Arbeitszimmer in der großen Grunewaldvilla. Er hatte dort auch eine Sekretärin, und ein Teil des streng geheimen Materials war dort archiviert. Das gab Frank einen Vorwand, gelegentlich zu Hause zu bleiben. Dieses unglaubliche und unvergeßliche Arbeitszimmer! Obwohl es mir nicht gelungen wäre, einem einzigen Gegenstand die Herkunft vom Subkontinent nachzuweisen, hätte dieser Raum doch der Pandschab-Bungalow eines echten Regimentsoffiziers gewesen sein können, das Heim eines Helden des Sepoy-Aufstands, der den geschwinden Schwarzbock mit Geparden jagte. Bei ausgeschlossenem Tageslicht präsentierte das gedämpfte Lampenlicht eine schöne Militärtruhe mit herrlichem Messingbeschlag, das aufgehängte Gehörn einer für mich nicht näher identifizierbaren Antilopenart, ein großes Sofa mit Lederknöpfen und Rattanmöbel; all das ausgebleicht, quietschend und abgenützt, wie diese Dinge eben in den Tropen werden. Selbst das Sepia-Porträt der regierenden Königin schien wegen seiner Ähnlichkeit mit der jungen Victoria ausgewählt worden zu sein. Der Raum drückte Franks geheime Sehnsüchte aus, und wie die geheimen Sehnsüchte der meisten Leute hatten diese keinen Halt in der Realität.

Auch Frank selbst gab sich an jenem Sonntagmorgen so militärisch er nur irgend konnte, in Khaki-Safari-Hemd, Sporthose und ungemusterter brauner Krawatte. Mit seinem Füllfederhalter hatte er auf die Landkarte getippt und mir Fragen gestellt, zu deren Beantwortung eigentlich andere Spezialisten als ich berufen waren. »Was weißt du über die Ostberliner Autobahneinfahrten?« sagte er.

Er wies auf die Wand, wo man zwei große Karten angeschlagen hatte. Dies war erst kürzlich geschehen und zerstörte den Dekor kolonialer Herrlichkeit. Eine dieser Karten zeigte Ostdeutschland, dessen Herrscher den ziemlich orwellschen Namen Deutsche Demokratische Republik bevorzugten. Wie eine Insel in diesem kommunistischen Meer waren unsere Sektoren Berlins mit dem Westen über drei lange Autobahnen verbunden. Von Kraftfahrern sowohl aus dem Westen als aus dem Osten benutzt, waren diese Überlandstraßen oft Ort geheimer Treffen. Schmuggler, Spione, Journalisten und Liebende verabredeten kurze und gefährliche Begegnungen am Straßenrand. Und konsequenterweise ließ sich die DDR die ununterbrochene polizeiliche Überwachung dieser Straßen angelegen sein.

Die zweite Karte, auf welche Frank mich eben hinwies, war ein Stadtplan von Berlin. Nicht nur von Westberlin, sondern von ganz Berlin. Der Stadtplan mußte neu sein, denn mir fielen sofort die geplanten neuen Autobahnabzweigungen auf, darunter diejenige, welche – in einer ungewissen und fernen Zukunft – einen neuen Zugang nach Westberlin im Süden der Stadt eröffnen würde. Gerüchteweise vernahm man, daß die Ostdeutschen hofften, dafür einen Haufen Westgeld zu kassieren. Das war der übliche Weg, daß was zustande kam.

»Ich benütze sie nicht mehr. Ich fliege neuerdings immer«, sagte ich.

»Schade.« Er sah auf den Stadtplan und zeigte mit seinem Füller den Berliner Ring und die Straße, über die man heutzutage die Autobahn von Ostberlin aus erreichte.

»Es gab eine allgemeine Anweisung über die Benützung der Autobahn durch Angehörige des Departments«, erinnerte ich ihn sanft. Man befürchtete die Entführung von Geheimnisträgern. Die Befürchtung war nicht grundlos. Es gab aktenweise ungeklärte Rätsel: Autofahrer, die sich auf die lange Reise in die Bundesrepublik machten, verschwanden mitunter spurlos. Westliche Behörden waren nicht in der Lage, derartige Vorkommnisse zu untersuchen. Wir mußten sie uns wohl oder übel gefallen lassen. Und also flog, wer fliegen konnte.

»Diesmal möchte ich, daß du über die Autobahn zurückfährst.«

»Wann?«

»Das hoffe ich demnächst zu erfahren.« Er klopfte sich mit dem Pfeifenstiel an die Nase, eine Geste, die offensichtlich Vertraulichkeit signalisieren sollte. »Es kommt jemand rüber.«

»Über Charlie?« Dann hätte sich's um einen Nichtdeutschen gehandelt.

»Nein. Du wirst sie an der Autobahn zusteigen lassen«, sagte Frank. Ich wartete auf irgendeine Erklärung oder Erweiterung dieser Mitteilung, doch vergeblich. Frank betrachtete vielmehr weiter den Stadtplan und sagte dann: »Hast du je von einem Mann namens Thurkettle gehört? Einem Amerikaner?«

»Ja«, sagte ich.

»Wirklich?« Wenn Frank nicht seit unserer letzten Besprechung

Schauspielunterricht genommen hatte, war er von dieser Enthüllung wirklich vollkommen verblüfft. Von meinem Salzburger Abenteuer hatte man ihm offenbar nichts erzählt. »Sag, was weißt du von ihm?«

Ich erzählte Frank in aller Kürze von Thurkettle, ohne die Einzelheiten des Auftrags, der mich nach Salzburg geführt hatte, zu berühren.

»Er ist hier«, sagte Frank.

»Thurkettle?« Jetzt war es an mir, überrascht zu sein.

»Gestern abend eingeflogen. Ich habe es nach London gemeldet, habe aber nur das ›Empfang bestätigt, keine weiteren Maßnahmen ergreifen‹-Signal zurückgekriegt. Ich frage mich, ob all das, was du mir da eben erzählt hast, in London bekannt ist.«

»Doch, doch, die wissen Bescheid«, sagte ich.

Frank runzelte die Brauen. »Wir wissen beide, wie schnell Meldungen abgelegt und vergessen sind«, sagte er. »Sie sollten mir wenigstens gestatten, die Amerikaner und die Polizei zu informieren.«

»Du kannst ihnen unter der Hand Bescheid sagen«, sagte ich.

»Das könnte rauskommen und mich in Teufels Küche bringen.« Frank war ein Meister in der Kunst, Begründungen für Untätigkeit zu finden. »Wenn Thurkettle in einer geheimen Mission der Yanks hier ist und London auf dem üblichen Weg darüber informiert wurde, also dann!...« Er zuckte die Achseln. »Sie würden's mir jedenfalls übelnehmen, wenn herauskäme, daß ich's überall herumerzählt habe und so.«

»Andererseits«, sagte ich, »wenn Thurkettle hier aufgekreuzt ist, um einen von den Goldjungs der CIA umzulegen, könnten sie der Meinung sein, daß eine Routinemeldung nach London keine dem Ereignis angemessene Reaktion war.«

»Es war vertraulich«, sagte Frank. »Mein Informant war jemand, den ich unter keinen Umständen nennen kann. Wenn London oder das CIA-Büro mir mit Rückfragen wegen der Identifizierung kommt, werde ich eine von diesen elenden Diskussionen am Hals haben, die ich so hasse.« Er sah mich an, und ich nickte. »Was meinst du, Bernard, weshalb ist der Bursche hier?«

»Niemand scheint genau zu wissen, für wen Thurkettle arbeitet. Die herrschende Meinung – wenn man Joe Brody glauben darf – ist, daß er ein Killer ist, der Aufträge von jedem annimmt, von jedem, der sich seine Dienste kosten läßt, was er dafür verlangt. Brody sagt, daß ihn während der letzten beiden Jahre der KGB beschäftigt hat. Wenn Thurkettle vorhatte, unsere Freunde in der Normannenstraße zu besuchen, würde er wohl in Schönefeld gelandet sein.«

»Du meinst, sie haben ihn auf jemanden hier im Westen angesetzt?« Frank verzog das Gesicht. »Ich kann ihn nicht beschatten lassen. Ich weiß nicht, wo er abgeblieben ist, und selbst wenn ich's wüßte, habe ich einfach nicht genug Personal.«

»Westberlin liegt nicht auf dem Wege irgendwo anders hin«, sagte ich. »Niemand kommt hierher auf der Durchreise; hierher kommt man, und dann kehrt man zurück.«

»Du hast recht. Vielleicht sollte ich London doch noch mal erinnern.« Mit geballter Faust bürstete er die Enden seines Schnurrbarts. Wenn man nicht genau hinsah, sah das aus, als versetzte er sich zwei Fausthiebe auf die Nase; vielleicht war's das, womit er aus London rechnete, wenn er keine Ruhe gab. »Ich werde die Sache erst mal übers Wochenende ruhen lassen; sie könnten ja von sich aus noch mal antworten.«

Guter alter Frank: allzeit bereit, nichts zu tun. »Und wenn du den Alten anrufst?« schlug ich vor.

»Den Direktor? Er haßt es, wenn man ihn daheim stört.« Er kratzte sich die Wange und sagte: »Nein, ich werde die Sache fürs erste auf sich beruhen lassen. Aber was du mir erzählt hast, beunruhigt mich, Bernard.«

Mir war klar, daß meine Beschreibung von Thurkettles Aktivitäten Frank in eine schwierige Lage gebracht hatte. Vor unserer Unterhaltung hätte er jederzeit behaupten können, nichts Näheres gewußt zu haben über den Mann und die Gefahr, die er für Personen in alliierten Diensten darstellen mochte. Ich überlegte, ob ich ihm vorschlagen sollte, zu vergessen, was ich gesagt hatte, aber Frank konnte mitunter sehr förmlich sein. Trotz der Freundschaft, die bis in meine Kindheit zurückreichte – oder vielleicht gerade um dieser Freundschaft willen –, hätte Frank den Vorschlag vielleicht hochverräterisch und beleidigend gefunden. Ich beschloß, das lieber nicht zu riskieren.

»Eins ist mir aber noch nicht ganz klar, Frank«, sagte ich. Er hob eine Augenbraue. »Du hast Teacher nach mir geschickt und mich bei der Vernehmung dieses alten Apparatschiks durch Larry Bower hospitieren lassen. Warum?«

Frank lächelte. »Hat Larry dir denn das nicht erklärt?«

»Nein«, sagte ich. »Larry hat nichts erklärt.«

»Ich dachte, die Vernehmung würde dich vielleicht interessieren. Ich erinnerte mich, daß du Stinnes ja mal betreut hast.«

»Warum hat man mir nicht einfach die Abschrift gezeigt?«

»Des Vernehmungsprotokolls?« Geschürzte Lippen und ein Nicken, als sei dies eine neue und höchst interessante Anregung. »Das hätten wir natürlich tun können. Ja.«

»Möchtest du hören, was ich glaube?« sagte ich.

»Aber gewiß doch«, sagte Frank mit der unterdrückten Ironie, mit der liebende Eltern ein naseweises Kind gewähren lassen. »Sag's mir.«

»Ich habe lange darüber nachgedacht. Ich wunderte mich, daß du mir gestattet hast, mir einen noch aktiven Agenten so aus der Nähe anzusehen. Vor so was raten die Lehrbücher unseres Berufs ja dringend ab.«

»Ich richte mich nicht immer nach den Lehrbüchern«, sagte Frank.

»Du bist aber kein Querkopf und nicht verdreht. Wenn du etwas tust, verfolgst du einen Zweck damit.«

»Was wurmt dich eigentlich, Bernard?«

»Du hast mich in dieses sichere Haus in Charlottenburg nicht eingeladen, weil du wolltest, daß ich der Vernehmung zuhöre und mir diesen Valeri mal ansehe, sondern damit dieser Valeri mich anschauen konnte, und zwar aus der Nähe.«

»Weshalb hätte ich das wollen sollen, Bernard?« Er fand einen Fussel an seinem Ärmel, zupfte ihn ab und ließ ihn in den Aschenbecher fallen.

»Vielleicht um herauszukriegen, ob Valeri mich identifizieren könnte als einen von den Leuten, die in das Rauschgiftgeschäft verwickelt sind.«

»Weißt du, man kann auch zu mißtrauisch sein«, sagte Frank sanft.

»Nicht in unserer Branche.«

Er lächelte. Er bestritt meine Behauptung nicht.

»Du brauchst Urlaub, Bernard.«

»Recht hast du«, sagte ich. »Und inzwischen, wann soll ich also zu dieser Tour über die Autobahn aufbrechen?«

»Erst in ein paar Tagen«, sagte Frank. »Frühestens am Dienstag.« Wahrscheinlich dachte er, es würde mir ganz recht sein, ein paar Tage in Berlin vertrödeln zu können, aber ich hatte es eilig zurückzukommen, und er muß mir das am Gesicht abgelesen haben. »Nimm es von der besten Seite. Auf die Weise kannst du heute abend zu Werners Kostümfest gehen.« Als ich auf diese Bemerkung nichts erwiderte, fügte er hinzu: »Das liegt außer unserer Kontrolle, Bernard. Wir müssen einfach auf die Botschaft warten.«

»Wann werde ich instruiert?«

»Eine offizielle Instruktion findet nicht statt. Wir behandeln die ganze Sache sehr diskret. Aber Jeremy Teacher wird dich begleiten. Er wartet unten. Ich werde ihn jetzt kommen lassen, und dann kann er dir erzählen, was er vorhat.« Frank nahm das Haustelefon ab und sagte: »Schicken Sie bitte Mr. Teacher rauf.« Ich war nicht gerade entzückt von der Aussicht, mir von Mr. Teacher erzählen zu lassen, was er vorhatte. »Bitte, Frank, eins möchte ich aber klarstellen«, sagte ich. »Soll Teacher die Sache durchziehen oder ich?«

»Es ist absolut unnötig, einen Chef zu benennen«, sagte Frank. »Mit Teacher kommt man gut aus. Und der Job ist ja auch ziemlich einfach.«

»Komm mir nicht mit diesen glatten Sprüchen aus der Londoner Zentrale, Frank«, sagte ich. »Wenn ich einen Staatsangehörigen der DDR auf DDR-Territorium in den Wagen steigen lasse und über die Grenze bringen soll, ist das Einsatzdienst. Wann hat Teacher jemals im Einsatzdienst gearbeitet?«

»Hat er nie«, gab Frank zu. »Und er war auch nie Geheimagent. Ich nehme an, daß du darauf hinauswillst?«

»Du hast verdammt recht, lieber Frank, gerade darauf will ich hinaus. Ich werde allein fahren. Ich habe keine Lust, das Kindermädchen für einen Federfuchser zu machen, der sich mal den rauhen Wind des Lebens um die Nase wehen lassen will.«

»Du schaffst es nicht alleine. Du wirst einen Fahrgast haben. Irgend jemand muß den Wagen lenken. Wer weiß, was für unerwartete Dinge unterwegs passieren. Wir können das Risiko nicht eingehen.«

»Teacher?«

»Er ist der beste Mann, den ich habe.«

»Laß mich Werner mitnehmen«, sagte ich.

»Werner ist deutscher Staatsangehöriger und nur für nichtkritische Verwendung freigegeben«, sagte Frank steif.

»Und dieser verdammte Teacher ist...«

Es wurde an die Tür geklopft, und Teacher kam herein. Der Verlust seiner Frau schien keine Verbesserung seiner trübseligen Erscheinung bewirkt zu haben. Eine Atmosphäre verdrießlichen Brütens umgab ihn. Das Lächeln, mit dem er mir die Hand schüttelte, war sauer, und obwohl sein Händedruck fest war, war die Gebärde irgendwie schlaff. Vielleicht hatte er mich gehört, ehe er ins Zimmer kam.

»Sagen Sie Bernard, was Sie arrangiert haben«, sagte Frank.

»Volkswagen-Bus. Diplomatische Kennzeichen. Wir treffen uns mit dem anderen Wagen auf einem Rastplatz in der Nähe der Ausfahrt nach Brandenburg. Es sollte alles sehr glatt gehen. Diplomatenwagen werden nicht angehalten.«

»Bernard will wissen, wann es losgeht.«

»Ich warte auf die Diplomatenpässe für uns drei. Wir können sie erst nach dem Wochenende erwarten.«

»Natürlich«, sagte ich. »Weshalb sollten wir irgend jemandem das Wochenende ruinieren?«

Teacher sah mich und dann Frank an.

Frank sagte: »Bist du bewaffnet, Bernard?«

»Nein«, sagte ich.

»Jeremy wird eine Pistole dabeihaben«, sagte Frank, unfähig, seinen Widerwillen zu verbergen. Frank hatte einen Widerwillen gegen Feuerwaffen, der schlecht zu seinen romantischen Träumen vom Soldatenleben paßte.

»Das ist nett«, sagte ich. Teacher tat so, als sei ich nicht da.
»Es wird nicht dazu kommen«, sagte Frank. »Es ist ja ein einfacher, kleiner Job. Eine Fahrt auf der Autobahn, weiter nichts.« Ich erwiderte nichts und Teacher auch nicht. Wenn es so verdammt einfach war, dachte ich, warum machte Frank es nicht selbst? »Aber eins ist da noch... Ich habe schon mit Jeremy darüber gesprochen.« Eine Pause machte deutlich, daß Frank gewisse Schwierigkeiten hatte. Deshalb auch hatte er's wohl bis zuletzt zurückbehalten. »Unter keinen Umständen darf der Agent da drüben in Haft genommen werden. Verstehst du?«
»Nein«, sagte ich. »Das verstehe ich nicht. Du hast doch gesagt, daß wir in einem Diplomatenwagen fahren werden.«
»Darauf ist nicht hundertprozentig Verlaß, Bernard. Denke nur mal an den armen kleinen Fischbein. Den haben sie aus einem Diplomatenwagen heraus mitten auf dem Alex verhaftet.«
»Ich weiß Bescheid«, sagte Teacher.
Aber ich war nicht geneigt, Teacher zu gestatten, Frank aus der Klemme zu helfen. »Sag mir auch Bescheid, Frank, los, instruiere mich!«
»Wenn es zum Schlimmsten kommt, Bernard, müßte der Agent... eliminiert werden.«
»Getötet?«
»Ja, getötet.« Frank wendete sich wieder der Karte zu, als suchte er da etwas, ich glaube aber, er wollte nur meinem Blick ausweichen. »Jeremy hat die Waffe zu diesem Zweck.«
»Armer verdammter Agent«, sagte ich.
»Alle Beteiligten wissen, was auf dem Spiel steht«, sagte Frank steif, »einschließlich des Agenten.«
Frank drehte sich um, und jetzt sah er mich an. Sein stumpf gestutzter Schnurrbart war neuerdings völlig grau. Frank war zu alt für den Einsatzdienst. Zu alt, zu müde, zu zimperlich, zu gutherzig. Was immer es war, die Belastung für ihn war ihm am Gesicht anzusehen.
»Das geht schon in Ordnung, Sir«, sagte der stets hilfsbereite Teacher. »Wir werden alles tun, was getan werden muß.«
Auch Teachers Gesicht war gezeichnet, aber Teacher war weder alt noch müde. Teacher war auf seine Weise ein zäher kleiner

Bastard, was ich bisher nur noch nicht bemerkt hatte. Sie hatten ihn gut ausgesucht für diesen Job. Frank schien Teacher nicht zu hören. Es war, als wären nur ich und Frank im Zimmer. »Okay, Bernard?« fragte er weich. Ich sah Frank in die Augen und wußte ohne den Schatten eines Zweifels, daß es Fiona war, die auf der Autobahn aufgelesen werden sollte. Es war Fiona, die wußte, was unter Umständen getan werden mußte, um zu verhindern, daß die professionellen Folterer in der Normannenstraße sie vernahmen. Und Teacher war da, im Falle ich zögerte, wenn es Zeit war abzudrücken.
»Ja, Frank«, sagte ich. »Es ist okay.«

Am Sonntag abend gab es eine große Party bei Lisl. Auf der gedruckten Einladungskarte hieß es, Anlaß sei die Eröffnung der neu eingerichteten Räume. Unter diesem Vorwand hatte Werner Spenden von verschiedenen seiner Lieferanten erhalten, und die Einladungen, genauso wie die Papierservietten und verschiedene andere auffallende Gegenstände, waren mit den Markenzeichen von Brauereien und Destillerien geschmückt.
Da es inzwischen schon fast Sommer und die Abende nun länger waren, wollte Werner das Fest im Freien feiern und hatte zu diesem Zweck auf dem Hof hinter dem Hotel ein großes Zelt aufschlagen lassen. Aber während des Nachmittags war der Himmel immer dunkler geworden, und am Abend regnete es aus geschlossener Wolkendecke in Strömen. Nur die verwegensten Gäste unternahmen es, das kühle Zelt aufzusuchen, und die Einweihung wurde drinnen gefeiert.
Das Fest fand jedoch nicht nur zur Feier der Wiedereröffnung des Hotels statt. Und als ich Frank an jenem Sonntagabend in Lisls Hotel begegnete, wußte ich, daß auch er das spürte. Frank hatte das Pensionsalter schon überschritten, bald würde er nicht mehr hiersein. Im Rückblick war mir später klar, daß er dieses Fest als sein persönliches Abschiedsfest betrachtete. Frank hatte meine Liebe zu Lisl nie geteilt, und allen Gegenbeweisen zum Trotz blieb er dabei, Werner die Schuld an jenem alten »Baader-Meinhof-Fiasko« zu geben, für das Frank ein gut Teil Kritik abbekommen hatte. Aber selbst Frank wußte, daß für eine Feier

in Berlin nur Lisls Hotel in Frage kam, und da er einmal zu dieser Einsicht gelangt war, zeigte er sich dort in heiterster und charmantester Laune. Er war sogar kostümiert: als Herzog von Wellington.

»Das ist das Ende einer Epoche«, sagte Lisl. Wir saßen in ihrem kleinen Arbeitszimmer. In diesem Raum verbrachte Lisl den größten Teil ihrer Zeit, seitdem ihr das Gehen schwerfiel und Schmerzen bereitete. Hier frühstückte sie, spielte sie Bridge, sah die Geschäftsbücher durch und kredenzte auserwählten Gästen ein genau bemessenes Glas Sherry, wenn sie kamen, ihre Rechnungen zu begleichen. An der Wand hing ein Bild Kaiser Wilhelms II., auf dem Kaminsims stand eine scheußliche, mit Blattgold überzogene Uhr, und um den Tisch, an dem sie frühstückte, standen vier geschnitzte Eßzimmerstühle in venezianischem Stil, alles, was von der Einrichtung des großen Speisesaals ihrer Großeltern übriggeblieben war.

Jetzt saß sie nie in diesen ihr so teuren Stuhlen; selten verließ sie den praktischen stählernen Rollstuhl, in dem sie sich mit solcher Geschwindigkeit fortbewegen konnte, daß Werner ihr eine kleine Hupe daran angebracht hatte.

Der Lärm der Party drang laut durch die fest geschlossene Tür. Ich weiß nicht, wer auf die Idee gekommen war, Lisls Aufziehgrammophon und ihre Sammlung antiker 78er-Platten zur musikalischen Umrahmung des Fests heranzuziehen, von den Gästen wurde diese Musik jedenfalls als letzter Schick begrüßt, und eben jetzt schnurrte Marlene, von einem Honky-tonk-Klavier begleitet, wohl schon zum vierten oder fünften Mal hintereinander »Falling in love again«. Werner hatte vermutet, das Aufziehgrammophon würde nicht laut genug sein, aber es war laut genug.

Selbst Lisl hatte schließlich Schutz gesucht vor der unermüdlichen und hingebungsvollen guten Laune, die Berliner zu ihren Partys mitbringen. Ein sehr alter Koffer, der meinem Vater gehört hatte, stand offen auf dem Boden. Seinerzeit waren Koffer noch keine Markenartikel und wurden noch solide gearbeitet. Außen war er mit blaßgrünem Leinen bezogen, der Falz, die Ecken und die Griffe mit Leder. Gefüttert war er mit Kaliko.

Er enthielt Papiere und andere Habseligkeiten meines Vaters: Rechnungen, Kontobücher, Zeitungsausschnitte, ein paar Kalender, einen Seidenschal, auch die britische Uniformjacke, die er so selten trug. Ich stöberte in diesen Sachen herum, während Lisl mir, in ihrem Rollstuhl sitzend, ab und zu an ihrem Sherry nippend, dabei zusah. »Da ist sogar sein Revolver«, sagte sie. »Sei vorsichtig damit, Bernard. Ich hasse Waffen.«
»Weiß ich«, sagte ich. Ich zog ihn aus dem Lederfutteral. Es war ein Webley Mark VI, ein gigantischer Revolver, ungefähr zweieinhalb Pfund schwer, die Sorte Waffe, die die britische Armee ihren Offizieren schon seit dem Ersten Weltkrieg umhängte. Er war blau und in tadellosem Zustand. Ich bezweifelte, daß mein Vater ihn jemals abgefeuert hat. Eine Schachtel Munition dafür war ebenfalls vorhanden. Nickelmantel, 455-Zoll-Kaliber »für den Militärgebrauch«. Das Etikett war 1943 datiert und die Banderole noch intakt.
»Das ist alles. Klara hat alle Sachen deines Vaters in diesen Koffer packen lassen. Alle, das heißt außer der Fußbank, der Matratze und den gesammelten Werken von Dickens.«
»Danke, Lisl.«
»Das Ende einer Epoche«, sagte sie traurig. »Werner übernimmt das Hotel. Die Veränderungen in den Räumen. Du nimmst die Sachen deines Vaters mit. Ich bin jetzt eine Fremde hier, eine Fremde im eigenen Haus.«
»Sei nicht albern, Lisl. Werner liebt dich. Er hat all das nur für dich getan.«
»Er ist ein guter Junge«, sagte sie traurig, denn sie wußte, daß er ihre Zuneigung verdiente, nur wollte sie nicht gerne von dem Selbstmitleid lassen, das sie so genoß.
Der Lärmpegel der Party stieg plötzlich, als Werner hereinkam und die Tür hinter sich schloß. Werner war als Ritter in voller Rüstung kostümiert. Praktischerweise war die Rüstung ganz aus Stoff geschneidert, der aber geschickt mit Gold- und Silberdraht so bestickt war, daß man meinte, in Metall gravierte und vergoldete Verzierungen zu sehen. Er sah großartig aus, das fand sogar Lisl. Auch sie sah prächtig aus in einem langen, buntgemusterten Kleid – dem Etikett des Kostümverleihs zufolge

nach der Mode adeliger Damen des 13. Jahrhunderts, den Figuren der Glasfenster des Augsburger Doms nachempfunden. Ein Diadem und ein Schleier gehörten dazu und ein leichter, aber weiter Überwurf. Was immer die Treue der Reproduktion des historischen Musters anlangte, Lisl sah in diesem Kostüm neben Werner ganz fabelhaft aus, der Rollstuhl wirkte als imponierender Thron. Ich dachte, er hätte ihrer beider so gut zueinander passende Kostüme in der Absicht gewählt, sich als Lisls treuer Sohn zu zeigen, er gestand mir aber später, daß jenes Kostüm das einzige im Fundus des Verleihs gewesen sei, das ihr nicht nur paßte, sondern zudem feuerrot war. Lisl liebte heftige Farben.
»Da draußen ist das reinste Irrenhaus«, sagte Werner, an die Tür gelehnt und nach Atem ringend. Sein Gesicht war rot von Erregung und Anstrengung. »Ich habe euch noch Champagner mitgebracht.« Er hatte die Flasche in der Hand und schenkte uns beiden ein. »Absolut gräßlich.«
»Es klingt gräßlich«, sagte ich, obwohl ich schon seit langem daran gewöhnt war, daß Werner solche irren Kostümfeste organisierte, um dann den ganzen Abend lang jedem zu erzählen, wie gräßlich er sie finde.
Er sah mich an. »Ich wünschte, du hättest dein Kostüm angezogen«, sagte er. Er hatte ein eindrucksvolles Gewand aus der Mitte des letzten Jahrhunderts für mich ausgesucht, das auf der Schachtel als das eines »Biedermeier-Kavaliers« bezeichnet wurde. Frack und Zylinder gehörten dazu. Ich vermutete, daß Werners Lust am Schabernack ihn zu dieser Wahl bewogen hatte, und ich war nicht geneigt, mich dieser Lust zu opfern.
»Ich finde mich so ganz in Ordnung«, sagte ich. Ich trug einen zerknautschten grauen Anzug, mein einziges Zugeständnis an den Kostümzwang war eine von Werners farbenfreudigen Fliegen.
»Du bist so verdammt englisch«, sagte Werner nicht unfreundlich.
»Manchmal schon«, gab ich zu.
»Es sind bestimmt hundertfünfzig Leute da«, erzählte er mir. »Die Hälfte uneingeladen. Es hat sich anscheinend herumge-

sprochen. Sie sind alle kostümiert.« Es war typisch für ihn, daß der Gedanke an die vielen Leute, die uneingeladen zu seinem Fest gekommen waren, ihn mit einem gewissen Stolz erfüllte. »Soll dir die Duchess wahrsagen, Lisl?«

»Lieber nicht«, sagte Lisl.

»Es heißt, sie sei eine Hexe«, sagte Werner, als wäre das eine Empfehlung.

»Ich will die Zukunft nicht kennen«, sagte Lisl. »In meinem Alter hat die Zukunft einem außer Herzeleid und Schmerzen nichts mehr zu bieten.«

»Ach, sei kein Spielverderber, Lisl«, sagte Werner, der sich ihr gegenüber viel mehr herausnahm, als ich je zu tun gewagt hätte. »Ich werde dafür sorgen, daß du unter die Leute kommst.«

»Geh weg!« sagte Lisl. »Ich unterhalte mich gerade mit Bernard.«

Werner sah mich an und grinste kaum merklich. »Ich komme wieder«, versprach er und kehrte zu seinem Fest zurück, das von Minute zu Minute lauter wurde. Er blieb lange genug in der offenen Tür stehen, mir einen Blick auf die Tanzfläche zu gestatten. Die hingerissenen Tänzer, die sich da drängten, waren sämtlich aufwendig kostümiert – Deutsche nehmen Kostümfeste so ernst, wie sie jedes gesellschaftliche Ereignis nehmen, vom Opernbesuch bis zum Besäufnis – und wedelten die Arme mehr oder weniger im Takt der Musik. Da gab es Ballettratten in pailletenbesetzten Trikots, einen römischen Senator, Karl Mays Old Shatterhand war da, und zwei Squaws tanzten zappelnd und lächelnd vorbei. Jeremy Teacher – als dünner, eleganter, kraushaariger Gorilla kostümiert – tanzte mit Tessa, die ein langes, durchscheinendes gelbes Kleid trug und auf ihrem Kopf lange wippende Fühler hatte. Teacher hielt sie fest an sich gedrückt und redete auf sie ein. Tessa hörte mit großen Augen zu und nickte energisch mit dem Kopf. Die beiden bildeten ein ziemlich unwahrscheinliches Paar. Die Tür ging zu.

»Wann werden sie alle nach Hause gehen?« fragte mich Lisl.

»Es wird sicherlich nicht sehr spät«, versprach ich, obwohl ich sehr wohl wußte, daß es ganz bestimmt sehr spät werden würde.

»Ich hasse Feste«, sagte Lisl.

»Ja«, sagte ich, obwohl offensichtlich war, daß sie sich schon entschlossen hatte, sich nichtsdestoweniger mal draußen umzusehen. Sie liebte es, sich in ihrem Rollstuhl schieben zu lassen. Das erhöhte irgendwie ihre Majestät. Wahrscheinlich würde ich ihr diesmal diesen Dienst leisten müssen, und sicherlich fiel ihr irgendwas ein, mich dabei lächerlich zu machen.

Ich verschloß den Koffer. »Komm schon, Lisl«, sagte ich. »Gehen wir raus und sehen uns mal um.«

»Muß das sein«, sagte sie, prüfte dabei aber schon ihr Make-up im Spiegel. Dann öffnete sich die Tür von neuem. Ein kleiner, lächelnder Mann stand da.

Zuerst dachte ich, er trüge ein besonders aufwendiges Kostüm, zu dem ein geschwärztes Gesicht gehörte. Dann erkannte ich Johnny den Tamilen. Er sah anders aus, er trug eine goldgerandete Brille. Er lachte. »Wie wunderbar!« sagte er. »Wie wunderbar!« Ich nahm an, er meinte das Fest, aber er schien das Fest kaum zu bemerken. Vielleicht war er high. »Wunderbar, dich zu finden, Bernard«, sagte er. »Ich habe schon überall gesucht.«

»Wie ich hörte, haben dich die Bullen hoppgenommen«, sagte ich.

Er sah mich über seine Brillengläser an. »Ich habe Schwein gehabt. Da war diese Demonstration gegen die Marschflugkörper. Dreihundert Verhaftungen. Sie brauchten den Platz in den Zellen. Da haben sie mich rausgeschmissen.« Sein Deutsch war nicht besser geworden, aber ich hatte mich an seinen Akzent gewöhnt.

»Ich werde dir was zu trinken holen«, bot ich an. Hinter ihm sah ich durch die offene Tür den Herzog von Wellington, der eine ziemlich entzückende Geisha fest in den Armen hielt. Für einen flüchtigen Augenblick meinte ich, Daphne Cruyer zu erkennen, aber als sie den Kopf wandte und Frank anlächelte, wußte ich, daß sie es nicht war.

»Nein. Ich muß weg. Ich habe dir das hier mitgebracht.« Er gab mir einen großen Umschlag mit Eselsohren. Ich öffnete ihn. Er enthielt eine Kunststoffschachtel, die ein bißchen wie ein kleines Radio aussah. »Das ist Spenglers...« sagte Johnny. »Er wollte, daß du ihn kriegst. Es ist sein Schachcomputer.«

»Danke.«
»Er hat immer gesagt, daß, wenn ihm je was zustieße, ich seine Brille haben sollte und du seinen Computer. Das ist alles, was er besaß«, setzte Johnny überflüssigerweise hinzu. »Die Bullen haben seinen Paß genommen.«
»Für mich. Bist du sicher?«
»Ganz sicher. Spengler mochte dich. Ich habe die Batterien erneuert.«
»Danke, Johnny. Sind die Gläser richtig für dich?« Die Brille veränderte seine Erscheinung erheblich.
»Nein, ich sehe dadurch alles verschwommen. Aber die Brille ist schick, findest du nicht?«
»Doch, ist sie«, sagte ich. »Dies ist Tante Lisl. Trink doch ein Glas.«
»Hello, Tante Lisl.« Die Vorstellung, daß Lisl wirklich meine Tante sein könnte, schien ihn zu verwirren, aber er fragte nicht nach.
»Nein, ich muß weg, Bernard.«
»Haben sie rausbekommen, wer Spengler umgebracht hat?« fragte ich.
»Sie haben nicht mal seinen richtigen Namen rausgekriegt oder wo er her war. Um den kümmert sich keiner mehr, außer uns.« Er winkte, und fort war er. Lisl hatte nicht versucht, der Unterhaltung zu folgen. »Mit der Wahl deines Umgangs mußt du in dieser Stadt vorsichtig sein«, sagte sie. »Hier ist es nicht wie in London.«
Lisl, die, soweit ich wußte, nie in London gewesen war, sagte das schon, seitdem ich, damals war ich sechs Jahre alt gewesen, eines Tages Axel Mauser mitgebracht hatte, um ihm meine Sammlung von Nazi-Orden zu zeigen.
Johnnys Besuch war so kurz, daß ich vergaß, ihm ein bißchen Kleingeld zu geben. Leuten wie Johnny ist mit ein paar Mark schon sehr geholfen. Weiß der Himmel, wieviel Zeit und Mühe er darauf verwandt hatte, mich aufzuspüren. Er hatte sogar neue Batterien für mich geklaut. Langlebige Batterien sogar, die besten. Vermutlich hatte er sie von Wertheim. Er klaute gerne bei Wertheim. Da kriegt man doch wenigstens Qualität, pflegte er zu sagen.

Schließlich war es dann Werner, der Lisl durch seine Party schob, wo sie sich gnädig verneigte, ihre Hand zum Kuß reichte oder königlich winkte, je nach dem Grad der Gnade, den die verschiedenen Gäste von Werners Fest in ihren Augen fanden.
Ich trug den Koffer meines Vaters in den Keller hinunter, und setzte mich, als ich unten war, für ein paar Minuten hin. Mir war bewußt, wie absurd ich mich benahm, mich so vor Werners Party zu verstecken, ich wußte auch, wie Werner mich auslachen würde, wenn er mich hier unten entdeckte.
Aber ich wollte nicht da oben sein, wo hundertundfünfzig ausgelassene Leute, von denen ich die meisten nicht kannte, in Verkleidungen, die ich nicht durchschaute, das Ende von etwas feierten, von dem ich nicht Abschied nehmen wollte.
Ich verdrückte mich in das kleine Versteck neben dem Kesselraum, in das ich mich als Kind oft verkroch, um meine Schularbeiten zu machen. Da gab es immer helles Licht und einen hohen Stoß alter Zeitungen und Zeitschriften. Da ich, anstatt meine Schularbeiten zu machen, meist in diesem Pressearchiv schmökerte, wurde mein Deutsch so gut, daß ich bei Wortschatztests und im Aufsatz der Mehrzahl meiner deutschen Klassenkameraden oft überlegen war.
Jetzt machte ich's genauso. Ich nahm eine Zeitung von dem hohen Stapel, setzte mich auf die Bank und las sie. In Spandau hatte man vergrabene Kanister mit Giftgas entdeckt. Die hatten da seit dem Zweiten Weltkrieg gelegen.
»Bernard, Liebling! Was machst du denn hier unten? Ist dir schlecht?«
»Nein, Tessa. Ich wollte nur meine Ruhe haben.«
»Du bist wirklich der Gipfel, Bernard. Der Gipfel. Der Gipfel.« Sie wiederholte die Worte, als bereite es ihr Vergnügen, sie auszusprechen. Ihre Augen waren weit und feucht. Ich merkte, daß sie high war. Nicht betrunken vom Alkohol. High von irgendwas Stärkerem. »Wirklich der Gipfel«, sagte sie noch einmal. Sie streckte die Arme aus. Der fast durchsichtige gelbe Stoff war an ihren Handgelenken befestigt, und sie verwandelte sich in einen Schmetterling. Das helle Licht zeichnete ihr einen wirbelnden Schatten an die weißgetünchte Wand.

»Was ist denn, Tessa?«

»Dein Freund Jeremy sucht dich überall.« Sie drehte sich, um noch einmal den wirbelnden Schatten zu genießen, den sie warf.

»Wer ist Jeremy?«

»Du meinst, Jeremy und wie weiter? Jeremy wer?« Sie lachte schrill. »Jeremy Dingens!« Sie schnippte mit den Fingern. »Jeremy, der kultivierte Affe. Kennst du den Vers: ›Er tut es dem Affen also gleich, daß je höher er steigt, desto mehr Arsch er zeigt‹? Francis Bacon. Du denkst vielleicht, ich bin ein liederliches Mädchen ohne höhere Bildung. Aber ich bin zur Schule gegangen und kann Francis Bacon zitieren wie die Besten von euch.«

»Natürlich kannst du das, Tessa. Aber du scheinst mir selbst ein bißchen hoch zu hängen.«

»Und zeige zuviel von meinem Arsch, was, Bernard, du unverschämtes Aas?«

»Nein, Tessa, natürlich nicht. Aber ich glaube, es wäre vernünftig, wenn du jetzt in dein Hotel zurückgingst. Wo ist denn Dicky?«

»Hörst du mir denn überhaupt zu, Bernard? Jeremy, der Affe, sucht dich überall verzweifelt. Er dreht langsam durch. Er wird ganz zum Affen!« Wieder Gelächter. Leise, aber noch schriller. Es schien einen hysterischen Ausbruch anzukündigen. »Der Funkspruch ist gekommen, und ihr müßt weg.«

»Ist es das, was Jeremy, der Affe, sagt?«

»Der Funkspruch ist gekommen, und ihr müßt weg.«

»Tessa!« Ich schüttelte sie. »Hör mal, Tessa! Reiß dich zusammen! Wo ist der Affe jetzt?«

»Er hat versucht, sich einen von Werners dreiteiligen Anzügen – blau mit Nadelstreifen – anzuziehen, aber Werner ist wütend geworden und wollte ihm keinen Anzug borgen. Und beide haben angefangen herumzuschreien. Werner mag ihn nicht.« Sie lächelte. »Und Werners Anzüge sind Jeremy zu groß.«

Ich sagte es langsam: »Wo ist Jeremy, der Affe, jetzt?«

»Ihr fahrt nicht ohne mich. Der Wagen ist hier. Ein Kombiwagen. Ford-Kombi, ein hübsches Blau. Diplomatische Kennzeichen. Draußen im Regen. Jeremy, der Affe, fährt. Affen sind gute Fahrer. Mein Vater hatte jahrelang einen Affen als Fahrer. Und dann fing er an, dauernd zusätzliche Bananen zu verlangen. Affen können furchtbar lästig werden. Habe ich dir das schon erzählt?«

Draußen fiel der Regen in großen, stählernen Güssen, hämmerte aufs Straßenpflaster und trommelte auf das Dach des Ford-Kombis. Jeremy Teacher, noch immer im Gorilla-Kostüm, saß am Steuer. Er war pitschnaß. Ich fragte ihn, was los sei, und er mußte schreien, um sich durch den Lärm des Regens und Donners Gehör zu verschaffen. »Steigen Sie ein«, sagte er.

»Was ist los?« sagte ich, vielleicht zum vierten Mal.

»Was zum Teufel glauben Sie, daß los ist?« sagte er wütend. »Der verdammte Befehl ist vor dreieinhalb Stunden durchgekommen!«

»Sie haben von einem Volkswagenbus gesprochen.« Er warf mir einen giftigen Blick zu. »Ich habe meinen Paß nicht dabei«, sagte ich und drehte fast durch, als ich an all die anderen Dinge dachte, die ich nicht dabeihatte.

»Steigen Sie ein! Ich habe die Pässe hier.« Die Aussicht, als Gorilla kostümiert durch die Kontrollen fahren zu müssen, verdarb ihm offensichtlich die Laune.

Jetzt sah ich, daß Tessa draußen im Regen herumtanzte. Sie war vollkommen durchnäßt, schien sich aber des fesselnden Anblicks, den sie in dem ihr nun am Leibe klebenden dünnen Kleidchen bot, nicht bewußt zu sein.

Doch dieser Anblick – und der eines Gorillas am Steuer eines Ford Transit, der sich lautstark mit einem Zivilisten stritt, der aussah wie sein Wärter – zog Zuschauer an, die, da sie von Werners Fest kamen, ihrerseits auch bemerkenswert aussahen. Manche von ihnen hatten Regenschirme, aber vielen schien es ebensowenig wie Tessa was auszumachen, bis auf die Haut naß zu werden.

Auch Werner erschien, gebeugt unter dem Gewicht des Koffers meines Vaters. Er öffnete die Hecktür des Wagens, um den Koffer einzuladen, und während er das tat, stieß Tessa ihn beiseite, kletterte auf die Ladefläche und knallte die Tür zu, daß die Karosserie kreischte.

»Also los!« schrie Teacher.
»Tessa ist hinten drin«, sagte ich.
Er sah sich um und schrie: »Steigen Sie aus, Tessa.«
»Ich fahre mit euch«, gurrte Tessa.
»Seien Sie nicht albern, Sie haben keinen Paß«, sagte Teacher mit einer ruhigen Höflichkeit, die unter diesen Umständen sehr rühmlich war.
»Aber doch, habe ich«, sagte sie triumphierend. Irgendwoher hatte sie das Dokument zum Vorschein gebracht und hielt es nach vorn, um es ihm zu zeigen. »Dicky hat gesagt, ich sollte ihn hier immer bei mir tragen.«
»Steigen Sie aus, Sie blöde Ziege!« Er trat aufs Gas, um den Motor aufheulen zu lassen, als hoffte er, sie damit zu verscheuchen, aber es gelang nicht. Es zeigte nur, daß der Motor stotterte. Ich hatte Zweifel, ob er die Reise schaffen würde.
»Ich will nicht, ich will nicht.«
»Um Himmels willen, schmeißen Sie sie raus!« rief Teacher mir zu.
»Wer zum Teufel glauben Sie, daß Sie sind?« sagte ich. »Schmeißen Sie sie selber raus.« Ich kannte Tessa in dieser weggetretenen Verfassung und beschloß, den kühnen Mr. Teacher sich sein Geld verdienen zu lassen.
Er sah auf seine Uhr. »Wir müssen los.« Fluchend öffnete er die Tür und stieg aus, doch der Regen, der alsbald seinen Gorilla-Anzug durchnäßte, bewirkte offenbar einen Sinneswandel, denn er stieg gleich wieder ein und setzte sich wieder hinters Steuer.
»Los, Tessa, wir müssen fahren.«
»Ich komme mit«, sagte sie.
»Nein, verdammt noch mal, das tun Sie nicht!« sagte Teacher. Er schaltete die Heizung auf volle Touren. Das nasse Gorillafell war offenbar kalt.
Dann trat Dicky auf. Er war als Harlekin kostümiert, – sorgfältig geschminktes Gesicht, karierter Anzug und imposanter Hut –, eine Maskerade die sich auf deutschen Faschingsfesten großer Beliebtheit erfreut. Er bemerkte Tessa und meldete uns pflichteifrig, daß sie hinten im Wagen sitze. Teacher stieß einen

lauten und zornigen Seufzer aus. »Dann holen Sie sie raus«, sagte er, ohne seine respektvolle Zurückhaltung, die er im Verkehr mit Vorgesetzten gewöhnlich walten ließ.

Inzwischen drängten sich anscheinend Dutzende von Leuten in phantastischen Kostümen um den Wagen, obwohl es in der Dunkelheit und bei dem Regen schwer war, irgendjemanden zu erkennen. Jedenfalls drängten sich die Leute so dicht, daß es schwierig sein würde, sich einen Weg durch sie zu bahnen und die Hecktür aufzukriegen, um Tessa herauszuholen, selbst wenn, im Fall einer groben Behandlung Tessas, keiner sich einmischte. Und, wenn ich irgend etwas von den Wirkungen des Alkohols auf die männliche Psyche wußte: Ein Handgemenge mit Tessa würde sofort einen Aufstand provozieren.

Ein Blitz flammte auf. Weitere Scharen phantastisch kostümierter Masken ergossen sich auf die Straße. Das Gedränge rings um den Ford war die neueste Attraktion der Party. Ein durchnäßter Friedrich der Große schwenkte vergnügt die Arme, während Barbarossa, mit zerzaustem falschem Bart, seinen Hut einer römischen Jungfrau zum Schutze ihrer Frisur anbot.

Ich erblickte die Duchess. Sie war als Hexe kostümiert, mit spitzem Hut und einem langen schwarzen Gewand, dessen Rock mit okkulten Symbolen besetzt war. Trotz des heftigen Regens hatte sie ihre verdammte Katze dabei, deren Augen zornig aus der Finsternis leuchteten. Die Duchess stellte sich vor den Kühler des Wagens und fing an, feierliche Gebärden mit ihrem Stab zu machen. Der Donner grollte wie gerufen.

»Was macht die alte Kuh denn da?« fragte Teacher.

»Ich glaube, sie zaubert«, erwiderte ich.

»Jesus Christus!« sagte Teacher, aufs Blut gereizt. »Sind denn alle verrückt geworden?«

Ehe die Duchess mit ihrer Beschwörung fertig war, steckte Harlekin sein bemaltes Gesicht zum Fenster herein und sagte: »Teacher hat die Leitung. Vergiß das nicht, Bernard.« Ich reagierte nicht. Er packte mich an der Schulter, und im Befehlston eines gereizten Erziehungsberechtigten, der mit einem unartigen Kind spricht, sagte er: »Schau mich an, Bernard! Hörst du, was ich gesagt habe?«

Ich sah Dicky in das dick geschminkte Gesicht und in die kleinen kalten Augen. Jahre unterdrückten Grolls drängten in mir hoch. Die Art, wie er über meinen Kopf hinweg befördert worden war, seine Wichtigtuerei, sein prätentiöser Lebensstil, seine Bereitschaft, dem armen alten George Hörner aufzusetzen und Witze darüber zu machen. Jetzt überstimmte das Gefühl den gesunden Menschenverstand. Ganz gleich, wohin das führen mochte, jetzt war der Augenblick zu reagieren. Ich holte mit der Faust aus und versetzte ihm einen kräftigen Stoß auf die rotgeschminkte Nase. Keinen allzu heftigen, doch taumelte Dicky davon rückwärts auf die Fahrbahn, als gerade ein Wagen vorbeikam. Mit unglaublich schnellem Reaktionsvermögen und quietschenden Bremsen wich der Fahrer ihm aus. Ich drehte mich um und sah ihm nach. Breitbeinig, den Hut verdreht auf dem Kopf und mit ausgebreiteten Armen, bemüht, das Gleichgewicht wiederzugewinnen, taumelte Dicky noch immer rückwärts. Und dann landete er auf dem Rücken, und sein großer Dreispitz fiel ihm vom Kopf.

»Los, fahren wir! Wir werden die Sache am Kontrollpunkt klären«, rief ich.

Teacher legte den Gang ein, Gummi quietschte, und auf einen dumpfen Schlag folgte der Schrei einer Frau. Ich wußte sofort, was passiert war. Diese verdammte Katze »Jackdaw« hatte unter dem Wagen Schutz vor dem Regenguß gesucht. Jetzt hatten unsere Hinterräder sie plattgewalzt. Fast hätten wir auch die Duchess selber umgefahren, aber Teacher riß eben noch rechtzeitig das Steuer herum, und so gelangten wir in den fließenden Verkehr auf dem Ku'damm.

Auf den nassen Straßen glänzten die farbigen Neonlichter, die die Touristen anlockten, die Alkoholkranken, Drogenabhängigen und Stadtstreicher zu besichtigen, denen das Europa-Center Heimat war. »Ist sie noch hinten?« fragte Teacher, als wir an der Gedächtniskirche vorbeifuhren, deren Turm man erhalten hat, um Leute, die zur Nostalgie neigen, daran zu erinnern, daß das alte Berlin zum guten Teil aus häßlichen Bauwerken bestand. Selbst zu dieser späten Stunde war noch viel Verkehr. Teacher gab ein paarmal Vollgas bei Leerlauf, und danach lief der Motor ruhiger. Vermutlich hatte der Regen ihm zugesetzt.

»Ich bin hier, Liebling«, sagte eine Stimme von hinten. »Ich kann mir schon vorstellen, zu wem ihr unterwegs seid. Wenn ihr's wagt zu versuchen, mich am Kontrollpunkt rauszuschmeißen, werde ich's laut in die Welt hinausschreien. Das wäre euch doch bestimmt nicht recht, oder?«
»Nein, das wäre uns nicht recht«, sagte ich.
»Diese Scheißheizung funktioniert nicht«, sagte Teacher und schlug mit der haarigen Hand darauf.
»Das ist ein verdammt überzeugendes Kostüm, Jeremy«, sagte ich bewundernd. Tessa kicherte leise, aber Teacher antwortete nicht.

19

Der Verkehr von West-Berlin nach Westdeutschland über die Autobahn geht durch den Grenzkontrollpunkt Drewitz in der Südwestecke des Stadtgebiets.
Die Kontrollen verlaufen flüssig und sind für Wagen mit diplomatischen Kennzeichen minimal. Auf der DDR-Seite der Grenze legen die Insassen von derart ausgewiesenen Fahrzeugen ihre Papiere gewöhnlich flach gegen die Fensterscheiben, wo sie dann beim Schein ihrer Taschenlampen von kommunistischen Beamten studiert werden, die mit der bemühten Langsamkeit arbeiten, die im Westen vor allem als Modus operandi von Gewerkschaftlern während eines Tarifkonflikts bekannt ist.
Schließlich winkten die Posten uns widerwillig durch. Wenn sie bemerkt hatten, daß einer von uns ein Gorilla war, ließen sie es sich jedenfalls nicht anmerken. Teacher schob die Diplomatenpässe ins Handschuhfach, und die lange, eintönige Fahrt nach Westen begann. Passend zu der Belagerungsmentalität der DDR gibt es an dieser Strecke weder Cafés noch Restaurants. Da ist keine Gelegenheit, jene achtundsechzig Sorten Icecream zu probieren, die an den Rändern der langen, breiten amerikanischen *Freeways* zu haben sind, vergeblich sucht man das *bifteck aux pommes frites avec château vinaigre*, mit dem man an den teuren französischen *Autoroutes* bewirtet wird, nicht mal der Giftmüll und der starke Tee, die überall an Großbritanniens *Motorways* angeboten werden, sind hier erhältlich.
Zunächst war der Verkehr dicht. Liebhaber und Ehemänner, die aus glücklichen Wochenenden kamen, begegneten einander auf der Heimreise. Lastwagen, die pünktlich mit dem Ende des Wochenendfahrverbots um Mitternacht losgefahren waren,

überholten langsam und mühevoll andere schwere Fahrzeuge. Auf der Überholspur rasten Deutsche an uns vorbei, die Scheinwerfer aufblendend, falls sie jemand bei der öffentlichen Demonstration der technischen Überlegenheit Deutschlands behindern sollte. *»Deutschland über alles«*, sagte Teacher, als ein solcher Mercedesfahrer, der dicht hinter uns aufgefahren war, uns endlich überholte, wobei er uns mit dem Finger einen Vogel zeigte und uns mit einem Schwall schmutzigen Wassers bespritzte.

»Tessa ist eingeschlafen«, sagte ich.

»Schließlich mußte auch mal was Gutes passieren. Das ist ein statistisches Gesetz.«

»Verlassen Sie sich nicht auf die Statistik«, sagte ich. Die Scheibenwischer quiekten und quietschten. Teacher griff nach dem Knopf des Autoradios, schien sich's aber dann anders überlegt zu haben.

Wir gerieten hinter eine Reihe von schweren Lastwagen, die Plane des letzten flatterte im Wind und nun eine Weile vor uns her. »Bleiben Sie wach. Wir werden *alle* Ausfahrten absuchen«, sagte Teacher. »Die Botschaft könnte fehlerhaft gewesen sein.«

»Kein Kommentar«, sagte ich.

Diese ostdeutschen Autobahnen waren in miserablem Zustand. Auf dieser Strecke war, seitdem Hitler sie baute, kaum was gemacht worden. Die Senkung der Fahrbahn hatte hier und da große Spalten gerissen, und die oberflächlichen Ausbesserungsarbeiten hatten die tiefen Brüche nicht geheilt. Überall in Europa überzog ein Ausschlag von Warnschildern und Baustellen die Autostraßen, Symptome einer Arteriosklerose der Verkehrsadern, die nicht mehr heilbar zu sein schien.

Wir waren schon an verschiedenen Baustellen vorbeigekommen, aber hinter der Ausfahrt nach Brandenburg – einer Stadt, die inmitten einer Gruppe von Seen westlich Berlins liegt – verengte sich die Autobahn in westlicher Richtung auf eine einzige Spur. Teacher verlangsamte die Fahrt, als eine Doppelreihe von Kunststoffkegeln im Licht unserer Scheinwerfer auftauchte. Einige davon hatten die heftigen Windstöße, die den unaufhörlichen Regen begleiteten, umgeworfen. Die Straße bog

sanft nach links und führte dann zu einer Steigung. Von hier aus sah ich vor uns das von Lichtpünktchen markierte Band der Straße, welches wie eine Reihe von Insekten hinaufstieg und plötzlich über einen fernen Hügel verschwand, dessen Kuppe am violetten Himmel eben noch sichtbar war.
An dieser Stelle wurde die Autobahn verbreitert. Den Straßenrand säumten kolossale Maschinen; Bulldozer und hochragende Schaufelbagger, Planierraupen und Straßenwalzen, das bizarre Spielzeug einer gargantuesken Welt.
»Sehen Sie da!« sagte ich, als ich einen zwischen den Maschinen abgestellten Wagen bemerkte, dessen Standlicht durch den strömenden Regen gerade noch sichtbar war.
»Das sind sie«, sagte Teacher mit hörbarer Erleichterung. Er bog von der Fahrbahn ab, wir holperten hinunter über den schlammigen Straßenrand und suchten uns vorsichtig zwischen Metalltonnen, Stahlverstärkungen, zerbrochenen Holzgattern und anderem undefinierbaren Abfall unseren Weg. Wir waren noch ungefähr fünfzig Schritt von dem anderen Wagen entfernt, als Teacher meinte, wir wären nahe genug. Er hielt an und schaltete den Motor ab. Die Scheinwerfer erloschen. Das Geräusch des Regens war plötzlich sehr laut. Es war dunkel, außer wenn vorbeifahrende Wagen um die Kurve bogen und die Baustelle mit ihren Scheinwerfern streiften. Das Licht fuhr dann darüber hin wie der kreisende Strahl eines Leuchtfeuers. Nirgends eine Bewegung.
»Vorsichtig«, sagte ich. »Wenn Sie die Tür aufmachen, geht innen das Licht an. Dann sitzen wir wie auf dem Präsentierteller.« Ich kroch auf die Ladefläche des Kombis, öffnete den Koffer und kramte nach der Munition und dem Revolver. Ich lud ihn sorgfältig. Es war nicht das Kaliber, das man bequem in den Bund einer billigen Hose stecken kann, also behielt ich das Ding in der Hand.
»Ich steige aus«, sagte Teacher. »Sie bleiben hier.«
»Wie Sie befehlen!«
Es war nicht der Augenblick, einen Streit vom Zaun zu brechen, aber während er die Tür öffnete und an der Seite ausstieg, schlüpfte ich durch die Hecktür hinaus in die Dunkelheit und

den strömenden Regen. Draußen hing der Gestank, den Straßenbauarbeiten immer ausdünsten, in der Luft, der Geruch von aufgewühlter Erde, Fäkalien und Dieselöl. Aber die Straße führte hier durch Hochwald, und der Harzduft frisch geschlagener Kiefern mischte sich noch in dieses Düftepotpourri. Ehe ich noch mehr als zwei Schritte durch den klebrigen Matsch gegangen war, hatte der Regen mich bis auf die Haut durchnäßt. Ich hielt den Revolver unter meiner Jacke und beobachtete die undeutliche Gestalt meines Kollegen Teacher, der sich vorsichtig an den anderen Wagen heranschlich. Einige Wagen kamen vorbei, die sich achtsam an die vorgeschriebene Spur hielten, der strömende Regen verdunkelte ihre Scheinwerfer.
Während Teacher weiterging, stieg jemand aus dem anderen Wagen, in dem ich nun einen Wartburg erkannte. Die andere Seite hatte die Vorsichtsmaßregel getroffen, ein Pflaster über die Innenbeleuchtung zu kleben. Das Innere des Wartburgs blieb dunkel, und das Standlicht blendete einen gerade genug, daß man nicht sicher sein konnte, ob da nun ein Mann oder eine Frau ausgestiegen war. Mir näher – und direkt hinter der mir zunächst stehenden großen gelben Baumaschine – war eine Absperrung. Sie sicherte die tiefe Baugrube, die man zur Verbreiterung des Straßenbetts ausgehoben hatte.
»Bitte kommen Sie her, einer nach dem anderen«, hörte ich Teacher rufen. Selbst diesen wenigen Worten war anzuhören, daß er mit der deutschen Sprache nicht sehr vertraut war.
Plötzlich wurden die Scheinwerfer des Wartburgs voll aufgeblendet. Das Licht war hart und grell. Es durchschnitt wie Glasperlen funkelnden Regen und stellte Teacher als absurden, pitschnassen Gorilla bloß. Teacher erschrak und sprang in die Dunkelheit zur Seite, doch konnte ich seinen Umriß noch sehen. Von dem Bulldozer, der mir am nächsten stand, hörte ich eine Bewegung, ein leises metallisches Klicken, möglicherweise der Sicherheitsverschluß einer Feuerwaffe. Eine Gestalt hatte hinter den Raupen des Bulldozers den Standort gewechselt, um zu sehen, wohin Teacher gegangen war. Ich näherte mich der Reihe von Erdbewegungsmaschinen, die mir den Schutz versprachen, dessen sich die andere Seite schon versichert hatte. Jetzt, im

Dunkeln, konnte ich auch besser sehen. Neben dem Wartburg schien eine Frau zu stehen. Möglicherweise saßen im Wagen noch mehr Leute. Das metallische Geräusch, das ich gehört hatte, kam von jemandem, der in der Nähe der Absperrung stand. Es war ein Mann, der eine Waffe mit langem Schalldämpfer in der Hand hielt. Ihre ganze Aufmerksamkeit war auf Teacher gerichtet.

Es war, als sähe man einer Vorstellung auf hell beleuchteter Bühne zu, deren Kulisse die hohen Bäume des großen Waldes bildete, während auf der einen Seite die doppelte Perlenkette der Fahrzeuglichter – der eine Strang rot, der andere weiß – sich in die Tiefe des Raums verlor. Jetzt konnte ich Teacher sehen, aber er konnte die Gestalt mit der Waffe nicht sehen, deren Umriß sich dunkel von den Pfützen im Schlamm abhob, die wie Silber unter den Scheinwerfern des Wartburgs glänzten.

Ich hörte einen Ruf – fast einen Schrei –, eine Frauenstimme, und hinter mir rannte jemand patschend durch den Matsch. Ich drehte mich um, aber unser Ford Transit verstellte mir das Blickfeld. Dann fiel der erste Schuß; die Sorte leiser Furz, den man nur rauskriegt, wenn man zum erstenmal mit einem nagelneuen Schalldämpfer schießt. Es war nicht Teacher. Die Frau rief noch mal. Sie schrie: »Machen Sie, was Ihnen gesagt worden ist!« In deutsch, mit Berliner Tonfall.

Dann fiel ein weiterer Schuß, ein ungedämpft knallender, und Glas splitterte. Es war ein einzelner Schuß, und er kam von irgendwo zu meiner Linken. Dann folgte ein Durcheinander von Dunkelheit, durch die Pistolenschüsse fetzten, und den plötzlichen Strahlen vorbeischwenkender Scheinwerfer. Der vorüberrumpelnde Verkehr gab genug Licht, mir zu zeigen, daß die Windschutzscheibe des Wartburgs zersprungen war, die Splitter wie Hagel verstreut. In diesem kurzen Lichtschein sah ich Teacher gebückt, die Pistole am ausgestreckten Arm, stehen, die Pose, die Schauspieler in den Fernsehserien über Bullen annehmen. Ich konnte nicht sicher sein, ob er den Schuß abgefeuert hatte. Hatte er, fragte ich mich, versucht, jemanden im Wagen zu treffen, und, wenn ja, hatte er getroffen?

Dann kam etwas herangeflattert, das zwischen mir und den

Scheinwerfern des Wartburgs ein schimmerndes Muster warf. Bis zu diesem Augenblick hatte ich gedacht, daß Tessa noch immer hinten in unserem Transit säße, aber es gab nur eine Person, die so durch den Schlamm wirbeln, sich so drehen und wenden würde, ohne Regen und Schüsse zu beachten.

Wer immer sie erschoß, stand in der Nähe des linken Vorderrads des Wartburgs. Sie war dem Schützen sehr nahe, als sie getroffen und in die Luft geschleudert wurde. Peng. Peng. Zwei Kugeln aus einer Flinte schwemmten sie durch die Scheinwerferkegel, ihr Rock und drapierter Ärmel von glänzendem und durchscheinendem Gelb. Als sie zu Boden fiel, verwandelte sie sich in etwas Blutrotes, und der Stoff wickelte sich um sie, wie irgendein schönes, geflügeltes Insekt sich, wenn man den Film schnell zurückspulte, in eine zuckende Puppe zurückverwandelte. Von den Scheinwerfern angestrahlt, lag sie der Länge nach im Schlamm. Der Regen prasselte herunter. Sie bewegte sich wieder und lag dann still.

»Bastard!« sagte jemand auf englisch. Es muß Teacher gewesen sein. Und dann feuerte er, ich erkannte das Bambam der 9-mm-Browning, die ich in seiner Hand gesehen hatte. Zwei Schüsse fielen sehr laut und sehr dicht nacheinander. Einer von ihnen traf den stählernen Rahmen einer großen Erdbewegungsmaschine und prallte ab in den Himmel mit dem erbärmlichen kleinen Schrei, den Querschläger ausstoßen. Aber der andere Schuß traf den linken Scheinwerfer des Wartburgs, und der erlosch mit einer sekundären Explosion und lautem Zischen, als der Regen das heiße Metall des Reflektors traf.

Peng. Peng. Peng. Peng. Peng. Da waren Männer mit Feuerwaffen in der Dunkelheit jenseits von Teacher. Keine Schalldämpfer. Sie erwiderten das Feuer sofort. Mehrere Schüsse, aber fast gleichzeitig abgefeuert, daß sie fast wie ein einziger klangen. Teacher rannte, stolperte und stürzte dann mit einem lauten Schrei. Ich konnte ihn in der Dunkelheit jenseits des Lichts aus dem verbleibenden Scheinwerfer des Wartburgs eben noch sehen. Er wand sich und schrie und schlug beide Arme um sich wie ein Mann, der versuchte, sich aus der Zwangsjacke seiner Schmerzen zu befreien. Aber während er so alle Aufmerksam-

keit auf sich zog, gelang es mir, um die Hinterseite des Bulldozers zu schlüpfen und auf die breite Raupenkette zu steigen. Das stählerne Schneideblatt war hochgestellt, und ich benützte es als Deckung, während ich so hoch kletterte, wie ich konnte.
Ein Rundblick über das ganze Gelände belohnte meine Mühe. Der auf einer Spur langsam vorbeikriechende Verkehr beleuchtete den breiten ausgeschachteten Graben, die Reihe der Baumaschinen und den Wartburg an deren Ende. In der Mitte des Schauplatzes stand der schief abgestellte Ford Transit, und links davon lag Teacher. Zwei Männer kamen aus der Richtung der Schüsse und blieben bei Teacher stehen. Einer von ihnen stieß den Körper mit der Schuhspitze an. Kein Lebenszeichen. »Jetzt ist alles sicher«, sagte er. Ich erkannte die Stimme von Erich Stinnes.
Die Frau trat hinter dem Wartburg hervor. Sie ging vorsichtig, um den schlimmsten Schlammpfützen auszuweichen. Es war Fiona, meine Frau.
»Wie viele haben sie geschickt?« sagte einer der Männer. »Einen Mann und eine Frau«, sagte Stinnes. »Beide sind tot.« Fiona ging an Tessas Leiche vorbei und sah auf Teacher hinab, ohne ein Zeichen des Erkennens zu geben. Da wurde mir klar, daß sie auch ihre Schwester nicht erkannt hatte. Stinnes blickte sich nach dem Ford um. Er dachte vermutlich an die zertrümmerte Windschutzscheibe des Wartburgs und fragte sich, wie er bei dem noch immer fallenden Regen den Wagen fahren sollte.
In diesem Augenblick hatte ich eine Menge Alternativen. Vermutlich hätte mir das Lehrbuch empfohlen, mit ihnen zu verhandeln, aber ich war kein hingebungsvoller Leser von Lehrbüchern und Ausbildungsleitfäden, was der Hauptgrund dafür ist, daß ich noch am Leben war. So hob ich meinen großen Revolver, legte den Lauf auf die schwere, stählerne Schar des Räumpflugs – was die Instruktoren auf dem Übungsschießstand des Departments zweifellos als schlechte Haltung gerügt hätten – und feuerte auf den am weitesten entfernt Stehenden, wobei ich auf die Körpermitte zielte. Die schwere Webleykugel traf ihn wie ein Vorschlaghammer und schlug ihn hin in die Dunkelheit, wo er sich nicht mehr rührte und keinen Laut mehr von sich gab.

Der zweite Mann, Stinnes, trat erschrocken zurück, aber seine Ausbildung setzte sich gegen seinen Schrecken durch und, ohne mich zu sehen, hob er seine Waffe und feuerte dreimal in die Richtung, wo ich zu vermuten war. Die Kugeln summten an meinem Kopf vorbei, und eine zupfte mich am Rock. Er tat das Richtige: Nach der herrschenden Lehre nötigte er damit seinen Gegner, in Deckung zu gehen, und hielt ihn so davon ab, weiter zu schießen. Aber meine Reaktionen waren viel zu langsam, die herrschende Lehre zu bestätigen, und inzwischen hatte ich ihn mit meiner zweiten Kugel schon getroffen. In den Hals.
Es war ein Anblick, der mich dann oft aus dem Schlaf reißen, ein Schlußbild von Alpträumen, aus denen ich inmitten vieler Nächte erwachen sollte. Denn Erich Stinnes verspritzte Blut wie ein Springbrunnen, hoch in die Luft. Und Blut verspritzend, die Hände an der Kehle, stolperte er rückwärts mit einem keuchenden Geräusch und rutschte und glitschte durch den Schlamm, bis er an die Absperrung stieß, die vor dem ausgeschachteten Graben stand. Die stützte ihn für einen Augenblick, dann kippte er rückwärts um und stürzte kopfüber mit einem lauten Aufklatschen in die schlammigen Pfützen in der Sohle der Ausschachtung.
Fiona, starr vor Furcht und mit frischem Blut bespritzt, blieb, wo sie war. Ich wartete. Kein Geräusch von nirgendwoher. Der Verkehr auf der Autobahn ruhte für den Augenblick, und der Wald verschluckte die Laute von Wind und Regen. Dann rannte Fiona zu dem Wartburg zurück. Dabei brach einer ihrer Absätze ab, und stolpernd verstauchte sie sich den Knöchel, so daß sie, beim Wagen angelangt, auf ein Knie sank und vor Schmerzen schluchzte. Aus der mutmaßlichen Sicherheit, die die Dunkelheit ihr bot, und nicht ahnend, wie nahe ich ihr war, rief sie: »Wer ist es? Wer ist da?«
Ich antwortete nicht, machte kein Geräusch, bewegte mich nicht einmal. Irgendwo da draußen hatte jemand eine Waffe mit Schalldämpfer, und ehe ich nicht mit dem fertig war, war es nicht sicher, hinunterzusteigen in den Schlamm.
Ich wartete lange. Dann humpelte Fiona zum Wartburg, beugte sich hinein und schaltete den noch leuchtenden Scheinwerfer ab.

Jetzt lag der Platz in völliger Dunkelheit, außer wenn die Scheinwerfer vorüberfahrender Wagen in dem Augenblick, da sie um die Kurve bogen und bergab zu fahren begannen, darüber hinstrichen.
Fiona versuchte, den Wagen anzulassen, aber die Kugel, die den Scheinwerfer zerschmettert hatte, mußte noch irgendwas anderes beschädigt haben, denn der Anlasser heulte zwar auf, doch sprang der Motor nicht an. In der Stille des Waldes hörte ich sie vor sich hin fluchen, leise und sanft. Verzweiflung war in ihrer Stimme.
Und in diesem Augenblick sah ich den anderen. Er schlich sich sehr langsam an der Absperrung entlang. Ich nahm ihn nur für einen Augenblick wahr, aber ich sah, daß er einen Trenchcoat trug und die Sorte wasserdichten Hut, den die Amerikaner zum Golfspielen aufsetzen. Ich konnte mir denken, wer es war, Thurkettle.
Lange sah und hörte ich dann nichts außer den Geräuschen und Lichtern des Verkehrs auf der Autobahn. Dann vernahm ich die rufende Stimme des Mannes: »Sollen wir vielleicht die ganze Nacht hier warten, Samson?«
Es war Thurkettles Stimme. Ich blieb still.
Thurkettle rief wieder: »Sie können die Frau nehmen und den Ford und abhauen. Nehmen Sie Ihren Gorilla auch mit. Ich will keinen von euch.«
Ich erwiderte nichts.
»Können Sie mich hören?« sagte er. »Ich bin auf Ihrer Seite. Hauen Sie ab. Ich habe noch mehr zu tun.«
Ich rief: »Fiona! Kannst du mich hören?«
Sie sah sich um, entdeckte mich aber nicht.
»Geh zu dem Ford, laß den Motor an und fahr ein oder zwei Meter vor. Schalte dann in den Leerlauf.«
Fiona ging los und schleuderte beide Schuhe von den Füßen, ehe sie dann weiter durch den Schlamm patschte. Ängstlich und zögernd, denn der verstauchte Knöchel tat weh. Endlich stieg sie in den Wagen und ließ den Motor an. Nachdem sie sich kurz mit der Schaltung vertraut gemacht hatte, fuhr sie langsam ein Stück vorwärts und legte dann den Leerlauf ein.

»Jetzt schulden Sie mir was, Bernie«, rief Thurkettle.
»Grüßen Sie den Grafen Zeppelin von mir«, sagte ich. Noch war ich ihm einen Schritt voraus. Ich wußte, wo er war, aber er hatte mich noch nicht geortet. Ich kletterte zu Boden und schätzte, wie viele Schritte ich zur anderen Seite unseres Wagens machen mußte. Wenn Thurkettle zu schießen anfing, bot mir der Wagen Deckung. Ich wartete ein paar Minuten, damit Thurkettle schon mal anfinge, sich umzusehen und sich zu fragen, ob ich nicht schon davongekommen sei. Dann rannte ich zu unserem Wagen hinüber. Ein schwerer Lastzug kroch eben in diesem Augenblick um die Kurve, und seine Scheinwerfer packten mich. Ich lief weiter und warf mich in den Schlamm, als ich das Heck des Ford Transit erreichte. Ich blieb einen Augenblick lang dort liegen, um Atem zu schöpfen. Es fielen keine Schüsse. Ich bewegte mich zum vorderen Teil des Wagens und legte eine Hand an die Scheibe, um Fionas Aufmerksamkeit zu erregen.
»Kannst du ihn sehen?« flüsterte ich.
»Er ist hinter dem Wartburg.«
»Ist er einer von deinen Leuten?«
»Ich weiß nichts von ihm.«
»Ist er denn nicht mit euch gekommen?« fragte ich sie.
»Nein. Er kam auf einem Motorrad.«
»Kannst du fahren?«
»Ja, natürlich«, sagte sie. Ihre Stimme war fest und entschlossen.
»Wir werden uns hier absetzen und ihn machen lassen. Rutsche tief in den Sitz für den Fall, daß er schießt. Ich werde einsteigen. Wenn ich sage: ›Los!‹, fahr los. Nicht zu schnell, sonst würgst du den Motor ab.«
Ich fingerte mit der Hand an der Türfassung entlang, bis ich den Lichtschalter fand, auf den ich dann drückte, um zu verhindern, daß sich die Innenbeleuchtung einschaltete. Dann öffnete ich die Tür und stieg ein. »Los«, sagte ich leise. Fiona gab Gas, und wir rumpelten vorwärts über unebenes Gelände. Es fielen keine Schüsse.
In der Dunkelheit rumpelte der Wagen über ein paar Bretter, und dann rollten wir über eine hohe Kante auf die Autobahn. Es war sehr dunkel. Kein Verkehr weit und breit in Sicht. Wir

fuhren nach Westen. Als wir ungefähr eine halbe Meile weit gekommen waren, sahen wir hinter uns einen großen Lichtball.
»Mein Gott!« sagte Fiona. »Was mag das sein?«
»Da geht dein Wartburg in Flammen auf, wenn ich mich nicht sehr irre.«
»In Flammen?«
»Irgend jemand zerstört das Beweismaterial.«
»Beweismaterial für was?«
»Laß uns nicht zurückfahren und danach fragen.«
Das Feuer loderte sehr heftig. Man sah die Flammen noch aus vielen Meilen Entfernung. Dann, als wir über den Kamm eines Hügels fuhren, erlosch das Licht am Horizont plötzlich. Nach einem solchen Brand würden sehr wenig forensisch verwertbare Spuren zu sichern sein.
Ich fragte Fiona, ob ich fahren sollte. Sie schüttelte wortlos den Kopf. Ich versuchte, auf andere Weise eine Unterhaltung in Gang zu bringen, aber sie antwortete jedesmal einsilbig. Das Fahren auf der Autobahn gab ihr in dieser Nacht etwas, worauf sie sich konzentrieren konnte. Sie war entschlossen, nicht an das zu denken, was sie getan hatte, und nicht in der Stimmung, zu besprechen, was wir zu tun hatten.
Mein Arm schmerzte. Ich berührte ihn und fühlte meinen Ärmel klebrig von Blut. Eine der Kugeln war mir näher gekommen, als ich zunächst gemerkt hatte. Es war keine richtige Wunde, nur eine lange, schlimme Schramme mit enormer Prellung, wie Streifschüsse sie verursachen. Ich faltete ein Taschentuch und drückte es gegen meinen Arm, um die Blutung zu stillen. Es war keine Verletzung, deretwegen ich mich würde ins Krankenhaus legen müssen, aber sie war mehr als hinreichend, mir den Anzug zu versauen.
»Bist du in Ordnung?« Es war keine Zärtlichkeit in ihrer Stimme. Sie war ebenso mahnend wie besorgt, die Stimme einer Lehrerin, die eine Kinderschar über eine verkehrsreiche Straße geleitet.
»Ich bin in Ordnung.« Wir hätten reden sollen, uns umarmen, miteinander lachen und uns lieben. Wir waren wieder zusammen, und sie kam nach Hause zu mir und den Kindern. Aber so

war es nicht. Wir waren nicht mehr das sorglose Paar, das sein Konto überzog, um in die Flitterwochen zu fahren, und auf dem Standesamt hysterisch beschwipst war von einer unter vier Leuten geteilten halben Flasche Champagner. Wir saßen schweigend in der Dunkelheit. Wir beobachteten den auf Berlin zukriechenden Verkehr und hörten die Porsches an uns vorbeikreischen. Und ich vertröpfelte Blut, und die unausgesprochenen Träume, die Ehen in Gang halten, verbluteten auch.
Der Regen hörte auf, oder vielleicht fuhren wir aus ihm hinaus. Ich schaltete das Autoradio an. Da gab es arabisches Gebrabbel, die deutschen Nachrichten von Radio Moskau und dann den starken deutschen Sender, der während der Nacht praktisch die ganze mitteleuropäische Opposition mundtot macht. Ein großes, schmalziges Orchester: »Ach, mach dir doch vor, daß ich dich liebe. Ach, mach dir doch vor, daß du mich liebst...«
Hinter uns erhellte und färbte sich allmählich ein Streifen Himmel, bis er eine gequetschte Masse von lila-violetten Tönen war.
»Alles in Ordnung, Liebes?« fragte ich. Noch immer ging sie auf meine Annäherungsversuche nicht ein. Sie konzentrierte sich nur auf die Straße, die Lippen zusammengepreßt, die Knöchel weiß.
Die unerträgliche Ungewißheit, die mir heftige Magenschmerzen verursachte, während wir der Grenze näher und näher kamen, erwiesen sich als unbegründet. Als wir hielten, sah sie in den Rückspiegel und wischte sich mit einem Taschentuch, das sie mit Spucke befeuchtete, ein paar Blutspritzer aus dem Gesicht. Ihr Ausdruck blieb unverändert.
»Alles in Ordnung?«
»Ja«, erwiderte ich.
Sie fuhr wieder an. Ein gelangweilter Grenzposten streifte angesichts unserer diplomatischen Kennzeichen unsere Papiere und Gesichter nur mit einem flüchtigen Blick, ehe er zur Lektüre seiner Zeitung zurückkehrte.
»Wir haben es geschafft«, sagte ich. Sie antwortete nicht.
Ein Empfangskomitee erwartete uns jenseits des Kontrollpunkts. Es war die Stunde der Dämmerung, in deren ungewissem Licht Soldaten ihre Schlachten zu beginnen pflegen. Ein

paar Militärfahrzeuge waren am Straßenrand abgestellt: ein gepanzerter Mannschaftswagen, ein Befehlswagen und eine Ambulanz. Alles, was man zum Kriegführen brauchte. Von dem leeren Straßenrand her traten plötzlich zwei Soldaten in Erscheinung. Der eine war mittleren Alters, der andere in den Zwanzigern. Dann tauchte ein gutgelaunter junger Oberst einer unidentifizierbaren Einheit auf, der die Khaki-Mütze fest über seinen breiten Schädel gezogen hatte und dessen Kampfanzug außer den Flügelabzeichen der Fallschirmjäger und der Angabe seines Ranges in schwarzer Schablonenschrift keine Insignien zeigte.

»Wir haben einen Hubschrauber hier«, sagte der Oberst. Er hielt ein kurzes Offiziersstöckchen, das er nun in der Parodie eines militärischen Grußes für Fiona erhob. »Sind Sie fit genug, nach Köln weiterzufahren?« Gefragt war Fiona. Seine Stimme war laut, sein Gebaren fast triumphierend. Er war sauber und frisch rasiert, und die frühe Stunde schien ihm nichts auszumachen.

»Mir geht es gut«, sagte Fiona. Der Oberst öffnete die Tür, um sie aussteigen zu lassen. Aber Fiona blieb sitzen und sah ihn nicht mal an, um ihm zu erklären, warum. Sie hielt das Lenkrad sehr fest und sah starr geradeaus. Dann schniefte sie ein bißchen. Dann noch einmal lauter, wie ein Kind, dem die Nase läuft. Dann fing sie an zu lachen. Zu Anfang war es das natürliche, charmante Lachen, das man von einer schönen jungen Frau erwarten durfte, nachdem sie soeben die Weltmeisterschaft in Spionage und Doppelspiel gewonnen hatte. Aber als ihr Gelächter anhielt, begann der Oberst die Stirn zu runzeln. Ihr Gesicht rötete sich. Ihr Lachen wurde schrill, und sie zitterte und bebte, bis ihr ganzer Körper von hysterischem Gelächter geschüttelt wurde, wie von einem Husten- oder Erstickungsanfall.

Noch immer hörte das Lachen nicht auf. Mir machte es langsam angst, aber der Oberst schien so etwas nicht zum erstenmal mit anzusehen. Er betrachtete die sie bedeckenden Blutspritzer und wandte sich dann mir zu. »Das ist die Reaktion. Es sieht ganz so aus, als hätte sie allerhand durchgemacht.« Über die Schulter sagte er: »Kümmern Sie sich mal um sie, Doktor.«

Er trat zur Seite, und der jüngere Mann hinter ihm kam zum

Wagen. Der Soldat mittleren Alters gab ihm irgendwas. Dann griff der jungenhafte Stabsarzt durch das Fenster, packte sie, und ohne viel Theater – eigentlich ohne Aufhebens – gab er ihr eine Spritze in den Oberarm, einfach durch den Ärmel. So ist das beim Militär. Er hielt den Arm fest und beobachtete sie, während sie sich beruhigte. Dann fühlte er ihr den Puls. »Das sollte reichen«, sagte er. »Ein Beruhigungsmittel. Kein Alkohol. Und während der nächsten ein, zwei Stunden sollte sie auch nichts essen. Ein Arzt von der R.A.F. wird am Kölner Flughafen auf Sie warten. Ich werde ihn benachrichtigen. Er wird Sie auf der ganzen Reise begleiten.«
»Auf der ganzen Reise wohin?« fragte ich.
Der junge Arzt sah den Oberst an, der sagte: »Haben sie's Ihnen denn nicht gesagt? Es ist doch immer wieder das gleiche, was? Den Leuten an der Front wird nie was gesagt. Sie werden auf einen transatlantischen Flug umsteigen. Eine lange Reise, aber die Air Force wird sich um Sie kümmern.«
Fiona entspannte sich jetzt. Das Gelächter hatte vollkommen aufgehört, und sie sah sich um, als erwache sie aus tiefem Schlaf. Sie gestattete dem Oberst, ihr aus dem Wagen zu helfen. »Wo sind Ihre Schuhe?« fragte er ritterlich und fing an, sie zu suchen.
»Ich habe meine Schuhe verloren«, sagte sie tonlos und strich ihr Haar zurück, als werde ihr plötzlich ihre ungepflegte Erscheinung bewußt.
»Das macht gar nichts«, sagte der Oberst. »Es gibt sehr hübsche Schuhe in Amerika.«

20

Der Sommer ist nicht die beste Zeit in Südkalifornien. Selbst in »La Buona Nova«, dem großen Anwesen an einem Berghang in Ventura County, wo Fiona während ihres offiziellen Verhörs verborgen gehalten wurde, gab es lange, energieverzehrende Tage, an denen nicht ein Lüftchen vom Stillen Ozean wehte. Bret Rensselaer hatte die Leitung dieser Einsatzauswertung. Manche Leute – auch ich – hatten gesagt, er sei zu alt, um noch einmal eine volle Stelle beim Department zu übernehmen. Bret galt offiziell als Fionas Führungsoffizier. Bret war von Anfang an in Fionas langfristig angelegten Plan, sich nach Moskau abzusetzen, eingeweiht. Er hatte die Stufen der Ausführung dieses Plans überwacht. Es gab also wirklich niemand anderen, der sie hätte vernehmen können.

Bret Rensselaer war entschlossen, bei dieser Aufgabe, die zweifellos die letzte seiner dienstlichen Laufbahn sein würde, einen großen Erfolg zu erringen. Die Aussicht auf Erhebung in den Adelsstand kam nie zur Sprache, aber man brauchte kein Gedankenleser zu sein, um zu wissen, wie sich nach Brets Dafürhalten die dankbare Monarchin in angemessener Weise für seine Dienste erkenntlich zeigen sollte. Bret jedenfalls wäre sich nicht zu gut dafür, bei dieser Gelegenheit vor ihr das Haupt zu beugen: Er würde für diesen Titel auf den Knien von einer Küste der Neuen Welt zur anderen rutschen.

Niemand schien irgendein Dankeschön für mich in Betracht zu ziehen. Als mein Gehalt überwiesen wurde, fiel mir auf, daß mir alle Sondervergünstigungen und Zulagen abgezogen worden waren. Nichts als den nackten Grundbetrag kriegte ich plötzlich. Als ich das Bret gegenüber erwähnte, sagte er, schließlich hätte ich hier Kost und Logis gratis. Du lieber Himmel, sagte ich, und keine Entschädigung dafür, daß ich von meinen Kindern getrennt bin? Aus naheliegenden Gründen sprach ich nicht von Gloria. Bret war es, der Gloria zur Sprache brachte. Er sagte, man habe ihr erklärt, ich sei in einer Mission unterwegs, die geheimgehalten werden müsse. Das Department wache darüber, daß meine Kinder glücklich und wohlversorgt seien. Er sagte das, als ob seine Worte eine nicht gerade versteckte Drohung gegen mich enthielten. Ich hatte das Gefühl, was man Gloria sagen würde, würde sehr von meinem guten Benehmen abhängen.

Eines Tages bemerkte ich unter den Papieren auf Brets marmorner Tischplatte eine farbige Postkarte. Es war van Goghs Gemälde eines Briefträgers in seiner blauen Uniform, ein Bild, das Gloria ganz besonders liebte. »Könnte diese Postkarte wohl für mich sein?« fragte ich.

»Nein«, sagte er wie aus der Pistole geschossen.

»Bist du sicher?«

»Das ist meine Privatkorrespondenz«, sagte Bret.

Ich hatte nicht übel Lust, sie in Augenschein zu nehmen, aber der Tisch war groß, und Bret hatte die Karte in der Hand, ehe ich sie erreichen konnte. Er warf sie in eine Schublade. Ich wußte, es war eine Karte von Gloria an mich. Ich wußte es einfach.

Danach hatte ich selten Zutritt zu Brets »Büro«, und wann immer ich dort war, war der Schreibtisch aufgeräumt und leer. Und die einzige Post, die man mir nach Kalifornien nachsandte, war ein Porträtfoto, das Paul Bocuse zeigte. Die Karte war in Lyon abgestempelt, Tante Lisl beschrieb mir eine Mahlzeit, die sie dort gegessen hatte.

Sie hatten mich und Fiona in einem bequemen Gästehaus abseits der Hauptgebäude untergebracht. Wir hatten dort eine Küche und ein Speisezimmer und eine junge Mexikanerin, die uns das Frühstück zubereitete und den Hausputz machte. Fiona verbrachte fast täglich vier, manchmal fünf Stunden mit Bret. Sie unterbrachen diese Sitzungen nicht, um anständig zu Mittag zu essen, vielmehr ließen sie sich Sandwiches, Früchte und Kaffee hereinschicken und redeten weiter. Bret hatte eine Teilzeitsekretärin, aber diese war während der Sitzungen nicht bei ihnen. Sein großes und sehr bequemes Büro mit Fenstergittern und Sicherheitsschlössern enthielt Landkarten und Nachschlagewerke und einen Computer, der ausdrucken oder auf seinem Bildschirm präsentieren würde, was immer man aus irgendeiner Datenbank rief. Was Fiona sagte, wurde auf Tonband aufgenommen und in einem großen Safe verschlossen. Schriftliche Protokolle gab es einstweilen nicht. Dafür würde später noch Zeit sein. Dies war der erste Durchgang, damit Bret London und Washington umgehend von allem Dringlichen in Kenntnis setzen konnte.

Anfänglich saß ich manchmal bei ihnen und hörte zu, aber nach ein paar Tagen bat mich Fiona, diesen Sitzungen fernzubleiben. Sie fühlte sich in meiner Gegenwart gehemmt, sagte sie. Das verletzte und beleidigte mich zwar damals, aber für gewöhnlich fanden diese Verhöre unter vier Augen statt, und ich war nie begeistert, einen Beisitzer zu haben, wenn es an mir war, tiefenanalytische Schaustücke zu zeigen.

So schwamm ich in dem blauen Swimmingpool unter freiem Himmel, las Bücher, für die man gewöhnlich keine Zeit hat, und hörte klassische Musik von KSCA-FM, dem Sender, der vierundzwanzig Stunden täglich klassische Musik sendet, oder von Kassetten über die große Hi-Fi-Anlage. An den meisten Tagen schwamm ich mit Mrs. O'Raffety, der künstlerisch begabten alten Dame, der das Anwesen gehörte und die wegen ihres Rückens schwimmen mußte. An den meisten Tagen aßen wir auch gemeinsam zu Mittag.

Ich wäre gerne nach Los Angeles gefahren oder wenigstens auf ein Bier hinunter nach Santa Barbara, das ganz in der Nähe lag. Eine Strandwanderung, eine Autotour auf dem Pacific Coast Highway, eine Besichtigung des Hauses des Zeitungskönigs Hearst – alles, was versprochen hätte, meinen eintönigen Alltag aufzulockern, wäre mir recht gewesen. Aber Bret war unerbittlich. Wir beide hatten in La Buona Nova zu bleiben, umgeben von Maschendrahtzäunen, Hunden und schwerbewaffneten mexikanischen Wächtern. Es war ein Gefängnis, ein nettes, bequemes Gefängnis, aber wir waren verurteilt, dort auszuharren, solange es dem Department gefiel. Ich hatte das ungemütliche Gefühl, daß wir die Freiheit so bald nicht wiedersehen sollten. Aber was konnte ich tun? Nur so war Fionas Sicherheit zu garantieren, sagte Bret. Und dagegen gab es keine Argumente.

Eines Abends, bald nach unserer Ankunft, hatte ich versucht, mit Fiona über ihre Zeit bei Stinnes und seinen Spießgesellen zu sprechen. Es war, als wir schlafen gingen. Anfänglich antwortete sie normal, aber dann wurden ihre Antworten immer kürzer und abgehackter, und ich merkte, daß sie sich sehr aufregte. Sie weinte nicht, es kam überhaupt zu keinem Gefühlsausbruch. Wäre das geschehen, wäre es wahrscheinlich für alle Beteiligten besser gewesen. Es hätte ihr vielleicht geholfen. Aber sie weinte nicht; sie legte sich ins Bett, machte sich ganz klein und zog das Laken über den Kopf.

Allabendlich beim Dinner saßen wir zusammen mit Bret, unserer Gastgeberin und deren Schwiegersohn, einem umgänglichen Rechtsanwalt. Diese Mahlzeiten waren sterbenslangweilig, die mexikanischen Dienstboten ließen uns dabei keinen Augenblick allein, und wir tauschten Belanglosigkeiten aus. Manchmal sah ich Bret Rensselaer am Schwimmbecken, und dann scherzten wir miteinander. Meiner Besorgnis um Fionas Gesundheitszustand entgegnete er mit freundlichen Beschwichtigungen. Der Arzt hatte sie am Tage nach ihrer Ankunft hier gründlich untersucht und ihr, für den Fall, daß sie sie brauchte, Vitaminpillen und Schlaftabletten gegeben. Und er wies mich darauf hin, daß sie eine schwierige Zeit hinter sich habe, und behandelte mich wie eine neurotische Mutter, die sich um ein Kind mit abgeschürftem Knie sorgt. Aber die Veränderungen, die ich an Fiona bemerkte, waren vielleicht nicht sichtbar für Leute, die sie nicht so gut kannten. Es waren durchweg geringfügige Veränderungen. Sie schien irgendwie eingeschrumpft, ihr Gesicht war gespannt, und sie hatte nicht mehr diesen anziehenden aufrechten Gang, dessen ich mich so gut erinnerte. Neu war auch die leise und zögernde Stimme, mit der sie jetzt sprach, und die Schüchternheit, mit der sie jedem begegnete, mir und Bret genauso wie den mexikanischen Dienstboten.

Eines Abends, beim Dinner, verschüttete sie ein paar Tropfen

Barbecue-Sauce auf das Tischtuch – dergleichen passiert mir ja dauernd –, und sie sank in ihren Sessel zurück und schloß die Augen. Niemand am Tisch schien es zu bemerken, aber ich wußte, daß sie kurz davor war zu schreien, vielleicht einem Zusammenbruch nahe. Das Schlimme war, daß sie sich mir nicht anvertraute, obwohl ich immer wieder versuchte, sie zum Reden zu bringen. Schließlich beschuldigte sie mich, sie unter Druck zu setzen, deshalb gab ich meine Bemühungen auf und überließ die ganze Sache Bret.

Zwei Tage später bat mich Bret, während der Vormittagssitzung anwesend zu sein. »Es sind noch ein paar Sachen ungeklärt«, sagte Bret.

»Aus meiner Sicht ist da noch eine Menge ungeklärt«, sagte ich. Fiona saß zusammengesunken in einem großen Sessel. Bret saß hinter seinem Tisch – ein perfektes modernes Design aus rosa Marmorplatte auf polierten Stahlbeinen –, mit dem Rücken zu den getönten Fensterscheiben. Der Garten war mit Farben vollgepackt. Vor der weißgetünchten Wand des Hofes standen Orangen- und Zitronenbäume, blühten Jasmin, Rosen und Bougainvilleas. Von ihrem Duft hatte man in Brets Büro nichts, denn das Fenster war fest verschlossen und die Klimaanlage lief auf vollen Touren. Bret sah mich lange an und sagte schließlich: »Zum Beispiel?«

»Die Heroinspuren in dem Ford Transit.« Das war ein Bluff, und er zog nicht.

»Lassen wir doch jetzt die Nebensächlichkeiten«, sagte Bret. »Was wir feststellen wollen, sind die Identitäten der anderen Beteiligten.«

»Das kann Fiona für dich besorgen«, sagte ich. »Sie hat mit ihnen im Wagen gesessen.«

»Erich Stinnes«, sagte Fiona etwas mechanisch. »Und ein russischer Verbindungsmann. Und dann war da noch ein Mann, den ich nie zuvor gesehen hatte. Er kam auf dem Motorrad.«

»Gut! Gut!« murmelte Bret, während er das mühevoll alles aufschrieb, um es nicht zu vergessen. Er blickte auf. »Drei Mann.« Ein schnelles, nervöses Lächeln. Bret Rensselaer war einer von diesen schlanken, eleganten Amerikanern, die, ob krank oder gesund, immer gut in Form zu sein scheinen; wie ein Bugatti-Oldtimer oder ein fünfzigkarätiger Diamant. Hinter dem Schreibtisch, einen goldenen Füllfederhalter in der Hand, glich er einem sorgfältig arrangierten Porträtfoto aus einer Klatschillustrierten. Er trug maßgeschneiderte weiße Sporthosen und ein weißes Tennishemd mit einem roten Streifen am Kragen. Das alles paßte sehr gut zu seinem weißen Haar und ließ sein sonnengebräuntes Gesicht sehr dunkel erscheinen.

Ich fragte mich, ob man den geheimnisvollen Motorradfahrer schließlich doch noch mit Thurkettle identifizieren würde. Ich gab keinen Hinweis in der Richtung, und mir fiel auf, daß Fiona nichts von dem unverkennbar amerikanischen Akzent des Unbekannten sagte.

»Hat die Medienüberwachung irgendeinen Hinweis aufgelesen?« fragte Fiona.

»Nicht in den Zeitungen und Zeitschriften, und über das Radio ist sicherlich auch nichts gekommen.« Er lächelte von neuem sein knappes kleines Lächeln und drehte seinen Siegelring. »Es hätte mich auch sehr gewundert.«

»Und noch mehr hätte es mich gewundert, wenn du uns in dem Fall was davon erzählt hättest«, sagte ich.

Bret verschwendete keine Zeit auf diese Unterstellung. Er grunzte nur und wandte sich wieder an Fiona. »Warum sollten sie den Wagen verbrennen wollen?«

»Bernard sagt, um Beweismaterial zu vernichten.«

»Ich habe aber dich gefragt, Fiona.«

»Ich habe wirklich keine Ahnung. Es hätte sogar ein Unfall gewesen sein können. Ein Mann war noch da.«

»Ah! Der Mann mit dem Motorrad.«

»Ja«, sagte sie.

»Ich wünschte, du könntest mir ein bißchen mehr von ihm erzählen.« Er wartete für den Fall, daß Fiona etwas sagte. Als sie's nicht tat, sagte er: »Und während der Fahrt hast du mit Stinnes und diesem Verbindungstyp nicht gesprochen?«

»Nein, habe ich nicht.«

»Haben sie miteinander geredet?«

»Ich glaube nicht, daß wir so weiterkommen. Ich habe dir alles gesagt, was ich von ihnen weiß.«

Bret nickte mitfühlend. Er blickte auf seinen gelben Notizblock und sagte: »Dieser ›andere Mann‹ fuhr Motorrad? Ziemlich ungewöhnlich, findest du nicht?«

»Ich habe keine Ahnung, wie ungewöhnlich das ist, Bret.«

»Wenn der Wagen aber, nachdem ihr weg wart, vorsätzlich in Brand gesetzt wurde, wird das also wohl dieser Motorradfahrer gemacht haben, oder?«

»Ich nehme an«, sagte Fiona.

»Ich auch«, sagte Bret. »Und damit kommen wir zur letzten Frage dieser rätselhaften Geschichte: Warum hat er euch so leicht entwischen lassen?«

Fiona nickte und befeuchtete ihre Lippe, als sei es ihr unangenehm, darüber nachzudenken. »Seltsam, ja.«

»Welches Motiv könnte er gehabt haben? Bernie hatte gerade zwei von seinen Kumpels abgeknallt. Und er läßt euch laufen. Klingt das nicht ein bißchen verrückt?«

Fiona sagte: »Es war eine Pattsituation. Er konnte sich nicht bewegen, ohne erschossen zu werden. Er wußte auch, daß Bernie den Wagen nicht erreichen konnte, ohne ihm vor die Kanone zu kommen. Da hielt er's vielleicht für das Einfachste, uns abhauen zu lassen.«

»Ganz bestimmt nicht, Schätzchen«, sagte Bret. »Diese Leute waren in ihrem eigenen Land. Nehmen wir also an, Mr. X hätte sich entschlossen, bis Tagesanbruch zu warten. Man hätte schließlich von der Autobahn aus bemerkt, was da am Rande lief, oder die Bauarbeiter wären zur Arbeit erschienen. So oder so, für unseren Herrn hätte sich ein bißchen mehr Geduld bezahlt gemacht. Stimmt's?«

»Ich weiß nicht, wer er war«, sagte Fiona, als hätte sie Brets Frage nicht gehört.

»Was soll das heißen?« sagte Bret.

Fiona sah mich hilfesuchend an. Ich sagte: »Fiona meint, wenn irgendein CIA-Agent in eine Schießerei am Pacific Coast Highway irgendwo hier in der Nähe geriete, würde er doch vermutlich nicht sonderlich scharf darauf sein, bei Tagesanbruch von der Ortspolizei am Tatort gesehen zu werden.«

»Na schön«, sagte Bret in einem Ton, der keine Zugeständnisse einräumte. »Aber das hier sind die US von A, wo liberale Zeitungen nur auf Gelegenheiten warten, der Regierung eins auszuwischen, von wirrköpfigen Senatoren ganz zu schweigen. In einer derartigen Situation könnte einem CIA-Agenten allerdings daran gelegen sein, wenig Spuren zu hinterlassen, zu welchem Preis auch immer. Aber in der DDR... Das leuchtet mir nicht ein.«

»Warum sagst du uns nicht einfach, was wir sagen sollen, Bret?« fragte ich.

»Wie bitte?« sagte Bret, und man hörte ihm an, daß sein Geduldsfaden zu reißen drohte.

»Wir wissen alle, daß du ein Märchen schreibst«, sagte ich. »Die Handlung ist zweifellos schon vor Monaten, wenn nicht Jahren festgelegt worden. Du willst gar nicht wissen, was wirklich passiert ist: Du willst Erklärungen hören, damit du sagen kannst, alles sei wie geplant gelaufen. Ich weiß, wie der Bericht aussehen wird. Fünfzig Seiten mit dickem Lob für einen Haufen Bürohengste für die wunderbare Arbeit, die sie geleistet haben. Ungewiß nur noch, wer geadelt und wer mit einem MBE oder einem CBE abgefunden wird.«

»Du bist ein unverschämter Bastard, Bernard«, sagte er leise.

»Ja, ich weiß. Das sagen mir alle. Nichtsdestoweniger sage ich die Wahrheit.«

Er sah mich an und gab ein winziges Stückchen nach. »Sagt nicht Goethe irgendwo: ›Der Ausgang gibt den Taten ihre Titel‹? So sollte es doch wohl sein, oder nicht? Ehre, wem Ehre gebührt. Fiona hat einen großartigen Erfolg errungen. Nie wird sie die ihr gebührende Ehre erhalten, weil das nicht die Art und Weise ist, wie man diese Sachen beim Department handhabt. Das wissen wir alle. Was ihr jedoch niemand nehmen kann, ist der Bericht. Soll ich da nun vielleicht so was wie einen Pannenbericht machen, sagen, daß sie Scheiße gebaut hat?«

»Nein«, sagte ich. Bret fand immer ein Argument, um seine Gegner ins Unrecht zu setzen.

Fiona sagte nichts. Ihr Beitrag zu der Unterhaltung war minimal, doch sie verweigerte sich nicht: Sie war wie eine Schlafwandlerin. Sie wußte, daß ihre Schwester tot war, Bret hatte es ihr gesagt, aber sie vermied es, von Tessa zu sprechen. Es war, als wäre Tessa nie dagewesen, und Bret ließ es dabei. Es gab noch vieles, worüber Fiona nicht reden wollte, selbst die Kinder erwähnte sie nur selten. Ich beneidete Bret nicht um seine Aufgabe.

Bret sah auf die Uhr. »Na schön, wenden wir uns ein paar lichteren Fragen zu. Wir werden uns ein paar von diesen Roastbeef-Sandwiches hereinschicken lassen und die Mittagspause ein bißchen früher machen. Was sagt ihr dazu?«

Auch die Sandwiches waren miserabel.

Ein paar Tage später kam Besuch. James Prettyman war ein amerikanisierter Engländer, mit dem ich früher mal zusammengearbeitet hatte. Seitdem hatte ihn die Londoner Zentrale nach Washington geschickt, wo er so gut und gründlich getarnt für sie arbeitete, daß nicht mal seine besten Freunde im Department was davon wußten. In London waren wir einst sehr gut befreundet gewesen. Jetzt war ich mir dieser Freundschaft nicht mehr so sicher, obwohl ich ihm vermutlich den einen oder anderen Gefallen schuldig war.

Jim war Anfang Dreißig. Er hatte die drahtige Konstitution und Geistesgegenwart eines Handelsvertreters, der immer rechtzeitig den Fuß in der Tür hat. Er wirkte blaß und blutleer. Sein Schädel war hochgewölbt und verlor sein seidiges Haar schon, aber manchmal fiel ihm eine Strähne in die Augen. Ich glaube, er freute sich dann, es zu sehen.

Es war noch früh am Morgen, als er ankam. Er trug einen blauen Nadelstreifenanzug aus dem leichten Baumwollstoff, den man in dieser heißen Jahreszeit selbst in Washington, D.C., gerade noch ertragen kann. Ein gefaltetes Kavalierstaschentuch aus Seide mit Paisleymuster steckte in seiner Brusttasche, und die Hosen waren sehr zerknittert, als wäre er ein paar Stunden lang in seinem Sitz angeschnallt gewesen.

»Schön, dich mal wiederzusehen, Bernie«, sagte er und schüttelte mir aufrichtig die Hand, indem er mich mit den Augen fixierte, wie es die Amerikaner tun, wenn sie sich zu erinnern versuchen, wie man heißt. »Ich bin mit drin.« Er sah auf seine Uhr. »Später am Vormittag. Du und ich und Bret. Okay?«

»Gut«, sagte ich, ohne genau zu wissen, was man von mir erwartete. Ich dachte, er müsse eigentlich mit Fiona reden wollen, aber sie frühstückte im Bett, da sie den Vormittag »zur freien Verfügung« hatte.

Bret Rensselaer setzte sich mit Jim Prettyman zur Geheimbesprechung zusammen, und mich riefen sie um zehn Uhr hinein. Die Reste ihres Frühstücks standen noch im Zimmer herum. Bret konnte nicht denken, ohne dabei herumzulaufen, und so standen überall Teller mit halbverzehrten Mais-Muffins, halbgeleerte Kaffeetassen und Gläser mit Resten von Orangensaft. Ich schenkte mir aus einer Thermoskanne Kaffee ein und setzte mich. Ich griff auch nach dem Sahnekännchen, doch das gab nur noch ein paar Tropfen her.

Bret Rensselaer sagte: »Jim würde gerne deine Version von den Ereignissen hören.«

Ich sah Bret an, und er setzte hinzu: »Auf der Autobahn.«

»Oh«, sagte ich. »Auf der Autobahn.«

»Wer war dieser Mann auf dem Motorrad?« fragte Prettyman.

»Das scheint niemand zu wissen«, sagte ich.

»Ich habe Jim erzählt, daß du Theorien hast«, sagte Bret. »Und ich habe ihm gesagt, daß du nicht damit herausrückst.«

Jim sagte: »Wir werden's nicht ins Protokoll setzen.«

»Es war eine dunkle Nacht, Jim«, sagte ich.

Er beugte sich vor und schaltete das Tonbandgerät ab und sagte: »Es kommt nicht ins Protokoll.«

»Ach so«, sagte ich. Ich trank etwas Kaffee. Er war kalt. »Ich glaube, deine Thermoskanne ist im Eimer«, sagte ich. »Also, na ja... Er redete mit amerikanischem Akzent.«

»Das tun sie doch alle«, sagte Bret. »Das haben sie aus diesen Sprachlabors.«

»Ja, das habe ich auch schon gehört«, sagte ich.

»Hast du die Stimme erkannt?« fragte Prettyman.

»Soll das ein Witz sein? fragte ich. »Ich meine, müssen wir diese Schau wirklich abziehen?«

»Wer war es?«

»Jesus, Jim! Du weißt, wer es war. Es war ein Gangster namens Thurkettle, ein abtrünniger Amerikaner. Der Killer, den das

Department eingesetzt hat, um ganz sicherzugehen, daß Tessa Kosinski umgelegt werden würde.«

»Dann sei lieber still...«, begann Bret, aber Prettyman gebot ihm mit erhobener Hand Schweigen.

»Erzähl mir das mal genauer«, sagte Prettyman. »Warum sollte das Department Fionas Schwester umbringen lassen wollen?« Er sprach ganz beiläufig, aber in jenem besonders freundlichen Ton, mit dem Psychiater gefährliche Irre zu beschwichtigen suchen.

»Der Wagen verbrannte«, sagte ich. »Tessa Kosinskis sterbliche Überreste – nicht mehr als ein paar verkohlte Knochenreste – werden als diejenigen ihrer Schwester Fiona identifiziert werden. Fiona ist hier versteckt. Moskau wird nicht wissen, daß sie gesund und munter ist und bei euch hier auspackt.«

»Du vergißt die Zähne«, sagte Bret. »Sie werden mit Sicherheit einen Kiefer finden. Fiona hat sich während ihrer Zeit in Ostberlin eine Krone und eine Füllung machen lassen.« Wenn ich noch irgendeinen Beweis für die Richtigkeit meiner Theorie brauchte, hatte mir diesen jetzt Bret mit seiner bemerkenswerten Kenntnis von Fionas Gebiß geliefert.

Prettyman sah Bret an und dann mich und warf dann einen verstohlenen Blick auf seine Armbanduhr.

»Ich vergesse gar nichts«, sagte ich. »Nehmen wir an, man hätte einen Schädel, der demjenigen Fionas hinreichend ähnlich sähe, mit einem Gebiß ausgestattet, das ihrem vollkommen gliche. Und dann diesen Schädel in den Wagen gepackt.«

»Zwei Frauenschädel im Wagen?«

»Deshalb war ja ein Irrer von Thurkettles Kaliber erforderlich. Gegen einen kleinen Aufschlag auf sein Honorar hat der sicherlich gern einer Leiche den Kopf abgesäbelt.«

»Thurkettle ist der Typ, der den CIA-Mann in Salzburg umgelegt hat«, sagte Prettyman, als erinnere ihn der Name an eine Geschichte aus grauer Vorzeit. Dann sagte er: »Dazu wäre aber eine Menge Planung erforderlich gewesen... und sehr viel Zusammenarbeit. Wer sollte ihn eingewiesen haben und so fort?«

»Es gab Rauschgiftgeschäfte. Beamte auf beiden Seiten waren darin verwickelt. Man brauchte einen Sündenbock. Alle Beteiligten waren verzweifelt bemüht, diese Akte zu schließen. Diese Stelle mit den Bauarbeiten an der Autobahn bot die Gelegenheit, alles unbequeme, etwa zurückbleibende Beweismaterial zu begraben.«

»Wo hast du denn das alles her?« sagte Prettyman.

Ich sagte: »Das ist die einzig mögliche Erklärung.«

»Du wirst dir aber eine bessere einfallen lassen müssen, Bernie«, sagte Prettyman in einem Ton, der wahrhaft freundschaftlich klang. »Ich werde mir anhören, was immer du zu sagen hast. Von dir habe ich gelernt, was ich weiß. Alles. Aber dieses verdrehte Szenario wirst du noch mal umschreiben müssen.«

»Was sonst zum Teufel hatte Tessa überhaupt da zu suchen?«

Nun war Bret an der Reihe. »Solltest diese Frage nicht du selbst beantworten, Bernie? Du hast sie dorthin mitgenommen. Das weißt du doch noch?«

»Würdest du bitte Gloria besuchen?« bat ich Prettyman, einer plötzlichen verzweifelten Eingebung gehorchend. »Und den Kindern sagen, daß mir's gutgeht und ich sie liebe?«

Bret sagte nichts.

Prettyman sagte ruhig: »Ich kann kaum damit rechnen, irgendwann in nächster Zukunft mal wieder nach London zu kommen, Bernie.«

Ich trank meinen lauwarmen schwarzen Kaffee und antwortete nicht.

»Ich komme wieder«, sagte Prettyman zu mir wie ein pflichttreuer Sohn zu Besuch bei einem schwierigen Achtzigjährigen. »Aber um zwei muß ich auf dem Camarillo Municipal Airport sein. Vielleicht nächsten Monat... Hat mich gefreut, dich zu sehen, Bernie. Wirklich gefreut! Ich meine das ganz ehrlich.«

»Geh zum Teufel!« sagte ich.

Prettyman sah Bret an. Bret antwortete mit einem winzigen Achselzucken, während er Prettyman zur Tür begleitete. Ich blieb, wo ich war, konnte sie aber aus dem nächsten Zimmer hören. Als sie sich voneinander verabschiedeten, hörte ich Prettyman sagen: »Was für eine Tragödie. Alle beide.«

Ich hörte Bret antworten: »Es ist noch nicht zu spät. Warten wir ab, was passiert.«

Eine Woche später erfuhr ich, daß der Camarillo Municipal Airport einst ein US-Air-Force-Stützpunkt war mit noch immer intakten Landebahnen. Als Prettyman sich dahin begab, stieg er also in den Düsenjäger, der ihn gebracht hatte, und war zur Cocktailstunde des gleichen Tages wieder in Washington. Vermutlich ging es um irgendeine Aussage Fionas, von der Washington sofort unterrichtet werden mußte.

Wir waren schon länger als einen Monat in dem Haus, als Fiona endlich anfing, mir ein bißchen zu erzählen. Ziemlich banales Zeug nur, über ihre alltägliche Arbeit in Berlin, aber es war doch ein Anfang. Dann wurde es uns zur Gewohnheit, uns allabendlich etwa eine halbe Stunde lang zu unterhalten. Manchmal fand das Gespräch bei einem Glas in unserem Wohnzimmer statt, manchmal machten wir einen Spaziergang am Zaun des Anwesens entlang. Dann, eines Abends, wäre Fiona fast auf eine große, graue Klapperschlange getreten, und danach beschränkten wir uns auf die Wege und die Terrasse. Der Besitz war groß und lag so hoch, daß in diesen rabenschwarzen Nächten die Küste Kaliforniens wie eine Diamantenkette bis nach Los Angeles strahlte.

»Was ist wirklich passiert?« sagte sie, während wir da oben standen und dem Ozean lauschten.

»Sie haben dich rausgeholt«, sagte ich. »Das ist passiert.«

»Was hat Tessa da gemacht? Das ist es, was ich nicht verstehen kann. Was hat Tessa da gemacht, Bernard?«

»Ich hab's dir doch gesagt«, sagte ich. »Sie hatte eine Affäre mit Dicky. Sie hat vermutlich gedacht, der Ausflug würde amüsant sein.«

»Ich habe dich so geliebt, als ich dich heiratete, Bernard. Ich habe dich geliebt, weil du der einzige Mann warst, dem ich je begegnet war, der wirklich Achtung vor der Wahrheit hatte. Du hast mich nie angelogen, Bernard. Ich wollte, daß meine Kinder so werden wie du.«

Ich hielt ihre Hand, starrte in die Dunkelheit und versuchte, den Verlauf der fernen Küste zu erkennen.

Sie sagte: »Du würdest doch nicht gegen mich arbeiten, nicht, Bernard? Das würdest du nicht tun?«

»Was meinst du?«
»Sie haben nicht mal George erzählt, daß Tessa tot ist.«
»Warum nicht?«
»Der arme George. Er würde niemals jemandem weh tun.«
»Warum haben sie ihn nicht benachrichtigt?«
Sie drehte sich zu mir und sah mich an. »Man hat ihm unter dem Siegel der Verschwiegenheit erzählt, daß Tessa mit dir nach Berlin geflogen ist und daß ihr beide zusammen durchgebrannt seid, irgendwohin abgehauen, wo euch niemand finden kann.«
»Das also ist die Geschichte«, sagte ich. Ich fand sie überzeugend. Das Hotelzimmer, das Dicky mit Tessa bewohnt hatte, war auf meinen Namen reserviert.
»Sie wollen Moskau weismachen, daß Tessa lebt. Die Russen sollen glauben, daß ich diejenige war, die an der Ausfahrt Brandenburg getötet wurde.«
»Der brennende Wagen. Ja, das wird's wohl sein.«
»Werden sie mit dieser Täuschung durchkommen, Bernard?«
»Es wurden da Geschäfte mit Heroin gemacht. Könnte Erich Stinnes was damit zu tun gehabt haben?«
»Erich? Nein!«
»Eine Menge Leute glauben das aber«, beharrte ich. »Und er hat für das Department gearbeitet. Verstehst du jetzt, wie man ihn aufgebaut hat?«
»Hör auf, dir wegen Erich den Kopf zu zerbrechen.«
»Wer sagt denn, daß ich mir über ihn den Kopf zerbreche?«
»Du identifizierst dich mit ihm ... wie er in Berlin aufgewachsen ist, mit einem Vater bei der Armee ... du identifizierst dich mit ihm.«
Ich leugnete es nicht. Sie wußte es. Ich nehme an, daß ich im Schlaf geschrien hatte. Ich hatte ein paar Alpträume gehabt. »Ich habe ihn getötet.«
»Was geschehen ist, ist geschehen, Liebling. Hör auf, dich selbst zu quälen. Warum war Tessa dabei? Das ist es, was ich gerne wissen möchte.«
»Tessa war süchtig.«
»Das habe ich schon von Bret gehört.«
»Vielleicht war das ihr Grund, nach Berlin zu fliegen. Es gab da

einen gewissen Thurkettle, der sie wahrscheinlich mit Stoff versorgt hat. Ich könnte mir vorstellen, daß er ihr plötzlich nichts mehr geliefert hat, um sie zu zwingen, ihm zu folgen. Eine Menge Leute waren in die Sache verwickelt. Man brauchte einen Sündenbock. Du kannst wetten, daß die offizielle Erklärung sein wird, daß du es reingebracht hast.«

»Daß ich es gebracht habe? Heroin? Wessen Erklärung? Ost oder West?«

»Die Erklärung wird alle glücklich machen. Damit können sie endlich die Akte schließen«, sagte ich.

»Wie weit würde das Department da mitmachen?«

»Die Situation ist noch nie dagewesen. Wir können uns nicht nach irgendwelchen Präzedenzfällen richten.«

»Onkel Silas wußte, was ich wirklich gemacht habe.«

»Ja, ich weiß, ich habe mit ihm gesprochen. Onkel Silas sagt, sie müßten Moskau noch sechs Monate in dem Glauben halten, daß du zuverlässig warst. Sie werden all das Material benützen, das sie bisher nicht eingesetzt haben, um dich nicht zu kompromittieren.«

»Du sagst also, daß jemand Tessas Tod sorgfältig geplant hat?«

»Ich weiß es nicht.« Ich antwortete zu prompt, und sie dachte, ich sagte ihr nicht alles, was ich wüßte. »Ich weiß es wirklich nicht, Fi.«

Sie legte den Arm um mich. »Ich kann niemandem mehr trauen. Manchmal macht mir das angst.«

»Verstehe ich.«

»War das bei dir auch so?«

»Manchmal.«

»Wer kann einen so schrecklichen Plan ausgeheckt haben?«

»Vielleicht irre ich mich ja«, sagte ich.

»Bret?«

»Ich würde nicht die Liste der Verdächtigen durchgehen. Wahrscheinlich ist das Ergebnis eine Mischung von Planung und günstiger Gelegenheit. Vielleicht reimt sich auch alles anders, als ich vermute. Wie ich schon sagte: Vielleicht bin ich auf dem Holzweg.«

»Ich nehme an, Tessa sah mir ähnlich. Daddy hat das immer gesagt.«

»Beweise habe ich weder für noch gegen meinen Verdacht«, sagte ich. »Es kommt jetzt im Grunde nur darauf an, Bret die Antworten zu geben, die er haben will. Wir müssen hier raus. Die Kinder brauchen uns.«

»Ich habe sie verlassen«, sagte Fiona. »Sie müssen mich hassen.«

»Tun sie natürlich nicht.«

»Warum hat's nicht mich getroffen? Tessa war so lebenslustig, und die Kinder kommen auch ohne mich zurecht. Warum hat's nicht mich getroffen?«

»Du mußt wieder anfangen, Fi«, sagte ich.

»Ich habe sie nicht mal erkannt«, sagte Fiona. »Ich habe sie da im Schlamm liegen lassen.«

Ich hörte den Ozean, konnte aber da draußen nur Finsternis sehen. Ich sagte: »Warum versuchen wir nicht, Bret zu überreden, die Kinder für die letzten drei oder vier Wochen noch hierherkommen zu lassen?«

»Bret sagt, daß wir noch lange hiersein werden«, sagte sie beiläufig, als wäre ihr das gleichgültig.

Ich schauderte. Ich hatte recht. Wir waren gefangen hier. Vielleicht für Jahre. Vielleicht auf unbestimmte Zeit. Ich wußte von gefährdeten Überläufern, die man zehn oder noch mehr Jahre derart versteckt gehalten hatte. »Sag Bret, daß du darauf bestehst, die Kinder zu sehen«, schlug ich vor.

Sie antwortete nicht sofort, und als sie's tat, war ihre Stimme matt. »Ich liebe die Kinder und sehne mich verzweifelt danach, sie wiederzusehen. Aber es soll nicht hier sein.«

»Also gut, wenn du meinst, Fi.«

»Ich brauche Zeit, Bernard. Ich werde das vom Glück begünstigte Mädchen sein, das du geheiratet hast, und die guten Zeiten werden wiederkommen. Wir werden danach glücklich zusammenleben. Aber ich brauche Zeit.«

Vom Stillen Ozean wehte jener Geruch von Salz und Fäulnis, den man frische Luft nennt. Der Himmel war sehr dunkel in jener Nacht. Keine Sterne, kein Mondschimmer. Selbst die Lichter entlang der Küste gingen aus.

Len Deighton

Gelinkt

Roman

Aus dem Englischen
von Peter Hahlbrock

Vollständige Taschenbuchausgabe März 1993
Droemersche Verlagsanstalt Th. Knaur Nachf., München

Titel der Originalausgabe »Spy Sinker«
Originalverlag Hutchinson Ltd., London

Die Handlung der Romane *Brahms vier*, *Mexiko-Poker* und *London Match* geht vom Frühjahr 1983 bis zum Frühjahr 1984.
Winter erzählt aus den Jahren 1900–1945.
Geködert nimmt die Geschichte Bernard Samsons zu Beginn des Jahres 1987 wieder auf. *Gedrillt* setzt sie bis in den Sommer des gleichen Jahres fort. *Gelinkt* beginnt im September 1977 und endet im Sommer 1987.
Die Romane können in jeder beliebigen Reihenfolge gelesen werden, und jeder ist in sich abgeschlossen.

LEN DEIGHTON

1

England, September 1977

»Bret Rensselaer, du bist ein rücksichtsloser Bastard.« Es war die Stimme seiner Frau. Sie sprach leise, aber mit beachtlichem Nachdruck, als spräche sie das Ergebnis langen, angestrengten Nachdenkens aus.

Bret öffnete die Augen einen Spaltbreit. Er lag in jenem genußvollen Halbschlaf, aus dem man so ungern erwacht. Aber Bret Rensselaer war kein Genießer, sondern ein Puritaner. Er hielt sich für einen direkten Nachkommen jener gottesfürchtigen, unnachgiebigen Nonkonformisten, die Neuengland kolonisiert hatten. Er öffnete die Augen ganz. »Was war das?« Er sah auf den Wecker.

Es war noch sehr früh. In sattem Gelb flutete die Morgensonne durch die Raffgardinen ins Zimmer. Er sah seine Frau aufrecht im Bett sitzen, eine Hand umklammerte die Knie, in der anderen hielt sie eine Zigarette. Sie blickte ihn nicht an. So, als wüßte sie gar nicht, daß er da neben ihr lag. In die Ferne starrend, paffte sie ihre Zigarette, ohne sie, selbst während sie den Rauch ausblies, völlig aus dem Mund zu nehmen. Die Kringel schwebenden Rauchs waren gelb wie die Zimmerdecke und wie das Gesicht seiner Frau.

»Du bist total kaltblütig«, sagte sie. »Du hast genau den richtigen Job.« Sie hatte nicht nach unten geblickt, um sich davon zu überzeugen, daß er wach war. Ihr war das egal. Sie sprach aus, was ihr auf der Zunge lag, Dinge, über die sie lange nachgedacht, die sie aber bisher niemals zu sagen gewagt hatte. Ob ihr Mann ihr zuhörte oder nicht, schien unwesentlich zu sein.

Ohne ein Wort der Erwiderung schob er die Decke zurück und

stieg aus dem Bett. Es war keine heftige Bewegung. Er tat es behutsam, als wollte er sie nicht stören. Sie drehte den Kopf und blickte ihm nach, als er über den Teppich ging. Nackt wirkte er dünn, um nicht zu sagen mager. Deshalb sah er ja auch so elegant aus in seinen gutgeschnittenen Anzügen. Sie wünschte, sie selbst wäre auch so mager.

Bret ging ins Badezimmer, zog die Vorhänge zurück und öffnete das Fenster. Es war ein herrlicher Herbstmorgen. Die sonnenbeschienenen Bäume warfen lange Schatten über das goldbestäubte Gras. Noch nie hatte er die Blumenbeete so üppig blühen sehen. Am Ende seines Gartens, wo die zappelnden Zweige der Trauerweiden das Wasser befingerten, sah der langsam strömende Fluß fast blau aus. Zwei am Steg angebundene Ruderboote hoben und senkten sich sanft inmitten einer Flotille toter Blätter. Er liebte dieses Haus.

Seit dem achtzehnten Jahrhundert bevorzugten viele wohlhabende Londoner solche flußaufwärts an der Themse gelegenen Häuser. Mit Grundstücken, die sich bis zum Flußufer erstrekken, liegen sie von Chiswick bis Reading entlang der Straße hinter anonymen Backsteinmauern verborgen. Es gibt sie in allen erdenklichen Grundrissen, Größen und Baustilen, von palastartigen Landsitzen in venezianischem Geschmack bis zu bescheidenen Villen mit drei Schlafzimmern wie diese hier.

Bret Rensselaer holte zehnmal tief Luft, wie er's stets tat, ehe er seine Gymnastik machte. Der Anblick des Gartens hatte ihn beruhigt. Das war immer so. Er war nicht immer anglophil gewesen, aber seitdem er in diesem bezaubernden Land angekommen war, wußte er, daß er der besessenen Liebe, die er für alles, was damit in Zusammenhang stand, empfand, niemals entkommen würde. Der Fluß, der unten am Garten vorbeifloß, war nicht irgendein gewöhnliches kleines Gewässer, sondern die Themse. Die Themse mit ihren Erinnerungen an die alte London Bridge, Westminster Palace, den Tower und, natürlich, Shakespeares Globe Theatre. Noch jetzt, da er schon seit Jahren hier wohnte, fiel's ihm schwer zu glauben, daß er sein Glück nicht träumte. Er wünschte, daß seine amerikanische Frau seine Entzückung teilte, aber die fand England »rückständig« und sah nur die schlechten Seiten des Lebens dort.

Er starrte sich im Spiegel an, während er sich kämmte. Er hatte noch immer das energisch vorstehende Kinn und das blonde Haar, das seine Mutter ihm und seinem Bruder vererbt hatte. Auch die unverwüstliche Gesundheit, ein unbezahlbares Vermächtnis. Er zog den Morgenmantel aus roter Seide an. Durch die Badezimmertür hörte er das Geräusch einer Bewegung und das Klirren von Glas, und er wußte, daß seine Frau einen Schluck Mineralwasser trank. Sie schlief schlecht. Er hatte sich an ihre dauernden Schlafstörungen inzwischen gewöhnt. Es überraschte ihn nicht mehr, wenn er nachts erwachte und sah, daß sie Wasser trank, eine Zigarette rauchte und ein Kapitel eines ihrer Liebesromane las.

Als er ins Schlafzimmer zurückkehrte, war sie noch dort: Sie saß im Bett, im Schneidersitz, das seidene Nachthemd so verschoben, daß es ihre Schenkel entblößte und der Spitzenbesatz der Schultern sich hinter ihrem Kopf bauschte. Ihre Haut war blaß – sie mied die Sonne –, ihre Figur voll, aber nicht übergewichtig und ihr Haar zerzaust. Sie spürte, daß er sie musterte, und hob die Augen, um ihn anzufunkeln. Früher hatte ihn diese Pose, dieser wilde Gesichtsausdruck, die Zigarette im Mund, erregt. Vielleicht hatte er gehofft, ein schamloses Luder dahinter zu entdecken. In dem Fall waren seine Hoffnungen bald enttäuscht worden.

Er trat in den Alkoven, den er als Ankleidezimmer verwendete, und schob die Spiegeltür des Kleiderschranks auf, um einen Anzug zu wählen unter den zwei Dutzend, die da hingen, jeder in Seidenpapier und einen Plastikbeutel verpackt, so, wie er aus der Reinigung gekommen war.

»Du hast keine Gefühle«, sagte sie.

»Nicht doch, Nikki«, sagte er. Sie hieß Nicola. Sie hatte es nicht gern, wenn man sie Nikki nannte, aber jetzt war es zu spät, ihm das noch zu sagen.

»Ich meine, was ich sage«, sagte sie. »Du schickst Männer in den Tod wie Postwurfsendungen. Du bist herzlos. Ich habe dich nie geliebt. Niemand könnte das.«

Was für Unsinn sie redete. Bret Rensselaer saß beim SIS auf dem Posten des Deputy Controller of European Economics. Trotzdem kam es der Wahrheit sehr nahe, es gab Momente, in denen er bei der Organisation gefährlicher Aufträge das letzte Wort hatte. Und wenn solche schwierigen Entscheidungen zu treffen waren, scheute Bret nie davor zurück. »Du hast dir aber verflixt lange Zeit gelassen, damit herauszurücken«, sagte er verständnisvoll, während er einen leichten Wolle-Mohair-Anzug in der Nähe des hellen Fensters aufhängte und die Hosenträger an den Hosen befestigte. Er knüllte das hellblaue Seidenpapier zusammen und warf es in den Wäschekorb. Dann wählte er ein Hemd und Unterwäsche. Er war besorgt. In dieser streitsüchtigen Stimmung mochte Nikki solche melodramatischen Geschichten schließlich auch dem erstbesten Fremden erzählen. Das hatte sie bisher zwar nie gemacht, aber bisher hatte er sie auch noch nie in dieser Verfassung gesehen.

»Ich habe in letzter Zeit darüber nachgedacht«, sagte sie. »Viel darüber nachgedacht.«

»Und hat dieser Denkprozeß vor oder nach dem Lunch am vergangenen Mittwoch angefangen?«

Sie sah ihn kühl an und blies Rauch aus, ehe sie sagte: »Joppi hat nichts damit zu tun. Denkst du, ich würde mit Joppi über dich sprechen?«

»Gelegentlich hast du's schon getan.« Daß sie den bayerischen Hochstapler immer bei diesem blöden Kosenamen nannte, machte ihn wütend, obwohl ihn ziemlich alle so nannten.

»Das war was anderes. Das ist schon Jahre her. Und damals warst du mir weggelaufen.«

»Joppi ist 'ne Flasche«, sagte Bret und war wütend, daß er seine Gefühle verriet. Er sah sie an und verspürte, nicht zum ersten Mal, mörderischen Zorn. Er hätte sie ohne den mindesten Anflug von Reue erwürgen können. Aber egal. Er würde zuletzt lachen.

»Joppi ist ein waschechter Fürst«, sagte sie herausfordernd.

»Fürsten kriegt man in Bayern zehn für einen Penny.«

»Und du bist eifersüchtig auf ihn«, sagte sie und gab sich keine Mühe, das Vergnügen zu verbergen, das sie bei dieser Vorstellung empfand.

»Weil er meiner Frau schöne Augen macht?«

»Mach dich nicht lächerlich. Joppi hat schon eine Frau.«
»Eine pro Tag, wie ich höre.«
»Manchmal bist du wirklich kindisch, Bret.«
Er antwortete nicht, abgesehen von dem tiefgekränkten Blick, den er ihr zuwarf. Er fand es beklagenswert, daß so viele Amerikaner wie seine Frau solche europäischen Talmi-Aristokraten anschwärmten. Sie waren Joppi im Juni vergangenen Jahres in Ascot begegnet. Eins von Joppis Pferden lief im *Coronation Stakes*-Rennen, und so war er mit einer großen Gesellschaft deutscher Freunde dort. Daraufhin hatte er die Rensselaers zu einem Wochenende in ein Haus eingeladen, das er in der Nähe von Paris gemietet hatte. Sie waren hingefahren, aber Bret hatte es dort nicht gefallen. Der ölige Joppi hatte Nikki angeglotzt, wie Bret seine Frau nicht von anderen Männern angeglotzt sehen wollte. Und Nikki hatte es nicht mal gemerkt, jedenfalls behauptete sie das, als Bret sich später bei ihr darüber beschwerte. Jetzt hatte Joppi Nikki zum Lunch eingeladen, ohne wenigstens der Form halber auch Bret zu bitten. Bret kochte, wenn er daran dachte.
»Fürst Joppi«, sagte Bret, den Titel gerade eben hinreichend betonend, um seine Verachtung zu zeigen, »ist ein billiger Schieber.«
»Hast du ihn untersuchen lassen?«
»Ich habe ihn mal durch den Computer laufen lassen«, sagte er. »Er hat die Finger in allen möglichen schmutzigen Geschäften. Wir werden deshalb in Zukunft einen Bogen um ihn machen.«
»Ich arbeite nicht für deinen gottverdammten geheimen Nachrichtendienst«, sagte sie. »Laß dir gesagt sein, falls du's vergessen hast, daß ich eine freie Bürgerin bin und mir meine Freunde selber aussuche und ihnen erzähle, was ich will.«
Er wußte, daß sie ihn herauszufordern versuchte, aber dennoch fragte er sich, ob er nicht den Mann vom Nachrichtendienst anrufen sollte. Der hätte eine Leitung zur Inneren Sicherheit. Aber Bret hatte wenig Lust, die Einzelheiten seines ehelichen Lebens irgendeinem subalternen jungen Beamten zu schildern, der sie dann aufschreiben und irgendwo zu den Akten legen würde.

Er ging und ließ sich ein Bad ein. Wenn er beide Hähne voll aufdrehte, hatte das Wasser die ihm angenehmste Temperatur. Er spritzte Badeöl in das stürzende Wasser, und es schäumte wütend auf. Während die Wanne sich füllte, kehrte er zu Nikki zurück. Unter den Umständen schien es das Beste, sich auf eine Auseinandersetzung mit ihr einzulassen. »Habe ich dir was getan?« fragte er in bemüht mildem Ton. Er setzte sich auf die Bettkante.

»Aber nicht doch!« sagte seine Frau sarkastisch. »Du doch nicht.« Sie hörte donnernd das Wasser in die Badewanne stürzen.

Angespannt hatte sie die Arme um die Knie verschränkt, die Zigarette war für den Augenblick vergessen. Er blickte sie an und suchte etwas in ihrem Gesicht, das ihm einen Hinweis auf die Ursache ihres Zorns geben würde. Da er nichts fand, das ihn diesbezüglich aufgeklärt hätte, sagte er: »Was also...?« Und dann, knapper, aber in versöhnlichem Ton: »Bitte, Nikki. Ich muß ins Büro.«

»Ich muß ins Büro.« Sie versuchte, den englischen Tonfall nachzuäffen, den er sich angewöhnt hatte, seitdem er hier lebte. Sie hatte aber kein Talent zu dergleichen Imitationen, und die näselnde Aussprache, die ihn, als er sie kennenlernte, so neugierig gemacht hatte, war noch immer unüberhörbar. Wie dumm war er doch gewesen zu hoffen, daß eines Tages auch sie England und alles, was englisch war, mit der gleichen Liebe ergreifen würde wie er. »Das ist alles, was dir wichtig ist, stimmt's? Auf mich kommt's ja nicht an. Ist schließlich egal, ob ich durchdrehe in diesem gottverlassenen Loch.« Sie warf den Kopf zurück, als aber das Haar ihr danach wieder ins Gesicht fiel, stieß sie's mit den gespreizten Fingern beiseite.

Er saß am Ende des Betts und lächelte sie an und sagte: »Na, na, Nikki, Liebling. Sag mir doch einfach, was nicht in Ordnung ist.«

Es war das herablassende »einfach«, das sie aufbrachte. Seine unnachgiebige Kälte machte ihn irgendwie unverwundbar. Ihre Schwester hatte ihn den »schüchternen Desperado« genannt und jedesmal gekichert, wenn er angerufen hatte. Aber Nikki

war es leichtgefallen, sich in Bret Rensselaer zu verlieben. Wie genau ihr das alles in Erinnerung geblieben war. Nie zuvor hatte ihr ein Mann seines Schlages den Hof gemacht: schlank, gutaussehend, höflich und rücksichtsvoll. Und auch sein Lebensstil war eindrucksvoll. Brets Anzüge hatten den Sitz, der den teuren Schneider verrät, seine Wagen hatten jenen Glanz, den nur Fahrzeuge zeigen, die von einem Chauffeur gepflegt werden, und um das Haus seiner Mutter kümmerten sich treue dienstbare Geister. Natürlich liebte sie ihn, aber ihre Liebe hatte immer den Beigeschmack von Ehrfurcht, vielleicht war es auch Furcht. Jetzt war ihr das egal. Im Augenblick fühlte sie sich imstande, ihm alles zu sagen, was sie fühlte. »Sieh mal, Bret«, sagte sie selbstsicher. »Als ich dich heiratete, dachte ich, du würdest...«
Er hob die Hand und sagte: »Laß mich nur eben das Wasser abdrehen. Wir wollen schließlich nicht das Arbeitszimmer im Erdgeschoß überschwemmen.« Er ging ins Badezimmer. Der Donner des Wassers verstummte. Zugluft vom Fenster her machte Dampf, der zur Tür herauswaberte. Er kam wieder zum Vorschein und knüpfte den Knoten seines Morgenmantels fester, sehr fest zog er ihn an, die Gebärde hatte etwas Neurotisches. Er hob die Augen zu ihr, und sie wußte, daß die Gelegenheit verpaßt war. Sie war wieder sprachlos: Er verstand es, sie dazu zu bringen, sich wie ein Kind zu fühlen, und das gefiel ihm.
»Was wolltest du sagen, Liebes?«
Sie biß sich auf die Lippe und versuchte es noch einmal, diesmal auf andere Art. »In der Nacht, in der du zum ersten Mal zugegeben hast, daß du bei einem geheimen Nachrichtendienst arbeitest, habe ich dir nicht geglaubt. Ich dachte, das wäre nur wieder eine von deinen romantischen Geschichten.«
»Wieder eine?« Er war amüsiert genug, ein Lächeln anzudeuten.
»Du warst doch immer ein Klasse-Spinner, Bret. Ich dachte, daß du dir das alles ausgedacht hättest, um dich für deinen langweiligen Job bei der Bank zu entschädigen.«
Seine Augen verengten sich. Nur dadurch gab er zu erkennen, daß er zornig war. Er senkte den Blick auf den Teppich. Eigentlich hatte er jetzt seine Morgengymnastik machen wollen, aber wenn er das tat, würde sie ihn ununterbrochen dabei

nerven, und das wollte er nicht. Er beschloß, sie heute im Büro zu machen.

»Du wolltest sie ausbluten. Ich erinnere mich genau, daß du das gesagt hast, ausbluten. Eines Tages, hast du mir erzählt, würdest du einen Mann im Kreml haben.« Sie wollte ihn erinnern, daß sie einander einst nahe gewesen waren. »Erinnerst du dich?« Ihr Mund war trocken, und sie nahm noch einen Schluck Wasser. »Du hast gesagt, die Briten wären dazu imstande, weil sie noch nicht zu groß geworden seien. Du hast gesagt, sie brächten es fertig, wüßten aber nicht, daß sie es fertigbrächten. Deshalb seist du wichtig für sie, sagtest du.«

Bret ballte die Fäuste in den Taschen seines roten Morgenmantels. Er hörte nicht richtig zu; er hatte es eilig, zu baden, sich zu rasieren und anzukleiden, um dann ein Weilchen mit Kaffee und Toast und der Zeitung im Garten sitzen zu können, ehe der Fahrer kam, ihn abzuholen. Aber er wußte, daß, wenn er sich abwendete oder die Unterhaltung abrupt beendete, ihr Zorn erneut aufflackern würde. »Vielleicht schaffen sie's«, sagte er und hoffte, sie würde das Thema fallenlassen.

Er hob den Kopf und betrachtete das kleine Gemälde, das über dem Bett hing. Er hatte viele gute Bilder – alles Werke moderner britischer Maler –, aber dieses war Bret Rensselaers bestes Stück. Stanley Spencer: Dralle englische Landleute vergnügten sich da in einem Obstgarten. Bret konnte das Bild stundenlang betrachten, er roch das frische Gras und die Apfelblüte, wenn er es ansah. Er hatte das Gemälde viel zu teuer bezahlt, aber er hatte diese englische Szene unbedingt für alle Zeit besitzen wollen. Nikki wußte die Gelegenheit, ein Meisterwerk in ihrem eigenen Schlafzimmer zu bewundern, zu verehren und zu lieben, nicht zu schätzen. Ihr waren Fotos lieber; einst, während eines wilden Streits über die Rechnungen ihrer Schneiderin, hatte sie das sogar zugegeben.

»Du hast gesagt, es wäre dein größter Ehrgeiz, einen Agenten in den Kreml einzuschleusen.«

»Habe ich das wirklich gesagt?« Er sah sie an und blinzelte bestürzt über das Ausmaß seiner Indiskretion ebenso wie über deren Naivität. »Da habe ich dich doch verkohlt.«

»Sag das nicht, Bret.« Es ärgerte sie, daß er so wegwerfend sprechen konnte von der einzigen vertraulichen Unterhaltung zwischen ihnen, die ihr erinnerlich war. »Es war dir ernst. Verdammt noch mal, es war dir ernst.«
»Vielleicht hast du recht.« Er schaute sie an und warf einen Seitenblick auf den Nachttisch, aber nein, da stand kein Alkohol, nur eine Literflasche Malvernmineralwasser. Sie hielt strenge Diät – nun schon seit drei Wochen weder Brot noch Butter, Zucker, Kartoffeln, Teigwaren oder Alkohol. Sie fastete mit erstaunlicher Disziplin. Getrunken hatte sie übrigens nie viel. Alkohol lagerte sich bei ihr sofort um die Taille ab. Gelegentlich ihrer ersten Sicherheitsüberprüfung war in dem Bericht der Internal Security ihre Abstinenz hervorgehoben worden, und Bret war stolz auf seine Frau gewesen.
Er stand auf und ging um das Bett herum auf ihre Seite, um ihr einen Kuß zu geben. Sie bot ihm die Wange. Es war eine Art Waffenstillstand, aber ihre Wut war nicht besänftigt. Nur unterdrückt. »Wieder ein prächtiger sonniger Tag. Ich werde im Garten Kaffee trinken. Soll ich dir welchen nach oben bringen lassen?«
Sie drehte den Wecker so, daß sie das Zifferblatt sehen konnte. »Liebe Güte! Das Personal kommt doch erst in einer Stunde.«
»Ich bin durchaus fähig, mir Kaffee und Toast selbst zu machen.«
»Für mich ist's noch zu früh. Ich werde danach klingeln, wenn ich soweit bin.«
Er sah ihr in die Augen. Sie war den Tränen nahe. Sobald er das Zimmer verließ, würde sie anfangen zu weinen. »Schlaf weiter, Nikki. Soll ich dir ein Aspirin geben?«
»Nein, ich will kein gottverdammtes Aspirin. Jedesmal wenn ich dich nerve, fragst du mich, ob ich ein Aspirin will. Als ob meine Unzufriedenheit irgendein Frauenleiden wäre.«
Er hatte sie oft beschuldigt, eine Träumerin zu sein, womit er für sich selbst implizit den Anspruch erhob, ein praktischer Realist zu sein. Tatsächlich war er in noch viel höherem Maße als sie ein romantischer Träumer. Diese Sehnsucht, die ihn zu allem, was englisch war, hinzog, war lächerlich. Er sprach sogar davon,

seine amerikanische Staatsbürgerschaft aufzugeben, und hoffte, einen dieser Adelstitel zu kriegen, die die Briten anstelle von Geld verteilten. Eine derartige Besessenheit konnte ihm nur Schwierigkeiten bereiten.

Im Büro lag genug an, Bret Rensselaer für die erste Stunde oder länger vollauf zu beschäftigen. Das Büro war ein wunderschöner Raum im Obergeschoß eines Neubaus. Bret hatte seinen nach modernen Begriffen sehr geräumigen Arbeitsplatz ganz nach seinem eigenen Geschmack gestaltet, mit Hilfe eines der teuersten Innenarchitekten Londons, der seine Ideen kongenial umgesetzt hatte. Er saß hinter seinem großen Schreibtisch, dessen Platte aus Glas war. Der Raum – Wände, Teppiche und das lange Ledersofa – war ganz in Schwarz und Grau gehalten, nur das Telefon war weiß. Bret wollte, daß der Raum mit der Aussicht harmonierte, die er auf die Schieferdächer der Innenstadt von London gewährte.

Er klingelte nach seiner Sekretärin und begann zu arbeiten. Gegen Mitte des Vormittags, als der Bote abgeholt hatte, was zu tun gewesen war, beschloß er, sein Telefon abzustellen und zwanzig Minuten Pause zu machen, um die versäumte Morgengymnastik nachzuholen. Seine puritanische Veranlagung und Erziehung verboten ihm, eine Auseinandersetzung mit seiner Frau als zureichenden Grund für das Versäumnis von Arbeit oder Leibesübung gelten zu lassen.

In Hemdsärmeln war er damit beschäftigt, seine dreißig Liegestütze zu absolvieren, als Dicky Cruyer – ein Bewerber um den demnächst frei werdenden Posten des German Stations Controller – den Kopf zur Tür hereinsteckte und sagte: »Bret, deine Frau hat versucht, dich zu erreichen.«

Bret setzte seine Liegestützübungen langsam und methodisch fort. »Und?« sagte er, bemüht, nicht zu keuchen.

»Sie schien sehr erregt zu sein«, sagte Dicky. »Sie hat so was gesagt wie: ›Sag ihm, er soll sehen, wie er seinen Mann in Moskau kriegt, und ich werde mir meinen Mann in Paris besorgen.‹ Ich habe sie gebeten, das zu wiederholen, aber sie hat aufgelegt.« Er sah zu, wie Bret ein paar weitere Liegestütze absolvierte.

»Ich rede später mit ihr«, grunzte Bret.
»Sie war auf dem Flughafen. Ich soll dir Lebewohl sagen. ›Lebewohl für immer!‹ hat sie gesagt.«
»Nun hast du's mir gesagt«, sagte Bret mit verdrehtem Kopf und aus seiner der Länge nach am Boden ausgestreckten Lage freundlich zu ihm in die Höhe lächelnd. »Botschaft empfangen und verstanden.«
Dicky murmelte irgend etwas von einer schlechten Telefonverbindung, nickte und zog sich zurück mit dem Gefühl, daß es unklug gewesen war, die schlechte Nachricht zu überbringen. Es waren ihm schon Gerüchte zu Ohren gekommen, die wissen wollten, daß es in der Ehe der Rensselaers kriselte, aber ein Mann mag noch so sehr davon träumen, seine Frau zu verlassen, er wird nicht gerne hören, daß sie ihn verlassen hat. Dicky ahnte, daß Bret Rensselaer nicht vergessen würde, wer ihm die schlechte Nachricht von der Desertion seiner Frau überbracht hatte, und daß die Erinnerung Bret zu einer Antipathie gegen ihn disponieren könnte, die das Verhältnis zwischen ihnen für alle Zukunft vergiften würde. Diese Vermutung Dickys war richtig. Er fing an zu hoffen, daß die Besetzung des Postens des Chefs der Deutschland-Abteilung nicht ganz in Brets Kompetenz fallen würde.
Die Tür klickte ins Schloß. Bret begann seine Übungen von neuem. Denn er hatte den asketischen Vorsatz gefaßt, daß er, wenn er nur einmal darin innehielte, die ganze Serie von vorn beginnen müsse.
Als er mit seinen gymnastischen Übungen fertig war, öffnete Bret die Tür, hinter der sich ein kleines Waschbecken verbarg. Er wusch sich Gesicht und Hände und rief sich unterdessen alle Einzelheiten der Unterhaltung, die er an diesem Morgen mit seiner Frau gehabt hatte, ins Gedächtnis. Er ermahnte sich, keine Zeit darauf zu verschwenden, über ihre Entzweiung nachzugrübeln. Was weg war, war weg, ihm sollte es recht sein. Bret Rensselaer hatte immer behauptet, daß er nicht der Mann sei, nachzutragen oder nachzutrauern, aber jetzt fühlte er sich verletzt und war zutiefst beleidigt.
Um sich auf andere Gedanken zu bringen, rief er sich jene lange

zurückliegende Zeit in Erinnerung, da er sich bemühte, in die Operationsabteilung versetzt zu werden. Er hatte ein paar Pläne zur Unterminierung der ostdeutschen Wirtschaft entworfen, aber niemand hatte ihn ernst genommen. Aufgrund seiner zu diesem Zweck unternommenen umfangreichen Recherchen hatte ihm der Generaldirektor das Referat für Europäische Wirtschaft anvertraut. Bret hatte eigentlich keine Ursache, sich darüber zu beklagen, er hatte dieses Referat zu einem mächtigen Imperium ausbauen können. Doch die Arbeit dieses Referats bestand in der Auswertung von Nachrichten. Er hatte immer bedauert, daß man seine weiterreichenden Ideen nicht aufgegriffen hatte, Projekte, die den Wandel in Ostdeutschland befördern sollten.

Bret hatte niemals daran gedacht, einen Agenten in die Spitze des Moskauer KGB einzuschleusen. Lieber hätte er einen wirklich brillanten Agenten, der langfristig die Information der eigenen Seite und die Desinformation des Gegners sichern könnte, in Ost-Berlin, der Hauptstadt der Deutschen Demokratischen Republik, angesetzt. Das war nicht von heute auf morgen zu machen. So was ließ sich nicht übers Knie brechen. Die Eile, mit der so viele Operationen des SIS durchgezogen wurden, war bei einem solchen Unternehmen unbedingt zu vermeiden.

Das Department hatte wahrscheinlich Dutzende von »Schläfern«, die sich in der oder jenen Kapazität als langjährige, treue Agenten bei den verschiedenen osteuropäischen kommunistischen Regimen akkreditiert hatten. Es galt nun, eine solche Person zu finden, und zwar die für Brets Zwecke geeignetste. Aber der langwierige und sorgfältige Auswahlprozeß mußte so diskret und vorsichtig durchgeführt werden, daß niemand merkte, was er vorhatte. Und wenn er seinen Mann gefunden hatte, mußte er diesen noch überreden, Kopf und Kragen zu riskieren, auf eine Weise, wie dies »Schläfern« gewöhnlich nicht zugemutet wurde. Eine Menge dieser zu gründlichster Tarnung bestimmten »Schläfer« kassierten ihr Gehalt und vertrauten auf das Glück, nie zu einem Auftrag herangezogen zu werden.

Einfach würde es nicht sein. Vergnüglich auch nicht. Zu Anfang würde es wenig oder gar keine Kooperation geben aus dem einfachen Grund, weil er niemandem in seiner Umgebung würde anvertrauen können, was er vorhatte. Später würde dann das Geschrei um Anerkennungen und Belohnungen losgehen. Dem Department waren solche Dinge sehr wichtig. Es war ganz natürlich, daß diese Männer, die immer im Dunklen arbeiteten, so energisch und verzweifelt das Licht der öffentlichen Bewunderung und Anerkennung forderten, wenn alles gutging. Wenn aber alles schiefging, würde es die bitteren Anklagen geben, die gewöhnlich bei der Analyse von Fehlschlägen erhoben wurden. Schließlich gab es noch die Konsequenzen, die eine derartige Operation für denjenigen haben würde, der hinging und die schmutzige Arbeit machte. Diese Leute kamen nicht zurück. Oder wenn sie zurückkamen, waren sie erledigt, zu keiner Arbeit mehr fähig. Von den Überlebenden, die Bret gesehen hatte, waren wenige zu mehr imstande gewesen, als mit einer Decke über den Knien bei dem ihnen vom Department empfohlenen Psychotherapeuten zu sitzen und vergeblich zu versuchen, ihre zerrütteten Nerven und geplatzten Beziehungen wieder aufzubauen.

Es war leicht einzusehen, warum sie sich nicht erholen konnten. Man verlangt von jemandem, alles zu verlassen, was ihm lieb und teuer ist, um in einem fremden Land zu spionieren. Dann, Jahre später, holt man ihn zurück – so Gott will –, und nun soll er den Rest seines Lebens friedlich und zufrieden verbringen. Für so jemand gibt es aber weder Frieden noch Zufriedenheit mehr. Der arme Teufel kann sich ja keines Menschen mehr erinnern, den er nicht irgendwann betrogen und im Stich gelassen hat. Solche Leute werden so unausweichlich vernichtet, als stellte man sie vor ein Erschießungskommando.

Andererseits mußte man diese Zerstörung eines Menschen – sowie vielleicht einiger seiner Angehörigen – abwagen gegen das, was mit einem solchen Coup zu erreichen war. Es ging um den Nutzen für die Gesellschaft im allgemeinen. Man kämpft schließlich gegen ein System, das Hunderttausende in Arbeitslagern vernichtete, für das Folter zu den normalen Methoden des Polizeiverhörs gehörte, das Dissidenten in die Irrenhäuser

schickte. Man durfte sich nicht gestatten, allzu zartfühlend zu sein, wenn so viel auf dem Spiel stand.
Bret Rensselaer schloß die Tür, die sein Waschbecken verbarg, ging ans Fenster und sah hinaus. Trotz des Dunstschleiers war von hier aus alles gut zu erkennen: der gotische spitze Turm des Westminsterpalastes, der Glockenturm von St. Martin's in the Fields, Nelson, der auf der Höhe seiner Säule nach wie vor Balance hielt. Es war ein einheitliches Ganzes. Selbst der unpassende Wolkenkratzer des Postamts würde, wenn er erst mal die Patina von ungefähr hundert Jahren hätte, sich dem Bilde einfügen. Bret drückte das Gesicht an die Scheibe, um Wrens Kuppel von St. Pauls's sehen zu können. Vom Zimmer des Generaldirektors hatte man eine schöne Aussicht nach Norden. Bret beneidete seinen Chef darum. Eines Tages würde er vielleicht in dessen Zimmer einziehen. Nikki hatte ihre Witze darüber gerissen, und er hatte so getan, als würde er darüber lachen, aber er hatte dabei die Hoffnung nicht aufgegeben, daß er eines Tages...
Dann fielen ihm die Notizen ein, die er für sein Projekt gemacht hatte. Und es kam ihm eine großartige Idee. Jetzt, da er mehr Zeit zur Verfügung hatte und einen Stab von Wirtschaftswissenschaftlern und Analytikern, würde er das ganze Material auf den neuesten Stand bringen. Karten, Statistiken, Diagramme, Kurvenblätter und leichtverständliche Auflistungen, die sogar dem Generaldirektor einleuchten würden, konnte man ohne weiteres vom Computer herstellen lassen. Warum war ihm das nicht eher eingefallen? Besten Dank, Nikki.
Und das brachte ihn zu seiner Frau zurück. Wieder ermahnte er sich zur Standhaftigkeit. Sie hatte ihn verlassen. Es war alles vorbei. Er redete sich ein, er hätte es schon seit Jahren kommen sehen, tatsächlich war er ganz ahnungslos gewesen. Er hatte immer vorausgesetzt, daß Nikki sich mit all den Dingen, über die sie klagte, abfinden würde – wie er sich ja auch mit ihr abfand –, um der Ehe willen. Sie würde ihm fehlen, das war nicht zu leugnen, aber er schwor sich, ihr nicht nachzulaufen.
Es war einfach nicht fair. Nicht einmal war er ihr untreu gewesen während der ganzen Zeit ihrer Ehe. Er seufzte. Jetzt

mußte er also wieder ganz von vorn anfangen: Verabredungen, den Hof machen, Schmeicheleien, Überredungskünste, Einladungen, wenn irgendwo ein Tischherr fehlte. Er würde sich daran gewöhnen müssen, damit fertig zu werden, daß jüngere Frauen seine Einladungen zum Essen ausschlügen. Zurückweisungen zu ertragen war nie seine Stärke gewesen. Es war alles wirklich zu scheußlich. Vielleicht konnte er seine Sekretärin bitten, an einem Abend in der nächsten Woche mit ihm zu essen. Sie hatte ihm erzählt, daß mit ihrem Verlobten alles aus sei.

Er setzte sich hinter seinen Schreibtisch und nahm irgendwelche Akten zur Hand, aber die Wörter verschwammen vor seinen Augen, und seine Gedanken gingen zurück zu Nikki. Wie hatte der Zusammenbruch ihrer Ehe angefangen? Was war schiefgelaufen? Wie hatte Nikki ihn genannt? Einen rücksichtslosen Bastard? Dabei war sie ruhig und überlegt gewesen, das war's, was ihn wirklich aus der Fassung gebracht hatte. Jetzt, da er die Szene noch einmal überdachte, redete er sich ein, daß die Ruhe und Überlegung seiner Frau nur vorgetäuscht gewesen seien. Rücksichtsloser Bastard? Er sagte sich, daß Frauen eben dazu neigen, die absurdesten Sachen zu behaupten, wenn sie vor Wut die Fassung verlieren. Das half.

2

Ostdeutschland, Januar 1978
»Bring mir den Spiegel«, sagte Max Busby. Der krächzende Ton war unbeabsichtigt. Bernard Samson holte den Spiegel und stellte ihn auf den Tisch, so daß Max seinen Arm betrachten konnte, ohne ihn verdrehen zu müssen. »Jetzt nimm den Verband ab«, sagte Max. Der Ärmel seines schmutzigen alten Hemds war bis zur Schulter abgerissen. Jetzt wickelte Bernard den Verband ab, pellte zuletzt auch die mit Eiter und getrocknetem Blut verklebte Wundauflage los. Deren Anblick war ein Schock. Bernard stieß unwillkürlich die Luft aus, und Max sah den Ausdruck des Schreckens auf seinem Gesicht. »Nicht so übel«, sagte Bernard und versuchte, seine wahren Gefühle zu verbergen.
»Ich hab' schon Schlimmeres gesehen«, sagte Busby und versuchte, sich ungerührt zu geben. Es war eine große Wunde, tief und entzündet und eiternd. Bernard hatte sie mit einer Nähnadel und Angelschnur zusammengenäht, die zur Überlebensausrüstung gehört hatte, aber einige der Stiche hatten das weiche Fleisch eingerissen. Die Haut des Wundrands war in allen Regenbogenfarben verfärbt und so empfindlich, daß sie schon weh tun mußte, wenn man sie nur ansah. Bernard drückte die Ränder fest zusammen, damit sie nicht gleich wieder aufbrächen. Die Auflage – ein altes Taschentuch – war schmutzig geworden. Die Seite, die auf der Wunde gelegen hatte, war dunkelbraun und ganz mit Blut getränkt. Über den ganzen Arm zogen sich Blutkrusten. »Es hätte auch meine Waffenhand treffen können.« Max beugte den Kopf, bis er im Licht der Lampe sein bleiches Gesicht im Spiegel sehen konnte. Er verstand was von Wunden.

Er wußte, wie nach starkem Blutverlust das Herz klopfte, im Bemühen, das Hirn trotzdem mit Glukose und Sauerstoff zu versorgen. Sein Gesicht war bleich geworden, weil die Blutgefäße sich verengt hatten, um dem Herz seine Aufgabe zu erleichtern. Und das Herz pumpte immer heftiger, je mehr Plasma verlorenging und je dicker das Blut wurde. Max versuchte, sich selbst den Puls zu fühlen. Es gelang ihm nicht, aber er wußte, was er feststellen würde: unregelmäßiger Puls und niedrige Körpertemperatur. Das waren die einzigen Anzeichen. Schlechte Zeichen.

»Leg irgendwas aufs Feuer, und binde mir dann den Arm mit einem Streifen vom Handtuch fest ab. Bevor wir gehen, werde ich Papier drumwickeln. Wir wollen doch keine Spur von Blutflecken legen.« Er zwang sich ein Lächeln ab. »Geben wir ihnen noch eine Stunde.« Max Busby hatte Angst. Sie waren in einer Berghütte, es war Winter, und er war nicht mehr jung.

In New York war er einmal Polizist gewesen. Als Leutnant der US-Army war er 1944 nach Europa gekommen und seitdem nur noch selten für kurze Zeit auf die andere Seite des Atlantischen Ozeans zurückgekehrt. Einmal in dem vergeblichen Bemühen, sich mit seiner geschiedenen Frau zu versöhnen, nach Chicago, und noch ein paarmal nach Atlantic City, wo seine Mutter wohnte.

Nachdem Bernard den Spiegel wieder an seinen Platz gestellt und was aufs Feuer gelegt hatte, stand Max auf, und Bernard half ihm in seinen Mantel. Dann sah er zu, wie Max sich vorsichtig wieder setzte. Max war schwer verwundet. Bernard fragte sich, ob sie's beide bis zur Grenze schaffen würden.

Max las seine Gedanken und lächelte. Weder seine Frau noch seine Mutter hätten Max erkannt, so, wie er da saß, in diesem schmutzigen Mantel, mit den verbeulten Bluejeans und dem zerrissenen Hemd darunter. Dabei hielt er den speckigen Filzhut auf seinen Knien mit einer geradezu verrückten Förmlichkeit. Seinen Papieren zufolge war er Eisenbahnarbeiter, doch seine Papiere waren mit einer Menge anderer Sachen, die er brauchte, auf dem Bahnhof, wo auch ein sowjetisches Verhaftungskommando auf ihn wartete.

Max Busby war klein und untersetzt, ohne fett zu sein. Sein spärliches Haar war schwarz, und das Gesicht tief gefurcht. Die Augen waren rot vor Müdigkeit. Er hatte dicke Augenbrauen und einen großen, struppigen schwarzen Schnurrbart, der schief saß, weil er immer nur an einem Ende herumzupfte.

Älter, weiser, verwundet und krank, aber trotz alledem und ungeachtet des anderen Aufzugs, den er hier in ganz anderer Umgebung trug, fühlte sich Max Busby doch nicht sehr viel anders als der unerfahrene junge Polizist, der einst in den dunklen und gefährlichen Straßen und Gassen von Manhattan Streifendienst getan hatte. Damals wie heute war er auf sich selbst gestellt. Nicht alle Bösewichter trugen schwarze Hüte. Manche löffelten ihren Beluga-Kaviar mit dem Polizeipräsidenten. Hier war es genauso. Weder schwarz noch weiß, nur Grautöne. Max Busby verachtete den Kommunismus – oder »Sozialismus«, wie die Sache von denen, die sie praktizieren, vorzugsweise genannt wird – und alles, was dazugehörte, mit einem Eifer, der selbst bei denen, die auf höherer Ebene gegen diese Sache kämpften, ungewöhnlich war; aber er war kein bornierter kalter Krieger.

»Zwei Stunden«, schlug Bernard Samson vor. Bernard war groß und stark, mit gewelltem Haar und Brille. Er trug eine abgewetzte Lederjacke mit Reißverschluß und verbeulte Kordhosen, der breite Ledergürtel war mit einer Sammlung metallener Abzeichen kommunistischer Parteitage dekoriert. Auf dem Kopf trug er eine eng anliegende Schirmmütze von der Fasson, die stets an das unter einem so unglücklichen Stern angetretene Afrika-Korps erinnern wird. Praktisch, diese Mützen, dachte Max, man konnte mit so einer Mütze schlafen gehen oder sich prügeln, ohne befürchten zu müssen, sie zu verlieren. Max musterte seinen Gefährten. Bernard war unverletzt und noch jung genug auszuharren, ohne daß ihm dabei der Mund trocken wurde und er fürchten müßte, die Nerven zu verlieren. Vielleicht war es das Beste, wenn er ihn allein gehen ließ. Aber würde Bernard es alleine schaffen? Max bezweifelte es. »Sie müssen über Schwerin kommen«, erinnerte Bernard ihn. »Vielleicht hat eine von den motorisierten Streifen sie aufgehalten.«

Max nickte und befeuchtete sich die Lippen. Der Blutverlust hatte seine Widerstandskraft untergraben. Bei der Vorstellung, daß die russische Militärpolizei seine Informanten gestellt haben mochte, drehte sich ihm der Magen um. Ihre Papiere waren gut genug für Routinekontrollen bei Taschenlampenschein – aber nicht besser. Das waren gefälschte Papiere selten.

Er wußte, daß Bernard sein Nicken nicht sehen konnte; der kleine Raum war dunkel, nur ein schwacher Schimmer umgab die stinkende Petroleumlampe, deren Docht so weit herunter wie möglich gedreht worden war, und vom Ofen fiel nur ein rosiger Glanz auf ihre Stiefelspitzen, aber *Qui tacet consentire videtur*, wer schweigt, scheint zuzustimmen. Max hatte, wie schon mancher brave New Yorker Polizist vor ihm, eine Zeitlang strebsam an der Abendschule Jura studiert. Noch jetzt waren ihm ein paar wesentliche Grundsätze erinnerlich. Nützlicher für die Beurteilung der gegenwärtigen Lage war ihm freilich das Wissen, daß jemand sich allerhand vorgenommen hatte, der versuchte, hundertundfünfzig Kilometer über das in hellem Mondschein liegende sächsische Land zu reisen, während eine Großfahndung nach ihm lief und dazu ein Haftbefehl aus Moskau vorlag, der jeden schießwütigen Polizisten oder Soldaten freisprechen würde, der einen Fremden abknallte.

Bernard stieß mit dem schweren Stiefel gegen den eisernen Kanonenofen und erschrak, als dessen Tür aufflog und rotglühende Asche herausfiel. Für einen Augenblick, während das Feuer in der Zugluft aufflammte, füllte goldenes Licht den Raum. Er konnte die in die Ritzen um den Türrahmen gestopften vergilbten Zeitungen und eine abgestoßene emaillierte Waschschüssel und die Rucksäcke sehen, die fertiggepackt an der Tür standen, für den Fall, daß sie hier eilig abhauen mußten. Max, der weiß wie ein Bettlaken war und aussah wie... nun ja, wie eben jeder alte Mann aussehen würde, der so viel Blut verloren hatte wie er und eigentlich auf einer Intensivstation liegen sollte, sich aber mitten im Winter quer durch Norddeutschland schleppte. Dann erlosch die Glut, und es wurde wieder dunkel im Raum.

»Also zwei Stunden, ja?« fragte Bernard.

»Ich werde mich deswegen nicht mit dir streiten.« Max kaute langsam den letzten Bissen Roggenbrot. Es schmeckte köstlich, aber er mußte es gut kauen und bröckchenweise hinunterschlucken. In Mecklenburg baut man den besten Roggen der Welt an und backt daraus das beste Brot. Aber dieser Bissen war der letzte, und sie hatten beide Hunger.
»Na, wenn das nicht mal 'ne Abwechslung ist«, sagte Bernard kameradschaftlich. Sie stritten sich selten ernstlich. Max legte Wert darauf, dem jüngeren Mann das Bewußtsein zu vermitteln, daß bei allen wichtigen Entscheidungen auch er ein Wort mitzureden hätte. Besonders jetzt.
»Ich werde mir doch nicht den Mann zum Feind machen, der demnächst Leiter der Deutschland-Abteilung wird«, sagte Max leise und zwirbelte ein Ende seines Schnurrbarts. Er versuchte, nicht an seine Schmerzen zu denken.
»Glaubst du das wirklich?«
»Also bitte, zier dich doch nicht. Wer käme denn sonst in Frage?«
»Dicky Cruyer.«
Max sagte: »Ach so. Du bist wirklich nicht gut zu sprechen auf Dicky, was?« Bernard biß auf solche Köder immer an, und Max machte es Spaß, ihn zu necken.
»Er könnte es machen.«
»Also, er hat nicht den Schatten einer Aussicht. Er ist zu jung und unerfahren. Du bist an der Reihe, und nach diesem Posten wirst du jeden kriegen, den du verlangst.«
Bernard antwortete nicht. Schön wäre es. Er war jetzt Mitte Dreißig, und obwohl er Bürohengste eigentlich verachtete, wollte er nicht so enden wie der arme alte Max. Max war weder das eine noch das andere. Er war zu alt für Schießereien, zu alt, in anderer Leute Häuser einzubrechen und Grenzposten davonzulaufen, aber er konnte nichts anderes. Nichts jedenfalls, womit er sein Brot hätte verdienen können. Bernards Bemühungen, seinen Vater zu überreden, Max einen Posten als Ausbilder zu verschaffen, waren an dessen Vorurteilen gescheitert. Bernards Vater hatte für Max nichts übrig. Irgendwie hatte Max sich mit allen verfeindet, die ihm hätten nützlich sein können. Der arme

Max. Bernard bewunderte ihn aus ganzem Herzen, und Bernard hatte ihn bei der Arbeit gesehen, die Max besser machte, als jeder andere sie gemacht hätte. Aber nur der Himmel wußte, wie er einmal enden würde. Ja, ein Posten hinter einem Schreibtisch in London wäre an diesem Punkt seiner Laufbahn für Bernard genau das richtige.

Danach sagte eine Weile keiner ein Wort. Während der letzten paar Meilen Wegs hatte Bernard alles getragen. Beide waren erschöpft, und wie Frontsoldaten hatten sie gelernt, sich eine Gelegenheit zur Rast nie entgehen zu lassen. Beide dämmerten in jenen Halbschlaf mit gespitzten Ohren hinüber, mit dem sie sich begnügen mußten, bis sie über die Grenze und außer Gefahr waren.

Ungefähr dreißig Minuten später rüttelte sie das dumpfe Klopfen eines Hubschraubers hellwach. Das Ding war mittlerer Größe, kein Transporter, und flog langsam und ziemlich niedrig, dem Geräusch nach zu urteilen nicht mehr als tausend Fuß hoch. All das versprach nichts Gutes. Die Deutsche Demokratische Republik war nicht reich genug, derartig teure Benzinfresser in anderer als sehr ernster Absicht einzusetzen.

»Scheiße!« sagte Max. »Die Bastarde suchen uns.« Trotz der Erregung, die aus ihr sprach, machte er die Bemerkung in so leisem Ton, als fürchtete er, die Männer im Hubschrauber könnten ihn hören.

Die beiden Männer in dem dunklen Zimmer bewegten sich nicht und sprachen auch nicht weiter. Sie lauschten. Die Spannung wurde fast unerträglich. Der Hubschrauber flog nicht in gerader Linie, und das war ein besonders schlechtes Zeichen. Es bedeutete, daß er das Gebiet erreicht hatte, das er absuchen sollte. Im Zickzackkurs schien er ein Dorf nach dem anderen anzupeilen. Offenbar suchten sie nach Bewegung: nach allem, was sich bewegte. Draußen lag tiefer Schnee. Sobald es hell wurde, konnte sich da nichts mehr bewegen, ohne gut sichtbare Spuren zu hinterlassen.

In dieser Gegend genügte es schon, aus dem Haus zu gehen, um Verdacht zu erregen. Nach Einbruch der Dunkelheit war nirgends mehr was los, hier wohnten nur einfache Leute, Bauern.

Sie aßen nicht so aufwendig zu Abend, daß sie daran hätten denken können, Dinner-Partys zu geben, und für Restaurants hatten sie kein Geld. Was die Hotels betraf: Wer würde auch nur eine Nacht dort verbringen wollen, wenn er die Mittel dazu hatte, weiterzufahren?
Das Geräusch des Hubschraubers verstummte plötzlich, als die Maschine hinter einem bewaldeten Hügel abtauchte, und fürs erste war die Nacht wieder still.
»Komm, wir hauen ab«, sagte Max. Ein so plötzlicher Aufbruch würde zwar gegen alle ihre Pläne verstoßen, aber Max war – in noch höherem Maße als Bernard – ein Mann plötzlicher Entschlüsse. Er hatte seinen »Riecher«. Er legte zusammengefaltete Zeitungen um seinen Arm für den Fall, daß Blut durch das Handtuch sickerte. Dann wickelte er Schnur um den Mantelärmel, und Bernard zurrte diese fest.
»Okay.« Bernard hatte sich schon vor langem ein für allemal davon überzeugt, daß Max – trotz seiner Unfähigkeit, häusliches Glück zu finden oder sein berufliches Geschick zur Beförderung einer irgendwie erfolgreichen Karriere einzusetzen – einen unheimlich sicheren Instinkt für drohende Gefahr hatte. Ohne zu zögern und ohne sich von seinem Stuhl zu erheben, lehnte Bernard sich vor und hob den großen Teekessel vom Ofen. Dann nahm er mit dem Feuerhaken die Herdringe heraus und goß Wasser in die Glut. Er tat das sehr vorsichtig und langsam, aber eine Menge Dampf gab es trotzdem.
Max wollte ihn davon abhalten, aber der Junge hatte natürlich recht. Besser, wenn er das gleich tat, anstatt zu warten, bis vielleicht dieser lausige Hubschrauber über dem Schornstein kreiste. Als die Glut gelöscht war, schüttelte Bernard etwas kalte Asche in den Ofen. Wenn sie hierher kamen, würde das natürlich nicht viel nützen. Die würden die Blutflecken auf den Dielen sehen, und man hätte eimerweise Wasser auf den Ofen gießen müssen, um ihn abzukühlen, aber immerhin konnte das den Eindruck erwecken, daß sie schon etwas länger weg waren, und sie schützen, falls sie sich schon in der Nähe der Hütte verstecken mußten.
»Gehen wir.« Max nahm seine Pistole in die Hand. Es war eine

Sauer, Modell 38, eine kleine Selbstladewaffe aus der Nazizeit, wie sie die höheren Offiziere der deutschen Wehrmacht bevorzugt hatten. Eine schöne Waffe, die Bernard sich von einem Bekannten aus der Londoner Unterwelt hatte besorgen lassen, wo er ein ähnliches Aufgebot zweifelhafter Figuren zu seinen Freunden zählte wie in Berlin.

Bernard sah zu, wie Max versuchte, den Verschluß zurückzuschieben, um eine Patrone einzulegen. Er mußte die Waffe zu diesem Zweck in die andere Hand nehmen, und der Schmerz verzerrte sein Gesicht. Es tat weh, das mit anzusehen, aber Bernard sagte nichts. Sobald er fertig war, drückte Max auf den hochstehenden Spannhebel und senkte den Hahn, so daß die Waffe schußbereit war, ohne das Risiko, daß der Schuß sich zufällig löste. Max steckte die Pistole in seine Brusttasche. »Hast du eine Waffe?« fragte er.

»Wir haben sie in dem Haus gelassen. Du hast gesagt, Siggi würde sie vielleicht brauchen.« Bernard hievte sich den Rucksack auf die Schulter. Er war schwer vom Inhalt beider Rucksäcke: ein Enterhaken, Nylonseil, ein kleines Grabwerkzeug und ein eindrucksvoller Bolzenschneider.

»Das habe ich tatsächlich. Mist. Na ja, nimm du den Feldstecher.« Bernard nahm Max den Feldstecher ab, wobei er darauf achtete, den verwundeten Arm nicht zu berühren. »Starr sie an, bis sie erstarren, Bernard. Du wirst es schon schaffen.« Ein grimmiges Gelächter. Schweigend nahm Bernard den Feldstecher – ein gummiverkleidetes Zeissglas, 7 × 40, das Modell, das auch die Grenzpolizei benützte – und steckte seinen Kopf und einen Arm durch den Riemen. Es hing auf diese Weise unbequem fest am Körper, aber er wollte nicht riskieren, daß der Feldstecher ihm vor dem Bauch herumhampelte und vielleicht sogar in die Fresse schlug, wenn sie rennen mußten.

Max löschte die Petroleumlampe. Nun war es stockdunkel, bis er die Tür öffnete und einen Streifen blauen Sternenlichts und bitterkalte Nachtluft hereinließ. »Mannomann.«

Max erwartete Ärger, und Bernard fand diese Aussicht nicht erfreulich. Bernard hatte nie gelernt, die gewaltsamen Auseinandersetzungen, die sein Job gelegentlich mit sich brachte, so

gelassen hinzunehmen, wie der alte Hase Max das tat, sogar wenn er verletzt war. Hatte das irgendwas mit dem Militär oder mit dem Krieg zu tun oder mit beidem?
Die Holzhütte lag einsam. Wenn es nur wieder zu schneien anfangen würde, der Schnee würde ihre Spuren verwischen, aber es sah nicht danach aus. Vor der Hütte schnupperte Max die Luft: Würde der Rauch ihres Feuers sie dem Suchtrupp verraten? Es war jedenfalls richtig gewesen, ein so entlegenes Versteck zu wählen. Die Hütte wurde nur im Sommer von Hirten bewohnt, wenn das Vieh auf den Bergweiden graste. Aus der Höhe, auf der sie sich hier befanden, konnten Bernard und Max das Tal unter sich liegen sehen, durch das sie gekommen waren. Hier und dort funkelten die Lichter einzelner Häuser und kleiner Weiler aus der dunklen und einsamen Landschaft. In der Nacht begünstigte diese Menschenleere die Flucht, doch bei Tageslicht würden sie in der öden Gegend verdammt auffallen. Max verfluchte das Pech, das die ganze Operation verzögert hatte. Zu dieser Stunde hätten sie eigentlich schon alle jenseits der Grenze sein sollen und mit heiler Haut nach warmem Bad, üppigem Mahl und 'ner Menge zu trinken in tiefem Schlaf.
Max blickte in die Höhe. Einige wenige Sterne blinzelten aus dem östlichen Himmel, aber sonst war es überall finster. Wenn es weiter so bewölkt bliebe und die Sonne nicht durchkäme, wäre das natürlich hilfreich, obwohl leider die Wolkendecke nicht niedrig genug war, um die Hubschrauber in Schwierigkeiten zu bringen. Der Hubschrauber würde zurückkommen.
»Wir werden so weit oben wie möglich bleiben«, sagte Max. »Auf diesen Höhenwegen kommt man meistens gut vorwärts. Sie sind markiert und werden ganz anständig in Stand gehalten für die Ausflügler, die im Sommer hier wandern.« Er marschierte zügig los, um Bernard zu zeigen, daß er fit und bei Kräften war, aber bald verlangsamte sich sein Schritt.
Über einige Kilometer verwehrte ihnen der Buchenwald die Sicht auf das Tal. Unter den Bäumen war es sehr dunkel, man ging wie durch einen langen Tunnel. Das Unterholz war abgestorben, und braunes Farnkraut raschelte unter ihren Füßen. Je höher der Weg hinaufführte, desto härter wurde der Schnee.

Bäume schirmten den Pfad ab, und auf der festen Schneedecke kamen sie gut voran. Sie waren seit etwa anderthalb Stunden unterwegs und nun im Kiefernwald, als Max haltmachte. Aus der großen Höhe, die sie inzwischen erstiegen hatten, sahen sie durch eine Schneise zwischen dem in Reih und Glied stehenden Langholz die Biegung des vor ihnen liegenden nächsten Tals. Jenseits desselben schimmerte im Sternenlicht zwischen zwei Bergrücken das Wasser eines Sees, dessen Oberfläche schäumte wie ein Glas guten deutschen Biers. Es war schwer abzuschätzen, wie weit es bis dorthin noch sein mochte. Es waren keine Häuser in Sicht, keine Straßen oder Hochspannungsleitungen, nichts, was einem als Maßstab hätte dienen können. Auch die Bäume waren keine Hilfe, Nadelholz wächst ja in allen möglichen Gestalten und Größen.

»Fünf Minuten«, sagte Max. Sein wahrer Zustand wurde offenkundig, als er zu Boden sackte und seinen Hintern zwischen die Wurzeln eines Baums klemmte. Neben ihm stand eine Futterkrippe für das Rotwild, das hier für die Jäger gehegt wurde. Er lehnte sich an die Krippe, und dabei sank sein Kopf zur Seite. Sein Gesicht glänzte vor Anstrengung, und er sah vollkommen erschöpft aus. Blut war durch das Zeitungspapier gesickert und bildete einen großen Flecken auf dem Ärmel des dicken Mantels. Es würde wohl besser sein, den Arm fest anzudrücken, als zu versuchen, die Wunde hier neu zu versorgen.

Bernard nahm den Feldstecher zur Hand, schnippte die Schutzhüllen von den Linsen und holte sich den See heran. Was wie Bierschaum aussah, war der Dunst, der auf dem Wasser lag und das Ufer verschwimmen ließ.

»Wie sind deine Füße?« sagte Max.

»Okay, Max.«

»Ich habe noch ein paar Socken.«

»Bemuttere mich nicht, Max.«

»Weißt du, wo wir sind?«

»Ja, wir sind in Deutschland«, sagte Bernard und starrte weiter durch das Glas.

»Weißt du das genau?«

»Aber das ist doch unser See, Max, Mouse-Lake.«

»Oder Moulting-Lake«, schlug Max vor.
»Oder Turncoat-Lake«, sagte Bernard, »denn schließlich mausern sich ja auch Überläufer zu etwas, das ihnen vorher keiner angesehen hat.«
Max bedauerte, sich auf diese Übersetzungsspielerei eingelassen zu haben. Er beschloß, von jetzt an Bernard nicht mehr wie ein Kind zu behandeln. Das würde ihm nicht leichtfallen. Er kannte ihn nun schon so lange, daß er Mühe hatte, sich daran zu gewöhnen, daß er inzwischen ein erwachsener Mann mit Frau und Kindern war. Und was für eine Frau er hatte! Fiona Samson war einer der aufgehenden Sterne des Departments. Manche von dessen begeisterungsfähigen Angestellten behaupteten, sie würde noch mal als erste Frau auf dem Posten des Director General landen. Max hielt das für unwahrscheinlich. Die höheren Ränge des Departments waren reserviert für eine bestimmte Sorte von Engländern, die alle miteinander die gleichen Schulen besucht zu haben schienen.
Max Busby fragte sich oft, weshalb Fiona Bernard geheiratet hatte. Er war keine großartige Partie. Wenn er die Leitung der Deutschland-Abteilung in London kriegte, hätte er das zum guten Teil dem Einfluß seines Vaters zu verdanken, und zu mehr würde er es nicht bringen. Wer immer zum Leiter der Deutschland-Abteilung ernannt wurde, würde Bret Rensselaer zum Vorgesetzten haben, und Bret wollte einen Handlanger ohne eigene Initiative auf diesem Posten sehen. Max fragte sich, ob Bernard sich an diese Rolle gewöhnen würde.
Max nahm den angebotenen Feldstecher, um sich seinerseits den See aus der Nähe anzusehen. Mit seiner einen Hand konnte er das Glas nur halten, wenn er sich gegen den Baum lehnte. Schon beim Heben des Arms zitterte er. Ob sich da schon eine Blutvergiftung ankündigte? Das ging, wic er aus Erfahrung wußte, bei solchen Wunden manchmal sehr schnell, aber er verdrängte den Gedanken sofort und konzentrierte sich auf das, was er vor Augen hatte. Ja, das war der Mausesee, genau so wie er ihn von der Landkarte in Erinnerung hatte. Landkarten waren seine Leidenschaft, manchmal studierte er sie stundenlang, wie andere Leute Bücher lesen. Nicht nur Karten von Gegenden, die er

kannte, von Ländern, die er besucht hatte oder eines Tages würde besuchen müssen, sondern jede Art von topographischen Karten. Als ihm einmal jemand den Times-Atlas des Mondes schenkte, nahm Max den gleich mit in den Urlaub, und zwar als einzige Lektüre.

»Wir müssen am südlichen Ufer entlang«, sagte Bernard, »und nicht zu dicht am Wasser, wenn wir nicht riskieren wollen, plötzlich in der Datscha irgendeines Bonzen vom Zentralkomitee zu landen.«

»Das Beste wäre vielleicht ein Boot«, schlug Max vor und gab ihm den Feldstecher zurück.

»Laß uns erst mal ein bißchen näher dran sein«, sagte Bernard, der sich von dieser Idee nicht viel versprach. Ein Boot war in jeder Hinsicht eine allzu unsichere Kiste. Bernard war nicht sehr erfahren im Umgang mit einem Paar Ruder, und daß er von Max keine Hilfe erwarten durfte, war klar. Im Winter würde es zudem vielleicht auffallen, wenn ein Boot von seinem Liegeplatz verschwand, und selbst bei spiegelglatter Wasserfläche – was nicht der Fall sein würde – hätte er keine Lust, weithin sichtbar über den See zu gondeln. Die Idee war typisch für Max, der eine Vorliebe für verwegene Methoden und damit in der Vergangenheit nicht selten Erfolg gehabt hatte. Bernard hoffte, Max würde diesen Einfall vergessen, ehe sie das Ufer des Sees erreichten. Das war noch eine weite Wanderung. Sie schien anstrengend zu werden, und bald würde der Morgen dämmern.

Bernard hätte gern etwas über die beiden Männer gesagt, mit denen sie sich gestern nachmittag hätten treffen sollen, aber er hielt den Mund. Da war nichts zu sagen; die beiden waren geschnappt worden. Max und Bernard konnten von Glück sagen, davongekommen zu sein. Jetzt kam es nur noch darauf an, daß sie es zurück schafften. Schafften sie es nicht, war die ganze Operation *Reisezug* für die Katz gewesen. Über drei Monate Planung, Gefahren und harte Arbeit verschwendet. Bernards Vater leitete die Operation, und er wäre untröstlich. Bis zu einem gewissen Grad hing der gute Ruf seines Vaters von ihm ab. Bernard stand auf und klopfte sich die Erde von seiner Hose. Sie war sandig und roch merkwürdig muffig.

»Stinkt, was?« sagte Max, der irgendwie seine Gedanken zu lesen schien. »Diese Norddeutsche Ebene. Verdammt hügelig für eine Ebene, würde ich sagen.«

»Die Deutsch-polnische Ebene wurde sie genannt, als ich zur Schule ging«, sagte Bernard.

»Na ja, stimmt, Polen ist ein ganzes Stück näher hier rangerückt, seitdem ich Geographieunterricht gehabt habe«, sagte Max und lächelte über seinen kleinen Scherz. »Meine Frau Helma wurde nicht weit von hier geboren. Das heißt meine Ex-Frau. Sobald sie den guten alten US-Reisepaß kriegte, ist sie ja gleich weg nach Chicago zu ihrem Cousin.«

Als Bernard Max auf die Füße half, sah er das Tier. Es lag lang ausgestreckt auf dem Stück nackter Erde hinter dem Baum, an dem er gelehnt hatte. Sein Fell war mit Schlamm verkrustet, und es war steif gefroren. Er sah sich den Kadaver näher an. Es war der eines ausgewachsenen Hasen, der mit dem Lauf in eine primitive Drahtschlinge geraten war. Die arme Kreatur war sicherlich qualvoll gestorben, hatte den gefangenen Lauf bis auf den Knochen abgenagt, zuletzt schien's ihr an Energie oder der verzweifelten Entschlossenheit, die für ein solches Opfer erforderlich ist, gefehlt zu haben.

Max kam und sah sich an, was Bernard gefunden hatte. Keiner der beiden Männer sagte ein Wort. Max hielt den Fund für ein schlechtes Omen, und Max hatte immer viel auf Vorzeichen gegeben. Noch immer ohne zu sprechen, machten sie sich auf den Weg. Sie waren jetzt müde, und während der fünfminütigen Rast, die sie hatte Atem schöpfen lassen, waren ihre Muskeln steif geworden. Max hatte Mühe, seinen Arm hochzuhalten, ließ er ihn aber hängen, klopfte er und blutete mehr.

»Warum ist er nicht zurückgekommen?« meinte Max, als der Weg breiter wurde und Bernard neben ihm ging.

»Wer?«

»Der Wilderer. Warum ist er nicht zurückgekommen, um nach seinen Fallen zu sehen?«

»Willst du sagen, daß wir schon in der Sperrzone sind? Es war doch aber nirgends ein Zaun, ich habe auch keine Warnschilder gesehen.«

»Die Ortsansässigen wissen, wo sie ist«, sagte Max. »Fremde stolpern hinein.« Er knöpfte seinen Mantel auf und berührte die Waffe. Dafür gab es keinen praktischen Grund außer dem, daß Max Bernard klarmachen wollte, daß er diesen langen Weg nicht zurückgelegt hatte, um sich am Ende dem ersten besten, der ihn zu stellen versuchte, zu ergeben. Max hatte sich schon früher seinen Weg in brenzligen Situationen freigeschossen: zweimal. Manche Leute behaupteten, daß diese beiden höchst bemerkenswerten Glücksfälle ihm ganz falsche Begriffe gegeben hätten von den Möglichkeiten, die einer normalerweise hatte, wenn er gestellt wurde. Max dachte, daß die Briten, mit denen er zusammenarbeitete, viel zu schnell bereit waren, ihren Leuten zu empfehlen, die Hände hoch zu nehmen.
Er hielt für einen Augenblick inne, um noch einmal nach dem See Ausschau zu halten. Wenn sie anstatt auf diesem Höhenweg im Tal weitergingen, würden sie gewiß leichter und schneller vorwärtskommen. Aber da unten gab es Dörfer und Bauernhöfe und Hofhunde, die bellen würden. Auf den Höhenwegen lief man diesbezüglich weniger Gefahr, aber auf dem Eis an den Nordhängen kam man oft nur langsam voran, und die beiden Männer hatten keine Zeit zu verlieren.
Der nächste Hügel war höher, und dahinter würde der Weg ins Besental hinabführen und dieses kreuzen. Vielleicht wäre es besser, es irgendwo anders zu durchqueren. Wenn die Ortspolizei alarmiert war, hatte sie gewiß einen Posten auf die Steinbrükke gestellt, wo der Fußweg in die Talstraße mündete. Er erforschte den Gipfel des Hügels jenseits des Flusses. Den würden sie nie schaffen. Die Ortsansässigen nannten diese Hügel »Berge«, wie gewöhnlich Leute ihre Hügel Berge nennen, wo es kein Gebirge gibt. Er fing an, die Leute zu verstehen. Wenn man diese Hügel rauf und runter wanderte, wurden sie sehr schnell zu Bergen. Alles war relativ: Je älter er würde, desto gebirgiger würde die Welt.
»Wir werden versuchen, an dieser breiten Stelle, wo die Steine liegen, über den Besen zu gehen«, sagte Max.
Bernard grunzte begeisterungslos. Wenn sie mehr Zeit gehabt hätten, wäre es für Max selbstverständlich gewesen, die Ent-

scheidung zu besprechen. Er hätte Bernard das Gefühl vermittelt, daß auch er beteiligt wurde, aber jetzt war keine Zeit für derartige Höflichkeiten.

Während des Abstiegs durch Geröll und dürres Farnkraut stolperten sie wiederholt. Einmal rutschte Max so weit, daß er fast gestürzt wäre. Er stieß bei dem Versuch, Fuß zu fassen, mit dem verwundeten Arm irgendwo an, und der Schmerz war so heftig, daß er leise wimmerte. Bernard half ihm auf. Max sagte nichts. Er dankte ihm nicht, mußte seine Energie sparen.

Max hatte die Stelle sorgfältig ausgesucht. Die Mauer war von ihrer östlichen Seite her überall nur durch eine breite verbotene Zone zu erreichen. Wer sich der Grenze auch nur bis auf fünf Kilometer nähern wollte, brauchte schon einen Sonderausweis. Innerhalb der Sperrzone gab es weder Baum noch Strauch von hinreichender Größe, auch nur ein Kind zu verbergen. Landwirtschaftliche Arbeiten in der Sperrzone durften nur während des Tages und unter ständiger Aufsicht seitens der Wärter in den Kontrolltürmen durchgeführt werden. Diese Kontrolltürme waren von verschiedener Höhe und Gestalt, einerseits niedrige »Beobachtungsbunker«, andererseits hohe modernistische Betonkonstruktionen, die den Kontrolltürmen auf Flughäfen ähnlich sahen.

Doch in der Sperrzone jenes Stücks des Grenzverlaufs, das im NATO-Code den Namen *Piecemeal* führt, hatte das Glück oder Pech, das über der Geschichte waltet, der DDR zugemutet, irgendwie mit diesem See fertig zu werden. Es war dieser See an einer Stelle der Mauer, wo eben damals ausgedehnte Reparaturen durchgeführt wurden, der bei jener Sitzung in dem sogenannten SECRET ROOM Max Busbys Aufmerksamkeit erregt hatte.

Dieser Grenzabschnitt stellte das Regime vor schwierige Probleme. Die Elbe und der kleine Nebenfluß Besen, der hier in sie mündete, sowie schließlich der Mausesee trugen alle miteinander dazu bei, daß der Boden, auf dem hier die Mauer stand, fast überall sumpfig war. Gleichviel, wie sorgfältig man die Fundamente isolierte, die Mauer hielt nicht. Jetzt wurden auf einer Strecke von fast drei Kilometern an sieben verschiedenen Stellen

Reparaturen durchgeführt. Die Schäden mußten erheblich sein, sonst hätten sie bis zum Sommer gewartet.

War man einmal durch die Sperrzone, hatte man das Schlimmste noch vor sich. Den tatsächlichen Grenzverlauf bezeichnete ein hoher Zaun, nicht stabil genug, als daß man ihn hätte übersteigen können, aber gespickt mit Alarmanlagen, Leuchtraketen und Selbstschußautomaten. Danach kam der Schutzstreifen, etwa fünfhundert Meter breit, wo zwischen Minenfeldern auf Angriff dressierte Hunde an langen Leinen liefen. Darauf folgten betonierte Gräben und hinter diesen ein acht Meter tiefes Stacheldrahtdickicht und eine Reihe unterschiedlicher Vorrichtungen, die man von Abschnitt zu Abschnitt variierte, um dem Neuling Überraschungen zu bieten.

In welchem Maße dieser bizarre Kinderspielplatz jetzt, um den Reparatur-Brigaden die erforderliche Bewegungsfreiheit zu geben, demontiert sein mochte, mußte noch geklärt werden. Es war auch schwer, den Hubschrauber zu vergessen. Inzwischen würde die ganze Militärregion alarmiert sein. Und es lag schließlich auf der Hand, in welcher Richtung man die Flüchtlinge zu suchen hatte.

Als sie den See erreichten, fanden sie in diesem nicht das Hindernis, auf das der eine wie der andere gefaßt gewesen war. Das Wasser des langsam fließenden Besen hatte ihnen nur bis ans Knie gereicht. Jetzt wateten sie durch den See um die roten Bojen herum, die mutmaßlich den Verlauf unter Wasser angelegter Sperrvorrichtungen markierten. Und auch hier reichte ihnen das Wasser nur bis zum Gürtel. Doch stand das in keinem Vergleich zu allem Vorherigen: Beim schnellen Gehen waren die harten muskulösen Beine bald wieder zu prickelndem Leben erwacht, aber jetzt fühlte Max das eisige Wasser, in das er bis zum Gürtel eintauchte, schon fast seinen Lebenswillen lähmen. Sein Arm tat weh, er hatte Schmerzen im Gedärm, und das arktische Wasser durchbohrte seinen Bauch wie kalter Stahl.

Der Schneefall setzte mit einzelnen Flocken ein, die plötzlich von nirgendwoher herunterwirbelten, doch bald verdichtete er sich zu weißem Rieseln. »Was für ein herrlicher Anblick«, sagte Bernard, und Max grunzte beifällig.

Nur ein schwacher Lichtschein zeigte sich schon im Osten, als sie den ersten Drahtzaun durchschnitten. »Mach einfach los«, sagte Max mit klappernden Zähnen. »Wir haben keine Zeit, hier durchzuexerzieren, was sie euch in der Ausbildung beibringen. Scheiß auf die Alarmanlagen und schneide...«
Bernard handhabte den großen Bolzenschneider sehr schnell und geschickt. Minutenlang war das Klingen durchschnittenen Drahts das einzige Geräusch, das man hörte. Dann aber fingen die Hunde zu bellen an.

Frank Harrington, der Berliner Resident des SIS, hätte normalerweise nicht persönlich in diesen einsamsten Stunden der Nacht hier an der Anlaufstelle gerade hinter der Grenze die Ankunft zweier Agenten von jenseits der Mauer erwartet. Doch diese Operation war etwas Besonderes. Und Frank hatte Bernards Vater versprochen, ein Auge auf den Jungen zu haben, ein Versprechen, dem er sich feierlich verpflichtet fühlte.
Er befand sich in einem kleinen unterirdischen Raum unter vier Metern Beton, den blaue Neonröhren beleuchteten, doch allzu entbehrungsreich war seine Nachtwache nicht. Obwohl in die Einrichtung solcher vorgeschobener Bunker nicht allzu viel Komfort investiert wird – denn schließlich geht die NATO davon aus, daß, falls es wirklich einmal ohne Kriegserklärung losgeht, die Armeen des Warschauer Pakts diese Grenzbefestigungen im ersten Anlauf überrollen –, war es hier unten doch warm und trocken, und Frank saß in einem weichen Sessel, ein Glas anständigen Whisky in der Hand.
Der Raum war das Privatbüro des kommandierenden Offiziers; diesem Zweck jedenfalls sollte er im Falle kriegerischer Verwicklungen dienen. Franks Gefährten waren ein korpulenter junger Offizier des Bundesgrenzschutzes und ein schon bejahrter Engländer in der merkwürdigen Marineuniform des British Frontier Service, einer Einheit, die den britischen Militärstreifen im Grenzgebiet zu Lande, zu Wasser und in der Luft ortskundige Führer stellt. Der Deutsche lehnte an einem Heizkörper, der Engländer saß auf der Ecke eines Schreibtischs.
»Wie lange ist's noch bis Sonnenaufgang?« fragte Frank. Er hatte

über dem braunen Tweedanzug den braunen Trenchcoat anbehalten. Sein Hemd war khakifarben, die Krawatte in verblichenem Gelbton. Auf den ersten Blick hätte man ihn leicht für einen Heeresoffizier in Uniform halten können.

»Eine Stunde und acht Minuten«, sagte der Engländer nach einem Blick auf die Uhr. Er traute Uhren nicht, nicht einmal den synchronisierten und überwachten Uhren im Kontrollbunker. Zusammengekauert in einem Stuhl in der Ecke – den Melton-Mantel über dem in der Savile Row geschneiderten Kammgarnanzug – saß Bret Rensselaer. Er war aus der Londoner Zentrale zu Beobachtungen hergeschickt worden und nahm das sehr wörtlich. Die Zeit des Sonnenaufgangs hatte er längst im Kopf und wunderte sich, wie Frank versäumt haben konnte, sie sich einzuprägen.

Die beiden Männer arbeiteten schon seit langem zusammen, und ihr gegenseitiges Verhältnis war längst fest gegründet. Frank Harrington erkannte in Brets Patriziergebaren und dem hochmütigen Ostküstenton den Typus der höheren Ränge der CIA, mit denen er in Washington zu tun gehabt hatte. Bret hielt Frank für einen nur mäßig erfolgreichen, wenngleich angenehmen Opportunisten von der Sorte, mit der der britische Landadel den Staatsdienst seit den Tagen des Empire versorgte. Diese Charakteristiken hätten – mit passenden Retuschen – beide Männer gelten lassen, und auf diese Weise hatten sie denn auch einen Modus vivendi gefunden.

»Deutsche, die in der Nähe der Grenze zu Hause sind, kriegen einen besonderen Passierschein und können neunmal im Jahr über die Grenze Freunde und Verwandte besuchen«, sagte Frank, der plötzlich das Gefühl hatte, daß es die guten Manieren von ihm forderten, Bret in die Unterhaltung einzubeziehen. »Einer von diesen kam gestern abend hier durch – sie dürfen nicht über Nacht bleiben – und erzählte uns, daß alles normal aussähe. Die Arbeiten an der Mauer und so...«

Bret nickte. Das Summen der Klimaanlage schien laut in der Stille.

»Jedenfalls haben sie sich eine gute Stelle ausgesucht«, setzte Frank hinzu.

»Es gibt keine guten Stellen«, sagte der Bundesgrenzschutzoffizier. Wie ein Schurke sah er aus mit seinem vernarbten Gesicht und seinem Bierbauch, dachte Frank. Entsprach das vielleicht dem Berufsbild dieser Polizeitruppe, zu deren Aufgaben ja auch die Unterdrückung von inneren Unruhen gehört? Da keiner der seltsamen Ausländer etwas auf seine Bemerkung erwiderte, trank der deutsche Offizier den Rest seines Whiskys, wischte sich den Mund, rülpste, nickte seinen Abschied und ging.
Das Telefon im nächsten Raum klingelte, und sie lauschten, während der Telefonist grunzte, auflegte und dann laut rief: »Hundegebell und irgendwelche Bewegung jetzt da drüben.«
Bret sah Frank an. Frank blinzelte, bewegte sich sonst aber nicht. Der englische Führer trank hastig sein Glas aus und glitt von der Schreibtischecke. »Ich sollte auch gehen«, sagte er. »Vielleicht werde ich gebraucht. Wie ich höre, wollen vielleicht zwei von Ihren Freibeutern rüber und helfen.«
»Vielleicht«, sagte Frank.
»Das kann nicht gutgehen«, sagte der Engländer. »Tatsächlich ist's ja eine Invasion ihres Territoriums.«
Frank starrte ihn an und antwortete nicht. Er hatte es gar nicht gern, wenn seine Leute als Freibeuter bezeichnet wurden, und erst recht nicht, wenn sich Fremde unterstanden, sie so zu bezeichnen. Der Führer, der vergessen zu haben schien, daß sein Glas schon leer war, wollte noch einen Schluck daraus nehmen. Dann stellte er's auf den Schreibtisch, wo er gesessen hatte, und ging hinaus.
Als sie allein waren, sagte Bret: »Wenn der junge Samson diese Sache hinkriegt, werde ich empfehlen, ihm die Deutschland-Abteilung zu geben.« Er saß bequem in seinen Sessel gelehnt, die Ellbogen auf dessen Armstützen, die Hände aneinandergelegt, wie ein Tutor, der einem auf Irrwegen wandelnden Studenten eine Moralpredigt hält.
»Ja, das sagtest du schon.«
»Ist er dazu befähigt, Frank?« Obwohl das als Frage formuliert war, schien doch Bret damit weniger Franks guten Rat zu erbitten als ihn vielmehr zu examinieren.
»Er ist nicht dumm.«

»Nur eigensinnig«, fügte Bret hinzu. »Wolltest du das sagen?«
»Bist du sicher, daß du nicht doch was zu trinken willst?« fragte Frank und hob eine Flasche Scotch hoch, die neben seinem Stuhl auf dem Boden gestanden hatte. Bret hatte sie zollfrei auf dem Londoner Flughafen gekauft, aber bisher keinen Tropfen davon getrunken. Bret schüttelte den Kopf.
»Und die Gattin?« sagte Bret und fuhr fort in einem halb spaßenden, halb ernsthaften Ton: »Wird Mrs. Samson vielleicht der erste weibliche Director-General?«
»Zu festgelegt in ihren Anschauungen. Das sind alle Frauen. Sie ist nicht flexibel genug für das, was der Alte macht, oder?«
»Ein Bleirohr ist flexibel«, sagte Bret.
»Ich meine federnd.«
»Elastisch«, sagte Bret, »dieses Wort bezeichnet die Fähigkeit, zu früherer Gestalt und früherem Zustand zurückzukehren, meines Erachtens am besten.«
»Aha, und diese Fähigkeit braucht also ein D-G vor allem?« fragte Frank kalt. Er war zusammen mit Sir Henry Clevemore während des Krieges ausgebildet worden und seitdem persönlich mit ihm befreundet. Er war nicht scharf darauf, mögliche Nachfolger mit Bret zu diskutieren.
»Sie wird für eine Menge Aufgaben gebraucht«, sagte Bret abschließend. Er wollte nicht reden, setzte aber hinzu: »Zu viele Leute verkrüppeln bei diesem Geschäft auf die Dauer.«
»Aber das passiert doch sicherlich nur den Agenten im Außendienst?«
»Manchmal trifft's diejenigen, die sie herausschicken, noch schlimmer.«
»Ist es das, was dir Sorgen macht in Bernard Samsons Fall? Daß zu viele harte Einsätze ihn auf die Dauer deformieren könnten? Hast du mich deshalb gefragt?«
»Nein, überhaupt nicht.«
»Bernard würde seine Sache in London gut machen. Gib ihm die Chance, Bret. Ich werde dich dabei unterstützen.«
»Darauf komme ich vielleicht zurück, Frank.«
»Freibeuter!« sagte Frank. »Diese Unverschämtheit. Der redet von meinem Empfangskomitee.«

Aus dem Nebenraum rief der Telefonist: »Sie haben die Suchscheinwerfer angeschaltet.«
Frank sagte: »Sagen Sie ihnen, sie sollen den großen Radarstörsender anschalten. Und zwar ohne langes Gerede. Den Piranha!«
Das Militär bediente sich der Piranhas nur ungern, denn sie störten den Radarempfang beiderseits der Grenze. »Jetzt gleich!« sagte Frank.

Zischend leuchtete der erste Suchscheinwerfer auf, und sein Strahl strich über die sorgfältig geglättete weiche Erde vor ihnen. Jetzt konnte weder Max noch Bernard mehr hoffen, unentdeckt über die Grenze zu kommen.
Bernard warf sich flach auf den Boden, aber Max war ein zäher alter Hase, und er rannte weiter in die Dunkelheit hinter dem Strahl des Scheinwerfers, im Vertrauen auf das Wissen, daß es für die Augen der Wachen unmittelbar neben dem Scheinwerferlicht am dunkelsten war.
Die Grenzpolizisten auf dem Wachturm fühlten sich überrumpelt. Sie waren zwei junge Rekruten der NVA, die man aus dem Landesinneren hierher geschickt hatte, weil sie sich schon in der FDJ durch besonderen Eifer hervorgetan hatten. Es war Alarm gegeben worden, sogar schon zweimal. Ihr Unteroffizier hatte ihnen das Fernschreiben laut vorgelesen, um sich zu vergewissern, daß sie's auch kapiert hatten. Aber Alarm gab es dauernd. Und wer an der Staatsgrenze Dienst tat, lernte schnell, sich deswegen nicht sonderlich aufzuregen. Seitdem die Jungens vor sechs Monaten hierher gekommen waren, war neunmal Alarm gegeben worden, und jedesmal hatte sich herausgestellt, daß irgendein Vogel oder Karnickel ihn ausgelöst hatte. Niemand versuchte mehr, über die Grenze zu kommen. Schließlich mußte man ja verrückt sein, sich einzubilden, dabei irgendeine Aussicht auf Erfolg zu haben.
Auf der Westseite der Mauer war Franks Empfangskomitee – Tom Cutts und ›Gabby‹ Green – jetzt schon ganz in der Nähe. Sie waren Frank nicht unmittelbar unterstellt, sie waren Spezialisten. Obwohl beide bereits Mitte Dreißig waren, wiesen ihre Papiere sie als Fernmeldeoffiziere niedrigen Dienstalters

aus. Bei ihnen war ein echter Soldat, Sergeant Powell, ein Radartechniker. Er sollte dafür sorgen, daß dem Gerät nichts passierte, obwohl es, wie er ihnen offen erklärte, höchst unwahrscheinlich war, daß er hier draußen in diesem Splittergraben imstande sein würde, es zu reparieren, wenn irgendwas daran kaputtging. Es würde zurück in die Werkstatt und dann vermutlich zum Hersteller geschickt werden müssen.

Diese »Freibeuter« lagen schon seit langer Zeit dort im Graben in ihren Tarnanzügen, mit geschwärzten Gesichtern, braune Strickmützen über die Ohren gezogen. Helme waren zu schwer, und wenn man sie fallen ließ, machten sie gefährlichen Krach. Merkwürdig war die Tatsache, daß man hier in Uniform weniger zu befürchten hatte als in Zivil. Die Grepos da drüben hüteten sich, auf Soldaten zu schießen, zumal die Soldaten auf beiden Seiten der Grenze fast gleich gekleidet waren.

Sie redeten wenig. Jedes Geräusch war in der Nacht auf weite Entfernung hörbar, und sie hatten schon oft genug zusammengearbeitet, um zu wissen, was zu tun war. Sie hatten das kleine Radargerät nach vorn geschleppt und die Antenne schon am vergangenen Abend aufgestellt, gleich nach Einbruch der Dunkelheit. Und während der ganzen Nacht hatten sie die Bewegungen der Fahrzeuge und Posten auf dem Schirm verfolgt. Beide Männer trugen Kopfhörer über ihren Strickmützen, und Gabby, der diesen Spitznamen seiner ganz gegenteiligen Neigung zur Schweigsamkeit verdankte, hatte das Auge an dem großen Hawklite-Nachtglas.

»Ja«, sagte er plötzlich, das gummiumrandete Mikrofon fest an die Lippen gepreßt. »Einer! Nein, zwei sind's. Einer rennt..., der andere am Boden. Jesus!«

Der Scheinwerfer war inzwischen angeschaltet worden, aber was eigentlich los war, konnte man bei seinem Licht nicht sehen.

»Und jetzt auch noch die Infrarotstrahler. Mannomann, jetzt wird's ernst«, sagte Gabby ruhig. »Können wir stören?« Tom hatte den Störsender bereits auf die erforderliche Wellenlänge gedreht, aber das Gerät war nicht sehr stark und wirkte nur auf kleine Anlagen. »Ich werde weiter nach vorn gehen müssen. Von hier aus komme ich nicht ran.«

Tom sagte nichts. Sie hatten beide gehofft, daß es sich nicht als nötig erweisen würde, das Gebiet der DDR zu betreten. Während des letzten Jahres waren sie ein paarmal gerade noch davongekommen, und vom Nachbarteam – zwei Männer, verantwortlich für den nördlich von diesem hier gelegenen Abschnitt der Mauer – waren beide getötet worden, als einer von ihnen auf eine nach Beendigung der Reparaturen »versehentlich« auf der Westseite der Mauer zurückgelassene Mine getreten war.

Tom Cutts Befürchtungen wären bestätigt worden, hätte er in das unsichtbar hinter den Hundezwingern geparkte Fahrzeug einer russischen Aufklärungseinheit hineinblicken können. In dessen verdunkeltem Inneren saß ein hochrangiger KGB-Offizier namens Erich Stinnes, eingezwängt von einer Vielzahl elektronischer Geräte. Sein Gesicht verriet innere Anspannung, und seine Brillengläser reflektierten den Bildschirm eines Gefechtsfeldradars, der sehr viel effektiver war als das tragbare Infanteriemodell, das die beiden Freibeuter in Stellung gebracht hatten.

»Einer von den beiden bewegt sich vorwärts«, sagte der Mann, der das Gerät bediente, zu Stinnes. Der Lichtfleck, als welcher Gabby auf dem Bildschirm erschien, leuchtete heller auf, sobald Gabby aus dem Graben stieg und mehr von seinem Körper den Radarstrahlen aussetzte.

Doch das Aufklärungsfahrzeug war nicht nur mit Radar ausgerüstet. Es verfügte auch über ein Wärmebildgerät, das die Wärme menschlicher Körper als verräterische weiße Flecken abbildete, und nun, da die Infrarotstrahler angeschaltet waren, machten die automatischen Infrarotkameras alle fünf Sekunden eine Aufnahme. Sollte es zu einer Untersuchung kommen, würde es unmöglich sein, der DDR irgendcinen Verstoß nachzuweisen.

»Lassen wir ihn kommen«, sagte Stinnes. »Vielleicht kommt dann der andere auch. Dann haben wir sie beide.«

»Wenn wir zu lange warten, können die beiden Spione flüchten«, sagte der Grepo-Offizier, der Befehl hatte, Stinnes jede Unterstützung zu geben, die dieser verlangte.

»Die kriegen wir alle, keine Angst. Ich bin schon lange hinter ihnen her. Sie werden mir jetzt nicht entgehen.« Diese guten Leute ahnten nicht, wie sehr Vorschriften und Weisungen ihn einschränkten. Doch ohne gegen irgendwelche einschlägigen Bestimmungen zu verstoßen, hatte Stinnes diesmal eine Observation durchgeführt, die wohl als beispielhaft bezeichnet werden durfte. Die beiden in Schwerin verhafteten Agenten hatten die Einzelheiten des verabredeten Treffens schon nach zweistündigem Verhör gestanden. Und dabei waren die Verhörmethoden, die er angewandt hatte, um dieses »Geständnis« zu erzielen, nach den Begriffen des KGB nur mäßig streng gewesen. Sie hatten die beiden »Engländer« in der Blockhütte entdeckt und waren ihnen von dort bis hierher gefolgt. Abgesehen von der Fehlleitung eines Hubschraubers durch irgendeinen bescheuerten Fluglotsen war alles tadellos gelaufen, beispielhaft geradezu, wie's im Buche steht.

»Jetzt kommt der zweite Mann nach vorne«, sagte der Mann am Gerät.

»Kolossal!« sagte Stinnes. »Sobald er am Draht ist, können Sie schießen.« Die noch unreparierte Mauerlücke hatte es ihnen gestattet, sich auf ein begrenztes Schußfeld einzurichten. Es war wie auf einem Schießstand: Vier Männer waren eingeschlossen in dem Bereich, den die Mauer, der Drahtverhau und das aufgestapelte Baumaterial abgrenzten.

Gabby war es, der den Scheinwerfer zerschoß. Bernard sagte später, es sei Max gewesen, aber das war, weil Bernard das glauben wollte. Unter Max' Tod litt Bernard, wie er nur selten unter einem Verlust gelitten hatte. Und natürlich konnte Bernard niemals das Schuldgefühl abschütteln, als einziger überlebt zu haben.

Er sah die anderen drei sterben. Max, Tom und Gabby. Ein schweres Maschinengewehr riß sie in Stücke, ein altes, zuverlässiges 12.7 mm Degtjarew. Der Lärm des Maschinengewehrs war sehr laut in der Nachtluft. Er war meilenweit zu hören. Das würde den Engländern eine Lehre sein.

»Wo ist der andere?« fragte Stinnes, den Blick noch auf dem Radarschirm.

»Er ist gestolpert und hingefallen. Verdammt! Verdammt! Verdammt! Jetzt haben sie den großen Störsender eingeschaltet!« Vor den Augen der beiden Männer wirbelten elektronische Interferenzen vom unteren Rand des Bildschirms in die Höhe, es sah aus wie ein Schneesturm.

»Wo ist er?« Stinnes schlug mit der Hand auf das geblendete Radargerät und dessen nutzlosen Bildschirm und schrie: »Wo?«

Die Männer, die neben ihm an den Geräten saßen, sprangen auf, standen still und starrten geradeaus, in der Haltung, die gut ausgebildete russische Soldaten annehmen, wenn ein Vorgesetzter sie anbrüllt.

So geschah es, daß Bernard Samson in dem Schneesturm auf dem Radarschirm verschwand und unverletzt abhauen konnte, wobei er rannte, wie er nie zuvor in seinem Leben gerannt war, bis er endlich Sergeant Powell in die Arme lief.

»Scheiße!« sagte Powell. »Wo kommst du denn her, mein Junge?« Einen aufgeregten Augenblick lang glaubte Sergeant Powell, einen Gefangenen gemacht zu haben. Als er begriff, daß er's nur mit einem Flüchtling aus dem Osten zu tun hatte, war er enttäuscht. »Ihr solltet doch zu zweit sein. Wo ist dein Kumpel?«

3

Cambridgeshire, England, Februar 1978

Sir Henry Clevemore war nicht für seine Gastfreundschaft berühmt, und das ganz zu Recht. Als Director-General des Secret Intelligence Service suchte er sich sowohl die Leute als auch die Orte, wo er sich mit ihnen traf, sorgfältig aus. Selten entschied er sich bei der Wahl des Treffpunkts für sein Heim, ein sehr schönes altes Herrenhaus aus Holz und Stein, das zum großen Teil schon im 16. Jahrhundert erbaut worden war. Lady Clevemore hatte übrigens auch nicht gerne Gäste, es hatte sie nie gereizt, die Gastgeberin zu spielen. Wenn ihr Mann jemanden einladen wollte, stand ihm ja der Cavalry Club in Piccadilly zur Verfügung. Das war in jeder Hinsicht passender.

Es war deshalb eine schmeichelhafte Ausnahme, als er an einem frostigen Februarabend Bret Rensselaer, einen leitenden Angestellten des Departments, einlud, zum Essen nach Cambridgeshire herauszukommen.

Sir Henry schien den Umstand übersehen zu haben, daß Rensselaer zu den Amerikanern gehörte, die gerne im Abendanzug erschienen. Lange hatte Bret mit der Frage gerungen, ob er seinen Smoking anziehen sollte, sich aber schließlich für einen kohlschwarzen Anzug entschieden, tailliert, wie's die Schneider an der Savile Row lieben, dazu ein leicht gestärktes weißes Hemd und grauseidene Krawatte. Sir Henry trug einen blauen Straßenanzug, der bessere Tage gesehen hatte, ein Hemd mit ungestärktem Kragen, dem ein Knopf fehlte, und blitzblank polierte derbe schwarze Halbschuhe, die neue Schnürsenkel brauchten.

»Um Himmels willen, warum eine Frau?« sagte Bret Rensselaer ruhiger, als seine Wortwahl anzudeuten schien. »Weshalb haben Sie eine Frau gewählt?« So redeten die Angestellten des Departments gewöhnlich nicht mit Sir Henry Clevemore, aber Bret Rensselaer stand in »besonderer Beziehung« zum Director-General. Diese Beziehung beruhte zum Teil auf Bret Rensselaers Geburtsort, seinen einflußreichen Freunden im US-State Department und zum Teil auf der Tatsache, daß Brets Einkünfte ihn finanziell unabhängig machten, vom Secret Intelligence Service ebenso wie von den meisten anderen Sachen.

»Rauchen Sie, wenn Sie möchten. Darf ich Ihnen eine Zigarre anbieten?«

»Nein, danke, Sir Henry.«

Sir Henry Clevemore lehnte sich in seinen Armsessel zurück und nippte an seinem Whisky. Sie saßen im Wohnzimmer und starrten in ein loderndes Kaminfeuer, nachdem ihnen gegrillter Hummer und dazu die letzte Flasche eines hervorragenden Montrachet, den der Permanent Under-Secretary Sir Henry verehrt hatte, serviert worden waren.

»So läuft das nicht, Bret«, sagte Sir Henry. Er war sehr konziliant. Beide wußten, wie es im Department lief, aber der D. G. war um Verbindlichkeit bemüht. Verbindlich zu sein entsprach seiner Art, außer wenn er's sehr eilig hatte. »Ich habe nicht nach einer Frau gesucht«, sagte Sir Henry. »Darauf können Sie sich verlassen. Wir haben eine Reihe von Leuten... Ich weiß, Sie werden nicht erwarten, daß ich hier ins Detail gehe... Jedenfalls mehrere. Seit Jahren spielen wir den Russen geduldig Männer und Frauen zu in der Hoffnung, eines Tages mit einem oder einer von ihnen irgend etwas wirklich Spektakuläres ausrichten zu können.«

»Und für sie ist dieser Tag gekommen?« sagte Bret. Er streckte eine offene Hand nach dem Feuer aus, um dessen Hitze zu spüren. Seitdem er aus dem Auto gestiegen war, fröstelte er. Das war das Ärgerliche an diesen alten Adelssitzen, sie konnten meist nicht anständig beheizt werden. Bret wünschte, er hätte sich wärmer, wenn auch weniger förmlich angezogen. Ein Tweed-Jackett vielleicht. Sir Henry hätte das vermutlich nicht übel vermerkt, wohl nicht einmal gemerkt.

Der D. G. sah Bret prüfend an, ob da vielleicht Sarkasmus mit im Spiel war. Das war nicht der Fall. Diese Bemerkung war vielmehr nur ein weiteres Beispiel des immer unmittelbar zur Sache kommenden amerikanischen Stils, der Bret so vorzüglich befähigen würde, einen wirklich vielversprechenden Doppelagenten zu betreuen. Sir Henry ließ Bret den ganzen Zauber seiner Verbindlichkeit fühlen. »Schließlich haben Sie diese Sache in Gang gebracht, Bret. Als Sie vor ein paar Wochen die Idee vom Stapel laufen ließen, habe ich, um die Wahrheit zu sagen, nicht viel davon gehalten. Aber ich habe angefangen, mich nach möglichen Kandidaten umzusehen, und dann ist verschiedenes passiert, in dessen Licht mir, was Sie vorschlugen, zunehmend denkbar erschien. Sagen wir einfach, daß es mit einmal so aussah, als wollte die andere Seite anbeißen. Eine Möglichkeit, das ist alles.«
Bret glaubte zwischen dem Gesagten heraushören zu können, daß schon in allzu vielen derartigen Situationen die Russen den Köder verschlungen und dem Department nur den nackten Angelhaken gelassen hatten. Alles deutete darauf hin, daß die Russen es besser verstanden, Agenten umzudrehen, als ihre Gegner, Agenten zu führen. »Aber eine Frau...«, sagte Bret, um dem D. G. seinen anderen Vorbehalt in Erinnerung zu rufen.
»Eine außerordentliche Frau, eine hochintelligente und schöne Frau«, sagte der D. G.
»Miss X.« Die hartnäckige Weigerung des D. G., ihm die Identität der für diese Rolle vorgesehenen Aktrice zu enthüllen, fand Bret ziemlich demütigend. Er hatte erwartet, bei der Besetzung zu Rate gezogen zu werden.
»Mrs. X., um genau zu sein.«
»Ein Grund mehr, aus dem die Russkis sie da drüben nicht werden haben wollen. Die haben doch noch ganz patriarchalische Strukturen, und der KGB ist die Institution, wo diesbezügliche Veränderungen am wenigsten zu erwarten sind.«
»Ich bin mir nicht sicher, da mit Ihnen einer Meinung zu sein, Bret.« Der D. G. erlaubte sich ein kleines Lächeln. »Sie sind schon dabei, sich zu ändern. Wie vermutlich wir alle.« Der bedauernde Ton war unüberhörbar. »Aber mir scheint, daß wir

in diesem Fall von ihrer Neigung, am Althergebrachten festzuhalten, nur profitieren können. Sie werden gerade deshalb niemals den Verdacht hegen, daß wir versuchen könnten, ihnen eine Frau in das Komitee zu setzen.«

»Nein. Ich schätze, Sie haben recht, Sir Henry.« Nun war es an Bret, erstaunt zu sein. Ihm gefiel es, wie der alte Mann die Probleme anging. Es gab ja Leute, die sagten, daß der D. G. nicht mehr ganz auf der Höhe sei – und manchmal schien dieser selbst nach Kräften bemüht, dieses Mißverständnis zu bestätigen –, aber Bret wußte aus eigener Erfahrung, daß der alte Mann, wo es um die großen Züge der Strategie ging, einen Scharfsinn bewies, der verschlungene Pfade und krumme Touren nicht verschmähte. Deshalb hatte Bret die Idee, einen Mann in den Kreml einzuschleusen, ja auch Sir Henry persönlich vorgetragen.

Der alte Mann beugte sich vor. Die höflichen Präliminarien neigten sich, wie der Abend, dem Ende zu. Nun sprachen sie als Herr und Knecht. »Wir beide kennen die Gefahren und Schwierigkeiten der Arbeit mit Doppelagenten. Das Department liegt voller Leichen von Leuten, die ihre Gedanken mißverstanden haben.«

»Das folgt fast zwangsläufig aus der Aufgabenstellung«, sagte Bret. »Mit der Zeit fällt es einem Doppelagenten immer schwerer, sich darüber im klaren zu sein, welcher Seite er eigentlich Loyalität schuldet.«

»Sie vergessen, welche Seite welche ist«, sagte der D. G. mitfühlend. Er griff nach einem Minzbonbon mit Schokoladenüberzug und wickelte ihn sorgfältig aus dem Papier. Dieser teuflische Versuch, nach dem Essen auf die Zigarre zu verzichten. »Deshalb muß ihnen jemand die Hand halten, ihnen in den Kopf kriechen und dafür sorgen, daß sie politisch motiviert bleiben. Das haben wir von den Russen gelernt, Bret, und ich bin sicher, daß es richtig ist.«

»Aber ich habe nie daran gedacht, selbst Führungsoffizier zu werden«, sagte Bret. »Ich habe keine Erfahrung.« Er sagte das beiläufig, ohne die Betonung, die er auf die Feststellung gelegt hätte, wenn er entschlossen gewesen wäre, den Auftrag, den der

D. G. ihm anbot, nicht anzunehmen. Dem D. G. entging der unentschiedene Ton nicht. Die erste Hürde war genommen.
»Ich könnte Ihnen eine Million Gründe nennen, weshalb wir für diesen Job keinen erfahrenen Führungsoffizier wollen.«
»Ja«, sagte Bret. Wenn man einen als solchen bekannten Führungsoffizier in häufigem Kontakt mit einem Agenten sah, würden beim KGB sofort alle Alarmglocken läuten.
Aber dieses Argument machte der D. G. nicht geltend. Er sagte: »Ich rede hier von einer Agentin, deren Stellung und Einflußmöglichkeit vielleicht einzigartig sein werden. Deshalb ist das ein Job für eine unserer Spitzenkräfte, Bret. Für jemanden, der Überblick über das Ganze hat und auf dessen Urteil ich mich vollkommen verlassen kann.« Er schob den Minzbonbon in den Mund und knüllte das Papier fest zusammen, ehe er es in den Aschenbecher legte.
»Nun, ich weiß nicht recht, ob ich diesem Bild entspreche, Sir Henry.« Etwas linkisch schlüpfte Bret in diese Rolle, die Engländer erwartungsgemäß annehmen, wenn ihnen solche Komplimente gemacht werden.
»Doch, Bret. Sie entsprechen ihm sehr gut«, sagte der alte Mann. »Sagen Sie mir, Bret, was halten Sie für unsere schwerwiegendsten Mängel?«
»Mängel? Der Briten? Des Departments?« Bret wollte auf derartige Fragen nicht antworten, und das konnte man seinem Gesicht ansehen.
»Sie sind natürlich zu verdammt höflich, das geradeheraus zu sagen. Aber ein Mann, der weniger gehemmt war als Sie, hat mir, als neulich von britischen Mängeln die Rede war, gesagt, daß wir Briten eine Schwäche für das Amateurhafte haben, ohne den intuitiven Sachverstand der Yankees. Ergebnis: Katastrophen.«
Bret sagte nichts.
Sir Henry fuhr fort: »Was immer aber der Wahrheitsgehalt dieser Einschätzung sein mag, bin ich jedenfalls entschlossen, dafür zu sorgen, daß diese Operation hundertprozentig professionell abgewickelt wird und zugleich von dem Improvisationstalent profitieren soll, für das Ihre Landsleute bekannt sind.« Er

hob warnend die Hand. »Die Einzelheiten Ihres Plans werde ich noch prüfen müssen. Eine ganze Anzahl von Punkten darin sind ziemlich anfechtbar. Aber das ist Ihnen natürlich klar.«
»Es ist ein Zehnjahresplan«, sagte Bret. »Sie sind in großen Schwierigkeiten da drüben. Ein gut geplanter Angriff auf ihre Wirtschaft könnte das ganze verdammte kommunistische Kartenhaus zum Einsturz bringen.«
»Einsturz? Wie meinen Sie das?«
»Ich glaube, wir könnten die ostdeutsche Regierung zwingen, Oppositionsparteien zuzulassen und Reisefreiheit zu gewähren.«
»Wirklich?« Die Vorstellung kam dem alten Mann absurd vor, aber er war viel zu erfahren in den Strategien von Whitehall, als daß er sich auf seinen Unglauben hätte festlegen wollen. »Die Mauer soll also 1988 fallen? Darf ich Sie so verstehen?« Der alte Mann lächelte grimmig.
»Ich will mich nicht auf Einzelheiten versteifen, aber bedenken Sie bitte folgendes. Während des Zweiten Weltkriegs flog der RAF Bomber Command Nachtangriffe auf die deutschen Städte. Die Einsatzauswertung ergab dann, daß die wenigsten Bomber überhaupt die ihnen gegebenen Ziele fanden und daß diese dann Seen, Parks, Kirchen und Ödflächen bombardierten, so daß von zehn Bomben nur eine ein Ziel traf, das zu treffen sich lohnte.«
Sir Henry blätterte in den farbigen Karten, auf denen verschiedene statistische Angaben, die größtenteils die unterschiedliche Qualifikation der arbeitenden Bevölkerung der DDR betrafen, anschaulich zusammengefaßt waren. »Fahren Sie fort, Bret.«
»Als Spaatz und Jimmy Doolittle die US Eight Air Force in die Luftschlacht führten, ließen sie die Bomber am Tage fliegen und rüsteten sie mit dem Norden-Zielgerät aus – Präzisionsbombenwurf –, und sie hatten einen Plan. Sie bombardierten nur Treibstofflager und Flugzeugfabriken. Es wurde keine Kraft vergeudet, und der Effekt war tödlich.«
»Hat man damals nicht von Allheilmittelzielen gesprochen?«
»Das haben nur die Leute getan, deren Methoden sich als falsch erwiesen.«

»Ich glaube mich da noch an andere Aspekte der Flächenbombardementstrategie erinnern zu können«, überlegte der alte Mann, dem nicht entgangen war, daß sich in diesem Fall die RAF geirrt und die Amerikaner das Richtige getan haben sollten. Auch hatte er nicht die Anspielung überhört, daß die Bemühungen des SIS bisher zu neunzig Prozent fehlgeschlagen waren.

»Ich will mich nicht auf diesen Vergleich versteifen«, sagte Bret, dem etwas zu spät bewußt wurde, daß das Beispiel von der Unterlegenheit der britischen Luftkriegsstrategie gegenüber der amerikanischen während des Zweiten Weltkriegs einem englischen Publikum weniger zwingend erscheinen mochte. Er schlug also eine andere Richtung ein. »Diese Statistik über Gesundheitswesen und Krankenhäuser, die Sie da in der Hand haben, gibt die Zahl der Ärzte im Alter zwischen fünfundzwanzig und fünfunddreißig wieder, die dieses Gesundheitswesen tragen. Ich schätze, daß der Verlust eines Viertels dieser Arbeitskräfte das Regime zwingen würde, Krankenhäuser oder Krankenhausabteilungen in einem Ausmaß zu schließen, das politisch nicht tragbar wäre. Oder nehmen Sie das öffentliche Bauwesen. Schauen Sie auf die graphische Darstellung, die ich dort auf dem Tisch liegen sehe...«

»Ich habe sie mir schon angesehen«, sagte Sir Henry, der graphische Darstellungen noch nie leiden konnte.

»Wir müssen dem Regime hochqualifizierte Arbeitskräfte entziehen. Das wird die kommunistische Gesellschaft unter Druck setzen, denn die offizielle Propaganda redet den Leuten ja ein, daß sie niedrige Löhne und enge Verhältnisse hinnehmen, weil ihnen die Sicherheit ihrer Arbeitsplätze und ein vorbildliches Sozialwesen garantiert sind. Gesundheitsfürsorge, öffentliche Verkehrsmittel und so fort. Wenn ihnen die Intelligenz abwandert, werden sie sich nicht zu helfen wissen. Die Ausbildung eines Arztes, eines Ingenieurs oder Chemikers dauert sieben Jahre. Und um überhaupt damit anfangen zu können, braucht man erst mal genug begabte junge Leute.«

»Sie sprachen von politischer Opposition«, sagte der D. G. und legte Brets graphische Darstellungen beiseite.

Bret sagte: »Ja. Wir müssen unsere geringschätzige Haltung gegenüber diesen kleinen ostdeutschen Oppositionsgruppen aufgeben. Wir müssen ein bißchen Sympathie zeigen, den von Kirchengruppen und anderen ausgehenden politischen Reformbestrebungen mit Rat und Tat beistehen. Sie darin unterstützen, sich zusammenzuschließen. Haben Sie die Statistik der Konfessionszugehörigkeit gesehen? Ermutigend scheint mir, daß wir diesen Zahlen zufolge die ländlichen Gebiete außer acht lassen können. Die Protestanten in den großen Städten werden uns genug Leute stellen, wie wir sie brauchen, und Großstädter sind für uns schließlich leichter zu erreichen.«
»Strategischer Bombereinsatz, was?« sagte der D. G. Selbst dem Cabinet Secretary mochte die Logik dieses Vorgehens einleuchten, wenn er von all den zusätzlich benötigten Mitteln hörte.
»Und die Leute, die wir brauchen, sind Leute, nach denen im Westen Nachfrage besteht. Wir brauchen keine hochbezahlten Phantasiejobs für die Leute zu erfinden, um sie in den Westen zu locken. Diese Jobs sind jetzt schon zu haben.« Bret zog ein anderes Blatt hervor. »Sehen Sie, wie auch die Geburtenrate sich günstig auf unser Vorhaben auswirken wird.« Bret hielt das Blatt in die Höhe und wies auf die für die frühen achtziger Jahre prognostizierte Kurve der Bevölkerungsentwicklung.
»Aber wie bringen wir sie rüber?«
Bret griff nach einer weiteren Tabelle: »Hier ist die Statistik der Bürger der DDR, die ihren Urlaub im Ausland verbringen. Ich habe sie nach den Ländern gegliedert, die sie jeweils besuchen. Nach der westdeutschen Verfassung steht jedem Ostdeutschen ein westdeutscher Paß zu.«
Der D. G. gebot mit einer Handbewegung dem nun gut in Fluß gekommenen Redner Einhalt. »Sie schlagen also vor, einem Haufen ostdeutscher Touristen, die in Marokko aus einem Bus steigen, eine Chance zu geben, ihre Pässe gegen westdeutsche einzutauschen? Aber was werden die marokkanischen Einwanderungsbehörden dazu sagen?«
Bret lächelte starr. Es sah dem alten Mann ähnlich, das erste beste Land zu nennen und nach Läusen zu suchen. »In diesem Stadium sollten wir uns noch nicht in Einzelheiten verbeißen«,

erwiderte er. »Es gibt für Bürger der DDR viele Möglichkeiten, eine Reiseerlaubnis zu erhalten, und es werden von Jahr zu Jahr mehr. Die Regierung der Bundesrepublik Deutschland drängt jedesmal, wenn sie dem lausigen Regime da drüben wieder irgendwelche Geldgeschenke macht, auf ein bißchen mehr Freiheit für die Bürger der DDR. Und bedenken Sie, daß es uns um Leute aus der Mittelschicht geht, achtbare Familienväter und im Beruf stehende Ehefrauen mit abgeschlossener Universitätsausbildung, nicht um langhaarige Mauerspringer in Hippieklamotten. Und deshalb brauchen wir unsere Mrs. X. da drüben, jemanden, der für uns die geheimen Polizeiakten liest und uns sagt, wo die wirksame Opposition ist, wen wir also ansprechen, wohin wir gehen, wo wir Druck machen müssen.«
»Sagen Sie mir das noch mal. Sie soll also...?«
»Sie soll sich Zugang zu den Akten des KGB über Oppositionsgruppen verschaffen, ermitteln, wie diese sich zusammensetzen und wie sie operieren, Kirchengruppen, Demokraten, Liberale, Faschisten, sogar Reformkommunisten. Das ist der beste Weg, um herauszufinden, mit wem wir zusammenarbeiten sollten und wen wir zu einer echten Opposition aufbauen. Wir müssen auch wissen, wie die russische Armee auf verbreiteten politischen Dissens reagieren würde.«
»Sie sind der richtige Mann für Mrs. X.«, sagte Sir Henry. Er erinnerte sich, den Premierminister einmal sagen gehört zu haben, daß im Grunde seines Herzens jeder Russe Schachspieler ist, jeder Amerikaner ein Public-Relations-Experte. Nun, Bret Rensselaers Eifer widerlegte das keinesfalls. Die Verwegenheit des Plans war im Verein mit Brets Begeisterung schon hinreichend, ihn davon zu überzeugen, daß das Ganze einen Versuch wert war.
Bret quittierte das Kompliment mit einem Nicken. Er wußte, daß noch andere Erwägungen die Entscheidung des alten Mannes beeinflußt hatten. Bret war Amerikaner. Und wenn Sir Henry von Brets Prognosen über die ostdeutsche Wirtschaft überzeugt war, mußte für die Betreuung des Agenten seine Wahl auch auf Bret fallen. Er hatte ein ganzes Büro voller Experten für Statistik, Bankwesen, Wirtschaft, sogar einen Ex-

perten für Gruppen- und Permutationstheorie, den er den Spezialisten für Untergrundbewegungen ausgespannt hatte. Brets Abteilung für Wirtschaftsanalyse war ein florierendes Unternehmen. Eine perfekte Tarnung für einen Führungsoffizier. Und da eine Frau im Spiel war, hatte Bret noch einen anderen Vorzug: Er konnte sich jetzt, da er von seiner Frau getrennt war, in Gesellschaft einer »hochintelligenten und schönen Frau« zeigen, ohne daß jemand auf den Gedanken käme, daß sie dienstlich miteinander zu tun hätten.

»Ich nehme an, daß Mrs. X. schon seit einer ganzen Weile ohne Führungsoffizier zurechtkommt?«

»Ja, weil Silas Gaunt sich um sie kümmert. Sie wissen ja, wie Gaunt ist. Er nötigte mir die Zusicherung ab, daß die Sache nirgends aktenkundig sein würde und er der einzige Kontakt.«

»Buchstäblich der einzige Kontakt«, sagte Bret, ohne sich träumen zu lassen, daß sich's tatsächlich so verhalten könnte.

»Buchstäblich.«

»Großer Gott! Aber warum...«

»... soll jetzt jemand anders mit der Sache befaßt werden? Das kann ich Ihnen erklären. Gaunt kommt jetzt nur noch einmal monatlich in die Stadt, und ich habe das Gefühl, daß sogar das eigentlich schon zuviel für ihn ist.«

Und natürlich war Silas Gaunt ein überzeugter Verfechter jenes vom Geist der Public Schools getragenen Amateurethos, das der D. G. inzwischen anscheinend verworfen hatte.

»Ist irgendwas passiert?«

Brets Reaktion bestätigte den D. G. in der Überzeugung, daß er für diesen Job der richtige Mann sei. Bret hatte Instinkt. »Ja. Es ist was passiert. Irgendein elender Russe will überlaufen.«

»Und?«

Der D. G. nahm einen Schluck Whisky, ehe er sagte: »Und er hat sich an Mrs. X. gewandt. Er hat sie beiseite genommen auf einem dieser inoffiziellen Treffen, die die Leute vom Foreign Office so gern zwischen uns und unseren russischen Freunden veranstalten. Noch nie ist meines Wissens was Gutes dabei herausgekommen.«

»Ein Mann vom KGB will überlaufen?« Bret lachte.

»Ja, es ist ein guter Witz«, sagte der D. G. bitter. »Ich wünschte, ich wäre in der Lage, mir leisten zu können, da mitzulachen.«

»Entschuldigen Sie, Sir«, sagte Bret. »Handelt sich's um einen hohen Dienstgrad?«

»Ziemlich«, sagte der D. G. vorsichtig. »Sein Name ist Blum. Dritter Sekretär soll er sein im Büro des Militärattachés. Man kann fast sicher sein, daß er beim KGB ist. Der Kontakt wurde übrigens unter absolut sicheren Umständen geschlossen«, fügte er hinzu.

»Sie wird's ihnen sagen müssen«, sagte Bret, ohne zu zögern. »Absolut sicher oder nicht, sie wird ihn ans Messer liefern müssen.«

»Hmm.« Bret Rensselaer war durch und durch kaltblütig, dachte der D. G. Das macht einem den Mann nicht gerade sympathisch, empfahl ihn aber um so mehr für den Job.

»Jedenfalls wenn Sie nicht all diese Jahre guter Arbeit zum Teufel gehen lassen wollen.«

»Sie kennen noch nicht alle Umstände, Bret.«

»Ich brauche die näheren Umstände gar nicht zu kennen«, sagte Bret. »Wenn Sie diesen Russki nicht verpfeifen, untergraben Sie die Glaubwürdigkeit Ihres Agenten.«

»Diese besondere Mrs. X....«

»Vergessen Sie, was der Psychologe dazu sagt«, sagte Bret. »Sie wird wissen, daß Sie das Risiko abgewogen haben, daß Sie sie selbst in die eine Waagschale gelegt haben und den russischen Überläufer in die andere.«

»Ich sehe das nicht so.«

»Vergessen Sie, wie Sie es sehen. Vergessen Sie sogar, wie es wirklich ist. Wir sitzen hier und reden über eine Agentin, die Sie ›einzigartig‹ nennen. Stimmt's?«

»Deren Stellung und Einflußmöglichkeiten sehr wohl einzigartig werden könnten.«

»Werden könnten. Sehr schön. Also, was ich Ihnen sage, ist, daß wenn Sie sie kompromittieren, und sei es auch nur im allergeringsten Maße, wegen eines Techtelmechtels mit einem russischen Agenten, wird Mrs. X. niemals eine hundertprozentig überzeugende Leistung bringen.«

»Es könnte auch andersherum laufen. Vielleicht würde sie's mir übelnehmen, wenn wir diesen Blum opferten«, sagte der D. G. leise. »Sie hat deswegen schon Besorgnis geäußert. Vergessen Sie nicht, wir haben's mit einer Frau zu tun.«
»Ich habe es nicht vergessen. Sie muß sofort Kontakt zu ihnen aufnehmen und melden, daß Blum sich an sie gewandt hat. Wenn Sie jetzt zögern, ihr diese Anweisung zu geben, wird sie Ihnen Ihre Tatenlosigkeit später immer nachtragen. Eine Frau mag ihre Besorgnis äußern, aber sie möchte nicht zugunsten eines Konkurrenten vernachlässigt werden. Ich vergesse keineswegs, daß wir's mit einer Frau zu tun haben, Sir Henry.«
»Dieser Blum würde uns vielleicht was sehr Gutes liefern«, sagte der D. G.
»Und wenn er einen direkten Draht zum Politbüro hätte, vergessen Sie ihn. Sie müssen sich für ihn oder für ihre Mrs. X. entscheiden. Beide können Sie nicht haben.« Die beiden Männer sahen sich an. Bret sagte: »Ich nehme an, Mrs. X. ist von ihrem Mann getrennt?«
Der D. G. beantwortete diese Frage nicht. Er lehnte sich zurück und schniefte. Nach kurzem Nachdenken sagte er: »Sie haben wahrscheinlich recht, Bret.«
»In diesem Punkt bestimmt, Sir. Und dabei spielt's keine Rolle, daß ich Mrs. X. nicht kenne. Ich kenne Frauen gut genug, um das zu wissen.«
»Aber Sie kennen sie doch.«
»Ach ja?«
»Allerdings kennen Sie Mrs. X. Sie kennen sie sogar sehr gut.« Die beiden Männer sahen sich an. Beide wußten, daß der alte Mann den Namen nur offenbaren würde, wenn sich Bret bereit erklärte, die Führung der Agentin zu übernehmen. »Wenn Sie meinen, daß ich die richtige Person für die Aufgabe bin«, sagte Bret und gab sich dem Unvermeidlichen hin. Sie hatten beide von Anfang an gewußt, daß er würde einwilligen müssen. Schließlich war der fragliche Job nicht von der Sorte, die man am Schwarzen Brett ausschrieb.
»Hervorragend«, sagte der D. G. in dem festen Baßton, der das Äußerste war, was ihm zur Verfügung stand, um seine Begeiste-

rung auszudrücken. Er blickte auf die Uhr. »Mein Gott, es war so ein netter Abend, daß die Zeit nur so verflogen ist.«
Bret wartete noch immer auf den Namen, doch er erhob sich auf dieses Stichwort hin und sagte: »Ja, ich muß mich allmählich auf den Weg machen.«
»Ich glaube, Ihr Fahrer sitzt in der Küche, Bret.«
»Beim Essen? Das ist aber sehr anständig von Ihnen, Sir Henry.«
»Hier herum kriegt man meilenweit nirgends was zu essen.« Sir Henry zog an einer seidenen Schnur, und eine Glocke läutete in einem entlegenen Teil des Hauses. »Wir sind in der Wildnis hier. Selbst der Laden im Dorf hat zugemacht. Ich frage mich, wie, zum Teufel, wir hier in Zukunft zurechtkommen sollen«, sagte er, ohne mit irgendeinem Zeichen zu verraten, daß ihm das Problem wirklich große Sorgen machte.
»Es ist ein großartiges altes Haus.«
»Sie müssen uns mal im Sommer besuchen«, sagte Sir Henry. »Der Garten ist prächtig.«
»Das täte ich gern«, erwiderte Bret.
»Kommen Sie im August. Wir haben einen Tag der offenen Tür für die hiesige Kirchengemeinde.«
»Wie erfreulich.« Seine Begeisterung ließ nach, als ihm klar wurde, daß der D. G. ihn einlud, sich mit einer Horde glotzender Touristen durch den Garten dirigieren zu lassen.
»Angeln Sie?« fragte der D. G. auf dem Weg zur Haustür.
»Irgendwie finde ich nie die Zeit dazu«, sagte Bret. Er hörte seinen Fahrer an der Tür. In einem Augenblick würden die Dienstboten in Hörweite sein, und dann war es zu spät. »Wer ist sie, Sir? Wer ist Mrs. X.?«
Der D. G. sah ihn an und genoß diese letzten Augenblicke sowie die Vorfreude auf Brets Erstaunen. »Die fragliche Person ist Mrs. Samson.«
Die Tür öffnete sich. »Mr. Rensselaers Wagen ist vorgefahren, Sir.« Sir Henrys Butler sah Brets bekümmertes Gesicht und fragte sich, ob ihm nicht wohl sei. Vielleicht, daß irgendwas an dem Essen oder dem Wein nicht ganz in Ordnung war? Wegen des Montrachet hatte er Bedenken gehabt. Eine Anzahl von Flaschen in der gleichen Kiste hatten korkig geschmeckt.

»Ich verstehe«, sagte Bret Rensselaer, der überhaupt nichts verstand und noch viel überraschter war, als Sir Henry ihn zu sehen erwartet hatte. Vielerlei Gedanken und Konsequenzen wirbelten ihm durch den Kopf. Mrs. Samson. Mein Gott! Mrs. Samson hatte Mann und kleine Kinder! Wie zum Teufel konnte es Mrs. Samson sein?

»Gute Nacht, Bret. Sehen Sie sich diesen Sternenhimmel an. Es wird Frost geben heute nacht, wenn wir nicht den Regen kriegen, den uns diese Idioten im Fernsehen dauernd ankündigen.«

Fast wäre Bret wieder aus dem Auto gestiegen. Am liebsten hätte er um eine weitere halbe Stunde gebeten, um das alles durchzusprechen. Statt dessen sagte er jedoch gehorsam: »Ja, das fürchte ich auch. Wissen Sie, Sir, wir können Bernard Samson unmöglich die deutsche Abteilung geben in Anbetracht dessen, was Sie mir eben mitgeteilt haben.«

»Meinen Sie nicht? Samson war der einzige, der neulich nachts lebendig rübergekommen ist, nicht wahr?«

»Ja, das stimmt.«

»Da haben wir wirklich Pech gehabt. Der andere, Busby, hätte uns sagen können, was wir wissen wollten. Ja, das stimmt. Samson ist nicht richtig ausgebildet, aber er hat Gespür und verdient die Chance, die Deutschland-Abteilung zu leiten.«

»Ich wollte es morgen offiziell bekanntgeben.«

»Wie Sie meinen, Bret, alter Junge.«

»Es ist undenkbar, wenn da nun diese andere Sache läuft. In jeder Hinsicht... undenkbar. Es wird besser sein, Cruyer auf den Posten zu berufen.«

»Wird er das schaffen?«

»Wenn wir ihm Samson zum Assistenten geben, kommt er schon zurecht.« Bret veränderte seine Sitzposition. Ihm fiel ein, daß der D. G. all das geplant hatte, wohl wissend, daß Bernards Beförderung bevorstand. Er hatte Bret hier draußen zum Essen eingeladen einzig zu dem Zweck, ihn davon abzuhalten, Samson zu befördern und damit den geplanten großen Coup zu gefährden. Die Einschleusung von Mrs. Samson in den Kreml. Der gerissene alte Bastard.

»Ich überlasse das ganz Ihnen.«
»Sehr wohl, Sir. Danke. Gute Nacht, Sir Henry.«
Der D. G. beugte sich in den Wagen hinein und sagte: »Ach ja. In Betreff der Sache, die wir besprochen haben: kein Wort zu Silas Gaunt. Für's erste ist es besser, er erfährt nicht, daß auch Sie daran beteiligt sind.«
»Ist das klug, Sir?« sagte Bret, den es wurmte, daß der D. G., wenn er mit »Onkel Silas« sprach, das Unternehmen offenbar als seine eigene Erfindung ausgab.
Der D. G. wußte, was Bret durch den Kopf ging. Er berührte die Seite seiner Nase. »Man kann nicht auf zwei Hochzeiten gleichzeitig tanzen. Kennen Sie dieses kleine Sprichwort?«
»Nein, Sir.«
»Ungarisch.«
»Ja, Sir.«
»Oder rumänisch oder kroatisch. Eins von diesen verdammten Ländern, wo sie auf Hochzeiten tanzen. Fahren Sie los, alter Junge. Sie haben eine lange Fahrt vor sich, und mir wird's hier allmählich kalt.»
Sir Henry schlug die Tür zu und klopfte auf das Wagendach. Der Wagen fuhr ab, laut knirschten die Reifen auf dem Kies der Auffahrt. Er ging nicht gleich ins Haus zurück, er sah dem Wagen nach, bis er an der Biegung der Auffahrt verschwand.
Sir Henry rieb sich energisch die Hände, als er kehrtmachte und ins Haus ging. Es war alles gutgegangen. Es würde natürlich noch zäh verhandelt werden müssen, ehe das Projekt genehmigt wurde, aber zähe Verhandlungen waren von jeher Sir Henrys Stärke. Bret Rensselaer konnte es schaffen, wenn irgend jemand es konnte. Die Pläne waren überzeugend. Auf diese Weise mußte die Deutsche Demokratische Republik angepackt werden. Und es war Brets Idee, Brets Baby. Bret war genau der Mann dafür: Verschwiegenheit, Besessenheit, Patriotismus, Einfallsreichtum und Schlagfertigkeit. Sofort hatte er begriffen, daß er Samson nicht die Leitung der Deutschland-Abteilung geben konnte, wenn die Desertion seiner Frau vorgesehen war. Das wäre denn doch ein bißchen zu dick gewesen. Ja, Bret würde die Sache machen.

Weshalb also hatte der Director-General dennoch Vorbehalte gegen das Projekt, das er in Gang gesetzt hatte? Weil Bret Rensselaer so verdammt tüchtig war. Gab man Bret einen Befehl, würde er ihn ohne Rücksicht auf Verluste ausführen. Diese Hartnäckigkeit hatte der D. G. schon gelegentlich bei den Söhnen reicher Männer bemerkt. Überkompensation oder Schuldgefühle oder so was. Der D. G. fröstelte. Es war eine kalte Nacht.
Als der Wagen auf die Landstraße einbog, ließ sich Bret Rensselaer in das weiche Leder sinken und schloß die Augen, um klarer denken zu können. So hatte also Mrs. Samson die Rolle einer Doppelagentin schon seit wer weiß wie vielen Jahren gespielt, und niemand hatte auch nur eine Ahnung davon gehabt. Konnte es wahr sein? Es war vollkommen unglaublich, aber er glaubte es. Mrs. Samson traute er absolut alles zu. Fiona Samson war die strahlendste und wunderbarste Frau auf der ganzen weiten Welt. Er war insgeheim verliebt in sie, seitdem er ihr zum ersten Mal begegnet war.

4

Kent, England, März 1978

»Wir leben in einer Gesellschaft voller vermeidbarer Unruhen, vermeidbarer Krankheiten, vermeidbarer Schmerzen, voller Härte und dummer, unabsichtlicher Grausamkeiten.« Sein Tonfall war walisisch. Er hielt inne. Fiona sagte nichts. »Das sind nicht meine Worte, sondern die Worte von H. G. Wells.« Er saß am Fenster. Der Kanarienvogel im Käfig über seinem Kopf schien zu schlafen. Es war schon fast April. Das Tageslicht schwand rasch. Die Kinder, die im Garten nebenan spielten, wurden ins Haus gerufen, Zeit zum Schlafengehen, nur die unruhigsten Vögel regten sich noch in den Bäumen. Das Meer, unsichtbar jenseits der Bodenwelle, war schwach zu hören. Der Mann namens Martin Euan Pryce-Hughes war ein Profil vor den billigen Netzgardinen. Sein fast vollkommen weißes Haar, lang und an den Enden leicht wellig, rahmte den Kopf wie ein Helm. Nur wenn er an der gebogenen Pfeife zog, leuchtete sein altes, faltiges Gesicht auf.

»Irgendwie kamen mir die Worte gleich bekannt vor«, sagte Fiona Samson.

»Die Fabier waren feine Leute. Wells, der Theoretiker, der große George Bernhard!... Die Webbs, Gott segne ihr Andenken. Laski und Tawney. Mein Vater hat sie alle gekannt. Ich erinnere mich noch an viele, die bei uns zu Hause ein und aus gingen. Träumer, natürlich. Sie dachten, daß Schriftsteller und Dichter und Flugschriften die Welt verändern könnten.« Ohne Fiona anzusehen, belächelte er diese Vorstellung, und aus seinem Ton konnte sie die Verachtung heraushören. Seine Stimme war leise und angenehm, mit dem vollen Klang der walisischen Täler. Es war der gleiche Tonfall, den sie in der Stimme seiner Nichte Dilwys gehört hatte, die in Oxford ihre Zimmerkameradin gewesen war. Das Department hatte sie angewiesen, diese Freundschaft zu pflegen, und durch Dilwys hatte sie Martin kennengelernt.

Auf dem Bücherregal stand ein Foto von Martins Vater. Sie konnte verstehen, weshalb sich die Frauen um ihn gerissen hatten. Vielleicht war ja auch freie Liebe eine Forderung jener Philosophie der Fabier, der er sich in seiner Jugend so bedingungslos ergeben hatte. War der sprichwörtliche Apfel auch in diesem Fall nicht weit vom Stamm gefallen? Auch in Martin steckte eine heftige und rücksichtslose Entschlossenheit. Und wenn er sich die Mühe gab, brachte er eine sehr anständige Imitation des Charmes zustande, für den sein Vater berühmt gewesen war. Es war eine Kombination, die beide Männer für junge Frauen unwiderstehlich machte. Und es war eine Kombination, die die Aufmerksamkeit des russischen Spionageapparats, als der noch nicht KGB hieß, auf Martin gelenkt hatte.

»Manche Leute sind fähig, was auszurichten«, sagte Fiona, denn diese Art von Antworten schien er von ihr zu erwarten. »Andere schreiben und reden. Die Welt ist so von jeher. Die Träumer sind nicht weniger wert, Martin.«

»Ja, ich wußte, daß Sie das sagen würden«, sagte er. Der Ton, in dem er das sagte, traf sie. Oftmals schienen seine Worte einen Doppelsinn – eine Warnung – zu enthalten. So könnte diese Bemerkung bedeuten, er hätte gewußt, daß sie das sagen würde, weil es die erwartete Banalität war: das, was man vom Klassenfeind erwarten durfte. Sie hatte tausendmal lieber mit Russen zu tun. Die Russen konnte sie verstehen, das waren hartgesottene Profis, aber dieser verbitterte Idealist, der sich darauf einließ, für sie die Dreckarbeit zu machen, war ihr unbegreiflich. Dennoch haßte sie ihn nicht.

»Sie wissen alles, Martin«, sagte sie.

»Was ich nicht weiß«, gab er zu, »ist, weshalb Sie diesen Mann geheiratet haben.«

»Bernard ist ein wunderbarer Mann, Martin. Er ist tapfer, entschlossen und klug.«

Er paffte an seiner Pfeife, ehe er antwortete: »Tapfer vielleicht. Entschlossen zweifellos. Aber nicht einmal seine närrischsten Freunde würden wohl auf die Idee kommen, ihn klug zu nennen, Fiona.«

Sie seufzte. Derartige Auseinandersetzungen hatten sie schon öfter gehabt. Obwohl er doppelt so alt war wie sie, drängte es ihn, alle Nebenbuhler bei ihr auszustechen. Anfänglich hatte er handfeste Annäherungsversuche gemacht, aber das war schon lange her. Die Tour schien er aufgegeben zu haben. Aber seine Überlegenheit mußte er beweisen. Er hatte sogar bittere Eifersucht auf ihren Vater zu erkennen gegeben, als sie den bewundernswerten Pelzmantel erwähnte, den dieser ihr geschenkt hatte. Geld verdienen könne jeder Trottel, hatte Martin gebrummt. Und sie hatte ihm beigepflichtet, um seine verletzte Eitelkeit zu heilen und ihn zu besänftigen.

Erst vor kurzem hatte sie begriffen, daß sie ihm so wichtig war wie er ihr. Als der KGB-Mann von der Handelsdelegation ihr Martin als Vaterfigur, Faktotum und Mittler zugewiesen hatte, hatten sie nicht einmal in ihren wildesten Träumen gehofft, daß sie eines Tages Anstellung beim britischen geheimen Nachrichtendienst finden würde. Diese erstaunliche Entwicklung hatte begonnen, während Martin jeden ihrer Schritte überwachte und sie bei jedem Schritt beriet. Nun, da sie eine leitende Stellung in der Londoner Zentrale hatte, konnte Martin sehr befriedigt auf die Arbeit der vergangenen zehn Jahre zurückblicken. Er, der nur ein Handlanger der Russen gewesen war, war jetzt Treuhänder ihrer wertvollsten Kapitalanlage. Es war von einer Auszeichnung oder einem KGB-Rang die Rede. Er tat so, als wäre er an dergleichen nicht interessiert, doch beim Gedanken daran verspürte er doch eine angenehme Wärme. Und es könnte ihm bei seinen Verhandlungen mit den Leuten hier in London von Nutzen sein. Die Russen hatten Respekt vor Auszeichnungen.

Sie sah auf die Uhr. Wie lange würde der Kurier noch auf sich warten lassen? Schon jetzt war er zehn Minuten zu spät dran. Das war ungewöhnlich. Bei ihren bisher seltenen direkten Kontakten mit dem KGB waren dessen Leute immer pünktlich gewesen. Sie hoffte, daß es nicht irgendwo Ärger gegeben hatte.

Fiona war Doppelagentin, aber sie hatte nie Angst. Allerdings hatte die Moskauer Zentrale während der vergangenen achtzehn Monate die Liquidierung mehrerer Leute veranlaßt – einen hatte es auf dem Oberdeck eines Autobusses in Fulham erwischt; ihn tötete ein Giftpfeil –, aber diese Leute waren alle gebürtige Russen gewesen. Sollte ihr Doppelspiel entdeckt werden, konnte sie durchaus hoffen, mit dem Leben davonzukommen. Freilich würden sie aus ihr herausquetschen, was sie wußte, und die Aussicht auf ein KGB-Verhör war schrecklich genug. Aber für eine Frau von Fionas Motiviertheit war die Aussicht auf den Ruin all dessen, was sie in jahrelanger harter Arbeit aufgebaut hatte, noch schlimmer. Jahre der Vorbereitung, jahrelanges Bemühen um das Vertrauen des Gegners. Jahrelange Täuschung des Ehepartners, der Kinder und Freunde. Und jahrelanges geduldiges Ertragen der Giftpfeile, die Köpfe wie der dieses Martin Euan Pryce-Hughes abschossen.

»Nein«, wiederholte Martin, als genösse er jedes Wort. »Nicht einmal seine besten Freunde würden Mr. Bernard Samson klug nennen. Wir haben Glück gehabt, daß Sie gerade ihn geheiratet haben, mein liebes Mädchen. Ein wirklich kluger Mann hätte herausgekriegt, was Sie treiben.«

»Ein mißtrauischer Mann, ja. Bernard vertraut mir aber. Er liebt mich.«

Martin grunzte. Die Antwort gefiel ihm ganz und gar nicht. »Ich treffe ihn ab und zu. Wußten Sie das?« sagte er.

»Bernard? Sie treffen sich mit Bernard?«

»Es ist notwendig. Um Ihretwillen, Fiona. Überwachung. Wir nehmen ab und zu Kontakt auf. Nicht nur ich, auch andere.«

Der eingebildete alte Bastard. Sie hatte nicht damit gerechnet, aber natürlich, der KGB würde Erkundigungen über sie einholen, und Bernard wäre einer von vielen, die sie beobachteten. Gott sei Dank, daß sie ihm niemals irgendwas anvertraut hatte. Nicht weil sie geglaubt hätte, er könnte kein Geheimnis für sich behalten. Der Kopf mußte ihm brummen von der Masse der Geheimnisse, die da kein Schlupfloch fanden. Aber das hier betraf ihn zu persönlich. Sie mußte selbst damit fertig werden, ohne Bernards Hilfe.

»Ich nehme an, Sie wissen, daß man mir für Notfälle diese direkte Verbindung mit einem Führungsoffizier gegeben hat«, sagte sie in so sanftem, verheißungsvollem Ton, als wolle sie einer Zuhörerschaft erwartungsvoller Fünfjähriger ein Märchen erzählen.
»Ich weiß«, sagte er. Er wandte sich um und lächelte sie gönnerhaft an. Mit diesem Lächeln bedachte er alle Frauen, die seine Genossinnen sein wollten. »Und das finde ich ganz prima.«
»Ist es auch. Und ich werde mich dieser Verbindung bedienen. Wenn Sie oder Chesty oder sonst einer von diesen tölpelhaften Amateuren aus der Handelsdelegation sich irgend jemandem von den Leuten in meiner Umgebung nähern, um die zu überwachen oder irgendwelche faulen Tricks auszuprobieren, geht's euch an die Eier. Ist das klar, Martin?«
Sie lachte fast über das Gesicht, das er dazu machte: offener Mund, Pfeife in der Hand, stierer Blick. Von dieser Seite kannte er sie kaum. Für ihn spielte sie gewöhnlich die gehorsame Hausfrau.
»Haben Sie verstanden?« fragte sie, und jetzt war ihre Stimme hart und verächtlich. Sie wollte eine Antwort, denn wenn er etwa meinte, daß sie nur Spaß machte, wollte sie ihn eines Besseren belehren.
»Ja, Fiona«, sagte er kleinlaut. Wahrscheinlich hatte er Anweisung, sie nicht zu verärgern. Oder er wußte, was die Zentrale mit ihm machen würde, wenn Fiona sich über ihn beschwerte. Wenn er sie verlor, war er alles los, was ihm lieb und teuer war.
»Und lassen Sie die Finger von Bernard, ja? Ihr seid Amateure, Sie sind nicht in Bernards Klasse. Der ist schließlich schon seit seinen Kinderjahren im echten Agentenführungsgeschäft. Leute wie Chesty und Sie ißt der zum Frühstück. Wir können von Glück sagen, wenn er nicht schon Lunte gerochen hat.«
»Ich werde die Finger von ihm lassen.«
»Bernard hat es gern, wenn die Leute ihn für blöd halten. Auf die Weise führt er sie an der Nase herum. Wenn Bernard jemals Verdacht schöpfte... ich wäre erledigt. Er würde mich auseinandernehmen.« Sie hielt inne. »Und die Zentrale würde fragen, warum.«

»Vielleicht haben sie recht.« Gleichgültigkeit heuchelnd, stand er auf, seufzte laut und sah über die Netzgardinen aus dem Fenster, als versuchte er die Straße zu sehen, die der Bote herunterkommen würde.
Man konnte den alten Mann wohl bedauern. Dieser glänzend begabte Sohn eines Vaters, der es stets verstanden hatte, seine lauthals verkündeten sozialistischen Überzeugungen mit dem Genuß von Wohlleben und politischen Ehren zu verbinden, hatte sich niemals damit abgefunden, daß sein Vater ein skrupelloser und charmanter Schurke mit unwahrscheinlichem Glück gewesen war. Martin war seinen politischen Überzeugungen mit verbissener Ehrlichkeit ergeben. Fleißig, aber ohne Feuer bei seinen Studien und humorlos und anspruchsvoll in seinen Freundschaften. Als sein Vater starb – in einem Luxushotel in Cannes, im Bett mit einer reichen Dame der höheren Gesellschaft, die daraufhin reumütig zu ihrem Gemahl zurückkehrte –, hatte er ihm, dem einzigen Kind, ein kleines Erbe hinterlassen. Martin hatte alsbald seine Stellung in einer öffentlichen Bibliothek gekündigt, um sich im Selbststudium daheim politische Geschichte und Wirtschaftswissenschaft beizubringen. Nur mit Mühe konnte er von seinen geringen privaten Einkünften den Lebensunterhalt bestreiten. Das wäre noch schwieriger gewesen, hätte er nicht bei einer politischen Versammlung die Bekanntschaft eines schwedischen Gelehrten gemacht, der ihn davon überzeugte, daß man der UdSSR helfen mußte, wenn einem die Sache des Proletariats, des internationalen Sozialismus und des Weltfriedens am Herzen lag.
Der grausamste Streich, den ihm das Schicksal spielte, war vielleicht, daß Martin, dessen Vater in der Oberschicht, in die er aufgestiegen war, wie die Made im Speck gelebt und ihn auf die teuersten Schulen geschickt hatte, sich einrichten mußte auf die Lebensbedingungen jener Arbeiterklasse, aus der sein Vater aufgestiegen war. Seine Rebellion hatte sich ganz im stillen vollzogen. Die Russen gaben ihm die Möglichkeit, unbemerkt an der Zerstörung einer Gesellschaft zu arbeiten, an der ihm nichts gelegen war. Sein verschwiegenes Wissen gab ihm die Kraft, die Entbehrungen zu ertragen, zu denen ihn seine Verhält-

nisse zwangen. Die verborgenen Russen und, natürlich, die heimlichen Frauen. In der Tat befriedigte alles die gleiche Begierde, denn wenn kein Ehemann oder Geliebter zu betrügen war, gewährten seine Abenteuer ihm wenig Befriedigung, weder sexuelle noch anderweitige.
Aus der Nachbarwohnung ertönten plötzlich Klavierklänge. Die Häuser waren winzig – vor hundert Jahren für die Landarbeiter der Güter von Kent gebaut –, und die Wände waren dünn. Das Spiel begann mit jenem grandiosen Wühlen in den Tasten, mit dem Kneipenpianisten zur Eröffnung ihrer Dabietungen Eindruck erwecken wollen, dann löste es sich in der Melodie eines Liedes aus dem Ersten Weltkrieg auf, *The Roses of Picardy*. Das muntere Geklimper bestärkte Fiona in dem Gefühl, das sie schon seit einer Weile irgendwie in eine frühere Zeit zurückversetzte, wo sie, gefangen in der Vergangenheit, abwartete. Es war die lange und vielversprechende Frühlingszeit der ersten Jahre des Jahrhunderts, in der sich niemand hatte vorstellen können, daß es jemals kalt werden würde. Nichts wies daraufhin, daß sie nicht in diesem Wohnzimmer zu King Edwards Zeit saßen, im Jahre 1904 vielleicht, als Europa noch jung und unschuldig war, als die Londoner Omnibusse noch mit Pferden bespannt und die HMS *Dreadnought* noch ungebaut waren, als der permanente Oktober Rußlands noch in der Zukunft lag.
»Sie verspäten sich nie«, sagte sie mit einem Blick auf ihre Uhr und legte sich eine Erklärung zurecht, die ihren Ehemann zufriedenstellen würde, wenn der vor ihr zu Hause wäre.
»Sie haben ja selten mit ihnen zu tun«, sagte er. »Sie treffen sich ja meistens mit mir, und ich verspäte mich nie.«
Sie widersprach nicht. Er hatte recht. Sie traf sich nur sehr selten mit Russen. Das Risiko, daß die vom M 15 beschattet wurden, war zu groß.
»Nimmt man aber mal Kontakt mit ihnen auf, passiert gewöhnlich, was wir jetzt erleben.« Er genoß es, zeigen zu können, wie wichtig er für die Kontakte mit Russen war.
Ob sie wollte oder nicht, sie machte sich Sorgen um diesen Russen, der versucht hatte überzulaufen. Er hatte gesehen, daß sie allein war, und sich ihr, wie es schien, einer plötzlichen

Eingebung folgend, genähert. Wollte der KGB ihr eine Falle stellen? Sie hatte ihn nur dieses eine Mal gesehen, aber er schien ein so anständiger und aufrichtiger Mann zu sein. »Es muß schwierig sein für jemand wie Blum«, sagte sie.
»Schwierig in welcher Hinsicht?«
»In einem fremden Land arbeiten. Jung, ohne seine Frau, einsam. Vielleicht gemieden, weil er Jude ist.«
»Ich bezweifle das sehr«, sagte er. »Er war dritter Sekretär des Attachés. Er genoß Vertrauen und hatte ein anständiges Gehalt. Das kleine Schwein wollte sich nur wichtig machen.«
»Ein russischer Jude mit deutschem Namen«, sagte Fiona. »Ich frage mich, was ihn motiviert haben mag.«
»Den Trick wird er nicht noch mal versuchen«, sagte Martin. »Und der Attaché wird einen Anpfiff aus Moskau kriegen, der sich gewaschen hat.« Er belächelte diese Vorstellung zufrieden. »Alles wird über mich laufen, wie es vor Blum üblich war.«
»Könnte das eine Falle gewesen sein?«
»Um Ihre Zuverlässigkeit zu testen? Um rauszukriegen, ob Sie Doppelagentin sind und vielleicht doch den Herrschaften vom SIS gehorchen?«
»Ja«, sagte sie. »Um mich auf die Probe zu stellen.« Sie beobachtete Martin sorgfältig. Bret Rensselaer, ihr Führungsoffizier, der dieses Doppelleben, das sie führte, organisierte, sagte, er sei sich ganz sicher, daß Blum auf Weisung Moskaus handelte. Selbst wenn das nicht der Fall sein sollte, hatte Rensselaer erklärt, sei es besser, die Chance, einen ihrer hochkarätigen Agenten zu kriegen, sausenzulassen, als sie zu gefährden. Manchmal wünschte sie, das Leben mit der gleichen kaltblütigen Ungerührtheit betrachten zu können, die Bret Rensselaer an den Tag legte. Jedenfalls konnte sie seine Interpretation der Sachlage nicht anfechten und wußte nicht mal, ob sie's wollte. Aber was würde nun passieren? Martin erwog diese Möglichkeit mit listigem Lächeln. »Na, wenn's denn ein Test war, haben Sie den jedenfalls mit Glanz und Gloria bestanden«, sagte er stolz.
Zum ersten Mal wurde ihr bewußt, was für eine treue Stütze sie in Martin hatte. Martin hatte auf sie gesetzt. Seine Hoffnungen standen und fielen mit ihr, und er würde alles eher tun, als sich

mit dem Gedanken anfreunden, daß sein Schützling nicht der einflußreichste sowjetische Agent der neueren Geschichte war.
»Es wird allmählich spät.«
»Keine Aufregung. Sie werden Ihren Zug schon noch schaffen. Bernard kommt heute ja wohl aus Berlin zurück, nicht?«
Sie antwortete nicht. Martin hatte nicht das Recht, solche Fragen zu stellen, nicht mal in einem freundlichen Gespräch.
Martin sagte: »Ich achte schon auf die Zeit. Machen Sie sich keine Sorgen.«
Sie lächelte. Jetzt tat es ihr leid, daß sie ihn so angefahren hatte. Die Russen glaubten, daß sie beide durch starke Gefühlsbande miteinander verbunden wären. Daß Martins onkelhafte Art ebenso wie seine unerschütterliche politische Überzeugung wesentlicher Bestandteil ihrer Hingabe an die Sache des Sozialismus seien. Sie wollte ihnen keinen Anlaß geben, diese Theorie zu überprüfen.
Sie sah sich in dem winzigen Zimmer um und fragte sich, ob Martin hier ständig wohnte oder ob dies nur ein sicheres Haus für Begegnungen dieser Art war. Es sah bewohnt aus. Essen in der Küche, Kohle vor dem Kamin, die geöffnete Post hinter die Uhr geklemmt, die auf dem Kaminsims tickte, eine wohlgenährte Katze auf der Pirsch durch den gepflegten Garten. Ein voll aufgetakelter Klipper an der Wand hinter geputztem Glas. Es gab Bücher hier in Hülle und Fülle. Lenin und Marx, sogar Trotzki starrten von den Regalen im Verein mit den von Martin verehrten Fabiern, eine Enzyklopädie des Sozialismus sowie Rousseau und John Stuart Mill. Selbst die geschwätzigen Werke seines Vaters hatte Martin da. Die Tarnung war geschickt. Sogar ein Sicherheitsexperte würde zögern, jemanden als KGB-Agenten zu identifizieren, der solche Vertrautheit mit den Philosophien der Dissidenten, Revisionisten und Verräter an den Tag legte. Martin war getarnt als kauziger, altmodischer und wesentlich britischer linker Spinner, den die Ereignisse der modernen internationalen Politik unberührt ließen.
»Es ist wegen meines Sohnes Billy. Heute morgen war sein Rachen geschwollen«, sagte Fiona und blickte wieder auf die Uhr. »Das Kindermädchen sollte um diese Zeit mit ihm deswe-

gen zum Arzt gehen. Unsere Nanny ist ein vernünftiges Mädchen.«

»Natürlich ist sie das.« Er mißbilligte Kindermädchen und andere Haussklaven. Sie erinnerten ihn an seine eigene Kindheit und riefen, wenn er an seinen Vater dachte, gemischte Gefühle in ihm wach, über die er noch immer nicht gerne nachdachte. »Es wird schon wieder werden.«

»Ich hoffe, daß es nicht Mumps ist.«

»Ich achte auf die Zeit«, sagte er abermals.

»Guter, zuverlässiger Martin«, sagt sie.

Er lächelte und zog an seiner Pfeife. Das war, was er hören wollte.

Es war ein langhaariger Junge, der auf einem Fahrrad kam. Er lehnte es an den Zaun und ging durch den Garten, um an die Haustür zu klopfen. Der Kanarienvogel erwachte und sprang von Stange zu Stange, so daß der Käfig zu schaukeln begann. Martin ging zur Tür und kehrte mit einem Blatt Papier zurück, das er einem verschlossenen Umschlag entnommen hatte. Er reichte es ihr. Es war die gedruckte Quittung eines örtlichen Blumengeschäfts. Mit Filzstift war darauf geschrieben: »Der von Ihnen bestellte Kranz ist wie gewünscht geliefert worden.« Ein großer ovaler roter Gummistempel war darunter gesetzt: »Bezahlt.«

»Verstehe ich nicht«, sagte sie.

»Blum ist tot«, verkündete er leise.

»Mein Gott!« sagte Fiona.

Er sah sie an. Ihr Gesicht war ganz weiß geworden.

»Machen Sie sich keine Sorgen. Sie sind so rein wie frisch gefallener Schnee aus der Sache rausgekommen.« Dann begriff er, daß die Nachricht von Blums Tod sie aus der Fassung gebracht hatte. In einem verzweifelten Versuch, sie zu trösten, sagte er: »Unsere Genossen haben eine Schwäche für hochtrabende Rhetorik. Höchstwahrscheinlich haben sie ihn nur nach Moskau zurückgeschickt.«

»Aber warum dann...?«

»Um Sie zu beruhigen. Um Ihnen zu schmeicheln.« Er nahm ein Tuch und wickelte es um den Käfig, um ihn abzudunkeln.

Sie sah ihm zu und versuchte, ihm anzusehen, was er wirklich glaubte, aber das war nicht mit Sicherheit zu erkennen.
»Glauben Sie mir«, fügte er hinzu. »Ich kenne sie.«
Sie entschloß sich, ihm zu glauben. Vielleicht war das eine weibliche Reaktion, aber sie konnte die Verantwortung für Blums Tod nicht auf sich nehmen. Angesichts von Leiden, die anderen zugefügt wurden, war sie nicht tapfer, und doch kam's ja gerade darauf bei ihrem Job am meisten an.

Sie kam kurz nach halb neun nach Hause, und kaum zehn Minuten später fragte Bret Rensselaer telefonisch und lakonisch an: »Alles okay?«
»Ja, alles okay«, sagte sie.
»Und was ist nicht okay?«
Bret hatte ihr etwas angehört. Er war so hellhörig für ihre Gefühle, daß er ihr angst machte. Bernard hätte nie geahnt, daß irgendwas nicht in Ordnung war. »Nichts, gar nichts«, sagte sie nachdrücklich und beherrschte ihre Stimme. »Nichts, worüber wir sprechen könnten.«
»Sind Sie allein?«
»Ja.«
»Übliche Zeit, üblicher Ort.«
»Bernard ist noch nicht da. Er hat sich verspätet.«
»Ich habe etwas arrangiert... sein Gepäck am Flughafen zurückgehalten. Ich wollte sichergehen, daß ich Sie zu Hause erreiche und daß alles okay ist.«
»Ja, gute Nacht, Bret.« Sie legte auf. Bret tat es ihr zuliebe, aber sie wußte, daß er es genoß, ihr zu zeigen, wie leicht es für ihn war, ihren Mann derart unter Kontrolle zu halten. Auch er war einer von den Männern, die sich verpflichtet fühlten, ihr irgendeinen Aspekt ihrer Macht zu demonstrieren. Bei alledem war auch ein sexueller Unterton, der ihr überhaupt nicht gefiel.

5

Somerset, England, Sommer 1978

Der Director-General war eine rätselhafte Gestalt, die den Angestellten Stoff für endlose Diskussionen bot. Zum Beispiel, als einmal zu Weihnachten jenes Brett an gut sichtbarer Stelle hinter seinem Schreibtisch an der Wand aufgehängt wurde, auf dem in schöner Brandmalerei zu lesen war: »Nur Unwissenheit ist unbesieglich.« Die Fragen, die dieser Wandschmuck aufwarf, waren nicht erledigt, als man erfuhr, daß es sich dabei um ein Weihnachtsgeschenk der Gattin Sir Henrys handelte.

Sein Büro war Schauplatz eines unvergleichlichen Chaos, in das die Raumpflegerinnen nie weit eindrangen. Überall waren Bücher gestapelt. Aus den meisten lugten farbige Papierstreifen hervor, die auf reiche Adern wissenswerter Information hinwiesen. Sie waren jedoch bis auf die vorbereitenden Schürfarbeiten von Sir Henrys vielgeprüftem Assistenten nicht weiterverfolgt worden.

Sir Henry Clevemore war ein dankbares Objekt für Bret Rensselaers anthropologisches Interesse an der englischen Rasse. Bret hatte den D. G. als typischen Angehörigen der Oberschicht klassifiziert. Diese hochgewachsene, schlurfende Gestalt, an der teure Anzüge aussahen wie verbeulte Overalls, unterschied sich vollkommen von jedem Bret aus seiner amerikanischen Heimat vertrauten Typus. Von seinen anderen Exzentritäten einmal abgesehen, ermutigte der D. G. seine Untergebenen zu glauben, daß er gebrechlich, taub und geistesabwesend sei. Diese ausgeklügelte Rolle sicherte ihm jedoch eine warmherzige Loyalität, um die ihn mancher zackige Führer beneidet hätte.

Zu den unangenehmen Aspekten engerer Zusammenarbeit mit

Sir Henry gehörte es, daß dieser auf so planlose und unberechenbare Weise im Lande umherreiste, daß Bret ihm von einem Treffen zum nächsten in sowohl entlegene als auch unbequeme Orte nachjagen mußte. Heute waren sie in Somerset. Der Geheimhaltung wegen hatte der D. G. ihn in eine kleine Holzhütte mitgenommen. Sie stand am Rande des Sportplatzes einer der wenigen bedeutenden Public Schools, deren gewissenhafter Präsident der D. G. war. Der D. G. hatte der versammelten Schule eine Rede gehalten und mit dem Direktor den Lunch eingenommen. Bret, kurzfristig hergebeten, hatte sich mit halsbrecherischer Geschwindigkeit hierherfahren lassen. Zum Lunch war für ihn keine Zeit mehr gewesen. Doch das war nicht schlimm, an einem so heißen Tag verzichtete Bret gern einmal auf das Mittagessen.
Die Umgebung der Schule bot eine herrliche Aussicht auf mächtige Bäume, wogende Hügel und Ackerland. Dies war die englische Landschaft, die die großen englischen Landschaftsmaler inspiriert hatte: bedeutungsschwer und geheimnisvoll trotz ihrer hellen Farben. Das frisch gemähte Gras erfüllte die Luft mit seinem kräftigen Duft. Obwohl normalerweise nicht anfällig für Heufieber, verspürte Bret hier eine Schleimhautreizung. Natürlich war das ein Leiden, daß durch nervöse Anspannung verschlimmert wurde, und es wäre töricht gewesen, der Aussicht auf die Begegnung mit dem Director-General keine Bedeutung für das Ausbrechen dieses Anfalls beizumessen.
Durch das mit Spinnweben verhängte Fenster sah man zwei Mannschaften weißgekleideter Jugendlicher die geheimnisvollen Leibesübungen absolvieren, aus denen ein Kricket-Match besteht. Passend zu dem sportlichen Ereignis hatte der D. G. weiße Leinenhosen und ein durch Alter vergilbtes Leinenjackett sowie einen Panamahut gewählt. Platz genommen hatte er auf einem Stuhl, von dem aus er das Spiel im Auge behalten konnte. Zu diesem Zweck hatte er auch seine Seite des Fensters blank gewischt, Bret beobachtete die Szene durch die schmutzige Scheibe. Bret stand, den ihm angebotenen gepolsterten Sitz auf einem Ölfaß hatte er dankend abgelehnt. Er versuchte, dem Spiel wenigstens mit einem Teil seiner Aufmerksamkeit zu

folgen, denn ab und zu kam der D. G. darauf zu sprechen und erkundigte sich nach Brets Meinung über den Spielverlauf.

»Wenn man's dem Ehemann erzählt«, sagte der D. G. und schüttelte traurig den Kopf, »ist's kein Geheimnis mehr.«

Bret antwortete nicht gleich. Er beobachtete den linken Schlagmann, der in Erwartung des Balls mit dem Schläger auf den Boden klopfte. Die Fänger waren in Erwartung scharfer Bälle über das ganze Feld verteilt. Bret wandte sich dem D. G. zu. Er hatte ihm schon deutlich zu verstehen gegeben, daß seines Erachtens Fiona Samsons Mann in alles eingeweiht werden mußte: daß sie Doppelagentin war und demnächst auf die andere Seite wechseln sollte. »Ich sehe sie heute noch«, sagte Bret. Er hoffte, die Einwilligung des D. G. zu erhalten, und würde dann auch Bernard Samson instruieren. Dann würde heute abend alles erledigt sein.

»Was machen Sie zur Zeit mit ihr?« fragte der D. G.

Bret ging ein paar Schritte zur Seite und drehte sich dann um. Angesichts dieses charakteristischen Manövers war dem D. G. klar, daß er, wenn er ihn nicht gleich im Keim erstickte, nunmehr einen von Brets berühmten Vorträgen würde über sich ergehen lassen müssen. Er lehnte sich in seinen Stuhl zurück und wartete auf eine Gelegenheit zu unterbrechen. Bret hatte niemand anderen, dem er Sachen erklären konnte. Der D. G. wußte, daß er die Pflicht, sich von Zeit zu Zeit Brets Sorgen anzuhören, nicht delegieren konnte. »Wenn wir sie die Rolle spielen lassen wollen, in der sie's schafft, einen Coup von der Sorte zu landen, der uns beiden vorschwebt, können wir den Gang der Dinge nicht einfach dem Zufall überlassen.«

»Bravo!« sagte der D. G., was sich auf einen Ball bezog, der eben bis ans fernste Ende des Spielfelds geschlagen worden war. Er wandte sich Bret zu und lächelte. »Wir haben nicht allzuviel Zeit, Bret.«

»Wir brauchen Jahre, Direktor, zehn, vielleicht zwölf.«

»Ist das Ihre wohlerwogene Meinung?«

Bret sah den alten Mann an. Sie wußten beide, was er dachte. Er wollte, daß Fiona Samson ihre große Rolle spielte, ehe er in Pension ging. Das bescheidene, zurückhaltende Auftreten, das sein Modus operandi war, täuschte, er wollte Ruhm. »Ja, allerdings, Sir Henry.«

»Ich hatte gehofft, daß es etwas schneller gehen würde.«

»Sir Henry, was Moskau betrifft, ist Frau Samson nichts weiter als eine Agentin in Stellung. Bisher hat sie nichts geleistet. Sie hat noch nie was geliefert.«

»An was dachten Sie?«

»Sie sollte nach Berlin versetzt werden. Ich möchte ihnen Gelegenheit geben, sie etwas mehr aus der Nähe kennenzulernen.«

»Das würde den Gang der Dinge aber beschleunigen. Sie würden anfangen, darauf zu drängen, daß sie rüberkommt.«

»Nein, sie wollen sie in London haben, wo die großen Sachen laufen.« Bret zog sein Taschentuch und putzte sich verschämt die Nase, wobei er sowenig Geräusch wie möglich machte. »Verzeihen Sie, Sir Henry. Ich glaube, dieses frisch gemähte Gras...«

»Warum aber dann Berlin...?«

»Sie wird irgendwas für sie tun müssen.«

Der D. G. sah ihn an und verzog das Gesicht. Ihm gefielen diese Kunststücke nicht, deren Voraussetzung war, daß man dem KGB was gab. Denn da mußte man immer gute Sachen, überzeugende Sachen geben, und das hieß Sachen, die das Department eigentlich für sich behalten sollte. »Was?«

»So weit bin ich noch nicht, Direktor, aber wir werden nicht darum herumkommen, und es sollte schon vor Ende des Jahres geschehen.«

»Würden Sie mich ein wenig mit Ihren Überlegungen bekannt machen? Augenblick mal, dieser Bursche ist ihr bester Werfer.«

Bret wartete. Es war ein heißer Tag. Das Gras war leuchtend grün, und die Jungen in ihrer Kricket-Kleidung boten ein typisch englisches Schauspiel, das Bret unter anderen Umständen sehr genossen hätte. Der Ball kam sehr schnell, prallte aber auf und flog vorbei. Bret sagte: »Mrs. Samson geht nach Berlin. Während ihrer Zeit dort gibt sie ihnen was Substantielles...« Bret hielt inne, dem D. G. schauderte es bei dieser Vorstellung. »...so, daß wir eine große Untersuchung anstellen, aus der sie ungeschoren hervorgeht. Vorzugsweise mit ihrer Hilfe.«

»Sie meinen, die andere Seite soll dafür sorgen, daß einer von ihren Agenten die Schuld auf sich nimmt?«
»Nun ja, das wäre natürlich ideal«, sagte Bret.
Der D. G. beobachtete noch immer das Spiel. »Es gefällt mir«, sagte er, ohne sich umzudrehen.
Bret lächelte grimmig. Es war ein harter Kampf, aber das klang fast wie ein Lob von Sir Henry Clevemore, es sei denn, die Bemerkung hätte einer Leistung der Kricket-Spieler gegolten, die Bret entgangen war. Er sagte: »Dann kommt Mrs. Samson nach London zurück, mit der Order, sich ruhig zu verhalten und zu schweigen.«
»Das ist in einem Jahr«, rief ihm der D. G. in Erinnerung.
Bret sagte: »Sir, natürlich können wir ihnen Mrs. Samson sofort präsentieren, keine Frage. Sie ist wie eine Schachtel Muttern und Schrauben: eine Allzweck-Agentin, die Sie überall einsetzen können. Aber das bringt uns nicht genug.«
»Nein«, sage der D. G., beobachtete die Kricket-Spieler und fragte sich, was nun kommen würde.
»Wir müssen diese Frau nehmen und ihr alles aus dem Gehirn waschen, was sie weiß.«
»Geheimmaterial?«
»Ich sorge schon jetzt dafür, daß sie nichts mehr zu sehen kriegt, was das Department in Schwierigkeiten bringen könnte.«
»Wie nimmt sie das auf?«
»Wir müssen damit rechnen, daß sie verhört wird. Verhöre in den Kellern der Normannenstraße über sich ergehen lassen muß.« In dem nun folgenden Schweigen brummte zornig eine große Fliege gegen die Fensterscheibe.
»Scheußliche Vorstellung.«
»Der Einsatz ist hoch, Sir Henry. Aber wir spielen, um zu gewinnen.« Er sah sich in der Hütte um. Es war unerträglich heiß, und es roch nach Leinöl und Unkrautvernichtungsmittel. Bret öffnete die Tür, um ein wenig frische Luft hereinzulassen. Der D. G. sah Bret an und sagte: »Ein gutes Gewitter würde die Atmosphäre reinigen«, als wäre das etwas, was er veranlassen könnte. Dann setzte er hinzu: »Sie lassen mich wieder daran zweifeln, ob das wirklich eine Aufgabe für eine Frau ist.«

»Jetzt ist's zu spät, den Plan noch zu ändern.«
»Das doch wohl nicht?« Selbst der D. G. spürte die Hitze. Er wischte sich die Stirn mit dem roten Seidentaschentuch, das in der Brusttasche seines Jacketts gesteckt hatte.
»Mrs. Samson weiß, was wir vorhaben. Wenn wir uns nun für einen anderen Agenten entscheiden, kennt sie doch unseren Plan schon. Ich habe ihr die Zahlen und Tabellen gezeigt. Sie weiß, daß wir bei den Facharbeitern und den Akademikern ansetzen wollen. Sie weiß, daß wir ihnen die Arbeitskräfte abspenstig machen wollen, die sie am nötigsten brauchen, und welche oppositionellen Gruppen wir da drüben unterstützen wollen.«
»War das nicht ein bißchen voreilig, Bret?«
»Es wird allein auf sie ankommen, wenn sie erst mal dort ist. Sie muß unsere Strategie so gut kennen, damit sie ihre Vorgehensweise darauf abstimmen kann.«
»Vermutlich haben Sie recht. Ich wünschte, Sie wären an meiner Stelle, wenn ich nächste Woche dem Cabinet Secretary die Sache erklären muß. All Ihre Statistiken und der ganze Teufelskram... Verstehen Sie, Bret, wenn wir ihn nicht dazu überreden können, in die Grundidee einzuwilligen... Haben Sie übrigens schon eine Codebezeichnung für die Operation?«
»Ich hielt es für besser, keine Codebezeichnung vom Department zu erbitten.«
»Nein, nein, nein, natürlich nicht. Wir werden uns selber eine ausdenken. Irgendwas, das auf das Ziel der Operation – Schwächung der Wirtschaftskraft des Gegners – hinweist, ohne deren Sicherheit zu gefährden. Haben Sie irgendwelche Ideen?«
»Ich dachte an Operation Blutsturz oder Operation Ausgeblutet.«
»Ausgeblutet? Ich weiß nicht. Sonst noch was?«
»Angeschlagen?«
»Nicht schlecht, aber gelinkt finde ich besser.«
»Also dann ›Gelinkt‹. Ja, Sir Henry, das trifft's sehr gut.«
»Ach, mein Gott, der Bursche taugt doch überhaupt nichts! Linkshänder, und schauen Sie, wie er schon den Schläger hält!« Er wandte sich an Bret. »Sie verstehen, was ich damit meine, ihn von unserer Grundidee zu überzeugen?«

Bret verstand das genau. Wenn dem Cabinet Secretary die wirtschaftspolitische Zielsetzung nicht einleuchtete, würde man sich noch mal überlegen, ob Bret überhaupt der richtige Mann für die Operation wäre. Und vermutlich würde man Mrs. Samson einen anderen Führungsoffizier geben.

Der D. G. sagte: »Bleibt noch die Frage, in welchem Bereich die Sowjets sie einsetzen werden, wenn sie einmal drüben ist. Das dürfen wir nicht dem Zufall überlassen.«

»Der Agent X muß Maßarbeit sein«, sagte Bret, der es für besser hielt, Mrs. Samson fürs erste nicht namentlich zu nennen, um beim D. G. keine Zweifel zu schüren. »Ich muß denen einen Agenten liefern, der auf einem bestimmten Gebiet so große Erfahrung und Kenntnisse hat, daß sie ihn auf dem Gebiet einsetzen müssen, wo wir ihn haben wollen.«

»Ich fürchte, da komme ich nicht mit«, sagte Sir Henry, ohne das Kricketspiel aus den Augen zu verlieren.

»Ich werde dieses Jahr damit zubringen, die russischen Verbindungen zur ostdeutschen Staatssicherheitspolizei zu studieren, insbesondere die Arbeitsweise der KGB-Stasi-Befehlszentrale in Berlin. Ich werde ihnen ein umfassendes Bild ihrer Schwächen und Stärken liefern.«

»Schaffen Sie das?«

»Ich habe den größten Teil der letzten Woche mit der Lektüre von Operationsberichten verbracht. Lassen Sie mich die Befehlsstrukturen da drüben ein bißchen unter die Lupe nehmen, und meine Analytiker könnten ein detailliertes Bild aufbauen. Das wird eine Weile dauern, aber wir kriegen, was wir brauchen.«

»Ihr Sicherheitsnetz ist gut«, sagte der D. G.

»Wir werden rauszukriegen versuchen, was sie brauchen. Die Sachen, die sie *nicht* wissen. Ich habe gute Leute in meiner Abteilung. Die verstehen sich darauf, Zahlenmaterial zu sichten und daraus zu schließen, was vor sich geht.«

»Auf wirtschaftlichem Gebiet wohl. Mit Statistiken über Bankgeschäfte, Export, Import, Kredite und so weiter ist das möglich, weil man's da mit harten Fakten zu tun hat. Aber das hier ist wesentlich komplexer.«

»Gestatten Sie, Sir Henry, aber da irren Sie sich meines Erachtens«, sagte Bret Rensselaer mit leicht schnarrender Stimme, die seine Anspannung verriet.
Der D. G. vergaß das Kricketspiel und sah ihn an. Brets Augen waren weit geöffnet, sein Lächeln starr, eine gewellte Strähne seines blonden Haars lag nicht mehr da, wo sie hingehörte. Bis zu diesem Augenblick war ihm nicht klar gewesen, in welchem Maße Bret Rensselaer in seiner neuen Aufgabe aufging.
Zum ersten Mal begann der D. G. zu glauben, daß dieser verrückte Plan tatsächlich gelingen mochte. Was für ein umwerfender Coup wäre das, wenn Bret wirklich damit durchkäme: Mrs. Samson in die Ost-Berliner Kommandostruktur einschleusen, wo sie dann deren eigene geheime Unterlagen über Protestgruppen, Dissidenten und andere Antikommunisten auswerten könnte, um das Department bei der geplanten Zerstörung der Wirtschaftskraft des kommunistischen Regimes zu beraten. »Die Zukunft wird es zeigen, Bret.«
»Ja, allerdings, Sir.«
Der D. G. nickte Bret zu. War es die Aussicht, aus der hochwichtigen, aber etwas ermüdenden Welt der Ausschüsse in die aufregendere Luft der Operationsabteilung versetzt zu werden, die ihn so aufgemöbelt hatte? Oder hatte er einfach seit dem Auszug seiner Frau, der ja nach einer dauerhaften Trennung aussah, mehr freie Zeit? Oder hatte der Verlust seiner Frau an einen anderen Mann Bret in die Notwendigkeit versetzt, sich zu beweisen? All das mochte dabei mitwirken. Und doch hatte der D. G. dabei noch nicht Mrs. Fiona Samson selbst in Rechnung gestellt und den stärkenden Einfluß, den ihre Mitwirkung an dem Plan auf Bret Rensselaers Kraft und Entschlossenheit ausübte.
»Geben Sie mir freie Hand, Sir?«
»Aber zehn Jahre...«
»Vielleicht hätte ich keinen zeitlichen Rahmen angeben sollen.«
Seine Nasennebenhöhlen schmerzten. Er fühlte ein überwältigendes Bedürfnis, sich noch einmal die Nase zu putzen, und tat es.
Der D. G. beobachtete ihn interessiert. Er wußte nicht, daß Bret

Probleme mit den Nasennebenhöhlen hatte. »Gehen wir mal durch, wie das ablaufen soll. Wie steht's mit den Finanzen?« Er wandte sich wieder dem Kricketspiel zu. Der linke Schlagmann hatte einen fabelhaften Fang geschlagen – höher und höher flog der Ball und kurvte dann in die Tiefe wie eine Mörsergranate –, aber zum Glück für ihn war kein Fänger in der Nähe, der ihn hätte abfangen können. Einer rannte danach, verschätzte sich aber beim Aufschlagort. Der Ball fiel zu Boden, und ein vielstimmiges Stöhnen ertönte.

»Ich werde Geld brauchen, und das darf nicht über die zentrale Finanzierungsstelle geleitet werden.«

»Da bieten sich viele Wege an.«

»Ich habe eine Firma.«

»Machen Sie es ganz so, wie Sie's für das Beste halten, Bret. Ich weiß, daß Sie das Geld nicht vergeuden werden. Um welche Summe wird's sich handeln? Ungefähr?«

»Eine Million Pfund Sterling für das erste Jahr. Doppelt soviel für das zweite und für jedes folgende Jahr, unter Berücksichtigung der Inflationsrate und der Wechselkursentwicklung natürlich. Keine Belege, keine Quittungen, keine Kontoführung.«

»Na schön. Wir werden für den Geldtransfer was austüfteln müssen.« Der D. G. schirmte seine Augen mit einer zusammengefalteten Zeitung ab. Die Sonne war herumgekommen und schien nun durch das Fenster herein. »Habe ich was vergessen?«

»Nein, Sir.«

»Dann werde ich Sie nicht länger aufhalten. Gewiß werden Sie viel zu tun haben. Sehen Sie sich das an: Der Kapitän hat einen neuen schnellen Werfer eingesetzt. Und der ist ziemlich gut. Was meinen Sie, Bret?«

»Wirklich sehr gut. Ein Problem wird sich stellen, wenn wir Mrs. Samson nach Berlin schicken. Werden sie diesen walisischen Sozialisten weiterhin als Kontaktmann benutzen? Wenn nicht, müssen wir bei der Auswahl des neuen verdammt aufpassen. Berlin ist ganz anders als London. Da kennt jeder jeden.«

»Und jeder haßt jeden«, sagte der D. G. »Empfehlen Sie ihr, ihnen die Möglichkeit nahezulegen, und warten wir ab, wie sie darauf reagieren.«

»Dieser Waliser ist ihr sehr ergeben«, sagte Bret. »Er will unbedingt glauben, daß sie die Superspionin des KGB ist. Sie ist sein Schützling. Sie könnte einen katastrophalen Fehler machen, das würde dennoch sein Vertrauen in sie nicht erschüttern. Aber wenn sie nach Berlin geht, werden sie mißtrauischer sein. Sie wissen ja, wie das ist, wenn irgend jemands teuerster Schatz von einem Rivalen unter die Lupe genommen wird. Der KGB wird sie von Kopf bis Fuß durchleuchten.«

Der D. G. runzelte die Brauen. »Bringen Sie da in erzählender Form nachträgliche Zweifel vor?« fragte er scharf.

»Nein, Sir. Die Versetzung nach Berlin ist wesentlicher Teil des Plans. Ich sage nur, daß sie da unter erheblichem Druck stehen wird.«

»Sie wollen aber doch noch mehr sagen.« Der D. G. stand aufrecht und neigte den Kopf, um Bret über seine Brillengläser zu betrachten.

»Wir verlangen, daß sie ihren Mann und ihre Kinder aufgibt. Die Kollegen werden sie verachten...«

»Wann hat sie Ihnen das alles erzählt?«

»Sie hat nichts erzählt.«

»Sie hat überhaupt keine Bedenken geäußert?«

»Nicht mir gegenüber. Sie ist Patriotin. Ihr Pflichtgefühl ist bewundernswert.«

Der D. G. schniefte. »Wir haben's schon erlebt, daß Patrioten anderen Sinnes wurden, nicht wahr, Bret?«

»Sie nicht«, sagte Bret fest und bestimmt.

»Also dann, woran hapert's?«

»Ihr Mann. Wir sollten ihn einweihen. Er wird ihr die Hilfe und Ermutigung geben können, die sie braucht. Sie würde nach Osten gehen in dem Wissen, daß ihr Mann die Familie zusammenhalten wird. Damit hätte sie etwas, woran sie sich festhalten könnte.«

»Ach Bret, fangen wir doch nicht wieder damit an.« Der D. G. wandte sich ab.

»Sie sagten, Sie würden mir freie Hand lassen.«

Er drehte sich abrupt wieder um, und als er sprach, war ein unnachgiebiger Ton in seiner Stimme. »Mir ist nicht erinnerlich, dergleichen gesagt zu haben. Sie haben mich gebeten, Ihnen freie Hand zu lassen. Fast jeder Angehörige des Departments bittet mich irgendwann darum, ihn nach Gutdünken machen zu lassen. Ich frage mich manchmal, wofür nach Meinung dieser Leute ich mein Gehalt beziehe. Natürlich werde ich Ihnen soviel Freiraum wie möglich lassen. Ich werde Sie vor ›des Mächtigen Druck‹ und dem ›Übermut der Ämter‹ nach Möglichkeit bewahren. Ich werde Ihnen die erforderlichen Mittel besorgen, ohne Quittungen dafür zu verlangen. Und ich bin bereit, mir jede Schnapsidee anzuhören, mit der Sie mir kommen. Aber ein Geheimnis ist ein Geheimnis, Bret. Die einzige Chance, die sie hat, lebendig aus dieser Sache herauszukommen, gibt ihr die Verzweiflung und das Entsetzen ihres Mannes bei der Entdekkung, daß sie zur anderen Seite übergelaufen ist. Die Reaktion ihres Mannes wird ihre Trumpfkarte sein. Seine Hilfe und Ermutigung können wir uns sparen. Ich will Bernard Samson vor Wut außer sich sehen.« Er schlug mit der Zeitung nach einer brummenden Fliege, und nach einigen Schlägen fiel die Fliege zu Boden. »Außer sich vor Wut.«

»Sehr wohl, Sir. Sie werden es gewiß am besten wissen.« Brets Ton gab zu erkennen, daß er weiterhin anderer Meinung blieb.

»Allerdings, Bret, ich weiß es am besten.« Gemeinsam beobachteten sie, wie der Schlagmann den Schläger schwang und dann zurückzuspringen schien, wobei er in den Dreistab stolperte und die Stäbe voneinander riß. Ein schneller Ball war ihm gegen den Bauch geprallt. Er fiel hin, die Hände auf dem Bauch, und wand sich vor Schmerzen. »Linkshänder«, erklärte der D. G. emotionsfrei. Die anderen Spieler scharten sich um den gefallenen Jungen, aber niemand tat etwas. Sie beugten sich nur zu ihm hinunter.

»Ja, Sir«, sagte Bret. »Also gut, ich mache mich auf den Weg.«

»Sie könnte plötzlich zögern, Bret. Das tun Agenten manchmal, wenn die Zeit zum Handeln näher rückt. Tut sie's, sorgen Sie dafür, daß sie sich einen Ruck gibt. Es steht jetzt zuviel auf dem Spiel, als daß wir noch im letzten Augenblick Umbesetzungen vornehmen könnten.«

Bret stand still für den Fall, daß der D. G. noch mehr zu sagen

hätte. Aber der D. G. schnippte verabschiedend mit den Fingern.
Draußen putzte sich Bret noch einmal die Nase. Verdammtes Gras. Um Kricketwettkämpfe auf frisch gemähtem Rasen würde er in Zukunft einen großen Bogen machen. Für die eine oder andere Überraschung war der Alte noch immer gut, dachte Bret. Was für ein hartgesottener alter Bastard! Bernard darf unter keinen Umständen eingeweiht werden. Das meinte also dieses »Nur Unwissenheit ist unbesieglich«. Als Bret bei seinem Wagen anlangte, war die Schleimhautreizung verschwunden. Es war also doch hauptsächlich der Streß gewesen.

6

London, August 1978

Fiona Samson, 31, Karrierefrau, liebte es, viele Geheimnisse zu haben. So war sie schon immer gewesen. Anfänglich hatte sie deshalb ihren anspruchsvollen Job bei der Londoner Zentrale – diesem geheimsten aller geheimen Staatsorgane – sehr genossen, doch die Rolle, die sie als Doppelagentin zu spielen hatte, gestaltete sich mit der Zeit derart komplex, daß es mitunter selbst ihr zuviel wurde. Allgemein hieß es, daß Doppelagenten immer Gefahr laufen, schließlich nicht mehr zu wissen, für welche Seite sie wirklich arbeiten, aber bei Fiona war das anders. Fiona konnte sich gar nicht vorstellen, jemals ein kommunistisches Regime zu unterstützen. Ihrer großbürgerlichen Erziehung verdankte sie einen soliden Patriotismus, der sie davor bewahrte. Nicht politische Zweifel also verursachten Fiona Qualen. Sie machte sich Sorgen, vor der überwältigenden Aufgabe, die man ihr gestellt hatte, zu versagen. Bernard wäre in der Rolle des Doppelagenten perfekt gewesen; wie die meisten Männer konnte er verschiedene Bereiche seines Hirns voneinander getrennt halten und seine Arbeit als eine Sache, seine Familie als eine andere behandeln. Fiona konnte das nicht. Sie wußte, ihre Aufgabe würde so hohe Anforderungen an sie stellen, daß sie ihren Mann und ihre Kinder mehr und mehr würde vernachlässigen müssen, um sie schließlich – ohne Vorwarnung – sich selbst zu überlassen. Sie selbst würde als Verräterin gebrandmarkt und ihre Familie mit Schmutz beworfen werden. Die Vorstellung betrübte sie.

Hätte sie alles mit Bernard besprechen können, wäre es vielleicht anders gewesen, aber es war verfügt worden, daß ihr Mann von dem Plan nichts erfahren durfte. Überhaupt verstand sie's nicht sehr gut, sich mit Bernard auszusprechen. Sie hatte nicht weniger Temperament als ihre extravertierte Schwester Tessa, aber ihre Leidenschaft wurde unter Verschluß gehalten und kam nur selten aufflackernd zum Vorschein. Manchmal, ja sogar oft, wäre Fiona gerne so gewesen wie Tessa. Die Sorte öffentlicher Schaustellungen – spektakuläre Wutausbrüche oder Freudentaumel –, für die ihre Schwester berühmt war, hätten auch ihr große und unmittelbare Erleichterung und Befriedigung verschafft, aber sie hatte keine Wahl.

Fiona war auf eine Weise schön, die sie manchmal von anderen Frauen isolierte. Fionas Schönheit war ein kalter, vollkommener Glanz, wie er jenen unnahbaren Fotomodellen anhaftet, die so selbstgewiß für die Illustrierten posieren. Auch ihr Verstand war kalt und perfekt. Pedantische Universitätslehrer hatten ihren Geist so weit deformiert, daß sie maskuline Prioritäten setzte und viele der ungebundenen Freuden der Weiblichkeit geopfert hatte, um erfolgreich mit den Männern konkurrieren zu können. Fiona teilte ihr Elend, ihre Nöte und ihre mitunter große Freude nur zögernd – manchmal widerwillig – mit ihren Nächsten. Gefühle, gleich welcher Art, waren unter allen Umständen zu verbergen, das hatte ihr Vater sie gelehrt. Ihr Vater war ein unsensibler, starrköpfiger Mann, der Söhne gewollt hatte, was er seinen Kindern – die beide Töchter waren – bei jeder Gelegenheit in Erinnerung rief, wie auch, daß Jungens nicht weinen.

Fionas Ehe mit Bernard Samson hatte ihr Leben für immer verändert. Es war Liebe auf den ersten Blick. Sie hatte nie zuvor jemanden wie Bernard kennengelernt. Bernard war ein großer, bärenhafter Mann, der männlichste Mann, der ihr je begegnet war. Jedenfalls besaß er die Eigenschaften, die sie für männlich hielt. Bernard war praktisch. Er konnte jede Art von Maschine reparieren und mit jeder Art von Leuten umgehen. Natürlich war er ein Chauvi, kategorisch und verbohrt. Es fiel ihm nicht ein, im Haushalt zu helfen, und er konnte sich nicht mal ein Ei kochen. Andererseits war er immer fröhlich, fast niemals schlecht gelaunt und ganz ohne Bosheit. Er war ein bißchen schlampig, achtete nicht auf seine Kleidung und Erscheinung,

spielte sich niemals groß auf und gab sich auf keine Weise »intellektuell« oder »künstlerisch«, wie das so viele ihrer männlichen Bekannten taten.
Fionas Mann war, von allen, die sie kennengelernt hatte, der einzige Mensch, dem vollkommen schnuppe war, was andere von ihm hielten. Bernard war ein liebevoller Vater, mehr für die Kinder da als sie selbst, wenn Fiona ehrlich war. Dennoch war Bernard nicht der ehrgeizlose Stromer, vor dem ihr Vater sie gewarnt hatte. Bernard wurde von einer Kraft, einem Gedanken oder Glauben getrieben, wie man es großen Künstlern nachsagt, und wehe dem, der sich ihm in den Weg stellte. Es war nicht leicht, mit Bernard zu leben. Im Berlin der Nachkriegszeit aufgewachsen, wo sein Vater eine höhere Stellung beim militärischen Nachrichtendienst hatte, war er von Kind auf an eine Atmosphäre der Gewalt und des Verrats gewöhnt. Von Natur aus war er hart im Nehmen und zurückhaltend, was seine Gefühle anging. Wo es seine dienstlichen Pflichten verlangten, hatte Bernard Menschen getötet, und zwar ohne Skrupel. Er war ausgeglichen und erfreute sich eines Selbstvertrauens, das Fiona nur bestaunen konnte und um das sie ihn beneidete.
Was ihre Ehe schwierig machte, war die Tatsache, daß Bernard Fiona viel zu ähnlich geartet war. Keinem von beiden fiel es leicht auszusprechen, was Männer und Frauen einander sagen müssen, um ihre Ehen in Gang zu halten. Selbst »Ich liebe dich« ging Bernard nicht leicht über die Lippen. Bernard hätte eine umtriebige, extravertierte Frau gebraucht, jemanden wie Fionas Schwester Tessa. Eine solche Frau hätte es vielleicht vermocht, ihn aus seiner Schale zu ziehen. Wenn sich Bernard nur gelegentlich einmal leisten würde, dumm und trivial zu sein! Wenn er nur ab und zu einmal Zweifel oder Ängste laut werden ließe und bei ihr Trost suchte! Fiona brauchte keinen starken, schweigsamen Mann. Stark und schweigsam war sie selber. Einem solchen Mann fiel es schwer, den Standpunkt einer Frau wirklich mitzufühlen, und Bernard wollte nie verstehen, was Frauen bewegte, »über nichts« zu weinen.
In letzter Zeit hatte Fiona immer häufiger das Gefühl gehabt, nicht mehr lange aushalten zu können, was die Aufgabe, die sie

angenommen hatte, von ihr forderte. Sie nahm Beruhigungspillen und Schlaftabletten mit einer Regelmäßigkeit, die früher nicht nötig gewesen war. Wiederholt hatte Bernard sie, wenn er unerwartet nach Hause kam, in Tränen gefunden. Sie hatte ihm erzählt, daß sie bei einem Gynäkologen in Behandlung sei. In seiner Verlegenheit hatte der gute alte Bernard nicht weiter nachgefragt.

Wenn ihre Gedanken sie deprimierten und die Sorgen ihr keine Ruhe ließen, verließ Fiona unter irgendeinem Vorwand das Büro und ging zu Fuß zur Waterloo Station. Sie hatte diesen Bahnhof liebgewonnen. Die Größe des Gebäudes versprach Dauerhaftigkeit, die strenge Eisenträgerkonstruktion bürgte für Anonymität; ein weitläufiger Wartesaal, erbaut aus den vorgefertigten Teilen eines Baukastens. Durch das schmutzige Glasdach fiel das Tageslicht grau, staubig und geheimnisvoll. Heute – trotz des Regens – hatte ihr der Fußweg vom Büro dorthin gutgetan. Nun saß sie auf einer Bank in der Nähe von Bahnsteig eins und weinte sich in aller Stille aus. Niemandem schienen diese Gefühlsausbrüche aufzufallen, nur einmal war ihr seitens einer Dame von der Heilsarmee Gelegenheit zum Gebet angeboten worden, die genannte Adresse war irgendwo in Lambeth. Schluchzen war auf dem Waterloo-Bahnhof nichts Ungewöhnliches. Trennungen standen hier auf der Tagesordnung, und neuerdings war der Bahnhof zudem ein Ort, wo sich Wohnungslose und Hungrige versammelten. Ebensogut hätte Fiona wohl auch auf dem Londoner Flughafen weinen können, nur bestand dort in höherem Maße die Gefahr, jemanden zu sehen, den sie kannte. Oder vielmehr, daß jemand, der sie kannte, sie sah. Und Waterloo Station war in bequemer Nähe des Büros gelegen, es gab Tee und Zeitungen dort, einen Taxistand und Parkuhren. So ging sie also zum Bahnsteig eins und weinte.

Natürlich war es die Aussicht, Bernard und die Kinder verlassen zu müssen. Am Ende würde sie ihnen verhaßt sein. Selbst wenn sie alles tat, was man von ihr erwartete, und sie als Heldin zurückkehrte, würden sie sie hassen, weil sie sie verlassen hatte. Auch ihr Vater würde sie hassen. Und ihre Schwester Tessa. Und was sollte aus den Kindern werden? Sie hatte Bret danach gefragt, aber er war über ihre Befürchtungen hinweggegangen. Für die Kinder würde so gesorgt werden, wie ihr Heroismus und ihr Opfer es verdienten, hatte er in jenem theatralischen Stil gesagt, den man Bret abnahm, weil er sich seiner Sache so verdammt sicher war. Aber wie aufrichtig war er? Das beunruhigte sie manchmal. Aufrichtig oder nicht, sie wurde den Verdacht nicht los, daß man ihre Kinder vergessen würde, wenn sie erst mal im Osten wäre. Billy würde das Internat überleben – womöglich bekam ihm das Leben dort sogar –, aber Sally würde eine derartige Umgebung unerträglich finden. Fiona hatte sich vorgenommen, ihren Kindern nicht die gleiche Kindheit aufzuzwingen, die sie selbst so gehaßt hatte.

Bret meinte, das einzige, was sie noch mehr fürchtete als zu erfahren, daß ihr Mann und ihre Kinder nicht ohne sie leben könnten, sei die Entdeckung, daß sie's könnten. Das Aas! Aber da war wohl etwas Wahres dran. Vielleicht bestand darin das lähmende Dilemma, das die Mutterschaft mit sich brachte.

Sie war niemals eine sehr gute Mutter gewesen, und dieses Wissen plagte sie. Sie hatte sich nie danach gesehnt, Mutter zu werden, wie dies ihre Schwester Tessa so verzweifelt tat. Fiona hatte Babys nie gemocht. Die kleinen Bälger ihrer Freundinnen waren ihr zuwider gewesen mit ihren unaufhörlichen Ansprüchen, die den ganzen Haushalt durcheinanderbrachten. Babys schrien sehr laut. Babys erbrachen mit entsetzlicher Häufigkeit und beschmutzten stinkend ihre Windeln. Selbst wenn sie ihre eigenen Säuglinge auf den Arm nahm, hatte sie immer gefürchtet, sich das Kleid schmutzig zu machen. Das Kindermädchen hatte das sofort bemerkt, und der anklagende Blick in ihren Augen war Fiona noch immer erinnerlich. Der Blick sagte: Ich bin ihre wahre Mutter. Sie sind unfähig, sie zu betreuen.

Fiona konnte nicht mit Kindern umgehen, aber unfruchtbar bleiben wollte sie auch nicht. Sie wollte sozusagen auch die Mutterschaft abhaken. Ständig machte sie sich Sorgen um die Kinder und wollte, daß sie in der Schule glänzten, und vor allem freute sie sich darauf, an ihrem Leben teilzunehmen, wenn sie heranwüchsen. Aber die Kinder brauchten sie jetzt. Vielleicht war es noch nicht zu spät. Vielleicht konnte sie der Londoner

Zentrale noch den Rücken kehren und sich ihren Kindern widmen, wie sie sich bisher ihren Studien und ihrer Aufgabe gewidmet hatte.

Es verging kein Tag, an dem sie sich nicht einmal sagte, daß sie zu Bret gehen und ihm sagen sollte, daß sie ihre Meinung geändert habe. Aber jedesmal, wenn sie mit ihm sprach – und lange bevor es ihr gelang, die Unterhaltung an den gewünschten Punkt zu führen –, überzeugte er sie von neuem davon, daß es ihre vornehmste Pflicht sei, ihrem Lande und dem Department zu dienen. Selbst der Director-General hatte von diesem Plan, sie als Agentin in den aktiven Einsatz zu bringen, als Agentin von höchster Wichtigkeit sogar, mit ganz ungewöhnlichem Ernst gesprochen. Dabei würde sich natürlich zeigen, daß ein nachrichtendienstlicher Coup einer Frau so gut gelingen konnte wie nur irgendeinem Mann. Das, mehr als alles andere, hatte ihr geholfen weiterzumachen, wenn der Mut ihr sank.

Seit Anfang des Jahres hatten die Streitigkeiten und Meinungsverschiedenheiten zwischen ihr und Bernard zugenommen. Das war nicht allein Bernards Schuld, auch er hatte es nicht gerade leicht gehabt. Die »Operation Reisezug« war eine Katastrophe gewesen. Drei von ihren eigenen Leuten waren dabei getötet worden, jedenfalls lautete so das Gerücht. Max Busby hatte eine Menge Material in seinem Gedächtnis gespeichert, und Max Busby kam nicht zurück. Bernard sprach nicht darüber, aber wer ihn kannte, merkte wohl, daß ihn die Sache ganz schön erschüttert hatte.

Bernards Einsatz im Außendienst »ruhte« jetzt offiziell, und Bret Rensselaer hatte – vielleicht in dem Bemühen, sie zu trösten – durchblicken lassen, daß entschieden worden sei, Bernard für den Rest seines Lebens an den Schreibtisch zu setzen. Nicht in der Deutschland-Abteilung. Dort saß inzwischen Dicky Cruyer, ein eitler und oberflächlicher Mann. Eigentlich hätte die Beförderung Bernard zugestanden, und er hätte für den Posten mehr Sachverstand und Intelligenz mitgebracht, doch Dicky hatte Erfahrung im Verwaltungsapparat sowie die persönlichen Eigenschaften und gesellschaftlichen Verbindungen, die das Department bei der Besetzung leitender Stellungen bevorzugt berücksichtigte. Bernard meinte, alles, was Dicky auszeichne, sei die richtige Schulkrawatte, aber Bernard war, was solche Dinge anging, vielleicht ein bißchen zu empfindlich. Sie hatte sich gefragt, ob Bret Bernards Beförderung ihres geheimen Auftrags wegen blockiert hatte, aber Bret hatte ihr versichert, die Entscheidung sei höheren Orts gefallen.

Sie war überzeugt, daß sich ihr unerquickliches Familienleben bessern würde, wenn Bret ihr gestattete, sich ihrem Mann anzuvertrauen. Unter den gegebenen Umständen konnte sie ihre Abwesenheiten nicht immer rechtfertigen. Es war schon schlimm genug gewesen, als sie sich nur ab und zu mit Martin Euan Pryce-Hughes traf. Jetzt gab es zahllose geheime Beratungen mit Bret, und sie hatte eine Menge zu büffeln. Das Material dieser Studien aber durfte Bernard keinesfalls unter die Augen bekommen. Bernard war nicht schwer von Begriff. Sie hätte nicht viele Fehler zu machen brauchen, um ihn merken zu lassen, was gespielt wurde, und der D. G. hatte sich persönlich der Mühe unterzogen, ihr zu sagen, daß, wenn Bernard entdeckte, was geplant war, die ganze Aktion abgeblasen werden mußte. Armer Bernard. Armer Billy. Arme Sally. Sie saß auf der Bank am Bahnsteig eins und dachte an sie alle. Sie fühlte sich vollkommen verausgabt und krank. Das Weinen löste die innere Spannung, tat aber nichts zur Besänftigung ihres Schmerzes. Sie weinte noch etwas in der beherrschten, unaufdringlichen und würdevollen Weise, auf die zu weinen sie im Internat gelernt hatte, und starrte durch die Bahnhofshalle, wo Leute zu den Vorortzügen eilten oder voneinander Abschied nahmen. Sie sagte sich, daß deren Sorgen vielleicht größer waren als ihre, aber das half nichts. Sie fühlte sich bei dem Gedanken eher noch niedergeschlagener.

Das Wetter tat nichts, sie aufzuheitern. Es war einer dieser elend kalten und regnerischen Tage, die so häufig den englischen Sommer unterbrechen. Jeder hatte sich in Mantel und Schal verpackt, und die kalte, feuchte Luft trug das Ihre zu Fionas fröstelnder Trübsal bei. Züge kamen an; Züge fuhren ab. Eine junge Frau fragte nach der Zeit, und ein älteres Paar ging in lautstarkem Streit vorbei. Tauben und Spatzen schwebten von

den Stahlträgern des Daches herunter, angelockt von einem bärtigen Mann auf einer Bank in der Nähe, der ihnen Krümel streute. Sie saß da und sah den Vögeln zu, und so verging, wie es ihr schien, viel Zeit.
»Entschuldigen Sie, Madam.« Fiona blickte auf und sah zwei Männer: einen uniformierten Eisenbahnpolizisten und einen Mann in Zivil. »Haben Sie vor ein paar Minuten mit einer jungen Frau gesprochen?« Der Polizist stellte die Frage.
Zuerst dachte sie, man würde ihr bedeuten, nicht länger hier herumzulungern, sie wegen Prostitution verhaften oder sonst irgendwelchen Ärger machen, aber dann wurde ihr klar, daß der Mann in Zivil kein Polizist war. »Ja?«
»In dunkelblauem Mantel mit rotem Seidenschal? Dunkles Haar, ein hübsches Mädchen.« Jetzt sprach der Mann im Kamelhaarmantel. Er hatte mit einer höflichen Gebärde, die sie überraschte, den Hut gezogen, und ihr fiel auf, wie fest er diesen in der sonnengebräunten Hand hielt. Er schien nervös zu sein.
»Sie hat mich nur nach der Zeit gefragt. Sie hat den Zug nach Southampton genommen«, sagte Fiona. Eine hallende und unverständliche Lautsprecherdurchsage unterbrach sie, und sie ließ erst den Lautsprecher ausreden, ehe sie fortfuhr: »Das hat sie jedenfalls gesagt.«
»Sie hatte eine große Tasche aus grünem Kunststoff mit Schulterriemen«, sagte der Mann.
Das war, entschied sie, als Frage zu nehmen. »Sie hatte eine Tasche«, sagte Fiona, »Einzelheiten sind mir nicht aufgefallen.«
»Ist bei Ihnen alles in Ordnung, Madam?« sagte der Polizist. Ihre geröteten, tränennassen Augen waren ihm aufgefallen.
»Mir fehlt nichts, danke«, sagte sie mit fester Stimme. Sie blickte auf ihre Uhr und erhob sich, um zu zeigen, daß sie ohnedies eben weggehen wollte.
Der Polizist nickte. Er wollte ihr glauben. Er hatte genug zu tun.
»Es war die Tochter dieses Herrn«, erklärte der Polizist.
»Mein Name ist Lindner, Adam Lindner. Ja, sie ist erst sechzehn, von zu Hause weggelaufen. Sie sieht älter aus.« Er sprach mit weichem amerikanischen Akzent, den sie nicht lokalisieren konnte.

»Wir werden in Southampton anrufen«, sagte der Polizist energisch. »Sie halten sie dann dort fest, wenn der Zug ankommt.«
»War irgend jemand bei ihr?« fragte der Vater in gebieterischem Ton.
Fiona sah ihn an. Er war hochgewachsen und athletisch. Ende Dreißig ungefähr. Sein Schnurrbart war üppig, aber sorgfältig geschnitten. Er hatte traurig brütende Augenbrauen und in einem wettergegerbten Gesicht eine irgendwie plattgequetschte Nase. Er war gutaussehend, ohne zurechtgemacht zu sein, wie die zähen Burschen aus Hollywood, deren Fotos sie im Internat über ihrem Bett an die Wand gepinnt hatte. Seine Kleidung.war teuer und zu perfekt, in dem Stil, den Ausländer wählten, wenn sie englisch aussehen wollten. Ein wunderschöner Kamelhaarmantel, eine Krawatte mit Paisley-Muster, deren Knoten eine durch den Hemdkragen gesteckte goldene Nadel hielt, und glänzende Oxford-Schuhe. »Ja«, sagte sie, »es war ein Mann bei ihr.«
»Ein Schwarzer?«
»Vielleicht. Ich habe nicht darauf geachtet. Ja, ich glaube.«
»Das macht es etwas einfacher für uns«, sagte der Polizist.
Ein Windstoß fuhr in weggeworfene Zeitungen und andere Abfälle und bewegte sie genug, um die Vögel zu verscheuchen. Die Unterhaltung stockte, wie englische Unterhaltungen stokken, wenn man sich innerlich auf das delikate und komplizierte Ritual des Verabschiedens vorbereitet.
»Wir haben Ihre Telefonnummer, Mr. Lindner«, sagte der Polizist. »Sobald wir aus Southampton etwas hören, meldet sich der Wachhabende bei Ihnen.« Das war alles. Der Polizist hatte noch anderes zu tun.
»Wenn das alles ist?« sagte Fiona und wandte sich zum Gehen. »Ich brauche ein Taxi.«
»Ich fahre nach Maida Vale«, sagte der Mann zu Fiona. »Kann ich Sie irgendwo absetzen?« Sie wußte noch immer nicht, woher sie diesen Akzent kannte. Sie hielt ihn für einen Seemann der Handelsmarine oder einen Erdölarbeiter, der jetzt die Taschen voll Geld hatte und sich freute, es mit vollen Händen auszugeben.

»Danke, das ist nicht nötig«, sagte sie.
»Doch, bitte. Es regnet in Strömen, und ich würde mich freuen, wenn Sie mir Gesellschaft leisten wollten.«
Beide Männer sahen sie fragend an. Es ärgerte sie, daß Männer von Frauen immer Erklärungen verlangten, als wären Frauen Bürger zweiter Klasse. Trotzdem erfand sie eine Erklärung. »Ich habe jemanden zum Zug begleitet. Ich wohne in Marylebone. Ich werde ein Taxi nehmen.«
»Marylebone, da komme ich doch durch.« Und dann: »Danke schön, Constable. Sie haben mir sehr geholfen.«
»Kinder machen komische Sachen«, sagte der Polizist zum Abschied. »Es kommt schon alles wieder in Ordnung. Sie werden sehen.«
»Es war Pech«, sagte der Mann. »Wäre der Zug fünfzehn Minuten später gefahren, hätten wir sie noch aufhalten können.«
Fiona ging in Richtung des Taxistandes, und er ging neben ihr her. »Sehen Sie sich bloß mal an, wie das gießt! Sie fahren doch besser mit mir!«
Es standen ungefähr fünfzig Leute Schlange nach einem Taxi, und kein Taxi war in Sicht.
»Na schön. Danke.«
Sie gingen zu seinem Wagen, wobei sie über das unzuverlässige englische Wetter sprachen. Er benahm sich jetzt mit größter Höflichkeit, und seine Stimme hatte sich auf eine Weise verändert, die sie nicht hätte bestimmen können. Sie lächelte ihn an. Er öffnete die Tür für sie und half ihr in den Sitz. Es war ein Jaguar XJS Kabriolett: grau, glänzend und sehr neu. »Ich nehme an, Mrs. Lindner macht sich große Sorgen«, sagte Fiona. Als der Motor mit kehligem Brüllen ansprang, spielte die Stereo-Anlage ein, zwei Takte eines Straußwalzers, ehe er sie abschaltete, den Hals verdrehte und vorsichtig aus der Parklücke fuhr.
»Es gibt keine Mrs. Lindner«, sagte er, noch immer das Heck seines Wagens im Auge. »Ich bin vor fünf Jahren geschieden worden. Und überhaupt ist das Mädchen gar nicht meine Tochter. Sie ist meine Nichte.«
»Ach so.«
Ohne Unsicherheiten zu zeigen, fuhr er die Rampe hinab, vorbei

an den Privatwagen und Autobussen: So fuhr kein Mann, der nicht mit dem Londoner Verkehr vertraut war. »Ja also, ich wollte nicht sagen, daß sie meine Nichte ist. Die Bullen hätten sofort gedacht, sie wäre bloß 'ne Mieze, die mit mir pennt.«

»Hätten sie das?«

»Na klar. Bullen denken so. Und überhaupt bin ich Kanadier und ohne Aufenthaltserlaubnis hier.« Er biß sich auf die Lippe. »Ich kann mir Scherereien mit der Polizei nicht leisten.«

»Haben Sie ihnen einen falschen Namen genannt?«

Er wandte sich zu ihr um und grinste bewundernd. »Ja. Habe ich.«

Sie nickte.

»Au Backe! Jetzt werde ich zu hören kriegen, daß Sie selber Beamtin der Einwanderungsbehörde sind. Das würde gut reinpassen in die lausige Pechsträhne, an der ich klebe.«

»Würde es?«

»Ja. Würde es.« Eine Pause. »Sie gehören nicht zur Polente. Ich meine, Sie werden mich nicht hoppnehmen lassen, stimmt's?«

»Ist das Ihr Ernst?«

»Und wie, sage ich Ihnen, und wie. Da habe ich in Sydney in Australien gearbeitet, und der Hoteldiener hat mich hoppnehmen lassen. Zwei Gorillas von der Einwanderungsbehörde warteten in meinem Zimmer auf mich, als ich an dem Abend nach Hause kam. Sie hatten meine Post durchwühlt und sogar das Futter aus meinen Anzügen geschnitten. Harte Typen, diese Australier. Natürlich noch schlimmer war's in der guten alten Zeit in Uruguay. Die ließen einen nicht laufen, ehe sie einem nicht den letzten Penny abgenommen hatten.«

»Das hört sich ja an, als sei die illegale Einwanderung Ihr Spezialgebiet.« Sie lächelte.

»Na, schon besser. Ich dachte schon, sie lächelten dieser Tage überhaupt nicht, vielleicht wegen der Fastenzeit. Einwanderung? Na ja, mein Cousin kauft und verkauft Flugzeuge. Ab und zu nehme ich mir frei und liefere eins von diesen Dingern. Dann kann ich manchmal der Versuchung nicht widerstehen, den einen oder anderen lokalen Charterflug zu machen, für ein bißchen Kohle nebenher.«

»Sind Sie deswegen in London?«
»Flugzeuge? Nein, die sind nur noch ein Freizeithobby. Ich habe bei der Air Force fliegen gelernt und es nie verlernt. Aber im wirklichen Leben bin ich Psychiater.«
»Diese Nichte... haben Sie die auch erfunden?« fragte Fiona.
»Nein, ich spinne doch nicht vollkommen. Sie ist die Tochter meines Cousins Greg, und ich sollte mich in London um sie kümmern. Ich glaube, ich werde in Winnipeg anrufen und Greg erzählen müssen, daß sie abgehauen ist.«
»Wird er wütend sein?«
»Natürlich wird er wütend sein, aber nicht überrascht. Er weiß, daß sie ein ganz schön wildes kleines Mädchen sein kann.«
»Und wie kommt es, daß Sie...«
»Greg war bei der Air Force mit mir und hat einen dicken Anteil an einer Flugzeug-Maklergesellschaft.«
»Ich verstehe.«
»Weil ich Psychiater bin, denkt er, ich kann sie zur Vernunft bringen. Der Quacksalber, bei dem sie daheim in Behandlung war, hat sie einfach mit Amitryptilin und solchem Dreck vollgestopft.«
»Aber Sie können sie auch nicht zur Vernunft bringen?«
»Mädchen, die...«, die frivole Antwort, die er hatte geben wollen, starb ihm auf den Lippen. »Wollen Sie's wirklich wissen? Es könnte sein, daß sich's um eine schizophrene Reaktion auf die Pubertät handelt, aber um das mit Sicherheit diagnostizieren zu können, wäre jemand erforderlich, der auf dem Gebiet mehr Erfahrung hat als ich.«
»Weiß ihr Vater, daß Sie das denken?«
»Ich weiß nicht, weshalb ich's Ihnen gesagt habe... Nein, es ist noch zu früh, Greg damit zu kommen. Das ist schließlich ein verdammt schwerer Brocken für die Eltern. Ich will mit jemand über sie reden. Ich wollte arrangieren, daß ein Spezialist sie sich mal ansieht, ohne daß sie was merkt.« Er warf Fiona einen verstohlenen Blick zu. »Jetzt bin ich dran, Vermutungen über Sie anzustellen. Ich wette, Sie sind Studentin der Philosophie. Habe ich recht, Miss...?« sagte er mit breitem Grinsen.
»Mrs. Samson. Ich bin verheiratet und habe zwei Kinder.«

»Kein Spaß? Aber das kann doch nicht wahr sein. Zwei Kinder: Sie müssen noch sehr klein sein. Mein richtiger Name ist Harry Kennedy. Schön, Ihre Bekanntschaft zu machen, Mrs. Samson. Ja, das Mädchen wird vielleicht doch noch zu Verstand kommen. Ich habe solche Fälle schon erlebt. Noch besteht keine Ursache, ihre Eltern zu ängstigen. Drogen sind's nicht. Jedenfalls bete ich zu Gott, daß es keine Drogen sind. Sie hat Schwierigkeiten in der Schule. Keine Leidenschaft für die Wissenschaften. Sie mag Partys, Musik, Tanzen; so war sie schon als kleines Mädchen. Sie liest nicht gerne. Ich könnte ohne Bücher nicht leben.«

»Ich auch nicht.«

»Sie haben überhaupt niemanden zum Zug begleitet, stimmt's?« sagte er plötzlich, ohne den Blick von der Straße zu wenden.

»Nein.«

»Was haben Sie also am Bahnhof gemacht?«

»Ist das wichtig?«

»Ich bin sehr neugierig. Aber es war mein Glück, daß Patsy Sie angesprochen hat. Sie haben mich auf den ersten Blick interessiert.«

»Ich wollte nachdenken.«

»Traurige Gedanken?«

»Es ist alles relativ. Ich habe ein gutes Leben, keine Klagen.«

»Sie brauchen was zu trinken.«

Sie lachte. »Kann schon sein«, sagte sie.

Er fuhr durch Marylebone. Es war wenig Verkehr. Sie hätte etwas sagen sollen, sich direkt nach Hause bringen lassen, aber sie sagte nichts. Sie beobachtete den Verkehr, die grimmigen Gesichter der Fahrer und die endlosen Mengen durchnäßter Leute. Er fuhr auf einen Parkplatz hinter einem gepflegten Apartmenthaus in Maida Vale. »Kommen Sie mit nach oben auf einen Drink«, sagte er.

»Ich glaube nicht«, sagte sie und rührte sich nicht.

»Sie brauchen keine Angst vor mir zu haben. Wie ich Ihnen schon sagte, ist mein Name Harry Kennedy. Ich reagiere allergisch in Sachen Arbeitserlaubnis, aber davon abgesehen bin ich vollkommen harmlos. Ich arbeite an der psychiatrischen Abteilung der St. Basil Clinic in Fulham. Irgendwann werden die mir endlich auch die Arbeitserlaubnis besorgen, und dann werde ich für immer froh und hier glücklich sein.«

»Oder Sie werden sich anderswo ein neues Tätigkeitsfeld suchen?«

»Auch das wäre denkbar.«

»Und Sie sind wirklich Psychiater?«

»So was würde ich doch nicht erfinden, oder?«

»Warum nicht?«

»Der Beruf macht doch jeden kopfscheu, dessen Bekanntschaft man vielleicht sucht. Nehmen Sie nur Ihre eigene Reaktion zum Beispiel.«

»Also ein Drink.«

»Und dann nach Hause zu Mann und Kindern«, versprach er.

»Ja«, sagte sie, obwohl die Kinder in der Obhut eines kompetenten Kindermädchens waren und Bernard sich in Berlin aufhielt, wo er drei Tage lang zu tun haben würde.

Kennedys Wohnung war in der zweiten Etage. Sie folgte ihm die Treppen hinauf. Der Block war in den dreißiger Jahren gebaut worden und hatte – abgesehen davon, daß Bombensplitter hier und da ein Stück Granit aus der Fassade gemeißelt hatten – den Krieg unversehrt überstanden.

»Ich habe diese Wohnung von einem reichen Hals-Nasen-Ohren-Spezialisten gemietet, der bis zum April nächsten Jahres am Bellevue-Hospital in New York ist. Wenn sie ihm dort seinen Vertrag verlängern, wird er die Wohnung verkaufen wollen.«

Die Wohnung war groß. In den dreißiger Jahren kannten die Architekten noch die Unterschiede zwischen Wandschränken und Schlafzimmern. Er nahm ihren nassen Regenmantel und hängte ihn auf den Kleiderständer aus gebogenem Holz im Flur. Dann zog er den Mantel aus und warf seinen Hut auf einen Stapel ungeöffneter Post, der neben einer Vase mit künstlichen Blumen auf dem Flurtischchen lag. »Ich komme einfach nie dazu, ihm diese ganze Post nachzuschicken, aber größtenteils ist's doch nur Reklame.«

Der dunkelgraue Nadelstreifenanzug mit Weste aus Kammgarn war von kastenförmigem amerikanischen Schnitt und ließ ihn schlanker erscheinen, als er wirklich war. Über die Weste fiel eine goldene Uhrkette mit kleinem goldenen Anhänger.

Er führte sie ins Wohnzimmer. Es war geräumig genug, einen Stutzflügel, ein paar Sofas und einen Kaffeetisch aufzunehmen, ohne deshalb vollgestopft zu wirken. »Nur hier herein. Willkommen in Disneyland. Nehmen Sie Platz. Gin, Whisky, Wodka, Wermut... einen Martini? Was wünschen Sie?« Sie musterte die Einrichtung. Irgendjemand hatte sich große Mühe gegeben, die Wohnung ganz in dem Art-deco-Stil einzurichten, der in Mode gewesen war, als das Haus gebaut wurde.

»Einen Martini. Spielen Sie Klavier?«

Er ging in die Küche, und sie hörte ihn den Kühlschrank öffnen. Er kehrte mit zwei bereiften Martinigläsern, gekühltem Gin und gekühltem Wermut zurück. Unter dem Arm hielt er eine Schachtel mit Sachen zum Knabbern. Er mixte sorgfältig zwei Martini-Cocktails. »Die Oliven sind mir gerade wieder ausgegangen«, sagte er, als er die Gläser zu ihr hinüber trug. »Die Haushälterin ißt sie schneller, als ich sie kaufen kann. Sie ist Spanierin. Ja, ich spiele ein bißchen.«

»Nach diesem Glas muß ich gehen.«

»Keine Angst, ich fahre Sie nach Hause.«

»Der Raum ist sympathisch.« Sie nahm das Glas beim Stiel und hielt es sich an das Gesicht, die eisige Kälte war angenehm.

»Mögen Sie dieses Art-deco-Zeug?« Er trank etwas von seinem Martini und stellte dann das Glas ab, sorgfältig auf einen Untersetzer. »Der Hals-Nasen-Ohren-Mann hat es geerbt. Seine Eltern waren Flüchtlinge aus Wien. Ärzte. Sie sind rechtzeitig abgehauen und konnten noch ihre Möbel mitnehmen. Ich mußte auf Eid versprechen, niemals Coca-Cola-Gläser auf die polierten Tische zu stellen und nicht zu rauchen. Wenn er dort bleibt, wird er die Sachen nach New York verfrachten.«

»Mir gefallen sie.«

»Er ist ein gefühlvoller Bursche. Na ja, ich nehme an, das Zeug ist schon okay, aber mir sind Sachen lieber, die mich irgendwie persönlich ansprechen. Hier, nehmen Sie was davon.« Er wies auf das Käsegebäck, das in einer Schachtel lag, deren Deckel mit dem Bild eines alten Rheindampfers geschmückt war.

»Ich bin nicht hungrig.«
»Würde es Ihnen helfen, darüber zu reden?«
»Nein, ich glaube nicht.«
»Sie sind eine schöne Frau, Mrs. Samson. Ihr Mann ist zu beneiden.« Das sagte er ganz sachlich, ohne jede Verlegenheit. Kein Engländer, den sie je getroffen hatte, hätte ein solches Kompliment ohne Angeberei und ohne Verlegenheit zustande gebracht.
»Ich bin auch zu beneiden«, sagte sie ruhig. Sie wünschte, er würde sie nicht so ansehen. Ihr Haar war total durcheinander, und sie hatte rote Augen.
»Das will ich meinen. Ist Ihr Cocktail so richtig? Zuviel Gin?«
»Nein, er ist genau, wie ich ihn mag.« Sie trank etwas davon, um ihm zu zeigen, daß sie die Wahrheit sprach. Sie war unruhig. Nach ein paar Minuten plätschernder Konversation – Kennedy hatte erst kürzlich die Oper für sich entdeckt – sagte sie: »Könnten Sie mir vielleicht ein Taxi rufen? Zu dieser Tageszeit dauert's manchmal ewig, bis eins kommt.«
»Ich fahre Sie.«
»Sie müssen doch auf den Anruf der Polizei warten.«
»Da haben Sie recht. Aber müssen Sie schon gehen?«
»Ja, ich muß.«
»Könnte ich Sie wiedersehen?«
»Das wäre weniger klug.«
»Ich muß nächste Woche eine Cessna nach Nizza fliegen – Freitag, vielleicht auch Samstag – und dort einen Learjet abholen. Ein hübscher Job, wie er nur selten vorkommt. An der Straße, nur zwanzig Minuten vom Flughafen in Nizza, gibt es ein wirklich gutes Restaurant. Spätestens um sechs Uhr abends wären Sie wieder im Zentrum von London. Sagen Sie nicht gleich nein. Vielleicht würden Sie auch gern Ihren Mann mitbringen oder Ihre Kinder. Die Cessna ist ein Viersitzer.«
»Ich glaube nicht.«
»Überlegen Sie sich's trotzdem. Die Abwechslung würde Ihnen bestimmt guttun.«
»Ist das eine ärztliche Diagnose?«
»Allerdings.«

»Das will ich doch nicht hoffen.«

»Lassen Sie mich Ihnen jedenfalls meine Telefonnummer geben«, sagte Kennedy. Ohne eine Antwort abzuwarten, gab er ihr eine gedruckte Karte. »Dies lausige Wetter wird bestimmt noch eine Weile anhalten, und vielleicht kriegen Sie ja doch Lust auf ein bißchen Rivierasonne.« Sie las die Karte: Dr. H. R. Kennedy, dazu die Adresse in Maida Vale und eine Telefonnummer. »Habe ich letzte Woche bei einer dieser kleinen Klitschen drucken lassen. Ich wollte Patienten hierher bestellen, aber das habe ich mir dann doch anders überlegt.«

»Aha.«

»Ja, das wäre gegen meinen Mietvertrag gewesen, und ich mußte damit rechnen, Ärger zu kriegen, wenn meine Patienten den Parkplatz benutzten.« Er ging ans Telefon und bestellte ein Taxi. »Sie kommen gewöhnlich sofort«, sagte er. »Ich habe ein Konto bei ihnen.« Dann fügte er gedankenvoll hinzu: »Und wenn ich meine Patienten hierher bestellt hätte, hätte ich vielleicht bald darauf auch die Einwanderungsbehörde auf dem Hals gehabt.«

»Ich hoffe, Ihre Nichte kommt bald wieder.«

»Die wird sich schon wieder einkriegen.«

»Kennen Sie den Mann, mit dem Sie zusammen ist?«

Kennedy zögerte. »Ein Patient. Aus der Klinik. Er hat ihre Bekanntschaft gemacht, als sie eines Nachmittags dort auf mich wartete.«

»Oh.«

»Er neigt zur Gewalttätigkeit. Deshalb war die Polizei gleich so hilfsbereit.«

»Ich verstehe.«

»Sie haben mir geholfen, Mrs. Samson. Und ich weiß es wirklich zu schätzen, daß Sic mir Gesellschaft geleistet haben.« Das Telefon klingelte, um anzukündigen, daß das Taxi schon vor der Haustür stand. Er half ihr in den Mantel, wobei er darauf achtete, ihr langes Haar nicht unter dem Kragen einzuklemmen.

»Ich würde Ihnen gern behilflich sein«, sagte er. Er nahm förmlich von ihr Abschied und ergriff dabei ihre Hand.

»Ich brauche keine Hilfe.«

»Sie gehen auf Bahnhöfe, um Ihr Unglück zu verbergen. Finden Sie nicht, daß eine Ehe, wo die Frau Angst hat, in Gegenwart ihres Mannes traurig zu sein, was zu wünschen übrigläßt?«
Fiona fand seine offensichtliche Einfachheit und Ehrlichkeit entwaffnend. Sie hielt nicht viel von Psychiatrie und mißtraute im allgemeinen den Psychiatern, aber diesen amüsanten und ungewöhnlichen Mann fand sie anziehend. Er fühlte sich seinerseits zweifellos zu ihr hingezogen, aber er hatte nicht versucht, ihr mit plumpen Schmeicheleien zu kommen. Und es gefiel ihr, daß Kennedy ihr seine Ängste vor der Einwanderungsbehörde so offen eingestanden hatte, zumal er damit doch ziemliches Vertrauen in sie setzte. Sie fühlte sich danach fast als seine Komplizin bei seinen illegalen Aktivitäten. »Ist das die Sorte Dilemma, das Ihnen Patientinnen wie ich gewöhnlich vortragen?«
»Glauben Sie mir, ich habe keine Patientinnen, die Ihnen in irgendeiner Hinsicht gleichen, Mrs. Samson, und habe solche noch nie gehabt.«
Sanft entzog sie ihm ihre Hand und ging durch die Tür. Er folgte ihr nicht, aber als sie in die Höhe blickte, ehe sie ins Taxi stieg, sah sie sein Gesicht am Fenster.
Sie sah auf die Uhr. Es war spät. Um diese Zeit versuchte Bernard meistens anzurufen.

»Hallo, Schätzchen.« Zu ihrer Überraschung fand sie daheim Bernard, das Kindermädchen und die beiden Kinder um den kleinen Küchentisch versammelt. Die Szene prägte sich ihrem Gedächtnis für alle Zeiten ein. Alle miteinander lachten sie und redeten und aßen. Auf dem Tisch herrschte die Unordnung, die sie im Haushalt von Bernards Mutter gesehen hatte: Tee in Tassen ohne Untertassen, die Teekanne auf einen angeschlagenen Teller gestellt, Fertiggerichte aus der Tiefkühltruhe in ihrer Metallfolie einfach auf das Tischtuch gesetzt, ebenso wie der Zucker in seiner Tüte und ein Stück Kuchen auf dem Einwickelpapier. Das Lachen verstummte bei ihrem Eintritt.
»Wir haben uns schon gewundert, wo du bleibst«, sagte Bernard. Er trug Kordhosen und einen alten blauen Rollkragenpullover, den sie schon zweimal weggeworfen hatte.

»Mr. Samson hat den Kindern erlaubt, hier unten zu essen«, sagte das Kindermädchen ängstlich.
»Schon recht, Nanny«, sagte Fiona und gab den Kindern Küsse. Sie waren frisch gebadet und rochen nach Talkumpuder.
»Du hast 'ne ganz kalte Nase«, sagte Billy anklagend, und dann kicherte er. Er sah Bernard so ähnlich.
»Du bist unhöflich«, sagte seine kleine Schwester. Weil sie anders die Tischplatte nicht erreicht hätte, hatte man ihr ein mit blauer Seide bezogenes Kissen vom Wohnzimmersofa untergelegt. Fiona bemerkte, daß es nun mit Tomatensoße bekleckert war, ließ sich das aber nicht anmerken, als sie nun lächelnd ihre Tochter küßte und umarmte. Sie liebte die kleine Sally ganz besonders. Das Mädchen schien sie manchmal zu brauchen, wie niemand sonst Fiona je gebraucht hatte.
Fiona umarmte Bernard. »Was für eine wunderbare Überraschung. Ich hatte dich erst zum Wochenende zurückerwartet.«
»Ich habe mich verdrückt.« Bernard legte einen Arm um sie, aber sie spürte Zurückhaltung. Gewisse Frauen hätten dieses Zögern als Zeichen einer drohenden Gefahr gedeutet. Fiona wußte, es bedeutete, daß in Berlin irgendwas schiefgelaufen war. Eine Schießerei? War jemand umgebracht worden? Sie sah ihn an, um sich zu vergewissern, daß er unverletzt war. Sie würde ihn nicht fragen, was passiert war, sie redeten nicht von geschäftlichen Angelegenheiten – es sei denn, diese gingen sie beide an –, aber sie wußte, es würde nun eine Weile dauern, bis Bernard wieder zu körperlicher Berührung mit ihr fähig wäre.
»Ist alles in Ordnung?«
»Natürlich, wieso denn nicht?« Ein Lächeln, das eine gewisse Gereiztheit nicht verbarg. Er mochte es nicht, wenn sie ihre Besorgnis zeigte.
»Mußt du wieder hin?« Die Kinder beobachteten sie beide mit großem Interesse.
»Warten wir's ab«, sagte er mit gespielter Lustigkeit. »Für die nächsten paar Tage werden wir Ruhe haben. Sie glauben, ich treibe mich in Bayern herum.«
Sie gab ihm noch einen wohlanständigen Kuß. Sie wünschte, Bernard wäre nicht so eigensinnig. Daß er absichtlich seinen

Instruktionen zuwider gehandelt hatte, um früher nach Hause zu kommen, war zwar schmeichelhaft für sie, aber es war genau das Verhalten, das man im Department unentschuldbar fand. Jetzt freilich war nicht die Gelegenheit, das zur Sprache zu bringen. »Eine wunderbare Überraschung«, sagte sie.
»Iß was, Mami«, sagte Sally. »Es ist noch eine Menge übrig.«
»Mami ißt keine Tiefkühlkost, stimmt's, Mami?« sagte ihr Bruder.
Das Kindermädchen, das zweifellos das »köstliche, fertig zubereitete Bauernmahl« besorgt hatte, sah verlegen drein. Fiona sagte: »Ach, das kommt ganz darauf an.«
»Kein Fleisch«, sagte Billy, als wäre das eine Empfehlung. »Nur Soße und Nudeln.« Er rührte mit dem Löffel in dem Rest, um es ihr zu zeigen.
»Es ist sehr salzig«, sagte Sally. »Ich mag es nicht.«
Das Kindermädchen nahm Billy den Löffel weg und holte Tasse und Untertasse für Fiona, um ihr Tee einzuschenken.
Fiona legte Hut und Mantel ab. Dann nahm sie ein Stück Küchenpapier, um zu sehen, ob's noch möglich wäre, den Soßenfleck von dem seidenen Kissenbezug zu entfernen. Sie wußte, daß sie damit die gemütliche Atmosphäre, in die sie eingedrungen war, restlos verderben würde, aber sie konnte sich einfach nicht hinsetzen und lachen und reden und den Fleck Fleck sein lassen. Sie konnte es nicht. Vielleicht war es das, was nicht in Ordnung war mit ihr und ihrer Ehe.
Ehe sie anfangen konnte, goß das Kindermädchen ihr Tee ein und begann, den Tisch abzuräumen. Bernard beugte sich vor und sagte: »Na, wer ist mein erster Fahrgast im Bummelzug nach Traumland?«
»Ich, Papa, ich!« schrien beide einstimmig.
Bald war Fiona allein mit dem Soßenfleck auf dem blauen Kissen. Aus dem Obergeschoß hörte sie das aufgeregte Geschrei der Kinder, die Bernard ins Bett brachte, wobei er wie eine Lokomotive zischte und tutete.
Der liebe, liebe Bernard. Wie sehr wünschte sie, er könnte ein wunderbarer Vater sein, ohne ihr das Gefühl zu geben, daß sie als Mutter nicht viel taugte.

7

London, September 1978

Sylvester Bernstein war ein fünfzigjähriger Amerikaner. Gemeinsam mit seiner Frau wohnte er in einem viktorianischen roten Backsteinreihenhaus in Battersea. Jedes der drei Geschosse bestand aus einem kleinen Raum, Küche und Badezimmer hatte ein Vorbesitzer in den frühen siebziger Jahren nach hinten heraus angebaut. Jetzt, da hier am südlichen Ufer des Flusses Scharen von gutverdienenden jungen Ehepaaren einfielen – die entdeckt hatten, wie nahe die Gegend der Stadtmitte lag –, begann das Gesicht der Straße sich merklich zu wandeln. Es gab gelb gestrichene Haustüren und sogar rosa gestrichene mit Messingtürklopfern, und neuerdings waren unter den Autos, die eins hinter dem anderen am Straßenrand geparkt waren, kaum noch welche verrostet. Die örtlichen Vorschriften verboten die Einrichtung von Büros in dieser Wohngegend, aber Bernstein war überzeugt, daß ihm wegen des Büros, das er sich in der Dachkammer seines Hauses eingerichtet hatte – mit ein paar Schreibtischen, zwei Telefonanschlüssen und einem Telexgerät –, niemand Schwierigkeiten machen würde. Privatdetektive hielten sich ohnedies nicht viel in Büros auf: jedenfalls nicht Sylvester Bernstein.

Bernstein hatte einundzwanzig Jahre der CIA gedient. Er ließ sich pensionieren, da die Wunden an seinem Bein nicht heilen wollten. Er hatte ein Mädchen geheiratet, dem er in Saigon begegnet war, eine englische Krankenschwester, die dort für die Wohltätigkeitsorganisation Christian Aid arbeitete. Diese hatte es sich plötzlich in den Kopf gesetzt, daß sie in England leben müßten. In jener Zeit stand der Dollar noch ziemlich hoch im

Kurs, so daß sie von seiner Pension in London gut leben konnten. Als dann der Dollar immer tiefer sank, war Bernstein genötigt, sich Arbeit zu suchen. Seine Beziehungen zum Grosvenor Square halfen ihm, die schwer erhältliche Arbeitserlaubnis zu kriegen, und er etablierte sich als Privatdetektiv. Die Mehrzahl seiner Kunden allerdings suchten ihn auf, weil er früher so lange bei der CIA gewesen war. Manche dieser Kunden waren noch immer in der zwielichtigen Zone der »Sicherheit«; Leute, die einen Job erledigt wissen wollten, mit dem sie selber nichts zu tun haben durften. Was Bernstein für Bret Rensselaer zu erledigen hatte, war typisch für die Aufträge, die er erhielt, und weil er Bret schon lange kannte und Bret ein anspruchsvoller Kunde war, ließ Bernstein diese Arbeit nicht von einem seiner freien Mitarbeiter ausführen, sondern nahm sich ihrer persönlich an.

Sie saßen im Erdgeschoß von Bernsteins Haus zusammen. An den Wänden hingen billige viktorianische Drucke, die Szenen der Romane von Walter Scott illustrierten. Der aufwendige Kamin hatte Kacheln mit Lilienmuster zu bieten, einen polierten Messingschirm und einen kompletten Satz Schürhaken. Auf dem eisernen Rost jedoch lagen keine Kohlen, sondern stand ein Gesteck getrockneter Blumen. Fast alles, selbst die Möbel, hatte Bernstein vom Vorbesitzer des Hauses übernommen. Neu waren nur die Porzellansammlung seiner Frau, die beige getönte Auslegware, die amerikanische Badezimmereinrichtung und Sachen wie das Fernsehgerät mit besonders großem Bildschirm, das auf einem schicken Wägelchen stand. Der Raum war winzig, aber geöffnete Sperrholztüren gaben Einblick in ein noch winzigeres Eßzimmer, durch dessen Fenster man in einen winzigen Garten hinaussah. Bret saß auf dem Sofa und hatte sich die Papiere, auf denen Bernstein die Ergebnisse seiner Nachforschungen zusammengefaßt hatte, auseinandergefächert zurechtgelegt, um jedes bei Bedarf sofort zur Hand zu haben.

»Heißt der wirklich Euan Pryce-Hughes?« fragte Bret, der mit walisischen Namen nicht vertraut war. Er mußte sich diesen mit einem Blick auf die Papiere in Erinnerung rufen.

»Sein alter Herr war Hugh Pryce-Hughes.« Bernstein war ein

kleiner Mann mit rundem Bauch, im grauen dreiteiligen Anzug, den er gelegentlich als »Eingeborenentracht« bezeichnete. Der Anzug glich mehr oder weniger dem, den Bret Rensselaer trug – und diesem die einem Diplomaten oder Chirurgen angemessene Weltläufigkeit gab –, aber zu Bernstein paßte er nicht, denn dessen Gesichtszüge, Hautfarbe und Betragen ließen eher auf einen Handarbeiter oder vielleicht Infanteristen schließen. Indessen war er gegenwärtig für diese Berufe nicht in der richtigen körperlichen Verfassung. Sein Gesicht war rot, von der Röte, die zu hohen Blutdruck verrät, und er atmete keuchend, was sein Rauchen verschlimmerte. Es war noch genug graues Haar vorhanden, dem man ansah, daß es einst braun und lockig gewesen, und seine Hände waren stark mit kurzen dicken Fingern, deren einen der Ring einer Studentenverbindung schmückte, während an einem anderen ein Diamant blitzte. Kerzengerade saß er mit auswärts gestellten Füßen auf einem kleinen Stuhl aus gebogenem Holz. Ein schwarzer Socken war heruntergerutscht und stellte ein Stück nacktes Bein zur Schau. Er war sich seiner steifen, unnatürlichen Haltung bewußt, aber in dieser Haltung waren die in seinen Beinen versenkten vietnamesischen Granatsplitter noch am erträglichsten. Seine Stimme war leise und fest, unverkennbar amerikanisch, aber nicht aufdringlich. »Der berühmte Pryce-Hughes.«
Bret schlug die Augen nieder und runzelte die Brauen.
»Der Schriftsteller«, sagte Bernstein. »International berühmt... der Mann, der all die Bücher über die Fabian Society geschrieben hat. Seine Memoiren haben doch diesen Wirbel um Wells und Shaw verursacht, Sie müssen von ihm gehört haben.« Bernstein war ein begeisterter Leser. In seinem Bücherschrank standen Dreiser, Stendhal, Joyce, Conrad und Zola – russische Romane waren weniger sein Geschmack –, und was da stand, hatte er nicht nur einmal, sondern wiederholt gelesen. Er war stolz, die Universität in Princeton absolviert zu haben, aber ihm war bewußt, daß Bret und andere seines Schlages darin einen beruhigenden Beweis dafür sahen, daß eine Erziehung an einer amerikanischen Eliteuniversität noch keineswegs für Erfolg auf dem Gebiet bürgte, das Bret als die »wirkliche Welt« bezeichnete.

»Nein, Sylvy, ich hab noch nie von ihm gehört«, sagte Bret. »Aber für die Briten bedeutet international berühmt, daß der Betreffende in England, Schottland, Irland und Wales bekannt ist. Wie viele Bücher?«

Bernstein lächelte kurz. »Ein halbes Dutzend vielleicht.«

»Besorgen Sie sie mir.«

»Die Bücher seines Vaters? Wozu? Sie wollen sie doch nicht etwa lesen?«

»Aber natürlich.« Bret war gründlich, und das wollte er Bernstein in Erinnerung rufen.

»Solange Sie nicht verlangen, daß *ich* sie lese«, sagte Bernstein.

»Nein«, sagte Bret. »*Sie* brauchen diese Bücher nicht zu lesen, Sylvy.«

»Sie haben doch nicht neuerdings was gegen das Rauchen, oder?« Als Bret den Kopf schüttelte, nahm Bernstein ein Päckchen Lucky Strikes und schüttelte sich eine heraus.

Bret sagte: »Können Sie eine Akte für mich anlegen?« Bernstein zückte ein durch langen Gebrauch poliertes Feuerzeug, auf dem die Worte »Rung Sat Special Zone« eingraviert waren. Es erinnerte ihn an einen ungesunden Ausflug in den Mangrovensümpfen südostlich von Saigon während des Vietnamkrieges. Und damit erinnerte es ihn und jeden anderen, dem das etwa in Erinnerung gerufen werden mußte, daran, daß er vor noch gar nicht allzu langer Zeit ein ganz anderes Leben geführt hatte. Er zündete in aller Ruhe seine Zigarette an, dann sagte er: »An was denken Sie da?»

»Eine geheime Akte über Treffen, Berichte, Zahlungen und so fort. Eine Akte über Sachen, die einer von unseren eigenen Leuten liefert.«

»So wird das aber bei uns nicht gemacht. Niemand arbeitet so. Niemand sammelt alle Informationen eines Agenten in einer einzigen Akte. Die Leute von der Koordinierungsabteilung nehmen das Zeug und verteilen es. Und dabei sorgen sie dafür, daß das Material am Ende weder den Namen des Lieferanten noch sonst irgendeinen Hinweis auf die Quelle mehr enthält.«

»Ich habe Sie nicht gefragt, wie wir arbeiten«, sagte Bret. Bernstein blies Rauch aus und sah Bret ins Gesicht. Bret erwiderte seinen Blick. »Ah, ich verstehe, was Sie meinen. Eine falsche Akte.« Bret nickte. »Eine Akte, die beweist, daß irgend jemand einer von unseren Leuten war, obwohl er in Wirklichkeit keiner unserer Leute war.«

»Steigen wir lieber nicht zu tief in den Existentialismus ein«, sagte Bret.

»Eine Akte mit echten Namen?«

»Mit ein paar echten Namen.«

»Wollen Sie Martin Pryce-Hughes in die Pfanne hauen? Wollen Sie jemandem weismachen, daß er uns Bericht erstattet?«

»Genau das will ich.«

Sylvy blies abermals Rauch aus. »Klar. Kann man machen. Man kann alles machen. Wie weit zurück sollte das alles liegen?«

»Zehn Jahre?«

»Damit wären wir noch in der Epoche der mechanischen Schreibmaschinen.«

»Vielleicht.«

»Sie denken nicht an etwas, das sie nach Moskau schaffen und dort unters Mikroskop nehmen könnten?«

»Nein, nur etwas, das man mal kurz jemandem zeigen könnte.«

»Denn gute Fälschungen sind verdammt teuer. Wir würden echte Briefköpfe brauchen und authentische Abteilungsnamen.«

»So viel Aufwand ist nicht nötig.«

»Und kriege ich die Akte zurück?«

»Wozu?«

»Um sie an den Reißwolf zu verfüttern.«

»Ach so. Natürlich«, sagte Bret.

»Dann könnte ich ja erst mal nach Gutdünken was zusammenhauen, ja? Ich werde ein paar Fotokopien zusammensuchen und eine Materialreihe zusammenstellen, wie sie zustande käme, wenn wir unsere Akten so führten. Dann hätten wir etwas, worüber wir reden könnten. Wenn wir damit soweit sind, daß es Ihren Vorstellungen entspricht, werde ich jemanden, der das Geschäft versteht, die Fälschungen machen lassen.«

»Prima«, sagte Bret. Er wünschte, Bernstein würde nicht so ausdrücklich von Fälschungen sprechen. Das war ihm unbehaglich. »Gehen Sie nicht allzusehr in Einzelheiten. Wir haben nicht den Ehrgeiz, einen hieb- und stichfesten Beweis zu produzieren.«

»Also eine subtile, geschmackvolle Art von Komplott. Klar. Warum nicht. Aber ich müßte dazu noch einiges wissen.«

»Sie nehmen das Material und zeigen es diesem Miststück, und dann setzen Sie ihn unter Druck.«

»Wie das?«

»Unter Druck setzen. Sagen Sie, daß Sie von einer Zeitung kommen. Sagen Sie, daß Sie von der CIA sind. Sagen Sie, was Sie wollen, aber sorgen Sie dafür, daß er Schiß kriegt.«

»Warum?«

»Ich will sehen, was er macht.«

»Ich weiß nicht, was Sie sich davon versprechen. Er wird doch wissen, daß das Zeug gefälscht ist.«

»Tun Sie's trotzdem.«

Bernstein sah ihn an. Er kannte Bret, weil er andere Männer seines Schlages kannte. Für Bret war kein taktischer Grund vorhanden, den alten Mann zu erschrecken: er wollte nur ein Rachegelüst befriedigen. »Es wäre billiger, ihn einfach durchprügeln zu lassen«, sagte Bernstein.

Bret verzog verärgert das Gesicht. Er wußte genau, was Bernstein dachte. »Machen Sie einfach, was ich Ihnen sage, Sylvy. Suchen Sie bei mir nicht nach Hintergedanken.«

»Wie Sie meinen, Doktor.«

Bret lächelte höflich. »Irgendwas Neues über die Frau?«

»Nein. Die ist schon seit einer Woche nicht mehr bei ihrem Liebsten gewesen. Vielleicht haben sie sich verkracht.«

»Bei ihrem Liebsten? Ist er das?« fragte Bret wie beiläufig.

»Aber klar. Sie geht doch nicht zum Schachspielen in diese protzige Wohnung in Maida Vale.«

»Er ist Psychiater«, sagte Bret.

»Das will ich wetten.«

Bret fand das beleidigend. Solche spöttischen Bemerkungen wollte er nicht hören. Sein Interesse an der Sache war rein dienstlich. »Kommen Sie nicht aus dem Takt, Sylvy«, sagte er. Der tadelnde Ton war gedämpft, aber unüberhörbar.

Bernstein rauchte und erwiderte nichts. Es handelte sich also nicht nur um eine rein dienstliche Angelegenheit, es steckte mehr dahinter. War dieser Kennedy vielleicht ein Verwandter von Bret Rensselaer, oder was? »Wenn sie ihn konsultieren wollte, warum geht sie nicht in das Krankenhaus, wo er praktiziert?«

»Sie müßte jede ärztliche Behandlung melden, erst recht natürlich jeden Besuch bei einem Psychiater«, sagte Bret. »Sie werden das doch noch wissen...«

»Sie meinen, sie versucht zu verheimlichen, daß sie nicht mehr richtig tickt?«

»Sie steht verdammt unter Druck.«

Bernstein zog hastig an seiner Zigarette. »Na schön, also gut, ich stelle Ihnen wegen dieser Sache nicht viele Fragen, denn Sie haben mir ja gesagt, daß sie kitzelig ist, aber...«

»Aber was?«

»Kennedy ist kein Seelenklempner von der Sorte. Nicht mehr jedenfalls. An der Klinik forscht er über Massenhysterie und Halluzinationen. Er behandelt keine Patienten. Er analysiert Statistiken, hält Vorlesungen und schreibt Abhandlungen über den Herdentrieb und solchen Quatsch. Die Klinik wird von einer großen amerikanischen Stiftung finanziert, und die Arbeiten, die sie veröffentlichen, werden von verschiedenen Polizeibehörden studiert.«

»Also was ist Ihre Theorie?« fragte Bret.

»Was ich Ihnen sagen kann: Er ist ein gutaussehender Bursche. Flugzeugfanatiker. Kanadier. Umgänglich, wohlhabend, gut angezogen, sehr, sehr intelligent und muy simpatico. Alles klar? Diese Lady Samson... sie ist eine sehr anziehende Frau.« Er hielt inne. Eine Unterhaltung mit Bret, wenn dieser in so reizbarer Stimmung war wie jetzt, war immer wie ein Spaziergang durch ein Minenfeld. Er rauchte seine Zigarette, als überlege er, was er weiter sagen sollte. »Vielleicht ist die weiche Schulter und der kanadische Charme dieses Burschen Kennedy genau das, was ihr fehlt.«

»Gutaussehender Bursche also?«

»Sie haben die Fotos gesehen, Bret.«

»Sah aus wie aus einem Kunststoffbaukasten, richtige Anziehpuppe.«
»Er zieht sich modisch an, das sagte ich ja schon. Aber selbst Leute, die ihn nicht mögen, geben zu, daß er was drauf hat. Guter Flieger, guter Arzt, vielleicht auch guter Liebhaber. Er ist einer von denen, die bei Examen immer am besten abschneiden; gewandt, anpassungsfähig und weltmännisch.«
»Und auf der negativen Seite?«
»Ich vermute: neurotisch, rastlos und unglücklich. Er kann sich nirgends auf Dauer binden. Aber viele Frauen fliegen auf solche Burschen, bilden sich ein, sie könnten ihnen helfen. Und sehen Sie sich ihren Mann an. Ich bin ihm ein paarmal begegnet. Das ist doch nun wirklich ein ungeschliffener Diamant. Finden Sie nicht auch?«
»Sie haben aber doch gesagt...«
»Daß ich ihn mag. Und das stimmt, ich mag ihn bis zu einem gewissen Punkt. Er ist vollkommen gradlinig, ich würde ihm nicht gerne in die Quere kommen.« Das war, wenn man Bernstein kannte, nur als Ausdruck hoher Anerkennung zu verstehen. »Er ist ein Mann für Männer. Nicht der Typ, den man an der Seite einer solchen Dame in Twin-Set und Perlen zu finden erwartet.«
Bret biß sich auf die Lippe und schwieg einen Augenblick, ehe er sagte: »Manchmal täuscht...«
»Ach, ich weiß schon, was Sie sagen wollen. Aber ich mache so was inzwischen doch schon ziemlich lange. Zwei Leute wie die... Sie besucht ihn in seiner Wohnung, allein, nie mit ihrem Mann... Er besucht sie niemals zu Hause. Und man braucht sie nur zusammen zu sehen, um zu wissen, daß er verrückt nach ihr ist.« Er streifte die Asche am Rande eines alten Keramikaschenbechers ab, auf dem noch schwach sichtbar der fromme Wunsch »Lang mögen Sie herrschen. Krönung 1937« stand. Das Stück war ein Teil der Porzellansammlung seiner Frau. Er schob es zurück, um es aus der Gefahr zu bringen, angestoßen oder gar zerbrochen zu werden, und wartete auf Rensselaers Reaktion.
»Es ist unwahrscheinlich«, erklärte Bret.
»Sie sagen, es ist unwahrscheinlich. Okay. Sie sind der Boß.

Aber machen Sie mal für ein Weilchen *meine* Arbeit, und vielleicht geht Ihnen dann auf, daß dieses Wort in diesem Zusammenhang immer unangebracht ist, denn wenn Jungens und Mädchen zusammenkommen, ist *nichts* unwahrscheinlich.«
Bret lächelte, aber ihm war schwer ums Herz. Auf seine eigene hoffnungslose Weise liebte und verehrte er Fiona Samson und wollte nicht glauben, daß sie sich solche beiläufigen Liebesaffären leistete. »Okay, Sylvy. Meistens haben Sie ja recht.«
»Ein erstes Mal gibt's natürlich immer. Vielleicht trinken sie ja nur Tee zusammen, sehen sich Bilder von Flugzeugen an und sprechen über den Sinn des Lebens. Aber ehrlich, ich glaube es nicht, Bret.«
Bret Rensselaer stand auf, plötzlich sehr zornig. Zornig blickte er sich im Zimmer um, als könnte er, wenn er nur einen Weg aus diesem Zimmer fände, auch den Tatsachen entfliehen, denen er nicht ins Gesicht sehen wollte. Die, jedenfalls aus seiner Sicht, wunderbare Beziehung ging ihm nicht aus dem Sinn, die sich während der Wochen und Monate zwischen Fiona und ihm entwickelt hatte, seitdem er sie auf das vorbereitete, was sich zweifellos als der nachrichtendienstliche Coup des Jahrhunderts erweisen würde. Fiona war die vollkommene Schülerin. »Schülerin« war vielleicht nicht das richtige Wort für die Beziehung, in der sie zu ihm stand. Schützling, möglicherweise; ganz treffend war auch dieser Ausdruck nicht. Der traurigen Wahrheit kommt man wahrscheinlich am nächsten, wenn man Fionas Verhältnis zu ihm mit dem eines Preisboxers zu seinem Trainer, Manager oder Promoter vergleicht.
Sie brauchte gegenwärtig seine Unterstützung. Die Spannung, unter der sie stand, begann sie zu belasten. Aber damit war ja zu rechnen gewesen. Er half ihr gern, und natürlich würde Bret nicht leugnen, daß die Heimlichkeit ihrer Treffen, von denen ihr Mann nichts ahnen durfte, diesen einen besonderen Reiz für ihn verlieh. Denn inzwischen hatte sich Bret widerstrebend die Überzeugung des D. G. zu eigen gemacht, daß aus Bernard Samsons Verzweiflung über die Desertion seiner Frau Profit für die gute Sache zu schlagen sei.
»Wie konnte sie?« Erst ein Seitenblick auf Bernstein ließ Bret

inne werden, daß er diese Frage ausgesprochen hatte. Er wandte sich ab und trat an den Eßtisch, auf den er sich mit beiden Händen stützte. Er mußte nachdenken.

Bret und Fiona waren einander so nahe gekommen, daß er seit kurzem zu glauben gewagt hatte, daß vielleicht auch sie sich für ihn begeistern könnte. Er hatte jedesmal frische Blumen besorgt, wenn sie kam, und das war ihr nicht entgangen. Ihr seltenes, aber wundervolles Lächeln, die merkwürdig zeremonielle Weise, in der sie Drinks für sie beide einschenkte, und manchmal brachte sie ihm alberne kleine Geschenke, wie den automatischen Korkenzieher als Ersatz für den, den er kaputtgemacht hatte. Da gab es auch die Glückwunschkarte zu seinem Geburtstag. Sie steckte in einem hellgrünen Umschlag und sagte: »Mit all meiner Liebe, Fiona.« Unvorsichtig, wie er ihr bei ihrem nächsten Treffen sagte, doch die Karte hatte er sich auf dem Nachttisch an den Wecker gelehnt. Jeden Morgen, wenn er erwachte, sah er zuerst sie. Bret schloß die Augen.

Bernstein sah ihn sich drehen und wenden, aber sagte nichts. Er wartete. Er machte sich keine Gedanken über Sachen, über die nachzudenken man ihn nicht bezahlte. Im Laufe der Jahre hatte er entdeckt, wie rätselhaft sich Männer und Frauen verhalten, und Bret Rensselaers erregtes Hinundherlaufen und Gemurmel erschreckte ihn weder, noch überraschte es ihn.

Bret schlug sich mit der Faust in die Handfläche. Es war unvorstellbar, daß Fiona eine Affäre mit diesem Kennedy hatte. Es mußte eine andere Erklärung geben. Bret hatte sich mit der Tatsache abgefunden, daß Fiona Samson, wenn sie sich von ihm verabschiedete, nach Hause zu Mann und Kindern ging. Das war nur recht und billig. Bret mochte Bernard. Aber wer zum Teufel war Kennedy? Lächelte Fiona und machte Späße mit Kennedy? Und, was noch schrecklicher vorzustellen war, ging sie ins Bett mit diesem Mann?

Bei dieser Vorstellung stützte sich Bret Rensselaer am Kaminsims ab, zog den Fuß zurück und trat, so heftig er konnte, gegen das Messinggitter. Die Schürhaken – der vollständige Satz – polterten auf den Herd, so daß der Rost sang wie eine Stimmgabel und eine der Herdkacheln zerbrach.

»Nur keine Aufregung, Bret!« sagte Bernstein in einem Ton, dem zum erstem Mal Besorgnis anzuhören war. Er war aufgestanden und hatte die beiden das Andenken von Königin Viktorias diamantenem Regierungsjubiläum verewigenden Teller, die die kostbarsten Stücke der Sammlung seiner Frau waren, schützend an sich genommen.
Brets Zorn schien sich nach diesem Ausbruch zu beschwichtigen, denn nun beruhigten sich seine Bewegungen, er ging jetzt bedächtiger im Zimmer herum, tat so, als mustere er Bücher und sähe durchs Fenster nach seinem draußen geparkten Wagen. Bret war selten um Worte verlegen, aber jetzt konnte er seine Gedanken einfach nicht auf die Reihe bringen. »Jesus Christus!« sagte er zu sich selbst und beschloß, Fiona Samson ohne weiteren Aufschub nach Berlin versetzen zu lassen, vielleicht schon zum Wochenende.
Als Bret sich wieder hinsetzte, schwiegen beide Männer eine Zeitlang und lauschten den Müllmännern, die gerade den Abfall abholten. Sie klapperten mit den Tonnen und schrien einander zu, und der Müllwagen ließ jedesmal, wenn er zurücksetzte, ein kurzes, klagendes Tuten vernehmen.
»Geben Sie mir 'ne Zigarette, Sylvy.«
Bernstein bot ihm eine an und gab ihm Feuer mit seinem Andenken an den Vietnamkrieg. Ihm fiel auf, daß Bret zitterte, doch die Zigarette schien ihn zu beruhigen.
Bret sagte: »Was würden Sie von 'ner festen Anstellung halten?«
»Bei Ihrer Firma?«
»Ich könnte es vielleicht einrichten.«
»Haben Sie es satt, mich aus Ihrer eigenen Tasche zu bezahlen?«
»Mache ich das?« sagte Bret ruhig.
»Sie verlangen niemals Quittungen.«
»Also, was meinen Sie?«
»Ich würde in diesen britischen Laden nicht passen.«
»Aber wieso denn nicht?«
»Die Wahrheit ist, Bret, ich traue den Briten nicht zu, sich richtig um mich zu kümmern.«
»Wie sollen sie sich denn um Sie kümmern?«
»Wenn ich in Schwierigkeiten steckte. Ich bin Amerikaner.

Wenn ich in der Klemme wäre, würden die mich doch kalt lächelnd den Haifischen überlassen.« Er drückte mit großem Nachdruck seine Zigarette aus.
»Weshalb sagen Sie das?« fragte Bret.
»Ich weiß, das geht mich nichts an, Bret, aber ich finde, Sie sind verrückt, denen zu trauen. Wenn die zwischen Ihnen und einem von ihren eigenen Leuten wählen müßten, was meinen Sie wohl, was sie täten?«
»Wenn Sie sich's doch noch anders überlegen, sagen Sie mir Bescheid, Sylvy.«
»Ich werde es mir nicht anders überlegen, Bret.«
»Ich wußte nicht, daß Sie die Briten so verabscheuen, Sylvy. Weshalb leben Sie dann eigentlich hier?«
»Ich verabscheue sie nicht. Ich habe gesagt, daß ich ihnen nicht traue. London ist eine prima Stadt, ich wohne gern hier. Aber ich mag ihre Selbstgerechtigkeit nicht und die vollkommene Rücksichtslosigkeit, mit der sie anderer Leute Gefühle und Eigentum behandeln. Wissen Sie was, Bret, es gibt nicht einen Engländer, der nicht irgendwann damit geprahlt hätte, was gestohlen zu haben: in der Schule, beim Militär, auf dem College oder auf einer Sauftour. Alle durch die Bank klauen sie gelegentlich, und dann erzählen sie davon, als sei das der beste Witz, den man je gehört hat.«
Bret stand auf. Manchmal war Bernstein der reinste Moralapostel, dachte er. »Ich lasse Ihnen das ganze Material hier«, sagte er. »Gelesen habe ich's, und ich will es nicht im Büro haben.«
»Wie Sie wollen, Bret.«
Bret zog die Brieftasche und zählte zwanzig Fünfzigpfundnoten auf den Tisch. Bernstein schrieb »Eintausend Pfund Sterling« auf ein Stück Papier, ohne Datum oder Unterschrift, selbst ohne das Wort »erhalten«. So hielten sie es bei ihren Geschäften immer.
Bret bemerkte das an der Spitze seines Schuhs zerschnittene Leder und berührte es, als hoffte er, die Wunde würde von selber heilen. Er seufzte, erhob sich, zog den Mantel an, setzte den Hut auf und dachte wieder an Fiona Samson. Er würde sie darauf ansprechen müssen. Es gab keine Alternative. Aber heute noch

nicht, nicht einmal morgen. Es war viel besser, sie erst mal nach Berlin zu schicken.
»Diesen Pryce-Hughes«, sagte Bret sehr beiläufig, als er schon an der Tür stand, »wie schätzen Sie den ein, Sylvy?«
Bernstein wußte nicht genau, was Bret hören wollte. »Er ist sehr alt«, sagte er schließlich.
Bret nickte.

8

West-Berlin, September 1978

Der Nachmittag färbte sich gelb wie altes Zeitungspapier, und in der schweren Luft verbreitete sich der durchdringende Geruch der Linden. In den Straßen Berlins drängten sich die Besucher, eine Kolonne nach der anderen, ausgerüstet mit Stadtplänen, Kameras und schweren Rucksäcken. Jetzt, am Ende des anstrengenden Tagesmarsches, hatten sie es nicht mehr so eilig. Der Sommer neigte sich zum Herbst, und noch immer kamen eine Menge Wessis, unter ihnen auch liebende Eltern, die ihre der Wehrpflicht nach West-Berlin entflohenen Söhne besuchten.

Nach getaner Arbeit kehrte Fiona seufzend vor Erleichterung in ihr neues »Heim« zurück. Auf dem Garderobentischchen im Flur lag ein noch immer in Cellophan und Papier gewickelter Blumenstrauß. Es sah Bernard ähnlich, daß er sich nicht die Mühe gemacht hatte, die Blumen ins Wasser zu stellen, aber sie rührte sie nicht an. Sie legte Hut und Mantel ab, überzeugte sich davon, daß keine Post in dem Käfig hinter dem Briefschlitz war und auch nicht auf dem Garderobentischchen, dann musterte sie sich im Spiegel, lange genug, sich davon zu überzeugen, daß ihr Make-up in Ordnung war. Sie war gealtert, und die Ringe unter den Augen und die Falten um den Mund verbarg selbst die Schminke nur unvollkommen. Sie fuhr sich mit den Fingern durchs Haar, das der engsitzende Hut ihr an den Schädel gedrückt hatte, dann holte sie tief Luft und setzte ein fröhliches Lächeln auf, ehe sie das Wohnzimmer ihrer Mietwohnung betrat.

Bernard war schon daheim. Er hatte das Jackett ausgezogen und

den Krawattenknoten gelöst. Mit roten Hosenträgern über dem zerknitterten Hemd saß er bequem auf dem Sofa, ein volles Glas in der Hand. »Wild siehst du aus, Liebling. Findest du nicht, daß es zum Saufen noch ein bißchen früh ist?« Sie sagte das laut und fröhlich, ehe sie bemerkte, daß Bernards Vater diesem gegenübersaß und ebenfalls trank.
Trotz ihres scherzenden Tons runzelte Mr. Brian Samson, der offiziell im Büro noch immer ihr Vorgesetzter war, die Brauen. Er stand auf und gab ihr einen Kuß auf die Wange. »Hallo, Fiona«, sagte er. »Ich habe Bernard gerade alles erzählt.« Wenn dieser Kuß irgendwas bewirkte, bekräftigte er die Gefühle ihres Schwiegervaters, was Gattinnen anging, die der Oberschicht entstammten, nach Hause kamen und ihre Männer schalten, weil diese es sich im eigenen Heim gemütlich gemacht hatten.
»Alles worüber?« fragte sie und ging weiter zu einem der Regale über dem Fernsehgerät, wo in beiderseitigem Einvernehmen die eingehende Post hingelegt wurde, bis sie beide sie gelesen hatten. Dort lag nur eine Rechnung der Weinhandlung und eine in Stahlstich gedruckte Einladung zur Geburtstagsfeier ihrer Schwester. Beides hatte sie schon gesehen, sah sich nun aber Rechnung und Einladung noch einmal gründlich an, ehe sie sich lächelnd umdrehte. Da keiner der Männer sich erbot, ihr etwas zu trinken zu holen, sagte sie: »Ich glaube, ich werde mir mal einen Tee machen. Möchte sonst jemand welchen?« Sie entdeckte ein paar verschüttete Tropfen, nahm ein Papiertaschentuch und wischte sie auf und ordnete Flaschen und Gläser auf dem Tablett, ehe sie sagte: »Alles worüber, Brian?«
Bernard antwortete ihr: »Die Baader-Meinhof-Panik, wie sie inzwischen dazu sagen.«
»Ach das. Wie langweilig. Sei froh, daß du das verpaßt hast, Liebling.«
»Langweilig?« sagte ihr Schwiegervater mit leicht erhobener Stimme.
»Viel Lärm um nichts«, sagte Fiona.
»Ich weiß nicht«, sagte ihr Schwiegervater. »Wenn die Baader-Meinhof-Leute das Flugzeug gekapert und nach Prag dirigiert hätten...« Drohend ließ er das Ende des Satzes unausgesprochen.

»Aber das wäre doch unmöglich gewesen, Schwiegervater«, sagte sie munter. »Bekanntlich hat doch Andreas Baader schon vor einem Jahr in Stammheim Selbstmord begangen, und aus Bonn ist uns offiziell mitgeteilt worden, daß die übrigen Mitglieder der Bande sämtlich in Gefängnissen der Bundesrepublik einsitzen.«

»Das weiß ich«, sagte der ältere Samson mit übertriebener Deutlichkeit, »aber Terroristen gibt es in allen Größen, Farben und Gestalten, und nicht alle sitzen hinter Gittern. Es war eine echte Krise. Mein Gott, Fiona, bist du in letzter Zeit mal in Bonn gewesen? Stacheldraht und bewaffnete Posten vor den Regierungsgebäuden. Panzerwagen patrouillieren die Straßen. Langweilig ist das nicht, Fiona, was immer es sonst sein mag.«

Fiona kam ihrem Schwiegervater nicht entgegen. »Du willst also keinen Tee?« sagte sie.

»Die Welt ist verrückt«, sagte Samson senior. »Ein armer Teufel wurde umgebracht, nachdem seine eigene Patentochter mit einem Strauß roter Rosen dafür gesorgt hatte, daß den Mördern die Tür geöffnet wurde. Jeder Politiker und Industrielle im Land wird Tag und Nacht bewacht.«

»Und sie beschweren sich, daß sie ihre Geliebten nicht mehr ungestört besuchen können, jedenfalls steht das in dem vertraulichen Bericht«, sagte Fiona. »Hast du das gelesen?«

»Was ich nicht verstehe«, sagte ihr Schwiegervater, ihre Frage ignorierend und in einem Ton, als machte er Fiona persönlich verantwortlich für die der jüngeren Generation angelasteten Missetaten, »ist, daß es Leute gibt, die für die Terroristen demonstrieren! Bomben in Vertretungen deutscher Automobilhersteller in Turin, Livorno und Bologna, Straßendemonstrationen in London, Wien und Athen *zur Unterstützung der Terroristen*. Sind diese Leute wahnsinnig?«

Fiona zuckte die Achseln und nahm das Tablett.

Bernard sah zu, aber sagte nichts. Rund um die Erde waren 1977 die terroristischen Aktivitäten religiöser Fanatiker und diverser Gauner und Verrückter aufgeflammt. Überall brachten die Leute ihre Bestürzung zum Ausdruck. Die ältere Generation gab an allem ihren Kindern die Schuld, während die jungen Leute die

blinde Gewalttätigkeit als ein ihnen von den Eltern hinterlassenes Erbe ansahen. Bernards Frau und sein Vater waren in dieser Hinsicht typisch. Jede Unterhaltung zwischen ihnen konnte leicht auf einen Wortwechsel hinauslaufen, in dem beide archetypische Rollen einnahmen. Bernards Vater fand Fiona entschieden zu hochmütig und eingebildet. Zu reich, zu gebildet und zu verdammt starrsinnig, wie er Bernard nach einer Meinungsverschiedenheit mit ihr einst anvertraut hatte.
Auf dem Weg zur Küche schoß Fiona noch einen Parther-Pfeil ab: »Kaum ein passendes Mittel gegen Panik, Schwiegervater.«
Bernard wünschte, sie würde nicht immer in diesem irritierenden Ton »Schwiegervater« sagen. Das reizte seinen Vater, aber das wußte Fiona nur allzugut. Bernard versuchte zu vermitteln. »Papa sagt, es war eine Reaktion auf den russischen Funkspruch, der den Tschechen befahl, den Flughafen die ganze Nacht über offenzuhalten. Wir haben zwei und zwei zusammengezählt und fünf rausgekriegt.«
Fiona war belustigt. »Zu dieser Jahreszeit sind Hunderte von Militärflughäfen im Ostblock rund um die Uhr geöffnet. Denn gegenwärtig halten sie da ihre gemeinsamen Manöver ab, Liebling. Oder ist dieses militärische Geheimnis noch nicht bis zur Londoner Zentrale durchgesickert?«
Sie war nicht zu sehen, aber die beiden Männer hörten, wie sie heißes Wasser in die Teekanne goß und Untertassen und Tassen auf ein Tablett stellte. Keiner von beiden sagte ein Wort. Die lebhafte Unterhaltung, in die sie vor Fionas Ankunft vertieft gewesen waren, war gestorben. Brian sah seinen Sohn an und lächelte. Bernard lächelte zurück.
Fiona kam herein und stellte das Tablett auf den Tisch, wo Bernards Füße geruht hatten. Dann kniete sie auf dem Teppich nieder, um einzuschenken. »Wollte ihr beiden wirklich...?« sagte sie. Sie hatte Untertassen und Tassen für alle drei auf das Tablett gestellt und auch eine Zuckerdose, denn ihr Schwiegervater nahm Zucker zum Tee.
»Nein, danke, Liebling.«
Sie sah Bernard an. Sie liebte ihn sehr. Wundervoll war diese plötzliche Versetzung nach Berlin für sie beide nicht gerade

gewesen, immerhin gab sie ihr aber die Möglichkeit, sich aus dieser dummen Beziehung zu Kennedy zu lösen. Diese Streitereien mit dem älteren Samson waren störend, aber er war alt, und sie hatte doch tatsächlich festgestellt, daß mit ihrer Abneigung gegen den Alten ihre Zuneigung zu Bernard wuchs. Er spielte immer den Friedensstifter, jedoch ohne dabei ihr oder seinem Vater nachzugeben. Bernard, was für einen wundervollen Mann hatte sie doch gefunden. Jetzt, da es ihr möglich war, alles aus einigem Abstand zu betrachten, wußte sie, daß er der einzige Mann für sie war. Die gefährliche Beziehung zu Harry Kennedy lag hinter ihr. Sie verstand noch immer nicht, wie es zu dieser verrückten Affäre gekommen war, nur daß dabei eine beunruhigende sexuelle Verletzlichkeit bei ihr zum Vorschein gekommen war, deren sie sich nicht bewußt gewesen war.
Dennoch fragte sie sich unwillkürlich, weshalb er die Postkarte nicht geschickt hatte. Jede Woche wurde ihr eine nachgesandt: die bunte Reklamekarte eines »Haar- und Schönheitssalons« nahe der Sloane Street. Er war mit den Inhabern dieses Ladens befreundet, vermutlich handelte es sich um eine Inhaberin.
»Keine Post?« fragte sie, während sie die Milch für ihren Tee bemaß und diesen umrührte, um die Farbe zu sehen.
»Nur wieder der gleiche Müll.«
»Was hast du damit gemacht?«
»Du wolltest ihn doch nicht, oder?«
»Mit der Karte würde ich einen Preisnachlaß kriegen, haben sie gesagt«, sagte Fiona.
»Ich hab' sie in den Papierkorb geschmissen. Entschuldige.«
Jetzt sah sie die Karte. Von der Stelle, wo sie kniete, hätte sie den Papierkorb fast erreichen können. Sie lag zwischen einer leeren Schweppes-Tonic-Flasche und einem zerknüllten Players-Zigarettenpäckchen, das Brian gehört haben mußte. Die Postkarte war in kleine Stücke gerissen, fast als hätte Bernard die Gefahr gespürt, die sie enthielt. Fiona nahm sich vor, sie nicht anzufassen, obwohl ihre erste Regung war, sich die Stücke zu holen und sie zusammenzusetzen.
»Du wirst ja sowieso nicht so bald wieder nach London kommen, oder?« fügte Bernard hinzu.

»Nein, das stimmt.« Sie hockte sich auf die Hacken und nippte an ihrem Tee, als sei ihr die Sache gleichgültig. »Hatte ich ganz vergessen.«
»Ich habe Papa gesagt, daß du heute abend ausgehst. Er möchte, daß ich ihn zu einer kleinen Abschiedsfeier in den Club begleite und nachher mit ihm essen gehe. Ist dir das recht?«
Sie hätte lachen können. Nach all der Mühe, die es sie gekostet hatte, das geheime Treffen mit Bret Rensselaer zu arrangieren, mußte sie feststellen, daß ihr Mann sich gar nicht für ihre Vorhaben interessierte. Sie sagte es ihm trotzdem: »Ich gehe zu einer Informationsveranstaltung. Es kommt jemand aus London.«
Bernard hörte kaum zu. Zu seinem Vater sagte er: »Wenn Frank da ist, kann ich ihm ein paar Bücher zurückgeben, die er mir geliehen hat.«
»Frank wird dasein«, sagte sein Vater. »Frank liebt Partys.«
»Schade, daß du nicht frei bist, Liebling«, sagte Bernard zu seiner Frau.
»Abschiedspartys machen gewöhnlich mehr Spaß, wenn die Ehefrauen nicht dabei sind«, sagte Fiona wissend.
»Noch ein Glas?« fragte Bernard und stand auf.
Sein Vater schüttelte den Kopf.
»Wohin geht ihr zum Essen?« fragte sie.
»Zu Tante Lisl«, erklärte Bernard mit sichtlichem Behagen. »Sie macht Rehbraten extra für uns.«
Tante Lisl hatte ihr Elternhaus in ein Hotel umgewandelt. Brian Samson und seine Familie waren nach dem Krieg bei Tante Lisl einquartiert worden. Ihr Haus war für Bernard so etwas wie ein zweites Zuhause geworden, und die alte Tante Lisl stellvertretende Mutter. Bernards unverhohlenes Behagen in diesem alten Haus war mitunter für Fiona Ursache eines Gefühls der Unsicherheit. Sie verspürte es jetzt.
Bernard kam zu ihr und gab ihr einen Kuß auf den Scheitel. »Lebe wohl, Liebling. Bei mir kann es spät werden.« Als er mit seinem Vater aus dem Zimmer ging, sagte er wie zu sich selbst: »Ich darf nicht vergessen, Lisl die Blumen mitzunehmen. Sie liebt Blumen.«

Als sie hörte, wie die Haustür hinter den beiden Männern ins Schloß fiel, schloß Fiona die Augen und lehnte den Kopf zurück in den Sessel. Natürlich waren die Blumen nicht für sie. Wie hatte sie sich das einbilden können? Die Blumen waren für diese schreckliche alte Frau, gegen die einen Bernard nie ein Wort sagen ließ.

Bernard konnte manchmal der archetypische, egoistische Mann sein. Er nahm sie als Selbstverständlichkeit. Die Aussicht, einen Abend mit seinem Vater und seinen Kumpels zu verbringen, entzückte ihn. Da würden sie trinken und sich ihre Geschichten erzählen, Geschichten von Geheimagenten und deren kühnen Taten, die im Laufe der Zeit immer kühner geworden waren und im Laufe des Abends noch kühner werden würden.

Es war sehr bezeichnend für ihre Beziehung, daß ihre Anwesenheit auf einer solchen Gesellschaft Bernard gestört hätte. Bernard achtete sie, würde er sie wirklich lieben, hätte er sie bei sich haben wollen, wo immer er hinging. Insgeheim lebte sie in Erwartung des Tages, an dem er genötigt sein würde, sie als diejenige anzuerkennen, die sie war: jemand, der das Agentenspiel genauso gut beherrschte wie er. Dann würde er sie vielleicht so behandeln, wie sie behandelt werden wollte: als seinesgleichen. Und wenn sie inzwischen in der gleichen Heimlichkeit ein bißchen Glück für sich gestohlen hatte, konnte man ihr daraus einen Vorwurf machen? Es war niemandem weh getan worden.

Sie musterte die Unordnung, die Bernard ihr im Zimmer hinterlassen hatte. War es ein Wunder, daß sie solches Glück gefunden hatte in der kurzen und dummen Liebesaffäre mit Harry Kennedy? Er hatte ihr neuen Lebensmut gegeben in einer Zeit, da sie der Verzweiflung sehr nahe war. Während der Zeit mit Harry hatte sie aufgehört, Tabletten zu schlucken, und sich wie ein neuer Mensch gefühlt. Harry behandelte sie mit Anteilnahme und Rücksicht, und doch war er so wunderbar offen. Er hatte keine Angst, ihr zu sagen, daß er sie anbetete. Für ihn war sie ein schwieriger und interessanter Mensch, dessen Meinungen zählten, und mit ihm konnte sie persönliche Gefühle austauschen, die sie mit Bernard nie geteilt hatte. Wenn man die Dinge

beim Namen nennen wollte, konnte man nur feststellen: Sie liebte Bernard und ertrug ihn, aber Harry liebte sie verzweifelt und vermittelte ihr ein zutiefst weibliches Gefühl, wie sie es nie zuvor erlebt hatte.
Nun war all das aus und vorbei, versicherte sie sich. Im nüchternen Rückblick konnte sie ihre Affäre mit Harry als das sehen, was sie war: ein wunderschöner Luxus, eine Entspannung in einer Zeit höchster Anspannung, eine Therapie.
Sie sah auf die Uhr. Sie mußte noch baden und sich umziehen. Gott sei Dank hatte sie ein paar wirklich schicke Sachen eingepackt. Denn bei dem Treffen heute abend kam es darauf an, nicht nur blendend auszusehen, sondern auch geistvoll zu sein. Heute abend wollte sie den gordischen Knoten der Angst mit dem Schwert der Entscheidung durchhauen.

Fiona hatte sich bei Kesslers verabredet, einem Familienrestaurant in der Gatower Straße in Spandau. Das Restaurant nahm das ganze Haus ein, so daß es auf jeder Etage Speisesäle gab. Im Erdgeschoß überwachte der alte Klaus Kessler die Kellner persönlich. Zwischen dunkelgrün gestrichenem Holz, rot-weiß gewürfelten Tischtüchern und auf kleine Schiefertafeln geschriebenen Speisekarten stand er da mit seiner langen Schürze. Kessler nannte sein Lokal ein »typisch französisches Bistro«, tatsächlich aber hatten sich die Einrichtung und auch die Küche kaum verändert seit den Tagen, da sein Großvater dort den Gästen seiner Berliner Weinstube gute Hausmannskost servierte. Eine enge, knarrende Treppe führte in einen zweiten Speisesaal hinauf, und in dem Geschoß über diesem gab es drei aufwendig eingerichtete Räume mit besserem Besteck und Gläsern, leinenen Tischtüchern und handgeschriebenen Speisekarten ohne Preise. Diese Räume waren für kleine und sehr diskrete Gesellschaften reserviert. Und an diesem Abend speisten in einem dieser Räume Fiona und Bret Rensselaer.
»Haben Sie sich ohne Schwierigkeiten freimachen können?« fragte Bret höflich. Sie bot ihm die Wange, und er küßte sie flüchtig. In einem Eiskübel stand Champagner. Bret trank bereits etwas davon.

Der Kellner nahm ihren Mantel, schenkte ihr Champagner ein und reichte ihr die Speisekarte.
»Es war ganz leicht«, sagte Fiona. »Bernard ist mit seinem Vater zu einer Abschiedsfeier gegangen.«
»Der Rehbraten soll gut sein«, sagte Bret beim Überfliegen der Speisekarte.
»Ich mag keinen Rehbraten«, sagte Fiona nachdrücklicher als beabsichtigt. Sie nippte an ihrem Glas. »Überhaupt bin ich nicht besonders hungrig.«
»Kessler sagt, er macht uns ein Käsesoufflé.«
»Das klingt köstlich.«
»Und ein bißchen westfälischer Schinken als Vorspeise?« Ihre Zustimmung voraussetzend, legte er die Speisekarte beiseite und nahm eilig die modische Brille ab, die er zum Lesen brauchte. Er war eitel genug, sie ungern zu tragen, aber er vertrug keine Kontaktlinsen.
»Perfekt.« Keiner von beiden interessierte sich auch nur hinreichend für das Essen, um die ganze Speisekarte durchzulesen. Wie wohltuend, dachte Fiona. Bernard konnte sich nie in ein Restaurant setzen, ohne den Kellner über alle Einzelheiten der Zubereitung ins Kreuzverhör zu nehmen. Noch schlimmer war, daß er Fiona immer wieder dazu überreden wollte, Sachen wie geräucherten Aal oder Zunge zu probieren oder – wie hieß doch gleich dieses andere Leibgericht von ihm? – marinierten Hering.
»Wie gefällt es Ihnen in Berlin?« fragte Bret.
»Immerhin ist ja auch Bernard hier.«
»Ja, richtig. Seine Mutter ist nach England zurück, um die Kinder zu hüten, nicht wahr?«
»Ja, das war sehr nett von ihr, aber die Kinder fehlen mir schrecklich«, sagte sie.
Eine Schinkenplatte wurde gebracht, garniert mit Tomaten und Gürkchen, und sehr umständlich offerierte ihnen der Kellner ein Sortiment von Brötchen und drei verschiedenen Sorten Senf. Als er gegangen war, sagte sie: »Im Grunde meiner Seele bin ich eigentlich Hausfrau.« Sie schmierte Butter auf ihr Schwarzbrot, beobachtete aber, wie Bret die Erklärung aufnahm. Vor genau einer Woche war sie zu dem Entschluß gekommen, daß sie

dieses wahnwitzige Projekt, zum KGB überzulaufen und da die Superspionin zu machen, nicht würde durchstehen können.
Fiona war ihr Leben zu kompliziert geworden. Die geheimen Treffen mit Martin Euan Pryce-Hughes waren nicht allzu anstrengend gewesen. Sie war in Reserve, sie trafen sich selten. Der Einsatz verschaffte ihr die Befriedigung, ihrem Land und dem Department zu dienen, ohne daß viel von ihr gefordert wurde. Und dann kam Bret Rensselaer mit der Bombe an, daß der Premierminister den D. G. beauftragt hatte, langfristig zu planen, jemanden in die höchsten Ränge des gegnerischen Nachrichtendienstes einzuschleusen... Natürlich hielt sie es nicht für ausgeschlossen, daß Bret bei seiner Darstellung des Vorgangs übertrieben hatte, insbesondere da sie nun sah, wieviel Prestige – und auch Stolz – Bret aus der Mission zuwuchs, für die man sie vorgesehen hatte.
Vielleicht hätte sie die geheimen Treffen mit Martin und Bret auch noch durchstehen können, zumal Bret anfänglich so viel Verständnis und Mitgefühl für die Belastung, die dieses Doppelleben mit sich brachte, gezeigt hatte. Aber mit dem vollkommen unerwarteten Coup de foudre, der sie nach der zufälligen Begegnung mit Harry Kennedy umgeschmissen hatte, war das Maß voll. Und während die Treffen mit Martin und Bret nur selten notwendig wurden, kurzfristig und ohne Angabe von Gründen, und ohne daß sie deswegen Vorwürfe hätte befürchten müssen, abgesagt werden konnten, handelte es sich bei den Treffen mit Harry um etwas ganz anderes. Manchmal quälte sie das Verlangen, ihn zu sehen. An Tagen, an denen sie ein Treffen verabredet hatten, beschäftigte sie die Erwartung des Wiedersehens so, daß sie kaum an etwas anderes denken konnte. Es war erstaunlich, daß niemand – weder Bernard noch Bret, noch ihre Schwester Tessa – etwas von dem in ihr tobenden Aufruhr wahrgenommen hatte. Jedenfalls mußte jetzt Schluß damit sein. Kein Martin mehr, kein Bret und auch kein Harry. Sie erwog sogar, beim Department zu kündigen. Wenn Bret Miene machte, sie zu hindern, sich von dem Projekt zurückzuziehen, würde sie genau das tun. Sie hatte genug Geld von ihrem Vater, es sich leisten zu können, sie alle zum Teufel zu schicken. Bret würde räsonieren,

winseln und vielleicht brüllen, aber sie hatte nur dieses eine Leben, und was sie damit machte, sollte ihre Sache sein.
Wenn eine Frau in die Dreißiger kommt, fängt sie an, sich gewisse bohrende Fragen zu stellen. Was fing sie an mit ihrem Leben, das wichtiger war, als ein richtiges Heim zu haben und sich um Mann und Kinder zu kümmern? Wie hatte sie je erwägen können, sich auf so lange Zeit von ihrer Familie zu trennen? Sollten sie einen anderen Agenten in den Osten schikken. Sicherlich gab es Dutzende, die nur darauf brannten, sich mit einer solchen Operation einen Namen zu machen. Sie tat das nicht.
Sie aß etwas Schinken und ein Stück von dem warmen Brötchen. Da Bret nichts gesagt hatte, wiederholte sie die Erklärung: »Im Grunde meiner Seele bin ich eigentlich Hausfrau.«
Wenn Bret ahnte, was da im Busch war, ließ er sich das jedenfalls nicht unmittelbar anmerken. »Die Bezeichnung meiner Abteilung wird geändert. Anstatt wie bisher *Referat für Europäische Wirtschaft* soll sie zukünftig offiziell *Wirtschafts-Nachrichtenabteilung* heißen, und ich bin zum Abteilungsleiter ernannt worden. Recht eindrucksvoll, nicht wahr?« Überraschend war das für keinen von beiden.
Als Bret ihr seinen großen Plan – Gelinkt – entwickelt hatte, die Deutsche Demokratische Republik mit Hilfe der bürgerlichen Mittelschicht in die Knie zu zwingen, hatte sie gleich erkannt, daß er auf dem richtigen Weg war. Jeder, der auch nur ein Geschichtsbuch gelesen hatte, wußte, daß Hitler an die Macht gekommen war, weil er es verstanden hatte, die Mittelschicht auf seine Seite zu ziehen, anstatt sie, wie die Kommunisten, zu verachten.
»Man darf also gratulieren?« fragte sie.
»Aber gewiß«, sagte er, und sie hoben ihre Gläser und tranken. Sie lächelte. Wie stolz Bret doch auf seine Ernennung zum Abteilungsleiter war. Sie würde ihn nie ganz verstehen. Sie fragte sich, ob es überhaupt jemanden gab, der das tat. Er war so vollkommen und doch so durch und durch künstlich, bis zu seiner perfekten Sonnenbräune. Das marineblaue Kaschmir-Jackett und die grauen Hosen sollten vermutlich demonstrieren,

wie salopp er sich kleiden konnte, aber im Verein mit der seidenen Fliege und dem gestärkten Hemd, dessen Manschetten lang genug waren, Manschettenknöpfe aus Onyx zur Schau zu stellen, ließen sie ihn dennoch wie aus einem Modejournal geschnitten aussehen. Er war hoch intelligent, charmant und, obwohl nicht mehr jung, ein gutaussehender Mann. Dennoch fehlte ihm jede Art von Sex-Appeal vollkommen.

»Haben Sie Frank gesehen?« fragte sie.

»Wegen der großen Panik? Ja, ich habe den Nachmittag mit ihm verbracht.«

»Wird es Krach geben?«

»Vielleicht, ich glaube es aber nicht. Für uns ergibt sich daraus jedenfalls eine sehr günstige Gelegenheit.«

»Frank zu feuern?« Es war eine boshafte und provozierende Frage, die Bret, wie sie wußte, überhören würde.

Ungerührt fragte Bret: »Waren Sie dort, als der abgefangene Funkspruch durchgegeben wurde?« Sie nickte. »Erzählen Sie mir davon.«

»Es war während der ersten Morgenstunden – ich kann im Logbuch nachschauen, wenn Sie die genaue Zeit wissen wollen. Der diensthabende Chiffreur brachte ihn, sie hatten ihn sehr schnell entschlüsselt. Er kam über den russischen Armeesender in Karlshorst mit Autorisation des Kommandierenden Generals. Es handelte sich um den Befehl, einen Militärflugplatz im Südwesten der Tschechoslowakei bis auf weiteres in ununterbrochener Einsatzbereitschaft zu halten.«

»Hat Frank ihn gesehen?«

»Er wurde ihm gezeigt. Frank hat erst nichts darauf geben wollen und sich dann auf seine übliche abwartende Position zurückgezogen.«

»Wer war verantwortlich für die Sicherheit der Fernmeldestelle?«

»Das müssen Sie alles von Frank haben.«

»Wer war verantwortlich?«

»Werner Volkmann.«

»Bernards deutscher Kumpel?«

»Eben der.«

»Gut. Das wird prima hinkommen.«
»Was?«
»Sie werden eine Kopie dieses abgefangenen Funkspruchs an Pryce-Hughes weiterreichen.«
»Martin soll ich sie geben?«
»Wie ich sagte. Ich habe Ihnen aufgeschrieben, was Sie ihm dazu erklären sollen. Halten Sie sich genau daran.«
Sie trank etwas Champagner. »Wissen Sie, was passieren wird?«
»Sagen Sie es mir, Fiona.«
»Moskau wird sofort Karlshorst informieren, was ihren militärischen Funkverkehr angeht, sind sie sehr eigen. Ganz gleich, welche Geheimhaltung ich verlange, sie werden den Kommandierenden General warnen, daß sein Funkverkehr abgehört worden ist, und alles ändern.«
»Ja, sie werden Codes und Chiffren ändern. Damit könnten wir leben«, sagte Bret.
»Ich bin kein Fernmeldeexperte«, sagte Fiona, »aber sie ändern doch wohl sowieso ihre Codes und Chiffren an die drei-, viermal die Woche? Wenn sie rauskriegen, daß wir sie trotzdem verstehen, werden sie wohl das ganze System ändern.«
»Wer immer die Genehmigung erteilt hat, wird schon wissen, was sie tun werden«, sagte Bret unbekümmert um alles, was nicht mit seinen Plänen zusammenhing.
»Was soll das alles?«
»Ich werden einen Star aus Ihnen machen«, sagte Bret. »Ich werde dafür sorgen, daß die Sowjets Sie anhimmeln und sich mit dem Gedanken vertraut machen, daß Sie eine große Zukunft bei ihnen haben.«
»Mir gefällt das nicht, Bret.«
Sie erwartete, daß er fragen würde, warum, aber er wischte ihre Vorbehalte mit einer Handbewegung beiseite. »Ich mußte eine Genehmigung dafür vom D. G. persönlich einholen, Fiona. Und daß er mir die erteilt hat, beweist, daß der Alte wirklich überzeugt ist.«
»Aber wird nicht die NATO Ärger machen? Moskau wird alles ändern. Alles.«
»Daß die NATO Einsicht in unsere Geheimnisse kriegt, kommt

gar nicht in Frage«, sagte Bret. »Sie wissen doch, was wir beschlossen haben.«
»Ja, ich weiß.« Sie wollte ihm gerade ihren Beschluß, die Sache hinzuwerfen, mitteilen, als schwere Fußtritte auf der Treppe vernehmlich wurden und der alte Kessler persönlich das Soufflé brachte. Es war großartig, eine große gelbe Kuppel geschlagenen Eis mit Sprenkeln gebräunten Käses, die ein Muster darauf bildeten.
Fiona äußerte die Bewunderung, die der alte Kessler erwartete, und Bret steuerte seine in zögerndem Deutsch vorgetragenen Komplimente dazu bei. Kessler servierte das Soufflé und den Salat, den es dazu gab, bot Brot und Butter an, schenkte auch nach, bis Fiona vor Ungeduld fast losschrie.
Als der Alte endlich weg war, versuchte sie es noch mal. »Ich habe über die ganze Operation nachgedacht, intensiv und sehr sorgfältig.«
»Und jetzt wollen Sie raus?« Er sah sie an und nickte, ehe er das Soufflé auf seinem Teller probierte. »Es ist genau richtig. Sehen Sie sich das an, weich in der Mitte, aber nicht flüssig.«
Sie wußte nicht, wie sie reagieren sollte. »Ja, will ich, Bret. Woher wußten Sie das?«
»Ich kenne Sie gut, Fiona. Manchmal glaube ich, daß ich Sie besser verstehe als Ihr Mann.«
Sie trank, nickte nervös, aber antwortete nicht. Von dieser Seite hatte Bret sie von Anfang an genommen. Er verstand sie, so machte das jeder vernünftige Führungsoffizier mit dem Agenten, den er zu führen hatte. Sie hatte das oft genug von der anderen Seite aus gesehen, um zu wissen, wie es gemacht wurde. Sie brauchte etwas zu trinken und leerte gierig ihr Champagnerglas.
Bret nahm ihr Glas, um es wieder zu füllen. Er nahm die Flasche aus dem Eiskübel und wartete, solange Wasser davon abtropfte. Dann goß er vorsichtig ein, so daß es nicht zu sehr schäumte. »Ja, ich verstehe«, sagte er, ohne vom Glas aufzusehen.
»Ich meine das ernst, Bret.«
»Natürlich. Eine schwere Belastung. Ich weiß. Ich mache mir Sorgen Ihretwegen. Das werden Sie doch wissen.«

»Ich kann's nicht, Bret. Aus vielen Gründen... wenn Sie wollen, daß ich es erkläre...« Sie war wütend auf sich selbst. Ehe sie hierher kam, hatte sie beschlossen, jedenfalls nicht als Bittstellerin aufzutreten. Sie brauchte sich für nichts zu entschuldigen. Die Umstände hatten sich geändert. Sie konnte einfach nicht weitermachen.

»Sie brauchen nichts zu erklären, Fiona. Ich weiß, was Sie durchmachen.«

»Ich lasse mich nicht umstimmen, Bret.«

Er blickte zu ihr auf und nickte mit liebevoller väterlicher Gleichgültigkeit.

»Bret, ich lasse mich nicht umstimmen. Ich kann nicht gehen.«

»Es ist die Aufbauphase«, sagte er. »Die macht den Streß, diese lange Vorbereitungszeit.«

»Hören Sie, Bret. Bilden Sie sich nicht ein, daß Sie sich das einfach anhören können in der Gewißheit, daß ich mir's schon noch wieder anders überlegen und endlich doch mitmachen werde.«

»Hmmm.« Er sah sie an und nickte. »Vielleicht brauche auch ich ein großes Glas Champagner.« Er goß sich selbst nach. Das beschäftigte ihn, während sie ungeduldig wartete.

»Jeder Agent macht diese Krise durch, Fiona. Es ist nicht einfach nur eine Nervenschwäche, jeder bekommt irgendwann einmal das Flattern.« Er langte über den Tisch und berührte ihren Handrücken. Seine Finger waren eiskalt von der Champagnerflasche, und es schauderte ihr bei seiner Berührung. »Halten Sie es einfach durch. Es geht schließlich alles in Ordnung. Ich verspreche Ihnen: Es wird in Ordnung gehen.«

Zorn gab ihr die Ruhe wieder, die sie brauchte, um ihm zu antworten: »Bitte lassen Sie diese onkelhaften Ermahnungen, Bret. Ich habe keine Angst. Ich stehe nicht am Rande eines Nervenzusammenbruchs und leide auch nicht an Menstruationsbeschwerden oder sonst irgendwelchen weiblichen Beschwerden, von denen Sie gehört haben mögen.« Sie hielt inne.

»Werden Sie ruhig wütend. Es ist besser, Sie lassen Dampf ab, als es brennt eine Sicherung durch«, sagte Bret und lächelte auf seine herablassende Art. »Geben Sie's mir. Sagen Sie, was Sie zu sagen haben.«

»Ich arbeitet schon lange für das Department, Bret. Ich weiß, was da läuft. Der Grund, weshalb ich nicht weitermache mit dem Plan – mit Ihrem Plan, sollte ich wohl sagen –, ist, daß ich mich nicht imstande fühle, meinen Mann und meine Kinder zu opfern, um mir einen Namen zu machen.«
»Ich habe niemals angenommen, daß es die Aussicht, sich einen Namen zu machen, gewesen sein könnte, was Sie motiviert, Fiona.«
Der sanfte und versöhnliche Ton, in dem er sprach, besänftigte etwas ihren Zorn. »Vermutlich nicht«, sagte sie. »Nein.«
»Nein? Ist das dieselbe Frau, die mir sagte:

Nur eine Aufgabe gibt es für alle
Ein Leben nur kann jeder geben
Wer steht, so die Freiheit falle?
Wer stirbt, so England wird leben?«

Sie befeuchtete sich die Lippen. Auch ein paar von ihr gern zitierte Zeilen Kipling konnten sie jetzt nicht von dem ablenken, was sie zu sagen hatte. »Sie reden von ein oder zwei Jahren. Meine Kinder sind sehr klein. Ich liebe sie und brauche sie, und sie brauchen mich. Sie verlangen zuviel. Wie lange werde ich weg sein? Was wird mit den Kindern passieren? Was wird aus Bernard? Und aus meiner Ehe? Suchen Sie sich jemanden, der keine Familie hat. Für mich wäre es der reine Wahnsinn, da rüber zu gehen.«
Sie hatte sich gezwungen, leise zu sprechen, aber sein Gesichtsausdruck, der Interesse und Mitgefühl heuchelte, machte ihr Lust loszuschreien. Wer steht, so die Freiheit falle? Ja, Brets Worte hatten sie getroffen, denn das Zitat zwang sie, sich der resoluten jungen Frau zu erinnern, die sie noch kürzlich gewesen war. Hatten Ehe und Mutterschaft eine so verdammt furchtsame Kuh aus ihr gemacht?
»Der reine Wahnsinn. Und genau deshalb werden Sie vollkommen sicher sein. Bernard wird bestürzt sein, und die Sowjets werden Ihnen trauen.«
»Ich kann einfach nicht mehr, Bret. Ich brauche ein bißchen Ruhe.«

»Oder Sie könnten's auch von einer anderen Seite ansehen«, sagte Bret freundschaftlich. »Ein paar Jahre da drüben könnten Ihnen genau die Herausforderung bieten, die Sie brauchen.«

»Wenn ich irgendwas jetzt nicht brauchen kann, ist es noch eine Herausforderung«, sagte sie überzeugt.

»Manchmal gehen Beziehungen zu Ende, und zuletzt bleibt einem nur noch übrig, ausdrücklich anzuerkennen, was geschehen ist.«

»Wie meinen Sie das?«

»So war es mit mir und Nikki«, sagte er mit leiser und aufrichtiger Stimme. »Sie hat gesagt, sie müßte sich selbst wiederfinden. Wenn ich jetzt darauf zurückblicke, sehe ich, daß unsere Ehe soviel an Substanz verloren hatte, daß sie zuletzt nur noch vorgetäuscht war.«

»Meine Ehe ist nicht vorgetäuscht.«

»Vielleicht nicht. Aber manchmal erkennt man das erst bei genauerem Hinsehen. So war es bei mir.«

»Ich liebe Bernard, und er liebt mich. Und wir haben zwei entzückende Kinder. Wir sind eine glückliche Familie.«

»Sie sind vielleicht der Meinung, daß mich das nichts angeht«, sagte Bret, »aber diese plötzliche Unzuverlässigkeit – dieses ›Laßt den Vorhang fallen und schickt das Orchester nach Hause, ich kann nicht mehr‹-Gerede – resultiert nicht aus beruflicher Überlastung, sondern hat ihre Ursache in Ihrem Privatleben. Deshalb müssen Sie sich Ihre Privatangelegenheiten ansehen, um die Antwort zu finden.«

Brets Worte wirkten auf sie wie ein Brechmittel. Sie schloß die Augen, damit nicht der Anblick des Essens sie tatsächlich nötigte, sich zu übergeben. Als sie endlich die Augen öffnete, sah sie Bret an und suchte in dessen Gesicht einen Hinweis auf seine Gedanken. Da sie dort außer seiner geheuchelten Sympathie nichts fand, sagte sie. »Meine Privatangelegenheiten sind privat, Bret.«

»Nicht wenn ich finde, daß Ihnen Ihre Gefühle den Verstand vernebeln und Sie mir erklären, daß Sie die wichtigste Operation, die das Department jemals ins Auge gefaßt hat, schmeißen wollen.«

»Können Sie denn niemals irgendwas anders als von Ihrem eigenen Standpunkt aus betrachten?«
Bret berührte die Manschette seines Hemdes und befingerte den Manschettenknopf, wie um sich zu vergewissern, daß er noch da sei. Aber Fiona erkannte in dieser Gebärde, in der Haltung seiner Schultern und in der Neigung des Kopfes mehr. Etwas Besonderes kündigte sich an, wie man es an der nervösen Kreisbewegung der Feder ablesen konnte, ehe ein wichtiges Dokument unterzeichnet wird, oder in den Lockerungsübungen der Athleten vor Beginn eines Wettkampfes. »Ihnen steht es nicht zu, irgend jemanden des Egoismus zu bezichtigen, Fiona.«
Sie biß sich auf die Lippe. Das war eine direkte Herausforderung. Wenn sie sich so etwas widerspruchslos sagen ließ, gestand sie ihre Schuld ein. Und doch, gerade ihr Widerspruch konnte die scheußliche Lawine lockern, die in ihren Alpträumen auf sie herabzustürzen drohte.
»Bin ich egoistisch?« fragte sie so vorsichtig wie möglich und hoffte, daß er lachend darüber hinweggehen würde.
»Fiona, Sie müssen sich an den Plan halten. Bei dieser Operation steht verdammt viel auf dem Spiel. Sie werden etwas für Ihr Land tun, was zu tun nur sehr wenige Männer und Frauen je Gelegenheit kriegen. Wenn Sie auch nur ein oder zwei Jahre da drüben arbeiten, können Sie für die Londoner Zentrale etwas leisten, das historisch einem glänzenden Sieg gleichkommt.«
»Einem glänzenden Sieg?« sagte sie mechanisch.
»Wie ich Ihnen schon erklärte; die wirtschaftlichen Pläne deuten an, daß wir sie zwingen könnten, die Mauer abzureißen, Fiona. Eine unblutige Revolution. Das würde in die Geschichtsbücher eingehen. Buchstäblich in die Geschichtsbücher. Verglichen damit zählen unsere Privatangelegenheiten überhaupt nicht.«
Er wußte alles, was sie verbergen wollte, sie sah es in seinen Augen. »Erpressen Sie mich, Bret?«
»Sie sind nicht ganz Sie selbst heute abend, Fiona.« Er heuchelte Besorgnis, aber ohne überzeugen zu wollen.
»Sagen Sie's mir.«
»Ich weiß nicht, wovon Sie reden. Womit sollte ich Sie denn erpressen?«

»Ich reagiere nicht auf Drohungen, habe ich noch nie.«
»Wollen Sie mir nicht erzählen, womit ich Ihnen angeblich drohe? Oder soll ich mich auf Mutmaßungen einlassen?« Fiona sah, daß er es genoß. Was für ein Sadist er war! Sie haßte ihn, und dennoch nahm sie jetzt zum allerersten Mal eine unerschütterliche Entschlossenheit an ihm wahr, die unter anderen Umständen eine Frau dazu bringen konnte, sich in ihn zu verlieben. Genauso unnachgiebig würde er auch um sie kämpfen. Daran war kein Zweifel möglich. Es war seine Natur.
»Antworten Sie mir auf eine Frage, Bret. Haben Sie mich beschatten lassen?«
Er legte seine Gabel ab, lehnte sich in seinen Stuhl zurück, faltete die Hände und starrte Fiona an. »Wir alle werden überwacht, Fiona. Das gehört zu unserem Job.«
Er lächelte. Sie nahm ihr volles Champagnerglas und schüttete es ihm ins Gesicht.
»Jesus Christus!» Er sprang auf, stotternd und zappelnd Gesicht und Hemdbrust mit der Serviette abtupfend. »Sind Sie verrückt geworden?«
Sie betrachtete ihn mit Schrecken. Er ging durch den Raum und holte sich frische Servietten von einem Serviertisch. Er tupfte Anzug und Stuhl ab, und als sein Zorn nachließ, setzte er sich wieder.
Sie hatte sich nicht gerührt. Sie haßte es, die Selbstbeherrschung zu verlieren, und um ihn nicht ansehen zu müssen, ergriff sie ihre Gabel und verfolgte ein Stück Soufflé damit quer über den Teller. »Aber Bernard weiß nichts davon.« Das sagte sie, ohne aufzusehen. Sie aß das Stück Soufflé nicht. Der Gedanke an Essen war ihr plötzlich zuwider.
Er strich sich mit dem Finger rund um die Innenseite des Kragens. Der Champagner hatte ihn klebrig gemacht. »Solche Aufgaben werden außerhalb des Departments vergeben. Die eigenen Leute dafür einzusetzen wäre sicherheitsmäßig bedenklich.«
»Versprechen Sie mir, daß Bernard nichts davon erfährt?«
»Ich könnte versprechen, daß er's von mir nicht erfährt. Aber Bernard ist ein kluger und findiger Mann... Das brauche ich

Ihnen ja nicht zu erzählen.« Er sah auf seine Uhr. Er wollte nach Hause und sich umziehen.

»Es ist sowieso alles vorbei.«

»Das freut mich.« Er sah sie an und bedachte sie – trotz der nassen Flecken auf seinem Hemd und des zerzausten Haars – mit seinem bezauberndsten Lächeln.

»Wissen Sie, wovon ich rede?«

»Natürlich nicht«, sagte er, noch immer lächelnd.

»Es ist klar, daß ich nur ein Jahr lang drüben bleibe und dann abgezogen werde?«

»Ein Jahr. Ja. Das war immer der Plan«, sagte Bret. »Haben Sie eine Handtasche? Ich gebe Ihnen die Einzelheiten des abgefangenen Funkspruchs. Rufen Sie gleich morgen früh Pryce-Hughes' Kontaktnummer an. Morgen ist der Tag, an dem er unter der Büronummer zu erreichen ist, die er Ihnen gegeben hat.« Letztlich hatte ihn die Champagnerdusche nicht aus der Fassung gebracht.

»Sie sind ein kaltblütiger Bastard«, sagte sie.

»Der Job war nie was für heißblütige Leute«, erwiderte Bret.

9

London, April 1983

Für Bret Rensselaer war jenes nun schon lang zurückliegende Abendessen in Berlin nur eine kleine Panne während der langwierigen Vorbereitung, der sich Fiona für ihre Aufgabe unterziehen mußte. Im Rückblick war es für ihn vor allem der rechte Augenblick gewesen, etwas von dem Trost und der Ermutigung zu spenden, die Agenten nötig haben, wenn traumatische Unentschlossenheit sie lähmt. Es hatte sich dabei, wie Bret in einem jener kritischen Berichte, die er so gerne lieferte, dem D. G. anvertraute, um ein unvermeidliches Stadium in der Vorbereitungs- und Instruktionsphase jedes für den langfristigen Einsatz bestimmten Agenten gehandelt. »Es war ein Rollenwechsel für sie. Manche würden es ›schizothyme Phase‹ nennen, denn man mußte in diesem Stadium eine normale Persönlichkeit dazu bringen, die Aufgabe, sich in zwei getrennte Individuen zu spalten, anzunehmen.«

Der D. G. war schon versucht, sowohl die Terminologie als auch die wissenschaftliche Basis dieser Behauptungen, die den komplizierten Sachverhalt unzulässig zu vereinfachen schien, in Zweifel zu ziehen, doch erinnerte er sich eben noch rechtzeitig einer früheren Diskussion, in der Bret, der eine Psychoanalyse hinter sich hatte, ihn mit einem Sperrfeuer psychoanalytischer Doktrin, bei dem ausführliche Anmerkungen, Statistiken und Verweise auf die grundlegenden Arbeiten von James und Lange zum Einsatz gekommen waren, sprachlos gemacht hatte. Also nickte der D. G.

Bret rief ihm in Erinnerung, daß in diesem Fall der Agent eine Frau war, eine hochintelligente Frau und überdies Mutter kleiner Kinder. Die Krise war deshalb akuter als für gewöhnlich gewesen. Andererseits waren gerade diese Faktoren, die sie in besonderem Maße anfällig für Zweifel und Sorgen machten, Bestandteil dessen, was sie der anderen Seite unverdächtig erscheinen ließ. Fiona Samson war eine gefestigte Persönlichkeit, und Brets behutsame Konditionierung hatte ihr Verhalten verstärkt, so daß, wenn sie schließlich zum Einsatz kam, die »Übertragung« perfekt sein würde. Seit jener schrecklichen Szene mit dem Champagnerguß hatte eine emotionale Abhängigkeit von Bret, und somit von den in der Londoner Zentrale getroffenen Entscheidungen, für die Motivation und innere Seelenstärke, die sie für ihre Aufgabe benötigte, gesorgt.

»Sie wissen viel mehr als ich von diesen Dingen«, sagte der D. G. mit einer leutseligen Überzeugtheit, die seinen wahren Gefühlen nicht entsprach. »Aber nach meiner Kenntnis bedeutet doch im psychoanalytischen Kontext der Terminus ›Übertragung‹ manchmal auch die unbewußte Verlagerung von Haß, eher als von Liebe und Hochachtung.«

»Allerdings!« sagte Bret. Nicht zum ersten Mal überraschte ihn der scharfe Blick des alten Mannes. Doch erholte er sich von seiner Überraschung schnell genug, um hinzuzufügen: »Auch diesen Aspekt der Arbeit habe ich bereits berücksichtigt.«

»Nun, ich bin sicher, Sie haben alles unter Kontrolle«, sagte der D. G. und blickte auf seine Uhr.

»Durchaus, Director. Verlassen Sie sich darauf.«

Bret Rensselaer zog seine Schlüsse nicht aus persönlicher Erfahrung mit Agenten im Außendienst. Er hatte während seiner bisherigen Laufbahn nur wenig persönlichen Kontakt mit diesen seltsamen Geschöpfen gehabt (wenn auch natürlich die von ihm getroffenen Entscheidungen Auswirkungen auf den gesamten Dienst gehabt hatten). Dem Director-General war wohlbekannt, daß Bret eigentlich ein reiner Verwaltungsspezialist war. Er hatte ihm seine gegenwärtige Aufgabe sogar hauptsächlich deshalb zugeteilt, weil er nie etwas mit der Operationsabteilung zu tun gehabt hatte – und niemand wäre auf den Gedanken gekommen, daß ausgerechnet ein so typischer Bürostratege wie Bret die Funktion eines Führungsoffiziers ein-

nahm –, denn um so sicherer würde Fiona in ihrer Rolle als Doppelagentin sein.
Doch waren Bret Rensselaer und Fiona Samson nicht die einzigen, die sich an eine neue Rolle gewöhnen mußten. Denn wenn Fiona nie zuvor als Agentin, Bret Rensselaer nie zuvor als Führungsoffizier eingesetzt worden waren, hatte doch andererseits auch der D. G. nie zuvor jemanden ins feindliche Gebiet schicken müssen, den er so gut kannte wie Fiona Samson. Doch für eine Änderung des Planes war es nun zu spät. Der D. G. gestattete sich, Brets optimistischen Prognosen zu trauen, da ihm eine Alternative zu dem einmal beschlossenen Plan, auch wenn er dessen Erfolgschancen pessimistisch beurteilt hätte, nicht eingefallen wäre.
Mochte dieses lang zurückliegende Abendessen bei Kessler Bret nur an eine vorübergehende schwache Stunde Fionas erinnern, war es in Fionas Gedächtnis eingebrannt wie ein Programm in einem Mikrochip. Jede demütigende Einzelheit war ihr gegenwärtig. Die Herablassung, mit der Bret Rensselaer ihren Wunsch, sich von der Operation zurückzuziehen, zur Kenntnis genommen hatte, die unverschämte Art, in der er sie so mühelos erpreßt hatte, dennoch dabeizubleiben. Die Verachtung, die er ihr bewiesen hatte, als sie ihm den Champagner ins Gesicht goß, indem er sie hatte gewähren lassen, als wäre sie das ungezogene Töchterchen eines geachteten Freundes. Und, was das Beschämendste von allem war, sie hatte genau getan, was er ihr befahl. Denn, wie so viele Demütigungen, bemaß sich auch ihre eigene am Erfolg des Gegners. Und am Ende jenes Abendessens war Brets Herrschaft absolut.
Seit dieser unseligen Konfrontation hatte sie nie wieder den Wunsch geäußert, von der ihr zugedachten Aufgabe entbunden zu werden. Nach jenen ersten qualvollen Wochen, in denen sie verzweifelt hoffte, daß Bret das Department verlassen, versetzt werden oder einen tödlichen Unfall erleiden möchte, kam ihr der Gedanke, aus ihrem Vertrag entlassen zu werden, nicht mehr in den Sinn. Was auf sie zukam, war nun unvermeidlich.
Wie die meisten Frauen – und Fiona sah das von Beamtinnen der Zoll-, Einwanderungs- und Polizeibehörden ebenso wie von

den Sekretärinnen in ihrem Büro unter Beweis gestellt – war Fiona gewissenhafter und sorgfältiger als ihre männlichen Kollegen. Ihre kalte Verachtung für Bret und andere Männer seinesgleichen konnte sie am besten beweisen, indem sie ihre Arbeit sorgfältiger und geschickter machte als er seine. Sie würde also dieser verdammte »Superspion« werden, den sie haben wollten. Sie würde ihnen zeigen, wie gut *frau* das machen konnte.

Fionas Treffen mit Martin Euan Pryce-Hughes fanden weiterhin statt, doch nun sorgte Bret dafür, daß die Leckerbissen, die sie ihm zuwerfen konnte, und ihre Antworten auf seine spezifischen Fragen besser wurden als das Spielmaterial, das sie ihm bisher geliefert hatte. Pryce-Hughes gefiel das. Fiona nahm seinen Wink mit dem Zaunpfahl auf und forderte mehr Geld. Nicht viel mehr, aber genug, um ihren Wert zu betonen. Moskau ging unverzüglich und großzügig auf die Forderung ein, sehr zur Freude von Bret und auch von Pryce-Hughes. Und doch, als so aus einem Monat nach dem anderen ein volles Jahr wurde und mehr und mehr Zeit verging, begann sie zu hoffen, daß der langfristige Plan des Departments, sie ins feindliche Lager zu schicken, fallengelassen werden würde. Bret traf sich nach wie vor regelmäßig zu Instruktionssitzungen mit ihr, und ihre Aufgaben waren auf diesen Zweck hin zusammengestellt. Ihr Zugang zu den Computern war genau begrenzt, und sie bekam nie sehr geheime Papiere in die Hand. Aber der D. G. schien sie vergessen zu haben, und vergessen zu haben schien er auch Bret Rensselaer. Ein- oder zweimal war sie nahe daran, den D. G. deswegen geradeheraus zu fragen, ließ dann aber doch alles laufen, wie es lief. Bernard sagte, der D. G. werde mit der Zeit derart exzentrisch, daß es schon an Unfähigkeit grenzte, aber Bernard neigte zu Übertreibungen.

Bezeichnenderweise war es dann ihre jüngere Schwester Tessa, die dafür sorgte, daß alles wieder hochkam. »Süße Fi! Wie schön, daß du immer da bist, wenn ich dich brauche!«

»Du hast so guten Champagner«, sagte Fiona in dem Bemühen, die Spannung zu lockern, die sich im Gesicht ihrer Schwester spiegelte, und in der Art, wie sie dauernd die Ringe an ihren Fingern herumdrehte.

»Das ist meine Diät: Kaviar, Champagner und Austern. Macht garantiert nicht dick.«
»Nein, nur arm«, sagte Fiona.
»So redet Papa auch. Er mißbilligt meine Diät.« Wie zum Trotz ergriff sie ihr Glas, betrachtete das perlende Naß und trank. Tessa war von jeher geneigt, Schwierigkeiten zu machen. Die Beziehung zwischen Fiona und ihrer jüngeren Schwester konnte als exemplarischer Fall des psychologischen Phänomens der Geschwisterrivalität betrachtet werden, worauf Bret während seiner Sitzungen mit Fiona häufig zu sprechen kam. Das Lieblingsmotto ihres Vaters (»Was ich erwarte, sind Ergebnisse, keine Entschuldigungen«) war eingestickt auf einem Kissen verewigt, das auf dem Besucherstuhl seines Büros lag. Seinem zielgerichteten, einseitigen Denken entsprechend, glaubte er, daß jede Form des Verzeihens darauf abzielen würde, die Widerstandskraft seiner Töchter, wie auch seine eigene, auszuhöhlen. Tessa hatte entdeckt, wie bequem es war, sich damit zu begnügen, die vorgegebene Rolle des jüngeren Kindes zu spielen, und es Fiona überlassen, die Erwartungen ihres Vaters zu erfüllen und gelegentlich zu enttäuschen. Tessa war immer diejenige, von der nichts Großes erwartet wurde. Fiona ging nach Oxford und studierte Staatswissenschaft, Volkswirtschaft und Philosophie; Tessa blieb zu Hause und las Harold Robbins. Temperamentvoll, phantasiebegabt und herzlich, konnte Tessa alles in einen guten Spaß verwandeln; das war ihre Art, allen Anforderungen aus dem Wege zu gehen. Ihre eigene grenzenlose Großzügigkeit machte sie verwundbar in einer Welt, in der die Menschen so kalt, lieblos und verurteilend waren. Angesichts dieser Welt – durfte man ihr da vorwerfen, daß sie sich auf so viele kleine Liebesaffären einließ? Sie kehrte stets wieder zu ihrem Mann zurück und gab ihm ihre verschwenderische Liebe. Und was tat's schon, wenn einer von diesen albernen Liebhabern ihr eines Nachts im Bett betrunken anvertraute, daß er für die Russen spionierte? Vermutlich war's nur ein Witz.
»Beschreibe ihn noch mal«, sagte Fiona.
»Du kennst ihn«, sagte Tessa. »Jedenfalls weiß er alles über dich.«

»Miles Brent?«
»Giles Trent, Darling. Giles Trent.«
»Wenn du aufhören würdest, diese verdammten Nüsse zu knabbern, würde ich vielleicht verstehen, was du sagst«, sagte Fiona gereizt. »Ja, Giles Trent. Natürlich erinnere ich mich an den.«
»Gutaussehendes Biest. Groß, attraktiv, graues, welliges Haar.«
»Aber der ist doch alt wie Methusalem. Und schwul.«
»O nein. Schwul nicht«, sagte Tessa und kicherte. Sie hatte schon eine Menge Schampus intus.
Fiona seufzte. Sie saß in Tessa Kosinskis aufwendig eingerichteter Wohnung in Hampstead, dem grünen Vorort Londons im Nordwesten, und sah zu, wie die blutrote Sonne Blut auf rote Wolken vergoß. Als vor langer Zeit die reichen Londoner Kaufleute und der kleine Adel das königliche und fashionable Bath aufsuchten, um aus den dortigen Heilquellen zu trinken, genossen die weniger wohlhabenden ihr Mineralwasser in dieser hügeligen Gegend, wo jetzt erfolgreiche Werbefachleute und reiche Verleger wohnten.
Tessas Mann handelte mit Immobilien und Autos und interessierte sich für alle möglichen zweifelhaften Unternehmungen. Aber George Kosinski hatte einen nie versagenden Instinkt für kaufmännischen Erfolg. Wenn George eine hinfällige Firma aufkaufte, kam sie sofort wieder auf die Beine. Investierte er einmal etwas Geld in scheinbar wertlose Aktien, profitierte er davon. Selbst als er einmal aus Gefälligkeit einem Antiquitätenhändler aus der Nachbarschaft ein Gemälde abnahm, das niemand haben wollte – unansehnlich, dunkel, allegorisch –, erkannte einer seiner Gäste in dem Schinken das Werk eines Schülers von Ingres. Obwohl eine Menge unbedeutender Maler Schüler dieses Meisters waren, gehörten doch auch die dazu, bei denen Seurat und Degas ihr Handwerk lernten. Dies, die grobe Leinwand und Verwendung eines für die Technik Ingres' charakteristischen Weiß bewog das Kuratorium eines amerikanischen Museums, George eine bemerkenswerte Summe dafür zu bieten. Er expedierte es postwendend. George liebte es, Geschäfte zu machen.
»Und all das hast du Papa erzählt: daß Trent behauptete, ein russischer Spion zu sein und so?«

»Papa meinte, ich solle es vergessen.« Müßig nahm Tessa eine Illustrierte vom Tisch vor ihr. Diese öffnete sich bei einer Seite voller Leute, die sich mit großen Augen auf einem der gesellschaftlichen Anlässe tummelten, denen auch die Kosinskis häufig beiwohnten.

»Papa kann manchmal sehr dumm sein«, sagte Fiona mit unverkennbarer Verachtung. Tessa sah sie mit großem Respekt an. Fiona meinte das wirklich, während Tessa, die ihren Vater gelegentlich gleichfalls dumm – und Schlimmeres – schimpfte, die Fesseln der Kindheit niemals völlig abgeworfen hatte.

»Vielleicht hat Giles nur Spaß gemacht«, sagte Tessa, die sich nun angesichts der Besorgnis ihrer älteren Schwester schuldig fühlte.

»Du hast gesagt, es war *kein* Spaß«, sagte Fiona bissig.

»Ja«, sagte Tessa.

»Ja oder nein?«

Tessa sah sie an, überrascht durch die Erregung, die sie da verursacht hatte. »Es war kein Spaß. Ich habe dir ja erzählt. Ich habe alles mit ihm durchgenommen... über den Russen und so weiter.«

»Genau«, sagte Fiona. »Wie kann es also ein Spaß gewesen sein?«

»Was wird ihm passieren?« Tessa warf die Zeitschrift auf einen Haufen ähnlicher Periodika.

»Kann ich nicht sagen.« Fiona ließ im Geiste wieder und wieder die Komplikationen Revue passieren, die diese Sache in ihr Leben bringen würde. Sie betrachtete ihre jüngere Schwester, die da auf dem gelben Seidensofa vor ihr saß, in diesem smaragdgrünen engen Kleid von Givenchy, das sie, obwohl sie die gleichen Maße hatte wie Tessa, niemals tragen könnte, und überlegte, ob sie ihr sagen sollte, daß möglicherweise ihr Leben gefährdet war. Wenn Trent seine gefährliche Indiskretion seinem sowjetischen Kontakt beichtete, war es möglich, daß Moskau sie umbringen ließ. Sie öffnete den Mund und überlegte, wie sie ihr das beibringen sollte, doch als Tessa sie nun erwartungsvoll ansah, sagte sie nur: »Das ist ein entzückendes Kleid.«

Tessa lächelte. »Du warst immer so anders als ich, Fi.«

»Nicht sehr anders.«

»Der Chanel-Typ.«
»Was soll das heißen?«
Neckend sagte Tessa: »Schneiderkostüm, das Jackett passend zur Bluse gefüttert, Kettengürtel und Gardenia. Jeder weiß, wie ein Chanel-Typ aussieht.«
»Was noch?« Tessas Art war manchmal ziemlich anstrengend.
»Ich wußte, daß du schließlich irgendwas Wichtiges tun würdest... irgendwas in der Männerwelt«, sagte Tessa sehr ruhig in Erwartung einer Erklärung ihrer Schwester über das, was nun als nächstes passieren könnte. Als Fiona nicht antwortete, setzte Tessa hinzu: »Ich habe Giles nicht gefragt, was er beruflich macht. Er hat von selbst damit angefangen.«
»Ja, er ist beim Department«, sagte Fiona.
»Es tut mir wirklich leid, liebste Fi. Vielleicht hätte ich dich nicht damit beunruhigen sollen.«
»Es war richtig, daß du's mir erzählt hast.«
»Manchmal kann er so allerliebst sein«, sagte Tessa.
»Warum hast du bloß geheiratet?« fragte Fiona.
»Aus dem gleichen Grund wie du, nehme ich an. Es war doch ein Mittel, Papa wütend zu machen.«
»Papa was zu machen?«
»Du willst mir doch nicht weismachen, daß du nicht gewußt hast, daß du Papa auf die Palme bringen würdest, wenn du deinen dickschädeligen Rabauken heiratest?«
»Ich dachte, du magst Bernard«, sagte Fiona freundlich. »Du hast mir doch geraten, ihn zu heiraten.«
»Ich schwärme für ihn, das weißt du doch. Eines Tages werde ich mit ihm durchbrennen.«
»Und hast *du* George geheiratet, nur um Papa eins auszuwischen?«
Sie antwortete nicht gleich. »George ist ein so lieber Mann... ein Heiliger.« Und als ihr dann einfiel, daß dieses Kompliment einem Ehemann vielleicht nicht gerade schmeichelte, fügte sie hinzu. »Nur ein Heiliger kann mich ja ertragen.«
»Vielleicht ist es für George wichtig zu verzeihen.«
Tessa ging auf diesen Gedanken nicht ein. »Ich dachte, daß Leute, die mit gebrauchten Autos handeln, ein aufregendes

Leben führen. Ich weiß, das ist albern, aber im Film sieht man sie immer in der Unterwelt mit Gangstern und Gangsterbräuten.« Sie grinste.
»Wirklich, Tess!« Der angewiderte Ton mahnte zur Vernunft.
»Es ist wirklich ganz schön anstrengend, Liebste, mit einem Mann zu leben, der aus der Fassung gerät, wenn Damen unanständige Wörter in den Mund nehmen, und der um sechs Uhr früh aufsteht, um auf gar keinen Fall die Messe zu verpassen. Manchmal glaube ich, es wäre ihm am liebsten, wenn ich den ganzen Tag lang in der Küche schuftete, wie seine Mutter es tat.«
»Du bist total verrückt, Tessa.«
»Ich weiß. Es ist alles meine Schuld.« Sie sprang auf die Füße und sagte erregt: »Ich weiß! Warum gehen wir nicht zum Dinner zu Annabel?« Sie streichelte ihr schönes Kleid. »Nur wir beide.«
»Setz dich, Tessa. Setz dich und beruhige dich. Ich will nicht zu Annabel. Ich will nachdenken.«
»Ich habe ein hausgemachtes Hühnerfrikassee in der Kühltruhe. Ich werde es in den Backofen schieben, während wir uns weiter unterhalten.«
»Nein, nein. Ich muß noch mit Bernard essen.«
Tessa sank aufs Sofa zurück, ergriff ihr Glas und trank einen Schluck Champagner. »Sei froh, daß du nicht in Hampstead wohnst. Hier gibt's nur Superintellektuelle. Meine verdammte Zugehfrau hat angerufen und gesagt, sie könne heute nicht kommen: Sie hat eine Sitzung mit ihrem Drehbuchredakteur. Drehbuchredakteur! Heiliger Himmel! Komm, nimm noch ein bißchen Fusel, Fi. Ich hasse es, allein zu trinken.«
»Nein, danke, Tessa. Und ich glaube, auch du hast genug für heute abend.«
Tessa stellte das Glas ab und füllte es nicht wieder. Wenn sie bei ihrer Schwester schlecht angeschrieben war, fühlte sie sich elend. Fiona war der einzige Mensch, den sie hatte, abgesehen von George, aber nicht mit allem, was sie plagte, konnte sie zu George gehen. Denn die meisten ihrer Probleme resultierten aus diesen albernen kleinen Liebesgeschichten, auf die sie sich immer wieder einließ. Und daß George ihr da heraushalf, konnte sie ja nicht von ihm verlangen.

»Kann ich mal telefonieren?« sagte Fiona.
Tessa gestikulierte theatralisch mit beiden Händen. »Nimm den Apparat im Schlafzimmer, wenn du was Vertrauliches zu bereden hast.«
Fiona ging ins Schlafzimmer. Auf dem großen Himmelbett lag über einer dunkelroten Decke, die sie schön zur Geltung brachte, eine Zierdecke aus alter Spitze. Auf dem Nachttisch stand ein schickes neues Telefon zwischen teuren Parfums, Pillenfläschchen und Taschenbüchern. Eine Aspirinflasche war offen, und mehrere Tabletten lagen zerstreut daneben. Fiona nahm den Hörer ab, zögerte aber, ehe sie wählte.
Der optimistischen Theorien Brets ungeachtet war Fiona Samson nicht der Typ, der sich bei jeder Gelegenheit ratsuchend an andere – Männer oder Frauen – wendete. Sie wußte sich selbst zu helfen, auch sich selbst zu kritisieren, wie das ältere Geschwister nicht selten lernen. Aber jetzt hatte sie dennoch das Bedürfnis, eine andere Meinung einzuholen, ehe sie sich entschied. Sie sah auf die Uhr. Nachdem sie sich, was sie sagen wollte, sorgfältig zurechtgelegt hatte, wählte sie Brets Nummer. Sie ließ es lange klingeln, aber es meldete sich niemand. Sie versuchte es noch einmal, denn es konnte ja sein, daß sie sich beim ersten Mal verwählt hatte. Doch abermals blieb ihr Anruf ohne Antwort. Diese Enttäuschung brachte sie aus dem Gleichgewicht, und plötzlich fiel ihr ein, Onkel Silas anzurufen.
Die Karriere Silas Gaunts hatte, wie man sie in der ungeschriebenen Geschichte des Departments berichtet fand, legendäre Züge. Onkel Silas war unvergleichlich, praktisch ein Unikum. Hin und wieder ziehen die britischen Ordnungsmächte einen Außenseiter, um nicht zu sagen gefährlichen Einzelgänger, in ihren Dienst, einen Mann, der jede Regel bricht und sich daran ergötzt. Einen, der keinen Herrn über sich und nur wenige Gleiche neben sich anerkennt. Kontroversen pflasterten Gaunts Weg, und seine Amtszeit als Berliner Resident eröffnete eine lautstark ausgetragene Meinungsverschiedenheit mit dem D. G. Es konnte als Beweis sowohl seiner diplomatischen Fähigkeiten als auch seiner Rücksichtslosigkeit gelten, daß er sich bei alledem keine hochgestellten Feinde machte.

Gaunt, ein entfernter Verwandter von Fionas Mutter, war der Mann, der zunächst Brian Samson und dann auch dessen Sohn Bernard stets energisch gegen Leute in einflußreichen Stellungen unterstützt hatte, die meinten, daß für die höheren Ränge des Nachrichtendienstes ausschließlich Angehörige einer gewissen Oberschicht qualifiziert seien, denen die Samsons in keiner Weise glichen. Die Samsons behaupteten sich. Die Opposition hatte nicht mit Gaunts Schlauheit, Kriegslisten und Wut gerechnet. Doch als Gaunt schließlich in Pension ging, wurden Seufzer der Erleichterung überall im Department laut. Gaunt hatte sich indessen keineswegs ganz aus dem Spiel zurückgezogen. Der Director-General kannte und achtete ihn, und seine Wertschätzung ließ sich auch daran ermessen, wie der D. G. die Fiona-Samson-Operation handhabte. Nur Bret Rensselaer, er selbst und eben Silas Gaunt waren ja in dieses Geheimnis eingeweiht.
Jetzt, einer plötzlichen Eingebung folgend, wählte Fiona die Nummer des Whitelands-Guts in den Cotswolds. Da sich am anderen Ende der Leitung Silas selbst meldete, kam Fiona ohne Umschweife zur Sache. Sie nannte nicht einmal ihren Namen, sondern sagte, im Vertrauen darauf, daß er ihre Stimme erkennen würde, nur: »Silas. Ich muß dich sehen. Ich muß. Es ist dringend.«
Es folgte ein langes Schweigen. »Wo bist du? Kannst du reden?«
»In der Wohnung meiner Schwester. Nein, ich kann nicht.«
»Ist nächstes Wochenende früh genug?«
»Perfekt«, sagte sie.
Ein weiteres langes Schweigen. »Laß mich nur machen, Liebes. Bernard wird eingeladen werden und du und die Kinder mit ihm.«
»Danke, Silas.«
»Keine Ursache. Ist mir ein Vergnügen.«
Sie legte den Hörer auf. Als sie nach unten blickte, um zu sehen, was sie da zertrat, stellte sie fest, daß sie Aspirintabletten und andere Pillen in den goldfarbenen Teppich getreten hatte. Sie betrachtete die Schweinerei; sie machte sich Sorgen um Tessa. In welchem Grade war sie mitverantwortlich für das, was aus Tessa geworden war? Fiona war immer der älteste Sohn gewe-

sen, hatte immer ohne Mühe die besten Noten erzielt und ein Verhältnis zum Vater gehabt, wie Tessa es nie gekannt hatte.
Obwohl sie der Liebling ihres Vaters war, hatte dieser sie nie ins Vertrauen gezogen, denn seine Geschäfte hielt er geheim. Zu diesem Zweck beschäftigte er verschiedene Buchhalter und Rechtsanwälte, damit keiner sich ein vollständiges Bild seiner Aktivitäten machen konnte. Doch nahm er Fiona mit ins Büro und stellte sie den Angestellten vor, und es schien ein stillschweigendes Übereinkommen zu geben, dem zufolge Fiona eines Tages ihren Vater ablösen würde.
Es kam natürlich nie dazu. Fiona ging auf die Universität und glänzte dort. Es gefiel ihr in dieser Männerwelt. Und dann wurde sie dort für den männlichsten aller männlichsten Dienste angeworben, jene mystische und exklusive britische Bruderschaft, mit zweischneidigem Namen und zutiefst geheimem Zweck. Die Besessenheit, mit der ihr Vater bemüht war, seine Geheimnisse zu wahren, hatte sie auf den Secret Intelligence Service vorbereitet, aber mit diesem konnte nichts, was der Vater ihr von seiner Geschäftswelt gezeigt hatte, konkurrieren. Und als sie in dieser Bruderschaft einen Mann fand, der ganz anders war als alle, die ihr bisher begegnet waren, wollte sie diesen und bekam ihn. Bernard Samson war in dieser geheimen Welt körperlicher Härte und Brutalität groß geworden. Einer Welt, in der man tötet und getötet wurde. Viele Freunde ihres Vaters hatten im Krieg gedient, manche waren als Helden ausgezeichnet worden, aber Bernard Samson war gänzlich anders als diese, denn sein Krieg war ein dunkler, schmutziger, privater Krieg. Hier endlich war ein Mann, den ihr Vater nicht ergründen konnte und von Herzen verabscheute. Wenn aber, wie Chandler sagte, »diese armseligen Wege ein Mann gehen muß, der selbst nicht armselig ist, der weder besudelt noch furchtsam ist..., ein vollständiger Mann, ein alltäglicher Mann und doch ein ungewöhnlicher Mann«, dann war Bernard Samson ein solcher Mann. An dem Tag, an dem sie ihn zum ersten Mal sah, wußte sie, daß es unerträglich sein würde, ihn an eine andere zu verlieren.
Fiona heiratete, und Tessa, vernachlässigt und verunsichert,

verlor den Boden unter den Füßen; ein Opfer der Karrieresucht ihrer Schwester und der Gleichgültigkeit ihres Vaters. Die arme Tessa, was hätte aus ihr werden können, wenn Fiona sie beschützt und sie beraten hätte und ihr gegeben, was sie brauchte?

»Alles in Ordnung?« rief Tessa aus dem Nebenzimmer.

»Ich komme, Tessa. Es wird schon alles noch in Ordnung kommen. Ich verspreche es dir, ich kümmere mich darum.«

Tessa kam zu ihr. »Ich wußte es, Fi.« Sie warf die Arme um Fionas Hals und küßte sie. »Liebste, herzallerliebste, wunderbare Fi. Ich wußte es.«

Solche Gefühlsausbrüche waren Fiona unbehaglich, aber sie stand stocksteif da und ließ sich's gefallen.

Wären die Umstände der Einladung zu dem Besuch bei Silas andere gewesen, Fiona Samson hätte jeden Augenblick des Wochenendes, das sie mit ihrem Mann und ihren Kindern in Whitelands, dem Landgut, auf das Silas Gaunt sich zurückgezogen hatte, verbrachte, unbeschwert genossen. Die sechshundert Morgen Land boten Gelegenheit zu den schönsten Spaziergängen und atemberaubende Aussichten über das mächtige Kalksteinplateau am Ufer des leuchtenden Severn.

Aber unter den gegebenen Umständen drohten überall Sorgen und Gefahren. Dicky Cruyer, der unternehmende Leiter der Deutschland-Abteilung, und dessen künstlerisch angehauchte Frau Daphne waren da. Bret Rensselaer hatte ein blondes junges Mädchen mitgebracht. Eingeschüchtert von der ihr fremden Gesellschaft klammerte sie sich an ihn, so fest, daß die einzigen beiden Schlafzimmer mit einer Verbindungstür an diese beiden vergeben worden waren. Fiona vermutete, daß Bret das verlangt hatte, denn als sie Silas fragte, ob nicht ihre Kinder neben ihr einquartiert werden könnten, hatte dieser lachend erwidert, daß es noch dringendere Bedürfnisse als ihre gebe.

Silas war ein Pirat oder sah doch wie einer aus. Ein riesiger, dickbäuchiger Kerl mit schweren Wangen und breiter Stirn, über der sich ein kahler Schädel wölbte. Seine zerbeulten Kleider waren von erlesener Qualität, aber er bevorzugte alte Klamotten – wie auch alten Wein und alte Freunde. Sie stellten die verschiedenen Flicken und die säuberlich gestopften Löcher, das Werk seiner treuen Haushälterin, Mrs. Porter, zur Schau wie ein alter Krieger seine Orden.

Das Haus war aus einheimischem Stein in schöner brauner Farbe erbaut. Dazu passend war die Einrichtung – wie die von dickem Firnis verdunkelten Familienporträts und die prächtige Kommode aus dem frühen 18. Jahrhundert. Silas Gaunt liebte das Eßzimmer, besonders wenn es voller Leute war wie beim Lunch an diesem Samstag. Gaunt stand am Kopf des wunderschönen georgischen Mahagonitisches und schnitt von einem beeindrukkenden Rinderbraten Scheiben für die Samsons, Tessa, die Cruyers, Bret Rensselaer, seine alten Berufsgenossen, und beherrschte sie alle mit der Macht seiner Persönlichkeit.

Fiona Samson sah all dem wie aus weiter Ferne zu. Selbst als ihr Sohn Billy sich das Hemd mit Soße bekleckerte, lächelte sie nur zufrieden, als sähe sie das Ereignis in einem alten Film.

Sie beobachtete die Cruyers mit Interesse. Fiona hatte zur gleichen Zeit wie Dicky in Oxford studiert. Sie erinnerte sich, wie man ihm zugejubelt hatte an dem Tag, da er im Debattierklub triumphierte, und wie er sie an dem Tag zu verführen versuchte, da er seinen Kricketsieg feierte. Einer der aufgewecktesten unter den klugen Jungs am Balliol-College war er gewesen, den Posten des Leiters der Deutschland-Abteilung, für den eigentlich Bernard vorgesehen war, hatte er gekriegt, und nun hieß es, daß man ihm schließlich noch ganz Europa geben würde. Jetzt fragte sie sich, ob Silas Gaunt ihr vorschlagen würde, ihn in ihr Geheimnis einzuweihen. Sie hoffte, nicht. Schon jetzt waren genügend Leute informiert, und daß Dicky es erfahren sollte, während man Bernard in Unwissenheit hielt, fände sie unerträglich. Dicky bemerkte, daß sie ihn ansah, und bedachte sie mit dem schüchternen Lächeln, das bei den Mädchen in Oxford so wirkungsvoll gewesen war.

Sie beobachtete auch Tessa. Deren Mann, George Kosinski, war auf Reisen. Es war charakteristisch für Silas und bewies seine Intuition, daß er in der Vermutung, sie werde wohl mit Fionas Anruf auch irgendwas zu tun gehabt haben, auch Tessa eingeladen hatte, für den Fall, daß er mehr wissen mußte.

Als Silas nach dem Lunch die Herren zu Cognac und Zigarren ins Billardzimmer bat, ging Fiona mit Billy und Sally nach oben, denn die Kinder hatten Schularbeiten zu machen.
»Machen in Schaltjahren Damen den Männern Heiratsanträge, Mami?« fragte Sally.
»Ich glaube nicht«, sagte Fiona.
»Meine Lehrerin sagt aber, daß sie's tun«, sagte Sally, und Fiona merkte, daß sie in eine der Fallen getappt war, die Sally ihr so gern stellte.
»Dann wird sie zweifellos recht haben«, sagte sie.
»Es war Miss Jenkins«, sagte sie. »Papa sagt, sie ist bescheuert.«
»Vielleicht hast du Papa falsch verstanden.«
»Ich war dabei«, mischte Billy sich in die Unterhaltung ein. »Er hat tatsächlich gesagt, daß Miss Jenkins total bescheuert ist. Das war an dem Tag, an dem sie ihn angewiesen hat, unseren Wagen nicht in die Parklücke des Schuldirektors zu stellen.«
»Es war am Sonnabend«, sagte Sally zur Verteidigung ihres Vaters.
»Das reicht«, sagte Fiona scharf. »Nun zu euren Aufgaben.«
Es wurde an die Tür geklopft, und dann sah Tessa herein.
»Ja?« sagte Fiona.
»Ich dachte, die Kinder würden vielleicht gern mit in die Ställe kommen.«
»Sie müssen ihre Schularbeiten machen.«
»Es gibt ein Fohlen zu sehen... letzte Woche geboren. Nur auf ein halbes Stündchen, Fi.«
»Am Montag schreiben sie eine Arbeit«, sagte Fiona.
»Laß sie in meiner Obhut, Fi. Ich werde dafür sorgen, daß sie ihre Schularbeiten machen. Mach diesen langen Spaziergang nach Ringstone, ich weiß doch, wie gerne du da hingehst.«
Tessa wollte sie loswerden. Sie war gerne bei den Kindern, und diese schienen sie zu mögen. Tessa hatte niemals Autorität ertragen können, und die Kinder spürten das, und es interessierte sie.
Fiona sah sie an. »Also gut. Dreißig Minuten, aber dann setzt ihr euch an eure Schularbeiten.« Sie drehte sich um. »Ich verlasse mich auf dich, Tessa.«

In beseligter Einstimmigkeit erklärten die Kinder ihre Absicht, unter Tante Tessas Anleitung hart zu arbeiten. Sally ging auf ihre Mutter zu und drückte ihr die Hand, als wollte sie diese ihrer Liebe versichern. Billy zog Regenmantel und Schal an, ohne Zeit zu verschwenden. Als Tessa mit den Kindern verschwand, hörte Fiona, wie Billy ihrer Schwester erklärte: »Wenn die Russen die Monarchie wieder einführen, brauchen sie einen roten Zaren.« Das war sein Lieblingswitz, seitdem Silas darüber gelacht hatte.

Tessa hatte recht. Fiona brauchte ein wenig Zeit für sich selbst. Sie mußte so vieles bedenken. Sie fand einen alten Regenmantel und einen Männerhut in der Garderobe und marschierte in ihren Wanderschuhen los, die hinten in ihrem geliebten roten Porsche immer parat lagen. Durch den nebligen Regen machte sie sich auf den Weg zum Gipfel des Ringstone Hill oberhalb von Singlebury. Es waren etwa sechs Meilen dorthin, und sie schritt aus mit der Entschlossenheit, die sie auch in anderen Fällen zeigte.

Sie kannte den Weg, sie war ihn schon oft gegangen, manchmal mit der ganzen Familie, manchmal nur mit Bernard. Sie erfreute sich am Anblick der Gatter, Bäche und Hecken, die so vertraut waren wie die Gesichter alter Freunde, selbst wenn einzelnes sich verändert hatte: frische Stellen weichen Morastes, ein blitzendes neues Vorhängeschloß oder der rostige Rahmen eines verlassenen Fahrrads. Die Grenzen von Whitelands markierten sechs gestürzte Tannen, Opfer der Winterstürme. Bäume mit flachen Wurzeln mußten, wie ihre menschlichen Pendants, immer zuerst dran glauben. Sie betrachtete eine der Tannen. Aus der faulenden Rinde streckten Primeln ihre kanariengelben Blüten. Sie zählte die Blütenblätter, wie sie's als Kind getan hatte: fünf, sechs, manchmal acht Blütenblätter. Verschieden wie Menschen. Sie hatte als Kind gelernt, daß vierblättrige Primeln Glück brachten. Heute fand sie keine. Bernard hatte ihr erklärt, daß vierblättrige Primeln für die Kreuzbefruchtung notwendig seien. Sie wünschte, er hätte das nicht getan. Sie ging weiter und watete durch einen breiten, plätschernden See von Glockenblumen, ehe der Weg wieder anstieg. Keine Überraschungen, nur die Erwartung vor jeder großartigen Aussicht.

Das Licht änderte sich dauernd. Die nassen Felder wurden immer strahlender unter dem nieselnden dunkelgrauen Himmel, und der hellgelbe Ginster erfüllte die Luft mit seinem Duft. Sie erkletterte die nackte Kuppe des Hügels – der Ringstone ist nur dem Namen nach ein Stein – und hielt atemholend inne. Sie hatte den Wind bisher nicht bemerkt, aber jetzt trieb er ihr den leichten Regen stechend ins Gesicht und summte leise im Drahtzaun. Sie drehte sich langsam und ließ den Blick in die Runde schweifen. Ihr Reich: dreihundertundfünfundsechzig Grad und kein Mensch, nicht einmal ein Haus in Sicht, nur der ferne Aufruhr eines Krähenschwarms, der sich für die Nacht einrichtete. Im Norden befestigten schwarze Säulen schweren Regens den Himmel. Die Anstrengung des Aufstiegs hatte ihr jeden Gedanken an die denkbaren beunruhigenden Ergebnisse der morgigen Besprechung mit Silas Gaunt ausgetrieben. Aber jetzt jagten ihre Gedanken wieder voraus.

Sie war keine Forscherin, und Experimente waren nicht ihre Sache. Fionas Gehirn leistete das Beste bei der Auswertung von Material und der Planung von dessen Verwendung. Diese Fähigkeit ermöglichte es ihr, ihre eigene Begabung für den praktischen nachrichtendienstlichen Einsatz sehr treffend zu beurteilen. Verschwiegenheit besaß sie im Überfluß, aber viele der Eigenschaften, die sie an Bernard beobachtete, fehlten ihr. Sie hatte nicht dessen in praktischer Erfahrung erprobte ständige Geistesgegenwart, die ihm erlaubte, schnell zu entscheiden und sofort zu handeln. Fiona konnte gehässig, hartnäckig und kaltherzig sein, aber für sie waren das dauerhafte Emotionen. Bernard hatte diese geheimnisvolle männliche Fähigkeit, bei Bedarf von einem Augenblick zum anderen kaltblütige Feindseligkeit anzuschalten und sie einen Bruchteil einer Sekunde später wieder abzuschalten. Sie zog sich den Hut über die Ohren. Der Himmel wurde schwärzer und der Regen stärker. Sie mußte rechtzeitig wieder im Haus sein, um vor dem Essen noch zu baden und sich umzukleiden. Onkel Silas erwartete, daß man sich zum Dinner in Schale warf. Sie würde irgendwas mit ihrem Haar machen und sich ein Bügeleisen borgen müssen für ihr Kleid. Tessa und die anderen Frauen waren mutmaßlich schon den ganzen Nachmittag über damit beschäftigt, sich fürs Abendessen feinzumachen. Sie sah auf ihre Uhr und den Rückweg. Selbst die freundlichen, sanft wogenden Cotswolds konnten feindselig werden, wenn die Dunkelheit hereinbrach.

»Du hast bezaubernd ausgesehen gestern abend, meine Liebe«, sagte Onkel Silas.
»Danke, Silas. Aber um die Wahrheit zu sagen, ich kann zur Zeit bei diesen flotten, witzigen Tischgesprächen nicht mithalten.«
»Und warum solltest du das wollen? Ich mag dich, wenn du ernst bist. Es steht dir.«
»Wirklich?«
»Alle schönen Frauen sehen am besten aus, wenn sie traurig sind. Bei Männern ist das anders. Gutaussehende Männer können ein bißchen fröhlich sein, aber ausgelassene Frauen sehen aus wie Hockey-Mannschaftskapitäne. Und welcher Mann würde sich in eine Komikerin verlieben?«
»Du redest solchen Stuß, Silas.«
»War es das Geschwafel dieses schrecklichen Architekten, das dich verärgert hat?«
»Nein. Es war ein wunderbarer Abend.«
»Schwimmbecken und Küchen. Ich glaube, von was anderem kann der Kerl nicht reden. Aber ich mußte ihn einladen, er ist der einzige, der mir meinen Boiler reparieren kann.«
Er lachte. Es war ein komplizierter Spaß, den nur er allein zu schätzen wußte. Er hatte sich an seine eigene Gesellschaft gewöhnt, und derartige Bemerkungen waren nur zu seiner eigenen Belustigung bestimmt. Sie saßen im »Musikzimmer«, einem winzigen Raum, in dem Silas seine Hi-Fi-Anlage und seine Sammlung von Opernaufnahmen untergebracht hatte. Er trug einen prachtvollen gestrickten Cardigan. Dieser zeigte ein kompliziertes Fair-Isle-Muster und ribbelte sich schneller auf, als Mrs. Porter ihn stopfen konnte, so daß Wollfäden von Ellbogen und Manschetten hingen.
»Nun sage mir, was dich quält, Fiona.« Aus dem nächsten Zimmer hörte man ein Klavier. Es war Bret, der dort »Night and Day« spielte.

Fiona erzählte Silas von Tessas Unterhaltung mit Giles Trent, und als sie fertig war, ging er zum Fenster und sah hinaus. Die kiesbestreute Auffahrt zog eine Schleife über den Rasen vor dem Haus, auf dem drei majestätische Ulmen standen. Tessas giftgrüner Rolls-Royce war unter dem Fenster geparkt. »Ich weiß nicht, wie deine Schwester mit diesem Wagen fertig wird«, sagte er. »Weiß ihr Mann, daß sie ihn benützt, wenn er nicht da ist?«

»Sei nicht so ein Aas. Natürlich weiß er's.«

Er sah sie an. »Es sieht ganz so aus, als käme eine orangefarbene Akte auf uns zu, Fiona.«

»Allerdings.« Eine orangefarbene Akte bedeutete eine offizielle Untersuchung.

»Giles Trent. Dieses verräterische Schwein. Warum machen diese Leute so was?« Sie antwortete nicht. »Was hättest du getan, wenn Tessa dir das hinterbracht hätte und du dich nicht in dieser besonderen Lage befändest, in der du bist?«

Ohne zu zögern, sagte Fiona: »Ich wäre damit zur Inneren Sicherheit gegangen. Die Vorschriften sind diesbezüglich ganz eindeutig.«

»Natürlich.« Er kratzte sich den Schädel. »Aber wie die Dinge liegen, können wir die IS-Leute nicht damit befassen, stimmt's?« Eine weitere Pause. »Du hättest nicht zuerst mit deinem Mann darüber gesprochen?«

»Nein.«

»Du scheinst dir dessen sehr sicher zu sein, Fiona.«

»Für ihn wäre es doch das gleiche, oder nicht?«

»Da bin ich mir nicht so sicher.«

»Onkel Silas, warum nicht?«

Er drehte sich um und sah sie an. »Wie soll ich's dir sagen? Du und ich, wir gehören einer Gesellschaftsschicht an, die von der Vorstellung der Pflicht besessen ist. In unseren besten Public Schools ist den jungen Leuten immer beigebracht worden, daß ›Dienen‹ die erhabenste Berufung ist, und ich bin stolz darauf. Gott zu dienen, unserem Souverän zu dienen, unserem Land zu dienen.«

»Du willst doch nicht sagen, weil Bernard keine Public School besucht hat...«

Er unterbrach sie mit erhobener Hand. »Hör mich erst mal an, Fiona. Wir alle achten deinen Mann. Ich mehr als sonst jemand, das weißt du. Bernard ist mir teuer. Er ist der einzige da draußen, der weiß, wie es ist, im Feuer zu stehen. Ich will einfach nur sagen, daß Bernards Leute, die Jungs, mit denen er aufgewachsen ist, und seine Familie ihre Prioritäten anders setzen. Für sie – und wer will sagen, daß sie sich da irren – kommt Loyalität zur eigenen Familie an erster Stelle. Und ich meine wirklich vor *allem* anderen. Ich weiß es, ich habe mein Leben lang Männer befehligt. Wenn du diesen Aspekt der Psyche deines Mannes nicht verstehst, könntest du dir eine Menge Ärger einhandeln, meine Liebe.«

»Arbeiterjungs, ist es das, was du meinst?«

»Ja. Ich scheue mich nicht, von der Arbeiterklasse zu reden. Ich bin zu alt, um auf derartige Tabus Rücksicht zu nehmen.«

»Willst du sagen, wenn Tessa mit ihrem Problem zu Bernard gegangen wäre, hätte Bernard die Sache unter den Teppich gekehrt?«

»Warum stellen wir ihn nicht auf die Probe? Laß Tessa ihm gleich in der nächsten Woche die Geschichte erzählen.«

»Und was glaubst du, daß er tun wird?«

»Worauf es vor allem ankommt, was glaubst *du*, daß er tun wird?« sagte Silas.

»Mir ist nicht klar, was bei derartigen Spekulationen herauskommen sollte«, sagte Fiona. Silas lachte über die ausweichende Antwort. Fiona war irritiert und sagte: »Du bist es schließlich, der sich hier in Verdächtigungen ergeht.«

»Also bitte, Fiona. Du weißt genau, daß ich nichts Derartiges tue. Mach Bernard mit der Sache vertraut, und ihm wird irgendeine originelle Lösung einfallen, die dich und Tessa draußen läßt.« Er lächelte listig. Originell, weil er sich skrupellos, um nicht zu sagen verächtlich über die Vorschriften hinwegsetzen würde, wie Silas selbst es auch getan hätte.

»Bernard hat augenblicklich Sorgen genug«, sagte Fiona.

»Bitte ihn, auf jeden Fall Tessa aus der Sache rauszuhalten.« Er entdeckte einen losen Faden, riß ihn ab und warf ihn bedachtsam ins Feuer.

»Wie?« sagte Fiona.
»Ich weiß nicht, wie. Frag ihn.« Er rauchte seine Zigarre. »Viel wichtiger ist fürs erste, daß man Giles Trent offenbar dazu benützt hat, alles abzuhören, was du ihnen erzählt hast.« Er blies Rauch aus, wobei er darauf achtete, daß dieser in Richtung des Kamins abzog. Wenn Mrs. Porter Zigarrenrauch schnupperte, machte sie ihm Vorwürfe. Der Arzt hatte ihm das Rauchen verboten. »Daran mußt du doch auch schon gedacht haben. Gibt's da irgendwas Besorgniserregendes?«
»Nicht, daß ich wüßte.«
»Nein, ich glaube auch nicht. Wir haben dich sehr, sehr geheim gehalten und ihnen nur vollkommen koscheres Material gegeben. Was immer Trent über dich gemeldet haben mag, kann deinen Status in Moskau nur verbessert haben.«
»Hoffentlich.«
»Nur Mut, Fiona. Alles läuft prima. Du wirst aus der Sache sogar Nutzen ziehen. Ich werde dafür sorgen, daß du wieder die Genehmigung kriegst, das Data Center zu besuchen. Da werden deine Herren und Meister die Ohren spitzen, was?«
»Wirst du Bret von Tessa erzählen?« Sie wollte Bret nicht selbst damit kommen. Er würde ein Verhör anstellen.
»Sagen wir's ihm gleich jetzt.« Nachdem er die Zigarre im Kamin verborgen hatte, drückte er einen Klingelknopf. Als er den Schrecken in Fionas Gesicht bemerkte, sagte er: »Verlaß dich auf deinen Onkel Silas.« Im nächsten Zimmer plätscherte »Night and Day« dahin.
Als Mrs. Porter den Kopf zur Tür hereinsteckte, sagte er: »Fragen Sie doch bitte Mr. Rensselaer, ob er einen Augenblick Zeit für uns hat. Ich habe ihn gerade Klavier spielen hören.«
»Ja, Sir. Ich werde ihm sofort Bescheid sagen.«
Als Bret kam – der beim Anblick Fionas und Silas', die augenscheinlich etwas erörterten, die Augenbrauen hochzog –, sagte Silas: »Es ist schön, das Klavier mal wieder zu hören, Bret. Ich lasse es regelmäßig stimmen, aber es wird viel zu selten gespielt.« Bret nickte, ohne etwas zu erwidern. Silas sagte: »Bret, es sieht so aus, als hätten wir wieder mal ein Problem mit unseren Spielkameraden.«

Bret sah von einem zum anderen und begriff sofort. »Das wird langsam zur Gewohnheit, Fiona«, sagte er. Bret war ärgerlich darüber, daß sie mit ihrer Geschichte zu Silas Gaunt gegangen war, und verbarg seine Gefühle nicht.
»Anvisiert werden wir alle«, sagte Silas. »Sie zielen auf die Londoner Zentrale. Das ist nur natürlich.«
»Reden wir vom KGB?«
»Ja«, sagte Silas und streifte die Asche ins Feuer ab. »Dieser elende Pryce-Hughes ist ziemlich indiskret gewesen. Er hat Fiona wissen lassen, daß sie noch jemand anderen in der Londoner Zentrale haben.«
»Jesus Christus!« sagte Bret.
»Aus dem Zusammenhang ergibt sich für Fiona die Vermutung, daß sich's um einen Burschen namens Giles Trent handelt.« Silas nahm einen Schürhaken und stieß gegen die brennenden Holzkloben, von denen grauer Rauch aufwirbelte. Sorgfältig stieß er sie bis an die Hinterwand des Kamins zurück.
»Ausbildung«, sagte Bret, nachdem er sich das Hirn zermartert hatte, um sich in Erinnerung zu rufen, wer dieser Trent war.
»Ja, wir haben ihn vor zwei Jahren in die Ausbildung abgeschoben, aber das macht ihn nicht ein bißchen weniger gefährlich.«
»Weiß sonst noch jemand davon?« fragte Bret.
»Wir drei«, sagte Silas, der noch immer den Schürhaken schwang. »Fiona war sich nicht sicher, was sie tun sollte. Sie hatte vor, die Innere Sicherheit damit zu befassen. Es war natürlich besser, daß sie inoffiziell erst mal zu mir gekommen ist damit.«
Brets gekränkter Eitelkeit tat diese Erklärung wohl. »Wir wollen nicht die Innere Sicherheit alarmieren«, sagte er.
»Nein. So ist es besser. Außerdienstlich. Inoffiziell. Ohne Aktenzeichen.«
»Was nun?« fragte Bret.
»Überlassen Sie die Sache mir«, sagte Silas. »Ich habe mir überlegt, was zu machen ist. Sie brauchen nichts davon zu wissen. Was das Auge nicht sieht... Fehlt Ihnen was, Bret?«
»Dieses Jahr spielen meine Nasennebenhöhlen dauernd verrückt.«

»Es wird dieses verdammte Holzfeuer sein, was? Ich werde einen Spaltbreit das Fenster öffnen.«

»Wenn's sonst weiter nichts ist, gehe ich am besten mal für einen Augenblick in den Garten.«

»Natürlich, Bret. Natürlich. Sonst kann ich nichts für Sie tun?«

Bret stolperte aus dem Zimmer, ein Taschentuch auf sein Gesicht gepreßt. »Armer Bret«, sagte Silas.

»Ich werde Bernard nicht sagen, daß ich mit dir gesprochen habe«, sagte Fiona, noch immer nicht ganz sicher, was denn nun eigentlich von ihr erwartet wurde.

»So ist's recht. Und jetzt hör auf, dir Sorgen zu machen. Kannst du Tessa dazu bringen, ihre Geschichte deinem Mann zu erzählen?«

»Wahrscheinlich.«

»Dann tu das.«

»Und wenn Bernard zur Inneren Sicherheit geht?«

»Das Risiko müssen wir eingehen«, sagte Silas. »Aber ich will vor allem dich da raushalten. Wenn's hart auf hart geht, wirst du einfach leugnen müssen, daß Tessa dir jemals was von der Geschichte erzählt hat. Ich werde dafür sorgen, daß du geschützt wirst.«

»Der Rauch wird mir langsam lästig«, sagte Fiona.

»Geh zurück zu den anderen, ehe sie anfangen, sich zu überlegen, ob wir beide ein Techtelmechtel haben oder was.«

»Wirst du nicht mit Tessa reden wollen?«

»Hör auf, die große Schwester zu spielen. Wenn ich mit ihr reden will, werde ich mich mit ihr verabreden.«

»Sie wird sehr nervös, Silas.«

»Geh im Garten spazieren, und schaff dir den Rauch aus den Augen«, sagte er.

Als sie weg war, ließ er sich in seinen bequemsten Sessel sinken und stieß einen Seufzer aus. Er beugte sich zum Feuer und stocherte noch einmal darin herum. »Warum passieren diese Sachen immer mir«, klagte er dem Holzkloben. Wie zur Antwort flackerte eine Flamme aus dem rauchenden Kloben auf. Wenn Fiona ihn jetzt gesehen hätte, wäre ihr Vertrauen in Silas Gaunts Fähigkeit, ihre Sorgen zu beheben, wohl etwas geringer geworden. »Wir werden Sie säuberlich und schnell einsacken müssen, Mr. Giles Trent«, murmelte er und versuchte, sich die Reaktion von Trents Führungsoffizier bei der Entdeckung, daß sein Mann entlarvt war, auszumalen. Würden sie versuchen, ihn herauszuholen und zu retten? Oder würde Moskau einen weiteren Spionageprozeß mitten in der Londoner Zentrale als einen Triumph betrachten, für den es sich lohnte, eine Figur zu opfern? Es könnte sich jedoch hier um einen der Fälle handeln, wo London und Moskau sich einig waren, daß ein schweigender Trent die beste Lösung sei. Für den Fall war Vorsorge dafür zu treffen, daß jemand zur Hand war, der das besorgen konnte. Silas erinnerte sich eines hartgesottenen alten deutschen Kriegsveteranen, der einst als Barmann in Lisls Hotel gearbeitet und während dieser Zeit alle möglichen Drecksarbeiten für Silas erledigt hatte. Inzwischen war der Mann nach Ost-Berlin verzogen. Perfekt! Wer würde diesen Kerl je mit der Londoner Zentrale in Verbindung bringen? Wie hieß er doch? – Richtig, Rolf Mauser, ein fabelhafter alter Schurke. Genau der Mann für einen solchen Job. Natürlich würde er ihn nicht direkt ansprechen, denn je mehr Abstand man von der Sache hielt, desto besser.

10

Maida Vale, London, April 1983

»Bist du eingeschlafen, Süße?« Fiona vergrub ihr Gesicht im Kissen und antwortete nicht. Die Matratze federte, als er aus dem Bett schlüpfte und ins Badezimmer ging. Es war ein sonniger Frühlingstag. Am hellen Tag hinter geschlossenen Vorhängen im Bett zu liegen verursachte ihr Schuldgefühle. Was war mit ihr geschehen? Mindestens tausendmal hatte sie sich im Laufe der Jahre geschworen, Harry Kennedy nie wiederzusehen, aber er war so charmant und amüsant, daß sie ihn nicht vergessen konnte. Und dann dachte sie mit einemmal wieder an ihn, oder es kam ein Blumenstrauß oder eine Reklame von jenem »Haar- und Schönheitssalon«, und jedesmal ließ sie ihre guten Vorsätze wieder fahren und ging zurück zu ihm.

Manchmal war es nicht mehr als ein eiliges Glas in irgendeiner Kneipe in der Nähe der Klinik oder ein paar Worte am Telefon, aber es gab Zeiten, wo sie ihn brauchte. Ab und zu gab es ein Rendezvous wie dieses, und sie genoß jeden Augenblick.

Sie beobachtete ihn, wie er nun nackt durchs Zimmer ging und den Kleiderschrank öffnete. Er war muskulös und braungebrannt, abgesehen vom Gesäß, das die Shorts abgedeckt hatten. Kürzlich hatte er drei Maschinen nach Saudi-Arabien geliefert. Blasse Narben zogen sich wie ein Degengehänge über seine Schultern und erinnerten an eine vor zehn Jahren in Mexiko erforderlich gewesene Notlandung. Er merkte, daß sie ihn ansah, und drehte sich grinsend um.

Diese illegitime Beziehung hatte Fiona verwandelt. Sie hatte eine Bombe in die Routine ihres ehelichen Lebens geworfen. Es war erregend, mit Harry zusammenzusein, und in seiner Gegenwart fühlte sie sich bezaubernd und begehrenswert, wie sie sich bei Bernard niemals hatte fühlen können. Sex spielte inzwischen eine wichtige Rolle dabei, aber da war noch etwas Wesentlicheres. Sie konnte es nicht erklären. Sie wußte nur, daß der Druck, dem sie in ihrem Beruf ausgesetzt war, unerträglich gewesen wäre ohne die Aussicht, hin und wieder, und sei es nur für einen Augenblick, Harry zu sehen. Selbst wenn sie nur seine Stimme am Telefon hörte, war das zugleich beunruhigend und belebend. Jetzt verstand sie etwas, was sie nie gekannt hatte, diese Backfischliebe, von der sie andere Mädchen hatte reden hören, das, wovon die Schlager handelten, die sie nicht ausstehen konnte. Natürlich hatte sie des Betrugs an Bernard wegen ein schlechtes Gewissen, aber sie brauchte Harry. Manchmal glaubte sie, einen Teil des schlechten Gewissens ausmerzen zu können, wenn sie die Freundschaft zu Harry auf eine neue, rein platonische Grundlage stellte. Aber sobald sie dann in Harrys Nähe war, wurden diese Vorsätze hinfällig.

»Ach, du bist wach. Wie wär's mit einem Champagnercocktail? Ich habe alles dazu hier.«

Sie lachte.

»Ist das komisch?« sagte er. Er zog den karierten seidenen Morgenmantel an und betrachtete sich im Spiegel, während er ihn glattstrich und den Gürtel knotete.

»Ja, Liebling, sehr komisch. Tee wäre sogar noch besser.«

»Tee? Kommt sofort.«

Nachdem Harry hinausgegangen war, nahm sie die Mittagsausgabe der Abendzeitung vom Nachttisch. Eine Schlagzeile auf der Titelseite meldete einen »Badezimmermord in Chelsea«. Ein Einbrecher hatte Giles Trent in seiner Duschkabine erschossen. Der Mörder hatte den Duschvorhang benutzt, um sich nicht mit Blut zu besudeln, und sich, ehe er den Tatort verließ, die Hände gewaschen. Ein vorsichtshalber ungenannt bleibender Sprecher von Scotland Yard hatte die Tat als »durchaus sehr professionell« bezeichnet, und einer jener Experten, die immer bereit sind, Journalisten Auskünfte zu geben, hatte gesagt, daß »alle Anzeichen einer typischen New Yorker Mafia-Hinrichtung« vorhanden seien. Der Reporter schien unterstellen zu

wollen, daß es irgendwie um Rauschgift gegangen sein müsse. Ein spaltenbreit gedrucktes verschwommenes Foto zeigte einen sehr jungen Giles Trent in Badehosen, die Arme in die Seiten gestemmt, mit breitem Lächeln. Im Innenteil zeigte ein großes Foto das Haus in Chelsea, vor dem ein Polizist Wache stand.
Gott sei Dank, Bernard hatte Tessa und Fiona aus der ganzen Sache herausgehalten. Onkel Silas hatte Bernard vollkommen richtig eingeschätzt. Es war beunruhigend, daß manche seiner männlichen Freunde ihn besser kannten als sie. Er war so verschlossen. Ohne sie zu Rate zu ziehen oder zu unterrichten, hatte er Giles Trent zu einem Geständnis genötigt, zu einem Geständnis, bei dem von Tessa nicht die Rede war. Nun war Trent tot, und wenn sein Tod auch ziemlich häßlich war, empfand sie dabei doch unwillkürlich eine gewisse Erleichterung.
Es gab noch andere unheilvolle Anzeichen. Bret hatte sie gebeten, ein langes Geheimdokument über die Stützung des Sterling-Kurses durch die Bank of England abzuschreiben. Die Kopie war ganz in ihrer Handschrift, und Fiona hatte sie Martin nie übergeben. Soweit sie das abschätzen konnte, gab es dafür nur eine Erklärung: Bret hatte vor, es dem KGB durch einen anderen Agenten zuzuspielen. Warum ihre Handschrift? Nur ein vollkommener Idiot würde ein so belastendes Dokument herstellen, es sei denn, es sollte als Beweis ihrer Tätigkeit für die andere Seite dienen. Und die Art und Weise, in der Bret ihren diesbezüglichen Fragen auswich, war nur ominös zu nennen.
Als warnendes Zeichen zu lesen war auch die schiere Masse des Materials, das sie während der letzten Wochen Martin übergeben hatte. Bret sagte, daß nichts davon besonders wichtig sei, aber die Masse an sich war schon verdächtig. Die Londoner Zentrale würde Lieferungen in diesem Umfang zweifellos nicht unbegrenzt fortsetzen wollen, wie aber sollte sie es rechtfertigen, wenn in Zukunft die Informationen spärlicher flossen? All das wies in eine Richtung: Sie sollte sich nach Osten absetzen, und zwar bald. Sie hatte Angst vor diesem Schritt, aber in mancher Hinsicht war das Warten sogar noch schlimmer.
Jeden Tag betrachtete sie nun ihren Mann und die Kinder mit Liebe und Sehnsucht. Bei jeder Begegnung wollte sie ihre

Schwester warnen, daß sie bald voneinander getrennt sein würden, aber jeder Hinweis, jede Vorbereitung auf das Ereignis verbot sich natürlich. Was alles noch schmerzhafter machte, war Fionas Überzeugung, daß sie niemals zurückkehren würde. Für diesen Mangel an Vertrauen gab es keinen logischen Grund, er stützte sich nicht auf Beweise. Die böse Ahnung war rein instinktiv und rein weiblich. Es war der ruhige Fatalismus, wie ihn auf dem Sterbebett, im Kreise ihrer Familie, eine Matriarchin fühlen mochte.

Wenn es nur möglich wäre, einige der wichtigen Sachen zu regeln, die nun ohne sie würden entschieden werden. Sie machte sich Sorgen wegen Billy und seiner Schule. Sie hatte immer gehofft, daß schließlich auch Bernard einsehen würde, daß der Besuch einer Public School von Vorteil für den kleinen Billy wäre. Seine Aufnahme wäre zu bewerkstelligen. Das hatte ihr Vater ihr versprochen. War sie aber erst weg, würde Bernard nicht daran denken, diese Chance zu nutzen. Bernard hatte eine Phobie gegen Public Schools, »Prügel, Sodomie und schlechte Manieren«, und gegen alle Absolventen derselben, jedenfalls hatte es den Anschein.

Harry kam mit einem Teetablett. »Diese Zeitungsmeldung hast du nun schon mindestens dreimal gelesen, Liebling. Hat sie eine besondere Bedeutung?« Er beugte sich über sie und küßte sie.

»Der ewige Psychologe«, sagte sie und nahm, nachdem sie so beiläufig, wie sie es vermochte, die Zeitung beiseite geworfen hatte, das Tablett auf die Knie. In einer winzigen Vase standen Veilchen, gewiß die letzten dieses Jahres. Wie zart sie aussahen. Wunderschönes transparentes Porzellan, silberne Teelöffel und zwei Stückchen jenes leckeren englischen Fruchtkuchens, für den sie schwärmte. Er mußte all das in Bereitschaft gehalten haben. »Wie großartig!« Sie hielt das Tablett fest, während er ihr zur Seite ins Bett zurückstieg. »Harry, was weißt du von den englischen Public Schools?«

»Du nimmst doch keine Milch zu Earl-Grey-Tee, nicht wahr, mein Schatz?«

»Nein. Den trinke ich pur.«

»Public Schools? Du machst dir aber auch über die komischsten

Sachen Gedanken. Die meisten von meinen Kollegen an der Klinik scheinen diese Schulen ohne bleibende Schäden überlebt zu haben. Aber was weiß ich? Wohlgemerkt, mit den meisten von ihnen wäre ich nicht gerade gern unter der Dusche, wenn das Licht ausgeht. Wie kommst du darauf?«

»Ich habe gute Freunde... Der Mann wird von seiner Firma ins Ausland geschickt. Sie erwägen, den Jungen in ein Internat zu geben.«

»Und da fragst du mich nun, ob das gut wäre.« Er stellte die Tassen auf die Untertassen. »Meine Meinung als Psychiater? Aber wie kann ich mir ein Urteil darüber erlauben, ohne das Kind zu sehen? Auch die Eltern müßte ich kennen.«

»Wahrscheinlich hast du recht.«

»Wenn der Mann dagegen ist, wäre die Frau dumm, darauf zu bestehen, oder?« Er goß Tee ein. »Ist er stark genug?«

»Er haßt Public Schools. Ja, der Tee ist ausgezeichnet.«

»Wieso?«

»Snobismus, Schinderei, Privilegien. Das elitäre Bewußtsein, das den Kindern da beigebracht wird. Er findet, das trägt nur zum Klassenhaß bei.«

»Und damit hat er vermutlich recht, aber wenn du in Knightsbridge einkaufen gehst, kriegst du all das auch mit.«

»Auch die Schinderei?« lachte sie.

»Aber feste. Hast du's denn niemals mit diesen festentschlossenen alten Damen mit spitzen Regenschirmen aufnehmen müssen?«

»Bist du in einem Internat gewesen?« Sie nahm einen Schluck Tee, und ehe er antwortete, sagte sie noch: »Wir kennen einander wirklich nicht, stimmt's?«

»Deshalb sollten wir heiraten«, sagte er.

»Ich wünschte, du würdest das nicht mehr sagen.«

»Ich meine es.«

»Es stört mich.«

»Hör mal. Ich bin verrückt nach dir. Ich bin frei, weiß und über einundzwanzig. Ich bin prima in Form in der Turnhalle, und auch mein Bankkonto ist in guter Verfassung. Ich habe jetzt einen auf zwanzig Jahre befristeten Mietvertrag für diese Wohnung, und den größten Teil des Mobiliars hast du ausgesucht. Ich liebe dich mehr, als ich glaubte, irgendwen lieben zu können. Ich denke Tag und Nacht an dich, ich lebe erst auf, wenn wir zusammen sind.«

»Hör auf. Du weißt nichts von mir.«

»Dann erzähl mir was von dir.«

»Harry, wir beide wissen, daß diese Beziehung dumm und egoistisch ist. Wir erhalten sie nur aufrecht, indem wir unsere anderen Leben für uns behalten.«

»Un-Sinn!« Er sprach die Silben immer getrennt aus. »Ich will dir nichts verborgen halten.«

»Ich weiß nichts von dir, deinen politischen Ansichten, deinen Eltern, deiner Frau... oder Frauen. Ich weiß nicht mal, wie viele du gehabt hast.«

Er hielt den Teelöffel in die Höhe. »Meine Eltern sind tot. Ich habe keine politischen Meinungen, und ich habe auch keine Frau mehr. Meine Scheidung ist rechtskräftig. Keine Kinder. Meine Exfrau ist Franco-Kanadierin und lebt in Montreal. Sie hat dauernd höhere Unterhaltszahlungen aus mir herauszuholen versucht. Deshalb bin ich verduftet und mußte immer wieder meine Zelte abbrechen. Aber jetzt ist sie wieder verheiratet, und ich bin richtig frei.« Er trank Tee. »Wie ich dir erzählt habe, ist meine Nichte Patsy wieder bei ihrem Vater in Winnipeg, und der Kerl, mit dem sie abgehauen ist, sitzt wegen Ladendiebstahls im Kittchen. All das ist graue Vergangenheit. Was möchtest du sonst noch wissen?«

»Nichts. Ich bleibe dabei, es ist besser, wenn wir nicht zuviel voneinander wissen.«

»Weil sonst...?«

»Weil wir sonst anfangen werden, unsere Probleme zu diskutieren.«

»Wäre das denn so schlimm? Was für Probleme hast du denn, mein Schatz?«

Armer Harry. Aller Wahrscheinlichkeit nach würde sie bald nach Osten verschwinden. Wenn das geschah, würde der SIS, schon um den Schein zu wahren, ihr Verschwinden gründlich untersuchen. Es wäre dumm, die Möglichkeit auszuschließen, daß der Special Branch dabei auch ihre Beziehung zu Harry entdeckte. Sollten sie ihn nach ihr ausfragen, mußte, was sie hörten, ihnen bestätigen, daß sie schon seit langem Marxistin gewesen war. Alles andere war gefährlich. »Nur dummes Zeug, nehme ich an.«

»Zum Beispiel?« Er beugte sich zu ihr und küßte ihre Wange.

»Vielleicht würdest du mich nicht mehr lieben, wenn du es wüßtest«, sagte sie und verwuschelte sein Haar mit einer Gebärde, von der sie hoffte, daß sie die einer marxistischen Spionin angemessene leicht verächtliche Herablassung ausdrückte.

»Ich werde dir was erzählen«, sagte er impulsiv. »Ich habe vor, mich aus dem Psychogeschäft zurückzuziehen.«

»Davon redest du doch dauernd.«

»Aber diesmal ist es mir ernst, Schätzchen. Für hunderttausend Dollar würde mir mein Cousin Greg ein Viertel der Anteile an seiner Flugzeug-Maklerfirma verkaufen. Wenn ich ganz bei ihm einstiege, könnten wir einen der Piloten entlassen. Er braucht die hunderttausend für die Erneuerung der Pacht des Hangars und der Bauten in Winnipeg.«

»Du hast aber gesagt, das Geschäft wäre riskant«, sagte Fiona.

»Ist es auch. Aber nicht mehr Risiko, als ich verkraften kann. Und von der Psychiatrie habe ich die Nase gestrichen voll.« Er hielt inne, doch sie sagte nichts. »Büropolitik ist alles, was sie in der Klinik machen. Wer kriegt dies und wer kriegt das.«

»Aber du hast jetzt die Arbeitserlaubnis, du könntest dir woanders eine Beschäftigung suchen.«

»Könnte ich nicht. Dazu berechtigt mich das Scheinchen, das ich habe, nicht. Und was für eine Beschäftigung könnte ich denn auch finden? Auf diese Massenhysterie-Forschung habe ich mich doch nur gestürzt, um von den neurotischen Hausfrauen in den Wechseljahren wegzukommen. Ich muß da raus, Fiona. Ich muß einfach.«

»Ich hatte keine Ahnung, daß du so unglücklich bist.« In Augenblicken wie diesen liebte sie ihn mehr, als sie sagen konnte.

»Ich habe nur durchgehalten, weil ich dich habe. Nichts ist mir wichtiger als du«, sagte Harry und setzte in ernsterem Ton hinzu: »Wie alt du auch werden magst, ich will, daß du dich immer dieses Augenblicks erinnerst. Ich will, daß du dich erinnerst, daß mein Leben dir gehört.«

»Lieber Harry.« Sie küßte ihn.

»Ich verlange nicht von dir, daß du das gleiche sagst. Deine Umstände sind andere. Ich stelle keine Ansprüche an dich. Ich liebe dich mit allem, was ich habe.«

Sie lachte wieder. Die Stunden, die sie mit Harry verbrachte, waren die einzige Zeit, in der sie vergessen konnte, was ihr bevorstand.

11

London, Mai 1983

»Mein Gott, Bret, ich wünschte, Sie würden nicht plötzlich unangemeldet auftauchen wie ein Bote aus der Unterwelt.« Es war eine alberne Redewendung aus ihrer Schulzeit, kaum die passende Begrüßung für Bret Rensselaer, selbst wenn er plötzlich unangemeldet in ihrer Wohnung erschien. Doch während sie sprach, begriff Fiona, daß Bret ihr neuerdings tatsächlich wie ein Bote einer anderen, dunkleren Welt vorkam.

Der Ausdruck amüsierte Bret. Er stand in der Küche, den Hut in der Hand, lächelnd. Ein Sommerschauer glitzerte wie Straß auf seinem schwarzen Regenmantel. Er sagte: »Schätzen Sie mich so ein, Fiona, als Abgesandten des Sensenmannes? Und welche Gestalt nimmt dieser an, wenn er nicht der Director-General ist?«

Fiona hatte eine Schürze um, ihr Haar sah schlimm aus, sie leerte eben den Geschirrspüler. Besteck in der Hand, lächelte sie, ein nervöses Zucken der Lippen, und sagte: »Entschuldigen Sie, Bret.« Sie nahm ein Tuch zur Hand und rieb eine Messerklinge blank. »Das Besteck kommt nie ohne Flecken raus«, sagte sie. »Manchmal denke ich, es würde schneller gehen, den ganzen Abwasch im Spülbecken zu machen.« Sie redete mechanisch, während ihre Gedanken zu Bernard eilten.

»Ihr entzückendes Au-pair-Mädchen hat mich reingelassen. Sie schien es eilig zu haben.« Bret knöpfte seinen schwarzen Regenmantel auf, und ein schwarzer Anzug und eine schwarze Krawatte kamen zum Vorschein. »Ich fürchte, ich sehe ein bißchen düster aus. Ich war bei der Trauerfeier für Giles Trent.«

Sie bot nicht an, ihm den Mantel abzunehmen, lud ihn auch

nicht zum Sitzen ein. »Sie haben mich erschreckt. Ich wartete auf einen Anruf von Bernard.«
»Der wird vielleicht noch lange auf sich warten lassen, Fiona. Bernard ist drüben, um Licht in das Brahms-vier-Fiasko zu bringen. Niemand weiß genau, wo er sich gerade aufhält.«
Drüben – dieses schreckliche Wort. Ihr wurde kalt. »Wann war der letzte Kontakt?«
»Beruhigen Sie sich, Fiona.« Sie stand wie erstarrt, eine Hand voll Messer und Gabeln, in der anderen ein Tuch. »Es weist nichts darauf hin, daß er in Schwierigkeiten ist.«
»Er hätte niemals gehen sollen. Sie kennen ihn zu gut. Ich habe so versucht, es ihm auszureden. Wann hat er sich zuletzt gemeldet?«
»Sie wissen doch, wie Bernard operiert. Keine Dokumente, keine Vorbereitungen, keine Rückverbindung für den Notfall, keine örtliche Unterstützung, nichts. Er besteht darauf, so zu verfahren. Ich war dabei, als er's gesagt hat.«
»Ja, ich weiß.«
»Bernard spielt gern den Technokraten, aber wenn er auf Reisen geht, dann im Einspänner.« Bret berührte tröstend ihren Arm. »Bisher hat der Erfolg ihm recht gegeben.«
Sie sagte nichts. Er beobachtete sie. Mechanisch, mit schnellen Bewegungen des Tuchs polierte sie das Besteck und fuhr fort, es in die Schublade zu legen, Messer, Gabeln, Löffel in das jeweilige Fach. Als sie damit fertig war, nahm sie das feuchte Tuch und drapierte es sorgfältig zum Trocknen über die Tischkante. Dann setzte sie sich und schloß die Augen.
Bret hatte nicht erwartet, sie so nervös zu finden, aber er mußte es ihr sagen, denn zu diesem Zweck war er gekommen. So sagte er nach der ihm angemessen scheinenden Zeit: »Es spricht alles dafür, daß Sie irgendwann während der nächsten zweiundsiebzig Stunden nach drüben gebracht werden.«
»Ich?«
»Wenn sie vernünftig sind, tun sie's. Die glauben doch, daß Sie enttarnt sind. Halten Sie sich auf alle Fälle bereit...«
»Aber wenn sie Bernard festnehmen...«
»Vergessen Sie Bernard. Der ist drüben, weil er der erfahrenste

Berlinagent ist, den wir haben. Der weiß sich schon zu helfen. Fangen Sie lieber an, an sich selbst zu denken.«
»Aber wenn er festgenommen wird?«
Bret blieb ruhig. In gemessenem Ton sagte er: »Wenn Bernard verhaftet wird, können Sie dort mehr für ihn tun, als wenn Sie hier neben dem Telefon sitzen bleiben.«
»Sie haben natürlich recht.«
»Versuchen Sie nicht, zu improvisieren. Überlassen Sie das Bernard. Setzen Sie sich hin, und prüfen Sie noch mal, ob Sie alles auswendig wissen. Was tun Sie, wenn Sie den Kontakt verlieren, wie lautet der ›Kommentar‹ und Ihre eigenen Abschiedscodes für den Fall, daß was schiefgeht. Wir werden Sie schon wieder nach Hause holen, Fiona, machen Sie sich deswegen keine Sorgen.« Eine Katze schlich herein und betrachtete von der Fußmatte aus erst Bret, dann Fiona. Diese schob mit dem Fuß die Kunststoffschüssel mit Futter näher zur Tür, doch nach näherem Beschnüffeln ging die Katze wieder hinaus.
»Ich habe alles gelernt und meine Notizen vernichtet.«
»Wenn Sie drüben sind, wird man mehrere Wochen lang keinen Kontakt zu Ihnen aufnehmen. Sie werden anfänglich unter Beobachtung sein.«
»Ich weiß, Bret.«
Sie klang teilnahmslos, und er versuchte, sie aufzurütteln. »Sie werden versuchen, Ihnen Fallen zu stellen. Sie müssen darauf gefaßt sein.«
»Ich habe keine Angst.«
Er sah sie mit Bewunderung an. »Ich weiß das und halte Sie für eine ganz außergewöhnliche Frau.«
Dieses Kompliment überraschte sie. Es schien von Herzen zu kommen. »Danke, Bret.« Schlug vielleicht unter diesem glatten, seidigen Äußeren doch irgendwo ein Herz?
»Haben wir noch irgendwas vergessen, Fiona? Ich gehe alles wieder und wieder durch. Versuche mir vorzustellen, daß Sie wirklich die Agentin sind, für die sie drüben gehalten werden...« Er schnippte mit den Fingern. »Geld! Wollen Sie nicht etwas Geld hierlassen, vielleicht Geld für die Kinder und irgendwelche Anweisungen? Einen letzten Brief?«

»Mein Vater hat ein Treuhandvermögen für die Kinder angelegt. Einen Brief? Nein, das ist zu schwierig. Bernard würde irgendwie zwischen den Zeilen zu lesen wissen.«

»Mein Gott!« rief Bret in echter Besorgnis. »Glauben Sie, er könnte das?«

»Ich habe viele Jahre lang mit Bernard gelebt, Bret. Wir kennen einander. Ich muß Ihnen ganz ehrlich sagen, daß ich nicht weiß, wie es überhaupt möglich war, die ganze Sache bisher vor ihm geheimzuhalten.«

»Ich weiß, daß es hart für Sie war«, sagte Bret. »Aber Sie haben es geschafft.« Er sah auf seine Uhr. »Ich werde Sie jetzt allein lassen. Ich kenne Sie gut genug, um zu wissen, daß Sie ein bißchen Zeit für sich brauchen zum Nachdenken. Gönnen Sie sich ein bißchen Ruhe, und halten Sie sich bereit. Wir werden Ihre Reise so lange überwachen, bis wir uns von Ihnen trennen müssen.«

Sie sah ihn an und fragte sich, was in dem fraglichen Augenblick wohl passieren würde, fragte aber nicht danach. »Soll ich Ihnen Bescheid sagen, wenn Bernard anruft?«

»Nicht nötig. Ihr Telefon wird abgehört.« Er blickte auf seine Uhr. »Seit einer Stunde schon. Wenn Sie mich brauchen, ich werde zu Hause sein.«

Er knöpfte seinen Regenmantel zu. »Wenn meine Vermutung zutrifft, fängt jetzt alles an.«

Sie lächelte kläglich.

»Viel Glück, Fiona. Und auf bald.« Er machte Miene, sie zu küssen, aber sie sah nicht aus, als wollte sie umarmt werden, so zwinkerte er ihr zu, und sie antwortete mit einem Lächeln.

»Leben Sie wohl, Bret.«

»Angenommen, das ganze ist eine KGB-Kapriole? Angenommen, die Russkis schnappen sie sich und behalten ihren Mann dazu, angenommen, sie schlagen Ihnen dann ein Geschäft vor?«

Sylvester Bernstein trug einen Regenmantel mit Wollfutter. Die Sorte Kleidungsstück, die man sich sofort zulegt, wenn man mit Überwachungsaufgaben betraut wird.

»Darum kümmern wir uns, wenn der Fall eintritt«, sagte Bret.

Er fröstelte. Es war Sommer. Diese Kälte hätte er nicht erwartet, nicht mal in Schottland bei Nacht.

»Sie würden ganz schön dumm dastehen, alter Kumpel. Zwei Agenten im Eimer.«

»Wir haben andere.«

»Ist das die offizielle Linie?«

»Wenn er erst einmal abgestellt ist, ist der Agent tot«, sagte Bret. »Eine zweite Chance oder Ruhestandsregelungen sind nicht vorgesehen.«

»Weiß Mrs. Samson das?« sagte Bernstein.

»Natürlich. Wenn sie nicht dumm ist, weiß sie das. Wir können nicht damit rechnen, sie lebendig zurückzukriegen. Selbst wenn uns das gelingt, wird nicht mehr viel mit ihr los sein. Schon die Vorbereitung auf diese Aufgabe hat ihr eine Menge abverlangt. Sie war freundlich, sanft und zutraulich. Jetzt hat sie gelernt, hart und zynisch zu sein.«

»Na, dann läuft ja alles prima«, sagte Bernstein. Bret nahm sich die Sache offenbar zu Herzen. Sylvy hatte schon andere Führungsoffiziere in vergleichbaren Umständen erlebt. Oft gab es da eine emotionale Bindung an den Agenten, den sie führten. Bret antwortete nicht. Er kroch näher an die Wand des verfallenen Gebäudes, in dem die beiden Männer Schutz vor dem kalten, regnerischen Seewind gefunden hatten. Es war eine wilde Nacht, eine Götterdämmerung, die man erst an diesem einsamen Küstenstrich recht zu verstehen lernte. Das Meer war schwarz, aber ein stümperhaft angesetzter Büchsenöffner hatte den Horizont aufgerissen und einen tobenden Tumult von Rot und Violett freigegeben, den die fahlen Blitze eines Gewitters erhellten. Welch eine Nacht, sich von der Heimat zu verabschieden. Welch eine Nacht, im Freien zu sein.

»Verdammt öde Gegend hier«, sagte Bernstein, der schon manche öde Gegend gesehen hatte.

»Früher war hier ein U-Boot-Stützpunkt«, sagte Bret. »Als ich das letzte Mal hier war, lag die Reede da voller Schiffe, darunter ein paar schwere Schlachtschiffe.«

Bernstein grunzte, zog den Kragen seines Mantels hoch, um sich dahinter gebeugt eine Zigarette anzuzünden.

Bret sagte: »Die Royal Navy nannte diesen Hafen ›HMS Pearfowl‹, die Seeleute sagten ›HMS Piss-up‹. Diese Mole ging damals weit raus. Und da lagen so viele Versorgungsschiffe und U-Boote, daß man auf ihnen gerade über die Bucht hätte laufen können.«

»Wie lange ist das her?« sagte Bernstein. Er blies Rauch aus und spuckte einen Tabakskrümel aus, der ihm an der Lippe hängengeblieben war.

»Ende des Krieges. U-Boote, wohin man blickte. Diese asphaltierte Fläche da war der Exerzierplatz, den die Tommys das ›Achterdeck‹ nannten. Die Briten haben's mit dem Marschieren, Exerzieren und Salutieren. Sie machen es, wenn's was zu feiern gibt, zur Strafe, zum Gebet, zum Essenfassen. Sie machen es im Regen, im Sonnenschein und im Schnee, vormittags und nachmittags, sogar am Sonntag. Das hier..., wo wir jetzt sind, war das Kino. Diese Betonblöcke an den Straßen sind die Fundamente, auf denen die Nissenhütten standen, eine Reihe nach der anderen.«

»Und Öfen vielleicht?« sagte Bernstein. Er klemmte sich die Zigarette zwischen die Lippen, während er das Wasser der Bucht mit einem Nachtglas absuchte.

»Ich kann kaum glauben, daß alles weg ist. Während des Krieges waren hier bestimmt nicht weniger als achttausend Mann stationiert, einschließlich der Leute in den Werkstätten am anderen Ufer der Bucht.«

»Ich habe nie gewußt, daß Sie Seemann sind, Bret.«

»Ich bin nur fünfundzwanzig Minuten lang zur See gefahren«, sagte Bret. Er schämte sich noch immer, wegen Dienstuntauglichkeit entlassen worden zu sein. Der U-Boot-Kapitän, der vom Kurs abweichen mußte, um ihn an Land zu setzen, hatte ihn ärgerlich als zweiten Jonas bezeichnet. Bret, der sich älter gemacht hatte, als er war, um sich anmustern lassen zu können, hatte die Bezeichnung nie vergessen, irgendwie hing sie ihm noch immer an.

»Fünfundzwanzig Minuten. Ja, solange wie ich Buddhist war. Vielleicht war es lange genug.«

»Ich habe nie den Glauben verloren«, sagte Bret.

»Waren Sie bei der US-Marine?« sagte Bernstein, der sich fragte, ob Bret vielleicht schon damals bei den Briten gedient hatte.
»Nein, bei den U-Booten«, sagte Bret verdrießlich. »Ich bin mit dem Eisernen Kreuz erster Klasse ausgezeichnet worden.«
»Schweineboote, was?« sagte Bernstein, Interesse heuchelnd, um den älteren Mann zu besänftigen.
»Unterseeboote, nicht Schweineboote. Unterseeboote.«
»Na, jetzt haben Sie's wieder mit einem Unterseeboot zu tun, und das gehört den Russkis«, sagte Bernstein. Er sah auf die Uhr. Es war ein veraltetes Modell mit grünleuchtenden Zeigern. Auch diese Uhr hatte er angeschafft, als er anfing, Überwachungsaufgaben zu übernehmen.
Auf die unausgesprochene Frage sagte Bret: »Sie haben sich verspätet, aber sie werden kommen. So machen sie es immer.«
»Hier? Immer hier?«
»Es ist nicht so leicht, einen Ort zu finden, wo man ein U-Boot so nahe an die Küste heranbringen kann; einen Ort, wo eine Landratte ein Schlauchboot ins Wasser bringen kann, ohne daß es gleich volläuft; einen Ort fern von Schiffahrtsstraßen und Siedlungen.«
»Jedenfalls sind sie schon verdammt spät dran. In welchem Wagen kommen sie?« fragte Bernstein, noch immer durch das Nachtglas spähend. »Im Lada? Vielleicht in einem von diesen Zweitaktern?«
»Dazu tiefes Wasser«, erklärte Bret. »Und Sand und feiner Kies. Ein Grund, der einem nicht gleich den Bauch aufreißt, wenn man ihn irgendwo berührt. Ja, die werden hierher kommen. Das hier ist einer der wenigen Landeplätze, wo die Sowjets wagen würden, nachts mit einem U-Boot einzulaufen.«
»Nehmen Sie mal das Glas. Ich glaube, ich habe eine Bewegung auf dem Wasser gesehen.« Er reichte ihm den Feldstecher. »Hinter dem Ende der Mole.«
»Vergessen Sie's. Da wird nichts zu sehen sein. Die tauchen erst auf, wenn sie das Signal kriegen, und das Signal kriegen sie erst, wenn ihre Passagiere da sind.«
»Beschatten denn die Briten die nicht mit Sonar oder Radar oder was sie sonst haben?«

»Natürlich nicht. Das könnte man zwar tun, aber dabei besteht die Gefahr, daß den Russen ihre Abwehrvorrichtungen verraten, daß man ihnen auf der Spur ist. Besser, sie wissen nicht, daß wir auf sie gefaßt sind.«
»Möglich.«
»Ich hätte die Marine bitten können, ihnen mit einem Kriegsschiff nachzuspüren, aber damit hätten wir sie vielleicht vergrault. Machen Sie sich keine Sorgen, die kommen schon noch.«
»Aber warum kein Flugzeug, Bret? U-Boote! Du lieber Himmel, das ist ja noch wie *Das Geheimnis in den Dünen.*«
»Flugzeuge? Wir sind hier nicht in Vietnam. Flugzeuge machen Lärm und sind auffällig und viel zu riskant für eine so wichtige Sache.«
»Und wohin bringen sie sie von hier aus?«
»Irgendwas Nahegelegenes. Ostdeutschland. Saßnitz hat einen U-Boot-Hafen. Von dort aus könnte sie die Eisenbahnfähre nach Stockholm nehmen. Dann ein Flugzeug nach Berlin.«
»Ganz schöner Umweg. Warum nicht einfach den Zug von Saßnitz nach Berlin?«
»Die machen nichts einfach. Die leiten ihre Leute immer so weit wie möglich durch den Westen. Das sieht besser aus«, sagte Bret. »Ich gehe jetzt zum Wagen, telefonieren. Vom Augenblick ihrer Abfahrt in London an folgt ihnen ein Wagen.«
Bernstein verzog sein Gesicht. Sein Vertrauen in die britischen Sicherheits- und Nachrichtendienste bis herunter zu deren Fähigkeit, unauffällig einem Wagen zu folgen, war sehr gering.
Bret Rensselaer ging die Straße zurück und stieg die zerbrochene Treppe zu der Stelle hinauf, wo er seinen Wagen geparkt hatte. Der stand versteckt hinter der einzigen noch verbliebenen Mauer des Lazaretts, wo Bret 1945 unrühmlich vom Kapitän seines U-Bootes eingeliefert worden war, nachdem er bei einer Patrouille im Atlantik von einer Leiter gefallen war.
Ehe er in den Wagen stieg, warf er einen Blick auf die Bucht hinaus. Das Wasser war wie schwarzer Sirup, und der Horizont wurde nun, da der Sturm abzog, heller. Er seufzte, schloß die Tür auf und rief den anderen Wagen an: »Johnson?«
Er antwortete sofort: »Hier Johnson.«

»Boswell. Wo zum Teufel stecken Sie?«
»Es hat ein bißchen Ärger gegeben, Boswell. Unsere Freunde hatten einen kleinen Zusammenstoß mit einem anderen Wagen.«
»Jemand verletzt?«
»Nein, aber ein heftiger Streit darüber, wer betrunken war. Sie haben nach der Polizei geschickt.«
»Wie weit weg sind Sie?«
»Ungefähr eine Autostunde.«
»Sorgen Sie dafür, daß unsere Freunde weiterkommen. Egal wie. Sie haben doch einen Polizeibeamten dabei, oder?«
»Ja, er ist hier.«
»Lassen Sie ihn die Sache machen. Aber dalli.«
»Zu Befehl, Boswell.«
»Und rufen Sie zurück, sobald sie losfahren. Ich warte im Wagen.«
»Zu Befehl.«
Das Freizeichen ertönte, und Bret steckte das Telefon in seinen Schlitz. Als er aufsah, erblickte er Bernstein neben dem Wagen.
»Steigen Sie ein, und wärmen Sie sich«, sagte Bret. »Noch eine Stunde. Mindestens noch eine Stunde.«
Bernstein stieg in den Wagen und setzte sich zurecht. »Ist alles in Ordnung? Es fängt an zu regnen.«
Bret sagte: »Ich habe damit gerechnet, gelegentlich den Briten den Arsch wischen zu müssen, aber daß ich auch den Russkis damit würde dienen müssen, das habe ich nicht erwartet.«
»Bei dieser Sache sind Sie's doch, der die Fäden in der Hand hat, Bret. Ich hoffe, daß Sie wissen, was Sie tun.«
»Wenn ich das weiß«, sagte Bret, »bin ich der einzige.« Er schaltete die Zündung und die Heizung an.
»Wem gehört denn dieser Laden heutzutage?« fragte Bernstein und betrachtete die verlassenen Ziegelbauten, die einst die Stützpunktverwaltung beherbergt hatten.
»Der britischen Admiralität, noch immer.«
»Ganz schöne Chuzpe von diesen Russen.« Er griff in die Tasche.
»Uns paßt das«, sagte Bret. »So wissen wir, wo wir sie zu suchen

haben.« Er hob warnend die Hand. »Nicht rauchen, bitte, Sylvy. Das reizt meine Nebenhöhlen.«
Bernstein konnte die Hände nicht stillhalten, während er überlegte, ob es besser wäre, draußen in der eisigen Kälte zu rauchen oder im Warmen an Entzugserscheinungen zu verzweifeln. Bret beobachtete, wie er schließlich die Hände zusammenlegte und sagte, nach fünf oder mehr Minuten der Stille und des Schweigens: »Alles in Ordnung?«
Bernstein sagte: »Ich habe meditiert.«
»Entschuldigung.«
»Schon gut.«
Bret sagte: »Sind Sie wirklich mal auf Buddhismus abgefahren?«
»Ja. In Vietnam. Zen-Buddhismus. Ich habe da mit einem schönen Mädchen aus Kambodscha zusammengelebt, die mir das Meditieren beigebracht hat. Ich fand das wirklich großartig.«
»Sie sind doch Jude.«
»Die Glaubenslehren schließen einander nicht aus«, sagte Bernstein. »Das Meditieren hat mir in der Gefangenschaft geholfen.«
»In der Gefangenschaft bei den Vietcong?«
»Nur ungefähr zwölf Stunden. Ich wurde verhört.« Er schwieg einen Augenblick, als verursachte es ihm Schmerzen, auch nur davon zu reden. »Es war dunkel, als ich wieder zu Bewußtsein kam, und ich konnte mich losmachen und bin abgehauen, durch den Dschungel.«
»Das wußte ich nicht, Sylvy.«
»Ach, wer will denn noch was von Vietnam hören? Die Jungs, die da gekämpft haben, sind von jedem in den Dreck gezogen worden, vom Weißen Haus bis zu den liberalen Zeitungen. Und das ist schon verdammt weit runter. Deshalb bin ich nach Europa ausgewandert.«
»Sehen Sie sich diese Blitze an. Schlimmes Wetter da draußen. Würden Sie gerne in See gehen heute nacht?«
»Sie hat sich bis zuletzt mit diesem Kennedy getroffen.«
Bret drehte den Kopf mit einer abrupten Bewegung, die seine Überraschung verriet. »Sie hat geschworen, daß sie Schluß gemacht hätte.«

»Wie viele Ehemänner schicken ihren Frauen ein Dutzend dunkelroter langstieliger Rosen mit einem Billett, das sie zum Tee bittet?«
»Sind Sie sich dessen sicher?«
»Blumengeschäfte sind sichere Quellen.«
»Wie meinen Sie das?«
»Bret, zeitweilig, wenn ich nichts anderes kriegte, habe ich auch in Scheidungsangelegenheiten ermittelt. Wenn Sie wollen, kann ich Ihnen wahrscheinlich den Kassenzettel für diese Rosen besorgen.«
»Wir werden uns diesen Kennedy mal vornehmen müssen«, sagte Bret.
»Beim letzten Mal haben wir nichts gefunden. Wir haben seinen beruflichen Werdegang und seine MIlitärdienstzeit unter die Lupe genommen. In der Klinik, wo er arbeitet, gilt er als fleißig und zuverlässig. Jedenfalls ist's inzwischen doch schon ein bißchen zu spät, nicht?« sagte Bernstein. »Sie ist schon unterwegs.«
Bret sah ihn an. Er hatte ihm nur erzählt, was er unbedingt wissen mußte, aber Sylvy Bernstein war ein alter Hase. Er wußte, was lief in der Welt der Nachrichtendienste. »Trotzdem müssen wir Bescheid wissen«, sagte Bret.
»Komischer Zufall, wie Kennedy da auf der Waterloo Station ihre Bekanntschaft gemacht hat, finden Sie nicht?« Bernstein rieb sich das Kinn. Sein Bart war borstig, und er hätte sich gern rasiert. »›Serendipitistisch‹ nennt man solche unwahrscheinlichen Zufälle, wie ich mal in einem Buch gelesen habe.«
»Sie ist eine sehr attraktive Frau«, sagte Bret, womit er wiederholte, was Bernstein ihm schon unzählige Male gesagt hatte, und verwarf den Verdacht, Kennedy könnte Fionas Bekanntschaft aus anderen Gründen gesucht haben.
»Und er ist ein echt lockerer Therapeut. Aber ist er der Typ, der sich auf Bahnhöfen an die Damen heranmacht?«
Bret konnte sich noch immer nicht damit abfinden. »Es waren besondere Umstände, Sylvy. Kennedys Tochter war ihm fortgelaufen. Sie haben doch mit dem Bahnpolizisten gesprochen. Er sagte...«
»Okay, okay. Tatsächlich war sie die Tochter seines Vetters,

und Kennedy ist Kanadier. Es wird nicht ganz leicht sein, ihn gründlich zu überprüfen. Und ein Typ, der einem Polizisten einen falschen Namen nennt, hat mutmaßlich schon einer ganzen Menge anderer Leute falsche Namen genannt. Aber warum sollte ich mir einen Auftrag wegdiskutieren? Ich brauche das Geld.«

»Wir sollten ihn uns wirklich mal genau ansehen, Sylvy«, sagte Bret, als sagte er das zum ersten Mal. Die erste flüchtige Überprüfung hatte nichts Belastendes zum Vorschein gebracht, aber Ausländer, insbesondere solche, die viel herumreisten, waren manchmal nicht leicht zu durchleuchten. Vielleicht hätte er von Anfang an auf eine gründlichere Untersuchung dringen sollen, aber die Entdeckung von Fionas ehelicher Untreue hatte ihn so schockiert, daß er die offenbar gebotene Überprüfung der Identität des Ehebrechers vernachlässigt hatte. Und doch mußte ihn diese selbstverständlich interessieren. Wenn der KGB sie auf eine Spitzenposition bringen wollte, durfte man voraussetzen, daß sie jemanden in ihre Nähe manövrieren würden. So nahe wie möglich: einen Liebhaber! So hatten doch bekanntlich die Gehirne des KGB immer funktioniert. Bret sagte: »Machen Sie eine komplette Überprüfung, Geburtsurkunde, der kanadische Polizeicomputer, auch Washington. Überprüfen Sie noch einmal die Unterlagen über sein Medizinstudium und seinen Militärdienst. Lassen Sie jemanden seine Nachbarn, Kollegen, Freunde und Verwandten ausfragen. Das ganze Programm. Wenn Sie das machen, kriegen wir die Ergebnisse schneller, als wenn ich mich auf dem Dienstweg darum bemühe.«

»Wonach soll ich suchen?«

»Herr im Himmel, Sylvy! Angenommen, wir entdecken, daß dieser Kennedy ein KGB-Spitzel ist?«

»Okay, ich mache so schnell, wie ich kann, Bret, aber wenn man solche Sachen zu beschleunigen versucht, läßt man sich in die Karten sehen, und ich weiß, daß Sie das nicht wollen.«

»Ein Dutzend roter Rosen«, sagte Bret. »Na ja, vielleicht waren sie ja von ihrem Vater oder ihrer Schwester.«

»Ich glaube, ich werde mir mal ein bißchen die Beine vertreten«, sagte Bernstein. Er mußte jetzt unbedingt eine rauchen.

12

London, Mai 1983

Fionas Desertion, die das Department so zu verbergen wußte, daß kein Wort davon über Presse oder Fernsehen an die Öffentlichkeit drang, verursachte gleichwohl eine Sensation in ihrer näheren Umgebung.

Von denen, die an jenem Tag im Department arbeiteten, war Bret der einzige, der die wahre Geschichte ihres Verschwindens kannte. Als Vertretung für seine Sekretärin hatte er vorübergehend eine neunzehnjährige blonde Verwaltungsbeamtin namens Gloria Kent zu seiner Verfügung. Bret hatte es einzurichten gewußt, daß er diese noch in der Ausbildung stehende, aber auffallend attraktive Aushilfskraft bekam, und ihre Anwesenheit war Balsam für sein noch immer durch die Flucht seiner Frau gekränktes Selbstwertgefühl. Gloria war allein in seinem Büro, als die Meldung von der Verhaftung Bernard Samsons in Ost-Berlin kam. Sie war entsetzt.

Gloria Kent schwärmte wie ein Schulmädchen für Bernard Samson, seitdem sie ihn zum ersten Mal im Büro gesehen hatte. Vielleicht war ihr anzusehen, wie sehr die Nachricht sie erschreckt hatte, denn als sie die Meldung an Bret Rensselaer weitergab, sagte dieser nach einem gemurmelten Fluch: »Mr. Samson wird da schon wieder rauskommen.«

»Wer wird es seiner Frau sagen?« sagte Gloria.

»Setzen Sie sich«, sagte Bret. Gloria setzte sich. Bret sagte: »Nach unseren letzten Informationen ist Mrs. Samson ebenfalls in Ostdeutschland.«

»Sein Wagen steht voller Strafmandate an einer Parkuhr.«

Bret ging auf diese Komplikation nicht ein. »Das darf nicht im ganzen Büro herumgetratscht werden, Miss Kent. Ich sage es Ihnen, weil ich Ihre Mitarbeit brauche, um Ängste zu beschwichtigen und alberne Gerüchte aus der Welt zu schaffen.« Er blickte sie an. Sie nickte. »Wir werden annehmen müssen, daß Mrs. Samson zum Feind übergelaufen ist, aber ich habe keine Ursache zu glauben, daß ihr Mann in ihre Aktivitäten eingeweiht war.«

»Was wird aus ihren Kindern?«

Bret nickte. Miss Kent kapierte schnell, gerade dieses Problem beschäftigte auch ihn. »Ein Kindermädchen ist bei ihnen. Ich habe versucht, Mrs. Samsons Schwester, Tessa Kosinski, telefonisch zu erreichen, aber bei ihr zu Hause meldet sich niemand.«

»Soll ich hingehen und an die Tür klopfen?«

»Nein, für so was haben wir unsere Leute. Hier ist die Telefonnummer. Versuchen Sie sie von Zeit zu Zeit. Die Büronummer ihres Mannes finden Sie in meinem ledernen Notizbuch unter der Firma Kosinski International Holdings. Fragen Sie ihn, ob er weiß, wo seine Frau sich aufhalten könnte. Sagen Sie ihm nichts weiter, als daß beide Samsons von Einsätzen im Ausland verspätet zurückkehren werden. Ich gehe jetzt zum Haus der Samsons. Rufen Sie mich dort an, und berichten Sie mir, was sich tut. Und sagen Sie dem Diensthabenden in der Waffenkammer, daß ich gleich runterkomme und eine Handfeuerwaffe brauche.«

»Ja, Sir.« Sie kehrte in das Büro zurück und begann zu telefonieren. Die Vorstellung, daß Fiona Samson zu den Kommunisten übergelaufen sein sollte, war für sie zu ungeheuerlich, als daß sie sich alle Konsequenzen des Ereignisses hätte vergegenwärtigen können. Jeder im Department hatte den stetigen Aufstieg Fiona Samsons verfolgt. Sie war in jeder Hinsicht ein Vorbild, einer jener seltenen glücklichen Menschen, die keinen falschen Schritt taten. Es war unmöglich, sie nicht zu beneiden: eine schöne Frau aus reicher Familie, die Oxford beeindruckt hatte. Dazu eine ausgezeichnete Köchin, bezaubernde Gastgeberin, Mutter zweier entzückender Kinder und Gattin des wunderbar unkonventionellen Bernard Samson, den Gloria insgeheim begehrte.

»Jaa?« kam eine undeutliche und verschlafene Stimme. »Ahhh. Wie spät ist es? Wer ist da?«

Es war Tessa, die gern bis elf Uhr schlief. Das Telefon hatte sie geweckt. Gloria teilte ihr mit, daß Mr. und Mrs. Samson aus unvorhersehbaren Gründen im Ausland festgehalten werden würden. Wäre es Mrs. Kosinski möglich, die Kinder in ihre Obhut zu nehmen? Sie versuchte, die Frage sehr beiläufig anzubringen. Es bedurfte einiger Augenblicke, bis Tessas Befürchtung, ihre Schwester sei bei einem Unfall verletzt worden, entkräftet war, aber Glorias Charme war dieser Aufgabe durchaus gewachsen, und Tessa kam bald zu der Überzeugung, daß sie Näheres am ehesten erfahren würde, wenn sie gleich das Haus der Samsons aufsuchte und dort Bret Rensselaer befragte.

In aller Eile badete Tessa, legte Make-up auf, fand die kameliengeschmückte Chanel-Kappe, die sie immer trug, wenn sie einen unfrisierten Kopf zu verbergen hatte, und warf sich eine Jacke mit Schottenmuster über die Schultern. Sie schaute in das Arbeitszimmer hinein, wo ihr Mann die Börsenkurse am Bildschirm studierte, und berichtete ihm das wenige, was sie wußte.
»Alle beide? Was soll denn das nun wieder?« sagte er.
»Keiner von beiden hat sich bei mir auch nur abgemeldet«, sagte Tessa.
»Die erzählen einem nie etwas.« George hatte sich an die Verschwiegenheit der Familie seiner Frau inzwischen gewöhnt.
»Die ganze Sache ist mir irgendwie verdächtig«, sagte Tessa. »Daß da irgendwas im Busch war, habe ich gleich geahnt, als Fiona mich gebeten hat, auf ihren Pelzmantel aufzupassen.«
»Gibt es irgendwas zum Lunch?« fragte George.
»Hausgemachtes Hühnerfrikassee in der Gefriertruhe.«
»Ist das noch gut? Es ist von 1981.«
»Ich habe Stunden dafür gebraucht«, sagte Tessa beleidigt, daß ihre seltenen Gastspiele im Haushalt nicht geschätzt wurden.
Als Tessa das Haus der Samsons erreichte, rollten dort eben zwei kräftig gebaute Männer, die Bret unterstanden, die Overalls zusammen, die sie getragen hatten, als sie zwischen den Dielenbrettern forschten und jeden Zoll der verstaubten Bodenkammer inspizierten. Bret Rensselaer stand im schwarzen Trenchcoat vor dem Kamin. Er trank seinen Kaffee aus.

Er war Tessa erst kürzlich in Whitelands begegnet und kam gleich zur Sache: »Mrs. Samson hat einen Ausflug nach Osten gemacht.« Er stellte seine Tasse auf den Kaminsims. »Inzwischen brauchen die Kinder jemanden, der sie beruhigt... Das Kindermädchen scheint die ganze Sache sehr gefaßt zu nehmen, aber Ihre Anwesenheit könnte doch sehr hilfreich sein.« Bret hatte darauf bestanden, daß Fiona ein zuverlässiges Mädchen einstellte, die einer Sicherheitsprüfung standhalten würde. Das Mädchen, das sich gegenwärtig um die Kinder kümmerte, war Tochter eines Polizeiinspektors. Ab und zu hatte Fiona bemängelt, daß sie als Kindermädchen nicht viel taugte, aber jetzt zahlte Brets Vorsorge sich aus.

»Natürlich«, sagte Tessa. »Ich werde tun, was ich kann.«

»Vorläufig tappen wir noch ziemlich im dunkeln«, sagte Bret. »Aber was immer sich herausstellen mag, es wird jedenfalls keinen offiziellen Kommentar dazu geben. Wenn irgend jemand von der Presse oder sonst ein Spinner anruft, geben Sie sich als die Haushälterin aus, lassen sich ihre Telefonnummer geben und rufen sofort mein Büro an.« Er sagte Tessa nicht, daß das Telefon abgehört und das Haus von zwei bewaffneten Männern bewacht wurde für den Fall, daß Moskau versuchen sollte, die Kinder zu entführen.

Eins der Kinder, Billy, kam aus der Küche, wo das Kindermädchen Eier und Würstchen zum Lunch briet. »Hallo, Tantchen Tess. Mami macht Urlaub.«

»Ja, ist das nicht schön«, sagte Tessa und beugte sich nieder, ihn zu küssen. »Wir werden uns hier auch großartig amüsieren.«

Billy stand da und sah Bret an, und dann nahm er sich ein Herz und sagte: »Kann ich mir mal Ihre Kanone angucken, Sir?«

»Was?« sagte Bret, der sich so leicht nicht aus der Ruhe bringen ließ, verdutzt.

»Nanny sagt, Sie haben eine Kanone in der Tasche. Deshalb ziehen Sie den Regenmantel nicht aus.«

Bret befeuchtete sich nervös die Lippen, aber noch ehe ihm eine Antwort einfiel, erschien die siebenjährige Sally und packte Billy am Arm. »Nanny sagt, du sollst zum Lunch kommen.«

»Na, dann kommt, Kinder«, sagte Tessa. »Wir werden gemeinsam essen. Zum Tee führe ich euch dann aus, irgendwohin, wo's schön ist.« Sie lächelte Bret an, und Bret nickte beifällig und anerkennend.

»Ich muß bald weg«, sagte Bret. Irgendwo hatte er gehört, daß Tessa Kolinski harte Drogen nahm, aber heute schien sie vollkommen normal zu sein, Gott sei Dank.

Die Nanny servierte das Essen im Speisezimmer. Den großen, polierten Tisch hatte sie für vier Personen gedeckt, als ahnte sie, daß Tessa zum Essen bleiben würde.

Nachdem die beiden Techniker ihre Geräte zusammengepackt hatten und gegangen waren, sah sich Bret in aller Eile auf eigene Faust im Hause um. Oben an Fionas Seite des Doppelbetts lag, ordentlich gefaltet, ein Nachthemd für sie auf dem Kopfkissen. Auf dem Nachttisch sah er ein Buch aus der Bibliothek des Departments. Er blätterte darin und fand eine bunte Ansichtskarte – Reklame für einen Frisier- und Schönheitssalon an der Sloane Street – als Lesezeichen. Er blieb einen Augenblick lang da stehen und genoß die Intimität, in ihrem Schlafzimmer zu sein. Unter Sicherheitsaspekten gab es dort nichts, was ihn irgendwie beunruhigte. Die Samsons waren schon seit langem für das Department tätig, sie waren vorsichtige Leute.

Als er die Haustür hinter sich zuzog, hörte Bret Bill mit Nachdruck sagen: »Na, ich will jedenfalls wetten, daß er schon einen Haufen Leute erschossen hat.«

Bernard Samson war in einem Biergarten in der Nähe des Müggelheimer Damms verhaftet worden. Der Wald erstreckte sich bis hinab ans Ufer des Müggelsees. An die tausend betrunkene Männer, die den Vatertag feierten, hatten für das Gedränge und die Verwirrung gesorgt, die es Bernard und seinem engsten Freund Werner Volkmann ermöglichten, zwei Flüchtlingen fortgeschrittenen Alters über die Grenze nach Westen zu verhelfen. Das war kein einfacher Akt der Menschenfreundlichkeit gewesen: Einer der Flüchtlinge war ein Agent des Departments. Werner und die anderen waren dank eines von Bernard inszenierten Ablenkungsmanövers davongekommen. Eine tapfere Geste, aber Bernard hatte inzwischen schon reichlich Zeit ge-

habt, seine Tollkühnheit zu bereuen. Sie hatten ihn in ein Büro im obersten Geschoß des riesigen Bürogebäudes des Ministeriums für Staatssicherheit an der Frankfurter Allee gesperrt. Dieses Büro war nicht wie die Zellen im Keller, aus denen manche Gefangene nie wieder zum Vorschein kamen, aber die schwere Tür und die Gitter an den Fenstern sowie die Schwierigkeit, aus der obersten Etage eines Gebäudes, wo es auf jeder Etage spähende Kameras und bewaffnete Posten gab, ins Erdgeschoß hinunterzugelangen, reichten aus, jeden, der nicht vollkommen wahnsinnig war, von Fluchtversuchen abzuhalten. Bernard war von einem liebenswürdigen KGB-Offizier namens Erich Stinnes vernommen worden. Er sprach das gleiche berlinisch gefärbte Deutsch, mit dem Bernard aufgewachsen war, und in vieler Hinsicht stimmten die Anschauungen der beiden Männer überein. »Wer kriegt die Beförderungen und die dicken Gehälter? Bürohengste, die die richtigen Beziehungen zu den richtigen Bonzen haben«, sagte Stinnes erbittert. »Sie können von Glück sagen, daß Ihnen nicht immer und überall die verdammte Partei in die Quere kommt.«
»Haben wir auch«, sagte Bernard. »Bei uns heißt es Eton und Oxbridge.«
»Soll das etwa ein Arbeiter- und Bauernstaat sein?«
»Wird diese Unterhaltung aufgenommen?« fragte Bernard
»Damit sie mich zu Ihnen ins Gefängnis setzen? Halten Sie mich für verrückt?«
Es war die weiche Tour, nach der man gewöhnlich von einem brutalen, abgebrühten Typen in die Mangel genommen wurde, aber Stinnes erwartete einen KGB-Oberst aus Moskau, der sich dann als Fiona Samson aus London entpuppen sollte.
Zu dieser Zeit kamen Bernard Samson schon erste Vermutungen, was geschehen würde. Einige der Hinweise, die Bret Rensselaer der anderen Seite so listig zugespielt hatte, waren auch dem zunehmend besorgten Bernard nicht entgangen.
Die Entdeckung, daß seine Frau ein Oberst des KGB war, erschien Bernard als ein Verrat von so ungeheuren Dimensionen, daß ihm dabei körperlich übel wurde. Aber die Wirkung dieser Entdeckung und das dadurch verursachte Leiden kamen

schließlich dem gleich, das andere Männer bei der Entdeckung leiden mußten, daß ihre Frau sie mit einem anderen Mann betrügt. Für jeden gibt es eine Schwelle, über die hinaus der Schmerz nicht steigt.

Für Fiona kam zum eigenen Schmerz das Schuldgefühl, dem Mann, der sie liebte, Schmerz zuzufügen. Sie war sehr müde – und hatte nach der Reise rasende Kopfschmerzen – an dem Morgen, da ihr Bernard vorgeführt wurde. Es war eine Prüfung – vielleicht die härteste überhaupt – ihrer Fähigkeit, ihrer Überzeugung und ihrer Entschlossenheit, ihre Rolle auch dann weiterzuspielen, wenn sie Bernards Haß und Verachtung gegenübersaß.

Schmutzig und unrasiert brachte ihn ein Wächter herein. Seine Augen starrten sie auf eine Weise an, die ihr ganz fremd war. Es war ein grauenhafter, haßerfüllter Blickwechsel, aber sie spielte ihre Rolle, entschlossen, Bernard keinen Hoffnungsschimmer sehen zu lassen. Nur seine Verzweiflung konnte sie schützen.

Es stand ein Tablett mit einer Kaffeekanne und Tassen auf dem Schreibtisch, aber Kaffee wollte Bernard nicht. »Gibt's denn in diesem Büro nichts zu trinken?« fragte er.

Sie fand eine Flasche Wodka und gab sie ihm. Er goß ihn in eine Tasse und nahm einen großen Schluck. Armer Bernard. Sie fürchtete plötzlich, dies könnte der Anfang eines langwährenden Besäufnisses sein. »Du solltest weniger trinken«, sagte sie.

»Du machst es einem nicht gerade leicht«, sagte er. Er lächelte grimmig und schenkte sich wieder ein.

»Der D. G. wird dir natürlich raushelfen«, sagte sie gelassener, als ihr zumute war. »Du kannst ihm sagen, daß die offizielle Linie hier sein wird, nichts über meinen Seitenwechsel verlauten zu lassen. Ich nehme an, das wird ihm ganz recht sein nach all den Skandalen, die das Department im vergangenen Jahr durchgemacht hat.«

»Ich werde es ihm sagen.«

Sie beobachtete ihn, er war ganz grün geworden. »Schnaps auf nüchternen Magen ist dir noch nie bekommen«, sagte Fiona. »Ist dir schlecht? Brauchst du einen Arzt?«

»Zum Kotzen finde ich nur dich«, sagte er.

Sie konnte es nicht länger ertragen. Sie drückte einen Knopf unter dem Schreibtisch, und der Wächter kam, um ihren Mann abzuführen. Wider alle Disziplin und wider besseres Wissen entfuhr es ihr: »Lebewohl, Liebling. Kriege ich einen letzten Kuß?«

Aber Bernard dachte, sie wollte ihn verhöhnen. »Nein«, sagte er und wandte sich ab.

Sobald Bernard durch den Checkpoint Charlie geschleust und nach West-Berlin entlassen worden war, gab Fiona vor, ausruhen zu müssen, und kehrte in das Hotel zurück, wo man sie fürs erste untergebracht hatte. Sie nahm ein langes, heißes Bad, zwei Schlaftabletten und ging zu Bett. Sie schlief rund um die Uhr. Als sie endlich erwachte, glaubte sie für einen Augenblick, daß alles ein schrecklicher Traum gewesen, daß sie daheim in London und ihr Leben in Ordnung sei. Sie zog die Bettdecke übers Gesicht und verweilte, ohne sich zu rühren, während sie sich allmählich mit der bizarren Welt abfand, in die sie geraten war.

Nach der schrecklichen Begegnung mit ihrem Mann wurde für Fiona der Einstieg und das Einleben in Ost-Berlin erträglicher. Die Verhöre schienen sich endlos hinzuziehen, aber Bret Rensselaer hatte an so ziemlich alles gedacht, und die vorbereiteten Antworten schienen die Männer, die die Fragen stellten, zu befriedigen.

Der Personalchef des KGB hatte sich große Mühe gegeben, es ihr so behaglich wie möglich zu machen, und das winzige Apartment mit dem harten Bett und der altmodischen Küche war schätzenswert genug, wenn man bedachte, daß man in der Hauptstadt der DDR normalerweise zu mehreren in einem Zimmer hauste und Küche sowie Toilette mit anderen Parteien teilen mußte.

Ihr Büro in der KGB-Stasi-Kommandozentrale war hell, es lag ein Schaffellteppich darin, und der Kiefernholzschreibtisch war aus Finnland importiert, was man als Statussymbol verstand. Wichtiger noch war, daß man ihr einen fünfzigjährigen Sekretär namens Hubert Renn zugeteilt hatte, der fließend Russisch, etwas Französisch sowie ein bißchen Englisch sprach und die

Diktate mitstenografierte. Renn war überzeugter Kommunist, ein Typus, den nur Berlin hervorgebracht hat und der inzwischen fast ausgestorben war. Er war der Sohn eines Maurers und mit fünfzehn Geschwistern in drei Zimmern einer Mietskaserne an einer mit Kopfsteinen gepflasterten Passage im Wedding aufgewachsen. In den zwanziger Jahren war der Rote Wedding so durch und durch kommunistisch gewesen, daß sogar die Verwaltung des Wohnblocks in den Händen von Parteifunktionären gelegen hatte. Renns Mutter war Mitglied des ISK, Internationalen Sozialistischen Kampfbunds, gewesen, einer sozialistischen Splittergruppe, deren strenge Sitten den Mitgliedern Verzicht auf Alkohol, Tabak und Fleisch vorschrieben. Die Mitgliedschaft endete allerdings mit ihrer Verheiratung, denn nur Vollzeitarbeiter konnten dem ISK angehören.

Klein, beweglich, unterernährt und immer kampfbereit, war Renn überdies auch tüchtig. Typisch für seine Bedürfnislosigkeit und praktische Lebenseinstellung war, daß er eine Sammlung von Sicherheitsnadeln, Stecknadeln und sogar eine Nähnadel für alle Fälle unter den Revers seines Jacketts stets bei sich trug.

Als Fiona ihrem neuen Sekretär zum ersten Mal begegnete, hatte sie das Gefühl, ihn schon von irgendwoher zu kennen. Dieser Vertrautheit lag aber nur ihre Erinnerung an alte Fotos zugrunde, die Leute in den Straßen von Berlin zeigten. Unabhängig von diesem Gefühl sollte sie bald entdecken, daß trotz dieser Ähnlichkeit Renn niemandem glich, dem sie je im Leben begegnet war. Mit seinem dicken Hals, seinem trotzigen roten Gesicht, seinen ruinösen Zähnen und dem kurzgeschnittenen Haar hätte er einem Stück von Brecht entsprungen sein können.

Der kleine Hubert Renn hatte die erste Unterweisung in den Prinzipien des Marxismus-Leninismus erhalten, als er noch in der verbeulten Zinnbadewanne lag, die ihm auch als Kinderbett dienen mußte. Der ISK, der ein Kampfbund nicht nur dem Namen nach war, verwarf Marxens Theorie von der Unvermeidlichkeit des Zusammenbruchs des Kapitalismus. Die absolute Notwendigkeit des bewaffneten Kampfes war Gegenstand endloser Diskussionen der Eltern gewesen, solange er denken

konnte. Nach einer solchen Erziehung gab es für Renn auf dem Gebiet linker Phraseologie nichts mehr dazuzulernen. Selbst Pawel Moskwin, ein brutaler Kerl mit Rückendeckung aus Moskau, mit dem Fiona an diesem Morgen aneinandergeraten war, kam bei politischen Diskussionen gegen Renn nicht an. Aber Renn machte keine schönen Worte über den »Deutschen Weg zum Sozialismus« oder verschwendete seine Zeit auf Diskussionen, warum auf dem entscheidenden Parteitag 1946 die erklärten Ziele der Partei an Marx und Engels und nicht an Lenin und Stalin orientiert worden waren. Renn, der diesen historischen Parteitag miterlebt hatte, fragte statt dessen nur etwas schelmisch, weshalb man diesen im Admiralspalast abgehalten habe, der eigentlich doch als Operettentheater berühmt sei.
Mein Vater war Anarchist, sagte er einmal, als sie von Abweichlern sprachen, zu Fiona. Und das war der Schlüssel zu Renns Charakter, denn in seiner Seele war auch Renn Anarchist. Fiona fragte sich, ob er das nicht selber merkte. Vielleicht war es ihm inzwischen egal. Von denen, die ihr ganzes Leben lang vergeblich auf das Millennium gewartet hatten, wurden viele zuletzt so fatalistisch. Renns Charakterisierung Pawel Moskwins, »ein brutaler Kerl mit Rückendeckung aus Moskau«, wurde Fiona aus freien Stücken offeriert, noch ehe sie selbst dem Mann begegnete. Und überhaupt nahm Renn kein Blatt vor den Mund, gleichviel, von wem die Rede war.
Während der ersten Wochen hatte Fiona den Verdacht, man habe ihr diesen exzentrischen alten Knaben als Agent provocateur ins Büro gesetzt, oder weil sonst keiner mit so einem Sonderling klarkam. Es dauerte aber nicht lange, bis sie begriff, daß die bürokratischen Prozeduren in der DDR das gar nicht vorsahen. Selbst Leute in den höchsten Positionen konnten sich ihre Sekretäre nicht ohne weiteres selbst aussuchen, und der alte Renn wäre als Agent provocateur auch nicht leicht zu führen gewesen. Tatsächlich wurden die Stellen nach einem im Personalbüro vorliegenden Schlüssel ganz routinemäßig besetzt. Ihr Rang gab ihr das Anrecht auf einen Sekretär von Renns Qualifikationen, und Renns bisheriger Chef war eine Woche vor Fionas Ankunft in den Ruhestand gegangen.

Fiona und ihr Sekretär hatten den ganzen Mittwoch in einem kleinen Konferenzzentrum in der Köpenicker Altstadt verbracht. Sie hatte langen und teilweise erbitterten Auseinandersetzungen zwischen ihren Kollegen zugehört. Führungskräfte der Sicherheitsdienste Polens, der Tschechoslowakei und Ungarns hatten sich dort getroffen, um die noch ziemlich zerstreuten und zersplitterten politischen Reformbewegungen und religiösen Oppositionsgruppen innerhalb des Ostblocks zu erörtern. Übereinstimmung hinsichtlich der Maßnahmen, mit denen solchen Gruppen am besten zu begegnen sei, war nicht leicht zu erzielen. Fiona war sehr zufrieden mit den Informationen, die sie da sammeln konnte. Genau das waren ja die Informationen, auf die es Bret Rensselaer ankam, und die hier geäußerte Besorgnis der kommunistischen Sicherheitsbeauftragten angesichts der Zunahme dieser Oppositions- und Reformbewegungen bestätigte ja Brets Annahme. Sobald eine Verbindung mit London zustande kam, würde sie eine Linie ausgearbeitet haben. Sie ließ sich das Treffen durch den Kopf gehen, während sie auf den Wagen wartete, der sie und ihren Sekretär nach Berlin-Mitte zurückbringen sollte. Die anderen waren von einem Bus aus dem Fuhrpark des Ministeriums abgeholt worden, aber Fiona hatte Anrecht auf einen Dienstwagen. Mehr als irgendwelche sonstigen Requisiten oder Privilegien verlieh der Dienstwagen Status. Und Status zu erlangen war von allerhöchster Wichtigkeit in der DDR. Also warteten sie.

Fiona wanderte zum Fluß hinab, bewunderte die kopfsteingepflasterten Straßen und die winkligen, alten Häuser. Kirche und Rathaus von Köpenick standen von Bäumen umgeben auf einer winzigen Insel der Spree. Auf der nächsten Insel, der Schloßinsel, stand ein reichgeschmückter Bau des 17. Jahrhunderts. In dem prachtvollen Wappensaal dieses Schlosses war gegen Friedrich den Großen wegen Fahnenflucht verhandelt worden. Angesichts der Aussicht, die sich einem hier bot, konnte man nur begrüßen, daß in neuerer Zeit die Bautätigkeit im Osten der Stadt nicht so rege wie im Westen gewesen war. Köpenick sah noch ziemlich so aus wie an dem Tage, an dem der berühmte Hauptmann dort auftrat und entdeckte, wie gläubig die Deutschen eine Uniform verehren, ganz gleich, wer sie trägt.

Sie hatte gehofft, daß die frische Luft ihr helfen würde, ihr Kopfweh loszuwerden. Diese quälenden Kopfschmerzen waren in letzter Zeit einfach zu oft aufgetreten. Natürlich war das der Streß. Aber erträglicher machte dieses Wissen die Schmerzen nicht.

»Herr Renn«, sagte Fiona. Sie nannte ihn nie beim Vornamen. Renn hatte den Verkehr auf der Brücke beobachtet. Bald würden sich im Osten die Autos überall so stauen wie im Westen schon jetzt. Er sah zu ihr hin. »Habe ich etwas vergessen, Frau Direktor?«

»Nein, Sie vergessen nie etwas. Sie sind der tüchtigste Sekretär im ganzen Ministerium.«

Er nickte. Was sie sagte, stimmte, und er bestätigte es nur.

»Vertrauen Sie mir, Herr Renn?« Sie sagte das in der bewußten Absicht, ihn zu schockieren.

»Ich verstehe nicht, Frau Direktor.« Er sah sich um, aber außer ihnen stand niemand am Ufer. Es waren nur Leute auf dem Heimweg von der Arbeit oder vom Einkaufen zu sehen.

»Ich kriege die Protokolle der Vormittagssitzungen immer erst am Nachmittag des folgenden Tages. Gibt es dafür einen Grund?«

»Jeder kriegt die Protokolle mit der gleichen Zustellung.« Er lächelte listig. »Wir sind langsam, das ist der einzige Grund.« Ein großer Bus mit Klimaanlage kroch über die Brücke. Blasse japanische Gesichter drückten sich an die grau getönten Scheiben. Aus dem Inneren drangen die schrillen Erläuterungen eines Reiseführers, die bis auf die Worte »Hauptmann von Köpenick« unverständlich blieben. Der Bus fuhr langsam weiter und verschwand hinter den Bäumen. »Niemals besichtigen sie das Schloß oder das Kunstmuseum«, sagte Renn traurig. »Nur das Rathaus wollen sie sehen. Der Reiseführer wird ihnen von dem Schuhmacher erzählen, der eine Hauptmannsuniform im Leihhaus kaufte, das Kommando über ein paar Soldaten, die gerade Urlaub hatten, übernahm und den Bürgermeister und den Schatzmeister der Stadt einsperrte. Und dann werden sie alle lachen und sagen, was für Dummköpfe wir Deutschen sind.«

»Ja«, sagte Fiona. Trotz des Schlosses und des dunkelgrünen

Forstes und der klaren blauen Seen und Flüsse dachte, wenn man von Köpenick redete, jeder nur an den Hauptmann.
»Und das Traurige ist«, sagte Renn, »daß der arme alte Wilhelm Voigt, der Schuster, gar nicht die Stadtkasse wollte; er wollte eine Aufenthaltserlaubnis, und Köpenick hatte kein Amt, das ihm die hätte ausstellen können. Er war kein Berliner, wissen Sie, und seine Eskapade endete als Fiasko.«
»Ich bin keine Berlinerin, nicht mal gebürtige Deutsche...«, sie sprach nicht zu Ende.
»Aber Sie sprechen hervorragend gut Deutsch«, fiel ihr Renn ins Wort. »Das fällt jedem gleich auf, Sie sprechen das reinste Hochdeutsch. Ich schäme mich richtig zu berlinern, wenn ich mit Ihnen rede.« Er sah sie an. »Haben Sie Kopfschmerzen?«
Sie schüttelte den Kopf. »Fragen Sie sich nicht manchmal, ob ich nicht vielleicht der Klassenfeind bin, Herr Renn?«
Er stülpte die Lippen vor. »Wladimir Iljitsch Lenin war der Sohn bourgeoiser Eltern«, sagte Renn. Die Zweideutigkeit dieser Antwort war charakteristisch.
»Von der Herkunft des Genossen Lenin mal abgesehen«, sagte Fiona. »Wenn versucht werden sollte, mich von meinem Posten zu vertreiben, wie würden Sie sich dazu stellen?«
Sein bereits verzerrtes Gesicht geriet in heftige Bewegung, während er sich die Lippen befeuchtete und die Stirn runzelte, um tiefes Nachdenken anzudeuten. »Ich würde die Tatsachen in Betracht ziehen müssen«, sagte er endlich.
»Die Tatsachen in Betracht ziehen?«
»Ich habe Frau und Kinder«, sagte Renn. »Die würde ich in Betracht ziehen müssen.« Er wandte sich um und sah auf den Fluß, der jetzt langsam und ölig floß; einst floß er schnell, klar und frisch. Vor nicht allzu langer Zeit hatte man hier noch große Fische gefangen, jetzt schien es keine mehr zu geben. Er starrte auf das Wasser hinab und hoffte, die Frau Direktor zufriedengestellt zu haben.
»Wollen Sie damit sagen, daß Sie mich den Wölfen zum Fraß hinwerfen würden?« sagte Fiona.
»Den Wölfen? Nein!« Er wandte sich ihr zu. »Ich bin kein Werfer. Ich bin einer von denen, die geworfen werden.« Die

Kirchenuhr schlug sechs. Sein Arbeitstag war vorbei. Er öffnete seinen Mantel und griff nach der Flasche, die er in der Gesäßtasche trug. »Um diese Zeit genehmige ich mir manchmal einen kleinen Schnaps... Wenn Frau Direktor gestatten wollten.«
»Aber bitte«, sagte Fiona. Sie war überrascht. Sie wußte nicht, daß der alte Mann so an der Flasche hing, doch das erklärte vieles.
Er schraubte den kleinen Becher ab, der den Flaschenhals verschloß, und goß sich reichlich ein. Er bot ihr den Becher an. »Möchten Frau Direktor...«
»Nein, danke, Herr Renn.«
Er hob den Becher behutsam zum Mund, um nichts zu verschütten, und kam ihm mit gebeugtem Kopf entgegen. Die Hälfte trank er in einem Zug, sah sie an, während ihm der Schnaps die Adern wärmte, und sagte: »Ich bin zu alt, um mich auf Vendettas einzulassen.« Eine Pause. »Aber das heißt nicht, daß ich nicht den Mut dazu habe.« Eine Straßenbahn fuhr vorbei. Die Räder kreischten, als die Wagen die Kurve nahmen. »Wollen Frau Direktor nicht doch...?«
»Nein, wirklich nicht. Vielen Dank, Herr Renn.«
Er behielt den Becher in der Hand und starrte über den Fluß, als wäre sie nicht da, und als er sprach, war es wie ein Selbstgespräch: »Die meisten Leute auf unserer Etage sind Deutsche, die wollen vor allem 'ne ruhige Kugel schieben und hoffen, bald in Pension zu gehen. Die acht ›Freunde‹ sind da anders.« Er trank den Rest des Wodkas aus dem kleinen Becher.
Fiona nickte. Seit 1945 hießen die Russen offiziell nur »Freunde«, selbst wenn ein deutscher Kriegsteilnehmer etwa schilderte, wie einst die Freunde seinen Schützengraben gestürmt und seine Kameraden mit dem Bajonett aufgeschlitzt hatten. »Vielleicht trinke ich doch einen Schluck«, sagte Fiona.
Renn wischte den Rand des Bechers mit den Fingern ab und schenkte ihr ein. »Sechs von diesen Freunden sind in anderen Abteilungen und würden nicht befördert werden, ganz gleich, was Ihnen passierte.«
Fiona nahm einen kleinen Schluck Wodka. Verdammt starkes Zeug. Kein Wunder, daß der alte Mann viele rote Äderchen im

Gesicht hatte. »Ich verstehe«, sagte sie. Zwei Russen blieben übrig, beide Deutschlandspezialisten: Pawel Moskwin und der, der unter dem angenommenen Namen (auch Lenin und Stalin hatten ihre ja angenommen) Erich Stinnes operierte. Dies waren die beiden Männer, mit denen sie am Nachmittag während der Konferenz aneinandergeraten war. Beides abgebrühte Profis, die sie hatten wissen lassen, daß sie nicht freudig einwilligen würden, Befehle von einer Frau anzunehmen. Der Streit war während der Erörterung einer geplanten Mission nach Mexiko-Stadt ausgebrochen. Sie hatte den Verdacht, daß sie sich darauf nur versteift hatten, um ihr klarzumachen, wieviel Widerstand sie ihr mit vereinten Kräften entgegensetzen konnten.

Renn sagte: »Der Große – Moskwin – ist der Gefährlichere von beiden. Er hat erheblichen Einfluß innerhalb der Parteimaschinerie. Im Augenblick ist er in Moskau unten durch – irgendein Schwarzmarktskandal, der nie an die Öffentlichkeit gekommen ist –, und solche Männer machen manchmal die absurdesten Sachen, um ihren Wert zu beweisen. Er ist emotional und gewalttätig; und gut angepaßte Leute werden oft Opfer plötzlicher und unbedachter Aktionen. Der andere – Erich Stinnes, der so gut berlinert – ist ein Intellektueller: eiskalt und berechnend. Er denkt immer an langfristige Ziele. Jemand, der so intelligent ist wie Sie, wird mit ihm besser als mit Moskwin auskommen.«

»Hoffentlich«, sagte Fiona.

»Wir müssen einen Keil zwischen sie treiben«, sagte Renn.

»Wie?«

»Es wird uns schon eine Methode einfallen. Moskwin ist ein tüchtiger Verwaltungsmann, aber Stinnes hat als Agent im Einsatz gestanden. Solche Leute, die draußen auf sich selbst gestellt waren, lernen nie die richtige Disziplin.«

»Das ist wahr«, sagte Fiona und dachte an ihren Mann und dessen endlose Schwierigkeiten mit dem Londoner Büro.

»Lassen Sie sich Ihre Autorität nicht untergraben. Moskau hat Sie hier eingesetzt, weil man dort wünscht, daß sich hier verschiedenes ändert. Wenn es Widerstand gibt, wird Moskau die Kraft unterstützen, die auf Veränderung drängt. Lassen Sie also keinen Zweifel daran aufkommen, daß Sie diese Kraft sind.«

»Sie sind ja fast ein Philosoph, Herr Renn.«
»Nein, Frau Direktor, ich bin ein Apparatschik.«
»Was immer Sie nun sein mögen, jedenfalls bin ich Ihnen dankbar, Herr Renn.«
Sie suchte in ihrer Handtasche, fand Aspirintabletten und schluckte zwei davon ohne Wasser.
»Nicht der Rede wert«, sagte der alte Mann, der ihr dabei zusah, obwohl sie natürlich beide wußten, daß er Kopf und Kragen riskiert hatte. Noch wichtiger war seine Andeutung, daß er unter anderen Umständen wahrscheinlich noch entgegenkommender sein würde. Fiona fragte sich, ob er schon berechnete, was sie umgekehrt für ihn tun könnte. Aber sie ließ die Frage auf sich beruhen. Man würde ja sehen. Inzwischen gewann sie in ihm wahrscheinlich einen höchst wertvollen Verbündeten.
»Für Sie vielleicht nicht, aber wenn man in einer neuen Stellung anfängt, weiß man ein freundliches Wort zu schätzen.«
Renn, der die Brücke beobachtet hatte, berührte seinen Hut wie zum Gruß. Tatsächlich lockerte er nur dessen Sitz, denn das Hutband war zu eng. »Jeder nach seinen Fähigkeiten; jedem nach seinen Bedürfnissen«, zitierte der alte Mann, wobei er die Flasche wieder in die Gesäßtasche steckte.
»Und da kommt unser Volvo.« Nicht Wagen, dachte sie, sondern Volvo. Er war stolz, daß ihr ein Importwagen zugestanden wurde. Er lächelte sie an.
In einem Jahr oder so würde sie sich wieder nach Westen absetzen, und Hubert Renn würde bleiben und die Rechnung bezahlen. Stasiverhöre waren kein Vergnügen. Er würde unvermeidlich als ihr Komplize verdächtigt werden. Wenn sie bedachte, was sie ihm antat, ekelte sie sich vor sich selbst. Wie ein Judas kam sie sich vor, aber genau das war sie ja auch. Bret hatte ihr prophezeit, daß solche Loyalitätskonflikte schwer zu verkraften sein würden, doch das machte ihr das Ganze kein bißchen leichter.
Als sie in eine der heißbegehrten Wohnungen in den Zuckerbäkkerbauten entlang der Frankfurter Allee nach Hause kam, setzte sie sich hin und dachte lange über diese Unterhaltung nach. Endlich begann sie, Renns Beweggründe zu verstehen. Genau

wie die Russen sich nicht vorstellen konnten, daß gewisse Europäer zwar überzeugte Kapitalisten, doch zugleich rabiat antiamerikanisch eingestellt waren, hatte Fiona die tief wurzelnden antirussischen Gefühle nicht verstanden, die zu Hubert Renns Psyche gehörten. Später erfuhr sie, daß Renn hatte mit ansehen müssen, wie seine Mutter von russischen Soldaten vergewaltigt und sein Vater bewußtlos geschlagen wurde, während jener denkwürdigen Tage des Jahres 1945, als der Tagesbefehl des Oberkommandierenden der Roten Armee lautete: »Berlin gehört euch.« Später bekam sie mit, wie Hubert seine russischen »Freunde« mit dem altertümlichen und wenig freundlichen Wort »Panje« nannte.

Sie wusch einen Kopfsalat und schnitt eine Bockwurst in dünne Scheiben. Am meisten fehlten ihr frische Früchte. Sie konnte noch immer nicht verstehen, weshalb solche Sachen so knapp waren. Sie hatte eine noch in Privatbesitz befindliche Bäckerei in der Nähe ihres Büros entdeckt, und das Brot war gut. Sie mußte auf ihr Gewicht achten, alles, was immer reichlich zu haben war, machte dick.

Es war ein nüchterner kleiner Raum, in dem man gut nachdenken und arbeiten konnte. Die Wände waren in einem hellen Grauton gestrichen, und es gab nur drei Bilder: einen Stich, der einen römischen Kaiser darstellte, eine sepiabraune Fotografie eleganter Damen um 1900 und einen Farbdruck von Kirchners *Pariser Platz*. Die Rahmen, ihr verwahrloster Zustand, wie auch die Themen ließen darauf schließen, daß die Bilder wahllos der Abstellkammer irgendeiner Behörde entnommen waren. Aber sie war dennoch dankbar für diese kleine Aufmerksamkeit. Ihr Schlafzimmer war nicht mehr als ein Alkoven hinter einem Vorhang. Das alte Bettgestell aus Eisenrohren war cremefarben gestrichen und erinnerte sie an ihr Bett im Internat. Überhaupt erinnerten sie viele Aspekte des Lebens in der DDR – von den unzähligen kleinlichen Verboten, die da zu beachten waren, bis zu der eintönigen Ernährung – an das Internat. Aber sie sagte sich immer wieder, daß sie das Internat überlebt hatte und also auch dies hier überleben würde.

Als sie an jenem Abend zu Bett ging, fand sie keinen Schlaf. Seit

sie hier angekommen war, hatte sie noch keine Nacht festen, natürlichen Schlaf gehabt. Diese schreckliche Begegnung mit Bernard war wirklich ein grauenhafter Anfang für ihr neues Leben gewesen. Nun mußte sie jede Nacht an ihn und die Kinder denken. Sie überraschte sich bei der Frage, warum es ihr an wahrer angeborener und instinktiver Mutterliebe fehlte. Warum hatten die Säuglinge sie nie so entzückt, daß sie sie, wie andere Mütter es taten, am liebsten Tag und Nacht im Arm gehalten und ans Herz gedrückt hätte? Und war die Abwesenheit der Kinder deshalb jetzt so quälend für sie, weil sie jene ersten Jahre mit ihnen so unachtsam vergeudet hatte? Sie hätte alles gegeben für die Möglichkeit, noch mal von vorne anzufangen. Sie wieder als Babys zu sehen, sie zu herzen und zu füttern, ihnen vorzulesen und die Nonsensspiele mit ihnen zu spielen, die Bernards Mutter so gut kannte.
Manchmal, tagsüber, wurde der chronische Schmerz, von ihrer Familie getrennt zu sein, leicht betäubt durch die Anstrengung, den an sie gestellten überwältigenden Anforderungen gerecht zu werden. Den Anforderungen an ihren Intellekt – die Lügen und falschen Loyalitäten – war sie gewachsen, aber sie hatte nicht damit gerechnet, durch emotionale Belastungen so verletzlich zu werden. Bret hatte, wie ihr jetzt einfiel, einmal scherzend gesagt, daß Frauen natürlich für ein Doppelleben besser befähigt seien als Männer. Von jeder Frau, hatte er gesagt, werde erwartet, daß sie von einem Augenblick zum anderen Hure oder Matrone, Gefährtin, Mutter, Dienerin oder Freundin sein könne. Zwei Menschen zu sein sei also eine Kleinigkeit für jede Frau. Das war typischer Rensselaerscher Quatsch. Sie knipste das Licht an und griff nach den Schlaftabletten. Tatsächlich wußte sie, daß sie niemals wieder die Person sein würde, die sie noch vor kurzem gewesen war. Der Punkt, von dem aus sie noch hätte umkehren können, war schon überschritten.

13

Whitelands, England, Juni 1983

»Nein, Dicky, ich höre dich vollkommen klar«, sagte Bret Rensselaer, die Hörmuschel ans Ohr drückend, und wendete sich mit einem Achselzucken an Silas Gaunt, der ihm gegenüber am Nebenanschluß mithörte. Dicky Cruyer, der German Stations Controller, rief aus Mexiko-Stadt an, und die Verbindung war nicht gut. »Du hast alles vollkommen verständlich dargestellt. Ich sehe nicht ein, weshalb wir's noch einmal durchgehen sollten. Ja, ich werde den Director-General sprechen und ihm berichten, was du gesagt hast. Ja. Ja. Ganz meinerseits. Ich werde sehen, was ich tun kann. Bis dann. Bis dann.« Er legte den Hörer auf und seufzte tief.

Silas Gaunt legte ebenfalls den Hörer ab und sagte: »Dicky Cruyer hat Sie aufgespürt.«

»Allerdings«, sagte Bret Rensselaer, obwohl das nicht sehr schwierig gewesen war. Der Director General hatte Bret angewiesen, Silas zu besuchen und ihn »ins Bild zu setzen«. Bret hatte die Telefonnummer von Whitelands im Amt hinterlassen, und Mrs. Porter – Gaunts Haushälterin – hatte den Anruf aus Mexiko in das Büro des Gutsverwalters durchgestellt.

Silas Gaunt dankte dem Gärtnerjungen, der sie ans Telefon geholt hatte, und ging dann in seinem alten Anorak, den schlammverkrusteten Stiefeln und den Kordhosen, die mit Bindfaden an den Knöcheln zusammengeschnürt waren, gebeugt durch die niedrige Tür, voraus in den kopfsteingepflasterten Hof. Bret wurde über das Gut geführt.

»Ich will hier keine Jäger mehr sehen«, sagte Silas. »Dieser ganze verdammte Wirbel. Diese gigantischen zeitigen Frühstücke und

der Dreck im ganzen Haus. Es wurde zuviel für Mrs. Porter und, um die Wahrheit zu sagen, auch für mich. Angler machen nicht so viele Umstände. Sie sind ruhiger und verschwinden mit einem Päckchen Käsebrot für den ganzen Tag.«
Silas öffnete das Hoftor und schloß es hinter Bret wieder. Weithin erstreckten sich die Felder. Die Ernte würde man dieses Jahr früh einbringen. Das Feld hinter der Scheune würde als erstes gemäht werden, und Schwärme von Sperlingen, denen das Geräusch von Maschinen in der Nähe schon verkündete, daß für sie das Festmahl nicht ewig dauerte, schlugen sich noch einmal die Bäuche voll.
Es war ein herrlicher Tag. Seidige Federwolken zogen lässig über den tiefblauen Himmel. Die Sonne hatte ihren höchsten Stand erreicht, zögerte dort wie ein in die Höhe geworfener Ball, und die Welt stand still in Erwartung des Nachmittags.
Sie gingen dicht an der Hecke entlang, denn Silas wollte sich davon überzeugen, daß sie ordentlich geschnitten und von Unkraut befreit worden war. Er riß unreife Weizenähren ab, zerquetschte sie mit der gedankenlosen Anmaßung des Nomaden in der Hand und ließ Spreu, Hülse und Körner durch die gespreizten Finger rinnen. Bret, der sich nicht für Landwirtschaft interessierte, stapfte unbeholfen hinter ihm her in den Gummistiefeln, die Silas für ihn aufgetrieben hatte, und einer fleckigen alten Windjacke als Schutz für seinen eleganten dunkelblauen Anzug. Sie traten durch eine Tür in der hohen Mauer, die den Küchengarten umgab. Es war eine wunderbare Mauer, deren helle und dunkle Ziegel große rhombische Muster bildeten, die man hinter dem Spalierobst noch eben erkennen konnte.
»Ich bin nicht davon überzeugt, daß es vernünftig war, Dicky Cruyer und Bernard Samson nach Mexiko zu schicken«, sagte Bret, die Unterhaltung wieder aufnehmend. »Einer hätte hier die Stellung halten sollen, und außerdem liegen sich die beiden dauernd in den Haaren.«
Silas zeigte auf verschiedene Gemüse und sagte, daß er im nächsten Jahr einen kleinen Rosengarten anlegen und die Anbaufläche für Steckrüben, Rüben und Zuckerrüben reduzieren wolle. Dann sagte er: »Wie kommt Bernard damit klar?«

»Mit der Desertion seiner Frau? Nicht sehr gut. Ich habe erwogen, ihn zum Arzt zu schicken, aber in seiner gegenwärtigen paranoischen Verfassung hätte er das sehr übel genommen. Er wird schon durchkommen. Ich behalte ihn im Auge.«
»Ich habe keine Erfahrung im Außendienst«, sagte Silas. »Sie übrigens auch nicht. Ich kenne nur sehr wenige Leute in Ihrem Gebäude, die wissen, was da draußen los ist. In dieser Hinsicht sind wir wie die Generäle des Ersten Weltkriegs, sitzen in unserem Château, trinken Cognac und schicken unsere Truppen in einen Dreck, von dem wir nichts verstehen.«
Bret, der nicht genau wußte, worauf Silas hinauswollte, und nie gewillt war, sich ohne Bedenkzeit zu Ansichten zu bekennen, machte ein Geräusch, das wohlerwogene Zustimmung andeutete.
»Aber ich habe viel mit Agenten zu tun gehabt«, sagte Silas, »und weiß ein bißchen von dem, was solche Burschen treibt. Fiona Samson wird nicht langsam zu ticken aufhören wie eine Uhr, die man versäumt hat aufzuziehen. Sie wird mit ganzer Kraft laufen, bis sie nichts mehr zu geben hat. Und dann wird sie wie eine Glühbirne nochmals besonders hell aufleuchten, ehe sie verlöscht.«
Bret fand das zu melodramatisch. Er musterte Silas und fragte sich, ob diese kleine Rede, mit anderen Namen, nicht schon sehr oft gehalten worden war, wie man auch Briefe mit gleichem Wortlaut an die Angehörigen schrieb, wenn das Unerwartete eintraf. Er fand keine Antwort. Er nickte. »Als die Sache aufs Tapet kam, war ich dafür, den Ehemann ins Vertrauen zu ziehen.«
»Ich weiß das. Aber seine Unwissenheit ist sehr nützlich für uns und für seine Frau auch. Sie hatte damit einen guten Start. Weiterkommen muß sie nun selbst.« Silas ließ voll Besitzerstolz seine Blicke schweifen und zertrat einen Erdklumpen mit der Spitze seines schweren Stiefels. Es war guter, fruchtbarer Boden, dunkel und humusreich.
Bret öffnete seine geborgte Windjacke und tastete nach einem Bündel Computerausdrucke, um sicherzugehen, daß er sie während seines Spaziergangs nicht verloren hatte.

Es war heiß im Garten, alles war still und schwieg im Schutz der hohen Mauer. Dies war für den Gärtner der Höhepunkt des Jahres. Überall wehendes Grün, aber nur allzu bald würde der Sommer vorüber sein, die Blätter verwelkt, die Erde kalt und hart. »Sehen Sie sich nur diese Mohrrüben an«, sagte Silas. Er beugte sich nieder, um ein Büschel gefiederter Blätter zu packen. Für einen Augenblick schien er die Möhren ausreißen zu wollen, überlegte sich's dann aber anders und ließ die Blätter los. »Mohrrüben sind heikel«, sagte Silas. »Sie werden reif, und dann muß man sich entscheiden, ob man sie ziehen und lagern oder in der Erde haben will.«
Bret nickte.
»Wenn man sie in der Erde läßt, kriegt man süßere Mohrrüben, kommt aber ein strenger Frost, ist man sie los.«
Er fand eine kleine Mohrrübe und zog sie aus der Erde. Sie war klein und dünn, aber von schöner Farbe. »Andererseits, wenn man sie zieht, kann man sicher sein, daß keine Würmer und Schnecken drangekommen sind. Verstehen Sie, was ich meine, Bret?«
»Wie bestimmen Sie also die richtige Zeit, sie zu ziehen?«
»Ich hole Rat ein«, sagte Silas. »Ich rede mit Experten.« Bret beschloß, der Tragweite dieser Bauernweisheit keine Beachtung zu schenken, sondern zum Thema Bernard Samson zurückzukehren. »Nachdem die Entscheidung getroffen war, hätte man ihn besser aus der Operationsabteilung herausnehmen sollen. Er ist verdammt scharf darauf zu erfahren, was da eigentlich gelaufen ist.«
»Das versteht sich doch von selbst«, sagte Silas.
»Er spioniert herum und stellt Fragen. Aus diesem Grund und noch aus ein paar anderen war Samson nicht der Mann, den man hätte nach Mexico City oder sonstwohin schicken sollen, um mit einem potentiellen Überläufer vom KGB zu sprechen.«
»Warum?« fragte Silas spöttisch. »Weil er nicht auf der Universität war?«
»Dieser KGB-Mann, Stinnes, wird – was immer nun seine Motive und Absichten sein mögen – jedenfalls jemand mit Oxford- oder Cambridge-Erziehung erwarten. Daß wir ihm so

einen proletarischen Typen wie Samson schicken, wird ihm das Gefühl geben, nicht wichtig genommen zu werden.«
»Sie sind wirklich mit Hingebung anglophil, Bret. Nehmen Sie das nicht als Beleidigung, im Gegenteil, ich finde es hocherfreulich. Nur, manchmal verführt Sie diese Liebe zu einem übertriebenen Respekt unserer alten britischen Institutionen.«
Bret straffte sich. »Ich habe immer zu Samson gehalten, selbst wenn er am störrischsten war. Aber Oxford oder Cambridge ziehen die ehrgeizigsten Studenten an und werden deshalb dem Department immer die besten Rekruten liefern. Ich möchte den Tag nicht erleben, an dem man diesbezüglich anderer Meinung wird.«
Silas fuhr liebevoll mit der Hand über die Freilandtomaten. Eine davon, ausgewachsen und tiefrot, pflückte er und wog sie in der Hand. »Oxford und Cambridge bieten ausgezeichnete Gelegenheit, was zu lernen, keine bessere freilich, als jeder lernwillige Student sie in einer erstklassigen Bibliothek finden kann. Aber eine Oxbridge-Erziehung kann deren Absolventen das Gefühl geben, einer privilegierten Elite anzugehören, die dazu berufen ist, zu führen und Entscheidungen zu fällen, die geringeren Wesen dann aufgenötigt werden. Ein derartiges Elitebewußtsein muß notwendig Erwartungen nähren, die oft nicht erfüllt werden. Deshalb hat Oxbridge unserem Lande nicht nur die bemerkenswertesten Politiker und Beamten beschert, sondern auch seine erbittertsten Verräter.« Silas lächelte traurig, als hätten diese Verräter ihm einen längst vergebenen und halbvergessenen schlechten Streich gespielt.
»Elite?« sagte Bret. »Sie können lange suchen, bis Sie jemanden finden, der so arrogant ist wie Bernard Samson!«
»Bernards Arroganz gründet auf Eigenschaften, die er aus sich selbst hat: eine gewisse Vitalität, Kraft und ein anscheinend unerschöpflicher Vorrat an Mut. Unsere großen Universitäten werden nie imstande sein, innere Kraft zu verleihen, das kann niemand. Was Lehrer vermitteln, wird immer der Person übergestülpt, die bereits existiert. Die Erziehung ist ein Panzer, ein Mantel, den man der Seele überwirft; ein Schutz, eine Färbung oder etwas, worin sie sich verstecken kann.«

Um die Unterhaltung auf eine mehr praktische Ebene zurückzuleiten, sagte Bret: »Und Samson trinkt zuviel.«

»Das ist ziemlich hart«, sagte Silas. »Von dem Vorwurf sind, wenn wir ehrlich sein wollen, die wenigsten von uns freizusprechen.« Silas nahm ein Taschenmesser und schnitt die Tomate durch und betrachtete sie, bevor er hineinbiß.

»Sie haben natürlich recht«, sagte Bret ehrerbietig und fügte hinzu: »Bedenken Sie bitte, daß ich Samson als Leiter der Deutschland-Abteilung vorgeschlagen habe.«

Silas schluckte das Stück Tomate, aber etwas von dem Saft tröpfelte ihm übers Kinn. Er wischte sich mit dem Handrücken den Mund ab und sagte: »Das haben Sie allerdings. Aber Sie haben es nicht nachdrücklich und konsequent genug getan, um ihm den Posten zu beschaffen.«

»Ich habe Artikel 5 vertreten«, sagte Bret. Er beschloß, nicht zu erklären, daß es dafür gute Gründe gegeben hatte. Dies würde zuviel Zeit in Anspruch nehmen. »Aber streiten wir uns nicht. Samson und Cruyer sind beide in Mexiko. Von dieser Sache hängt eine Menge ab. Eine unbedachte Bewegung könnte uns schwer ins Schleudern bringen.«

»Ja, wir müssen sehr vorsichtig vorgehen«, sagte Silas. »Wir haben die Frau im Osten untergebracht und können nur hoffen, daß alles gut läuft für sie. Noch kein Kontakt?« Er bot Bret die verbliebene Hälfte der Tomate an, aber Bret schüttelte den Kopf. Silas warf die Tomate auf den Abfallhaufen.

»Nein, Silas, kein Kontakt. Ich lasse sie so lange wie möglich in Ruhe. In diesem Stadium handelt sich's ja nicht hauptsächlich um eine Operation zum Zweck der Nachrichtenbeschaffung. Ich glaube, dieser Meinung sind auch Sie und der D. G. Darauf haben wir uns gleich zu Anfang geeinigt.«

»Ja, Bret, das haben wir. Sie wird schon so genügend Probleme haben.«

»Fürs erste wollen wir ihren neuen Herren Zeit geben, das Material zu verdauen, das sie ihnen liefert.« Bret war ruhelos umhergewandert und hatte sich wiederholt umgesehen, um sich zu vergewissern, daß niemand sie beobachtete oder belauschte. Nun sah er Silas fest an. »Aber in nicht allzu ferner Zukunft müssen wir den Sowjets irgendeine wirklich solide Bestätigung von Mrs. Samsons sozialistischer Gesinnung zukommen lassen. Es läuft gut, aber wir müssen den Erfolg ausbeuten und verstärken.« Die letzten Worte sprach er voll Eifer.

Silas sah Bret ausdruckslos an. Die Worte, die Bret betont hatte, waren ein Axiom, wie man es in den Werken von Sun-Tzu, Vegetius, Napoleon oder einem anderen derartigen Bösewicht finden konnte. Silas glaubte nicht, daß solche Lehren Wahrheiten enthielten, die in irgendeiner Weise für das Spionagehandwerk in Frage kamen, fand aber, dies sei nicht der richtige Augenblick, deswegen eine Auseinandersetzung mit Bret anzufangen.

Da er meinte, Silas habe ihn nicht gehört, wiederholte Bret: »Wir müssen den Erfolg ausbeuten und verstärken.«

Silas sah ihn an und nickte. Ungeachtet der ihm eigenen eisigen Persönlichkeit, hatte Bret sich eine gewisse knabenhafte Begeisterungsfähigkeit bewahrt, eine bei Amerikanern aller Schichten freilich nicht ungewöhnliche Qualität. Bret verband sie mit einer weiteren amerikanischen Eigentümlichkeit: dem selbstgerechten Eifer des Kreuzfahrers. Silas hatte sich ihn immer als Kreuzritter vorgestellt: handgewebte Seide unter der schweren Rüstung, auf dem Marsch durch die Wüste unter dem Kreuzbanner. Streng und berechnend hätte Bret einen unschlagbaren Richard Löwenherz abgegeben oder einen gleichermaßen überzeugenden Saladin.

Silas sagte: »Ich hoffe, Sie denken nicht an etwas Kostspieliges, Bret. Neulich habe ich abends ausgerechnet, daß die Code- und Chiffreänderungen und so fort, die der D. G. angeordnet hat, als Mrs. Samson nach drüben gegangen war, das Department annähernd eine Million £ Sterling gekostet haben müssen. Wenn man die Kosten dazurechnet, die wir nicht tragen, würde ich sagen, daß die Rechnung weltweit auf drei Millionen kommt. Und dabei ist der unkalkulierbare Gesichtsverlust, den wir durch ihr Überlaufen erlitten haben, noch gar nicht mitgerechnet.«

»Ich bemühe mich, die Kosten niedrig zu halten, Silas.«

»Gut. Und welche Schlüsse haben Sie über diesen Burschen in Mexiko-Stadt gezogen, Bret? Tier, Pflanze oder Stein?« Silas beugte sich zum Boden und strich mit den Fingern durch den Spinat, wie ein Kind im Wasser planscht.

»Darüber sollten wir reden. Er ist echt, kein Zweifel. Ein vierzigjähriger Major des KGB mit beträchtlicher Erfahrung.« Bret setzte seine Brille, Modell Motorradpolizist, auf, die er zum Lesen brauchte, und brachte nach einem Griff in die fleckige Windjacke, die Silas ihm geliehen hatte, eine Ziehharmonika von Computerausdrucken zum Vorschein.

»Ich brauche Ihnen nicht zu sagen, daß bei uns normalerweise KGB-Agenten, die nur Majorsrang haben, nicht einzeln erfaßt sind, aber dieser Bursche hat eine herausragende Biographie, und deshalb wissen wir einiges über ihn.« Bret senkte den Blick und las: »Sadow, nennt sich Stinnes. Geboren 1943. Vater Berufsoffizier. In Berlin aufgewachsen. Dem KGB, Abteilung 44, dem Büro für Religiöse Angelegenheiten, zugeteilt. Bei der Sicherheitspolizei in Kuba...«

»Um Himmels willen, Bret. Ich kann diesen Quatsch alleine lesen. Ich frage Sie, wer der Mann ist?«

»Und ob er wirklich zu uns überlaufen will. Ja, natürlich fragen Sie das, aber es ist noch zu früh.« Er reichte Silas den Computerausdruck, der ihn in der Hand behielt, ohne ihn anzusehen.

»Was sagt Cruyer über ihn?«

»Ich weiß nicht genau, ob Cruyer ihn überhaupt schon gesehen hat.«

»Aber was zum Teufel treiben dann die beiden Idioten da drüben?«

»Es wird Sie freuen zu hören, daß Samson derjenige ist, der Stinnes getroffen hat.«

»Und?«

»Der Mann ist der Mühe wert, Silas. Wenn wir den richtig behandeln, ist aus ihm eine Menge rauszuholen. Aber wir müssen sehr langsam vorgehen. Sicherheitshalber müssen wir erst mal voraussetzen, daß er sich im Auftrag seiner Moskauer Dienststelle an uns ranmacht.«

Silas schniefte und reichte den Ausdruck ungelesen zurück. Wie ein korpulenter Pirat, schlaff auf jene selbstsichere Art, die Angehörige des Establishments gern kultivieren, schlurfte er an

der Reihe hoher Stangen entlang, an denen man breite Bohnen gezogen hatte. Zwischen den Blättern hingen noch, lange schon von der Küche verschmäht, ein paar Bohnen, die riesig und bleich geworden waren. Er pflückte eine, brach die Hülse auf, um die Kerne herauszunehmen. Er aß einen. Als er sich nach Bret umwandte, sagte er: »Es gibt also zwei Möglichkeiten. Entweder er geht zurück nach Moskau und erzählt, was er entdeckt hat, oder er ist echt und tut, was wir sagen.«
»Ja, Silas.«
»Warum spielen wir also nicht das gleiche Spiel? Heißen wir doch den Burschen willkommen! Geben wir ihm Geld und zeigen ihm unsere Geheimnisse, was?«
»Ich bin nicht sicher, daß ich Ihnen folgen kann, Silas.«
»Entführen wir doch den Lumpen. Moskau kreischt vor Wut. Wir bieten Stinnes die Chance an, zurückzugehen und für uns zu arbeiten. Er geht zurück.«
»Und sie richten ihn hin«, sagte Bret.
»Nicht, wenn wir ihn entführen. Ihn trifft keine Schuld.«
»Moskau könnte da anderer Ansicht sein.«
»Brechen Sie mir nicht das Herz. Er ist schließlich nur ein kleines KGB-Miststück.«
»Wahrscheinlich haben Sie recht.«
»Also machen wir ihm schöne Augen, drehen ihn um und schicken ihn zurück nach Moskau. Und was kümmert's uns, ob er uns verrät oder sie verrät... Verstehen Sie das nicht?«
»Ich weiß nicht recht«, sagte Bret.
»Verdammt noch mal, Bret! Er trifft uns nach dem Verlust von Mrs. Samson in totaler Verwirrung an. Wir sind bestürzt. Die Vernehmung, der wir ihn unterziehen, zielt darauf ab, den uns durch ihre Desertion entstandenen Schaden zu begrenzen. In diesem Glauben geht er zurück. Es kann uns also schnuppe sein, für welche Seite er selbst zu arbeiten glaubt. Selbst wenn sie ihn exekutieren, werden sie ihn vorher ausquetschen. Wenn man's genau bedenkt, würde uns das sogar am besten passen.«
»Das ist glänzend, Silas.«
»Weshalb dann dieser jammervolle Ton?«
»Es werden eine Menge Vorbereitungen erforderlich sein.« Bret

kam langsam dahinter, daß bei einer Geheimoperation, in die nur der Direktor, Silas Gaunt und er eingeweiht waren, praktisch alles, was an harter Arbeit anfiel, er selbst zu erledigen hatte. »Es wird ein sehr zeitraubendes und schwieriges Stück Arbeit sein.«

»Betrachten Sie es als wunderbare Gelegenheit«, sagte Silas. »Vor allen Dingen müssen wir sichergehen, daß dieser KGB-Fritze keinen Wind von *Gelinkt* kriegt. Er soll nicht mal ahnen, daß sich unsere Strategie jetzt gegen die Wirtschaft richtet.«

»Ist sie wirklich dagegen gerichtet?«

»Seien Sie nicht bitter, Bret. Sie haben so ziemlich alles, was Sie verlangt haben, gekriegt. Wir können nicht hundertprozentig auf Arbeitskräfte und Wirtschaft setzen. Militärische und politische Rücksichten bleiben gültig.«

»Das ist doch eine Frage der Definition, Silas. Wiederaufrüstung kann man sowohl in wirtschaftlichen als auch in politischen Begriffen beschreiben, ohne die Zahlen verdrehen zu müssen.«

Silas nahm noch eine Bohne aus der Hülse und betrachtete sie. »Wir werden pusten und prusten und ihre Mauer umwerfen.« Er bot Bret eine Bohne an. Bret wollte keine.

»Ich bin nicht der böse Wolf«, sagte Bret.

14

Ost-Berlin, September 1983

Fiona Samson war überrascht, als ihr Sekretär Hubert Renn sie zu seiner Geburtstagsfeier einlud, und sie dachte wohl eine Stunde lang darüber nach. Sie wußte, daß die Deutschen gern ihre Geburtstage feiern, aber nun, da sie ihn etwas besser kannte, konnte sie sich nur schwer vorstellen, daß dieser so kampflustig auf seiner Unabhängigkeit bestehende und so eigenbrötlerische Mann sich die Mühe machen wollte, eine Geburtstagsfeier vorzubereiten und dazu auch noch seine Vorgesetzte einzuladen. Fiona hatte einen Modus vivendi mit ihm gefunden, aber sie wußte, daß es ihm nicht leichtfiel, Befehle von einer jungen Person anzunehmen, die noch dazu eine Frau und überdies Ausländerin war. Aber Renn war Deutscher, und er zeigte seine Gefühle nicht auf eine Weise, die seine Arbeit hätte beeinträchtigen können.

Und was sollte sie ihm schenken, was anziehen? Die erste Frage beantwortete sich ohne Schwierigkeit in dem Valuta-Laden, wo Fiona, was ein Privileg ihrer Stellung war, für einen Teil ihres Gehalts Importe aus dem kapitalistischen Ausland einkaufen konnte. Sie kaufte eine Black&Decker-Bohrmaschine, die in der DDR, wo ständig zu reparieren und zu bauen war, zu den begehrtesten Importwaren gehörte. Sie wickelte die Maschine in Geschenkpapier und band eine Schleife daran.

Was sie tragen sollte, war weniger leicht zu entscheiden. Plante er ein kleines, intimes Essen mit Freunden oder ein großes Familienfest oder eine elegante Party mit Tanzkapelle? Sie stöberte die Kleider durch, die sie mitgebracht hatte – alle möglichst banal geschnitten und in gedeckten Farben –, und entschied sich schließlich für ein kurzes Nachmittagskleid, das sie vor langer Zeit bei Liberty in der Regent Street gekauft hatte: schmale Streifen in Schwarz und Rot, Faltenrock und hochgeschlossener Kragen. Sie hatte es für einen Urlaub mit Bernard und den Kindern gekauft. Sie wohnten auf einem Bauernhof im Westen Schottlands, und es regnete fast jeden Tag. Sie hatte das Kleid wieder mit nach Hause gebracht, ohne es ein einziges Mal getragen zu haben. Sie betrachtete sich im Spiegel und fand, daß sie sich nun, da sie endlich einen einigermaßen anständigen Friseur entdeckt hatte, sehen lassen konnte.

Das Essen, denn um eine Einladung zum Essen handelte es sich, wurde in einem Festsaal einer weitläufigen Sportklubanlage in der Nähe von Grünau gegeben. Obwohl sie sich hätte fahren lassen können, nahm Fiona die S-Bahn bis Grünau und von dort eine Straßenbahn.

Hier in diesem hübschen südöstlichen Vorort Berlins ist die Spree noch die Dahme, mit weitläufigen Wäldern an beiden Ufern. Der Haupteingang des Klubs, um den herum man die neuen Einrichtungen angelegt hatte, war zur Olympiade des Jahres 1936 erbaut worden. Hier hatten, entlang einer Strecke von 2000 Metern des mit Hakenkreuzen beflaggten Flusses, dreißigtausend Zuschauer die erstaunlichen Triumphe körperlich vollkommener deutscher Jugend in ihren radikal neuen Modellen leichtgewichtiger Skullen und Einmannboote gesehen. Hitlers Olympiade wurde über den ersten öffentlichen Fernsehfunk der Welt übertragen, und Leni Riefenstahl drehte dabei ihren weltberühmten Film. Die durch strenge Auslese, eisernes Training und deutsche Technik erzielten glänzenden Erfolge – und die Propagandamaschine, die sie geschickt ausschlachtete – bescherten dem Dritten Reich einen politischen Triumph. Auf der Olympiade des Jahres 1936 sah man die Nazi-Kriegsmaschine in Zivil – Vorschau auf das, was dann kam.

Fiona stand im Foyer und betrachtete Fotos der 10. Olympiade und einige der alten Trophäen, die in einer großen Glasvitrine ausgestellt waren, als Hubert Renn sie erblickte. Sie gratulierte ihm, und er verbeugte sich. »Interessieren Sie sich für Sport, Frau Direktor?«

»Während des Studiums gehörte ich zur Schwimmstaffel. Und Sie, Herr Renn?«
»Nein. Außer beim Hockey habe ich nie irgendwo geglänzt. Ich war nicht groß genug.« Renn trug einen Anzug, den sie an ihm noch nicht gesehen hatte, mit roter Fliege und einem dazu passenden Kavalierstaschentuch. »Ich bin so froh, daß Sie es ermöglichen konnten, uns mit Ihrer Anwesenheit zu beehren, Frau Direktor. Es wird nur eine kleine Gesellschaft sein und nicht allzu spät werden. Wir sind einfache Leute.«
Renn feierte natürlich nicht seinen Namenstag. Er war nicht mal protestantisch getauft worden. Renns Vater, ein überzeugter Atheist, hätte das nie geduldet. Doch Kerzen gab es gleichwohl in Hülle und Fülle, denn in Deutschland, wo das vorchristliche Erbe in jedem alten Fest und Brauch weiterlebt, gehörte Kerzenlicht zu jedem Fest.
Es war eine kleine Gesellschaft, die sich da im Gisela-Mauemayer-Saal versammelt hatte. Das Bildnis der Namenspatronin, die 1936 im Diskuswerfen die Goldmedaille für Deutschland gewann, war an die Wand gemalt. Es zeigte ein schönes Mädchen mit traurigen Augen, die das lange, blonde Haar zu einem Knoten aufgesteckt trug. Der Tisch war gedeckt, Wasser und Wein standen schon bereit. Am Kopf des Tisches, neben Huberts Teller, lagen verschiedene kleine Geschenke. Renns Frau Gretel trug ein wunderbares Kleid. Als Fiona es bewunderte, räumte sie ein, daß es ihrer Großmutter gehört und sie selbst nun schon seit über acht Jahren keine Gelegenheit mehr gehabt hatte, das gute Stück zu tragen. Gretel war eine schüchterne, schlanke Frau um die Fünfzig, mit ergrauendem Haar, das offensichtlich eigens für diesen Abend neu getönt und gewellt worden war.
Das Essen war vorzüglich. Irgendein Jäger unter Renns Freunden schenkte ihm immer einen Rehbraten zum Geburtstag. In Wein mit Kräutern und Gewürzen mariniert, war dieser Braten genau das richtige zu dieser Jahreszeit, da die Abende schon recht kühl wurden.
Es war eine seltsame Gesellschaft, und wenn Fiona den Eindruck einer gewissen Steifheit hatte, so jedenfalls nicht, weil sie etwa die Sprache nicht vollkommen verstanden hätte. Die Geburts-

tagsrituale schienen einstudiert zu sein, und selbst nachdem schon einiges getrunken worden war, konnte Fiona nicht feststellen, daß sich die Stimmung unter den Gästen gelockert hätte. Es schien, als seien sie alle bemüht, einen möglichst guten Eindruck auf sie zu machen.

Zur Tafelrunde gehörte Renns Tochter Käthe, die sichtlich schwanger war, und ihr getreuer Gatte, der in einem der Kraftwerke arbeitete, die mit ihrem Braunkohlenbrand die Berliner Luft verpesten. Hubert Renns bärtiger Bruder Felix war ein pensionierter Flugkapitän, siebzig Jahre alt und Veteran des Spanischen Bürgerkriegs. Außerdem waren da ein Mann und eine Frau, die im gleichen Gebäude arbeiteten wie Fiona und Renn, und, an Fionas Seite, eine herzliche Engländerin namens Miranda. Sie war wie Fiona Mitte Dreißig und sprach mit dem flotten Akzent, den Londoner kultivieren und solche, die zu diesen gerechnet werden wollen.

»Einen ungewöhnlichen Namen haben Sie«, sagte Fiona, »wenn Sie die banale Bemerkung gestatten.«

»Ich habe ihn mir selbst ausgesucht. Ich war vor meiner Ehe Schauspielerin. Es war mein Bühnenname. Ich entdeckte ihn, als wir auf der Schule Shakespeares *Sturm* spielten. Ich war ein schrecklicher kleiner Snob. Und der Name ist an mir hängengeblieben.«

»Ein hübscher Name.«

»Hier findet ihn natürlich niemand seltsam, und ich habe mich an ihn gewöhnt.«

»Waren Sie Schauspielerin in England?«

»Ja. Ich war recht gut. Ich hätte dabeibleiben sollen, aber ich war schon fast dreißig und hatte noch nicht eine anständige Rolle im West End gekriegt. Mein Agent trat in den Ruhestand. Und ein Mann verliebte sich in mich, und ich habe ihn geheiratet. Sie wissen, wie es geht.«

»Und er war Deutscher?«

»Sehr deutsch... Jung und sexy und dominant, genau, was ich damals brauchte, nehme ich an. Er verbrachte seinen Urlaub in England bei Bekannten von mir.«

»Und er hat Sie nach Berlin mitgenommen?«

»Ich war seit meinem achtzehnten Lebensjahr in der Partei, also konnte ich ja wohl nicht gut nach Hollywood gehen. Und der Mann meiner Träume hatte Freunde in den DEFA-Studios in Babelsberg. Babelsberg, dachte ich, die UFA: Josef von Sternberg, Emil Jannings, Greta Garbo, Marlene Dietrich. Mann! Und nun garantierte mir mein Traumprinz, daß es da haufenweise Rollen für mich geben würde.«

»Und gab's die?«

»Ich weiß nicht. Ich bin gleich schwanger geworden, deshalb habe ich mich nach ein paar Eintagsjobs, wo ich Engländerinnen und Amerikanerinnen für das Fernsehen spielte, nach anderer Arbeit umgesehen. Ich habe scheußliche kleine Übersetzungsjobs für verschiedene Regierungsbehörden gemacht, Reisewerbung und solches Zeug. Und dann starb mein Mann.«

»Ach, das tut mir aber leid. Was hat Ihr Mann denn gemacht?«

»Er betrank sich, bis er nicht mehr auf den Füßen stehen konnte.«

»Oh«, sagte Fiona.

»Der kleine Klaus kam zur Welt. Ich kam zurecht. Ich hatte die Wohnung und kriegte eine anständige Pension. Vermutlich ist die DDR das beste Land für eine Witwe mit einem Baby.«

»Gut möglich.«

»Sind Sie verheiratet?«

»Ich habe meinen Mann verlassen, um hierher zu kommen«, sagte Fiona. Das war inzwischen ihre Standardantwort auf solche Fragen, aber es tat ihr immer noch weh, das zu sagen. Jedesmal sah sie vor ihrem geistigen Auge Bernard und die beiden Kinder am Tisch bei einem Essen aus der Tiefkühltruhe, an jenem Abend, als sie Henry Kennedy kennengelernt hatte. Wie sie sich jetzt nach ihnen sehnte.

»Ja, Hubert hat mir erzählt, daß Sie alles ihren Überzeugungen geopfert haben. Das war wunderbar von Ihnen. Ihr Parfüm ist himmlisch. Manchmal denke ich, daß mir nur ein gutes Parfüm und Make-up fehlen. Was ist es, wenn Sie die Frage gestatten?«

»Aber ja. Arpège. Ich habe mich noch nicht zu einem von den neueren bekehren lassen. War Ihr Mann mit Renns verwandt?«

»Arpège, natürlich. Hubert ist der Pate des kleinen Klaus.«

»Ach so.«
»Natürlich kein Taufpate. Diese Ersatzeinrichtung, die es hier gibt.«
»Namensgebung«, sagte Fiona. Das war die weltliche Zeremonie, die das kommunistische Regime befürwortete.
»Ihr Deutsch ist phantastisch«, sagte Miranda. »Witzig, daß Sie das wissen. Ich wünschte, mein Deutsch wäre halb so gut wie Ihres. Wenn ich Sie so schwatzen höre, beneide ich Sie.«
»Ihr Deutsch schien mir aber sehr gut zu sein«, sagte Fiona.
»Ich spreche es sehr fließend, aber ich verstehe selber nur die Hälfte von dem, was ich sage.« Sie lachte. »Wahrscheinlich hat damit mein ganzes Unglück überhaupt angefangen.«
In diesem Augenblick erhob sich Huberts Bruder Felix, um einen Trinkspruch anzubringen. Der Sekt wurde eingeschenkt und der Kuchen angeschnitten. Kuchen sind für die deutschsprachigen Völker, was Soufflés, Spaghetti und geräucherter Lachs für ihre europäischen Nachbarn sind. Hubert Renns Geburtstagskuchen widersprach dieser Doktrin in keiner Weise. Der wunderschön dekorierte, viellagige Kuchen war so groß, daß selbst eine dünne Scheibe davon für Fiona zuviel war.
Felix, ein großer, knochiger Kerl mit kurzgeschnittenem Bart, erwies sich als guter Redner und amüsierte die Gesellschaft fünf Minuten lang, ehe er auf das Wohl seines Bruders trank.
Als sie nach dem Ende der Feier ins Freie traten, schien hell der Mond. Ein leichter Wind bewegte die Bäume, und bis auf ein fernes Flugzeug war alles still. Felix Renn sagte, das sei die Nachtmaschine von Berlin nach Warschau.
Angebote, sie im Wagen mitzunehmen, lehnte Fiona ab und ging zu Fuß zur S-Bahnstation Grünau. Zu Fuß gehen konnte man gut in Berlin, das entschädigte für das Leben in dieser seltsamen Stadt. Eine Frau konnte allein durch diese leeren Straßen gehen, ohne fürchten zu müssen, belästigt oder angegriffen zu werden. Und sogar hier in der Nähe des Zentrums der Hauptstadt war es grün und ländlich.
So allein in einer fremden Stadt zu leben war Fiona nicht gut bekommen. Noch immer redete sie sich ein, daß ihr dieses Leben eine noch nie dagewesene Chance gab, ihre Gedanken zu

ordnen. Tatsächlich hatte inzwischen die Einsamkeit sie schon wiederholt in schwere Depressionen getrieben; düstere und krankhafte Stimmungen, nicht jene leicht betrübte Laune, die von denen Depression genannt wird, die nicht wissen, was das ist. Fiona hatte jene Anfälle tiefster Verzweiflung und Selbstekels, von denen man sich nur langsam erholt. Und wie bei den meisten Seelenleiden gab es auch für ihre Ängste reale Ursachen. Es war lähmend, sich so nach Bernard und den Kindern zu sehnen, und quälend, sich vorzustellen, wie sehr sie sie hassen mußten. Nur mit großer Mühe konnte sie ihr Elend ertragen.
Arbeit war ihre Medizin. Wenn sie der Arbeit für ihre Dienststelle müde wurde, las sie deutsche Geschichte und verbesserte ihre mündliche und schriftliche Beherrschung der deutschen Sprache. Noch passierte es ihr manchmal, daß sie den falschen Fall benutzte. Sie dachte nie darüber nach, wie lang ihr Aufenthalt hier bemessen sein würde. Wie ein Soldat im Feld hatte sie sich mit der Vorstellung vertraut gemacht, tot zu sein. Glücklicherweise hatten Renn und die anderen sie nie in ihrer normalen Gemütsverfassung gekannt und nahmen an, daß diese launische Frau, die oft scheinbar grundlos lange schwieg und zu plötzlichen Zornesausbrüchen neigte, die Person war, die sie immer gewesen.
Während sie unter den Bäumen ihres Weges ging – das Mondlicht war hell genug, ihren Schatten auf den Grasstreifen zu werfen –, dachte sie über Renns Geburtstagsfeier nach und über die dazu geladenen Gäste. Unwillkürlich fragte sie sich, ob es noch eine andere Geburtstagsfeier geben würde, deren Gäste eine bessere Vorstellung von den Verwandten, Freunden und Nachbarn gewähren würden, an denen es Renn offenbar doch nicht fehlte. Waren die heute Anwesenden die Menschen, die, nachdem er sein ganzes Leben hier in der Stadt verbracht hatte, ihm und seiner Frau am nächsten standen? Und wenn nicht, warum nicht?
Und wenn ein derartig elegantes kleines Abendessen – extravagant für hiesige Verhältnisse – für die Renns nichts Außergewöhnliches war, warum hatte Gretel jenes Kleid heute abend zum ersten Mal seit acht Jahren getragen?

Und was war von der offenen und ehrlichen Miranda zu halten? In dieser rätselhaften Stadt mit all ihren Halbwahrheiten und Doppelsinnigkeiten gab es nichts Rätselhafteres als solche Offenheit. Sie hatte noch keine Lösung, als sie in Grünau anlangte. Der noch im 19. Jahrhundert erbaute grandiose Stadtbahnhof war düster und vernachlässigt: eine Regenpfütze unter dem überwölbten Eingang, das Pflaster der Bahnsteige schadhaft, die Glasur der Ziegel gesprungen, die emaillierten Schilder an den Wänden rostfleckig. Und doch waren die Bahnsteige ordentlich gefegt und die Papierkörbe geleert. Ein großer Teil des Ostsektors der Stadt sah so aus, fand Fiona. Wie der baufällige Familiensitz einer verarmten Herzogin, die den Schein zu wahren versucht. Die anderen Leute, die hier auf den Zug warteten, unterhielten sich leise und waren gut gekleidet. Selbst der auf einem Gepäckkarren sitzende obligatorische Betrunkene summte nur leise vor sich hin.

Der Zug fuhr ein, und der schneidig uniformierte Stationsvorsteher wartete, bis der taumelnde Betrunkene sicher an Bord war, ehe er das Signal zur Abfahrt gab.

In dem auf einem eisernen Gerüst stadteinwärts ratternden Zug dachte Fiona weiter über die Gäste nach. Felix, Huberts redegewandter Bruder: Sie fragte sich, auf welcher Seite er wohl im Spanischen Bürgerkrieg gekämpft hatte. Wenn auf republikanischer, wie hatte er die Nazizeit überstanden? Wenn aber auf derjenigen Francos, wie hatte er die auf die Nazizeit folgende ausgehalten? Und doch fand Fiona die Anwesenheit Mirandas am rätselhaftesten. Sie fragte sich, warum Hubert Renn nie erwähnt hatte, daß die Mutter seines »Patenkindes« gebürtige Londonerin war und er ihr nicht vorher gesagt hatte, daß sie unter seinen Geburtstagsgästen eine Landsmännin finden würde. Hätte sich's um die Geburtstagsfeier irgendeines anderen Menschen gehandelt, wäre nichts von alledem bemerkenswert gewesen, aber inzwischen kannte Fiona Renn schon recht gut und wußte, daß die Abendgesellschaft, von der sie kam, zweifellos nicht nach dem Geschmack des Geburtstagskindes gewesen war.

Fionas Neugier wäre befriedigt worden, hätte sie um halb elf am nächsten Vormittag die Szenerie in ebendiesem Gisela-Mauemayer-Saal beobachtet. Miranda war dort mit zwei Russen und einer Schwarzen. Sie beschrieb die Gesellschaft vom Abend zuvor bis in alle Einzelheiten.
Fionas streitsüchtiger Kollege Pawel Moskwin war ebenfalls anwesend. Er war etwa fünfzig Jahre alt und wog über zwei Zentner. Seine Statur war die eines amerikanischen Fußballspielers. Sein Haar war kurz geschnitten, und seine Augen saßen ein wenig zu dicht an der zerquetschten Nase, die seinem großen Kopf ein Aussehen gab, als habe man diesen so lange als Kegelkugel verwendet, bis alle Vorsprünge abgebrochen waren, und dann ohne Hals auf die Schultern gepflanzt.
Still in einer Ecke saß Erich Stinnes, ein drahtiger Mann mit spitzem Gesicht, durch dessen sich lichtendes Haar schon die Kopfhaut glänzte, und las ab und zu etwas in einem Buch nach. Eine Brille mit rein zweckmäßigem Metallrahmen, ein brauner Kordsamtanzug und schwere Stiefel vereinigten sich zu einem Kostüm, wie es gutbezahlte Kommunisten manchmal unwiderstehlich finden.
Stinnes gegenüber saß eine hochgewachsene, lebhafte Jamaikanerin, Ende Zwanzig. Ihr imitierter Leopardenfellmantel lag über einem Stuhl, und sie trug einen weißen Pullover und rote Hosen. Sie spielte mit einem roten Apfel, den sie auf dem Tisch von einer Hand in die andere rollte. Miranda betrachtete das schwarze Mädchen; ganz abgesehen von ihrer Kleidung und ihrem Make-up, verriet ihr Gebaren einem auf den ersten Blick, daß sie aus dem Westen kam.
Moskwin starrte Miranda an und sagte in dem ungeduldigen Ton, der den unterdrückten Zorn verriet, der ständig in ihm kochte: »Erzählen Sie mir von ihr.« Seine Stimme war rauh wie die eines Mannes, der zuviel schreit.
»Ich habe Ihnen schon alles gesagt«, sagte Miranda leise. Sie stand am anderen Ende des Tisches. Sie weigerte sich, Platz zu nehmen, und war entschlossen, sich nicht einschüchtern zu lassen. Russen dieses Typs kannte sie schon, eine Menge.
»Erzählen Sie's mir noch mal, verdammt.« Er ging und betrach-

tete das Gemälde, das einen Diskuswerfer zeigte, ohne etwas davon wahrzunehmen.
Miranda sprach seinen Rücken an. »Frau Samson ist ungefähr einen Zoll größer als ich. Sie hat längere Beine.«
Ohne sich umzudrehen, sagte er: »Darauf kommt es nicht an.«
»Sie haben keine Ahnung», sagte Miranda verächtlich, nun, da sie vom festen Boden ihrer Sachkenntnis aus mit ihm reden konnte. »Wenn ich ihren Gang nachahmen soll, kommt es sehr wohl darauf an.«
Das schwarze Mädchen biß geräuschvoll in ihren Apfel. Moskwin funkelte sie an. Sie lächelte. Moskwin wußte, daß ihn niemand mochte. In solcher Feindseligkeit war er aufgewachsen; doch das hatte ihn nie bedrückt.
»Wir werden es so einrichten, daß Sie ihren Gang nicht werden nachahmen müssen«, sagte Moskwin, seinen Blick noch immer auf das schwarze Mädchen gerichtet. Dann wandte er sich um und heftete die Augen auf Miranda. »Können Sie ihre Stimme imitieren?«
»Ihre Stimme ist einfach nachzunahmen«, sagte Miranda.
Das schwarze Mädchen biß abermals in ihren Apfel.
»Ruhe jetzt«, sagte Moskwin.
»Ich muß essen, Kumpel«, sagte das schwarze Mädchen.
Moskwin trat an den Tisch und schaltete ein Tonbandgerät an. Man hörte Fionas Stimme: »Ein hübscher Name.« (Pause) »Waren Sie Schauspielerin in England?« (Pause) »Und er hat Sie nach Berlin mitgenommen?« (Pause) »Ach, das tut mir aber leid.« (Pause). »Was hat Ihr Mann denn gemacht?«
Moskwin schaltete das Gerät ab. »Jetzt Sie«, sagte er.
Miranda zögerte nur einen Augenblick und rezitierte dann, in steifer und förmlicher Haltung, die Hände übereinander gelegt, als wollte sie ein Kunstlied zum Vortrag bringen, die Worte des Tonbands: »Ein hübscher Name.« Sie holte Atem. »Waren Sie Schauspielerin in England?« Sie befeuchtete sich die Lippen und sprach dann, nun vollkommen entspannt, die letzten drei Sätze ohne Pause. »Und er hat Sie nach Berlin mitgenommen? Ach, das tut mir aber leid. Was hat Ihr Mann denn gemacht?« Dann lächelte sie. Es war eine bemerkenswerte Leistung, und sie

wußte das. Die Fähigkeit, Stimmen zu imitieren, hatte sie schon immer gehabt. Manchmal ertappte sie sich dabei, die Stimmen der Leute nachzuahmen, mit denen sie gerade sprach.

»Gut«, sagte Moskwin.

»Beachtlich«, sagte Stinnes. Das schwarze Mädchen klatschte sehr leise in die Hände. Miranda versuchte noch zu ergründen, ob das Mädchen gegen sie alle oder nur gegen Moskwin was hatte.

»Aber werden Sie es können, ohne Stichworte vom Tonband?«

»Ich müßte sie natürlich noch mal treffen.«

»Dafür wird gesorgt, und wir werden Ihnen Tonbandaufnahmen in Hülle und Fülle beschaffen.«

»Tonbandaufnahmen sind sehr nützlich, aber ich muß sie auch reden sehen. Ich muß ihren Mund beobachten. Es hängt viel von der Sprechweise ab, wenn ich Konversation machen soll. Und ich muß ihren Wortschatz besser kennenlernen.«

»Man wird Sie genauestens unterrichten, was Sie zu sagen haben. Auf Unterhaltungen brauchen Sie sich nicht einzulassen. Sie sollen nur, was zu sagen man Ihnen auftragen wird, so aussprechen, daß jeder Frau Samsons Stimme zu hören meint.«

»Gut«, sagte Miranda.

»Wir werden den Überraschungseffekt auf unserer Seite haben«, sagte Moskwin. »Sie werden schon mit dem Ehemann und der Schwester gesprochen haben, ehe diese sich von ihrem Erstaunen erholen.«

»Am Telefon ist das leicht, aber...«

»Ich habe auch für das andere Problem eine Lösung«, sagte Moskwin. »Ihr Mann wird in einem Wagen sitzen, auf dem Fahrersitz, und man wird ihn hindern, sich umzudrehen. Dafür wird Harmony sorgen, und die ist da Expertin, stimmt's, Harmony?«

»Können Sie Ihren Arsch darauf wetten, Boß«, sagte Harmony in einem selbstironischen Ton, den Moskwin nicht aufzunehmen schien.

Den Blick noch immer auf Miranda gerichtet, sagte Moskwin: »Sie setzen sich auf den Rücksitz. Sie werden nahe bei ihm sein, aber er wird Sie nicht sehen.«

»Gut. Ich werde das Arpège-Parfüm benutzen, das er mag. Er wird den Duft erkennen.«
»Er wird Sie riechen, aber nicht sehen«, sagte Moskwin.
»Ich würde es niemals schaffen, so auszusehen wie sie«, sagte Miranda. »Schon ein flüchtiger Blick würde mich verraten...«
»Auch daran habe ich gedacht«, sagte Moskwin. »Es ist gar nicht nötig, daß Sie sich anstrengen, auszusehen wie sie. Wir werden Sie statt dessen mit einer schwarzen Perücke, dunkler Brille und dickem Make-up maskieren. Es wird niemanden überraschen, daß sie sich unter den Umständen nur in Verkleidung nach England wagt. Im Gegenteil.«
»Na, damit fällt mir ein Stein vom Herzen. Ich würde niemals als sie durchgehen. Sie ist sehr schön.« Sie sah die beiden Russen an. »Und außerdem mag ich sie.«
»Tun wir doch alle«, sagte Stinnes. »Wir tun das doch, um ihr zu helfen.«
»Das wußte ich nicht«, sagte Miranda zweifelnd.
»Aber sie darf nichts davon erfahren«, setzte Stinnes hinzu.
»Sie darf unter keinen Umständen Wind davon kriegen«, sagte Moskwin und schlug mit der Faust auf den Tisch. »Sonst werden Sie wünschen, nie geboren zu sein.«
»Okay«, sagte Miranda, ruhiger, als ihr zumute war. Es ärgerte sie, das zugeben zu müssen, aber Moskwin machte ihr angst, obwohl sie keine Frau war, die sich leicht ins Bockshorn jagen ließ.
»Sie hat's gecheckt«, sagte Harmony. »Kann ich nun meinen Apfel essen, großer Häuptling?«

15

Bosham, Sussex, England, Oktober 1983

Im Rahmen des Gesetzes machen nur wenige Handlungen mehr Vergnügen, als unparteiisch das Scheitern eines Kollegen zu bewerten. Und so geschah es, daß die von Pawel Moskwin gegen die Londoner Zentrale organisierte Operation noch lange in Wort und Schrift und vielleicht auch Gesang berühmt blieb, nachdem Moskwin schon tot und begraben war.

Manche gaben ausschließlich Moskwin die Schuld an dem Fehlschlag. Er war ein Bürohengst, dem jede praktische Erfahrung im Außendienst fehlte (zu dieser Meinung tendierten vorzüglich Agenten im Außendienst). Moskwin war unbestreitbar ein Rabauke und Schinder. Er wollte alles übers Knie brechen und verstand die Engländer nicht. Aber andererseits waren viele seiner Kollegen Rabauken und Schinder, nur wenige gingen bedachtsam vor, und selbst in England war kaum jemand zu finden, der sich bemühte, die Engländer zu verstehen.

Eine überzeugendere Erklärung des Fiaskos kam von jenen weniger voreingenommenen Beobachtern, die den Fehler in der Tatsache suchten, daß die Operation von zwei Personen geleitet wurde. Von Pawel Moskwin, einem KGB-Karriereoffizier, der zu sehr auf seinen Einfluß in Moskau angewiesen war, im Verein mit Erich Stinnes, einem erfahrenen Außendienstagenten, der, obwohl ranghöher als Moskwin, keine Ursache hatte, sich von dem Erfolg der Operation irgendeinen Vorteil zu versprechen.

Andere suchten die Schwachstelle bei den beiden Frauen des Teams: der schwarzen Jamaikanerin, die in all den Jahren, die sie schon im Dienst des KGB stand, nie dessen Disziplin angenommen hatte, und der Engländerin, der man die tragende Rolle bei der Operation aufgezwungen hatte, nur weil sie Stimmen nachahmen konnte. Manche sagten, die Frauen seien von vornherein aufsässig gewesen, andere, daß die beiden gemeinsame englische Muttersprache ein Band zwischen ihnen knüpfte, das die Voraussetzung zur Rebellion schuf.

»Erster Preis für Unfähigkeit, Arschgesicht«, sagte Harmony Jones zu Moskwin. Sie waren in einer Fischerhütte in Bosham, an der Südküste Englands, wo Moskwin seine Falle für Bernard Samson auslegte. »Von London nach Berlin und dann wieder zurück nach London. Das ist wirklich die blödeste Operation, bei der ich je mitgemacht habe, Schätzchen.«

Moskwin war solchen Trotz nicht gewöhnt. Er unterdrückte seinen furchtbaren Zorn und sagte: »Das gehört alles zum Plan.«

Erich Stinnes sah auf von seinem Reiseführer *Chichester and the South Downs*. Er beobachtete sie gelassen. Dies war nicht seine Operation, und selbst wenn die Briten ihn faßten, hatte er ja schon die Lage sondiert, was das Überlaufen anging. Moskau hatte er wissen lassen, daß die andere Seite mit Annäherungsversuchen begonnen habe, und erhielt die Genehmigung, seine Kontakte fortzusetzen. Ganz gleich, wie die Sache ausging, er würde sie überleben.

Pawel Moskwin war ebenfalls der Meinung, unfehlbar zu sein. Er wollte sich einen Namen damit machen, sie mußte also dramatisch verlaufen. Er würde Bernard Samson in eine Falle locken, ihn zu Tode verhören und dann seine verstümmelte Leiche in einem sicheren Haus des SIS in England liegen lassen. Wenn Samsons Vernehmung irgend etwas zum Vorschein brachte, das den guten Ruf von Moskwins neuer Vorgesetzten, Fiona Samson, schädigte oder vernichtete, um so besser. Das sichere Haus war sogar deshalb ausgesucht worden, weil Fiona Samson während einer ihrer ersten Vernehmungen in Ost-Berlin dessen Existenz aufgedeckt hatte. Sollte sich der Ort als unsicher erweisen, würde das Fiona des Verrats überführen und Moskwin nicht als Fehler angerechnet werden können.

Miranda sah ihre drei Kollegen an und schüttelte sich. Daß es so sein würde, hatte sie nicht erwartet. Miranda ihrerseits hatte ihre Rolle genau so gespielt, wie es vorgesehen war.

Miranda hatte auf dem Grünstreifen eines Straßenabschnitts nahe dem Terminal 3 des Londoner Flughafens gestanden, als sie Bernard Samson kommen sah, Harmony auf dem Beifahrersitz neben ihm. Der Wagen hielt neben ihr an, dann war sie hinten eingestiegen und hatte Fiona Samsons Stimme imitiert.

Als sie einstieg und sich hinter diesen Mann, Bernard Samson, setzte, hatte sie für einen Augenblick Angst gehabt, ohnmächtig zu werden. Aber das war Lampenfieber gewesen, wie auf der Bühne. Und dann, schließlich war sie eine erfahrene Schauspielerin, war alles glatt über die Bühne gegangen.

»Ich bin's, Liebling. Ich hoffe, ich habe dich nicht erschreckt?« Diese süße und beherrschte Stimme einer höheren Tochter, in der nur ein wenig Spott mitklang.

»Fiona, bist du verrückt?« sagte Samson. Er blickte sich nicht um, und für alle Fälle war auch der Rückspiegel von ihm weggedreht worden. Es lief genau, wie es Harmony vorausgesagt hatte. Bernard Samson, hatte Harmony gesagt, war ein Profi. Und Profis opfern ihr Leben nicht, ohne sich vorher von der Notwendigkeit ihres Opfers zu überzeugen.

Samson war überzeugt. Er war die erfolgreichste Aufführung in Mirandas Karriere. Schade, daß nur zwei Leute im Publikum saßen. Zu berücksichtigen war freilich, daß fünfzig Prozent des Publikums vor Überraschung fast von Sinnen war und überdies von einer in Nähe des Schenkels bereitgehaltenen Injektionsspritze bedroht.

Miranda fuhr fort: »Hierher zu kommen? Es gibt keinen Haftbefehl gegen mich. Ich habe mein Aussehen und meinen Namen geändert... Nein, sieh dich nicht um. Ich will dich nicht bewußtlos.« Sie hatte jede Silbe so oft geübt, daß sie automatisch sprechen konnte. Der arme Teufel wurde vollkommen zum Narren gehalten. Er tat Miranda leid. Natürlich würde er später versuchen, Harmony zu folgen. Welcher Ehemann hätte das nicht versucht.

Als Miranda nach ihrem Auftritt in London Heathrow in diese Fischerhütte zurückgekehrt war, hatte Moskwin kein anerkennendes Wort für sie gehabt. Miranda haßte ihn.

»Aber angenommen, Bernard Samson verfolgt nicht Harmonys

Spur?« sagte Miranda. »Angenommen, er kommt nicht. Angenommen, er geht zur Polizei.«
»Er wird kommen«, sagte Moskwin. »Er kriegt sein Gehalt nicht dafür, zur Polizei zu gehen. Leute aufzuspüren ist sein Job. Er wird Harmonys Spur verfolgen. Er wird denken, seine Frau sei hier, und er wird kommen.«
»Und dann was?« sagte Miranda. Sie trug noch immer die teure Perücke und das Make-up, die Moskwin für sie ausgesucht hatte. Sie hoffte, die Perücke behalten zu dürfen.
Harmony lächelte mißmutig. Sie war diejenige gewesen, die die Spur für Samson legen, dreimal nach dem Weg fragen mußte, ehe sie die Tickets kaufte, alle Dummheiten mitmachte, die gesunder Menschenverstand hätte vermeiden können. Der Gipfel von Moskwins offenkundiger Geschmacklosigkeit war die Wahl eines auffällig schönen schwarzen Mädchens gewesen. Welcher Schwachkopf würde wohl keinen Verdacht schöpfen, wenn man so eine Blaskapelle vor ihm hermarschieren ließ, um ihn irgendwohin zu locken? Und ihre kurze Begegnung mit Bernard Samson gab ihr Grund zu der Annahme, daß er kein Schwachkopf war. Sie wollte nicht hier sein, wenn er eintraf.
»Ist doch schnuppe«, sagte Harmony. »Wir Mädchen hauen sowieso bald hier ab. Miranda-Baby, geh nach oben und schrubbe dir dieses verdammte Make-up vom Gesicht, und dann kratzen wir die Kurve. Ein Tag Rom ist genau das, was wir brauchen nach drei langen Tagen mit diesem fetten Furz.« Sie stand auf.
»Gib mir eine halbe Stunde«, sagte Miranda.
Moskwin ärgerte sich, daß er sich von Harmony Jones hatte beschwatzen lassen, die beiden Frauen über Rom zurückzuschicken. Sie hatte überzeugende taktische Gründe dafür geltend gemacht, aber jetzt war klar, daß der Abstecher nur ihrem Vergnügen dienen sollte.
»Ich brauche euch vielleicht noch«, sagte Moskwin, aber sein Talent, die beiden Frauen einzuschüchtern, war aufgebraucht, hauptsächlich wegen der Frechheit, mit der die schwarze Frau jeden Befehl hinterfragte, den er ihr gab.
»Was Sie brauchen, großer Häuptling...«, begann sie, hielt's

aber dann für besser, ihn nicht weiter zu provozieren. Sie nahm Mirandas Schminkkästchen und ging zur Treppe. Miranda folgte ihr.

»Und nennen Sie mich nicht wieder Arschgesicht«, sagte Moskwin mit feierlichem Ernst, als die beiden Frauen durch die niedrige Tür gingen, die zur Treppe führte.

Harmony machte eine obszöne Geste, aber hinter Moskwins Rücken. Die Treppe hinauf fing Miranda an zu kichern.

Es war ein wunderbares altes Haus. Auf der rohgezimmerten Treppe zwischen weißen Bretterwänden hallten die Schritte der beiden Frauen. Der schmalen, verriegelten Tür oben hatte man eine Ecke abgesägt, damit sie unter die Dachschräge paßte. Das alles war so typisch englisch, daß Miranda plötzlich von einer Sehnsucht, wieder in England zu leben, überwältigt wurde.

Als die Schritte der Frauen sich nach oben entfernten, blickte Erich Stinnes von seinem Reiseführer auf. »Wußten Sie, daß das Dorf Bosham auf dem Bayeux-Teppich dargestellt ist?« fragte er. »Hier hat König Knud der Flut befohlen, ins Meer zurückzuweichen.«

Moskwin wußte, daß Stinnes ihn nur zu einem Zornesausbruch reizen wollte, deshalb antwortete er nicht. Er stand auf und ging ans Fenster. Bosham liegt auf einer winzigen Halbinsel zwischen zwei nur von der Flut gespeisten Flußläufen. Von hier aus sah er das Wasser und die Schiffe: Motorboote und Segelboote aller Formen und Größen. Wenn Samson tot und erledigt war, würden sie mit einem Boot verschwinden. Stinnes war ein versierter Segler. Im Schutze der Dunkelheit würden sie sich davonstehlen, als wären sie nie dagewesen. Der perfekte Abschluß einer perfekten Operation.

»Ich würde mich nicht so dicht ans Fenster stellen«, sagte Stinnes hilfsbereit. »Elementare Vorsichtsmaßregel bei Operationen wie dieser.«

Moskwin trat beiseite. Stinnes hatte natürlich recht. Er haßte Stinnes.

»Die Hilfsmannschaft sollte inzwischen hiersein.«

Stinnes sah ihn an und bekundete Erstaunen. »Sie sind vor einer halben Stunde angekommen.«

»Und wo sind sie?«
»Sie haben doch nicht erwartet, daß sie hier an die Tür klopfen, oder? Sie haben eine Matratze. Sie schlafen in ihrem Lieferwagen, bis sie gebraucht werden. Der Wagen ist drüben beim Pub geparkt.«
»Woher wissen Sie das alles?«
»Ich habe es schließlich arrangiert, oder? Weshalb glauben Sie wohl, bin ich vorhin auf die Toilette gegangen? Dachten Sie, ich hätte Durchfall? Von da oben kann man den Parkplatz der Kneipe sehen.«
»Haben Sie eine Waffe?«
Stinnes schüttelte den Kopf.
»Ich habe eine«, sagte Moskwin. Er legte sie auf den Tisch. Es war eine Smith & Wesson, .44 Magnum, eine wahrhaft enorme Pistole, die Moskwin sich mit großem Aufwand hier hatte bereitlegen lassen.
Stinnes musterte die kolossale Pistole und dann Moskwin.
»Die sollte für uns beide reichen«, sagte er.
»Dann können wir also nur noch abwarten«, sagte Moskwin.
Stinnes legte ein Lesezeichen in seinen Reiseführer und klappte ihn zu. »Vergessen Sie nicht, daß hier in Bosham König Knud der Flut befohlen hat zurückzuweichen.«
»Und was ist passiert?« fragte Moskwin, der nie was von König Knud gehört hatte.
»Die Flut stieg weiter.« Stinnes schulterte seine Tasche und sagte: »Ich würde hier nur im Weg sein. Ich werde also mal nachsehen, ob das Boot auch vollgetankt und zum Auslaufen bereit ist. Sie haben ja die Telefonnummer.«
»Ja, die habe ich«, sagte Moskwin. Er hatte mit Stinnes' Hilfe gerechnet, aber er war entschlossen, nicht darum zu bitten.
Oben wischte sich Miranda die Schminke vom Gesicht, wobei sie eine Menge Coldcream verbrauchte und sich prüfend im Spiegel betrachtete.
Harmony, die ihre Reisetasche packte, sagte: »Dieser Bastard. Ich habe alles aus dem Wagen geräumt, genau wie man's mir beigebracht hat, und er meckert, weil ich so lange brauche. Dabei war das meiste Müll von ihm. Ein unordentliches

Schwein ist er.« Sie hielt eine Sandwichtüte aus durchsichtigem Plastik in die Höhe, in der sie die im Mietwagen gefundenen Utensilien sorgfältig gesammelt hatte. Die Tüte enthielt zwei Landkarten von Südengland, Papierfetzen, einen kaputten Kugelschreiber, einen alten Lippenstift, drei Pennies und ein Uhrglas. »Gehört irgendwas von diesem Zeug dir, Schätzchen?« fragte sie Miranda.

»Nein«, sagte Miranda.

»Die Autovermieter machen ihre Wagen nie gründlich sauber. Den Aschenbecher leeren sie, aber damit hat sich's.« Sie leerte die Plastiktüte, um sie für ihr Make-up zu verwenden.

»Ich bin fast fertig«, sagte Miranda. »Ich schätze, ich werde noch ein, zwei Tage in England bleiben. Ich treffe dich dann übermorgen in Rom. Paßt dir das?«

»Ganz wie du willst, Baby«, sagte Harmony Jones. »Ich habe verdammt viel nachzuholen in Rom.«

Stinnes schlief in jener Nacht an Bord. Das Boot hatte drei Doppelkabinen, und in einer davon machte er sich's bequem. Er hatte den Generator angeworfen und las bis spät in die Nacht *The White Company*. Er war ein treuer Sherlock-Holmes-Fan und begleitete deshalb seinen Lieblingsautor auch auf diesen Abstecher ins Mittelalter. Das Wetter war gut, und Stinnes genoß die Geräusche und Bewegungen des vor Anker liegenden Bootes und die Gerüche von nassem Holz und Salzwasser.

Um fünf Uhr früh klingelte das Telefon. »Kommen Sie sofort«, sagte Moskwin. Stinnes lief hinaus in das zarte Rosa des frühen Morgens und erreichte die Hütte in acht Minuten.

»Was ist los?« fragte Stinnes.

»Er ist hier«, sagte Moskwin. »Bernard Samson ist gegen Mitternacht gekommen. Die Hilfsmannschaft im Lieferwagen hat ihn erkannt. Wir haben ihn ohne Schwierigkeit reingeholt.«

»Wo ist er jetzt?«

»Oben. Machen Sie sich keine Sorgen, er ist gefesselt. Ich habe die Hilfsmannschaft weggeschickt. Vielleicht war das ein Fehler.«

»Und wozu brauchen Sie mich?« fragte Stinnes.

»Ich komme mit meinen Fragen nicht weiter«, räumte Moskwin ein. »Ich glaube, es wird Zeit, daß ihn mal jemand anders vernimmt.«
»Was haben Sie ihn gefragt?«
Moskwin schlug sich ungeduldig mit der Faust in die offene Hand. »Ich weiß, daß diese Samson eine britische Spionin ist. Ich weiß es, und ich werde ihren Mann zwingen, es zuzugeben, und wenn's das letzte ist, was ich tue.«
»Ach so, darauf also wollen Sie hinaus«, sagte Stinnes. Für ihn war das die dumme Zwangsvorstellung eines Mannes, der ihm schon wiederholt gestanden hatte, daß er nicht der Mann sei, sich von einer Frau herumkommandieren zu lassen.
Der spottende Ton seines Kollegen konnte Moskwin nicht entgangen sein, aber inzwischen hatte er sich an die überlegene Haltung gewöhnt, die Stinnes ihm gegenüber immer einnahm.
»Gehen Sie nach oben, und reden Sie mit ihm. Spielen Sie den netten Kerl.«
Als Stinnes nach oben ging, folgte ihm Moskwin. Moskwin war unfähig, still unten sitzen zu bleiben und auf Ergebnisse zu warten. Er mußte sehen, was passierte. Er stand hinter Stinnes in der Tür.
Der Raum zur Frontseite im Obergeschoß war sehr klein, und ein kleines Bett nahm ihn fast ganz ein. Es stand an der Wand, und Kissen lagen darauf, so daß es auch als Sofa benützt werden konnte. In der Ecke stand eine Frisierkommode mit großem Spiegel, in dem sich der Gefangene spiegelte.
»Ich werde Ihnen jetzt diesen Knebel abnehmen, und Sie werden...«, begann Stinnes und verstummte abrupt. Er sah sich nach Moskwin um und dann wieder dem Gefangenen ins Gesicht. »Das ist nicht Bernard Samson«, sagte er zu Moskwin.
Der auf den Stuhl gefesselte Mann hieß Julian MacKenzie. Bernard Samson hatte diesen Anfänger beauftragt, den Spuren des schwarzen Mädchens zu folgen. Er hatte das nur allzu erfolgreich getan. MacKenzie war bei klarem Bewußtsein, und seine Augen zeigten Furcht, als nun Moskwin mit seiner Pistole herumfuchtelte.
»Was soll das heißen?« sagte Moskwin zornig. Er packte mit

seiner riesigen Hand den Arm seines Kollegen und zog ihn zurück in den engen Korridor. Dann schloß er die Tür. Es war dunkel. Der einzige Lichtschimmer drang aus dem Raum im Erdgeschoß.

»Das soll heißen, daß der Mann nicht Bernard Samson ist«, sagte Stinnes ruhig.

»Wer ist es?« fragte Moskwin und schüttelte ihn grob.

»Woher, zum Teufel, soll ich das wissen?«

»Sind Sie sicher?«

»Natürlich. Samson ist ungefähr fünfzehn Jahre älter als dieser Junge da. Ich habe Samson aus der Nähe gesehen. Ich kenne ihn gut. Natürlich bin ich sicher.«

»Warten Sie unten. Ich werde herauskriegen, wer der da ist.«

Stinnes ging die Treppe herunter und hörte hinter sich Moskwin brüllen und den jungen Mann antworten, aber zu leise, um ihn richtig verstehen zu können. Stinnes setzte sich in den Sessel und zog *The White Company* aus der Tasche, merkte aber nach einer Weile, daß er ein und denselben Absatz immer wieder las. Plötzlich war da der laute Knall der .44 Magnum. Ein Schrei. Weitere Schüsse. Stinnes sprang auf die Füße, fürchtete, die Schüsse würden alle Nachbarn wecken. Sein Instinkt trieb ihn, sofort zu verschwinden, aber er war Profi genug, auf den anderen Mann zu warten.

Moskwin kam so langsam die Treppe herunter, daß Stinnes sich schon fragte, ob er sich nicht versehentlich selbst einen Schuß verpaßt hatte oder durch einen Querschläger verletzt worden war. Dann wankte Moskwin ins Zimmer. Sein Gesicht war vollkommen weiß, selbst seine Lippen blutleer. Er ließ die Pistole auf die Kommode fallen und streckte eine Hand aus, um sich auf die Kante des Küchentisches zu stützen. Dann beugte er sich vor und erbrach sich in den Ausguß.

Stinnes beobachtete ihn, hielt sich aber zurück. Moskwin würgte und würgte. Endlich wischte er sich langsam und sorgfältig das Gesicht mit einem Handtuch ab und ließ Wasser in den Ausguß laufen. »Das wäre geschafft«, sagte Moskwin, offensichtlich in dem Bemühen, den kaltblütigen Helden zu spielen.

»Sind Sie sicher, daß er tot ist?« sagte Stinnes. Gelassen hielt er

beide Fenster im Auge. Es gab keine Anzeichen dafür, daß die Schüsse in den benachbarten Hütten Aufmerksamkeit erregt hatten.
»Ich bin mir sicher.«
»Hauen wir also ab«, sagte Stinnes. »Schaffen Sie's bis zum Boot?«
»Zum Teufel mit Ihrem blöden Grinsen«, sagte Moskwin. »Wer zuletzt lacht, lacht am besten. Sie warten.«
Tatsächlich grinste Stinnes gar nicht. Er fragte sich vielmehr, wie lange er die dummen Streiche des brutalen Proleten noch ertragen konnte.

Am gleichen Abend besuchte Fiona in Berlin die Staatsoper. Der unentbehrliche Hubert Renn konnte ihr Karten für die Oper oder ein Konzert meist auch in letzter Minute noch beschaffen, und an diesem Nachmittag war ihr plötzlich eingefallen, daß am Abend zum letzten Mal in dieser Spielzeit der *Freischütz* gegeben wurde, in der Avantgarde-Inszenierung, die soviel Aufsehen erregt hatte.
Sie war überwältigt. Es war eine ihrer Lieblingsopern. Die volksliedhaften Melodien und die komplexe romantische Struktur des Werks boten ihr einen kurzen, befristeten Urlaub von der Arbeit. Für einen Augenblick ließ die Musik sie sogar ihre Sorgen und ihre Einsamkeit vergessen.
Dann kam die Pause. Noch ganz versunken in die Musik, hatte sie keine Lust, sich in das Getümmel an der Bar zu stürzen. Viele Wessis waren an diesem Abend unter den Gästen, leicht auszumachen an ihren Klunkern und prächtigen Roben. Sie wanderte also durch das Foyer und betrachtete die dort gebotene Schau: »Elektrizität für morgen«. Es handelte sich um stimmungsvolle Fotos von Kraftwerken in der DDR. Sie betrachtete gerade einen dieser Betonblöcke, in Farbe und mit Spiegelung in einem See, als jemand hinter ihrem Rücken sagte: »Da bist du ja, Liebste! Wie wär's mit einem Glas Weißwein?«
Sie drehte sich um und sah erstaunt Harry Kennedy da stehen, zwei Gläser Wein in den Händen und ein zufriedenes Lächeln im Gesicht. »Das Spektakel geht erst in der Pause richtig los, was?«

Die Überraschung war nicht gerade angenehm. Eine zufällige Begegnung mit irgendeinem alten Freund, Kollegen oder Bekannten, der sie erkennen würde, hatte sie schon lange gefürchtet. Nun war es dazu gekommen, und sie fühlte sich einer Ohnmacht nahe. Wie festgewurzelt stand sie da mit wild klopfendem Herzen. Sie spürte, wie ihr das Blut ins Gesicht schoß, und senkte den Blick, damit er ihr Erröten nicht bemerkte.

Er registrierte die Wirkung, die er erzielt hatte. »Bist du in Ordnung? Es tut mir leid... Ich hätte nicht...«

»Ist schon in Ordnung«, sagte sie. Es war nicht unwahrscheinlich, daß man sie überwachte. Und in dem Fall würden ihre Reaktionen auf diese Begegnung morgen aktenkundig sein.

Harry sprach eilig, um ihr zu ersparen, ihrerseits was zu sagen. »Ich wußte, du würdest dir den *Freischütz* nicht entgehen lassen. Mannomann, was für eine Inszenierung, nicht zu glauben, oder? Und diese Bäume! Echt der Gipfel! Aber eine herrliche Stimme hat er, das ja.«

»Was machst du hier, Harry?« sagte sie besonnen und ruhig.

»Ich habe dich gesucht, mein süßes Kind.« Er reichte ihr ein Glas, und sie nahm es. »Es tut mir leid, daß ich dich so überfallen habe.«

»Ich verstehe nicht, du...«

»Ich wohne hier«, sagte er.

»Im Osten?« Sie nahm einen Schluck Wein, ohne ihn zu schmekken. Sie wußte kaum, was sie tat. Sie wußte nicht, ob sie weiterreden oder ihn vollkommen schneiden sollte und einfach weggehen.

»Für ein Jahr. Ein Professor von der Charité war in London und hat sich angesehen, was wir in der Klinik machten. Sie haben mich eingeladen, ein Jahr lang hier zu arbeiten. Ein Gehalt zahlen sie nicht, aber ich habe mir von einer Stiftung ein Stipendium ergaunert... Genug, hier ein Jahr lang zu leben. Ich war froh, diesen Idioten in London zu entkommen, und wahrscheinlich war auch die Klinik froh, mich loszuwerden.«

»Hier in Ost-Berlin?« Sie nahm noch einen Schluck Wein. Sie brauchte die Stärkung und nahm die Gelegenheit wahr, ihn sich genau anzusehen. Er sah noch jünger aus, als sie sich seiner erinnerte. Und sein welliges Haar noch welliger, sein zerknautschtes Gesicht noch zerknautschter – während er nun besorgt ihre nächste Reaktion abwartete.

»Ja. In der Charité. Und ich wußte, daß du dir den *Freischütz* nicht entgehen lassen würdest. Ich bin zu jeder Aufführung hiergewesen... Ich liebe dich, süße Fiona. Ich mußte dich einfach finden.« Wieder hielt er inne.

»Du bist zu jeder Aufführung hiergewesen?«

»Du hast einmal gesagt, der *Freischütz* sei deine Lieblingsoper.«

»So wird's wohl gewesen sein«, sagte sie. Sie war sich dessen nicht mehr sicher. Sie wußte nichts mehr mit Sicherheit.

»Bist du wütend auf mich?« fragte er. Wie ein West-Berliner sah er aus in seinem schwarzen Anzug mit Fliege. Dies war ein anderer Harry Kennedy als der, den sie zuletzt in London gesehen hatte. Vorsichtig und fast schüchtern. Jedoch der Stolz und das Vergnügen, sie wieder aufgespürt zu haben, gewannen nach und nach die Oberhand.

»Nein, natürlich nicht«, sagte sie.

Ihre distanzierte Art machte ihm plötzlich angst. »Gibt es einen anderen?«

»Nur meinen Mann in London.«

Es war, als hätte man ihm eine Last von den Schultern genommen. »Als ich erfuhr, daß du ihn verlassen hast, wußte ich, daß ich dich finden mußte. Du bist die einzige, die ich je geliebt habe, Fiona. Du weißt das.« Das war keine Mitteilung. Es war eine Grundsatzerklärung.

»Es ist hier nicht wie in London«, sagte sie unbeholfen, noch immer bemüht, sich mit der Tatsache abzufinden, daß er da war.

»Sag, daß du mich liebst.« Er hatte soviel Mühe auf sich genommen, er erwartete mehr von ihr.

»Bitte nicht. Es ist nicht so leicht, Harry. Ich arbeite hier für die Regierung.«

»Ist mir vollkommen gleichgültig, für wen du arbeitest.«

Warum wollte er nicht verstehen? »Ich bin übergelaufen, Harry.«

»Ist mir vollkommen egal, was du gemacht hast. Wir sind wieder zusammen. Allein darauf kommt's mir an.«

»Bitte, versuch doch zu verstehen, was alles auf dem Spiel steht.«
Nun, zum ersten Mal, beruhigte er sich soweit, sie anzusehen und zu sagen: »Was versuchst du mir beizubringen, Liebes?«
»Wenn du dich regelmäßig mit mir triffst, ist deine Karriere ruiniert. Du wirst nicht nach London zurückkehren und dort so weiterleben können wie vorher.«
»Ist mir egal, wenn ich nur dich habe.«
»Harry. Du hast mich nicht.«
»Ich liebe dich... Ich mache alles, bin bereit, wo auch immer zu leben, eine Ewigkeit zu warten. Ich bin ein verzweifelter Mann.«
Sie sah ihn an und lächelte, aber sie wußte, daß dieses Lächeln nicht überzeugend war. Sie spürte, wie ihre Kopfschmerzen zurückkehrten, und hätte am liebsten laut losgeschrien. »Die Verantwortung dafür kann ich nicht übernehmen, Harry. Alles hat sich geändert, und ich habe mich auch geändert.«
»Du hast gesagt, du liebst mich«, sagte er in dem vorwurfsvollen Ton, den nur Liebende haben.
Wenn er nur ginge! »Vielleicht habe ich. Vielleicht tue ich's immer noch. Ich weiß nicht.« Sie sprach langsam. »Alles, was ich mit Sicherheit weiß, ist, daß ich's mir im Moment nicht leisten kann, mich auf die Komplikationen einer Beziehung einzulassen.«
»Dann versprich nichts. Ich fordere nichts. Ich werde warten. Aber verlange nicht, daß ich aufhöre, dir zu sagen, daß ich dich liebe. Das wäre eine unerträgliche Beschränkung.«
Es klingelte zum nächsten Akt. Mit deutscher Diszipliniertheit kehrte das Publikum alsbald gleich danach auf seine Sitze zurück. »Ich kann mir die Aufführung nicht weiter anschauen«, sagte sie. »In meinem Kopf dreht sich alles. Ich muß nachdenken.«
»Gehen wir also in den Palast und essen was.«
»Du wirst den Rest der Oper verpassen.«
»Ich war in neun Aufführungen«, sagte er grimmig.
Sie lächelte und blickte auf ihre Uhr. »Kriegt man so spät überhaupt noch was zu essen?« sagte sie. »In diesem Teil der Stadt macht alles zeitig dicht.«

»Die immer praktische Fiona. Ja, wir bekommen zu dieser Zeit noch was zu essen. Ich bin vorgestern dort gewesen. Gib mir deine Karte, und ich hole dir deinen Mantel.«
Von der Staatsoper geht man Unter den Linden nicht weit bis zum Palast-Hotel, und des in Berlin allgegenwärtigen Braunkohlegestanks ungeachtet tat der Spaziergang Fiona gut. Als sie im Speisesaal des Hotels Platz nahmen, hatte sie ihre gewohnte Ruhe annähernd wiedergefunden. Es paßte nicht zu ihr, sich so aus der Fassung bringen zu lassen, selbst von Überraschungen nicht. Aber die Begegnung mit Harry in der Oper war nicht nur eine Überraschung gewesen; sie hatte ihr offenbart, wie dünn ihr Nervenkostüm war. Die Begegnung hatte ihr physisch zugesetzt. Noch immer schlug ihr Herz schnell.
Sie betrachtete ihn, während er die Speisekarte studierte. War sie verliebt in ihn? War das die Erklärung für den Schock? Oder lag die Ursache noch tiefer, begann sie überhaupt den Boden unter den Füßen zu verlieren?
Was immer sie für Harry empfand, es kam jedenfalls nicht der soliden und dauerhaften Liebe gleich, die sie an ihr Heim, an die Kinder und an Bernard band. Harrys Verschwinden aus ihrem Leben hatte ihr nicht die herzzerreißenden Qualen verursacht, die sie wegen der Trennung von ihrer Familie litt, Qualen, denen sie nie entfliehen konnte. Jene alte Liebe zu Harry war etwas ganz anderes, davon Gesondertes, ein Gefühl, das mit der Liebe zu ihrer Familie nicht im Streit lag. Sie konnte nicht umhin, sich zu erinnern, daß die Liebe, die sie einst für Harry gefühlt hatte, elektrisierend gewesen war. Sie war unerlaubt gewesen und physischer als alles, was sie je mit Bernard erlebt hatte. Als sie nun Harry hier am Tisch gegenübersaß, war ihr sehr lebhaft erinnerlich, wie noch vor kurzer Zeit ein Blick von ihm genügte, sie zu erregen. »Ach, wie bitte?« sagte sie zerstreut, als sie merkte, daß er eine Antwort von ihr erwartete.
»Ich habe ihn neulich abend hier getrunken«, sagte er. »Er war recht gut.«
»Entschuldige bitte, ich habe geträumt.«
»Der Kabinett ist immer der trockenste, wenigstens habe ich das bei meinem letzten Besuch hier gelernt.«

»Wunderbar«, sagte sie unbestimmt und war erleichtert, als er den Kellner herbeiwinkte und eine Flasche eines Weins bestellte, den er bei seinem vorigen Besuch hier probiert und dann gern getrunken hatte. Sein Deutsch war passabel, sogar sein Akzent nicht übel.

Sie sah sich im Restaurant um, doch von den Gästen kam ihr hier keiner bekannt vor. Es waren alles Ausländer, die allein Zugang zu den harten Währungen hatten, in denen die Rechnungen hier bezahlt werden mußten.

»Mein Geld kommt in westlicher Währung. Ich esse immer hier«, erklärte er ihr.

War er möglicherweise ein Sendbote der Londoner Zentrale? Nein. Er war nicht der Typ, den Bret oder Sir Henry für die heikle Rolle des Mittelsmanns nehmen würde. Andererseits wäre die Maske des Liebhabers die perfekte Tarnung für einen Kontaktmann aus London. Wenn er die Rolle tatsächlich spielte, würde er sich ihr bald zu erkennen geben. So wurde es immer gemacht. Sie würde abwarten und sich nichts vergeben, bis auf weiteres die perfekte Kommunistin bleiben. »Was empfiehlst du also, sollen wir essen?« fragte sie.

Er blickte auf und lächelte. Er war so glücklich, daß sein Überschwang auch sie packte. »Steak, Forelle oder Schnitzel, mehr habe ich hier noch nicht probiert.«

»Also Forelle. Keine Vorspeise.« Und dann traf sie ein anderer Gedanke wie eine Bombe: Konnte es sein, daß er für Moskau arbeitete? Sehr, sehr unwahrscheinlich. Bei jener ersten Begegnung in London hatte er zugegeben, keine Arbeitserlaubnis zu haben. Hätte sie die Einwanderungsbehörde angerufen, wäre es ihm an den Kragen gegangen. Aber Augenblick mal: Gerade weil er mit den Behörden hätte Ärger kriegen können, hatte sie ja darauf verzichtet, ihn offiziell durchleuchten zu lassen. Deshalb und natürlich auch, weil Bernard womöglich angefangen hätte, Fragen zu stellen. Sie rief sich jene erste Begegnung auf dem Bahnhof in Erinnerung, Schritt für Schritt, Wort für Wort. Seine »Nichte« sprach mit Fiona und lief dann weg. Das hätte ein abgekartetes Spiel gewesen sein können. An der Begegnung war nichts, das nicht hätte vorausgeplant sein können.

»Fiona«, sagte er.
»Ja, Harry?«
»Ich liebe dich wahnsinnig.« Er liebte sie. Niemand konnte die Anbetung, die sie in seinen Augen las, vortäuschen. Aber, sagte ihre neurotische, mißtrauische und logische Seite, daß der Mann in sie verliebt war, bewies ja nicht, daß nicht Moskau ihn schickte.
»Ich weiß alles über dich«, sagte er plötzlich. Und wieder erschrak sie. »Außer weshalb du den *Freischütz* magst. Inzwischen kenne ich ihn bis in die geringste Tonschwankung. Ich kann Schönberg und Hindemith verkraften, aber kannst du mir in dieser ganzen verdammten Oper auch nur zehn Minuten richtige melodische Musik herausfinden?«
»Die Deutschen mögen sie, weil sie von einem vollkommen vereinigten Deutschland handelt.«
»Ist es das, was du willst: ein vereinigtes Deutschland?« fragte er.
Rote Lichter leuchteten auf. Was war gegenwärtig hinsichtlich der Vereinigung die offizielle Linie? »Nur zu den richtigen Bedingungen«, sagte sie vorsichtig. »Und was meinst du?«
»Wer sagte doch, daß er Deutschland so gerne mochte, daß ihm zwei davon lieber wären als eins?«
»Ich weiß es nicht genau.«
Er beugte sich vor und sagte vertraulich: »Vergiß, was ich gerade gesagt habe. Ich finde den *Freischütz* ganz toll, bis zum letzten kleinen Viertelseufzer.«

16

London, Oktober 1983

Es war zwei Uhr früh. Daheim in seinem Haus an der Themse saß Bret im Bett und las die letzten Seiten von Zolas *Nana*. Unter dem Einfluß von Sylvester Bernstein hatte Bret die Freuden der Romanlektüre entdeckt. Zuerst hatte Sylvester ihm *Germinal* geliehen, und nun hatte Bret – der ja für tiefe und plötzliche Begeisterungen anfällig war – beschlossen, die zwanzig Bände des ganzen Zolaschen Romanzyklus zu lesen. Das Telefon klingelte. Er ließ es lange läuten, aber da der Anrufer nicht aufgab, griff er schließlich nach dem Hörer. »Hallo?« Bret sagte immer hallo. Er hielt es nicht für richtig, jedem seine Identität zu verraten.

»Ach, bester Bret, ich hoffe, ich habe Sie nicht geweckt.«

»Ich lese ein hervorragendes und bewegendes Buch, Sir Henry.«

»Solange Sie nicht gerade mit irgendwas Wichtigem befaßt sind«, sagte der D. G. ungerührt. »Ich weiß, daß Sie was von einer Nachteule haben. Jedenfalls duldet die Sache leider keinen Aufschub.«

»Ich verstehe.« Bret legte das Buch zur Seite und schloß es bedauernd.

»Ein Verbindungsmann zum Special Branch hat vor ein paar Minuten bei mir zu Hause angerufen. Auf der Polizeiwache in Chichester ist eine junge Frau aufgekreuzt, anscheinend eine Engländerin, die jemanden aus unserer Branche sprechen wollte.«

»Ach, gewiß, Sir«, sagte Bret.

»Natürlich gähnen Sie schon. Ja, das haben wir im Laufe der Zeit schon oft erlebt, gebe ich zu. Aber diese Dame sagt, sie wolle uns was über einen unserer Leute in London sagen. Sie erwähnte einen Mann, den kürzlich seine Frau verlassen hat. Überdies hat sie kürzlich in Berlin die Bekanntschaft dieser Dame gemacht. Sind Sie noch da, Bret?«

»Aber gewiß, Sir Henry, vollkommen. Bekanntschaft gemacht? Namentlich? Hat sie den Namen erwähnt?«

»Anscheinend. Aber alles wird ja auf dem Wege der mündlichen Überlieferung ein bißchen nebelhaft, bis es bei mir ankommt. Sehr, sehr dringend, sagte sie, sei ihr Anliegen. Irgend jemand sollte getötet werden. Irgendwas Derartiges. Aber ja, der Name wurde genannt. Der Special Branch hielt es für richtig, bei uns anzufragen, ob der Name hier bekannt sei. Der Mann, der Nachtdienst hatte, hielt die Anfrage für wichtig genug, mich deswegen zu wecken. Ich glaube, er hatte recht.«

»Allerdings, Sir.«

»Ein Inspektor des Special Branch bringt die Dame nach London. Sie nennt sich Mrs. Miranda Keller, geborene Dobbs. Das ist natürlich keine Hilfe, die deutschen Telefonbücher sind voller Kellers. Würden Sie nicht vielleicht so nett sein, sich mal mit ihr zu unterhalten? Hören, worum es geht?«

»Ja, Sir.«

»Der Special Branch hat dieses Grundstücksmaklerbüro in Kensington. Das Haus hinter dem Sainsbury-Supermarkt. Sie kennen es doch?«

»Ja, Sir.«

»Sie werden in weniger als einer Stunde dort sein.«

»Ich mache mich sofort auf den Weg, Sir.«

»Das wäre wirklich schön, Bret. Ich wäre Ihnen so dankbar. Ich komme morgen ins Büro. Dann können wir darüber sprechen.«

»Ja, Sir.«

»Möglicherweise ist natürlich alles blinder Alarm.«

»Jedenfalls sollte ich mich wohl beeilen.«

»Es könnten auch unsere alten Freunde sein, die da versuchen, uns einen schlechten Streich zu spielen. Riskieren Sie nichts, Bret.«

»Werde ich nicht, Sir. Ich gehe am besten gleich los.«

»Ja, natürlich. Gute Nacht, alter Junge. Obwohl, zu Ihnen sollte ich ja wohl jetzt guten Morgen sagen.« Der D. G. kicherte und legte auf. Er hatte es gut. Er konnte jetzt wieder schlafen gehen.

Mrs. Miranda Keller war sechsunddreißig Jahre alt, und die Perücke, die sie trug, ließ sie nicht jünger aussehen. Es war fast vier Uhr früh, und sie hatte eine lange Autofahrt durch strömenden Regen hinter sich, als sie dieses große alte Haus in Kensington erreichte, einer schäbigen Wohngegend im Zentrum von London. Miranda ließ ihren Kopf auf dem abgewetzten Bezug des Sessels ruhen. Der gnadenlose blaue Schein der ständig summenden Deckenbeleuchtung schmeichelte ihrer Erscheinung nicht.

»Wie ich Ihnen schon sagte, wir haben keinen Angestellten dieses Namens«, sagte Bret. Er saß hinter einem Schreibtisch und trank lauwarmen schwarzen Kaffee aus jenem zarten Porzellan, das in den Büros der ernsthaften jungen Männer, die Grundstücke verkaufen, de rigueur ist. Auf dem edlen alten Tablett stand neben der Kaffeetasse eine Zuckerdose und eine aufgestochene Dose Kondensmilch.

»S, A, M, S, O, N«, buchstabierte sie.

»Ja, ich habe Sie schon verstanden. Niemand dieses Namens«, sagte Bret.

»Sie werden ihn umbringen«, sagte Miranda, ohne lockerzulassen. »Haben Sie schon jemand in dieses Haus nach Bosham geschickt?«

»Darüber zu sprechen bin ich nicht befugt«, sagte Bret. »Nicht mal, wenn ich's wüßte«, setzte er hinzu.

»Also, diese Männer werden ihn töten, wenn er hingeht. Ich weiß, was das für Leute sind.« Die Fenster klapperten im Wind.

»Russen, sagen Sie?«

»Sie haben sich ja ihre Namen aufgeschrieben«, sagte sie. Sie hob ihre Tasse, warf einen Blick auf den Kaffee und stellte sie zur Seite.

»Ja, das habe ich. Und Sie haben gesagt, daß da noch eine andere Frau war.«

»Über die weiß ich nichts.«

»Ach richtig. Das sagten Sie schon«, murmelte Bret und vertief-

te sich in seine Notizen. »Meine Handschrift ist nicht besonders elegant, Mrs. Keller, aber ich glaube, leserlich genug. Ich möchte, daß Sie die Notizen durchlesen, die ich gemacht habe. Fangen Sie hier an: die Unterhaltung in dem Wagen am Londoner Flughafen, bei der Sie die Stimme dieser Frau nachahmten, die Sie in Berlin-Grünau getroffen haben.«
Sie las schnell, nickte und reichte das Protokoll zurück. Der Wind heulte im Kamin, und die elektrische Heizflamme ratterte in ihrer Halterung. Ununterbrochen hämmerte schwerer Regen ans Fenster.
Bret nahm ihr die Papiere nicht ab. »Lassen Sie sich Zeit, Mrs. Keller. Vielleicht sollten Sie's zweimal lesen.«
Sie sah seine Notizen noch einmal durch. »Was stört Sie? Glauben Sie mir vielleicht nicht?«
»Es hört sich an wie eine reichlich banale Unterhaltung, Mrs. Keller. War Ihre ganze Vorstellung der Mühe wert, wenn Sie schließlich nur von den Kindern sprachen und daß man diesen Burschen Stinnes in Ruhe lassen solle?«
»Das war doch nur gedacht, um ihn zu ködern: Er sollte dem schwarzen Mädchen folgen, um seine Frau wiederzufinden.«
»Ja«, sagte Bret Rensselaer zweifelnd. Er nahm die Blätter mit den Notizen und stieß sie auf den Tisch, um sie zu ordnen. Draußen knallte eine Autotür, und ein Motor heulte auf. Ein Mann brüllte gute Nacht, und eine Frau schrie: »Verdufte!« An so was war man hier gewöhnt.
»Und ich habe nichts verlangt.«
»Darüber habe ich mich schon gewundert«, sagte Bret.
»Sie brauchen gar nicht so sarkastisch zu sein.«
»Entschuldigung. Das war nicht meine Absicht.«
»Könnten Sie nicht ein paar von diesen Lampen abschalten? Ich kriege schon Kopfschmerzen von dem blendenden Licht.«
»Sie haben ganz recht. Ich hasse dieses Neonlicht, aber das Zimmer hier wird als Büro benützt. Die Lampen hängen alle am gleichen Schalter.«
»Ich will nichts für das, was ich Ihnen erzählt habe. Überhaupt nichts.«
»Aber?«

»Aber wenn Sie wollen, daß ich dorthin zurückkehre, ist es nur gerecht, daß ich irgendwas dafür von Ihnen kriege.«
»Woran hatten Sie gedacht?«
»Einen Paß für meinen fünfjährigen Sohn.«
»Ahhh!« Brets unverkennbares Stöhnen stand für die Anstrengungen, die er angesichts der Streitereien würde durchstehen müssen, um für jemanden, der kein Recht darauf hatte, einen Paß zu kriegen. Diese berufsmäßigen Obstruktionspolitiker, mit denen er es in Whitehall zu tun hatte, würden Überstunden machen, Gründe entdecken, dieses Gesuch abschlägig zu bescheiden.
»Das kostet Sie doch gar nichts«, sagte Miranda.
»Ich weiß«, sagte Bret mit warmer, leiser Stimme. »Ihre Forderung ist bescheiden genug, Mrs. Keller. Ich werde sie Ihnen wahrscheinlich erfüllen können.«
»Wenn ich morgen nicht in Rom ankomme oder spätestens übermorgen, werde ich eine Menge zu erklären haben.«
»Sie haben die britische Staatsangehörigkeit. Weshalb brauchen Sie überhaupt meine Fürsprache, einen britischen Paß für Ihren Sohn zu kriegen?«
»Ich bin in Österreich geboren. Mein Vater hatte dort einen Fünfjahresvertrag. Mein Sohn ist in Berlin geboren. Damit hat er nicht automatisch meine britische Staatsbürgerschaft.«
»Verdammtes Pech«, sagte Bret. »Ich werde sehen, was sich machen läßt.« Sein Gesicht hellte sich auf, als ihm plötzlich ein Ausweg einfiel. Vielleicht genügte ja schon ein gefälschter Paß. Er würde ihr natürlich nicht sagen, daß der Paß gefälscht war. »Vermutlich reicht jeder westliche Paß dafür aus, ihn da rauszuholen. Republik Irland, Brasilien, Guatemala, Belize oder Paraguay.«
Die Frau sah ihn mißtrauisch an. »Solange ich das verbriefte Recht kriege, mich in Großbritannien aufzuhalten, aber ich will nicht irgendeinen Mickymaus-Paß, den ich alle zwei oder drei Jahre verlängern lassen und dann noch Schmiergelder dafür an irgendeinen Botschaftsangestellten zahlen muß.«
Bret nickte zustimmend. »Haben Sie geeignete Lichtbilder Ihres Sohnes dabei?«

»Ja.« Aus ihrer Handtasche nahm sie drei Paßbilder, die sie ihm reichte, sowie ein Blatt Papier, auf dem die erforderlichen Angaben zu lesen waren.

»Sie hatten dies also geplant, ehe Sie Berlin verließen?«

»Diese russischen Schweine sind unerträglich«, sagte Miranda. »Ich habe immer Paßbilder dabei.«

Wie wagemutig! dachte Bret. »Das ist für den Augenblick alles, was wir tun können«, sagte er. »Überlassen Sie alles mir. Wie kann ich Sie in Ost-Berlin erreichen?«

»Ich brauche den Paß«, sagte Miranda. »Ehe ich nicht diesen Paß in der Hand habe, mache ich nichts für Sie.«

Bret sah sie an. Sie war eine intelligente Frau. Sie mußte begriffen haben, daß sie sich ihm auslieferte, wenn sie nach Ost-Berlin zurückging. Aber das gab sie nicht zu erkennen. Sie gehörte zu den Menschen, die voraussetzen, daß jeder fair spielt. Es war gut zu erfahren, daß es solche Menschen noch gab. Einstweilen wollte Bret sie nicht eines Besseren belehren. »Würden Sie ein kleines Honorar annehmen?«

»Ich will nur den Paß für meinen Sohn.«

»Okay, Mrs. Keller. Ich werde tun, was ich kann, um Ihnen den zu beschaffen.«

»Ich bin überzeugt, daß Sie das tun werden.«

»Eine letzte Sache noch von allergrößter Wichtigkeit, Mrs. Keller. Die Frau, die Sie in Berlin getroffen haben, Mrs. Fiona Samson, ist KGB-Offizier. Sie ist eine sehr kluge Frau. Unterschätzen Sie sie nicht.«

»Soll das heißen, daß sie für den russischen Nachrichtendienst arbeitet?«

»Allerdings. Bösartig, hätte ich sagen sollen. Eine bösartige und gefährliche Frau. Vertrauen Sie ihr niemals etwas an.«

»Werde ich nicht.«

»Es war also nicht vollkommen verlorene Zeit, Bret?« Der D. G. stattete dem großartigen monochromen Büro Bret Rensselaers einen seiner seltenen Besuche ab. Er saß auf dem schwarzen Ledersofa, zupfte an den Knöpfen und beschloß, nicht zu rauchen.

Mitunter erinnerte die unnahbare Leutseligkeit des D. G. seinen amerikanischen Untergebenen an den General des 1. Weltkriegs, von dem Siegfried Sassoon dichtete:

»Er ist ein fideles altes Haus
grunzte Harry zu Jack...
Doch mit seinem Angriffsplan
machte er beiden den Garaus.«

»Nein, Sir. Sehr aufschlußreich«, sagte Bret, der hinter seinem Schreibtisch mit gläserner Platte saß und zum weißen Hemd eine gepunktete Fliege trug.
»Es gab einen Plan, Bernard Samson zu töten?«
»Das ist ihre Geschichte.«
»Und statt dessen wurde dieser andere junge Mann getötet?«
»Ja, aber das weiß sie nicht. Und ich habe es ihr natürlich nicht gesagt.«
»Hat Samson gemeldet, daß das schwarze Mädchen sich an ihn herangemacht hat?«
»Nein, Sir, hat er nicht.« Bret ordnete die Papiere auf seinem Schreibtisch, obwohl dafür keinerlei Notwendigkeit bestand.
»Und was hat das Haus in Bosham sonst noch offenbart? Haben Ihre Jungens schon Bericht erstattet?«
»Ich habe wegen des Hauses in Bosham nichts unternommen und gedenke auch nichts zu unternehmen.«
Der Director-General holte hörbar Atem, starrte ihn an und sagte endlich: »Sehr klug, Bret.«
»Ich bin froh, daß Sie mir zustimmen.«
»Wo ist Samson?«
»Samson ist gesund und munter.«
»Haben Sie ihn nicht gewarnt?«
»Nein, Sir. Ich habe ihn weggeschickt auf einen Job.«
»Ja, das war weise.« Er schniefte. »Sie haben sich also Mrs. Samsons Information über das sichere Haus in Bosham zunutze gemacht. Das ging ja schnell. Hmm.«
»Für uns ist das prima gelaufen, Sir.«
»Ich wünschte, Sie würden das nicht dauernd sagen, Bret. Wir haben's noch nicht ausgestanden. Daß Samson den Kontakt

nicht gemeldet hat, gefällt mir überhaupt nicht. Meinen Sie, daß er glaubte, daß die Frau auf dem Rücksitz seine Frau war?«
»Ja, wahrscheinlich. Aber Samson denkt, ehe er handelt. Alle diese ehemaligen Außendienstleute werden ultravorsichtig. Deshalb müssen wir sie ja pensionieren.«
»Sie sollten dafür sorgen, daß Mrs. Samson von dieser Maskerade erfährt.« Er schniefte. »Bernard Samson hat also nichts gemeldet. Das gefällt mir nicht, Bret.«
»Nein, Sir. Aber es gibt keinen Grund zu der Annahme, daß Samson es auf irgendeine Weise an Loyalität fehlen läßt. Oder auch nur mit dem Gedanken spielt, Verrat zu üben.«
»Diese Mrs. Keller, kommt sie als Agentin für uns in Frage?«
»Nein, Sir.«
»Aber wir können sie benützen?«
»Ich wüßte nicht, wie. Jedenfalls nicht jetzt.«
»Haben Sie Fotos von ihr?«
»Ja. In dieser Hinsicht ist das Büro in Kensington sehr praktisch. Eine Menge guter, scharfer Aufnahmen.«
Der D. G. trommelte mit den Fingern auf der ledernen Armlehne des Sofas. »Was die sicheren Häuser angeht, Bret. Als wir übereinkamen, daß Mrs. Samson die Existenz des sicheren Hauses in Bosham verraten sollte, wurde, soweit mir erinnerlich ist, ständige Überwachung dieses Hauses angeordnet.«
Bret schürzte die Lippen, er fühlte sich getadelt um einer Sache willen, die nicht in seine Kompetenz fiel. Er sagte: »Gegenwärtig sind mir die Hände gebunden... Aber sobald es ungefährlich ist, werden Disziplinarmaßnahmen angewendet werden.«
»Das will ich doch hoffen, Bret. Einstweilen sieht der Plan also vor, abzuwarten, bis der Hauswart dem sicheren Haus in Bosham den nächsten turnusmäßigen Besuch macht, um nach dem Rechten zu sehen und dabei die Leiche zu finden, stimmt's?«
»So ist es, Sir.«
»Gut.« Er brachte ein ermutigendes, wenn auch humorloses Lächeln zustande. »Und nun dieser KGB-Fritze, Stinnes. Silas ist seinetwegen dauernd hinter mir her. Er sagt, wir dürfen diesen Kontakt nicht kalt werden lassen.«
»Ich dachte mir schon, daß Sie darüber mit mir sprechen wür-

den, Sir«, sagte Bret und tauchte in seine Aktentasche. Er entnahm ihr einen roten Aktendeckel, den er öffnete, wobei eine Ziehharmonika jener grauen rechteckigen Computerausdrucke zum Vorschein kam, die der D. G. so ungern las. Dabei kamen aber auch vier glänzende großformatige Fotos von Stinnes zum Vorschein. Er beugte sich vor, um sie nebeneinander auf die gläserne Tischplatte zu legen, wo der D. G. sie auch sehen konnte. Der D. G. reckte jedoch nicht den Hals, um sie aus der Nähe betrachten zu können.

Die Fotos lagen mit peinlicher Sorgfalt in einer Reihe nebeneinander angeordnet. Es war so typisch für Bret Rensselaer mit seinem grenzenlosen Glauben an Karten, Statistiken, graphische Darstellungen und Projektionen, daß er Fotos dieses verdammten Russen bei diesem Treffen aus der Tasche zog, als wäre das eine Entscheidungshilfe. »Hat er irgendeinen Beweis für seine Glaubwürdigkeit geliefert?« fragte der D. G.

»Er hat Samson gesagt, daß Moskau den neuen diplomatischen Code geknackt hat. Aus diesem Grunde haben wir in letzter Zeit alles durch Kurier befördert.«

Der D. G. streckte einen Finger aus und berührte eines der Fotos, als sei es womöglich mit Keimen einer ansteckenden Krankheit verseucht. »Glauben Sie ihm?«

»Sie haben wahrscheinlich mit Silas Gaunt gesprochen«, sagte Bret, der erst mal sehen wollte, woher der Wind wehte, ehe er sich zu einer eigenen Meinung bekannte.

»Silas hat da etwas verrückte Ansichten. Ich hoffe, von Ihnen eine nüchterne Einschätzung...«

Bret wollte nichts sagen, das eventuell später gegen ihn verwendet werden konnte. Langsam sagte er: »Wenn Stinnes mit seinem Angebot, zu uns überzulaufen, im Auftrag Moskaus handelt...«

Der D. G. beendete den Satz für ihn: »Wird unsere Reaktion den Jungens in Moskau viel Freude gemacht haben, was, Bret?«

»Ich versuche, alle persönlichen Gefühle des Erfolgs oder der Niederlage zu vernachlässigen, wenn ich derartige Entscheidungen treffe, Sir Henry.«

»Sehr richtig.«

»Wenn Stinnes auf Anweisung Moskaus handelt, hätte er uns wahrscheinlich irgendein Geheimdokument mitgebracht, so daß wir versucht hätten, es wörtlich zu übermitteln oder doch jedenfalls in Auszügen.«

»So daß sie es vergleichen und unseren Code knacken könnten? Ja, vermutlich. Sie halten ihn also für echt?«

»Silas meint, darauf käme es gar nicht an. Silas glaubt, wir sollten ihn bearbeiten und ihn in dem Glauben zurückschicken, den wir uns von denen da drüben erwarten.« Bret wartete auf eine Reaktion und hielt sich noch immer offen, für oder gegen diese Meinung Stellung zu beziehen. Aber er merkte, daß sie dem D. G. gefiel.

Nach einem Augenblick des Nachdenkens sagte der D. G.: »Bitte reden Sie fürs erste nicht mit Silas von dieser Sache.«

»Sehr wohl, Sir Henry.«

»Und halten Sie schließlich Stinnes von Cruyer und Samson und allen anderen fern. Das soll Sie ganz allein angehen. Ein Mann gegen den anderen, Sie und Stinnes. Wir brauchen für diese Aufgabe eine Person, die das ganze Spiel bis in die kleinsten Einzelheiten und Verästelungen versteht. Eine Person ist genug, und diese Person müssen Sie sein.«

Bret legte die Fotos und die Ausdrucke wieder in seine Aktentasche. Die aufgeregten Bewegungen des D. G. kündigten an, daß er die Sitzung aufzuheben gedachte. »Ehe ich gehe, Bret, ein Aspekt der Sache...«

»Ja?«

»Sind Sie der Meinung, daß Bernard Samson schon einmal einen Menschen getötet hat?«

Bret war überrascht, und einen Augenblick lang ließ er sich das anmerken. »Ich nehme an, er hat, Sir. Genaugenommen, nun ja, weiß ich's... Ja, schon oft.«

»Eben, Bret. Und jetzt setzen wir ihn einer schweren Bürde von Sorgen und Befürchtungen aus, stimmt's?«

Bret nickte.

»Ein Mann wie Samson mag unter diesen Umständen nicht die Elastizität haben, zu der Sie fähig wären. Er könnte versuchen, die Sache selbst in die Hand zu nehmen.«

»Könnte er.« Bret war im Zweifel.

»Ich habe Samson neulich getroffen. Er nimmt es sehr schlecht auf.«

»Soll ich ihn in die Ferien schicken?«

»Auf keinen Fall. Das wäre das Schlimmste, was Sie dem armen Kerl antun könnten. Damit gäben Sie ihm Zeit, herumzusitzen und zu grübeln. Ich will nicht, daß er herumsitzt und grübelt, Bret.«

»Haben Sie eine Ahnung, was...?«

»Angenommen, er käme zu dem Schluß, seine Frau hätte ihn verraten und sein Vaterland verraten. Daß sie seine Kinder verlassen und ihn zum Narren gemacht hätte. Könnte er nicht unter diesen Umständen beschließen, ihr anzutun, was er schon so vielen anderen angetan hat?«

»Sie töten? Aber Augenblick mal, Sir Henry! In Wahrheit hat sie das doch aber nicht getan, oder?«

»Und das bringt uns zu einem anderen Aspekt der scheußlichen Lage, in der Samson sich jetzt befindet.« Der D. G. hievte sich aus dem niedrigen Sitz hoch. Bret stand auf und sah ihm dabei zu, hielt es aber für klüger, ihm nicht beizuspringen. Der D. G. sagte: »Samson stellt eine Menge Fragen. Was, wenn er hinter die Wahrheit kommt? Könnte es ihm nicht in den Sinn kommen, wir hätten ihm einen grausamen Streich gespielt? Und das, ohne die mindeste Rücksicht auf seine Gefühle zu nehmen? Er entdeckt, daß wir ihm nicht vertraut haben. Er fühlt sich zurückgewiesen und gedemütigt. Er ist ein Mann, der gelernt hat, seinen Widersachern gewalttätig entgegenzutreten. Könnte es ihm nicht einfallen, sich an uns zu rächen?«

»Das glaube ich nicht, Sir Henry. Samson ist ein zivilisierter Mensch.« Bret ging durch das Büro und hielt ihm die Tür auf.

»Ist er das?« sagte der D. G. in dem munteren Ton, der ihm immer zu Gebote stand. »Dann ist er nicht anständig ausgebildet.«

17

Ost-Berlin, November 1983

An der Fassade des Gebäudes zur Karl-Liebknecht-Straße brachten eben ein Dutzend Arbeiter ein riesiges rotes Transparent an: »Lang lebe unser sozialistisches Vaterland«. Das vorige, das sowohl Wohlstand auch auch Frieden verhieß, war in der Sonne zu einem hellen Rosa ausgeblichen.

Aus dem Fenster von Fiona Samsons Büro waren nur die Troddeln sichtbar, doch ein Teil des Rahmens für das neue Transparent ragte quer über das Fenster und verminderte das Tageslicht. »Ich wollte immer mal nach Amerika«, gestand Hubert Renn, als er die Papiere von ihrem Schreibtisch nahm.

»Wirklich, Herr Renn? Warum?« Sie trank ihren Tee. Sie durfte ihn nicht stehenlassen, denn es war echter indischer Tee, nicht das fade UdSSR-Zeug von den Plantagen in Georgien. Sie wunderte sich, wo Renn ihn aufgetrieben haben mochte, fragte aber nicht.

»Neugier, Frau Direktor. Es ist ein Land der Gegensätze.«

»Eine repressive Gesellschaft«, sagte Fiona, pflichtgemäß der Linie folgend, an die sie sich immer hielt. »Ein Land, das die Arbeiter versklavt.«

»Aber es sind so rätselhafte Leute«, sagte Renn. Er steckte die Kappe auf seinen Füllfederhalter und diesen dann in die Tasche. »Wußten Sie, Frau Direktor, daß, als die Amerikaner während des Krieges gegen Hitler Geheimagenten über Deutschland abspringen ließen, die allerersten von diesen Fallschirmspringern Angehörige des I.S.K. waren?«

»Des Internationalen Sozialistischen Kampfbundes?« Ehe Renn ihr erzählt hatte, daß seine Mutter ein Mitglied dieser Organisation gewesen war, hatte Fiona vom I. S. K. noch nie gehört. Er stand aber in Nachschlagewerken.

»Ja, des I. S. K., der noch radikaler war als die KPD. Weshalb haben die Amerikaner gerade solche Leute eingesetzt? Genausogut hätten uns unsere Moskauer Freunde als Abgesandte Stalins weißrussische Adlige schicken können.«

Sie lachte. Renn grinste verlegen. Es hatte eine Zeit gegeben, in der sie aus diesen Bemerkungen eine gewisse Sympathie für Amerika herausgehört hätte, inzwischen verstand sie ihren Mitarbeiter besser. Wenn diese Bemerkungen irgendwelche Rückschlüsse auf seine Haltung erlaubten, durfte man annehmen, daß er nicht Amerika preisen, sondern Rußland kritisieren wollte. Renn war ein getreuer Jünger von Marx. Nach Renns Anschauung war Karl Marx der unvergleichliche Prophet und die Quelle aller wahren Aufklärung, ein deutscher Weiser. Alle etwaigen kleinen Unvollkommenheiten und Widersprüche in der Praxis des Sozialismus – Renn hatte ausdrücklich niemals eingeräumt, daß es welche gäbe – waren dem typisch russischen Versagen Lenins und Stalins zuzuschreiben.

Aber Fiona hatte gelernt, mit Hubert Renns blindem Glauben an den marxistischen Sozialismus zu leben, und zweifellos eröffnete ihr der tägliche Umgang mit ihm den Zugang zu einer Welt, die sie bisher kaum wahrgenommen hatte.

Da waren zum Beispiel die regelmäßig eintreffenden Briefe von Lisa, der zweiundzwanzigjährigen Tochter, die der ganze Stolz ihres Vaters war. Lisa hatte spielend Russisch gelernt und arbeitete jetzt als Doktorandin in Meeresbiologie – einem der Fächer, zu denen Frauen Zugang hatten – an der Universität Irkutsk am Baikal-See. Als tiefster See der Welt enthält er mehr Süßwasser als die großen amerikanischen Seen zusammen. In seiner Umgebung gedeiht eine einzigartige Flora und Fauna. Doch sie hatte nicht einmal gewußt, wo der Baikal-See lag, ehe Renn ihr den Brief von seiner Tochter zeigte. Wie unendlich viel gab es doch noch zu lernen!

»Ich werde Ihnen ein Geheimnis verraten«, erklärte Renn, als sie ihm den belanglosen Brief zurückreichte, den er eben von seiner Tochter erhalten hatte.

»Was denn, Herr Renn?«
»Sie werden eine Auszeichnung erhalten, Frau Direktor.«
»Eine Auszeichnung? Davon habe ich noch nichts gehört.«
»Welche Auszeichnung Ihnen verliehen werden soll, muß noch entschieden werden, aber die heroischen Jahre Ihrer Tätigkeit in England für die Revolution sollen mit einer Auszeichnung gewürdigt werden. Moskau hat den Vorschlag gebilligt, und womöglich erhalten Sie auch noch einen Orden der DDR.«
»Ich bin überwältigt, Herr Renn.«
»Ehre, wem Ehre gebührt, Frau Direktor Samson.«
Renn war überrascht von der Leichtigkeit, mit der Fiona sich in Berlin eingearbeitet hatte. Er hatte keine Ahnung, in welchem Ausmaß Fionas Erziehung in England sie auf das kommunistische Regime vorbereitet hatte. Im Internat hatte sie schnell gelernt, jedes menschliche Gefühl zu verbergen: Triumph, Enttäuschung, Freude, Liebe oder Scham. Ihr autoritärer Vater hatte ihr die Kunst des Hinhaltens und den Wert der Ausrede vorgelebt. Überhaupt charakterisierten in der Mittelschicht, der sie entstammte, grausamer Doppelsinn, indirekte Fragen und demütigende Gleichgültigkeit den zwischenmenschlichen Verkehr. Die Prüfungen, die sie da bestanden hatte, gaben ihr die Gewähr, den Gefahren Ost-Berlins gewachsen zu sein. Andererseits ahnte Renn natürlich nichts von Fionas Depressionen, der Sehnsucht nach ihren Kindern, der Stunden selbstmörderischer Verzweiflung und Einsamkeit.
Fiona, die im Büro mit streng zurückgekämmten Haaren erschien – was zu ihrer Rolle paßte, ihr jedoch auch zu Gesicht stand –, wenig Make-up auflegte und bald leicht berlinerte, wurde längst als ordentliches Mitglied der Berliner KGB-Stasi-Mannschaft akzeptiert.
Ihr Büro befand sich nicht im Hauptgebäude an der Normannenstraße in Lichtenberg. Renn hatte sie darauf hingewiesen, daß es kein Vergnügen war, mit den Scharen, die sich nach Dienstschluß aus dem riesigen Gebäudekomplex dort die Treppen zum U-Bahnhof Magdalenenstraße hinunterkämpften, seinen Feierabend zu beginnen.
An der Karl-Liebknecht-Straße zu arbeiten hatte viele Vorteile.

Von hier aus waren die Geschäfte, Kneipen und Theater des Bezirks Mitte bequem zu Fuß zu erreichen; die Straße Unter den Linden mündete ja in die Karl-Liebknecht-Straße. Hubert Renn natürlich bevorzugte die Adresse, weil man es von dort nicht weit hatte zu den anderen Behörden, die er häufig besuchen mußte, und auch der S-Bahnhof Alexanderplatz, von dem aus er abends nach Hause fuhr, lag in bequemer Nähe.
»Ich habe einen Wagen für vierzehn Uhr fünfzehn bestellt«, sagte Renn. Er hielt inne, um den pelzgefütterten Mantel zu bewundern, den Fiona gerade gekauft hatte. Weil sie Spekulationen über ihre Finanzen keine Nahrung geben wollte, hatte Fiona lange überlegt, was für einen Wintermantel sie tragen sollte. Hubert Renn hatte das Problem gelöst, indem er ihr eine Genehmigung besorgte, mit der sie für Ostgeld einen von den schicken Mänteln kaufen konnte, die sonst nur in Devisenläden zu haben waren. »Sie haben einen Termin in der Klinik für Nervenkrankheiten um fünfzehn Uhr«, sagte Renn. »Ich werde dafür sorgen, daß der Fahrer sich zurechtfindet. Es ist in Pankow, nicht weit vom Ende der Autobahn. Ein Labyrinth von kleinen Straßen, da kann man sich leicht verirren.«
»Danke, Herr Renn. Liegt irgendwas Besonderes an?«
Renn hatte einen Gesichtsausdruck, der ihr fremd an ihm war.
»Nichts Besonderes, Frau Direktor. Ein Anstandsbesuch. Sie treffen dort Dr. Wieczorek.«
»Kann Dr. Wieczorek nicht hierher kommen?«
Renn vertiefte sich in die Papiere, die auf dem Aktenschrank lagen. »Es ist üblich, sich dort vorzustellen«, sagte er steif, ohne sich umzudrehen.
Fast hätte sie gesagt, das klinge ja sehr geheimnisvoll, und sich darüber lustig gemacht, doch wußte sie inzwischen, daß Späße dieser Art im Osten ins Auge gehen konnten. So sagte sie nur:
»Muß ich irgendwelche Papiere oder Akten mitnehmen?«
»Nur ein Notizbuch, Frau Direktor.«
»Wieso? Werden Sie denn keine Notizen machen?« Das überraschte sie.
»Ich darf bei Besprechungen mit Dr. Wieczorek nicht anwesend sein.«

Sie sah ihn an, aber er drehte sich nicht um.
»In dem Fall«, sagte sie, »werde ich vielleicht ein bißchen früher zu Tisch gehen. Übrigens, Herr Renn...«
»Ja, Frau Direktor?«
»Es gibt da einen Arzt, Henry Kennedy... Hier, ich schreibe Ihnen den Namen auf.« Sie reichte ihm den Zettel, und er las ihn sorgfältig, als wäre vielleicht in dem Namen eine verborgene Bedeutung zu entdecken. »Er kommt aus London, er hat einen Jahresvertrag mit der Charité...«
»Ja, Frau Direktor?«
»Für die Aufenthaltsgenehmigung hat man ihn doch sicherlich überprüft, nicht wahr?«
»Ja, Frau Direktor.«
Die nächste Frage wollte sie so beiläufig wie möglich vorbringen. »Könnte ich mir die Akte mal ansehen?«
»Sie befindet sich aber nicht hier im Gebäude, Frau Direktor.«
Sie sah ihn an. »Ich kann sie mir jedoch mal ansehen.«
»Ich brauche weder die Akte noch eine Kopie.«
»Sie müssen nur wissen, daß da keine Komplikationen vorliegen«, schlug Renn vor.
»Genau, Herr Renn. Der Mann ist ein Bekannter von mir. Ich werde ihn ab und zu sehen müssen.«
»Alles klar, Frau Direktor.«

Pankow war seit langem eine der bevorzugten Wohngegenden im Zentrum der Stadt. Hier wurden Abendgesellschaften gegeben, zu denen elegant gekleidete Bürger der DDR in importierten Autos vorfuhren. Und hier gab es, wie Fiona staunend entdeckte, Haushalte, die über im Haus wohnende Hausangestellte verfügten.
Doch die Klinik lag nicht in der gesündesten Gegend von Pankow. Das Gebäude war dreistöckig, mit einer Fassade aus imitiertem Marmor. Der düstere neoklassizistische Stil, die monumentalen Proportionen und die Pockennarben der Granateinschläge wiesen es als überlebendes Beispiel der Architektur des Dritten Reichs aus.
Sie war dankbar für ihren schönen pelzgefütterten Mantel. Es

schneite: große Flocken, die wie Scheiben vom Himmel wirbelten und unter den Füßen knirschten. Die Temperatur war mit einer Plötzlichkeit gefallen, auf die selbst die hier Ansässigen nicht gefaßt waren, und die Straßen waren ruhig.
Der Fahrer fand die Klinik ohne Mühe. Das Gebäude war von einer Mauer umgeben, in der sich für ihren Wagen ein Tor öffnete. Der Haupteingang lag über einer breiten Freitreppe, flankiert von Reliefs, die Säulen andeuteten.
Ein tief in der Wand oberhalb der Tür eingelassener Lichtgaden versorgte die Eingangshalle mit weichem, grauem Licht. Ein Mosaik blumenwerfender römischer Mädchen bedeckte den Fußboden, und die Türen ringsum waren geschlossen. Dr. Wieczoreks Name war auf ein Holzbrettchen gemalt, das mit den anderen Namenschildchen der an diesem Tage diensthabenden Oberärzte in einer großen Anzeigetafel hinter dem Empfangspult an der Wand steckte.
»Ja?« Der Pförtner war ein junger Mann mit schwarzem Haar, in das er eine großzügig bemessene Menge Haarcreme gestrichen hatte. Er trug ein graues Jackett aus Waschleinen, ein weißes Hemd, schwarze Krawatte. Das schien eine Art Uniform zu sein. Er schrieb etwas in ein Buch und sah nicht auf.
»Dr. Samson«, sagte Fiona. Das tiefe Vertrauen der Deutschen in Doktortitel, gleich welcher Art, hatte sie kürzlich dazu bewogen, sich bei solchen Gelegenheiten ihres akademischen Grades zu bedienen.
»Sie wünschen?« Der junge Mann sah noch immer nicht auf.
»Stehen Sie auf, wenn Sie mit mir reden«, sagte Fiona. Sie hob die Stimme nicht, aber der Ton genügte, dem jungen Mann in Erinnerung zu rufen, daß an diesem Nachmittag Besuch von der Stasi erwartet wurde.
Er sprang blitzartig auf und schlug die Hacken zusammen.
»Ja, Frau Doktor?«
»Bringen Sie mich zu Dr. Wieczorek.«
»Dr. Wieczorek... Herr Dok, Dok, Dok...«, stotterte der junge Mann, ganz rot im Gesicht.
»Sofort! Ich komme in einer staatlichen Angelegenheit«, sagte Fiona.

»Sofort, Frau Doktor. Ja, sofort.«

Dr. Wieczorek war ein eleganter vierzigjähriger Facharzt, der am Serbsky-Institut für forensische Psychiatrie in Moskau und an der bekannten Nervenklinik, die zum Tschernlachowsk-Gefängnis gehörte, studiert hatte, und dessen Betragen den erfahrenen Mediziner verriet. Sein welliges Haar begann an den Schläfen schon grau zu werden. Unter seiner weißen Jacke trug er ein elegantes Hemd und eine seidene Krawatte. Seine feste Stimme und onkelhafte Art wirkten sofort entspannend auf sie, wie auch seine Bereitwilligkeit, über die Bürokratie zu spotten, mit der er dauernd zu kämpfen hatte und die er so selten besiegte. »Kaffee?«

»Nein, danke«, sagte Fiona. Durch die Bereicherung der Einrichtung um einen Orientteppich und eine alte Uhr, die die Stunden schlug, war versucht worden, das strenge, kleine Büro wohnlicher zu machen.

»Tee? Tee mit Milch?« Er lächelte. »Das war das einzige, was ich als Kind von den Briten wußte: wie sie kalte Milch in ihren Tee gießen und ihn damit verderben. Nein? Na schön, dann werden wir mal sehen, daß wir Sie mit unserer Institution vertraut machen. Viel zu besichtigen gibt es im Gebäude nicht. Wir haben gegenwärtig dreiundzwanzig Patienten, von denen ich einen in ein, zwei Monaten hoffe nach Hause schicken zu können. Manche, fürchte ich, werden nie nach Hause zurückkehren, aber bei Fällen der klinischen Psychiatrie zögere ich jedesmal zu sagen, daß es keine Hoffnung mehr gibt.« Er lächelte sie an. »Wissen Sie, was wir hier machen?«

»Nein«, sagte sie.

Er drehte sich eben weit genug, um aus einem Regal einen großen Glasbehälter zu nehmen, in welchem ein Gehirn in trübem Formalin lag. »Sehen Sie sich das an«, sagte er. »Das ist das Gehirn des ›Großen Gustav‹, der in den dreißiger Jahren im Varieté auftrat. Jeder aus dem Publikum konnte ihm Fragen stellen, wie etwa die nach dem Gegner Max Schmelings 1933. Wie aus der Pistole geschossen antwortete er dann, daß es Max Baer war, der ihn in New York City in der zehnten Runde durch technisches K. o. besiegte.«

»Das ist eindrucksvoll«, sagte Fiona.
»Ich interessiere mich für den Boxsport«, erklärte Wieczorek. Er klopfte an den Glasbehälter. »Aber der ›Große Gustav‹ konnte jede Frage beantworten. Er hatte ein Gehirn wie ein Konversationslexikon.«
»Warum ist es hier?«
»Es gibt in der Sowjetunion noch immer eine kleine, aber einflußreiche Gruppe von Medizinern, die glauben, man könne, wenn man ein Gehirn in Scheiben schneidet, der Natur einige von ihren Geheimnissen entreißen. Lenins Gehirn wurde in Scheiben geschnitten und unter dem Mikroskop studiert. Das von Stalin auch. Und eine Menge minderer Gehirne vor und nach diesen.«
»Was haben sie gefunden?«
»Das scheint ein Staatsgeheimnis zu sein.«
»Sie meinen, daß nichts entdeckt worden ist?«
»Das habe ich nicht gesagt, oder?« Er klopfte noch einmal an das Gefäß. »Aber vor dieser Entwürdigung habe ich Gustav bewahrt. Gustavs Hirn ist nicht angetastet worden.«
»Aber wo haben Sie es her?«
»Es war bis zum Ende des Krieges in der Charité. Alle Krankenhäuser haben einen Raum voll von solchen Sachen. Als die Infanterie der Roten Armee während der Kämpfe 1945 in die Charité eindrang, fanden sie in den Kühlschränken der Anatomie dort noch die Leichen der Generäle und der anderen großen Tiere, die nach dem erfolglosen Attentat auf Hitler 1944 gehängt worden waren. Die Leichen waren aus dem Plötzenseer Gefängnis dorthin geschafft worden, ohne Anweisung, was damit geschehen sollte. Und dann war da auch das Medizinische Museum mit allem möglichen anderen Zeug, aber das Oberkommando der Roten Armee mißbilligte das, und die Sammlungsgegenstände wurden auf andere Institutionen verteilt. Wir haben Gustavs Gehirn bekommen.« Er schüttelte das Glas, so daß sich das Gehirn bewegte. »Die Verteilung dieser Sachen hat eine Menge alberner Gerüchte entstehen lassen. So sagt man, Ernst Röhms Herz sei dem Universitätskrankenhaus in Leipzig zugeschickt worden, und zwar in einem Reagenzglas.« Er stellte

den Behälter wieder ins Regal. »Sie müssen verzeihen, Mediziner neigen zu einem etwas makabren Humor.«

»Wie sind die Heilungsaussichten Ihrer Patienten, Herr Dr. Wieczorek?«

»Uns werden nur die aussichtslosen Fälle geschickt«, sagte Wieczorek. »Patienten, für die man schon irgendwo anders nichts tun konnte. Die meisten können wir nur ruhigstellen. Ganz ähnlich eigentlich wie Sie beim Sicherheitsdienst, finden Sie nicht? Zieht eine derartig aussichtslose Tätigkeit einen irgendwie an?«

»Diese Frage zu beantworten, sind Sie sicherlich besser qualifiziert als ich«, sagte Fiona.

»Ich kann für Sie nicht antworten, aber was mich und viele meiner Kollegen angeht, habe ich den Verdacht, daß die Beschäftigung mit aussichtslosen Fällen uns als Entschuldigung der Erfolglosigkeit unseres Wirkens ganz lieb ist. Andererseits reizt mich – wie vielleicht auch Sie – die Herausforderung solcher empfindlichen, komplizierten und irreführenden Wissensgebiete. Können Sie je sicher sein, eine Sache richtig zu beurteilen? Irgendeine?«

»Manchmal«, sagte Fiona. »Sie haben mir noch immer nichts von Ihren Methoden erzählt.«

»C. G. Jung hat einmal gesagt: ›Zeigt mir einen gesunden Menschen, und ich werde ihn euch heilen.‹ Ich denke oft darüber nach. Methoden? Was kann ich Ihnen sagen?« Er betrachtete sie mit höflichem Interesse. »Die Behandlung schwer gestörter Patienten hat sich im Laufe der Zeit radikal gewandelt. Da ist zuerst und zuoberst die altmodische Analyse, bei der die Patienten ermutigt werden, in die eigene Seele hinabzutauchen. Wie Freud entdeckte, ist das ein langwieriges Unternehmen. Also kamen die Neurochirurgen, die Löcher in den Schädel bohrten und mit chirurgischen Instrumenten Gehirnzellen und Nervenfasern zerstörten.« Er gab ihr Gelegenheit, sich die Scheußlichkeit dieses Verfahrens vorzustellen. »Dann kam die Zeit, da es so aussah, als sei die Elektroschocktherapie das Allheilmittel, nach dem alle gesucht hatten. Unsere Hoffnungen wurden aber auch von ihr enttäuscht. Nun waren die Chemiker an der Reihe, und man verabreichte den Patienten hohe Dosen von Dexedrin, gefolgt von Seconal und wie immer dann die neueren Drogen hießen, die die westdeutschen Chemiekonzerne verkaufen wollten. Inzwischen fangen meines Erachtens viele Spezialisten an zu vermuten, daß bei allem Humbug, den er verzapft hat, Freud wahrscheinlich doch ein paar ganz gute Ideen hatte. Aber die Analyse auf der Couch ist ein langer Prozeß. Es wird niemals genug Analytiker geben, die Geisteskrankheiten in diesem arbeitsaufwendigen Verfahren zu bekämpfen.«

»Und wo stehen Sie?«

»Was die Therapiemethode angeht? Ich bin der Chefarzt, aber mein Stab hat ziemliche Freiheit bei der Auswahl der für die Patienten jeweils geeignetsten Therapie. Wir haben hier größtenteils Depressive und Schizophrene, von denen einige Katatoniker sind, deren Behandlung großes Geschick und viel Aufmerksamkeit verlangt. Indessen entspricht es unserer Aufgabe, eine Art Mülltonne zu sein, wo landet, was niemand mehr brauchen kann, daß wir die unterschiedlichsten Leiden behandeln müssen. Nach langjähriger Praxis bin ich nicht mehr geneigt, irgendeine Behandlung zu verbieten, von der ein Arzt nach gründlicher Untersuchung des Patienten meint, daß sie anschlagen könnte.«

»Sie verbieten nichts?«

»Das entspricht meiner erklärten Überzeugung.«

»Auch die Lobotomie nicht?«

»Ein schwer gestörter und zur Gewalttätigkeit neigender Patient kann durch diese Gehirnoperation manchmal befähigt werden, wieder ein annähernd normales Leben zu führen.« Er stand auf. »Ich werde Sie jetzt durch die Stationen führen.«

Es herrschte Stille in der Klinik, aber keine vollkommene Ruhe. Die meisten Patienten lagen im Bett und schliefen den empfindungslos ruhigen Schlaf, den Medikamente auslösen. Ein kleiner Krankensaal lag im Halbdunkeln. Hier lagen sechs Schläfer, die für eine Woche betäubt worden waren. Das war, erklärte Dr. Wieczorek, die vorbereitende Behandlung, die allen neu aufgenommenen Patienten zuteil wurde. Der Geruch von Desinfektionsmitteln überlagerte die unangenehmen Gerüche, die von auf engem Raum zusammengedrängten warmen Leibern ausgehen. Er ging zum Fenster und öffnete die Verdunkelung einen Spaltbreit, so daß sie die schlafenden Patienten sehen konnten. Draußen, sah sie, schneite es jetzt heftiger als vorhin, Schnee ränderte die Bäume, und vorüberfahrende Autos ließen schwarze Striche auf der Straße zurück. Dr. Wieczorek glättete das Bettzeug. Manchmal, scherzte er, dauerte es eine Woche oder zwei, bis ihre Dokumente ihnen nachfolgten.

Die Räume waren alle vom Boden bis zur Decke weiß gekachelt. Nahezu mitleidlos spiegelte die glänzende harte Oberfläche die grauen Wolldecken. Ein Patient mit aschgrauem Gesicht starrte sie ausdruckslos an. Fiona hatte das schuldbeladene Gefühl, hier nichts zu suchen zu haben, das alle Gesunden in Gegenwart von Kranken befällt. Wieczorek verdunkelte das Fenster wieder. Wie als Reaktion darauf ertönte ein erstickter Schrei, doch gleich darauf war wieder alles ruhig.

Unten war ein großer Aufenthaltsraum, wo ein halbes Dutzend Patienten in Metallstühlen saßen mit Decken auf den Knien. Zwei von ihnen, beide Männer mittleren Alters, trugen Wollmützen. Nirgends war ein Buch oder eine Zeitung zu sehen, und die Patienten schliefen alle oder starrten dösend vor sich hin. Auf dem Bildschirm eines Fernsehgeräts in der Ecke jagte eine axtschwingende Maus eine Katze, aber der Ton war abgeschaltet, und niemand sah den beiden zu.

»Einen der Patienten müssen Sie kennenlernen«, sagte Dr. Wieczorek. »Franz. Er ist unser ältester Patient. Als er uns eingeliefert wurde, 1978, war sein Gedächtnis vollkommen weg, aber wir sind stolz, ein paar Fortschritte erzielt zu haben.«

Er begleitete sie in einen kahlen Raum mit einem großen quadratischen Waschbecken, in dem Bettschüsseln ausgewaschen werden konnten. Dort saß ein Mann in einem Rollstuhl. Aufgrund seiner Bewegungsunfähigkeit hatte der Körper Fett angesetzt. Seine Hautfarbe war gelblich, und er hielt die Lippen fest aufeinandergepreßt, als bemühte er sich, nicht zu schreien.

»Nun komm schon, Franz. Wie wär's mit einer Tasse Kaffee?«

Der Mann im Rollstuhl sagte nichts und machte keine Bewegung, er rollte nur die Augen, als versuchte er, ohne Kopfdre-

hung das Gesicht des Arztes zu sehen. »Diese Dame möchte dich kennenlernen, Franz. Es ist doch schon lange her, seitdem du zuletzt Besuch hattest, nicht wahr?« Zu Fiona sagte Dr. Wieczorek: »Bei solchen Patienten ändert sich der Zustand sehr erheblich von einem Tag zum anderen.«
»Guten Tag, Franz«, sagte Fiona, die nicht wußte, was von ihr erwartet wurde.
»Sag guten Tag, Franz«, sagte Dr. Wieczorek und fügte hinzu: »Er hört alles, aber vielleicht hat er heute keine Lust, mit uns zu reden.« Er nahm den Rollstuhl und kippte ihn, um die Vorderräder über die Schwelle zu heben.
Wieczorek rollte Franz in seinem Rollstuhl den Korridor entlang, wobei er sein Geplauder fortsetzte, anscheinend ohne zu merken, daß Franz nicht antwortete. Fiona folgte. Als der Stuhl dann in einen kleinen Raum gebracht worden war, an dessen Tür »Behandlungsraum 2« stand, wurde er dort so hingestellt, daß Fiona und der Arzt sich dem Patienten gegenübersetzen konnten. Obwohl er noch immer den Kopf nicht bewegt hatte, war Franz jetzt, da man ihn in diesen Raum geschoben hatte, sichtlich erregt. Er starrte einen kleinen grau emaillierten Kasten in der Ecke an. Ein Zifferblatt zeigte eine Voltskala, auch waren da ein mechanischer Zeitmesser und Drähte, die in Gebilden endeten, die wie Kopfhörer aussahen. Franz starrte dieses Gerät an, dann den Arzt, dann wieder das Gerät.
»Er mag die Elektroschockbehandlung nicht«, sagte Dr. Wieczorek. »Niemand mag sie.« Er streckte eine Hand aus und berührte Franz beruhigend. »Schon gut, Franz. Heute wird nicht behandelt, alter Freund. Kaffee, nur Kaffee.«
Als habe sie nur auf dieses Stichwort gewartet, trat nun eine Frau in blauer Kittelschürze ein mit einem Tablett, auf dem Tassen, Untertassen und eine Kaffeekanne standen. Das Porzellan war dick und grob. Die Sorte, die ruhig mal hinfallen kann, ohne gleich kaputtzugehen.
»Jetzt habe ich's mir doch anders überlegt, wenn es Ihnen nichts ausmacht«, sagte Fiona, als der Arzt einzuschenken begann.
»Gut, Leute anderen Sinnes zu machen ist unsere Spezialität hier. Stimmt doch, Franz?« Dr. Wieczorek lachte in sich hinein.

Franz bewegte die Augen und starrte Fiona an. Es schien, als könne er alles, was gesagt wurde, hören und verstehen. Bei der Betrachtung seines Gesichts fragte sie sich, ob es ihr nicht irgendwie bekannt vorkäme, ließ den Gedanken dann aber fallen.

»Der arme Franz Blum war ein fleißiger und junger dritter Sekretär im Büro des Attachés in London. Dann hatte er eines Tages einen totalen Zusammenbruch. Vermutlich war es die Überforderung, das erste Mal fern seiner Familie in der Fremde zu leben. Manche Leute finden es schwer, sich anzupassen. Die Botschaft schickte ihn nach Moskau zurück, als offenbar wurde, daß er krank war. Man hat alles versucht, und obwohl es zu Zeiten so aussah, als bessere sich sein Zustand, hat er sich doch auf die Dauer ständig verschlechtert. Es ist ein trauriger Fall. Eine ständige Erinnerung an die Grenzen unserer Wissenschaft für uns.«

Fiona beobachtete Blum, als dieser mit beiden Händen nach seiner Kaffeetasse griff und sie so vorsichtig vom Tablett hob.

»Ein vertraulicher KGB-Bericht aus London sagte, daß Franz für die Briten spionierte«, sagte Dr. Wieczorek. »Aber anscheinend gibt es für diese Beschuldigung keine soliden Beweise. Man hat nie erwogen, ihn deswegen vor Gericht zu stellen, aber man hat uns von dem Verdacht in Kenntnis gesetzt für den Fall, daß er uns die Diagnose erleichterte. Es wurde eine Untersuchung angestellt, aber selbst Ihre Vernehmungsspezialisten beim Stasi haben nichts aus ihm herausgebracht.«

Sie blieb ruhig, sehr ruhig, aber sie wandte die Augen ab von Franz. »Doch Ihnen ist es gelungen?« Franz war also der Mann, über den sie an Martin Pryce-Hughes berichtet hatte, der, den sie verraten und so zu einem Tod bei lebendigem Leibe verdammt hatte. Kannte Dr. Wieczorek die ganze Geschichte, oder hatte man ihn nur so weit eingeweiht als nötig?

»Wir haben manchmal solche Patienten. Franz war nicht leicht zu behandeln. Das ist jetzt schon lange her, aber ich erinnere mich noch genau. Als er weder auf Pillen noch auf Injektionen ansprach, wurde klar, daß Elektroschocktherapie erforderlich war. Nicht nur diese kleinen Sitzungen, die man anwendet, um

Patienten zu helfen, die an Depressionen leiden; wir versuchten etwas Neues, wirklich massive Schocks.«

Ein paar Tropfen Kaffee liefen Franz über das Kinn. Wieczorek nahm ein Taschentuch und wischte es ab. Dann zog er Franz sanft die wollene Mütze vom Kopf und zeigte Fiona die rasierten Stellen, wo die Elektroden angelegt wurden. »Schock«, sagte Franz plötzlich und laut, als der Arzt die nackte Kopfhaut berührte.

»Gut«, sagte Dr. Wieczorek stolz. »Haben Sie das gehört? Vollkommen klar. Mach nur immer so weiter, Franz, und wir können dich bald nach Hause schicken.« Er setzte dem Mann die gestrickte Mütze wieder auf, jedoch schief, was dem Patienten ein unpassend munteres Aussehen gab. Als wäre damit die Demonstration vorbei, stand Dr. Wieczorek auf und ergriff den Rollstuhl. Er schob ihn hinaus auf den Korridor, wo eine Pflegerin wartete, die ihn ihm abnahm.

»Sie haben Ihren Kaffee nicht getrunken«, sagte Wieczorek, als wäre ihm das plötzlich wieder eingefallen.

»Gibt es sonst noch viel zu sehen in der Klinik?« fragte sie.

»Nichts von Wichtigkeit. Setzen Sie sich, und trinken Sie Ihren Kaffee. Hoffentlich hat Franz Sie nicht verstört.«

»Natürlich nicht«, sagte Fiona.

»Er wird nie nach Hause gehen, er wird nirgendwo mehr hingehen«, sagte Dr. Wieczorek. »Er wird den Rest seines Lebens in der Anstalt verbringen müssen. Armer Franz.«

»Ja, armer Franz«, sagte Fiona. »Aber wenn der KGB-Bericht der Wahrheit entsprach, war er ein Staatsfeind, nicht wahr?«

»Ein Volksfeind«, verbesserte sie Wieczorek sardonisch. »Was viel schlimmer ist.«

Sie sah ihn an. Er lächelte. Da wußte sie mit absoluter Gewißheit, daß dies eine Scharade war, eine Scharade, die ihr vorgeführt wurde, damit sie das Lösungswort erriete. Das Wort war »Verrat«, und der jammervolle Zombie, den sie aus Franz Blum gemacht hatten, war ein Muster dessen, was man aus ihr machen würde, wenn sie ihre KGB-Dienstherren verriet. Hatte er deshalb C. G. Jung zitiert: »Zeigt mir einen gesunden Mann, und ich werde ihn euch heilen«?

»Guter Kaffee, nicht wahr?« sagte Dr. Wieczorek. »Ich habe eine besondere Quelle.«
»Sie Glückspilz«, sagte Fiona. Vielleicht war diese entsetzliche Warnung eine Prozedur, der alle höheren Angestellten der Stasi unterworfen wurden. Genau konnte man das nicht wissen. So wurde dieses Land regiert. Zuckerbrot und Peitsche; Belohnung am Morgen und Verwarnung am Nachmittag. Die verkehrte Welt dieser Klinik, wo die »Gesunden« geheilt wurden, war für sie ein Bild dieses »Arbeiter«-Staates, wo die Führer mit großer Prachtentfaltung hinter Gittern lebten, vor denen bewaffnete Wachposten auf und ab gingen.
»Ja, ich bin ein Glückspilz«, sagte Dr. Wieczorek, seinen Kaffee genießend. »Sie sind auch einer. Wir haben alle Glück gehabt.«

18

London, November 1983

Bret Rensselaer trieb es zu weit. Um die Sicherheit Fiona Samsons zu gewährleisten, hatte er sogar Bernard Samson verdächtigt, die Vermutung geäußert, dieser könne ein Komplize des Verrats seiner Frau sein. Das Mittel verfehlte seinen Zweck nicht, denn das Department war nicht weniger anfällig für Gerüchte und geflüsterte Halbwahrheiten als jede andere organisierte Versammlung konkurrierender Menschen. Ärger machte dann aber, daß man bezüglich der Integrität Bernard Samsons geteilter Meinung war, und so kam ein Gerücht auf, daß ein anderer Maulwurf irgendwo im Department wühle. Eine ungesunde Atmosphäre gegenseitigen Mißtrauens machte sich breit.

Die Entdeckung des ermordeten Julian MacKenzie in einem sicheren Haus des Departments in Bosham gab dem Klatsch neue Nahrung. Dank der von Miranda Keller erhaltenen Auskünfte wußte Bret, daß MacKenzie einer Verwechslung zum Opfer gefallen war. Der KGB war hinter Bernard Samson hergewesen. Aber Bret unternahm in dieser Angelegenheit nichts, ehe er Samson in das Konferenzzimmer Nr. 3 bugsiert und ihm dort in Gegenwart geeigneter Zeugen ins Gewissen geredet hatte. Samson schrie zurück, wie Bret es von ihm erwartet hatte, und schließlich erzählte Bret allen, die es hören wollten, daß Bernard »über jeden Verdacht erhaben« war.

Aber die Arbeit an dem Netz von Täuschungen, das er zu Fionas Absicherung für erforderlich hielt, zehrte an Bret Rensselaer. Er war ein geborener Verwalter, brutal mitunter, aber dabei immer selbstgerecht. Die Leitung der Wirtschafts-Nachrichten-Abteilung war eine Aufgabe, für die er ideal qualifiziert war. Die Operation *Gelinkt* war anders. Sein ursprünglicher Plan, die ostdeutsche Wirtschaft durch den Abzug von Facharbeitern und Führungskräften zu schwächen, war nicht so leicht durchzuführen, wie es anfänglich schien. Fiona hatte ihm regelmäßig über die ostdeutsche Opposition und andere Reformgruppen berichtet, aber diese konnten sich nicht einig werden. Sein Hauptproblem bestand darin, daß er, um die notwendige Geheimhaltung von *Gelinkt* zu gewährleisten, seinen Freunden und Kollegen immer kompliziertere Lügen auftischen mußte. Es war unbedingt notwendig, daß keiner den ganzen Plan durchschaute. Die Aufgabe stellte Anforderungen, die ihm nicht behagten. Es war, als spielte man Tennis gegen sich selbst: hin und her über die Mittellinie, über das Netz springen, sich selbst in die Enge treiben, immer anstrengendere Volleys plazieren, die zu erwidern unmöglich sein würde.

Und dieses Doppelleben ließ ihm wenig Zeit für Entspannung oder Vergnügen. Nun, zur Lunchzeit am Samstag, zu einer Zeit, da er für ein paar Stunden die Arbeit ruhen lassen und sich mit Freunden auf einer jener ländlichen Wochenendpartys, die er am meisten genoß, hätte entspannen können, saß er hier und stritt sich mit seiner Frau über die Scheidung und die verdammten Unterhaltszahlungen, die sie forderte.

Es war typisch für Nicola, daß sie im *Roma locuta est* hatte essen wollen, einem engen italienischen Restaurant in Knightsbridge. Schon den Namen fand er beleidigend: »Rom hat gesprochen« konnte auch heißen, daß dort Reklamationen nicht angehört wurden, und tatsächlich führte Pina ihr Restaurant genau auf diese Weise. Pina war eine einschüchternde italienische Matrone, die die Reichen und Berühmten willkommen hieß, es andererseits verstand, Kundschaft, auf die sie weniger Wert legte, zu vergraulen. Jetzt war das Lokal ein Treffpunkt des lärmenden Jet-sets von Belgravia, einer Gruppe, der Bret nach Möglichkeit aus dem Wege ging. An diesem Samstag waren diese Leute besonders unerträglich, hüpften von Tisch zu Tisch, brüllten quer durchs Lokal und bestellten ihr anglisiertes Essen in abscheulichem Italienisch. Auch die Entdeckung, daß hier fast jeder seine Frau beim Vornamen kannte, machte die Mahlzeit nicht gerade schmackhafter für Bret.

»Du glaubst das wirklich«, sagte sie. »Du lieber Himmel, Bret. Du sagst, du bist arm, und du glaubst das selber. Wenn das nicht so verdammt heimtückisch wäre, würde ich darüber lachen.«

Nicola hatte sich offensichtlich mit ihrer Kleidung und ihrem Make-up große Mühe gegeben, aber sie gehörte zu seiner Vergangenheit und hatte ihre Anziehungskraft für ihn verloren.

»Du brauchst das nicht dem ganzen Lokal zu erzählen, Liebling«, sagte Bret leise. Da er wußte, was hier üblich war, hatte er in seiner Kleidung gewisse Zugeständnisse gemacht. Er trug eine Wildlederjacke und einen braunen seidenen Rollkragenpullover. Der anständige Anzug, den er gewöhnlich trug, wäre samstags zum Lunch in diesem Lokal fehl am Platze gewesen.

»Von mir aus kann es die ganze Welt hören, ich will es gerne auch von den Dächern schreien.«

»Wir haben das alles doch durchgesprochen, ehe wir heirateten. Du hast doch die Anwälte konsultiert. Du hast die Einwilligungsformulare unterzeichnet.«

»Ich habe nicht gelesen, was ich unterschrieb.« Sie nahm einen Schluck ihres Campari-Soda.

»Warum, zum Teufel, nicht?«

»Weil ich in dich verliebt war, deshalb nicht.«

»Du dachtest, die Trennung würde so ablaufen wie in den alten Hollywood-Filmen. Du dachtest, ich würde in meinen Club ziehen, und du hättest das Haus, die Möbel, die Gemälde, den Bentley und alles, was sonst noch da ist, was?«

»Ich dachte, ich hätte ein Recht auf die Hälfte meines eigenen Hauses. Ich wußte nicht, daß mein Haus einem Konzern gehört.«

»Keinem Konzern, es gehört einer Stiftung.«

»Meinetwegen auch den Pfadfindern von Amerika. Aber du hast mich glauben lassen, es sei mein Haus.«

»Bitte, sage nicht, daß du mir die besten Jahre deines Lebens gegeben hast«, sagte Bret.

»Ich habe dir alles gegeben.« Sie schwenkte ihr Glas, so daß die Eiswürfel gegeneinanderschlugen.

»Die Hölle hast du mir gegeben.« Er sah sich im Restaurant um. »Ich kann nicht verstehen, weshalb diese Pina Hunde hier hereinläßt. Vollkommen unhygienisch.« Er zog ein Taschentuch und putzte sich die Nase. »Und Hundehaar reizt meine Nebenhöhlen.«
»Das reizt deine Nebenhöhlen überhaupt nicht«, sagte seine Frau. »Deine Nebenhöhlen sind gereizt, und dann siehst du dich nach irgendeiner Sache um, der du die Schuld geben kannst.«
Bret bemerkte, daß die überschwengliche Pina ihre Runde durch das Lokal machte. Gern schloß sie ihre Gäste in die Arme und schrie ihnen Zärtlichkeiten ins Ohr, ehe sie nach deren Speisewünschen fragte. »Ja, du hast mir die Hölle gegeben«, sagte Bret.
»Ich habe dir die Wahrheit gesagt, und die hast du höllisch gefunden.« Mit schnellen, erregten Bewegungen öffnete Nicola ihre Handtasche und entnahm ihr ein Päckchen Zigaretten. Unter der Handtasche lag ein Heft von *Vogue* und ein Buch mit dem Titel *Irgendwer hat mir meinen Spion gestohlen*. Auf dem Umschlag las man in Lettern, größer als der Name des Autors: »Besser als Ludlum«. Bret fragte sich, ob Nicola das Buch tatsächlich las oder es nur als eine Art Provokation hierher mitgebracht hatte. Sie zog ihn ja gerne auf mit seiner »Karriere als Spion«.
Als Bret sich zu ihr beugte, um ihr Feuer zu geben, bemerkte er ihr Zittern. Er wunderte sich. Es fiel ihm schwer zu glauben, daß er die Ursache solchen Kummers sein könnte. »Jesus!« sagte Nicola und blies Rauch zur Decke, der kleine Wolken zwischen den herunterhängenden Weinreben aus Kunststoff bildete.
Aus den Augenwinkeln sah er Pina kommen. Bret verabscheute sie und beschloß, auf die Toilette zu entfliehen, aber es war zu spät. »Und Sie kennen meinen Mann«, sagte Nicola, schon von Pinas fleischigen Armen umschlossen, mit gepreßter Stimme, übertönt von einem Schwall italienischer Phrasen.
Bret stand auf und suchte sich seitwärts seinen Weg, um den Tisch als Sicherheitsabstand nicht zu verlieren, und nickte ehrerbietig. Pina sah ihn an, rollte die Augen und schrie auf italienisch. Bret lächelte und machte eine kleine Verbeugung, in

Anerkennung dessen, was er als irgendeine blumige römische Höflichkeit mißverstand, denn tatsächlich hatte Pina nur nach Speisekarten gerufen.

Nachdem sie ihren Lunch bestellt oder besser gesagt, eingewilligt hatten zu essen, was Pina ihnen zu bringen beabsichtigte, kam Nicola wieder auf die Frage der Unterhaltsregelung zurück.

»Dein Rechtsanwalt ist ein Aas«, sagte sie.

»Das sind die Anwälte der Gegenseite immer. Das gehört zum Berufsbild.«

Nikki wechselte die Angriffsrichtung. »Die machen, was du ihnen sagst.«

»Ich erzähle ihnen gar nichts. Da gibt es nichts zu erzählen. Das Gesetz ist eindeutig.«

»Ich gehe nach Kalifornien. Ich werde dich verklagen.«

»Damit wirst du nichts gewinnen«, sagte Bret. »Ich lebe nicht in Kalifornien, und ich besitze nichts in Kalifornien. Genausogut könntest du nach Grönland gehen.«

»Ich werde meinen Wohnsitz in Kalifornien nehmen. In Kalifornien gibt es entsprechende Gesetze. Mein Schwager sagt, da wären meine Aussichten besser.«

»Ich wünschte, du würdest anfangen, deinen Kopf zu benützen, Nikki. Das Geld, das mir mein Vater hinterlassen hat, gehört einer Stiftung. Wir gehören nicht wirklich zur Rensselaer-Familie. Meine Großmutter hat erst auf ihre alten Tage in die Familie eingeheiratet und dann die Namen ihrer Kinder in Rensselaer geändert. Wir haben kein Stück von den Rensselaer-Millionen geerbt. Ich habe nur ein Einkommen aus einer kleinen Stiftung. Das habe ich dir schon erklärt, ehe wir geheiratet haben.«

Sie drohte ihm mit dem manikürten Finger. »Damit wirst du nicht durchkommen, Bret. Ich werde diese verdammte Stiftung knacken, und wenn's das letzte ist, was ich mache. Ich will haben, was mir zusteht.«

»Verdammt noch mal, Nikki. Du hast mich verlassen. Du bist abgehauen mit Joppi.«

»Laß Joppi da raus«, sagte sie.

»Aber wie kann ich ihn da rauslassen? Er ist die dritte Partei.«

»Er ist es nicht.«

»Nikki, Liebes. Wir wissen beide, daß er's ist.«

»Gut, dann beweise es. Versuche, es mir zu beweisen.«

»Aber schleppe doch die Sache nicht durch alle Instanzen, Nikki, damit wirst du nur die Anwälte reicher machen.«

»Wer hat *insalata frutti di mare* bestellt?« schrie ihnen der Kellner in die Ohren, der sich nun zu ihrem Tisch beugte.

»Ich«, sagte Bret.

»Möchten Sie Ihre Scholle entgrätet, Madame?« fragte der Kellner Nicola.

»Ja, bitte«, sagte sie.

Bret sah hinab auf das zerknautschte Salatblatt, auf dem vier kalte, feuchte Krabben und gummihaft weiße Tintenfischringe lagen, und dann schielte er auf Nicolas appetitlich filetierte Scholle. »Zerlassene Butter?« fragte der Kellner. »Und etwas Parmesankäse?« Nikki wußte immer, was sie bestellen mußte. War das Geschicklichkeit oder Schicksal? Oder war es Pina? Bret bemerkte, daß die mit Juwelen behangene Dame am Nebentisch Stücke von ihrem Kalbsfilet an einen perfekt gebürsteten und gekämmten Terrier zu ihren Füßen verfütterte. »Das ist wie ein verdammter Zoo hier«, murmelte er, aber seine Frau tat, als hörte sie ihn nicht.

Nikki ließ von ihren Schollenfilets ab und legte Gabel und Messer nieder. »Ich habe dir alles gegeben«, sagte sie abermals. »Ich bin dir sogar in dieses lausige Land gefolgt, oder etwa nicht? Und was habe ich dafür gekriegt?«

»Was du gekriegt hast? Du hast in ziemlichem Luxus gelebt und in einem der schönsten Häuser Englands.«

»Das war kein Zuhause, Bret, nur ein schönes Haus. Aber wann habe ich mal meinen Mann zu sehen gekriegt? Tagelang hatte ich niemanden, mit dem ich reden konnte, außer den Hausangestellten.«

»Du solltest es ertragen können, allein zu sein.«

»Na schön, alter Kumpel. Nun hast du die Gelegenheit zu entdecken, was es heißt, alleine zu sein. Denn ich werde nicht dasein, wenn du nach Hause kommst, und keine andere Frau wird sich das gefallen lassen. Das wirst du bald merken.«

»Ich habe keine Angst, allein zu sein«, sagte Bret selbstzufrieden. Er stieß seinen Krabbensalat beiseite. Seine Frau klagte immer über das Alleinsein, und heute hatte er eine Antwort für sie: »Eine Menge Leute sind allein gewesen. Descartes, Kierkegaard, Locke, Newton, Nietzsche, Pascal, Spinoza und Wittgenstein waren die meiste Zeit ihres Lebens allein.«

Sie lachte. »Ich habe den Artikel im *Daily Telegraph* auch gelesen. Aber diese Leute waren alle Genies. Du bist kein Denker... Kein Philosoph.«

»Meine Arbeit ist wichtig«, sagte Bret. Er war verärgert. »Ich arbeite schließlich nicht in einer Keksfabrik. Staatsdienst ist ganz was anderes.«

»Na klar, und wir wissen ja alle, was Vater Staat so treibt.«

»Was soll das heißen?« fragte Bret mit einer Unsicherheit, die fast komisch war.

»Die Staatslenker stellen die Regeln für die Bürger auf und brechen sie selbst. Sie erhöhen die Steuern und geben sich selbst Gehaltszulagen. Sie nehmen einem das Geld weg und verschwenden es an lausige ausländische Regierungen. Sie schicken deine Kinder nach Vietnam und lassen sie umbringen. Sie fliegen in Helikoptern, während unsereiner im Stau steckt. Sie lassen einen von Banken und Versicherungsgesellschaften ausplündern, damit ihnen die den Wahlkampf finanzieren.«

»Denkst du das wirklich, Nikki?« Bret war schockiert. So etwas hatte sie noch nie gesagt. Er fragte sich, ob sie schon seit dem frühen Morgen getrunken hätte.

»Verdammt richtig, genau das denke ich. Jeder denkt das, der nicht selber an den Fleischtöpfen der Regierung sitzt.«

Das klang beängstigend. »Ich hatte nicht gewußt, daß du eine Linke bist.«

Er fragte sich, was die Sicherheitsleute von ihr hielten. Bloß gut, daß er sie los wurde. Aber war irgendwas davon in seine Personalakte gelangt?

»Ich bin weder eine gottverdammte Demokratin noch eine Liberale, noch eine Rote oder sonstwas. Ich finde nur die selbstzufriedenen Typen wie dich, die ›wichtige Aufgaben im Staatsdienst wahrnehmen‹, einfach zum Kotzen.«

»Davon, daß wir uns hier gegenseitig anmotzen, hat keiner was«, sagte Bret. »Ich weiß, daß du wegen des Hauses enttäuscht bist, aber ich kann da wirklich nichts machen.«

»Verdammt noch mal, Bret! Ich muß doch irgendwo wohnen!«

Er vermutete, daß Joppi sich schon von ihr zurückzog. Plötzlich tat sie ihm leid, aber wiederhaben wollte er sie nicht. »Diese Wohnung in Monte Carlo steht leer. Du könntest sie von den Treuhändern für eine nominale Summe mieten.«

»Von den Treuhändern für eine nominale Summe mieten«, wiederholte sie sarkastisch. »Wie nominal darf's denn sein? So was wie ein Dollar im Jahr?«

»Wenn wir damit all diesen unnötigen Hickhack beenden könnten, wäre ein Dollar im Jahr vollkommen in Ordnung. Sollen wir uns darauf einigen?« Er winkte mit der Hand, um einen Kellner auf sich aufmerksam zu machen, aber vergeblich. Das Personal stand um einen Ecktisch versammelt und lächelte auf eine Nachrichtensprecherin des Fernsehens hinab, die eben bei der Liebkosung des glatten Fells eines Chihuahua-Hündchens fotografiert wurde. »Willst du Kaffee?«

»Ja«, sagte sie. »Ja, auf beide Fragen. Aber ich will Möbel, gute Möbel, was die erste, und Sahne und Zucker, was die zweite angeht.«

»Du machst ein gutes Geschäft«, sagte Bret. Er war erleichtert. Wäre Nikki bei ihrer Forderung nach dem Haus an der Themse geblieben, hätte ihn das in eine schwierige Lage gebracht. Er hätte seinen Abschied nehmen müssen. Auf keinen Fall hätte das Department seine Verwicklung in einen Scheidungsprozeß hingenommen und damit das Risiko, daß die Öffentlichkeit anfinge, sich für seine Tätigkeit zu interessieren. Wenn er aber seinen Abschied nähme, was würde dann aus Fiona Samson? Er war der einzige, der die ganze Geschichte kannte, und fühlte sich persönlich verantwortlich für ihre Mission. Oft genug machte er sich Sorgen um sie.

Als er aufblickte, sah Bret seinen Chauffeur Albert Bingham durch den überfüllten Speisesaal auf sich zukommen. »Was nun?« sagte Bret. Nicola wendete den Kopf, um zu sehen, wohin er blickte.

»Guten Tag, Mrs. Rensselaer«, sagte Albert höflich. Ihm war bewußt, daß Exgattinnen mitunter ihre Autorität als Hausherrinnen zurückgewannen und deshalb nicht mit Geringschätzung behandelt werden durften. »Entschuldigen Sie die Störung, Sir, aber das Krankenhaus hat sich am Autotelefon gemeldet.«

»Was haben Sie gesagt?« Bret war schon auf den Füßen. Albert würde ihn nie beim Essen stören, wenn es sich nicht um etwas sehr Wichtiges handelte.

»Könnten Sie früher kommen?«

»Ob ich früher kommen könnte?« wiederholte Bret. Er fand die Kreditkarte in seiner Brieftasche.

»Sie haben gesagt, Sie wüßten schon, worum es geht«, sagte Albert.

»Ich muß gehen«, sagte Bret zu seiner Frau. »Es ist ein alter Freund.« Er knipste die Kreditkarte mit dem Fingernagel, so daß sie ein schnappendes Geräusch machte. Sie erkannte darin eine seiner vielen irritierenden Gewohnheiten.

»Schon recht«, sagte Nicola in dem lebhaften Ton, der ihre Verärgerung offenbarte.

»Laß uns das bald mal wieder machen«, sagte Bret. Er beugte sich vor – die Hand mit der Kreditkarte ausgestreckt wie ein Bühnenzauberer, der etwas aus der Luft greift – und küßte seine Frau auf die Wange. »Nun, da alles geregelt ist, laß uns bald mal wieder essen gehen.« Er hörte den Terrier knurren, als er dessem Fressen zu nahe kam.

Sie nickte. Er hatte keine Lust, noch einmal mit ihr essen zu gehen, das war ihr vollkommen klar. Sie sah, wie erleichtert er die Gelegenheit ergriff, ihr zu entfliehen. Sie hätte am liebsten geheult. Sie war sehr zufrieden darüber, sich von Bret Rensselaer getrennt zu haben, aber sie fand es demütigend, daß er damit gleichfalls sehr zufrieden war. Sie nahm ihre Puderdose und klappte den Spiegel auf, um das Make-up ihrer Augen zu prüfen. Sie konnte Bret sich darin spiegeln sehen. Sie beobachtete, wie er die Rechnung bezahlte.

Brets ursprüngliche Verabredung mit dem Director-General lautete: um sechs Uhr auf ein Glas in dessen Haus auf dem Lande. Nun hatte der Director-General angerufen und ein Treffen in Rensselaers Stallhaus in London vorgeschlagen. Das war der Anruf über das Autotelefon, den Albert gemeldet hatte. Die Anrufe des Departments wurden von Albert stets als Anrufe aus anonymen Krankenhäusern, Schulen oder Klubs bezeichnet, je nach der Gesellschaft und den Umständen, in denen er Bret davon Meldung machte.

»Sie sind sicher, er meinte das Stallhaus?« fragte Bret seinen Fahrer.

»Ganz sicher«, sagte Albert.

»Was für ein Gedächtnis er hat«, sagte Bret mit widerwilliger Bewunderung.

Das fragliche Haus hatte um die Jahrhundertwende die Stallungen und die Wagenremisen enthalten, die zu Cyrus Rensselaers großartigem Londoner Haus gehörten. Als Bret das große Haus am Platz zum ersten Mal sah, war es ein Offiziersklub, der vom amerikanischen Roten Kreuz betrieben wurde. Nach dem Krieg war es verkauft worden, aber das unbequeme kleine Stallhaus verblieb im Familienbesitz. Die wenigen Zimmer mit Küche, Badezimmer und Garage wurden nur ab und zu von verschiedenen Rensselaers benützt und gelegentlich von Anwälten und Agenten, die in Familiengeschäften in London zu tun hatten. Weil aber Bret dauernd in England lebte, hatte er einen Schlüssel dazu und durfte es mit großzügiger Erlaubnis der anderen Angehörigen der Familie benützen, wann immer er wollte. Dafür sah Bret dort ab und zu nach dem Rechten und ließ hin und wieder das schadhafte Dach reparieren. Er hatte dort schon seit Jahren nicht mehr übernachtet.

Bret war überrascht, daß sich der D. G. erinnerte, daß er Zugang zu dem Haus hatte, und ärgerlich, daß er ein Treffen gerade dort vorschlug, denn jetzt, da niemand dort auf Dauer wohnte, war die Wohnung ziemlich verkommen. »Fahren Sie sofort zum Stallhaus«, wies Bret seinen Fahrer an. »Wir werden versuchen, da ein bißchen Ordnung zu schaffen, ehe Sir Henry kommt.«

»Wir haben ungefähr eine halbe Stunde«, sagte Albert. »Vielleicht verspätet Sir Henry sich auch, er hat das angedeutet.«

»Gut, daß wir in London geblieben sind«, sagte Bret. »Man weiß doch nie, wo Sir Henry aufkreuzt.«

»Nein, Sir«, sagte Albert Bingham.
Bret lehnte sich in den Ledersitz seines Bentley zurück. Er war versucht gewesen, das Wochenende bei seinen pferdebegeisterten Freunden in der Nähe von Newmarket zu verbringen und von dort aus einen Abstecher zu dem Haus des D. G. in Cambridgeshire zu machen. Dann hatte seine Frau dieses Treffen am Samstag verlangt, und so war er in der Stadt geblieben. Nur gut. Denn so eine Spritztour zurück nach London, ohne vorherige Verabredung, nur um eine Laune des Alten zu befriedigen, war genau das, was Bret Verdauungsbeschwerden verursachte.
»Bedauere, wenn dieser Treffpunkt nicht gelegen war«, sagte Sir Henry Clevemore, als er den kleinen Raum über der Garage betrat. Er hatte sich den Kopf am Türrahmen gestoßen, aber jetzt, da er seine massige Gestalt in den großen, etwas abgenutzten Sessel eingepaßt hatte, schien er ganz zufrieden zu sein. »Aber es war eine Sache von einiger Dringlichkeit.«
»Ich bedaure, daß es hier nicht behaglicher ist«, sagte Bret. Der Raum war staubig und feucht. Am Spiegel waren Fingerabdrücke, unabgewaschene Milchflaschen standen im Waschbekken und verdorrte Blumen auf dem Bücherregal. Die einzige festliche Note verlieh der Teppich dem Interieur, der aufgerollt, in Sackleinwand eingenäht und mit leuchtendroten Kunststoffpäckchen voller Mottengift dekoriert war. Da das Haus nur von Durchreisenden zur Übernachtung benützt wurde, fehlte es dem Haus aufs traurigste an jedem Komfort. Selbst der elektrische Wasserkessel funktionierte nicht. Zu schade, daß Nikki so schwierig war. Die Hand einer Frau hätte diesen Räumen gutgetan.
Bret fühlte prüfend nach unten, ob der elektrische Heizlüfter warme Luft ausblase. Er hatte gleich nach seiner Ankunft hier die Heizung angeschaltet, aber die Luft war modrig. Er beschloß eine durchgreifende Renovierung der Wohnung. Er würde seinen Anwälten deswegen schreiben. Er öffnete einen Schrank, der mehrere Flaschen enthielt. »Es ist eine Flasche Whisky da.«
»Lassen Sie das doch, Bret. Wir brauchten einen Ort, um vertraulich miteinander reden zu können. Dieser hier ist ideal. Nein, ich will keinen Drink. Meine Neuigkeit ist, daß Erich

Stinnes zusammen mit dem jungen Bernard Samson aus Mexiko-Stadt hierher unterwegs ist. Ich glaube, wir haben es geschafft.«
»Das ist eine gute Nachricht, Sir.« Er blickte zu Boden, wo sich der schwarze Labrador des D. G. rekelte. Warum hatte der Alte dieses senile und übelriechende Geschöpf in diesen kleinen Raum mit hinaufgenommen?
»Sie werden bei der Sache Regie führen, Bret. Lassen Sie Samson reden, aber halten Sie alles, was abläuft, eisern unter Kontrolle. Wir müssen Stinnes umdrehen und zurückschicken.«
»Ja, Sir.«
»Aber mir ist eingefallen, Bret...« Er hielt inne. »Ich will mich nicht einmischen... Sie sollen ja Regie führen. Ganz allein.«
»Bitte fahren Sie fort, Sir.« Bret klopfte den Staub von einem mit Chintz bezogenen Stuhl und setzte sich sehr vorsichtig hin. Er wollte sich nicht schmutzig machen.
Der D. G. saß zurückgelehnt mit übergeschlagenen Beinen, ohne anscheinend die schäbige Umgebung zu bemerken. Das düstere Winterlicht, das durch die staubige Scheibe fiel, war eben ausreichend, das Profil des alten Mannes zu umreißen und Lichtflecken auf die Spitzen seiner blankgeputzten Schuhe zu setzen. »Sollten wir diesem verdammten Martin Pryce-Hughes an den Kragen gehen?«
»Dem Kommunisten? Hmm.«
Brets Ton war zu mild, den D. G. zufriedenzustellen. »Diese kleine Zecke, die den Kontakt zwischen Mrs. Samson und diesen Gangstern vom KGB gemacht hat«, sagte er mit Nachdruck. »Sollen wir ihn uns schnappen? Sagen Sie bloß nicht, daß Sie sich darüber noch nie Gedanken gemacht haben.«
»Ich habe mir schon eine Menge Gedanken darüber gemacht«, sagte Bret in der erstickten Stimme, mit der er sich gegen ungerechtfertigten Tadel wehrte.
»Sie haben davor gewarnt, ihn allzu bald nach Mrs. Samsons Verschwinden zu verhaften. Aber wie lange sollen wir denn noch warten?«
Bret sagte: »Sehen Sie, Sir...«
Der D. G. unterbrach ihn: »Jetzt, wo dieser Bursche Stinnes hier

ankommt, müssen wir uns überlegen, in welchem Maße wir zulassen wollen, daß Moskau Stinnes und Pryce-Hughes in Verbindung bringt. Wenn Stinnes dorthin zurückkehren soll, können wir ja nicht wollen, daß die denken, er hätte Pryce-Hughes an uns verraten, oder?«

»Nein, Sir, allerdings nicht.«

»Also dann, um Gottes willen, Mann. Heraus damit! Was denken Sie? Sollen wir uns Pryce-Hughes schnappen und ihn ausquetschen? Es ist Ihre Entscheidung. Sie wissen, daß ich mich nicht einmischen will.«

»Sie sind immer sehr rücksichtsvoll«, sagte Bret, während er tatsächlich dachte, wie gerne er den D. G. die enge knarrende Treppe hinabstoßen würde, um zu verfolgen, wie sein Chef auf dem öligen Boden der Garage abprallte.

»Ich bemühe mich, es zu sein«, sagte der D. G., von Brets untertänigem Ton erweicht.

»Aber es hat sich eine andere Dimension aufgetan. Etwas, womit ich Sie eigentlich nicht belästigen wollte.«

»Belästigen Sie mich damit«, sagte Sir Henry.

»Im Sommer 1978...«, Bret hielt inne und überlegte, wieviel er offenbaren und wie er es formulieren sollte, »knüpfte Mrs. Samson... eine Beziehung zu einem Dr. Henry Kennedy.«

Als Bret wieder innehielt, sagte der D. G.: »Knüpfte eine Beziehung? Was zum Teufel soll das heißen? Ich werde Sie nicht wegen übler Nachrede verklagen, Bret. Um Gottes willen, sagen Sie, was Sie meinen. Sagen Sie, was Sie meinen.«

»Ich meine«, sagte Bret leise und bestimmt, »daß sie seit ungefähr dieser Zeit, bis sie nach drüben ging, eine Liebesaffäre mit diesem Mann hatte.«

»O mein Gott!« sagte der D. G. mit einem Laut des Erstaunens, an dem er fast erstickte. »Mrs. Samson? Sind Sie sich dessen ganz sicher, Bret?« Er wartete, bis Bret nickte. »Mein Gott.« Angesichts der Bestürzung seines Herrn erhob sich der schwarze Labrador und schüttelte sich. Jetzt war die Luft voller Staub aus dem Fell des Hundes. Bret sah die Körnchen im aufsteigenden Luftstrom das Heizapparats schweben.

Gerade noch rechtzeitig vor einem Niesanfall hielt Bret sich das

Taschentuch unter die Nase. Als er sich davon erholt hatte, tupfte er sich noch einmal das Gesicht ab und sagte: »Ich bin ganz sicher, Sir Henry, aber das ist noch nicht alles. Als ich anfing, in der Vergangenheit dieses Burschen herumzuwühlen, entdeckte ich, daß er schon seit der Zeit seines Medizinstudiums Parteimitglied ist.«

»Parteimitglied? Mitglied der Kommunistischen Partei? Dieser Typ, mit dem sie ins Bett gegangen ist? Bret, warum zum Teufel haben Sie mir das alles nicht erzählt? Werde ich verrückt?« Er schob sich in seinem Stuhl nach vorne, als versuche er aufzustehen, und sein Hund sah Bret zornig an.

»Ich kann Ihre Besorgnis sehr gut verstehen, Sir«, sagte Bret in jenem knirschenden amerikanischen Akzent, der ihm bei Bedarf zur Verfügung stand. »Kennedy ist Kanadier. Sein Vater war Ukrainer mit einem Namen, den man auf der englischen Schreibmaschine nicht buchstabieren konnte, und so wurde Kennedy daraus.«

»Gefällt mir gar nicht, wonach das riecht, Bret. Haben wir's in Wirklichkeit mit einem russischen Staatsangehörigen zu tun, der mit einer kanadischen Geburtsurkunde reist? Von denen haben wir doch schon eine Menge gesehen, stimmt's?«

»Bei der RCMP von Ottawa liegt nichts gegen ihn vor. Er diente bei der Luftwaffe, wo er sich auszeichnete. Dann Medizinstudium, Staatsexamen, Dissertation und so fort. Das einzige, was sie ausfindig machen konnten, war eine Exfrau, die ihn mit Unterhaltsforderungen verfolgt. Keine politischen Aktivitäten, von der Teilnahme an einigen Parteiveranstaltungen während seiner Studienzeit abgesehen.« Bret hielt inne. Die Tatsache, daß der Kerl mit Unterhaltsforderungen gehetzt wurde, sicherte ihm Brets Mitgefühl.

»Gut, lassen Sie das nicht so stehen, Bret. Sie wollen mir doch nicht schonend beibringen, daß Mrs. Samson womöglich...« Die Stimme des D. G. verlor sich, während er die entsetzlichen Komplikationen überdachte, die Zweifel an Fiona Samsons Loyalität mit sich bringen würden.

»Nein, da besteht kein Anlaß, sich Sorgen zu machen. Tatsächlich liegt gegen beide nichts vor. Ich habe keinen Grund zu der

Annahme, daß Dr. Kennedy in irgendwelche Aktivitäten verwickelt war – auf welche Weise auch immer –, während der Zeit seiner Bekanntschaft mit Mrs. Samson und danach.«
»Und weshalb soll mich das beruhigen?«
»Ich hatte ein Auge auf ihn.«
»Sie persönlich?«
»Nein, natürlich nicht, Sir Henry. Ich habe ihn von jemandem beobachten lassen.«
»Von jemandem? Was war das für ein Jemand? Jemand vom Department?«
»Nein, natürlich nicht, Sir. Ich habe das privat arrangiert.«
»Ja, aber nicht privat bezahlt, oder? Und so taucht's in der Spesenabrechnung auf. Vielleicht haben Sie das nicht bedacht. Oh, mein Gott.«
»Der Auftrag taucht auf keiner Spesenabrechnung auf, Sir Henry. Ich habe persönlich und in bar bezahlt.«
»Sind Sie wahnsinnig, Bret? Sie persönlich haben bezahlt? Aus der eigenen Tasche? Was haben Sie vor?«
»Es mußte geheimgehalten werden«, sagte Bret.
»Natürlich. Das brauchen Sie mir nicht zu sagen! Mein Gott. Wirklich unerhört!« Der D. G. sank in seinen Sessel zurück, als versagten ihm die Kräfte. »Was für Whisky haben Sie da?« sagte er endlich.
Bret griff nach einer Flasche Bell's, goß reichlich davon in ein Becherglas und reichte dieses dem D. G. Nachdem er davon genippt hatte, sagte der D.G.: »Der Teufel hole Sie, Bret. Erzählen Sie nur das Schlimmste. Rücken Sie raus damit. Ich bin auf alles gefaßt.«
»Es gibt nichts ›Schlimmstes‹«, sagte Bret. »Es ist, wie ich Ihnen gesagt habe. Es gibt keinen Hinweis auf Kontakte Kennedys zu den Sowjets.«
»Mich führen Sie nicht an der Nase herum, Bret. Wenn es so einfach wäre, hätten Sie mir schon längst davon erzählt und nicht damit gewartet, bis die Verhaftung von Pryce-Hughes aufs Tapet kam.«
Bret stand noch bei den Flaschen. Er war nie ein großer Trinker gewesen, aber jetzt goß er sich zur Gesellschaft ein Schlückchen

ein, nahm das Glas mit zum Fenster und hielt es fest. Er wollte so weit weg von dem Hund wie irgend möglich sein. Der Geruch des Alkohols war abstoßend, er stellte das Glas ab. Er preßte die Finger gegen die kalte Fensterscheibe. Wie gut er dieses kleine Haus kannte. Glenn Rensselaer hatte ihn hierher mitgenommen, als er noch die Uniform eines Generals der U.S. Army trug. Bret hatte Glenn mehr geliebt, als er den mitleiderregenden Alkoholiker, der sein Vater war, je hätte lieben können.
»Es ist nicht mehr als ein Verdacht«, sagte Bret, nachdem er lange auf das Kopfsteinpflaster des Stallhofes und auf die dort geparkten Autos hinabgesehen hatte. »Aber ich weiß einfach, daß dieser Kennedy irgendeine Rolle dabei spielt. Ich weiß es einfach. Ich bin sicher, daß dieser Kennedy auf Mrs. Samson angesetzt wurde, um sie zu testen. Sie sind sich auf einem Bahnhof begegnet. Ich bin sicher, das war kein Zufall.« Er netzte seine Lippen mit ein wenig Whisky. »Sie muß den Test bestanden haben, denn es spricht alles dafür, daß Dr. Kennedy sich in sie verliebt hat und noch immer in sie verliebt ist. Aber Kennedy ist eine tickende Bombe, und das gefällt mir nicht. Ich habe Pryce-Hughes im Auge behalten, denn ich hoffte, es würde da irgendeinen Kontakt geben. Aber das ist jetzt schon lange her. Ich habe mich vermutlich geirrt.«
»Zu viele Mutmaßungen, Bret.«
»Ja, Sir Henry.«
»Fakten übertrumpfen jedes mutmaßliche As, stimmt's?«
»Ja, natürlich, Sir.«
»Werden Sie also Pryce-Hughes verhaften?«
»Ich würde lieber damit noch ein Weilchen warten, Director. Ich habe schon vor ein paar Jahren mal versucht, ihn zu einer Reaktion zu provozieren. Zu dem Zweck habe ich jemanden eine aufwendige Akte anfertigen lassen, die ›bewies‹, daß Pryce-Hughes für die Londoner Zentrale arbeitete. Es war eine fabelhafte Arbeit – Dokumente, Fotos, alles mögliche Zeug – und hat mich einen Haufen Geld gekostet. Ich war dabei, als wir sie ihm zeigten.«
»Und?«
»Er hat uns ausgelacht, Sir. Ich war dabei. Er hat gelacht.«

»Ich bin froh, daß wir diese kleine Plauderei hatten, Bret«, sagte der D. G. Es war ein Tadel.
»Aber die Akte, die ich zusammenstellt habe, um Pryce-Hughes zu belasten, könnte uns jetzt sehr nützlich sein, Sir.«
»Ich höre, Bret.«
»Ich möchte sie so umarbeiten lassen, daß sie diesen KGB-Oberst Pawel Moskwin belastet.«
»Diesen Killer, der den Jungen in dem sicheren Haus in Bosham ermordet hat?«
»Ich glaube, er ist eine Gefahr für Fiona Samson.«
»Sind Sie sicher, daß Sie nicht nur diese verdammte Akte noch mal nützlich verwenden wollen?«
»Das wird uns kaum was kosten, Sir. Wir können die Akte sehr leicht in das KGB-Netzwerk einschmuggeln. Diese Miranda Keller wäre als Moskwins Kontakt geradezu perfekt.«
»Das wäre aber doch wohl ein bißchen hart für die arme Frau, finden Sie nicht?« sagte der D. G.
»Wir müssen an Fiona Samson denken«, sagte Bret.
»Na schön. Unter diesem Gesichtspunkt kann ich wohl keine Einwände mehr machen.«

19

England, Weihnachten 1983

Gloria Kent fühlte sich elend. Sie hatte Bernard Samsons zwei kleine Kinder über Weihnachten mit zu ihren Eltern genommen. Sie war groß und blond und sehr schön, und sie trug ein tief ausgeschnittenes grünes Kleid, das sie nur eingepackt hatte, um Bernard damit zu beeindrucken.

»Warum ist er nicht bei seinen Kindern?« fragte Glorias Mutter zum wer-weiß-wievielten Mal. Sie stellte die Teller des Weihnachtsessens, die Gloria abgeräumt hatte, in den Geschirrspüler.

»Er wurde in letzter Minute zum Feiertagsdienst eingeteilt«, sagte Gloria. »Und das Kindermädchen war schon nach Hause gefahren.«

»Du bist ein Dummkopf, Gloria«, sagte ihre Mutter.

»Wie meinst du das?«

»Du weißt, wie ich das meine«, sagte ihre Mutter. »Er wird zu seiner Frau zurückkehren, das machen sie immer.« Sie ließ eine Handvoll Messer und Gabeln in einen Kunststoffkorb fallen. »Ein Mann kann nicht zwei Frauen haben.«

Gloria reichte ihr die Dessertteller und spannte dann Folie über die Reste des Weihnachtspuddings, ehe sie diesen in den Kühlschrank stellte.

Der zehnjährige Billy Samson kam in die Küche. Er trug noch den Papierhut und den Kunststoffarmreifen, die er aus einem Knallbonbon gezogen hatte. »Sally wird sich gleich übergeben«, kündigte er an, ohne zu versuchen, seine Freude angesichts dieser Aussicht zu verhehlen.

»Wird sie nicht, Billy. Ich habe gerade mit ihr gesprochen, sie setzt das Puzzle zusammen. Ist das Video schon aus?«

»Ich habe es schon mal gesehen.«
»Hat Opa es schon gesehen?« fragte Gloria. Man hatte sich darauf geeinigt, daß Glorias Vater Opa war.
»Er schläft«, sagte Billy. »Er schnarcht.«
»Warum hilfst du Sally nicht bei dem Puzzle?« fragte Gloria.
»Kann ich noch ein bißchen Eiercreme haben?«
»Ich glaube, du hast genug gehabt, Billy«, sagte Gloria fest. »Ich habe noch niemanden so viel essen sehen.«
Billy sah sie einen Augenblick lang an, ehe er sich damit abfand und zurück ins Wohnzimmer wanderte. Mrs. Kent sah ihm nach. Der Junge sah den Fotos seines Vaters so ähnlich. Der mutterlose arme kleine Bengel tat ihr leid, aber sie war überzeugt, daß die verwegene Liebesaffäre mit einem »verheirateten Mann aus dem Büro« ihrer Tochter nur Unglück bringen konnte.
»Ich weiß alles, was du sagen willst, Mami«, sagte Gloria. »Aber ich liebe Bernhard bis zur Verzweiflung.«
»Ich weiß das, mein Herz.« Sie wollte noch mehr sagen, aber dann sah sie, daß ihrer Tochter die Augen schon voller Tränen standen. Das war das Herzzerreißende an der ganzen Geschichte, Gloria wußte, daß sie nur Kummer zu erwarten hatte.
»Er wollte nicht weg«, sagte Gloria. »Dieser eklige Kerl im Büro hat ihn geschickt. Ich hatte alles so sorgfältig geplant. Ich wollte ihn und die Kinder richtig glücklich machen.«
»Was sagt er denn dazu?« fragte ihre Mutter, ermutigt von dem Wein, den sie zum Essen getrunken hatte.
»Er sagt dasselbe wie du«, sagte Gloria. »Dauernd erzählt er mir, daß er zwanzig Jahre älter ist als ich, daß ich mit jemand anderem zusammensein sollte, einem jüngeren Mann.«
»Dann kann er dich nicht lieben«, erklärte ihre Mutter mit Nachdruck.
Gloria brachte ein kleines Lachen zustande. »Ach, Mami! Ganz gleich, was er tut, in deinen Augen hat er immer unrecht.«
»Als du uns das erste Mal davon erzählt hast, konnte dein Vater wochenlang nicht darüber sprechen.«
»Es ist mein Leben, Mami.«
»Du bist so jung. Du traust jedem, und die Welt ist so grausam.«

Sie stellte den letzten schmutzigen Teller in den Geschirrspüler, schloß die Tür und richtete sich auf. »Was hat er denn heute so Wichtiges vor? Oder darf ich danach nicht fragen?«
»Er ist in Berlin und identifiziert eine Leiche.«
»Ich werde froh sein, wenn du nach Cambridge gehst.«
»Ja«, sagte Gloria ohne Begeisterung.
»Ist nicht seine Frau in Berlin?« sagte ihre Mutter plötzlich.
»Er wird ihr nicht begegnen«, sagte Gloria.
Im nächsten Zimmer zog Billy einen Stuhl an den Tisch, wo Sally an dem Puzzle arbeitete. »Eine Szene in Devon« zeigte es und war ein Geschenk des Kindermädchens. Zwei Ränder des Bildes hatte Sally bereits fertig. Ohne etwas zu sagen, begann Billy, ihr zu helfen.
»Mir fehlt Mami«, sagte Sally. »Warum hat sie uns nicht zu Weihnachten besucht?«
»Gloria ist nett«, sagte Billy, der schon einigermaßen für sie schwärmte. »Was heißt ›in Trennung‹?« Er hatte gehört, daß seine Eltern in Trennung lebten, aber er wußte nicht genau, was das bedeutete.
Sally sagte: »Nanny hat gesagt, daß Mami und Papa in verschiedenen Ländern leben müssen, um sich selbst zu finden.«
»Können sie sich denn nicht selbst finden?« sagte Billy. Er kicherte. »Es muß schrecklich sein, wenn man sich selbst nicht finden kann.«
Sally fand das überhaupt nicht komisch. »Wenn sie sich selbst findet, kommt Mami wieder.«
»Dauert das lange?«
»Ich werde Nanny fragen«, sagte Sally, die sich darauf verstand, dem stillen Mädchen aus Devon Informationen abzuschmeicheln.
»Ist Papa auch dabei, sich selbst zu finden?« Und dann, ehe Sally antworten konnte, fand er ein Stück Himmel und paßte es in das Puzzle ein.
»Ich habe das Stück zuerst gesehen«, sagte Sally.
»Nein, hast du nicht. Hast du nicht!«
Sally sagte: »Vielleicht könnte Papa Mami heiraten und Gloria auch.«

»Nein«, sagte Billy, seiner Sache sicher. »Ein Mann kann nicht zwei Frauen haben.«
Sally sah ihn bewundernd an. Billy wußte immer alles. Aber sein Gesicht hatte einen Ausdruck, den sie kannte. »Ist dir nicht gut?« fragte sie ängstlich.
»Ich glaube, mir wird übel«, sagte Billy.

20

Ost-Berlin, Februar 1984

Hubert Renn sprach seine innersten Gedanken selten aus, hätte er das hinsichtlich seiner Tätigkeit für Fiona Samson aber getan, wäre dabei herausgekommen, daß die Beziehung sich als viel besser, als er zu hoffen gewagt, erwiesen hatte. Als ihm in der ersten Januarwoche des Jahres 1984 angeboten wurde, in eine andere Stellung und damit ins Stasi-Hauptquartier an der Normannenstraße überzuwechseln, lehnte Renn das Angebot ab und machte unter erheblichen Schwierigkeiten Gründe für diese Weigerung geltend.

Hubert Renn war die Atmosphäre der kleinen KGB-Stasi-Kommandoeinheit an der Karl-Liebknecht-Straße lieber. Und wie viele Angehörige der Verwaltung schätzte er das Gefühl von Wichtigkeit und Dringlichkeit der alltäglichen Geschäfte, das einem die Tätigkeit in der Operationsabteilung vermittelt. Überdies hatte er eine väterliche Verantwortung für Fiona Samson übernommen, was freilich der strengen und förmlichen Art, in der, auf sein Betreiben, die Geschäfte geführt werden mußten, nicht anzumerken war. Wie auch Fiona Samson von Renn niemals etwas außer seiner völligen Hingabe an seine Arbeit verlangte oder zu erwarten schien.

Renn hatte keine Schwierigkeiten, Fiona Samson zu verstehen oder wenigstens mit ihr zurechtzukommen. Dieses gegenseitige Einverständnis profitierte von Fionas geändertem Verhalten, ihrer verdrängten und neugestalteten Weiblichkeit. Die Ungewißheiten und Zweifel, die Mutterschaft und Ehe ihr mitgegeben hatten, beeinflußten jetzt ihr Denken nicht mehr. Sie war nicht maskulin – Männer und ihre Denkweise fand sie noch immer so rätselhaft wie eh und je –, aber sie war jetzt so vereinfachend und entschieden, wie es Männer zu sein pflegen. Selbst in ihrer weiblichsten Phase war sie nie der Opferrolle verfallen, die sie ihre Mutter, ihre Schwester und zahllose andere Frauen nur allzu bereitwillig hatte spielen sehen. Wenn sie jetzt irgendeiner Sache begegnete, mit der sie zu ihren eigenen Bedingungen nicht fertig wurde, fragte sie sich, was Bernard in der gleichen Lage tun würde, und das half ihr oft, das Problem zu lösen. Und es umgehend zu lösen.

Wäre sie vollkommen auf dem Posten gewesen, wären ihre Verhältnisse ganz erträglich gewesen. Aber Berlin legte sich ihr aufs Gemüt. Für Bernard war die Stadt eine zweite Heimat, und er liebte sie, für Fiona war sie ein Alptraum. Sie kam endlich zu dem Schluß, daß ihre Depressionen und Alpträume, aus denen sie oft schwitzend und zitternd erwachte, nicht allein von ihrer Einsamkeit herrührten oder den Schuldgefühlen, die sie bei dem Gedanken, Mann und Kinder verlassen zu haben, plagten. Berlin war der Bösewicht. Berlin verzehrte ihr das Herz, so daß sie sich nie würde erholen können. Das war natürlich Unsinn, aber sie verlor ihr Gleichgewicht, und das war ihr bewußt.

In der Abgeschiedenheit ihrer Wohnung an der Frankfurter Allee, wenn sie einmal nicht mit ihrer Arbeit beschäftigt war oder sich bemühte, ihr Deutsch und ihr Russisch zu verbessern, fand sie manchmal Zeit, über die Gründe ihrer gegenwärtigen verzweifelten Lage nachzudenken. Sie verwarf die analytische Vergangenheitsbewältigung, jenes Psychologen und Romanschriftstellern gleichermaßen teure Schlußverfahren, das ihr zweifellos gestattet hätte, eine gerade Kette von Ursachen und Wirkungen aufzubauen, angefangen von ihrem autoritären Vater über die Internatserziehung, ihre geheimdienstliche Tätigkeit und deren Apotheose in dieser Annahme eines anderen Lebens. So war das nicht gelaufen. Die Fähigkeit, diese Rolle zu spielen, hatte sie sich in harter Arbeit erworben. Dieser Teil ihrer Krankheit war keine Offenbarung irgendeines Bruchs in ihrer Persönlichkeit.

Sie hatte sich aus der Lage jenes kleinen Mädchens, das zitternd vor Furcht ins Internat gegangen war, nicht durch Teilnahme an

rebellischen Demonstrationen befreit, sondern insgeheim. Deshalb war die Verwandlung so vollkommen. Sie war tatsächlich ein anderer Mensch geworden. Obwohl sie das niemals einer lebenden Seele gestehen würde, hatte sie jener abgebrühten Person, die jeden Morgen in der Karl-Liebknecht-Straße zum Dienst antrat und schwer für den deutschen sozialistischen Staat schuftete, sogar einen Namen gegeben: Die fragliche Person war Stefan Mittelberg – den Namen hatte sie sich aus dem Telefonbuch zusammengestückelt –, einen männlichen Namen natürlich, denn im Büro mußte sie ihren Mann stehen. »Los, los, Stefan«, pflegte sie sich jeden Morgen zu ermahnen. »Zeit zum Aufstehen.« Und wenn sie sich vor dem Spiegel das Haar bürstete, wie sie's jeden Morgen tat, sah sie aus dem Spiegel mit harten Augen Stefan an. War »Stefan« eine Offenbarung emotionalen Wandels? Eine Verhärtung? Eine Befreiung? Oder war Stefan derjenige, der spontan diese Liebesaffäre mit Harry Kennedy angefangen hatte? Wie wäre anders eine so vollkommen aus der Rolle fallende Handlungsweise erklärlich? Nun, Stefan war ein blendender Erfolg. Ärgerlich war nur, daß sie Stefan verabscheute. Aber egal, mit der Zeit würde sie vielleicht lernen, dieses neue hartgesottenere Selbst zu lieben.
Im Büro bemühte sie sich, der perfekte Apparatschik zu werden, die Sorte Chef, für den ein Mann wie Renn würde arbeiten wollen. Aber sie war Ausländerin und noch dazu eine Frau, und manchmal brauchte sie Renns Hilfe und seinen Rat, um sich in den verschlungenen Intrigen des Büros zurechtzufinden.
»Wie lange wird der neue Mann hier arbeiten?« fragte Fiona Renn eines Tages, während sie Schachteln voller Papiere verstauten und einen blitzblank aufgeräumten Schreibtisch feierten. Renn sah sie an, erstaunt, sie so unschuldig und uninformiert zu finden. Zumal Fiona die russische Auszeichnung nun bewilligt worden war. Man hatte sie ihr im Rahmen einer kleinen Zeremonie in der Zentrale an der Normannenstraße überreicht. Ein Teil des Glanzes war auch auf Renn gefallen. »Neuer Mann?« sagte er. Niemals stürzte er sich in solche Unterhaltungen.
»Der Junge... gelbes, welliges Haar...« Sie hielt inne. »Was habe ich gesagt?«

Renn fand ihre Unwissenheit zugleich erschreckend und rührend. Jeder sonst im Gebäude hatte gelernt, einen Offizier des Moskauer politischen Sicherheitsdienstes zu erkennen. »Meinen Sie Leutnant Bakuschin?« fragte er.

»Ja. Weshalb ist er hier?«

»Er war einer der mit der Moskwin-Untersuchung befaßten Offiziere.«

»Moskwin-Untersuchung? Pawel Moskwin?«

»Aber ja. Sie wurde letzte Woche in Moskau durchgeführt.«

»Was wurde denn untersucht?«

»Seine Führung.«

»Führung?«

»Sein Verhalten. So wird das gewöhnlich formuliert. Natürlich sind solche Untersuchungen geheim.«

»Und wird auch das Urteil geheim verkündet?«

»Leutnant Bakuschin sucht weiteres Beweismaterial. Er wird wahrscheinlich auch mit Ihnen sprechen wollen.«

»Aber Moskwin ist doch gerade erst zum Oberst befördert worden.« Sie verstand noch immer nicht, was Renn ihr zu sagen versuchte.

»Das war nur, um es ihm zu erleichtern, während seines Aufenthalts in London den Leuten von der Botschaft Anweisungen zu geben. Hier nimmt man den Rang nicht so wichtig wie im Westen. Was hier die Autorität eines Mannes ausmacht, ist sein Auftrag.«

»Und Leutnant Bakuschins Auftrag verleiht ihm große Autorität?«

»Leutnant Bakuschin könnte, ohne besondere Genehmigung aus Moskau, jeden hier im Gebäude verhaften und einsperren lassen«, sagte Renn einfach. Fiona lief's kalt den Rücken hinunter.

»Haben Sie eine Ahnung, was Oberst Moskwin vorgeworfen wird?«

»Schwere Verbrechen«, sagte Renn.

»Was sind schwere Verbrechen?«

»Die gegen Oberst Moskwin erhobenen Beschuldigungen sollten wir lieber nicht erörtern.«

»Ich habe gehört, daß der Oberst zahlreiche einflußreiche Freunde in Moskau hat«, sagte Fiona.
Renn stand still. Für einen Augenblick dachte Fiona, er würde mit einer gemurmelten Entschuldigung das Büro verlassen – wie er's schon manchmal getan, wenn sie ihn mit Fragen bedrängt hatte, die er nicht beantworten wollte –, aber das tat er nicht. Renn ging um den Tisch herum und stellte sich an ihre Seite. »Major Erich Stinnes ist in London und führt den englischen Geheimdienst an der Nase herum und stiftet eine Menge Verwirrung, wovon ich nicht die geringste Ahnung habe. Oberst Moskwin ist ebenfalls in England zur Unterstützung der Operation. Moskau war sehr unglücklich über den Tod des Engländers in dem Haus in Bosham. Oberst Moskwin hat seine Kompetenzen überschritten. Man hat die Untersuchung jetzt abgehalten, weil er gegenwärtig nicht greifbar ist. Der Oberst steht nun vor dem Problem, daß, im Falle die Londoner Operation gutgeht, dies dem Mut, der Geschicklichkeit und dem Einfallsreichtum des Majors Erich Stinnes zugute gehalten werden wird. Geht was schief, wird man Oberst Moskwin die Schuld geben.« Renn sah sie an und fuhr dann eilig fort. »Und so sind Sie inzwischen der mächtigste Offizier in der Sektion.« Renn richtete seinen Blick auf sie. Sie hatte noch immer nicht vollkommen verstanden, also erklärte er weiter: »Leutnant Bakuschin weiß das. Er wird Ihre Aussage anhören unter der Voraussetzung, daß auch Sie Bescheid wissen.«
»Sie meinen, Bakuschin wird von mir erwarten, daß ich mit meinen Aussagen helfen soll, Oberst Moskwin, wessen auch immer er angeklagt ist, zu überführen, um das Kommando zu übernehmen?«
»Frau Direktor, es laufen alle möglichen wilden Gerüchte um. So heißt es, daß Oberst Moskwin schon seit langem für die Briten arbeitet. Auch Mrs. Keller wird beschuldigt. Sie erinnern sich ihrer vielleicht von meiner Geburtstagsgesellschaft. Sie ist mit ihrem Sohn in den Westen geflohen, anscheinend mit Hilfe gefälschter Pässe des Vereinigten Königreichs.« Renn lächelte, um etwas von der Spannung zu lösen, die er empfand. »Ich bin überzeugt, daß die Moskauer Untersuchung Oberst Moskwins

Unschuld erweisen wird. Er hat Freunde und Verwandte in hohen Stellungen in Moskau. Ich weiß, wie das System funktioniert. Der Leutnant sammelt Beweismaterial für die Untersuchung. Vorsicht ist geboten, wenn Sie mit ihm reden.«
Fiona holte tief Atem. »Haben Sie jemals *Alice im Wunderland* gelesen, Herr Renn?«
»Ist das ein englisches Buch? Nein, ich glaube nicht.« Höflich, aber eilig ließ er Alice auf sich beruhen. »Das aber, Frau Direktor, bedeutet, daß Sie die Entscheidung über das Treffen in Holland fällen müssen. Niemand sonst hat Vollmacht, die Anordnungen zu unterzeichnen. Denn Moskwin und Stinnes sind nicht da, und wir brauchen jemanden in leitender Stellung, der fließend Englisch spricht. Ich hoffe, daß man nicht jemanden aus einer anderen Einheit wird mit der Sache befassen müssen.«
»Das wird nicht geschehen, wenn wir es verhindern können«, sagte Fiona. »Aber für mein Zögern werden Sie gewiß Verständnis haben, Herr Renn.«
»Sie gehen also?« fragte Renn.
»Ich glaube nicht«, sagte Fiona. Sie wollte gehen; ein Ausflug in den Westen – nur um vierundzwanzig Stunden dessen Luft zu atmen – würde ihr neue Lebenskraft geben.
»Wenn Sie die Verhaftung fürchten, kann ich Ihnen Diplomatenpapiere besorgen.«
»Nein.«
»Wer kommt sonst in Frage?«
Sie sah ihn an. Sie hatte darüber nachgedacht, und es hatte sie gereizt, aber nun, da Renn die Frage offen stellte, hatte sie keine Antwort parat. »Ich werde die Normannenstraße verständigen müssen. Die sollen das entscheiden.«
Renn nahm von Fionas Schreibtisch eine Kunststoffschachtel mit weichen Disketten, die dort auf den Büroboten wartete, und spielte damit. »Davon würde ich abraten, Frau Direktor«, sagte Renn mit abgewandtem Blick und rot im Gesicht, angesichts der Peinlichkeit einer so offenen Rebellion.
»Nur sicherheitshalber. Technisch sind wir ihnen doch unterstellt.«
»Frau Direktor, wenn Sie Instruktionen in der Normannenstra-

ße einholen und noch dazu in einer rein operativen Angelegenheit, würden Sie einen sehr folgenschweren Präzedenzfall schaffen. Einen höchst gefährlichen Präzedenzfall.« Er schüttelte die Disketten in der Schachtel. Sie klapperten. »Wie immer nun die Karrieren von Oberst Moskwin und Major Stinnes weitergehen mögen, wird doch, hoffe ich, diese Abteilung weiterhin so funktionieren wie während der vergangenen zwölf Jahre oder noch länger. Wenn Sie aber eine Genehmigung für etwas so Normales wie eine Reise nach Holland in der Normannenstraße einholen, unterstellen Sie uns praktisch deren Autorität. Was würde dann in Zukunft geschehen? Niemand hier wird mehr so verhältnismäßig unabhängig seine Arbeit machen können wie jetzt. Wir könnten praktisch gleich den Laden hier dichtmachen und in der Normannenstraße zum Dienst gehen.«

Sie nahm ihm die Schachtel mit Disketten aus der Hand und stellte sie wieder auf den Tisch. Dann sah sie auf ihren Notizblock hinab, als wende sie sich wieder ihrer Arbeit zu. »Das würde ich nicht wollen, Herr Renn. Sie haben mir ja schon erzählt, wie Sie das Gedränge auf dem U-Bahnhof Magdalenenstraße hassen.«

Hubert Renn wurde steif, und er preßte die Lippen zusammen. Inzwischen hätte Fiona schon gelernt haben sollen, daß der spaßige Ton, der in englischen und amerikanischen Büros gang und gäbe ist, in Deutschland selten gut ankommt. »Aber Frau Direktor...«

»Nur ein Spaß, ein alberner Spaß«, sagte Fiona. »Ich werde natürlich Ihren Rat befolgen, Herr Renn.«

»Soll ich Ihre Papiere vorbereiten?«

»Ja, ich fahre.« Sie sah zu, wie er die Arbeit, die ihn beschäftigt hatte, zusammenlegte. Hubert Renn war, obwohl er gern das Gegenteil behauptete, eine komplexe Persönlichkeit. Sie kam noch immer nicht klar damit, wie er es schaffte, seine antirussischen Vorurteile mit unkritischer Unterwerfung unter Marx und dessen sämtliche Werke zu verbinden.

War Renns Empfehlung – Kompetenzen in Anspruch zu nehmen, auf die ihre Stellung ihr eigentlich keinen Anspruch gab, und sich kraft dieser eine Auslandsreise zu gestatten – der Köder in irgendeiner neuen ekligen Falle, die ihre Feinde ihr stellten? Sie glaubte es nicht, aber es gab keine Gewißheit. Vorsichtig, Stefan! Niemand konnte sich auf nichts vollkommen verlassen hier. Das war das Wichtigste, was sie gelernt hatte.

Sie stand auf. »Und dann ist da noch die Sache mit dem Arzt an der Charité.«

»Ja, Frau Direktor. Diese Sachen sind immer sehr zeitraubend. Ich habe Ihnen eine Notiz auf den Schreibtisch gelegt.«

»Die Notiz sagt nur, daß alles in Ordnung ist.«

Renn trat neben sie und sagte: »Ja, gute Nachrichten, Frau Direktor. Herr Dr. Kennedy ist vollkommen unbedenklich. Besser als das: ein Genosse. Wir haben ihn mit ein paar kleinen Aufgaben in London beschäftigt. Wahrscheinlich hätte man ihm auch wichtigere gegeben, wenn er nicht schon als Student der Partei beigetreten wäre.«

Fiona wurde übel. Sie setzte sich wieder auf ihren Stuhl. Für einen Augenblick blieb ihr die Luft weg. Dann gelang es ihr zu murmeln: »Der Kommunistischen Partei?« Gott sei Dank, daß sie sich Kennedy niemals anvertraut hatte. Mehr als einmal war sie versucht gewesen. Er schien ein so überzeugter Kapitalist zu sein mit seinen Flugzeugverkäufen und -lieferungen, aber natürlich wäre das auch eine ausgezeichnete Tarnung, und wie sie aus ihrer täglichen Erfahrung wußte, finanzierte das KGB Tausende von solchen Geschäften als Tarnung für Agenten.

»Ja, schade, daß niemand sein Potential erkannte und ihm davon abriet. Denn natürlich können Parteigenossen nicht für wichtige Aufgaben verwendet werden.«

»Irgendwelche Daten?«

»Nichts seit Juli 1978. Aber erinnern Sie sich, wir haben ja beide erst jüngst wieder mal gesehen, wie lange es manchmal dauert, bis Nachträge zu den Akten aufgearbeitet sind.«

Ihr Kopf begann zu klopfen, und Fiona fühlte sich krank. »Was hat er für uns gemacht?«

»Solche Einzelheiten sind bei uns nicht aktenkundig. Der Londoner Resident hätte alles Diesbezügliche direkt nach Moskau gemeldet. Ich vermute, es wird sich um Überwachung, das Besorgen von Unterkunft oder von Referenzen gehandelt haben. Mit derartigen Aufgaben werden solche Leute meist betraut.«

Das war es also: Juli 1978, einen Monat vor der »zufälligen« Begegnung auf der Waterloo-Station. Sie hatte Martin vergrault, und so hatte Moskau einfach einen anderen Beobachter auf sie angesetzt. Ja, die Zeit hätte ausgereicht, Harry zu instruieren und vorzubereiten. Harry Kennedy war also von Moskau beauftragt worden, sie zu überprüfen. War das auch die Rolle, die er in Berlin spielte? »Nichts seit 1978?«

»Soll ich in Moskau anfragen, ob er noch im Einsatz ist?«

»Nein, Herr Renn, ich glaube, das wäre unklug.«

Er sah sie an und sah, daß ihr nicht gut war. »Wie Sie meinen, Frau Direktor.« Er nahm seine Papiere vom Tisch und verließ taktvoll den Raum.

Sie schluckte drei Aspirin-Tabletten. Überall hatte sie welche zur Hand, aber Aspirin leistete selten mehr als eine Verminderung der Intensität des Schmerzes. Sie hielt sich die Hände über die Augen. Wenn sie sich auf alte Erinnerungen konzentrierte, überstand sie manchmal diese Attacken durch reine Willenskraft. Bilder ihres Mannes und ihrer Kinder flimmerten vor ihrem inneren Auge so verschwommen und holprig wie zerkratzte alte Filmstreifen. Lange saß sie ganz still, so wie jemand sich sammeln würde, ehe er unverletzt aus einem zu Schrott gefahrenen Auto aussteigt.

21

Berlin, März 1989

Der Director-General – rastlos und fordernd – machte einen seiner inoffiziellen Blitzbesuche in Berlin. Frank Harrington, der Berliner Resident, fluchte, weil er deshalb von heute auf morgen sein Programm ändern mußte, aber so war der Alte eben. Er war immer so gewesen, und neuerdings wurde es noch schlimmer. Nicht nur hatte er plötzliche ungelegene Eingebungen, auf die jeder sich, ohne viel zu fragen, einzustellen hatte, sondern Sir Henry war auch ein schrecklicher Zeitverschwender. In dem bequemsten Sessel sitzend, ein Glas Jahrgangs-Hine in der Hand, pflegte Sir Henry Clevemore zu reden und zu reden und warf nur ab und zu ein, daß er nun wirklich gehen müsse, als hielte ihn jemand gegen seinen Willen.

So war es an diesem Nachmittag gewesen. Aus dem Büro des D. G. war ein »deutsches Mittagessen« bestellt worden. Tarrant, der alte Diener, der Frank schon länger diente, als irgendjemand zurückdenken konnte, bereitete alles vor. Sie aßen im Speisezimmer der schönen alten Grunewaldvilla, die dem Berliner Residenten als Dienstwohnung zur Verfügung stand. Franks Köchin wußte einen Hasenpfeffer zu machen, der über die Jahre berühmt geworden war, und das Hausmädchen trug ihre beste gestärkte Schürze und sogar ein Spitzenhäubchen. Das alte Tafelsilber war geputzt und das Meißner Porzellan aus der Anrichte geholt worden. Die Tafel hatte wirklich ganz fabelhaft ausgesehen. Die diesbezügliche Bemerkung des D. G. hatte Tarrant gehört, und er erlaubte sich ein selbstzufriedenes kleines Lächeln.

Nach dem Essen waren die beiden Männer zum Kaffee ins

Wohnzimmer gegangen. Das war inzwischen schon Stunden her, und noch immer machte der D. G. keine Miene, sich zu verabschieden. Frank wünschte, er hätte sich nach dem Rückflug erkundigt, dies jetzt zu tun würde unhöflich scheinen. So nickte er dem alten Mann zu und hörte ihn an und wünschte sich nichts sehnlicher, als sich eine Pfeife anzünden zu können. Der Alte haßte Pfeifentabak, insbesondere die Marke, die Frank rauchte, und Frank wußte, daß es nicht in Frage kam.

»Nun, ich muß mich auf den Weg machen«, sagte der D. G. wie schon so viele Male an diesem Nachmittag, aber jetzt machte er Miene, sich tatsächlich in Bewegung zu setzen. Gott sei Dank, dachte Frank. Wenn er den Alten bis sieben los wurde, hatte er noch Zeit für seinen Bridge-Abend mit den Kameraden vom Militär. »Ja«, sagte der D. G. mit einem Blick auf die Uhr, »höchste Zeit, daß ich mich auf den Weg mache.«

Einer von Frank Harringtons Schulkameraden in Eton war Arzt geworden und praktizierte in einer wohlhabenden Ecke des ländlichen Yorkshire. Dieser meinte, er habe sich dort erst daran gewöhnen müssen, daß jeder Patient, der in seine Sprechstunde kam, eine halbe Stunde über dies und das plauderte, ehe er aufstand, um wieder zu gehen, und dann zwischen Tür und Angel beim Verabschieden nebenher bemerkte, was ihm wirklich Sorgen machte. So war es mit dem Director-General. Er hatte schon den ganzen Nachmittag lang dagesessen und Höflichkeiten mit Frank ausgetauscht, als er sein Glas erhob, den letzten Schluck im Munde kreisen ließ und ihn dann hinunterspülte. Dann setzte er das Glas ab, stand auf und wiederholte noch einmal, daß er nun endlich gehen müsse. Erst dann sagte er: »Haben Sie in letzter Zeit Bret Rensselaer gesehen?«

Frank nickte. »Letzte Woche. Bret wollte meinen Rat wegen des Berichts über die Schießerei in Hampstead.« Frank stand auf und machte eine nicht sehr nachdrückliche Gebärde mit der Cognacflasche, aber der alte Mann winkte ab.

»Darf ich fragen, was Sie geraten haben?«

»Ich habe ihm geraten, keinen Bericht zu erstatten, nicht schriftlich jedenfalls. Ich empfahl ihm, die Sache mit Ihnen durchzugehen und dann eine Aktennotiz darüber zu machen.«

»Was hat Bret gesagt?«
Frank ging durch das Zimmer, um die Flasche wegzustellen. Er war von noch immer schlanker und athletischer Erscheinung. In seinem Anzug aus Bedfordcord hätte man ihn leicht für einen Offizier der Berliner Garnison, einen Mann Mitte der Vierzig halten können. Es war schwer zu glauben, daß Frank und der D. G. zusammen in der Ausbildung gewesen waren und daß Frank schon das Pensionsalter erreichte. »Ich erinnere mich genau. Er sagte: ›Ich soll also meinen Arsch bedeckt halten?‹«
»Und war es das, was Sie meinten?«
Frank blieb stehen, wo er war, in der Mitte des Perserteppichs, und wählte seine Worte sehr sorgfältig. »Ich wußte, daß Sie ein Protokoll seines mündlichen Berichts zu den Akten geben würden.«
»Das wußten Sie?« Eine leichte Hebung des Tons beim zweiten Wort.
»Wenn das eine geeignete Maßnahme war«, sagte Frank.
Der D. G. nickte besonnen. »Bret wäre fast getötet worden. Zwei Sowjets wurden von Bernard Samson erschossen.«
»So hörte ich von Bret. Ein Glück, daß unsere Leute weg waren, ehe die Polizei kam.«
»Noch sind wir nicht aus dem Schneider«, sagte der D. G.
Frank fragte sich, ob er weiterfragen sollte, meinte aber, daß der D. G. ihm das Weitere schon von sich aus erzählen würde, sobald es ihm nötig schiene. Frank sagte: »Wie ich hier in Berlin höre, steckte ein KGB-Gorilla namens Moskwin hinter der Sache. Derselbe Schurke, der den jungen Mann in dem sicheren Haus in Bosham getötet hat.«
»Die Abteilungen für Recherchen und Instruktionen sind der gleichen Meinung, es wird sich also wohl so verhalten.« Der D. G. wandte sich um und kehrte dahin zurück, wo er gesessen hatte. Er sah Frank an und sagte: »Es wird eine Untersuchung geben müssen.«
»Brets Zukunft betreffend?«
»Nein, ganz soweit ist es noch nicht, aber das Cabinet Office macht gerade eine dieser Perioden durch, in denen sie da jede Beschwerde der Russen fürchten.«

»Zwei tote KGB-Killer? Bewaffnete Killer? Nicht sehr wahrscheinlich, daß Moskau ein Interesse an derlei Spaß und Tollerei anmeldet, Sir Henry.«

»Ist das eine auf Ihren Berliner Erfahrungen beruhende wohlerwogene Meinung?«

»Ja, durchaus.«

»Das ist auch meine Meinung, aber im Cabinet Office will man die Meinungen von Experten nicht hören, dort ist man einzig an den Politikern interessiert, denen man zu dienen hat.« Der D. G. sagte das ohne Ressentiment oder auch nur Mißvergnügen. »Ich wußte das natürlich, als ich diesen Job übernahm. Die Strategie unseres Departments muß sich, wie die jeder anderen staatlichen Behörde, dem Einfluß des wechselnden politischen Klimas anpassen.«

»Das letzte Mal, als Sie mir das sagten«, sagte Frank, »fügten Sie hinzu: ›Aber die Taktik bleibt mir überlassen.‹«

»Die Taktik bleibt mir überlassen, bis taktische Fehlschläge die Titelseiten der Boulevardzeitungen füllen. Haben Sie die Fotos von diesem Waschsalon gesehen?«

»Habe ich allerdings, Sir.« Große, Titelseiten füllende Fotos des Waschsalons mit den am Boden liegenden toten Männern und überall verspritztem Blut hatten den Lesern dieser Blätter einen denkwürdigen Eindruck vermittelt. Doch, was immer man in den Londoner Bars und Redaktionsbüros darüber reden mochte, veröffentlicht wurde das Vorkommnis als eine Schießerei zwischen rivalisierenden Gangsterbanden, mit Mutmaßungen über das Angebot von Rauschgift in Läden und Waschsalons.

»Die Abteilung fünf verlangt eine Untersuchung, und der Cabinet Secretary ist überzeugt, daß man von deren zusätzlichem Sachverstand profitieren könne.«

»Eine kombinierte Untersuchung?«

»Ich kann mich dem Cabinet Office nicht widersetzen, Frank. Ich werde es bei der nächsten Sitzung des Ausschusses zur Sprache bringen und verlasse mich auf Ihre Unterstützung.«

»Wenn Sie meinen, daß die Sache so am besten zu erledigen ist«, sagte Frank mit einem kaum hörbaren Unterton, der andeutete, daß er nicht dieser Meinung war.

»Wir müssen uns zurückhalten, ehe ich einen direkten Befehl kriege. Auf diese Weise werde ich einen Ausschuß einrichten und in der Lage sein, Bret den Vorsitz zu geben«, sagte der D. G.
»Glauben Sie, Bret wird solche Hilfe und solchen Schutz brauchen?«
»Ja. Aber was ich von Ihnen wissen will: Wird Bret die Kraft haben, das durchzustehen? Denken Sie nach, ehe Sie antworten. Die Sache ist mir sehr wichtig.«
»Durchhaltevermögen? Darauf kann ich auf die Schnelle weder mit Ja noch mit Nein antworten, Sir Henry. Sie müssen ja bemerkt haben, was aus dem Department geworden ist, seitdem Fiona Samson übergelaufen ist.«
»Sie meinen hinsichtlich der Stimmung?«
»Hinsichtlich der Stimmung und vieler anderer Sachen. Wenn Sie an psychologischen Druck denken, sollten Sie sich vielleicht den jungen Samson ansehen. Er steht unter ungeheurer Anspannung und, um es noch schlimmer zu machen, gibt es Leute im Department, die behaupten, daß er gewußt haben muß, worauf seine Frau hinauswollte, von Anfang an.«
»Ja, ich habe solche Befürchtungen sogar von Mitarbeitern gehört«, sagte der D. G. traurig.
»Wenn ein Mann Schwierigkeiten mit seiner Frau hat, kann er Zuflucht in seiner Arbeit suchen. Wird ihm im Büro das Leben schwergemacht, kann er sich auf Erholung daheim bei seiner Familie freuen. Bernard Samson ist ständig unter Druck.«
»Wie ich höre, hat er eine Art Verhältnis mit einer untergeordneten Angestellten angefangen«, sagte der D. G.
»Samson ist ein verzweifelter Mann«, sagte Frank mit einfacher Wahrhaftigkeit. Samsons Privatleben wollte er nicht erörtern. Franks Devise war, alle Menschen so zu behandeln, wie sie auch ihn behandeln sollten.
»Ich fragte Sie wegen Rensselaer«, sagte der D. G.
»Samson ist ein verzweifelter Mann«, sagte Frank, »aber er kann eine Menge Kritik vertragen. Er ist ein geborener Rebell, kann sich also wehren, wenn man ihn einen Verräter, Wüstling oder sonstwas schimpft. Bret ist eine ganz andere Persönlichkeit. Er liebt England, wie das nur ein im Ausland geborener Romanti-

ker tun kann. Solchen Leuten erscheint der leiseste Hauch von Mißtrauen als ein Sturm, und sie können sehr leicht umgeblasen werden.«

»Ausgezeichnet, Frank! Waren Litterae humaniores Ihr Fach in Wadham?«

Frank lächelte wehmütig, antwortete aber nicht. Er kannte den D. G. schon, seitdem sie beide in der Jugend während des Krieges im selben Quartier gelegen hatten. Der D. G. war über Frank Harringtons humanistische Bildung vollkommen unterrichtet und beneidete ihn wohl noch immer ein wenig darum, jedenfalls vermutete Frank das.

Der D. G. sagte: »Wird Bret zusammenbrechen? Wenn sich der Ausschuß gegen ihn wendet, wie dies in unserem Teil der Welt Ausschüsse gerne tun, wenn die Verwundbarkeit des Vorsitzenden offenbar wird – wird Bret standhalten?«

»Hat man dieser Untersuchung schon einen Namen gegeben?« fragte Frank.

Der D. G. lächelte. »In dieser Untersuchung geht es um Erich Stinnes und wie mit ihm verfahren wurde, seitdem er zu uns gekommen ist.«

»Man wird Bret schwer zusetzen«, erklärte Frank.

»Glauben Sie das?«

»Das Department läuft über von Gerüchten, Sir Henry. Sie müssen das wissen, sonst wären Sie nicht hier und stellten mir diese Fragen.«

»Was wollen diese Gerüchte wissen?«

»Na, es ist die allgemeine Meinung, daß Erich Stinnes Bret Rensselaer und das Department vollkommen zum Narren gehalten hat.«

»Bret war nicht erfahren genug, mit einem so listigen Burschen wie Stinnes umzugehen. Ich dachte, Samson würde Bret auf dem rechten Weg halten, aber da habe ich mich geirrt. Jetzt sieht es so aus, als habe man uns Stinnes mit dem Auftrag, uns zu desinformieren, geschickt.«

»Ist das offiziell?« fragte Frank.

»Nein. Ich bin noch nicht ganz sicher, was für ein Spiel Stinnes wirklich spielt.«

»Ein hoher Offizier wie Stinnes kann, wenn man ihm einen Desinformationsauftrag gibt, machen, wozu er lustig ist, und auf die Konsequenzen pfeifen. Er könnte sich sehr wohl dafür entscheiden, zu uns überzulaufen.«

»Ich teile diese Meinung.« Der D. G. zückte sein Zigarrenetui und schien für einen Augenblick zu beabsichtigen, sich eine Zigarre anzuzünden. Dann entschied er sich dagegen. Der Arzt hatte ihm befohlen, das Rauchen vollkommen aufzugeben, aber er hatte immer ein paar Zigarren bei sich für den Fall, daß sein Verlangen gar zu unerträglich wurde. Vielleicht war das dumm. Manchmal verursachte es ihm Folterqualen. »Sie sagten, daß ein Teil der Angestellten meint, daß Bret zum Narren gehalten worden sei. Was meinen die übrigen?«

»Der größte Teil der Angestellten weiß, daß Bret zuverlässig und tüchtig ist.«

»Sie wissen, was ich meine, Frank.«

»Ja, ich weiß, was Sie meinen. Also schön, da gibt es ein paar Spinner, die glauben, daß vielleicht Bret mit Fiona Samson zusammengearbeitet hat.«

»Wie denn zusammengearbeitet? Glauben diese Leute, daß Bret Rensselaer und Fiona Samson schon so lange im Dienste Moskaus stehen?«

»Das ist eine extreme Anschauung, Sir Henry, aber sie waren wirklich häufig zusammen. Manchen zufolge sollen sie eine Liebesaffäre miteinander gehabt haben; man will sie ein paarmal in den falschen Hotels miteinander gesehen haben. Sie wissen schon, solche Sachen. Nicht einmal der junge Samson selbst ist sich ganz sicher, daß nicht was dran ist an dieser Geschichte.«

»Ich hatte keine Ahnung, daß solche absurden Geschichten im Umlauf sind.«

»Die Leute haben sich gewundert, wieso Bret, nachdem er sein ganzes Leben hinter dem Schreibtisch gesessen hat, plötzlich mit einer Knarre in der Hand in diesem Waschsalon auftaucht und sich als Mann der Tat versucht. Für so was haben wir schließlich speziell ausgebildete Leute.«

»Es war nicht ganz so«, sagte der D. G.

»›Schießerei am O. K. Corral‹ hat eine der Zeitungen geschrieben. Leider hat diese Charakteristik eine Menge schlechte Witze über uns provoziert.«

Der D. G. schniefte hörbar. »Berlin riecht nach Bier, ist Ihnen das je aufgefallen, Frank? Natürlich ist Berlin nicht die einzige deutsche Stadt mit diesem Geruch, aber mir fällt er hier besonders auf. Hopfen oder Malz oder irgendwas«, setzte er hinzu, um die Unvertrautheit mit dem plebejischen Getränk zu zeigen.

»Sie werden ihn unterstützen müssen, Sir Henry. Sichtbar und eindeutig.«

»Dazu werde ich nicht imstande sein. Er wird sich auf sein Glück verlassen müssen.«

»Was soll das heißen, Sir?«

»Aus guten Gründen kann ich ihm keinerlei Unterstützung geben. Keinerlei Unterstützung.«

Frank war schockiert. Trotz der unerschütterlichen guten Manieren, für die er berühmt war, hätte er fast gefragt, zu was zum Teufel der Director-General denn da wäre, wenn nicht zur Unterstützung von in Schwierigkeiten geratenen Angestellten des Departments. »Sind diese Gründe operationsbedingt oder politisch?«

Damit kam Frank einer offenen Rebellion so nahe wie nie zuvor, aber der D. G. nahm den Vorwurf an. Andererseits war die Entscheidung, Frank nicht die Wahrheit über Fiona Samson anzuvertrauen, richtig. Stinnes mußte nach Moskau mit der festen Überzeugung zurückkehren, daß Fiona Samson ihr Vaterland verraten hatte. Jetzt zu sagen, daß die Gründe, Bret Rensselaer nicht zu unterstützen, operationsbedingt seien, käme einer Offenbarung der ganzen Geschichte von Fiona Samsons Mission nur allzu nahe. »Darauf kann ich nicht eingehen«, sagte der D. G. in einem Ton, der weitere Fragen unmißverständlich zurückwies. Wenn Bret Rensselaer nun verdächtigt wurde, in Fionas Verrat verwickelt zu sein, war das nicht zu ändern.

»Noch eine Zusatzfrage, Director«, sagte Frank, und sein Ton wie die Anrede machten klar, daß er von Amts wegen fragte. »Wollen wir Rensselaer verschmachten lassen? Soll er am Halm verdorren? Ist das der Zweck dieser Untersuchung? Ich muß das wissen, um mich meinerseits richtig zu verhalten.«

»Um Gottes willen, nein. Ich wünsche nichts weniger, als daß Bret Rensselaer den Haifischen zum Fraß vorgeworfen wird, denen von Whitehall schon gar nicht. Ich will, daß Rensselaer über seine Ankläger triumphiert. Aber ich kann ihm nicht dabei helfen.«

»Ich bin froh, das so deutlich zu hören, Sir Henry.«

Der Austausch der Meinungen hatte zu einem Unentschieden geführt, und der D. G. nahm es als solches hin. »Ich habe noch immer eine Masse Arbeit für Rensselaer, und er ist der einzige, der sie machen kann.«

Frank nickte und dachte, dabei sei an Brets Kontakte in Washington zu denken, die dem Department immer wichtig gewesen waren.

Die Geschichte dieser Schießerei in einem Waschsalon in Hampstead, die dem D. G. Sorgen machte und von den Zeitungen und Frank Harrington gerne »Die Schießerei am O. K. Corral« genannt wurde, beginnt ungefähr eine Woche vor dem Besuch des D. G. in Berlin.

Hätte Bret Rensselaer sich wie gewöhnlich an seinen gesunden Menschenverstand gehalten, hätte er sich aus der Sache rausgehalten. Es war eine Sache für die Leute vom Außendienst. Aber Bret war nicht er selbst.

Bret Rensselaer litt unter der Abwesenheit Fiona Samsons, und zwar entsetzlich. Während der Zeit, in der sie zusammengearbeitet hatten, waren ihre Treffen regelmäßig und heimlich gewesen, wie die eines Liebespaares, und das hatte seinen Eifer noch vermehrt. Bret konnte über dieses Gefühl natürlich mit niemandem sprechen, und seine Leidenschaft wurde durch den Anblick Bernard Samsons nicht gerade besänftigt, der, dieser vollkommenen Frau beraubt, in seiner gewohnt unbekümmerten Weise seinen Geschäften nachging. Gleichviel, was die Leute von Samsons Qualen erzählten, Bret konnte Bernard nur so sehen, wie es seinem Bild entsprach. Insbesondere brachte ihn auf, daß Bernard jetzt mit einem hinreißenden jungen Mädchen aus dem Büro zusammenlebte. Weiß der Himmel, wie die Kinder darauf reagierten! dachte Bret, der dieses Konkubinat abscheulich fand, sich aber hütete, seine diesbezüglichen Gefühle zu offenbaren. Er sah keine Möglichkeit, die Geschicke der Samson-Kinder zu beeinflussen. Er hoffte, Fiona würde ihm nicht später einmal vorwerfen, sein Wort nicht gehalten zu haben.

Brets Beteiligung an der Schießerei in dem Waschsalon änderte vieles. Für ihn selbst war die Erfahrung im wahrsten Sinne des Wortes traumatisch. Denn die Gewalttätigkeit, in die er in jener Nacht verwickelt wurde, fügte seiner Psyche eine Verletzung zu, von der er sich nie ganz erholte.

Für Bret wies alles darauf hin, daß der Kontakt mit dem KGB-Team im Waschsalon eine reine Routineangelegenheit sein würde. Es hatte ihn keine Warnung darauf vorbereitet, daß die Sache so ablaufen könnte. Saß er gerade noch ahnunglos neben Bernard in dem nachts geöffneten Waschsalon in Hampstead, steckte er dann plötzlich, von einer Minute auf die andere, mitten in einem der fürchterlichsten Alpträume seines ganzen Lebens.

Sie sahen zu, wie Samsons Hemden sich im Seifenschaum drehten. Samson hatte darauf bestanden, daß sie beide Wäsche mitbrachten, und hatte selbst sogar in einer Plastiktüte sein eigenes Waschpulver mitgebracht, weil er dem Zeug mißtraute, daß es an den Automaten des Waschsalons gab, wie er sagte. Bret fragte sich, ob das nur ein Zeichen der bis ins kleinste gehenden Sorgfalt des Profis oder irgendein Witz war. Nun las Samson zerstreut in einer Zeitung, die auf seinen Knien lag. Er hatte Bret auch nicht die geringste Andeutung gemacht, daß eine verdammt große Kanone mit Schalldämpfer in den *Daily Telegraph* gewickelt war. Samson hatte von seinem Vater geplaudert, als müßte er sich um sonst nichts kümmern auf der Welt.

Bernard Samson war ein amüsanter Gefährte, wenn er guter Laune war. Seine beißenden Kommentare über seine Vorgesetzten, die Regierung und überhaupt die umgebende Welt waren zum Teil Abwehr gegen ein System, das ihm nie recht eine Chance gegeben hatte, enthielten manchmal aber mehr als ein Körnchen Wahrheit. Bernard hatte den Ruf, immer Glück zu haben, aber sein Glück war das Resultat einer professionellen

Haltung und einer Menge harter Arbeit. Bernard war ein hartgesottener Bursche, und Brets Bereitwilligkeit, sich auf diese Kapriole einzulassen, war zweifellos nicht zuletzt darauf zurückzuführen, daß er sich in Bernards Gesellschaft sicher fühlte.
Bret trug einen alten Mantel und Hut, die er eigens für diesen abendlichen Ausflug gekauft hatte. In der Tüte unter Brets schmutziger Wäsche steckte ein schwerer brauner Umschlag, der einundvierzig Hundertdollarnoten enthielt. Finanzierung. Das Geld sollte einem KGB-Kurier übergeben werden, wenn er das Kennwort »Bingo« gebrauchte. Draußen auf der Straße vor dem Waschsalon waren genug Leute aufgestellt, um Bret auf das Kommen der anderen vorzubereiten und, sollte Bret es für nötig halten, sie verhaften zu lassen. Bret hielt deshalb die Sache für ganz einfach, doch lief sie so nicht ab.
Es ging los ohne die mindeste Warnung durch die Posten auf der Straße. Einer der KGB-Leute hatte sich in einem Raum über dem Waschsalon versteckt, und als er plötzlich unten auftauchte, fuchtelte er mit einer abgesägten Jagdflinte herum. Dann drang ein zweiter Mann ein, auch er mit einer Schrotflinte. Einer der Männer sagte »Bingo«, das Codewort. Bret blieb vollkommen ruhig, jedenfalls erschien es ihm so in seiner Erinnerung, und langte nach dem Geld, um es ihnen zu zeigen.
Die Reihenfolge der Ereignisse war strittig, obwohl alles Schlag auf Schlag ging. Samson sagte, es sei geschehen, als draußen auf der Straße der Wagen explodierte, aber wie Bret sich erinnerte, hatte Samson schon vorher die Initiative ergriffen.
Samson stand nicht auf, sondern schoß aus dem Sitzen. Er benutzte Bret als Schild, und die Wut, die Bret empfand, als er das bemerkte, wurde er sein Leben lang nie ganz los. Weit genug vorgebeugt, um die Eindringlinge ins Visier zu nehmen – inzwischen waren es zwei –, zielte Samson in aller Ruhe und feuerte. Er nahm die Waffe nicht einmal aus der Zeitung, die sie verbarg. Die Waffe war mit einem Schalldämpfer versehen. Bret hörte zwei dumpfe Schläge und war völlig aus der Fassung, als einer der KGB-Männer zurücktaumelte, seine abgesägte Flinte fallen ließ, sich an den Bauch griff und Blut speiend über die Waschmaschine fiel.

Samson war plötzlich weg. Bret erinnerte sich, von Samson grob zur Seite gestoßen worden zu sein, der dann über die weggeworfene Flinte gestolpert war. In Samsons Version hieß es, er habe Bret in Deckung geschubst und dann die Waffe in seine Richtung gestoßen. Samson warf Bret sogar vor, nicht die Flinte ergriffen zu haben und ihm durch die Hintertür auf der Jagd nach dem anderen gefolgt zu sein.

Bret war plötzlich allein im Waschsalon mit dem jungen KGB-Mann, der, sich erbrechend, blutend und wimmernd wie ein Baby, starb. Bret hatte so was noch nie gesehen. Es war brutal und ekelhaft. Irgendwo im Obergeschoß fielen weitere Schüsse; Samson tötete noch einen Mann, und dann war alles vorbei. Bret bekam mit, wie er grob in einen Wagen gestoßen wurde und dann durch die Nacht raste, an der Polizei vorbei, die eben kam. Zu Brets Erstaunen sagte Bernard Samson ausgerechnet in diesem Moment, daß er ihm das Leben gerettet habe.

»Du willst mein Leben gerettet haben, du Hundesohn«, sagte Bret schrill. »Erst schießt du und benützt mich als Schild. Dann haust du ab und läßt mich ausbaden, was ...«

Samson lachte. Zum Teil war dieses Lachen eine nervöse Reaktion auf den Druck, unter dem er eben gestanden hatte, aber es war ein Lachen, das Bret nie vergessen würde. »So ist das im Außendienst, Bret«, sagte er. »Wenn du Erfahrung gehabt hättest oder Übung, hättest du dich sofort hingeschmissen. Oder noch besser, du hättest den zweiten Bastard umgelegt, anstatt mir die ganze Arbeit zu überlassen.«

Bret hatte kaum zugehört. Er konnte den Anblick des sterbenden KGB-Mannes nicht vergessen, der sich, vornübergebeugt, an einer der Waschmaschinen festhielt, während das schäumende Blut aus ihm quoll und sich mit dem Seifenwasser am Boden mischte.

»Du hättest ihn auch in den Arm schießen können«, krächzte Bret.

Bernard hatte nur Verachtung für so naives Gerede. »Das gibt's nur im Kino, Bret. Das ist was für Wyatt Earp und Jesse James. In der wirklichen Welt schießt niemand den Leuten die Pistolen aus der Hand oder verpaßt ihnen Fleischwunden im Oberarm.

In der wirklichen Welt trifft man sie oder schießt daneben. Es ist schwierig genug, ein bewegliches Ziel zu treffen, ohne sich auf anatomische Feinheiten zu kaprizieren. Also komm mir nicht mit diesem Scheiß.«

Es hatte keinen Zweck, sich mit ihm zu streiten, dachte Bret, aber ein schlechtes Gefühl blieb bestehen. Er nahm es Bernard übel, so schnell und so überzeugt entschieden zu haben und anscheinend die Entscheidung nachher nicht im mindesten zu bereuen. Frauen bewunderten solche Charakterzüge, so schien es wenigstens, aber Bret fand jede Entscheidung, die er zu treffen hatte, schwierig, und das zunehmend.

Bret begann einzusehen, daß seine eigene Planung eine Mitleidlosigkeit erforderlich machte, die derjenigen Bernards mindestens gleichkam. Aber sein gegenwärtiger Gemütszustand machte ihm das nicht leicht. Manchmal saß er wohl eine halbe Stunde lang da und starrte auf den Schreibtisch, unfähig, die selbstverständlichsten Geschäfte zu erledigen. Vielleicht hätte Bret nicht ärztlichen Rat einholen sollen. Der Arzt des Departments war tüchtig und hilfsbereit – alles, was man von einem Arzt erwarten kann –, aber pflichtgemäß erstattete er dem Department Bericht.

Zu Anfang war es nicht mehr als ein gelegentliches Nachlassen seiner Konzentrationsfähigkeit und das Problem, in den frühen Morgenstunden aufzuwachen und nicht wieder einschlafen zu können. Aber bald merkte Bret, daß man ihn als Außenseiter behandelte. Es fiel ihm auf, daß man sich ihm gegenüber irgendwie mißtrauisch und vorsichtig verhielt, selbst wenn er dem Ausschuß vorsaß. Sein Verdacht wurde bestätigt, als zwei Unterausschüsse gebildet wurden, aus denen man Bret absichtlich ausschloß. Das bedeutete, daß etwa drei Viertel der Ausschußmitglieder Sitzungen abhalten konnten, zu denen er keinen Zugang hatte.

Was Bret nicht wußte, war, daß sein Untergang von Moskau aus dirigiert wurde. Man hatte Bret nicht aufs Korn genommen, weil Moskau etwa Verdacht geschöpft hätte, Fiona Samson sei in Berlin eingeschleust worden, oder aus sonst irgendeinem Grunde außer dem, daß er plötzlich eine gute Zielscheibe war für die Sorte Verdächtigungen, mit denen Moskau in der Vergangenheit schon oft so geschickt operiert hatte. Dabei beschränkte Moskau sich nicht darauf, die Glut anzufachen und die Gerüchte zu bestärken, im weiteren Verlauf der Operation wurde die Verdächtigung auch durch gefälschte Beweisstücke untermauert. Manche von diesen waren so grob gefertigt, daß sie wirkliche Experten – wie etwa Ladbrook, den dienstältesten Vernehmungsoffizier – davon überzeugten, daß Moskau versuchte, Rensselaer in Mißkredit zu bringen, aber das hieß nicht, daß die Experten von ihnen absehen konnten.

Der Director-General wußte in groben Zügen über diese Vorgänge Bescheid und beschloß, nach Berlin zu fliegen und die Sache mit Frank Harrington zu besprechen. Frank war ein alter Freund, und überdies gehörte er dem Department in leitender Stellung schon lange an. Das Mittagessen und die darauffolgende Plauderei mit Frank hatten den D. G. nicht beruhigt. Was er dabei von Frank erfuhr, war zwar nicht zuverlässiger als Waschraumklatsch, aber es bereitete ihn doch vor auf einen Anruf der Inneren Sicherheit, mit dem er dringend um einen Termin für Ladbrook und Tiptree gebeten wurde. Ohne Umschweife erklärte der Anrufer Morgan, dem Assistenten des D. G., daß morgen nicht früh genug wäre.

Sie warteten schon alle auf den D. G. im Konferenzzimmer Nummer 2. Da war Ladbrook, der leitende Vernehmungsoffizier, ein anständiger Fünfzigjähriger, der sich nie aus der Ruhe bringen ließ, und Harry Strang, ein wettergegerbter Veteran der Operationsabteilung. Bei ihnen war Harry Tiptree, der junge Bursche, den die Innere Sicherheit als eins ihrer größten Lichter einschätzte. Und, unauffällig in einer Ecke, saß der Deputy D. G., Sir Percy Babcock.

Auf dem Tisch waren Notizblöcke und Bleistifte, ein Wasserkrug und Gläser angeordnet. »Wer wird noch erwartet?« fragte der D. G., nachdem er die Utensilien gezählt hatte.

»Cruyer konnten wir nicht erreichen«, sagte Strang. »Aber ich habe eine Benachrichtigung bei seiner Sekretärin hinterlassen.«

»Erwarten wir eine lange Sitzung, Percy?« fragte der D. G. seinen Stellvertreter.

»Nein, sehr kurz, Director. Die Innere Sicherheit will Ihnen etwas vorlegen.«
»Ein Haufen Leute«, bemerkte der D. G., Er war fast zwei Meter groß und breitschultrig. Er überragte alle.
»Wir werden fünf Unterschriften brauchen«, sagte der Deputy sanft.
»Hmm«, sagte der D. G., und sein Herz sank. Sie alle wußten, für welche Sorte Formular fünf Unterschriften benötigt wurden. Eins von der Inneren Sicherheit. »Und niemand macht Notizen?«
»Das ist richtig, Director.« Na gut, das war's dann. Ersparen konnte man Bret diese demütigende Untersuchung nur, wenn man das Geheimnis Fiona Samsons aufdeckte. Das kam nicht in Frage. Bret würde sich auf sein Glück verlassen müssen.
Alle setzten sich. Der Deputy ließ seinen goldenen Kugelschreiber schnappen, Harry Strang zog seine Zigaretten hervor, steckte sie dann aber, als ihm der D. G. einfiel, wieder ein. Tiptree, ein hochgewachsener dünner Bursche mit gut gebürstetem rotem Haar und frischer Gesichtsfarbe, goß sich ein Glas Wasser ein und trank es mit eleganter Präzision.
Ladbrook faßte die Tischversammlung ins Auge. Sie sahen ihn erwartungsvoll an, außer Tiptree, der jetzt Kreise auf den Notizblock zeichnete. »Wollen Sie vielleicht anfangen, Percy?« fragte Ladbrook schüchtern.
»Erzählen Sie dem Director einfach, was Sie mir erzählt haben«, sagte der Deputy.
»Ich fürchte, die Sache betrifft einen leitenden Angestellten«, sagte Ladbrook. Der D. G. blickte ihn an, ohne sich auch nur einen Funken Gefühl anmerken zu lassen.
»Bret Rensselaer«, ergänzte Tiptree und sah von seinem Notizblock auf. Eine Haarlocke fiel ihm ins Gesicht, und er strich sie mit der Hand zurück.
»Ein Leck?« sagte der D. G., aber er wußte, was kam.
»Ernster als das«, sagte Ladbrook.
»Ich habe die Akte«, sagte Tiptree und wies auf einen Aktenbehälter, den er auf einem Seitentisch abgestellt hatte.
»Ich will keine Akten sehen«, sagte der D. G. mit einer müden

Verzweiflung, die sich nach Irritation anhörte. Jeder wartete darauf, daß der D. G. weitersprächе, aber er lehnte sich in seinen Sessel zurück und seufzte.
Sir Percy ließ seinen Kugelschreiber schnappen und sagte: »Da Bret Ihnen unmittelbar unterstellt ist, dachte ich, Sie würden vielleicht intervenieren wollen.«
»Hat jemand mit Bret gesprochen?« fragte der D. G.
»Mit Ihrer Erlaubnis«, sagte Ladbrook, »schlage ich eine vorläufige Aussprache vor, sobald es amtlich ist.«
»So ist das üblich, nicht wahr?«
»Ja, Sir Henry, das ist der übliche Weg.«
Der Deputy sagte: »Der Vernehmungsoffizier wollte nur sicherstellen, daß Bret sich nicht auf Sie berufen kann, um die Aussage zu verweigern.«
»Bei dieser Sorte Untersuchung«, fügte Ladbrook hinzu, »kann ein solcher Druckverlust später oft nur unter großen Schwierigkeiten wettgemacht werden.«
»Ich verstehe«, sagte der D. G. Er bemerkte, daß Harry Strang einen Füllfederhalter aus der Weste zog. Harry wußte also, wie es enden mußte.
»Er wird vermutlich mit Ihnen telefonieren wollen«, sagte Ladbrook. »Ich meine, wenn ich ihn mir vornehme, wird er vermutlich sofort mit Ihnen sprechen wollen.«
»Und Sie wollen, daß ich dieses Gespräch verweigere?«
»Was immer Sie für das Beste halten, Sir Henry«, sagte Ladbrook.
»Aber ich bringe Ihre Vernehmung durcheinander, wenn ich es annehme, das meinen Sie doch, oder?«
Ladbrook lächelte höflich, antwortete aber nicht.
»Geben Sie mir das Formular«, sagte der D. G. »Bringen wir es so schnell wie möglich hinter uns.« Der Deputy reichte ihm seinen Kugelschreiber und schob die Papiere über den polierten Tisch.
»Den Rest des Papierkriegs kann ich erledigen«, sagte der Deputy sanft. »Morgan kann den Schein für Sie gegenzeichnen.«
»Das wird sich alles als Unsinn erweisen«, sagte der D. G.,

während er seine Unterschrift unter das Formular setzte. »Das kann ich Ihnen gleich sagen. Ich kenne Bret Rensselaer seit Jahren, durch und durch anständiger Kerl, Bret Rensselaer.« Harry Strang lächelte. Er war alt genug, sich zu erinnern, daß jemand mit fast genau den gleichen Worten von Kim Philby gesprochen hatte.

22

England, April 1984

Wie weit kann man in den Wald hineinlaufen? fragt ein alter Schülerwitz. Bis zur Hälfte, danach läuft man heraus. Ein Geschoß hält im Flug inne und beginnt, auf den Boden zurückzufallen, die Karriere eines Sportlers erreicht einen Höhepunkt, an dem der Abstieg beginnt. Eine vollerblühte Blume stirbt ab, übersprudelndes Wasser verdampft. Für die meisten Dinge in der Natur beginnt auf diese Weise auf dem Höhepunkt der Untergang. So war es auch für Pawel Moskwin an jenem schönen Tag in Berlin, an dem, passend genug, die ersten Keime des Frühlings das Ende des Winters kennzeichneten.

Auch Erich Stinnes ging wie auf Wolken. Alles war gelaufen, wie er es vorhergesagt hatte. Die Briten schienen ihn für bare Münze zu nehmen, weil sie sich nicht vorstellen konnten, daß nicht jeder so leben wollte wie sie. Stinnes hatte seine Rolle perfekt gespielt. Tropfenweise hatte er den diamantharten Spiegel von Rensselaers Ansehen getrübt, um ihn schließlich vor dem Ausschuß mit einem Schlag zu zertrümmern.

Die Vollendung all dessen, wofür Stinnes gearbeitet hatte, kam bei einem nichts Besonderes versprechenden Besuch des »Stinnes-Ausschusses« im Berwick House, wo Stinnes in Haft war. Dieses Herrenhaus des 18. Jahrhunderts, umgeben von sieben Morgen ansprechender englischer Landschaft, hatte, da es hinter einem alten Wassergraben und einer fünfzehn Fuß hohen Steinmauer geschützt lag, leicht in eine Haftanstalt verwandelt werden können. Die Whitehall-Beamten, durch die das Haus und sein Inhalt mittels eines in solchen Fällen nützlichen Gesetzes

enteignet worden war, hatten wenig getan, die von den Bomben der Luftwaffe angerichteten Schäden zu reparieren.
Ein muffiger Geruch erfüllte das Haus, und wenn man dies modernde Gebäude genau unter die Lupe nahm, merkte man, daß dort die Holzwürmer härter arbeiteten als sonst jemand.
Der Ausschuß reiste gemeinsam in einem Bus, Bret ausgenommen. Er kam in seinem Bentley mit Chauffeur, nachdem er während der Mittagsstunde noch einen Termin bei seinem Arzt wahrgenommen hatte. Er sah erschöpft aus und hatte Ringe unter den Augen, so daß er plötzlich gealtert schien.
Sie waren so zahlreich, daß sie alle um den großen polierten Tisch in dem ehemaligen Speisesaal saßen. An der getäfelten Wand hing ein großes Ölgemälde. Da posierte steif eine Familie auf einem Hügel in der Nähe des gerade errichteten Berwick House und starrte den Maler an, der Gainsborough noch mal hochleben ließ, was als die alleraufrichtigste Schmeichelei gilt.
Die Mitglieder des Ausschusses bemühten sich um die Wette, ihren Kenntnisreichtum und ihre Wichtigkeit ins beste Licht zu stellen. Bret Rensselaer saß an einem Ende des Tisches, was ihm die Autorität des Vorsitzenden verlieh. Stinnes saß ihm am anderen Ende gegenüber, eine gegnerische Position, die, wie Bret später meinte, zu dem nachfolgenden Fiasko beigetragen haben mochte. Bret sah häufig auf die Uhr, saß aber übrigens mit dem aufmerksamen Blick da, den Leute, die in zu vielen Ausschüssen sitzen, beherrschen, um die Tatsache zu verbergen, daß sie halb schlafen. Er hatte das alles schon gehört. Na denn, dachte Stinnes, wollen wir doch mal sehen, ob wir Sie wecken können, Mr. Rensselaer.
In einem derartigen Ausschuß gab es immer ein paar Allwissende. Das war in Moskau nicht anders. Stinnes hätte die dortigen Gegenstücke nennen können. Der schlimmste Langweiler war Billy Slinger von MI 5, ein schmächtiger Bursche mit dünnem, sorgfältig gestutztem Schnurrbart, dessen schottisch gefärbtes Englisch für Stinnes nicht ganz leicht zu verstehen war. Er war dem Ausschuß als Berater in Kommunikationsfragen zugeteilt worden. Natürlich glaubte er, allen beweisen zu müssen, wie schlau er war.

Erich Stinnes hatte die Höhen und Tiefen seiner Haft überstanden, ohne sich nennenswert zu verändern, viel zu verändern war da freilich auch nicht. Stinnes war ein zäher Mann in mittleren Jahren, mit bleichem Gesicht und stets möglichst kurz geschnittenem Haar. Wenn er seine metallgefaßte Brille abnahm, was er oft tat, blinkte er mit den Augen wie eine Eule und blickte sich im Ausschuß um, als sähe er diese Leute lieber leicht unscharf. Stinnes spielte geschickt mit den Fragen und ließ Slinger seine technischen Kenntnisse ausbreiten, bis die Regeln des Funkverkehrs zur Sprache kamen. Hierzu Auskünfte zu geben, war Stinnes von Moskau autorisiert, und so schilderte er leise und im Gesprächston die bei den Botschaften gebräuchlichen Verfahren. Er begann mit den üblichen Routinemeldungen und kam dann auf einige Codierungsverfahren des KGB zu sprechen. Dabei handelte es sich um technische Entwicklungen, mit denen Slinger wahrscheinlich nicht vertraut war, so daß er auch kaum wissen konnte, daß sie bereits überholt waren und bestenfalls noch für den alltäglichen Kram verwendet wurden.
Aus dem Augenwinkel beobachtete er Rensselaer, der sich wie eine von schweren Fußtritten aufgeschreckte Schlange wand. »Das ist mir alles neu«, sagte Slinger wiederholt, wobei die Dialektfärbung seiner Rede heftiger wurde, während er Bogen nach Bogen so heftig vollkritzelte, daß ihm der Bleistift zerbrach und er einen anderen ergreifen und Stinnes bitten mußte, langsamer zu sprechen.
Auch die übrigen Mitglieder des Ausschusses packte die Begeisterung. Zwischen den eifrigen Fragen Slingers brachte ein anderer die prinzipielle an: Weshalb Stinnes diese Perlen nicht schon eher enthüllt habe? Stinnes antwortete nicht sofort. Er sah Bret Rensselaer an und dann zur Seite und ließ sich viel Zeit beim Anzünden eines Stumpens.
»Nun?« sagte Bret Rensselaer schließlich. »Sagen Sie's uns.«
»Habe ich doch«, sagte Stinnes. »Ich habe es Ihnen doch schon während der ersten Tage erzählt, aber ich hatte den Eindruck, Sie wußten das alles schon.«
Bret sprang auf, als wollte er gleich losschreien. Alle sahen ihn an. Und da wurde Bret klar, daß er sich bei einer Auseinander-

setzung mit Stinnes vor dem versammelten Ausschuß nur lächerlich machen würde. Er setzte sich wieder und sagte: »Machen Sie weiter, Slinger. Nehmen wir das alles zu Protokoll.« Stinnes inhalierte den Rauch seines Stumpens und blickte von einem zum anderen, wie ein Sozialarbeiter im Kreis einer zerstrittenen Familie. Dann fing er an, ihnen noch mehr Material zu geben: Auslandsleitungen, Botschaftssendezeiten und Verfahren und sogar Botschafts-Kontaktlisten.

Das dauerte etwa eine Stunde mit einigen langen Pausen, in denen Stinnes sich sichtlich den Kopf zerbrach, und ein paar kleinen Stinnes-Witzen, über die – wegen der im Raum herrschenden Hochspannung – jeder lachte. Am Ende war der Ausschuß erfolgstrunken. Befriedigung rötete die Gesichter der Mitglieder und kreiste in ihren Adern wie frisch gezuckertes Blut. Und keinen geringen Anteil an ihrem Triumph hatte das wohlige Gefühl zu wissen, daß Bret Rensselaer, dieser kalte, tüchtige und patriotische Patrizier, endlich seine wohlverdiente Strafe kriegen sollte.

Als Stinnes den Raum verließ, um nach oben geführt zu werden, blickte er Bret Rensselaer an. Keiner von beiden veränderte seinen Gesichtsausdruck, und doch drückte dieser Blickwechsel Einverständnis darüber aus, daß ein Kampf ausgetragen und gewonnen worden war.

Aber Bret Rensselaer war nicht der Mann, sich hinzulegen und sich einem Feinde zuliebe totzustellen. Bret Rensselaer war Amerikaner: pragmatisch, findig und ohne die Fähigkeit, irgendeinen Groll lange zu hegen, die den Europäern angeboren ist. Als Bret vor der feindlichen Wand stand, die Moskwin und Stinnes gemeinsam Stein für Stein vor ihm aufgezogen hatten, tat er etwas, womit keiner der Russen gerechnet hatte. Rensselaer ging nach Berlin und bat Bernard Samson um Hilfe, einen Mann, gegen den er eine Abneigung gefaßt hatte, aus der Einsicht, daß Samson noch unkonventioneller war als er und sicherlich sehr viel grausamer.

»Was machen wir jetzt?« fragte Bret. Von Stinnes in Panik versetzt und in Gefahr, verhaftet zu werden, war Bret nach Berlin geflüchtet. Er war ein Flüchtling und sah auch damals so

aus: furchtsam und ungepflegt und bar all des glatten Rensselaerschen Selbstvertrauens.
»Was machen wir jetzt?« wiederholte Samson. Dies war Bernards Stadt, und die beiden wußten das. »Wir jagen ihnen Schiß ein, das ist, was wir machen.«
»Wie?«
»Wir könnten ihnen zum Beispiel erzählen, daß wir Stinnes die Zehennägel, einen nach dem anderen, rausreißen.«
Bret fröstelte. Er war nicht zum Scherzen aufgelegt. »Sei vernünftig, Bernard. Sie haben deinen Freund Volkmann da drüben. Siehst du nicht, was das bedeutet?«
»Werner werden sie nicht anfassen.«
»Warum nicht?«
»Weil sie wissen, daß alles, was sie sich einfallen lassen sollten, Werner anzutun, ihrem Stinnes von mir zweimal angetan werden wird, und zwar in Zeitlupe.«
»Aber lohnt das Risiko?« fragte Bret. »Ich dachte, Volkmann ist dein bester Freund.«
»Na und?« fragte Bernard.
Alarmiert sagte Bret: »Daß du dabei bloß nichts falsch machst. Es hängt zuviel davon ab.« Samson war immer ein kaltblütiger Spieler gewesen, aber war die Eskalation, die er anzustreben schien, der richtige Weg zum Ziel? Oder war Bernard verrückt geworden?
»Ich weiß, wie diese Leute denken, Bret. Moskau hat eine Leidenschaft dafür, Agenten aus der Tinte zu fischen. Das ist das Gesetz von Moskau: KGB-Leute, die es mißachten, tun dies auf eigene Gefahr.«
»Also bieten wir ihnen Stinnes im Austausch gegen Werner Volkmann an?«
»Aber erst, nachdem wir ihnen zu verstehen gegeben haben, daß Stinnes durch den Wolf gedreht werden wird.«
»Jesus! Mir gefällt das nicht. Wird Fiona eine von den Leuten sein, die darüber zu befinden haben?« fragte Bret.
Bernard sah ihn an und versuchte, seine Gedanken zu lesen, aber Brets Gedanken waren nicht leicht zu lesen. »Ich glaube schon«, sagte Bernard.

»Frau Samson«, sagte Moskwin mit übertriebener Höflichkeit und öligem Lächeln. »Haben Sie die Anklage gegen diesen westdeutschen Staatsangehörigen Werner Volkmann vorbereitet?«

»Ich bin noch damit beschäftigt«, wich Fiona der Frage aus. Seitdem sie hier arbeitete, hatte sie Moskwin besser kennengelernt. Manche Leute hielten Moskwin für einen Dummkopf, aber sie irrten sich. Moskwins Verstand war wendig und listig. Er war aufdringlich und ungeschickt, aber nicht dumm. Er war auch nicht schwerfällig, schon gar nicht körperlich. Jeden Tag war er im Keller, Gewichtheben in der Turnhalle, Schwimmen im Becken, Schießen auf dem Schießstand und noch allerlei andere Leibesübungen. Er war nicht mehr jung, aber er hatte noch die überflüssige Energie, die gewöhnlich nur die Kindheit zur Verfügung hat.

»Haben Sie noch eine andere Akte über ihn, Genossin Oberst?« fragte er einschmeichelnd.

Fiona fand die Frage beunruhigend. Die Volkmann-Akte, die offen vor ihr auf dem Tisch lag, war ihr Werk. »Nur die, die Sie schon gesehen haben.«

»Nicht mehr als das?« sagte Moskwin und verstand der Frage einen äußerst mißbilligenden Ton zu geben.

»Ich weiß...«, sie hielt inne.

»Ja? Was wissen Sie?«

»In der Vergangenheit hat er für das Berliner Büro des SIS gearbeitet.«

Moskwin sah sie an. »Angenommen, in Moskau will man die Volkmann-Akte sehen: Ist das alles, was wir schicken würden?« Er knipste mit dem Fingernagel gegen den Aktendeckel. Es klang leer.

»Ja«, sagte Fiona.

Moskwin sah sie mit unverhohlener Verachtung an. Einschüchterung war eine seiner Arbeitsmethoden. Inzwischen durchschaute sie ihn. Sie hatte schon eine Menge Männer seines Schlages gekannt. Es gab solche in Oxford: rauhe Sportlertypen, denen ihre körperliche Kraft ständig bewußt war und die eigene latente Gewalttätigkeit Genuß bereitete.

»Ich kenne Volkmann«, sagte sie. »Schon seit Jahren. Natürlich arbeitet er für SIS Berlin. SIS London desgleichen.«
»Und doch haben Sie deswegen nichts unternommen?« Moskwin sah sie verächtlich an.
»Noch nicht«, sagte Fiona.
»Noch nicht«, sagte er. »Na, dann wollen wir jetzt mal was machen, finden Sie nicht?« Er zeigte sich leutselig, lächelte, wie Tyrannen kleine Kinder anlächeln. »Reden wir doch mal mit Volkmann ... Jagen ihm vielleicht einen kleinen Schrecken ein.«
»Wie?«
»Sie könnten was lernen dabei, Frau Samson. Man hat ihm nicht gesagt, daß er gegen Major Stinnes ausgetauscht wird. Wir müssen ihn ordentlich schwitzen lassen.«
»Volkmann verdient sein Geld mit Geschäften in unserer Republik. Er ist auf den Verdienst angewiesen. Vielleicht kann man ihn überreden, für uns zu arbeiten.«
Moskwin musterte sie. »Weshalb sollte er das tun?«
»Er ist dauernd zwischen Ost und West unterwegs. Deshalb war er ja so leicht zu verhaften. Weshalb sollte er uns nicht erzählen, was da drüben passiert?«
»Könnten Sie das tun?«
»Ich könnte es versuchen. Sie sagen, daß er in Babelsberg in Haft ist?«
»Sie werden einen Wagen brauchen.«
»Ich werde selbst fahren.«
»Bringen Sie ihn mit hierher. Ich will auch mit ihm reden«, sagte Moskwin.
Sie lächelte ihn kalt an. »Natürlich, Oberst Moskwin. Aber wenn wir ihn zu sehr ängstigen, wird er nicht zurückkommen.« Das war schon vorgekommen: Agenten, die in den Westen geschickt wurden und einem dann von da aus eine lange Nase drehten. »Er hat keine Verwandten hier, nicht wahr?«
»Er wird schon für uns arbeiten, Oberst Moskwin. Er ist der Typ, der einem schönen Geheimnis nicht widerstehen kann.«
Nun, da sie in Moskwin den ihr aus Oxford vertrauten Typ des eitlen Rauhbeins erkannt hatte, erinnerte sie sich ihrer Studienzeit. Schreckliche Zeit. Was gut daran gewesen war, war verges-

sen. Sie rief sich die Männer, die sie kennengelernt hatte, ins Gedächtnis und diese langen Abende in der Stadt, an denen sie mit ansehen mußte, wie sich rüpelhafte junge Studenten vollaufen ließen und lächerlich machten. Immer darauf erpicht, ihren Kommilitoninnen das Gefühl zu vermitteln, einer niederen Art anzugehören. Jungens mit latent homosexuellen Neigungen, wirklich glücklich nur in männlicher Gesellschaft, wenn sie untergehakt und grölend irgendwohin taumelten, wo sie an die Wand pissen konnten.

Sie fuhr nach Babelsberg im Südwesten Berlins, um Werner Volkmann abzuholen. Auf der Vogelfluglinie wäre der Weg nicht weit gewesen, aber der Vogel fliegt über die Westsektoren der Stadt, gute Kommunisten aber müssen außen um West-Berlin herumfahren. Babelsberg lag nicht mehr auf dem Stadtgebiet von Berlin, gehörte zu Potsdam. Die westlichen »Schutzmächte« hatten dort auch nach dem eigenen Verständnis ihrer Befugnisse nichts zu suchen. Volkmann saß im Ausland-Block, in dessen Gebäuden einst der Verwaltungsapparat der UFA-Filmateliers untergebracht gewesen war.

Hinter dem leeren Gebäude der Filmbibliothek und den Werkstätten war in einem ehemaligen Atelier für Außenaufnahmen noch eine Rokoko-Dorfstraße zu sehen, die einst für den während des Krieges gedrehten *Münchhausen*-Film gebaut worden war. »Das war einmal Marlene Dietrichs Garderobe«, sagte der schon betagte Polizist, der sie zum Sprechzimmer führte. Dabei zeigte er auf einen Abstellraum mit einem Vorhängeschloß an der Tür.

»Ja«, sagte Fiona. Der gleiche Polizist hatte bei ihrem letzten Besuch hier das gleiche gesagt. Im Sprechzimmer gab es ein vergittertes Fenster, durch das sie in den mit Kopfsteinen gepflasterten Hof hinabsehen konnte, wo sie ihren Wagen geparkt hatte.

»Soll ich den Häftling vorführen?«

»Bitte.«

Werner Volkmann sah verwirrt drein, als er hereingeführt wurde. Man hatte ihm die Hände mit Handschellen auf den Rücken

gefesselt. Er trug einen abgestoßenen Ledermantel, auf dem Streifen weißer Lackfarbe waren. Sein Haar stand zu Berge, und er war unrasiert.
»Erkennen Sie mich, Werner?«
»Natürlich erkenne ich Sie, Frau Samson.« Er war zornig und verstockt.
»Ich nehme Sie jetzt mit in mein Büro an der Karl-Liebknecht-Straße. Muß ich Sie von einem bewaffneten Polizisten bewachen lassen?«
»Ich werde nicht weglaufen, falls Sie das wissen wollen.«
»Hat man Ihnen gesagt, was Ihnen vorgeworfen wird?«
»Ich verlange einen Anwalt, einen Anwalt aus dem Westen.«
»Das ist doch albern, Werner.«
»Wieso?«
Es war erstaunlich, daß Werner, ein Deutscher, der regelmäßig die DDR besuchte, noch immer nicht verstand. Nun, vielleicht war es das Beste, ihm erst mal beizubringen, was er gegen sich hatte. »Wir sind hier in der DDR, Werner, und wir schreiben 1984. Wir haben ein sozialistisches System. Das Volk...«
»Die Regierung.«
»Das Volk«, wiederholte sie, »hat nicht nur die Leitung der Politik und der Wirtschaft, sondern kontrolliert auch die Gerichtshöfe, die Anwälte und Richter. Das Volk bestimmt über Zeitungen, Jugendverbände, Frauenvereine, Schachklubs und Schrebergärten. Das Privileg, Bücher zu schreiben, Briefmarken zu sammeln, Opern zu singen oder am Schraubstock zu arbeiten – irgendwo überhaupt zu arbeiten –, kann jedem jederzeit entzogen werden.«
»Ich soll also keinen Anwalt aus dem Westen verlangen?«
»Sie sollen keinen Anwalt aus dem Westen verlangen«, stimmte Fiona ihm zu. »Sie werden auf dem Rücksitz Platz nehmen. Die Handschellen kann ich Ihnen nicht abnehmen. Ich darf nicht einmal den Schlüssel bei mir haben. Das ist Vorschrift.«
»Kann ich mich waschen und rasieren?«
»Wenn wir in Berlin sind. Haben Sie hier noch irgendwelches persönliches Eigentum?«
Werner zuckte die Achseln und antwortete nicht.

»Gehen wir.«
»Warum Sie?« sagte Werner, als sie über das Kopfsteinpflaster des Hofs zu dem geparkten Wartburg gingen.
»Machtpolitik«, sagte Fiona. Das bedeutete Verhandlungen unter Gewaltandrohung und war ein Wort, das nur die Deutschen hatten.
Keiner von den längst verstorbenen Stadtbeamten, die den seltsamen Verlauf der alten Ortsgrenzen zeichneten, hätte ahnen können, daß Berlin eines Tages wirklich entsprechend dieser Grenzen definiert und geteilt werden würde. Das weit nach Süden vorgeschobene Lichtenrade, wo die S-Bahnstrecke, die früher bis Rangsdorf reichte, heute endet und wo Mozart, Beethoven und Brahms Straßen sind, die an der Mauer aufhören, war ein Hindernis, das Fiona auf dem Rückweg in ihr Büro nach Berlin-Mitte umfahren mußte.
Man fuhr normalerweise auf der Hauptstraße durch Mahlow, aber Fiona nahm Seitenstraßen, auf denen sie vielleicht ein paar Minuten schneller ans Ziel hätte kommen können, wenn sie nicht jenseits von Ziethen in ein verschlafenes Wohnviertel abgebogen wäre. Hier war eine Vorkriegsgartenstadt über die Stadtgrenze hinaus auf das heutige Gebiet der DDR gewachsen. Die von Bäumen gesäumten Straßen dieser auf drei Seiten von der Mauer – hinter der West-Berlin lag – begrenzten Gegend waren menschenleer.
»Werner«, sagte Fiona, als sie unter den Bäumen eines kleinen öffentlichen Parkplatzes anhielt und den Motor abstellte. Sie sah sich nach ihm um. »Sie sind nur eine Karte in einem Poker-Spiel. Das werden Sie ja wissen.«
»Was passiert einer Karte in einem Poker-Spiel?« fragte Werner.
»Am Ende des Spiels wird sie mit den anderen gemischt und weggelegt, bis zum nächsten Spiel.«
»Tut das weh?«
»In ein paar Tagen werden Sie wieder in West-Berlin sein. Das verspreche ich Ihnen.«
Sehr langsam kam ein Wagen die Straße entlang. Er fuhr an ihnen vorbei und hielt etwa hundert Meter weiter. Werner sagte nichts und Fiona ebensowenig. Der Wagen wendete, als wollte

er wieder zurückfahren, hielt dann aber an und fuhr rückwärts. Schließlich fuhr er wieder an ihnen vorbei und bog an einem Straßenschild ab, das nach Selchow wies.
»Das war ein Fahrschüler«, sagte Fiona.
»Warum erzählen Sie mir das?« sagte Werner. Der Wagen hatte ihn nervös gemacht.
»Ich möchte, daß Sie eine Botschaft für mich bestellen.«
»Eine schriftliche Botschaft?«
Der gute alte Werner. So einfältig war er also nicht. »Nein, Werner, eine mündliche Botschaft.«
»An Bernard?«
»Nein. Im Gegenteil. Sie müssen mir versprechen, daß Bernard nichts davon erfährt.«
»Was wird denn hier gespielt?«
»Sie kommen doch ziemlich regelmäßig her, Werner. Sie wären der perfekte Mittelsmann.«
»Bitten Sie mich, für Moskau zu arbeiten?«
»Nein.«
»Aha.« Werner lehnte sich zurück, was wegen der ihm auf den Rücken gefesselten Hände unbequem war. Nach einigem Überlegen lächelte er sie an. »Aber wie kann ich sicher sein?« Das Lächeln war sorgenvoll.
»Wegen der Handschellen kann ich nichts machen, Werner. Es ist nicht gestattet, Häftlinge und Schlüssel zugleich zu transportieren.«
»Wie kann ich Ihnen trauen?« sagte er wieder.
»Ich will, daß Sie mit Sir Henry Clevemore reden. Würde das Ihre Zweifel ausräumen?«
»Ich kenne ihn nicht. Ich habe ihn noch nie gesehen.«
»Bei ihm zu Hause, nicht in seinem Büro. Ich werde Ihnen seine Privatnummer geben. Sie werden Ihre Botschaft auf den Anrufbeantworter sprechen.«
»Ich weiß nicht.«
»Du lieber Himmel, Werner! Reißen Sie sich zusammen, und entscheiden Sie sich!« schrie sie. Sie schloß die Augen. Da hatte sie die Selbstbeherrschung verloren. Daran war dieser Fahrschulwagen schuld.

Werner sah sie staunend an und verstand plötzlich den panischen Schrecken, den man ihr angemerkt hatte. »Warum ich? Warum jetzt? Was ist mit Ihrem regelmäßigen Kontakt?«
»Ich habe keinen regelmäßigen Kontakt. Ich habe mich hier erst mal umgesehen, Deponien verwendet. London hätte vermutlich in ein oder zwei Monaten jemanden geschickt. Aber dies ist eine perfekte Gelegenheit. Ich werde Sie als Agenten für die Stasi anwerben. Sie werden mir persönlich Bericht erstatten, und jedesmal, wenn Sie das tun, erhalten Sie Material von mir, das Sie mit zurück in den Westen nehmen.«
»Das würde gehen«, sagte Werner und dachte nach. »Würde Sir Henry dafür sorgen, daß ich Ihnen auch was zu bieten hätte?«
»Alle meine Berichte müssen auswendig gelernt werden«, sagte Fiona. Da hatte sie es getan: sich Werner auf Gnade oder Ungnade ausgeliefert. Es würde schon gutgehen. Später würde sie Werner dazu bringen, ihr von ihrem Mann und ihren Kindern zu erzählen, aber jetzt noch nicht. Eins nach dem anderen. Nun begann er, ihr zu glauben. Sein Gesicht hellte sich auf, und seine Augen wurden größer. Er sollte an einer wahrhaft ungeheuerlichen Sache beteiligt werden. »Was für ein Coup!« sagte er leise und mit glühender Bewunderung. In diesem Augenblick war er ihr ergebener Sklave geworden.
»Bernard darf nichts wissen«, sagte Fiona.
»Warum?«
»Aus allen möglichen Gründen. Er wird sich Sorgen machen und sich in die Karten sehen lassen. Er kann seine Gefühle nicht verbergen. Das müssen Sie doch wissen.«
Er blickte aus dem Fenster. Fiona hatte sich ihren Helfer gut ausgesucht. Werner hatte immer ein Geheimagent werden wollen. Er träumte davon, wie andere Leute davon träumen, Filmstars zu werden, Tore für ihr Vaterland zu schießen oder eine eigene Talk-Show im Fernsehen zu haben. Werner verstand was von Spionage. Er las Bücher darüber, sammelte Zeitungsausschnitte und prägte sich diesbezügliche Informationen mit nahezu besessenem Eifer ein. Er brauchte gar nicht mehr ausdrücklich einzuwilligen. Sie beiden wußten, daß er nicht widerstehen konnte. »Ich kann es noch immer nicht glauben«, sagte er.

Um die Ecke kam nun wieder der Wagen der Fahrschule. Er verlangsamte die Fahrt, hielt an, und der Fahrer kündigte seine Absicht stets mit unnötigen Signalen an. »Ich glaube, wir sollten fahren«, sagte Fiona.
»Ich mache es«, sagte Werner ruhig.
»Ich wußte, daß Sie es tun würden«, sagte Fiona und ließ den Wagen an.
Sie überholte den Fahrschulwagen und wendete, als wollte sie zurück nach Mahlow. Eine alberne Vorsichtsmaßnahme, die nichts bedeutete. »Sie sind eine mutige Frau, Fiona«, sagte Werner plötzlich.
»Niemand«, sagte Fiona, »Sir Henry und niemand sonst, es sei denn, er persönlich autorisiert Sie dazu.«
»Wie lange wird das gehen?« sagte Werner.
»Ein Jahr, vielleicht zwei«, sagte Fiona.
»Ich dachte, sie würden mich vielleicht zur Persona non grata erklären. Ich habe mir schon Sorgen gemacht wegen meines Geschäfts.«
»Jetzt kommt alles in Ordnung«, sagte Fiona. »Das Arrangement wird perfekt sein.«
»Bernard darf nichts erfahren«, sagte Werner. Die Vorstellung, ein Geheimnis vor seinem Freund zu haben, gefiel Werner. Eines Tages würde er Bernard damit überraschen. Darauf zu warten würde sich lohnen.
»Ich will Ihnen nur noch sagen, was Sie wissen müssen, wenn wir ins Büro zurückkommen. Sie werden da einen russischen KGB-Obersten namens Moskwin treffen. Lassen Sie sich von dem nicht bluffen oder unter Druck setzen. Ich werde ihm klarmachen, daß Sie in Ordnung sind.«
»Moskwin?«
»Kein langfristiges Problem«, sagte Fiona.
»Wieso nicht?«
»Er ist kein langfristiges Problem«, sagte Fiona. »Man entledigt sich seiner gerade. Glauben Sie mir einfach. Und nun lassen Sie mich Ihnen erzählen, wie wir ihre Berichterstattung organisieren.«

Zwei Tage später fand der Austausch statt. Erich Stinnes ging nach Osten und nahm seine Arbeit beim KGB wieder auf, und Werner Volkmann wurde nach Westen entlassen. Die KGB-Untersuchung erklärte Pawel Moskwin des Verrats schuldig und verurteilte ihn zum Tode. Schuldspruch, Urteil und Exekution jedoch mußten geheim bleiben, das übliche Verfahren des KGB gegen leitende Angehörige des Dienstes. Der örtliche KGB-Kommandant – ein General, der ein Freund von Moskwins Vater gewesen war – entschied sich dafür, die Hinrichtung gnädig und vorteilhaft als »Tod bei einem Einsatz im Westen« vollstrecken zu lassen, und gab dementsprechende Anordnungen. Aber Moskwin fügte sich seinem Schicksal nicht gehorsam. Er versuchte zu fliehen. Der darauffolgende Schußwechsel fand auf dem stillgelegten Hochbahnhof Nollendorfplatz statt, wo sich jetzt ein Flohmarkt befindet. Moskwin starb. Bret Rensselaer bewies der Krone seine Treue, indem er die Jagd nach Moskwin anführte, wobei er angeschossen und so schwer verletzt wurde, daß er nie auf seinen Posten nach London zurückkehrte.

Die amtliche britische Fassung dieser Geschichte ist sehr kurz. Sie wurde von Silas Gaunt verfaßt, der den Austausch überhaupt nicht erwähnte, da keiner der ausgetauschten Männer britischer Staatsangehöriger war. Dieser Version zufolge lief Pawel Moskwin – ein KGB-Oberst – im Einsatz in West-Berlin auf dem Flohmarkt plötzlich Amok. Er schoß dort wahllos wild um sich, bis die Berliner Polizei ihn in ihre Gewalt bekam. Zwei Passanten wurden getötet, vier verletzt, davon zwei schwer. Im Augenblick der Verhaftung kehrte Moskwin seine Pistole gegen sich selbst.

Die von der westdeutschen Regierung in Bonn angelegte geheime Akte über den Vorgang hatte den Vorzug, auf detaillierten Berichten sowohl der Berliner Polizei als auch des Bundesnachrichtendienstes zu basieren. Sie besagt, daß Moskwin zu einem KGB-Kommando gehörte, das in West-Berlin war, um den Austausch eines Bundesbürgers gegen einen sowjetischen Staatsangehörigen, einen Häftling des britischen SIS, zu arrangieren. Moskwins Tod war diesem Bericht zufolge eine vom

KGB angeordnete und von zwei Männern, die Moskwins Wagen auf Motorrädern folgten, vollstreckte Hinrichtung. Als der Wagen auf der Tauentzienstraße in der Nähe des KaDeWe halten mußte, warf ein Komplize des Hinrichtungskommandos eine mit weißer Farbe gefüllte Plastiktüte gegen die Windschutzscheibe. Moskwin sprang aus dem Wagen und rannte in den Bahnhof, wobei er auf seine Verfolger schoß. Dabei erlitten mehrere Zivilisten Schußverletzungen. Als Moskwin vom Bahnsteig auf die Gleise sprang, vielleicht in der Annahme, er könnte auf den Gleisen über die Mauer entkommen, wurde er durch eine Kugel aus einem russischen Heeres-Scharfschützengewehr getötet. Der Täter wurde nie dingfest gemacht, aber man glaubt, daß er dem KGB-Hinrichtungskommando angehörte, dessen Einreise einige Stunden zuvor an einem Kontrollpunkt beobachtet worden war. Zur Unterstützung dieser Theorie wies man daraufhin, daß östlicherseits niemals die Rückgabe der Leiche Moskwins verlangt wurde.

Als einige Tage nach der Schießerei britische Kontaktleute die Leiche nebenbei erwähnten, leugneten die Sowjets erstaunt jede Kenntnis von der Existenz eines Obersten namens Pawel Moskwin. Eine Leichenschau wurde nicht abgehalten. Moskwin wurde auf dem kleinen Friedhof von Berlin-Rudow, ganz in der Nähe der Mauer, begraben. Um diese Zeit erboten sich die Russen spontan, die sterblichen Überreste Max Busbys, eines beim Überqueren der Mauer 1978 erschossenen Amerikaners, nach Westen zu überführen. Manche schlossen daraus auf eine geheime Übereinkunft. Beide Leichen wurden nachts in nebeneinanderliegenden Grabstätten beerdigt. Zu dieser Zeit wurde gerade ein neues Entwässerungssystem auf dem Friedhof installiert, und bei den Beerdigungen waren nur die Totengräber, ein Beamter des Berliner Senats und zwei ungenannte Vertreter der Schutzmächte anwesend. Die Gräber wurden nicht bezeichnet.

Es gab noch andere Versionen. Einige weniger bizarre, andere, die noch erheblich abenteuerlicher waren. Einen säuberlich eingebundenen und mit Fotos der Kleiststraße, des Nollendorfplatzes, der Hochbahnstation reich illustrierten Bericht, dem sogar ein farbiger Straßenplan, der Moskwins Weg als gepunktete rote Linie zeigte, beigeheftet war, hatte das Berliner Büro der CIA in Zusammenarbeit mit deren Büros in Bonn und London erstellt. Dieser enthüllte, daß Moskwin Material vorbereitet hatte, das einen ungenannten, in London wohnhaften Bürger der USA fälschlich belasten sollte. Die Verfasser gelangten zu dem Schluß, daß das KGB beschlossen hatte, Moskwin sollte den Briten nicht lebend in die Hände fallen, um verhört werden zu können.

Bernard Samson hatte nach Zeugenaussagen auf Moskwin geschossen, sagte aber in seinem mündlich gegebenen Bericht, daß seine Schüsse alle ihr Ziel verfehlten. Manche Leute haben darauf hingewiesen, daß die große Mehrzahl der von Samson bei früheren Gelegenheiten abgegebenen Schüsse ihr Ziel getroffen hätten. Frank Harrington hätte vielleicht zur Aufklärung dieser Sache einiges beitragen können, denn man hatte Frank mit einer Pistole in der Hand auf dem Bahnsteig gesehen (was den Zeugen in Erinnerung blieb, denn weder vorher noch nachher hatte man ihn je mit einer Pistole in der Hand gesehen), aber die Londoner Zentrale wandte sich in dieser Angelegenheit niemals an Frank.

Auch Bret Rensselaer war an Ort und Stelle gewesen, aber Bret wurde niemals zu den Vorgängen vernommen. Er war getroffen worden und schwer verletzt. Als er sich endlich hinreichend erholt hatte, seine Beobachtungen zu Protokoll zu geben, waren die Berichte längst fertig und Teil der ereignisreichen Geschichte Berlins. Die Ärzte des Klinikums Steglitz retteten Rensselaer das Leben. Er lag drei Stunden auf dem Operationstisch, und danach brachte man ihn auf die Intensivstation. Am nächsten Tag landete sein Bruder mit einem Jet der U.S. Air Force, zu dessen Besatzung Ärzte und Pflegepersonal gehörten, in Tempelhof. Er nahm Bret mit nach Amerika.

23

England, März 1987

Diesen Sonntag verbrachte Bernard Samson daheim mit Gloria in ihrem kleinen Haus in der Baklava Road Nr. 13 in Raynes Park, einem Vorort von London. Er räumte allerlei Zeug, das nicht mehr gebraucht wurde, aus dem Schuppen im Garten. Der größte Teil dieser Sachen war noch in den Pappkartons, auf denen man den Namen der Firma las, die ihnen die Möbel hier herausgebracht hatte.

Gloria war oben im Schlafzimmer. Die Tür des Kleiderschranks stand offen und zeigte an ihrer Rückseite einen langen Spiegel, in dem sie sich musterte. Sie hielt sich ein Kleid an, das sie in einem der Pappkartons gefunden hatte. Es war ein teures Kleid mit Pariser Etikett, ein dramatisch tief ausgeschnittenes Cocktailkleid in Grau und Schwarz, schräg geschnitten und schräg gestreift. Es gehörte Fiona Samson.

Sie hielt sich das Kleid an und versuchte sich vorzustellen, es zu tragen. Sie versuchte sich vorzustellen, wie Fiona wirklich war und wie ihre Ehe mit Bernard und den Kindern ausgesehen hatte.

Bernard kam in seinen Hausschuhen lautlos die Treppe herauf. Als er, ohne anzuklopfen, eintrat, rief er: »Oh!« Dann erkannte er das Kleid und sagte: »Viel zu klein. Und Grau ist nicht deine Farbe, Liebling.«

Verlegen, damit überrascht worden zu sein, hängte Gloria das Kleid auf die Stange im Kleiderschrank und schloß die Tür. »Sie ist jetzt vier Jahre weg. Sie wird nie wiederkommen, Bernard, nicht wahr?«

»Ich weiß nicht.«

»Sei nicht böse. Jedesmal wenn ich von ihr zu reden versuche, kriegst du schlechte Laune. Irgendwie erpreßt du mich damit, nicht von ihr zu sprechen.«

»Kommt dir das wirklich so vor?«

Noch immer verlegen, berührte sie sein Haar. »So ist es, Bernard. Du willst, daß ich hier mit dir lebe, und du willst dir auch die immer unwahrscheinlichere Möglichkeit, sie eines Tages wiederzusehen, nicht nehmen lassen.«

Bernard näherte sich ihr und legte den Arm um sie. Zuerst schien ihr Zorn besänftigt, doch als Bernard Miene machte, sie zu küssen, flammte ihr Zorn plötzlich auf. »Nicht! Jedesmal versuchst du, dich herauszumogeln. Du küßt mich. Du sagst, du liebst mich, und damit stopfst du mir den Mund.«

»Immer wieder stellst du mir diese Fragen, und immer wieder sage ich dir die Wahrheit. Die Wahrheit ist, daß ich die Antworten nicht weiß.«

»Du vermittelst mir so ein verdammt unsicheres Gefühl«, sagte Gloria.

»Ich bin immer da. Ich besaufe mich nicht und laufe nicht anderen Frauen nach.«

In diesem entrüsteten Ton antwortete er auf diesen Vorwurf immer. Eine typisch männliche Antwort. Er verstand wirklich nicht, daß das nicht ausreichte. Sie versuchte es mit männlicher Logik. »Wie lange wirst du warten, bis du überzeugt bist, daß sie für immer weg ist?«

»Ich liebe dich. Wir sind glücklich zusammen. Ist das nicht genug? Warum wollen Frauen immer die Dauer garantiert haben? Morgen könnte ich unter einen Zug kommen oder verrückt werden. *Es gibt kein Glück auf Dauer*. Kannst du das denn nicht verstehen?«

»Warum siehst du auf die Uhr?« fragte sie und versuchte, sich von ihm zu lösen, aber er hielt sie fest.

»Entschuldige. Der D. G. fährt heute nachmittag nach Whitelands und besucht Silas Gaunt. Ich glaube, sie werden von Fiona reden. Ich würde alles dransetzen zu erfahren, was sie sagen.«

»Du glaubst, daß Fiona noch für London arbeitet, stimmt's?«

Die Frage kam wie eine Anklage und bestürzte ihn. Er machte

nicht die geringste Bewegung, doch die Ruhe seines Gesichts verriet, wie es dahinter arbeitete. Diese Vermutung hatte er vor Gloria nie erwähnt.
»Deshalb willst du nicht vom Heiraten sprechen«, sagte sie.
»Nein.«
»Du lügst. Das erkenne ich immer. Du glaubst, daß sie deine Frau zum Spionieren dahin geschickt haben.«
»Wir werden die Wahrheit nie erfahren«, sagte Bernard wenig überzeugend und hoffte, die Unterhaltung damit zu beenden.
»Ich muß doch verrückt sein, das nicht von Anfang an erkannt zu haben. Ich war nur eine Lückenbüßerin. Ich war nur jemand fürs Bett, jemand, der sich um deine Kinder kümmert, das Haus in Ordnung hält, einkaufen geht und kocht. Kein Wunder, daß du nicht wolltest, daß ich studiere. Du gemeiner Hund! Du hast mich zum Narren gehalten.«
»Nein, habe ich nicht.«
»Jetzt verstehe ich, warum du alle ihre Kleider aufbewahrst.«
»Du weißt, daß es nicht so ist, Gloria. Bitte, weine nicht.«
»Ich weine nicht. Ich hasse dich, du gemeiner Hund!«
»Willst du endlich zuhören!« Er schüttelte sie grob. »Fiona ist eine sowjetische Agentin. Sie ist für immer rübergegangen. Jetzt hör auf mit diesen Phantasien.«
»Schwörst du das?«
Er trat zurück. Es war ein wilder Blick in ihren Augen, der ihn schreckte. »Ja, ich schwöre es«, sagte er.
Sie glaubte ihm nicht. Sie wußte immer, wann er log.

In diesem Augenblick war die Unterredung zwischen dem Director-General und Silas Gaunt in vollem Gang.
»Wie lange ist Mrs. Samson jetzt am Einsatzort?« fragte Silas Gaunt. Es war eine rhetorische Frage, aber er wollte, daß der Director-General seine Freude teilte.
»Sie ist dreiundachtzig rüber, es müssen also ungefähr vier Jahre sein«, sagte Sir Henry Clevemore. Die beiden Männer hatten Wunder vollbracht und waren mit Recht stolz auf ihre Leistung. In der ostdeutschen Wirtschaft krachte es an allen Ecken und Enden, die Regierung war senil geworden und brachte weder

den Willen noch die Mittel auf, die Probleme anzugehen. Fionas Informationen besagten, daß die russischen Truppen in den Kasernen bleiben würden, ganz gleich, welche politischen Veränderungen stattfanden. Die UdSSR hatte eigene Probleme. Bret Rensselaers verwegene Voraussage des Zusammenbruchs der Mauer für das Jahr 1990 – die seinerzeit nur als eine der für die Projektionen des SIS charakteristischen Übertreibungen aufgefaßt worden war – hatte inzwischen eine gewisse Wahrscheinlichkeit für sich.

Sie hatten schönes Material von Fiona erhalten, das es ihnen beiden ermöglicht hatte, den Feldzug zu dirigieren und Verbindungen zu den vernünftigsten Kräften innerhalb der Opposition aufzunehmen. Um ihre Agentin zu schützen, hatten sie ihr zu ein paar kleinen Siegen und ein paar Auszeichnungen verholfen. Jetzt genossen sie das Gefühl großer Befriedigung.

Diese beiden Männer waren einander in vieler Hinsicht ähnlich. Herkunft, Erziehung, Lebenshaltung und Auftreten zeigten bei vielen deutliche Gemeinsamkeiten, doch hatte Silas Gaunts Dienst im Ausland ihn zum Kosmopoliten gemacht, was man den auf Abstand bedachten und förmlichen Sir Henry Clevemore schlechterdings nicht nennen konnte. Silas Gaunt war praktisch, listig, anpassungsfähig und skrupellos, und trotz all der gemeinsam verbrachten Jahre hatte Sir Henry noch immer Vorbehalte gegen seinen Freund.

»Wissen Sie noch, wie eines Nachts der junge Volkmann an Ihre Tür klopfte?« sagte Silas.

»Der Dummkopf hatte meine Telefonnummer vergessen.«

»Sie waren verzweifelt«, sagte Silas.

»Überhaupt nicht.«

»Ich bedaure, Ihnen widersprechen zu müssen, Henry, aber als Sie hier ankamen, sagten Sie, Fiona Samson habe sich ein schweres Fehlurteil geleistet.«

»Na ja, ein bißchen ominös kam er mir schon vor.« Er kicherte trocken. »Das einzige, was er auswendig zu lernen hatte, vergißt er.«

»Volkmann war dann schließlich eine echte Trumpfkarte. Wer hätte das gedacht?«

»Ich werde ihm was besorgen«, sagte der D. G. »Wenn alles vorbei ist, besorge ich ihm irgendeine Auszeichnung. Ich weiß, daß er gerne einen Orden hätte. Er ist der Typ.«

»Wissen Sie, daß er sich aus dem Bankgeschäft zurückzieht?« sagte Silas, obwohl er dem D. G. darüber schon Bericht erstattet hatte.

»Er übernimmt diese Bruchbude von Hotel von dieser furchtbaren alten Deutschen, wie hieß sie doch gleich?«

»Lisl Henning.«

»Genau die, eine absolute Medusa.«

»Alles Gute hat sein Ende«, sagte Silas.

»Es gab Zeiten«, sagte der Director-General, »da dachte ich, wir würden Mrs. Samson einfach abziehen und aufgeben müssen.«

»Samson ist ein dickköpfiger junger Narr«, sagte Silas Gaunt und sprach damit aus, was beide dachten. Sie saßen in dem selten benützten Wohnzimmer von Gaunts Haus, während nebenan die Handwerker langsam den Kamin in Gaunts kleinem Studierzimmer wieder aufmauerten. In diesem Raum war schon seit hundert Jahren praktisch nichts verändert worden. Wie alle Räume in solchen Gutshäusern, deren Steinwände dick und deren Fenster klein sind, war auch dieser das ganze Jahr über dunkel. Auf einer hohen Anrichte standen oft benutzte Weidenmuster-Porzellanteller und eine mit frisch geschnittenen Narzissen gefüllte Vase.

Silas saß ausgestreckt auf dem löchrigen Sofa, beleuchtet von den züngelnden Flammen eines Holzfeuers. Über ihm blinzelte mit stählernem Blick ein Ahn durch den Firnis eines großen Gemäldes, und es gab einen kleinen Tisch, an dem Silas Gaunt vorübergehend seine Mahlzeiten einnahm. Sir Henry Clevemore hatte die Reise nach Whitelands gemacht, nachdem er erfahren hatte, daß Silas sich von einem Sturz vom Pferd erholte. Der alte Narr hätte in seinem Alter jedem Pferd aus dem Wege gehen sollen, dachte der D. G. und beschloß, ihn das wissen zu lassen. Dann ließ er es doch sein.

»Samson?« sagte der D. G. »Sie dürfen über ihn nicht so hart urteilen. Es ist wirklich meine Schuld. Bret Rensselaer war immer der Meinung, wir hätten Samson einweihen müssen.«

»Ich hätte nie erwartet, das noch einmal von Ihnen zu hören, Henry. Sie waren es doch...«
»Ja, ich weiß. Aber am Ende dieses ersten Jahres hätte man Samson einweihen können.«
»Von einer Leichenschau hat keiner was«, sagte Silas. Er war in eine Reisedecke mit Schottenmuster gewickelt, an der er ab und zu herumzupfte, um sie sich bequemer über die Beine zu legen. »Oder wollen Sie darauf hinaus, daß wir ihn jetzt einweihen?«
»Nein, nein, nein«, sagte der D. G. »Aber als er anfing, den Wegen nachzuschnüffeln, die die Überweisungen von der Zentralen Finanzierungsstelle nahmen, waren wir, wie mir scheint, praktisch gezwungen, ihn einzuweihen.«
Silas griente. »Der Versuch, ihn bei der Landung in Berlin verhaften zu lassen, war dazu aber nicht der geschickteste erste Schritt, wenn Sie die Bemerkung gestatten.«
Auf dieses Fiasko näher einzugehen, war der D. G. aber nicht geneigt. Er stand auf und trat an das durch einen Mittelpfosten geteilte Fenster. Von hier aus hatte man einen Blick auf die Einfahrt und die fernen Hügel. »Ihre Ulmen sehen ziemlich krank aus, Silas.« Es waren ihrer drei. Massive, großartige Burschen, die in gleichen Abständen voneinander auf dem Rasen standen, wie griechische Säulen. Sie waren das erste, was man vom Torhaus erblickte, noch ehe das Haus in Sicht kam. »Sehr krank.«
Plötzlich fühlte auch Silas sich krank. Jeden Tag betrachtete er die Ulmen und betete, daß die entstellten, verfärbten Blätter wieder grün würden und gesund. »Der Gärtner sagte, das sind Frostschäden.«
»Frostschäden! So ein Quatsch. Sie sollten mal den Förster deswegen kommen lassen. Wenn es die holländische Ulmenkrankheit ist, müssen sie sofort gefällt werden.«
»Der Frost hat schreckliche Schäden angerichtet dieses Jahr«, sagte Silas, in der Hoffnung eines Aufschubs oder einer Beruhigung. Selbst unglaubwürdige Beruhigungsversuche, wie die seiner einfallsreichen Haushälterin, Mrs. Porter, waren besser als diese brutale Diagnose. Silas sagte flehentlich: »Das sehen Sie doch selbst an den Rosen und an der Farbe des Rasens.«

»Fragen Sie den Förster, Silas. Die holländische Ulmenkrankheit hat schon den meisten Ulmen in dieser Gegend den Garaus gemacht. Wenn Sie nicht bald was unternehmen, werden Sie sich verdammt unbeliebt bei Ihren Nachbarn machen.«

»Vielleicht haben Sie recht, Henry, aber ich glaube nicht, daß es etwas Ernstes ist.«

»Es sind noch immer eine ganze Reihe Fragen unbeantwortet, Silas. Wenn es Zeit ist, sie abzuziehen, warum machen wir das nicht einfach ohne große Umstände?«

Silas sah ihn einen Augenblick lang an, ehe er begriff, daß von Fiona Samson die Rede war. »Weil wir einen Haufen Material haben, das wir nicht benützen können, ohne sie in Gefahr zu bringen. Und wenn sie endlich kommt, wird sie mehr Material mitbringen.«

»Wir haben eine gute Zeit gehabt, Silas«, sagte der D. G. und kehrte in den mit Chintz bezogenen Sessel zurück, in dem er gesessen hatte. Mit einem kleinen Grunzen ließ er sich hineinfallen.

»Weshalb sollen wir jetzt alles sausenlassen, Henry? Meines Wissens, und das ist beachtlich, hat sich Fiona Samson als der beste Agent im auswärtigen Einsatz erwiesen, den das Department je gehabt hat. Es wäre nicht fair gegen sie, wenn wir jetzt auf alles pfeifen würden, was sie uns noch zu bieten hat.«

»Ich verstehe diesen Plan, sie am Leben zu erhalten, wirklich immer noch nicht«, sagte der D. G.

Silas seufzte. Manchmal war der D. G. ziemlich schwer von Begriff. Er hatte noch immer nicht verstanden. Silas würde es ihm in einfachen Worten sagen müssen: »Der Plan besteht darin, die Sowjets von ihrem Tod zu überzeugen.«

»Während sie in Wirklichkeit hier bei uns vernommen wird?«

»Genau. Wenn sie wissen, daß sie lebt und bei uns auspackt, können sie den Schaden für sich begrenzen.«

»Und wie überzeugen wir sie?« fragte der D. G.

»Das ist schon in anderen Fällen gelegentlich gemacht worden.«

»Aber wie wollen wir sie überzeugen? Ich kann mir das nicht vorstellen.«

»Um Ihnen ein extremes Beispiel zu geben: Man sieht sie in ein

Haus gehen. Es gibt ein Erdbeben, und die ganze Straße verschwindet. Sie wird für tot gehalten.«

»Soll das ein Witz sein, Silas? Ein Erdbeben?«

»Nein, Director, das ist nur ein Beispiel. Aber es ist ein alter Trick, eine Leiche für eine andere auszugeben.«

»Unsere Gegner sind heutzutage sehr gewitzt, Silas. Sie würden die Täuschung vielleicht durchschauen.«

»Vielleicht. Aber wenn sie es täten, wäre auch das nicht das Ende der Welt. Das wäre nur eine Schlappe für uns.«

»Vorausgesetzt, sie ist in Sicherheit.«

»Ja, genau das meine ich.«

Der D. G. schwieg einen Augenblick lang. »Die Amerikaner werden ganz mutlos werden bei der Aussicht, diese Quelle zu verlieren.«

»Glauben Sie nicht, die ahnen, wo das Material herkommt?«

»Ich glaube nicht. Washington kriegt es von Bret aus Kalifornien, und bis dahin ist alles, was auf sie hinweisen könnte, daraus entfernt.«

»Die Sache mit Bret ist schließlich auch gut gelaufen.«

»Er hat lange gebraucht, bis er einsah, daß ich den Haftbefehl gegen ihn nicht zurückziehen konnte, ohne zu verraten, daß er eine Rolle bei der Führung von Fiona Samson spielte.«

»Ich meinte weniger das als vielmehr, wie er dann zu seiner Genesung nach Kalifornien gegangen ist.«

»Ja, Bret hat sich da drüben hervorragend eingerichtet; und indem wir ihn als Mittelsmann benützen, können wir uns von dem Berliner Material distanzieren.«

»Ich kann mir kaum vorstellen, daß Fiona Samson irgendwas übermitteln würde, anhand dessen man sie identifizieren könnte«, sagte Silas. Er kriegte das Material nie zu sehen, und das verdroß ihn manchmal.

»Sicherlich nicht«, sagte der D. G., um anzudeuten, daß auch er das Material nicht direkt in seine Hände bekam. »Sie ist eine äußerst kluge Frau. Werden Sie Bernard Samson benützen, um sie rauszuholen?«

»Ich glaube, er sollte beteiligt werden«, sagte Silas. »Er ahnt wohl inzwischen, was gespielt wird.«

»Ja«, sagte der D. G. »Deshalb wollen Sie sie nach Hause holen.«
»Nicht nur deshalb«, sagte Silas. »Aber das spielt eine Rolle.«
»Die Sowjets würden so jemanden bis in alle Ewigkeit im Einsatz lassen«, sagte der D. G.
»Wir sind nicht die Sowjets«, sagte Silas. »Ist Ihnen nicht wohl, Henry?«
»Nur Herzklopfen. Ich hätte diese Zigarre nicht rauchen sollen. Ich habe meinem Arzt versprochen, damit aufzuhören.«
»Die Ärzte sind alle gleich«, sagte Silas, der darauf verzichtet und nur neidisch geschnüffelt hatte, als der D. G. sich nach dem Essen eine große Havanna genehmigte.
Der D. G. lehnte sich zurück und atmete langsam und tief, ehe er wieder sprach. »Diese Sache... Diese Sache, eine Leiche unterzuschieben. Ich kann mir nicht vorstellen, wie Sie das machen wollen, Silas.«
»Ich kenne da einen Amerikaner... Einen sehr tüchtigen Burschen.«
»Amerikaner? Ist das klug?«
»Er ist genau der Richtige. Selbständig. Ein unabhängiger Profi. Hat sogar schon ein paar Aufträge für die Opposition erledigt.«
»Augenblick mal, Silas. Ich will nicht irgendeinen KGB-Killer ins Geschäft nehmen.«
»Hören Sie mich erst mal an, Henry. Wir brauchen jemanden, der sich da drüben auskennt. Jemanden, der weiß, wie die Russkis ticken. Und dieser Typ hat nichts zu lachen, wenn die CIA ihn kriegt, er wird also nicht auf die Idee kommen, den Jungens am Grosvenor Square unsere Geschichte zu erzählen.«
Sir Henry schniefte, um Zweifel anzumelden. »Wenn Sie es so sehen...«
»Persona grata beim KGB, ohne Verbindung zur CIA und uns ganz fernstehend. Der richtige Mann für den Job. Er erledigt die ganze Geschichte für ein Pauschalhonorar.«
»Die ganze Geschichte? Was heißt das?«
»Es wird Blut fließen, Henry. Das läßt sich nicht vermeiden.«
»Ich will keine Nachwirkungen«, sagte der D. G. besorgt. »Ich muß noch immer Fragen wegen der Moskwin-Panne beantworten.«

Silas Gaunt setzte unter Schmerzen die Füße auf den Boden und lehnte sich über den Tisch, um der Besteckschublade einige Messer mit Knochengriff zu entnehmen. Drei von diesen legte er auf den Tisch und nahm eins nach dem anderen in die Hand. »Lassen Sie mich eine mögliche Lösung unseres Problems improvisieren. Leiche Nummer eins: leicht verbrannt, leicht zu identifizieren. Leiche Nummer zwei: schwer verbrannt, aber identifizierbar durch gerichtsmedizinische Untersuchung.« Er sah Sir Henry an, ehe er das dritte Messer ergriff. »Leiche Nummer drei: vollkommen verkohlt, aber anhand der zahnmedizinischen Untersuchung eindeutig Fiona Samson.«

»Sehr überzeugend«, sagte der D. G. nach einem Augenblick des Nachdenkens.

»Es wird funktionieren«, sagte Silas, packte die Messer und warf sie dann laut klappernd in die Besteckschublade zurück.

»Aber wird nicht jemand nach den Gründen fragen?«

»Sie haben doch die Berichte über Erich Stinnes und seinen Rauschgifthandel verfolgt?«

»Rauschgift. Es ist also wahr?«

»Unsere Kollegen beim KGB haben sehr weitgehende Vollmachten. Sicherheit, Spionage, Spionage-Abwehr, Grenzkontrollen, politische Verbrechen, Betrug, Korruption und Drogen machen neuerdings auch den Sowjets eine Menge Sorgen.« Er wollte in betreff der Drogen nicht ins einzelne gehen. Sie waren für die Operation von entscheidender Wichtigkeit, durch sie kriegte man Stinnes als Schieber, Tessa Kosinski als Süchtige ins Netz, aber der D. G. würde sehr nervös werden, wenn er alle diesbezüglichen Einzelheiten erführe.

»Stinnes«, sagte der D. G. »Hat der uns eigentlich schon irgendwelches anständige Material geschickt, seitdem er wieder zurück im Osten ist?«

»Der glaubt jetzt, eine Seite gegen die andere ausspielen zu können. Von uns glaubt er, nichts fürchten zu müssen, und von seinen Herren drüben auch nicht. Auf die Weise ist er vermutlich zum Rauschgifthandel gekommen. Er muß einen Haufen Geld damit verdienen.«

»Ich glaube, ich ahne, was Sie sich vorstellen: Schießerei zwischen rivalisierenden Rauschgifthändlern, bei der Fiona Samson verschwindet.«

»Genau. Deshalb müssen wir die Ereignisse so planen, daß sie auf den Termin einer Rauschgiftlieferung fallen. Wenn Stinnes die Lieferung vom Flughafen abholt, werden wir Mrs. Samson zu einem seiner Kontaktpunkte auf die Autobahn schicken – auf dem Gebiet der DDR natürlich – und dafür sorgen, daß Samson sie dort erwartet. Stinnes wird einfach glauben, daß sich's um ein Treffen zum Umladen der Drogen handelt. Wir werden ein Fahrzeug bereitstellen. Ein Diplomatenwagen wäre für eine derartige Schau am besten geeignet.«

»Und Samson wird geschickt, sie abzuholen?«

»Ja, aber nicht Samson allein. Verlassener Ehemann und abtrünnige Ehefrau, wiedervereint nach so langer Zeit: ein Konzept für Komplikationen. Ich werde ihm jemanden mitgeben, eine ruhige und zuverlässige Person, die dafür sorgt, daß alles glattgeht.«

»Und Sie sagen, wir sind auf diesen amerikanischen Typ angewiesen? Die Sache ist nicht mit unseren eigenen Leuten zu machen?«

Silas sah ihn an. »Nein, Henry, das ginge nicht.«

»Darf ich fragen, warum, Silas?«

»Der Amerikaner hat schon mit Stinnes zu tun gehabt.«

»Sie meinen Rauschgifthandel?«

Silas zögerte und unterdrückte einen Seufzer. Er wollte nicht in die Einzelheiten gehen. Es würde noch schwierig genug werden, alle an Ort und Stelle zu bringen. Jedem würde man eine andere Geschichte auftischen müssen, und Silas hatte das noch nicht alles ausgearbeitet. Wie alle, die in der Londoner Zentrale saßen, hatte Sir Henry nur sehr ungefähre Vorstellungen von dem, was sich an der Front abspielte. Silas war da näher dran gewesen. »Lassen Sie mich Ihnen in großen Zügen skizzieren, was wir benötigen, Henry. Wir werden eine Leiche brauchen, die wir als diejenige Mrs. Samsons an Ort und Stelle lassen können, die Leiche einer noch jungen Frau. Ich würde nicht raten, eine Leiche durch die Grenzkontrollen zu schmuggeln, erst recht nicht in einem Diplomatenfahrzeug, denn wenn was schiefginge, wäre der Medienrummel einfach grauenhaft. Desgleichen brauchen wir einen Schädel mit dem richtigen Gebiß, den wir dabei liegenlassen können. Damit nun die Russen nicht anfangen, sich zu fragen, was der überzählige Kopf soll, muß die Leiche enthauptet werden. Und zwar an Ort und Stelle.«

»Aber wie kommt die Leiche an Ort und Stelle?« sagte der D. G., noch immer rätselnd.

»Die Leiche wird dort hinlaufen, hingebracht werden, hinfahren... Ich weiß noch nicht genau, wie.«

»Sie meinen lebendig?« Sir Henry war zutiefst schockiert. Sein Körper erstarrte, und er saß bolzengerade. »Was für eine Frau? Wie wird er das machen?«

»Fragen Sie lieber nicht, Henry«, sagte Silas Gaunt sanft. »Aber unter den Umständen werden Sie verstehen, daß wir keinen von unseren eigenen Leuten brauchen können.« Er wartete einen Augenblick, um dem D. G. Gelegenheit zu geben, seine Fassung wiederzugewinnen. »Bernard Samson wird dort sein, natürlich, aber der junge Samson soll nur seine Frau rausholen. Er wird von der anderen Sache nichts mitkriegen.«

»Wirklich nicht...?«

»Der amerikanische Nebenvertragspartner wird zurückbleiben und dafür sorgen, daß die Spuren die Geschichte erzählen, die wir den Sowjets unterjubeln wollen.«

»Und Sie werden mit dem Amerikaner direkt verhandeln?«

»Nein, Henry. Ich finde, das würde das Department unnötig kompromittieren. Ich werde einen Mittelsmann beauftragen. Es gibt da einen gewissen Prettyman, den Bret die Dreckarbeit machen läßt. Er war schon ein paarmal für uns tätig. Sehr tüchtig, wenn auch für die vorliegende Aufgabe nicht ganz der Richtige. Ich werde ihn als Kontaktmann verwenden. Niemand erfährt natürlich die ganze Geschichte. Absolut niemand.«

»Wenn Sie meinen, daß Sie's alleine durchstehen können.«

»Ohne daß mir Bret Rensselaer dabei über die Schulter sieht?« Silas verzog das Gesicht. »Bisher haben wir's geschafft.«

»Ich werde froh sein, wenn alles geschafft ist, Silas.«

»Natürlich werden Sie das, Henry. Aber wir beiden alten Klepper haben's den jungen Bengels gezeigt, was?«

Beide lächelten einander zufrieden an.

Es wurde an die Küchentür geklopft, und Mrs. Porter brachte ihnen Tee. Tee in Whitelands war, dank Mrs. Porter, sehr viel mehr als nur einfach Tee. Sie servierte auf dem kleinen Tisch des Hausherrn, und der D. G. stellte einen Stuhl für sich dazu. Es gab gebutterten Toast, Waffeln und Kümmelkuchen, wie ihn so perfekt nur Mrs. Porter backen konnte. Der Kuchen erinnerte den D. G. an seine Schulzeit. Er liebte ihn. Sie schenkte den Tee ein und ging wieder.

Ein paar Minuten lang tranken sie vergnügt ihren Tee und aßen ihren Toast wie zwei kleine Jungen bei einem Picknick.

»Ich wüßte eigentlich gern die Wahrheit über Samsons Vater«, sagte der D. G., während Silas beiden Tee nachgoß. »Die wahre Geschichte, meine ich, von den beiden Deutschen, die er angeblich erschossen hat.«

»Na, das ist ja nun schon ein Weilchen her. Ich...«

»Jetzt kann die Wahrheit niemandem mehr schaden, Silas. Brian Samson ist tot, Gott sei seiner Seele gnädig, und Max Busby ebenfalls.«

Silas Gaunt zögerte. Er hatte so lange geschwiegen, daß er manche Einzelheiten schon vergessen hatte. Zuerst glaubte der D. G., er würde sich weigern, davon zu sprechen, aber schließlich sagte er: »Sie müssen sich die Atmosphäre jener Tage in Erinnerung rufen, als Hitler eben erst geschlagen worden war, Europa in Trümmern lag und jeder erwartete, daß plötzlich Nazi-›Werwölfe‹ aus irgendwelchen Löchern kriechen und erneut Krieg anfangen würden.«

»Die brauche ich mir nicht in Erinnerung zu rufen. Ich wünschte, ich könnte sie vergessen. Oder vielmehr, ich wünschte, ich wäre zu jung, damals dabeigewesen zu sein.«

»Die Amerikaner hatten keinen richtigen Nachrichtendienst. Ihre OSS-Leute verschwendeten ihre Zeit bei der Suche nach toten Nazis. Ganz oben auf ihrer Liste stand Martin Bormann.«

»Berchtesgaden. Jetzt erinnere ich mich«, sagte der D. G. »War da nicht irgendeine Falle?«

»Sie hatten einen Nazi-Kriegsverbrecher gefaßt – Reichsminister Esser –, in einer Berghütte in der Nähe von Hitlers Berghof. Eine Menge Reichsbank-Gold war in der Gegend gefunden worden. Tonne um Tonne wurde von amerikanischen Offizieren mittlerer Ränge gestohlen und verschwand auf Nimmerwiedersehen. Nachdem sie Esser verhaftet hatten, hielt das Counter Intelligence Corps die Hütte – tatsächlich handelte es sich um ein ziemlich imposantes Gebäude – unter Beobachtung. Martin Bormanns Haus stand zwischen Hitlers Berghof und dieser Berghütte, in der sie Esser fanden. Angeblich war dort Penicillin und Geld und weiß Gott was noch alles versteckt für Martin Bormann, der damit nach Südamerika verduften wollte. Das war natürlich Quatsch, aber damals hielt man's für möglich, daß Bormann, um das Zeug zu holen, noch mal dort aufkreuzen würde.«

»Aber was hat Brian Samson da gemacht, in der Amerikanischen Zone?«

»Er war verantwortlich für einen Häftling aus London, einen deutschen Zivilisten namens Winter«, sagte Silas. Er bot den Kümmelkuchen an.

Der D. G. nahm eine Scheibe. »Winter, ja, natürlich.« Er biß in den Kuchen und genoß ihn wie einen alten Wein.

»Paul Winter war ein Nazi-Anwalt, der für die Gestapo gearbeitet hatte und ungesund gute Beziehungen in Washington zu haben schien... einen Kongreßabgeordneten oder so was. So gab es ein Tauziehen zwischen dem State Department, das seine Entlassung forderte, der U.S. Army, die ihn einbuchten wollte, und dem Internationalen Militär-Tribunal, das ihn als Verteidiger verpflichten wollte. Unterdessen hatten wir den Burschen in London hinter Schloß und Riegel.«

»Er hatte eine amerikanische Mutter, Veronika Winter. Ihr anderer Sohn ging nach Amerika und kam in der Uniform eines amerikanischen Obersten zurückstolziert. Unbekümmerte Leute, diese Amerikaner, was? Er war nicht mal eingebürgert.«

»Sehr pragmatisch«, sagte Silas, der nicht gerne derart verallgemeinerte.

»Wenn ich mich recht erinnere, kam die Mutter aus einer guten Familie. Ich hörte, daß sie in einem dieser schrecklichen Nachkriegswinter an Lungenentzündung starb. Sie war mit ›Boy‹ Piper befreundet. Sir Alan Piper, der einmal D. G. war.«

»Ja. ›Boy‹ Piper war es, der mich damals da hinschickte, um die Sache für das Department in Ordnung zu bringen.«

»Bitte weiter, Silas. Ich will die Geschichte hören.«

»Viel ist da nicht zu erzählen. Die Frau..., Winters Frau, schickte ihrem Mann eine Botschaft...«

»Und das war dieser Nazi...?«

»Ja, Paul Winter, der Nazi-Anwalt.«

»Ins Gefängnis?« fragte der D. G., der es genau wissen wollte.

»Er war nicht im Gefängnis, sondern in einem Privatquartier. Er war entlassen worden, um Esser zu verteidigen. Die in Nürnberg angeklagten Nazis durften sich einen Anwalt ihrer Wahl nehmen, und von dieser Wahl waren nicht mal Kriegsgefangene ausgeschlossen. Die Botschaft besagte, daß die Frau sich in jener verdammten Berghütte befinde, also machte er sich auf den Weg dahin. Er hatte seine Frau seit Ende des Kriegs nicht mehr gesehen. Sein Bruder war, wie gesagt, ein U.S. Colonel. Der besorgte einen Jeep oder ein anderes Militärfahrzeug, und die beiden fuhren los, ohne auf die Genehmigung zu warten.«

»Nach Berchtesgaden?«

»Und bei besonders scheußlichem Winterwetter. Ich erinnere mich dieses Winters noch genau. Als dieser Paul Winter in der Berghütte anlangte, wartete dort seine Frau Inge tatsächlich auf ihn. Sie hatte ein Kind geboren. Sie wollte Geld.«

»Hatte er Geld?«

»Da oben war eine Metallkiste vergraben. Die hatte Esser da eingebuddelt. Während ihrer gemeinsamen Sitzungen hatte er Paul erzählt, wo sie war. Dann muß wohl Esser Inge Winter erzählt haben, daß ihr Mann den Ort kenne. Sie gruben die Kiste aus. Es war Gold; eine Sammlung verschiedener Münzen, die Esser den Tresoren der Berliner Reichsbank entnommen hatte, nicht ohne übrigens die Entnahme zu quittieren.«

»Und das Kind war von Esser?« ergänzte der D. G.

»Woher wußten Sie das?«

»Das ist das einzige, was mir von dieser Geschichte genau in Erinnerung geblieben ist.«

»Ja. Paul Winter muß den Verdacht gehabt haben, daß das Kind nicht seins war. Sie waren schon eine Ewigkeit verheiratet und hatten nie ein Kind haben können. Ich kann mir vorstellen, wie ihm zumute war.«

»Und die beiden Winter-Jungens wurden getötet. Aber wie kam es dazu?«

»Das ist die Frage, nicht wahr? Wenn Sie die Wahrheit wissen wollen: Ein betrunkener U.S. Sergeant hat sie umgelegt, der sie für Werwölfe hielt oder für Deserteure oder für Gangster oder für irgendwelche anderen harten Kerle, die ihm Schaden zufügen könnten. Diese Gegend wurde damals von Banden und Deserteuren beider Seiten heimgesucht. Sie stahlen in großem Stil Militär-Versorgungsmaterial und Proviant, lauerten Nachschub-Konvois auf, raubten Banken aus und scherten sich einen Dreck darum, wen sie dabei verletzten.«

»Die Geschichte, die ich gehört habe...«

»Ja, es gab eine Menge Geschichten. Manche sagten, die Winters seien versehentlich erschossen worden. Von jemand, der eigentlich Samson und den General, in dessen Begleitung er war, umlegen wollte. Andere sagten, der Sergeant, der sie erschoß, habe im Geheimbefehl aus Washington gehandelt. Manche sagten, Max Busby hätte sie erschossen, weil er in Paul Winters Frau verliebt war oder – wieder anderen zufolge – Schwarzmarktgeschäfte mit ihr machte. Keine dieser Geschichten ist eindeutig zu widerlegen, aber, glauben Sie mir, ich habe mich gründlich mit der Sache befaßt. Sie ist so gelaufen, wie ich sie erzählt habe.«

»Aber dem Bericht zufolge hatte Brian Samson sie erschossen«, sagte der D. G. »Daran erinnere ich mich genau. Das verbitterte ihn bis ans Ende seines Lebens.«

»Ach ja. Das war später. Aber als es passierte, hatte niemand Zweifel. Der betrunkene Sergeant wurde verhaftet und eingesperrt. Erst als die Amerikaner Samson als Zeugen zu der Verhandlung des Falls luden, änderte sich alles. Natürlich konnten wir Samson nicht vernehmen lassen, so was ist für das Department überhaupt noch nie in Frage gekommen. Als wir uns weigerten, Samson zu der Verhandlung zu schicken, sahen die Yankees plötzlich eine Chance, die ganze Sache schnell und ohne Aufhebens zu bereinigen. Als ich da unten ankam, hatten sie alle diesbezüglichen Aussagen schon in den Reißwolf gesteckt und neue schreiben lassen. Plötzlich tauchten Augenzeugen auf, die bereit waren zu beschwören, daß Samson die beiden Männer fahrlässig erschossen hätte.«

»Aber das ist doch niederträchtig«, sagte der D. G. »Dieses Urteil ist in Samsons Personalakte gekommen.«

»Wem sagen Sie das, Henry? Ich habe damals dagegen protestiert. Und als ich bei ›Boy‹ Piper keine Unterstützung fand, habe ich eine Menge Wirbel gemacht. Manchmal denke ich, daß ich mir damals meinen Ruf versaut habe. Von da an galt ich als Querulant.«

»Aber das ist ganz bestimmt nicht wahr«, protestierte der D. G., ohne allzuviel Nachdruck.

»Ich mache den Amerikanern keinen Vorwurf, daß sie es uns anhängen wollten, aber ich war stinkwütend, daß sie damit durchgekommen sind«, sagte Silas in mildem Ton. »Den Leuten, die die Meineide geschworen haben, kann man nicht viel vorwerfen. Das waren amerikanische Soldaten, Wehrdienstpflichtige, die schon seit Jahren ihre Familien nicht mehr gesehen hatten. Ein Prozeß hätte sie noch ein weiteres Jahr in Europa festhalten können.«

»War Busby daran beteiligt?«

»Busby hatte in jener Nacht Dienst im Nürnberger Büro der CIC. Er kriegte eine Menge Ärger, weil er der vorgesetzte Offizier des Täters war. Ihm konnte es recht sein, wenn die Verantwortung für den Unfall ein anderer ausländischer Offizier trug.«

»Jetzt verstehe ich, weshalb Samson Busby nicht ausstehen konnte.«

»Deshalb hat dann in Berlin ja Busby auch für den Langen gearbeitet. Brian Samson hätte ihn nicht genommen.«

»Und die Frau?«

»Sie nahm das Gold, änderte ihren Namen und entzog sich der Geschichte. Sie war schon spurlos verschwunden, als Samson in der Berghütte ankam, und ich habe sie nie ausfindig gemacht. Sie überließ Esser dem Henker, nahm ihre Tochter und tauchte unter. Vielleicht erwartete Esser das von ihr. Sie war eine sehr resolute und tüchtige junge Frau. Sie arbeitete in einem Nachtclub in Garmisch, wo sie keine große Mühe gehabt haben wird, die Leute kennenzulernen, von denen sie eine Aufenthaltsgenehmigung für die Französische Zone kaufen konnte, was sie auch tat. Damit entzog sie sich der britischen und der US-Gerichtsbarkeit. Schließlich besorgte sie sich einen französischen Paß, nahm ihr Gold und ihr Baby ...«

»Und wenn sie nicht gestorben ist, schwimmt sie noch heute in Geld«, ergänzte der D. G. sarkastisch.

»Verbrechen zahlt sich manchmal aus«, sagte Silas. »Wir geben das vielleicht nur ungern zu, aber es ist wahr.« Er trank einen Schluck Tee.

»Wieviel Gold war es denn?« fragte der D. G. und nahm sich ein zweites Stück Kuchen.

»Die große Metallkiste habe ich gesehen. Sie war vergraben gewesen, die Erde klebte noch an ihr. Sie war das Hauptbeweisstück. Ungefähr so groß.« Silas streckte seine Hände aus und deutete das Format eines kleineren Schrankkoffers an.

»Haben Sie eine Ahnung, was das wiegen würde?« sagte der D. G.

»Worauf wollen Sie hinaus, Sir Henry?«

»Niemand könnte eine solche Ladung Gold tragen. Sie würde eine Tonne wiegen.«

»Wenn sie das Gold nicht tragen konnte, was hätte sie damit gemacht? Weshalb sollte sie es denn ausgegraben haben, wenn nicht, um es mitzunehmen?«

Der D. G. lächelte wissend. »Ich persönlich hätte es vielleicht ausgegraben, weil zu viele Leute wußten, wo es lag.«

»Esser und ihr Mann und so weiter?«

»Und vielleicht noch viele andere«, sagte der D. G.

»Und es wieder eingegraben«, sagte Silas, den Gedanken des D. G. folgend. »Hmm.«

»Dann wüßten nur noch drei Leute, wo es liegt.«

»Und zwei davon sind ein paar Minuten später tot.«

»So daß nur Inge Winter noch weiß, wo es ist.«

»Wollen Sie andeuten, daß sie diesen amerikanischen Sergeanten dazu gebracht hat, ihren Mann und ihren Schwager zu erschießen?«

»Ich habe keinen von diesen Leuten je gesehen«, sagte der D. G. »Ich urteile nur nach der Geschichte, die Sie mir erzählt haben.«
Silas Gaunt sagte nichts. Er versuchte, sich des Beweismaterials zu erinnern, das er untersucht, und der Soldaten, mit denen er gesprochen hatte. Der Sergeant war ein junger Angeber, der Schmuck trug und einen kostbaren alten Mercedes fuhr, den er in die Staaten mitnahm. War er wirklich betrunken gewesen in jener Nacht, oder war die Trunkenheit vorgetäuscht, um den »Unfall« überzeugender zu machen? Und natürlich gab es da auch noch die unauffindbare Freundin des Sergeanten, ehemals Sängerin bei einer Tanzkapelle. Silas konnte sie nie ausfindig machen. Waren diese Freundin und Inge Winter ein und dieselbe Person? Nun, jetzt war es zu spät. Er schenkte sich Tee nach, trank ihn und schlug sich das Rätsel aus dem Kopf.
Bald, überlegte Silas, würde der D. G. in Pension gehen und damit die letzte Beziehung, die Silas noch zum Department hatte, abreißen. Silas fand diese Aussicht düster.
Der D. G. stand auf, schnippte ein paar Kuchenkrümel von seiner Krawatte und sagte: »Bitte versprechen Sie mir, daß Sie jemanden diese Bäume untersuchen lassen, Silas. Es ist ein Käfer, wie Sie wissen.«
»Ich glaube nicht, daß ich es ertragen könnte, diese Ulmen zu verlieren. Sie müssen über zweihundert Jahre alt sein. Mein Großvater vergötterte sie. Er hat das Haus fotografieren lassen, als sie erst halb so groß waren wie jetzt. Damals waren es vier. Angeblich ist eine vom Sturm entwurzelt worden in der Nacht, als mein Großvater starb.«
»Niemals habe ich so sentimentalen Stuß gehört. Ulmen kann kein Sturm entwurzeln, die Wurzeln reichen zu tief.«
»Meine Mutter hat mir erzählt, sie fiel um, als Großvater starb«, sagte Silas, als hinge die Familienehre von der Wahrheit dieser Behauptung ab.
»Seien Sie nicht so ein Narr, Silas. Manchmal muß man Sachen opfern, die man liebt. Es muß getan werden. Sie wissen das.«
»Kann sein.«
»Ich werde Mrs. Samson zu Bret rüberschicken, wenn sie rauskommt. Kalifornien. Was halten Sie davon?«

»Ja, hervorragend«, sagte Silas. »Da wird sie vor jeder Einmischung geschützt sein. Und Bernard Samson auch?«

»Nein. Es sei denn, Sie...?«

»Nun ja, ich glaube schon, Henry. Wenn wir Samson hierbehalten, wird er brüllend durch die Gegend rennen und sie suchen und uns nur Ärger machen. Schicken Sie ihn auch rüber, und lassen wir beide Brets Sorge sein.«

»Na schön.« Die Standuhr, die Silas in dieses Zimmer hatte bringen lassen, weil er fürchtete, die Handwerker würden sie beschädigen, schlug fünf. »Ist es wirklich schon so spät? Ich muß gehen.«

»Also, überlassen Sie mir die Abwicklung der Sache, Henry?« Silas wollte das ausdrücklich gesagt haben, nicht daß man ihm hinterher Vorwürfe machte. »Es gibt eine Menge zu tun. Ich muß eine Reproduktion von Mrs. Samsons Gebiß machen lassen, und so was dauert eine Ewigkeit.«

»Ich überlasse alles Ihnen, Silas. Wenn Sie Geld brauchen, wenden Sie sich an Bret.«

»Ich nehme an, der Sonderfinanzierungsmechanismus wird demontiert werden, wenn sie erst mal in Sicherheit ist«, sagte Silas.

»Nein. Wir werden ihn als Schmiergeldfonds für den zukünftigen Bedarf bestehen lassen. Es hat uns soviel gekostet, diesen Apparat einzurichten, daß es sinnlos wäre, ihn jetzt aufzuheben.«

»Ich dachte, Samsons Detektivarbeit hätte vielleicht gerade von der finanziellen Seite dieser Operation ein bißchen zuviel enthüllt.«

»Samson wird in Kalifornien sein«, sagte der D. G. schmunzelnd. »Je länger ich's bedenke, desto besser gefällt mir das. Volkmann sagt, Mrs. Samson sei in letzter Zeit stark gealtert. Wir werden ihren Mann hinschicken, damit er sich um sie kümmert.«

24

Ost-Berlin, Müggelsee, Mai 1987

»Wie großartig, daß wir den ganzen Müggelsee für uns haben«, sagte Harry Kennedy. Er saß an der Ruderpinne einer privaten Sechs-Meter-Segeljacht, Fiona fuhr als Besatzung mit.

An heißen Sommertagen war der See voller Boote, aber heute war es kühl, und sie allein waren dort unter Segel. Es war später Nachmittag. Die hinter den ausgefransten und in der kühlen Luft schrumpfenden Wolken sinkende Sonne sorgte für fließendes goldenes Licht und plötzliche Schatten, aber wenig Wärme. Der Wind wurde stärker und drückte stetig, mit massiver Kraft gegen das Segel, so daß der Rumpf das Wasser mit lautem Zischen durchschnitt und ein gekräuseltes weißes Kielwasserband zurückließ.

Fiona saß weit vorn, eingehüllt in ihre hellgelbe Kapuzenjacke und einen dicken Guernsey-Pullover, dazu noch Harrys Schal umgebunden, aber sie fröstelte trotzdem. Die breite Ausdehnung des Sees war ihr angenehm, denn so konnte sie still dasitzen und hatte nicht die Arbeit des Drehens, Lavierens und Brassens, die Harry so gern machte. Oder vielmehr sie so gerne machen sah. Er schien die Kälte gar nicht zu spüren, wenn er segelte. In Freizeitkleidung wurde er ein anderer Mann. Der kurze rote Anorak und die Jeans ließen ihn jünger aussehen; das war der kühne Mann, der Flugzeuge über Wüste und Tundra flog, der Mann, der es hinter dem Schreibtisch nicht aushielt.

Sie hatte sich oft mit ihm getroffen, während des Jahres seiner Tätigkeit an der Charité. Er hatte ihr geholfen, hin und wieder das Elend der Trennung zu vergessen, zu einer Zeit, da sie dringender denn je einen Menschen brauchte, der sie liebte und für sie sorgte. Nun, da er wieder in London arbeitete, besuchte er sie nur, wenn er sich für ein langes Wochenende freimachen konnte, und das gelang ungefähr alle sechs Wochen einmal. Manchmal lieh ihm ein Freund, den er im Krankenhaus gewonnen hatte, dieses Segelboot, und sie hatte belegte Brote und eine Thermosflasche mit Kaffee vorbereitet, so daß sie den ganzen Tag auf dem See verbringen konnten. Diese Ausflüge zu organisieren war für ihn zweifellos ziemlich mühsam und kostspielig, aber er beklagte sich darüber nie. Sie fragte sich unwillkürlich, ob das alles zu seinen Überwachungspflichten gehörte, glaubte es aber nicht.

Keiner von ihnen hatte je das Unmögliche vorgeschlagen: daß sie ihn in London besuchte. Er wußte natürlich Bescheid über sie, das heißt, insoweit er Bescheid wissen mußte. Einmal, zu später Stunde in ihrer Wohnung, nachdem er zuviel Wein getrunken hatte, hatte er plötzlich gesagt: »Ich bin geschickt worden.« Doch hatte er die Bemerkung dann gleich metaphysisch interpretiert in dem Sinn, daß sie beide füreinander bestimmt gewesen seien, und sie hatte es dabei bewenden lassen. Es würde nichts bringen, ihm zu bedeuten, daß sie den wahren Grund ihrer ersten Begegnung kannte. Besser war diese Liebesaffäre, bei der man voneinander Abstand hielt; jeder damit beschäftigt, die Gedanken und Gefühle des anderen zu untersuchen, keiner ganz ehrlich.

»Glücklich?« rief er ganz plötzlich.

Sie nickte. Es war keine Lüge. Alles war relativ. Sie war so glücklich, wie sie es unter den Umständen sein konnte. Harry saß mit herangezogenem Knie im Heck – der Kopf gedreht, der Arm ausgestreckt, Ellbogen auf dem Knie, die Finger nach der Ruderpinne ausgestreckt –, in der Pose des an die Decke der Sixtinischen Kapelle gemalten Adam. »Sehr glücklich«, sagte sie. Er winkte ihr, und sie ging hin und setzte sich zu ihm.

»Warum kann es nicht immer so sein?« fragte er in dem ratlosen Ton, in dem ihre Kinder manchmal ähnlich alberne Fragen gestellt hatten. Sie würde ihn nie verstehen, wie sie auch Bernard nie hatte verstehen können. Niemals würde sie Männer verstehen und deren zugleich reife und selbstsüchtig-kindische Art.

»Bist du jemals im Donaudelta gewesen? Da ist ein riesiges Naturschutzgebiet. Schiffe, wie schwimmende Hotels, fahren die ganze Donau hinunter bis zum Schwarzen Meer. Es wäre ein wunderschöner Urlaub für uns. Würde dir das Spaß machen?«
»Laß mich's überlegen.«
»Ich habe alle Informationen. Einer der Herzspezialisten von der Charité hat die Reise mit seiner Frau gemacht, die beiden waren begeistert.«
Sie hörte nicht zu. Sie dachte dauernd an die kurze Begegnung, die sie jüngst mit Bernard gehabt hatte. Sie hatten sich in einem Gutshaus in der Tschechoslowakei getroffen, und Bernard hatte sie gedrängt zurückzukommen. Es hätte sie glücklich machen sollen, ihn wiederzusehen, aber statt dessen hatte es sie verzagt und traurig gestimmt. Alle ihre Ängste vor den Schwierigkeiten, wieder mit ihrer Familie vereint zu sein, waren wieder geweckt worden. Bernard hatte sich verändert, sie hatte sich verändert, und ohne Zweifel hatten sich die Kinder enorm verändert. Wie konnte sie jemals wieder zu ihnen gehören?
»Tut mir leid, Harry«, sagte sie.
»Was denn?«
»Ich bin heute keine angenehme Gesellschaft. Ich weiß es.«
»Du bist müde. Du arbeitest zuviel.«
»Ja.« Tatsächlich ängstigten sie neuerdings Gedächtnisausfälle. Manchmal wußte sie nicht mehr, was sie am Tag zuvor getan hatte. Merkwürdigerweise war die ferne Vergangenheit beständiger: Sie erinnerte sich der glorreichen Tage mit Bernard, als die Kinder noch klein waren und sie alle miteinander so glücklich gewesen waren.
»Warum heiratest du mich nicht?« sagte Harry unvermittelt.
»Harry, bitte.«
»Als Bewohnerin der DDR könntest du dich mit Leichtigkeit scheiden lassen.«
»Woher weißt du das?«
»Ich habe mich informiert.«
»Ich wünschte, du hättest das unterlassen.« Wenn er mit einem Anwalt gesprochen hatte, könnte das auf wenig wünschenswerte Weise die Aufmerksamkeit auf sie lenken.

»Fiona, Liebling. Dein Mann lebt glücklich mit einer anderen Frau zusammen.«
»Woher weißt du das?«
»Ich habe sie eines Abends zusammen gesehen. Ich wäre fast über sie gestolpert in dem Gedränge auf der Waterloo Station. Sie nahmen den Zug nach Epsom.«
»Und du hast sie erkannt?«
»Natürlich. Du hast mir doch mal ein Foto von ihm gezeigt. Die Frau war blond und sehr groß.«
»Ja, das ist sie.« Es schmerzte wie ein Dolch im Herzen. Natürlich hatte sie es gewußt, aber es schmerzte noch mehr, wenn sie es von Harry hörte.
»Du kennst sie«, sagte er.
»Ich bin ihr begegnet«, sagte Fiona. »Sie ist hübsch.«
»Ich will dich nicht elend machen, aber wir sollten wirklich mal darüber sprechen. Es ist Wahnsinn, einfach so weiterzumachen wie bisher.«
»Warten wir ab, was passiert.«
»Das sagst du schon, seitdem wir uns kennengelernt haben. Weißt du, wie lange das her ist?«
»Ja... Nein... Lange jedenfalls.«
»Ohne dich zu leben ist für mich die Hölle. Aber dir geht's nicht schlecht, wenn du von mir getrennt bist«, sagte er tadelnd und hoffte auf Widerspruch, aber sie zuckte nur die Achseln. »Wir haben nicht viel Zeit, Fiona.«
Sie küßte seine Wange. »Harry, wir sind auch so glücklich genug. Und wir haben eine Menge Zeit.« Die gleiche Unterhaltung hatten sie schon oft gehabt.
»Nicht, wenn wir eine Familie gründen wollen. Nicht viel Zeit.«
»Ist es das, was du willst?«
»Das weißt du doch. Unsere Kinder, Fiona, das ist alles, was ich will.«
»Würdest du herkommen und hier leben?« Sie prüfte ihn jetzt.
»Ich habe schon hier gelebt.«
»Das ist nicht das gleiche, als auf die Dauer hier zu leben«, sagte sie.
»Höre ich einen Mißton in der marxistischen Harmonie?«

»Ich stelle eine Tatsache fest.«
»Du brauchst dich nicht zu rechtfertigen, Liebling.«
»Du hast gesagt, du wärst ein Marxist«, erinnerte sie ihn. Es war unfair, ihm etwas in Erinnerung zu rufen, was er nur einmal während einer erhitzten Debatte gesagt hatte.
»Ja. Ich habe gesagt, daß ich Marxist *war*. Ich *war* vor langer Zeit Marxist.« Das Segel begann zu flattern.
»Aber nicht mehr?«
Er zog das Großschot, um das Segel auszurichten, ehe er den Kopf zu einer Antwort wandte. Er war ein guter Segler, schnell und geschickt im Umgang mit dem Boot und allem, was er tat.
»Ich habe angefangen, Fragen zu stellen«, sagte er.
»Und?«
»Das ist alles. Der Marxismus ist kein Glauben für Leute, die Fragen stellen.«
»Ganz gleich, wie die Antwort ausfällt, stimmt's?«
»Ja, ganz gleich. Eine Frage beinhaltet die nächste. Tausend Fragen folgen. Nichts kann tausend Fragen aushalten.«
»Nichts? Nicht einmal die Liebe?«
»Mach dich nicht lustig über mich.« Sie waren jetzt nahe dem Ufer. Alles Wald, kein Mensch weit und breit. »Fertig zum Halsen«, sagte Harry in der tonlosen Stimme, deren er sich bei nautischen Kommandos bediente.
Mit vorsichtigen Schritten ging sie nach vorn, löste das Bugsegel und paßte auf, wie er das Ruder herumwarf. Als sie durch den Wind drehten, schlug der Baum über das Deck, und instinktiv zog sie den Kopf ein. Sie zog den Klüver ein und setzte das Bugsegel, ehe sie nach hinten auf ihren Sitzplatz zurückkehrte.
»Spielst du niemals ›Tun wir so, als ob‹?« fragte er, während er sich wieder hinsetzte. Auch das war einer seiner kindischen Züge. Auch das Fliegen war kindisch. Vielleicht war er sogar aus Abenteuerlust in die Kommunistische Partei eingetreten.
»Nein«, sagte sie.
»Ich schon. Wie wir hier sitzen, nur wir beide allein im Boot, und über den Müggelsee segeln, tue ich so, als wärst du eine verführerische Mata Hari und ich der von dir verzauberte heroische junge Bursche, der gekommen ist, dich zu retten.«

Sie sagte nichts. Die Richtung dieser Unterhaltung behagte ihr überhaupt nicht, aber es war besser abzuwarten, worauf er hinauswollte.
»Von finster gesinnten Bösewichten verfolgt, verheißt das andere Ufer Sicherheit. Ein Ort, wo wir in ewigem Glück wohnen und unsere Familie gründen können.«
»Klingt wie *In einem anderen Land*«, sagte Fiona, ohne allzu viel Begeisterung für die Vorstellung zu bekunden. »Hast du das gelesen?«
»Sie rudern über einen See in die Schweiz. Hemingway. Ja. In der Schule. Vielleicht habe ich's daher.«
»Die Frau stirbt«, sagte Fiona. »Sie erreichen die Schweiz, aber die Frau stirbt im Krankenhaus.« Sie drehte sich um und sah ihn an. Er sah so elend aus, daß sie fast gelacht hätte.
»Mach keine Witze«, sagte er. »Alles ist vollkommen.«
Sie umarmte ihn zur Beruhigung.
Ja, für Harry war alles vollkommen gewesen. Für ihn war es einfach. Aber Fiona war ziemlich am Ende ihrer Kräfte. Sie war verzweifelt, deprimiert, selbst hier draußen auf dem See mit einem Mann, der sie liebte. Depressionen, hatte sie herausgefunden, nahmen keine Rücksicht auf logische Wahrheit. Sie waren wie eine dunkle chemische Wolke, die unversehens auf sie herabsank und sie in eine gallertartige Masse verwandelte.
Es half nichts, sich einzureden, es sei Unsinn. Sie hatte ihre Kinder und ihre Ehe aufgegeben. War es also paranoid anzunehmen, daß Bernard die Kinder inzwischen gelehrt hatte, sie zu hassen? Sie war ihnen weggelaufen, diese Verstoßung mußte sie verletzt haben. Wie konnte sie hoffen, wieder Frau und Mutter zu werden?
Die Kinder waren das schrecklichste Opfer, das sie gebracht hatte, aber es gab noch andere Wunden. Sie hatte Freunde und Verwandte verloren, die sie jetzt als Verräterin verachteten. Und wofür das alles? Sie war außerstande, die Ergebnisse ihrer Tätigkeit, ihren Beitrag einzuschätzen. Langsam war ihr der Verdacht gekommen, daß sie das auf dem Altar von Bret Rensselaers Ehrgeiz geopferte Lamm war. Brets Wunden waren körperlich, sein Ansehen war unbeschädigt. Bret Rensselaer war

der Gewinner. Silas und der D. G. desgleichen. Drei alte Männer hatten sie hierher geschickt, und diese drei würden die Sieger sein. Was kümmerte sie diese Herren? Sie war ersetzbar, so nützlich und ebenso schnell weggeworfen wie ein Papiertaschentuch.
Fiona war die Verliererin. Fiona, ihr Mann und ihre Kinder. Sie würden sich nie von dem erholen, was sie getan hatte. Gab es irgendeinen politischen oder, wie Bret es lieber gehabt hätte, wirtschaftlichen Sieg, der das wert war? Die Antwort war: nein. Manchmal war sie versucht, wenigstens das bißchen zu retten, was ihr noch blieb. Versucht, die Chance eines glücklichen Lebens mit Harry zu ergreifen, versucht, ihre Londoner Bindungen aufzugeben und sich als einfache Hausfrau in Ost-Berlin einzuleben. Aber das half nur auf kurze Zeit. Der wirkliche Verlust waren Bernard und die Kinder. Von ihnen wollte sie geliebt und gebraucht werden.
»An was denkst du?« fragte Harry.
»Ich dachte an mein Haar«, sagte sie. »Vielleicht sollte ich's mir kürzer schneiden lassen.« Männer nahmen einem immer ab, daß Frauen an ihr Haar dachten.
Er lächelte und nickte. In der letzten Zeit schien sie ziemlich gealtert zu sein; beide waren sie's. Ein Urlaub im Donaudelta würde ihnen beiden guttun.

An diesem Abend traf sie sich mit Werner Volkmann. Sie wartete allein in ihrer altmodischen Wohnung, aus der man auf die Frankfurter Allee hinabsah, die breite Hauptstraße, die letztlich nach Moskau führte und vielleicht aus diesem Grunde einst Stalinallee genannt worden war. Es war üblich, daß Agenten, die ständig von einer Seite zur anderen wechselten, nicht ins Büro kamen. Mit ihnen traf man sich privat. Sie sah auf die Uhr: Werner verspätete sich.
Sie versuchte zu lesen, war aber zu nervös, sich zu konzentrieren. Ihr fiel auf, daß sie sich Mühe gab, den *Pariser Platz* nicht anzusehen, der über ihrem Bett hing. Er hing da in einem glatten schwarzen Ebenholzrahmen. Eines Abends hatte sie das Bild abgenommen und den Wechselrahmen geöffnet, um Kirchners

kitschigen Frohsinn gegen einen abstrakten Druck auszuwechseln, der mehr nach ihrem Geschmack war. Zu ihrem Entsetzen tauchte hinter der Straßenszene ein Farbdruck von Lochners *Jüngstem Gericht* auf. Diese Darstellung der die Sünder in der nächsten Welt erwartenden Schrecken war für mittelalterliche Begriffe zwar noch verhältnismäßig milde, aber für die einsame, übermüdete und gequälte Fiona war der unverhoffte Anblick dieser wahnsinnigen und verzerrten Gestalten und Schreckensdämonen entsetzlich. Es war, als wäre sie dazu bestimmt zu entdecken, was hinter der Gemütlichkeit der Berliner Straßenszene auf der Lauer lag. Mit zitternden Händen hatte sie das *Jüngste Gericht* wieder unter den Kirchner in den Rahmen gelegt, aber seitdem war ihr die gequälte Welt, die unter dem munteren *Pariser Platz* lauerte, immer gegenwärtig.

Werner bat seine Verspätung zu entschuldigen. Er war vom Regen durchweicht und müde. Er meinte, das sei die Überanstrengung, gleichzeitig sein Bankgeschäft liquidieren zu wollen und Lisl Hennings Hotel zu führen. Doch Fiona fragte sich, ob es nicht der Streß war, Doppelagent zu sein. Werner war Bürger der BRD. Wenn der Sicherheitsdienst zu der Auffassung gelangte, daß er ein Verräter sei, würde er einfach spurlos verschwinden oder noch schlimmer – als Patient in die Pankower Klinik eingeliefert werden.

Sie plauderten ungefähr zehn Minuten miteinander über die Belanglosigkeiten, die sie ausgetauscht hätten, wenn Werner der gewesen wäre, für den er sich ausgab. Erst dann schaltete Fiona das durch die Stimme in Gang gesetzte Mikrophon ab, das sie schon am Tage ihres Einzugs hier entdeckt hatte. Die Unterhaltungen leitender Angestellter wurden nur gelegentlich mitgeschnitten, aber Vorsicht war besser als Nachsicht.

»Haben Sie die Kinder gesehen?« Ehe er antwortete, ging er zu dem einzigen bequemen Sessel und ließ sich, noch im Mantel, darin nieder. Es war ihm nicht kalt. Werner behielt oft den Mantel an. Es war, als wollte er immer bereit sein, sofort wieder zu gehen. Er hatte sogar seinen Hut in der Hand behalten und spielte jetzt damit, hielt ihn mit beiden Händen wie das Steuerrad eines schweren Lastwagens auf einer stark befahrenen Straße.

»Ich werde sie nächste Wochen sehen«, sagte Werner. Er sah die Enttäuschung in ihrem Gesicht. »Das ist nicht leicht einzurichten, ohne daß Bernard unbequeme Fragen stellt. Aber es geht ihnen gut, das kann ich Ihnen versichern. Bernard ist ein guter Vater.«

»Ja, ich weiß«, sagte Fiona, und Werner merkte, daß sie es als Vorwurf aufgefaßt hatte. Er fand seine Unterhaltungen mit Fiona in letzter Zeit ziemlich mühsam. Sie konnte verdammt empfindlich sein. Sie war erschöpft. Er hatte den D. G. schon wiederholt darauf hingewiesen. Sie sagte: »Es wäre vielleicht leichter, wenn ich in Moskau oder China wäre, aber es ist unmöglich zu vergessen, daß alles, was ich liebe, so nahe ist.«

»Bald werden Sie zu Hause sein. Hier ändert sich alles. Ich sehe, daß sogar verknöcherte Kommunisten entdecken, daß der Mensch nicht vom Brot allein lebt.«

»Nichts wird sich jemals ändern«, sagte Fiona. »Man kann kein kapitalistisches Paradies auf einen leninistischen Schindanger bauen.«

»Warum so trübsinnig, Fiona?« Selten gab sie ihre persönlichen Ansichten preis.

»Selbst wenn man einen Zauberstab schwänge und Osteuropa in die vollkommene Freiheit zauberte, würde sich nichts rühren. Brets optimistische Ideen über die Wirtschaft stellen den menschlichen Faktor nicht in Rechnung oder die immensen Schwierigkeiten des Wandels, die für jeden, der herkommt und sich mit eigenen Augen informiert, unübersehbar sind. Er spricht vom ›Markt‹, aber die Volkswirtschaften des Ostblocks werden noch auf viele Jahre von Staatsunternehmen beherrscht werden. Wie werden sie die Marktpreise festsetzen? Wer wird hinfällige Stahlwerke, überalterte Textilfabriken, Verlustgeschäfte kaufen wollen? Bret sagt, der Osten wird die Privatwirtschaft wieder ankurbeln. Wie? Osteuropäer haben ihr ganzes Berufsleben damit verbracht, auf überbesetzten Arbeitsplätzen zu bummeln. Hier riskiert niemand was. Selbst im KGB-Stasi-Büro scheut sich jeder, eine Verantwortung zu übernehmen oder eine Entscheidung zu treffen. Vierzig Jahre Sozialismus haben die Leute unfähig gemacht, Entscheidungen zu treffen.

Die Leute hier wollen nicht selbst denken. Der Kapitalismus wird nicht erscheinen, nur weil kein Gesetz ihn mehr verbietet.« Sie schwieg. Es war ein ungewöhnlicher Ausbruch. »Entschuldigen Sie, Werner. Manchmal denke ich, daß ich schon zu lange hier bin.«
»London denkt das auch. Der D. G. wird Sie bald rausholen«, sagte Werner.
Sie schloß die Augen. »Wie bald?«
»Sehr bald. Sie sollten schon mal anfangen, hier klar Schiff zu machen.« Er wartete auf eine heftigere Reaktion und sagte dann: »Sie werden wieder bei Bernard und den Kindern sein.«
Sie nickte und lächelte traurig.
»Haben Sie Angst?« fragte er, ohne das wirklich zu glauben.
»Nein.«
»Sie brauchen vor nichts Angst zu haben. Sie lieben Sie und wollen Sie wiederhaben.«
Für einen Augenblick schien es, als hätte sie ihm nicht zugehört, dann sagte sie: »Angenommen, ich vergesse?«
»Vergesse was?«
Sie wurde unsicher. »Dinge, die sie betreffen. Ich vergesse viel, Werner. Was werden sie von mir denken?« Sie gab ihm keine Gelegenheit zu antworten und wechselte das Thema. »Wie soll es vonstatten gehen, Werner?«
»Der Plan könnte noch geändert werden, aber gegenwärtig ist vorgesehen, einen Wagen unten auf der Straße zu parken. Die Schlüssel werden unter dem Sitz liegen. Bei den Schlüsseln wird ein Personalausweis liegen. Benutzen Sie diesen nur bis zur Autobahn, dort werfen Sie ihn irgendwo in einen Graben, wo man ihn nicht findet. Sie fahren dann die Autobahn entlang, lassen den Wagen stehen und steigen in einen anderen mit britischem Kennzeichen. Der Fahrer wird einen Diplomatenpaß des Vereinigten Königreichs für Sie haben.«
»Sie stellen das als so einfach dar, Werner.« London tat immer so, als wäre alles ganz einfach. Man glaubte, das gäbe den Agenten Zuversicht.
Er lächelte und ließ den Hut um einen erhobenen Finger kreisen. »London will, daß Sie Ihre Kontakte hier auflisten, Fiona.«

Jahrelang hatte sie Werner für ein weiches, verworrenes Geschöpf gehalten, einen armen Kerl, an dem ständig die furchtbare Frau herumkritisierte, die ihn unter dem Pantoffel hatte. Seitdem sie ihn als Kontaktmann zur Londoner Zentrale benutzte, hatte sie entdeckt, daß der wahre Werner hart wie Kruppstahl war und weitaus rücksichtsloser als Bernard.

»Ich habe keine«, sagte sie.

»Kontakte: gute und schlechte. Ich würde die schlechten sorgfältig berücksichtigen. Büropersonal? Hausmeister? Hat irgend jemand was zu Ihnen gesagt, und sei es aus Spaß?« Er kniff sich die Nase zwischen Daumen und Zeigefinger und sah sie dabei bekümmert an.

»Was denn?«

»Scherze, daß Sie für die Briten arbeiten... Scherze, daß Sie Spionin sind.«

»Nichts Ernstzunehmendes.«

»Wir können uns bei dieser Sache kein Risiko leisten, Fiona. Es wäre besser, wenn Sie mir sagten, woran Sie denken.«

Er legte seinen Hut auf den Boden, so daß er sich die Mantelschöße über die Knie legen konnte.

»Harry Kennedy... ein Arzt, der manchmal nach Berlin kommt.«

»Ich weiß.«

»Sie wissen?«

»Er wird von London aus überwacht, seit dem Tag Ihrer Ankunft hier.«

»Mein Gott, Werner! Warum haben Sie mir das nie erzählt?«

»Ich hatte nichts zu erzählen.«

»Ich war heute mit ihm zusammen. Wissen Sie das auch?«

»Ja, London unterrichtet mich über seine Bewegungen. Da er an einem Krankenhaus arbeitet, muß er langfristig planen.«

»Ich bin sicher, er ist nicht...«

»... hier, um Sie zu überwachen? Aber ja. Er muß KGB-Angehöriger und auf Sie angesetzt sein. Das erste Treffen mit Ihnen in London hat Kennedy arrangiert. Bret ist sich sicher.«

»Haben Sie mit Bret gesprochen? Ich dachte, Bret ist in Kalifornien.«

»Kalifornien ist durch Linienflüge, Telefon und Telefax erreichbar.«

»Wer weiß noch Bescheid?« fragte sie ängstlich.

Darauf gab er keine Antwort. »Kennedy ist schon seit langem Parteigenosse. Sagen Sie nicht, Sie hätten seine Vergangenheit nicht überprüfen lassen, Fiona.«

Sie sah Werner an. »Doch, das habe ich getan.«

»Natürlich haben Sie. Ich habe Bret gesagt, daß er sich darauf verlassen kann. Welche Frau könnte einer solchen Gelegenheit widerstehen?«

»Das klingt aber sehr herablassend, Werner.«

»Wirklich? Entschuldigen Sie. Aber warum sagen Sie nicht lieber gleich von Anfang an die Wahrheit?«

»Heute hat er gesagt, wie wundervoll es wäre, wenn ich Mata Hari wäre, die mit ihm in den Westen flieht. Oder irgendeinen Quatsch in der Richtung.«

Werner zog an seiner Nase, stand auf und ging ans Fenster. Es war dunkel, und bei Flutlicht dekorierten Arbeiter die Frankfurter Allee mit den bunten Bannern und Flaggen eines afrikanischen Staats. Alle Staatsbesucher wurden diese jeweils in den Farben ihrer Staaten geschmückte Straße entlanggefahren. Das war fester Bestandteil des Protokolls für Staatsbesuche.

In der entgegengesetzten Richtung war der ganze Himmel rosa vom Neonglanz des Westens. Wie nah er lag, so nahe und zugänglich wie der Mond. Werner wandte sich ihr wieder zu. Fiona war noch immer so schön wie je, aber sie war vorzeitig gealtert. Ihr Gesicht war blaß und angespannt, als versuchte sie, in ein helles Licht zu sehen.

Werner sagte: »Wäre Kennedy gerade hier, wenn wir Sie rausholen, müßte er neutralisiert werden, Fiona.«

»Aber weshalb sollte er gerade in dem Augenblick hiersein?«

»Richtig, weshalb?« sagte Werner. Er nahm seinen Hut auf, schnippte ein Stäubchen von der Krempe und setzte ihn auf den Kopf. Fiona kletterte auf den Stuhl, um das Mikrophon wieder einzuschalten.

25

Berlin, Juni 1987

Seinem lockigen Haar hatte »Deuce« Thurkettle es zu danken, daß er jünger aussah, als er war. Er war einundsechzig Jahre alt, aber dank regelmäßiger Gymnastik und vernünftiger Eßgewohnheiten hielt er sich körperlich gut in Form. Um die Speisekarte zu studieren, setzte er seine eingeschliffene Brille auf, aber das meiste konnte er ohne sie erledigen – auch die Leute, mit deren Liquidierung er seinen Lebensunterhalt verdiente. »Steak und Salat«, sagte er, »blutig.«

»Es gibt Tafelspitz heute«, sagte Werner.

»Nein, danke. Ist mir zu kalorienreich«, sagte Thurkettle. Er wußte, worum es sich bei der hiesigen Version eines neuenglischen Gerichts handelte: gekochtes Rindfleisch, gekochte Kartoffeln und gekochtes Rübengemüse. Niemals wollte er diesen Mischmasch wiedersehen, er hatte es im Gefängnis gegessen. Schon der Anblick oder der Geruch eines Tellers mit gekochtem Rindfleisch und Kohl war hinreichend, ihm all die Jahre in Erinnerung zu rufen, die er in der Todeszelle verbracht hatte, immer in Erwartung des Henkers, in einem Hochsicherheitsgefängnis neben vielen anderen Männern, die man vielfachen Mordes schuldig gesprochen hatte.

»Vielleicht sollte auch ich auf den Tafelspitz verzichten«, sagte Werner bedauernd. »Steak, nicht durchgebraten, und Salat, zweimal«, bestellte er beim Kellner.

Es war Sonntag vormittag. Sie waren in West-Berlin. Bei Leuschner. Das war ein volkstümliches Café, einer Scheune nicht unähnlich, mit goldgerahmten Spiegeln längs einer ganzen Wand und einer langen Theke, hinter der einer der Gebrüder

Leuschner bediente. Aus der Jukebox ertönte ein Beatles-Song, gespielt von der Kapelle der Irish Guards. Eigentlich war die Jukebox mit Hardrockplatten bestückt gewesen, aber einer der Leuschners hatte diese durch Musik nach seinem Geschmack ersetzt. Werner sah sich um und sah viele vertraute Gesichter. An solchen Sonntagvormittagen zog das sonst nicht von der Szene favorisierte Lokal eine lärmende Menge von dienstfreien Glücksspielern, Musikern, Schleppern, Taxichauffeuren, Zuhältern und Nutten an, die sich um die Theke scharten. Alles Leute, die auf jeden Fall keine Kirchgänger waren.
Thurkettle nickte mit dem Kopf im Takt der Musik. Mit seiner Fliege, dem sauber gestutzten Bart und im auffällig amerikanisch geschnittenen Anzug sah er aus wie ein Tourist. Aber Thurkettle war hier, um im Auftrag der Londoner Zentrale einen Mord zu begehen. Er fragte sich, wieviel man Werner davon gesagt hatte.
Werners Aufgabe war es, ihm Fotos der in seinen Auftrag verwickelten Personen zu zeigen und ihm, falls erforderlich, Hilfe und Unterstützung anzubieten. Nach Erledigung des Auftrags sollte Werner ihn in den frühen Morgenstunden auf der Autobahn treffen und ihm sein Honorar bar auszahlen. »Haben Sie für ein Fahrzeug gesorgt?« fragte Werner.
»Ein Motorrad. Schnell und angenehm unauffällig für einen Streich dieser Art.«
Werner sah aus dem Fenster. Die Leute auf der Straße beugten sich unter glänzenden Regenschirmen. »Sie werden naß werden«, sagte Werner. »Es soll Gewitter geben, sagt die Wettervorhersage.«
»Machen Sie sich meinetwegen keine Sorgen«, sagte Thurkettle. »Diese Kiste auf der Autobahn ist für mich reine Routine. Regen ist das geringste meiner Probleme.«
Die Entscheidung war in letzter Minute gefallen, und so hatten die Vorbereitungen sehr eilig getroffen werden müssen. Eine Botschaft von Erich Stinnes hatte die Ankunft einer Ladung Heroin auf dem Ost-Berliner Flughafen gemeldet. In der kommenden Nacht würde er sie rüberbringen. Daraufhin hatte Thurkettle nach London gefunkt, daß Fiona Samson in dieser

Nacht aus Ost-Berlin herausgebracht werden könnte. Werner hatte bestätigt, daß Fiona bereit sei.
»Das sind die Leute, die Sie bei dem Treffen sehen werden.« Werner zog Fotos aus der Tasche und reichte sie über den Tisch. Was im einzelnen passieren sollte, wer umgebracht werden sollte und warum, hatte man Werner nicht gesagt. Seine Anwesenheit bei dem Treffen war nicht erforderlich. Ihm war das ganz recht, denn gerade an diesem Abend sollte das große Fest bei Tante Lisl steigen. Ein Kostümfest mit allem Drum und Dran. Ziemlich jeder, den er in West-Berlin kannte, würde dasein. Verdorben war ihm der Abend natürlich trotzdem. Er würde sich den ganzen Abend Sorgen machen über Fionas Flucht.
Thurkettle tat so, als studierte er die ihm vorgelegten Paßbilder, aber er war allen diesen Leuten schon irgendwann mal begegnet. Thurkettle bereitete sich auf jeden Auftrag sorgfältig vor, deshalb wurde er so hoch bezahlt, und deshalb war er so erfolgreich. Nach einer guten Minute reichte er die Bilder zurück.
Werner klopfte auf das Foto von Stinnes. »Das ist Ihr Partner im Rauschgiftgeschäft, stimmt's?«
Thurkettle stimmte grunzend zu.
»Stinnes wird mit dieser Frau kommen.« Werner wies auf Fiona Samsons Foto. »Weiterfahren wird sie mit diesem Mann.« Er wies auf das von Bernard Samson. »Wahrscheinlich wird auch dieser Mann dasein.« Er zeigte ihm das Foto von Harry Kennedy.
Thurkettle sah Werner an, dann die Fotos und dann wieder Werner. »Ich kümmere mich um sie.«
Werner sagte: »Kümmern Sie sich nicht um die Falschen.«
»Aber nein«, sagte Thurkettle mit einem kalten Lächeln.
»Bernard und Fiona Samson. Passen Sie auf, daß denen nichts passiert.«
Thurkettle nickte. Jetzt glaubte er zu wissen, daß Werner Volkmann in das wahre Geheimnis nicht eingeweiht war: daß nämlich Tessa sterben und die Identität ihrer Schwester annehmen sollte.
»Die Ausfahrt Brandenburg«, fügte Werner hinzu, der ängstlich jedes Mißverständnis ausschließen wollte.

»Keine Sorge. Ich kenne den Ort. Die Baustelle, wo die Fahrbahn verbreitert wird. Habe sie mir gestern angesehen. Ich werde eine Schaufel, Overalls und einen Kanister Benzin mitnehmen.«

»Benzin?« Werner legte die Karte auf den Tisch.

»Um den Wagen abzufackeln. Der Typ in London, der mir den Auftrag erteilt hat, will den Wagen verbrannt haben.«

»Nachher treffen Sie mich hier.« Er zeigte Thurkettle die Stelle auf der Straßenkarte. »Das Geld wird in einem Aktenkoffer sein. Wenn Sie keinen Aktenkoffer tragen wollen, sollten Sie sich was mitbringen, wo Sie's reintun können. Wenn Sie ausgezahlt sind, fahren Sie auf die Autobahn zurück und über den Grenzkontrollpunkt Drewitz nach West-Berlin. Sie werden keine Schwierigkeiten haben. In Berlin rufen Sie die Nummer an, die ich Ihnen gegeben habe, und sagen, die Sache ist erledigt. Das Weitere ist dann Ihre Sache. Haben Sie Ihr Flugticket? Gehen Sie nicht nach Ost-Berlin zurück.«

»Ich werde nicht nach Ost-Berlin zurückgehen.«

»Haben Sie sich eine Waffe besorgt? Man hat mir gesagt, ich soll Ihnen, wenn nötig, eine beschaffen.«

»Das letzte Mal, daß ich keinen Ballermann dabeihatte, war in Memphis, Tennessee. Da habe ich zwei Typen mit den bloßen Händen erwürgt.« Er stellte eine Pappschachtel auf den Tisch. »Hier ist einer«, sagte er und hob den Deckel etwas an.

Werner sah in Thurkettles kalte Augen und überlegte, ob das vielleicht ein Scherz sein sollte, aber da er dort keinen Aufschluß fand, schaute er schließlich in die Schachtel. »Gott im Himmel«, sagte er, als er das Inhalts gewahr wurde. Es war ein menschlicher Schädel.

»Also betütteln Sie mich nicht. Halten Sie nur die Kohle parat.«

»Ich werde das Geld bereit haben.«

»Wenn Sie's abblasen wollen, ist dies Ihre letzte Chance«, sagte Thurkettle. »Aber wenn die Arbeit einmal gemacht ist, bin ich wie der Rattenfänger von Hameln. Ich komme zurück und mache die Arbeit gleich noch mal, verstanden?«

»Ich verstehe.«

»Gebrauchte Fünfzig-Dollar-Scheine«, sagte Thurkettle.

Werner seufzte und druckte mit seinem nassen Bierglas Ringe auf den Tisch. »Ich habe es Ihnen doch schon gesagt. Ich werde es bereit haben, genau wie ich gesagt habe.«
»Erledigen Sie Ihre Sache, wie man's Ihnen gesagt hat. Ich erledige meine Sache, wie man's mir gesagt hat. Wenn Sie aber Scheiße bauen, Kumpel...«, er ließ den Rest ungesagt. Bisher war ihm noch niemand begegnet, der dumm genug gewesen wäre, einem gedungenen Mörder seinen Lohn vorzuenthalten. »Also noch einmal. Ich treffe Sie auf der Autobahn, Richtung Westen. Ich nehme die Ausfahrt nach Ziesar und Görzke. Sie werden am Ende der Ausfahrt auf mich warten. Das Verlassen der Autobahn ist für Transitreisende aus dem Westen verboten.«
Das war alles hinreichend besprochen worden. »Ich werde dasein«, sagte Werner. Er fragte sich, ob der Schädel echt oder eine Nachbildung aus Kunststoff war, wie sie für Medizinstudenten angefertigt werden. Er sah jedenfalls sehr echt aus. Sehr echt. Er grübelte immer noch über diese Frage, als die Steaks gebracht wurden. Es waren große Rippenstücke, scharf angebraten und gerade richtig, zubereitet und serviert von Willi Leuschner persönlich. Er stellte einen großen Topf hausgemachter Meerrettichsoße dazu, denn er wußte, daß Werner sie gerne aß. Willi und Werner waren zusammen zur Schule gegangen und tauschten kurz die üblichen Freundlichkeiten aus. Beide Leuschners hatten vor, am Abend Werners Kostümfest zu besuchen. Es schien, als wollte halb Berlin dabeisein.
»Noch ein Bier?« fragte Willi schließlich.
»Nein«, sagte Werner. »Wir müssen beide klare Köpfe behalten.«
Willi kritzelte die Rechnung auf einen Bierfilz und warf diesen wieder auf den Tisch.
Deuce Thurkettle ließ Werner die Rechnung bezahlen. Seine BMW stand vor der Tür. Es war eine große Maschine mit zwei Gepäcktaschen, in denen er sein ganzes Zeug verstaute. Die Maschine brüllte auf, und er gab Gas, ehe er in den Sattel stieg. Mit einem schnellen Winken der Hand grüßte er im Vorbeifahren durchs Fenster und war weg.
Er hatte noch eine Menge zu tun vor dem Treffen auf der

Autobahn, aber es war nötig gewesen, sich mit Werner zu treffen. Thurkettle nahm prinzipiell immer die Gelegenheit wahr, seine Kunden auf diese Weise zu bedrohen. Das gehörte zu seinem peniblen Umgang mit Kleinigkeiten, der ihn so erfolgreich machte.
Ein anderer Grund seines Erfolges war, daß er immer wußte, wann er den Mund zu halten hatte. Wer immer Werner Volkmann instruiert hatte, hatte ihm offenbar irgendein Märchen erzählt. Die Instruktionen, die Thurkettle in einer luxuriösen Suite im Londoner Hilton von Prettyman erhalten hatte, waren wesentlich umfassender und jedenfalls bestimmter gewesen. Prettyman hatte ihm gesagt, daß unter keinen Umständen außer Bernard und Fiona Samson jemand lebend davonkommen dürfe. Niemand. Prettyman hatte darauf mit großem Nachdruck bestanden.

Die Ausfahrt nach Brandenburg – der Ort, wo Fiona die Wagen wechseln sollte –, lag auf dem Gebiet der DDR an der von Hitler gebauten Autobahn, die Berlin mit dem Westen verband. Es war eine DDR-Autobahn, die für den Transitverkehr nach West-Berlin zugelassen war.
In dieser flachen Gegend, unmittelbar westlich von Berlin, verbreitern sich die Flüsse zu Seen. Hier wird vor allem Land- und Forstwirtschaft betrieben, und außerhalb der Städte findet der Reisende kleine Dörfer mit kopfsteingepflasterten Straßen, wo sich wenig verändert hat, seitdem das Bild des Kaisers dort in den Schulen hing.
Selbst einer der ostdeutschen Zweitaktmotoren befördert einen von Berlin aus in weniger als einer Stunde dorthin. Für Thurkettles schweres Motorrad war die Entfernung ein Katzensprung. Er kam nach Einbruch der Dunkelheit an. Die Straßenbauarbeiter hatten Feierabend gemacht. Ihre Maschinen standen säuberlich in Reih und Glied wie Panzer in Erwartung eines inspizierenden Generals.
Thurkettle knackte das Schloß an der Tür der Baubude. Beim Licht seiner Taschenlampe prüfte er Waffen und Munition und die Fleischersäge aus rostfreiem Stahl, die er mitgebracht hatte.

Dann zog er sich den Overall und medizinische Plastikhandschuhe an und betrachtete den Schädel und dessen von sorgfältiger zahnärztlicher Betreuung zeugende Zähne. Danach setzte er sich hin, beobachtete den fallenden Regen und wartete geduldig. Diese Sachen laufen nie genau nach Plan. Das war die wichtigste Lehre, die er aus seiner langjährigen Erfahrung gezogen hatte. Prettyman hatte ihm gesagt, daß Erich Stinnes Fiona Samson abholen und zu dem Treffen bringen würde.

Thurkettle hatte den Auftrag, jemanden von genau der gleichen Statur wie Fiona Samson zu töten und am Treffpunkt zurückzulassen. Den Einfall, Fiona Samsons Schwester zu benützen, hatte Thurkettle gehabt, und er war sehr zufrieden damit. Sie war drogenabhängig, und mit solchen Leuten hatte man leichtes Spiel. Seine Aufgabe war es, Fiona Samson zu ihrem Mann in den Wagen zu setzen und beide lebend wegfahren zu lassen. Dann hatte er Stinnes und die Schwester zu töten, Stinnes in dem Graben zu bestatten, den die Straßenarbeiter in so bequemer Nähe ausgehoben hatten, und dann den Wagen mit der Leiche der Schwester darin zu verbrennen.

Die sowjetischen Detektive würden Stinnes' Leiche niemals finden, denn wenn ihnen klar wurde, daß Stinnes nicht mit Samson über die Grenze geflohen war, würden schon Hunderte von Tonnen Beton und ein Stück Autobahn auf seinem Grab liegen. Die verbrannte Leiche würde als diejenige Fiona Samsons identifiziert werden, weil die beiden Schwestern einander sehr glichen, vom Gebiß abgesehen. Deshalb war der Schädel, den er Werner gezeigt hatte, eigens präpariert worden, um in diesem Punkt Identität vorzutäuschen. Die heikelste Aufgabe war die Enthauptung der Schwester, aber deren Kopf mußte natürlich mit Stinnes in den Graben. Andernfalls würden die Gerichtsmediziner bei der Untersuchung des Wagens eine verbrannte Leiche mit zwei Köpfen finden, was schließlich auch den schläfrigsten Laborassistenten mißtrauisch machen würde.

Alles ging schief, von Anfang an. Tessa – unzuverlässig, wie Rauschgiftsüchtige gewöhnlich sind – kam nicht pünktlich. Trotz aller Vorbereitungen, die Thurkettle getroffen hatte, ging sie zu Werners Kostümfest. Tessa hätte als erste kommen sollen. Thurkettle wurde so nervös, daß er mit seinem Motorrad davonfuhr, aber zurückkam, als er den Wagen mit Fiona und Stinnes sah. Als Tessa endlich kam, saß sie hinten in dem Ford-Kombi Bernard Samsons. Stinnes war in einem Wartburg gekommen und hatte nicht nur Fiona Samson, sondern auch Harry Kennedy mitgebracht. Und wer hätte geahnt, daß Bernard Samson mit einem Verrückten kommen würde, der es vielleicht für amüsant hielt, im Kostüm direkt von Werners Fest zu kommen? Ein Gorilla-Kostüm! Der Ford-Kombi kam nur fünf Minuten nach dem Wartburg und hielt in einer nach Thurkettles Einschätzung günstigen Position für einen schnellen Start. Der Wartburg parkte mit zur Straße ausgerichteter Kühlerhaube und brennendem Standlicht. Thurkettle erwartete, daß Stinnes die Heroinladung ausladen würde, aber niemand stieg aus.

Jeder schien auf irgend etwas zu warten. Thurkettle blieb in der Dunkelheit und beobachtete. Er stand hinter einem der Bulldozer, als es losging. Ein schlanker Mann, als Gorilla verkleidet, sprang aus dem Ford-Kombi und fing an, unter Geschrei herumzuspringen, wobei er mit einer Pistole fuchtelte.

Ein Gorilla. Für einen Augenblick sah das so echt aus, daß Thurkettle glaubte, einen echten Gorilla zu sehen. Thurkettle war nicht leicht zu verblüffen, aber darauf war er nicht vorbereitet. Der Anblick hatte offenbar auch Stinnes, oder wer sonst am Steuer des Wartburg saß, verblüfft, denn irgend jemand schaltete das Fernlicht an, um den Gorilla deutlicher zu sehen.

Der Gorilla hob die Pistole und machte Miene, auf den Wartburg zu schießen. Thurkettle sah plötzlich seinen guten Ruf gefährdet und sein Honorar dazu. Diese Frau Samson mußte mit heiler Haut davonkommen, Prettyman hatte das mit allem Nachdruck betont. Wenn Fiona nicht sicher im Westen ankam, würde er über die erste kleine Abschlagzahlung hinaus von dem vereinbarten Honorar nichts weiter zu sehen kriegen.

Also schoß Thurkettle auf den verrückten Gorilla. Die schallgedämpfte Pistole machte nicht mehr Lärm als eine vorsichtig geöffnete Weinflasche. Aber inzwischen war Thurkettle nervös geworden und verfehlte so sein Ziel.

Dann schoß der Gorilla. Er mußte Thurkettles Schuß gehört haben, denn er stand praktisch parallel zum Pistolenlauf, wo der Schalldämpfer am schwächsten wirkt. Das Glas der Windschutzscheibe des Wartburg zersplitterte, und Thurkettle dachte, Fiona Samson wäre verletzt. Doch dann sah er sie aus dem Wagen steigen. Sie schrie etwas, und dann tauchte ihre vollgedröhnte Schwester auf der Bildfläche auf. Mit ausgestreckten Armen, die ein gelbes durchscheinendes Gewand, eine Art Maskenkostüm, in Szene setzten, wirbelte sie herum.
Diesmal durfte es keinen Fehler geben. Thurkettle erhob die Schrotflinte und zielte tief. Tessa schien ihn zu sehen. Sie grinste, während er zweimal abzog und sie mit beiden Schüssen traf. Während sie stürzte, feuerte der Gorilla noch einmal, und diesmal traf sein Geschoß einen der Scheinwerfer des Wartburgs. Thurkettle gefiel überhaupt nicht, wie die Sache sich entwickelte. Im Schutz der Dunkelheit konnten einer oder zwei von diesen Leuten das Weite suchen. Aber er wußte keineswegs genau, wieviel Leute überhaupt da waren.
Es fielen weitere Schüsse, in schneller Abfolge, ein Zeichen von Nervosität. Stinnes wahrscheinlich, der vielleicht schießwütig war. Einer dieser Schüsse mußte irgendwas treffen. Der Gorilla schrie, rannte, stolperte und stürzte in den Schlamm. Thurkettle blieb in der Dunkelheit. Irgendwo auf diesem schlammigen Schauplatz lauerte Bernard Samson, und Samson war ein Profi. Dann stieg Stinnes aus, um sich davon zu überzeugen, daß der Gorilla tot war. Wie unvorsichtig. Thurkettle rührte sich nicht und machte kein Geräusch.
»Alles klar«, rief Stinnes. Er winkte einem zweiten Mann, einem großen Kerl in einem modischen Trenchcoat: Kennedy.
»Wie viele haben sie geschickt?« fragte Kennedy. Er sah sich nervös um, und das Licht des einzelnen Scheinwerfers erfaßte sein Gesicht. Von seinem Standpunkt aus sah Thurkettle beide Männer deutlich und konnte sie zweifelsfrei identifizieren: ja, Erich Stinnes und Harry Kennedy.
Dann kam Fiona Samson nach vorne. Irgendein Instinkt oder verständliche Furcht ließen sie die Helligkeit meiden. London mußte sie instruiert haben, auf den Kombiwagen zuzugehen,

denn sie ging, an den Männern vorbei, auf diesen zu, als zwei Schüsse abgefeuert wurden. Sie kamen von irgendwo so sehr in der Nähe, daß Thurkettle das Geräusch unter die Haut ging. Fiona Samson verschwand. Verdammt!
Peng! Irgendeine verdammt große Handfeuerwaffe. Kennedy sprang zurück, seine Arme schlenkerten wie die einer Stoffpuppe, während er in den Schlamm plumpste, wo er still wie ein Bündel Lumpen liegenblieb. Er war unverkennbar tot. Manchmal geht das so, ein glücklicher Zufall, und ein Schuß ist genug. Peng. Noch einmal knallte die Kanone. Stinnes drehte sich herum, schoß mit einer Hand seine Pistole ab, während er sich mit der anderen an den Hals griff, wo ihm das Blut durch die Finger spritzte. Es verteilte sich überall und besudelte Fiona. Dieser Schuß belehrte Thurkettle, daß er's hier nicht mit glücklichen Zufällen zu tun hatte. Da war jemand, ein ihm zu verdammt naher Jemand, der in aller Stille auf eine der schweren Maschinen geklettert war, um sich bessere Übersicht zu verschaffen. Irgendein kaltblütiger Jemand, der nicht »Hände hoch« sagte, jemand, der Schießen nicht auf dem Schießstand so gut gelernt hatte: Samson.
Thurkettles Mund wurde trocken. Er hatte es sich zur Regel gemacht, sich nie mit Profi-Killern anzulegen oder mit Geheimdienstprofis wie Samson. Es war schlimm genug, gegen diese KGB-Schläger anzutreten, aber Samson war absolut der letzte, mit dem er's zu tun kriegen wollte.
Der noch intakte Scheinwerfer des Wartburg wurde abgeschaltet. Es war jetzt dunkel, bis auf die Scheinwerfer vorbeifahrender Wagen, die über den Schlamm, die Trümmer und Leichen streiften. Thurkettle erstarrte und hoffte, nicht bemerkt worden zu sein. Weder Bernard Samson noch seine Frau war von Thurkettles Rolle in dem Drama unterrichtet worden. Nur Tessa und Stinnes hatten ihn hier erwartet, und sie waren beide tot.
Thurkettle duckte sich hinter die Raupen des Bulldozers und sah zum östlichen Horizont hinüber. Bald würde es dämmern. Er wollte nicht mehr hiersein, wenn es hell wurde. Jeder auf der Autobahn vorüberkommende Fahrer konnte ihn bemerken. Die

Bullen konnten auftauchen. »Wollen Sie die ganze Nacht hier warten, Samson?« rief er endlich. »Sie können die Frau und den Ford nehmen und abhauen. Nehmen Sie Ihren Gorilla auch mit. Ich will von keinem von Ihnen was.« Als noch immer niemand antwortete, rief er: »Hören Sie mich? Ich arbeite für Ihre Seite. Machen Sie, daß Sie wegkommen. Ich habe hier noch was zu erledigen.«

Das war ein Vertragsbruch, aber nur ein geringfügiger. Die beiden Samsons waren auf der Seite seines Auftraggebers. Bis die beiden von ihren Leuten vernommen wurden, würde Thurkettle längst sein Geld haben und über alle Berge sein.

Fiona Samson wäre einfach sitzen geblieben, wenn sie nicht ihre ganze Willenskraft aufgeboten hätte, auf die Füße zu kommen. Irgend etwas in ihr war zerrissen. War dies der Zusammenbruch ihres Willens, den sie schon seit so langem fürchtete? In ihrem Kopf war ein Geräusch, das sie nicht kannte. Es löschte ihre Gedanken aus und verzerrte ihr die Sicht. Sie wußte nicht, wer sie war, und konnte sich nicht erinnern, wo sie hätte sein sollen. In der schlaffen Haltung einer Schlafwandlerin tauchte sie aus der Dunkelheit auf. Mit Blut bespritzt, bewegte sie sich über den weichen Boden stolpernd, Schritt für Schritt auf den Ford-Transit zu. Sie war vollkommen gelähmt, seitdem sie hatte mit ansehen müssen, wie der liebe gute Harry, den sie liebte, so brutal niedergeschossen wurde, nicht von einem rächenden Ehemann, sondern von einem professionellen und gleichgültigen Jemand. Tessa auch. Die Schwester, die sie mehr liebte, als sie sagen konnte, lag tot in einer Blutlache.

Dies war das *Jüngste Gericht*, das sie mit solchem Schrecken entdeckt hatte. Hier waren die Ungeheuer, die sie nun in alle Ewigkeit quälen würden. Von Sünde gepeinigt, war sie jenseits der gemütlichen Welt des *Pariser Platzes* in den blutigen Alptraum an der Wand getreten, und daraus gab es kein Entkommen. Mit betäubtem Geist und an einer Angst leidend, von der sie sich niemals ganz erholen würde, bewegte sie sich durch ihre wahnsinnige Welt wie ein Automat.

Bernard Samson sah, wie Fiona in den Ford stieg. Dann, mißtrauisch bis zuletzt, rannte er in Deckung. Als nicht auf ihn geschossen wurde, stieg er in den Wagen zu seiner Frau. Der Motor sprang an, und der Wagen rollte langsam und vorsichtig über die Schlaglöcher auf die Fahrbahn. Erst als er außer Sicht war, hielt Thurkettle die Luft für rein genug, aus seinem Versteck zu kommen.

Allein gelassen, zog Deuce Thurkettle seinen Trenchcoat aus, damit nur sein Overall schmutzig wurde. Er nahm die Säge und machte sich hastig, aber sorgsam an seine grausige Arbeit. Als der Kopf abgeschnitten war, schleppte er Tessas Leiche in den Wagen und plazierte sie zusammen mit dem Schädel, den er im Gepäck hatte. Die übrigen Leichen – der Mann im Gorilla-Kostüm, Harry Kennedy und Stinnes – endeten in der Tiefe der Ausschachtung.

Thurkettle stieß einen Seufzer der Erleichterung aus, als er ihnen seinen blutgetränkten Overall in die Grube nachschleuderte. Die Waffen warf er ebenfalls hinterher und bedeckte dann, unter Benützung seiner Schaufel, alles mit Erde und Schutt.

Den Wagen in Brand zu stecken war leichter. Er sah zu, wie der Wartburg brannte, und überzeugte sich davon, daß alles, was er enthielt, vollkommen von den Flammen verzehrt wurde. Erst dann stieg er auf sein Motorrad und fuhr weg, sich sein Geld zu holen.

Werner Volkmann saß in einem Skoda an der Ausfahrt Zeuthen, wie mit Thurkettle verabredet. Werner hatte den Abend auf einem Kostümfest verbracht, zu dem er selbst eingeladen hatte. Er hatte nur Mineralwasser getrunken, aber jetzt war er müde. Werner hatte immer davon geträumt, ein richtiger Geheimagent zu werden. Er hatte angefangen, kleine Aufträge für die Briten zu erledigen, als er noch keine zwanzig war, und noch immer faszinierte ihn dieses ganze Spionagegeschäft. Dies war für ihn das Finale. Er wußte das. Der D. G. hatte ihm die Hand geschüttelt und etwas von einer Auszeichnung gemurmelt; kein Geld, irgendeine Medaille oder ein Diplom hatte er gemeint. Nach seinem letzten Besuch in Kalifornien hatte, wie Werner erkannte, Bret ihn endgültig verabschiedet. Morgen früh würde Werner wieder in seinem Hotel in West-Berlin und ganz Privatmann

sein. Seine Geheimdienstkarriere war vorbei. Er würde nie etwas davon erzählen. Geteilte Geheimnisse entsprachen nicht seiner Vorstellung von dem, was Geheimnisse sein sollten.
Er betrachtete die Pistole, mit der ihn an diesem Morgen die Londoner Zentrale ausgerüstet hatte. Er hatte gehofft, sie würden ihm etwas geben, was seine romantische Sehnsucht befriedigen würde: einen wunderschönen Colt, Modell 1911, eine elegante Walther P.38 oder eine klassische Luger. Statt dessen hatte ihm London nur einen von diesen billigen kleinen Einwegartikeln ohne Patronenkammern geschickt. Das Ding sah wie ein Gasanzünder aus. Die Oberfläche war geriffelt, um der Hand des Schützen Halt zu bieten, aber auch Fingerabdrücke abzuweisen. Geladen war es mit dreikantigen Patronen auf Strip-Ladestreifen, und fast alles daran war von einer Plastics Corporation in Amerika hergestellt. Es war neu, nicht zu identifizieren und vollkommen funktionstüchtig, aber es verschaffte Werner nicht die Befriedigung, die er mit einer altmodischen Waffe in der Hand empfunden hätte. Aber gut, man mußte mit der Zeit gehen. Er steckte die Waffe in seine Innentasche, wo sie leicht zu erreichen sein würde.
Der Morgen dämmerte schon, als Werner Thurkettle auf seinem Motorrad ankommen sah. Er winkte Werner unbekümmert zu und gab noch einmal Gas. Es machte Deuce Spaß, das schwere Rad zu fahren, aber jetzt war es an der Zeit, sich seiner zu entledigen. Er hatte einen VW-Campingwagen in der Nähe geparkt. Sobald er seine Bezahlung von diesem trübsinnigen Dummkopf in Empfang genommen hatte, würde er zu Fuß dahin gehen, wo der Campingwagen stand. Dort hatte er saubere Kleidung, Seife, Handtücher und Nahrungsmittel. In der Nähe hatte er einen in Kunststoff gewickelten Schweizer Paß vergraben. Der Paß enthielt ein auf drei Wochen befristetes Visum, das ihn zu einer Camping-Tour durch die DDR berechtigte. Er würde seinen Bart abrasieren, sein Erscheinungsbild ändern und sich eine Zeitlang wie ein Tourist zwischen den Sehenswürdigkeiten herumtreiben, bis die erste Aufregung sich gelegt hatte. Dann würde er nach Norden fahren und die Fähre nach Schweden nehmen.

Thurkettle stieg vom Motorrad und ging zu dem Wagen hinüber. Der Regen hatte ihn bis auf die Haut durchnäßt, und nach den Anstrengungen der Nacht waren seine Muskeln steif. Ihm fiel ein, daß der VW-Campingwagen mit einer Dusche ausgerüstet war, und er fragte sich, wie lange es wohl dauern würde, bis das Wasser heiß wurde.

Werner drehte das Fenster herunter. »Gab es Schwierigkeiten?« fragte er.

»Keine, mit der ich nicht fertig geworden bin. Fiona Samson ist tot«, sagte Thurkettle. Das zu sagen, hatte man ihm aufgetragen. »Einer von den Russki-Schlägern hat sie plattgemacht. Bernard Samson konnte abhauen und mit ihm irgendeine andere Frau. Ich weiß nicht, wer sie war. Sie trug ein langes gelbes Kleid, kam in Bernard Samsons Wagen.«

Werner wußte, wer die andere Frau war. Es war Tessa. Er hatte gesehen, wie sie das Fest mit Bernard verließ. »Fiona Samson ist tot. Sind Sie sicher?«

»Bei so was gibt's bei mir keinen Irrtum«, sagte Thurkettle. Er lächelte. Er liebte Geheimnisse. Die Vertauschung der Identitäten der beiden Frauen war ein Geheimnis, das ganz für sich zu behalten ihm Prettyman überdies ausdrücklich geboten hatte. »Alle anderen sind tot.«

»Kennedy auch?«

»Ja, Kennedy auch. Und ein Typ, der als Gorilla verkleidet war. Es gab eine richtige Schlacht. Ich habe Schwein gehabt, mit heiler Haut davonzukommen.« Er trug bei der Beschreibung seiner Taten immer dick auf, wenn's ans Kassieren ging. Das gab dem Kunden das Gefühl, Gegenwert für ihr Geld gekriegt zu haben. »Diese Russki-Hurensöhne waren ganz scharf darauf, mich umzunieten. Wenn ich nicht dagewesen wäre, hätte Bernard Samson nie die Kurve gekriegt.«

»Mein Gott! Arme Fiona«, sagte Werner. Über die Monate ihrer Zusammenarbeit war in Werner ein Gefühl tiefer Verehrung für Fiona erwachsen. Sie hätte eine derartige Aufgabe niemals übernehmen sollen, der Druck war einfach zu groß für sie. Er hatte gesehen, wie der Druck sie zermürbte. Während eines ihrer letzten Treffen hatte sie einen Augenblick völliger Geistesabwe-

senheit gehabt. Sie hatte gesagt, das sei die ständige Übermüdung, und er hatte versprechen müssen, niemandem etwas von ihrem Blackout zu sagen. Arme Fiona. Er stieg aus dem Wagen und ging nach hinten zum Kofferraum. Es regnete. Er sah sich in der heller werdenden Dämmerung um. Es war nicht viel Zeit.
»Ja, so geht das manchmal«, sagte Thurkettle philosophisch. Er lächelte Werner an. Er schien ein freundlicher Bursche zu sein, und Werner lächelte ebenfalls.
»Ich hatte gar nicht gemerkt, daß es noch regnet«, sagte Werner.
»Sagen Sie bloß«, sagte Thurkettle, der völlig durchweicht war.
»Wollen Sie sich in den Wagen setzen und es zählen?« fragte Werner. »Ich mag nicht hier herumstehen und naß werden.« Er suchte den Schlüssel zum Kofferraum an seinem Bund.
»Wir werden nur mal einen Blick darauf werfen, so daß ich sehe, daß es echt ist.«
»Es ist echt«, sagte Werner. »Gebrauchte Banknoten. Genau wie Sie's verlangten. Ich habe sie am Freitag von der Commerzbank geholt.«
Er griff in den Kofferraum nach einem ledernen Aktenkoffer. Vorsichtig gab er Thurkettle den Koffer und sagte: »Stellen Sie ihn nicht auf den Wagen, er ist frisch gespritzt.«
Thurkettle lächelte mitleidig. Die Sorte Nervosität, die Volkmann da zeigte, war ihm vertraut. Kunden waren immer etwas furchtsam im Umgang mit einem gedungenen Mörder. Er hielt den Koffer mit beiden Händen, während Werner sich vorbeugte und sich an dem Schloß zu schaffen machte.
»Es ist ein Kombinationsschloß«, erklärte Werner. Er konnte Blut und Dreck an Thurkettles Kleidern riechen. Den Gestank des Schlachthauses. »Man kann die Kombination einstellen, wie man will. Ich habe 1, 2, 3 eingestellt. Das vergißt man wenigstens nicht, 1, 2, 3, oder?«
»Nein«, sagte Thurkettle. Werner ließ das Schloß aufschnappen und hob den Deckel. »1, 2, 3 kann man nicht vergessen.«
Während Thurkettle dastand und mit beiden Händen den neuen ledernen Aktenkoffer hielt, griff Werner Volkmann nach der seltsam aussehenden Feuerwaffe, die hinter dem Aktenkoffer nicht zu sehen war, und drückte ab. Ein Ladestreifen von acht

Schuß gab einen Feuerstoß wie ein Maschinengewehr. Alle acht Kugeln drangen in Thurkettles Bauch.

Acht Schuß. Es war nur ein kleiner »Einwegartikel«, aber auf die Entfernung war kein Meisterstück der Büchsenmacherkunst erforderlich, um tödliche Wirkung zu tun.

Die Einschläge dieser kleinen mittelschnellen Geschosse warfen Thurkettle nicht zu Boden, er stolperte nur ein paar Schritte rückwärts, wobei er noch immer den Koffer mit beiden Händen hielt und Werner in verständnislosem Unglauben anstarrte. Thurkettles ruckartige Bewegungen lockerten die Geldstapel im Koffer, und ein Stoß regennassen Windes nahm nach und nach die Scheine mit. Thurkettle blickte seinem weggeblasenen Geld nach. Er griff nach den Scheinen, zuckte aber vor Schmerz zurück. Das durfte nicht wahr sein. Er war erschossen. Thurkettle war ein professioneller Killer, und dieser Sack war ein Nichts...

Während er rückwärts stolperte, flatterte mehr und mehr Geld weg, und er schmeckte das ihm in den Mund sprudelnde Blut und wußte, daß er erledigt war. Dabei drückte er den Koffer mit beiden Armen an die Brust, als könnte er ihm Schutz bieten gegen weitere Schüsse oder ihn in seinen letzten Augenblicken trösten, und er umarmte ihn fest wie eine Geliebte, und das blutgetränkte Geld fiel ihm vor die Füße.

Kurz bevor er stürzte, begriff Deuce Thurkettle, wie man ihn zum Besten gehabt hatte. Seine Augen wurden groß vor Zorn. Deuce Thurkettle war der einzige, der mit Sicherheit wußte, daß Fiona Samson noch lebte. Selbst dieser Hampelmann, der ihn abgeknallt hatte, dachte, daß Samson mit Tessa abgehauen wäre.

Na, er würde es der Welt verraten. Er öffnete den Mund, um die Wahrheit zu sagen, aber es quoll nur Blut heraus. Eine Menge. Dann taumelte er zu Boden.

Werner warf seinen kleinen »Einwegartikel« weg. Das war das Praktische an diesen Dingern. Er sah Thurkettle beim Sterben zu, denn er wußte, daß London eine unzweideutige Vollzugsmeldung wollte. Werner hatte kein Mitleid mit Thurkettle. Er war ein gedungener Mörder, und der Tod solcher Leute ist

immer ein Gewinn für die menschliche Gesellschaft. Den letzten Anspruch auf Mitgefühl hatte Thurkettle verscherzt, als Werner hörte, daß Fiona tot war. Er hatte Thurkettle gesagt, daß es vor allem anderen darauf ankam, Bernard und Fiona in Sicherheit zu bringen. Und dabei hatte Thurkettle versagt.
Werner stieß die Leiche mit der Schuhspitze an und beförderte sie dann mit einem Fußtritt in den Straßengraben. Er hatte den Ort wegen dieses tiefen Grabens ausgewählt. Er brachte auch das Motorrad weg. Irgendwann würde es gefunden werden – irgend jemand würde auf den Feldern herumflatternde Dollarscheine bemerken –, aber dennoch war es besser, das Rad außer Sicht zu bringen. Er drückte den Aktenkoffer ins Gras, und der Rest des Geldes fiel heraus. Er hob nichts davon auf. Die Scheine waren wahrscheinlich markiert oder gefälscht. Die Londoner Zentrale hatte das Geld geliefert, und in Geldsachen waren die Briten sehr genau, das war eine der Sachen, die ihm schon bald, nachdem er angefangen hatte, für sie zu arbeiten, aufgegangen war.

Bret Rensselaer war in La Buona Nuova, einem auf den Bergen von Ventura County in Kalifornien gelegenen Anwesen. Er saß eben zu früher Stunde am Swimmingpool beim Frühstück, als eine verschlüsselte Botschaft ihn davon unterrichtete, daß Fiona und Bernard Samson unterwegs nach Kalifornien waren.
Es war ein wirklich schöner Morgen. Bret trank seinen Orangensaft und goß sich die erste Tasse Kaffee des Tages ein. Er saß gern hier draußen, wo man die klare, kühle Luft atmete, die vom Meer hereinkam. Rings um das Schwimmbecken waren weißgetünchte Wände, vor denen Jasmin, Rosen und Bougainvillea fast das ganze Jahr über zu blühen schienen. Es gab Bäume voller Zitronen, Bäume voll von Orangen und Bäume, von denen man Maja-Früchte pflückte, die seine Gastgeberin »Brets« nannte. Die Frucht sah aus wie eine Zitrone und schmeckte wie eine Orange, und vielleicht wollte sie mit dieser Benennung andeuten, daß Bret wie diese Früchte süß und sauer war. Bret wußte nicht, wie es gemeint war, ließ sich aber den Scherz gefallen. Sie kannten einander schon lange.

Leute, die Bret schon lange kannten, pflegten zu sagen, daß er seit seiner schweren Verletzung bei der Schießerei in Berlin sehr gealtert war, aber für den flüchtigen Beobachter war er so gut getrimmt und fit und rüstig, wie einem älteren Menschen anstand. Er schwamm, lief Ski und turnte täglich. Er wollte gut aussehen, wenn sein Besuch kam.

Er konnte ein befriedigtes Lächeln nicht unterdrücken. Sie kamen also. Sein Plan, einen Agenten in den Kreml zu schleusen, wie Nikki sich diesbezüglich spöttisch ausgedrückt hatte, war mit genau dem Erfolg durchgeführt worden, den er vorhergesagt hatte, als er ihn dem D. G. vortrug, gleich nachdem sie ihm weggelaufen war. Nun war da nur noch die langwierige und interessante Arbeit des *debriefing*, der Auswertung der bei dem Einsatz gewonnenen Erkenntnisse.

Bernard Samson würde auch dasein. Er hatte versucht, den Alten zu überreden, Bernard anderswohin zu schicken, aber unter Sicherheitsaspekten war es natürlich gut, ihn hier zu haben, wo man ihn überwachen konnte. Tessas Verschwinden mußte sich ja irgendwie erklären lassen. Die Vorstellung, daß sie mit Bernard abgehauen sei, war in jeder Hinsicht glaubwürdig.

An diesem Vormittag wollte Bret noch einmal seine gesamten Aufzeichnungen durchgehen, um auf Fionas Ankunft vorbereitet zu sein. Dies würde der letzte Auftrag sein, den er für die Londoner Zentrale erledigte, und er wollte ihn perfekt erledigen. In Werner Volkmanns letztem Bericht hatte es geheißen, Fiona stehe am Rande eines Nervenzusammenbruchs, aber Bret gab darauf nicht viel. Er hatte das schon zu oft von anderen Agenten im Außendienst gehört, gewöhnlich als Einleitung zu Forderungen nach Erhöhung der Bezüge. Fiona würde es schon machen. Gutes Essen, Schlaf und kalifornische Luft würden ihr bald die alte Spannkraft wiedergeben.

Für Bernard Samson würde es natürlich vorbei sein, seine Karriere war gelaufen. Das war seltsam, wenn man bedachte, wie nahe Bernard einer leitenden Stellung im SIS gewesen war. An dem Abend, als Bret den D. G. daheim besucht hatte, war er drauf und dran gewesen, Bernard zum Chef der Deutschland-Abteilung zu befördern. Aus dieser Stellung hätte er in die oberste Etage aufsteigen können und vielleicht eines Tages den Posten des D. G. bekleidet. Der Himmel wußte, daß er von den Zinnsoldaten, die da gegenwärtig in der obersten Etage saßen, keinen heftigen Widerstand zu befürchten gehabt hätte. Wären Sir Henry und Silas und Frank Harrington und der Rest dieser Clique, die wirklich die Fäden zogen, mit einer leitenden Stellung für Bernard Samson einverstanden gewesen? Sie sagten immer, was für ein prächtiger Bursche doch Bernard sei, und viele von ihnen fanden, daß das Department ihm etwas schuldete für die seinem Vater angetane schäbige Behandlung. Aber D. G.? Jede Möglichkeit für Bernard, auf diesen Posten zu gelangen, war an dem Abend vernichtet worden, als Sir Henry offenbart hatte, daß seine Wahl auf Fiona gefallen war, für das Department nach drüben zu gehen.

Bret setzte seine Kaffeetasse ab, als ihm plötzlich etwas einfiel. Der D. G. mußte gewußt haben, daß er Bernard ausschaltete, indem er Fiona auswählte. Es gab andere, die er an Stelle Fionas hätte wählen können, gute Leute, wie er selbst oft eingeräumt hatte. War also die Wahl des D. G. auf Fiona gefallen auch in Berücksichtigung der Tatsache, daß damit Bernard aus der Konkurrenz um die Spitzenpositionen ausgeschaltet würde?

Bret trank seinen Kaffee und dachte darüber nach. Wie viele Häute man der Zwiebel auch abzog, was man fand, war nur wieder eine Haut. Wenn sich's verhielt, wie Bret vermutete, würde der Alte das natürlich nie zugeben, und er war der einzige, der die Wahrheit wußte. Bret wußte, daß er niemals wirklich zum Engländer werden konnte. Sie waren sehr seltsame Leute mit ihren verwickelten Treueverpflichtungen. Er trank seinen Kaffee aus und verscheuchte diese Gedanken. Es war viel zu tun.